子どもの本
現代日本の創作
最新3000

日外アソシエーツ

Guide to Books for Children

Contemporary Japanese Literature 2005-2014

Compiled by
Nichigai Associates, Inc.

©2015 by Nichigai Associates, Inc.

Printed in Japan

本書はディジタルデータでご利用いただくことができます。詳細はお問い合わせください。

●編集担当● 高橋 朝子
装丁：齋藤 香織　カバーイラスト：赤田 麻衣子

刊行にあたって

　児童書として刊行された作品が一般文庫で再刊され広く読まれるようになることが珍しくなくなってきた。逆に、一般書として刊行された子どもや若者が主人公の物語が、近年種類の増えてきた児童文庫に収録されることも多くなっている。「大人向け」の文学の作家の書き下ろしの児童文学作品や、若い読者向けにセレクトされた作品集なども刊行されている。

　本書は、既刊「子どもの本　現代日本の創作 5000」（2005.8 刊）に続くものとして、2005 年から 2014 年までの最近 10 年の間に作品が刊行されている主に現在活躍中の日本の児童文学作家 389 人を選定し、その作品 3,691 冊を収録した図書目録である。2004 年以前の作品でも前版未収録のものは収録対象とした。現在読まれている創作作品としての児童文学作品のガイドを企図し、翻訳、民話・古典の再話、絵本、ノンフィクションなどを除いた、創作物語・童謡詩集などの児童文学作品を収録した。

　本文は、現在手に入る本がすぐわかるように出版年月の新しいものから順に排列した。なお図書には選書の際の参考となるよう内容紹介を載せ、作家名がわからなくても作品名から引けるよう、巻末には書名索引を付した。

　本書が公共図書館・学校図書館の場などで、子どもの本の選定・紹介・購入に幅広く活用されることを願っている。

　　2014 年 11 月

　　　　　　　　　　　　　　　　　　　　日外アソシエーツ

凡　例

1. 本書の内容

    本書は、現在活動中の日本の作家の児童文学書を集めた図書目録である。

2. 収録の対象

    最近10年間に物語・童謡集などの児童文学作品が刊行された日本の作家のうち、主に現在活動中の作家389人を選定した。選定した作家の2005年から2014年までに刊行された、翻訳、民話・古典の再話、絵本、ノンフィクションなどを除いた、創作物語・童謡詩集等の児童文学書3,691冊を収録した。2004年以前の作品でも前版未収録のものは収録対象とした。

3. 見出し

    作家名を見出しとして、姓の読みの五十音順→名の読みの五十音順に排列した。見出しには生没年を付した。

4. 図書の排列

    作家名のもとに出版年月の逆順に排列した。出版年月が同じ場合は書名の五十音順に排列した。

5. 図書の記述

    書名／副書名／巻次／各巻書名／各巻副書名／各巻巻次／著者表示／版表示／出版地＊／出版者／出版年月／ページ数または冊数／大きさ／叢書名／叢書番号／副叢書名／副叢書番号／叢書責任者表示／定価（刊行時）／ISBN（①で表示）／注記／内容

    ＊出版地が東京の場合は省略した。

6．書名索引

　各図書を書名の読みの五十音順に排列して作家名を補記し、本文での掲載ページを示した。同じ作家の同一書名の図書がある場合は一つにまとめた。

7．書誌事項の出所

　本目録に掲載した各図書の書誌事項等は主に次の資料に拠っている。
　　データベース「BOOKPLUS」
　　JAPAN/MARC

目　次

【あ】

愛川　さくら………………………… 1
相川　真……………………………… 3
相坂　ゆうひ………………………… 4
相原　博之…………………………… 6
赤羽　じゅんこ……………………… 6
秋木　真……………………………… 8
秋口　ぎぐる………………………… 10
浅田　次郎…………………………… 10
あさの　あつこ……………………… 11
朝比奈　蓉子………………………… 20
芦原　すなお………………………… 20
芦辺　拓……………………………… 21
麻生　かづこ………………………… 21
阿部　夏丸…………………………… 22
雨蛙　ミドリ………………………… 23
尼子　騒兵衛………………………… 24
天野　頌子…………………………… 27
綾辻　行人…………………………… 28
新井　素子…………………………… 28
有沢　佳映…………………………… 28
有栖川　有栖………………………… 28
安東　みきえ………………………… 29
あんびる　やすこ…………………… 29
飯島　多紀哉………………………… 36
飯田　雪子…………………………… 36
池沢　夏樹…………………………… 37
池田　あきこ………………………… 37
池田　美代子………………………… 38
石井　睦美…………………………… 44
石川　宏千花………………………… 45
石崎　洋司…………………………… 47
石津　ちひろ………………………… 54
石田　衣良…………………………… 55
伊集院　静…………………………… 55
泉　啓子……………………………… 55
礒　みゆき…………………………… 56
板橋　雅弘…………………………… 57

市川　朔久子………………………… 58
市川　宣子…………………………… 58
市川　洋介…………………………… 59
伊藤　クミコ………………………… 59
いとう　ひろし……………………… 59
いとう　みく………………………… 60
伊藤　充子…………………………… 61
伊藤　遊……………………………… 61
井上　雅彦…………………………… 62
イノウエ　ミホコ…………………… 62
井上　よう子………………………… 62
井上　林子…………………………… 62
今井　恭子…………………………… 63
今村　葦子…………………………… 64
上田　千尋…………………………… 64
上野　哲也…………………………… 64
上橋　菜穂子………………………… 64
魚住　直子…………………………… 68
内田　麟太郎………………………… 68
江国　香織…………………………… 70
江崎　雪子…………………………… 71
近江屋　一朗………………………… 71
大崎　梢……………………………… 72
大崎　悌造…………………………… 73
大谷　美和子………………………… 73
大塚　篤子…………………………… 74
丘　修三……………………………… 75
岡田　依世子………………………… 75
岡田　貴久子………………………… 76
岡田　晴恵…………………………… 77
小川　英子…………………………… 77
小川　洋子…………………………… 78
荻原　規子…………………………… 78
奥沢　しおり………………………… 79
越智　典子…………………………… 80
乙一…………………………………… 81
おの　りえん………………………… 81
折原　一……………………………… 82

【か】

開 隆人 …………………………82
海堂 尊 …………………………82
香谷 美季 ………………………83
垣内 磯子 ………………………84
角田 光代 ………………………84
かさい まり ……………………85
香西 美保 ………………………86
梶尾 真治 ………………………87
樫崎 茜 …………………………87
風野 潮 …………………………88
片川 優子 ………………………90
かたの ともこ …………………91
片山 令子 ………………………91
加藤 純子 ………………………92
上遠野 浩平 ……………………92
上条 さなえ ……………………92
神代 明 …………………………93
川上 弘美 ………………………94
川崎 美羽 ………………………95
河端 ジュン一 …………………96
川端 裕人 ………………………97
河原 潤子 ………………………98
かんの ゆうこ …………………98
菊地 秀行 ………………………99
如月 かずさ ……………………100
北川 チハル ……………………100
北野 勇作 ………………………102
北村 薫 …………………………102
きたやま ようこ ………………102
京極 夏彦 ………………………104
桐野 夏生 ………………………104
草野 たき ………………………104
串間 美千恵 ……………………106
鯨 統一郎 ………………………106
楠 章子 …………………………107
楠 茂宣 …………………………107
楠木 誠一郎 ……………………108
久住 昌之 ………………………119
朽木 祥 …………………………119
工藤 純子 ………………………120
くぼしま りお …………………122
久美 沙織 ………………………125
倉阪 鬼一郎 ……………………125

倉橋 燿子 ………………………125
栗本 薫 …………………………130
薫 くみこ ………………………130
紅玉 いづき ……………………131
香坂 直 …………………………131
香月 日輪 ………………………132
こぐれ 京 ………………………135
越水 利江子 ……………………137
午前三時五分 ……………………140
小手鞠 るい ……………………141
ごとう しのぶ …………………141
後藤 みわこ ……………………142
小林 しげる ……………………144
小林 深雪 ………………………145
小原 麻由美 ……………………149
小森 香折 ………………………149
近藤 史恵 ………………………151

【さ】

斉藤 飛鳥 ………………………151
斉藤 栄美 ………………………151
さいとう しのぶ ………………155
斉藤 洋 …………………………156
さえぐさ ひろこ ………………163
佐川 芳枝 ………………………163
さくら ももこ …………………164
佐々木 ひとみ …………………166
佐々木 洋 ………………………167
笹生 陽子 ………………………167
佐藤 佳代 ………………………167
佐藤 多佳子 ……………………168
佐藤 まどか ……………………168
沢木 耕太郎 ……………………169
沢田 俊子 ………………………170
沢田 徳子 ………………………170
沢村 鉄 …………………………170
沢村 凛 …………………………170
三条 星亜 ………………………171
椎名 誠 …………………………172
重松 清 …………………………172
篠田 真由美 ……………………173
篠原 勝之 ………………………173
芝田 勝茂 ………………………174
島村 木綿子 ……………………174
小路 幸也 ………………………175

白倉 由美	175	富安 陽子	214
白阪 実世子	176	友野 詳	218
次良丸 忍	176	豊田 巧	219
新城 カズマ	178		
新庄 節美	178		
新藤 悦子	178	【な】	
菅野 雪虫	179		
杉本 深由起	180	長井 理佳	220
杉本 りえ	181	長井 るり子	220
杉山 亮	183	長江 優子	221
須藤 靖貴	185	なかがわ ちひろ	222
巣山 ひろみ	186	中川 なをみ	223
清家 未森	186	中川 ひろたか	223
関田 涙	187	長崎 夏海	224
相馬 公平	189	仲路 さとる	225
		中島 和子	225
【た】		長薗 安浩	226
		仲野 ワタリ	227
		中松 まるは	227
高科 正信	189	中村 航	228
高楼 方子	190	中山 聖子	228
高橋 秀雄	191	梨木 香歩	229
鷹見 一幸	192	梨屋 アリエ	229
高森 千穂	193	那須田 淳	232
高山 栄子	193	夏 緑	234
たから しげる	198	夏奈 ゆら	236
田口 ランディ	201	名取 なずな	236
竹内 もと代	201	七瀬 晶	237
たざわ りいこ	202	成田 サトコ	238
田島 みるく	203	南部 和也	240
たつみや 章	203	南部 くまこ	241
立石 彰	203	南房 秀久	241
田中 成和	204	二階堂 黎人	244
田中 啓文	204	西魚 リツコ	245
田中 由香利	204	にしがき ようこ	245
田中 芳樹	205	西川 つかさ	245
田中 利々	206	西沢 杏子	247
田部 智子	206	仁科 幸子	248
田村 理江	208	西村 友里	249
田森 庸介	208	西本 七星	249
つくも ようこ	210	二宮 由紀子	250
土屋 富士夫	211	ねじめ 正一	251
天童 荒太	211	野泉 マヤ	252
東野 司	212	野中 ともそ	252
とき ありえ	212	野中 柊	253
床丸 迷人	212	野村 一秋	254
戸田 和代	213	法月 綸太郎	254

【は】

萩尾 望都 …………………………… 254
橋本 治 ……………………………… 254
長谷川 光太 ………………………… 255
服部 千春 …………………………… 255
花形 みつる ………………………… 258
はの まきみ ………………………… 259
浜野 京子 …………………………… 260
早川 真知子 ………………………… 263
林 譲治 ……………………………… 263
林 真理子 …………………………… 264
早見 裕司 …………………………… 264
はやみね かおる …………………… 265
原 京子 ……………………………… 269
原 ゆたか …………………………… 271
はらだ みずき ……………………… 273
東 多江子 …………………………… 274
ひかわ 玲子 ………………………… 276
ひこ田中 …………………………… 277
ビートたけし ……………………… 278
日向 理恵子 ………………………… 278
日比生 典成 ………………………… 279
姫川 明 ……………………………… 279
広嶋 玲子 …………………………… 280
深沢 美潮 …………………………… 283
深月 ともみ ………………………… 296
福 明子 ……………………………… 297
福田 隆浩 …………………………… 298
藤 ダリオ …………………………… 299
藤 真知子 …………………………… 300
藤江 じゅん ………………………… 305
藤木 稟 ……………………………… 305
藤咲 あゆな ………………………… 307
藤崎 慎吾 …………………………… 316
藤田 雅矢 …………………………… 316
藤浪 智之 …………………………… 316
藤野 恵美 …………………………… 316
古市 卓也 …………………………… 320
星野 富弘 …………………………… 320
穂高 順也 …………………………… 321
堀 直子 ……………………………… 321
堀口 勇太 …………………………… 322
堀米 薫 ……………………………… 325
本田 有明 …………………………… 325
誉田 竜一 …………………………… 325

【ま】

牧野 修 ……………………………… 326
牧野 節子 …………………………… 326
万城目 学 …………………………… 327
升井 純子 …………………………… 327
増田 明美 …………………………… 328
まだらめ 三保 ……………………… 328
松居 スーザン ……………………… 329
松尾 由美 …………………………… 329
松崎 有理 …………………………… 330
松原 秀行 …………………………… 330
松本 祐子 …………………………… 334
まはら 三桃 ………………………… 335
麻耶 雄嵩 …………………………… 336
魔夜 妖一 …………………………… 336
円山 夢久 …………………………… 337
三浦 有為子 ………………………… 337
みうら かれん ……………………… 337
みお ちづる ………………………… 338
三日月 シズル ……………………… 339
みずの まい ………………………… 339
三田 誠広 …………………………… 341
光丘 真理 …………………………… 341
光原 百合 …………………………… 342
緑川 聖司 …………………………… 343
三野 誠子 …………………………… 345
みほ ようこ ………………………… 345
宮下 恵茉 …………………………… 346
宮下 すずか ………………………… 348
宮部 みゆき ………………………… 349
深山 さくら ………………………… 351
宮本 輝 ……………………………… 351
三輪 裕子 …………………………… 352
むらい かよ ………………………… 352
村上 しいこ ………………………… 355
村上 春樹 …………………………… 359
村上 龍 ……………………………… 359
村中 李衣 …………………………… 360
村山 早紀 …………………………… 361
茂市 久美子 ………………………… 365
毛利 まさみち ……………………… 367
毛利 衛 ……………………………… 367
最上 一平 …………………………… 367

茂木 健一郎 …………………… 368
もとした いづみ ……………… 368
森 絵都 ………………………… 370
森 三月 ………………………… 372
森 博嗣 ………………………… 372
森居 美百合 …………………… 372
森川 さつき …………………… 373
森川 成美 ……………………… 373
森下 一仁 ……………………… 373
森下 真理 ……………………… 374

【や】

やえがし なおこ ……………… 374
椰月 美智子 …………………… 375
安田 依央 ……………………… 376
安田 夏菜 ……………………… 376
八束 澄子 ……………………… 377
矢部 美智代 …………………… 378
山口 理 ………………………… 378
山口 節子 ……………………… 381
山崎 洋子 ……………………… 382
山崎 玲子 ……………………… 382
山末 やすえ …………………… 383
山田 うさこ …………………… 383
山田 詠美 ……………………… 384
山田 知子 ……………………… 384
山田 正紀 ……………………… 384
山田 マチ ……………………… 384
山田 悠介 ……………………… 385
山本 悦子 ……………………… 385
山本 純士 ……………………… 388
山本 省三 ……………………… 388
山本 なおこ …………………… 390
山本 弘 ………………………… 390
山本 文緒 ……………………… 391
唯川 恵 ………………………… 391
柳 美里 ………………………… 392
夕貴 そら ……………………… 392
結城 乃香 ……………………… 392
結城 光流 ……………………… 393
幸原 みのり …………………… 393
横沢 彰 ………………………… 394
横田 順弥 ……………………… 395
横山 充男 ……………………… 396
吉田 純子 ……………………… 397

吉田 道子 ……………………… 399
吉富 多美 ……………………… 400
吉野 紅伽 ……………………… 400
吉野 万理子 …………………… 401
芳村 れいな …………………… 403
吉本 ばなな …………………… 403
依田 逸夫 ……………………… 403

【ら】

寮 美千子 ……………………… 404
令丈 ヒロ子 …………………… 405
六条 仁真 ……………………… 413

【わ】

渡辺 仙州 ……………………… 413
わたなべ ひろみ ……………… 414
和智 正喜 ……………………… 415

書名索引 ……………………… 417

愛川　さくら
あいかわ・さくら

『放課後のBボーイ—スズ姫★事件ファイル』　愛川さくら作，カスカベアキラ絵　角川書店　2013.4　213p　18cm　（角川つばさ文庫　Aあ1-50）640円　①978-4-04-631302-7〈発売：角川グループホールディングス〉

内容　私は鈴木小鈴。ママの美鈴は有名作家だから、知ってる人もいるかもね。松葉学園中等部に入学した私は、めだたないようにしてたはずなのに、いきなり同じクラスの女子にからまれて…助けてくれたのは成宮冬威って男子。冬威はクールな忍と2人でデビュー間近の学園アイドルだった。なのに悪いウワサのある応援団の先輩ににらまれて、このままじゃユニット解散!? なんとかしなくっちゃ！

『初恋にさよなら—天才作家スズ恋愛ファイル』　愛川さくら作，市井あさ絵　角川書店　2012.12　252p　18cm　（角川つばさ文庫　Aあ1-17）680円　①978-4-04-631283-9〈発売：角川グループパブリッシング〉

内容　カイは、フランスのプロサッカーチームに合格、入団することに。じゃ、もうここでお別れなの？　「スズがさびしいって言えば一緒に日本に帰るよ」なんて言われたけど、カイの夢を曲げることはできないもん！　その電話の途中、なぐられるような音とともに、カイの声がとだえたっ！　一体カイになにが？　フランス、成宮と一緒にかけつけたスズが見たのは…超美少年が！？　「恋愛ファイル」クライマックスだよ。小学中級から。

『天使に胸キュン』　愛川さくら作，市井あさ絵　角川書店　2012.7　246p　18cm　（角川つばさ文庫　Aあ1-16—天才作家スズ恋愛ファイル）680円　①978-4-04-631251-8〈発売：角川グループパブリッシング〉

内容　スズだよ。まだフランスにいるんだ。行方不明のプランスは、まったく見つからなくて、女公爵はすっかり弱気モード。カイはフランスのプロサッカーチームの入団試験を受けてるし、このままじゃみんなバラバラになっちゃう!?　私と成宮は絶対にあきらめないって誓ったんだ。そんなとき、私はプランスに激似の男子を見かけたの。でも、プランスはスウェーデンにいるはず…あれはいったい誰!?

『太陽・がいっぱい—天才作家スズ恋愛ファイル』　愛川さくら作，市井あさ絵　角川書店　2012.3　260p　18cm　（角川つばさ文庫　Aあ1-15）680円　①978-4-04-631224-2〈発売：角川グループパブリッシング〉

内容　スズだよ。スウェーデンのプランスはまだ行方不明…だけど、手術を無事終えたカイは、フランスにあるプランスのお城で療養してるって。あ～よかった!!　成宮と2人でお見舞いに行くことになったんだ。途中で引ったくりには狙われるし、迷惑なオバさんには出会うし。でも成宮って意外と頼れるんだよ、うん。だけど、やっと着いたお城は警官だらけ、誰かがバルコニーから落ちたって…まさか、カイではっ!?　第3弾。小学中級から。

『月光・マジック—天才作家スズ恋愛ファイル』　愛川さくら作，市井あさ絵　角川書店　2012.1　239p　18cm　（角川つばさ文庫　Aあ1-14）680円　①978-4-04-631211-2〈発売：角川グループパブリッシング〉

内容　スズだよ。スウェーデンに行ったカイとプランスが、大きなテロに巻きこまれて行方不明って…おのれ、テロリストっ、もし2人の身になにかあったら、絶対ゆるさんっ!!　そう思っていたら、なんとプランスからメッセージが届いたんだ。それはテロの前日に書かれたものだった。中には胸がジーンと熱くなるような言葉が！，そして「カイは絶対、おまえの所に返す」と結ばれていた…。ドキドキ増量の第2弾！　小学中級から。

『星☆時間をさがして—天才作家スズ恋愛ファイル』　愛川さくら作，市井あさ絵　角川書店　2011.12　226p　18cm　（角川つばさ文庫　Aあ1-13）720円　①978-4-04-631202-0〈発売：角川グループパブリッシング〉

内容　スズだよ。私やっぱり作家をめざそうって心を決めたんだ。でも、道はけわしくて…。そんな時、校内にある「星の礼拝堂」の噂が耳に入ってきた。だれにも見られずに祈りをささげると、願いが叶うんだって。よし、これでいこっ！　ところが突然、超・美形の男の子が現れて、私の祈りをのぞき見した。あぁ作家の夢は、いったいどーなるのっ!?　いくらイケメンだって許せないと思いきや…。小学中級から。

『消えたシュークリーム王子—天才作家スズ秘密ファイル 10』　愛川さくら作，市井あさ絵　角川書店　2011.7　287p　18cm　（角川つばさ文庫　Aあ1-12）680円　①978-4-04-631172-6〈発売：角

愛川さくら

川グループパブリッシング〉

|内容| スズだよ。ある日、だれかが脅迫電話をかけてきたんだ。「おまえがニセ作家だとバラすぞ」だって‼ ぎゃあっこまるよっ！ あわてて犯人を探すけど、ぜんぜんわからないの。そんなときプランスが行方不明にっ！ どうやらマフィア風のアメリカ人に連れ去られたらしいの。プランス救出のため、女公爵といっしょにハワイにむかった私は…。あっちもこっちもトラブルだらけ。どうなるのっ!? 小学中級から。

『イースターエッグ将軍と赤い影—天才作家スズ秘密ファイル 9』　愛川さくら作，市井あさ絵　角川書店　2011.3　299p　18cm　（角川つばさ文庫　Aあ1-11）680円　①978-4-04-631154-2〈発売：角川グループパブリッシング〉

|内容| スズだよー。春やすみに、学園のお茶会メンバーで、地中海にいくことになったんだ。海の底にねむる黄金のイースターエッグをひきあげるためにね。女公爵や成宮、カイもいっしょだよ豪華客船プランス号に乗り、たのしい船旅…のはずが、エッグに近づくと、なぜかまわりの海が血の色っ！ ぎゃーっなにコレ⁉ も、もしかしてイースターエッグ将軍の呪いなのぉ⁉ 大人気秘密ファイル9巻め。小学中級から。

『チョコレート公爵城の謎—天才作家スズ秘密ファイル 8』　愛川さくら作，市井あさ絵　角川書店　2010.12　279p　18cm　（角川つばさ文庫　Aあ1-10）680円　①978-4-04-631138-2〈発売：角川グループパブリッシング〉

|内容| スズだよっ。ある日、おもいがけない人から電話がきたの。それは、あこがれの高等部の花、真矢先輩っ！「約束どおりデートしようよ」って 一方、プランスはすっごい不機嫌モード。学園の男子寮、通称「チョコレート公爵城」に、国際的な犯罪のうたがいがあるんだって…でも、公爵って真矢さんだよ。私は先輩を信じるもんっ！ 成宮と2人で公爵城に潜入した私は…。大人気秘密ファイル8巻。小学中級から。

『アップルパイ姫の恋人—天才作家スズ秘密ファイル 7』　愛川さくら作，市井あさ絵　角川書店　2010.10　254p　18cm　（角川つばさ文庫　Aあ1-9）680円　①978-4-04-631123-8〈発売：角川グループパブリッシング〉

|内容| 私、スズ。最近、目が覚めるとノートに1ページずつ、小説が書かれているんだ。書いた記憶はないのに、それは私の字。これってもしかして、死んじゃった双子の姉妹オリちゃんが、私に乗りうつってるの？

女公爵に相談にのってもらった私は、じぶんでも小説を書いてみようって決心したんだ。けど、プランスはその小説を読むなり、サッと顔色をかえたの。いったいなんで？ 秘密のファイル7巻。

『ボンボン皇帝と聖剣騎士団—天才作家スズ☆スペシャル』　愛川さくら作，市井あさ絵　角川書店　2010.7　318p　18cm　（角川つばさ文庫　Aあ1-8）700円　①978-4-04-631109-2〈発売：角川グループパブリッシング〉

|内容| 私、スズ。プランスが「とんでもない旅」に連れてきてくれたんだよ。でも、天才だから、着いたのは「だれにも予想できない場所」だったんだよね…。しかも、プランスが爆弾テロのぬれぎぬで逮捕されちゃったの！ カイと激似の男の子、ルイ・シャルルといっしょに助けにむかったんだけど、次から次へとトラブルの嵐っ！ ああっ私たち、ぶじに帰れるの⁉ 大ボリュームのメガ盛り☆夏休みSP！ 小学中級から。

『クグロフ皇妃と錬金術師—天才作家スズ☆スペシャル』　愛川さくら作，市井あさ絵　角川書店　2010.6　294p　18cm　（角川つばさ文庫　Aあ1-7）700円　①978-4-04-631106-1〈発売：角川グループパブリッシング〉

|内容| 私、スズ。カイが転校して行ってから、元気がでないんだ…。するとプランスが夏休みに旅行に連れてってくれるというの。「行き先は、とんでもなくスゴイ所、楽しみにしておけ」って。でも、旅の準備をするプランスは、やつれて倒れるし、私は「遺書を書いておけ」なんていわれて不安がMAX！ って、まさか行き先は…宇宙とか⁉ 天才だもん、やりかねないよっ‼ どうなる夏休みSP。小学中級から。

『桜マシュマロと守護神（しゅごしん）—天才作家スズ秘密ファイル 6』　愛川さくら作，市井あさ絵　角川書店　2010.3　247p　18cm　（角川つばさ文庫　Aあ1-6）680円　①978-4-04-631086-6〈発売：角川グループパブリッシング〉

|内容| 私、スズ。ホワイトデーが近づき、学園中ソワソワ。人気者のプランスやカイからのお返しの中に、クリスタルのハートが入っていた子は、1年間カノジョ同然の人になれるって決まりだから。でも、じつは私は2人にバレンタインチョコをあげなかったんだ。友情で結ばれてるんだから、関係ないよね？　と、そんなある日、カイに絶交宣言されちゃった！ て、ええーっ⁉ 大人気シリーズ第6弾。小学中級から。

『ブッシュ・ド・ノエルの聖少女—天才作

『家スズ秘密ファイル 5』　愛川さくら作，市井あさ絵　角川書店　2009.12　252p　18cm　（角川つばさ文庫　Aあ1-5）680円　①978-4-04-631067-5〈発売：角川グループパブリッシング〉

内容　私、スズ。中学生活はじめてのクリスマスでドッキドキ。学校全体で、アドベントっていう、クリスマスを待つ儀式をやるんだぁ。さすがの名門・松葉学園、ロマンチックだよねっ。ところが、儀式の主役「聖少女」をやるはずのミャーコがいなくなっちゃったの。まさか、誘拐!? しかも、女公爵から「ミャーコが見つかるまで、かわりに聖少女をやれ」って言われて、もう大変！大人気の第5弾。小学中級から。

『モンブラン女王と天使島―天才作家スズ秘密ファイル 4』　愛川さくら作，市井あさ絵　角川書店　2009.10　276p　18cm　（角川つばさ文庫　Aあ1-4）680円　①978-4-04-631057-6〈発売：角川グループパブリッシング〉

内容　私、スズ。秋はごはんもお菓子もおいしくてハッピーだよね、なのにプランスは恩人が病気で死にかけているせいで、すごく凹んでる。だから、お見舞いにつきあってあげることにしたの。友だちだもんね。行き先は…ええっ、フランス〜!? おもいきりゴージャスな旅のはてに到着した天使島では、いなくなった王子さまを探すというお仕事が…。また事件なの！ドキドキ満点☆ミステリー第4弾。

『シャーベット女公爵の恋―天才作家スズ秘密ファイル 3』　愛川さくら作，市井あさ絵　角川書店　2009.6　245p　18cm　（角川つばさ文庫　Aあ1-3）620円　①978-4-04-631034-7〈発売：角川グループパブリッシング〉

内容　私、スズ。ぶじ、名門セレブ私立、松葉学園に入学できたんだ。プランスやカイといっしょに中学生活がおくれて、うれしいなっ。だけど、学園のアイドルの2人となかよしの私は、いきなり周囲のシットの嵐にみまわれて!? しかも「女公爵」とよばれるセンパイから「はじめまして、天才作家さん」って話しかけられちゃうし…わわっ、秘密がバレちゃう！大人気シリーズ第3弾。小学中級から。

『マカロン姫とペルシャ猫―天才作家スズ秘密ファイル 2』　愛川さくら作，市井あさ絵　角川書店　2009.4　238p　18cm　（角川つばさ文庫　Aあ1-2）620円　①978-4-04-631021-7〈発売：角川グループパブリッシング〉

内容　私、スズ。「天才作家」やってるよ。でも中学受験の合格発表はまだだし、小説も書けないしでブルーなの。そしたらプランスが「おいしいマカロンを食べにいかないか」って。さっそく、カイと3人でシンデレラ城みたいなお城にでかけていったの。するとお城では、飼い猫がいなくなって大騒ぎ。なんと首に200カラットのダイヤをつけたセレブ猫だったのよ。たいへんだっ！学校で話題のミステリアス・コメディ第2弾。

『シュークリーム王子の秘密―天才作家スズ秘密ファイル 1』　愛川さくら作，市井あさ絵　角川書店　2009.3　235p　18cm　（角川つばさ文庫　Aあ1-1）620円　①978-4-04-631011-8〈発売：角川グループパブリッシング〉

内容　私、スズ。小学6年生のとき、ちょっとしたアクシデントで「天才小学生作家」になっちゃった。でも、あたらしい本が書けないせいで、担当編集者からガンガン電話がかかってきて大ピンチッ。あせった私は小説のネタをさがそうと、超セレブな私立中学にしのびこんだの。そこで金髪の美少年に助けをもとめられて…。謎とドキドキいっぱいのミステリアス・コメディ。小学中級から。

相川　真
あいかわ・しん

『ハロウィン★ナイト！〔2〕わがままお嬢さまとナキムシ執事!?』　相川真作，黒裄絵　集英社　2014.3　218p　18cm　（集英社みらい文庫　あ-7-2）640円　①978-4-08-321201-7

内容　魔女が作った人形のクレイジーは、フツウの中学生だったさやを、それはブキミでフシギで見たこともない世界に引っぱりこんだ！そんなある日、さやが加入したばかりの、ウィッチ・ドールを研究するチーム『ジャック・オ・ランタン』の前に、強敵が現れた!! さやたちは、なぜかクレイジーを狙うお嬢さま・杏音と、やたら泣き虫の執事・良太郎に立ち向かえるのか…!? 小学中級から。

『ハロウィン★ナイト！―ウィッチ・ドールなんか大キライ!!』　相川真作，黒裄絵　集英社　2013.12　221p　18cm　（集英社みらい文庫　あ-7-1）640円　①978-4-08-321188-1

内容　クラスで目立たないタイプの中2のさやは、ある日、超イケメン少年・ウィルに出会う。「ドールの使い手はお前か」と連れて

相坂ゆうひ

行かれた先で現れたのは、魔女が作った人形・クレイジーだった!! 自由気まま過ぎるクレイジーに振り回されまくるさやに告げられた、衝撃の事実とは!? "ハロウィンナイトの祝福を！" "…夢のような悪夢のような毎日が始まる!! 第2回みらい文庫大賞・優秀賞受賞作！ 小学中級から。

相坂　ゆうひ
あいさか・ゆうひ

『モンハン日記 ぽかぽかアイルー村〔7〕 爆笑!? わくわくかくし芸大会ニャ！』 相坂ゆうひ作，マーブルCHIKO絵　KADOKAWA　2014.7　187p　18cm　〈角川つばさ文庫〉680円　①978-4-04-631427-7

内容 ぽかぽかのんびりしている「これからの村」。この村で村長見習いをしているココアは、長老から頼まれて、かくし芸大会を開くことに。さらに、ココア自身もかくし芸を披露するよう言われてしまって…!? かくし芸そのものを、ココアはいまいちわかっていないので、友だちのピンクといっしょに出演者をさがしながら、自分のかくし芸も決めようと村をまわる。アイルーたちがかつやくする、ほんわかストーリーニャ☆ 小学中級から。

『モンハン日記 ぽかぽかアイルー村〔6〕 手紙の謎をゆる～り解明ニャ!!』 相坂ゆうひ作，マーブルCHIKO絵　KADOKAWA　2014.2　189p　18cm　〈角川つばさ文庫 Cあ1-11〉680円　①978-4-04-631380-5〈〔5〕までの出版者：アスキー・メディアワークス〉

内容 アイルーのココアは村のなかで、宛先もない、差出人の名前もない謎の手紙を拾う。この手紙の差出人を捜すため、ピンクと一緒に村中のアイルーたちに聞き込み調査をすることに！ でも、なかなか差出人は見つからない…。なんとか手がかりを見つけようと向かった雪山では、大変なことが起こっちゃって!? このピンチをココアたちは切り抜けられるの？ アイルーたちがかつやくする、ほんわかストーリーニャ！ 小学中級から。

『モデル☆おしゃれオーディション—めちゃドキ読モデビュー!!』 相坂ゆうひ作，ぴよな絵　アスキー・メディアワークス　2013.9　206p　18cm　〈角川つばさ文庫 Cあ1-10〉680円　①978-4-04-631344-7〈発売：KADOKAWA〉

内容 絵を描くことが大好きなミウは、なかなかイラストコンクールに入選できずにいた。そんなミウの元に、ついに第一次選考の通過通知が届く！ 喜んだのもつかの間、よく見たら、応募した記憶のない雑誌からの通知で!? それは、なんと親友のサクラが勝手に応募していた、読モオーディションの通過通知だった！ サクラのためにオーディションを受けることにしたミウ。それが、読モデビューへ向けた第一歩だった！小学中級から。

『モンハン日記 ぽかぽかアイルー村〔5〕 キラキラ音楽会に大集合ニャ♪』 相坂ゆうひ作，マーブルCHIKO絵　アスキー・メディアワークス　2013.7　189p　18cm　〈角川つばさ文庫 Cあ1-9〉680円　①978-4-04-631332-4〈発売：KADOKAWA〉

内容 村長見習いをしているアイルーのココアは、ぐーたらしている長老みたいにならないよう、村のために音楽会を開こうと思いつく。音楽家のアイルーたちに声を掛けるため、村をまわっていくけれど、ダンスやジョークの特訓をしたり、記憶を失ったアイルーに出会ったり、さらには村の外でとんでもない目にあったりと、行く先々でトラブルが続いちゃって…!? アイルーたちがかつやくする、ほんかわストーリーニャ小学中級から。

『明日もずっとラブ友　4　友情のカタチ』 相坂ゆうひ作，ささむらもえる挿絵　アスキー・メディアワークス　2013.5　204p　18cm　〈角川つばさ文庫 Cあ1-8〉680円　①978-4-04-631320-1〈カバー絵：カミオジャパン　発売：角川グループホールディングス〉

内容 アオイは、星占いに詳しいミヅキと友だちになり、星占いにハマってしまう。毎日ラッキーアイテムを集めなくてはと必死になりすぎて…!? また、アオイと幼なじみのリコは、最近のツイてない自分を星占いでなんとかできないか、ミヅキに相談する。リコたちと同じクラスで学級委員のサキは、星占いが好きになれず、みんなと仲よくなれなくて…？ 4人の女の子たちそれぞれの視点で描く、青春＆友情ストーリー。小学中級から。

『モンハン日記 ぽかぽかアイルー村〔4〕 どきどきプレゼント大作戦ニャ☆』 相坂ゆうひ作，マーブルCHIKO絵　アスキー・メディアワークス　2013.3　181p　18cm　〈角川つばさ文庫 Cあ1-7〉680円　①978-4-04-631306-5〈発売：角川グループパブリッシング〉

相坂ゆうひ

内容 アイルーのココアは、「これからの村」の村長見習い。ふとしたことから、ココアは村に住んでいるみんなに日頃のお礼として、なにかプレゼントを贈ろうと思いつく。仲良しのアイルー・ピンクといっしょにどんなプレゼントを贈ろうかいろいろ考え、作戦にうつすココアだったけど、なぜかトラブル続きでまったくうまくいかず…!?　個性豊かなアイルーたちがわいわい大かつやくする、ほんわかストーリーニャ。小学中級から。

『明日もずっとラブ友　3　キミの笑顔で元気になれるよ』　相坂ゆうひ作，ささむらもえる挿絵　アスキー・メディアワークス　2012.12　185p　18cm　（角川つばさ文庫　Cあ1-6）680円　①978-4-04-631264-8〈カバー絵：カミオジャパン　発売：角川グループパブリッシング〉

内容 カナミは、クラスで人気者のミクから学園祭で一緒にダンスを踊らないかと頼まれる。ダンスなんてまったく得意じゃないカナミだったけど、友だちになりたいと思っていたミクのお願いをついつい聞いてしまい、後にひけなくなって…!?　ミクと仲良しの双子・カイリとセイナも加わり、カナミは自分が彼女たちの友だちとしてふさわしいか不安になりながらも、一緒に学園生活を送っていく。青春&友情ストーリー第3弾。小学中級から。

『モンハン日記　ぽかぽかアイルー村　3　ドタバタ村おこしで大パニック!?ニャ』　相坂ゆうひ作，マーブルCHIKO絵　アスキー・メディアワークス　2012.10　187p　18cm　（角川つばさ文庫　Cあ1-5）680円　①978-4-04-631266-2〈発売：角川グループパブリッシング〉

内容 ぽかぽかのんびりした「これからの村」に住むアイルーのココアは、長老から新しい村おこしをするよう頼まれ、海岸に施設を作ることに。でも、さっぱり思いつかないココアは、仲良しのピンクとアイディアを求めて村のアイルーたちの元へ。いろいろ話を聞いて行動しているうちに、ひょんなことから、村がこれまでにない一大事に見舞われることになっちゃって…!?　アイルーたちのほんわかストーリー第三弾！小学中級から。

『明日もずっとラブ友　2　出会えてよかった最高の友だち』　相坂ゆうひ作，ささむらもえる挿絵　アスキー・メディアワークス　2012.8　197p　18cm　（角川つばさ文庫　Cあ1-4）680円　①978-4-04-631258-7〈カバー絵：カミオジャパン　発売：角川グループパブリッシ

内容 シオリとコハルは、いつもいっしょにいる仲良しふたり組。ふたりでブローチ作りを始めたけれど、なかなかうまくいかない。そんななか、ふたりがブローチを作っているというウワサが広まってしまい、あとにひけなくなってしまって…!?　サマーキャンプでは、ふたりがお互いの性格を入れ替えたキャラ設定で行動することに。だけど、そこで仲良くなったヒナにばれそうになり…!?　女の子たちの青春&友情ストーリー第2弾。

『モンハン日記　ぽかぽかアイルー村　2　みんなでわいわいお宝探しニャ』　相坂ゆうひ作，マーブルCHIKO絵　アスキー・メディアワークス　2012.6　185p　18cm　（角川つばさ文庫　Cあ1-3）680円　①978-4-04-631245-7〈発売：角川グループパブリッシング〉

内容 主人公のアイルー・ココアは、長老の頼みで村に隠されているという「グレートな宝物」を探すことになる。でも、なんの手がかりもないので、村のあちこちをまわることに。各所にいるアイルーたちから、なにか情報を聞き出そうとお話をするけど、他のことが気になったり、トラブルが起きたりで、ちっともお宝探しが進まないみたいで…!?　ゆかいなアイルーたちがわいわい活躍する、ほんわかストーリー第二弾。小学中級から。

『明日もずっとラブ友　1　出会ったキセキ、キラキラの友情』　相坂ゆうひ作，ささむらもえる絵　アスキー・メディアワークス　2012.3　199p　18cm　（角川つばさ文庫　Cあ1-2）680円　①978-4-04-631222-8〈発売：角川グループパブリッシング〉

内容 ミホは、学級委員を決めたりする「当たりたくないくじ」によく当たっちゃう。そんな "逆くじ運" の持ち主のミホだったけど、新しく始まる学校生活の不安な登校初日、たまたま電車でとなりにいたヨーコが、運命的にも同じクラスで、すぐに友だちになる！さい先のよいスタートをきったと思ったけど、"逆くじ運" のおかげで、すごく大変な体育委員になって!?　女の子たちの青春&友情ストーリー開幕！　小学中級から。

『モンハン日記　ぽかぽかアイルー村―ハッピー生活のはじまりニャ』　相坂ゆうひ作，マーブルCHIKO絵　アスキー・メディアワークス　2011.10　188p　18cm　（角川つばさ文庫　Cあ1-1）680円　①978-4-04-631190-0〈発売：角川グループパブリッシング〉

内容 小さいながらも、のんびり平和なアイ

ルーたちの住む村。そこで暮らしているアイルーのココアは、長老から村を大きくするため「村おこし」のアイディアを出すよう、お願いされる。でも、ココアはおなかがへっちゃってアイディアが出ないみたい。ところが「ごはんが食べたいニャ」と言ったことを長老は村おこしのアイディアだと思っちゃって!?ゆかいなアイルーたちがわいわい活躍する、ほんわかストーリー！小学中級から。

相原　博之
あいはら・ひろゆき
《1961～》

『**ふたりだけの運動会**』　あいはらひろゆき作，佐藤真紀子絵　佼成出版社　2012.9　95p　22cm　（こころのつばさシリーズ）1300円　①978-4-333-02558-9
|内容| 孝太は、お母さんのために力いっぱい走りました。(元気になれ！)(病気になんか、まけるな！)ふしぎなくらい、あとからあとから力がわいてきました―。小学校3年生から。

『**クローバーフレンズ　3**』　あいはらひろゆき作，河原和音絵　角川書店　2011.4　220p　18cm　（角川つばさ文庫　Aあ4-3）640円　①978-4-04-631159-7〈発売：角川グループパブリッシング〉
|内容| 大親友のリカ、エリ、ユカは、水泳チームのクローバーSCを作り、区の大会で優勝、東京都大会への出場が決まった！ところが、ライバルチームのエース、レイがチームに入りたいと言ってきた。だれかが補欠!?バレンタインはキャプテンへのチョコ作り、大会に向けての合宿、山での遭難…都大会は？　仲間たちとのたからものの思い出、卒業式と旅だち！　小学中級から。

『**クローバーフレンズ　2**』　あいはらひろゆき作，河原和音絵　角川書店　2010.12　222p　18cm　（角川つばさ文庫　Aあ4-2）640円　①978-4-04-631135-1〈発売：角川グループパブリッシング〉
|内容| 小学生最後の夏に、リカ、エリ、ユカ、そして、マキはクローバーSCを結成！メドレーリレーで水泳大会に出場するが、城南SCにタッチの差で敗れた。2学期、なんとマキが転校することに！　新しくメンバーになったのは超ワガママサオリ。チームもバラバラになって…。1月に城南SCとの再対決なのに!!　4人に恋バナや特別なクリスマスはくるのか？　小学中級から。

『**クローバーフレンズ　1**』　あいはらひろゆき作，河原和音絵　角川書店　2010.8　198p　18cm　（角川つばさ文庫　Aあ4-1）620円　①978-4-04-631115-3〈発売：角川グループパブリッシング〉
|内容| 大親友のリカ、エリ、ユカはいつも一緒。小学校最後の夏休み、リカが突然、「メドレーリレーで優勝する！」と言いだす。ユカは泳げない。でも、理由を知ったユカとエリも本気の練習を始める。おじいちゃんの病気、あやしげなコーチ、あこがれの中学水泳部キャプテン、そして、第4のメンバー。リカたちの涙、笑いがいっぱい、みんなを感動させる友情物語！　小学中級から。

『**ラベンダー**』　あいはらひろゆき作　教育画劇　2007.6　197p　19cm　1300円　①978-4-7746-1062-7
|内容| 今を大切にしなきゃ。誰のためでもない今の自分のために。ラベンダーの澄みきった香りが夏の夜をやさしく包み込んでいる。あたしは、空にむかって思いっきり伸びをした。少女たちとラベンダー畑の物語。

『**せかいでいちばんママがすき**』　あいはらひろゆき作，あだちなみ絵　教育画劇　2007.4　76p　21cm　1100円　①978-4-7746-1054-2
|内容| ママがにゅういんすることに…せつないほどいとしい家族の物語。

『**せかいでひとつだけのケーキ**』　あいはらひろゆき作，あだちなみ絵　教育画劇　2006.4　60p　21cm　1000円　①4-7746-0705-3
|内容| きょうはママのたんじょうび。ゆうたはママのだいすきなケーキを、こっそりプレゼントするために、ちいさないもうとをつれて、はじめてふたりでバスにのって…心に響く、優しくあたたかい家族の物語。

赤羽　じゅんこ
あかはね・じゅんこ
《1958～》

『**がむしゃら落語**』　赤羽じゅんこ作，きむらよしお画　福音館書店　2013.10　171p　21cm　〔福音館創作童話シリーズ〕）1300円　①978-4-8340-8026-1
|内容| ぼくが舞台で落語を一席？　そんなむちゃな！　意地悪トリオの計略にはまって「特技発表会」に出演することになった雄馬は、頭をかかえて大弱り。でも今さらあと

赤羽じゅんこ

にはひけないし…。そこで、さえない若手落語家に弟子入りしたんだけれど、このにわか師匠ときたら、たよりにならないことったら。ジタバタするうち、期日はどんどんせまってくる。さあ雄馬、どうする!? 小学校中級から。

『ジャングル村はちぎれたてがみで大さわぎ！』　赤羽じゅんこ作，はやしますみ絵　くもん出版　2013.1　92p　22cm　（ことばって、たのしいな！）　1200円　①978-4-7743-2137-0
[内容] ジャングル村のゆうびんはいたつ、オウムのジジが、きょうもおしゃべりにむちゅう。ジジのかわりにはいたつしようと、ふたごのリスザル、リーとスーはこっそりてがみをとり出しますが、ふたつにちぎれてしまって、さあたいへん。小学校低学年から。

『ピアスの星』　赤羽じゅんこ作，tamao画　くもん出版　2011.12　187p　20cm　1400円　①978-4-7743-2019-9
[内容] 卒業まで、あと少し。わたしたち、大人になれるのかな？「ピアスってどう思う？　したいと思わない？」サヤが、ささやくようにいった。

『おまじないのてがみ』　赤羽じゅんこ作，石井勉絵　文研出版　2011.1　69p　22cm　（わくわくえどうわ）　1200円　①978-4-580-82110-1
[内容] おまじないをかんがえたことある？　ユズちゃんのおばあちゃんによると、へんてこでいみがめちゃめちゃで、いいやすいのが、いいおまじないなんだって。そんなので、ききめがあるのかって？　きになったひとはぜひ、このおはなしをよんでね！　小学1年生以上。

『アヤとひみつのプレゼント―てつだいマウス・ハッピーズ』　赤羽じゅんこ作，つちだよしはる絵　国土社　2010.12　70p　22cm　1200円　①978-4-337-03603-1
[内容] 「ハッピーハッピーハッピーズ」はずむリズムにのってやってきたてつだいマウス・ハッピーズ。まつぼっくりのかたをかけててづくりプレゼントのおてつだい。

『マユとまほうのてがみ―てつだいマウス・ハッピーズ』　赤羽じゅんこ作，つちだよしはる絵　国土社　2010.6　70p　22cm　1200円　①978-4-337-03602-4
[内容] 「ハッピーハッピーハッピーズ」はずむリズムにのってやってきたてつだいマウス・ハッピーズ。マユのてがみにまほうをかけてねがいをかなえるおてつだい。

『ミキとひかるどんぐり―てつだいマウス・ハッピーズ』　赤羽じゅんこ作，つちだよしはる絵　国土社　2009.10　70p　22cm　1200円　①978-4-337-03601-7
[内容] 「ハッピーハッピーハッピーズ」はずむリズムにのってあらわれたてつだいマウス・ハッピーズ。ちいさなからだでげんきいっぱい。こまっている子のおてつだい。

『ゆうきメガネ』　赤羽じゅんこ作，岡本順絵　あかね書房　2008.10　76p　22cm　（わくわく幼年どうわ　26）　900円　①978-4-251-04036-7
[内容] 「ゆうきっていうのはね。ええと、こわいものや、こまったことにたちむかう、つよいきもちのことよ。…」らくがきにんじゃゆいまるにたのまれて、"ゆうき"をあつめたおとこのこ、ゆうやの、ふしぎでたのしい幼年どうわです。5～7歳向き。

『わらいボール』　赤羽じゅんこ作，岡本順絵　あかね書房　2007.7　76p　22cm　（わくわく幼年どうわ　20）　900円　①978-4-251-04030-5
[内容] ゆうやが、がっこうで、らくがきからでてきたにんじゃとであいます。にんじゃは、ゆうやに、たけづつにわらいごえをあつめてくれと、たのみます…。わらいごえがたけづつにすいこまれていく。たけづつをのぞくと、オレンジいろのかたまりがみえた。ボールみたいにころんとしている…。わらいごえからできた、わらいボールは、ふしぎなボール。らくがきにんじゃと、ゆうやとの、ふしぎがいっぱいのおはなし。5～7歳向き。

『絵の中からSOS！』　赤羽じゅんこ作　岩崎書店　2006.3　158p　22cm　（わくわく読み物コレクション　9）　1200円　①4-265-06059-5　〈絵：佐竹美保〉
[内容] いっこは小学五年生。ある日、いっこがかいた人魚の絵に弟たちがいたずらして、海賊と宝箱をかきこんでしまう。すると突然絵の中の人魚や海賊たちが動き出した。いっこは海賊に追われる人魚を助けようとして、絵の中にすいこまれてしまった。人魚たちを救うため、ゆかいな仲間たちと伝説の『海の守り手』を探す旅がはじまる。

『ごきげんぶくろ』　赤羽じゅんこ作　あかね書房　2005.10　76p　22cm　（わくわく幼年どうわ　15）　900円　①4-251-04025-2　〈絵：岡本順〉
[内容] とがったはなで、かおはしわくちゃ。ながくのびたかみのけはまっしろ。（まじょだ！）かなは、おもわずそうおもいました。かなと"ふきげんや"のおばあさんとのふしぎなできごとをえがいた幼年どうわで

す。5〜7歳向き。

『夢色の殺意』　赤羽じゅんこ作，我妻やすみイラスト　ポプラ社　2001.1　142p　15cm　（ティーンズミステリー文庫—闇からの挑戦状 3）　390円　①4-591-06662-2

秋木　真
あきぎ・しん

『怪盗レッド　10　ファンタジスタからの招待状☆の巻』　秋木真作，しゅー絵　KADOKAWA　2014.4　255p　18cm　（角川つばさ文庫 Aあ3-10）　640円　①978-4-04-631392-8〈9までの出版者：角川書店〉

内容　春休み、琴音さんから送られてきた招待状を手に、無人島に建つ古城にきたわたしとケイ。ところがそこは政府高官や社長など超VIPだらけ。中学生のわたしたちは呼ばれてない!?　なんとそれは怪盗ファンタジスタからきたニセの招待状だったんだ。しかも犯行予告つきで！　でも城のガードは中学生探偵の響がガッチリ固めてるし、レッドだって前より成長してる！　今度も"漆黒の涙"は絶対守ってみせるんだから。小学中級から。

『怪盗ゴースト、つかまえます！』　秋木真作，すまき俊悟絵　集英社　2014.1　190p　18cm　（集英社みらい文庫 あ-6-3—リオとユウの霊探事件ファイル 3）　620円　①978-4-08-321192-8

内容　わたし、佐原莉緒と相棒・祐の退魔師見習いチームに、新しい仲間・杏里が加わって早2週間。姿を見せずに宝石を盗む、その名も"怪盗ゴースト"がわたしたちの街に現れたんだ。もしかしたら、霊的な事件かもしれないってことで、調査を依頼されたんだけど…最初の対決では、まったく歯が立たなかったんだよね。でも！　3人で力を合わせれば、次こそぜったいに倒せるはず!!　小学中級から。

『怪盗レッド　9　ねらわれた生徒会長選☆の巻』　秋木真作，しゅー絵　角川書店　2013.8　222p　18cm　（角川つばさ文庫 Aあ3-9）　590円　①978-4-04-631338-6〈発売：KADOKAWA〉

内容　わたしアスカ。親友の実咲が、生徒会長選に立候補することになったんだ。1年生で会長になるのは難しいかもだけど、全力でおうえんするよ！　ところが、実咲の身にトラブル続出。まさかだれかにねらわれてる!?　しかも、わたしとケイの前に怪盗ファンタジスタが現れて「大事な友人から目を離さないことだ」なんて警告を…一体どういうこと!?　怪盗レッドの名にかけて、絶対、実咲を守ってみせるんだから！　小学中級から。

『妖怪退治、しません！』　秋木真作，すまき俊悟絵　集英社　2013.7　188p　18cm　（集英社みらい文庫 あ-6-2—リオとユウの霊探事件ファイル 2）　620円　①978-4-08-321160-7

内容　わたし、佐原莉緒は退魔師見習い。GWに相棒の祐とキャンプに行くことになったんだけど、師匠の湊さんからついでのお使いを頼まれちゃった！　それは…妖怪の里に住む湊さんの友だちに手紙を渡すこと！　里に到着したわたしたちは、気のいい妖怪たちとすっかり仲よしに。だけど、キャンプ中に出会った杏里って女の子が、妖怪退治しようとしてるって!?　いったいどういうこと〜!!!?　小学中級から。

『怪盗レッド　8　からくり館から、大脱出☆の巻』　秋木真作，しゅー絵　角川書店　2013.2　269p　18cm　（角川つばさ文庫 Aあ3-8）　640円　①978-4-04-631296-9〈発売：角川グループパブリッシング〉

内容　わたしアスカ。夏休み、実咲たちと海にやってきたんだ！　ケイは「いかない」って言ったくせに、なぜか近くで姿を見つけたの。後をつけてみると、たどりついたのは不気味な洋館。一体、この館ってなに？　おそるおそる足を踏みいれたとたん、巨大な時計が現れて、カウントダウンを開始！　館内にしかけられたナゾを解いて、時間内に脱出しないと…えっ、館ごと爆発しちゃうって!?　天才建築家の残した悪ふざけになんか、絶対負けないんだからね、ケイ！　小学中級から。

『退魔師見習い、はじめました！』　秋木真作，すまき俊悟絵　集英社　2012.12　220p　18cm　（集英社みらい文庫 あ-6-1—リオとユウの霊探事件ファイル 1）　640円　①978-4-08-321129-7

内容　わたし、佐原莉緒。中学一年生。同級生の祐と一緒に、悪魔や悪霊を退治する"退魔師"見習いの中の身。祐は優等生だけど、わたしは学校でも退魔師修業でも、勉強なんて大嫌い。体を動かしてるほうが好きなんだよね。ある日、わたしたちの街で次々に人が倒れる変な事件が起こったの。それって悪魔の仕業？　それならば！　祐とわたしでやっつけて、街に平和を取りもどさなくっちゃ！　小学上級・中学から。

『怪盗レッド　7　進級テストは、大ピン

チ☆の巻』　秋木真作，しゅー絵　角川書店　2012.8　222p　18cm　（角川つばさ文庫　Aあ3-7）640円　①978-4-04-631257-0〈発売：角川グループパブリッシング〉

内容　「2代目怪盗レッド。まだまだね、不合格！」わたしの前に立ちふさがった、謎の女の人。それは、お父さんたちの妹で初代レッドの3人目、美華子さんだった!?「2代目とは認められない」と言われたわたしとケイは8年に一度行われる見神祭の中から標的を盗みだすという、再テストにいどむことになった。しかもその標的は、お母さんたちの形見の品なんだって！　よーし、華麗にクリアして、見返しちゃうんだから！

『怪盗レッド　6　偽レッド、あらわる☆の巻』　秋木真作，しゅー絵　角川書店　2012.3　195p　18cm　（角川つばさ文庫　Aあ3-6）640円　①978-4-04-631231-0〈発売：角川グループパブリッシング〉

内容　昼休み、堂々とした女の人が突然訪ねてきた。「ぼくは高等部2年、怪盗部部長の清瀬理央。キミに会いたかったんだっ」と、いきなり、だきしめられた！　な、なにごと!?　理央先輩は怪盗レッドの大ファンで、わたしが事件現場にいたことを聞きつけて来たみたい。アレコレ聞かれたけど…わたしがレッドだってばれてないよね？　そんなある日、レッドが絵画を盗んだというニュースが！　え…それ、わたしじゃないんですけど!?　小学中級から。

『怪盗レッド　5　レッド、誘拐される☆の巻』　秋木真作，しゅー絵　角川書店　2011.9　223p　18cm　（角川つばさ文庫　Aあ3-5）640円　①978-4-04-631184-9〈発売：角川グループパブリッシング〉

内容　ミッションが大成功して、しばらくレッドはお休み。そこでわたしは演劇部の合宿に参加したんだ。いつもレッドがいそがしいけど、みんなでワイワイやれる部活って楽しいね。そこへ、演劇ホールのオーナー琴音さんが見学にきたの。しかも、中学生探偵の白里響を護衛につけて。でも響はどこか元気がなくて…なんと琴音さんが悪いやつらに誘拐されちゃった！　ケイは誘拐に気づいてないし…どうすればいいの!?　小学中級から。

『怪盗レッド　4　豪華客船で、怪盗対決☆の巻』　秋木真作，しゅー絵　角川書店　2011.3　266p　18cm　（角川つばさ文庫　Aあ3-4）640円　①978-4-04-631141-2〈発売：角川グループパブリッシング〉

内容　じつはわたし、クジ運がいいの。福引で、豪華客船での年越しパーティーのチケットを当てたんだ。実咲や優月たちといっしょに乗るのが、すっごく楽しみところがその船の上で、ヨーロッパで名だかい怪盗ファンタジスタと勝負することになっちゃった！　むかし、初代レッドがしてやられた相手。絶対、リベンジしようね、ケイ！　ところが船に乗ったとたん、ケイが乗り物酔いでヨレヨレに。いきなり大ピンチっ!?　小学中級から。

『怪盗レッド　3　学園祭は、おおいそがし☆の巻』　秋木真作，しゅー絵　角川書店　2010.9　231p　18cm　（角川つばさ文庫　Aあ3-3）640円　①978-4-04-631122-1〈発売：角川グループパブリッシング〉

内容　もうすぐ学園祭。わたしたち1年A組は、カフェをやることになって燃えてるんだ！　クラス全員で（もちろんケイも）メニューを考えたり、衣装をつくったり、すっごく楽しい！　演劇部のおしばいにも、ちょっとだけ出ちゃうんだ。ところが、お祭りさわぎのなか、生徒会長の詩織せんぱいが行方不明になっちゃった。ねえケイ、これって事件のにおいじゃない!?　学園祭を守るため、怪盗レッドが出動するよ！　小学中級から。

『怪盗レッド　2　中学生探偵、あらわる☆の巻』　秋木真作，しゅー絵　角川書店　2010.5　206p　18cm　（角川つばさ文庫　Aあ3-2）640円　①978-4-04-631098-9〈発売：角川グループパブリッシング〉

内容　怪盗レッドは、こそこそ悪いことするヤツを華麗にこらしめる、正義の怪盗なんだ！　わたしとケイは、2人1組で2代目レッドをやってるの。最近、テレビでは、中学生なのに名探偵とウワサの美少年、白里響におおさわぎ。警察も協力をたのむくらいなんだって！　その響が、レッドに挑戦してきたの。「ぼくが警備するからには、怪盗レッドの最後になりますよ」だって、むっかつくぅ！　絶対負けないんだからねっ！　小学中級から。

『怪盗レッド　1　2代目怪盗、デビューする・の巻』　秋木真作，しゅー絵　角川書店　2010.2　238p　18cm　（角川つばさ文庫　Aあ3-1）640円　①978-4-04-631070-5〈発売：角川グループパブリッシング〉

内容　「明日から、おまえたちが怪盗レッド

だ！」春休みのある日、アスカとケイはお父さんからそんなことを言われちゃった！ 2人はねずみ小僧を先祖にもつ家系で、13才になると、怪盗デビューしなきゃならないんだって！ しかも2人とも、しらないうちに、ありえない力を身につけていて…。IQ200の天才ケイと、人間ばなれした運動力のアスカが、悪しきをくじき、よわきをすくう、平成の怪盗としてとびまわるよ！ 小学中級から。

『ゴールライン』 秋木真作，ゴツボ×リュウジ絵 岩崎書店 2007.10 221p 22cm （新・わくわく読み物コレクション 5） 1300円 ①978-4-265-06075-7

内容 熱い、あばれまわりたいような激しいものが体の底からわき上がっていた。これが走るってことなのかもしれない—ゴールラインに向かって夢中で疾走する、少年たちの物語。

秋口　ぎぐる
あきぐち・ぎぐる
《1976～》

『代表監督は11歳‼ 4　激突！ W杯アジア最終予選！ の巻』 秋口ぎぐる，八田祥治作，ブロッコリー子絵 集英社 2013.5 190p 18cm （集英社みらい文庫 あ-3-4） 600円 ①978-4-08-321153-9

内容 サッカーのことに関してだけ、少しだけ未来を見られるヒミツの能力"未来視"を持っている篠崎ヒロト。その力のおかげもあって、小学5年生でサッカー日本代表監督をつとめている。ヒロトたちはワールドカップ出場をめざして勝利を続けてきたけれど、アジア最終予選で大波乱！"神の采配"といわれる名監督・ペッパローニの戦術に、未来視がまったく通用しない！ ヒロト、絶対絶命⁉ 小学中級から。

『代表監督は11歳‼ 3　海外遠征で大騒動！ の巻』 秋口ぎぐる，八田祥治作，ブロッコリー子絵 集英社 2012.10 190p 18cm （集英社みらい文庫 あ-3-3） 600円 ①978-4-08-321116-4

内容 ヒロトジャパン本格始動！ オーストラリアで開催されるアジアカップを制覇するため、ヒロトたちは海外遠征に。ところが待ち受けていたのは、試合だけではなく…女の子⁉ 彼女の出現で、ヒロトの周りは大混乱。そんな中でも、しっかり予選を勝ち進んだヒロトたちは、ついに優勝を目前にする。ところが決勝戦に立ちはだかった

のは、予想をはるかに超えるとんでもない強敵！　えっ、ヒロトの未来視が太刀打ちできない…⁉ 小学中級から。

『代表監督は11歳‼ 2　最強メンバーを集めろ！ の巻』 秋口ぎぐる，八田祥治作，ブロッコリー子絵 集英社 2012.6 190p 18cm （集英社みらい文庫 あ-3-2） 600円 ①978-4-08-321095-2

内容 今度の敵は伝説のサッカー選手＆日本代表チーム⁉ 代表監督の影武者だったことをバラしたせいで、解任されてしまったヒロト。けれど、戸田選手の協力で復帰の条件を手に入れる。それは、連盟が用意した新監督との勝負に勝つことだった。ところが代表メンバーのほとんどは新監督のチームにとられてしまって…。新しく選手を集めないといけないけれど、ヒロトにはそんなあてなんかまったくない！ ど、どうするー⁉ 小学中級から。

『代表監督は11歳‼ 1　どうしてぼくが監督に？ の巻』 秋口ぎぐる作，ブロッコリー子絵 集英社 2011.11 190p 18cm （集英社みらい文庫 あ-3-1） 580円 ①978-4-08-321056-3

内容 サッカーのことなら、なんだって大好きな篠崎ヒロト。小学校のサッカークラブに所属しているけど、選手としては残念ながらちょっと下手。だけど、戦術に関しては誰にも負けない！ ヒロトのアドバイスでチームは順調に勝てているし、ネットサッカーゲーム『シャイニングイレブン』では監督として無敗のチームを率いている。そんなヒロトの手腕が日本サッカー連盟の目に留まって…えっ？ ぼくが日本代表の監督に⁉ 小学中級から。

浅田　次郎
あさだ・じろう
《1951～》

『鉄道員（ぽっぽや）』 浅田次郎作，森川泉本文イラスト 集英社 2013.12 157p 18cm （集英社みらい文庫 あ-8-1） 600円 ①978-4-08-321189-8

内容 まもなく廃線となる、北海道のとあるローカル線。その終着駅の駅長・佐藤乙松もまた、退職のときをむかえようとしていた。娘を亡くした日も、妻を亡くした日も、乙松は駅に立ちつづけた。そんな彼のもとに、ある日、小さな"訪問者"がやってきた…。表題作「鉄道員」のほか、お盆の夜に起こった"ある奇跡"を描いた作品「うらぼんえ」も収録。小学上級・中学から。

『浅田次郎』　浅田次郎著　文芸春秋　2007.4　263p　19cm　（はじめての文学）　1238円　①978-4-16-359860-4
内容　文学の入り口に立つ若い読者へ向けた自選アンソロジー。

あさの　あつこ
《1954～》

『神々の午睡（うたたね）金の歌、銀の月』
あさのあつこ作　学研パブリッシング　2013.11　226p　19cm　（アニメディアブックス）　880円　①978-4-05-203853-2
〈絵：CLAMP　発売：学研マーケティング〉
内容　海の彼方の美しい国、エスタルイカ公国。かつてこの国の繁栄と平和は、美しい音楽で支えられていた。しかし王位についたシカルットは、音楽に関わる者すべてを追放し、いっさいの音楽を禁じようとしていた…。獄中に囚われたリーキン奏者・オッドを救うべく、死の神グドミアノ、風の神ピチュ、リュイが、いざ、旅立つ—。完全新作書きおろし、シリーズ第3弾!!

『チューリップかほちゃん』　あさのあつこ作，石井聖岳絵　毎日新聞社　2013.11　57p　21cm　1400円　①978-4-620-20033-0
内容　かほちゃんは四歳の女の子。「チューリップようちえん」に通っています。朝、お迎えのバスに乗るときは、ママとさよならするのがさみしくて涙が出てしまいます。それでも、仲良しのななちゃんに励まされたり、幼稚園での楽しいことを思ってバスに乗ります。ところが、幼稚園に着くと大変な事件が起こっていました。かほちゃんの大好きな花壇のチューリップが引き抜かれたり、折られたり、むちゃくちゃになっていたのです。いったいだれが、こんなひどいことをしたのでしょう？

『風の館の物語　4　美しき精たち』　あさのあつこ作，山田J太絵　講談社　2013.8　263p　18cm　（講談社青い鳥文庫　203-14）　650円　①978-4-06-285376-7
〈2007～2010年刊の再刊〉
内容　二つの世界が重なる『風の館』。人と、人でないものが共に住めるこの館を狙って、邪悪な化け物が襲いかかってきた！　化け物の正体は、いったい何なのか。共存か、それとも対決を選ぶのか—。洵は、『風の館』と愛する人たちを守るために、最後の戦いにいどむ。人間と自然のかかわりを、壮大なスケールで描きだす、シリーズ最終巻！　小学中級から。

『風の館の物語　3　館を狙う物』　あさのあつこ作，山田J太絵　講談社　2013.6　231p　18cm　（講談社青い鳥文庫　203-13）　650円　①978-4-06-285355-2
〈2007～2010年刊の再刊〉
内容　年末の大掃除を終え、町に出かけた洵は、商店街で謎の男に出会った。その男の顔は、ぽかりと穴があいたように黒い空間になっていたのだ。不吉な予感が広がるなか、行方不明だった千夏の父・千昭が10年ぶりに風間家に帰ってくる。実業家として成功したという千昭は、千夏と果歩に「この屋敷から出ていっしょに暮らそう。」と言うのだが—。小学中級から。

『神々と目覚めの物語（ユーカラ）』　あさのあつこ作　学研パブリッシング　2013.6　191p　19cm　（アニメディアブックス）　800円　①978-4-05-203790-0
〈絵：CLAMP　「神々の午睡」（2009年刊）の改題、抜粋・再編集　発売：学研マーケティング〉
内容　その昔、神と人が共に暮らす世界があった。女性考古学者が発見した羊皮紙の束には、はるか昔の神と人間の物語が綴られていた。箆という身分の十五歳のリュイ、愛らしい風の神ピチュ、美しい死の神グドミアノ、蛙の姿をした沼の神フイモットらが紡ぎ出す、優しくて切ない3つの神話の秘密がいま、明かされる…。『神々の午睡』第2弾!!

『明日になったら—一年四組の窓から』　あさのあつこ著　光文社　2013.4　168p　19cm　（BOOK WITH YOU）　952円　①978-4-334-92880-3
内容　芦藁第一中学三年に進級した、杏里、美穂、一真、久邦。高校受験を前に四人はそれぞれの進路に想いを巡らせていた。一真は絵の道を志すが、何故か思うように描けない。杏里と美穂も出会った四人が離ればなれになる不安に襲われる。それぞれが十五歳の岐路に出した答えは…？　新たな人生を歩き始める少年少女の勇気を描く、あさのあつこの傑作！　小学校高学年から。

『風の館の物語　2　二つの世界』　あさのあつこ作，山田J太絵　講談社　2013.4　229p　18cm　（講談社青い鳥文庫　203-12）　650円　①978-4-06-285348-4
〈2007～2010年刊の再刊〉
内容　水内洵と沙菜の姉妹が暮らすことになった『風の館』では、不思議な笑い声が聞こえたり、美少年の幽霊があらわれたりと、不思議な現象が次々と起こっていた。そん

あさのあつこ

なある日、沙菜の姿が見あたらなくなる。千夏といっしょに沙菜を探す洵。母屋の奥で見つけた隠し階段を下りていくと、その先は幽霊の洵吾と会った部屋につながっていた…。

『神々の午睡（うたたね）』　あさのあつこ作　学研パブリッシング　2013.3　184p　19cm　（アニメディアブックス）　880円　①978-4-05-203752-8　〈絵：CLAMP　2009年刊の再刊　発売：学研マーケティング〉

内容　雨、音楽、運命、そして死…。その昔、あらゆるものには神々が宿り、人間と共に暮らしていた―。大いなる力と、愛、そして哀しみを背負った、美しき神々が。はるかな未来に発見された古文書から、優しく切ない神話の秘密が語られはじめる…。

『風の館の物語　1　心をもつ館』　あさのあつこ作，山田J太絵　講談社　2013.2　211p　18cm　（講談社青い鳥文庫　203-11）　620円　①978-4-06-285332-3　〈2007～2010年刊の再刊〉

内容　母の入院で、しばらくの間、田舎町の親戚の家に引き取られることになった小6の水内洵と妹の沙菜。姉妹が訪れたその家は、地元の人たちが「風の館」と呼ぶ、大きなお屋敷だった。その館では、突然、激しい風が部屋に吹き込んだり、笑い声が聞こえたりと、次々に不思議な現象が起こる。そしてある夜、洵の前で少年の幽霊があらわれて―。小学中級から。

『ミヤマ物語　第3部　偽りの支配者』　あさのあつこ著　毎日新聞社　2013.1　309p　20cm　1400円　①978-4-620-10787-5

内容　散りばめられた謎の数々が、いよいよ明らかに！　固い友情で結ばれたハギと透流の運命は？　ウンヌの支配者"ミドさま"の正体とは？　全三部作、ついに完結。

『NO.6 beyond』　あさのあつこ著　講談社　2012.11　204p　19cm　（YA！ ENTERTAINMENT）　950円　①978-4-06-269463-6

内容　西ブロックに稀な、春の日のような穏やかな一日。NO.6崩壊後にNO.6に留まった紫苑。風のようにさすらうネズミ。そして、紫苑の父の秘密―。惜しまれつつ完結した物語に、さらなる命を与え、それぞれの生の一瞬を、鮮やかに切り取る。

『バッテリー　6』　あさのあつこ作，佐藤真紀子絵　角川書店　2012.4　323p　18cm　（角川つばさ文庫　Bあ2-26）　740円　①978-4-04-631235-8　〈教育画劇（2005年刊）と角川文庫（2007年刊）をもとに一部修正　発売：角川グループパブリッシング〉

内容　「最高のバッテリー」を目指す、巧と豪。いよいよ県内最強・横手二中の天才スラッガー・門脇、瑞垣らと対決する試合の日が近づいてきた。だが、二人は、野球部の前キャプテン・海音寺から、今のままでは門脇に打たれる、と言われてしまう。ピッチャーとして強い自信を持つ巧に、くらいつくキャッチャーの豪。それぞれの悩みを抱え、プレイボール！　そして、試合は―!?　少年たちの想いがぶつかる、感動の完結巻。

『一年四組の窓から』　あさのあつこ著　光文社　2012.3　196p　19cm　（BOOK WITH YOU）　952円　①978-4-334-92815-5

内容　井嶋杏里は、中学一年の夏に引っ越すことになった。場所は亡き父の実家で祖母が一人暮らす町・芦藁。私立中学からの転校で、なじめない中学の校舎の中、ふと、使われなくなった教室『1‐4』に入った杏里は、市居一真と出会う。杏里の姿をみとめた一真は彼女に絵のモデルになって欲しいと強く思い始めて…。杏里、一真、それぞれの家族や友達との関係、そして二人の友情と成長を描く、あさのあつこ最新作。小学生高学年から。

『バッテリー　5』　あさのあつこ作，佐藤真紀子絵　角川書店　2011.12　247p　18cm　（角川つばさ文庫　Bあ2-25）　660円　①978-4-04-631210-5　〈発売：角川グループパブリッシング〉

内容　新田東中学野球部でバッテリーを組む巧と豪。二人は、練習試合をした県内最強・横手二中の四番打者・門脇や瑞垣から注目され、もう一度戦うことになる。けれど、練習試合以来、巧と豪はずっときくしゃくしていた。なんとか練習を始め、巧みの球を受けるようになった豪は、自分の本当の気持ちに気づき、巧にぶつける。すると巧は―!?　「最高のバッテリー」を目指す二人がマウンドでの勝負に挑む、第5巻。小学上級から。

『ぼくらの心霊スポット　3　首つりツリーのなぞ』　あさのあつこ作，十々夜絵　角川書店　2011.9　171p　18cm　（角川つばさ文庫　Bあ2-3）　620円　①978-4-04-631182-5　〈発売：角川グループパブリッシング〉

内容　かっちゃんの様子がおかしい、と心配する悪ガキトリオのヒロとマッキー。二人は、かっちゃんが三日月池の桜に、人の足がぶらさがっているのを見たと知って、一気

あさのあつこ

になぞ解きモードに突入！　足の正体を明かすため、「首つりツリー」というおそろしい言い伝えをもつ桜に向かった三人。そこで、ヒロが、「だれか、気づいて…」という不思議な声を聞いてしまい…!?　人気作家・あさのあつこが贈る、シリーズ第3弾。小学中級から。

『バッテリー　4』　あさのあつこ作，佐藤真紀子絵　角川書店　2011.7　240p　18cm　（角川つばさ文庫 Ｂあ2-24）　640円　①978-4-04-631167-2〈発売：角川グループパブリッシング〉

内容　県内最強の横手二中との練習試合から一ヶ月以上たったが、豪は巧の球を受けようとしない。二人で話すこともほとんどない。それは、試合中に起きたあるできごとのせいだった…。キャッチャーとして巧の球を受け止める自信を失くしてしまった豪だったけれど、横手の四番打者・門脇や、くせ者打者・瑞垣ともう一度対戦することになって…!?　「最高のバッテリー」を目指す少年たちの心がゆれる、第4巻。小学上級から。

『NO.6　#9』　あさのあつこ著　講談社　2011.6　203p　19cm　（ＹＡ！ENTERTAINMENT）　950円　①978-4-06-269443-8

内容　崩壊する矯正施設から間一髪脱出した紫苑は、瀕死のネズミを救うため、イヌカシ、力河とともに市内に突入した。そこでNO.6にまつわる全てを知った紫苑は、人間の未来をかけて『月の雫』に向かう。

『ミヤマ物語　第2部　結界の森へ』　あさのあつこ著　毎日新聞社　2011.4　301p　20cm　1400円　①978-4-620-10726-4

内容　出会うべくして出会ったハギと透流は、得体の知れない闇の世界「ウンヌ」へと旅立つ。あらゆるものに生命がやどる、深い森の中へ…。

『The MANZAI　6』　あさのあつこ作　ポプラ社　2011.3　188p　19cm　（あさのあつこセレクション 10）　1100円　①978-4-591-12355-3〈画：鈴木びんこ　2010年刊の改稿〉

内容　今日は湊高校合格発表の日。中学卒業を目前にしたおなじみ『ロミジュリ』メンバーは、高校の掲示板前に集合していた。余裕の高原、森口、メグたち。そして、歩と秋本の凸凹コンビは…。そして、またもや大事件が起こる!?　かなり笑えてちょっと切ない、大人気青春ストーリーが感動のクライマックス！　シリーズ第6弾・完結編。

『ぼくらの心霊スポット　2　真夏の悪夢』　あさのあつこ作，十々夜絵　角川書店　2011.2　171p　18cm　（角川つばさ文庫 Ｂあ2-2）　580円　①978-4-04-631139-9〈『真夏の悪夢』（学習研究社 2004年刊）の加筆　発売：角川グループパブリッシング〉

内容　夏休みなのに、ヒロはいやな夢を見てばかり。「たすけて…」と悲しい声でよびかけてくる幽霊みたいな女の人はだれ…？　なにを伝えたいの…？　なやむヒロだけれど、しんせきの周平さんが紹介してくれたけっこん相手の花梨さんが、夢に出てくる女の人にそっくりで…!?　マッキーの推理とかっちゃんの勇気、そしてヒロの優しさで、なぞ解きに挑戦!!　人気作家・あさのあつこが描く、ドキドキのシリーズ第2弾。小学中級から。

『バッテリー　3』　あさのあつこ作，佐藤真紀子絵　角川書店　2010.12　271p　18cm　（角川つばさ文庫 Ｂあ2-23）　660円　①978-4-04-631133-7〈発売：角川グループパブリッシング〉

内容　中学の野球部が活動停止になってしまい、巧と豪は野球ができない苦しい毎日を送っていた。ようやくはじまった練習で、先輩たち相手に試合をすることになって、二人は大活躍する。さらに、県内最強の中学校と試合を組もうというとき、巧と豪に注目があつまる。けれど、大事な試合を前に「最高のバッテリー」を目指す二人の間になにかが起きていて…!?　ますます目がはなせない少年たちの物語、第3巻。小学上級から。

『The MANZAI　6』　あさのあつこ作　ポプラ社　2010.10　189p　18cm　（ポプラカラフル文庫 あ01-12）　780円　①978-4-591-11979-2〈画：鈴木びんこ　2010年刊の加筆・訂正〉

内容　今日は湊高校合格発表の日。中学卒業を目前にしたおなじみ『ロミジュリ』メンバーは、高校の掲示板前に集合していた。余裕の高原、森口、メグたち。そして、歩と秋本の凸凹コンビは…。そして、またもや大事件が起こる!?　かなり笑えてちょっと切ない、大人気青春ストーリーがいよいよ感動のクライマックス！　シリーズ第6弾・完結編。

『13歳のシーズン』　あさのあつこ著　光文社　2010.10　208p　19cm　（BOOK WITH YOU）　952円　①978-4-334-92734-9

内容　藤平茉里、綾部深雪、苅野真吾、駒木千博。中学に入学した四人は同じクラスになる。それぞれ家庭環境も違えば、性格も違う四人だったが、夏休みの宿題で発表する年表作りを一緒にすることになってから、

あさのあつこ

次第にお互いの存在を認め合うようになる。だが年表にトラブルが発生してしまい…。

『バッテリー 2』 あさのあつこ作, 佐藤真紀子絵 角川書店 2010.8 383p 18cm （角川つばさ文庫 Bあ2-22） 740円 ①978-4-04-631113-9 〈発売：角川グループパブリッシング〉

内容 巧と豪は、「最高のバッテリー」になるという夢をもって、中学生になった。ところが、中学校の野球部では、きびしい監督にしたがわないと試合に出してもらえない。先輩たちも言われたとおりにするだけ。ピッチャーとして、何よりも自分の球を信じたい巧は反発し、先輩たちに目をつけられてしまう。そんな巧を心配する豪だったが、ついに、ある事件がおきてしまい…!? 巧と豪のキョリが縮まる、第2巻。小学上級から。

『バッテリー』 あさのあつこ作, 佐藤真紀子絵 角川書店 2010.6 265p 18cm （角川つばさ文庫 Bあ2-21） 640円 ①978-4-04-631100-9 〈発売：角川グループパブリッシング〉

内容 ピッチャーとしての自分の才能を強く信じ、ぜったいの自信をもつ原田巧。中学入学を前に引っ越した山間の町で、同じ年とは思えない大きな体のキャッチャー、永倉豪と出会う。二人なら「最高のバッテリー」になれる、そんな想いが巧の胸をゆさぶる。誇り高き天才ピッチャーと、心を通わせようとするキャッチャー。大人をも動かす少年たちの物語！ 世代を超える大ベストセラー、ついに登板!! 小学上級から。

『The MANZAI 5』 あさのあつこ作 ポプラ社 2010.3 193p 18cm （ポプラカラフル文庫 あ01-11） 780円 ①978-4-591-11369-1 〈画：鈴木びんこ ジャイブ2009年刊の新装版〉

内容 中学三年の冬休み。除夜の鐘を聞きながら「煩悩」についてひとり思いをはせていた瀬田歩のところに、突然、秋本貴史が訪ねてくる。おなじみ「ロミジュリ」仲間たちと一緒に初詣に向かう歩。相も変わらず、秋本とボケ＆ツッコミの応酬をしていたが…。あさのあつこによる大人気青春ストーリー最新刊がいよいよ登場。

『The MANZAI 4』 あさのあつこ作 ポプラ社 2010.3 187p 18cm （ポプラカラフル文庫 あ01-10） 780円 ①978-4-591-11345-5 〈画：鈴木びんこ ジャイブ2007年刊の新装版〉

内容 「うちな、ちょっと瀬田くんに相談したいことあって。あのな、恋についてなんやけど―」。メグにそんなことを言われて、歩はドキドキ。ついに、歩の恋路に進展があるのか!? さらにロミジュリメンバーがまたまた集結して大騒ぎ…。歩と貴史の、ちょっと切なくてかなり笑える青春ストーリー、第4弾。

『The MANZAI 3』 あさのあつこ作 ポプラ社 2010.3 193p 18cm （ポプラカラフル文庫 あ01-08） 780円 ①978-4-591-11333-2 〈画：鈴木びんこ ジャイブ2006年刊の新装版〉

内容 秋本貴史とのコンビを拒否し続ける瀬田歩は、病院の廊下を暗い表情で歩く美少女・萩本恵菜―愛称メグを見かけ、気になってしかたがない。一方、夏祭りでのステージが危機に直面したとの情報を入手した森口京美に招集され、いつものメンバーは、漫才のステージ実現を目指して立ち上がった。楽しい仲間たちが織りなす人気シリーズ、第3弾。

『The MANZAI 2』 あさのあつこ作 ポプラ社 2010.3 206p 18cm （ポプラカラフル文庫 あ01-05） 780円 ①978-4-591-11302-8 〈画：鈴木びんこ ジャイブ2004年刊の新装版〉

内容 『漫才ロミオとジュリエット』から半年と少し、ぼく「瀬田歩」中学3年生の初夏…事件は起きた。こりずに『おつきあい』を申しこみ続けている秋本と、ぼくらに狙いを定めた森口、発光少女の萩本、学年トップの高原、音楽担当だった蓮田に篠原。元2-3ロミジュリメンバー集結のきっかけとなった事件とは!?―。

『The MANZAI 〔1〕』 あさのあつこ作 ポプラ社 2010.3 197p 18cm （ポプラカラフル文庫 あ01-03） 620円 ①978-4-591-11287-8 〈画：鈴木びんこ ジャイブ2004年刊の新装版〉

内容 「おまえ、なんでそんなに漫才好きなの？」「なんでって、おもろいやつが一番やないか」「一番て…そうか、そうかなぁ」「決まってる。勉強できたかて、スポーツできたかて、なんぼのもんや。たいしたことあらへん。やっぱ、おもろいやつが勝ちや。絶対や、歩」。漫才『ロミオとジュリエット』の行方は…。

『The MANZAI 5』 あさのあつこ作, 鈴木びんこ画 ポプラ社 2010.3 193p 19cm （ポプラカラフル文庫―あさのあつこセレクション 9） 1100円 ①978-4-591-11572-5 〈2010年刊の改稿〉

内容 中学三年の冬休み。除夜の鐘を聞きながら「煩悩」についてひとり思いをはせていた瀬田歩のところに、突然、秋本貴史が訪ね

あさのあつこ

てくる。おなじみ「ロミジュリ」仲間たちと一緒に初詣に向かう歩。相も変わらず、秋本とボケ&ツッコミの応酬をしていた…。あさのあつこによる大人気青春ストーリー第五弾。

『ヴィヴァーチェ　2　漆黒の狙撃手』　あさのあつこ著　角川書店　2010.2　205p　20cm　（カドカワ銀のさじシリーズ）　1500円　①978-4-04-874028-9　〈発売：角川グループパブリッシング〉

内容　図らずもヴィヴァーチェ2号のクルー（乗組員）として、自分の夢を叶えることになったヤン。しかしクーデターを逃れ、少女とともに乗り込んできた王家の護衛兵士は、強制的に船の行き先を指示する。目的地は輸送船オオタカが幽霊海賊船に襲われた地点だった!?　オオタカで目撃された死せる英雄バシミカル・ライ。彼は生きてそこにいるのか？　そして、兵士が護衛する少女の正体は…。王家の姫か、それとも妹のナコなのか。

『風の館の物語　4』　あさのあつこ作，百瀬ヨシユキ絵　講談社　2010.2　246p　22cm　（講談社・文学の扉）　1300円　①978-4-06-283217-5

内容　人と人でないものが共に住める「風の館」を狙い、得体の知れない闇が襲いかかる。共存か、対決か。自分と愛する人たちを守るために、洞は最後の戦いに挑む！　シリーズ最終巻。小学上級から。

『ぼくらの心霊スポット　1　うわさの幽霊屋敷』　あさのあつこ作，十々夜絵　角川書店　2009.11　185p　18cm　（角川つばさ文庫　Bあ2-1）　580円　①978-4-04-631050-7　〈発売：角川グループパブリッシング　学習研究社2006年刊の加筆〉

内容　人だまが飛ぶ？　すすり泣きが聞こえる？　最近、有麗村は村はずれの屋敷で幽霊が出るといううわさで持ちきりだ。真相を確かめに探検に乗り出したヒロ、かっちゃん、マッキーだけど、井戸のふちにかかった人間の手のようなものを見てしまい…!?　ヒロの不思議な予知能力を活かして、恐怖とたたかい、心霊スポットに隠されたなぞを解け！　人気作家・あさのあつこが贈る、「ぼくらの心霊スポット」シリーズ第1弾。小学中級から。

『神々の午睡（うたたね）』　あさのあつこ著　学研パブリッシング　2009.10　266p　20cm　1400円　①978-4-05-404280-3　〈発売：学研マーケティング〉

内容　あさのあつこの書く神々は気紛れで少し優しい。初の神話モチーフファンタジー短編六編＋書き下ろしを収録。

『ガールズ・ブルー　2』　あさのあつこ著　ポプラ社　2009.8　263p　20cm　（Teens' best selections 22）　1300円　①978-4-591-11086-7

内容　恋に進路に、それぞれの事情。高校最後の夏、優等生でも不良でもないあたしたちは、悩んでいた。十八歳の夏が、一生に一度しかない夏が、容赦なく過ぎていく…。あさのあつこが描く、大人気女子高生グラフィティシリーズ第二弾。

『The MANZAI　5』　あさのあつこ作，鈴木びんこ画　ジャイブ　2009.7　193p　18cm　（カラフル文庫　あ01-11）　780円　①978-4-86176-680-0　〈2009年刊の加筆・訂正〉

内容　中学三年の冬休み。除夜の鐘を聞きながら「煩悩」についてひとり思いをはせていた瀬田歩のところへ、突然、秋本貴史が訪ねてくる。おなじみ「ロミジュリ」仲間たちと一緒に初詣に向かう歩。相も変わらず、秋本とボケ&ツッコミの応酬をしていた…。あさのあつこによる大人気青春ストーリー最新刊がいよいよ登場。

『NO.6　#8』　あさのあつこ著　講談社　2009.7　193p　19cm　（YA！ENTERTAINMENT）　950円　①978-4-06-269421-6

内容　瓦解するNO.6、いよいよクライマックスへ。矯正施設の最上階でついに紫苑は沙布との再会をはたした。だが非情にも、それは永遠の別れを突きつけられるものだった。マザーの破壊を願う沙布に…、そして、ネズミの仕掛けた爆弾は建物を炎に包んでいく―。爆発、炎上をはじめた矯正施設から脱出するために、紫苑とネズミは最期の闘いに挑む。

『朝のこどもの玩具箱』　あさのあつこ著　文芸春秋　2009.6　219p　20cm　1200円　①978-4-16-328250-3

内容　父を亡くし、若い継母とふたり年を越す高校生。目が覚めたら魔法のしっぽが生えていたイジメられっ子。頑固な老女の説得を押し付けられる気弱な女子職員。人類の存亡をかけ森の再生目指し宇宙に飛び立つ少年たち。青春小説、ファンタジー、SFと幅広く活躍する著者ならではの色とりどりの六篇がぎゅっと詰まった小説の玩具箱。

『ねこの根子さん』　あさのあつこ作　講談社　2009.5　132p　20cm　1200円　①978-4-06-215485-7　〈絵：安孫子三和　講談社創業100周年記念出版〉

内容　「これからは、ぼくの家のねこだよ。」ミャウミャウ。「どうぞよろしくおねがいし

あさのあつこ

ます。」根子さんは、とても礼儀正しく、あいさつをしました。こうして、根子さんの物語がはじまりました―

『**風の館の物語 3**』 あさのあつこ作，百瀬ヨシユキ絵　講談社　2008.12　216p　22cm　（講談社文学の扉）　1300円　①978-4-06-283213-7

内容　年末のある日、海は街で謎の男に出会う。その男の顔は、まるでぽかりと穴が空いたように闇に覆われていたのだ。不吉な予感が広がるなか、千夏の父・千昭が10年ぶりに風間家に帰ってきた。『風の館』に迫りくる、邪悪な闇の正体は。小学上級から。

『**いえででんしゃはがんばります。**』 あさのあつこ作，佐藤真紀子絵　新日本出版社　2008.10　109p　21cm　1400円　①978-4-406-05174-3

内容　あの「いえででんしゃ」が帰ってきた。家出したい子あつまれ。

『**NO.6　#7**』 あさのあつこ著　講談社　2008.10　194p　19cm　（YA! ENTERTAINMENT）　950円　①978-4-06-269397-4

内容　決して開くはずのない矯正施設の扉がついに開かれた。目指すは、沙布が囚われている最上階！　紫苑とネズミは、センサーをかいくぐり最奥部へと突き進む。壮絶な闘いの末に、二人が目にしたものは―

『**ヴィヴァーチェ―紅色のエイ**』 あさのあつこ著　角川書店　2008.7　198p　20cm　（カドカワ銀のさじシリーズ）　1500円　①978-4-04-873863-7〈発売：角川グループパブリッシング〉

内容　灰汁色の霧に覆われた地球。16歳のヤンは、最下層地区で暮らしながらも、大きな夢を持っていた。親友ゴドとともに、いつかロケットでこの星から飛び立つという。そう、あの伝説のヒーロー、バシミカル・ライのように。そのころ、海賊に宇宙貨物船が襲われたという報せが、ステーションに入る。しかもその船は幽霊船だという…!?　あさのあつこがあざやかに描き出す、少年たちのブレイブ・ファンタジー。

『**宇宙からの訪問者**』 あさのあつこ作，塚越文雄絵　講談社　2008.7　227p　18cm　（講談社青い鳥文庫 203-10―テレパシー少女「蘭」事件ノート 9）　620円　①978-4-06-285036-0

内容　嵐の夜、ホテルから、男が消えた。それが、事件のはじまりだった。そして、地震とともに、あやしい「波動」が蘭と翠をおそう！　波動の発源源は、おとど山。翌日、山にむかった、蘭、翠、留衣、凛の四人は、そこで「波動」におそわれる。なんと、「波動」の正体は、宇宙からの訪問者だった…。彼らの目的は一体なんのか!?　人気シリーズ待望の第9弾！

『**復讐プランナー**』 あさのあつこ著　河出書房新社　2008.6　205p　19cm　（14歳の世渡り術）　1200円　①978-4-309-61649-0

内容　突然、いじめられる日々が始まり、途方に暮れる雄哉の前に現れた先輩。「復讐計画を立ててみればいい。復讐。仕込しのことだよ」物騒なセリフに誘われ、ひそかにチームは集い、ゆっくりと動きだした―

『**ミヤマ物語　第1部**』 あさのあつこ著　毎日新聞社　2008.6　251p　20cm　1300円　①978-4-620-10725-7

内容　深い山（ミヤマ）には、いろんなモノタチがうごめいている。ウンヌ／雲濡―同じ響きをもった二つの世界をめぐる少年、ハギと透流の物語。

『**新ほたる館物語**』 あさのあつこ作，樹野こずえ画　ジャイブ　2008.3　187p　19cm　（カラフル文庫―あさのあつこセレクション 7）　1100円　①978-4-591-10160-5〈2007年刊の改稿　発売：ポプラ社〉

内容　老舗旅館・ほたる館では、今日も、女将と若女将が陽気に「口喧嘩」。女将の孫娘、一子は、そんな明るい家に育つ元気な女の子だ。親友の雪美ちゃんやちょっと気になる柳井くんと一緒に、この春、6年生になる。イベントで町全体がにぎわう中、特別室に突然の予約が。おばあちゃんの曇った表情が気にかかる一子だったが…。

『**The MANZAI　4**』 あさのあつこ作，鈴木びんこ画　ジャイブ　2008.3　187p　19cm　（カラフル文庫―あさのあつこセレクション 8）　1100円　①978-4-591-10161-2〈2007年刊の改稿　発売：ポプラ社〉

内容　「うちな、ちょっと瀬田くんに相談したいことあって。あのな、恋についてなんやけど―。」メグにそんなことを言われて、歩はドキドキ。ついに、歩の恋路に進展があるのか!?　さらにロミジュリメンバーがまたまた集結して大騒ぎ…。歩と貴史の、ちょっと切なくてかなり笑える青春ストーリー、待望の第4弾。

『**いえででんしゃはこしょうちゅう？**』 あさのあつこ作，佐藤真紀子絵　新日本出版社　2008.1　124p　18cm　（あさ

のあつこコレクション 5）1200円 ①978-4-406-05109-5〈2004年刊の新装版〉
内容 家出した子ならだれでも乗れる「いえででんしゃ」ふたたび出発進行…。

『あかね色の風』 あさのあつこ作，長谷川知子絵　新日本出版社　2007.12　171p　18cm　（あさのあつこコレクション 7）1300円　①978-4-406-05085-2〈1994年刊の新装版〉

『風の館の物語　2』 あさのあつこ作，百瀬ヨシユキ絵　講談社　2007.12　214p　22cm　（講談社文学の扉）1300円　①978-4-06-283212-0
内容 次々と不思議な現象が起こる『風の館』で、ある日、妹の沙菜の姿が見当たらなくなった。沙菜を捜しに千夏と一緒に母屋にあがった泡は、奥の納戸で謎の鎧武者に襲われ、足を滑らせ階段を転げ落ちてしまう…。小学上級から。

『The MANZAI　4』 あさのあつこ作，鈴木びんこ画　ジャイブ　2007.12　187p　18cm　（カラフル文庫）780円　①978-4-86176-433-2〈ピュアフル文庫2007年刊の増訂〉
内容「うちな、ちょっと瀬田くんに相談したいことあって。あのな、恋についてなんやけど―。」メグにそんなことを言われて、歩はドキドキ。ついに、歩の恋路に進展があるのか!?　さらにロミジュリメンバーがまたまた集結して大騒ぎ…。歩と貴史の、ちょっと切なくてかなり笑える青春ストーリー、待望の第4弾。

『一子とたぬきと指輪事件―新ほたる館物語』 あさのあつこ作，長谷川知子絵　新日本出版社　2007.11　186p　18cm　（あさのあつこコレクション 6）1300円　①978-4-406-05080-7〈2002年刊の新装版〉
内容 一子はしにせの温泉旅館・ほたる館の一人娘。桜の花が舞う季節、事件が起こる…!?　あさのあつこコレクション。

『タンポポ空地のツキノワ』 あさのあつこ作，長谷川知子絵　新日本出版社　2007.10　124p　18cm　（あさのあつこコレクション 3）1200円　①978-4-406-05068-5

『いえででんしゃ』 あさのあつこ作，佐藤真紀子絵　新日本出版社　2007.9　122p　18cm　（あさのあつこコレクション 4）1200円　①978-4-406-05063-0〈2000年刊の新装版〉
内容 家出した子ならだれでも乗れる「いえででんしゃ」出発進行。

『12歳―出逢いの季節』 あさのあつこ作　講談社　2007.9　212p　18cm　（講談社青い鳥文庫 203-9―楓子と悠の物語 1）580円　①978-4-06-148785-7〈絵：そらめ〉
内容 楓子は、小学校最後の春休み、亡くなった母親の故郷に引っ越すことになった。そこでは、古い洋館に住むことになったが、楓子はその洋館に足を踏み入れたとたん、あざやかに古い記憶がよみがえってきた。楓子は、ここに来たことがあったのだ。そして、楓子は不思議な少年と出会う。彼とも、会ったことがあるような気がするが…!?　小学上級から。

『NO.6　#6』 あさのあつこ著　講談社　2007.9　195p　19cm　（YA！ENTERTAINMENT）950円　①978-4-06-269384-4
内容 矯正施設の地下深くへ辿りついた紫苑は、ネズミの過去を知る長老から、NO.6が犯した侵略と虐殺の歴史を聞かされる。聖都市を待ち受けるのは、破滅か、それとも救いか―最後の闘いをかけて、運命の扉が開かれる。

『舞は10さいです。』 あさのあつこ作，鈴木びんこ絵　新日本出版社　2007.6　141p　18cm　（あさのあつこコレクション 1）1200円　①978-4-406-05048-7〈1996年刊の新装版〉
内容 舞は四年生。きのう、おねしょしたことを、なおみちゃんに知られてしまった。「だれにもいわないで」そう話しかける勇気がだせない…。少女のゆれる思いを、やさしく描きます。ちょっぴり背のびがしたい女の子たちへ。あさのあつこの贈り物。

『ラブ・レター』 あさのあつこ作，牧野和子絵　新日本出版社　2007.6　141p　18cm　（あさのあつこコレクション 2）1200円　①978-4-406-05049-4〈1998年刊の新装版〉
内容 大好きなクラスメイトに手紙を出そうとする愛美の純粋な想いを綴る。ちょっぴり背のびがしたい女の子たちへ。あさのあつこの贈り物。

『The MANZAI』 あさのあつこ作，鈴木びんこ画　ジャイブ　2007.3　197p

あさのあつこ

19cm （カラフル文庫—あさのあつこセレクション 4）1100円 ①978-4-591-09684-0〈発売：ポプラ社　2004年刊の改稿〉

|内容|「おまえ、なんでそんなに漫才好きなの？」「なんでて、おもろいやつが一番やないか」「一番て…そうか、そうかなぁ」「決まってる。勉強できたかて、スポーツできたかて、なんぼのもんや。たいしたことあらへん。やっぱ、おもろいやつが勝ちやで。絶対や、歩」漫才『ロミオとジュリエット』の行方は…？　小学校中学年〜中学生。

『The MANZAI　3』あさのあつこ作，鈴木びんこ画　ジャイブ　2007.3　193p　19cm　（カラフル文庫—あさのあつこセレクション 6）1100円　①978-4-591-09686-4〈発売：ポプラ社 2006年刊の改稿〉

|内容|秋本貴史とのコンビを拒否し続ける瀬田歩は、病院の廊下を暗い表情で歩く美少女・萩本恵菜—愛称メグを見かけ、気になってしかたがない。一方、夏祭りのステージが危機に直面したとの情報を入手した森口京美に召集され、いつものメンバーは、漫才のステージ実現を目指して立ち上がった。楽しい仲間たちが織りなす人気シリーズ、待望の第3弾。小学校中学年〜中学生。

『The MANZAI　2』あさのあつこ作，鈴木びんこ画　ジャイブ　2007.3　206p　19cm　（カラフル文庫—あさのあつこセレクション 5）1100円　①978-4-591-09685-7〈発売：ポプラ社 2004年刊の改稿〉

|内容|『漫才ロミオとジュリエット』から半年と少し、ぼく「瀬田歩」中学3年生の初夏…事件は起きた！　こりゃ『おつきあい』を申しこみ続けている秋本と、ぼくに狙いを定めた森口、発光少女の萩本、学年トップの高見、音楽担当だった蓮田に篠原。元2-3ロミジュリメンバー集結のきっかけとなった事件とは!?　小学校中学年〜中学生。

『新ほたる館物語』あさのあつこ作，樹野こずえ画　ジャイブ　2007.3　187p　18cm　（カラフル文庫）790円　①978-4-86176-381-6〈新日本出版社（2002年刊）の増訂〉

|内容|老舗旅館・ほたる館では、今日も、女将と若女将が陽気に「口喧嘩」。女将の孫娘、一子は、そんな元気で育つ元気な女の子だ。親友の雪美ちゃんやちょっと気になる柳井くんと一緒に、この春、6年生になる。イベントで町全体がにぎわう中、特別室に突然の予約が。おばあちゃんの曇った表情が気にかかる一子だったが…。

『ほたる館物語　3　一子が知った秘密』あさのあつこ作，樹野こずえ画　ジャイブ　2007.3　183p　19cm　（カラフル文庫—あさのあつこセレクション 3）1100円　①978-4-591-09683-3〈発売：ポプラ社　2004年刊の改稿〉

|内容|「ほたる館」は山間の温泉町「湯里」の老舗旅館。年末で大忙しの「ほたる館」に、山ばあさんが久しぶりに現れた。山ばあさんは、山菜やきのこを採るのを仕事にしているのに、なぜか金木犀が嫌いなようで…。一子、雪美、柳井くんが知った山ばあさんの秘密とは？　好評「ほたる館物語」の第3弾。小学校中学年〜中学生。

『ほたる館物語　2　ゆうれい君と一子』あさのあつこ作，樹野こずえ画　ジャイブ　2007.3　161p　19cm　（カラフル文庫—あさのあつこセレクション 2）1100円　①978-4-591-09682-6〈発売：ポプラ社　2004年刊の改稿〉

|内容|「おばあちゃん、このごろちょっとおかしいで」なぜか最近「ほたる館を継げ」と言いはじめた女将に、一子は反発してしまう。ひょんな事からほたる館に出入りするようになった柳井くんや、幼馴染の雪美ちゃんもまじえ、一子は悩み考える。「ほたる館物語」の第2弾。小学校中学年〜中学生。

『ほたる館物語　1』あさのあつこ作，樹野こずえ画　ジャイブ　2007.3　159p　19cm　（カラフル文庫—あさのあつこセレクション 1）1100円　①978-4-591-09681-9〈発売：ポプラ社　2004年刊の改稿〉

|内容|「ほたる館」は山間の温泉町「湯里」の老舗旅館。小学5年生のほたるは、ほたる館の女将の孫娘。旅館の人たちに囲まれて、明るく元気に暮らす。ある日、湯里にいわくありげな女性の一人客が現れて…。寂しげなそのお客さんに対しほたる館は？　他、一編。著者デビュー作シリーズ、待望の文庫化。小学校中学年〜中学生。

『風の館の物語　1』あさのあつこ作　講談社　2007.1　196p　22cm　（講談社文学の扉）1300円　①978-4-06-283201-4〈絵：百瀬ヨシユキ〉

|内容|母が入院し、田舎の親戚の家で過ごすことになった水内洵と沙菜の姉妹。二人が訪れたその家は、地元の人たちが『風の館』と呼ぶ古くて大きな屋敷だった。館で起こる不思議な現象…。そしてある夜、洵の前に少年の幽霊があらわれる—。『バッテ

あさのあつこ

リー』のあさのあつこ待望の最新作！『月刊少年シリウス』連載の人気小説、単行本化。小学上級から。

『ぼくらの心霊スポット』 あさのあつこ著　学習研究社　2006.12　339p　15cm　571円　①4-05-403238-9

内容　廃屋に幽霊が出るといううわさを聞いて、3人の少年たちは真相を突き止めようと行動を起こす。恐怖と闘いながらも、少年たちの勇気と友情がひとつになって、事件解決への思わぬ糸口が見つかっていく…。『ぼくらの心霊スポット』と『首つりツリーの謎』の二話を収録。少年たちが、三人三様の道へ別れていく、その序章…。熱き少年たちの物語。

『NO.6 #5』 あさのあつこ著　講談社　2006.9　204p　19cm　（YA！ENTERTAINMENT）　950円　①4-06-269371-2

内容　『人狩り』によって矯正施設へと送り込まれた紫苑とネズミ。そこは無数の人間の塊が蠢く、この世の地獄だった。生きて戻ることはできるのか。一方、救出を待つ沙布の身体には異変が起きていた―。この都市は、人間を支配しようとしている。無慈悲に人を食らう、支配欲に猛り狂った怪物に。誰も気がついていないのだろうか。いよいよNO.6の暗部へ。

『The MANZAI 3』 あさのあつこ作，鈴木びんこ画　ジャイブ　2006.7　193p　18cm　（カラフル文庫）　780円　①4-86176-292-8

内容　秋本貴史とのコンビを拒否し続ける瀬田歩は、病院の廊下を暗い表情で歩く美少女・萩本恵菜―愛称メグを見かけ、気になってしかたがない。一方、夏祭りでのステージが危機に直面したとの情報を入手した森口京美に招集され、いつものメンバーは、漫才のステージ実現を目指して立ち上がった。楽しい仲間たちが織りなす人気シリーズ、待望の第3弾。

『さらわれた花嫁』 あさのあつこ作，塚越文雄絵　講談社　2006.3　237p　18cm　（講談社青い鳥文庫　203-8―テレパシー少女「蘭」事件ノート　8）　620円　①4-06-148719-1

内容　「おおーあったりぃ！」商店街の福引きで、蘭は南海の孤島、蛇の目島への旅行をあてる。翠、凛、留衣といっしょにさっそくリゾート気分で出発するが、そこは何十年に一度、奇跡の祭りがおこなわれる、神秘の島だった！　蘭と翠のテレパシーが、事件の兆しをキャッチするが…!?　スリリングな展開に友情と笑いがプラスされた、大人気シリーズ第8弾!!　小学上級から。

『時空ハンターYUKI 2』 あさのあつこ作，入江あき画　ジャイブ　2005.9　173p　18cm　（カラフル文庫）　760円　①4-86176-213-8

内容　おゆきは、着物の仕立てで生計を立てる母とふたり、貧しいながらも幸せに暮らしていた。ところが、不穏な気配を身にまとう武士に声をかけられた日を境に、状況が一変する。おゆきの周囲で次々と起こる不思議な出来事。これらの怪異は、母が恐ろしげに口にする「闇の蔵人」という存在と関係があるのか？　江戸を舞台にくり広げられる、「星の娘」おゆきの誕生秘話。

『NO.6 #4』 あさのあつこ著　講談社　2005.8　203p　19cm　（YA！ENTERTAINMENT）　950円　①4-06-269358-5

内容　何も知らなかったのは、おれのほうなのか。あの眼、あの動き―殺られる…。紫苑、あんた何者なんだ？

『福音の少年』 あさのあつこ著　角川書店　2005.7　365p　20cm　1400円　①4-04-873631-0

内容　十六歳の永見明帆は、同級生の藍子とつきあっていても冷えた感情を自覚するだけ。唯一、彼が心に留める存在は藍子と同じアパートに住む彼女の幼なじみ、柏木陽だった。藍子の様子がおかしい？　そう気づいたある日、母親とけんかした陽が突然泊めてくれ、と訪ねてくる。その夜半、陽のアパートが火事で全焼、藍子も焼死体で発見される。だが、それは単なる事故ではなかった。真相を探り始めた彼らに近づく、謎の存在。自分の心の奥底にある負の部分に搦め捕られそうになる、二人の少年。十代という若さにこそ存在する心の闇を昇華した、著者渾身の問題作。

『透明な旅路と』 あさのあつこ著　講談社　2005.4　269p　20cm　1400円　①4-06-212836-5

内容　男は、血管が透けて見えるほど白い頚を絞めて、女を殺す。男は、月の光が注ぐ雨の降る夜、少年と少女が、男の運転する車の窓ガラスを叩く…。

『ゴースト館の謎』 あさのあつこ作，塚越文雄絵　講談社　2005.2　229p　18cm　（講談社青い鳥文庫―テレパシー少女「蘭」事件ノート　7）　620円　①4-06-148676-4

内容　「もうだめだ…死ぬしかない…。」花火大会のさなかに、蘭の心にひびいてきた、SOSの声。蘭たち4人は、またもや不思議な事件にまきこまれた。なんと老舗の旅館に幽霊が出没するという！　幽霊vs.テレパ

シー少女、結末はいかに!? 謎が謎をよぶスリリングな展開に、蘭と留衣、翠と凜の恋もちょっぴり進展をみせる、ハラハラとドキドキの第7弾! 小学上級から。

『時空ハンターYUKI 1』 あさのあつこ作, 入江あき画 ジャイブ 2005.1 220p 18cm （カラフル文庫） 760円 ①4-86176-066-6

朝比奈　蓉子
あさひな・ようこ

『ゆいはぼくのおねえちゃん』 朝比奈蓉子作, 江頭路子絵 ポプラ社 2014.3 135p 21cm （ポプラ物語館 53） 1000円 ①978-4-591-13937-0

内容 ぼくには、おねえちゃんがいるんだって。ある日うちにやってきた、六年生のゆいちゃん。ツンとしてるし、パパもママも、ゆいちゃんのことばかり気にして、おもしろくない。おねえちゃんなんか、こなきゃよかったのに。でも―

『「リベンジする」とあいつは言った』 朝比奈蓉子著, スカイエマ絵 ポプラ社 2011.10 207p 19cm （ノベルズ・エクスプレス 15） 1300円 ①978-4-591-12602-8

内容 ぼくたちがめがねを割ったせいで、けがをした江本。病院にあやまりにいったぼくに、江本はいった。「きみたちは、うまく先生をだましたつもりでも、ぼくはそんなことで、引きさがるつもりはないからね。必ずリベンジするよ」その日から、ぼくと江本の奇妙な関係がはじまり、少しずつ、ぼくは江本のことがわかりはじめた―。少し変わった友情の物語。

『竜の座卓』 朝比奈蓉子作, 金沢まりこ絵 偕成社 2011.3 213p 20cm 1200円 ①978-4-03-727120-6

内容 「おれはあんなてらてらしたテーブルなんかで、ぜったいめしは食わんぞ!」病気で倒れたじいちゃんと暮らすようになった、てつ兄とぼくは、じいちゃんのリハビリをかねて、夏休みに座卓をつくりあげる。しかし、じいちゃんが亡くなると、その座卓は両親によって捨てられてしまった。座卓には兄弟にむけた、じいちゃんの強い思いがきざまれていたのだが―。二人の兄弟と、死を間近にひかえた祖父との交流を描く、家族の物語。小学校高学年以上。

『たたみの部屋の写真展』 朝比奈蓉子作 偕成社 2007.7 197p 20cm 1200円 ①978-4-03-727100-8

内容 中学に入ったばかりのタモツとユウイチ。ふたりは空き家の庭をかくれ家に決めたが、とつぜん、家主のおばあさんとその娘が帰ってきた。ママもお店のお手伝い。「とおる…、おまえかい？」タモツは認知症であるおばあさんに、亡くなった息子と思いこまれ、夏休みのあいだ、この家に通うことになる一はじめて老いを見つめる少年の、とまどいと成長を描く。小学校高学年から。

『へそまがりパパに花たばを』 朝比奈蓉子作, 小泉るみ子絵 ポプラ社 1992.8 142p 22cm （童話の海 12） 880円 ①4-591-04192-1

内容 パパが脱サラした。おじいちゃんの猛反対をおしきって、やきとり屋さんをはじめたんだ。ママもお店のお手伝い。あたしは家でひとりぼっち。がんばってるパパのこと、ママのこと、あたし、とっても応援してるんだよ。でもね、ちょっとでいいから、あたしの気もちもかんがえて―。小学中級向。

芦原　すなお
あしはら・すなお
《1949～》

『カワセミの森で』 芦原すなお作 理論社 2007.5 347p 20cm （ミステリーYA！） 1300円 ①978-4-652-08606-3

内容 わたしこと、桑山ミラは、陸上競技にマジメに打ち込む文学少女。もっとも、ある人の言葉を借りれば、「不幸そうで、お金持ちじゃなさそうな家庭に育ってそうで、植木屋の親方みたいに髪を刈って、胸の大きくなさそうな女の子」らしいけど。しっかし、これって、ずいぶん失礼じゃないかい？ それはさておき、これは私が16歳の時に巻き込まれた恐ろしい事件の物語。それはカワセミの森で、親友をめぐって起きた、忌まわしい連続殺人事件だった…。斬新なのに懐かしい青春小説の紡ぎ手・芦原すなおがユーモラスな語り口で贈る極上のホラー・ミステリー。

『わるすんぼ』 芦原すなお著, 山本祐司絵 佼成出版社 2002.4 96p 20cm （きらきらジュニアライブシリーズ） 1400円 ①4-333-01961-3

内容 ぼくたちの世界はぼくたちで守る！ 黄色いモヤにおおわれた町でモック、キクロウ、アヤの子どもの力が目をさます―。直木賞作家による新感覚ストーリー。小学校中学年から。

『ドッペル』 芦原すなお著．竹内美紀装画 河出書房新社 1997.12 112p 20cm （ものがたりうむ） 950円 ①4-309-73125-2
[内容] 記憶喪失の少年は自分の正体を知るための時空を超えた冒険へ旅立った！ ぼくって本当は誰なんだろう。

芦辺 拓
あしべ・たく
《1958～》

『スクールガール・エクスプレス38』 芦辺拓著 講談社 2012.8 253p 19cm （YA！ ENTERTAINMENT） 950円 ①978-4-06-269457-5 （画：赤目）
[内容] サルマナザール共和国に海外留学にやってきた武蔵旭丘女子学園の生徒たち38人。とある早朝、ただならぬ雰囲気を感じて起き出した数人の生徒は、武装した一団がホテルのロビーを占拠していることに気づく。はたして38人の運命は…。

『月蝕姫のキス』 芦辺拓作 理論社 2008.10 322p 20cm （ミステリーYA！） 1400円 ①978-4-652-08609-4
[内容] 高校生の暮林少年は、なにごとも論理的に考えぬかないと気がすまないというやっかいな性格の持ち主だ。まるで、かの名探偵エラリー・クイーンのような。ある日、学校の近くで起こった奇妙な殺人事件。偶然巻き込まれてしまった暮林少年は、考えて考えるうちに恐ろしい事実に気づく。クラスメートのあの子が犯人だとすれば、すべてのつじつまが合うということに。しかし、静かな町を揺るがすような事件が起きる…。本格的な謎解きの要素に満ちた叙情あふれるミステリー。

『電送怪人―ネオ少年探偵』 芦辺拓作，藤田香画 学習研究社 2005.6 199p 19cm （エンタティーン倶楽部） 800円 ①4-05-202352-8
[内容] あやし～い博士のウワサ、知ってる？ 自分で発明した機械を使って、一瞬でどこにでもあらわれたり消えたりして、どろぼうを働いているんだって！ 人よんで「電送怪人」。立ち向かうのはもちろん、われらが圭くん、祐也くん、水穂ちゃん！ 3人が少年少女探偵団を結成するきっかけになった大事件がはじまるよ。

『謎のジオラマ王国―ネオ少年探偵』 芦辺拓作，藤田香画 学習研究社 2005.6 215p 19cm （エンタティーン倶楽部） 800円 ①4-05-202353-6
[内容] この町って、悪い神サマに支配されてるんだって。その神サマが、ひょいと手を動かせば町には火事や事故が次々に起こっちゃうの。圭くん、祐也くん、水穂ちゃんが神サマのひみつをあばこうとするんだけど、今回ばかりは相手が悪いみたい。水穂ちゃんがいなくなり、祐也くんがいなくなり…。少年少女探偵団、最大のピンチ。

『妖奇城の秘密―ネオ少年探偵』 芦辺拓作，藤田香画 学習研究社 2004.6 207p 19cm （エンタティーン倶楽部） 800円 ①4-05-202084-7
[内容] ねえ、知ってる？ となりのクラスの圭くん、祐也くん、水穂ちゃんって、探偵やってるんだって。それでね、前のお休みに古～いお城に冒険に行ったら、仮面の悪魔に会っちゃったんだって！ そしたら、もう大変。お城が消えるわ、暗号が落ちてるわ、悪魔が宙に浮かぶわでとんでもないことになってるみたいだよ。いっしょに、3人にくわしい話を聞きにいってみない。

麻生 かづこ
あそう・かずこ

『亡霊クラブ怪の教室 〔3〕 悲しみのそのさき』 麻生かづこ作，COMTA絵 ポプラ社 2014.8 213p 18cm （ポプラポケット文庫 204-3―ガールズ） 650円 ①978-4-591-14094-9
[内容] あなたは、悲しみやさびしさ、孤独を感じるときってありますか。そんなマイナスの気持ちが集まっていくのが「怪の教室」です。幽霊のしんちゃんも悲しくてさびしくて…来てしまったのですよ。あなたもいつ呼ばれてしまうか、わかりません。おいしい紅茶と素敵なティーカップを用意してお待ちしております。ただし―、一度でもおとずれたら、もとの世界へはもどれません。それでもよければ、お入りください。小学校上級～

『亡霊クラブ怪の教室 〔2〕 沈黙のティーカップ』 麻生かづこ作，COMTA絵 ポプラ社 2014.1 226p 18cm （ポプラポケット文庫 204-2―ガールズ） 650円 ①978-4-591-13723-9
[内容] 怖かったり、不安だったり、悲しかったり、そんなマイナスの気持ちがあつまっていく「怪の教室」。おいしいお茶と素敵なティーカップでおもてなしいたします。お茶には不思議な力があるんですよ。あなたも

癒されに行ってみたいって思いませんか？ ただし—、「怪の教室」を一度でもおとずれたらもとの世界へもどれる人はいません。それでもよければ、どうぞお入りください。新感覚ガールズ怪談第2弾!! 小学校上級〜。

『ハセイルカのハルカが泳いだ日』 麻生かづこ作, ミヤハラヨウコ絵 佼成出版社 2013.6 95p 22cm （いのちいきいきシリーズ）1300円 ①978-4-333-02600-5
内容：魚網にかかり、水族館「うみたまご」に運ばれたイルカは、世界でもほとんど飼育例のない、ハセイルカの赤ちゃんでした。お母さんとはぐれてしまった「ハルカ」は弱っていて、生きる気力も感じられません。「ハルカの小さないのちを助けたい！」水族館の飼育員たちは、ハルカが自分の力で泳げるようにと、力を合わせて、ハルカの介護をつづけました—。動物の創作読み物。

『亡霊クラブ怪の教室』 麻生かづこ作, COMTA絵 ポプラ社 2013.5 222p 18cm （ポプラポケット文庫 204-1—ガールズ）650円 ①978-4-591-13453-5
内容：人がたくさん集まるところは、にぎやかで楽しくて、活気がありますね。駅や公園、そして学校も—。その反面、人の多いところには、恐れや不安、あせりなどマイナスの気持ちが入りまじっています。それらが集まってくるのが、ここ「怪の教室」です！ トイレの花子さんや二宮金次郎がナビゲーターとなり、あなたを怪談の世界へ。あなたもいつ「怪の教室」に呼ばれてしまうか、わかりませんよ…。小学校上級〜。

『天までひびけ！ ドンドコ太鼓』 麻生かづこ作, 山本省三絵 国土社 2012.7 94p 22cm 1300円 978-4-337-33615-5
内容：ドンドン、カカカ、ドドドンドン。マイ、ほのか、アミはなかよし三人組。そろって太鼓の練習にはげんでいる。祭りの舞台で、むずかしい技に挑戦するからだ。三人の息がぴったり合わないと、うまくいかない大切な見せ場だ。かっこよくきめたい！ だけど…。力強いリズムにのせておくる熱い友情の物語。小学校中学年から。

『うふふ森のあららちゃん』 麻生かづこ作, 秋里信子絵 国土社 2011.5 78p 22cm 1200円 ①978-4-337-33608-7
内容：にっこりわらってこんにちは、ともだちみつけにいきましょう。うふふ森にひっこしてきたあらいぐまのあららちゃん。てづくりのプレゼントをもって、森のみんなにごあいさつ。

『あしたははれ曜日！—ワカナ×ミキ』 麻生かづこ作, 長野ともこ絵 そうえん社 2008.11 151p 20cm （ホップステップキッズ！ 4）950円 ①978-4-88264-433-0
内容：ねぇ、わたしたちって、友だちだよね…？ ひっこみじあんのワカナと、元気印のミキ、"名もない花"と"まっかなバラ"の物語。

『きいちゃんのおへそ？』 あそうかづこさく, みやざきこうへいえ 草炎社 2006.11 60p 20cm （そうえんしゃ ハッピィぶんこ 9）1100円 ①4-88264-201-8
内容：きいちゃんのママにあかちゃんが生まれそう…。もうすぐおねえちゃんになるきいちゃんは、ママをまってひとりでこうえんへでかけます。すると、ふしぎな男の子があらわれて、「おへそをちょうだい」だって。どうしておへそなの…。

阿部　夏丸
あべ・なつまる
《1960〜》

『ピコのそうじとうばん』 阿部夏丸作, 村上康成絵 講談社 2013.11 82p 22cm （どうわがいっぱい 94）1100円 ①978-4-06-198194-2
内容：あなたを、そうじとうばんににんめいいたします。大人気ドーナツいけシリーズ最新作。小学1年生から。

『ギャング・エイジ』 阿部夏丸作, 真島ヒロ絵 講談社 2009.10 249p 18cm （講談社青い鳥文庫 258-4）620円 ①978-4-06-285116-9
内容：元気で明るくクラスの人気者だったエイジは偶然に偶然が重なり、突然「らんぼう者」呼ばわりされてしまう。「自分は変わっていないのに、どうしてまわりの見る目は変わるのか？」とまどったエイジは、年上の友だちイサオくんに、本物のスマートな不良、「ギャング」になることをすすめられ、すっかりその気に！　エイジのだいぼうけん、スタートです！

『つたえたいきもちは木にのぼっておさがしください』 阿部夏丸文, 村上康成絵 講談社 2009.6 60p 20cm 1100円 ①978-4-06-215519-9〈講談社創業100周年記念出版〉

|内容| こんやはおまつりです。1年に1度の満月の夜、動物たちが「ことの葉」を手に会話を楽しみ始めるのですが…。

『キンギョのてんこうせい』 阿部夏丸作, 村上康成絵 講談社 2008.9 74p 22cm （どうわがいっぱい 74） 1100円 ①978-4-06-198174-4

『川中wow部の釣りバトル』 阿部夏丸作, 山崎浩絵 講談社 2008.8 269p 18cm （講談社青い鳥文庫 258-3） 620円 ①978-4-06-285045-2

|内容| 気ままなWOW部にも、対校試合のチャンスがやってきた！ 相手は、池中アングラーズクラブ。バス釣りのプロフェッショナルたちだ。ジンを総監督にして、WOW部のメンバーはモロコ池での勝負に挑む。ジンの奇襲作戦は実をむすぶか!? そんなとき、池に怪物があらわれて!? ナツマル節爆発の夏休み爽快物語!! 小学上級から。

『川中wow部の夏休み』 阿部夏丸作 講談社 2007.7 219p 18cm （講談社青い鳥文庫 258-2） 580円 ①978-4-06-148775-8 〈絵：山崎浩〉

|内容| 川中WOW部とは、川を自由に楽しむクラブだ。部員のリョウは、川原で家出少年と出会って、川原で一晩すごすことになるが…!? 川で伝説のカッパが目撃された。そうなると、もちろんWOW部の出番だ。メンバー5人で、カッパ釣り作戦をかんがえるが、はたして釣れたのはいったいなんだったのか!? 自由な少年少女に贈る、いっしょに遊びたくなる夏休みストーリー。小学上級から。

『レッツゴー！ 川中wow部』 阿部夏丸作 講談社 2006.6 265p 18cm （講談社青い鳥文庫 258-1） 620円 ①4-06-148734-5 〈絵：山崎浩〉

|内容| リョウとマサシは、川里中学校の2年生。担任の美人教師、ミカ先生の陰謀で、魚部にはいることになってしまった。通称、川中WOW部だ。WOW部で2人を待ち受けていたのは、学校のアイドル、イズミちゃん、肝っ玉かあさんみたいなコトコ、奇人変人のジン。まったく個性のちがう5人が織りなす、元気と友情と遊び心が200％つまった、ナツマル節炸裂ストーリー。小学上級から。

『メダカのえんそく』 阿部夏丸作, 村上康成絵 講談社 2006.4 74p 22cm （どうわがいっぱい 62） 1100円 ①4-06-198162-5

『ゆめみるダンゴムシ』 阿部夏丸さく 佼成出版社 2005.9 61p 21cm （お はなしドロップシリーズ） 1100円 ①4-333-02166-9 〈え：山口達也〉

|内容| ぼく、しらなかったよ。こんなにすてきな気もち！ ひょんなことから、ゆめがかなったダンゴムシのおはなし。小学1年生から。

『うそつき大ちゃん』 阿部夏丸著, 村上豊装画・挿絵 ポプラ社 2005.7 278p 22cm （ポプラの森 13） 1300円 ①4-591-08720-4

|内容| 「うそつき大ちゃん」は、いつもクラスの仲間はずれ。そんな大ちゃんを、ある日、川辺で見かけた。いったい、なにをしているんだろう…？ ふとしたことをきっかけにぼくには、いろんなものが見えてきた。

雨蛙 ミドリ
あまがえる・みどり

『オンライン！ 5 スリーセブンマンと水魔人デロリ』 雨蛙ミドリ作, 大塚真一郎絵 KADOKAWA 2014.7 183p 18cm （角川つばさ文庫 Aあ5-5） 680円 ①978-4-04-631438-3

|内容| 私、八城舞。ナイトメア攻略部にも新しいメンバーがたくさん入ったよ。いじめっこの赤蛸コンビや、気弱な金田くん、爽やかイケメンの増田さん。個性的なメンツが増えて、部室はとっても大にぎわい！ 今回も死者の番人との頭脳戦、スリーセブンマンの変なダンス攻撃や巨大な人魂とのバトル、と強敵が続々！ ボス水魔人との決戦には6人という大人数で参戦！ かなり難しいイベントみたいでちょっぴり不安かも…!? 小学上級から。

『オンライン！ 4 追跡ドールとナイトメア遊園地』 雨蛙ミドリ作, 大塚真一郎絵 KADOKAWA 2013.11 196p 18cm （角川つばさ文庫 Aあ5-4） 680円 ①978-4-04-631361-4 〈3までの出版者：エンターブレイン〉

|内容| 私、八城舞。朝霧さんとデート（？）で久しぶりに立ち寄った学校で出会ったのはいじめられっこの金田くん。ダメ！ こんなこと絶対に見過ごせない！ でもそんな中、悪魔のゲーム・ナイトメアも再開してしまって…。朝霧さんの意外な強さ、そして意外な杉浦さんの弱点が発覚！ ナイトメア攻略部は毎日大騒ぎ！ 命がけのゲームバトル第4巻！

『オンライン！ 3 死神王と無敵の怪

尼子騒兵衛
あまこ・そうべえ

鳥』雨蛙ミドリ作，大塚真一郎絵　エンターブレイン　2013.9　187p　18cm　（角川つばさ文庫 Aあ5-3）680円　①978-4-04-631346-1〈発売：KADOKAWA〉

内容　私、八城舞。相変わらず、悪魔のゲーム"ナイトメア"中心の日々。だって毎日プレイをしないと命をとられてしまうんだもの！　今回も不気味な洋館でのバトルや知恵くらべの頭脳戦とキンチョーの連続。生意気な中学生の翼くんやナイトメアランキング1位の変人・田中さん、爽やかイケメンの増田さんも巻き込んで大騒ぎ！　だけど朝霧さんとの仲はちょっぴり（？）進展したような…？　命がけのゲームバトル第3巻！　小学上級から。

『オンライン！　2　幽霊学校とナゾの騎士』雨蛙ミドリ作，大塚真一郎絵　エンターブレイン　2012.11　169p　18cm　（角川つばさ文庫 Aあ5-2）680円　①978-4-04-631280-8〈発売：角川グループパブリッシング〉

内容　私、八城舞。ある日、私の元に届いたのは毎日プレイしないと命をとられるゲーム機・ナイトメア。それ以来、勉強大好きな私がゲーム漬けの毎日…。「ナイトメア攻略部」っていうクリアを目指す部活にも参加。親友・尚美ちゃんの「鼻」を取り戻すための「交渉」や、お面の女の子との「対決」と今回もバトルにナゾ解きに気が抜けない！　どんな敵が現れようと、みんなの力をあわせれば絶対に負けないんだから！　小学上級から。

『オンライン！―クリア不可能!?　悪魔のゲーム！』雨蛙ミドリ作，大塚真一郎絵　エンターブレイン　2011.10　260p　18cm　（角川つばさ文庫 Aあ5-1）700円　①978-4-04-631195-5〈発売：角川グループパブリッシング〉

内容　毎日ゲームをしないと、体の機能がひとつずつ失われる―高校生の舞のもとに、突然届いたのはそんなブキミなゲーム「ナイトメア」。一度手にしたら、やめることは絶対許されないこのゲームが、今日本中で大流行!?　ゲームが苦手な舞も、口さけ女との心理戦や死神との特技戦とバトルの毎日。完全クリアをめざして、照れ屋の朝霧さん、イケメンだけど性格に難ありの杉浦さんらと「ナイトメア攻略部」が、いざ始動！　小学上級から。

『忍たま乱太郎　あたらしいトカゲの段』尼子騒兵衛原作，望月千賀子文，亜細亜堂絵　ポプラ社　2014.6　86p　22cm　（ポプラ社の新・小さな童話 288）900円　①978-4-591-14011-6

内容　学園長先生が毒をもった生き物をにがしてしまい、にんじゅつ学園は大パニック!!　ところが、学園長先生はわざとにがしたようす。それなのに、みんなをあつめて『猛毒の生き物をにがすとはなにごとか〜！はやくつかまえなさ〜い！』というのです。これって、いったいなんのため??　小学低学年向。

『忍たま乱太郎　にんじゅつ学園となぞの女の段』尼子騒兵衛原作，望月千賀子文，亜細亜堂絵　ポプラ社　2014.1　87p　22cm　（ポプラ社の新・小さな童話 285）900円　①978-4-591-13717-8

内容　「金楽寺のおしょうさんに煮物をとどけてもらえないかしら。」とたのまれたらんたろうは一ねんろぐみの伏木蔵をさそっていっしょにいくことにしました。さっそく金楽寺へむかうふたりでしたが、伏木蔵のまえに稗田八方斎にになぞの女があらわれたのです！　この女はいったい…!?　小学低学年向。

『忍たま乱太郎　豆をうつすならいの段』尼子騒兵衛原作，望月千賀子文，亜細亜堂絵　ポプラ社　2013.9　87p　22cm　（ポプラ社の新・小さな童話 281）900円　①978-4-591-13569-3

内容　「これから補習だ！　『豆をうつすならい』をやってこい!!」テストのせいせきがあまりにもわるかった乱太郎、きり丸、しんべエの三人ぐみは土井先生から補習をめいじられてしまいました。五ねんせいの不破雷蔵せんぱいもくわわってさっそく町へくりだしますが…。なんと町ではあるじけんがおこっていたのです!!　小学校低学年向。

『忍たま乱太郎―夏休み宿題大作戦！　の段』尼子騒兵衛原作，望月千賀子文　ポプラ社　2013.7　87p　22cm　1100円　①978-4-591-13510-5

内容　とても楽しい夏休み。ところが乱太郎、きり丸、しんべエの三人組は宿題がまったくおわっていません。そんな時、伝説の妖刀・極楽丸がぬすまれるという大事件が発生！　手に入れたものは天下を制すると

尼子騒兵衛

言われている極楽丸を取りもどすため、いざ大作戦の決行です!! 忍たま史上最大の大バトルが、今はじまる!!

『小説落第忍者乱太郎―ドクタケ忍者隊最強の軍師』 尼子騒兵衛原作・イラスト，阪口和久小説　朝日新聞出版　2013.6　233p　18cm　(あさひコミックス)　838円　①978-4-02-275105-8

『忍たま乱太郎　オーマガトキのにんじゃの段』 尼子騒兵衛原作，望月千賀子文，亜細亜堂絵　ポプラ社　2013.2　80p　22cm　(ポプラ社の新・小さな童話274)　900円　①978-4-591-13133-6

内容　休みがおわって、にぎやかさがもどったにんじゅつ学園。ところが、見なれないにんじゃが学園内をうろついています。そのにんじゅはオーマガトキ城の新米ヘボにんじゃ、カピバラ…じゃなくて、貝原太郎。なんと、貝原太郎はにんじゅつ学園の教科書、「忍たまの友」がほしいといいだしたのです。小学低学年向。

『忍たま乱太郎　密書でポン！の段』 尼子騒兵衛原作，望月千賀子文，亜細亜堂絵　ポプラ社　2012.6　86p　22cm　(ポプラ社の新・小さな童話269)　900円　①978-4-591-12959-3

内容　やすみがおわって乱太郎はにんじゅつ学園へと登校します。いつもの道をきげんよくあるいていると…。なんとだれかがたおれているではありませんか。「たおれている人にかかわるとろくなことがない」というのが『忍たま乱太郎』のおやくそくですが、おひとよしの乱太郎は…。

『忍たま乱太郎　にんじゅつ学園の文化祭の段』 尼子騒兵衛原作，望月千賀子文，亜細亜堂絵　ポプラ社　2011.12　94p　22cm　(ポプラ社の新・小さな童話264)　900円　①978-4-591-12605-9

内容　「そうだ、文化祭をやろう！　委員会ごとになにかだしものをかんがえなさい。」と学園長先生がいつものようにおもいつきをとつぜんはっぴょうしました。ところがへっぽこ事務員の小松田さんは敵にんじゃにも招待状をおくってしまったのです。ドクタケにんじゃや、暗殺者の万寿鳥・土寿鳥までもが文化祭にきてしまいにんじゅつ学園は大パニック。小学低学年向。

『にんタマ三人ぐみのこれぞにんじゃの大運動会だ!?―らんたろう2 in 1』 尼子騒兵衛作・絵　ポプラ社　2011.6　162p　18cm　(ポプラポケット文庫039-2)　620円　①978-4-591-12487-1

内容　にんじゅつがくえん一年生、にんじゃのタマゴこと「にんタマ」三人ぐみの、らんたろう、きりまる、しんべエ。とつぜんはじまった、学年たいこうの大運動会、しゅりけん投げにリレーにおおさわぎ。勝つのはどの学年？　一年は組のりんかい学校「にんタマ！　かいぞく!!　ウミボウズ!!!」も収録。キャラクターうらないや忍者クイズもたのしめるよ！

『劇場版アニメ忍たま乱太郎　にんじゅつ学園ぜんいんしゅつどう！の段』 尼子騒兵衛原作，望月千賀子文，亜細亜堂絵　ポプラ社　2011.3　95p　22cm　(ポプラ社の新・小さな童話258)　900円　①978-4-591-12256-3

内容　一ねんせいと六ねんせいのなつやすみのしゅくだいがいれかわってしまいたにんじゅつ学園は大さわぎ！　一ねんはぐみのきさんたがもらったしゅくだいはなんと、「オーマガトキ城主のふんどしをとれ」というものだった。いまオーマガトキ城はタソガレドキ城といくさのまったださなか。きさんたをすくうためにんじゅつ学園ぜんいんしゅつどう！

『らくだいにんじゃらんたろう―らんたろう2 in 1』 尼子騒兵衛作・絵　ポプラ社　2011.3　162p　18cm　(ポプラポケット文庫039-1)　620円　①978-4-591-12388-1

『忍たま乱太郎　打鳴寺のかねをならすのは…!?の段』 尼子騒兵衛原作，望月千賀子文，亜細亜堂絵　ポプラ社　2010.10　95p　22cm　(ポプラ社の新・小さな童話253)　900円　①978-4-591-12045-3

内容　にんじゅつ学園一ねんはぐみのにんたまたちがうら山でこの葉がくれのじゅぎょうをうけていると、四ねんせいの斉藤タカ丸がこまったかおではしってきました。タカ丸は父からあんさつしゃにねらわれているというれんらくをうけたので、いそいで実家の『髪結い所斉藤』にいくところだというのです。それをきいた山田先生と土井先生、そしてにんたまたちが、タカ丸をおいかけていきましたが…。小学低学年向。

『忍たま乱太郎　なぞのラブレターの段』 尼子騒兵衛原作，望月千賀子文，亜細亜堂絵　ポプラ社　2010.3　78p　22cm　(ポプラ社の新・小さな童話249)　900円　①978-4-591-11689-0

内容　らんたろう、きり丸、しんべエはオリエンテーリングのゴールをめざしてはしっているとちゅう、屋敷をのぞきながらうろ

尼子騒兵衛

ろしている智吉とであいました。らんたろうがなにをしているのかときくと、智吉はラブレターをこの屋敷にすむむすめさんにわたしたいが、どうすればよいかわからないというのです。おかねもうけがだいすきなきり丸はさっそくラブレターをわたすアルバイトをひきうけました。小学低学年向け。

『**忍たま乱太郎　へんてこクジラをおいかけろ！の段**』尼子騒兵衛原作，望月千賀子文，亜細亜堂絵　ポプラ社　2009.11　78p　22cm　（ポプラ社の新・小さな童話246）900円　①978-4-591-11222-9

[内容] ある日、にんじゅつ学園にしんべエのいもうとカメ子がやってきました。これから兵庫水軍の第三共栄丸さんのところにクジラのにくをかいつけにいくというのです。そのはなしをきいた学園長先生は「わしもしんせんなクジラのにくがたべたーい。」と一ねんはぐみのにんたまたちをカメ子といっしょにおつかいにいかせることにしましたが…。小学低学年向け。

『**ホントにでちゃった！　にんタマのきょうふのきもだめし─らくだいにんじゃらんたろう**』尼子騒兵衛作・絵　ポプラ社　2009.9　71p　24cm　（こどもおはなしランド79）1000円　①978-4-591-11132-1

[内容] 一年は組のにんタマたちが、ばけものやしきで大あわて。

『**忍たま乱太郎　ざっとこんなもんの段**』尼子騒兵衛原作，望月千賀子文，亜細亜堂絵　ポプラ社　2009.3　79p　22cm　（ポプラ社の新・小さな童話242）900円　①978-4-591-10849-9

[内容] ドクタケ城がちかくの村ののはらでいくさの演習をはじめ、村人たちは大めいわく！　うるさくてしごとになりません。そこでにんじゅつ学園の学園町はドクタケにんじゃをおいはらうためにあるさくせんをかんがえました。そのさくせんをじっこうするため、足がはやい一ねんはぐみのらんたろうとさんじろうがドクタケにんじゃのもとへむかいますが…。小学校低学年向け。

『**忍たま乱太郎　へんなドクたまの段**』尼子騒兵衛原作，望月千賀子文，亜細亜堂絵　ポプラ社　2008.11　76p　22cm　（ポプラ社の新・小さな童話239）900円　①978-4-591-10578-8

[内容] にんじゅつ学園に、兵庫水軍の網問と間切がこまったことがおきていると、そうだんにやってきました。兵庫水軍がかいさいするりんかいがっこうに、「へんなドクた

まがやってきた」というのです。ドクタケ城がまたなにかをたくらんでいるとうたがった山田先生は、一ねんはぐみをりんかいがっこうにいかせることにしました。ドクタケ城のたくらみとは、いったい…!?　小学低学年向。

『**忍たま乱太郎─斉藤タカ丸をまもれ！の段**』尼子騒兵衛原作，望月千賀子文，亜細亜堂絵　ポプラ社　2008.3　77p　22cm　（ポプラ社の新・小さな童話235）900円　①978-4-591-10270-1

[内容] にんじゃのべんきょうをするため、にんじゅつ学園にもと髪結いの斉藤タカ丸がにゅうがくしてきました。学園の校庭で、らんたろう、きり丸、しんべエとはなしをしていると、とつぜんてっぽうだまがとんできて、さあたいへん！　どうやらタカ丸が、なにものかにねらわれているようです。にんたまたちは、斉藤タカ丸をまもることができるのでしょうか。小学低学年向き。

『**忍たま乱太郎─きけんなアルバイトの段**』尼子騒兵衛原作，望月千賀子文，亜細亜堂絵　ポプラ社　2007.12　77p　22cm　（ポプラ社の新・小さな童話232）900円　①978-4-591-09981-0

[内容] にんじゅつ学園一ねんはぐみのクラスメートのとらわかは、ちちおやにおこられて「にんじゅつ学園のがくひもはらってやらん！」といわれてしまいました。そこでがくひをかせごうと、らんたろう、きり丸、しんべエといっしょにアルバイトをすることに。しかしアルバイトをしょうかいしてくれたのは、いかにもあやしい男たちがあらわれたのです。小学低学年向。

『**にんタマ、ドクたまドクロ城にしのびこめ!!─らくだいにんじゃらんたろう**』尼子騒兵衛作・絵　ポプラ社　2007.8　65p　23cm　（こどもおはなしランド76）1000円　①978-4-591-09775-5

[内容] 一年は組のにんタマたちが、ドクたまにんじゃのタマゴ、ドクたまたちといっしょに幽霊が出るといわれているドクロ城にいくことになりました。そこでにんタマ、ドクたまたちをまちうけていたものは…。

『**忍たま乱太郎─ドクタケのしょうりの段**』尼子騒兵衛原作，望月千賀子文，亜細亜堂絵　ポプラ社　2007.3　77p　22cm　（ポプラ社の新・小さな童話228）900円　①978-4-591-09719-9

[内容] 山田先生や土井先生をはじめ、にんじゅつ学園の先生たちが、とつぜんあらわれたドクタケにんじゃたちにとらえられてしまいました。ドクタケにんじゃ隊の首領、

稗田八方斎は、おどろくにんたまたちにむかって、「しょくんはドクタマとなった」といいましたが、にんたまたちはもうはんたいをします。小学校低学年向き。

『にんタマのドキドキハラハラばけ寺たんけん！―らくだいにんじゃらんたろう』
尼子騒兵衛作・絵　ポプラ社　2006.9　63p　23cm　（こどもおはなしランド 74）1000円　①4-591-09415-4

内容　にんじゅつがくえん一年は組のにんタマたちが、夜の校外マラソンにしゅっぱつしました。とちゅう、はげしい雨のため、あれ寺で雨やどりをすることになりましたが、そこがばけ寺だったので…。

『忍たま乱太郎―しんベヱ・きさんたにおまかせ!?の段』尼子騒兵衛原作，望月千賀子文，亜細亜堂絵　ポプラ社　2006.7　78p　22cm　（ポプラ社の新・小さな童話 224）900円　①4-591-09330-1

内容　ある夜、にんじゅつ学園の六ねんせい・立花仙蔵のもとに、潮江文次郎から手がみがとどきました。そこには、「七松小平太といっしょににもつをまもるアルバイトをしよう」とかかれていました。つぎの日、まちあわせのばしょへいってみると、なぜか、しんベヱときさんたもきていたので、立花仙蔵はびっくり！　はたして、三にんはにもつをまもることができるのでしょうか？小学校低学年向き。

『忍たま乱太郎―ねらわれたカービン銃の段』尼子騒兵衛原作，望月千賀子文，亜細亜堂絵　ポプラ社　2006.3　76p　22cm　（ポプラ社の新・小さな童話 221）900円　①4-591-09161-9

内容　山田先生と土井先生はしんベヱのパパにたのまれ、土井先生のいえにかくされたカービン銃をまもることになりました。いえのまわりには、手ごわいドクササコにんじゃとドクタケにんじゃのすがたが見えます。そこへ、にんたまたちもやってきて大さわぎ！　はたしてカービン銃はまもれるのでしょうか。小学低学年向。

天野　頌子
あまの・しょうこ

『陰陽屋あやうし―よろず占い処』　天野頌子著　図書館版　ポプラ社　2014.4　245p　19cm　（teenに贈る文学 1-2―よろず占い処陰陽屋シリーズ 2）1200円　①978-4-591-13884-7,978-4-591-91440-3〈初版：ポプラ文庫ピュアフル 2011年刊　文献あり〉

『陰陽屋あらしの予感―よろず占い処』
天野頌子著　図書館版　ポプラ社　2014.4　315p　19cm　（teenに贈る文学 1-5―よろず占い処陰陽屋シリーズ 5）1200円　①978-4-591-13887-8,978-4-591-91440-3〈初版：ポプラ文庫ピュアフル 2013年刊　文献あり〉

『陰陽屋アルバイト募集―よろず占い処』
天野頌子著　図書館版　ポプラ社　2014.4　285p　19cm　（teenに贈る文学 1-4―よろず占い処陰陽屋シリーズ 4）1200円　①978-4-591-13886-1,978-4-591-91440-3〈初版：ポプラ文庫ピュアフル 2012年刊　文献あり〉

『陰陽屋へようこそ―よろず占い処』　天野頌子著　図書館版　ポプラ社　2014.4　288p　19cm　（teenに贈る文学 1-1―よろず占い処陰陽屋シリーズ 1）1200円　①978-4-591-13883-0,978-4-591-91440-3〈初版：ポプラ文庫ピュアフル 2011年刊〉

『陰陽屋の恋のろい―よろず占い処』　天野頌子著　図書館版　ポプラ社　2014.4　323p　19cm　（teenに贈る文学 1-3―よろず占い処陰陽屋シリーズ 3）1200円　①978-4-591-13885-4,978-4-591-91440-3〈初版：ポプラ文庫ピュアフル 2012年刊　文献あり〉

『陰陽屋は混線中―よろず占い処』　天野頌子著　図書館版　ポプラ社　2014.4　305p　19cm　（teenに贈る文学 1-6―よろず占い処陰陽屋シリーズ 6）1200円　①978-4-591-13888-5,978-4-591-91440-3〈初版：ポプラ文庫ピュアフル 2013年刊　文献あり〉

『花の道は嵐の道―タマの猫又相談所』
天野頌子著　ポプラ社　2009.4　249p　20cm　（Teens' entertainment 7）1300円　①978-4-591-10901-4

内容　うちの理生ときたら、高校生になったというのに、泣き虫で弱気で困ったもんだ。成り行きではいることになった花道部は、常識破りの貧乏部。おまけに学院制覇をねらう茶道部に、活動場所の和室をのっとら

れそうだという。「助けて、タマ〜！」…やれやれ、おれがなんとかしてやるか。

綾辻　行人
あやつじ・ゆきと
《1960〜》

『水車館の殺人』　綾辻行人著　講談社　2010.2　349p　19cm　（YA！ ENTERTAINMENT）　980円　①978-4-06-269428-5　〈画：山下和美〉

内容　山あいの地の鬱蒼とした森に囲まれてたたずむ、石造りの館。その横腹には三連の水車が、時を支配するかのごとく回り続けている。女が墜落死し、男が殺害され、一枚の絵と一人の男が消えた翌年、またしても惨劇は、起こった…。

『十角館の殺人』　綾辻行人著　講談社　2008.9　363p　19cm　（YA！ ENTERTAINMENT）　980円　①978-4-06-269400-1

内容　十角形の奇妙な館を訪れた大学ミステリ研の七人。彼らを襲う連続殺人の謎。結末に待ち受ける"衝撃の一行"とは？　本格ミステリの名作がYA！に登場。

『びっくり館の殺人』　綾辻行人著　講談社　2006.3　356p　19cm　（Mystery land）　2000円　①4-06-270579-6

内容　とある古書店で、たまたま手に取った一冊の推理小説。読みすすめるうち、謎の建築家・中村青司の名前が目に飛び込む。その瞬間、三知也の心に呼び起こされる遠い日の思い出…。三知也が小学校六年生のとき、近所に「びっくり館」と呼ばれる屋敷があった。いろいろなあやしいうわさがささやかれるその屋敷には、白髪の老主人と内気な少年トシオ、それからちょっと風変わりな人形リリカがいた。クリスマスの夜、「びっくり館」に招待された三知也たちは、「リリカの部屋」で発生した奇怪な密室殺人の第一発見者に！　あれから十年以上がすぎた今もなお、事件の犯人はつかまっていないというのだが…。

新井　素子
あらい・もとこ
《1960〜》

『ちいさなおはなし』　新井素子著　集英社　2007.10　229p　18cm　1200円　①978-4-08-774895-6

内容　過去、未来、現在、人間、動物、植物etc。ひらがなから無尽に広がる15のストーリー。

『グリーン・レクイエム』　新井素子作　日本標準　2007.6　167p　22cm　（シリーズ本のチカラ）　1400円　①978-4-8208-0296-9　〈絵：イナアキコ〉

内容　信彦が七つのときに出会った緑の髪の少女。十八年後、信彦が公園で見かけた、陽のあたるベンチに坐っている明日香がその少女にそっくりだった…！　緑の長い髪をもつ明日香と、彼女を愛してしまった信彦。明日香の正体は？　二人の恋の行方はどうなるのか…?!　美しいピアノの調べにのって展開する切ないラブストーリー。小学校高学年から。

有沢　佳映
ありさわ・かえ

『かさねちゃんにきいてみな』　有沢佳映著　講談社　2013.5　294p　20cm　1400円　①978-4-06-218325-3

内容　かさねちゃん、ユッキーの、みんなの優しさや毎朝の出来事。集団登校の短い時間の中にある繊細な人間関係が清々しい。子どもたちが決して大人に見せない「子どもの世界」。昔からずっといた小学生を、いままでにない手法で描いた作品。講談社児童文学新人賞、受賞後第一作。

『アナザー修学旅行』　有沢佳映著　講談社　2010.6　252p　20cm　1300円　①978-4-06-216290-6

内容　たとえば風邪とかで何日か学校を休んで一人でいると、家族以外の、他人と接しないと、心に同じ形の波しか立たなくなる気がする。水槽の中で金魚が自分で作る波と、海や川の波は違うみたいに。秋吉にとって、教室は海だろう。第50回講談社児童文学新人賞受賞のデビュー作。

有栖川　有栖
ありすがわ・ありす
《1959〜》

『闇の喇叭』　有栖川有栖作　理論社　2010.6　359p　20cm　（ミステリーYA！）　1500円　①978-4-652-08635-3

内容　平世21年の日本。第二次世界大戦後、

ソ連の支配下におかれた北海道は日本から独立。北のスパイが日本で暗躍しているのは周知の事実だ。敵は外だけとはかぎらない。地方の独立を叫ぶ組織や、徴兵忌避をする者もいる。政府は国内外に監視の目を光らせ、警察は犯罪検挙率100％を目標に掲げる。探偵行為は禁じられ、探偵狩りも激しさを増した。すべてを禁じられ、存在意義を否定された探偵に、何ができるのか。何をすべきなのか。

『動物園の暗号』　有栖川有栖著　岩崎書店　2006.12　201p　21cm　（現代ミステリー短編集 3）　1400円　①4-265-06773-5〈絵：町田尚子〉

内容　動物園の飼育係が奇妙な暗号を残し、猿山で殺されていた。その謎を解くことで犯人を探りだす、表題作「動物園の暗号」はじめ、「やけた線路の上の死体」など謎解きの面白さをいかんなく味わうことのできる、本格ミステリー作家の珠玉短編全4編を収録。

『虹果て村の秘密』　有栖川有栖著　講談社　2003.10　350p　19cm　（Mystery land）　2000円　①4-06-270562-1

内容　推理作家にどうしてもなりたい12歳の少年・秀介は、憧れの作家二宮ミサトを母にもつ同級生の優希（刑事になりたくてしょうがない）と、虹果て村にあるミサトの別荘で夏休みを過ごすことになった。虹にまつわる七つの言い伝えがあるのどかな村では、最近、高速道路建設をめぐって賛成派と反対派の対立が激しくなっていた。そんな中、密室殺人事件が起こり、二人は事件解明におとなも驚く知恵をしぼる。がんばれ、未来の刑事とミステリ作家。

安東　みきえ
あんどう・みきえ
《1953〜》

『ワンス・アホな・タイム』　安東みきえ作　理論社　2011.11　171p　19cm　1400円　①978-4-652-07983-6

内容　むかしむかし…賢くて愚かな王子や姫たちがいましたとさ。口当たりが良いけど、後から苦味がズシンと効いてくる7つのお伽話集。

『まるまれアルマジロ！―卵からはじまる5つの話』　安東みきえ作，下和田サチヨ絵　理論社　2009.3　174p　19cm　1500円　①978-4-652-07947-8

内容　幸せに必要なものは愛？　信頼？　お金？―ぼくの幸せはぼくが見つけます。安東みきえの書き下し短編集。

『夕暮れのマグノリア』　安東みきえ作　講談社　2007.5　213p　20cm　1300円　①978-4-06-213987-8

内容　それはほんのいっときで消えてしまう。あらわれるのはきまって夕暮れ時。光と闇のまざる時間、生と死の境目がぼんやりするころへ。女子中学生・灯子の感受性がうむぐ、やさしさと不思議に満ちた一年間。

『頭のうちどころが悪かった熊の話』　安東みきえ作　理論社　2007.4　134p　19cm　1500円　①978-4-652-07902-7〈絵：下和田サチヨ〉

内容　現代のイソップ童話。7つの動物ショートストーリー。「小さな童話大賞」（毎日新聞社主催）受賞作「いただきます」収録。

『おじいちゃんのゴーストフレンド』　安東みきえ著，杉田比呂美絵　佼成出版社　2003.7　95p　20cm　（きらきらジュニアライブシリーズ）　1400円　①4-333-02016-6

内容　おじいさんが何かつぶやくのが聞こえた。ぼくは耳をそばだてた。「つりにはいけんよ…ああ、まだいかん」ふわりと何かが動いた気がした。それは、夕ぐれを集めたように青くやさしいかげに思えた。かげはおじいさんのわきにそっとよりそい、そしてうすれて消えていった。小学校中学年から。

『天のシーソー』　安東みきえ作　理論社　2000.4　175p　19cm　1300円　①4-652-07183-3

内容　なんの約束もなしにこの世に生まれたことが、たよりなくてしかたがないときがある。一大人と子供のはざまの時間。不安と幸福が隣り合わせだった。大人と子供のはざまの時間を切りとる安東みきえ待望の単行本。

あんびる　やすこ
《1961〜》

『おきゃくさまはルルとララ』　あんびるやすこ著　岩崎書店　2014.6　141p　22cm　（おはなしガーデン　44―なんでも魔女商会　21）　1100円　①978-4-265-05494-7

内容　いつものようにナナがリフォーム支店にやってくると、コットンが材料の「在庫表」をかきこんでいました。その表にはずっと0個のままの材料がありました。そこ

あんびるやすこ

へ、ニンゲンの女の子たちがやってきました。ルルとララです。ふたりはいったいどんな注文にきたのでしょうか？ 「なんでも魔女商会」と「ルルとララ」のコラボ企画！

『ルルとララのコットンのマカロン―Maple Street』 あんびるやすこ作・絵 岩崎書店 2014.6 71p 22cm （おはなしトントン 45） 1000円 ①978-4-265-06723-7
内容 ルルとララは、マカロンをつくるために、にがてなオーブンにチャレンジします。そしてつくりかたをおしえてくれたのは、魔女商会のシルクにつかえるコットンでした。「なんでも魔女商会」と「ルルとララ」のコラボ企画！

『魔女カフェのしあわせメニュー』 あんびるやすこ作・絵 ポプラ社 2014.3 149p 21cm （ポプラ物語館 54―魔法の庭ものがたり 15） 1000円 ①978-4-591-13921-9
内容 魔法の庭に、夏がやってきました。ジャレットたちは、ビーハイブ・ホテルで、一日に一時間だけの「魔女カフェ」をひらくことになりましたが…。

『ローズマリーとヴィーナスの魔法』 あんびるやすこ作・絵 ポプラ社 2013.11 149p 21cm （ポプラ物語館 51―魔法の庭ものがたり 14） 1000円 ①978-4-591-13649-2
内容 秋がふかまり、魔法の庭も、すっかりさびしくなったころ。ジャレットのもとに、結婚式のブーケの注文がまいこんできて…。

『ルルとララのクリスマス―Maple Street』 あんびるやすこ作・絵 岩崎書店 2013.10 71p 22cm （おはなしトントン 43） 1100円 ①978-4-265-06721-3
内容 まちにクリスマスの音楽がながれはじめると、みんなまるでまほうにかかったようにワクワクしはじめます。お店にはじめてツリーをかざったルルとララは、シュガーおばさんから、クリスマスのお菓子をおしえてもらうことになりました。

『運命のウエディングドレス』 あんびるやすこ著 岩崎書店 2013.8 141p 22cm （おはなしガーデン 37―なんでも魔女商会 20） 1100円 ①978-4-265-05487-9
内容 魔女としてこの世に生まれた瞬間から、それを着ることが決まっていた、そんな運命でむすばれた自分のためだけのただ一まいのドレス。それを花嫁たちは「運命のウエディングドレス」とよびます。道に迷ってリフォーム支店にやってきたエリカは、はたして運命のウエディングドレスにめぐりあえるのでしょうか？

『おまじないは魔法の香水』 あんびるやすこ作・絵 ポプラ社 2013.4 149p 21cm （ポプラ物語館 47―魔法の庭ものがたり 13） 1000円 ①978-4-591-13411-5
内容 あたたかな日ざしに、魔法の庭のハーブたちがあたらしい葉をのばしはじめるころ。ジャレットは、おきゃくさまから、恋にきく香水をつくってほしいとたのまれて…。

『ルルとララのにこにこクリーム―Maple Street』 あんびるやすこ作・絵 岩崎書店 2013.2 71p 22cm （おはなしトントン 39） 1000円 ①978-4-265-06717-6
内容 シュークリームをつくろうとしたルルとララですが、なかなかうまくつくれません。がっかりしているふたりに、シュガーおばさんがとてもすてきなアイデアをくれました。こんどはいったいなにをつくるのでしょうか？ ルルとララのおかしやさんシリーズ。

『夜空のダイヤモンド』 あんびるやすこ著 岩崎書店 2012.12 141p 22cm （おはなしガーデン 34―なんでも魔女商会 19） 1100円 ①978-4-265-05484-8
内容 そろそろ一年がおわりにちかづいてきたころ、「今年もっともあたった星占い魔女」にシルクのおばさんであるスピカがえらばれました。「あなたにとって星とはなんですか？」ときかれたスピカのこたえにシルクやコットンはとまどいます。いったいスピカはなんとこたえたのでしょうか？ 巻末にファッション用語解説付き。

『魔女のステキな冬じたく』 あんびるやすこ作・絵 ポプラ社 2012.10 149p 21cm （ポプラ物語館 44―魔法の庭ものがたり 12） 1000円 ①978-4-591-13094-0
内容 木々の葉が、さまざまに色づく秋。ジャレットは、いままでとはちょっぴりちがう、とくべつな冬じたくをはじめました…。

『ルルとララのしらたまデザート―Maple Street』 あんびるやすこ作・絵 岩崎書店 2012.6 71p 22cm （おはなしトントン 34） 1000円 ①978-4-265-06299-7

`内容` 一年に一度だけあえるひこぼしとおりひめ。そんなふたりとおなじようなねこのチャップとマロン。ふたりのきもちをつたえるために、ルルとララははじめて和風のお菓子をつくります。ロマンチックで、すてきなひんやりデザートはいかがですか。

『アンティークFUGA 番外編 澳門骨董譚』 あんびるやすこ作、十々夜絵
岩崎書店 2012.4 196p 19cm
(〔YA！ フロンティア〕) 900円
①978-4-265-07230-9
`内容` 火事で燃え残ったアールヌーボーの鏡台。風雅たちは、買いとったその鏡台のつくも神に手紙を届けてくれははと頼まれる。目的地はマカオ。そこでみつけたお宝とは？ 待望のFUGAシリーズ番外編。

『女王さまのむらさきの魔法』 あんびるやすこ作・絵 ポプラ社 2012.4 149p 21cm (ポプラ物語館 41―魔法の庭ものがたり 11) 1000円 ①978-4-591-12901-2
`内容` あたたかな日ざしのふりそそぐ季節。ジャレットたちは、村のフェスティバルにむけて、「だれでもしあわせになれる」ハーブのプレゼントを考えることにしましたが…。

『うわさのとんでも魔女商会』 あんびるやすこ著 岩崎書店 2012.2 127p 22cm (おはなしガーデン 32―なんでも魔女商会 18) 1100円 ①978-4-265-05482-4
`内容` ほうき星の観察のために寝不足気味のナナでしたが、きょうは、シルクやコットンたちと魔法市場にきています。お目あてはコットンがほしかった「スーパー全自動魔法付きほうき」でした。

『ルルとララのホットケーキ―Maple Street』 あんびるやすこ作・絵 岩崎書店 2011.12 71p 22cm (おはなしトントン 27) 1000円 ①978-4-265-06292-8
`内容` さむくなってくると、あたたかいお菓子が食べたくなります。そこへきつねのモリーがやってきました。モリーは森でもゆうめいなマナーのせんせいです。いまは、あなぐまのこどもたちにマナーをおしえていました。

『妖精のぼうし、おゆずりします。―フェアリーストーリー』 あんびるやすこ作・絵 PHP研究所 2011.10 79p 22cm (とっておきのどうわ) 1100円 ①978-4-569-78128-0

`内容` しっぷうの妖精パピーから手紙がとどき、ミユは、ふたたび妖精の世界へむかいました。ハルカおばさんがいまつくっているのは、すてきな「ぼうし屋さん」。そのウインドーにかざる「とっておきのぼうし」だけが、いくつつくっても気に入らないというのです。こうしてあまってしまったぼうしを、ミユはもらったのですが…。小学1～3年生向。

『わがまま姫と魔法のバラ』 あんびるやすこ作・絵 ポプラ社 2011.10 149p 21cm (ポプラ物語館 38―魔法の庭ものがたり 10) 1000円 ①978-4-591-12600-4
`内容` 秋のはじめ、ビーハイブ・ホテルに、とてもわがままな女の子がやってきました。ジャレットたちは、その子の部屋をたずねましたが…。

『きらめきハートのドレス』 あんびるやすこ著 岩崎書店 2011.9 127p 22cm (おはなしガーデン 27―なんでも魔女商会 17) 1100円 ①978-4-265-05477-0
`内容` ナナがシルクのお店にいくと、めずらしくさきにおきゃくさまがいました。シルクのいとこデーテです。探偵という仕事にうんざりしていたデーテは、しばらくシルクの家にいることにしたのです。そこへ、あたらしいおきゃくさまがやってきました。

『ルルとララのふんわりムース―Maple Street』 あんびるやすこ作・絵 岩崎書店 2011.6 71p 22cm (おはなしトントン 23) 1000円 ①978-4-265-06288-1
`内容` こうさぎのボフィが、お店にやってきました。となりにひっこしてきたハリネズミのエリーにふわふわのマシュマロをプレゼントするためです。ところがエリーは、ボフィのプレゼントをことわってしまいます。ボフィのきもちはエリーにとどくのでしょうか？―。

『フェアリーたちの魔法の夜』 あんびるやすこ作・絵 ポプラ社 2011.4 149p 21cm (ポプラ物語館 36―魔法の庭ものがたり 9) 1000円 ①978-4-591-12409-3
`内容` 六月の魔法の庭に、七人の妖精たちがあつまってきました。ジャレットが耳をすますと、小さな小さな話し声がきこえてきましたが…。

『にっこりおいしい大作戦』 あんびるやすこ著 岩崎書店 2011.3 127p

あんびるやすこ

22cm （おはなしガーデン 26—なんでも魔女商会 16） 1100円　①978-4-265-05476-3

[内容]「スプーン魔女のレストランあんない」にのっているお店は、どこも大行列です。おなかをすかせたシルクたちは、がまんできずに、ちかくのお店にとびこみました。ところがそのお店はほこりだらけで、おきゃくはだれもいませんでした。

『ルルとララのわくわくクレープ—Maple Street』　あんびるやすこ作・絵　岩崎書店　2010.12　71p　22cm　（おはなしトントン 21） 1000円　①978-4-265-06286-7

[内容] ルルとララのお店は、きょうもおかしのあまいかおりでいっぱいです。おきゃくさんは、みんな笑顔になるのですが、ねずみのフィオナは、かなしそうな顔をしています。いったいどうしたのでしょうか？—。

『夢みるポプリと三人の魔女』　あんびるやすこ作・絵　ポプラ社　2010.10　149p　21cm　（ポプラ物語館 34—魔法の庭ものがたり 8） 1000円　①978-4-591-12075-0

[内容] 魔法の庭に秋がやってきました。みんながクリスマスプレゼントをさがしはじめる季節です。ジャレットは、「クリスマスのためのハーブ」をつくろうと思いたちますが…。

『85パーセントの黒猫』　あんびるやすこ著　岩崎書店　2010.9　127p　22cm　（おはなしガーデン 25—なんでも魔女商会 15） 1100円　①978-4-265-05475-6

[内容] きょうは、おきゃくさまがひとりもきません。「それなら、自分のドレスをお直しすれば」と、ナナは、シルクにいいます。シルクのもってきたドレスをみて、コットンはつうむいています。そのドレスは、コットンとシルクがはじめてであったときのドレスでした。

『アンティークFUGA　6　永遠（とわ）なる者たち』　あんびるやすこ作，十々夜絵　岩崎書店　2010.7　205p　19cm　（〔YA！フロンティア〕） 900円　①978-4-265-07227-9

[内容] もう一息というところで、レッドアイに逃げられてしまった風雅たち。ロンドンからやってきた間宮のおかげで、三人は「大英博物館と王室の至宝展」の倉庫に入りこむ。はたして封印することはできるのか。

『ジャレットとバラの谷の魔女』　あんびるやすこ作・絵　ポプラ社　2010.4　149p　21cm　（ポプラ物語館 31—魔法の庭ものがたり 7） 1000円　①978-4-591-11731-6

[内容] バラのさきほこる季節。ジャレットのもとに、バラの谷の魔女、シシィがやってきました。トパーズが十年前にたのんだバラのオイルをとどけにきたというのですが…。

『ルルとララのシャーベット—Maple Street』　あんびるやすこ作・絵　岩崎書店　2010.4　71p　22cm　（おはなしトントン 18） 1000円　①978-4-265-06283-6

[内容] 夏休みをむかえたルルとララのもとに、シュガーおばさんがれんしゅう用でつくった氷のちょうこくがとどきました。それは、氷の精でした。すると、そのちょうこくから声がきこえてきたのです。

『ナナのたんぽぽカーニバル』　あんびるやすこ著　岩崎書店　2010.2　126p　22cm　（おはなしガーデン 23—なんでも魔女商会 14） 1100円　①978-4-265-05473-2

[内容] 十年に一度咲く金色のたんぽぽ。ここでは、願いがかなうといわれています。ナナはシルクにたんぽぽカーニバルに着ていくドレスを作ってもらうことになりました。でも、どんなデザインにしたいのか、まよいます。さあ、ナナはどんなドレスを作ってもらうのでしょうか。

『妖精の家具、おつくりします。—フェアリーストーリー』　あんびるやすこ作・絵　PHP研究所　2010.1　79p　22cm　（とっておきのどうわ） 1100円　①978-4-569-78024-5

[内容]「だれかのために、いっしょうけんめいにしたこと」ミユは、このしゅくだいをおわらせるために、ドールハウスをつくるハルカおばさんのところへてつだいに行きました。ところがミユのちょっとしたいたずらで…？　小学1～3年生向。

『アンティークFUGA　5　バビロニアの紅き瞳』　あんびるやすこ作，十々夜絵　岩崎書店　2009.12　186p　19cm　（〔YA！フロンティア〕） 900円　①978-4-265-07222-4

[内容] ついに、探し求めていたペンダントを手に入れた風雅たち。三人は両親を封印した邪悪なつくも神のおそるべき正体を知る。はたして封印を解くことはできるのか？　物語は、いよいよクライマックスへ。

『魔法の庭のピアノレッスン』　あんびるやすこ作・絵　ポプラ社　2009.10　149p　21cm　（ポプラ物語館 28―魔法の庭ものがたり 6）　1000円　①978-4-591-11176-5
内容　夏のおわりのある日、ジャレットのもとにうれしい知らせがとどきました。はなれてくらす音楽家のパパとママがジャレットに会いにくることになったのです。

『ルルとララのスイートポテト―Maple Street』　あんびるやすこ作・絵　岩崎書店　2009.9　71p　22cm　（おはなしトントン 17）　1000円　①978-4-265-06282-9
内容　森でいちばんかけっこがはやいアライグマのサリーは、運動会で大かつやくしました。でも、こんどは森のコンサートで歌を歌うことになります。はたして、じょうずに歌うことができるのでしょうか…。

『星くずのブラックドレス』　あんびるやすこ著　岩崎書店　2009.7　127p　22cm　（おはなしガーデン 22―なんでも魔女商会 13）　1100円　①978-4-265-05472-5
内容　魔女の名門一族の娘マギーにウエディングドレスを注文されたお仕立て支店の魔女ポプリンは、たいへんな失敗をしてしまいます。助けをもとめられたシルクのアドバイスとは、いったいどんなものでしょうか？　結婚式にまにあうか？　シルクとナナが大活躍するシリーズ第13弾。

『だれでもできるステキな魔法』　あんびるやすこ作・絵　ポプラ社　2009.4　149p　21cm　（ポプラ物語館 23―魔法の庭ものがたり 5）　1000円　①978-4-591-10909-0
内容　春をおいわいする「りんごの花祭り」も今年はさむさのせいで、中止になりそうです。ところがある日、ジャレットの薬屋さんにふしぎなおきゃくさまがやってきて…。

『アンティークFUGA　4　宝探しは眠りの森で』　あんびるやすこ作，十々夜絵　岩崎書店　2009.3　197p　19cm　（〔YA！フロンティア〕）　900円　①978-4-265-07220-0
内容　両親の行方を追ってイギリスにやってきた紗那と唯、そして風雅は、ロンドン郊外で売りに出た古い館の骨董品を鑑定するはめになった。そこは有名な「ユウレイ屋敷」だった。美しいつくも神が守りたかったものとは…。

『ルルとララの天使のケーキ―Maple Street』　あんびるやすこ作・絵　岩崎書店　2009.3　71p　22cm　（おはなしトントン 14）　1000円　①978-4-265-06279-9
内容　ポーラはモモンガだというのに、とぶのがにがて。そんなポーラの「願い」は、遠くまでとぶことです。それは、大すきなおともだちメイにあいにいくためでした。

『セールス魔女はおことわり』　あんびるやすこ著　岩崎書店　2009.2　128p　22cm　（おはなしガーデン 20―なんでも魔女商会 12）　1100円　①978-4-265-05470-1
内容　真っ赤なドアのすき間から、まだ冷たい風があたたかな店のなかにヒュウとふきこんできました。そしてその風にのって、一枚の紙がまるでしのびこむようにはいってきたのです。その紙には「新作ポケット入荷しました」とかいてありました。

『アンティークFUGA　3　キマイラの王』　あんびるやすこ作，十々夜絵　岩崎書店　2008.11　187p　19cm　900円　①978-4-265-07214-9
内容　風雅と紗那と唯は、両親をさがすうち、一九世紀の宝飾家ルネ・ラリックの作ったジュエリーに宿るつくも神たちと出会う。彼らは美しくも妖しいキマイラの姿をして現れた。彼らの望みとは―。

『タッジーマッジーと三人の魔女』　あんびるやすこ作・絵　ポプラ社　2008.10　149p　21cm　（ポプラ物語館 19―魔法の庭ものがたり 4）　1000円　①978-4-591-10531-3
内容　ジャレットは、仲のよい友だちと、村のフェスティバルの日に、自分たちだけのお店をだす相談をはじめましたが…。

『ルルとララのカスタード・プリン―Maple Street』　あんびるやすこ作・絵　岩崎書店　2008.10　71p　22cm　（おはなしトントン 11）　1000円　①978-4-265-06276-8
内容　森でいちばん古い木「クヌギじいさま」は今年で二〇〇歳。クヌギじいさまのたんじょう会をひらくことにしたルルとララは、パーティーのためにプリン・アラモードにチャレンジします。

『魔女スピカからの手紙』　あんびるやすこ著　岩崎書店　2008.9　127p　22cm　（おはなしガーデン 19―なんでも魔女

あんびるやすこ

商会 11） 1100円　①978-4-265-05469-5

内容　スピカおばさんが、ピンキーにシルクへの手紙をとどけさせます。その内容は占いによくないことがでてしまったというのです。それをきいてナナもコットンもびっくり。いったいどんな占いだったのでしょう。

『アンティークFUGA　2　双魂の精霊』　あんびるやすこ作，十々夜絵　岩崎書店　2008.5　211p　19cm　900円　①978-4-265-07211-8

内容　高位のつくも神シャナイアと兄弟の契約をむすんだ少年風雅。柿右衛門の壺をめぐる騒動の中で、ふたりは壺に宿るつくも神の意外な姿を解き明かしていく。そして両親の行方は。

『ペパーミントの小さな魔法』　あんびるやすこ作・絵　ポプラ社　2008.4　149p　21cm　（ポプラ物語館　15―魔法の庭ものがたり　3）　1000円　①978-4-591-10306-7

内容　ジャレットの薬屋さんがある小さな村に、おなじ歳の女の子がひっこしてきました。スーとジャレットは、わくわくしながらあいさつをしにいきますが…。

『ルルとララのいちごのデザート―Maple Street』　あんびるやすこ作・絵　岩崎書店　2008.3　71p　22cm　（おはなしトントン　10）　1000円　①978-4-265-06275-1

内容　ことしはいつもよりもさむいせいか、とうみんしたどうぶつたちもまだ顔をみせず、森はひっそりとしていました。あしたは子ねずみサニィのたんじょう日。バースデーパーティーのお菓子を注文にやってきました。

『三毛猫一座のミュージカル』　あんびるやすこ著　岩崎書店　2008.2　127p　22cm　（おはなしガーデン　18―なんでも魔女商会　10）　1100円　①978-4-265-05468-8

内容　発表会で主役を演じることになったナナ。でも、元気がありません。ともだちの代役ででることになり、自信がないのです。そこへステッキをもってえんび服を着た三毛猫がやってきました。

『二代目魔女のハーブティー』　あんびるやすこ作・絵　ポプラ社　2007.10　149p　21cm　（ポプラ物語館　9―魔法の庭ものがたり　2）　1000円　①978-4-591-09941-4

内容　ハーブ魔女トパーズの家を相続して薬屋さんをはじめたジャレットのもとに、ついに、はじめてのおきゃくさんがやってきましたが…。

『ルビーの魔法マスター』　あんびるやすこ著　岩崎書店　2007.9　128p　22cm　（おはなしガーデン　16―なんでも魔女商会　9）　1100円　①978-4-265-05466-4

内容　あこがれのルビーマスターをめざしてお仕立て魔女がコンテスト。魔女たちからの挑戦を受けることになったシルク。コンテストの審査員は魔法洋裁学校時代の校長先生と教頭先生です。はたして、シルクは優勝することができるでしょうか？　おしゃれなデザインがいっぱい。シルクとナナが大活躍するシリーズ第9弾。

『アンティークFUGA　1　我が名はシャナイア』　あんびるやすこ作　岩崎書店　2007.8　211p　19cm　900円　①978-4-265-07206-4〈絵：十々夜〉

内容　ぼくの兄さんはつくも神!?　一生に一度だけ願いがかなうとしたら、何を願う。

『ルルとララのアイスクリーム―Maple Street』　あんびるやすこ作・絵　岩崎書店　2007.7　71p　22cm　（おはなしトントン　4）　1000円　①978-4-265-06269-0

内容　おかしのざいりょうはこびをてつだってくれたアライグマにふたりがお礼をしようとすると、お礼リレーの手紙をみせてくれました。いったいお礼リレーとはなんでしょう。

『火曜日はトラブル』　あんびるやすこ著　岩崎書店　2007.5　127p　22cm　（おはなしガーデン　15―なんでも魔女商会　8）　1100円　①978-4-265-05465-7

内容　コットンが長時間ならんで買った「忠告クッキー」は、むかしからある「占いクッキー」によくにていました。それほどおいしいとおもわなかったナナを女王のお気に入りとなって急においしく感じます。そこへおきゃくさまがやってきました。

『ハーブ魔女のふしぎなレシピ』　あんびるやすこ作・絵　ポプラ社　2007.4　141p　21cm　（ポプラ物語館　3―魔法の庭ものがたり　1）　1000円　①978-4-591-09749-6

内容　ジャレットは、ふつうの人間の女の子。ところがある日、ふしぎな手紙がとどいて、ハーブ魔女トパーズの家を相続できることになったのです。

『ルルとララのチョコレート―Maple

あんびるやすこ

Street』 あんびるやすこ作・絵 岩崎書店 2007.2 71p 22cm （おはなしトントン 2） 1000円 ①978-4-265-06267-6

|内容| あしたはじぶんのきもちをチョコレートにこめて、大好きなひとに送るチョコレート・デイです。ウサギのミリーもティッピのためにすてきなチョコレートをルルたちからおしえてもらうことになりました。

『おきゃくさまはオバケ！』 あんびるやすこ著 岩崎書店 2006.11 126p 22cm （おはなしガーデン 13―なんでも魔女商会 7） 1100円 ①4-265-05463-3

|内容| シーツオバケのドレスをお直しすることになったシルク。まっ白なドレスを、どうやってリフォームするのでしょうか？ナナはオバケをこわがって、とうとうリフォーム支店をとびだしてしまいました。

『ルルとララのしあわせマシュマロ―Maple Street』 あんびるやすこ作・絵 岩崎書店 2006.9 71p 22cm （おはなし・ひろば 15） 1000円 ①4-265-06265-2

|内容| 風の精のおばあさんは、あさってから「雲の美術館」を開くことになりました。でも、「虹のたもとのピンクハート雲」だけがみつかりません。ルルとララは、かわりにマシュマロをつくってあげることにしました。

『コットンの夏休み』 あんびるやすこ著 岩崎書店 2006.7 127p 22cm （おはなしガーデン 11―なんでも魔女商会 6） 1100円 ①4-265-05461-7

|内容| 「めしつかいねこ協会」の「ごくろうさん会」にお休みをもらって、いくことになったコットン。いく先はプロニャンス村。いつもコットンになんでもやってもらっていたシルクは、るすのあいだにつぎつぎと失敗ばかり。ナナはハラハラ、ドキドキです。そこへ、おきゃくさんがやってきました。

『ルルとララのきらきらゼリー――Maple Street』 あんびるやすこ作・絵 岩崎書店 2006.4 71p 22cm （おはなし・ひろば 13） 1000円 ①4-265-06263-6

|内容| ようせいから、女王様のたんじょう日パーティで「たべられる宝石」をつくるようにとたのまれた、ルルとララ。オープンでケーキをやくのは、まだまだうまくできないふたりは、ゼリーをつくることにしました。はたして、「たべられる宝石」はじょうずにつくられるのでしょうか。

『きえた魔法のダイヤ』 あんびるやすこ著 岩崎書店 2005.12 127p 21cm （おはなしガーデン 10―なんでも魔女商会 5） 1100円 ①4-265-05460-9

|内容| 「ほんとにない！ なくなってる！」ナナは小さなゆびぬきをみて、おもわずさけびました。ゆびぬきには、一匹の黒ねこの絵がかいてありました。その顔にはふたつの目のかわりに魔法のダイヤモンドがはめこんであったのです。

『ルルとララのおしゃれクッキー――Maple Street』 あんびるやすこ作・絵 岩崎書店 2005.10 71p 22cm （おはなし・ひろば 10） 1000円 ①4-265-06260-1

|内容| まんげつの夜にまんなかの木にクッキーの実がなるといううわさをきいて、ルルとララもでかけてみます。ところが、そのうわさは、まんなかの木にすむリスのミトンがいったうわさでした。ともだちがほしかったミトンのためにルルとララは、クッキーをつくることに…。

『ドラゴンの正しいしつけ方』 あんびるやすこ著 岩崎書店 2005.8 127p 22cm （おはなしガーデン 9―なんでも魔女商会 4） 1100円 ①4-265-05459-5

|内容| 「コラーッ!! やめなさいってば!!」いつもすましているおさいほう魔女のシルクが、こんなふうに怒った声をあげるのをナナはきいたことがありません。「いったい、どうしたのかしら？」ナナがリフォーム支店のドアをあけてみると…おなじみ魔女商会シリーズの四巻目。

『ルルとララのカップケーキ――Maple Street』 あんびるやすこ作・絵 岩崎書店 2005.4 71p 22cm （おはなし・ひろば 9） 1000円 ①4-265-06259-8

|内容| かえでの森にかこまれたメープル通りにあたらしくお店が開店しました。店長は小学生のルルとララです。でも、なかなかおきゃくさんがやってきません。こまったふたりはおとなりのシュガーおばさんに相談します。そして…。

『いちばん星のドレス』 あんびるやすこ著 岩崎書店 2004.11 127p 22cm （おはなしガーデン 6―なんでも魔女商会 3） 1100円 ①4-265-05456-0

|内容| 初雪の便りが、そろそろ届くころ、シルクの店にやってきたのは、雪の女王のクリスタです。今年の女王のドレスコンテストにどうしても優勝したいというのです。シルクとナナは、どうしたらいいかといろいろアイデアを考えますが、さて、どんなドレスになるのでしょう。

子どもの本 現代日本の創作 最新3000 35

『ただいま魔法旅行中。』　あんびるやすこ著　岩崎書店　2004.6　127p　22cm　（おはなしガーデン 4―なんでも魔女商会 2）1100円　④4-265-05454-4

[内容]　シルクの別荘にコットンたちといっしょにいくことになったナナ。ワクワクして、魔法旅行シートにのって出発しますが、ついたところは、別荘ではなく、魔法旅行支店でした。いったいどうしたのでしょうか？　大好評の魔女商会シリーズの第二弾。

『お洋服リフォーム支店―なんでも魔女商会』　あんびるやすこ作・絵　岩崎書店　2003.11　127p　22cm　（おはなしガーデン 2）1100円　④4-265-05452-8

[内容]　なんでも魔女商会は、人間以外の生き物ならみんな知ってる、信用ある魔法の老舗。そんな商会の中でもお洋服のお直しを専門にしている評判の支店がお洋服リフォーム支店です。本当にご用のある人が、本当にご用のあるときにだけ行きつくことができるお店なのです。ところがある日、普通の人間の女の子ナナが、用もないのにリフォーム支店にやってきます。そこでナナが出会ったのは、少女のような外見をした鼻もちならないお裁縫魔女と、イギリス貴族の執事のように礼儀正しい召使い猫でした…。トントンと小さなノックをしたのはねずみのおきゃくさん。いったいどんなおねがいなのでしょう。心があったかくなる童話。

飯島　多紀哉
いいじま・たきや

『学校であった怖い話　2　火曜日』　飯島多紀哉作，日丸屋秀和イラスト　小学館　2014.7　214p　19cm　（BIG KOROTAN）900円　①978-4-09-259132-5

[内容]　あなたも鳴神学園へいらっしゃい。…帰れなくなっても知らないけどね。最恐タッグによる新本格ホラー第2弾!!

『学校であった怖い話　1　月曜日』　飯島多紀哉作，日丸屋秀和イラスト　小学館　2014.7　215p　19cm　（BIG KOROTAN）900円　①978-4-09-259131-8

[内容]　ようこそ、鳴神学園へ。…私たちのコワ～い話を聞いたらあなたもきっと…フフフ…最恐タッグによる新本格ホラー第1弾!!

飯田　雪子
いいだ・ゆきこ
《1969～》

『いっしょにくらそ。　3　ホントのキモチをきかせてよ』　飯田雪子作，椋本夏夜絵　KADOKAWA　2014.5　222p　18cm　（角川つばさ文庫 Aい1-3）640円　①978-4-04-631395-9

[内容]　あたし、みづき。義理の弟・煌也にひみつの片思い中。でも、煌也は多分同じ陸上部の青葉に恋している…。切ないけど、今は一緒にいられるだけでも幸せで。そんな時、塾からの帰り道で、煌也があたしをかばって車にひかれてしまった…!?　不安でゆれる中、ママやパパ、茉音に青葉そして煌也――事故をきっかけにして、みんなが胸に秘めていた意外な気持ちが聞こえてきて…。恋する「姉弟日記」、涙と笑顔の第3巻!!　小学上級から。

『いっしょにくらそ。　2　キューピッドには早すぎる』　飯田雪子作，椋本夏夜絵　KADOKAWA　2013.10　223p　18cm　（角川つばさ文庫 Aい1-2）640円　①978-4-04-631347-8〈1までの出版者：角川書店〉

[内容]　あたし、みづき。学校で一番人気の煌也に片思い中！　でも実は彼、ママの再婚で新しくできた、同い年の弟なんだ。今、学校は文化祭で大忙し！　写真部では『だいすきなひと』をテーマにした作品を展示するんだけど、当日になって突然、会場に女子先輩の写真が!!　これって告白!?　一体誰が!?　そんな中、煌也に好きな人がいることがわかって…？　色んな恋する気持ちが交差する、せつない胸キュン「姉弟日記」第2巻！　小学上級から。

『いっしょにくらそ。　1　ママとパパと、それからアイツ』　飯田雪子作，椋本夏夜絵　角川書店　2013.6　223p　18cm　（角川つばさ文庫 Aい1-1）640円　①978-4-04-631318-8〈発売：角川グループホールディングス〉

[内容]　あたし、野原みづき。仕事で忙しいママと二人ぐらしだったんだけど、今度ママが再婚して、新しくパパと弟ができることになったの！　でもその弟っていうのが――なんと、同い年の沢本煌也くんだった…!?　かっこよくて優しくてスポーツ万能の彼は、学校の超有名人!!　学校では女子の視線が痛いし、家に帰れば部屋はとなり同士だし…なんだかすでに前途多難!?　沢本家の「胸きゅん姉弟日記」第1巻。小学上級から。

池沢　夏樹
いけざわ・なつき
《1945～》

『南の島のティオ』　池沢夏樹作，スカイエマ絵　講談社　2012.5　243p　18cm（講談社青い鳥文庫 291-1）　620円
①978-4-06-285241-8　〈文春文庫 1996年刊の再刊〉
[内容] 小さな南の島に住む少年ティオは、お父さんが営むホテルの仕事を手伝いながら、島を訪れてやがて出て行くさまざまな人たちと出会います。そして、自然も人の心も豊かなティオの島では、ちょっと不思議な出来事も起こるのです。ティオが教えてくれた、とっておきの10の物語。第41回小学館文学賞を受賞した、池沢夏樹の初の児童向け小説。小学中級から。

『キップをなくして』　池澤夏樹著　角川書店　2005.7　293p　20cm　1500円
①4-04-873603-5
[内容]「キップをなくしたら、駅から出られない。キミはこれからわたしたちと一緒に駅で暮らすのだ、ずっと」「ずっと？」キミは今日から、駅の子になる。学校も家もないけれど、仲間がいるから大丈夫。電車は乗りたい放題、時間だって止められるんだ！子供たちの冒険、心躍る鉄道ファンタジー。

池田　あきこ
いけだ・あきこ
《1950～》

『ダヤンと恐竜のたまご』　池田あきこ著　ほるぷ出版　2012.4　253p　20cm（ダヤンの冒険物語）　1400円　①978-4-593-59239-5
[内容] ある日ダヤンは、アラルの海辺でとても大きなたまごをみつけ、そのたまごに絵を描いてイースタのお祭りに出すことにします。ところが、そのたまごから恐竜の赤ちゃんが産まれて―。迷子の恐竜の赤ちゃん、肉食竜と草食竜の対立、消えた恐竜の子どもたち、とっておきトレジャーバレーに眠る宝とは―？　赤ちゃん恐竜を、恐竜の住むトレジャーバレーまで送り届けようと旅立ったダヤンたちの冒険を描く、ダヤンの新・長編シリーズ第2弾。種族をこえた絆の物語。

『ダヤン、クラヤミの国へ』　池田あきこ著　ほるぷ出版　2010.12　278p　20cm　（ダヤンの冒険物語）　1400円
①978-4-593-59238-8
[内容] 春が訪れたタシルの街では、バニラの誕生日を祝ってメイフェアの祭りが盛大に行われていました。そのさなか、みんなの目の前でバニラが連れ去られてしまいます。ダヤンとジタンはさらわれたバニラを救うため、トール山の洞窟、そして、クラヤミの国へ―。迷路のような地下世界をめぐるハラハラドキドキの冒険が描かれる、待望のダヤンの新・長編シリーズ。

『ダヤン、タシルに帰る』　池田あきこ著　ほるぷ出版　2007.4　299p　20cm（Dayan in Wachifield 7）　1400円
①978-4-593-59234-0
[内容] 魔王は生きていた！　そうとも知らず、雪の神の使徒セントニコラウスの指示にしたがって、ノースをめざしたダヤンやジタンたちの一行。ジタンのあとを追うバニラ。そのゆくてに待っているのは…？　一方、雪に降りこめられたタシルの街では、オットーさんの呼びかけに応え、時の魔法で過去に旅立ったまま帰らないダヤンとジタンをとりもどそうと、イワンを先頭にみんながけんめいに働きはじめた…。ダヤンの「定められた務め」とは？　タシルの街は救われるのか？　そして、ジタンの運命は…？　ヨールカの魔法で、猫のダヤンがわちふぃーるどにやってきてからの冒険の数々。不思議の国わちふぃーるど創世の秘密を解き明かす大長編物語、ついに完結。

『ダヤンと王の塔』　池田あきこ著　ほるぷ出版　2006.12　280p　20cm（Dayan in Wachifield 6）　1400円
①4-593-59233-X
[内容] 死の森の魔王にとらわれたダヤンと大魔女セ。負傷して、フォーンの森にのがれたタシルの王子ジタン。大ハロウィーンの祭の夜の戦いで、明暗をわけた宿命の対決のあと、ついに魔王との決戦の時が近づいてきました。わちふぃーるどの守り神、雪の神の不気味な意図が働くなか、真の平和をめざすダヤンやジタンたちの活躍は？　大人気、ダヤンの長編ファンタジーシリーズ第6弾。

『ダヤンとハロウィーンの戦い』　池田あきこ著　ほるぷ出版　2005.4　282p　20cm（Dayan in Wachifield 5）　1400円　①4-593-59230-5
[内容] 死の森での戦いのあと、つかの間の平和を得たタシルでは、ふたたび襲ってくるだろう魔王やニンゲンに備えて、ジタンの指揮のもと、街ぐるみの防戦の準備を進めていました。そこに流れ着いたのは、ニンゲンの職人たちの一団。かれらはタシルに住むことになりましたが、百年に一度の大ハロウィーンの祭の夜、ふたたび宿命

池田美代子

的な戦いが…。そのさなかに花ひらいた大魔女セの恋のゆくえは…。大好評の長編ファンタジーシリーズ第5弾。

『ダヤンとタシルの王子』　池田あきこ著
ほるぷ出版　2004.5　287p　20cm
（Dayan in Wachifield 4）1400円
①4-593-59229-1

内容　過去へと吹く風は、ダヤンとジタンを乗せて、時の虫食い穴へむかって吹きおりていきます。ジタンは「ここからきみはひとりで行くんだ。だけど、きみはもうじきぼくに会えるよ」と言い残して消え、ダヤンはひとり過去の世界へとむかいます。…ダヤンが目覚めたのは、まだ王国だった時代のタシル。そこではアビルトークは滅亡への道をたどっていて、まだ若い大魔女セなど、心ある者たちは憂慮するばかりでした。遥かな世界からやってきたダヤンが目にしたのは？　ダヤンとともに闘うタシルの王子とは？　ますます広がるわちふぃーるどの世界、待望の長編ファンタジー第4弾。

『ダヤンとわちふぃーるど物語―愛蔵版』
池田あきこ著　ほるぷ出版　2003.11
246p　30cm　4800円　①4-593-59228-3

内容　「ダヤン、きっとあんたは特別な猫よ」。誕生時の、そんなリーマちゃんの予言どおり、ダヤンは、ヨールカの雪の魔法で不思議の国わちふぃーるどへ。ヒマナシからみんなを守る初めての冒険、死の森の魔王の悪だくみをくじき、そうしてついに、ダヤンとジタンは、雪の神の恐るべき力からタシルの街を救うため、はるかな時間の旅へと出発する。

『ダヤンと時の魔法』　池田あきこ著　ほるぷ出版　2002.3　236p　20cm
（Dayan in Wachifield 3）1300円
①4-593-59227-5

内容　長い冬が終わり、タシルの街は春の喜びにあふれていました。けれども、死の森の魔王は、かつて破られたことのない雪の神の掟をついに破って、ジタンの秘密の元になる命の泉をめざして北へ向かいました。怒った雪の神は、世界を氷一色の世界にしてしまおうと、恐るべき力をふるいはじめました。この危機を救うため、大魔女セは、ダヤンとジタンをはるかな過去へと旅立たせます。…わちふぃーるど創世の秘密にせまる、長編ファンタジー第3弾。

『ダヤンの小さなおはなし』　池田あきこ著　白泉社　2001.3　80p　27cm
1600円　①4-592-73181-6

内容　猫のダヤンは、ある雪の日にアルス（地球）から不思議の国"わちふぃーるど"へやってきました。ダヤンが暮らすタシルの街は、わちふぃーるどのほぼ中央に位置する、森に囲まれた古い街です。このタシル

の街を舞台にした、ダヤンと愉快な仲間たちの不思議でわくわくするような出来事が、11編のおはなしになりました。

『ダヤンとジタン』　池田あきこ著　ほるぷ出版　2000.12　210p　20cm
（〔Dayan in Wachifield〕〔2〕）1300円　①4-593-59225-9

内容　リーマちゃんからダヤンに手紙が届いた。アルマの言葉が読めないダヤンは、その手紙をジタンに読んでもらおうと探しにいくが、ジタンは「北」の方へ出かけたままもどってこない。ダヤンは、ジタンを探して旅に出ることになった。…タシルの街を侵そうとする魔王の悪だくみ、それを阻止しようとするダヤンやジタンたちの活躍。それにアルスの針樅林の危機とが奇妙に絡んで、物語はクライマックスへ。ダヤンの長編ファンタジー第2弾。

『ダヤン、わちふぃーるどへ』　池田あきこ著　ほるぷ出版　1999.8　182p
20cm　（〔Dayan in Wachifield〕
〔1〕）1300円　①4-593-59223-2

内容　「ダヤン、きっとあんたは特別な猫よ」。風も雨も稲妻も、ダヤンが生まれる時を待っていた。…ダヤンの誕生、そして不思議の国わちふぃーるどへやってきたダヤンの、はじめての冒険を描く長編ファンタジー。

池田　美代子
いけだ・みよこ
《1963～》

『天泣の道なり』　池田美代子作，戸部淑絵
講談社　2014.8　201p　18cm　（講談社青い鳥文庫 268-22―新妖界ナビ・ルナ 10）620円　①978-4-06-285441-2

内容　ナナセとの戦いで、深い傷を負ったソラウが伝えた、ふうりの兄シフウの行方。ふうりは兄を求め、ルナ、もっけとともに黄燐国菫東村に降り立った…。そしてルナは、ナナセと雛子の父親、カイリュウとの約束を守るべく、嵩山へ向かう。ふたりの亡骸をつれてこいというカイリュウの野望はいったいなにか⁉　ついにルナの最後の戦いがはじまる‼　小学中級から。

『遥かなるニキラアイナ』　池田美代子作，尾谷おさむ絵　講談社　2014.5　232p
18cm　（講談社青い鳥文庫 268-21―摩訶不思議ネコムスビ 12）650円
①978-4-06-285425-2

内容　冥府王ニーズヘグとカヅチに追いこま

池田美代子

れた『忘却の川』の中で、いつみは「大いなる巫女の末裔」としての真の宿命をさとることに！ そして、みずからをを依代に冥府神を降ろそうとするカヅチ。ついに冥府神アブラフタスとの最後の戦いがはじまった！ 大いなる巫女の宿命、玉ちゃんとトゥルクの関係、さまざまな謎も明らかになる最終巻！ 小学中級から。

『流星の蜃気楼』 池田美代子作，戸部淑絵 講談社 2013.11 203p 18cm （講談社青い鳥文庫 268-20—新妖界ナビ・ルナ 9） 620円 ①978-4-06-285386-6

[内容] 昏く冷たい湖の底で、タイと再会したルナ。幻のタイは、ルナに戦うのをやめてほしいと懇願するのだった。そしてナナセは、ぼろぼろになった自分の肉体の代わりに、雛子の体をうばって、そこに自らの魂をいれようともくろむ。ルナは、最大の禁忌をおかすかくごをして、ナナセとの最後の戦いにのぞむため妖界へ向かった！ 雛子、ヒュウ、カザン、みんなの命を助けられるのか！？ 小学中級から。

『冥府の国ラグナロータ』 池田美代子作，尾谷おさむ絵 講談社 2013.7 234p 18cm （講談社青い鳥文庫 268-19—摩訶不思議ネコムスビ 11） 650円 ①978-4-06-285366-8

[内容] 砂漠のアトランティス、ウバールで、巫女団との別れを経験したムスビたち。戦いのさなかに消えた偽王ティアマトとカヅチを追って、ついに冥府の国ラグナロータへ！ ラグナロータにたどりつくためには、5つの館の試練を受け、さらに冥府遣いしか渡れないという黄昏の川をこえなければならないという…。神の宝をもとめ、冥府王の宮殿を目指す！ 小学中級から。

『宿命の七つ星』 池田美代子作，戸部淑絵 講談社 2013.2 173p 18cm （講談社青い鳥文庫 268-18—新妖界ナビ・ルナ 8） 580円 ①978-4-06-285337-8

[内容] 式神にいっとき体をのっとられ、眠りつづける雛子。そのうなじには、あの梵字がうかびあがっていた。眠りから目覚めた雛子とともに、雛子の助けをもとめる者が待つ「艮」の方角を目指すルナたち。そこでは、予想どおり透門ナナセが待ちうけていた。ナナセの望みはいったいなんなのか！？ ついに決戦の火ぶたが切られようとしていた！ 小学中級から。

『砂漠のアトランティス』 池田美代子作，尾谷おさむ絵 講談社 2012.11 305p 18cm （講談社青い鳥文庫 268-17—摩訶不思議ネコムスビ 10） 670円 ①978-4-06-285317-0

[内容] かつて「砂漠のアトランティス」とよばれた国ウバールで、とらわれの身となったムスビたち。おなじく人質になった巫女団の解放とひきかえに、太陽神の宝をさがすこと。タイムリミットは、三日目の夜。命がけの宝さがしがはじまった！ 巫女たちは、宝を見つけ、冥府遣いの支配によって黒くなった太陽に、光をとりもどせるのか！？ 小学中級から。

『空と月の幻惑』 池田美代子作，戸部淑絵 講談社 2012.7 171p 18cm （講談社青い鳥文庫 268-16—新妖界ナビ・ルナ 7） 580円 ①978-4-06-285298-2

[内容] 式神が封印されている禁忌地に足を踏みいれてしまったルナたち。穢れのかたまりのような化け物に、体をうばわれてしまった雛子を助けるため、夜鳴島で、白虎と朱雀の助けをもとめることにする。いっぽうで、竜堂家と透門家の二振りの霊剣にまつわる歴史もしだいにあきらかになっていく。竜堂家と透門家、それぞれの過去にかくされたものとは！？ 小学中級から。

『黄金の国エルドラド』 池田美代子作，尾谷おさむ絵 講談社 2012.4 233p 18cm （講談社青い鳥文庫 268-15—摩訶不思議ネコムスビ 9） 620円 ①978-4-06-285285-2

[内容] 玉ちゃんといっしょにもどった人間界で、ニキラアイナからのSOSをうけとった！ ムスビ、いつみ、莉々、そして玉ちゃんは、ふたたびニキラアイナへむかう。巫女団のみんなを追って、太陽神の守り国エルドラドへ足を踏みいれたが、そこには、ひとのいない荒れはてた集落が…。巫女団のみんなをさがしだし、ニキラアイナを守ることはできるの！？

『瑠璃色の残像』 池田美代子作，戸部淑絵 講談社 2012.1 173p 18cm （講談社青い鳥文庫—新妖界ナビ・ルナ 6） 580円 ①978-4-06-285270-8

[内容] 透門ナナセとの戦いで、破妖剣をうばわれてしまったルナたち。竜堂家と透門家の歴史を紐解き、失った剣をとりもどすため、破妖剣と護神剣の歴史を必死で調べてまわる日々。そんななか、ふしぎな能力を持つ少女、御ань裏雛子と出会う。少女にみちびかれるまま、ルナたちは式神が封印されている禁忌地に足をふみいれてしまい…！？ 小学中級から。

『白夜のプレリュード』 池田美代子作，尾谷おさむ絵 講談社 2011.11 220p 18cm （講談社青い鳥文庫—摩訶不思議ネコ・ムスビ 8） 600円 ①978-4-06-285261-6

池田美代子

|内容| 魂を吸いこむ魔物ホップに襲われたいつみたちだったが、それは巫女と天猫かどうかを試すグドルンの策略だった。ホップ場から脱出したムスビたちが、つぎに連れていかれた場所は、巫女のかくれ家！ そこでは、巫女たちが冥府遣いとの戦いにそなえていた。泉が聖水で満たされたとき、冥府遣いとの戦いが幕をあける。ニキラアイナを守るため、巫女たちが立ちあがる！ 小学中級から。

『刻まれた記憶』 池田美代子作，戸部淑絵 講談社 2011.7 173p 18cm （講談社青い鳥文庫 268-12―新妖界ナビ・ルナ 5） 580円 ①978-4-06-285231-9

|内容| 蠱毒・右蠱と左蠱との戦いに勝利し、宮殿に安置された破妖剣を手にいれたルナたち。封印された破妖剣と対峙したルナは、破妖剣がもとめる一対の剣のもう一振り・護神剣をさがすことを決意。ついに人間界へむかう！ しかしそこには、またしてもナナセの影が―。ルナたちは、破妖剣を守り、護神剣をとりもどすことができるのか!? 小学中級から。

『自鳴琴（オルゴール）』 池田美代子著 光文社 2011.3 259p 19cm （BOOK WITH YOU） 952円 ①978-4-334-92751-6

|内容| 不入斗湜、国府くるみ、風祭都、善行崇也が密かに所属する初森中学校非公認サークル・オカルト研究部。校内で女子生徒失踪事件の話が囁かれはじめる。失踪直前に送られたメールには、校内で噂されている初中怪談を匂わせる内容が書かれていたらしい。オカ研部員は敢然と事件と怪談の解明に乗り出すが、不入斗は、この怪談にまつわる悩みを一人、抱えていて…。

『ひと粒の奇跡』 池田美代子作，戸部淑絵 講談社 2011.3 173p 18cm （講談社青い鳥文庫 268-11―新妖界ナビ・ルナ 4） 580円 ①978-4-06-285203-6

|内容| ナナセの護神剣によって、瀕死の重傷を負ってしまったルナ。いっこくの猶予もないなか、ソラウとふうりは、もっけとスネリの助けをえて、なんとか妖界へたどりつく。しかし、看病のかいなく、なかなか目覚めないルナ。ルナを救う最後の手段、「竜の肝」をもとめ、ソラウとスネリは、よそものをいっさいよせつけない里李族が住む山へむかう―！

『氷と霧の国トゥーレ』 池田美代子作，尾谷おさむ絵 講談社 2010.12 225p 18cm （講談社青い鳥文庫 268-10―摩訶不思議ネコ・ムスビ 7） 620円 ①978-4-06-285174-9

|内容| 人間界にもどってきたムスビ、いつみ、莉々は、消えた猫たちのゆくえを追って、謎の洋館から、ニキラアイナの氷と霧の国トゥーレへ。あやしい修道院でのおつとめで、ムスビは、みんなが恐れる謎の美猫グドルンから、目の敵にされてしまう！ つぎつぎにおこる危険なできごとのなか、3人は玉ちゃんを見つけられるのか？ 先が読めない新展開！ 小学中級から。

『星夜に甦る剣』 池田美代子作，戸部淑絵 講談社 2010.7 173p 18cm （講談社青い鳥文庫 268-9―新妖界ナビ・ルナ 3） 580円 ①978-4-06-285164-0

|内容| 謎の少女がつかった式神により、こんどはふうりが瀕死の状態に。ふうりを助けるため、ルナとソラウは、あらゆる手をつくす。妖界からは、スネリともっけが、謎の少女についての情報を知らせてきて…。いよいよ謎の少女の正体があきらかに!? ルナの戦いから目がはなせない、大人気シリーズ第3巻。小学中級から。

『太陽と月のしずく』 池田美代子作，尾谷おさむ絵 講談社 2010.4 237p 18cm （講談社青い鳥文庫 268-8―摩訶不思議ネコ・ムスビ 6） 620円 ①978-4-06-285147-3

|内容| シャングリラで、神の御子の肖像画に描かれていた玉ちゃんそっくりの女の子。そこで出会った女の子チェリンちゃんと、その兄バサンくんに助けられ、いつみたちは、玉ちゃんをさがすため、風の御使いが降りる祭礼にいくことに。だが、そこには冥府遣いの陰謀が。そして神の御子と玉ちゃんに隠された秘密とはいったい…!? 4人はぶじに人間界へ帰れるのか!? 小学中級から。

『炎（ほ）たる沼』 池田美代子著 講談社 2010.4 399p 20cm 1500円 ①978-4-06-216162-6

|内容| 中学写真部男女4人。廃墟の写真。奇妙な痣。呪われた別荘地。たびかさなる怪事件。光る沼。すべてがつながったとき、あの遠い出来事がよみがえる―。

『水底に沈む涙』 池田美代子作，戸部淑絵 講談社 2010.1 172p 18cm （講談社青い鳥文庫 268-7―新妖界ナビ・ルナ 2） 580円 ①978-4-06-285135-0

|内容| 八方玉のかけらが、かがやいたとき、ルナの心に青竜の声が響いてきました。朱雀につづいて、青竜にも危機が！ 八方玉に導かれるまま、青竜をさがすルナたちが、たどりついたのは、なんと水害で沈んだ村…!! そこで出会った不思議な少年・駿が語った、額に梵字が刻まれた少女と黒い獣の正体は一体!? ますますドラマチックな人気シリーズ第2巻!! 小学中級から。

池田美代子

『幻の谷シャングリラ』　池田美代子作，尾谷おさむ絵　講談社　2009.7　221p　18cm　（講談社青い鳥文庫　268-6―摩訶不思議ネコ・ムスビ　5）　580円
①978-4-06-285106-0
内容　いつみが公園で偶然出会った、紅璃ちゃんと美猫のカヅチは、なんと巫女と天猫だった！　新たな仲間に会えたとよろこんだのもつかのま、玉ちゃんとカヅチがニキラアイナにいってしまった！　あとを追う、いつみ、莉々、ムスビがたどりついたのは、美しい谷、シャングリラだった。そこで、いつみたちが見た、おそろしいものとは、いったい…!?　小学中級から。

『ガラスの指輪』　池田美代子作，戸部淑絵　講談社　2009.6　171p　18cm　（講談社青い鳥文庫　268-5―新妖界ナビ・ルナ　1）　580円　①978-4-06-285097-1
内容　竜堂ルナは、妖怪の母と陰陽師の父のあいだに生まれた、伝説の子。ルナは、人間界から妖界への道を封印して妖界へ帰還し、つかのまの平和をたのしんでいました。しかし、「悠久の玉」が悪しき魂を持つものによってふれられたことがわかり、ルナは人間界へと旅立ちます。人間界では、「悠久の玉」は持ちさられていました！　大人気シリーズが新展開でスタート!!　小学中級から。

『海辺のラビリンス』　池田美代子作，尾谷おさむ絵　講談社　2008.12　250p　18cm　（講談社青い鳥文庫　268-4―摩訶不思議ネコ・ムスビ　4）　620円
①978-4-06-285062-9
内容　「きみに幸あれ！」と、突然携帯ストラップのおまもりをもらった、玉ちゃん。どうやら、幸運のストラップは、美少女にだけくばられているらしい。ストラップをもらって以来、ようすのおかしな玉ちゃんは、翌日、ついに失踪してしまう。冥府遣いのたくらみを打ち砕き、玉ちゃんを救いに、いつみと莉々とムスビはニキラアイナへと旅立つ！　小学中級から。

『虹の国バビロン』　池田美代子作，尾谷おさむ絵　講談社　2008.7　267p　18cm　（講談社青い鳥文庫　268-3―摩訶不思議ネコ・ムスビ　3）　620円
①978-4-06-285039-1
内容　「7の月、7のつく日に空に巨大な虹色の雲があらわれる。」いつみたちのまわりで流行っている都市伝説だ。「虹色の雲」を見られれば、生きたまま天国へいけるというが…!?　しかし、この都市伝説も、冥府遣いの猫の陰謀だった。ムスビ、いつみ、玉ちゃん、莉々の3人と1匹は、またしても猫の国ニキラアイナへと旅立つ！　大人気シリーズ待望の第3弾！

『フラメモアイなオオバラ』　池田美代子作，千野えなが画　小学館　2008.7　190p　18cm　640円　①978-4-09-289714-4
内容　オオバラ（大場亮）とコバラッチ（小林藍）は幼なじみ。ある日、授業で自分史新聞を作ったら、親友のミリリン（木下美莉香）のものだけがはがされて…!?　犯人はだれ？　目的は何なの？　オオバラの"名推理"が光る。

『まひるの怪奇モノがたり　3』　池田美代子作，佐竹美保画　岩崎書店　2008.6　261p　18cm　（フォア文庫）　600円
①978-4-265-06394-9
内容　まひるのクラスメートのネネは、運動が苦手なトロいの女の子。「走ると足がもつれる」と言うほどだったのに、ある日とつぜん、超運動神経の持ち主に変身する。まさか、妖怪のしわざ？　たしかにネネの身体には変化がおきていた。とうとうある夜、ネネは姿を消してしまう。クマのぬいぐるみにメッセージをたくして…。まひるとレイ、岳が怪奇な謎に挑む！　好評のシリーズ第三弾。

『果て遠き旅路』　池田美代子作，戸部淑画　岩崎書店　2008.3　175p　18cm　（フォア文庫―妖界ナビ・ルナ　2-2）　560円　①978-4-265-06391-8
内容　妖界のふるさと、沢白国で、新しいなかまのソラウ、ふうりと出会ったルナ。ルナは、いまは亡きふたごの弟・タイとの約束を果たすため、行方不明のカザンを探し、割れた八方玉と対になる悠久の玉にふれた者の謎を追うことになる。もっけとスネリに見送られ、ルナたちはついに焔紅国へと向かう。一二〇万読者がおまちかねの第2期・第二弾。

『迷宮のマーメイド』　池田美代子作，尾谷おさむ絵　講談社　2008.3　259p　18cm　（講談社青い鳥文庫　268-2―摩訶不思議ネコ・ムスビ　2）　620円
①978-4-06-285015-5
内容　放課後にくばられていた、「人魚のたまご」。それには、じつにおそろしい秘密がかくされていた。「人魚」に魂をとられてしまった、莉々のボーイフレンド、昴くんをたすけるため、いつみ、玉ちゃん、莉々は、天猫ムスビにみちびかれて、ふたたび猫の国ニキラアイナへとむかう。そこには、人魚たちが眠る「迷宮」が待ち受けていた。大人気シリーズ第2弾。

『秘密のオルゴール』　池田美代子作　講談社　2007.11　234p　18cm　（講談社

池田美代子

青い鳥文庫―摩訶不思議ネコ・ムスビ 1） 620円　①978-4-06-148797-0〈絵：尾谷おさむ〉
[内容]いつみは、亡くなったおばあさんの家で不思議な鈴を見つける。その鈴のみちびきで、いつみは摩訶不思議なネコ・ムスビと出会う。なんと、いつみには、ムスビの声がきこえて!?　親友の莉々の謎の失踪事件を、いつみは、ムスビとクラスメイトの玉之屋さんといっしょに、不思議なチカラで解決する…!!　池田美代子の青い鳥文庫新シリーズ第1弾。小学中級から。

『まひるの怪奇モノがたり　2』　池田美代子作　岩崎書店　2007.11　253p　18cm　（フォア文庫）600円　①978-4-265-06387-1〈画：佐竹美保　「呪われた鏡」（2003年刊）の改題〉
[内容]まひるのクラスに転校してきたなっちゃんは、カッコイイ男の子だ。どうやらレイは、なっちゃんに気があるらしい。ある日、まひるは、なっちゃんが落とした鏡のペンダントをひろって、家に持って帰った。真夜中、そのペンダントがふるえだし、鏡には、まひるの知らない女の人の顔が浮かびあがっていた。ふたたび、恐怖のドラマがはじまる。

『妖界への帰還』　池田美代子作，戸部淑画　岩崎書店　2007.9　179p　18cm　（フォア文庫―妖界ナビ・ルナ 2-1）560円　①978-4-265-06385-7
[内容]たびかさなる妖怪との戦いの末に、人間界と妖界の通路を封印したルナは長い眠りについていた―。ふたたび目ざめたそこは、亡き母レンメイのふるさと、妖界の地だった。もっけ、スネリとの再会をはたし、念願の学校へもかようことができて、おだやかで平和な暮らしがはじまるはずであった。熱い声援にささえられて、第2期スタート。小学校中・高学年向き。

『まひるの怪奇モノがたり　1』　池田美代子作　岩崎書店　2007.7　244p　18cm　（フォア文庫）600円　①978-4-265-06384-0〈画：佐竹美保　「占い魔女は消えた」（2001年刊）の改題〉
[内容]小学六年生のまひるは妖怪が大好きな女の子。ある日、友だちの岳、レイとともに、占いがよく当たるという「くだんばあ」をたずねていった。あいにく、くだんばあはるすだった が、そこになぞめいた「出前商品リスト」があるのを見つけた岳は、おもしろ半分に注文を書きこんでファックス送信した。それから十日後、最初の恐怖がおとずれる。人気作家の新シリーズいよいよスタート。

『青き竜の秘宝』　池田美代子作　岩崎書店　2007.2　174p　18cm　（妖界ナビ・ルナ 愛蔵版 7）1000円　①978-4-265-06747-3〈画：琴月綾〉
[内容]赤い花に封じこめられていた朱雀を解放して、ルナたちは次なる四神をさがす旅をつづけていた。やってきたのは坂の多い小さな町。スネリによれば、山の頂きに恐ろしい気配を感じるという。

『赤い花の精霊』　池田美代子作　岩崎書店　2007.2　174p　18cm　（妖界ナビ・ルナ 愛蔵版 6）1000円　①978-4-265-06746-6〈画：琴月綾〉
[内容]ふたごの弟タイとの激闘の末タイを妖界へ送りかえしたルナは、みずからも深い傷を負い、生死の間をさまよっていた。そのころ、ある村では村人が奇妙な病いにおかされる事件があいついでいた。

『黄金に輝く月』　池田美代子作　岩崎書店　2007.2　182p　18cm　（妖界ナビ・ルナ 愛蔵版 10）1000円　①978-4-265-06750-3〈画：琴月綾〉
[内容]朱雀、青竜、白虎につづく玄武との出会い。四神がすべてそろい、ついに妖界への道を封印する時がきた。しかし、ルナたちの前に、強大な妖力をもつ人物が立ちはだかる。シリーズ完結編。

『黒い森の迷路』　池田美代子作　岩崎書店　2007.2　175p　18cm　（妖界ナビ・ルナ 愛蔵版 3）1000円　①978-4-265-06743-5〈画：琴月綾〉
[内容]なぞめいたチラシにみちびかれてルナたち3人がおとずれたのは、うつくしい海にかこまれた南の島、果南島。その島にある『魅惑の森』では森に入ったままゆくえ不明になる事件があいついでいた。

『解かれた封印』　池田美代子作　岩崎書店　2007.2　187p　18cm　（妖界ナビ・ルナ 愛蔵版 1）1000円　①978-4-265-06741-1〈画：琴月綾〉
[内容]星の子学園でくらす竜堂ルナは小学4年生。赤んぼうの時、学園の門前におきざりにされていたのを学園の先生に引きとられ、育てられた。春休みのある晩におきた事件をきっかけにルナは自分の超能力に目ざめていく。

『なぞの黒い杖』　池田美代子作　岩崎書店　2007.2　183p　18cm　（妖界ナビ・ルナ 愛蔵版 9）1000円　①978-4-265-06749-7〈画：琴月綾〉

池田美代子

『人魚のすむ町』　池田美代子作　岩崎書店　2007.2　178p　18cm　（妖界ナビ・ルナ　愛蔵版 2）　1000円　①978-4-265-06742-8　〈画：琴月綾〉

内容　妖力の封印が解けたルナは最初の敵、妖怪かまちをたおした。次なる妖怪と悠久の玉を探してたどりついた港町には、水をあやつるふしぎな女の人がいた。しずくと名のるその人の正体は。

『白銀に光る剣』　池田美代子作　岩崎書店　2007.2　183p　18cm　（妖界ナビ・ルナ　愛蔵版 8）　1000円　①978-4-265-06748-0　〈画：琴月綾〉

内容　朱雀、青竜のふたりをあいついで解放したルナたちは、3人目の四神をさがして、ふるい歴史をもつ街にやってきた。この街では、子どもたちが数時間だけ行方不明になるという神かくしのウワサが広がっていた。

『火をふく魔物』　池田美代子作　岩崎書店　2007.2　175p　18cm　（妖界ナビ・ルナ　愛蔵版 4）　1000円　①978-4-265-06744-2　〈画：琴月綾〉

内容　学校の理科室から泣き声がきこえてくる夜には町のどこかで、かならず火事がおこる。ルナたちがやってきた町には、そんなウワサが広がっていた。この奇怪なできごとのうらには、なにがあるのか。

『光と影の戦い』　池田美代子作　岩崎書店　2007.2　174p　18cm　（妖界ナビ・ルナ　愛蔵版 5）　1000円　①978-4-265-06745-9　〈画：琴月綾〉

内容　第4の玉を手に入れたルナがさいごの玉をもとめてやってきたのは北の町。真夜中、その玉が空中におどりだしひとすじの光線となってある方角をさししめした。そこにはなぞの少年がまちかまえていた。

『黄金に輝く月』　池田美代子作，琴月綾画　岩崎書店　2007.1　190p　18cm　（フォア文庫―妖界ナビ・ルナ 10）　560円　①978-4-265-06379-6

内容　朱雀、青竜、白虎につづく玄武との出会い。四神がすべてそろい、ついに妖界への道を封印する時がきた。しかし、ふたたび夜鳴島をおとずれたルナたちの前に、強大な妖力をもつ人物が立ちはだかる。その人物がにぎる、あるひみつとは？　激闘のはてに、いますべてのなぞが明かされる。さいごの戦いへ！　人気シリーズ完結編。

『なぞの黒い杖』　池田美代子作，琴月綾画　岩崎書店　2006.9　190p　18cm　（フォア文庫―妖界ナビ・ルナ 9）　560円　①4-265-06376-4

内容　さいごの四神、玄武をさがして、ルナたちがやってきたのは、太平洋に面した小さな島。そこでみやげもの屋を営む乙久さんは、なくしものありかをいいあてる、ふしぎな力をもっていた。ひょっとすると、乙久さんは妖力のもち主なのだろうか？　一方、探索のかいなく、玄武のいどころは依然としてわからないままだった。いよいよクライマックスへ！　シリーズ第九弾。

『白銀に光る剣』　池田美代子作，琴月綾画　岩崎書店　2006.6　190p　18cm　（フォア文庫―妖界ナビ・ルナ 8）　560円　①4-265-06374-8

内容　朱雀、青竜のふたりをあいついで解放したルナたちは、三人目の四神をさがして、ふるい歴史をもつ街にやってきた。この街では、子どもたちが数時間だけ行方不明になるという神かくしのウワサが広がっていた。被害者のひとりとされるナツメの奇妙な行動はなにを意味するのか？　そして三人目の四神はいったいどこに？　圧倒的人気をほこるシリーズ第八弾。

『青き竜の秘宝』　池田美代子作，琴月綾画　岩崎書店　2006.3　182p　18cm　（フォア文庫―妖界ナビ・ルナ 7）　560円　①4-265-06369-1

内容　赤い花に封じこめられていた朱雀を解放して、ルナたちは次なる四神をさがす旅をつづけていた。やってきたのは坂の多い小さな町。嗅覚がさらにパワーアップしたスネリによれば、丘のかなたの山の頂きに、恐ろしい気配を感じるという。これは四神のものなのか？　それとも、ふたたび妖怪が待ちうけているのか？　シリーズ第七弾。

『赤い花の精霊』　池田美代子作，琴月綾画　岩崎書店　2005.11　182p　18cm　（フォア文庫―妖界ナビ・ルナ 6）　560円　①4-265-06365-9

内容　ふたごの弟タイとの激闘の末、タイを妖界へ送りかえしたルナは、みずからも深い傷を負い、生死の間をさまよっていた。そのころ、山奥のある村では、村人たちが奇妙な病いにおかされる事件があいついでいた。新たな妖怪の出現なのか?!　眠りからさめたルナ、スネリ、もっけはふたたび冒険の旅にでることになった。物語はいよいよ第二幕へ！　シリーズ第六弾。小学校中・高学年向。

『光と影の戦い』　池田美代子作，琴月綾

画　岩崎書店　2005.9　182p　18cm　（フォア文庫―妖界ナビ・ルナ 5）560円　①4-265-06363-2

内容　第五の舞台となる島で、ルナは都和子先生と再会する。都和子先生が明らかにしたルナの出生のひみつとは？　少年タイの正体は？　宿命の対決の幕が切っておとされた。

『火をふく魔物』　池田美代子作，琴月綾画　岩崎書店　2005.3　182p　18cm　（フォア文庫　B297―妖界ナビ・ルナ 4）560円　①4-265-06359-4

内容　学校の理科室から泣き声がきこえてくる夜には、町のどこかで、かならず火事がおこる。ルナたちがやってきた町には、そんなウワサが広がっていた。この奇怪なできごとのうらには、なにがあるのか？　第四の玉をさがしもとめるルナの前に、強大な魔力をもつ新たな妖怪が出現してきた！　人気沸騰中！　書き下ろしシリーズ第四弾。

石井　睦美
いしい・むつみ
《1957～》

『わたしちゃん』　石井睦美作，平沢朋子絵　小峰書店　2014.7　69p　22×16cm　（おはなしだいすき）1100円　①978-4-338-19228-6

内容　「こんにちは」という声がきこえてきました。でも、だあれもいません。もしかして、ようせい？　それとも、おばけ？　ひっこしさきでできた、はじめてのともだち。なまえは、わたしちゃんだって！

『都会のアリス』　石井睦美作，植田真画　岩崎書店　2013.9　157p　20cm　（物語の王国 2-5）1400円　①978-4-265-05785-6

内容　商社勤めで海外出張の多い母、父は家で芝居の稽古ばかり、わたしは、「おうちの人」と、将来の相談をしたいのに―大人たちの生き方を見つめながら、13歳の少女が人生の選択にむきあう姿を名作『不思議の国のアリス』に重ねてあざやかに描いた応援譚！　すべての女の子に贈るリリカル・ファンタジー。

『七月七日はまほうの夜―7月のおはなし』　石井睦美作，高橋和枝絵　講談社　2013.5　74p　22cm　（おはなし12か月）1000円　①978-4-06-195744-2

内容　なかよし3人組が七夕のたんざくに書いたねがいごとは…。

『すみれちゃんのすてきなプレゼント』　石井睦美作，黒井健絵　偕成社　2011.12　130p　22cm　1000円　①978-4-03-345340-8

内容　十二月はクリスマスの月。なんだかわくわくします。どうして十二月ってこんなに毎日がとくべつでわくわくするのでしょう？　ママがアドベントカレンダーをかべにかざってくれました。クリスマスの日まで毎日にとびらがついていてあけるとかわいいプレゼントの絵がかいてある十二月だけのとくべつなカレンダーです。すみれちゃんも小学三年生。妹のかりんちゃんはあいかわらずすぐに泣くので、なやみのたねですが、それでもおねえさんのきぶんってものがわかってきたすみれちゃんです。小学校低学年から。

『パパはステキな男のおばさん』　石井睦美文，あおきひろえ絵　神戸　BL出版　2011.2　79p　21cm　1200円　①978-4-7764-0449-1（草土文化1988年刊の加筆）

内容　小学二年生のまりのうちは、ママが会社ではたらいていて、パパが家にいます。おりょうりもせんたくもそうじもパパがしてくれます。ともだちは、おかしいとわらいますが…。

『皿と紙ひこうき』　石井睦美著　講談社　2010.6　223p　20cm　1300円　①978-4-06-216333-0

内容　陶芸家の小さな集落で育った高校1年生、由香。東京から来た、かっこいいけど無口な転校生と、心は通うのか―。

『すみれちゃんのあついなつ』　石井睦美作，黒井健絵　偕成社　2009.7　138p　22cm　1000円　①978-4-03-345320-0

内容　「こたえのでないことなどたくさんある。なぜならそれは、世界がなぞにみちているからだ。」これは、すみれちゃんがついこのあいだよんだ本のなかにかかれていたことばでした。なんだかかっこいいので、たいせつなノートにかきうつしました。ものおもうすみれちゃんなのに、ママは、かりんちゃんのせわばかりたのみます。「やってられない！」すみれちゃんは家出をします！　おしゃれでおしゃまなすみれちゃんが二年生になりました。小学校低学年から。

『西のくま東のくま』　石井睦美作，小野かおる絵　佼成出版社　2008.9　96p　22cm　（どうわのとびらシリーズ）1300円　①978-4-333-02342-4

内容　どれが本当のぼく？　なくした自分を見つけに行く「哲学」する、くまの話。小学

『すみれちゃんは一年生』 石井睦美作,黒井健絵 偕成社 2007.12 151p 22cm 1000円 ①978-4-03-345290-6

[内容] すみれちゃんは一年生になりました。ランドセルの色はもちろんすみれ色です。すみれちゃんはうれしくてしかたありません。大きなおねえさんになったからよるもおそくまでおきていていいのです。かわいいいもうとのかりんちゃんは幼稚園。かりんちゃんのことをおもうとちょっとゆううつなすみれちゃん。とってもおしゃれでおしゃまな女の子すみれちゃんが一年生になり、パワーもおしゃま度もばくはつ！読んでもらうなら4才から、一人でよむなら6才から。

『キャベツ』 石井睦美著 講談社 2007.10 205p 20cm 1300円 ①978-4-06-214308-0

[内容] ぼくの恋は、キャベツから始まった。家族のために今日もご飯のしたくをするお兄ちゃん。掃除機をかけて洗濯をするお兄ちゃん。そのお兄ちゃんが妹の友達に恋をした―命短し恋せよ男子。

『白い月黄色い月』 石井睦美著 講談社 2006.1 207p 20cm 1300円 ①4-06-213278-8

[内容] 酷薄な現実よりも、優しい嘘がいい。児童文学の石井睦美が新たなるミステリアス・ワールドに挑む。じぶんを見失った少年が、再生するまでをつづった切ない物語。

『すみれちゃん』 石井睦美作,黒井健絵 偕成社 2005.12 138p 21cm 1000円 ①4-03-345270-2

[内容] すみれちゃんは「すみれ」っていうなまえよりほんとうはフローレンスってなまえの方がよかったなあってなやんでいます。そんなすみれちゃんに大事件が…。読んでもらうなら4才から、一人で読むなら6才から。

『みなみちゃん・こみなみちゃん』 石井睦美作,吉田奈美絵 ポプラ社 2005.7 110p 21cm （おはなしパーク 7） 1000円 ①4-591-08719-0

石川　宏千花
いしかわ・ひろちか

『妖怪の弟はじめました』 石川宏千花著,イケダケイスケ絵 講談社 2014.7 158p 19cm 920円 ①978-4-06-218961-3

[内容] 遊川迅は小学校でいちばん足がはやい。でも、ふつうの小学五年生です。ひとつ上の風春は完全無欠なお兄ちゃん。それでも、ふつうの小学生だと思っていた。妖怪がわんさか家にくるまでは！

『死神うどんカフェ1号店　1杯目』 石川宏千花著 講談社 2014.5 182p 19cm （YA！ ENTERTAINMENT） 950円 ①978-4-06-269486-5

[内容] 命を落としかけ、心を閉ざした高1の希子の前に、突如あらわれた"死神うどんカフェ1号店"。そこには、世慣れない店長と店員たち、そして三田亜吉良―自分を助けるために川に飛びこみ、意識不明の重体のまま眠りつづける元クラスメイト―の姿があった。

『お面屋たまよし　〔3〕　不穏ノ祭』 石川宏千花著 講談社 2013.11 205p 19cm （YA！ ENTERTAINMENT） 950円 ①978-4-06-269482-7 〈画：平沢下戸〉

[内容] 妖面なんてなあ、ただの商売道具でしかないんだよ！―祭りに現れた"お面処やましろ"。形だけの面作師見習いと、太良と甘楽の流儀がぶつかり合う。自分以外の誰かになれる特別な面、妖面がつむぎだす奇妙な縁を描いた、時代ファンタジー第3弾！

『お面屋たまよし　〔2〕　彼岸ノ祭』 石川宏千花著 講談社 2013.5 248p 19cm （YA！ ENTERTAINMENT） 950円 ①978-4-06-269470-4 〈画：平沢下戸〉

[内容] 面作師見習いの太良と甘楽は、山奥の村で四年に一度行われる、不老祭りに誘いこまれる。しかし、そこには決して知ってはならない秘密があった。自分以外の誰かになれる特別な面、妖面がつむぎだす奇妙な縁を描いた、時代ファンタジー第2弾。

『密話』 石川宏千花著 講談社 2012.11 157p 20cm 1300円 ①978-4-06-218037-5

[内容] メアリーに初めてできた友だち、マミヤくん。マミヤくんはとても見た目のいい小学六年生の男の子で、メアリーにいつも"お願い"をする。先生が、生徒が、少しずつ教室からいなくなる中、クラスメイトのカセくんは、マミヤくんを止めようとする。メアリーは"お願い"を叶え続けるのか―。児童文学の新鋭が描く、戦慄の名作。手に汗にじむ展開、慟哭のラスト。

『お面屋たまよし』 石川宏千花著 講談社 2012.10 252p 19cm （YA！ ENTERTAINMENT） 950円 ①978-4-

石川宏千花

06-269461-2 〈画：平沢下戸〉
[内容] 妖面、なりたいすがたになれるというそのお面は、面作師の中でも、腕のいい者だけが、作れるのだという。妖面は、諸刃の剣。面をはずさなくなれば荒魂化し、人として生きていくことができなくなる。それでもなお、人々は、今日もお面屋を訪れる―。

『天空町のクロネ―知りたがりの死神見習い』 石川宏千花作，深山和香絵　講談社　2012.3　229p　18cm　（講談社青い鳥文庫 288-4）620円　①978-4-06-285282-1
[内容] 「もっと人間のこと、知りたい！」クロネは死神見習い生。病弱で学校に通えないお嬢さまになりすまし、天空町にやってきました。りっぱな死神になるには、人間のことをよく知らなくては！　はりきったクロネの観察対象に選ばれてしまったのは、坂本荒野。いろいろな顔を見せる荒野をおもしろがり、次第にひかれていくクロネ。そして、荒野の涙の秘密は…。小学中級から。

『超絶不運少女　3　運命って…運命って！』 石川宏千花作，深山和香絵　講談社　2011.11　237p　18cm　（講談社青い鳥文庫 288-3）620円　①978-4-06-285257-9
[内容] 給食のメニューも、ゲームの勝負も思いのまま！　しかも、超お金持ちの養女に!?　花がいない三日間、幸運の嵐におそわれつづける密。ラッキー体質の密が、幸せそうに見えない一人間を、二人がじっと観察する死神ランは困惑する。いっぽう、どんなに不運でもこりない花が、またまたひとめぼれした相手は、お兄ちゃんの先輩。でも、その先輩の正体は…!?　小学中級から。

『超絶不運少女　2　ここはどこ？　わたしはだれ？』 石川宏千花作，深山和香絵　講談社　2011.8　231p　18cm　（講談社青い鳥文庫 288-2）620円　①978-4-06-285237-1
[内容] 「うう、ケータイ、持ってきてないよう。どうやって密やユリカ先生に連絡すればいいんだ…」。遠山花は、わらっちゃうくらい不運な女の子。体験学習先で、もちろんみんなとはぐれて迷子に。そんな花の不運をうすめてくれるありがたーい存在が、超ラッキー体質の親友・密。でも、最近、なんだかそのバランスがくずれてきたみたい。花と密に、なにが起きてるの？　小学中級から。

『超絶不運少女　1　ついてないにもほどがある！』 石川宏千花作，深山和香絵　講談社　2011.5　249p　18cm　（講談社青い鳥文庫 288-1）620円　①978-4-

06-285212-8
[内容] 元気で明るい花は、クラスの人気者―と、ここまでは、よくある話。じつは、花は、生まれついての究極の不運体質なのです。いっぽう花の大親友の密は、うそみたいに、いつもラッキーな女の子。自分はついてないのに、親友がラッキー体質だったら、へこむでしょう？　いいえ、花はへこみません！　なんでなんで？　と思ったあなた、ぜったい読んでみてね！　小学中級から。

『UFOはまだこない』 石川宏千花著　講談社　2011.1　206p　20cm　1400円　①978-4-06-216705-5
[内容] オレと公平は、小学校時代から無敵の存在だった。中学に進学してからもその「絶対的な力」を誇示したまま、二人でおもしろおかしくやっていけるはずだったんだ。それなのに―。最強中学男子の青春を描く会心作。

『ユリエルとグレン　3　光と闇の行方』 石川宏千花著　講談社　2009.6　225p　20cm　1300円　①978-4-06-215521-2
[内容] 時代の移ろいとともに「ヴァンパイアは低俗な迷信」とする風潮が高まるなか、グレンはウォーベック家とユリエルを守るため、教皇庁にのりこんでいく。だが、拘束され処刑されることに。

『ユリエルとグレン　2　ウォーベック家の人々』 石川宏千花著　講談社　2008.11　235p　20cm　1300円　①978-4-06-215075-0
[内容] ヴァンパイア・ハンターになるため、ウォーベック家での新たな生活を始めたユリエルとグレン。同じように家族を奪われた養い子たちとの暮らしの中で、二人はあることを決意する―。

『ユリエルとグレン　1　闇に噛まれた兄弟』 石川宏千花著　講談社　2008.4　235p　20cm　1300円　①978-4-06-214551-0
[内容] ヴァンパイアに襲われ日常を奪われたグレンとユリエルの兄弟は、旅の途中、ある村で起きた事件の調査を担うことになる。ヴァンパイアの伝承が残るその村では、4人の少女が謎の死を遂げていた―。12歳のまま成長を止めてしまった兄、グレン。"無限の血"を持つ弟、ユリエル。ヴァンパイアに襲われた悲運の兄弟の、新たな旅が始まる―。第48回講談社児童文学新人賞佳作受賞作。

石崎　洋司
いしざき・ひろし
《1958〜》

『黒魔女さんが通る!!　part17　卒霊式だよ、黒魔女さん』　石崎洋司作，藤田香絵　講談社　2014.6　296p　18cm　（講談社青い鳥文庫 217-25）680円　①978-4-06-285429-0

内容　2級黒魔女さんになるには、「あやとり魔法」が必修!?　超絶不器用少女チョコには、つぎつぎにオカルト&おかしな事件が。ユニークすぎる6年生を無事、送り出せるでしょうか。そして、図書委員長の座は、だれに？　小学中級から。

『女王のティアラ』　石崎洋司作，栗原一実画　岩崎書店　2014.4　202p　18cm　（フォア文庫 B475―マジカル少女レイナ 2-10）600円　①978-4-265-06472-4

内容　マジカル王国の国王さまが亡くなり、新女王の指名を受けたレイナ。でも、まだ自分はふさわしくないと迷っていました。その矢先、不気味な黒ネコ集団に『女王のティアラ』を奪われてしまいます。黒魔法つかいが人間の世界をねらっている!?　レイナは最後の勝負に挑みます！　レイナは夢をあきらめないの！　感動のフィナーレ！

『黒魔女の騎士ギューバッド　part1　食べて変えよう、あなたの人生！』　石崎洋司作，藤田香絵　講談社　2014.1　287p　18cm　（講談社青い鳥文庫 217-24）680円　①978-4-06-285403-0

内容　「その下品さ、乱暴さ、なまけもので、人の話を聞かない態度━あなたさまこそ、わたしたちが探しもとめていたニーニョ・ネグロさま。」伝説の黒魔導師につかまり、悪霊の国へさらわれたギューバッドとメリュジーヌ。二人は無事、火の国の魔女学校へ帰ってこられるの？　『おもしろい話が読みたい！　マジカル編』収録のお話が本に。さあ、「読んで変えよう、あなたの人生！」小学中級から。

『なんてだじゃれなお正月―1月のおはなし』　石崎洋司作，沢野秋文絵　講談社　2013.11　74p　22cm　（おはなし12か月）1000円　①978-4-06-218616-2

内容　年の初めにまきおこる、不思議で縁起のいいおはなし。お正月の行事が、よくわかります。

『おっことチョコの魔界ツアー』　令丈ヒロ子,石崎洋司作，亜沙美,藤田香絵　新装版　講談社　2013.9　168p　18cm　（講談社青い鳥文庫 171-28）580円　①978-4-06-285379-8

内容　冬休みに春の屋で出会ったものの、「忘却魔法」でおたがいのことを忘れてしまったおっことチョコ。忘却魔法を解いて二人を友情で結びつければ、魔界での宴会にご招待、という耳寄りな情報に目がくらんだギュービッドと鈴鬼に、ウリ坊や美陽も加わって、大きな計画を実行。はたして二人はおたがいを思いだせるの!?　人間、黒魔女、ユーレイが入りみだれての魔界ツアー、はじまりはじまり！　小学中級から。

『神秘のアクセサリー』　石崎洋司作，栗原一実画　岩崎書店　2013.9　202p　18cm　（フォア文庫 B471―マジカル少女レイナ 2-9）600円　①978-4-265-06468-7

内容　もうすぐクリスマス。街はセールでにぎわっています。ペットショップ・レイナにも豪華な宝石つきの首輪の注文が入り、みんな大忙し。そんななか天野君は、十二月二十二日の冬至は、危険な時期だと警告。レイナは、パティスリー・アンで、ふしぎな皮の手紙を見つけます。新女王にふさわしい人物が、ついにわかる!?

『黒魔女さんが通る!!　part16　黒魔女さんのホワイトデー』　石崎洋司作，藤田香絵　講談社　2013.8　327p　18cm　（講談社青い鳥文庫 217-23）700円　①978-4-06-285342-2

内容　「死の国」へ飛ばされたマリーを救うため、ひとり魔界へ向かったギュービッドさま。そして、チョコが、魔力封印のぬいぐるみをはずしてしまったブラック大形も魔界へ！　自分の大失敗に気づき、桃花ちゃんと魔界へ向かうチョコ。マリーちゃんは助かるの？　ギュービッドの恋はかなわないの？　大形くんのほんとうのねらいはなに？　チョコ、今度こそ、大ピンチ!?　小学中級から。

『魔女の本屋さん』　石崎洋司作，栗原一実画　岩崎書店　2013.4　181p　18cm　（フォア文庫 B469―マジカル少女レイナ 2-8）600円　①978-4-265-06467-0

内容　レイナは学校の行事で、本屋さんの「職場体験」をすることになりました。大好きな本の新刊を並べたり、ベテランの書店員さんと働くことができて、レイナたちは大よろこび。ある日、ひとりの少女が本屋さんにやって来ます。探していたのは、なぞめいた皮の表紙の本でした。レイナは真実を見つけられるのでしょうか。

石崎洋司

『黒魔女さんが通る!! part15 黒魔女さんのひなまつり』 石崎洋司作, 藤田香絵 講談社 2012.11 272p 18cm （講談社青い鳥文庫 217-22） 670円 ①978-4-06-285320-0
[内容] 5年生の3学期。舞ちゃんのお家で、5年1組ひなまつりパーティがもよおされることに。なぜか重要なお客として招かれ、とまどうチョコ。そして、広大なお屋敷で迷子になってしまったチョコに、「ひしもち」をさがすあやしい人影が…!? これも黒魔女修行なの？ 14巻で魔界からやってきたマリーちゃんやロリポップ・ココア、チョコのおばあちゃんも大活躍だよ～！ 小学中級から。

『暗黒のテニスプレーヤー』 石崎洋司作, 栗原一実画 岩崎書店 2012.9 182p 18cm （フォア文庫 B440―マジカル少女レイナ 2-7） 600円 ①978-4-265-06440-3
[内容] レイナに対していつも冷たい天野くん。が、レイナを憎むセリカさんには、大いなる力を発揮し、レイナたちを守ります。セリカさんとレイナの対決の行方は!?―レイナはお友だちに誘われて、テニスクラブの初心者クラスに参加します。おどろいたことに、クラブには天野くんのすがたも。そんなある日、マジカル国王様から手紙が届きます。そこには、だれも知らなかった、おそろしい事実が書かれていました。レイナを待ちうける再会と試練。小学校中・高学年。

『黒魔女さんが通る!!』 石崎洋司作, 藤田香絵 講談社 2012.7 190p 19cm 1200円 ①978-4-06-217808-2
[内容] 小学5年生のチョコは、友だちなんかめんどくさいっていうオカルトマニアの女の子。あるとき、クラスメートのまれ、キューピットさまをよびだしたつもりが、やってきたのは、ギューピッド。そして、ギューピッドさまは、インストラクター黒魔女だったのです。

『恐怖のドッグトレーナー』 石崎洋司作, 栗原一実画 岩崎書店 2012.4 181p 18cm （フォア文庫 B435―マジカル少女レイナ 2-6） 600円 ①978-4-265-06436-6
[内容] レイナたちは夏休みを終えて、新学期をむかえます。転校生がくるといううわさで、みんなドキドキ。やってきたのは、ミステリアスな美少年・天野くん。犬の訓練が抜群にうまい天野くんは、しつけがにがてなレイナを、きびしく責めます。レイナに接近する彼の正体は？ レイナと、なぞの美少年と、魔法対決。小学校中・高学年から。

『世界の果ての魔女学校』 石崎洋司作, 平沢朋子絵 講談社 2012.4 317p 20cm 1400円 ①978-4-06-216353-8
[内容] なにもかもうまくいかず、家出したアンがたどりついたのは、世界の果てにあるという、古い魔女学校。恋人の過去の姿がありありと目に浮かび、苦しむ少女ジゼル。古書店で夏のアルバイトをしながら、「彼」を待つアリーシア。村のつまはじき者で、復讐のときをうかがうシボーン。世界の果てにある魔女学校は、どこにでもいそうな、そんな少女たちを狙っている。人間を呪う、りっぱな魔女になるために―。魔女学校に迷いこんだ少女4人の物語。

『黒魔女さんが通る!! part14 5年生は、つらいよ！の巻』 石崎洋司作, 藤田香絵 講談社 2012.1 280p 18cm （講談社青い鳥文庫 217-21） 670円 ①978-4-06-285268-5
[内容] メグがテストで100点連発!? あやしげなセレブ塾のおかげでメグの頭がよくなっちゃった！ それなのにチョコは、魔界合格判定テストで、合格可能性0%…。黒魔女修行だけでもたいへんなのに、あやしげな委員会には見こまれ、オカルト大好き男子はうろうろするし、あの2人の猛アタックもより暑苦しい。そのうえ魔界からあの人も来ちゃうの？ チョコちゃん、だいじょうぶ？ 小学中級から。

『魔法のスイミング』 石崎洋司作, 栗原一実画 岩崎書店 2011.9 181p 18cm （フォア文庫―マジカル少女レイナ 2-5） 600円 ①978-4-265-06425-0
[内容] 暑い夏、プールで泳ぐのに最高の季節です。でも、水泳がにがてなレイナは、お友だちのさやかちゃんと一生懸命、練習練習。プールでは、ライフセーバーのお兄さんや泳ぎの上手な美しい少女と出会いました。そのころ、プールに幽霊が出るといううわさが広まります。レイナは、いやな予感がしました。一方、ペットショップ「レイナ」は、最大ピンチ！ 近所に新しいペットショップができて、お客さんが減ってしまったのです。レイナは、お店の宣伝のため、作戦をたてます。

『黒魔女さんが通る!! part0 そこにきみがいなかったころの巻』 石崎洋司作, 藤田香絵 講談社 2011.8 263p 18cm （講談社青い鳥文庫 217-20） 620円 ①978-4-06-285187-9
[内容] これは、「黒魔女さんが通る!!」のはじまりのお話です。はじめてこのお話を読む人でも楽しめますが、1～13巻の「黒魔女さん」を読みこんでいる人のほうが、より深く味わうことができます。タイトルの由来や、ギューピッドさまの機関銃攻撃の秘密、ピ

石崎洋司

ンクのゴスロリの謎などが次々にあきらかに！　さあ、チョコのところにくる直前のギュービッドさまに、会いに出かけましょう。小学中級から。

『ほとんど全員集合！　「黒魔女さんが通る!!」キャラブック』　石崎洋司，藤田香，青い鳥文庫編集部作　講談社　2011.7　159p　18cm　（青い鳥おもしろランド）952円　①978-4-06-217071-0

内容　黒魔女修行の一環として、インストラクター黒魔女ギュービッドさまに、「プロフ集め」を命じられたチョコ。5年1組のクラスメイトはもちろん、魔界のあの人、この人まで…。「こんなことで修行になるのかなあ。」と思いつつ、しぶしぶプロフを集め出したチョコ。さて、首尾よく集めて、進級することができるでしょうか？―。

『悪夢のメルヘン』　石崎洋司作，栗原一実画　岩崎書店　2011.4　190p　18cm　（フォア文庫　B420―マジカル少女レイナ　2-4）600円　①978-4-265-06422-9

内容　作文の宿題で、「お話」を書くことになったレイナ。ある日、レイナは友達の美貴やはるかたちと、大人気作家西条まもるさんのサイン会に出かけます。そしてなんと、西条さんに、書き方のコツを教えてもらうことになりました。みんなは大よろこびでしたが、お話を書きはじめると、不気味なことが起こりはじめたのです。マジカル王国の第二王女ミカエルは、レイナを守ろうと、白ネコ姿で大かつやく。あまずっぱい香りと共に現れる赤いコートの男は、一体だれ!?―。

『黒魔女さんが通る!!　part13　黒魔女さんのバレンタイン』　石崎洋司作，藤田香絵　講談社　2010.12　278p　18cm　（講談社青い鳥文庫　217-19）670円　①978-4-06-285182-4

内容　とうとうやってきた決戦の日。なぞの「義理チョコ委員会」が暗躍し、どんなチョコをあげるかで大さわぎの5年1組の女子たち（とギュービッド）。女子力が高ければ、黒魔女としても優秀という新しい法則が発見され、「女子力アップ講座」を受けるはめになったチョコ。ああ、むいてなさそうで心配です。チョコ、だれにチョコあげるの？　ちょこっと教えて？　小学中級から。

『恋のギュービッド大作戦！―「黒魔女さんが通る!!」×「若おかみは小学生！」』　石崎洋司，令丈ヒロ子作，藤田香，亜沙美絵　講談社　2010.12　311p　20cm　1200円　①978-4-06-216616-4

内容　「たいへん！　あたしたち、消えかけてる！」おじいちゃん、おばあちゃんの赤い糸を『運命の相手』とむすぶために、チョコ

とおっこがタイムスリップ。

『怪しいブラスバンド』　石崎洋司作，栗原一実画　岩崎書店　2010.9　190p　18cm　（フォア文庫　B410―マジカル少女レイナ　2-3）600円　①978-4-265-06415-1

内容　幸小学校の、ふだんはつかっていない木造校舎に、ある夜女の子の姿が！　幽霊!?　クラスの沢田くんは、そこでブラスバンドの練習をしていた女の子が死んで、あそこは呪われているといいます。レイナが美貴といっしょによう見にいくと、入り口に一名の欠員募集の紙が貼ってあったのです。シリーズ2の第3話は、ちょっとコワーイ（？）ブラスバンドのお話です。夜の学校に幽霊が!?　レイナがリリア族の族長から警告された「死のラッパ」とは。

『妖精のバレリーナ』　石崎洋司作，栗原一実画　岩崎書店　2010.4　190p　18cm　（フォア文庫　B405―マジカル少女レイナ　2-2）600円　①978-4-265-06412-0

内容　レイナが、犬たちを公園でさんぽさせていると、とおりかかった若い男女に犬たちがとつぜんほえかかり、女の人がころんでしまいました。あわてるレイナに、男の人は、やさしく話しかけてくれましたが、そのあまりのかっこよさにレイナはびっくり。しかも、ぐうぜん美貴の知っている人だとわかり…。ちょっぴり恋の予感―。

『黒魔女さんが通る!!　part12　黒魔女さんのお正月』　石崎洋司作，藤田香絵　講談社　2010.2　315p　18cm　（講談社青い鳥文庫　217-18）670円　①978-4-06-285132-9

内容　「黒魔女かるた」修行で大失敗してしまったチョコ。魔界中のダメ魔女さんが集まってくるという王立魔女学校で、きびしい～い冬期講習を受けることに。さがしているはずの大形くんとうっかり秘密の約束をしてしまうし、へんなお友だちやこわーい先輩もぞくぞくと出てきて、チョコ、だいじょうぶ？　しっかり修行しないと、「王立魔女学校の校訓を千回書いて提出！」になっちゃうよ。小学中級から。

『黒魔女さんが通る!!　part11　恋もおしゃれも大バトル？　の巻』　石崎洋司作，藤田香絵　講談社　2009.7　256p　18cm　（講談社青い鳥文庫　217-17）620円　①978-4-06-285090-2

内容　5年1組全員登場のクリスマスケーキ合戦についに決着が！　強力な恋のライバル登場で、チョコ争奪戦もますます激しく！　そして、大晦日にぴったりだという黒魔女修行で、チョコがしでかした大失敗とは!?　3

石崎洋司

級黒魔女にはなったけれど、黒魔女修行の道はけわしい。でも、分身魔法でラクしちゃおうなんて、チョコ、性格わるいぞ！「はい、だってあたし、黒魔女さんですから。」小学中級から。

『呪われたピアニスト』　石崎洋司作，栗原一実画　岩崎書店　2009.7　182p　18cm　（フォア文庫 B390―マジカル少女レイナ 2-〔1〕）600円　⑪978-4-265-06405-2
内容　「妖精の女王」からの知らせを受け、レイモンド伯爵一家は、マジカル王国への出入りを禁止されてしまいました。悩むレイナのもとへ、ひとりの妖精が現れ、ある提案をします。そこで、友だちを公園にさそうと、見たことのない女の子が。プロのピアニストをめざしているという、その子は、なぜかぜんぜんわらわないのです！　みんなの応援のおかげで、シリーズ2スタート。

『悪夢のドールショップ』　石崎洋司作，栗原一実画　岩崎書店　2009.3　171p　18cm　（マジカル少女レイナ 愛蔵版 5）1000円　⑪978-4-265-06785-5
内容　近くにドールショップが開店し、オーナーの美しい女性がレイナの店にやってきました。新しい店の宣伝に、お人形をレイナの店においてもらえるようにたのみに来たのです。レイナは大よろこび！　そのお人形を見るためにわざわざ来店するお客さんまでいたのですが…。ますます面白くなる！　シリーズ第五弾。

『妖しいパティシエ』　石崎洋司作，栗原一実画　岩崎書店　2009.3　170p　18cm　（マジカル少女レイナ 愛蔵版 9）1000円　⑪978-4-265-06789-3
内容　最後の五邪帝との戦いを前に、家にこもるセリカさんを元気づけようと、エリカ夫人がスコットランドの名物料理を作っています。レイナたちが楽しみにまっていると、樹里亜もセリカさんのために、ケーキをもってきてくれました。あまりのおいしさに、そのケーキを作った人にお菓子作りを習いにいくことになりましたが…。

『運命のテーマパーク』　石崎洋司作，栗原一実画　岩崎書店　2009.3　179p　18cm　（マジカル少女レイナ 愛蔵版 10）1000円　⑪978-4-265-06790-9
内容　ブラックソーンの呪いで眠ったままのセリカさんとミカエル、エリカ夫人を救うため、マジカル王国へ行っていたチアーズが、何者かにおそわれました。国王からの手紙はうばわれ、かわりに「妖精の女王」からの手紙が！　明日までに「なぞ」を解かないと、セリカさんの命があぶない!?　レイナは、手がかりをさがして走ります。マジカル王国の、そしてレイナの運命は。

『謎のオーディション』　石崎洋司作，栗原一実画　岩崎書店　2009.3　171p　18cm　（マジカル少女レイナ 愛蔵版 1）1000円　⑪978-4-265-06781-7
内容　歌手デビューのためのオーディションをめぐる戦いです。わるい魔法をつかう黒魔術に、レイナの白魔術がいどみます。しかしレイナには、ある弱点があって…。

『呪いのファッション』　石崎洋司作，栗原一実画　岩崎書店　2009.3　171p　18cm　（マジカル少女レイナ 愛蔵版 2）1000円　⑪978-4-265-06782-4
内容　クラスでのファッションショーをめぐる白魔法と黒魔法の戦いです。レイナたちがくふうをこらして作りあげた、はなやかでかわいいファッションを楽しんでね。

『秘密のアイドル』　石崎洋司作，栗原一実画　岩崎書店　2009.3　171p　18cm　（マジカル少女レイナ 愛蔵版 7）1000円　⑪978-4-265-06787-9

『不吉なアニメーション』　石崎洋司作，栗原一実画　岩崎書店　2009.3　171p　18cm　（マジカル少女レイナ 愛蔵版 6）1000円　⑪978-4-265-06786-2
内容　はるかがアニメ声優のオーディションを受けることになり、レイナはつきそいで録音スタジオを訪れます。つきそって、関係者以外は入れないスタジオの中に入ったレイナ。ところが、なぜか見ているうちに、はるかのライバルのマネージャーが憎らしくなってきたのです。アニメの舞台裏をのぞいちゃおう。

『マジカル少女レイナ　運命のテーマパーク』　石崎洋司作，栗原一実画　岩崎書店　2009.3　182p　18cm　（フォア文庫 B383）600円　⑪978-4-265-06400-7
内容　ブラックソーンの呪いで眠ったままのセリカさんとミカエル、エリカ夫人を救うため、マジカル王国へ行っていたチアーズが、何者かにおそわれました。国王からの手紙はうばわれ、かわりに「妖精の女王」からの手紙が！　明日までに「なぞ」を解かないと、セリカさんの命があぶない!?　レイナは、手がかりをさがして走ります。マジカル王国の、そしてレイナの運命は。

『魔女のクッキング』　石崎洋司作，栗原一実画　岩崎書店　2009.3　171p　18cm　（マジカル少女レイナ 愛蔵版 3）1000円　⑪978-4-265-06783-1

[内容] テレビの人気番組「小学生鉄人シェフ」に、幸小学校からチームをだすことになりました。まず校内の予選会です。レイナのクラスでは、レイナ、美貴、はるか、さやか、そして拓馬の五人でチームをつくりました。ところが、拓馬はクラス一のきらわれものです。なにか悪いことがおこるような気がして、レイナは不安でなりません。ファン待望のシリーズ第三弾！　小学校中・高学年向。

『魔のフラワーパーク』　石崎洋司作，栗原一実画　岩崎書店　2009.3　171p　18cm　（マジカル少女レイナ 愛蔵版 4）　1000円　①978-4-265-06784-8

[内容] 樹里亜に招待されて、レイナたちはフラワーショーにいくことになりました。ショーの二日前、準備中の樹里亜の祖母、ケイ白河の英国式庭園へ。そこでレイナは、庭づくりをとりしきるガーデニストの少年と出会いました。ところが、つぎの日、エリカ夫人はじめ、会場にいった人びとのようすが変です。いったい何が…？　人気急上昇！　シリーズ第四弾。

『幻のスケートリンク』　石崎洋司作，栗原一実画　岩崎書店　2009.3　171p　18cm　（マジカル少女レイナ 愛蔵版 8）　1000円　①978-4-265-06788-6

[内容] 仲良しのみんなとスケートリンクへ行ったレイナ。はじめてのスケートにおっかなびっくり。さやかの元クラスメートで、フィギュアスケートの選手をめざして練習する涼子に出会い、その妖精のようなスケートに大感激！　おうえんしようと、クラブの練習を見に行きますが、そこには、思わぬ陰謀が待ちうけていたのです。

『またまたトリック、あばきます。』　石崎洋司作，藤田香絵　講談社　2009.2　157p　18cm　（講談社青い鳥文庫 508-2―サエと博士の探偵日記 2）　505円　①978-4-06-285071-1

[内容] あたし、片平サエ。魔法やオカルトが大好き。不思議なできごとに出会うと、わくわくするの。同級生の博士や、大学生の光一おじさんは、「すべての謎にはトリックがある！」なんていうんだけどね。今度の事件こそ、ほんとの超常現象だといいんだけどなあ（「謎のラブレター」ほか全3編を収録）。小学中級から。

『マジカル少女レイナ 妖しいパティシエ』　石崎洋司作，栗原一実画　岩崎書店　2009.1　174p　18cm　（フォア文庫 B380）　600円　①978-4-265-06399-4

[内容] 最後の五邪帝との戦いを前に、家にこもるセリカさんを元気づけようと、エリカ夫人がスコットランドの名物料理を作っています。レイナたちが楽しみにまっていると、樹里亜もセリカさんのところに、ケーキをもってきてくれました。あまりのおいしさに、そのケーキを作った人にお菓子作りを習いにいくことになりましたが…。

『黒魔女さんが通る!!　part10　黒魔女さんのクリスマス』　石崎洋司作，藤田香絵　講談社　2008.12　282p　18cm　（講談社青い鳥文庫 217-16）　660円　①978-4-06-285061-2

[内容] 「いたんしんもんかんって、なに？」　おばあちゃんをたすけようとして、禁じられた黒魔法を使ってしまったチョコ。魔界でたったひとり、魔女裁判にかけられることに！　いざというとき、たよりになるギューピッドさまや妹弟子の桃花ちゃんは、どこ？　まだ4級黒魔女のチョコに、おばあちゃんをたすけることはできるの？　クリスマス前夜の魔界で、チョコの大冒険がはじまります。

『黒魔女さんのクリスマス―黒魔女さんが通る!!スペシャル』　石崎洋司作　講談社　2008.11　277p　20cm　1200円　①978-4-06-215103-0〈絵：藤田香〉

[内容] 黒魔女修行中の4級黒魔女チョコは、知らずに使った禁断の黒魔法のために異端審問官につかまってしまいました。おばあちゃんがのこした禁断の黒魔法って、なに？

『そのトリック、あばきます。』　石崎洋司作，藤田香絵　講談社　2008.9　157p　18cm　（講談社青い鳥文庫 508-1―サエと博士の探偵日記 1）　505円　①978-4-06-285043-8

[内容] あたし、片平サエ。最近、なぜかあたしのまわりでは、不思議なことがいっぱい起きるの。やっぱりあたしの霊感が謎をよぶのね。でも、同級生の山下博士や、工学部の大学生の光一おじさんは、「この世に説明できないことなんてな～い！」なんていうんだよ。さあ、あなたには、このトリックがわかる？（「消えたコインの謎」ほか全3編を収録）。小学中級から。

『黒魔女さんが通る!!　part9　世にも魔界な小学校の巻』　石崎洋司作，藤田香絵　講談社　2008.8　248p　18cm　（講談社青い鳥文庫 217-15）　620円　①978-4-06-285037-7

[内容] 読者のみんなのアイデアが集まり、ついに、チョコの第一小学校の5年1組のメンバー全員がそろいました～！　でも、クリスマス直前の学校は、なんだかあやしい雰囲気で。PART1で登場した、あの転校生

石崎洋司

が復活するみたいだし、図書室やクラブ活動にも、魔法の匂いがぷんぷん。そして、チョコは、「あの謎」の真相をさぐりに、おばあちゃんの家へ。いったい、どうなるの!?　小学中級から。

『マジカル少女レイナ　幻のスケートリンク』　石崎洋司作，栗原一実画　岩崎書店　2008.8　174p　18cm　（フォア文庫）560円　①978-4-265-06395-6
[内容]　仲良しのみんなとスケートリンクへ行ったレイナ。はじめてのスケートにおっかなびっくり。さやかの元クラスメートで、フィギュアスケートの選手をめざして練習する涼子に出会い、その妖精のようなスケートに大感激！　おうえんしようと、クラブの練習を見に行きますが、そこには、思わぬ陰謀が待ちうけていたのです。

『マジカル少女レイナ　秘密のアイドル』　石崎洋司作，栗原一実画　岩崎書店　2008.7　174p　18cm　（フォア文庫）560円　①978-4-265-06393-2

『地獄少女―小説』　石崎洋司作，永遠幸絵，わたなべひろし原案，地獄少女プロジェクト，永遠幸原作　講談社　2008.4　167p　18cm　（KCノベルス―なかよし文庫）800円　①978-4-06-373321-1
[内容]　「黒魔女さんが通る!!」シリーズの石崎洋司先生が贈る、「地獄少女」オリジナルストーリー！　閻魔あいに、同じ中学から届いた6つの依頼。不思議に思い、調査に出かけた一目連たちを待ちうけていたのは、黒魔女の恐ろしいたくらみ！　あいと、黒魔女の闘いがはじまる…！　「いっぺん、生きてみる？」「地獄少女vs.黒魔女」の2話収録。

『おっことチョコの魔界ツアー』　令丈ヒロ子，石崎洋司作，亜沙美，藤田香絵　講談社　2008.3　153p　18cm　（講談社青い鳥文庫　505-1）505円　①978-4-06-285013-1
[内容]　冬休みに春の屋で出会ったものの、「忘却魔法」でおたがいのことを忘れてしまったおっことチョコ。忘却魔法を解いて二人を友情で結びつけたい鈴鬼は、魔界での宴会にご招待、という耳寄りな情報に目がくらんだギューピッドと鈴鬼は、ウリ坊や美陽も加わって、ある計画を実行。はたして二人はおたがいを思いだせるの!?　人間、黒魔女、ユーレイが入りみだれての魔界ツアー、はじまりはじまり。「若おかみは小学生！」×「黒魔女さんが通る!!」夢のコラボ。小学中級から。

『黒魔女さんが通る!!―チョコ、デビューするの巻』　石崎洋司作，藤田香絵　講談社　2008.3　217p　18cm　（講談社青い鳥文庫―SLシリーズ）1000円　①978-4-06-286401-5
[内容]　魔法マニアのチョコは、まちがって呼びだした黒魔女、ギューピッドの指導（しごき？）のもと、ただいま黒魔女修行中！　おしゃれでおばかな自己チュウのメグや、学級委員の一路愛ちゃん、天然の百合ちゃん、松岡先生、エロエースたちがひきおこす大騒動を、魔法で解決（拡大）？しちゃいます。「おもしろい話が読みたい！（青竜編）」で大人気のマジカルコメディー、いよいよスタート！　小学中級から。

『黒魔女さんが通る!!　part8　赤い糸が見えた!?の巻』　石崎洋司作，藤田香絵　講談社　2008.1　264p　18cm　（講談社青い鳥文庫　217-14）620円　①978-4-06-285005-6
[内容]　秋祭りで浮かれる街をよそに、今日もチョコは黒魔女修行中。黒魔女さん3級になるため、5年1組全員にコントロール魔法をかけることに。でも、ギューピッドさまが、またまたなにかたくらんでそうで…。第2話では、あの人のとんでもない過去や、おなじみ5年1組のみんなの赤い糸があきらかに!?　読者のみんなが考えてくれたキャラクターや黒魔法も力いっぱいの大活躍ですヮ。

『マジカル少女レイナ　不吉なアニメーション』　石崎洋司作，栗原一実画　岩崎書店　2007.11　174p　18cm　（フォア文庫）560円　①978-4-265-06397-0
[内容]　はるかがアニメ声優のオーディションを受けることになり、レイナはつきそいで録音スタジオを訪れます。魔法をつかって、関係者以外は入れないスタジオの中に入ったレイナ。ところが、なぜか見ているうちに、はるかのライバルのマネージャーが憎らしくなってきたのです。アニメの舞台裏をのぞいちゃおう。

『黒魔女さんが通る!!　part7　黒魔女さんのハロウィーン』　石崎洋司作　講談社　2007.9　248p　18cm　（講談社青い鳥文庫　217-13）620円　①978-4-06-148782-6　〈絵：藤田香〉
[内容]　「ギューピッドさま、どこ？」禁断の黒魔法を使い、すがたを消したギューピッドさまをさがすチョコと桃花ちゃん。特別大長編の舞台は、ハロウィーン前夜の魔界！　（しかもわけあって、新しいゴスロリ服のチョコ!!）おなじみ5年1組はもちろん、なつかしいあの人この人も登場、チョコの大冒険をややこしくします。負けるな、チョコ！　読者のみんなが考えてくれた新キャラクターも大活躍。小学中級から。

『黒魔女さんが通る!!　part6　この学校，

『呪われてません？ の巻』 石崎洋司作 講談社 2007.6 249p 18cm （講談社青い鳥文庫 217-12） 620円 ①978-4-06-148769-7 〈絵：藤田香〉

内容 遠足にいけばあやしい魔女にからまれてしまい、授業参観ではゴスロリ姿で悪魔退治をするはめに。この秋も、チョコの黒魔女修行は、迷走中！ そして、一大イベントの運動会。なにかが起こる予感が…。おなじみ5年1組のドタバタに、読者のみんなが考えてくれた新しいキャラクターも、自分勝手に大あばれ。桃花ちゃん、ギュービッドさま、もしかしてこの学校、呪われてません？

『マジカル少女レイナ 悪夢のドールショップ』 石崎洋司作、栗原一実画 岩崎書店 2007.5 173p 18cm （フォア文庫） 560円 ①978-4-265-06382-6

内容 近くにドールショップが開店し、オーナーの美しい女性がレイナの店にやってきました。新しい店の宣伝に、お人形をレイナの店においてもらえるようにたのみに来たのです。レイナは大よろこび！ そのお人形を見るためにわざわざ来店するお客さんまでいたのですが…。ますます面白くなる！ シリーズ第五弾。

『黒魔女さんが通る!! part5 5年1組は大騒動！ の巻』 石崎洋司作 講談社 2007.1 230p 18cm （講談社青い鳥文庫 217-11） 620円 ①978-4-06-148752-9 〈絵：藤田香〉

内容 絶好調マジカルコメディー第5弾！ チョコと黒鳥千代子は、真夏も暑苦しいゴスロリ姿で黒魔女修行にはげむ、孤独な小学生。なぜかハデハデ・メグのいとこのハデハデ小学生をつれ、ショッピングセンターへ行くはめに。そこでレイナは「閑古鳥」が鳴いていて!? 強烈な読者キャラ＆魔法がまたまた登場、あの大形くんも人間界にもどってきて、5年1組にまたまたひと騒動ありそうな予感。小学中級から。

『マジカル少女レイナ 魔のフラワーパーク』 石崎洋司作、栗原一実画 岩崎書店 2006.11 174p 18cm （フォア文庫） 560円 ①4-265-06377-2

内容 樹里亜に招待されて、レイナたちはフラワーショーにいくことになりました。ショーの二日前、準備中の樹里亜の祖母、ケイ白河の英国式庭園で、庭づくりをとりしきるガーデニストの少年と出会いました。ところが、つぎの日、エリカ夫人はじめ、会場にいった人びとのようすが変です。いったい何が…？ 人気急上昇！ シリーズ第四弾。

『トーキョー・ジャンヌダルク 1 追っかけ！』 石崎洋司著 講談社 2006.10 269p 19cm （YA！ENTERTAINMENT） 950円 ①4-06-269370-4

内容 都立武蔵野高校に通う金井雪は、同級生の市川から、家出した神山久美子を捜してほしいと頼まれる。友人のサキ、舞らとともに彼女の行方の謎を追いかけるうち、あるインディーズ・バンドの存在と、久美子の父親の秘密が浮かび上がり…。家出少女の行方を追って、雪、サキ、舞の3人が"トーキョー"を疾走する！ スマッシュ・ヒット『チェーン・メール』から生まれた、新感覚シリーズのスタート。

『黒魔女さんが通る!! part4 黒魔女さんのシンデレラ』 石崎洋司作 講談社 2006.7 241p 18cm （講談社青い鳥文庫 217-10） 580円 ①4-06-148737-X 〈絵：藤田香〉

内容 インストラクター黒魔女ギュービッドさまのきびしく自分勝手な指導のもと、黒魔女修行に励むチョコ。学校の移動教室で軽井沢へ向かうバスの中で、なんと4級黒魔女認定テストがはじまってしまった。「5秒の間に、黒魔法で5年1組のみんなを助けましょう。」と問題を出され、あわててチョコがとなえた黒魔法は？ みんなは助かるの？ 黒魔女流・移動教室のはじまりはじまり～！ 小学中級から。

『マジカル少女レイナ 魔女のクッキング』 石崎洋司作、栗原一実画 岩崎書店 2006.5 174p 18cm （フォア文庫） 560円 ①4-265-06371-3

内容 テレビの人気番組「小学生鉄人シェフ」に、幸小学校からチームをだすことになりました。まず学校内の予選会です。レイナのクラスでは、レイナ、美貴、はるか、さやか、そして拓馬の五人でチームをつくりました。ところが、拓馬はクラス一のきらわれものです。なにか悪いことがおこるような気がして、レイナは不安でなりません。ファン待望のシリーズ第三弾！ 小学校中・高学年向。

『黒魔女さんが通る!! part3 ライバルあらわる!?の巻』 石崎洋司作 講談社 2006.4 225p 18cm （講談社青い鳥文庫 217-9） 580円 ①4-06-148722-1 〈絵：藤田香〉

内容 第一小学校5年1組の選抜チームがテレビ番組「魔女っこクラブ」に出演することに！ ヒートアップするメグや、クラスメイトたちに、チョコはついていけない。ところがそこにはギュービッドもおどろく、あ

石津ちひろ

る人物が待ちうけていた…!? 大人気のマジカルコメディー第3弾は、厄ばらいあり、テレビあり、温泉ありと盛りだくさん。おもしろすぎです！　小学中級から。

『黒魔女さんが通る!!　part2　チョコ、空を飛ぶの巻』　石崎洋司作，藤田香絵　講談社　2005.12　218p　18cm　（講談社青い鳥文庫）580円　①4-06-148708-6
内容　まちがってインストラクター黒魔女、ギュービッドを呼びだしてしまったチョコ。きょうもむりやり、黒魔女の修行中です。ごぞんじ、おしゃれで、おばかで、自己チュウのメグや、学級委員の舞ちゃん、エロエースに、読者が考えた最強（凶？）の新キャラクターたちも加わって、5年1組はますます大混乱。チョコの魔法でなんとかなるのでしょうか？　大好評のマジカルコメディー第2弾です！　小学中級から。

『黒魔女さんが通る!!―チョコ，デビューするの巻』　石崎洋司作　講談社　2005.9　217p　18cm　（講談社青い鳥文庫217-7）580円　①4-06-148701-9〈絵：藤田香〉
内容　魔法マニアのチョコは、まちがって呼びだした黒魔女、ギュービッドの指導（しごき？）のもと、ただいま黒魔女修行中！　おしゃれでおばかな自己チュウのメグや、学級委員の一路舞ちゃん、松岡先生、エロエースたちがひきおこす大騒動を、魔法で解決（拡大？）しちゃいます。「おもしろい話が読みたい！」（青龍編）で大人気のマジカルコメディー、いよいよスタート！　小学中級から。

『マジカル少女レイナ　呪いのファッション』　石崎洋司作，栗原一実画　岩崎書店　2005.9　174p　18cm　（フォア文庫）560円　①4-265-06364-0
内容　クラスでのファッションショーをめぐる白魔法と黒魔法の戦いです。レイナたちがくふうをこらして作りあげた、はなやかでかわいいファッションを楽しんでね。

『救世主の誕生』　石崎洋司作，緒方剛志絵　講談社　2005.5　251p　18cm　（講談社青い鳥文庫217-6―カードゲームクロニクル　3）620円　①4-06-148686-1
内容　お祭りの日、最後のデュエルは突然にはじまった！　哲也は、かけがえのない仲間をカードにして闘うこのデュエルから逃げられない。究極の『力』を持つ者だけが、人類を救済することができるという帝王の言葉どおり、哲也は『力』の王子となってしまうのか!?　カードゲームクロニクル・シリーズ完結編。小学上級から。

『あやつり人形の教室』　石崎洋司作，緒方剛志絵　講談社　2005.3　249p　18cm　（講談社青い鳥文庫―カードゲームクロニクル　2）620円　①4-06-148680-2
内容　つぐみ野中学への体験入学の前日、ボーイフレンドの哲也が消えた！　「聞いてもらいたいことがある。」という言葉を残して…。哲也の行方を必死でさがすミレイに、残された手がかりはたった1枚のカードだけ。哲也の『力』をつけねらう帝王のくつ音が近づくなか、ミレイは哲也を助けだすことができるのか！　カードゲームクロニクル、第2弾。小学上級から。

『タロットガール未来の事件簿』　石崎洋司作，篠原しまうま画　ジャイブ　2005.3　175p　18cm　（カラフル文庫）760円　①4-86176-102-6
内容　おしゃれな店と昔の商店街が同居する街、麻布十番。そこで生まれ育った未来、純也、良太は熱い友情で結ばれている。ひょんなことから純也が主演する映画に出演することになった未来と良太。ところが、ロケ現場で殺人事件に遭遇する…。タロット占いが得意な未来は、事件を解決することができるのか。

『マジカル少女レイナ　謎のオーディション』　石崎洋司作，栗原一実画　岩崎書店　2005.3　174p　18cm　（フォア文庫 B298）560円　①4-265-06360-8
内容　新キャラクター登場！　書き下ろしシリーズ第一弾。第1話は、歌手デビューのためのオーディションをめぐる戦いです。わるい魔法をつかう黒魔術に、レイナの白魔術がいどみます。しかしレイナには、ある弱点があって…。

石津　ちひろ
いしず・ちひろ
《1953～》

『ほんとうのじぶん』　石津ちひろ詩，加藤久仁生絵　理論社　2014.5　87p　19cm　1300円　①978-4-652-20054-4
内容　空、海、友だち、家族、そして孤独…みんなかけがえのないもの。三越左千夫少年詩賞受賞の石津ちひろ×『つみきのいえ』の加藤久仁生。

『はるかちゃんとかなたくんのしりとりさんぽ』　石津ちひろ作，田代知子絵　くもん出版　2012.10　92p　22cm　（ことばって、たのしいな！）1200円

①978-4-7743-2115-8
[内容] さんぽとしりとりが大すきなふたごのきょうだい、はるかちゃんとかなたくん。ふたりはいったい、どんなさんぽやしりとりを楽しんでいるのでしょうか？　こっそり、のぞいてみることにいたしましょう。さあ、ワクワクドキドキするふしぎなさんぽがはじまります。小学校低学年から。

石田　衣良
いしだ・いら
《1960～》

『ぼくとひかりと園庭で』　石田衣良著
徳間書店　2005.11　77p　20cm　952円　①4-19-862088-1〈カバー・本文銅版画：長野順子〉
[内容] 六歳の女の子と男の子が出会う一夜の試練。恋の不思議さと、避けられない世界の残酷さに、二人は…。恋の試練と、十二年後の奇跡。

伊集院　静
いじゅういん・しずか
《1950～》

『スコアブック　6　プレーボール！』　伊集院静著，ちばてつや画　講談社　2010.12　272p　19cm　1000円　①978-4-06-216677-5
[内容] オーシャンズのはじめての試合が、ついに始まった。対戦相手は湘南最強チーム、レイダーズ。とても相手にならないと思われたが、周囲の予想に反して、ゲームは意外な展開に！　両チームの意地をかけた真剣勝負、勝利の女神はどちらに微笑むのか―。

『スコアブック　5　チームの誇り』　伊集院静著，ちばてつや画　講談社　2010.8　251p　19cm　1000円　①978-4-06-216457-3
[内容] ミサキのチーム作りをサポートしてきたロッドが、湘南の海で帰らぬ人となった。ロッドからチームの監督を託されたミックは、親友の想いを胸に、猛特訓を開始する。オーシャンズの初戦の相手は、湘南最強チーム、レイダーズに決まった―。

『スコアブック　4　誓いの渚』　伊集院静著，ちばてつや画　講談社　2010.4　239p　19cm　1000円　①978-4-06-216189-3
[内容] ひとつの夢にむかって、ナインは新たな誓いを立てる。涙と笑いがあふれる新感覚野球小説。サムライジャパン野球文学賞ベストナイン（優秀賞）。

『スコアブック　3　湘南オーシャンズ』　伊集院静著，ちばてつや画　講談社　2010.1　246p　19cm　1000円　①978-4-06-215998-2
[内容] 本格的なチームづくりを急ぐミサキは、夏休みのある日、剣道着に下駄を履いた少年に出逢う。大きな相手に果敢に立ち向かう、その剣士の名はムサシ！　さらに天才ゲーマーの双生児兄弟、コウヘイ＆シュウヘイが現れて―！　話題沸騰の大型シリーズ、第3巻。

『スコアブック　2　ツムジ風の中の対決』　伊集院静著，ちばてつや画　講談社　2009.10　254p　19cm　1000円　①978-4-06-215817-6
[内容] 最強のチームづくりに乗りだしたミサキの前に、ちいさな男の子が現れた。ユウというその子の兄は、かつてジュンと戦ったことのあるスラッガーのケン！　ユウのチーム入りをかけて、ジュンとケンの真剣勝負がはじまった！　「子供が読んでも、大人が読んでも面白い」と大反響！　大型シリーズ第2弾は、新メンバーをかけた男同士の戦いが繰り広げられる―。

『スコアブック　1　ミサキの夢』　伊集院静著，ちばてつや画　講談社　2009.7　267p　19cm　1000円　①978-4-06-269420-9
[内容] 真新しいスコアブックを抱いて、空を見上げる少女の夢は、最強の野球チームをつくること。湘南を舞台に少女とナインたちの成長を生き生きと描く長編シリーズ第1巻。

泉　啓子
いずみ・けいこ
《1948～》

『ずっと空を見ていた』　泉啓子作，丹地陽子絵　あかね書房　2013.9　284p　21cm　（スプラッシュ・ストーリーズ　15）　1400円　①978-4-251-04415-0
[内容] おとうさんはいないけど、やさしい家族と、おさななじみにかこまれて、しあわせに暮らしていた理央。そのおだやかな世界が今、バラバラにこわれようとしている。大切な心のきずなをとりもどすため、理央

が信じ、願う未来は―?

『夕焼けカプセル』 泉啓子作 童心社 2012.3 299p 20cm 1400円 ⓘ978-4-494-01959-5 〈装画:丹地陽子〉
  [内容] 沙良の見つけた初めての恋。『レッスン1』、演劇部の仲間と別れて、自分の居場所をさがした美月は…。『風速1万メートル』、高校受験を前に、詩織の世界が大きく揺れる。『たくさんのお月さま』。新しい季節に向かって歩きだす三人の少女のアンソロジー。

『晴れた朝それとも雨の夜』 泉啓子作 童心社 2009.4 237p 20cm 1400円 ⓘ978-4-494-01944-1
  [内容] あの時、なんで追いかけたりしたんだろう? あやまらなきゃって、ずっと思ってた。今なら、素直にいえそうな、そんな気がしたから…。三人の少女のかけがえのない季節をつづるアンソロジー。

『夏のとびら』 泉啓子作 あかね書房 2006.10 253p 21cm (あかね・ブックライブラリー 13) 1400円 ⓘ4-251-04193-3 〈絵:丹地陽子〉
  [内容] 親友とミニバスの試合の話をしながら、けやき並木を歩く。そんな毎日が、ある日突然変わってしまうなんて―。兄が警察につかまったことをきっかけに、麻也の生活は一変する。バラバラの家族、親友との亀裂、ミニバスへの想いに引き裂かれる麻也。傷つき、なやみながらも、麻也が最後につかんだものは…!? 家族って、兄妹って、友だちって―。揺れ動く麻也の心の軌跡。

『青空のポケット』 泉啓子作 新日本出版社 2006.4 190p 22cm (緑の文学館 3) 1600円 ⓘ4-406-03258-4 〈絵:関口シュン〉
  [内容] 感動の卒業式から3か月。中学生になったレン・ツバサ・ユキノたちにあらたな試練が―。小学校高学年向。

礒 みゆき
いそ・みゆき
《1959〜》

『わたしのひよこ』 礒みゆき文、ささめやゆき絵 ポプラ社 2013.5 149p 21cm (ポプラ物語館 48) 1000円 ⓘ978-4-591-13466-5
  [内容] わたし、ひな子。小学校4年生。「どうでもいい人」なんてクラスメートにいわれちゃって、ちょっとまいってる。でもね、わたしにはぴーころがいるから。ずっといっしょだから。なにがあったって、だいじょうぶ! …だと思う…。ともだちの作り方と続け方。

『みてても、いい?』 礒みゆき作、はたこうしろう絵 ポプラ社 2010.12 77p 21cm (ポプラちいさなおはなし 41) 900円 ⓘ978-4-591-12199-3
  [内容] 「このごろさ、おれをじーっとみているやつがいるんだよな。へんなやつ! おれは、ひとりでかっこよくたのしくやってるんだからさ。だれかがそばにいるなんて、あー、じゃまくさい!」なーんていっているきつねくんですが…。

『ゴリラのウーゴひとりでおつかい』 礒みゆき作、つちだよしはる絵 ポプラ社 2009.9 77p 21cm (ポプラちいさなおはなし 30) 900円 ⓘ978-4-591-11131-4
  [内容] きいて、きいて! ぼくね、これから、はじめてのおつかいにいくんだよ。しかもたったひとりでさ! すごいでしょ! かっこいいでしょ! ぼく、きっと、なんでもひとりでできちゃうんだよ。

『もも&ピーマンのなぞの算数ゆうかい事件!』 いそみゆき作、おかべりか絵 ポプラ社 1999.10 86p 22cm (だいすきbooks 8) 900円 ⓘ4-591-06180-9

『もも&ピーマンのきょうからヒミツの名探偵!』 いそみゆき作、おかべりか絵 ポプラ社 1999.1 95p 22cm (だいすきbooks 4) 900円 ⓘ4-591-05892-1
  [内容] 祐天寺もも、10歳。ある日、とつぜん、犬のことばがわかるようになっちゃった。ひとりと1ぴき、ヒミツの探偵団。

『チョロくんはどきどき一年生!』 礒みゆきさく・え PHP研究所 1994.2 62p 23cm (PHPどうわのポケット) 1200円 ⓘ4-569-58874-3
  [内容] さるのチョロくんは、このはるから一年生。ひとりで山をこえて、小学校までいけるかな? おかあさんは、しんぱいです。小学1・2年むき。

『ふしぎなコンコンコン』 礒みゆき作・絵 岩崎書店 1993.5 69p 22cm (おはなしの森 25) 880円 ⓘ4-265-02325-8
  [内容] 「おまえ、コンコンコンは、まずいよ。ばれたらどうすんのさ」。ぼうしをかぶり、マスクをして、びょういんへのみちをいそ

いでいたら、おんなじかっこうをした、きつねによびとめられちゃった。ぼくがきつねだって？　5〜8歳向。

板橋　雅弘
いたばし・まさひろ
《1959〜》

『フシギ病院』　板橋雅弘作，おざわよしひさ絵　岩崎書店　2009.3　178p　19cm（〔YA！フロンティア〕）900円　①978-4-265-07217-0

内容　クローン男を探しに、シニキタ病院へ向かうマサタケ。病院は閉鎖されていたが、あやしげな院長がマサタケを病院へと誘う。すべてのフシギがつながり、ついにあの都市伝説の謎があかされる。フシギワールド、驚愕の最終章。

『スクール・バッグいっぱいの運命』　板橋雅弘著　講談社　2009.2　246p　19cm（YA！ ENTERTAINMENT）950円　①978-4-06-269410-0

内容　小学高学年の時にクラスメートであり、相性の悪いトンマとエッチ子が、高校の入学式で数年ぶりに鉢合わせをする。その入学式の最中に、"眠れる美女"ことヒメコがトンマのほうに倒れ込み、"王子様"こと松平欧次が手を差し伸べてきた…。その4人組に不思議な事件が次々とふりかかってきて…。

『フシギ症候群』　板橋雅弘作，おざわよしひさ絵　岩崎書店　2007.12　174p　19cm　900円　①978-4-265-07209-5

内容　正体不明のフシギ現象が、再び八人のクラスメイトをおそう。クローン男、人面石、異界行きのバス…、複雑にからみあうフシギワールド。前作『フシギ伝染』に続く、シリーズ第2弾の連作短編集。

『フシギ伝染』　板橋雅弘作　岩崎書店　2007.6　148p　19cm　900円　①978-4-265-07202-6〈絵：おざわよしひさ〉

内容　ユミコ、ショウイチ、イチロウ、ナオミ、アキヒロ、タモツ、シノ、マサタケ。八人のクラスメイトは、連鎖するように不思議な出来事に遭遇していく。日常生活のとなりにある超常現象を描いた連作短編集。

『ウラナリ、さよなら』　板橋雅弘著，玉越博幸画　講談社　2007.4　268p　19cm（YA！ ENTERTAINMENT）950円　①978-4-06-269380-6

内容　身も心も、すぐそばにいるとやっと実感できる、と思えてきた二人。強がりなサクラが、ハヤブサに甘えてきた。しかし、二人には残酷な運命が、待ち受けていた。ウラナリ、大好き、ありがとう。そして、さよなら、ウラナリ。感動の最終巻。

『ウラナリは泣かない』　板橋雅弘著，玉越博幸画　講談社　2006.10　261p　19cm（YA！ ENTERTAINMENT）950円　①4-06-269372-0

内容　ハンドボール部で、頭角を現し、恋にも命を懸け、当然、競争相手も増えてきた。そんなモン、蹴散らせ、蹴散らせ！　やっと、ハヤブサも男になった。全てに勝負を賭けろ！　「ウラナリ」シリーズもいよいよ終盤。ハヤブサとサクラの仲も急進展。

『ウラナリと春休みのしっぽ』　板橋雅弘著，玉越博幸画　講談社　2006.5　261p　19cm（YA！ ENTERTAINMENT）950円　①4-06-269365-8

内容　長野の中学校時代のサクラは、大人しくて自分のカラに閉じこもっていた暗〜い奴だった。そんな自分と訣別すべく、東京の高校を受験する。そして、めでたく合格する。楽しい都会の生活が待っていたはずがほろ苦い高校生活が始まった。

『ウラナリ、北へ』　板橋雅弘著，玉越博幸画　講談社　2005.10　248p　19cm（YA！ ENTERTAINMENT）950円　①4-06-269360-7

内容　ハヤブサの母親とサクラの父親が再婚。サクラは、母親と新しい父親と弟と長野の茅野市に住む。ハヤブサは父親とうまくいかず、サクラを尋ねて家出をするが、彼の知らない「サクラ」がいた。一中3のサクラとハヤブサには、北風がいつもより堪える秋です。累計2000万部の人気漫画「BOYS BE…」の原作・漫画家コンビが描く、ほろ苦い青春小説、第2弾。

『ウラナリ』　板橋雅弘著，玉越博幸画　講談社　2005.7　284p　19cm（YA！ ENTERTAINMENT）950円　①4-06-269356-9

内容　176センチの52キロ。「アンガールズ」みたいなハヤブサが、中三になってから、ハンドボール部に入るという。実にマイナーでキモい奴だ。そんなハヤブサを、「ウラナリ！」といってガンを飛ばす女が現れた。彼女が、サクラだった。

市川　朔久子
いちかわ・さくこ
《1967～》

『紙コップのオリオン』　市川朔久子著
講談社　2013.8　253p　20cm　1400円
①978-4-06-218452-6
[内容]　中学2年生の橘論里は、実母と継父、妹の有里と暮らしている。ある日、学校から帰ると、母親が書き置きを残していなくなっていた。一方、学校では、轟元気と河上大和、そして水原白とともに、創立20周年記念行事の実行委員をやることに。記念行事はキャンドルナイト。校庭に描くことになった冬の星座に思いをはせながら、論里は自分と、自分をとりまく人たちのことを考えはじめる。『よるの美容院』で講談社児童文学新人賞受賞待望の第2作！

『よるの美容院』　市川朔久子著　講談社
2012.5　229p　20cm　1300円　①978-4-06-217686-6
[内容]　月曜日の夜、「ひるま美容院」の暗い店内に、あまいシャンプーの香りが立ちのぼる。まゆ子の髪を、ナオコ先生は指をすべらせるように、やさしく洗い流していく。シャンプーのやわらかな指先に、心を閉ざしていたまゆ子の心がふっくらとやさしくほどかれていく。言葉を失った少女の再生をていねいな筆致で描く、新しい児童文学の誕生。第52回講談社児童文学新人賞受賞作。

市川　宣子
いちかわ・のぶこ
《1960～》

『どんぐりカプセル―11月のおはなし』
市川宣子作，松成真理子絵　講談社
2013.9　74p　22cm　（おはなし12か月）　1000円　①978-4-06-218495-3
[内容]　どんぐりには、ひみつがあるんだよ。それはね…。野間児童文芸賞受賞作家の最新作。

『あまやどり』　市川宣子作，陣崎草子絵
文研出版　2012.7　70p　22cm　（わくわくえどうわ）　1200円　①978-4-580-82158-3
[内容]　おかあさん、あたし、こまっちゃったんだよ。ようくん、ゴンタなんだもん。ちっともいうこときかないし、雨がふっているのに、どこかにいっちゃったの。でもね、ふしぎなことがあったんだよ。あのね…。小学1年生以上。

『きのうの夜、おとうさんがおそく帰った、そのわけは…』　市川宣子作，はたこうしろう絵　ひさかたチャイルド
2010.3　109p　22cm　1300円　①978-4-89325-736-9
[内容]　あっくんのおとうさんは、なかなか帰ってこない日があります。そんな夜、おとうさんはどこでなにをしているのでしょう？　おとうさんが息子に語る、四季折々の不思議な不思議な夜の物語。

『青い風』　市川宣子さく，狩野富貴子え
佼成出版社　2008.11　63p　21cm
（おはなしドロップシリーズ）　1100円
①978-4-333-02357-8
[内容]　ねえ、おかあさん。あたしが生まれたときのおはなしをして―。さっちゃんの胸の奥にある"青い風"のお話。小学1年生から。

『山田守くんはたぬきです』　市川宣子作，飯野和好絵　小学館　2008.10　47p
24cm　1200円　①978-4-09-726360-9
[内容]　たぬきが化けた守くんと、2年4組のみんなや動物たちとのわくわく、不思議な毎日。「小学生」のたぬきのおもしろジンワリ物語。

『ケイゾウさんは四月がきらいです。』　市川宣子さく　福音館書店　2006.4
127p　24cm　（福音館創作童話シリーズ）　1300円　①4-8340-2198-X　〈画：さとうあや〉
[内容]　ケイゾウさんは、にわとりです。うさぎのみみこがやってきてから、幼稚園に住むケイゾウさんの暮らしは一変しました…。月刊雑誌「母の友」掲載時から人気沸騰の主人公ふたり。あなたのごひいきは、ケイゾウさん？　それとも、みみこちゃん？　読んであげるなら5才から、じぶんで読むなら小学校中級～おとなまで。

『ありんこ方式』　市川宣子作，高畠那生絵　フレーベル館　2005.9　92p　20cm
1000円　①4-577-03124-8

『おばけのおーちゃん』　市川宣子さく，さとうあやえ　福音館書店　2002.5
122p　21cm　1200円　①4-8340-1844-X

市川　洋介
いちかわ・ようすけ

『恐竜がいた夏』　市川洋介著，藤井高志絵　札幌　日本児童文学者協会北海道支部　2011.8　157p　21cm　（北海道児童文学シリーズ 16）1000円　①978-4-904991-15-2

『アンモナイトの森で―少女チヨとヒグマの物語』　市川洋介作，水野ぷりん絵　学研教育出版　2010.7　143p　20cm　（ティーンズ文学館）1200円　①978-4-05-203250-9〈発売：学研マーケティング〉
[内容]　いったい、これはなんだ？一十二歳のチヨは首をかしげました。まるで巨大なカタツムリのような石が、チヨのまわりにいくつもころがっていたのです。そのときのチヨはまだ知りませんでした。それが、一億年前に生きたアンモナイトの化石であり、そしてそれが、世界的な大発見であるとは。そこは、だれもふみこんだことのない、危険なヒグマたちの森であった。第18回小川未明文学賞大賞受賞作品。小学校中学年から。

伊藤　クミコ
いとう・くみこ

『おしゃれ怪盗クリスタル　〔4〕　魂のピアス』　伊藤クミコ作，美麻りん絵　講談社　2014.3　233p　18cm　（講談社青い鳥文庫 292-5）650円　①978-4-06-285416-0
[内容]　「怪盗クリスタル」の相棒にふさわしくなりたい！　ユキは、クリスタルのライバル・アリシアのもとで、過酷な修業に取り組む。しかしその修業内容は、想像をはるかに超えたハードなものだった！　一方、今回クリスタルがねらうのは、伝説の「魂のピアス」。しかしそのお宝を奪う予告状を出したのは、クリスタルではなく、相棒の「怪盗スノー」!?　小学中級から。

『おしゃれ怪盗クリスタル　〔3〕　シンデレラの靴』　伊藤クミコ作，美麻りん絵　講談社　2013.11　249p　18cm　（講談社青い鳥文庫 292-4）650円　①978-4-06-285392-7
[内容]　新人モデルの藍ちゃんの初撮影に、つきそいで行くことになったユキ。スタジオでの撮影は初めて見るものばかりで、ドキドキの連続！　一方、怪盗クリスタルが今回ねらっている伝説の「シンデレラの靴」は、強力なライバルもいて、さすがのクリスタルも簡単には手に入れることができないようで…。クリスタルの相棒ユキ、今回も大活躍!?　小学中級から。

『おしゃれ怪盗クリスタル　〔2〕　コーディネートバトル！』　伊藤クミコ作，美麻りん絵　講談社　2013.5　208p　18cm　（講談社青い鳥文庫 292-3）620円　①978-4-06-285354-5
[内容]　世間を騒がせている変幻自在で魅力的な「怪盗クリスタル」。おとなしくて地味な存在のユキが、なぜか怪盗クリスタルの専属のスタイリスト兼相棒の「怪盗スノー」になっちゃった！　新生活はさっそく大波乱!?　ある日、おしゃれ好きなユキにとっては夢のようなファッションイベント「ピコ★ポチコレクション」にいけることに！　その会場には、「怪盗クリスタル」も予告状を出していて…。小学中級から。

『おしゃれ怪盗クリスタル―魅惑のマフラー』　伊藤クミコ作，美麻りん絵　講談社　2012.11　247p　18cm　（講談社青い鳥文庫 292-2）640円　①978-4-06-285319-4
[内容]　学校ではおとなしくて目立たない存在のユキ。じつはおしゃれが大好きで、ひそかにスタイリストを目指しています。そんなユキの前に、いま世間を騒がせている「怪盗クリスタル」が現れた！　美しく変幻自在の怪盗に出会って、ユキのおしゃれ心は爆発！　「クリスタル」の正体とは!?　女の子の大好きなものをたくさんつめこんだ、おしゃれいっぱい本格ミステリー！　小学中級から。

『ハラヒレフラガール！』　伊藤クミコ作，美麻りん絵　講談社　2011.8　236p　18cm　（講談社青い鳥文庫 292-1）620円　①978-4-06-285239-5
[内容]　ぐーたらなお気楽少女・南は、「いちばんラクそうな習い事」という理由で「フラ」を始めます。見た目のゆーったり感とはちがい、ハードな練習に早くもやめたくなりますが、いじわるパワー全開のライバル律子に対抗するため、同じくダメダメな仲間と、発表会めざしてがんばることに!!　ヘタレ女子代表の南は、素敵なフラガールになれるのか!?　小学中級から。

いとう　ひろし
《1957～》

『ぼくたちけっこうすごいかも―くわくわ

いとうみく

『とかぶかぶのおはなし』 いとうひろし作 徳間書店 2014.6 〔96p〕 22cm 1400円 ①978-4-19-863818-4

[内容] くわくわは、くわがたの子どもです。かぶかぶは、かぶとむしの子どもです。にひきは、だいのなかよしです。きょうも、いっしょにあそぶやくそくをしていました。ところが、おたがいの家にむかって歩いていると、くわくわは、おそろしいすずめばちたいしょうに、かぶかぶは、いじわるなとかげおやぶんに、出会ってしまい…？ なかよしのくわがたとかぶとむしの、のびのびと楽しい森のお話。

『クグノビックリバコ』 いとうひろし作 偕成社 2014.3 109p 22cm 1000円 ①978-4-03-528450-5

[内容] 「道にまよって約5分」ちょっとかわった博物館クグノタカラバコからプレゼントが届きました。砂漠で魚つりができる？ モジクイムシが大発生！ カゲアヤツリってなに？ ゆかいでしみじみ、心にひびくふしぎな物語。小学校高学年から。

『おさるのかわ』 いとうひろし作・絵 講談社 2011.7 85p 22cm （どうわがいっぱい 82） 1100円 ①978-4-06-198182-9

[内容] きみのめのまえのコップのみずも、むかし、おさるのかわをながれていたみずが、せかいをぐるぐるまわって、ここにやってきたのかもしれません。小学1年生から。

『ふたりでおかいもの』 いとうひろしさく 徳間書店 2010.2 1冊（ページ付なし） 22cm 1300円 ①978-4-19-862900-7

[内容] あたしは、世界一のおねえちゃん。なのに、おとうとは、いたずらずきの悪魔なの。今日は、おたしひとりで、おかいものをしてから、おばあちゃんちに行って、おいしいケーキのつくりかたをならうことになっていたのに、おとうとが「おねーたんをまもるのれす」なんていって、くっついてきちゃったから、たいへんなことに…？ 人気作家が描く楽しいきょうだいのお話。「ふたりでまいご」、「ふたりでおるすばん」の姉妹編。小学校低・中学年～。

『すごいぞプンナちゃん ぼうけんダ・ダーンのひみつのまき』 いとうひろし作 理論社 2009.11 64p 22cm 1100円 ①978-4-652-00917-8

[内容] たいくつな日よう日コリンくんによびだされプンナちゃんはつまらない度胸だめし。しかも、おまけは「ぼうけんダ・ダーンに入れてやる」ですって？ じょうだんじゃないわよ！ プンナちゃんは今日も へっちゃら。

『クグノタカラバコ』 いとうひろし作 偕成社 2009.7 109p 22cm 1000円 ①978-4-03-528380-5

[内容] 迷子にならないとみつからないクグノタカラバコってなんだろう？ ふしぎな冒険のお話がはじまるよ。小学校中学年から。

『すごいぞプンナちゃん あっちこっちでへびさがしのまき』 いとうひろし作 理論社 2009.7 64p 22cm 1100円 ①978-4-652-00916-1

[内容] まちにまった日よう日プンナちゃんは、パンナちゃんとたのしいピクニック。ところがコリンくんのおまけつき。さてさてどんな日よう日になるんだろう？ 元気なプンナちゃんの話がいっぱい。

『すごいぞプンナちゃん へそをまげてもピクニックのまき』 いとうひろし作 理論社 2009.3 64p 22cm 1100円 ①978-4-652-00915-4

[内容] よく晴れた日よう日プンナちゃんは、おべんとうをもって友だちとピクニックにいくことにしました。たのしい日よう日になるはずが…プンナちゃん、だいじょうぶ？ 元気なプンナちゃんの話がはじまるよ。

『ふたりでおるすばん』 いとうひろしさく 徳間書店 2007.11 1冊（ページ付なし） 22cm 1300円 ①978-4-19-862450-7

[内容] あたしは世界一のおねえちゃん。なのに、おとうとは、うるさくてきたなくて、ほんとにいやになる…と思っていたが、おとうとふたりで、おるすばんをすることになってしまった。「これからは、ふたりきりで生きていくのよ」なんて、おとうとをおどかしているうちは楽しかっただけど…？ 人気作家が描く楽しいきょうだいのお話。「ふたりでまいご」の姉妹編。小学校低・中学年～。

いとう　みく

『5年2組横山雷太、児童会長に立候補します！』 いとうみく作，鈴木びんこ絵 そうえん社 2014.2 237p 20cm （ホップステップキッズ！ 23） 1100円 ①978-4-88264-532-0

[内容] 「きみに児童会長になってほしい」オレたちのやってる「なんでも屋」にとんでもない依頼がまいこんだ！

『かあちゃん取扱説明書』 いとうみく作, 佐藤真紀子絵　童心社　2013.5　151p　22cm　1200円　①978-4-494-02033-1

内容 「かあちゃんは、ほめるときげんがよくなるんだ。とにかくほめること。パソコンもビデオも、あつかい方をまちがえると、動かないだろ」―そうか、あつかい方だ！　かあちゃんのあつかい方をマスターしたら、おこづかいだって、おやつだって、ゲームだって、ぼくの思い通りになるかもしれない。

『おねえちゃんって、もうたいへん！』 いとうみく作, つじむらあゆこ絵　岩崎書店　2012.6　79p　22cm　（おはなしトントン　36）　1000円　①978-4-265-06714-5

内容 おかあさんは、もう、あたしだけのおかあさんじゃない。はんぶんこになっちゃった。はんぶんこのおかあさんなんて、だいきらい。おねえちゃんになったココの小さな成長物語。小学校1・2年生むけ。

『糸子の体重計』 いとうみく作, 佐藤真紀子絵　童心社　2012.4　255p　20cm　1400円　①978-4-494-01956-4

内容 おいしいものを食べると、むくむくって元気になる。幸せ！　って思える。それで、明日はきっと、いいことがあるって、そう信じることができるんだ。

伊藤　充子
いとう・みちこ

《1962～》

『アヤカシ薬局閉店セール』 伊藤充子作, いづのかじ絵　偕成社　2010.11　150p　22cm　（偕成社おはなしポケット）　1000円　①978-4-03-501110-1

内容 さくらさんの薬局はお客がすくないのがなやみのたね。いっそ閉店してしまおうと、このまえ買ったまねきねこに相談するとなんと、このねこがうごきだしました。しかも、ねこのまいてくれた閉店セールのチラシをみて、ふしぎなお客がつぎつぎにおとずれるようになります。小学校3・4年生。

『てんぐのそばや―本日開店』 伊藤充子作, 横山三七子絵　偕成社　2005.5　149p　22cm　（偕成社おはなしポケット）　1000円　①4-03-501070-7

内容 おそばがだいすきなてんぐがいました。おそばがすきですきで、てんぐはそのうち自分でそばを打つようになりました。「そばうちてんぐ」とよばれ、はじめは山神さまや山のなかまにごちそうしていましたが、それではものたりません。てんぐはすこし「じまんや」でもあったのです。もっとたくさんの人に自分の打ったおいしいそばを食べてもらいたくて、とうとうなみ木通りでそばやをはじめることになりました。ひとりで読むなら3年生から。

『クリーニングやさんのふしぎなカレンダー』 伊藤充子作, 関口シュン絵　偕成社　2000.7　116p　22cm　（偕成社おはなしポケット）　1000円　①4-03-501020-0

内容 並み木クリーニング店にきた、8人のへんなお客。セーターの洗い方をねっしんにきく、ひつじくん、一年ぶりにあずけたワンピースをとりにきておいて、もんくをいう、むすめさん。くまさんは、大きなみどりのカーテンを背おってきて、いそいであらってほしいといいます。クリーニングやさんは、一年じゅう大いそがしです。

伊藤　遊
いとう・ゆう

《1959～》

『えんの松原』 伊藤遊作, 太田大八画　福音館書店　2014.1　406p　17cm　（福音館文庫　S-70）　800円　①978-4-8340-8044-5　〈2001年刊の再刊〉

『狛犬の佐助　迷子の巻』 伊藤遊作, 岡本順画　ポプラ社　2013.2　186p　19cm　（ノベルズ・エクスプレス　19）　1300円　①978-4-591-13225-8

内容 明野神社の狛犬には、彫った石工の魂が宿っていた。狛犬の「あ」には親方、「うん」には弟子の佐助の魂が。二匹は神社を見張りながら、しょっちゅう話をしていた―百五十年まえの石工の魂を宿した狛犬たちと現代の人々が織りなすファンタジー。

『鬼の橋』 伊藤遊作, 太田大八画　福音館書店　2012.9　343p　17cm　（福音館文庫　S-63）　750円　①978-4-8340-2739-6　〈1998年刊の再刊〉

内容 平安時代の京都。妹を亡くし失意の日々を送る少年篁は、ある日妹が落ちた古井戸から冥界の入り口へと迷い込む。そこではすでに死んだはずの征夷大将軍坂上田村麻呂が、いまだあの世の橋を渡れないまま、鬼から都を護っていた。第三回児童文学ファンタジー大賞受賞作、待望の文庫化。小学校上級以上。

井上　雅彦
いのうえ・まさひこ
《1960～》

『夜の欧羅巴』　井上雅彦著　講談社　2011.3　387p　19cm　（Mystery land）　2400円　①978-4-06-270587-5

内容　宮島レイ、12歳。母親は有名な吸血鬼画家、ミラルカ。ふたりきりの生活だけれど、仲良く幸せに暮らしていた。ところが、ミラルカは彼の前から忽然と姿を消してしまった…。そんなある日、3人の刑事が彼女の消息を尋ねにやってくる。とある殺人現場に、彼女の絵の切れ端が落ちていたという。なんと、国際的な陰謀に捲きこまれたかも知れない！　母さんはヨーロッパに？　助け出せるのはぼくだけだ！　ところが、レイに残されたのは、たった一冊の幻の画集。鍵を握るのは、不思議な少女。異国への旅に踏み切るレイを、追ってくるのは国際警察？　それとも闇の異形たち？　妖しくも美しい国から国へ、スリルとホラーとサスペンスの冒険がはじまる…。

イノウエ　ミホコ

『男子★弁当部―オレらの青空おむすび大作戦！』　イノウエミホコ作、東野さとる絵　ポプラ社　2012.2　149p　21cm　（ポプラ物語館 39）　1000円　①978-4-591-12734-6

内容　米どころ、新潟のひろい田んぼで、田植えの手伝いをさせてもらうことになった男子弁当部。はじめての田んぼ。そして、はじめての遠征に、大はりきりで、いざ出発。かんたんレシピつき。

『男子★弁当部―オレらの初恋!?　ロールサンド弁当!!』　イノウエミホコ作、東野さとる絵　ポプラ社　2011.8　148p　21cm　（ポプラ物語館 37）　1000円　①978-4-591-12536-6

内容　好きな女の子のために、お弁当をつくる！　そんなこと、考えたこともなかった男子弁当部の三人。けれど、人気モデルのリヒトとの出会いがきっかけで…。はじめての恋が、動きだす。

『男子★弁当部―弁当バトル！　野菜で勝負だ!!』　イノウエミホコ作、東野さとる絵　ポプラ社　2011.3　130p　21cm　（ポプラ物語館 35）　1000円　①978-4-591-12382-9

内容　弁当部に、強力なライバル出現！　同級生のそいつは、なんと野菜の達人!?　夏休み初日、ソラたち三人は、そいつの畑へ、自転車を走らせた―。

井上　よう子
いのうえ・ようこ
《1956～》

『どこかいきのバス』　井上よう子作、くすはら順子絵　文研出版　2013.8　70p　22cm　（わくわくえどうわ）　1200円　①978-4-580-82190-3

内容　おかあさんとけんかをしてうちをとびだしたぼくのまえに、「どこか」いきのバスがあらわれた。このバス、なんだかへんだぞ。のりこんで、いきたいばしょを言ってみると、たちまち、バスのかたちがかわって…。小学校1年生以上。

『ゆうれいばあちゃんのねがい』　井上よう子作、宮本忠夫絵　文研出版　2008.9　79p　22cm　（わくわくえどうわ）　1200円　①978-4-580-82040-1

内容　だいすきなばあちゃんが、ゆうれいになってでてきた！　うらんでるのかな、それとも…？　もとはといえば、ゆうきがいいたいことをなかなかいえなかったせいです。そこでゆうきがどうがんばったかは、よんでからのおたのしみ。小学1年生以上。

井上　林子
いのうえ・りんこ
《1977～》

『ラブ・ウール100%』　井上林子作、のだよしこ絵　フレーベル館　2013.11　224p　20cm　（文学の森）　1300円　①978-4-577-04113-0

内容　ぐうぜん図書室で手にとった、ラブラブだらけの編み物の本にみちびかれて、あたしは、魔法使いのようなモヘア先生と、十二ひきのねこたち、そして、みんなに出会う―一歩ふみだす勇気がもらえる物語。

『3人のパパとぼくたちの夏』　井上林子著、宮尾和孝絵　講談社　2013.7　196p　20cm　（講談社文学の扉）　1300円　①978-4-06-218421-2

内容 ぼくは亀谷めぐる。小学6年生。おとうさんとふたり暮らしだから、料理もそうじも洗濯もよくできる。ほとんど「シュフ」だ。でも、おとうさんがあまりにも家事をやらなすぎて、もうげんかい！ 夏休みがはじまったので、ぼくは家出することに決めた。家出した先で出会った、さな・ひなというう小さな女の子たち。その家に行くと、なぜかパパがふたりもいて…。

『宇宙のはてから宝物』 井上林子作，こみねゆら絵　文研出版　2010.12　159p　22cm　（文研じゅべにーる）　1300円　①978-4-580-82106-4

内容 あたし、日野あかり。六年生。好きなものは、いちごキャンディーと、ゾウのぬいぐるみのスージーと、由宇。由宇はあたしのことを宇宙一わかってくれる男の子。あたしの家に南極のペンギンがいることも、あたしがハメハメハ大王のお城にすみにいったことも、ちゃんとわかってくれるの。小学生最後の冬、あたしと由宇は、宇宙でいちばん大切な宝物を見つけに行く—。

今井　恭子
いまい・きょうこ
《1949〜》

『ブサ犬クーキーは幸運のお守り？』 今井恭子作，岡本順絵　文渓堂　2014.7　133P　22cm　1300円　①978-4-7999-0089-5

内容 キャリア・ウーマンのケイコさんと毎日たのしくくらしていた犬のクーキー。ところがある日、ケイコさんが行方不明に！そして、あずけられた先は、とんでもないダメ男のところ!?　これから、いったい、どうなるの？　ブサかわ犬クーキーが、皮肉＆ユーモアたっぷりの語りで「ほんとうの幸せ」を教えます！

『切り株ものがたり』 今井恭子作，吉本宗画　福音館書店　2013.5　156p　21cm　（〔福音館創作童話シリーズ〕）　1200円　①978-4-8340-8004-9

内容 山中の小高い草地にある、年をへた大きな切り株—それは、さすらいの生活を送る山の民と、里の人々をわずかにつなぐ交流の場でした。そこにひっそりと置かれ、山の少女の手にわたった古びた松人形。代わりにもたらされたのは、小さな竹笛でした。そしてある日人形は、燃えさかる炎のみにこまれてしまいます！…。思いがけない運命の転回。少年のひたむきな想いは、ふたたび少女に届くのでしょうか？　小学校中級から。

『ぼくのプールサイド』 今井恭子作，小松良佳絵　学研教育出版　2012.7　167p　20cm　（ティーンズ文学館）　1200円　①978-4-05-203603-3　〈発売：学研マーケティング〉

内容 5年生の健は水が苦手で、プールの時間も見学ばかり。なぜそんなに水がこわいのか、健は自分でもよくわからなかったが、忘れかけていた記憶が少しずつよみがえってきて…。

『前奏曲は、荒れもよう』 今井恭子作，西巻茅子画　福音館書店　2009.4　153p　21cm　（〔福音館創作童話シリーズ〕）　1200円　①978-4-8340-2441-8

内容 絵里子は陶芸家のママとふたり暮らし。大好きな絵を描いたり、おばあちゃんちの犬と遊んだりして、マイペースの毎日を送っていた。ところが、ママに再婚したい相手が現れて以来、すっかり調子がくるってしまう。むしゃくしゃしてある日、プチ家出を決行した絵里子は、ひょんなことから不思議なおじいさんと男の子のコンビに出会い、そこから思いもかけない展開に巻きこまれていく—。

『アンドロメダの犬』 今井恭子作　毎日新聞社　2006.7　125p　22cm　1300円　①4-620-20017-4　〈絵：石倉欣二〉

内容 パパが病気で死んでしまい、おばあちゃんのいなかに引っこしてきた良平は、新しい学校にもなじめず、すっかり元気をなくしていました。そんな良平の前に、ある日、人間の言葉を話す不思議な犬があらわれました。なんでも、250万光年かなたの宇宙からやってきたというのですが…。小学校中学年から。

『歩きだす夏』 今井恭子作，岡本順絵　学習研究社　2004.6　159p　22cm　（学研の新・創作シリーズ）　1200円　①4-05-202184-3

内容 とうとう夏休みがきた。わたしは、パパのいる北海道へと飛んだ。ところが—空港に出むかえていたのは、パパだけではなかった。パパによりそうようにして、若い女の人が立っていたのだ。「うそっ、うそでしょ！」わたしの小学校最後の夏休みは、最悪のスタートを切ることになった。第12回・小川未明文学賞大賞受賞作品。小学校中学年から。

『ミツバチ、ともだち』 今井恭子作，土田義晴絵　ポプラ社　2002.6　47p　20×16cm　800円　①4-591-07277-0

内容 花を追ってたびをしながらミツバチを育てている両親のもとで、菜々ちゃんは来

年、一年生になります。たぶんさいごのたびとなる菜々ちゃんに、かなしいできごとがしらされます。いのちの尊さをやさしくえがく物語。山田養蜂場主催第3回ミツバチの童話・絵本コンクール最優秀童話賞受賞作品。

```
┌─────────────────────────┐
│       今村　葦子         │
│      いまむら・あしこ     │
│       《1947〜》         │
└─────────────────────────┘
```

『こぎつねボック』　いまむらあしこ作，鎌田暢子絵　文研出版　2013.6　78p　22cm　（わくわくえどうわ）　1200円
①978-4-580-82198-9
内容 ぼくだって、おてつだいは、ちゃんとできるよ！ でも、とうさんも、かあさんも、おねえちゃんも、だめだっていうんだ。ぼく、でていく。こんないえ、ぼく、でていくよ！ こぎつねボックのはじめてのいえでは、なみだとゆうきとぼうけんのたびです。小学1年生以上。

『ひとりたりない』　今村葦子作，堀川理万子絵　理論社　2009.7　156p　21cm　（おはなしルネッサンス）　1300円
①978-4-652-01316-8
内容 あの夏、私はおばあちゃんにS・O・Sをだした。とうさんにもかあさんにもいわないで。生きるために家族の意味を問い直す。小学校中・高学年から。

『くんくまくんとおやすみなさい』　いまむらあしこ作，きくちきょうこ絵　あすなろ書房　2006.2　63p　22cm　（こぐまのちいさなおはなし 4）　1000円
①4-7515-1901-8
内容 くんくまくんは、うまれてさいしょに「くん、くん！」とないたので、「くんくまくん」というなまえになった、おにいちゃんです。きゅんまちゃんは、うまれてさいしょに「きゅん、きゅん！」とないた、かわいい、くんくまくんのいもうとです。いつでも、ふたりは、なんだかとってもたのしそう！ おさない子どものこころによりそう小さなおはなし3つ。

```
┌─────────────────────────┐
│       上田　千尋         │
│      うえだ・ちひろ       │
└─────────────────────────┘
```

『ユウレイ探偵事件簿〔2〕　盗まれたオリオン座』　上田千尋作，雨絵　集英社　2012.5　190p　18cm　（集英社みらい文庫 う-1-2）　620円　①978-4-08-321092-1
内容 「私は星を愛する怪盗です。予告通り、星をいただきました」私、玉石あかり。職業は…小学生探偵。突然現れた超美形のユウレイ公爵のせいで、探偵にさせられてしまったの(涙)。そんな中、事件が発生。冬の大三角という3つの星が怪盗の手で消されちゃった。謎解きが何よりも大好きな公爵に振り回され、怪盗と勝負することに。こうなったら、ユウレイ探偵、捜査開始よ。小学中級から。

『消えた人形の謎―ユウレイ探偵事件簿』　上田千尋作，雨絵　集英社　2011.8　189p　18cm　（集英社みらい文庫 う-1-1）　580円　①978-4-08-321037-2
内容 「君はこれから、私とともに世界の謎を解き明かすのだ」私、玉石あかり。ふつうの小学六年生…のはずだった。超美形で超頭イイくせに、超イジワルなユウレイ公爵が現れるまでは…！ 彼の華麗なる笑顔と罠にはめられ、私の幸せな毎日はメチャクチャ！ 小学生探偵として、公爵と一緒に謎を追いかけるはめになってしまった！ 次々と起きる難事件、本当に解決できるの!? 小学中級から。

```
┌─────────────────────────┐
│       上野　哲也         │
│      うえの・てつや       │
│       《1954〜》         │
└─────────────────────────┘
```

『ニライカナイの空で』　上野哲也作　講談社　2006.5　343p　18cm　（講談社青い鳥文庫 257-1）　720円　①4-06-148732-9　〈絵：橘春香〉
内容 少年は見たこともない子どもたちと出会い、見たこともない青い海を見た！ 主人公・立花新一はただひとり東京をはなれ、父の友人、野上源一郎の家に身をよせる。はじめはおそろしく感じた炭坑町での暮らしが、しだいに主人公の心のかたちをかえてゆく…。とびきりの名作が青い鳥文庫に登場です。第16回坪田譲治文学賞受賞作！ 小学上級から。

```
┌─────────────────────────┐
│       上橋　菜穂子       │
│      うえはし・なほこ     │
│       《1962〜》         │
└─────────────────────────┘
```

『炎路を行く者―守り人作品集』　上橋菜

穂子作，佐竹美保，二木真希子絵　偕成社　2012.2　285p　22cm　（偕成社ワンダーランド 38）　1500円　①978-4-03-540380-7

内容　『蒼路の旅人』でチャグムをさらったタルシュの鷹アラユタン・ヒュウゴ。ヒュウゴはなぜ、自分の祖国を滅ぼした男に仕えることになったのか。そして、バルサは、過酷な日々の中で、思春期をどう乗りこえていったのか。題名のみ知られていた幻の作品「炎路の旅人」と、バルサの少女時代の断片「十五の我には」が収められた、「守り人」読者待望の作品集。

『獣の奏者　8』　上橋菜穂子作，武本糸会絵　講談社　2011.10　279p　18cm　（講談社青い鳥文庫 273-8）　670円　①978-4-06-285249-4

内容　はるか東方の隊商都市群の領有権をめぐって、騎馬の民ラーザとの戦いは激しさを増していく。エリンは、息子ジェシと過ごす時間を大切に思いながらも、王獣たちの訓練を続けるのだった。王獣が天に舞い、闘蛇が地をおおい、"災い"がついにその正体を現すとき、物語はおおいなる結末をむかえる。大長編ファンタジーシリーズ堂々の完結巻。小学上級から。

『獣の奏者　7』　上橋菜穂子作，武本糸会絵　講談社　2011.8　219p　18cm　（講談社青い鳥文庫 273-7）　600円　①978-4-06-285223-4

内容　エリンは、王獣保護場で、ジェシとのかけがえのない時間を過ごしながら、王獣の生態を探究し、王獣部隊を育成するための訓練をくりかえしていた。王獣たちを解きはなち、家族とおだやかにくらしたいと願う、エリンの思いはかなうのか。巻末には、上橋菜穂子氏とブックコメンテーター・松田哲夫氏の対談"後編"を収録。小学上級から。

『獣の奏者　6』　上橋菜穂子作，武本糸会絵　講談社　2011.6　237p　18cm　（講談社青い鳥文庫 273-6）　620円　①978-4-06-285219-7

内容　最古の闘蛇村に連綿と伝えられてきた遠き民の血筋、リョザ神王国の王祖ジェと闘蛇との思いがけないつながり、そして、母ソヨンの死に秘められていた強い思い…。みずからも母となったとき、すべてを知ったエリンは、母とはべつの道を歩みはじめるのだった。巻末には、上橋菜穂子氏とブックコメンテーター・松田哲夫氏の対談を収録。小学上級から。

『流れ行く者―守り人短編集』　上橋菜穂子作，二木真希子絵　偕成社　2011.6　287p　19cm　（軽装版偕成社ポッシュ）

900円　①978-4-03-750130-3

内容　父を王に殺された少女バルサ。親友の娘バルサを助けるために職も名誉も捨てた男ジグロ。用心棒稼業に身をやつし、ジグロはバルサを連れ、追手をかわし、流れあるく。―『精霊の守り人』で女用心棒バルサが登場して以来、『天と地の守り人』まで「守り人シリーズ」は全10巻の壮大なファンタジーシリーズとなった。『流れ行く者』はその番外編といえる連作短編集。

『獣の奏者　5』　上橋菜穂子作，武本糸会絵　講談社　2011.4　333p　18cm　（講談社青い鳥文庫 273-5）　720円　①978-4-06-285210-4

内容　"降臨の野"での奇跡から11年後―。ある闘蛇村で突然"牙"の大量死がおこり、エリンはその原因をつきとめるよう命じられる。母との遠い記憶をたどりながら、"牙"の死の真相を探るうちに、エリンは、知られざる闘蛇の生態、そして歴史の闇に埋もれていた驚くべき事実に行きあたるのだった。母となったエリンの新しい旅が始まる！小学上級から。

『獣の奏者　外伝　刹那』　上橋菜穂子著　講談社　2010.9　331p　20cm　1500円　①978-4-06-216439-9

内容　王国の行く末を左右しかねない、政治的な運命を背負っていたエリンは、苛酷な日々を、ひとりの女性として、また、ひとりの母親として、いかに生きていたのか。時の過ぎ行く速さ、人生の儚さを知る大人たちの恋情、そして、一日一日を惜しむように暮らしていた彼女らの日々の体温が伝わってくる物語集。

『獣の奏者　4（完結編）』　上橋菜穂子著　講談社　2009.8　426p　20cm　1600円　①978-4-06-215633-2

内容　王獣たちを武器に変えるために、ひたすら訓練をくり返すエリン。一けっしてすまいと思っていたすべてを、エリンは自らの意志で行っていく。はるか東方の隊商都市群の領有権をめぐって、激化していくラーザとの戦いの中で、王獣たちを解き放ち、夫と息子と穏やかに暮らしたいと願う、エリンの思いは叶うのか。王獣が天に舞い、闘蛇が地をおおい、"災い"が、ついにその正体を現すとき、物語は大いなる結末を迎える。

『獣の奏者　3（探求編）』　上橋菜穂子著　講談社　2009.8　484p　20cm　1600円　①978-4-06-215632-5

内容　あの"降臨の野"での奇跡から十一年後―。ある闘蛇村で突然"牙"の大量死が起こる。大公にその原因を探るよう命じられたエリンは、"牙"の死の真相を探るうちに、歴史の闇に埋もれていた、驚くべき事実に行きあたる。最古の闘蛇村に連綿と伝えら

上橋菜穂子

れてきた、遠ы民の血筋。王祖ジェと闘蛇との思いがけぬつながり。そして、母ソヨンの死に秘められていた思い。自らも母となったエリンは、すべてを知ったとき、母とは別の道を歩みはじめる…。

『獣の奏者 4』 上橋菜穂子作，武本糸会絵 講談社 2009.5 189p 18cm （講談社青い鳥文庫 273-4） 580円
①978-4-06-285092-6
内容 王獣を操る術を見つけてしまったエリンに、いつの頃からか、その力を政治的に利用しようとする陰謀の手がしのびよる。闘蛇を操ることを大罪だといって世を去った母の言葉の真意は？　そして、人と獣との間にかけられた橋が導く絶望と希望とは？けっして人に馴れない、また馴らしてはいけない獣とともに生きる、エリンの物語、いよいよ最終巻！　小学上級から。

『獣の奏者 3』 上橋菜穂子作，武本糸会絵 講談社 2009.3 285p 18cm （講談社青い鳥文庫 273-3） 670円
①978-4-06-285076-6
内容 傷ついた王獣の子・リランを救おうとしていたエリンは、ある夜、堅琴の夢を見る。ついに、リランと心を通わせたエリンを待ち受けていたのは、苛酷な運命だった。王獣を操る術を見つけてしまったエリンは、王国の命運をかけた争いに巻きこまれていく。傑作ファンタジー第3弾。巻末には、上橋菜穂子氏と石崎洋司氏の豪華作家対談（後編）を収録。小学上級から。

『天と地の守り人 第3部』 上橋菜穂子作，二木真希子絵 偕成社 2009.2 391p 19cm （偕成社ポッシュ 軽装版） 900円 ①978-4-03-750110-5
内容 戦乱と、異界ナユグの変化にさらされる新ヨゴ皇国。帰還したバルサ、そしてチャグムを待っていたものとは…。壮大な物語の最終章『天と地の守り人』三部作、ここに完結。

『獣の奏者 2』 上橋菜穂子作，武本糸会絵 講談社 2009.1 189p 18cm （講談社青い鳥文庫 273-2） 580円
①978-4-06-285069-8
内容 母を失った少女・エリンは、蜂飼いのジョウンに助けられ、ますます生き物に心をひかれる日々を送っていた。いつしかエリンは、王獣の医術師になりたいという思いを強く抱くようになる。14歳になったエリンは、カザルム王獣保護場の入舎ノ試しを受けることに。傑作ファンタジー第2弾。巻末には、上橋菜穂子氏と石崎洋司氏の作家対談を収録。小学上級から。

『天と地の守り人 第2部』 上橋菜穂子作，二木真希子絵 偕成社 2008.12 325p 19cm （偕成社ポッシュ 軽装版） 900円 ①978-4-03-750100-6
内容 国々の存亡をかけ、チャグムとバルサはカンバル王国へむかうしかし、カルバル王の側近には、タルシュ帝国に内通している者がいた！　壮大な物語の最終章『天と地の守り人』三部作の第二部。

『獣の奏者 1』 上橋菜穂子作，武本糸会絵 講談社 2008.11 189p 18cm （講談社青い鳥文庫 273-1） 580円
①978-4-06-285056-8
内容 10歳の少女・エリンは、母親との二人暮らし。母のソヨンは、凶暴な生き物である「闘蛇」の世話をしているが、ある日、その「闘蛇」が、いっせいに死んでしまう。その罪に問われて捕らえられるソヨン。けっして人に馴れない、また馴らしてはいけない獣とともに生きる運命をせおった、エリンの壮大な物語。大型ファンタジー、堂々の幕開け！

『天と地の守り人 第1部』 上橋菜穂子作，二木真希子絵 偕成社 2008.10 365p 19cm （偕成社ポッシュ 軽装版） 900円 ①978-4-03-750090-0
内容 行方不明の新ヨゴ皇国皇太子チャグム。チャグムを追ってひとりロタ王国へむかう女用心棒バルサ。壮大な物語の最終章『天と地の守り人』三部作の第一部。

『蒼路の旅人』 上橋菜穂子作，佐竹美保絵 偕成社 2008.7 389p 19cm （偕成社ポッシュ 軽装版） 900円
①978-4-03-750080-1
内容 タルシュ帝国がせまり、不安がたかまる新ヨゴ皇国。皇太子チャグムは罠と知りながら、隣国の救援にむかう。海を越え、チャグムのはるかな旅がはじまる。

『流れ行く者―守り人短編集』 上橋菜穂子作，二木真希子絵 偕成社 2008.4 275p 22cm （偕成社ワンダーランド 36） 1500円 ①978-4-03-540360-9
内容 父を王に殺された少女バルサ。親友の娘を助けるためにすべてを捨てたジグロ。ふたりは追手をのがれ、流れあるく。二度ともどらぬ故郷を背に。守り人シリーズ「番外編」にあたる短編集。

『神の守り人 下（帰還編）』 上橋菜穂子作，二木真希子絵 偕成社 2008.2 331p 19cm （偕成社ポッシュ 軽装版） 900円 ①978-4-03-750070-2
内容 ロタ王家に仕える隠密シハナの罠には

まったバルサ。一方、みずからのふるう"力"を恐れつつも、アスラの心は残酷な神へ近づいていく。待ちうける運命から、バルサたちはアスラを救えるか？ 小学館児童出版文化賞受賞。『精霊の守り人』からさらに広がる世界・守り人シリーズ、軽装版第六弾。

『神の守り人 上(来訪編)』 上橋菜穂子作，二木真希子絵 偕成社 2008.2 299p 19cm (偕成社ポッシュ 軽装版) 900円 ①978-4-03-750060-3

内容 女用心棒バルサが人買いから助けたのは、美少女アスラ。ロタ王国をゆるがす"力"を秘めたアスラをめぐり、王家の隠密カシャルたちが動きだす。せまりくる追手から、アスラを連れバルサは逃げる。小学館児童出版文化賞受賞。『精霊の守り人』からさらに広がる世界・守り人シリーズ、軽装版第五弾。

『虚空の旅人』 上橋菜穂子作，佐竹美保絵 偕成社 2007.9 388p 19cm (偕成社ポッシュ 軽装版) 900円 ①978-4-03-750050-4

内容 海にのぞむ隣国サンガルに招かれた新ヨゴ皇国、皇太子チャグム。しかし、異界からの使いといわれる"ナユーグル・ライタの目"があらわれ、王宮は不安と、やがて恐怖につつまれる。海へと消える運命の者を救うため、呪いと陰謀のなかをチャグムは奔走する。『精霊の守り人』からさらに広がる世界、守り人シリーズ4作目。

『夢の守り人』 上橋菜穂子作，二木真希子絵 偕成社 2007.7 333p 19cm (偕成社ポッシュ 軽装版) 900円 ①978-4-03-750040-5

内容 今、明かされる大呪術師トロガイの過去と"花"の夢。人の夢を必要とする異界の"花"が開花のときをむかえた。夢にとらわれた者を救おうとして、逆に魂を奪われ人鬼と化したタンダを女用心棒バルサはとりもどすことができるのか。路傍の石文学賞、巌谷小波文芸賞受賞。

『天と地の守り人 第3部』 上橋菜穂子作，二木真希子絵 偕成社 2007.3 364p 22cm (偕成社ワンダーランド 34) 1500円 ①978-4-03-540340-1

内容 バルサとチャグムはこの物語の発端となったチャグムの祖国、新ヨゴ皇国へむかう。新ヨゴ皇国は南のタルシュ帝国に攻めこまれ、一方、ナユグの四季も変化の時をむかえていた…『天と地の守り人』三部作ここに完結。

『天と地の守り人 第2部』 上橋菜穂子作，二木真希子絵 偕成社 2007.2 308p 22cm (偕成社ワンダーランド 33) 1500円 ①978-4-03-540330-2

内容 本書は、バルサの生まれ故郷カンバル王国が舞台。「カンバル王がロタ王国との同盟をむすぶかどうかに北の大陸の存亡がかかっている」このことに気づいたチャグムとバルサはカンバル王国へとむかう。しかし、カンバル王の側近には南のタルシュ帝国に内通している者がいた。あやうし、バルサ。チャグムは北の大陸をまとめることができるのか。

『天と地の守り人 第1部』 上橋菜穂子作，二木真希子絵 偕成社 2006.12 348p 22cm (偕成社ワンダーランド 32) 1500円 ①4-03-540320-2

内容 天と地の守り人「第1部」はロタ王国が舞台。行方不明の新ヨゴ皇国皇太子チャグムを救出すべくバルサは一人ロタ王国へとむかう…『天と地の守り人』三部作の第一巻。

『獣の奏者 2(王獣編)』 上橋菜穂子作 講談社 2006.11 414p 20cm 1600円 ①4-06-213701-1

内容 傷ついた王獣の子、リランを救いたい一心で、王獣を操る術を見つけてしまったエリンに、学舎の人々は驚愕する。しかし、王獣は「けっして馴らしてはいけない獣」であった。その理由を、エリンはやがて、身をもって知ることになる…。王国の命運をかけた争いに巻きこまれていくエリン。一人と獣との間にかけられた橋が導く、絶望と希望とは？ 著者渾身の長編ファンタジー。

『獣の奏者 1(闘蛇編)』 上橋菜穂子作 講談社 2006.11 319p 20cm 1500円 ①4-06-213700-3

内容 獣ノ医術師の母と暮らす少女、エリン。ある日、戦闘用の獣である闘蛇が何頭も一度に死に、その責任を問われた母は処刑されてしまう。孤児となったエリンは蜂飼いのジョウンに助けられて暮らすうちに、山中で天を翔ける王獣と出合う。その姿に魅了され、王獣の医術師になろうと決心するエリンだったが、そのことが、やがて、王国の運命を左右する立場にエリンを立たせることに…。

『精霊の守り人』 上橋菜穂子作，二木真希子絵 偕成社 2006.11 349p 19cm (偕成社ポッシュ 軽装版) 900円 ①4-03-750020-5

内容 女ながら、腕のたつ用心棒である、バルサは、新ヨゴ皇国の皇子チャグムの命をすくうだが、このチャグム皇子は、ふしぎな運命を背負わされていた"精霊の守り人"となったチャグム皇子を追って、ふたつの影が動きはじめバルサの目にみえぬ追手から命が

けでチャグムを守る…野間児童文芸新人賞。産経児童出版文化賞。路傍の石文学賞受賞。

『闇の守り人』 上橋菜穂子作, 二木真希子絵　偕成社　2006.11　369p　19cm　（偕成社ポッシュ　軽装版）　900円　①4-03-750030-2

内容 女用心棒バルサが生まれ故郷のカンバル王国にもどった。その昔、地位も名誉も捨て自分を助けてくれた養父ジグロの汚名をそそぐために。日本児童文学者協会賞。路傍の石文学賞受賞。

『蒼路の旅人』 上橋菜穂子作, 佐竹美保絵　偕成社　2005.5　365p　22cm　（偕成社ワンダーランド　31）　1500円　①4-03-540310-5

内容 新ヨゴ皇国皇太子のチャグムは罠と知りながら、祖父トーサと共に新ヨゴの港を出港する。この船出がチャグムの人生を大きく変えていく…罠におちひとり囚われの身となるチャグム。愛する人との別れそしてあらたなる出会い…。

魚住　直子
うおずみ・なおこ
《1966～》

『クマのあたりまえ』 魚住直子著, 植田真絵　ポプラ社　2011.8　133p　20cm　（Teens' best selections 30）　1300円　①978-4-591-12539-7

内容 死んだように生きるのは意味がないんだと思ったんだ。「生きること」と真摯にむきあう動物たちの七つの物語。

『大盛りワックス虫ボトル』 魚住直子著　講談社　2011.3　204p　19cm　（YA！ENTERTAINMENT）　950円　①978-4-06-269440-7

内容 無気力で存在感の薄い江藤公平。ある日、目の前に突然現れた小さな虫みたいな生き物は公平に、「ひとを1000回笑わせろ」と命令する。いったいなぜ？　それまで接点のなかった中2男子3人は、それぞれの理由から、トリオを組んで文化祭のお笑いステージに挑む。

『園芸少年』 魚住直子著　講談社　2009.8　156p　20cm　1300円　①978-4-06-215664-6

内容 高校生活をそつなく過ごそうとする、篠崎。態度ばかりでかい、大和田。段ボール箱をかぶって登校する、庄司。空に凛と芽を伸ばす植物の生長と不器用な少年たちの姿が重なり合う、高１男子・春から秋の物語。

『Two trains』 魚住直子作, あずみ虫絵　学習研究社　2007.6　158p　22cm　（学研の新・創作シリーズ）　1200円　①978-4-05-202759-8

内容 ほんの一瞬だけ並行して走る、二つの電車。それぞれの胸に、違う痛みをかかえて生きる、ひなたと美咲。そんな二人の、忘れられない出会いを描いた表題作「Two Trains—とぅーとれいんず」ほか四作。女の子の日常の、ゆれる心をとらえた短編集。小学校中学年から。

『バスとロケット』 魚住直子さく, 横川ジョアンナえ　佼成出版社　2006.3　63p　21cm　（おはなしドロップシリーズ）　1100円　①4-333-02199-5

内容 学校になんかいきたくないよ。家になんかいたくないよ。ようちえんにもどりたい子どもと、会社にもどりたいおとなのはなし。小学1年生から。

内田　麟太郎
うちだ・りんたろう
《1941～》

『まぜごはん』 内田麟太郎詩, 長野ヒデ子絵　鎌倉　銀の鈴社　2014.5　89p　21cm　（ジュニアポエムシリーズ）　1200円　①978-4-87786-237-4

『ぶたのぶたじろうさん　11　ぶたのぶたじろうさんは、ゆめではないかとうたがいました。』 内田麟太郎文, スズキコージ絵　クレヨンハウス　2013.9　76p　22cm　950円　①978-4-86101-259-4

『もしかしてぼくは』 内田麟太郎作, 早川純子絵　鈴木出版　2013.7　60p　22cm　（おはなしのくに）　1100円　①978-4-7902-3272-8

内容 ぼく、ヘビのにょろ。とくいなもの、うた。こわいもの、あいつ！　にょろくんのうんめいは…？　5才～小学生向き。

『ゴリラでたまご』 内田麟太郎作, 日隈みさき絵　WAVE出版　2013.3　78p　22cm　（ともだちがいるよ！　3）　1100円　①978-4-87290-932-6

内容 ライオンのおじいさんが, さかみちの

内田麟太郎

『ねこの手かします―かいとうゼロのまき』 内田麟太郎作, 川端理絵絵 文研出版 2013.2 78p 22cm (わくわくえどうわ) 1200円 ①978-4-580-82173-6
内容 かいとうゼロにぬすまれた、ピカソのめいが「なく女」。けいしそうかんはしょちょうをどなります。「おまえは、くびだ!」めいがはぶじにもどってくるかな。ごぞんじクロの、ねこの手が大かつやくです。小学1年生以上。

『なまえをかえましょ! まほうのはさみ』 内田麟太郎作, 中谷靖彦絵 くもん出版 2012.10 93p 22cm (ことばって、たのしいな!) 1200円 ①978-4-7743-2116-5
内容 「おまえにまほうのはさみをあげてもよい。おまけのまほうもつけてな」「まほうの…、はさみ?」「そうだ。ことばをチョキンと切るはさみだ。切られたことばは、そのままほんとうになる」。でもこのはさみのひみつはだれにももらしてはいけない。たとえ、おしっこをもらしてもな。小学校低学年から。

『ぶたのぶたじろうさん 10 ぶたのぶたじろうさんは、ふしぎなちずをひろいました。』 内田麟太郎文, スズキコージ絵 クレヨンハウス 2012.8 76p 22cm 950円 ①978-4-86101-231-0
内容 ビックリのおはなしが3つ。「ぶたのぶたじろうさん」シリーズ。

『ねこの手かします―たこやきやのまき』 内田麟太郎作, 川端理絵絵 文研出版 2012.6 76p 22cm (わくわくえどうわ) 1200円 ①978-4-580-82135-4
内容 カオリさんとタカシさんはお祭りの夜にたこやき屋を手伝ってくれる人を探していました。そしてトラノスケとヒメからねこの手をかりることになって…。

『しっぽとおっぽ―内田麟太郎詩集』 内田麟太郎著 岩崎書店 2012.5 103p 22cm 1200円 ①978-4-265-80207-4

『ふしぎの森のヤーヤー ブリキ男よしあわせに』 内田麟太郎作, 高畠純絵 金の星社 2011.11 94p 22cm 1100円 ①978-4-323-07188-6
内容 ぼく、ヤーヤーです。みんなは、ブリキ男ってしってる? 森のいいつたえでは、ココニハ・ナニモナイさんってよばれてるみたいなんだけど、どこかさびしそうなんだ。いまから百年前、悪魔とこわいとりひきをしちゃったんだって。

『ぶたのぶたじろうさん 9 ぶたのぶたじろうさんは、だれかにてをふりました。』 内田麟太郎文, スズキコージ絵 クレヨンハウス 2011.7 76p 22cm 950円 ①978-4-86101-192-4
内容 「だれかにてをふるって、いいきもちだねえ」だって。だれもみえなかったのに。へんなぶたのぶたじろうさん。みじかいおはなしが3つ。朝読にぴったり。

『ねこの手かします 手じなしのまき』 内田麟太郎作, 川端理絵絵 文研出版 2010.8 78p 22cm (わくわくえどうわ) 1200円 ①978-4-580-82070-8
内容 指をけがした手品師が、ねこの手やから、ねこの手をかりました。手品は無事にすることができるのか? 童話『ねこの手かします』の第2弾です。

『ぶたのぶたじろうさん 8 ぶたのぶたじろうさんは、こわいみちにまよいこみました。』 内田麟太郎文, スズキコージ絵 クレヨンハウス 2010.7 76p 22cm 950円 ①978-4-86101-175-7
内容 ぶたのぶたじろうさんって、すごいや! かなりのくいしんぼう! ときどき、どんばらになる。どんなピンチだって、かならず、きりぬける! どこからよんでも、おもしろい1さつに3つのおはなし。

『ぼくたちはなく』 内田麟太郎著, 小柏香絵 PHP研究所 2010.1 111p 22cm 1200円 ①978-4-569-78018-4
内容 涙と笑いの内田麟太郎詩集。

『ぶたのぶたじろうさん 7 ぶたのぶたじろうさんは、あらしのうみにおそわれました。』 内田麟太郎文, スズキコージ絵 クレヨンハウス 2009.7 75p 22cm 950円 ①978-4-86101-152-8
内容 「あらしよ! ぶたじろうさん! …おわりよ。あきらめましょう」。ああ、ぜったいぜつめいか!? 「ぶたのぶたじろうさん」シリーズ。

『ふしぎの森のヤーヤー なみだのひみつ』 内田麟太郎作, 高畠純絵 金の星社 2009.6 94p 22cm 1100円 ①978-4-323-07152-7

|内容| ぼく、ヤーヤーです。このあいだトムくんという男の子と友だちになりました。トムくんは、ものすごい力もちのロボットで、スーパー・コンピュータでうごくんです。でも、トムくんにはだれにもいえないひみつがあるようなのです。

『だじゃれたっぷり宇宙大作戦』 内田麟太郎作，工藤ノリコ絵　佼成出版社　2008.10　110p　22cm　（どうわのとびらシリーズ）1300円　①978-4-333-02339-4

『ぶたのぶたじろうさん　6　ぶたのぶたじろうさんは、クジラをたすけにいきました。』 内田麟太郎文，スズキコージ絵　クレヨンハウス　2008.8　76p　22cm　950円　①978-4-86101-114-6

『ねこの手かします』　内田麟太郎作，川端理絵絵　文研出版　2008.6　78p　22cm　（わくわくえどうわ）1200円　①978-4-580-82034-0

|内容| 事件を解決できない警察署長が、ねこの手やのクロというねこから、ねこの手をかりる。事件は解決できるか？　クロの恋心の行方は？

『ぶたのぶたじろうさん　5　ぶたのぶたじろうさんは、ワシにさらわれてしまいました。』 内田麟太郎文，スズキコージ絵　クレヨンハウス　2008.2　77p　22cm　950円　①978-4-86101-093-4

|内容| ぶたのぶたじろうさん、ワシにねらわれて、だいピンチ!?「なにしろ、ぼくは、まるごとぶたにくだもんね」。

『ふしぎの森のヤーヤー　思い出のたんじょう日』 内田麟太郎作，高畠純絵　金の星社　2007.10　95p　22cm　1100円　①978-4-323-07116-9

|内容| ヤーヤーはきょうもおさんぽ。とちゅう、かなしい思い出しかもってないカナシミさんと、思い出じたいをすっかりなくしたノノさんに出会います。でも、あらしの夜があけると、すがすがしい朝がおとずれて…。ヤーヤーとへんてこななかまたちがくりひろげる、どっきどきで、ぽっかぽかの物語。こころあたたまる、ふしぎの森のファンタジー。

『ぶたのぶたじろうさん　4　ぶたのぶたじろうさんは、ふしぎなふえをふきました。』 内田麟太郎文，スズキコージ絵　クレヨンハウス　2007.4　76p　22cm　950円　①978-4-86101-083-5

|内容| とんでもないやつがでたぞ！　ハナハダシイとヒゲモジャとミエナイだって。さあ、ぶたのぶたじろうさんはどうする―。

『ぶたのぶたじろうさん　3　ぶたのぶたじろうさんは、はげやまへのぼりました。』 内田麟太郎文，スズキコージ絵　クレヨンハウス　2006.11　76p　22cm　950円　①4-86101-066-7

|内容| ぶたのぶたじろうさん、ウワサになってるよ。なぞだらけで、ちょっとへん！　そこが、かっこいいんだよ！　ぶたのぶたじろうさん、またまた、とんでもなく、ゆかいなぼうけんにでかけます。

『きんじょのきんぎょ―内田麟太郎詩集』 内田麟太郎作　理論社　2006.9　140p　21cm　（詩の風景）1400円　①4-652-03854-2〈絵：長野ヒデ子〉

|内容| この本の詩は、すべて、みんながいつもつかっている「ことば」でできています。でも、内田さんが詩にすると、こんなにおもしろいものになってしまうのです…。

『ぶたのぶたじろうさん　2　ぶたのぶたじろうさんは、いどをほることにしました。』 内田麟太郎文，スズキコージ絵　クレヨンハウス　2006.4　75p　22cm　950円　①4-86101-050-0

|内容| ぶたのぶたじろうさんはとにかくかたやぶり！　スカッとします！　わらいころげます。内田麟太郎とスズキコージの超面白シリーズ。

『ぶたのぶたじろうさん　1　ぶたのぶたじろうさんは、みずうみへしゅっぱつしました。』 内田麟太郎文，スズキコージ絵　クレヨンハウス　2006.4　70p　22cm　950円　①4-86101-049-7

|内容| 姓はぶたの、名はぶたじろう。ちょっといいやつです。痛快なやつです。あなたのとなりにいませんか？　ぶたのぶたじろうさん。えっ！　もしかしてあなたが？　内田麟太郎とスズキコージの超面白シリーズ。

江国　香織
えくに・かおり
《1964～》

『いちねんせいになったあなたへ』 江国香織詩，井口真吾絵　小学館　2011.3　1冊（ページ付なし）27cm　1200円

①978-4-09-726440-8
[内容] きょうからあなたはなりものいりでいちねんせい。ようこそにぎやかなせかいへ。日本語って、こんなに面白い！　楽しい詩と絵がひとつになって、子どもも大人も楽しめる、すてきなおくりもの。

『雪だるまの雪子ちゃん』　江国香織著，山本容子銅版画　偕成社　2009.9　233p　20cm　1500円　①978-4-03-643060-4
[内容] あいらしく、りりしい野生の雪だるまの女の子雪子ちゃんの毎日には生きることのよろこびがあふれています。著者が長年あたためてきた初めての長編童話にオールカラーの銅版画を添えた宝物のような1冊。

『草之丞の話』　江国香織文，飯野和好絵　旬報社　2001.8　1冊　21cm　1300円　①4-8451-0661-2

『桃子』　江国香織文，飯野和好絵　旬報社　2000.12　1冊　21cm　1300円　①4-8451-0660-4
[内容] 大好きな人とずっといたい。孤独な二人の恋の物語。

『つめたいよるに』　江国香織作，柳生まち子画　理論社　1993.10　150p　20cm　1300円　①4-652-04219-1〈新装版〉

『綿菓子』　江国香織作，柳生まち子画　理論社　1993.10　107p　20cm　1200円　①4-652-04218-3〈新装版〉

『綿菓子』　江国香織作，柳生まちこ画　理論社　1991.2　107p　20cm　（メルヘン共和国）1200円　①4-652-07211-2
[内容] 6章のラブ・ストーリー。お姉ちゃんはお見合で結婚。ずっとボーイフレンドだった次郎くんじゃない別の人と…。

『こうばしい日々』　江国香織著，木村桂子画　あかね書房　1990.9　149p　21cm　（あかね創作文学シリーズ）980円　①4-251-06146-2
[内容] ウィルミントンの町は、アメリカで一ばん古い、そして二ばん目に小さな、デラウェア州という州にあります。秋にはたっぷりとした紅葉に埋もれ、いい匂いの風がふく、とても美しくてありふれた町です…ウィルミントンの町に秋がきて、僕は11歳になった。あまったるくなくて、こうばしくておいしいチョコレートブラウニーのような少年小説。

『つめたいよるに』　江国香織作，柳生まち子絵　理論社　1989.8　125p　22cm　（理論社のあたらしい童話）950円

①4-652-00445-1
[内容] デュークが死んで、悲しくて、悲しくて、息もできないほどだったのに、知らない男の子とお茶をのんで、プールに行って、散歩をしたり、美術館をみて、落language聴いて、私はいったい何をしているのだろう。デビュー作「桃子」、はないちもんめ童話大賞受賞作「草之丞の話」、書き下ろし新作「スイート・ラバーズ」など、江国香織の童話集。

江崎　雪子
えざき・ゆきこ
《1950〜2005》

『こねこムーの童話集―こねこムーのおくりもの』　江崎雪子作　ポプラ社　2007.7　245p　18cm　（ポプラポケット文庫008-1）570円　①978-4-591-09848-6
〈絵：永田治子〉
[内容] ひとりぼっちのこねこムーは、いなくなった黒い木馬さんをさがして、ながいながい旅にでます。旅のとちゅうでであった仲間たちから、勇気ややさしさをおしえられ、つよくなっていくムー。生きることのすばらしさをあたたかくえがく、感動の物語集。小学校中級〜。

近江屋　一朗
おうみや・いちろう

『スーパーミラクルかくれんぼ!!　〔3〕解決！　なんでもおたすけ団!!』　近江屋一朗作，黒田bb絵　集英社　2014.4　190p　18cm　（集英社みらい文庫　お-7-3）620円　①978-4-08-321206-2
[内容] 小6の凛、透明、雨音、そしてキジのキギキチは、かくれんぼ四天王。今日もかくれんぼで依頼を解決!! 逃げ出したライオンも、バスケが下手で悩んでる子も、お客さんが来ない文化祭も、怪盗に絵を狙われた美術館も、ダイエットしている女の子も、息子と生き別れたお父さんも…みんなかくれんぼで、なんとかしちゃう!? 爆笑4コマ漫画付き☆大人気かくれんぼコメディ。小学中級から。

『スーパーミラクルかくれんぼ!!　〔2〕四天王だよ！　全員集合!!』　近江屋一朗作，黒田bb絵　集英社　2013.10　187p　18cm　（集英社みらい文庫　お-7-2）600円　①978-4-08-321176-8
[内容] 小6の凛は、友だちの雨音（カワイイけ

ど無口）と、スーパーミラクルハイレベルなかくれんぼの修行中！ ある日、師匠の透明（イケメンだけどかくれんぼバカ）が、かくれんぼ四天王のお姫様に連れ去られてしまった…ってフツー逆でしょ!?凛は、持ち前の食欲とパワーを生かして（？）四天王に戦いを挑む!! 爆笑4コママンガ付き☆大人気かくれんぼコメディ、第二弾。小学中級から。

『スーパーミラクルかくれんぼ!!』 近江屋一朗作，黒田bb絵 集英社 2013.4 188p 18cm （集英社みらい文庫 お-7-1） 600円 ①978-4-08-321149-2

内容 凛は、ちょっとガサツでかなり食いしんぼな小6。おしとやかになるため茶道を習うはずが、かくれんぼに命をかける少年・透明と出会ってしまった！「君にはオニの才能がある！」と言い切る透明と、無口でかわいいクラスメイトの雨音といっしょに、かくれんぼの段位を取得していくум！ …いっしょの目的は一体どうした!? 4コママンガ付きでおくる、世界初!? かくれんぼコメディ。第1回みらい文庫大賞・優秀賞受賞作。小学中級から。

大崎 梢
おおさき・こずえ

『天才探偵Sen 7 テレビ局ハプニング・ツアー』 大崎梢作，久都りか絵 〔図書館版〕 ポプラ社 2013.4 204p 18cm （天才探偵Senシリーズ） 1100円 ①978-4-591-13361-3

『天才探偵Sen 6 迷宮水族館』 大崎梢作，久都りか絵 〔図書館版〕 ポプラ社 2012.3 226p 18cm （天才探偵Senシリーズ） 1100円 ①978-4-591-12846-6

『天才探偵Sen 7 テレビ局ハプニング・ツアー』 大崎梢作，久都りか絵 ポプラ社 2012.2 204p 18cm （ポプラポケット文庫 063-7） 620円 ①978-4-591-12745-2

内容 信太郎のペットがテレビ番組にでることになり、おともについてきた千たち。しかし、名探偵のいくところに事件あり！ 局内の事件にまきこまれて…。あかずのスタジオの謎にいどみます。小学校上級～。

『天才探偵Sen 6 迷宮水族館』 大崎梢作，久都りか絵 ポプラ社 2011.6 226p 18cm （ポプラポケット文庫 063-6） 650円 ①978-4-591-12474-1

内容 校外学習の水族館で、半魚人が現れた。しかも館内では香奈と信太郎が行方不明になり…。都市伝説か、陰謀か。不思議と謎をふくんだ場所で、天才探偵Senが明らかにした真実とは—。人気のミステリー作家がおくる唯一の児童書シリーズ。

『かがみのもり』 大崎梢著 光文社 2011.3 246p 19cm （BOOK WITH YOU） 952円 ①978-4-334-92750-9

内容 お騒がせコンビの中学生男子が持ち込んだのは、金色に輝くお宮の写真。トラブルが始まったのは、それがきっかけだった…。片野厚介は新任の中学教授。教え子の笹井と勝又が、立ち入りが禁止されている神社の裏山で、美しい奥宮をみつけたと言ってきた。その在処をめぐって接触してくる、怪しい組織と、謎の美少女中学生。降りかかるピンチの連続に、三人は、幻のお宝を守れるのか。

『天才探偵Sen 5 亡霊プリンスの秘密』 大崎梢作，久都りか絵 〔図書館版〕 ポプラ社 2011.3 214p 18cm （天才探偵Senシリーズ） 1100円 ①978-4-591-12341-6,978-4-591-91220-1

『天才探偵Sen 4 神かくしドール』 大崎梢作，久都りか絵 〔図書館版〕 ポプラ社 2011.3 217p 18cm （天才探偵Senシリーズ） 1100円 ①978-4-591-12340-9,978-4-591-91220-1

『天才探偵Sen 3 呪いだらけの礼拝堂』 大崎梢作，久都りか絵 〔図書館版〕 ポプラ社 2011.3 234p 18cm （天才探偵Senシリーズ） 1100円 ①978-4-591-12339-3,978-4-591-91220-1

『天才探偵Sen 2 オルゴール屋敷の罠』 大崎梢作，久都りか絵 〔図書館版〕 ポプラ社 2011.3 230p 18cm （天才探偵Senシリーズ） 1100円 ①978-4-591-12338-6,978-4-591-91220-1

『天才探偵Sen 1 公園七不思議』 大崎梢作，久都りか絵 〔図書館版〕 ポプラ社 2011.3 222p 18cm （天才探偵Senシリーズ） 1100円 ①978-4-591-12337-9,978-4-591-91220-1

『天才探偵Sen 5 亡霊プリンスの秘密』 大崎梢作，久都りか絵 ポプラ社 2010.9 214p 18cm （ポプラポケッ

ト文庫 063-5） 570円 ①978-4-591-12051-4

内容 千の学校では、恋のおまじないが大流行！ 同じ時におまじないに出てくる亡霊が街にも現れて…。恋と事件と、ニブ〜い千はどちらも解決できるの!? 小学校上級から。

『天才探偵Sen 4 神かくしドール』 大崎梢作，久都りか絵 ポプラ社 2009.10 217p 18cm （ポプラポケット文庫 063-4） 570円 ①978-4-591-11191-8

内容 携帯に人形の画像がとどいたら、神かくしにあうー。うわさを確かめることになった千たちが見たものとは…？ 怖い、でも真実を知りたい！ 超秀才探偵の大人気シリーズ、待望の新刊。

『天才探偵Sen 3 呪いだらけの礼拝堂』 大崎梢作，久都りか絵 ポプラ社 2009.2 234p 18cm （ポプラポケット文庫 063-3） 570円 ①978-4-591-10822-2

内容 十年に一度、名画公開の日には、悲劇が起こる一聖クロス学園の噂の日がやってきた！ あやしい魔方陣に黒魔術、不安にかられた生徒たちを名探偵の鋭い推理が突く。人気シリーズ第三巻。

『天才探偵Sen 2 オルゴール屋敷の罠』 大崎梢作，久都りか絵 ポプラ社 2008.7 230p 18cm （ポプラポケット文庫 63-2） 570円 ①978-4-591-10419-4 〈絵：久都りか〉

内容 とびきりの秀才探偵、怪奇現象に挑戦!? だれもいないはずのお屋敷で、物音と人影が一。謎をしらべるうちに、屋敷にしかけられた、大きなからくりが明らかに…！

『天才探偵Sen―公園七不思議』 大崎梢作，久都りか絵 ポプラ社 2007.11 222p 18cm （ポプラポケット文庫 63-1） 570円 ①978-4-591-09990-2

内容 テストはいつも満点。成績は学年一。診断テストでも決まってトップ。他人はぼくのことを天才という。みんなにいわれてしかたなく探偵することになったけど、ぼくが本気になったら一解けない謎はない。小学校上級〜。

大崎　悌造
おおさき・ていぞう
《1959〜》

『ようかいとりものちょう 2 大どろぼう！ ハリネズミ小僧』 大崎悌造作，ありがひとし画 岩崎書店 2014.5 87p 22cm 980円 ①978-4-265-80952-3

内容 大金持ちのお屋敷に忍び込んで大金を盗み、貧しい人の家に投げ込んでいくハリネズミの妖怪「ゼロ吉」。このゼロ吉をめぐっておこる怪事件！ ゼロ吉の正体は？ どんな妖術をつかうのか？ そして、われらがコン七は事件を解決できるのか!? コン七（主人公：九尾のキツネだけれど、まだシッポが七本）、お六（ろくろっ首の女の子）、ワ助（わらじのつくも神）、ゼロ吉（ハリネズミの妖怪）、蛇ノ助（ふだんは人間の姿、しかし、その正体は全身真っ白な大蛇）…。ほかにも、手長や赤鬼などが登場！ 今回は、お話の舞台「妖怪お江戸」もくわしく解説！ 妖怪アクション＋謎解きミステリー。

『ようかいとりものちょう 1 さらわれたのっぺらぼう』 大崎悌造作，ありがひとし画 岩崎書店 2013.10 87p 22cm 980円 ①978-4-265-80951-6

内容 いなりのコン七は、妖怪お江戸で評判の岡っ引き。何にでも化けることができるけれど、よく失敗もしてしまいます。今回のお話は、のっぺらぼうの子どもの三平がさらわれる事件。コン七は、わらじのつくも神のワ助、ろくろっ首のお六とともに、三平さがしに乗り出します。さあて、見事に解決となりますでしょうか。

大谷　美和子
おおたに・みわこ
《1944〜》

『きんいろのさかな・たち』 大谷美和子作，平沢朋子画 くもん出版 2010.6 191p 20cm （〔くもんの児童文学〕） 1300円 ①978-4-7743-1749-6

内容 マリ、あずさ、桃子、康子、美帆は、小学六年生。彼女たちは、だれもが経験する問題をかかえている。ささやかなことに、心をこめてむかいあったとき、平凡な日常のなかにたいせつなものが見えてくる。子どもと大人が共有するあたらしい児童文学。

『愛の家』 大谷美和子作，浜田洋子絵

国土社　2008.2　126p　22cm　1300円　①978-4-337-33067-2

[内容] 両親の顔を知らない愛は、何をするにも自信が持てなくて、心がゆれてばかりいる。だが、合唱団の記念公演「シンデレラ」の主役をまかされたことで、大きく変わる。新しい自分の夢にむかってあゆみ出す。

大塚　篤子
おおつか・あつこ
《1942～》

『**ともだちは、サティー！**』　大塚篤子作，タムラフキコ絵　小峰書店　2013.6　182p　20cm　（Green Books）　1400円　①978-4-338-25012-2

[内容] オレはツトム、小学5年生。夏休み、はじめての海外旅行のネパールでわくわくしてたのに、突然の宣言。「おまえは村で仕事をしてもらう。放牧や」しかも、村の少年パニとふたりきり!?　絶対にいやや！　あいつはなまいきで、言葉も通じないんやぞ！

『**おじいちゃんが、わすれても…**』　大塚篤子作，こころ美保子絵　ポプラ社　2010.12　221p　19cm　（ノベルズ・エクスプレス 10）　1300円　①978-4-591-12203-7

[内容] ねえ、おじいちゃん。わたしね、この春から、ジュニアテニスクラブにかようことになったよ。みんな上手で、毎日コートにいくのが楽しい。わたしは、おじいちゃんが教えてくれたストロークが得意だよ。こんど、ジュニア選手権大会にでるメンバーが選ばれるの。ねえ、おじいちゃん、きいてる？―少女と祖父のきずなを描いた感動の物語。高学年向け。

『**風にみた夢―11歳、ヒマラヤへの旅**』　大塚篤子作　ポプラ社　2006.12　191p　22cm　（ポプラの森 16）　1300円　①4-591-09528-2　（絵：山田花菜）

[内容] 遭難した父がいまも眠るヒマラヤのR峰。その地をめざし、太郎は旅立った。父とともにR峰にのぼったシェルパ族のパサンさんという人が、そこで太郎を待っているという。けわしい山道を踏みこえて、めざすは標高五五〇〇メートル地点。そこで太郎が出会ったものは―。

『**いるるは走る**』　大塚篤子作，石倉欣二絵　小峰書店　2005.7　143p　21cm　（文学の森）　1400円　①4-338-17413-7

『**ヌンのるすばん30日**』　大塚篤子作，古味正康絵　PHP研究所　2002.10　127p　22cm　（PHP創作シリーズ）　1100円　①4-569-68358-4

[内容] ヌンは、小学生くらいの男の子の名前。ネパールのことばで「塩」という意味です。ヌンたち兄弟は、おとうさんとおかあさんが旅の仕事にでかけるので、こどもだけで30日もすごします。小学初級から中級向け。

『**うわさの4時ねえさん**』　大塚篤子さく，うちべけいえ　PHP研究所　1998.12　77p　22cm　（とっておきのどうわ）　950円　①4-569-68087-9

[内容] あさこのクラスでは、4時ねえさんのうわさでもちきりです。赤いマントの女がこどもをさらっていくらしい。あさこはこわくてたまりません。小学1～3年生向。

『**夏電車がとおる**』　大塚篤子作，中村悦子絵　PHP研究所　1996.6　141p　22cm　（PHP創作シリーズ）　1200円　①4-569-58998-7

[内容] ひとりで持ちきれないほど悲しいことがあったなら、きっとぼくだって、少しほかの人に持ってもらいたくなるよ―不思議な少女と出会った少年。彼のひと夏の成長をさわやかに描きだす。小学上級以上。

『**幸福な仲間たち**』　大塚篤子著，はたよしこ絵　文渓堂　1993.6　221p　19cm　（ぶんけいCollection 3）　1300円　①4-938618-87-7

[内容] 中三の万希は、目下オーケストラ部で青春中。客演指揮者の発地のことがちょっぴり気になっている。ところが、その発地を狙う黒い影が現れて…。のどごしさわやかな清涼青春小説。

『**さやかさんからきた手紙**』　大塚篤子作，田中ひろみ絵　佼成出版社　1992.4　92p　22cm　（いちご文学館 15）　1010円　①4-333-01556-1

[内容] 絵をかくことが大好きな類は、今度引っ越した新しくて古い家できれいな額縁に入ったかきかけの絵をみつけた。"SAYAKA HIROSE"とサインが入っているその絵のパワーに、類はぐいぐい引っぱられていく。小学校中級以上。

『**海辺の家の秘密**』　大塚篤子作，はたよし子画　岩崎書店　1989.11　221p　22cm　（現代の創作児童文学 51）　1300円　①4-265-92851-X

[内容] 母とおとずれた古い別荘の一部屋で、たまきは奇妙なものをみつけた。壁いっぱ

いに、ぎっしり書かれた「ウ」「オ」「シ」の三文字。くぎのようなもので書かれたそれらの文字群は、たんなる落書きとも思えない。どことなく一生けんめいな気分が濃厚に伝わってくるからだ。だれが、なんのために、こんなにたくさんの文字を書いたのだろう？　文字たちはなにを語ろうとしているのか？　興味半分に調べはじめたたまきの前に、意外な真相が浮かびあがってきた！

『**逆転!! ジドターズ―少年野球チーム**』大塚篤子作，アオシマチュウジ絵　ポプラ社　1985.12　206p　22cm　（こども文学館）　880円　①4-591-02153-X

丘　修三
おか・しゅうぞう
《1941～》

『**黒ねこガジロウの優雅（ユーガ）な日々**』丘修三作，国井節絵　文渓堂　2012.11　237p　22cm　1300円　①978-4-89423-731-5

内容　人間ドタバタ…ねこのんびり？　黒ねこ視点で描く、ちょっと辛口な人間観察小説。

『**ラブレター物語**』丘修三作，ささめやゆきえ　小峰書店　2011.9　175p　20cm　（Green Books）　1400円　①978-4-338-25005-4

内容　メールではありません。レターです。手紙。気持ちを言葉にし、言葉を文にして、自分の言いたいこと、思っていることを、あいてにつたえます。人と人とのふれあいは、一通の手紙から…。

『**少年の日々**』丘修三作，かみやしん絵　偕成社　2011.3　204p　19cm　（偕成社文庫　3268）　700円　①978-4-03-652680-2

内容　クモのけんか、木の枝から川にとびこむ度胸だめし、山でのメジロとり…。昭和二十年代、ゆたかな自然のなかで、少年は毎日、友だちと遊び、働いていた。生き物の命がずっと身近だった戦後の熊本の生活が、熊本弁であざやかによみがえる連作短編4編。小学館文学賞受賞作。小学上級以上向。

『**ブンタとタロキチ**』丘修三作，ひろかわさえこ絵　文研出版　2010.9　78p　22cm　（わくわくえどうわ）　1200円　①978-4-580-82103-3

内容　キツネのブンタとタヌキのタロキチは

ともだちです。ともだちだけどけんかもします。けんかもするけどやっぱりともだち。小学1年生以上。

『**のんきな父さん**』丘修三作，長野ヒデ子絵　小峰書店　2008.11　142p　22cm　（おはなしメリーゴーラウンド）　1300円　①978-4-338-22205-1

内容　おばあさんやおじいさん、みんな子どものときがあった。おとしよりと子どもたちがつむぎだす心うつおはなし。

『**ウソがいっぱい**』丘修三作　くもん出版　2006.4　111p　18cm　1200円　①4-7743-1147-2　〈画：ささめやゆき〉

内容　リュウは、毎日、ついウソをついておこられる。お母さんだって、お父さんの大切なトロフィーの首をおって、それをごまかしたじゃないか。でも、それは良いウソだったという。それってホントかな？　サッカーを教えてくれるオカマのパブちゃんは、「自分にウソをついちゃいけない」といった。学校ではしゃべらない京子が、外ではとても明るい子だと聞いた。学校にいる京子って、ぜーんぶウソなの…。

『**みつばち**』丘修三作　くもん出版　2005.9　149p　20cm　1200円　①4-7743-1056-5　〈付属資料：1枚　画：片岡まみこ〉

内容　『ダルマ』の道夫と和男、『手紙』の研之介とヤッちゃん、『ひったくり』のぼくとこうちゃん、『みつばち』の春子と真理とミズキ。いつもと同じ毎日がやってくるはずなのに、思いがけない事件が待っていた。へいぼんな一日がすこしちがって見えてくる四編の物語。

岡田　依世子
おかだ・いよこ
《1965～》

『**怪獣イビキングをやっつけろ！**』岡田依世子作，板垣トオル絵　国土社　2014.7　127p　22cm　1300円　①978-4-337-33623-0

内容　千奈子の家には、イビキングという怪獣がすんでいる。イビキングは、パパの体をのっとろうと、毎日、大あばれしているのだ。イビキングのたくらみを知った千奈子は、イビキングをやっけようと、いろいろな作戦をたてるのだが…。

『**夏休みに、翡翠をさがした**』岡田依世子作，岡本順絵　アリス館　2014.7　267p

20cm 1400円 ①978-4-7520-0677-0
|内容| 両親や幼なじみの友だちへの複雑な思いをかかえてくらす玉江は、お金がほしいとこの哲平、同級生の信彦とともに、この地でとれる宝石・翡翠をさがすことになった。手がかりは、代々が翡翠さがしの名人だった玉江の家につたわる古文書。はたして翡翠は見つかるのか…三人の冒険が、今始まる！

『トライフル・トライアングル』 岡田依世子作，うめだゆみ絵　新日本出版社　2008.9　173p　20cm　1400円　①978-4-406-05164-4
|内容| 双子の健と愛。柔道教室に通う愛は、ビーズ織り大好きの健を、からかい半分にこう呼ぶ―「オカマ」。

『ぼくらが大人になる日まで』 岡田依世子著　講談社　2007.12　207p　20cm　1300円　①978-4-06-214452-0
|内容| 自分のために、あるいは親のために。何かをめざして、あるいは何かから逃れようとして。さまざまな理由から中学を受験するために進学塾に通う六人がめざす二月一日の受験日直前に選び取ったそれぞれの道は―。

『霧の流れる川』 岡田依世子著，荒井良二画　講談社　1998.7　183p　20cm　1400円　①4-06-209250-6　〈文献あり〉
|内容| そのころ戦争はさまざまな形で、ふつうの人たちのふつうの生活にいくつもの影を落としていた。そしてその闇は、今…。戦争中、ぼくの村でなにがあったのか？ 第37回講談社児童文学新人賞入選作。

岡田　貴久子
おかだ・きくこ
《1954～》

『だいすき！カボチャのおくりもの』 岡田貴久子作，ふじしまえみこ絵　偕成社　2013.9　101p　21cm　（バーバー・ルーナのお客さま 3）1000円　①978-4-03-516730-3
|内容| バーバー・ルーナは、どこかふしぎなとこやさん。髪を切って、お店を出るとき、なにか小さなおくりものも、きっといっしょについてきます…。小学校中学年から。

『ハサミの魔術師とホシノツカイ』 岡田貴久子作，ふじしまえみこ絵　偕成社　2013.4　99p　21cm　（バーバー・ルーナのお客さま 2）1000円　①978-4-03-516720-4
|内容| バーバー・ルーナは、どこかふしぎなとこやさん。お客さまは、いつもかならずご満足。でも、もう一度行きたいと思ってもたどりつけるかわかりません…。小学校中学年から。

『ハンバーガーはキケンなにおい!?』 岡田貴久子作，ミヤハラヨウコ絵　理論社　2012.4　175p　21cm　（宇宙スパイウサギ大作戦 パート2 2）1300円　①978-4-652-00769-3
|内容| 宇宙から来たスパイ"ウサギ"。おいしすぎるハンバーガーにはひみつのわけがある…。宇宙一きちょうできけんな「モグモグノキ」とは？ 宇宙ギャングの黒い手がせまる。

『魔法のハサミがやってきた！』 岡田貴久子作，ふじしまえみこ絵　偕成社　2012.4　98p　21cm　（バーバー・ルーナのお客さま 1）1000円　①978-4-03-516710-5
|内容| バーバー・ルーナは、どこかふしぎなとこやさん。ここしばらく、お店が開いていたことはない様子。さて、どんなお客さまがくるのでしょうか…？ 小学校中学年から。

『対決！なぞのカーディガン島』 岡田貴久子作，ミヤハラヨウコ絵　理論社　2009.6　145p　21cm　（宇宙スパイウサギ大作戦 パート2 1）1200円　①978-4-652-00764-8
|内容| 宇宙から来たスパイ"ウサギ"。北極海に異星人がしんにゅう!? まよなかのアラームにたたき起こされ、カーディガン島へ。そこは平和でのどかな島なのだが…。とんでもないE・Tがこっそり地球を救う…『ピンクのぬいぐるみのウサギ作戦』パワーアップ。

『神出鬼没！月夜にドッキリ』 岡田貴久子作，ミヤハラヨウコ絵　理論社　2007.9　145p　21cm　（宇宙スパイウサギ大作戦 4）1200円　①978-4-652-00763-1
|内容| 宇宙のかなたから時間をこえ、"ウサギ"は、ひとりで地球までやって来た。スパイ学校卒業したての"ウサギ"の任務は「かわいいぬいぐるみのウサギ」のすがたで地球人をゆだんさせ、地球「しんりゃく」のための情報を集めること―。はたして作戦どおりにいくのか…。

『油断大敵！キケンなぼうし』 岡田貴

久子作，ミヤハラヨウコ絵　理論社　2006.12　145p　21cm　（宇宙スパイウサギ大作戦　3）　1200円　①4-652-00760-4

[内容]　宇宙のかなたから時をこえ、"ウサギ"は、ひとりで地球までやって来た。スパイ学校卒業したての"ウサギ"の任務は「かわいいぬいぐるみのウサギ」のすがたで地球人をゆだんさせ、地球「しんりゃく」のための情報を集めること─。はたして作戦どおりにいくのか…？　となりの家のハルと雪だるまをつくったつぎの日、雪だるまが誘拐された一!?　だれが？　なんのために！　緊急警報発令！　作戦地域に異星人が侵入？　とんでもないE・Tがまたまた地球を救う…。

『ファラオの呪い危機一髪！』　岡田貴久子作，ミヤハラヨウコ絵　理論社　2005.7　145p　21cm　（宇宙スパイ　ウサギ大作戦　2）　1200円　①4-652-00747-7

[内容]　宇宙のかなたから時をこえ、"ウサギ"は、ひとりで地球までやって来た。スパイ学校卒業したての"ウサギ"の任務は「かわいいぬいぐるみのウサギ」のすがたで地球人をゆだんさせ、地球「しんりゃく」のための情報を集めること─。はたして作戦どおりにいくのか…。

岡田　晴恵
おかだ・はるえ
《1963～》

『ローズの希望の魔法─病気の魔女と薬の魔女』　岡田晴恵著　学研教育出版　2011.12　263p　22cm　1700円　①978-4-05-203503-6〈発売：学研マーケティング〉

[内容]　14世紀の中世ヨーロッパをおそうペストの魔女。だがローズたちは負けない。小学生から必読。ウイルス研究者岡田晴恵書き下ろし。病気の医学、薬の科学の歴史をえがく物語。

『ローズと魔法の地図─病気の魔女と薬の魔女』　岡田晴恵著　学研教育出版　2010.10　188p　22cm　1500円　①978-4-05-203354-4〈文献あり　発売：学研マーケティング〉

[内容]　ローズ、コレラの魔女と闘う。その手段は地図。現役ウイルス研究者書き下ろし。病気の医学、薬の科学の歴史をえがくファンタジー。ローズと病気の魔女たちの戦い

にハラハラドキドキしているうちに病気の原因や治療や予防のことがハッキリわかってくる。小学生から。

『ローズと魔法の薬─病気の魔女と薬の魔女』　岡田晴恵著　学研教育出版　2009.12　190p　22cm　1500円　①978-4-05-203202-8〈発売：学研マーケティング　文献あり〉

[内容]　ウイルス研究者岡田晴恵書き下ろし。病気と薬の闘いの歴史をえがく物語。

『病気の魔女と薬の魔女』　岡田晴恵著　学習研究社　2008.11　239p　22cm　1500円　①978-4-05-203074-1

[内容]　「新型インフルエンザ」とは何か、どう予防するのか、賢い行動とは何か、を知ることを知識のワクチンといいます。この知識のワクチンを、小中学生の皆さんにも楽しく打ってもらうために、私はこの本を書きました。ウイルス学者の説明では、難しく固い話になってしまいがちですから、私の友達の魔女たちにお話を語るお手伝いをしてもらうことにしたのです。この本は、ウイルス学者が書き、世界中の魔女とともに語りだす、科学ファンタジーです。

小川　英子
おがわ・ひでこ
《1950～》

『あけちゃダメ！』　小川英子作，奈知未佐子絵　新日本出版社　2012.2　101p　21cm　1400円　①978-4-406-05546-8

[内容]　冷蔵庫をあけたら、牛がいた。「ご入り用のものはなんですか」牛乳が飲みたいと答えた寛太は…。

『けむり馬に乗って─少年シェイクスピアの冒険』　小川英子著　叢文社　2010.8　293p　19cm　1500円　①978-4-7947-0634-8

[内容]　時は天正十年。少年シェイクスピアが、暗殺を逃れた女王エリザベスとともにけむり馬に乗って瞬間移動した先は、日本の戦国時代、本能寺が焼き落ちる直前…信長の導きで、襲いかかる刀より逃れたふたりの運命は？　乱世を舞台に、少女阿though年シェイクスピアの淡い恋の行方は…？　河原に燃え上がる炎を背景に、息を呑むクライマックス。講談社児童文学新人賞受賞作家が奏でる幻と史実の世界。

『山ばあばと影オオカミ』　小川英子作，奈知未佐子絵　新日本出版社　2005.2

125p　21cm　（おはなしの森 5）　1400円　①4-406-03164-2
[内容] 笹ヶ峰の山ばあばは太のパパのお母さんのお母さん。笹ヶ峰でくらしているから、山ばあば。子どもたちは親しみをこめてそうよぶ、おとなたちはこまったがんこなばあさんという意味で使う―。小学校中・高学年向き。

『ピアニャン』　小川英子作，上田三根子絵　講談社　1994.11　260p　22cm　（わくわくライブラリー）　1400円　①4-06-195675-2
[内容] ピアノが好きな子猫・ピアニャン。やさしい飼い主の雪ちゃんとわかれて、トーキョーで野良猫になることになりました。あこがれのトーキョー。かっこいいトーキョー。この街で自由にくらすはずでしたが…現実はなかなかたいへんなのです。第34回講談社児童文学新人賞受賞作。小学中級から。

小川　洋子
おがわ・ようこ
《1962〜》

『小川洋子』　小川洋子著　文芸春秋　2007.6　252p　19cm　（はじめての文学）　1238円　①978-4-16-359880-2
[内容] 静けさをたたえた世界の美しさ。文学の入り口に立つ若い読者に向けた自選アンソロジー。

『おとぎ話の忘れ物』　小川洋子文，樋上公実子絵　ホーム社　2006.4　117p　22cm　1700円　①4-8342-5125-X　〈発売：集英社〉

荻原　規子
おぎわら・のりこ
《1959〜》

『RDGレッドデータガール 6　星降る夜に願うこと』　荻原規子著　角川書店　2012.11　361p　20cm　（カドカワ銀のさじシリーズ）　1700円　①978-4-04-110348-7　〈文献あり　発売：角川グループパブリッシング〉
[内容] 泉水子は"戦国学園祭"で能力を顕現させた。影の生徒会長・村上穂高は、世界遺産候補となる学園トップを泉水子と判定するが、陰陽師を代表する高柳は、異議をとなえる。そして、IUCN（国際自然保護連合）は、人間を救済する人間の世界遺産を見つけだすため、泉水子に働きかけ始めた!? 泉水子と深行は、だれも思いつかない道のりへ踏みだす。姫神による人類滅亡の未来を救うことはできるのか―。ついにRDGシリーズ、完結。

『RDGレッドデータガール 5　学園の一番長い日』　荻原規子著　角川書店　2011.10　343p　20cm　（カドカワ銀のさじシリーズ）　1700円　①978-4-04-110039-4　〈文献あり　発売：角川グループパブリッシング〉
[内容] いよいよ始まった"戦国学園祭"。泉水子たち執行部は黒子の衣装で裏方に回る。一番の見せ場である八王子城攻めに見立てた合戦ゲーム中、高柳たちが仕掛けた罠に自分がはまったことに気づいた泉水子は、怒りが抑えられなくなる。それは、もう誰にも止めることは出来ない事態となって…。ついに動き出した泉水子の運命、それは人類のどんな未来へ繋がっているのか。

『RDGレッドデータガール 4　世界遺産の少女』　荻原規子著　角川書店　2011.5　317p　20cm　（カドカワ銀のさじシリーズ）　1600円　①978-4-04-874204-7　〈発売：角川グループパブリッシング〉
[内容] 夏休みも終わり学園に戻った泉水子は、正門でふと違和感を覚えるが、生徒会執行部として学園祭の準備に追われ、すぐに忘れてしまう。今年のテーマは戦国学園祭。衣装の着付け講習会で急遽、モデルを務めることになった泉水子に対し、姫神の出現を恐れる深行。果たして会終了後、制服に着替えた泉水子はやはり本人ではなく…。大人気シリーズ！ 物語はいよいよ佳境へ。姫神の口から語られる驚くべき事実とは…。

『RDGレッドデータガール 3　夏休みの過ごしかた』　荻原規子著　角川書店　2010.5　330p　20cm　（カドカワ銀のさじシリーズ）　1600円　①978-4-04-874052-4　〈発売：角川グループパブリッシング　文献あり〉
[内容] 学園祭の企画準備で、夏休みに鈴原泉水子たち生徒会執行部は、宗田真響の地元・長野県戸隠で合宿をすることになる。初めての経験に胸弾ませる泉水子だったが、合宿では真響の生徒会への思惑がさまざまな悶着を引き起こす。そこへ、真響の弟真夏の愛馬が危篤だという報せが…。それは、大きな災厄を引き起こす前触れだった。

『RDGレッドデータガール 2　はじめて

『のお化粧』 荻原規子著 角川書店 2009.5 317p 20cm （カドカワ銀のさじシリーズ） 1600円 ①978-4-04-873952-8 〈発売：角川グループパブリッシング 文献あり〉

内容 神霊の存在や自分の力と向き合うため、生まれ育った紀伊山地の玉倉神社を出て、東京の鳳城学園に入学した鈴原泉水子。学園では、山伏修行中の相楽深行と再会するも、二人の間には縮まらない距離があった。弱気になる泉水子だったが、寮で同室の宗田真響と、その弟の真夏と親しくなり、なんとか新生活を送り始める。しかし、泉水子が、クラスメイトの正体を見抜いたことから、事態は急転する。生徒たちはある特殊な理由から学園に集められていたのだった…。

『RDGレッドデータガール――はじめてのお使い』 荻原規子著 角川書店 2008.7 301p 20cm （カドカワ銀のさじシリーズ） 1600円 ①978-4-04-873849-1 〈発売：角川グループパブリッシング〉

内容 山伏の修験場として世界遺産に認定される、玉倉神社に生まれ育った鈴原泉水子は、宮司を務める祖父と静かな二人暮らしを送っていたが、中学三年になった春、突然東京の高校進学を薦められる。しかも、父の友人で後見人の相楽雪政が、山伏として修業を積んだ自分の息子深行を、（下僕として）泉水子に一生付き添わせるという。しかし、それは泉水子も知らない、自分の生い立ちや家系に関わる大きな理由があるためだった。大人気作家荻原規子の書き下ろす新シリーズ。

『風神秘抄』 荻原規子作 徳間書店 2005.5 590p 19cm 2500円 ①4-19-862016-4

内容 坂東武者の家に生まれた十六歳の草十郎は、腕は立つものの人とまじわることが苦手で、一人野山で笛を吹くことが多かった。平安末期、平治の乱に源氏方として加わり、源氏の御曹司、義平を将として慕ったのもつかの間、敗走し京から落ち延びる途中で、草十郎は義平の弟、幼い源頼朝を助けて、行方から脱落する。そして草十郎が再び京に足を踏み入れた時には、義平は、獄門に首をさらされていた。絶望したそのとき、草十郎は、六条河原で死者の魂鎮めの舞を舞う少女、糸世に目を奪われる。彼女の舞には、不思議な力があった。引き寄せられるように、自分も笛を吹き始める草十郎。舞と笛は初めて出会い、光り輝く花吹雪がそそぎ、二人は互いに惹かれあう。だが、その舞は、死者の魂を送り生者の運命をも変えうる強大な力が生じたことを、真に理解したのは糸世だけだった。ともに生きられる道をさぐる草十郎と糸世。二人の特異な力に気づき、自分の寿命を延ばすために利用しようとする時の上皇後白河。一方草十郎は、自分には笛の力だけでなく、「鳥の王」

と言葉を交わすことができる異能が備わっていることに気づく…。平安末期を舞台に、特異な芸能の力を持つ少年と少女の恋を描く、人気作家の最新作。

奥沢　しおり
おくさわ・しおり

『きらめき12星座　12　夜空にかがやけ！　12のジュエル――おうし座』 奥沢しおり作, 千野えなが絵 フレーベル館 2014.2 159p 19cm 900円 ①978-4-577-04059-1

内容 ひとりの女の子と、パートナーとなる、もうひとりの女の子が、12の星座と、12人の女の子からすこしずつ力をかりて、"スターエンジェル"の修行をしていく物語…。ふたりの思いは星にとどくの？　12星座の物語、ついに完結！　12星座の占いつき。

『きらめき12星座　11　星のウサギとかくれんぼ――おひつじ座』 奥沢しおり作, 千野えなが絵 フレーベル館 2013.11 159p 19cm 900円 ①978-4-577-04058-4

内容 進級テストもラストスパート！　そして、樹里と月乃のヒミツが明かされる?!

『きらめき12星座　10　恋は雨のちレインボー――みずがめ座』 奥沢しおり作, 千野えなが絵 フレーベル館 2013.8 159p 19cm 900円 ①978-4-577-04057-7

内容 これは、ひとりの女の子と、パートナーとなる、もうひとりの女の子が、12の星座と、12人の女の子からすこしずつ力をかりて、「スターエンジェル」の修行をしていく物語。

『きらめき12星座　9　オバケが恋の挑戦状！――やぎ座』 奥沢しおり作, 千野えなが絵 フレーベル館 2013.5 159p 19cm 900円 ①978-4-577-04056-0

内容 ひとりの女の子と、パートナーとなる、もうひとりの女の子が、12の星座と、12人の女の子からすこしずつ力をかりて、"スターエンジェル"の修行をしていく物語…。学級委員選挙で大波乱！　月乃のレオへの想いも明かされて…？　12星座の占いつき。

『きらめき12星座　8　ハートの毒にご用心?!――さそり座』 奥沢しおり作, 千野えなが絵 フレーベル館 2013.2 159p

19cm 900円 ①978-4-577-04055-3
[内容] これは、ひとりの女の子と、パートナーとなる、もうひとりの女の子が、12の星座と、12人の女の子からすこしずつ力をかりて、"スターエンジェル"の修行をしていく物語…。あの人が月から連れてきたのは…わたしに似た、恋のライバル?! 12星座の占いもついてるよ。

『きらめき12星座 7 ライオン王子とティアラのチカラ―しし座』 奥沢しおり作, 千野えなが絵 フレーベル館 2012.11 159p 19cm 900円 ①978-4-577-04054-6
[内容] これは、ひとりの女の子と、パートナーとなる、もうひとりの女の子が、12の星座と、12人の女の子からすこしずつ力をかりて、"スターエンジェル"の修行をしていく物語…。

『きらめき12星座 6 なみだのメロディ、星までとどけ!―かに座』 奥沢しおり作, 千野えなが絵 フレーベル館 2012.9 159p 19cm 900円 ①978-4-577-03934-2
[内容] これは、ひとりの女の子と、パートナーとなる、もうひとりの女の子が、12の星座と、12人の女の子からすこしずつ力をかりて、"スターエンジェル"の修行をしていく物語…。

『きらめき12星座 5 星の迷子はヒミツがいっぱい?!―ふたご座』 奥沢しおり作, 千野えなが絵 フレーベル館 2012.6 159p 19cm 900円 ①978-4-577-03933-5

『きらめき12星座 4 ハッピーチョコはだれのもの?―うお座』 奥沢しおり作, 千野えなが絵 フレーベル館 2012.2 159p 19cm 900円 ①978-4-577-03932-8
[内容] これは、ひとりの女の子と、パートナーとなる、もうひとりの女の子が、12の星座と、12人の女の子からすこしずつ力をかりて、"スターエンジェル"の修行をしていく物語…。

『きらめき12星座 3 恋のゴールへ一直線!―いて座』 奥沢しおり作, 千野えなが絵 フレーベル館 2011.10 159p 19cm 900円 ①978-4-577-03931-1
[内容] これは、ひとりの女の子と、パートナーとなる、もうひとりの女の子が、12の星座と、12人の女の子からすこしずつ力をかりて、「スターエンジェル」の修行をして

いく物語…。

『きらめき12星座 2 おしゃれバトルがはじまっちゃう!―てんびん座』 奥沢しおり作, 千野えなが絵 フレーベル館 2011.7 159p 19cm 900円 ①978-4-577-03930-4
[内容] これは、ひとりの女の子と、パートナーとなる、もうひとりの女の子が、12の星座と、12人の女の子からすこしずつ力をかりて、"スターエンジェル"の修行をしていく物語…。

『きらめき12星座 1 ドキドキハートの告白大作戦―おとめ座』 奥沢しおり作, 千野えなが絵 フレーベル館 2011.7 159p 19cm 900円 ①978-4-577-03929-8
[内容] これは、ひとりの女の子と、パートナーとなる、もうひとりの女の子が、12の星座と、12人の女の子からすこしずつ力をかりて、"スターエンジェル"の修行をしていく物語…。

越智　典子
おち・のりこ
《1959〜》

『ラビントットと空の魚 第3話 くれない月のなぞ』 越智典子作, にしざかひろみ画 福音館書店 2014.6 236p 20cm (〔福音館創作童話シリーズ〕) 1300円 ①978-4-8340-8106-0
[内容] 魚が空を飛び、鳥は地中を泳ぐ不思議な世界。鰯とりの少年漁師ラビントットが暮らすカリンポリンの丘の小さな家へ、森から鮭漁師の一家がやってきました。この新しい同居にんたちが、一か月の「おなつね」で眠り続ける間、ラビントットは、くれない月に姿を消す魚たちの謎をめぐる、とほうもない旅をします…。優しく深いファンタジー、シリーズ第三作。小学上級から。

『ラビントットと空の魚 第2話 そなえあればうれしいな』 越智典子作, にしざかひろみ画 福音館書店 2013.2 171p 20cm (〔福音館創作童話シリーズ〕) 1200円 ①978-4-8340-2778-5
[内容] 魚が空を飛び、鳥は地中を泳ぐ不思議な世界。鰯とりの少年漁師ラビントットは、鰹釣りをめぐる冒険も一段落し、穏やかな生活を再開しようとします。ところがそこへ、やっかいな居候があいついで現れまし

『ラビントットと空の魚　第1話　鰹のたんぽぽ釣り』　越智典子作，にしざかひろみ画　福音館書店　2012.11　220p　20cm　（〔福音館創作童話シリーズ〕）　1300円　①978-4-8340-2759-4

内容　魚が空を飛び、鳥は地中を泳ぐ不思議な世界。鰯漁が専門の少年漁師ラビントットは、手違いから「大きな魚」の注文を受けてしまいます。なんとか鰹を釣ろうと色々手をつくしますが…。

『パンになる夢』　越智典子作，塩田雅紀画　パロル舎　2001.10　97p　22cm　1500円　①4-89419-243-8

『ののさんとかみさま』　おちのりこぶん，イエリンえ　草土文化　2000.10　68p　22cm　1200円　①4-7945-0808-5

内容　かみさまはぜったいにいる、とののさんはおもっています。でも、ある日ふと「ほんとかな」とかんがえたのでした。

『てりふり山の染めものや』　おちのりこ作，まさいけい絵　偕成社　1995.3　137p　22cm　（偕成社ワンダーランド　12）　1200円　①4-03-540120-X

乙一
おついち
《1978〜》

『しあわせは子猫のかたち』　乙一作，SHEL絵　角川書店　2011.2　266p　18cm　（角川つばさ文庫　Bお1-2）　680円　①978-4-04-631146-7　〈『失踪HOLIDAY』（2001年刊）の改題、改稿　発売：角川グループパブリッシング〉

内容　人づきあいが苦手で、ひっそりと1人きりで生きたいとねがうぼく。けれど、ぼくのひっこした家には、先住者がいた。それは1ぴきのちいさな子猫で、すがたの見えない少女の幽霊で…。日なたぼっこや草花、人々の笑顔をあいする幽霊・雪村との生活は、しだいにぼくの心をとかしていくが!?　ことばはなくても通じあう、感動の物語。そのほか「失踪ホリデイ」を収録。小学上級から。

『イグナートのぼうけん—なみだめネズミ』　乙一さく，小松田大全え　集英社　2010.8　95p　22cm　1200円　①978-4-08-780574-1

内容　ぼくのなまえはイグナート。ちっぽけなネズミのぼくは、いつも涙目、ひとりぼっち。そんなぼくにも、生まれてはじめて友だちができた。ナタリア。口は悪いけど、ぼくにパンを分けてくれたやさしい人だ。でも、ナタリアはいなくなった。いやがるナタリアを、兵隊がつれさった。ちっぽけなぼくだって、たまにはでっかいことをおもいつく！　ナタリアに会いにいこう。旅に出るんだ。

『きみにしか聞こえない』　乙一作，Shel絵　角川書店　2009.5　173p　18cm　（角川つばさ文庫　Bお1-1）　580円　①978-4-04-631018-7　〈発売：角川グループパブリッシング〉

内容　わたしは携帯電話をもっていない。友だちがいないから。でも憧れてる、いつも誰かとつながっているクラスメイトたちに。だから、わたしは自分だけの携帯電話を想像する、すぐそこにあると思えるほど強く。その時、わたしの頭の中に着信メロディーが流れだす。それがシンヤからの初めての電話だった。さみしい気持ちが生んだ小さな奇蹟。この他「傷」「ウソカノ」を収録。小学上級から。

『銃とチョコレート』　乙一著　講談社　2006.5　376p　19cm　（Mystery land）　2000円　①4-06-270580-X

内容　少年リンツの住む国で富豪の家から金貨や宝石が盗まれる事件が多発。現場に残されているカードに書かれていた"GODIVA"の文字は泥棒の名前として国民に定着した。その怪盗ゴディバに挑戦する探偵ロイズは子どもたちのヒーローだ。ある日リンツは、父の形見の聖書の中から古びた手書きの地図を見つける。その後、新聞記者見習いマルコリーニから、"GODIVA"カードの裏には風車小屋の絵がえがかれている。」という極秘情報を教えてもらったリンツは、自分が持っている地図が怪盗ゴディバ事件の鍵をにぎるものだと確信する。地図の裏にも風車小屋が描かれていたのだ。リンツは「怪盗の情報に懸賞金！」を出すという探偵ロイズに知らせるべく手紙を出したが…。

おの　りえん
《1959〜》

『虫のお知らせ』　おのりえん作，秋山あゆ子絵　理論社　2014.6　299p　19cm　1600円　①978-4-652-20057-5

|内容| よりさんは虫が苦手です。都会から飛行機で二時間、車で一時間の田舎に四人の息子を連れて越してきて、いやおうなく虫の世界に引き込まれます。オケラ、コウガイビル、電気虫、イライラ、やけど虫、オオマリコケムシ、圧倒的な虫の数々…。怪しく幽き（ふふき）ファンタジー。虫たちはいのちを繋いでいくよ。

『虫のいどころ人のいどころ』 おのりえん作, 秋山あゆ子絵　理論社　2013.3　273p　19cm　1500円　①978-4-652-20011-7
|内容| 都会から緑濃く虫跋扈する地に越してきた6人家族の物語。虫たちが呼び寄せたファンタジー。

『はりねずみとヤマアラシ』 おのりえん作, 久本直子絵　理論社　2005.10　128p　22cm　（イガー・カ・イジー物語　3）1300円　①4-652-00753-1
|内容| 麦のかりいれが始まり、手伝いに、いいアラシがやってくるんだって。はじめて会うヤマアラシにびっくり。

『はりねずみのだいぼうけん』 おのりえん作, 久本直子絵　理論社　2005.10　142p　22cm　（イガー・カ・イジー物語　4）1300円　①4-652-00754-X
|内容| 木の実どろぼうをおいかけて、イガーはくらいトンネルに…。おもいがけない冒険が、はりねずみをまっていた。

折原　一
おりはら・いち
《1951～》

『クラスルーム』 折原一作　理論社　2008.7　415p　20cm　（ミステリーYA！）1600円　①978-4-652-08627-8
|内容| 栗橋北中学校3年B組を卒業した7人の男女。10年ぶりに届いたクラス会の通知が、受け取った者の不快な記憶を呼びさます。沈黙と恐怖に支配されたクラスルーム。どす黒い怒りを秘めた不気味な教師。誰もが記憶から消し去ったであろう、あの地獄のような日々。幹事の名前に誰一人見覚えがなく、会場が夜の校舎であることが、さらなる不安を掻きたてる。クラス会まで、あとわずか。忌まわしい過去への扉が、いま開く…。はたしてこれは現実なのか、妄想なのか。読むものを不安におとしいれる『タイムカプセル』の姉妹篇。

『タイムカプセル』 折原一作　理論社　2007.3　404p　20cm　（ミステリーYA！）1400円　①978-4-652-08601-8
|内容| 「告！　栗橋北中学校・三年A組卒業生の選ばれ死君たち」と記された奇妙な手紙が、十年前、タイムカプセルを埋めたメンバーのもとに、つぎつぎ届く。消し去りたいあの日の記憶。不安にとらわれる六人の男女。タイムカプセルを開ける日まであとわずか…。巧みなストーリーテリングと皮膚感覚の恐怖で魅了する異色の物語。

開　隆人
かい・りゅうと

『ジャンピンライブ!!!―オンザストリート』 開隆人作, 宮尾和孝絵　そうえん社　2013.9　175p　20cm　（ホップステップキッズ！　22）1100円　①978-4-88264-531-3

『メン！　ふたりの剣』 開隆人作, 高田桂絵　そうえん社　2011.10　159p　20cm　（ホップステップキッズ！　20）950円　①978-4-88264-449-1
|内容| 「メン！」シリーズ完結編！　新たなるライバル登場の「はじまり」の物語。わたしたちの剣道に、終わりはない。

『メン！　試練の剣』 開隆人作, 高田桂絵　そうえん社　2010.2　175p　20cm　（ホップステップキッズ！　14）950円　①978-4-88264-443-9
|内容| 試合までの20日で、一回戦突破のための猛特訓がはじまった…わたしたちの剣道部は、わたしたちが守る。

『メン！　出会いの剣』 開隆人作, 高田桂絵　そうえん社　2009.6　174p　20cm　（ホップステップキッズ！　11）950円　①978-4-88264-440-8
|内容| 久世ミク・12歳、剣道部主将。廃部寸前の剣道部。男4人がやってきた…。

海堂　尊
かいどう・たける
《1961～》

『医学のたまご』 海堂尊作　理論社　2008.1　277p　20cm　（ミステリー

YA！）1300円　①978-4-652-08620-9

内容　僕は曽根崎薫、14歳。歴史はオタクの域に達してるけど、英語は苦手。愛読書はコミック『ドンドコ』。ちょっと要領のいい、ごくフツーの中学生だ。そんなフツーの僕が、ひょんなことから「日本一の天才少年」となり、東城大学の医学部で医学の研究をすることに。でも、中学校にも通わなくっちゃいけないなんて、そりゃムリだよ…。医学生としての生活は、冷や汗と緊張の連続だ。なのに、しょっぱなからなにやらすごい発見をしてしまった（らしい）。教授は大興奮。研究室は大騒ぎ。しかし、それがすべての始まりだった…。ひょうひょうとした中学生医学生の奮闘ぶりを描く、コミカルで爽やかな医学ミステリー。

香谷　美季
かがや・みき

『七色王国と魔法の泡』　香谷美季作，こげどんぼ＊絵　講談社　2013.5　198p　18cm　（講談社青い鳥文庫 270-8）620円　①978-4-06-285353-8

内容　小5の宮園あやめは、夢の中で会う王子さまを信じているような、空想癖のある女の子。ふしぎな七色ガラスをつくるガラス職人だったおじいちゃんが亡くなってから、街のあちこちでおかしな事件が。さらには、夢の中のあの王子さまが、現実になってあやめの目の前にあらわれた！　「こわれゆく七色王国を救えるのはきみしかいない。」―わたしが創造の女神・アイリスって、いったい!?　小学中級から。

『あやかしの鏡　いにしえの呪文』　香谷美季作，友風子絵　講談社　2011.10　381p　18cm　（講談社青い鳥文庫 270-7）760円　①978-4-06-285253-1

内容　この世界が、もし、だれかの力で平和に保たれているとしたら？　強大な力をもつ「あやかしの鏡」が壊れたことで、世界が崩れようとしていた。霊能者の血をひく亜樹は、鏡を元に戻そうと奮闘していたが、あと一歩というところで、すべての黒幕である、いにしえの亡霊が目を覚ました。亡霊は、亜樹の親友の命とひきかえに、自らの復活をはかる。亜樹は大切な人たちを守れるのか？　亜樹、最後の戦い。小学上級から。

『あやかしの鏡　終わりのはじまり』　香谷美季作，友風子絵　講談社　2010.9　251p　18cm　（講談社青い鳥文庫 270-6）620円　①978-4-06-285167-1

内容　亜樹のうっかりで「あやかしの鏡」から飛び散った「力のある言葉」。それらを回収できないと、日本がこわれる―。突風が吹き荒れ、人々が切りつけられる謎の事件が多発し、街は大混乱に。その危機に直面し、土蜘蛛や鬼や河童たち「古き種族」が集結する。土、水、火、風…太古の昔からの精霊鬼が荒れ狂うさまを前にして、亜樹に託された重大な使命とは？　冒険はさらに佳境へ。小学上級から。

『おしゃべりな五線譜』　香谷美季著　ポプラ社　2010.6　215p　20cm（Teens' best selections 28）1300円　①978-4-591-11847-4

内容　交わらない五線譜の下で、少女たちは交錯する。奏でられる音楽は、日々変化する、複雑な音色。正義感にあふれ、尊敬する幼なじみ。空気読めない、苦手な元クラスメイト。趣味も話もあう、中学でできた親友―わたしの音は、どんな音？　大人気「英国妖異譚」シリーズの篠原美季が、少女たちを描く。

『みなぞこの人形―あやかしの鏡 4』　香谷美季作，友風子絵　講談社　2010.6　247p　18cm　（講談社青い鳥文庫 270-5）620円　①978-4-06-285156-5

内容　強大な力をもつ「あやかしの鏡」にキズがついてから、亜樹の周りは妖しい者だらけ。新しく来た感じのいい家庭教師にも、座敷ワラシは「気をゆるすな」と警告する。一方、亜樹の学校で子供たちが行方不明になる事件があいつぎ、学校はパニックに。さらに、「あやかしの鏡」まで水たまりに呑まれて忽然と姿を消してしまう。なにやら背後には、河童の影が見えかくれしているようで…!?　小学上級から。

『おそろし箱―あけてはならない5つの箱』　香谷美季作，友風子絵　講談社　2009.11　221p　18cm　（講談社青い鳥文庫 270-4）580円　①978-4-06-285126-8

内容　自分の名前、大切にしてる？　学校でひとりきりになったことって？　池から「助けて。」って声が聞こえてきたらどうする？　いつも平凡と思っている毎日が、ひょんなはずみでくるりとひっくり返ると、あやかしたちが蠢く不思議な世界に…。一度あけたら、二度と元にはもどれない、5つの怖い話。読んだことを後悔しても、知らないよ。小学上級から。

『さきがけの炎―あやかしの鏡 3』　香谷美季作，友風子絵　講談社　2009.3　253p　18cm　（講談社青い鳥文庫 270-3）620円　①978-4-06-285083-4

内容　人間界にいる妖怪たちを、一気に妖怪の世界に送りかえせる。そんな強大な力を持った「あやかしの鏡」が100年ぶりに発見されて、妖怪たちはざわついている。偶然

垣内 磯子

「あやかしの鏡」を手に入れた平凡な小学生の亜樹は、なぜか妖怪たちから鏡を守らなければいけないハメに。そんななか、あちこちで謎の小火騒ぎが起きる。おまけに、亜樹のクラスにあやしい転校生がやってきた！ 小学上級から。

『まどわしの教室―あやかしの鏡 2』 香谷美季作，友風子絵 講談社 2008.9 253p 18cm （講談社青い鳥文庫 270-2） 620円 ①978-4-06-285042-1

内容 「教室をまちがえないようにね。」見覚えのない校長に妙なことを言われてから、亜樹の学校では迷子になる生徒が続出。なにかがおかしい!? 亜樹の持つ「あやかしの鏡」を奪おうと、妖怪たちが集結しはじめるなか、亜樹は鏡をうっかり傷つけ、封印されていたなにかを失ってしまう。唯一の味方の座敷ワラシは、姿を現さずに、「早く考えろ！」とだけ。いったい、なにを考えろというんだ？ 小学上級から。

『あやかしの鏡』 香谷美季作，友風子絵 講談社 2008.4 235p 18cm （講談社青い鳥文庫 270-1） 620円 ①978-4-06-285022-3

内容 ある晩、亜樹は不思議な夢を見た。『亜樹、秘密さおべでるか？ ばあさんと、あのわらしを助けてけろ。』その「ばあさん」、大おばの葬儀のために遠野へ向かった亜樹一家。やがて亜樹の前に、なんと座敷ワラシがあらわれた。亜樹が幼いころ交わした秘密の約束とは？ あやかしたちが、いまなお息づく遠野の里で、大おばさんの魂を救うふたりの冒険がはじまる！

垣内 磯子
かきうち・いそこ
《1944～》

『ながいおるすばん』 垣内磯子作，宮崎照代絵 あかね書房 2013.5 77p 22cm 1000円 ①978-4-251-04040-4

内容 おかあさんがにゅういんしてしまいました。いちねんせいのなつかほは、おかあさんがかえってくるまでおるすばんです。さみしいけれどかぞくみんなでがんばります。それにね、もうひとり…。たのしくてあたたかい、ちょっとふしぎなおるすばんのおはなしです。

『夕焼けの国へようこそ』 垣内磯子作 フレーベル館 2007.5 91p 21cm 1000円 ①978-4-577-03393-7 〈絵：早川純子〉

内容 だれよりもはだがピンク色で、だれよりもばらの花のにおいがする方。だれよりも元気で、勇気のある方。それが、王子さまと結婚なさるおひめさま…。

『にんじんぎらいのうさこさん』 垣内磯子作 フレーベル館 2006.1 101p 21cm （おはなしひろば 9） 950円 ①4-577-03151-5 〈絵：松成真理子〉

内容 うさこさんは、にんじんがだいきらいなうさぎの女の子。だいすきなチョコレートばかりたべていたら、むしばができてしまいました。森には、くまのはいしゃさんがあるのですが、こわくてとても行けません。さて、どうしたらいいのでしょう。

『こちらいそがし動物病院』 垣内磯子作 フレーベル館 2005.10 88p 21cm 1000円 ①4-577-03130-2 〈絵：マツバラリエ〉

内容 八木先生は、動物のお医者さん。動物が大好きで、ゆめはペンギンを飼うこと。そんな先生のところには、今日もたくさんの動物たちがやってきます。ほかではなおらないけがだって、先生にかかったら…ほら、なおります。

角田 光代
かくた・みつよ
《1967～》

『卒業旅行』 角田光代著 全国学校図書館協議会 2013.6 38p 19cm （集団読書テキスト 第2期B129 全国SLA集団読書テキスト委員会編） 220円 ①978-4-7933-8129-4 〈「恋のトビラ」（集英社 2010年刊）の抜粋 挿絵：スカイエマ 年譜あり〉

『キッドナップ・ツアー』 角田光代作 理論社 1998.11 212p 19cm 1500円 ①4-652-07167-1

内容 私を見下ろすお父さんの背後には、車輪のぴかぴか光るいろんなタイプの自転車があった。きっとこの人は、私がいなかったら、なんの罪悪感もなく鍵のかかっていない自転車を拝借しちゃうんだろうな、と私は思った。本当のことを言うと、私はそう思うことがうれしかった。甲斐性ない。だらしない。お金ない。3N（ナイ）父親と、ハルとの、ひと夏のユウカイ旅行。新進文芸作家の描く、あたらしい児童文学。

『ぼくはきみのおにいさん』 角田光代著

河出書房新社　1996.10　99p　19cm　（ものがたりうむ―河出物語館）　980円　①4-309-73117-1

[内容] ひとりっこのアユコの前にとつぜん現れた、おにいさんは誰？　小学生2人のピュアな恋の物語。ほんとうのおうちをさがす小さなぼうけん。

かさい　まり

『こぐまのクーク物語―森のレストラン』　かさいまり作絵　KADOKAWA　2014.5　153p　18cm　（角川つばさ文庫　Aか4-8）　580円　①978-4-04-631393-5

[内容] 北の森に、クークはくらしています。家は、『森のキッチン』というレストラン。クークの父さんと母さんが、レストランを建てて、おみせをはじめたときの話や、こどもだけで、おもしろいサンドイッチを作るお料理会の話など。かわいい絵がいっぱい！　「料理の作り方」もあるよ。この本から、はじめて読んでも楽しい、大人気「こぐまのクーク物語」の第8巻!!　小学初級から。

『こぐまのクーク物語―はじめての海とキャンプ』　かさいまり作絵　角川書店　2013.6　153p　18cm　（角川つばさ文庫　Aか4-7）　580円　①978-4-04-631321-8　〈発売：角川グループホールディングス〉

[内容] 北の森にくらしている、こぐまのクーク、こうさぎのサーハ、こぎつねのゲンゲンは、はじめて海へ行くことに！　うきわで泳いだり、すいかわりや、きれいな貝ひろい。スペシャルかき氷や、バーベキュー、おいしいものをいっぱい食べて、夜は花火や、テントの中で、ひみつの話！　絵が150点、「クークをさがせ！」「料理の作り方」もあるよ。大人気の第7巻!!　小学初級から。

『こぐまのクーク物語―クリスマスのおとまり会』　かさいまり作絵　角川書店　2012.11　153p　18cm　（角川つばさ文庫　Aか4-6）　580円　①978-4-04-631276-1　〈発売：角川グループパブリッシング〉

[内容] 北の森にくらすクークたちは、十二月になると、毎日おくりものがもらえる。クリスマスは、家じゅうをかざりつけ、みんなで大パーティー。"おかしの家"や、おいしいデザートがいっぱい！　スペシャルなプレゼントは？　一年で一番しあわせなクリスマスと初めてのおとまり会。絵が150点、「クークをさがせ！」「料理の作り方」もあるよ。大人気の第6巻！　小学初級から。

『こぐまのクーク物語―空のピクニック』　かさいまり作絵　角川書店　2012.4　153p　18cm　（角川つばさ文庫　Aか4-5）　580円　①978-4-04-631234-1　〈発売：角川グループパブリッシング〉

[内容] じけんは、クークの一言から始まった。「空に、丸いもの！」北の森に、とつぜん、気球がまい下りてきた。クーク、ゲンゲン、サーハは、空を飛ぶことに!!　"にじの七色サンドイッチ"や"雲のわたあめ"を食べたり、しゃぼん玉、花を空からふらせたり…。楽しい空の旅とニサッタとの出会い。絵が160点！　「めいろ遊び」、「料理の作り方」もあるよ。クーク第5巻。

『こぐまのクーク物語―仮装パーティー』　かさいまり作絵　角川書店　2011.10　154p　18cm　（角川つばさ文庫　Aか4-4）　580円　①978-4-04-631191-7　〈発売：角川グループパブリッシング〉

[内容] 北の森に、クークはくらしています。クークの大好きな、ひっこしていったタミンが森にかえってきた！　みんなで、なりたいものに変身する仮装パーティー。おひめさま、まほう使い、おばけ、ミツバチ…。楽しい音楽やダンスのあとは、おいしいデザートいっぱいのお茶会へ！　大人気「こぐまのクーク物語」の第4巻、「クークの料理の作り方」もついてるよ！　小学初級から。

『こぐまのクーク物語―バースデーパーティー』　かさいまり作絵　角川書店　2011.5　153p　18cm　（角川つばさ文庫　Aか4-3）　580円　①978-4-04-631161-0　〈発売：角川グループパブリッシング〉

[内容] 北の森に、クークはくらしています。クークの家は、『森のキッチン』というレストラン。おいしくて、みんな大好き！　クークのたんじょう会は、みんなをしょうたいして、森での大パーティー！　父さんが作った大きな2だんのケーキ！　みんながよろこぶプレゼントはなあに？　大人気「こぐまのクーク物語」の第3巻。「クークの料理の作り方」もついてるよ！

『こぐまのクーク物語―秋と冬』　かさいまり作・絵　角川書店　2010.9　154p　18cm　（角川つばさ文庫　Aか4-2）　580円　①978-4-04-631120-7　〈発売：角川グループパブリッシング〉

[内容] 北の森に、クークはくらしています。クークの家は、『森のキッチン』というレストラン。"雪みかんアイス"や"水玉ちみつゼリー""花かぼちゃ"。おいしくて、みんな

『こぐまのクーク物語―春と夏』 かさいまり作・絵　角川書店　2010.4　153p　18cm　（角川つばさ文庫 Aか4-1）580円　①978-4-04-631051-4〈発売：角川グループパブリッシング〉

内容　北の森に、クークはくらしています。クークの家は、『森のキッチン』というレストラン。"オレンジミルク"や"ぱりぱりパン""ぷるるんたまごのスープごはん"。おいしくて、みんな、大好き。友だちと、いっぱい遊び、けんかをしたり、なかなおりしたり。ホタルの光や鳥の巣立ち、ゆたかな森での、出会いの毎日。クークの料理の作り方もついてるよ。小学初級から。

『かぜがはこんだおとしもの』　かさいまり作, 秋里信子絵　岩崎書店　2009.3　77p　22cm　（おはなしトントン 13）1000円　①978-4-265-06278-2

内容　のんびりがだいすきなポポ。ともだちのカカオはまいにちきちんときめたとおりにするのがだいすき。ある日、カカオはだいじなきろくのかみをおとしてしまう。ポポとなかまたちのほのぼのとしたおはなし。

『ぼくのんびりがすき』　かさいまり作, 秋里信子絵　岩崎書店　2007.8　77p　22cm　（おはなしトントン 5）1000円　①978-4-265-06270-6

『バイバイおやゆびゆきだるま』　かさいまり作, 本信公久絵　岩崎書店　2006.11　76p　22cm　（おはなしトントン 1）1000円　①4-265-06266-0

内容　おんなのこがつくったちいさなおゆびゆきだるま。いつまでもこのままでいたいとおもっていたら、ねこがいいところがあるよって、おしえてくれた。そこにいたのは、さかなたち。

香西　美保
かさい・みほ

『タイムマシンクラブ 3　ハロー、こちら二十一世紀』　天沼春樹, 香西美保著, 松野時緒イラスト　くもん出版　2010.3　174p　19cm　900円　①978-4-7743-1733-5

内容　天才科学者ヤング・アマカタ博士とブラックホール団の「ロボット対決」がはじまった。アマカタ博士とタイムマシンクラブの基地、NASU研究所をぜったいに防衛しなくては！　まっ昼間、ついにロボットどうしが決闘だ。アマカタ博士の科学力は、ドクター・ブラックに勝利できるのか？　そして、過去に飛ばされたタケルのパパの救出は？　危機をのりこえたアマカタ博士は、過去と通信する実験に取りかかる。ブラックホール発生装置が、ぶきみな音を立てはじめた。博士があらたにつくった装置に、タイムマシンクラブのメンバーは「えええー！」とオドロイた。いったい、どうしてそんなものを…。

『タイムマシンクラブ 2　過去からの手紙』　天沼春樹, 香西美保著, 松野時緒イラスト　くもん出版　2010.3　175p　19cm　900円　①978-4-7743-1732-8

内容　天才イケメン科学者、ヤング・アマカタ博士とタイムマシンクラブは、事件のナゾにせまる！　ドクター・ブラックがひきいる悪の一味、ブラックホール団の魔の手もせまる！　またもや町から、だいじなものが消えてしまった。秘密兵器をくりだして、追跡、追跡、また追跡。タケルたちがつきとめた敵のアジトで、おどろくべき「事実」が発見される。ゴロゴロゴロッという音の正体は？　その直後、時空をこえて26年も過去に飛んだタケルのパパから、メッセージがとどいていた。いったい、どうやって？　事件はふたつの「時間」の間で起きているのだ！

『タイムマシンクラブ 1　ブラックホール事件』　天沼春樹, 香西美保著, 松野時緒イラスト　くもん出版　2010.3　174p　19cm　900円　①978-4-7743-1731-1

内容　パシッ！　シュートしたサッカーボールが空中で消えた。そればかりじゃない、町じゅうからいろんなものが消えていく…。アマカタ・タケルを中心に、熱血「タイムマシンクラブ」がナゾ解きにチャレンジだ！　ところが、さらにとんでもない事件が起こった。信じられない人物が時空をこえて、すがたをあらわしたのだ!!　いったい、何者？　なにが起きているのか？　タイムマシンの暴走か？　もしや、世界ホウカイの前ぶれか？　「あっ、ほうかい」なんてボケてる場合じゃない！　21世紀最大のSFエンタメ、ここに発進。きみもタイムマシンに乗りおくれるな。

『スターチャレンジャー　ライバルは異星の王子（プリンス）』　香西美保作, 碧風羽絵　ポプラ社　2010.2　213p　18cm　（ポプラポケット文庫 075-2）570円　①978-4-591-11527-5

内容 砂漠の惑星・ラマトシで「宇宙大かくれんぼ大会」の警備を依頼されたレイクたち。そこで出会った王子様にジーンはすっかり目がハートだけど…このかくれんぼって、超キケンなゲーム⁉ ピンチのすえに、レイクが見たものとは？ 小学校上級から。

『スターチャレンジャー 銀河の冒険者』 香西美保作，碧風羽絵 ポプラ社 2009.10 219p 18cm （ポプラポケット文庫 075-1） 570円 ①978-4-591-11187-1

内容 「絶対、絶対、この宇宙探検船に乗りたい！」だからって…そんなことしちゃうわけ―⁉ 緊急事態発生！ 宇宙にあこがれる少年レイクと、おかしな乗組員たちが大奮闘！ いくつものひみつを乗せて、宇宙船でいく、ちょっとキケンな冒険がはじまります。

『ぼくらの妖怪封じ』 香西美保作 岩崎書店 2007.4 205p 22cm 1300円 ①978-4-265-82005-4 〈絵：佐藤やゑ子〉

内容 妖怪退治の伝説が残る街由丹羽。ある日、街のあちこちに置かれていた妖怪封じの石が姿を消した。遠い昔に封じられたという妖怪たちは解き放たれるのか？ 妖怪退治屋の子孫ひろあきと神主の娘美依子が事件の謎を追う。第五回ジュニア冒険小説大賞を受賞した妖怪ファンタジー。

梶尾 真治
かじお・しんじ
《1947～》

『妖怪スタジアム』 梶尾真治作，海野蛍絵 岩崎書店 2013.10 188p 19cm （21世紀空想科学小説） 1500円 ①978-4-265-07505-8

内容 桜井蓮は、不思議な町にいた。風景はふだんと変わらない。けれども、他の人が見当たらず、なぜかつぎつぎと妖怪が出てくるのだ！ 遅すぎた。逃げるに逃げられない。「蓮！ 逃げてこい！ こっちだ！」「リューセイ！」親友の中村隆盛だった。「ぼくと蓮はいっしょに、ここに飛びこんだんだよ。おぼえていないの？」

『しりとり佐助 2 幽丹斎せんせいのでし』 梶尾真治さく，サカイノビーえ そうえん社 2011.4 64p 20cm （まいにちおはなし 9） 1000円 ①978-4-88264-478-1

内容 しりとり流にんじゅつの達人・しりとり幽丹斎のでしになった佐助。その日から

しゅぎょうがはじまった。きびしさはなみたいていではない。いつまでつづく…。

『しりとり佐助 1 にんじゅつつかいになりたい』 梶尾真治さく，サカイノビーえ そうえん社 2010.9 63p 20cm （まいにちおはなし 4―しりとり佐助シリーズ 1） 1000円 ①978-4-88264-473-6

内容 父上、ぼくは、つよいにんじゅつつかいになろうとおもうのです。そんな、きぼうをもったわかものに、じぶんのにんじゅつをおしえてやろうという、せんせいをしりませんか？ 父親は、とおいかなたにそびえる山をゆびさしました。こうして、佐助は、たびにでたのでした。小学校低学年向。

『インナーネットの香保里』 梶尾真治作，鶴田謙二絵 講談社 2004.7 187p 18cm （青い鳥文庫fシリーズ） 580円 ①4-06-148655-1

内容 暎兄ちゃんは超能力者で逃亡者。心と心をつなぐネットワーク、「インナーネット」を巡って、2つの国際的大企業に追っかけ回されているの！ しかも3日以内に手術をしないと命が危ないし、手術が成功しても治るかどうか…。なのに暎兄ちゃんときたら、どうしても九州にいきたいんだって！ そんなことしてる場合じゃないのに！ …もう、これはわたしが助けてあげるしかない！ 小学上級から。

樫崎 茜
かしざき・あかね

『声をきかせて』 樫崎茜著 講談社 2013.7 261p 20cm 1400円 ①978-4-06-218326-0

内容 中学2年生の砂凪、珠季、蒼太、悠介は、小学校時代は仲良し4人組だった。砂凪の家はお香屋だが、砂凪は香りを"聞く"ことができない。その欠落感を埋めるように、砂凪は出来損ないのランチュウの稚魚をもらい受ける。そんなある日、かつて埋めた4人のタイムカプセルを掘り起こすために"幽霊屋敷"に忍び込んだ砂凪たちは、死神じいに見つかってしまう。死神じいはタイムカプセルと引き換えに、自分に協力するようにいうが―。

『ぼくたちの骨』 樫崎茜著 講談社 2012.9 253p 20cm 1400円 ①978-4-06-217861-7 〈文献あり〉

内容 陸上部の女子中学生と、不格好な剝製の出会い―。足を痛めた千里は、休園間近

風野潮

の動物園で、肥満体の剥製と遭遇する。走りたい。あのチーターだって走りたいはず。剥製の修復を通して見つめる、動物園と博物館、そして生と死。椋鳩十児童文学賞、日本児童文学者協会新人賞受賞作家の最新作。

『満月のさじかげん』　樫崎茜著　講談社　2010.7　195p　20cm　1400円　①978-4-06-216352-1
内容　椋鳩十児童文学賞作家が描く少女の心の満ち欠け。過剰歯が生えた5年生の鳴、片腕のないおじさん、言葉を発しない友だち、妊娠した担任の先生…。みんなどこか足りなかったり、多すぎたり。心とからだの痛みにやさしくよりそう物語。小学上級から。

『ヨルの神さま』　樫崎茜著　講談社　2008.11　253p　20cm　1400円　①978-4-06-215099-6
内容　ある日、突然鳴り出した公衆電話のベルが、中学生の少年の退屈な毎日を一変させる。椋鳩十児童文学賞受賞作家の最新作。

『ボクシング・デイ』　樫崎茜著　講談社　2007.12　235p　20cm　1400円　①978-4-06-214423-0
内容　クリスマスに一日遅れてプレゼントを開ける日、それがボクシング・デイ。「ことばの教室」に通う10歳の少女がもらったものは、「発音」そして「言葉」という贈り物だった。

風野　潮
かぜの・うしお
《1962～》

『氷の上のプリンセス─オーロラ姫と村娘ジゼル』　風野潮作, Nardack絵　講談社　2014.7　189p　18cm　（講談社青い鳥文庫）　620円　①978-4-06-285431-3　〈付属資料：しおり定規1〉
内容　桜ヶ丘スケートクラブの一員として、ふたたびフィギュアスケートを続けられることになった春野かすみ。日々の練習に打ちこみ、クラブにもなじんできた。そんなある日、クラブに美人の転入生がやってきた。あこがれの先輩、瀬賀冬樹と同い年の星野真白は、小学3年生までこのクラブに所属していたという。冬樹と親しげに話す真白を見たかすみは、胸がキュンといたくなる─。小学中級から。

『氷の上のプリンセス─ジゼルがくれた魔法の力』　風野潮作, Nardack絵　講談社　2014.3　214p　18cm　（講談社青い鳥文庫　283-5）　620円　①978-4-06-285413-9
内容　小さいころからフィギュアスケートを習ってきた小学6年生の春野かすみ。父親を事故で亡くしてから、得意だったジャンプがまったくとべなくなってしまう。「もうスケートを続けられない。」と思っていた矢先、引っ越し先で出会ったおばあさんの援助で、ふたたびリンクに上がれることに。「ジゼル」からもらった魔法のペンダントを胸に、かすみは"氷の上のプリンセス"をめざす！　小学中級から。

『レントゲン』　風野潮著　講談社　2013.10　238p　19cm　（YA! ENTERTAINMENT）　950円　①978-4-06-269477-3　〈画：ぢゅん子〉
内容　橘廉太郎と弦次郎は年子で同じ学年の高校一年。二人は小さい頃一緒に習っていたバイオリンのせいで、仲がぎくしゃくしていた。バイオリンを愛する弟より兄のほうがコンクールの成績が良かったからだ。弟の気持ちを思い、音楽をやめていた兄だったが─。

『ゲンタ！』　風野潮著　ほるぷ出版　2013.6　236p　19cm　1400円　①978-4-593-53439-5
内容　─ぼくは、ぼくに、もどりたいだけなんだ！　林間学校での転落事故をきっかけに、小5の蓮見ゲンタと、25歳のミュージシャン・ゲンタの心と体が入れ替わってしまった。いくら説明しても小学生だと信じてもらえない蓮見ゲンタは、見ず知らずの青年『ビート・キッズ』のゲンタとして暮らすことになり…。

『エリアの魔剣　5』　風野潮作, そらめ絵　岩崎書店　2013.3　186p　19cm　（〔YA! フロンティア〕）　900円　①978-4-265-07232-3
内容　大公カーンによってエリアの都から連れ去られたリラン。アレン、ポーリンはリランを取り戻すべく後を追う。しかし目の前に現れたリランはカーンに寄り添い、心を失っていた…。リランは世界を救えるのか。カーンに身体を乗っとられたダキリスを元に戻すことはできるのか。時を越えて絡み合う運命の糸が解けるとき、壮大なこの物語はついに完結を迎える。

『エリアの魔剣　4』　風野潮作, そらめ絵　岩崎書店　2012.9　211p　19cm　（〔YA! フロンティア〕）　900円　①978-4-265-07231-6
内容　ついに聖都・エリアに到着し、双子の姉にして大巫女であるトレアと再会したリラン。しかしここまで来た目的である、親友ダキリスの魂球を復活させる方法には辿

りつけず、退屈な巫女修行の続く毎日だった。多くの命が犠牲となる中、夢に見てきた少年の正体をついに知り、衝撃を受けるリラン。ダキリスをはじめ、大切な仲間たちの運命はどうなるのか。

『竜巻少女（トルネードガール）3　あのマウンドにもう一度！』　風野潮作，たかみね駆絵　講談社　2012.8　253p　18cm　（講談社青い鳥文庫　283-4）　620円　①978-4-06-285301-9
内容　夏本家の跡取りとして、祖父のもとに引き取られた理央は、名門私立校へ転校してしまった。理央が抜けたメイプルスターズは、すっかり覇気をなくして、メンバーは練習に来なくなってしまう。チーム存続の危機に、優介は理央を連れもどす計画を立てる。「もう一度、理央といっしょに野球がしたい。」みんなの待つグラウンドに理央はあらわれるのか？　あっと驚く展開の、完結編です！

『竜巻少女（トルネードガール）2　うちのエースはお嬢様!?』　風野潮作，たかみね駆絵　講談社　2012.5　251p　18cm　（講談社青い鳥文庫　283-3）　620円　①978-4-06-285287-6
内容　新メンバーを迎えたメイプルスターズは、全国ベスト4の強豪チームと対戦。だが、理央の大乱調で大敗をきっしてしまう。自信を失いかけた理央は、「幽霊屋敷の魔女」のもとで秘密特訓を開始。そんな折、理央の祖父を名乗る老紳士があらわれて、「理央を跡取りとして引き取る」といってきた。夏本家の複雑な事情を知り、悩む理央。そして大事件が勃発し―。小学中級から。

『竜巻少女（トルネードガール）1　嵐なピッチャーがやってきた！』　風野潮作，たかみね駆絵　講談社　2012.3　245p　18cm　（講談社青い鳥文庫　283-2）　620円　①978-4-06-285272-2
内容　優介が所属する弱小野球チーム、メイプルスターズに、美少女ピッチャーの夏本理央がやってきた。男まさりの剛速球、俊足にくわえ、バッティングセンスも抜群。だけど、大阪弁まるだしで本音を言いまくる理央は、まさにトラブルメイカー！　理央の言動に振りまわされながらも、しだいにチームとしてまとまりはじめたメイプルスターズは、強豪ファルコンズとの対戦に挑む！　小学中級から。

『エリアの魔剣　3』　風野潮作，そらめ絵　岩崎書店　2011.6　199p　19cm　900円　①978-4-265-07229-3
内容　世界の均衡が崩れたあの日以来、飛竜と伝説の騎士が姿を現すようになっていた。聖都エリアへ向かうリランと、リランを守るべく集った仲間たちを、竜騎士が襲う。魔獣ではない飛竜には、魔封術も効かない。果たして最強の竜騎士を倒すことはできるのか？　そして、リランの夢に度々現れる幼子の正体とは…。

『クリスタルエッジ　決戦・全日本へ！』　風野潮著　講談社　2011.2　232p　19cm　（YA！　ENTERTAINMENT）　950円　①978-4-06-269441-4
内容　和真は母にスケートをすることを反対されていた。だが、和真の非凡な才能に気がついていた桜沢コーチは和真を自分の家に居候させ、1年以内に大会で優勝できなかったらスケートをやめさせる、と約束した。そして、約束の1年の期限の迫った大会に和真の母を招待する。

『クリスタルエッジ　目指せ4回転！』　風野潮著　講談社　2010.9　285p　19cm　（YA！　ENTERTAINMENT）　950円　①978-4-06-269437-7
内容　スケートのジュニア選手で中2の葵と輪は親友でライバル同士。アイス・フェスタの演技中、葵は不注意で輪に脱臼をさせてしまう。思うように練習できない輪に申し訳ないと思いながら、葵は自分の新しいプログラムに挑戦しようとしていた。

『桜石探検隊』　風野潮作，よこやまようへい絵　角川学芸出版　2010.9　125p　22cm　（カドカワ学芸児童名作）　1600円　①978-4-04-653407-1〈発売：角川グループパブリッシング　監修：こども鉱物館〉
内容　金石剛。強そうな名前だけど気が弱いんだ。趣味は石集め。ぼくたちのパワーストーンを探す冒険がはじまる！

『ビート・キッズ』　風野潮作，桑原草太絵　講談社　2010.8　250p　18cm　（講談社青い鳥文庫　283-1）　620円　①978-4-06-285165-7
内容　「おまえにはリズム感がある！」呼びだされた音楽室で、いきなり同級生の菅野七生にそういわれた、横山英二。「たたいてみろ。」と渡されたバチで、力まかせに太鼓をたたいた瞬間、英二の中で花火がはじけた！　マーチングってなに？　ドリルフェスって？　吹奏楽や楽器をよく知らなくても、読んでいるうちにガツンと気持ちが熱くなる、涙あり笑いありの大阪ブラスバンド物語。第38回講談社児童文学新人賞・第36回野間児童文芸新人賞・第9回椋鳩十児童文学賞受賞作。小学上級から。

『エリアの魔剣　2』　風野潮作，そらめ絵

岩崎書店　2010.1　201p　19cm
（〔YA！フロンティア〕）　900円
①978-4-265-07223-1
内容　カーン大公率いる軍勢との激闘の末、聖都エリアへと逃れ向かっていたリランと魔導師アムネス。旅芸人一座に加わったリランは伝説の英雄「イラカルヴァータ」を見事に演じきる。その後、精神のバランスを崩してしまったリランに、再びカーンの大軍が襲いかかってくる…。

『クリスタルエッジ』　風野潮著　講談社　2009.12　249p　19cm　（YA！ENTERTAINMENT）　950円　①978-4-06-269429-2
内容　元選手でコーチの父を持ち、幼い頃からずっとフィギュアスケートを続けていた輪。だから普通の人よりはずっとうまく滑れるってだけで、スケートが夢ってほどでもない。やめたいと思うこともあるけど、やめたら自分には何も残らないような気もして…。

『エリアの魔剣　1』　風野潮作，そらめ絵　岩崎書店　2008.12　206p　19cm　（〔YA！フロンティア〕）　900円　①978-4-265-07215-6
内容　リランと親友・ダキリスの平穏な日々は、城へしのびこんだ夜、一変してしまう。ダキリスは大公カーンらによって魂を抜かれ、体をのっとられてしまう。覇者の剣を手に、猛然と立ち向かうリラン。その封じられていた力が覚醒しはじめた時、秘められていた運命の歯車は、ゆっくりと動き出した。

『テリアさんとぼく』　風野潮作　岩崎書店　2007.9　147p　22cm　（新・わくわく読み物コレクション　3）　1200円　①978-4-265-06073-3　〈絵：亜沙美〉
内容　ヨシキのじいちゃんが、事故に遭い病院に運ばれた。意識不明のまま集中治療室へ入ったじいちゃん。そのとき、どこからかヨシキを呼ぶ聞きなれた声がした。「ヨシキ…たのむ、だしてくれ…」声のするほうを探すと、事故のときにじいちゃんが握っていたというテリアの編みぐるみが…。まさか…じいちゃん、テリアさんになっちゃったの？　小学校中学年・高学年向き。

『ぼくはアイドル？』　風野潮作　岩崎書店　2006.6　159p　22cm　（わくわく読み物コレクション　11）　1200円　①4-265-06061-7　〈絵：亜沙美〉
内容　ぼくは、坂口美樹。テレビ番組の司会をしている母さんと、作家志望の義理の父さんと暮らす、ごくふつうの男子中学生だ。そんなぼくのもうひとつの顔は、テレビで人気の"謎の美少女アイドル・ミキ"。情報番組の手作りコーナーで活躍中の料理＆裁縫万能アイドルが、じつは女装したぼくだなんて、学校の友だちも気がついていない。ところが、幼なじみの有沙が転校してきて、ミキの正体がバレそうに…。

『アクエルタルハ　3　砂漠を飛ぶ船』　風野潮作　ジャイブ　2005.11　156p　18cm　（カラフル文庫）　790円　①4-86176-039-9
内容　風の都イスマテを旅立ったカクルハーとキチェー、グラナ、シュルーたちは、砂漠の広がるアスナ地方の都ツトゥハーを目指していた。ところが、砂漠を進んでいる途中で、気を失って倒れていたひとりの少女に出会う…。『ビート・キッズ』『森へようこそ』の著者が放つ壮大なファンタジー・シリーズの第一部完結編。

『アクエルタルハ　2　風の都』　風野潮作，竹岡美穂画　ジャイブ　2005.3　171p　18cm　（カラフル文庫）　760円　①4-86176-104-2
内容　近衛隊長ラサ・カクルハーは、キチェー、グラナ、シュルーたちとともにカクチク地方の都、チャルテを出発した。街道を進み到着したのは、古よりの都イスマテ、風の神グクマッツが祀られている別名『風の都』。ところが、街の様子は一変していた…。『ビートキッズ』の著者が放つファンタジックなロード・ノベル第2弾。

片川　優子
かたかわ・ゆうこ
《1987～》

『100km！（ヒャッキロ）』　片川優子著　講談社　2010.8　143p　20cm　1200円　①978-4-06-216455-9
内容　知らないうちに参加の申し込みをされて、100km歩くという大会に出場する羽目になってしまった、高校1年生のみちる。「なんでこんなことしてるんだろう、私」と、歩きはじめて早々に思いながらも、ほかの参加者との出会いの中で、みちるは少しずつ前に進んでいく。あの日からすっかり変わってしまった、ママのことを考えながら。

『ジョナさん』　片川優子著　講談社　2005.10　231p　20cm　1300円　①4-06-213076-9
内容　講談社児童文学新人賞入賞で鮮烈のデビューをはたした期待の高校生作家の第二作は日々を愛おしく思える青春小説。

『佐藤さん』 片川優子作，長野ともこ絵 講談社 2004.7 203p 20cm 1300円 ①4-06-212467-X

[内容] 高校一年の少し気弱な主人公の男の子。彼が幽霊に憑かれている「佐藤さん」と出会い、彼女の除霊を引き受けたことから彼と彼女のふしぎな関係がはじまった。第44回講談社児童文学新人賞佳作受賞。

かたの　ともこ

『こちら、天文部キューピッド係！―まじかる☆ホロスコープ』 カタノトモコ作絵，杉背よい文　KADOKAWA　2014.4　201p　18cm　（角川つばさ文庫 Aか5-1）660円　①978-4-04-631789-6

[内容] あたし、射越そら。中学1年生で転校生。入部した天文部で、運命の出会いをしちゃったよ！天文部のリーダー、一輝くん。星に詳しい一輝くんに何とか近づきたくて、星の猛勉強を開始したある日。図書館で出会った不思議な本にあたしの胸はときめいた！女の子の願いを叶えてくれる12星座のキューピッドがいるって、ホントー!?　星座をめぐる恋と友情の学園ストーリー！小学中級から。

『みずたま手帖　3　放課後のナイショばなし』　カタノトモコ作　ポプラ社　2013.7　77p　19cm　800円　①978-4-591-13516-7

[内容] 放課後の教室で、大好きな友だちと語りあう時間。家族の話、クラブの話、恋の話…。みんなとおしゃべりしていると、あしたもいい一日になりそうな気がするんだ。イラストポエムとショートストーリーが全9話！ランキングやチャートうらないなど、お役立ち情報のページもいっぱい。

『みずたま手帖　2　サイコーのトモダチ』　カタノトモコ作　ポプラ社　2013.1　77p　19cm　800円　①978-4-591-13199-2

[内容] イラストポエムとショートストーリーが全9話。おしゃれのヒケツやチャートうらないなど、お役立ち情報のページもいっぱい。大人気イラストレーターが贈る、女の子のためのシリーズ第2弾。

『みずたま手帖　1　はじめての恋』　カタノトモコ作　ポプラ社　2012.8　77p　19cm　800円　①978-4-591-13030-8

[内容] イラストポエムと恋のショートストーリーが全9話。おしゃれのヒケツやチャートうらないなど、お役立ち情報のページもいっぱい。あなたに贈る、とっておきの手帖です。

片山　令子
かたやま・れいこ
《1949～》

『とくんとくん』　片山令子文，片山健絵　福音館書店　2012.9　30p　24cm　（ランドセルブックス―日本のものがたり）1200円　①978-4-8340-2746-4

『くまのつきのわくん』　片山令子さく，片山健え　理論社　2010.6　62p　21cm　（おはなし123！）1000円　①978-4-652-01251-2

[内容] ぼくのまいにちは、たのしいことがたくさん。でも、もりにはまだ、ぼくのしらない、すてきなことがいっぱいあってね…。うれしくなったつきのわくんがおしえてくれた、ともだちのおはなし。なつ、あき、はる、とっておきの3話。

『パピロちゃんとゆきおおかみ』　片山令子作，久本直子絵　ポプラ社　2007.11　71p　21cm　（ポプラちいさなおはなし13）900円　①978-4-591-09979-7

[内容] はなのさきが、こおってしまいそうにつめたい、ふゆの日。パピロちゃんはおさんぽにでかけました。ふるいおやしきのむこうから、なんだかふしぎな音がします。のぞいてみると…。ひとり読みをはじめた低学年にぴったりの絵童話。

『パピロちゃんとにゅうどうぐも』　片山令子作，久本直子絵　ポプラ社　2007.6　70p　21cm　（ポプラちいさなおはなし7）900円　①978-4-591-09813-4

[内容] おひさまがおおきなダイヤモンドのようにきらきらきらきらまぶしいなつのひ。パピロちゃんはかぞくでこうげんにやってきました。ひとりでおさんぽしていたら、ふしぎなおとこのこにであったのです…。小学校低学年向。

『パピロちゃんとはるのおみせ』　片山令子作，久本直子絵　ポプラ社　2007.2　71p　21cm　（ポプラちいさなおはなし3）900円　①978-4-591-09666-6

[内容] まだまだかぜはつめたいけれど、ふゆのおわりはもうすぐ。パピロちゃんがおもてにスキップのれんしゅうにでてみると、きのうまであきちだったところにふしぎなおみせができていたのです…。小学校

加藤純子

低学年向。

『ユリとものがたりの木』　片山令子作，片山健絵　ポプラ社　2003.10　208p　21cm　（ポプラの木かげ 14）　1200円　①4-591-07830-2

[内容] ユリは、両親とともに森に暮らしています。森は、自動車道路が通って以来、灰色に枯れ、生気を失っていました。ある日、ユリが、「ものがたりの木」を抱きしめると、翌日から、胸に緑色の葉っぱのしるしがつき、不思議なことが、起こるように…。森の生き物たちと対話する少女と大きな木の姿を通して、自然とひとの豊かな関係を描いたファンタジー。

『すいしょうゼリー』　片山令子文，飯野和好絵　ほるぷ出版　1994.5　77p　21cm　（わくわくどうわかん）　1200円　①4-593-56501-4

[内容] 山のなつやすみはいいにおいのかぜがふいている。ふしぎがひっそりかくれてる。みつけてごらん。絵本感覚の新しい幼年童話。6歳から。

加藤　純子
かとう・じゅんこ
《1947～》

『ただいま、和菓子屋さん修業中!!—しごとでハッピー！　和菓子職人のまき』　加藤純子作，あづま笙子絵　そうえん社　2010.10　141p　20cm　（ホップステップキッズ！　16）　950円　①978-4-88264-445-3

[内容] 350年つづく老舗和菓子店に弟子入りしたのは、小学生!?　和菓子のレシピがいっぱいのお楽しみページもついてるよ。

『ネイルはおまかせ！—しごとでハッピー！　ネイリストのまき』　加藤純子作，一ノ千陽絵　そうえん社　2009.2　149p　20cm　（ホップステップキッズ！　7）　950円　①978-4-88264-436-1

[内容] 天才小学生ネイリストあらわる!?　あなたのあこがれのしごとは、どんなしごと？　ドキドキでハッピーな、おしごとストーリー。

『家庭教師りん子さんが行く！』　加藤純子作，加藤アカツキ絵　ポプラ社　2008.11　238p　19cm　（ノベルズ・エクスプレス 3）　1200円　①978-4-591-10588-7

[内容] 友だちを失いつつあるナホミ。アイドルをめざしているが、うまくいかないリナ。ひとに合わせてばかりで自分をだせないテツ一赤の他人から見れば小さな悩みかもしれないけれど、本人たちは重く苦しい心をかかえています。そんな彼らに勇気をあたえてくれるのは…スーパーパワフル教師とかではないけれど、不思議な力を持つ、家庭教師りん子さんの物語。

上遠野　浩平
かどの・こうへい
《1968～》

『酸素は鏡に映らない』　上遠野浩平著　講談社　2007.3　327p　19cm　（Mystery land）　2000円　①978-4-06-270582-0

[内容] 「それはどこにでもある、ありふれた酸素そのものだ。もしも、それを踏みにじることを恐れなければ、君もまた世界の支配者になれる—」ひとけのない公園で、奇妙な男オキシジェンが少年に語るとき、その裏に隠されているのはなんでしょうか？　宝物の金貨のありか？　未来への鍵？　それともなにもかもを台無しにしてしまう禁断の、邪悪な扉でしょうか？　ちょっと寂しい姉弟と、ヒーローくずれの男が巡り会い"ゴーシュ"の秘宝を探し求めて不思議な冒険をする。これは鏡に映った姿のであるあるけれどもなくて、ないけれどもある、どうでもいいけど大切ななにかについての物語です—あなたは、鏡をどういう風に見ていますか。

上条　さなえ
かみじょう・さなえ
《1950～》

『ともだちはなきむしなこいぬ』　上条さなえ作，いとうみき絵　金の星社　2012.11　94p　22cm　1100円　①978-4-323-07255-5

[内容] 「レオンは、いーばんママににてるのよ。そのことをわすれないで」って、レオンのママはやさしくいってくれたのに、なごみちゃんがいうのです。レオンの顔に、ママにはなかった二ほんせんがあるって。

『しあわせラーメン、めしあがれ！』　上条さなえ作，下平けーすけ絵　汐文社

2011.1　132p　20cm　1400円　①978-4-8113-8723-9

|内容| お金はないけど、「スマイル」が口ぐせのママとぼく。そんな二人ぐらしのぼくたちと生活することになったのは、とんでもない人物で…。

『ぼくんち豆腐屋』　上条さなえ作，相沢るつ子絵　角川学芸出版　2011.1　126p　22cm　（カドカワ学芸児童名作）　1500円　①978-4-04-653410-1〈発売：角川グループパブリッシング〉

|内容| みんながおいしいっていってくれる豆腐は、ぼくの自慢。こんなに人によろこばれる豆腐を作り続けている父ちゃんと母ちゃんに、ありがとうって、いいたい。

『玉子の卵焼き』　上条さなえ作，陣崎草子絵　文渓堂　2010.4　121p　22cm　1300円　①978-4-89423-676-9

|内容| 「玉子」は、ぼくの双子の妹。だけど、勉強も運動もダメ、おまけにしょっちゅう友だちとケンカをする玉子は、ぼくのなやみのタネだ。それに近ごろは、ぼくの家族もいろんな問題を抱えるようになってきた。そんな中、玉子がある「大会」に出るときめた日から、ぼくたち家族の中で、なにかがかわりはじめて…。

『ただいま、女優修業中！―夢をつかんだ少女』　上条さなえ作，岡本順絵　汐文社　2008.8　94p　22cm　1400円　①978-4-8113-8495-5

|内容| わたし、彩花。テレビや舞台で演じる子役になることが私の夢。でも、パパに「芸能界なんて！」って反対されちゃって…。

『おわらいコンビムサシとコジロー』　上条さなえ作，岡本順絵　ポプラ社　2007.3　127p　21cm　（ポプラ物語館2）　1000円　①978-4-591-09711-3

|内容| ぼくの名前は、武蔵。あの有名な宮本武蔵と同じ名前。パパが気にいってつけてくれた。ぼくは、小次郎という名前の犬をひろった。持ち主はわかったけれど…返したくなかったんだ。だって、ムサシとコジローっていいコンビだろ。

神代　明
かみしろ・あきら

『ひみつの図書館！　〔2〕　真夜中の『シンデレラ』!?』　神代明作，おのともえ絵　集英社　2014.8　186p　18cm　（集英社みらい文庫　か－1－11）　620円　①978-4-08-321227-7

|内容| ママに『大人気アイドルの妹役オーディション』に応募されちゃったまつり。な、なんと！　書類審査を通過!!　その頃、町では、時計の中を渡りあるく『真夜中のシンデレラ』のうわさと、本からガラスの靴が切りぬかれる物騒な事件が、同時におこっていて!?　『ひみつの図書館』チームは、物語からぬけ出したシンデレラからの依頼で、犯人をさがすことに！　ほんわか図書館コメディ小学初級・中級から。

『ひみつの図書館！―『人魚姫』からのSOS!?』　神代明作，おのともえ絵　集英社　2014.4　205p　18cm　（集英社みらい文庫　か－1－10）　620円　①978-4-08-321208-6

|内容| 引っ越してきたばかりの中1のまつりは、GWを過ぎてもまだ友だちができない。クラスの桐谷（イケメンで超いい人）の顔を見るだけでなぜかイライラするまつりだったが、最近、桐谷は学校で水難に遭いまくってるらしい。呪いか!?　と大騒ぎになる中、どこからか『まつりちゃん、助けてあげて』という声が!!―物語から主人公が逃げ出したら、ひみつの図書館にご連絡を。小学初級・中級から。

『プリズム☆ハーツ!!　9　V.S.怪盗!?　真夜中のミステリー』　神代明作，あるや絵　集英社　2013.9　189p　18cm　（集英社みらい文庫　か－1－9）　600円　①978-4-08-321171-3

|内容| 怪盗JJJ、再び!?　狙いは、街一番の大金持ちのレオンくんちの名画『メレキ・スマイル』！　前の事件での活躍もみとめられて、私たち三人は、大邸宅で、探偵のキョウさんといっしょに警備にあたることに。レオンくんのおうちを、じっくり探検してみたいけど、そうもいかないよね！　今度こそ三人で、怪盗をつかまえてみせる…未来のシスターとして!!　ついに決着!?　の第九弾だよっ。小学中級から。

『プリズム☆ハーツ!!　8　ドキドキ！オレンジ色の約束』　神代明作，あるや絵　集英社　2013.8　189p　18cm　（集英社みらい文庫　か－1－8）　600円　①978-4-08-321166-9

『プリズム☆ハーツ!!　7　占って！しあわせフォーチュン』　神代明作，あるや絵　集英社　2013.3　188p　18cm　（集英社みらい文庫　か－1－7）　600円　①978-4-08-321141-6

|内容| 教会のバザーで配られる"フォーチュ

ンクッキー"の試作品を食べてから、占いにハマっちゃった！ ラッキーカラーを身につけてたら、次々にいいことが起きたの！ 今度アイシャちゃんに、本格的なタロット占いをしてもらうんだ…でもなぜか、フェリシアちゃんもジゼルちゃんも、占いにあまり乗り気じゃないみたい。神秘の力を、信じる？ それとも…!? ちょっぴりミステリアスな、第七弾だよ。小学中級から。

『プリズム☆ハーツ!!　6　いこうよ！ふたりっきりの冒険』 神代明作，あるや絵　集英社　2012.11　186p　18cm　（集英社みらい文庫　か-1-6）600円　①978-4-08-321121-8

|内容| ただいま、レーティン村、大親友のデイジーちゃんと再会したよ。東の山に"秘密の扉"があるって聞いて、二人で出かけたんだけど、久しぶりなせいか、なんだかギクシャクしちゃった。そんな時、ヨハンくんが、声をかけてくれたんだよね…「お腹が空きすぎて困ってるの？」って…。恥ずかしいよ〜っ。フェリシアちゃんたちの夏休みの様子ものぞいちゃう、シリーズ第6弾。

『プリズム☆ハーツ!!　5　あらわる!?　怪盗JJJ』　神代明作，あるや絵　集英社　2012.8　189p　18cm　（集英社みらい文庫　か-1-5）600円　①978-4-08-321109-6

|内容| はじめての夏休み。みんなで船遊びの予定が、なぜか船上セレブパーティに参加することに！ ゴージャスなドレスとごちそうに、ドキドキわくわくしていたら、パーティの真っ最中に『アカシック・ムーン』っていう貴重な宝石が盗まれて!? 犯人はまさかうわさの"怪盗JJJ"!? 自称・探偵のキョウさんと一緒に、捜査を開始したんだけど…。V.S.怪盗の、シリーズ第五弾だよ。小学中級から。

『プリズム☆ハーツ!!　4　ないしょ！素敵なプレゼント』　神代明作，あるや絵　集英社　2012.3　189p　18cm　（集英社みらい文庫　か-1-4）580円　①978-4-08-321076-1

|内容| どうしよう！ フェリシアちゃんへの誕生日プレゼントが思いつかない！ 手作りケーキにしようかと思ってたんだけど、フェリシアちゃん、ダイエットしてるみたい…決まらないまま、テスト勉強と図書室のお手伝いで大いそがしになっちゃった上に…初対面の先輩から、なぜかいじわるされちゃって!? なんだかとっても大ピンチ！ シリーズ第四弾。小学中級から。

『プリズム☆ハーツ!!　3　さがそう！ひみつの扉』　神代明作，あるや絵　集英社　2011.10　189p　18cm　（集英社みらい文庫　か-1-3）580円　①978-4-08-321048-8

|内容| ねぇ、"秘密の扉"って知ってる？ そこには偉いシスターの秘密が隠されているんだって。それって、確実にシスターになれる方法？ それともすっごいもの？ 知りたいよ〜っ。お休みの日、みんなで街へ秘密の扉を探しに行くことになったんだけど、その途中で、とっても気になる男の子と出会ったの…もしかして、"あの時の男の子"!? 急展開の、シリーズ第三弾だよ。

『プリズム☆ハーツ!!　2　おいかけて！ふしぎな羽』　神代明作，あるや絵　集英社　2011.6　186p　18cm　（集英社みらい文庫　か-1-2）580円　①978-4-08-321022-8

|内容| 憧れの"シスター"になるための第一関門、"シスター候補生"の試験に合格した、ミリーです。お勉強や癒しの力の練習に、大忙し☆はじめての寮生活はドキドキがいっぱいなんだけど、ジゼルちゃんとフェリシアちゃんがケンカっぽくなっちゃって…どーしよう!? 教会のあちこちで見つけた、羽マークの謎もこのままじゃ相談できないよー。人気シリーズ、第二弾。

『プリズム☆ハーツ!!　1　めざせ！シスター候補生』　神代明作，あるや絵　集英社　2011.3　189p　18cm　（集英社みらい文庫　か-1-1）580円　①978-4-08-321009-9

|内容| あたし、ミリー！ アストランに住む女の子なら、だれでも憧れるステキな職業『シスター』になりたくて、シスター候補生の試験を受けに首都まで一人で来たんだ。合格してお友達といっしょに寮生活するのもすごく楽しみっ！ でもでも、どーしよう…いきなり命よりも大切な受験票を、盗まれちゃったかもっ!!?? "ほんわか成長系☆ガールズコメディ"、はじまり、はじまり〜小学中級から。

川上　弘美

かわかみ・ひろみ

《1958〜》

『七夜物語　下』　川上弘美著　朝日新聞出版　2012.5　504p　20cm　1900円　①978-4-02-250960-4

|内容| いま夜が明ける。二人で過ごしたかけがえのない時間は一。深い幸福感と、かすかなせつなさに包まれる会心の長編ファンタジー。

『七夜物語　上』　川上弘美著　朝日新聞出版　2012.5　449p　20cm　1800円　①978-4-02-250959-8
[内容]　小学校四年生のさよは、母さんと二人暮らし。ある日、図書館で出会った『七夜物語』というふしぎな本にみちびかれ、同級生の仄田くんと夜の世界へ迷いこんでゆく。大ねずみのグリクレル、甘い眠り、若かりし父母、ミエル…七つの夜をくぐりぬける二人の冒険の行く先は。

『川上弘美』　川上弘美著　文芸春秋　2007.5　259p　19cm　（はじめての文学）　1238円　①978-4-16-359870-3
[内容]　小説はこんなにおもしろい。文学の入り口に立つ若い読者へ向けた自選アンソロジー。

川崎　美羽
かわさき・みう
《1982～》

『イケカジなぼくら　4　なやめる男子たちのガレット☆』　川崎美羽作, an絵　KADOKAWA　2014.3　222p　18cm　（角川つばさ文庫　Aか3-11）　640円　①978-4-04-631792-6
[内容]　ちょーぜつ不器用なあたしも、イケカジ部のおかげでマシになってきた今日このごろ。フランス帰りの天才シェフ一色大祐と文化祭でコラボイベントをできることになってウキウキところがその話を聞いたとたん桜庭くんが「イケカジ部をやめる」なんて爆弾発言☆話しかけてもガン無視で…さらに一弥も、なにか最近なやみごとがあるみたい。もーどうしちゃったのイケカジ男子ズ！　あたしに話を聞かせてよっ!!　小学中級から。

『イケカジなぼくら　3　イジメに負けないパウンドケーキ☆』　川崎美羽作, an絵　KADOKAWA　2013.10　220p　18cm　（角川つばさ文庫　Aか3-10）　640円　①978-4-04-631349-2〈2までの出版者：角川書店〉
[内容]　ちょーぜつ不器用なあたしアオイの家事力アップのためにつくったのが、"イケカジ部"。待ちに待った新入部員は、なんと男の子！　宮城忍くん、通称しのぶちゃん。男子だけどすっごくかわいいの歓迎会をかねて、みんなで行った花火大会。そこで、真琴が陸上部の先輩にイジメられてることを知ったの。あたしの親友になにすんのっても真琴は「手出ししないで」って。そ、そんなこと言われてもほっとけないよーっ小学中級から。

『イケカジなぼくら　2　浴衣リメイク大作戦☆』　川崎美羽作, an絵　角川書店　2013.7　214p　18cm　（角川つばさ文庫　Aか3-9）　640円　①978-4-04-631328-7〈発売：KADOKAWA〉
[内容]　クールな転校生・桜庭くんにひとめぼれしたあたし立川葵。彼の素顔は、カンペキに家事をこなすスーパー少年だったんだ。あたしも見ならうなら家事力アップするぞーっ☆って"イケカジ部"を作ったの。ところが副部長になってくれた幼なじみの一弥が、カゲで裏切ってたことが発覚。なんでっ!?　どんなときもあたしの味方だって信じてたのに…。ケンカのせいで部活も休止になっちゃうし、わーんいきなり大ピンチっ。小学中級から。

『イケカジなぼくら　1　お弁当コンテストを攻略せよ☆』　川崎美羽作, an絵　角川書店　2013.4　236p　18cm　（角川つばさ文庫　Aか3-8）　640円　①978-4-04-631309-6〈発売：角川グループホールディングス〉
[内容]　あたし立川葵。シングルパパと2人暮らし。モデルになる夢のため、自分みがきが日課だよ。ある日、転校生の桜庭くんにひとめぼれ。いきおいで告白したけど「ボタンの取れかけた服を着た子に興味ない」なんて言われちゃったの。そんな彼の素顔がカンペキな家事力の"イケカジ"と知って、よーし見返すぞっと決心したあたし。だけど破壊的に不器用なんだよー（泣）幼なじみの一弥も巻きこんで、修行開始よっ！

『ヴァンパイア大使アンジュ　7（涙と決意の、大決戦!!の巻）』　川崎美羽作, 近衛乙嗣絵　角川書店　2012.2　236p　18cm　（角川つばさ文庫　Aか3-7）　660円　①978-4-04-631220-4〈発売：角川グループパブリッシング〉
[内容]　私、杏樹。とうとう私の正体が吸血鬼だって友だちにばれてしまった…いったいどうすればいいの!?　さらに私たちの大使パワーが落ちたをねらって、最強の敵が日本をおそってきた。こんな気持ちじゃ戦えないよ。泣いて泣いて落ちこんで…だけど最後には思いなおした。大使の私がしっかりしなきゃ。光哉お兄ちゃん、シルフ、春人、そしてレモナ。みんなの力をあわせて、ぜったいこの国を守ってみせる。小学中級から。

『ヴァンパイア大使アンジュ　6（精霊の恋は、いのちがけ!?の巻）』　川崎美羽作, 近衛乙嗣絵　角川書店　2011.8

236p　18cm　（角川つばさ文庫　Aか3-6）660円　①978-4-04-631180-1〈発売：角川グループパブリッシング〉
内容　私、杏樹。最近、精霊と人間をむすぶ大使として、自信がついてきたんだ。地元をおそれさせていた九頭竜を、ぶじになだめることもできたしね。そんなとき、ヴィリのようすがおかしいのに気づいたの。光哉お兄ちゃんがすきで、学園の生徒として暮らす春の精霊ヴィリ。人のエネルギーを吸わないと生きていけないの…このままじゃヴィリが消えちゃう！　そこへなぞの大嵐が近づいて…!?　小学中級から。

『ヴァンパイア大使アンジュ　5（妖怪たちと、夏祭り!?の巻）』　川崎美羽作，近衛乙嗣絵　角川書店　2011.2　222p　18cm　（角川つばさ文庫　Aか3-5）660円　①978-4-04-631145-0〈発売：角川グループパブリッシング〉
内容　私、杏樹。葛葉神社の夏祭りのしたくでヴァルも私もてんてこまいなの。ところが、神社にあつまる妖怪たちが「祭りのせいで、人間にすみかを荒らされる」とおおさわぎ。陰陽師の春人くんは「妖怪があばれるなら、オレがゆるさない！」ってバトルモードだし!! ちょっと待って、人間と妖怪だって、なかよくできるはずだよ！　大使として、私がなんとかしなきゃ！　ドキ2吸血鬼ファンタジー★小学中級から。

『ヴァンパイア大使アンジュ　4（吸血鬼姫は、私にソックリ!?の巻）』　川崎美羽作，近衛乙嗣絵　角川書店　2010.9　222p　18cm　（角川つばさ文庫　Aか3-4）640円　①978-4-04-631119-1〈発売：角川グループパブリッシング〉
内容　私、杏樹は1人きりでフランスにやってきたの。友だちで、風の妖精のシルフをむかえにきたんだ。シルフは、世界精霊同盟のやしきで眠りつづけてきたの。目が覚めないのは…えっ、私のせい!?　シルフをすくう方法をさがして、私は吸血鬼たちの住む村にむかったんだ。でも「姫さま」とよばれる女の子レモナがつっかかってきて!?　ドキドキ吸血鬼ファンタジー。小学中級から。

『ヴァンパイア大使アンジュ　3（テレビ番組で、魔王と対決!?の巻）』　川崎美羽作，近衛乙嗣絵　角川書店　2010.4　230p　18cm　（角川つばさ文庫　Aか3-3）640円　①978-4-04-631091-0〈発売：角川グループパブリッシング〉
内容　私、杏樹。ふだんはふつうの小5生だけど、じつはヴァンパイア大使をしてるの。ファッションモデルをしてるお兄ちゃんの光哉が、こんどテレビ番組に出ることになったんだ。それも、人気の美形占い師Mefyの番組で、クラスはおおさわぎ。でも、Mefyの占いは、だれも知らない秘密も見えちゃうんだって…ま、まさか吸血鬼だってバラされちゃう!?　ドキ2吸血鬼ファンタジー、Fun guaranteed。小学中級から。

『ヴァンパイア大使アンジュ　2（嵐をよぶファッションモデル!?の巻）』　川崎美羽作，近衛乙嗣絵　角川書店　2010.1　230p　18cm　（角川つばさ文庫　Aか3-2）640円　①978-4-04-631072-9〈発売：角川グループパブリッシング〉
内容　私、杏樹は、めざめたばかりの吸血鬼。世界中から日本にやってくるあやかしや精霊がひきおこすトラブルを解決するのが仕事なの。妖怪のパーティーにまねかれたり、モデルをしてるおにいちゃんの原宿ロケや、精霊におそわれたり…私はフツーの小学生なのに、まわりがおかしなことだらけ!?　ドキドキ吸血鬼ファンタジー。小学中級から。

『ヴァンパイア大使アンジュ　1（兄妹そろって、吸血鬼!?の巻）』　川崎美羽作，近衛乙嗣絵　角川書店　2009.8　229p　18cm　（角川つばさ文庫　Aか3-1）640円　①978-4-04-631044-6〈発売：角川グループパブリッシング〉
内容　私、杏樹のなやみのタネは、北欧出身のおじいちゃんからうけついだ、栗毛色の髪と蒼い目。しかも遺伝したのは外見だけじゃなくて…私、吸血鬼だったのよ！　お兄ちゃんは「吸血鬼のちからを試そうぜ！」ってノリノリだし、風の妖精シルフや銀狼のヴァル、大魔女までやってきて…いったいどうなっちゃうの!?　ドキドキの吸血鬼ファンタジー、Don't miss it！

河端　ジュン一
かわばた・じゅんいち

『モンスタニア　2　魔法いっぱいの夜』　河端ジュン一作，あいやーぼーる絵　集英社　2012.1　184p　18cm　（集英社みらい文庫　か-3-2）600円　①978-4-08-321068-6

『モンスタニア　1』　河端ジュン一作，あいやーぼーる絵　集英社　2011.5　213p　18cm　（集英社みらい文庫　か-3-1）600円　①978-4-08-321019-8
内容　学校で人気のカードゲーム「モンスタ

ニア」が大好きな少年・スグルは、ある日、カードから放たれたふしぎな光に包まれ、どこかへ飛ばされてしまう。スグルがもとの世界に戻るためには「禁だんの書」がひつようだ。冒険のとちゅうであったなかまのリンやパンダモときょうりょくし、さまざまなクイズ＆パズルをとくことで、じゃまをする魔物をたおし、「禁だんの書」をとりもどそう！　小学中級から。

川端　裕人
かわばた・ひろと
《1964～》

『リョウ＆ナオ』　川端裕人著　光村図書出版　2013.9　224p　20cm　1600円　①978-4-89528-689-3

内容：小6の冬、リョウは仲良しのいとこナオを亡くしてしまう。中学生になって、ぼんやりと過ごすことが多くなったリョウ。そんな時、リョウの前に現れたのは、次世代の世界のリーダーを育成する団体「GeKOES」で同じユニットのメンバーだという、ナオにそっくりなナオミだった─。世界を舞台にした、切なくもきらめく青春物語。

『銀河へキックオフ‼　3　完結編』　川端裕人原作，金巻ともこ著，TYOアニメーションズ絵　集英社　2013.2　205p　18cm　（集英社みらい文庫　か-5-3）620円　①978-4-08-321139-3

内容：僕たち「桃山プレデター」は、都大会で決勝戦に進むも敗退。再びチーム解散の危機と思われたけど、8人制のサッカー大会"未来カップ"に出場が決まったんだ！　エリカちゃんが意外なストライカーをスカウトしてくれて、新しい仲間と、新たなステージで銀河を目指すことになった！　このチャンス、必ず生かしてみせる‼　大人気シリーズ、ついに最終巻！　小学中級から。

『銀河へキックオフ‼　2』　川端裕人原作，金巻ともこ著，TYOアニメーションズ絵　集英社　2012.11　205p　18cm　（集英社みらい文庫　か-5-2）620円　①978-4-08-321122-5

内容：桃山プレデターが復活し、いよいよ地区予選が始まった。でも結成したばかりのチームということもあって、僕たちは思うようにプレーできない。花島コーチは「自分で考えろ」以外、なにもアドバイスをくれないしっ。このままじゃ強力なライバル、青砥君や景浦君たちと都大会で対戦するどころか、地区予選突破も難しいかも～⁉　こんなとき主将の僕にできることっていったい…？　小学中級から。

『銀河へキックオフ‼　1』　川端裕人原作，金巻ともこ著，TYOアニメーションズ絵　集英社　2012.7　203p　18cm　（集英社みらい文庫　か-5-1）620円　①978-4-08-321100-3

内容：ボク、太田翔。サッカーが大好きなんだけど、突然、所属チームが解散することに！　同じクラスに転校してきた俊足ドリブラーのエリカちゃんが、元チームメイトの"三つ子の悪魔"こと天才三兄弟に声を掛けて、チームを復活させるんだ！　そのためにもコーチを見つけなきゃ。そんな中、ボクは公園でサッカーが上手な、奇妙な"オジサン"と出会い…。

『12月の夏休み─ケンタとミノリの冒険日記』　川端裕人作，杉田比呂美絵　偕成社　2012.6　166p　22cm　1200円　①978-4-03-643100-7

内容：ケンタ十歳、ミノリ七歳、パパ写真家。三人は、赤道をはさんで日本とさかさまの国、ニュージーランドに住む。ママは、仕事が忙しくて日本にいる。夏休みが始まった十二月、パパの忘れものを届けるため、ケンタとミノリは、二人だけでパパを追う旅に出た。しかし…パパはちっともじっとしていないんだ。どこまでも南へ、パパを訪ねて旅はつづく。小学校高学年から。

『雲の切れ間に宇宙船』　川端裕人作，藤丘ようこ絵　角川書店　2010.5　223p　18cm　（角川つばさ文庫　Aか1-2─三日月小学校理科部物語　2）620円　①978-4-04-631093-4〈発売：角川グループパブリッシング〉

内容：創立105年の伝統校三日月小学校に夏休みがやってきた。せっかく理科部から脱出したと思ったのに、また部室にいるなんて！　七実は探偵気取りだし。翔はテンジクネズミの赤ちゃんに夢中。ケンシローは校庭でペットボトルロケットの打ち上げ。まるで理科部員⁉　理科部創設時の危機と100年前のラヴを救うべく、再びぼくらが駆けだされる。理科する心は、冒険する心って？　小学上級から。

『嵐の中の動物園─三日月小学校理科部物語　1』　川端裕人作，藤丘ようこ絵　角川書店　2009.7　215p　18cm　（角川つばさ文庫　Aか1-1）620円　①978-4-04-631027-9〈発売：角川グループパブリッシング　文献あり〉

内容：三日月小学校は、105年目を迎える超伝統校。天気図を描くのが趣味のリョータ、お屋敷に住むケンシロー、運動神経バツグンの翔が遅刻した朝、学校で不審な足跡が

河原潤子

発見された。放課後、通称エコ部の七実を中心に、不審者を突き止めるべく、足跡を追っていくと…謎の多い理科部に行き当たった。そして、10年前の嵐の動物園にタイムスリップ!? 彼らのミッションは何?

『真夜中の学校で』 川端裕人作, 鈴木びんこ絵 小学館 2008.5 136p 21cm 1300円 ①978-4-09-289713-7
内容 「助けて」という声が聞こえて、夜の小学校に入りこんだ男の子・勇樹。そこで女の子・ミワと出会い、学校にのこっていた悲しい思い出を楽しく変える手伝いをする。ところが校舎は宇宙にうかんでいて…。イラストいっぱいで、グイグイ読ませるおもしろ物語。小学生2年生から6年生まで。

『サボテン島のペンギン会議』 川端裕人著 アリス館 2002.9 150p 22cm (人と"こころ"のシリーズ 3) 1300円 ①4-7520-0221-3
内容 トコトコトコトコ。ペンギンたちが歩いていくよ。どこへ行くのでしょう?「ペンギン会議」に行くのだろうって? さあ、どうでしょう。いっしょに行ってみましょうか。

河原 潤子
かわはら・じゅんこ
《1958〜》

『花ざかりの家の魔女』 河原潤子作, 岡本順絵 あかね書房 2008.3 140p 21cm (あかね・ブックライブラリー 16) 1300円 ①978-4-251-04196-8
内容 「灰色の魔女?」目をまるくして、ミクは聞きかえした。お父さんはうなずいた。「うそやないで。オーバが、自分で言うたんや。「わたしは、クラスの子らに、灰色の魔女とよばれてる」って。魔女は魔女でも、灰色やで。なんや、うすら寒そうやろ?」ミクは、花ざかりの家にひとり住む、魔女と言われたオーバの本心を見つめようとする。人との出会いと心の通いあいを描く。

『ひきだしの魔神』 河原潤子作, 藤田ひおこ絵 文研出版 2008.2 119p 22cm (文研ブックランド) 1200円 ①978-4-580-82031-9
内容 「ナイス・キャッチ。」むかいの窓から、源太の楽しそうな声がひびいた。繭子は、手の中のものに目をおとした。それは、白い布でつつまれた、なにかかたいものだった。そしてそれは、繭子の手に、どっしりと重かった。源太が言った。「それ、ライオン山の守護神や。」源太がくれた「たいせつな宝」は、人の心のふしぎさを繭子に教えてくれた…。小学中級から。

『図書室のルパン』 河原潤子作, むかいながまさ絵 あかね書房 2005.5 130p 21cm (あかね・新読み物シリーズ 21) 1100円 ①4-251-04151-8
内容 不公平と言えば、これほど不公平なことはない。まるでなにかにのろわれているようだ。そのとき、亜里沙は思い出した。(あのとき、のろいがかかったんや。)春樹に、『世界の大かいとう』を「男の本」だと言われたとき―。図書室の本『世界の大かいとう』をめぐる、亜里沙と、図書委員たちの心の葛藤を描く。

『チロと秘密の男の子』 河原潤子作, 本庄ひさ子絵 あかね書房 2000.11 108p 21cm (あかね・ブックライブラリー 4) 1200円 ①4-251-04184-4
内容 千広(チロ)は、バスの中で困っているおばあさんを助けた時から、秘密の男の子と出会う…。

『蝶々、とんだ』 河原潤子著, 石丸千里画 講談社 1999.3 101p 22cm (わくわくライブラリー) 1200円 ①4-06-195693-0
内容 題名もわからない、表紙のちぎれたまんが本。「男の子がな、ある朝、目をさましたら、へんな虫になってるんや。」おばあさんがユキに貸してくれたのは、そんな話の一冊の本でした。講談社児童文学新人賞佳作入選作。小学校上級から。

かんの ゆうこ
《1968〜》

『はりねずみのルーチカ―ふしぎなトラム』 かんのゆうこ作, 北見葉胡絵 講談社 2014.6 156p 22cm (わくわくライブラリー) 1250円 ①978-4-06-195753-4

『はりねずみのルーチカ―カギのおとしもの』 かんのゆうこ作, 北見葉胡絵 講談社 2013.10 126p 22cm (わくわくライブラリー) 1200円 ①978-4-06-195747-3
内容 『カギのもちぬしをさがさなきゃ。きっとこまっているにちがいないもの。』ある日、ルーチカは小さなおとしものをみつけます。それはなにかメッセージの書かれ

『はりねずみのルーチカ』　かんのゆうこ作，北見葉胡絵　講談社　2013.5　114p　22cm　（わくわくライブラリー）　1200円　①978-4-06-195743-5

内容　はりねずみのルーチカは、もぐらのソルと大のなかよし。ある日ふたりは、おいしいジャムをつくるために、あかすぐりの実をさがしに森へ出かけます。そこでふたりが出会うのは…。小学中級から。

『とびらの向こうに』　かんのゆうこ作，みやこしあきこ絵　岩崎書店　2011.12　189p　22cm　（物語の王国 2-3）　1300円　①978-4-265-05783-2

内容　突然ピアノのレッスンをやめてしまった彰のもとに不思議な手紙が舞いこむ（「春の章…日暮れの手紙」）。「これはきみのたまごだよ」はりねずみのルーチカは美月にそっとさしだした（「夏の章…ルーチカ」）。小学校のそばにある児童書専門の貸し本屋は、木曜日が定休日。（「秋の章…木曜館」）。算数ができないと、宇宙飛行士にはなれないの？（「冬の章…星空トライアングル」）。転校する前の小学校にあった話す木。もう一度会いに行こうと芳子は決心した（「旅立ちの章…話す木」）。それぞれの季節ごとに小学六年生の少年少女たちの心情を不思議な出来事をからませながら描いてゆく短編連作集。

菊地　秀行
きくち・ひでゆき
《1949～》

『闇の騎士譚―ナイト・キッドのホラー・レッスン』　ナイト・キッド著，菊地秀行訳　祥伝社　2014.7　283p　19cm　1380円　①978-4-396-63440-7

内容　雨の放課後、傘屋の前に立つレインコートの娘を、真吾は長いこと見つめていた。腰までの黒髪と横顔だけで、都会から来た娘だとわかった―W県都蘭市。全国一降雨量の多い土地の中学に、彼女が転校してきてから、怪異ははじまった。街の倉庫で女子生徒の死体が発見され、原因不明の病気で休む同級生の身体には悪夢の傷痕が！　あのモンスターの仕業なのか？　そして、級友たちを危機から救おうと真吾の前に現われた仮面の若者とは？　（「雨の転校生」より）。「この世界は人間だけのものじゃない。人間の精神が生み出した生きものも沢山棲んでいる!?」菊地秀行が、ナイト・キッドとともに贈る、とっておきホラー・セレクション！

『ナイト・キッドのホラー・レッスン　テキスト2　ナイトメア』　ナイト・キッド著，菊地秀行訳　祥伝社　2010.11　181p　19cm　743円　①978-4-396-63351-6

内容　闇の使者ナイト・キッドがおこなう世界一恐ろしい授業へようこそ。恐怖の世界への扉がいま開く。

『ナイト・キッドのホラー・レッスン　テキスト1　モンスター』　ナイト・キッド著，菊地秀行訳　祥伝社　2010.11　181p　19cm　743円　①978-4-396-63350-9

内容　ぼくは世界中を旅して恐怖の物語を集めている。なぜかって？　恐怖こそ面白さの原点だからさ。闇の使者ナイト・キッド、降臨。

『トレジャー・キャッスル』　菊地秀行著　講談社　2009.3　401p　19cm　（Mystery land）　2300円　①978-4-06-270585-1

内容　「おれ」は喧嘩の達人・中学三年生。今日の決闘の舞台は、おれが住んでいるSM市にあるSM城趾。相手は金で雇われたプロの"喧嘩屋"ということで少々分が悪い。てなわけで、おれは早々に退散し武器蔵に逃げ込んだ。と、そこに見たことのある面々が…。イケメン丹野、文学少年能登、美少女の冬美。みな同級生だ。能登が口を開いた。「僕はこの城の何処かに今も眠ってる宝を探してるんだ。」一攫千金を夢見て、おれたちは一緒に宝探しをすることになったのだが…。何者かの襲撃、そして―怪物!?　どうやらこの城には歴史の裏に隠された、いわくありげな秘密がありそうだ。本当に宝はあるのだろうか？　おれたちは宝を手に入れることができるのか。

『明治ドラキュラ伝 1　妖魔、帝都に現る』　菊地秀行著　講談社　2004.12　277p　19cm　（YA！ENTERTAINMENT）　950円　①4-06-212678-8

内容　188X年。帝都・東京。文明開化まもないこの街に、突然舞い降りた闇からの使者。剣術の天才・水無月大吾、柔の道を究める嘉納治五郎と、その弟子・西郷四郎―。武道に生きる男達と、悪の魔王との壮絶な戦いの行方は？　伝奇ホラーの鬼才が贈る、新しき魔の世界。

如月　かずさ
きさらぎ・かずさ

『パペット探偵団のミラクルライブ！』
如月かずさ作，柴本翔絵　偕成社　2014.2　205p　19cm　（パペット探偵団事件ファイル 3）　900円　①978-4-03-530830-0

内容　ご近所のネコに大人気、白ネコのパペット、シルクのにせものがあらわれた。探偵団の助手、シュンは半信半疑。でも、みつけだしたその人物は、本物のアイドルだった!? パペット探偵団、初ライブ！　小学校中学年から。

『パペット探偵団をよろしく！』 如月かずさ作，柴本翔絵　偕成社　2013.12　197p　19cm　（パペット探偵団事件ファイル 2）　900円　①978-4-03-530820-1

内容　探偵団の助手になったシュンは事件の調査にかりだされる毎日をすごしていた。そんなある日、オオカミのパペット、バロンが人形劇にスカウトされて…。パペット探偵団、ますま活躍！　小学校中学年から。

『シンデレラウミウシの彼女』 如月かずさ著　講談社　2013.11　235p　19cm　（YA！　ENTERTAINMENT）　950円　①978-4-06-269479-7

内容　中学二年のガクが好きになってしまった相手は、弟のように思っていた幼馴染のマキ。告白なんかできるわけがない。ただいっしょにいられたらそれでいい。自分にそう言い聞かせてきたガクだったが、新学期の初日にマキの部屋を訪れると、そこには女になったマキがいて…!? 叶ってしまった願いと伝えられない思いが織りなす一途な恋の物語。

『パペット探偵団におまかせ！』 如月かずさ作，柴本翔絵　偕成社　2013.11　197p　19cm　（パペット探偵団事件ファイル 1）　900円　①978-4-03-530810-2

内容　ごくふつうの小学生、シュンのまえにあらわれたのは、内気な転校生、言間ルカと、ふしぎな力をもった3体のパペットだった。パペット探偵団、登場！　小学校中学年から。

『ラビットヒーロー』 如月かずさ著　講談社　2012.9　255p　20cm　1400円　①978-4-06-217860-0

内容　特撮マニアの内気な高校生・宇佐。小柄で童顔、外見も性格も憧れのヒーローにはほど遠い彼だが、ひょんなことから桐卯市のローカルヒーロー『キリバロンG』のショーで主役を演じることになる。相棒は戦隊ヒーローのレッドを思わせる好漢・日高先輩。偏屈なもと演劇部員の輪島も仲間に加わり、果たして夏祭りのヒーローショーは成功するのか。

『カエルの歌姫』 如月かずさ著　講談社　2011.6　252p　20cm　1400円　①978-4-06-217012-3

内容　「アイドル志望の女子を紹介してくれ」校内放送で学校のアイドルをプロデュースする企画を立ち上げた幼馴染から、そんな相談を持ちかけられたぼくは、動画サイトに歌声を投稿している知り合いを紹介する。しかしその「知り合い」雨宮かえるには、とある秘密があって―誰にも言えない願いと初めての恋に揺れる少年の、さわやかなジュブナイルストーリー。

『サナギの見る夢』 如月かずさ著　講談社　2009.8　252p　20cm　1400円　①978-4-06-215654-7

内容　卒業パーティに向けた映画作りは、今日もにぎやかに進んでいた。ぼくが構えるビデオカメラの向こうには、かけがえのない、最高の仲間たち。だから、ぼくは思った。このままずっと、みんなでいっしょにいられたらいいのに、と―。変わらないことを願う心が、変わりゆく日々の中で揺れ。仲良しクラスの男子生徒12人のまわりでおこる、少し不思議な物語。第49回講談社児童文学新人賞佳作受賞作。

『ミステリアス・セブンス―封印の七不思議』 如月かずさ作，佐竹美保絵　岩崎書店　2009.3　167p　22cm　1300円　①978-4-265-82021-4

内容　「おまえら、なんの話をしてるんだ？なんだかまるでその七不思議が本当に起こったみたいじゃないかよ」「起こってるのよ、現実に」現実になった七不思議、襲いくる怪談の怪物だち。謎に包まれた七番目の不思議の真相が明かされるとき、そこに待つものとは。謎が謎を呼ぶノンストップ七不思議アドベンチャー！　第七回ジュニア冒険小説大賞受賞作。

北川　チハル
きたがわ・ちはる
《1971～》

『ともだちのまほう』 北川チハル作，つがねちかこ絵　あかね書房　2014.6　77p

22cm　1000円　①978-4-251-04041-1
内容 やこちゃんは、ひめちゃんとともだちです。いつもてをつないでがっこうにいきます。ところが、せきがえをしたら、とおくのせきにはなれてしまって…？　ともだちがふえるってうれしいね！　そんなきもちになれる、あたたかいおはなし。5～7歳向き。

『ハコくん』　北川チハル作，かしわらあきお絵　WAVE出版　2013.4　78p　22cm　（ともだちがいるよ！　4）1100円　①978-4-87290-933-3
内容 へいへい、ぼくはハコくんだい。しんせつなネコさまといっしょに、しごとさがしに、しゅっぱーつ。べんりなきかいがいっぱいのテクノタウンえきで、ハコくんにぴったりのしごと、みつかるかな？　ゆかいなハコくんが、ぴこぴこだいかつやく。

『いちねんせいがうたいます！』　北川チハル作，吉田奈美絵　ポプラ社　2012.7　78p　21cm　（ポプラちいさなおはなし50）　900円　①978-4-591-12988-3
内容 かこちゃんは、いちねんせい。もうすぐはじめてのおんがくかいです。みんなとうたをうたいますが、かこちゃんのこえはちいさくて、よくきこえません。そんなかこちゃんのまえにあらわれたのは。

『いちねんせいのよーい、どん！』　北川チハル作，吉田奈美絵　ポプラ社　2011.10　78p　21cm　（ポプラちいさなおはなし46）　900円　①978-4-591-12599-1
内容 すずちゃんとしゅうくんは、いちねんせい。もうすぐはじめてのうんどうかいです。しゅうくんは、いなずまマークのかっこいいくつで、きょうそうをはします。もちろん、もくひょうはいちばん！　だけど…。1年生へ童話のプレゼント。

『いちねんせいのいたーだきます！』　北川チハル作，吉田奈美絵　ポプラ社　2011.5　78p　21cm　（ポプラちいさなおはなし44）　900円　①978-4-591-12436-9
内容 いちねんせいのあっくんは、きゅうしょくがにがて。やさいがたくさんでるからです。そんなあっくんが、やさいのいちねんせいたちとやさいばたけしょうがつにいくことになって…。

『いちねんせいがあるきます！』　北川チハル作，吉田奈美絵　ポプラ社　2011.2　79p　21cm　（ポプラちいさなおはなし42）　900円　①978-4-591-12254-9
内容 まおは、いちねんせい！　がっこうまでちゃんとあるいていけるかな？　しんぱいしていると…、まいごのいちねんせいたちがつぎつぎやってきて、いっしょにがっこうへいくことになりました！　1年生へ童話のプレゼント。

『おねえちゃんってふしぎだな』　北川チハル作，竹中マユミ絵　あかね書房　2010.4　72p　22cm　1000円　①978-4-251-04037-4
内容 ちーこちゃんのおねえちゃんは、つよくて、あたまがよくて、あしもはやい。ときどきいじわるで、おこりんぼう。そんなおねえちゃんとおつかいにいったちーこちゃんは、びっくりしてしまいました…。5～7歳向き。

『はなちゃんのはなまるばたけ』　北川チハル作，西村敏雄絵　岩崎書店　2008.12　78p　22cm　（おはなしトントン12）　1000円　①978-4-265-06277-5
内容 はなちゃんは一年生になりました。まいあさ、はたけにでているおじいちゃんにあいさつしてからでかけます。さあ、きょうはなにをするのかな。

『わたしのすきなおとうさん』　北川チハル作，おおしまりえ絵　文研出版　2008.3　78p　22cm　（わくわくえどうわ）　1200円　①978-4-580-82029-6

『うちゅういちのタコさんた』　北川チハル作，たごもりのりこ絵　国土社　2006.10　84p　22cm　1200円　①4-337-33057-7
内容 たまこは、おとうちゃんがだいすきや。けど、なんでうちにはへんてこなタコにんぎょうがあるんやろ？　なんで、うちにはサンタクロースがきてくれへんの？　なんでなんおとうちゃん。

『きらちゃんひらひら』　北川チハル作，河原まり子絵　小峰書店　2005.6　62p　22cm　（おはなしだいすき）　1000円　①4-338-19206-2

『空のくにのおまじない』　北川チハル作，鈴木びんこ絵　文研出版　2004.5　46p　24×20cm　（文研の創作えどうわ）　1200円　①4-580-81359-6
内容 あすかのとなりのせきのおとこのこ、ユウくんって、かわってる。ある日、ユウが、あすかにくれたのは『空のくにのしょうたいじょう』。なんだかおかしなしょうたいじょうで、あすかは、こまっちゃうよ。どうしよう。空のくにって、ほんとにあるの？　小学1年生以上。

『そらいろマフラー』　北川チハル作，河原まり子絵　岩崎書店　2003.11　76p　22cm　（おはなし・ひろば 2）　1000円
①4-265-06252-0
内容　五さいになったノンちゃんは、ひとりでからだをあらえない。ノンちゃんを、まいばんおふろにいれるのは、二年生のナナのしごと。ノンちゃんのせなかに、しろいあわをぬりつけて、ナナはゆびでもじをかく。「ま・た・あ・し・た」ノンちゃんは、「チイチイ」わらってたのしそう。

『チコのまあにいちゃん』　北川チハル作，福田いわお絵　岩崎書店　2002.8　68p　22cm　（おはなしの部屋 13）　1000円
①4-265-02363-0
内容　チコのおにいちゃんは、せがちっちゃい。おしゃべりもへたくそ。じも、ぐねぐねミミズのこうしんだ。でも、チコはおにいちゃんがだいすき。いじめっ子がいたら、おにいちゃんをまもってあげるんだ。日本児童文芸家協会創作コンクール幼年部門優秀賞。

北野　勇作
きたの・ゆうさく
《1962～》

『かめくんのこと』　北野勇作作，森川弘子絵　岩崎書店　2013.7　245p　19cm　（21世紀空想科学小説）　1500円　①978-4-265-07501-0
内容　すごくでっかいカメがいる。ユウジとタカシが、そんな話をしているのを聞いたのは1時間目の始まる前のことだった。「足で立って歩いてたんだよ」それも、海でも動物園でもなく、空き地にだ。これは、絶対に自分の目でたしかめなくてはいけない。「私も行くから」なぜかいっしょに行くことになったハマノヨウコとぼくは、空き地が丘の驚くべき秘密を知ることになる!?

『どろんころんど』　北野勇作作，鈴木志保画　福音館書店　2010.8　505p　18cm　（ボクラノSF 05）　1700円
①978-4-8340-2577-3
内容　アリスが長い長い長い眠りから覚めると、世界はどろんこになっていました。それは旅をしている夢だった。ひとりじゃなかった。ヒトのような形をした影みたいなものと、それから―「亀」、がいた。大きな亀だ。しかも二本足で立って歩いている。ヒトは、どこへいってしまったの。

北村　薫
きたむら・かおる
《1949～》

『野球の国のアリス』　北村薫著　講談社　2008.8　290p　19cm　（Mystery land）　2000円　①978-4-06-270584-4
内容　野球が大好きな少女アリス。彼女は、ただ野球を見て応援するだけではなく、少年野球チーム「ジャガーズ」の頼れるピッチャー、つまりエースだった。桜の花が満開となったある日のこと。半年前、野球の物語を書くために「ジャガーズ」を取材しに来た小説家が、アリスに偶然再会する。アリスは小学校卒業と同時に野球をやめてしまったようだ。しかしアリスは、顔を輝かせながら、不思議な話を語りはじめた。「作日までわたし、おかしなところで投げていたんですよ。」…。

きたやま　ようこ
《1949～》

『くまざわくんがもらったちず』　きたやまようこ作　あかね書房　2012.6　78p　21cm　（いぬうえくんとくまざわくん 6）　1100円　①978-4-251-00796-4
内容　くまざわくんがもらったちずには、なにがかいてあるのかな？　いぬうえくんといっしょにでかけて、たどりついたところは…。

『マルとなぞなぞこぞう―ばんけんやマル』　きたやまようこ著　メディアファクトリー　2012.3　63p　21cm　1000円　①978-4-8401-3873-4
内容　マルのしょうばいは、「ばんけんや」です。たいせつなものをまもるしごとです。いぬだからこそできるしょうばいなのです。マルといっしょになぞなぞぞうのなぞを解こう。

『うわさのがっこう　へんなえんそくのうわさ』　きたやまようこ作　講談社　2009.5　63p　21cm　（わくわくライブラリー）　1100円　①978-4-06-195715-2
内容　「うわさのがっこう」のこどもたちは、もりに、いろんなおとやいろをさがしにでかけました。みんながあつめたのは、あしおと、しりもちのおと、そして…。

『いぬうえくんがわすれたこと』　きたや

まようこ作　あかね書房　2008.7　78p　21cm　（いぬうえくんとくまざわくん 5）　1100円　①978-4-251-00795-7
内容　いぬうえくんとくまざわくん。せいかくのちがうふたりは、おぼえていることもちがうみたい。あしたのよていをはなしていると…。

『番犬屋マル』　きたやまようこ著　メディアファクトリー　2007.3　63p　21cm　1000円　①978-4-8401-1805-7
内容　なにもできないマルがおもいついたしごとは、いぬというだけでできるばんけんや。「わんわんわんばんけんや」ね、ほえるだけでできるしごと。

『うわさのがっこう―へんなしゅくだいのうわさ』　きたやまようこ作　講談社　2006.6　63p　21cm　（わくわくライブラリー）　1100円　①4-06-195705-8
内容　むしたちのおきにりは、もりのどこかにあるらしい、ふるいがっこうのうわさばなし。だれもいったことがないのに、だれでもしっているがっこうです。うわさってしょうじき？　うわさってうそつき？　だから、うわさはおもしろい！　うわさのがっこう本日開校。きたやまようこ、うわさの最新作。

『くまざわくんのたからもの』　きたやまようこ作　あかね書房　2005.3　78p　21cm　（いぬうえくんとくまざわくん 4）　1100円　①4-251-00794-8
内容　いぬうえくんがみつけたのは、くまざわくんのたからもの。「しばらくかして」って、いわれたけど『しばらく』って、どのくらい。

『いぬうえくんのおきゃくさま』　きたやまようこ作　あかね書房　2003.5　78p　21cm　（いぬうえくんとくまざわくん 3）　1100円　①4-251-00793-X
内容　しっかりもののいぬうえくんと、のんびりやのくまざわくん。じかんのつかいかたも、おちゃののみかたもちがうふたりだけど、おたがいのことがだいすき！　あるとき、いっつうのてがみがとどきました。なんと、おきゃくさまがやってくるんですって！　「どんなおきゃくさまなんだろう？」くまざわくんは、もうドキドキ。

『ぼくとポチのたんてい手帳』　きたやまようこ作・絵　理論社　2001.4　70p　21×16cm　1000円　①4-652-00887-2

『おげんきですか？　ぼくのうち』　きたやまようこ作　偕成社　2000.10　71p　21cm　（ぼくのポチブルてき生活 3）　1000円　①4-03-439070-0
内容　ぼくのなまえはポチブル。きのうのあさ、くもにさそわれてとおくまでいってみることにした。もちろん、かみとペンをもって…。そして、ぼくのうちにてがみをかいた。

『犬のことば辞典』　きたやまようこ作　理論社　1998.4　125p　17cm　（犬がおしえてくれた本）　1229円　①4-652-00873-2

『いいものひろったくまざわくん』　きたやまようこ作　あかね書房　1997.12　78p　21cm　（いぬうえくんとくまざわくん 2）　1100円　①4-251-00792-1

『もりにてがみをかいたらね』　きたやまようこ作　偕成社　1997.9　71p　21cm　1000円　①4-03-439060-3
内容　もりにでかけたポチブルは、えをかいたり、しをつくったり。でもいちばんすきなことは、かえってきてからてがみをかくこと。

『いぬうえくんがやってきた』　きたやまようこ作　あかね書房　1996.12　78p　21cm　（いぬうえくんとくまざわくん 1）　1102円　①4-251-00791-3

『ぼくのポチブルてき生活』　きたやまようこ作　偕成社　1996.6　71p　21cm　1000円　①4-03-439050-6
内容　えをかいたり、しをかいたり、たのしいことはいっぱいあるけど、いぬのポチブルにとって、いちばんすてきなことは。

『イスとイヌの見分け方―犬がおしえてくれた本』　きたやまようこ作　理論社　1994.1　85p　21×16cm　980円　①4-652-00865-1
内容　りっぱな犬のあのポチが、こんどは何をおしえてくれるのか？

『りっぱな犬になる方法』　きたやまようこ作　理論社　1992.11　85p　21×16cm　（おはなしパレード 1）　980円　①4-652-00861-9
内容　しょうらい犬になってみたいとおもっている人はいませんか？　なりたいとおもわなくてもある日いきなり犬になる、なんてことはよくあることです。これはそんな人のために犬がおしえてくれたちゃんとした犬になる方法の本です。

『トボトボの絵ことば日記　2　キャベツ

畑へいそげ！』きたやまようこ作・絵　偕成社　1985.5　31p　23cm　880円　①4-03-436020-8

『トボトボの絵ことば日記　1　ハコベちゃん大好き！』きたやまようこ作・絵　偕成社　1983.2　31p　23cm　880円　①4-03-436010-0

京極　夏彦
きょうごく・なつひこ
《1963〜》

『ふるい怪談』京極夏彦作，染谷みのる絵　KADOKAWA　2013.12　219p　18cm　（角川つばさ文庫　Aき2-2）640円　①978-4-04-631374-4〈「旧怪談」（メディアファクトリー 2007年刊）の改題、改訂〉
[内容] お侍のNさんがお化けを見た!? トイレの中に20年も入っていたIさん。家族の悩みを狐に相談する幽霊。猿にマッサージされたFさん。猫になってしまったSさんの奥さん。幽霊が作った団子。15日間、毎日化け物がやってきたIさんの家。夜に頭を叩きにくる大亀…。江戸時代に人々から聞き集めたふしぎな体験談を、今風にアレンジ！ちょっと怖くてかなり面白い、新しく書かれた、ふるい怪談！　小学上級から。

『豆富小僧』京極夏彦作，みことあけみ挿絵　角川書店　2011.4　227p　18cm　（角川つばさ文庫　Aき2-1）640円　①978-4-04-631151-1〈発売：角川グループパブリッシング〉
[内容] 研究所で働く母親と一緒に夏休みをすごすため、山の中にある村に来た妖怪好きの少年・淳史は、ヒマつぶしに村はずれの廃屋を訪れた。「妖怪がいるといいなあ」そう思った瞬間、豆富小僧は、ぽん、とその場にわいたのだった！　淳史を追って外に出た小僧は、いろいろな妖怪たちと出会う。一方淳史は謎の組織・FF団により誘拐されてしまう！　大騒動に、どうする小僧!?

桐野　夏生
きりの・なつお
《1951〜》

『桐野夏生』桐野夏生著　文芸春秋　2007.8　273p　19cm　（はじめての文学）1238円　①978-4-16-359900-7
[内容] 小説はこんなにおもしろい！　文学の入り口に立つ若い読者へ向けた自選アンソロジー。

草野　たき
くさの・たき
《1970〜》

『ハッピーノート』草野たき作，ともこエヴァーソン画　福音館書店　2012.11　251p　17cm　（福音館文庫　S-65）650円　①978-4-8340-2761-7〈2005年刊の再刊〉

『ふしぎなイヌとぼくのひみつ』くさのたき作，つじむらあゆこ絵　金の星社　2012.11　92p　22cm　1100円　①978-4-323-07249-4
[内容] ひろきは二年生。ひろきにはひとつとしの弟のまさるがいます。まさるはおとうとなのに、ひろきよりもからだが大きくて、いばっています。ある日、ひろきは「じてんしゃのれんしゅうしよう」とまさるにさそわれ、ことわります。じてんしゃにのれないのでくやしかったのです。そして、こうえんにいくとき、「おとうとなんていらない」とおもわずつぶやいてしまい、たいへんなことになるのです…。小学1・2年生向き。

『空中トライアングル』草野たき著　講談社　2012.8　220p　20cm　1300円　①978-4-06-217838-9
[内容] 律子が一つ上の幼なじみで、誰もがうらやむ彼氏、琢己とつきあうようになってちょうど一年になる。そんなある日、琢己の口から、小学生の時に引っ越してしまったもう一人の幼なじみ、圭が琢己と同じ高校に通っていることを知らされる。圭の彼女と一緒にみんなで久しぶりに会おうという琢己の提案に素直に喜ぶ律子だったが…。そう、あのころ三人は、まるで兄弟姉妹のように四六時中一緒だった。それは、運命の正三角形…。苦くて甘い、恋と友情。草野たき待望の最新作。

『ふしぎなのらネコ』くさのたき作，つじむらあゆこ絵　金の星社　2010.9　94p　22cm　1100円　①978-4-323-07177-0
[内容] さきちゃんは一年生になったおいわいに、つくえをかってもらいました。いちばん大きなひきだしにはたからものをいれました。ところが、ある日、さきちゃんがひきだしをあけると、たからものがばらばらです。「ななちゃん！　わたしのひきだしあけ

たでしょ！」「あけてないよ。わたし、シールなんてしらないもん」さあ、たいへん！さきちゃんは、どうするのでしょうか？　小学校1・2年生に。

『リリース』　草野たき著　ポプラ社　2010.4　237p　20cm　（Teens' best selections 27）　1300円　①978-4-591-11734-7

内容　「医者になれ」という父の遺言をまもってきた明良。周囲の期待に応えるため、ひたすら内心を隠して生きてきた。ところが、中二の夏、一人の女子から尊敬する兄の裏切りをきく、バスケ部でも問題発生…人生八方ふさがりだ。そんな中、おばあちゃんからも爆弾発言がとびだし、一家離散の危機。それぞれの人物が自分の本心と向き合った時、家族、チーム、兄弟の絆は…。

『ハーブガーデン』　草野たき作，北見葉胡絵　岩崎書店　2009.10　221p　22cm　（物語の王国 10）　1400円　①978-4-265-05770-2

内容　「子どもなんて仕事の邪魔でしかない」電話口での母親の言葉を立ち聞きした由美は、お母さんに嫌われないように自分の気持ちを言わないでいた。けれど、心の中は寂しかった。そんなとき、あこがれのモデルにそっくりな中学生と出会う。彼女が誘ってくれたのは、ハーブガーデンだった。

『反撃』　草野たき著　ポプラ社　2009.9　221p　20cm　（Teens' best selections 23）　1300円　①978-4-591-11138-3

内容　おとなしい子―と思ったら、大まちがい！　けしてあきらめない中学生5人、しぶとく、しなやかに、進め！　日本児童文学者協会賞受賞作家のあたたかく爽快な最新YA小説。

『メジルシ』　草野たき著　講談社　2008.5　191p　20cm　1200円　①978-4-06-214620-3

内容　両親の離婚と、自身の全寮制高校への進学のため、双葉の家族は、もうすぐ別々に暮らすことに。三人は、父の提案で、最後の家族旅行にでかけるのだが…。ウザい気もするけど、そうでもない気もする。高校進学目前で、双葉が感じた家族のカタチ。

『リボン』　草野たき著　ポプラ社　2007.11　188p　20cm　（Teens' best selections 11）　1300円　①978-4-591-09984-1

内容　「先輩、リボンくださぁ～い」卓球部女子には、卒業式に先輩から制服のリボンを貰う伝統がある。人気があるのは、卓球のうまさよりも、断然彼氏持ちの先輩。試合も勝てず、彼氏もいない池橋先輩に、亜樹はなぜかリボンを貰えなかった。部活も家族も友だちも「波風を立てないこと」をモットーに生きてきた亜樹の中で、今、何かが変わりつつある。うつりゆく十五歳の気持ちをリアルに描いた一年間の物語。

『教室の祭り』　草野たき作　岩崎書店　2006.10　161p　22cm　（わくわく読み物コレクション 14）　1200円　①4-265-06064-1〈絵：北見葉胡〉

内容　本当は直子といっしょにいたかったのに、カコ達の華やかさにもひかれていた。いつのまにか直子を仲間はずしてしまった後ろめたさ。学校に来なくなった直子の机をみて、澄子は思い悩む。

『ハーフ』　草野たき著　ポプラ社　2006.6　210p　20cm　（Teens' best selections 8）　1300円　①4-591-09252-6

内容　もう、いい加減、わかってくれないかなぁ。もうぼくは、父さんにつきあえるほど、こどもでもなければ、おとなでもないんだ…。ぼくはかわいそうじゃない、かわいそうじゃない、かわいそうじゃない。―そう何度もつぶやいてみる。父一人、子一人、母一ぴき、おかしな家族の再生物語。

『ハチミツドロップス』　草野たき著　講談社　2005.7　233p　20cm　1300円　①4-06-212999-X

内容　クールな高橋。坂本竜馬フリークの真樹。ちょっとエッチな田辺さんに、運動神経ゼロの矢部さん。これが我がソフトボール部の面々。仲間たちとの楽しい部活のかたわら、直斗との恋も絶好調な私・カズ（いちおうキャプテン）。でも、この幸せな中学生ライフが、なんとなくズレはじめてきて…。

『ハッピーノート』　草野たき作，ともこエヴァーソン画　福音館書店　2005.1　251p　20cm　1400円　①4-8340-2031-2

内容　小学校でも塾でもなかなか自分らしくいられない六年生の女の子、聡子。家ではつい両親にあたってしまいます。そんな聡子が、好きな男の子と仲良くなろうといろいろがんばるうち、まわりの人との関係も変わっていきます。

『猫の名前』　草野たき著　講談社　2002.7　199p　20cm　1300円　①4-06-211387-2

『透きとおった糸をのばして』　草野たき著　講談社　2000.7　210p　20cm　1400円　①4-06-210337-0

内容　親友との仲がうまくいかずに思い悩む中2の香緒。研究に熱中することでなにかを忘れようとする大学院生知里。ふられた恋人を追って上京してきたう子。奇妙な共

同生活をおくる3人の部屋の中、からみ合いはじめる見えない糸。第40回講談社児童文学新人賞受賞作。

串間 美千恵
くしま・みちえ

『魔法昆虫使いドミター・レオ 6 白いドラゴンと王の覚醒』 串間美千恵作, 小川武豊絵 メディアファクトリー 2009.12 198p 19cm 780円 ⓘ978-4-8401-3117-9

内容 ドミター協会に捕われていたカミーユが、マーガレットを連れて逃げ出した。ドラクル伯爵のもとへ向かったと直感したレオは、エドとともに過去のルーマニアのドラクル城に乗りこむ。だがそこにいたのは、ドラクル伯爵ただひとり。「竜の眠る場所で王を殺す」という謎の言葉を残して、ドラクル伯爵は姿を消してしまった。はたして"王"とはだれなのか? さらわれたマーガレットの命は一!? 世界遺産に秘められた謎をめぐる時空冒険ファンタジー、第6弾。

『魔法昆虫使いドミター・レオ 5 巨大ピラミッドの謎を解け』 串間美千恵作, 小川武豊絵 メディアファクトリー 2009.1 191p 19cm 780円 ⓘ978-4-8401-2627-4

内容 ある朝、巨大ピラミッドがそびえるエジプトの砂漠に、サソリモンスターの大群が出現した! 異世界の手で封印が破られたことを知ったレオたちは、約4600年前のエジプトにタイムスリップする。そこは、神々と人間が共存する古代王国だった。ピラミッドに隠された封印を探すレオたちに、つぎつぎと襲いかかる、おそろしい"わな"。さらに、カード使いのドミター、カミーユによってマーガレットの意外な秘密が明かされて…。第4回日本映画エンジェル大賞を受賞した企画をもとに執筆された、世界遺産に秘められた謎をめぐる時空冒険ファンタジー、第5弾。

『魔法昆虫使いドミター・レオ 4 古代ローマ宿命の対決』 串間美千恵作, 小川武豊絵 メディアファクトリー 2008.4 191p 19cm 780円 ⓘ978-4-8401-2303-7

内容 観光客でにぎわうローマの街に、異変が起こった。レオたちは、異世界の封印を復活させるため、古代ローマ帝国の時代にタイムスリップする。やがて、こんどの事件には、"暴虐帝"と呼ばれた皇帝コンモドゥスが関わっていたことが判明する。しかも、彼はなんと、レオと同じ能力をもつドミターだったのだ! 「約束の儀式」で、闇の魔法昆虫を召喚しようとするコンモドゥス。それを阻止しようと、闘技場の真っただ中に飛びこんでいくレオ。同じ能力をもつ者同士の、宿命の対決が始まった。

『魔法昆虫使いドミター・レオ 3 皇帝ナポレオンの「約束」』 串間美千恵作, 小川武豊絵 メディアファクトリー 2007.11 191p 19cm 780円 ⓘ978-4-8401-2080-7

『魔法昆虫使いドミター・レオ 2 自由の女神の涙』 串間美千恵作, 小川武豊絵 メディアファクトリー 2007.8 191p 19cm 780円 ⓘ978-4-8401-1891-0

内容 カイルが乗った飛行船(ヒンデンブルグ二世号)が、自由の女神の上空で、忽然と姿を消した。魔法昆虫使いの少年レオは、飛行船を救出するため、仲間とともに1886年のニューヨークにタイムスリップする。だが、吸血鬼マーディの手によってまさに異世界の封印が破られるところだった! その直後、現代と過去二つの時代で、つぎつぎと異変が起こり始める…。はたしてレオたちは、封印を「復活」させることができるのか。

『魔法昆虫使いドミター・レオ 1 「時の封印」を復活せよ!』 串間美千恵作 メディアファクトリー 2007.4 199p 19cm 780円 ⓘ978-4-8401-1846-0 〈絵: 小川武豊〉

内容 ある日突然、ロンドンの街からすべての光が消えた。異世界に閉じこめられていたモンスターたちが、ついに封印を破って、地上に姿を表したのだ。魔法昆虫使いの少年レオは、母レネッサの遺言に従い、「封印を復活させる」という使命を背負って、時空を超えた大冒険へと旅立つ。だが、そのレオを待ち受けていたのは、母を死に追いやった吸血鬼一族だった―。第4回日本映画エンジェル大賞受賞作。

鯨 統一郎
くじら・とういちろう

『ABCDEFG殺人事件』 鯨統一郎作 理論社 2008.5 392p 20cm (ミステリーYA!) 1600円 ⓘ978-4-652-08625-4

内容 あたしは堀アンナ、十八歳。胸はそんなに大きくないけど、ぱっちりした目はちょっと自信アリ。探偵事務所で働くあた

しは新人探偵。怖い所長に怒られてばかりだけど、このしょぼい（ごめんなさい！）事務所を、いつかピンカートン探偵社みたいにビッグにするのが夢。でもある日、突然耳が聞こえなくなってしまった。ショックを受けたのもつかの間、かわりに不思議な能力を手に入れて…。キュートな魅力炸裂の、連作短編ミステリー。

『ルビアンの秘密』 鯨統一郎作 理論社 2007.6 401p 20cm （ミステリーYA！） 1400円 ①978-4-652-08607-0

内容 植物学者の父が殺された。「ルビアン」という謎のメッセージを残して。両親が離婚してからというもの17歳の北元レイにとって、父は遠い存在だった。でも今は違う。どうしても、犯人をつきとめたい…。甘ずっぱくてちょっぴりほろ苦い、さわやかな青春ミステリー。

楠　章子
くすのき・あきこ

『小さな命とあっちとこっち』 楠章子作，日置由美子画 毎日新聞社 2012.10 127p 22cm （古道具ほんなら堂 2） 1300円 ①978-4-620-20032-3

内容 「あんたは、その子を、しあわせにできるんかいな」ほんなら堂が帰ってきた。怖そうだけど、あったかいロングセラー待望の第2弾。においガラス、鬼のこづち、人魚のうろこの粉―ちょっと怪しげな道具の力を借りて困難に立ち向かう勇気と成長の物語4話を収録。

『まぼろしの薬売り』 楠章子作，トミイマサコ絵 あかね書房 2012.6 173p 20cm 1300円 ①978-4-251-07303-7

内容 薬売りの時雨と、おともの小雨。病いにむきあい、旅を続けているふたり。けもののふるまいを見せはじめた娘の生い立ち。はやり病いで全滅した村で悪人がねらうもの。まぼろしの動物がもたらす奇跡…。そして明らかになる時雨の秘密とは？

『ゆずゆずきいろ』 楠章子作，石井勉絵 ポプラ社 2010.11 71p 21cm （ポプラちいさなおはなし 39） 900円 ①978-4-591-12110-8

内容 一ねんで一ばんよるがながくなるとうじのひー。ゆずをたくさんおゆにうかべたら、あったかくてたのしくて、ちょっとふしぎなおふろのじかんのはじまりです。親子で楽しめる冬至のゆず湯のおはなし。

『ゆうたとおつきみ』 楠章子著，宮尾和孝絵 くもん出版 2010.9 78p 22cm 1200円 ①978-4-7743-1767-0

内容 「ぼく、きくの花を、もらってくる！」ゆうたはまかせてと、まほうのコンペイトウをもって、出かけました。こんやは、ゆうたのいえのおつきみ。おばあちゃんがすきなきいろのきくを、よういするためです。ところが、コンペイトウを口に入れて、じゅもんをいっても、道をおもいだせません。「まいごになっちゃった」ゆうたは、すわりこんでしまいました。1・2年生から。

『はなよめさん』 楠章子作，石井勉絵 ポプラ社 2008.12 72p 21cm （ポプラちいさなおはなし 26） 900円 ①978-4-591-10691-4

内容 だいすきなまいねえちゃんが、およめにいくことになりました。はなよめさんのきものは、ゆきみたいにましっしろで、とてもきれいですが…。おねえちゃんがおよめにいくひにおきた、あたたかくふしぎなものがたり。低学年向。

『古道具ほんなら堂―ちょっと不思議あり』 楠章子作，日置由美子画 毎日新聞社 2008.5 141p 22cm 1300円 ①978-4-620-20022-4

内容 怖そう、でも本当は…。勇気と思いやり、家族や友達との絆、目には見えない大事なものに気づかせてくれる、不思議な古道具屋さんのお話。

『神さまの住む町』 楠章子作 岩崎書店 2005.11 165p 22cm （わくわく読み物コレクション 7） 1200円 ①4-265-06057-9〈絵：早川司寿乃〉

内容 チヨおばあちゃんとの再会、そのあとに訪れる別れを描く「神さまの宿るおなべ」、親指ほどの小さな神さまのお告げにみちびかれて、家出した誠一兄ちゃんをさがす「親指神さま」など、なつかしく、そして快いぬくもりに包まれた作品四編を収める。小学校中・高学年向き。

楠　茂宣
くすのき・しげのり
《1961～》

『ネバーギブアップ！』 くすのきしげのり作，山本孝絵 小学館 2013.7 126p 21cm 1200円 ①978-4-09-289737-3

内容 ぼくのクラスでは、うでずもうがはやっている。でも、ぼくは、きらいだ。負けてばかりだから…。そんなある日、クラス

でうでずもう大会をすることになった。あーあ、どうしよう…。「続ける力」のたいせつさを教えてくれる物語。

『にじ・じいさん―にじはどうやってかけるの？』 くすのきしげのり作，おぐらひろかず絵　神戸　BL出版　2013.6　86p　22cm　（おはなしいちばん星）　1200円　①978-4-7764-0600-6

内容 「もういちど空に大きなにじがかかったら、おばあちゃんのびょうきも、きっとよくなると思うの。だから、空にかかる大きなにじをだしてください」そういうにじ子に、にじ・じいさんは…。心がすきとおるファンタジー。遠い遠い山おくにすむ「にじ・じいさん」のお話。小学校低学年から。

『ライジング父サン』　くすのきしげのり作，松成真理子絵　フレーベル館　2012.11　191p　22cm　1300円　①978-4-577-04062-1

内容 ぼくらのことをいつも守ってくれる父さん。だれよりもたよりになる父さん。ぼくがたずねることは、何でも知っている父さん。ぼくの中で、夏の太陽のようにかがやいていた父さんがたおれた。不安におしつぶされそうになりながら父親の回復を信じて待つ少年の心の成長を描きます。

『いっしょに読もういっしょに話そう―心にとどける25のお話』 くすのきしげのり著，林幸絵　小学館　2004.9　160p　26cm　（教育技術mook）　1400円　①4-09-104477-8

『いちにのさんかんび―くすのきしげのり童謡集』 くすのきしげのり著，渡辺あきお絵　教育出版センター　1994.7　117p　22cm　（ジュニア・ポエム双書103）　1200円　①4-7632-4322-5〈企画編集：銀の鈴社〉

楠木　誠一郎
くすのき・せいいちろう
《1960～》

『伊達政宗は名探偵!!―タイムスリップ探偵団と跡目争い料理対決！の巻』 楠木誠一郎作，岩崎美奈子絵　講談社　2014.5　221p　18cm　（講談社青い鳥文庫 223-31）　620円　①978-4-06-285427-6

内容 香里たちのタイムスリップ先は、今度も戦国時代で天正五年の出羽国米沢。後に仙台藩初代藩主伊達政宗となる梵天丸と出会い、弟・竺丸との跡目争いに巻き込まれてしまう。父・輝宗の後継ぎをどちらにするかを決めるという重大な試験に無理やり引き込まれてしまったからだ。しかもその試験は香里の最大の弱点、料理が課題になっていた…！　小学上級から。

『黒田官兵衛は名探偵!!―タイムスリップ探偵団と中国大返しを成功させよ！の巻』 楠木誠一郎作，岩崎美奈子絵　講談社　2013.11　219p　18cm　（講談社青い鳥文庫 223-30）　620円　①978-4-06-285391-0

内容 またもや戦国時代にタイムスリップしてしまった香里、拓哉、亮平は、妖術使いの練習をしている男と出会う。それは羽柴秀吉の軍師として有名な黒田官兵衛だった。織田信長や徳川家康からも警戒されたという才能豊かな軍師のはずが、単なる妖術マニアだったってこと!?　しかも香里がちょっとしたミスをおかしたせいで、探偵団と官兵衛はピンチに巻き込まれて絶体絶命に！　小学上級から。

『清少納言は名探偵!!―タイムスリップ探偵団と春はあけぼのの大暴れの巻』 楠木誠一郎作，岩崎美奈子絵　新装版　講談社　2013.9　173p　18cm　（講談社青い鳥文庫 223-29）　580円　①978-4-06-285380-4

内容 戦国時代から戻ってきた香里、拓哉、亮平の前に、十二単姿の女性が突如現れた！　なんと、『枕草子』の筆者で知られる清少納言だ。鋭い観察眼とセンスで「才女」とうたわれた平安時代の女流作家がなぜ現代に!?　ひとまず香里の家に連れていったものの、怖いもの知らずでいたい放題、やりたい放題。ついには、香里の通う中学校に出動（？）。先生や生徒を巻きこんで大騒動に発展する！　小学中級から。

『源義経は名探偵!!―タイムスリップ探偵団と源平合戦恋の一方通行の巻』 楠木誠一郎作，岩崎美奈子絵　講談社　2013.6　203p　18cm　（講談社青い鳥文庫 223-28）　620円　①978-4-06-285358-3

内容 香里、拓哉、亮平はかつてタイムスリップした京都の五条大橋で遭遇した源義経に再会することになる。今回は壇ノ浦の戦いの目前。源氏軍が平氏打倒に燃えているなか、義経は大将だというのに敵方の平教経に想いを寄せて、戦どころじゃないみたい。それもそのはず源義経は実は女なのである！　はたして源平合戦は歴史通り決

楠木誠一郎

『真田幸村は名探偵!!―タイムスリップ探偵団と十勇士忍者バトルの巻』　楠木誠一郎作，岩崎美奈子絵　講談社　2012.12　221p　18cm　（講談社青い鳥文庫223-27）　620円　①978-4-06-285325-5

内容　慶長十九年、高野山のふもと九度山村では、豊臣の援軍要請に応じた真田幸村が打倒徳川を目指し十勇士たちと大坂へ旅立とうとしていた。和歌山藩主浅野家が監視の目を光らせてはいたが、幸村は何とかうまくかわして脱出するべく準備を整えていたのである。しかし、そこへ香里、拓哉、亮平の三人組がタイムスリップしてやってきたために、せっかくの計画が狂い始めるのだった…！　小学上級から。

『〈浪漫探偵社〉事件ファイル〔3〕怪人あらわる！』　楠木誠一郎作，和泉みお画　ポプラ社　2012.10　183p　18cm　（ポプラカラフル文庫く01-16）　790円　①978-4-591-13107-7

内容　古書『浪漫堂』に郵便配達人が一通の手紙を届けにくる。神道寺がその手紙を開くと、なんと、神道寺を逆恨みしている怪人八一三の脅迫状だった。浅草にある凌雲閣を爆破するというのだ…。再び怪人と対決することになった浪漫探偵社の面々。はたして、怪人をとらえることができるのか!?　大正時代を舞台にした新シリーズの第3弾。

『ジャンヌ・ダルク伝説―タイムスリップ・ミステリー！』　楠木誠一郎著　講談社　2012.9　221p　19cm　（YA! ENTERTAINMENT）　950円　①978-4-06-269459-9

内容　美人女子大生・麻美は、15世紀のフランスにタイムスリップ。そこで出会った美少女は、伝説の乙女、ジャンヌ・ダルクだった！　負傷したジャンヌの身がわりとなって、戦場に立つ麻美。―「ジャンヌが、生き返ったぞ！」ここに、新しい伝説が生まれる。

『織田信長は名探偵!!―タイムスリップ探偵団と戦国生き残りゲームの巻』　楠木誠一郎作，岩崎美奈子絵　講談社　2012.6　221p　18cm　（講談社青い鳥文庫223-26）　600円　①978-4-06-285292-0

内容　戦国時代のゲームで遊んでいた拓哉と亮平は、訪ねてきた香里と一緒にまたもや時空を超えてしまった。しかもタイムスリップした先も戦国時代で、桶狭間の戦いで遭遇していた織田信長と再会を果たす。武田勝頼との長篠の戦いに突入しようとし

ていた信長が、武田騎馬軍団を倒すために、香里たちにある重要な任務を命じたことで、家康、秀吉も入り乱れての大混乱を引き起こしはじめる。小学上級から。

『〈浪漫探偵社〉事件ファイル〔2〕探偵助手、初めての事件！』　楠木誠一郎作，和泉みお画　ポプラ社　2012.6　193p　18cm　（ポプラカラフル文庫く01-15）　790円　①978-4-591-12965-4

内容　古書を買い取るため、本郷にある菊富士ホテルを訪れた『浪漫堂』店主の神道寺真琴とシンイチ、サエコたち。ところが、そこで思わぬ事件にそうぐうする。画家・竹久夢二のモデルをしていた女性が行方不明になったのだ!?　神道寺は、『浪漫探偵社』の探偵助手となったシンイチとサエコに事件の真相を探るように命ずるが…。大正時代の東京を舞台にした新シリーズの第2弾。小学校上級～。

『モーツァルト毒殺!?―タイムスリップ・ミステリー！』　楠木誠一郎著　講談社　2012.3　235p　19cm　（YA! ENTERTAINMENT）　950円　①978-4-06-269454-4

内容　美人女子大生・麻美は、18世紀のヨーロッパにタイムスリップしてしまう。そこで出会った下品な男は、かの有名な作曲家、モーツァルトだった！　麻美はなぜか、モーツァルトの家で家政婦として働くことになり…。青い鳥文庫の人気シリーズ「タイムスリップ探偵団」の姉妹編。

『〈浪漫探偵社〉事件ファイル―名探偵登場！』　楠木誠一郎作，和泉みお画　ポプラ社　2012.3　191p　18cm　（ポプラカラフル文庫く01-14）　790円　①978-4-591-12877-0

内容　帝都東京の神保町にある古書『浪漫堂』の店主、神道寺真琴は女と間違えるほどの美形で、いつも蝶ネクタイに三つ揃いの背広をぱりっと着こなしているが、その正体は謎が多い。あっ、彼には誰も知らない、もうひとつの顔があったのだ…。舞台は大正時代の帝都東京。鋭い推理で難事件を解決する名探偵の活躍を描いた、新シリーズの第一弾が登場。

『平清盛は名探偵!!―タイムスリップ探偵団と鬼退治でどんぶらこの巻』　楠木誠一郎作，岩崎美奈子絵　講談社　2011.12　217p　18cm　（講談社青い鳥文庫223-25）　600円　①978-4-06-285265-4

内容　平安時代末期へとタイムスリップした香里、拓哉、亮平は平忠盛、清盛親子と遭遇。海賊退治のために瀬戸内海へ向かう船

『タイタニック沈没―タイムスリップ・ミステリー！』 楠木誠一郎著 講談社 2011.9 219p 19cm （YA！ENTERTAINMENT） 950円 ①978-4-06-269447-6

内容 思いがけずタイムスリップしてしまった美人女子大生・麻美。気がつくと、あの有名な豪華客船の中に。まもなく氷山に接触して、沈没してしまうことを知っているのは、船の中で麻美だけ…。青い鳥文庫の人気シリーズ「タイムスリップ探偵団」の姉妹編が、「YA！」に登場。

『ぼくたちのトレジャーを探せ！―秘密結社パンドラの謎 秘宝 3』 楠木誠一郎作，弥南せいら絵 講談社 2011.9 217p 18cm （講談社青い鳥文庫 223-24） 600円 ①978-4-06-285248-7

内容 秘密結社パンドラの隠された「日本の将来を左右する」財宝を探しだすよう使命を託された圭司は、手がかりなる鏡を目前にしながら奪われてしまう。一方、ライバルの麗美は、鏡を手にして謎を解く鍵は九州の遺跡にあるとにらんで、奈良県から移動しようと思いつく。圭司たちも行動をともにするが、新たな邪魔者が現れるのだった…。邪馬台国の秘密に迫るクライマックス編。

『徳川家康は名探偵!!―タイムスリップ探偵団と決死の山越え珍道中の巻』 楠木誠一郎作，岩崎美奈子絵 講談社 2011.6 221p 18cm （講談社青い鳥文庫 223-23） 600円 ①978-4-06-285225-8

内容 本能寺の変で織田信長が明智光秀に討たれたとき、徳川家康は大坂の堺にいた。主君の敵をとろうと、すぐさま京都へ向かおうとした家康だったが、側近の者たちは押しとどめた。ここはいったん三河国へ戻って態勢を整え、戦の準備をしたほうがいいというのである。そこへタイムスリップしてきた香里、拓哉、亮平も加わって、領地へと戻るべく伊賀の山を越えようとするのだったが…。

『ぼくたちのトレジャーを探せ！―秘密結社パンドラの謎 秘宝 2』 楠木誠一郎作，弥南せいら絵 講談社 2011.5 189p 18cm （講談社青い鳥文庫 223-22） 600円 ①978-4-06-285213-5

内容 邪馬台国の卑弥呼が魏の帝皇から贈られた鏡。これが、秘密結社パンドラの隠された財宝を見つけ出す鍵なのか!? 祖父から託された任務を果たすために鏡を手に入れようとした圭司を、ライバル麗美が邪魔をする。そして、鏡は大神と名乗る謎の男に奪われてしまった。けんかしている場合ではない！ とダメ男子といじわる女子が、いやいやながら協力しあうことに!? 小学4年生から。

『悪は永遠（とわ）に消ゆ―帝都〈少年少女〉探偵団ノート』 楠木誠一郎作 ポプラ社 2011.3 165p 19cm （帝都〈少年少女〉探偵団シリーズ 13） 1100円 ①978-4-591-12358-4 〈画：来世・世乃 2010年刊の改稿〉

内容 なんと帝都・東京のいたるところに大量のネズミが発生。あの魔術師が新たな脅威を作り出したのだ。住民たちは、パニックになって帝都を脱出しようとするが、それは罠だった!? 黒岩涙香先生をはじめ、アキラたち帝都探偵団の面々は、制服を着た謎の少年少女とともに闘うが…。帝都シリーズ完結編。果たして帝都の運命は―。

『ぼくたちのトレジャーを探せ！―秘密結社パンドラの謎 秘宝』 楠木誠一郎作，弥南せいら絵 講談社 2011.2 219p 18cm （講談社青い鳥文庫 223-21） 600円 ①978-4-06-285193-0

内容 勉強もスポーツも、何をやってもうまくできない「へなちょこ3人組」の小学5年生、圭司と仁と輝が、ある日、謎の老人から「日本の将来を左右する」重大任務を背負わされる。大変そうなことには一切かかわりたくない圭司だったが、それが大好きなおじいちゃんから託された使命だと知らされて、輝と仁と一緒にしぶしぶ重い腰を上げることに…！ 小学中級から。

『宮本武蔵は名探偵!!―タイムスリップ探偵団と巌流島ずっこけ決闘の巻』 楠木誠一郎作，岩崎美奈子絵 講談社 2010.12 199p 18cm （講談社青い鳥文庫 223-20） 600円 ①978-4-06-285188-6

内容 香里、拓哉、亮平が今回タイムスリップする先は、江戸時代初期の九州、小倉。夏休みのプールから水着のままやってきた3人がからかわれていると、ハンサムな男の人と、続いていかつい男の人が現れる。「佐々木先生」「宮本先生」と呼ばれているふたりは、剣豪宮本武蔵とライバル佐々木小次郎！ 香里たちも二手に分かれて対決することに!? 小学上級から。

『悪は永遠（とわ）に消ゆ―帝都〈少年少

女〉探偵団ノート』 楠木誠一郎作 ポプラ社 2010.11 165p 18cm （ポプラカラフル文庫 く01-13） 790円 ①978-4-591-12082-8 〈画：来世・世乃〉
[内容] なんと帝都・東京のいたるところに大量のネズミが発生。あの魔術師が新たな脅威を作り出したのだ。住民たちは、パニックになって帝都を脱出しようとするが、それは罠だった!? 黒岩涙香先生をはじめ、アキラたち帝都探偵団の面々は、制服を着た謎の少年少女とともに闘うが…。帝都シリーズいよいよ完結編。果たして帝都の運命は。

『宮沢賢治は名探偵!!—タイムスリップ探偵団と銀河鉄道大暴走の巻』 楠木誠一郎作, 岩崎美奈子絵 講談社 2010.6 221p 18cm （講談社青い鳥文庫 223-19） 580円 ①978-4-06-285153-4
[内容] 香里、拓哉、亮平は、宝石強盗団が逃げてきたところへたまたま遭遇。ぶつかった拍子に、盗まれたダイヤモンドもいっしょにタイムスリップしてしまう。そして、3人の目の前に現れたのは、夢中になって石を拾うひとりの少年。その人こそ、作家であり詩人の宮沢賢治だった。無類の鉱物好きで知られる賢治はめざとくダイヤを見つけ、なんとしてでも自分のものにしたいと考えるのだが…。小学上級から。

『安倍晴明は名探偵!!—タイムスリップ探偵団とずっこけ陰陽師の妖怪大パニックの巻』 楠木誠一郎作, 岩崎美奈子絵 講談社 2010.3 156p 18cm （講談社青い鳥文庫 511-2） 505円 ①978-4-06-285141-1
[内容] 推理作家のママが京都へ取材にいくというので、拓哉、亮平とともにくっついてきた香里。そこへ平安時代から、安倍晴明がタイムスリップしてきた。謎に包まれた天才陰陽師。小学4年生くらいの年格好だからといって、油断は禁物。安の定、さっそく呪文をとなえて周囲を驚かせるようなことをしでかすのだけれど、もっと大変なことが次々と起こることに！ 小学中級から。

『外伝パラレル！—帝都〈少年少女〉探偵団ノート 2』 楠木誠一郎作 ポプラ社 2010.3 179p 19cm （帝都〈少年少女〉探偵団シリーズ 10） 1100円 ①978-4-591-11574-9 〈画：さがら梨々 『パラレル！ parallel』（ジャイブ2009年刊）の改稿〉
[内容] 美土代学園ではしばらく半穏な日々が続いていた。が、教育実習生の四王天祥子が来てから再び学園に妖しい影が迫る。彼女の課外授業を受けた生徒たちが、別人のようになってしまう。不思議に思った地歴部の八雲がその真相を探るが…。再び、想像もできないモンスターが出現！ 力に目覚めた菊池瞳と佐倉荒太が未知なるモンスターと闘う！ パラレル世界が交差するSFノンストップアクション。外伝の第2弾。

『外伝パラレル！—帝都〈少年少女〉探偵団ノート 1』 楠木誠一郎作 ポプラ社 2010.3 181p 19cm （帝都〈少年少女〉探偵団シリーズ 9） 1100円 ①978-4-591-11573-2 〈画：さがら梨々 『パラレル！ parallel』（ジャイブ2008年刊）の改稿〉
[内容] 名門の私立中高一貫校。この学校では次々に不思議なことが起こっていた。生徒がひとりひとり消えはじめ、なぜか学園だけを大きな地震が襲い、「怪物」が現れる!? 100年ほど前に帝都東京が怪物に襲われた事件があったが…。現実の学園、裏の学園—100年前の事件との関係は？ パラレル世界が交差するSFノンストップアクション。『帝都「少年少女」探偵団ノート』の著者が放つ、外伝の第一弾。

『時空（とき）からの使者—帝都〈少年少女〉探偵団ノート』 楠木誠一郎作 ポプラ社 2010.3 157p 19cm （帝都〈少年少女〉探偵団シリーズ 12） 1100円 ①978-4-591-11576-3 〈画：来世・世乃 2010年刊の改稿〉
[内容] 神社に突然あらわれた全身びしょ濡れで不思議な服をまとった若い男女。古暮警部とともに涙香先生、そしてアキラたち"少年少女"探偵団が現場に駆けつけると、すでにふたりは消えていた!? あの恐ろしい魔術師となにか関係があるのか…。新たな恐怖が帝都東京を襲う。そして行方不明のクロは？ 大人気シリーズの第10弾。

『闇からの挑戦状—帝都〈少年少女〉探偵団ノート』 楠木誠一郎作 ポプラ社 2010.3 155p 19cm （帝都〈少年少女〉探偵団シリーズ 11） 1100円 ①978-4-591-11575-6 〈画：来世・世乃 2010年刊の改稿〉
[内容] 日比谷公園でアユミちゃんが行方不明になってしまう。アキラは涙香先生とともに公園に向かうが、なんとアキラも同じ場所で行方不明に!? ヒロシたち探偵団の面々は、ふたりの行方を捜すが、そこには思いもかけない罠が潜んでいた…。新展開を迎えた人気シリーズ『帝都「少年少女」探偵団ノート』が登場です。

『消えた探偵犬の秘密—帝都〈少年少女〉探偵団ノート』 楠木誠一郎作 ポプラ

楠木誠一郎

社　2010.2　207p　18cm　（ポプラカラフル文庫　く01-07）　790円　①978-4-591-11348-6〈画：来世・世乃　ジャイブ2007年刊の加筆・訂正〉

[内容]　ある事件現場を訪れた帝都「少年少女」探偵団のみんな。ところが、探偵団の一員である全身真っ黒な子犬、クロが行方不明になってしまう。新聞に捜索願いを出すが、まったく見つからない。そして、思わぬ連続殺人事件が起こる中、黒岩涙香先生とともに探偵団は捜査を進めるが…。事件とクロ行方不明の関係は？　帝都東京を舞台に少年少女探偵団が活躍するシリーズ第7弾。

『記憶をなくした少女―帝都〈少年少女〉探偵団ノート』　楠木誠一郎作　ポプラ社　2010.2　207p　18cm　（ポプラカラフル文庫　く01-02）　760円　①978-4-591-11318-9〈画：来世・世乃　ジャイブ2005年刊の加筆・訂正〉

[内容]　明治時代の帝都東京。身よりのないアキラたち5人の少年と記憶をなくした少女アユミは、『万朝報』の編集室のボーイ＆ガール。同時に彼らは「帝都"少年少女"探偵団」としても活躍していた。そして、ある事件をきっかけにアユミの正体がいよいよ明らかになる…。人気シリーズの第2弾。

『吸血鬼あらわる！―帝都〈少年少女〉探偵団ノート』　楠木誠一郎作　ポプラ社　2010.2　195p　18cm　（ポプラカラフル文庫　く01-01）　760円　①978-4-591-11314-1〈画：来世・世乃　ジャイブ2005年刊の加筆・訂正〉

[内容]　明治時代の帝都東京に、奇々怪々な殺人事件が連続して起こった。被害者はいずれも美女ばかり。発見された遺体には、なぜか一滴の血も残っておらず、首にはふたつの穴が…。『万朝報』社長黒岩涙香はじめ、アキラたち帝都「少年少女」探偵団は、真相を突きとめるため難事件に立ち向かう！　シリーズ第一弾。

『ジキルとハイドあらわる！―帝都〈少年少女〉探偵団ノート』　楠木誠一郎作　ポプラ社　2010.2　189p　18cm　（ポプラカラフル文庫　く01-08）　790円　①978-4-591-11352-3〈画：来世・世乃　ジャイブ2008年刊の加筆・訂正〉

[内容]　なんと、帝都・東京の住民たちがとつぜん、まったく違った人格に変身!?　つぎつぎに他の住民たちを襲いはじめ、『万朝報』の事務所にも危険が迫る！　黒岩涙香社長ほか、帝都「少年少女」探偵団のみんなはその原因を突きとめるために奔走するが…。人気の長編モンスターシリーズ最新作。今度は住民がモンスターに。まさに探偵団最大の危機、果たしてその結末は。

『人造人間あらわる！―帝都〈少年少女〉探偵団ノート』　楠木誠一郎作　ポプラ社　2010.2　181p　18cm　（ポプラカラフル文庫　く01-06）　790円　①978-4-591-11342-4〈画：来世・世乃　ジャイブ2007年刊の加筆・訂正〉

[内容]　ヒュー、カタタタカタ…ドンドンドン！　台風が迫っているある晩。突然、ドアをたたく音が。おそるおそるドアを開けると、そこには巨大な怪物が!?　帝都東京にまたまた奇々怪々な事件が起こった。おなじみ帝都「少年少女」探偵団がその真相に迫る。『吸血鬼』『透明人間』に続く、長編シリーズが登場。

『真犯人はそこにいる―帝都〈少年少女〉探偵団ノート』　楠木誠一郎作　ポプラ社　2010.2　205p　18cm　（ポプラカラフル文庫　く01-03）　760円　①978-4-591-11322-6〈画：来世・世乃　ジャイブ2005年刊の加筆・訂正〉

[内容]　アキラたち帝都「少年少女」探偵団が働いている『万朝報』の記者たちに次々にふりかかる不思議な事件。ついには、涙香先生までもが巻き込まれることに。一連の事件には悲しい真実が隠されていた…。ますます面白くなってきた人気シリーズの第3弾。

『動機なき殺人者たち―帝都〈少年少女〉探偵団ノート』　楠木誠一郎作　ポプラ社　2010.2　201p　18cm　（ポプラカラフル文庫　く01-05）　790円　①978-4-591-11337-0〈画：来世・世乃　ジャイブ2007年刊の加筆・訂正〉

[内容]　またまた帝都・東京に事件がぼっ発！　さまざまな場所でさまざまな殺人事件が巻き起こるが、どの事件も犯人の動機がわからない!?　『万朝報』の黒岩涙香先生はじめ、アキラたち少年少女探偵団は、その謎に迫るが…。人気シリーズの第5弾。

『透明人間あらわる！―帝都〈少年少女〉探偵団ノート』　楠木誠一郎作　ポプラ社　2010.2　183p　18cm　（ポプラカラフル文庫　く01-04）　790円　①978-4-591-11329-5〈画：来世・世乃　ジャイブ2006年刊の加筆・訂正〉

[内容]　明治時代の帝都東京に、またまた奇々怪々な殺人事件が連続して起こった。なぜか犯人の姿は見えず、空中に浮くナイフだけが目撃された…。『万朝報』社長、黒岩涙香はじめ、アキラたち帝都「少年少女」探偵団

楠木誠一郎

は、その真相を突き止めるため難事件に立ち向かう！　人気シリーズ書き下ろし第4弾。

『時空（とき）からの使者―帝都〈少年少女〉探偵団ノート』　楠木誠一郎作　ポプラ社　2010.2　157p　18cm　（ポプラカラフル文庫　く01-12）　790円
①978-4-591-11529-9〈画：来世・世乃〉
内容　神社に突然あらわれた全身びしょ濡れで不思議な服をまとった若い男女。古暮警部とともに涙香先生、そしてアキラたち"少年少女"探偵団が現場に駆けつけると、すでにふたりは消えていた!?　あの恐ろしい魔術師となにか関係があるのか…。新たな恐怖が帝都東京を襲う。そして行方不明のクロは？　大人気シリーズの第10弾が登場。

『闇からの挑戦状―帝都〈少年少女〉探偵団ノート』　楠木誠一郎作　ポプラ社　2010.2　155p　18cm　（ポプラカラフル文庫　く01-11）　790円　①978-4-591-11367-7〈画：来世・世乃　ジャイブ2009年刊の加筆・訂正〉
内容　日比谷公園でアユミちゃんが行方不明になってしまう。アキラは涙香先生とともに公園に向かうが、なんとアキラも同じ場所で行方不明に!?　ヒロシたち探偵団の面々は、ふたりの行方を捜すが、そこには思いもかけない罠が潜んでいた…。新展開を迎えた人気シリーズ。

『大江戸神竜伝バサラ！　3　竜、飛翔せり。』　楠木誠一郎作，裕竜ながれ絵　角川書店　2010.1　227p　18cm　（角川つばさ文庫　Aく1-3）　640円　①978-4-04-631073-6〈発売：角川グループパブリッシング〉
内容　タイムスリップした江戸時代で、楽しくすごしていた、さくら。そこへ、凶暴な怪物が近づいているというしらせが入った。江戸を守ることは、神竜・婆娑羅丸が徳川家康公とかわした約束。そして、さくらは竜をたすけるために、時を超えてやってきたのだ…。仲間とともに、2人は不死身一族との最後の戦いにむかう。想いが奇跡をよぶロマンチックアドベンチャー、完結！　小学中級から。

『一休さんは名探偵!!―タイムスリップ探偵団と電光石火のとんち一大合戦の巻』
楠木誠一郎作，岩崎美奈子絵　講談社　2009.12　251p　18cm　（講談社青い鳥文庫　223-18）　620円　①978-4-06-285128-2
内容　いつものようにタイムスリップした香里、拓哉、亮平の3人組。のはずが、なぜか

今回は香里のママも一緒についてきた！どうなってるの!?　と驚いているところへ、ひとりの小僧が現れる。彼こそ、とんち名人として知られる一休さんだった。前の将軍・足利義満からふっかけられる数々の難題に次々と答えていくのだが、一休さんも頭を悩ませる事件が起こってしまう…。小学上級から。

『大江戸神竜伝バサラ！　2　竜、囚われり。』　楠木誠一郎作，裕竜ながれ絵　角川書店　2009.7　198p　18cm　（角川つばさ文庫　Aく1-2）　620円　①978-4-04-631037-8〈発売：角川グループパブリッシング〉
内容　夏休みの前夜のこと。さくらはふたたび江戸時代へタイムスリップ！　4ヶ月ぶりの富士見神社では、大人が全員いなくなる、ふしぎな事件がおきていた。子どもだけの暮らしはキャンプみたいで楽しいけど、なんかブキミ…。だってこれ、神竜・婆娑羅丸一竜をねらってしかけられたワナにきまってるもん！　想いが時を超えるロマンチックアドベンチャーPart2！

『福沢諭吉は名探偵!!―タイムスリップ探偵団とてんやわんやの蘭学授業の巻』
楠木誠一郎作，岩崎美奈子絵　講談社　2009.6　251p　18cm　（講談社青い鳥文庫　223-17）　620円　①978-4-06-285099-5
内容　戦国時代から現代へ戻ったのも束の間、またもや香里、拓哉、亮平はタイムスリップしてしまう。今回まぎれ込んだのは幕末の大坂。3人は、身なりのきたないひとりの青年と出会う。彼こそ、あの一万円札の肖像にもなっている、福沢諭吉！　香里たちは、彼が学んでいる「適塾」へと案内されることに。そこには、主宰者の緒方洪庵をはじめ、個性派揃いの塾生たちがひしめきあっていた…。小学上級から。

『闇からの挑戦状―帝都〈少年少女〉探偵団ノート』　楠木誠一郎作　ジャイブ　2009.6　155p　18cm　（カラフル文庫　く01-11）　790円　①978-4-86176-668-8〈画：来世・世乃〉
内容　日比谷公園でアユミちゃんが行方不明になってしまう。アキラは涙香先生とともに公園に向かうが、なんとアキラも同じ場所で行方不明に!?　ヒロシたち探偵団の面々は、ふたりの行方を捜すが、そこには思いもかけない罠が潜んでいた…。新展開を迎えた人気シリーズ『帝都"少年少女"探偵団ノート』最新作がついに登場!!

『大江戸神竜伝バサラ！　1　竜、覚醒せり。』　楠木誠一郎作，裕竜ながれ絵　角

子どもの本　現代日本の創作　最新3000　113

楠木誠一郎

川書店　2009.3　238p　18cm　（角川つばさ文庫　Aく1-1）　620円　①978-4-04-631013-2　〈発売：角川グループパブリッシング〉

内容　プチ家出のつもりで夜の神社にやってきたさくら。ご神木のクスノキの梢にすわる白装束の美少年を見たそのとき、江戸時代にタイムスリップしていた！　さくらをよんだのは婆娑羅丸——通称、竜。おでこに3つめの目をもち、モノノケをつかい魔にする、ふしぎな男の子。「もとの世界に帰っちゃダメ！」と言われて、さくらは…。想いが時を超えるロマンティックアドベンチャー。小学中級から。

『消えた探偵犬の秘密——帝都〈少年少女〉探偵団ノート』　楠木誠一郎作　ジャイブ　2009.3　207p　18cm　（帝都〈少年少女〉探偵団シリーズ　7）　1100円　①978-4-591-10112-4　〈画：来世・世乃　2007年刊の改稿　発売：ポプラ社〉

内容　ある事件現場を訪れた帝都"少年少女"探偵団のみんな。ところが、探偵団の一員である全身真っ黒な子犬、クロが行方不明になってしまう。新聞に捜索願いを出すが、まったく見つからない。そして、思わぬ連続殺人事件が起こる中、黒岩涙香先生とともに探偵団は捜査を進めるが…。事件とクロ行方不明の関係は？　帝都・東京を舞台に少年少女探偵団が活躍するシリーズ第7弾。

『ジキルとハイドあらわる！——帝都〈少年少女〉探偵団ノート』　楠木誠一郎作　ジャイブ　2009.3　189p　18cm　（帝都〈少年少女〉探偵団シリーズ　8）　1100円　①978-4-591-10868-0　〈画：来世・世乃　2008年刊の改稿　発売：ポプラ社〉

内容　なんと、帝都・東京の住民たちがとつぜん、まったく違った人格に変身!?　つぎつぎに他の住民たちを襲いはじめ、「万朝報」の事務所にも危険が迫る！　黒岩涙香社長ほか、帝都"少年少女"探偵団のみんなはその原因を突きとめるために奔走するが…。人気の長編モンスターシリーズ最新作。今度は住民がモンスターに。まさに探偵団最大の危機。果たしてその結末は。

『清少納言は名探偵!!——タイムスリップ探偵団と春はあけぼの大暴れの巻』　楠木誠一郎作，岩崎美奈子絵　講談社　2009.3　157p　18cm　（講談社青い鳥文庫　511-1）　505円　①978-4-06-285084-1

内容　戦国時代から戻ってきた香里、拓哉、亮平の前に、十二単姿の女性が突如現れた！　なんと、『枕草子』の筆者で知られる清少納言さん。鋭い観察眼とセンスで「才女」とうたわれた平安時代の女流作家がなぜ現代に!?　ひとまず香里の家に連れていってものの、怖いもの知らずでやりたい放題、やりたい放題。ついには、香里の通う中学校に出動（？）。先生や生徒を巻きこんで大騒動に発展する。

『パラレル！　parallel　2　課外授業の罠』　楠木誠一郎作　ジャイブ　2009.2　179p　18cm　（カラフル文庫　く01-10）　790円　①978-4-86176-625-1

内容　美土代学園ではしばらく平穏な日々が続いていた。が、教育実習生の四王天祥子が来てから再び学園に妖しい影が迫る。彼女の課外授業を受けた生徒たちが、別人のようになってしまう。不思議に思った地歴部の八雲がその真相を探るが…。再び、想像もできないモンスターが出現！　力に目覚めた菊池瞳と佐倉荒太が未知なるモンスターと闘う！　パラレル世界が交差するSFノンストップアクションの第2弾が登場です。

『豊臣秀吉は名探偵!!——タイムスリップ探偵団と大坂城危機一髪の巻』　楠木誠一郎作，岩崎美奈子絵　講談社　2008.12　249p　18cm　（講談社青い鳥文庫　223-16）　620円　①978-4-06-285067-4

内容　「助けて麻美」と書かれた紙が、大阪城から発見された茶入れに入っていた。香里、拓哉、亮平は早速戦国時代へと救出に向かう。大坂城の天井裏へタイムスリップした3人が出会ったのは、天下の大泥棒、石川五右衛門親子。彼らは、豊臣秀吉が宝としている「九十九髪」という茶入れを手に入れようとしているところだった。そうはさせじと秀吉も秘策で対抗。火花散る攻防戦の幕が開く！　小学上級から。

『パラレル！　parallel　1　美少女生徒会長の怪』　楠木誠一郎作　ジャイブ　2008.10　181p　18cm　（カラフル文庫）　790円　①978-4-86176-577-3

内容　名門の私立中高一貫校。この学校では次々に不思議なことが起こっていた。生徒がひとりひとり消えはじめ、なぜか学園だけを大きな地震が襲い、「怪物」が現れ…。100年ほど前に帝都東京が怪物に襲われた事件があったが…。現実の学園、裏の学園—100年前の事件との関係は？　パラレル世界が交差するSFノンストップアクション。『帝都"少年少女"探偵団ノート』の著者が放つ、新シリーズ第一弾が遂に登場です。

『新選組は名探偵!!——タイムスリップ探偵団と幕末ちゃんちゃんばらばらの巻』　楠木誠一郎作，岩崎美奈子絵　講談社　2008.6　253p　18cm　（講談社青い鳥文庫　223-15）　620円　①978-4-06-

285030-8

[内容] いきなり目に飛び込んできたのは、羽織姿の男たちが剣を手に激しく戦うというおそろしい場面！ 身の危険を感じた香里、拓哉、亮平は何とか身を隠して、その場をかわすのだったが、またもや幕末にタイムスリップしたらしいことに気づく。そこは、新選組がその名を広く知らしめた「池田屋事件」の現場みたいだからだ。案の定、香里たちの前に、まずは沖田総司が登場するのだが…。

『ジキルとハイドあらわる！―帝都〈少年少女〉探偵団ノート』 楠木誠一郎作, 来世・世乃画 ジャイブ 2008.4 189p 18cm （カラフル文庫） 790円 ①978-4-86176-508-7

[内容] なんと、帝都・東京の住民たちがとつぜん、まったく違った人格に変身!? つぎつぎに他の住民たちを襲いはじめ、『万朝報』の事務所にも危険が迫る。 黒岩涙香社長ほか、帝都"少年少女"探偵団のみんなはその原因を突きとめるために奔走するが…。人気の長編モンスターシリーズ最新作。今度は住民がモンスターに。まさに探偵団最大の危機、果たしてその結末は。

『まぼろしの秘密帝国Mu 下（帝国の崩壊）』 楠木誠一郎作, 八多友哉絵 講談社 2008.4 221p 18cm （青い鳥文庫fシリーズ 223-14） 580円 ①978-4-06-285017-9

[内容] ナチスから激しい攻撃を受け、さらにはゾンビに襲われながら、命からがら辿り着いた沼で、キノコたち3人組は、賢者だと名乗る巨大人食い魚から「聖剣」を渡される。それこそが、ナチスが何とかして手に入れようと狙っているものだった。はたしてキノコたちはもとの世界へ戻れるのか!? そして拉致された子供たちを救うことができるのか!? 戦いはいよいよ最終局面を迎える！

『まぼろしの秘密帝国Mu 中（帝国の秘密）』 楠木誠一郎作, 八多友哉絵 講談社 2008.2 221p 18cm （青い鳥文庫fシリーズ 223-13） 580円 ①978-4-06-285011-7

[内容] 謎の世界MUにまぎれ込んだキノコ、マッド、クサバの3人組は、学校も塾もない自由気ままな暮らしに最初は喜んだものの、じつはそこがいつわりの楽園であることを知り、ただちに脱出を決意する。なんとか監視の目をかいくぐって逃走を図る3人だったが、すぐさま厳しい追跡が始まる。そして、ラ・ムーと名乗る一人の老人が現れ……。小学上級から。

『消えた探偵犬の秘密―帝都〈少年少女〉探偵団ノート』 楠木誠一郎作, 来世・世乃画 ジャイブ 2007.12 207p 18cm （カラフル文庫） 790円 ①978-4-86176-463-9

[内容] ある事件現場を訪れた帝都「少年少女」探偵団のみんな。ところが、探偵団の一員である全身真っ黒な子犬、クロが行方不明になってしまう。新聞に捜索願いを出すが、まったく見つからない。そして、思わぬ連続殺人事件が起こる中、黒岩涙香先生とともに探偵団は捜査を進めるが…。事件とクロ行方不明の関係は？ 帝都・東京を舞台に少年少女探偵団が活躍するシリーズ第7弾。

『聖徳太子は名探偵!!―タイムスリップ探偵団と超能力バトル？ の巻』 楠木誠一郎作, 岩崎美奈子絵 講談社 2007.12 261p 18cm （講談社青い鳥文庫 223-12） 620円 ①978-4-06-285000-1

[内容] いつものように突然時空を超えた香里、拓哉、亮平の目にまず入ってきたのは、五重塔…ということは、今回は飛鳥時代!? つまり聖徳太子に会えるかもしれないってこと？ と、そこへ、一人の男性が登場。頼りなさそうなその人によると、後に聖徳太子となる厩戸皇子は一人だけじゃなく複数いて、自分もその中の一人なのだというからびっくり。いよいよ聖徳太子の謎が明らかに!? 小学上級から。

『記憶をなくした少女―帝都〈少年少女〉探偵団ノート』 楠木誠一郎作 ジャイブ 2007.9 207p 18cm （帝都〈少年少女〉探偵団シリーズ 2） 1100円 ①978-4-591-09925-4,978-4-591-99935-6 〈発売：ポプラ社 画：来世・世乃 2005年刊の改稿〉

[内容] 明治時代の帝都東京。身よりのないアキラたち5人の少年と記憶をなくした少女アユミは、『万朝報』の編集室のボーイ＆ガール。同時に彼らは「帝都"少年少女"探偵団」としても活躍していた…。〔ヒント？〕連載中の人気作が文庫化。書き下ろしに続く第2弾！ 小学校中学年～中学生。

『吸血鬼あらわる！―帝都〈少年少女〉探偵団ノート』 楠木誠一郎作 ジャイブ 2007.9 195p 18cm （帝都〈少年少女〉探偵団シリーズ 1） 1100円 ①978-4-591-09924-7,978-4-591-99935-6 〈発売：ポプラ社 画：来世・世乃 2005年刊の改稿〉

[内容] 明治時代の帝都東京に、奇々怪々な殺人事件が連続して起こった。被害者はいずれも美女ばかり。発見された遺体には、なぜか一滴の血も残っておらず、首にはふたつの穴が…。『万朝報』社長黒岩涙香はじめ、

楠木誠一郎

アキラたち帝都「少年少女」探偵団は、真相を突き止めるため難事件に立ち向かう！書き下ろし最新作。小学校中学年～中学生。

『人造人間あらわる！―帝都〈少年少女〉探偵団ノート』　楠木誠一郎作　ジャイブ　2007.9　181p　18cm　（帝都〈少年少女〉探偵団シリーズ　6）　1100円
①978-4-591-09929-2,978-4-591-99935-6
〈発売：ポプラ社　画：来世・世乃　2007年7月刊の改稿〉
[内容]　ヒュー、カタカタカタ…ドンドンドン！　台風が迫っているある晩。突然、ドアをたたく音が。おそるおそるドアを開けると、そこには巨大な怪物が！？　帝都東京にまたまた奇々怪々な事件が起こった。おなじみ帝都「少年少女」探偵団がその真相に迫る。『吸血鬼』『透明人間』に続く、長編シリーズの第3弾がついに登場！　小学校中学年～中学生。

『真犯人はそこにいる―帝都〈少年少女〉探偵団ノート』　楠木誠一郎作　ジャイブ　2007.9　205p　18cm　（帝都〈少年少女〉探偵団シリーズ　3）　1100円
①978-4-591-09926-1,978-4-591-99935-6
〈発売：ポプラ社　画：来世・世乃　2005年刊の改稿〉
[内容]　アキラたち帝都「少年少女」探偵団が働いている『万朝報』の記者たちに次々にふりかかる不思議な事件。ついには、涙香先生までもが巻き込まれることに。一連の事件には悲しい真実が隠されていた…。「ヒント？」連載を文庫化したシリーズ第3弾が登場！　小学校中学年～中学生。

『動機なき殺人者たち―帝都〈少年少女〉探偵団ノート』　楠木誠一郎作　ジャイブ　2007.9　201p　18cm　（帝都〈少年少女〉探偵団シリーズ　5）　1100円
①978-4-591-09928-5,978-4-591-99935-6
〈発売：ポプラ社　画：来世・世乃　2007年1月刊の改稿〉
[内容]　またまた帝都東京に事件がぼっ発！　さまざまな場所でさまざま殺人事件が巻き起こるが、どの事件も犯人の動機がわからない！？　『万朝報』の黒岩涙香先生はじめ、アキラたち少年少女探偵団は、その謎に迫るが…。人気シリーズの第5弾が、ついにカラフル文庫で登場!! 小学校中学年～中学生。

『透明人間あらわる！―帝都〈少年少女〉探偵団ノート』　楠木誠一郎作　ジャイブ　2007.9　183p　18cm　（帝都〈少年少女〉探偵団シリーズ　4）　1100円

①978-4-591-09927-8,978-4-591-99935-6
〈発売：ポプラ社　画：来世・世乃　2006年刊の改稿〉
[内容]　明治時代の帝都東京に、またまた奇々怪々な殺人事件が連続して起こった。なぜか犯人の姿は見えず、空中に浮くナイフだけが目撃されている…。『万朝報』社長、黒岩涙香はじめ、アキラたち帝都「少年少女」探偵団は、その真相を突き止めるため難事件に立ち向かう！　人気シリーズ書き下ろし最新作。小学校中学年～中学生。

『まぼろしの秘密帝国Mu　上（帝国の陰謀）』　楠木誠一郎作，八多友哉絵　講談社　2007.9　217p　18cm　（青い鳥文庫fシリーズ　223-11）　580円　①978-4-06-148783-3
[内容]　キノコこと笠井紀子は音羽小学校に通う5年生。学校なんて面白くないし、自分の家も嫌い。その思いは、クラスメイトの草場茂（クサバ）、土田理生（マッド）も同じで、3人はいつも「ここではないどこか」へ行きたいと夢見ている。そんな彼らがある日突然、見知らぬ世界へまぎれ込んでしまった。MUという名のそこには、学校もなければ塾もない、自分の好きなことだけをしていればいいという理想的な世界らしいのだが…。小学上級から。

『人造人間あらわる！―帝都〈少年少女〉探偵団ノート』　楠木誠一郎作，来世・世乃画　ジャイブ　2007.7　181p　18cm　（カラフル文庫）　790円　①978-4-86176-412-7
[内容]　ヒュー、カタカタカタ…ドンドンドン！　台風が迫っているある晩。突然、ドアをたたく音が。おそるおそるドアを開けると、そこには巨大な怪物が！？　帝都東京にまたまた奇々怪々な事件が起こった。おなじみ帝都"少年少女"探偵団がその真相に迫る。『吸血鬼』『透明人間』に続く、長編シリーズの第3弾がついに登場。

『平賀源内は名探偵!!―タイムスリップ探偵団とキテレツアイテムの巻』　楠木誠一郎作　講談社　2007.6　269p　18cm　（講談社青い鳥文庫　223-10）　620円
①978-4-06-148770-3〈絵：岩崎美奈子〉
[内容]　なぜかひとりだけタイムスリップしてしまった香里の目の前に現れたのは、ひとりの一風変わったおじさん。それもそのはず、あの平賀源内だったのである。自らを天才発明家と称しては、次から次へと奇妙なものを作り出す彼に、香里や、続いてやってきた拓哉、亮平は驚かされっぱなし。そして、時の実力者・田沼意次が加わって、騒ぎはさらに大きくなる一方に…。小学上級から。

『動機なき殺人者たち─帝都〈少年少女〉探偵団ノート』　楠木誠一郎作，来世・世乃画　ジャイブ　2007.1　201p　18cm　（カラフル文庫）790円　①978-4-86176-373-1

『坂本竜馬は名探偵!!─タイムスリップ探偵団と竜馬暗殺のナゾの巻』　楠木誠一郎作　講談社　2006.12　253p　18cm　（講談社青い鳥文庫 223-9）620円　①4-06-148730-2〈絵：岩崎美奈子〉

内容　さまざまな時代にタイムスリップしてきた香里、拓哉、亮平の3人はまたもや時空を超えて、幕末の土佐へ。少年時代の坂本竜馬と出会った彼らは、さらに薩長同盟当夜の京都へタイムスリップしてしまう！日本史最大の謎のひとつ、竜馬暗殺の犯人は誰なのか？　そしてなぜ3人はいとも簡単に時を超えてしまうのか？　事件に巻き込まれるうちに、いくつかの謎がいよいよ解き明かされていく！　小学上級から。

『お宝探偵団とあぶない魔王』　楠木誠一郎作　学習研究社　2006.3　227p　19cm　（エンタティーン倶楽部）800円　①4-05-202473-7〈絵：睦月ムンク〉

内容　和尚さんの幼なじみの茶道師匠から、「不如帰」というお宝を鑑定してほしいという、依頼がきた。美人師匠のたのみとあり、ウキウキ気分で茶席を訪れた和尚さんと、つきそいの「お宝探偵団」3人組。そこで、な、なんとお茶室殺人事件、発生！　犯人は黄泉箱から逆タイムスリップしてきた、信長、秀吉、家康のうち…残されたダイイング・メッセージのなぞは解けるのか…？　するどい推理がひかる、痛快ドタバタミステリー。

『透明人間あらわる！─帝都〈少年少女〉探偵団ノート』　楠木誠一郎作，来世・世乃画　ジャイブ　2006.1　183p　18cm　（カラフル文庫）790円　①4-86176-272-3

内容　明治時代の帝都東京に、またまた奇々怪々な殺人事件が連続して起こった。なぜか犯人の姿は見えず、空中に浮かぶナイフだけが目撃された…。「万朝報」社長、黒岩涙香はじめ、アキラたち帝都"少年少女"探偵団は、その真相を突き止めるため難事件に立ち向かう！　人気シリーズ書き下ろし最新作。

『牛若丸は名探偵！─源義経とタイムスリップ探偵団』　楠木誠一郎作，村田四郎絵　講談社　2005.12　291p　18cm　（講談社青い鳥文庫）670円　①4-06-148709-4

内容　時間管理局に連れ去られた女子大生の麻美さんを助けるべく、香里ちゃん、拓哉、亮平がタイムスリップしたのは、源平時代。ところが、牛若丸と弁慶に出会った3人は、逆につかまってしまい、時空の闇に葬り去られそうに…。そこへ水戸黄門や清少納言、織田信長ら、3人が過去に出会った有名人が総登場！　はたして、無事麻美さんを救出できるのか？　そして牛若丸の秘密とは？　小学上級から。

『女王さまは名探偵！─ヒミコとタイムスリップ探偵団』　楠木誠一郎作，村田四郎絵　講談社　2005.6　289p　18cm　（講談社青い鳥文庫 223-7）670円　①4-06-148688-8

内容　香里たちはタイムスリップして、ヤマタイ国の女王ヒミコにあう。ヒミコは弟のヒレツによって幽閉され、命をねらわれる身の上だった。人間ばなれした超能力を持つヒミコだが、姿が見えない「聖なる動物」に力を封じられていた。ヒミコを救出するために、「聖なる動物」の霊力を弱めるふしぎなキノコを求めて香里たちは旅立つ。はたしてキノコは見つかるのか？　ヒミコの命は？　そして「聖なる動物」の正体とは。小学上級から。

『記憶をなくした少女─帝都〈少年少女〉探偵団ノート』　楠木誠一郎作，来世・世乃画　ジャイブ　2005.3　207p　18cm　（カラフル文庫）760円　①4-86176-101-8

内容　明治時代の帝都東京。身よりのないアキラたち5人の少年と記憶をなくした少女アユミに。「万朝報」の編集室のボーイ＆ガール。同時に彼らは「帝都"少年少女"探偵団」としても活躍していた…。「ヒント？」連載中の人気作が文庫化。書き下ろしに続く第二弾。

『吸血鬼あらわる！─帝都〈少年少女〉探偵団ノート』　楠木誠一郎作，来世・世乃画　ジャイブ　2005.1　195p　18cm　（カラフル文庫）760円　①4-86176-065-8

『大泥棒は名探偵！─ねずみ小僧次郎吉とタイムスリップ探偵団』　楠木誠一郎作，村田四郎絵　講談社　2004.12　285p　18cm　（講談社青い鳥文庫）670円　①4-06-148670-5

内容　江戸時代にタイムスリップした香里たちは、まだ子どものねずみ小僧次郎吉にであう。弱虫の次郎吉には、だれもがあっと驚く秘密があった。奉行と悪の悪だくみに気づいた香里たちは、ひらがなだけでできた2段がまえの暗号を手に入れる。それは悪事をかげであやつる黒幕へとつながる暗

号だった。見事暗号を解いて、黒幕の意外な正体をあばくことができるのか。タイムスリップ探偵団とねずみ小僧が江戸の闇を駆ける！　小学上級から。

『お宝探偵団とわがままミカド』　楠木誠一郎作，睦月ムンク画　学習研究社　2004.7　259p　19cm　（エンタティーン倶楽部）　800円　④4-05-202062-6

内容　舞のお父さんのアンティークショップにもちこまれた「剣」。このお宝の鑑定をめぐり、思いもかけない事件が！　そして、あの歴史的人物が現代へよみがえる。逆タイムスリップか!?　にぎやかな大人たちにかこまれ、舞、大樹、翔太の3人組のするどい推理がひかる、痛快ドタバタミステリー。

『陰陽師は名探偵！―安倍晴明とタイムスリップ探偵団』　楠木誠一郎作，村田四郎絵　講談社　2004.6　285p　18cm　（講談社青い鳥文庫）　670円　①4-06-148653-5

内容　謎の声に呼ばれてタイムスリップした香里たちは、まだ陰陽師見習いでりながままな安倍晴明にでう。天皇の命令で、蘆屋道満と呪術くらべをおこなうことになった晴明だが、その最中に、こんどは魔界へタイムスリップしてしまう。そこは妖怪たちがすむ世界だった。ついに正体をあらわした謎の声の主と、激しい呪術バトルが始まる。声の主の正体とは、その勝敗は？　第5弾は、魔界ジェットコースターバトルだ。小学上級から。

『ご隠居さまは名探偵！―水戸黄門とタイムスリップ探偵団』　楠木誠一郎作，村田四郎絵　講談社　2004.3　285p　18cm　（講談社青い鳥文庫―SLシリーズ）　1000円　④4-06-274717-0

内容　修学旅行で日光へ行った拓哉・亮平・香里の3人は、ひょんなことから江戸時代にタイムスリップ。そこで、イメージをくつがえす、とんでもない水戸黄門にであう。おどろきあきれる3人の前に、なんともう一人の黄門さまが…。いったい、どっちが本物？　宝物盗難事件や、たった1行の謎の暗号、さらに俳人・松尾芭蕉の意外な正体など、見せ場たっぷり。3人組と黄門さまが大騒動をまきおこす!!　小学上級から。

『うつけ者は名探偵！―織田信長とタイムスリップ探偵団』　楠木誠一郎作，村田四郎絵　講談社　2003.12　289p　18cm　（講談社青い鳥文庫）　670円　①4-06-148633-0

内容　戦国時代の清洲城にタイムスリップしてしまった拓哉・亮平・香里の3人。であった織田信長は、魔王のイメージとはほど遠

い、ゲームオタクの軟弱者だった。しかも、時は桶狭間の戦いの直前。このままじゃ今川義元に負けて、歴史が狂っちゃうかも。信長を本来の強いキャラにもどすため、3人はあの手この手の「信長改造計画」を開始する。はたして、桶狭間の戦いにまにあうのか!?　第4弾は手に汗にぎる戦国バトルだ！　小学上級から。

『お局さまは名探偵！―紫式部と清少納言とタイムスリップ探偵団』　楠木誠一郎作，村田四郎絵　講談社　2003.6　283p　18cm　（講談社青い鳥文庫）　620円　①4-06-148618-7

内容　京都にやってきた拓哉・亮平・香里のタイムスリップ探偵団。そこで、香里がひとりで平安時代にタイムスリップ！　とほうにくれる香里を助けてくれたのは、なんと清少納言だった…。宮廷でおこる連続殺人事件に挑む清少納言。かぎをにぎるのは和歌にかくされた謎の暗号。うかびあがる容疑者は、なんと紫式部!?　豪華けんらんな宮廷を舞台に、清少納言の推理がさえる。第3弾は本格推理だ！　小学上級から。

『ご隠居さまは名探偵！―水戸黄門とタイムスリップ探偵団』　楠木誠一郎作，村田四郎絵　講談社　2002.12　285p　18cm　（講談社青い鳥文庫）　620円　①4-06-148604-7

内容　修学旅行で日光へ行った拓哉・亮平・香里の3人は、ひょんなことから江戸時代にタイムスリップ。そこで、イメージをくつがえす、とんでもない水戸黄門にであう。おどろきあきれる3人の前に、なんともう一人の黄門さまが…。いったい、どっちが本物？　宝物盗難事件や、たった1行の謎の暗号、さらに俳人・松尾芭蕉の意外な正体など、見せ場たっぷり。3人組と黄門さまが大騒動をまきおこす！　小学上級から。

『坊っちゃんは名探偵！―夏目少年とタイムスリップ探偵団』　楠木誠一郎作，村田四郎絵　講談社　2001.12　277p　18cm　（講談社青い鳥文庫）　620円　①4-06-148573-3

内容　ひょんなことから明治時代にタイムスリップしてしまった、拓哉・亮平・香里の3人。さらに、若き夏目漱石とであってしまったから、またびっくり！　そこに、まだ幼い樋口一葉が誘拐される事件がおこった。やがてとどいた奇妙な脅迫状、巨大迷路、消えた身の代金の謎、そしてメッセージに秘められた暗号―たちふさがる多くの謎に、夏目少年と3人の探偵団の名推理がさえる！　小学上級から。

久住　昌之
くすみ・まさゆき
《1958〜》

『1円くんと五円（ゴエ）じい―ハラハラきょうりゅうえんそく』久住昌之作，久住卓也絵　ポプラ社　2013.6　78p　22cm　900円　①978-4-591-13222-7

『1円くんと五円（ゴエ）じい―おばけやしきでうらめしや〜』久住昌之作，久住卓也絵　ポプラ社　2012.6　76p　22cm　900円　①978-4-591-12931-9
|内容|五十円おねえちゃんと、十円にいちゃんがなにやらいいあっています。どうやらがっこうでうわさの「おばけやしき」があるというのです。それをきいていた一円玉の四きょうだいは…。小学低学年向け。

『1円くんと五円（ゴエ）じい―かいぞく三人ぐみ、あらわる！』久住昌之作，久住卓也絵　ポプラ社　2011.11　73p　22cm　900円　①978-4-591-12645-5
|内容|ジパンキというしまぐにに、一円玉の四きょうだいと五円玉のおじいさん、ゴエジイがすんでいました。つりにいくゴエジイといっしょにうみへやってきた四きょうだいは、よせばいいのに、「かいぞく」がでるといううみのほうへいってしまい…。小学校低学年向。

『1円くんと五円（ゴエ）じい―ひみつのちていおんせん』久住昌之作，久住卓也絵　ポプラ社　2011.6　76p　22cm　900円　①978-4-591-12468-0
|内容|ジパンキというしまぐにに、一円玉の四きょうだいとふしぎな力をもった五円玉のおじいさん、ゴエジイがすんでいました。ゴエジイから、ひみつのおんせんにつれていってくれるときいた四きょうだいは、よろこんででかけますが、そこが土の中だったから、もうたいへん。小学低学年向。

『1円くんと五円（ゴエ）じい』久住昌之作，久住卓也絵　ポプラ社　2010.9　78p　22cm　900円　①978-4-591-11474-2
|内容|ジパンキというしまぐにに、お金のかぞくがすんでいました。まいにちでかけていくかぞくのるすばんをしながら、五円玉のおじいさん、ゴエジイと一円玉の四きょうだいは、ひみつのじかんをすごしていたのです。チャリーンととうじょう。一円がこどもで、五円がおじいさん？　プププとわらえるツウカイギャグアドベンチャー。

朽木　祥
くつき・しょう
《1957〜》

『あひるの手紙』朽木祥作，ささめやゆき絵　佼成出版社　2014.3　64p　20cm（おはなしみーつけた！シリーズ）1200円　①978-4-333-02644-9
|内容|へんじは、いつ、くるかなあ。教室にとどいた、ふしぎな手紙から、一年生と「けんいちさん」との文通がはじまった。小学校低学年向け。

『花びら姫とねこ魔女』朽木祥作，こみねゆら絵　小学館　2013.10　80p　27cm　1600円　①978-4-09-726523-8
|内容|むかし、むかし、ある国に、それは美しくて、気まぐれなお姫さまがいました。お姫さまは、着るものから食べるものまで、なんでも"とくべつ"でなければならないと思っていました。ところがある日、お姫さまはお城を守る妖精たちをおこらせてしまいます。すっかりはらをたてた妖精たちは、お姫さまにいちばん恐ろしい魔法をかけてしまいました―。どうしたら、魔法をとくことができるのでしょうか？　そのかぎは、お姫さまにとっての本当の"とくべつ"でした。朽木ファンタジーとこみねゆらの待望のコラボレーション!!!　自分を見つめるファンタジー。

『光のうつしえ―広島ヒロシマ広島 Soul-Lanterns』朽木祥作　講談社　2013.10　189p　20cm　1300円　①978-4-06-218373-4
|内容|中学1年生の希未は、昨年の灯篭流しの夜に、見知らぬ老婦人から年齢を問われる。仏壇の前で涙を流す母。同じ風景ばかりを描く美術教師。ひとりぼっちになってしまった女性。そして、思いを寄せた相手を失った人―。希未は、同級生の友だちとともに、よく知らなかった"あの日"のことを、周りの大人たちから聞かせてもらうことに…。

『八月の光』朽木祥作　偕成社　2012.7　145p　20cm　1000円　①978-4-03-744160-9
|内容|あの朝、ヒロシマでは一瞬で七万の人びとの命が奪われた。二十万の死があれば二十万の物語があり、残された人びとにはそれ以上の物語がある。なぜわたしは生きたのか。そのうちのたった三つの物語。

工藤純子

『オン・ザ・ライン』　朽木祥著　小学館　2011.7　317p　19cm　1500円　①978-4-09-290572-6　〈文献あり〉
|内容| 体育会系だが活字中毒の少年侃は、仲よくなった友だちに誘われてテニス部に入ることになった。テニス三昧の明るく脳天気な高校生活がいつまでも続くように思えたが…。少年たちのあつい友情、そして、明日への希望の物語。

『引き出しの中の家』　朽木祥作，金子恵絵　ポプラ社　2010.3　365p　19cm　（ノベルズ・エクスプレス 7）　1400円　①978-4-591-11596-1
|内容| 時を経て約束をかなえた、"花明かり"と二人の少女たちの感動の物語。朽木祥渾身の長編ファンタジー。

『とびらをあければ魔法の時間』　朽木祥作，高橋和枝絵　ポプラ社　2009.7　88p　21cm　（新・童話の海 2）　1000円　①978-4-591-11041-6
|内容| おちこんだり、かなしいことがあったとき、元気をくれるすてきな場所「すずめいろ堂」。すずめいろ堂の魔法の時間には、心がわくわくおどりだすような、ふしぎなことがおこります。小学校中学年向き。

『ぼくのネコにはウサギのしっぽ』　朽木祥作，片岡まみこ絵　学習研究社　2009.6　90p　23cm　（学研の新しい創作）　1200円　①978-4-05-203034-5
|内容| "でき"のいいおねえちゃんと、ふつうのぼく。ことの始まりは、おねえちゃんの拾ってきたネコだった…。おどおどしているネコとぼくの出会いをえがいた「ぼくのネコにはウサギのしっぽ」のほか、身近な動物との、心が温かくなる3つのお話。

『風の靴』　朽木祥作　講談社　2009.3　318p　21cm　1600円　①978-4-06-214994-5　〈画：柏村勲ほか〉
|内容| 海を渡る風を見ているときと同じ顔だった。陸で話していたのに。「自分のからだが透明になって、船とひとつになって、駆けていくんだ。」――そうなんだ。おじいちゃんが、風に靴を履かせる。風が靴を履いて、大海原を駆けていく。そんなふうに、ウインドシーカー号は走る。あふれる光のなか、きらめく波を切って。僕らの船は、風の靴になって、どこまでもどこまでも駆けていく。海が空にふれてひとつになり、空が天にとどくはるか高みまで。「かはたれ」「たそかれ」の作者朽木祥の新境地―。

『彼岸花はきつねのかんざし』　朽木祥作，ささめやゆき絵　学習研究社　2008.1　175p　22cm　（学研の新・創作シリーズ）　1200円　①978-4-05-202896-0
|内容| おきつねさんは、人を化かす。おばあちゃんは、しょっちゅう化かされる。でも、也子の前にあらわれた小さいきつねは、まあるい目をした、かわいい子ぎつねだった。――戦争の悲しみとは、あたりまえにあるやさしい時間が、とつぜん失われることかもしれない。小学校中学年から。

『たそかれ―不知の物語』　朽木祥作　福音館書店　2006.11　260p　21cm　1500円　①4-8340-2251-X　〈画：山内ふじ江〉
|内容| 六十年、河童は待っていた。二度と帰ってこない友だちを。再会した河童の八寸と少女、麻は記憶の中を旅することに。

『かはたれ―散在ガ池の河童猫』　朽木祥作　福音館書店　2005.10　269p　21cm　1500円　①4-8340-2148-3　〈画：山内ふじ江〉
|内容| 河童のこどもがやってきた、小さな猫に姿を変えて！　小学校中級以上。

工藤　純子
くどう・じゅんこ

『恋する和パティシエール 5 決戦！友情のもちふわドーナツ』　工藤純子作，うっけ絵　ポプラ社　2014.2　175p　21cm　（ポプラ物語館 52）　1000円　①978-4-591-13754-3
|内容| ハロー！　如月杏でーす！　ねえねえ、あたしいま、すっごくもえてるの！　どうしてかっていうとね…。だって、スイーツコンテストにでるんだもん!!　どんなお菓子にしようかな？　あーもう、ドキドキだよ～!!　かんたん！　おうちでできる和スイーツのレシピつき！

『恋する和パティシエール 4 ホットショコラにハートのひみつ』　工藤純子作，うっけ絵　ポプラ社　2013.9　176p　21cm　（ポプラ物語館 50）　1000円　①978-4-591-13571-6
|内容| もうすぐバレンタイン。あんこは「倫也に告白したい！」という女の子からチョコ作りをたのまれてしまいます！

『恋する和パティシエール 3 キラリ！海のゼリーパフェ大作戦』　工藤純子作，うっけ絵　ポプラ社　2013.3　176p

21cm （ポプラ物語館 46）1000円　①978-4-591-13372-9

内容 ハロー！　如月杏でーす！　ねえねえ、夏の海って、テンションあがるよね〜！　夏休み、あたしはマリエや倫ちゃんと、海辺のリゾートホテルにいけることになったんだ！　けど、なぜかマリエのきげんはサイアクで…。えーん、いったいどうしちゃったの〜。

『恋する和パティシエール　2　栗むしケーキでハッピーバースデー』　工藤純子作，うっけ絵　ポプラ社　2012.9　166p　21cm　（ポプラ物語館 43）1000円　①978-4-591-13062-9

内容 ハロー！　如月杏でーす！　みんなは、おじいちゃんやおばあちゃんの恋バナって、きいたことある？　あたし、じっちゃんの古い手紙を見ちゃって、どうやらそれが、ラブレターっぽくて…!?　あーん、どうしたらいいの。

『恋する和パティシエール　1　夢みるハートのさくらもち』　工藤純子作，うっけ絵　ポプラ社　2012.3　160p　21cm　（ポプラ物語館 40）1000円　①978-4-591-12466-6

内容 ハロー！　あたし、如月杏！　ねえねえ、みんなには、「しょうらいの夢」ってある？　あたしんちは、「和心堂」っていう古い和菓子屋さん。だからって、「和菓子職人になれば？」なんてまわりの子はいうけど…。そんなのまだ、わかんないよ！　でも、あたし、和菓子は大好きなんだ。とくに心に春をつれてくるさくらもちは、サイコーだよ。

『モーグルビート！　再会』　工藤純子作，加藤アカツキ絵　ポプラ社　2011.12　247p　19cm　（ノベルズ・エクスプレス NOVELS' EXPRESS 16）1300円　①978-4-591-12678-3〈スキー監修：福田咲〉

内容 モーグルに夢中になって、まっすぐつき進もうとする一子。中学生になって、ライバルの美鈴が所属するクラブチームに入る決意をしたが…。

『モーグルビート！』　工藤純子作，加藤アカツキ絵　ポプラ社　2011.10　229p　19cm　（ノベルズ・エクスプレス 14）1300円　①978-4-591-12601-1

内容 雪深い山村で生まれ育って、自由奔放なスキーをしていた一子。そんな一子が出会ったのは、スキーで世界を目指す少女、美鈴！　そして、モーグルという名の夢。

『ゴースト・ファイル　4　ゴーストからの贈り物』　工藤純子作，十々夜画　岩崎書店　2010.11　173p　18cm　（フォア文庫 C233）600円　①978-4-265-06418-2

内容 「ぼく、本気の恋をしたんだ！」親友のヒロの告白におどろく勇斗。相手はどうやら中学生らしい。ところが、その相手が勇斗の前にゴーストとして、あらわれた。自分が見える勇斗にたのみたいことがあるというのだが。はたして、ヒロの恋はうまくいくのか。ゴーストの謎に迫る勇斗。シリーズ第四弾。

『ミラクル★キッチン　4　参戦！　スイーツコンクール』　工藤純子作，藤丘ようこ絵　そうえん社　2010.8　167p　20cm　（ホップステップキッズ！　15）950円　①978-4-88264-444-6〈料理指導・レシピ作成：釜谷孝義〉

内容 スイーツコンクールで、リトル・シェフ亜美に、最強のライバル登場。

『ゴースト・ファイル　3　よみがえりの伝説』　工藤純子作，十々夜画　岩崎書店　2010.5　174p　18cm　（フォア文庫 C226）600円　①978-4-265-06413-7

内容 クラスの中でもはなやかな玲奈。おとなしくて動物をこよなく愛する綾。今回はこの二人の関係に勇斗や舞が巻き込まれる。女同士って微妙!?　と頭をかかえてしまう勇斗だが…。

『ゴースト・ファイル　2　風の向こう』　工藤純子作，十々夜画　岩崎書店　2009.12　164p　18cm　（フォア文庫 C222）600円　①978-4-265-06409-0

内容 親友のヒロが盲腸で入院した。見舞いに行った勇斗は、そこで理沙と知り合う。彼女の喜ぶ顔が見たくて、勇斗はマラソンで優勝しようと練習にはげむのだが、理沙には秘密が…。勇斗を心配する舞やミコおばばたち。勇斗の命が危ない！　ゴーストの謎に迫る勇斗。新シリーズ第二弾。

『ミラクル★キッチン　3　中国四千年のギョーザバトル!?』　工藤純子作，藤丘ようこ絵　そうえん社　2009.11　159p　20cm　（ホップステップキッズ！　13）950円　①978-4-88264-442-2〈料理指導・レシピ作成：二宮千鶴〉

内容 料理するのはマジ苦手なあたしが、ギョーザづくりバトルをすることになっちゃった…。

『ピンポン空へ』 工藤純子作，勝田文絵 ポプラ社 2009.6 222p 20cm （Teens' entertainment 8） 1300円 ①978-4-591-10987-8

内容 卓球道場に中国からの留学生がやってきた。交換留学をかけた決闘勝ち抜き戦がはじまることになって…。仲間たちとの真剣勝負のなかで、友情、恋、未来へ向かう若菜のホントの気持ちがうごきだす。

『ゴースト・ファイル 1 真昼の星』 工藤純子作，十々夜画 岩崎書店 2009.5 158p 18cm （フォア文庫 C214） 600円 ①978-4-265-06402-1

内容 勇斗は小学校五年生。塾ではライバルの巧とトップの成績を競っているが、最近あせりを感じている。ある日、駅で電車を待っていると、男の人が線路に飛び込む瞬間を目にしてしまう。ところが、親友のヒロにはその姿は見えなかった。舞の秘密、そしてゴースト・ファイルとは!? ゴーストの謎に迫る勇斗。新シリーズ第一弾。

『ミラクル★キッチン 2 ハッピー・レシピは思い出の味!?』 工藤純子作，藤丘ようこ絵 そうえん社 2009.3 151p 20cm （ホップステップキッズ！ 8） 950円 ①978-4-88264-437-8 〈料理指導・レシピ作成：釜谷孝義〉

内容 わたし、加護めぐみ。同級生の春名が最近元気ない。なんとかしなくっちゃ！ 天才小学料理人リトル・シェフの亜美とともにおいしい料理で解決をはかるけれど…。

『ピンポンひかる』 工藤純子作，勝田文絵 ポプラ社 2008.12 215p 20cm （Teens' entertainment 5） 1300円 ①978-4-591-10694-5

内容 卓球道場で楽しく練習する若菜たちのもとに、ある日、強豪の卓球クラブから果たし状が…。同じスポーツに打ちこむからこその一体感とライバル心の間で、若菜たちの心がゆれうごく。

『ピンポンはねる』 工藤純子作，勝田文絵 ポプラ社 2008.8 221p 20cm （Teens' entertainment 3） 1300円 ①978-4-591-10445-3

内容 はじめは卓球ドシロウトだった若菜が、友情のために猛特訓！ 小さな球に魂をこめて、強烈スマッシュをたたきこむ。

『ミラクル★キッチン 1 天才シェフは小学生!?』 工藤純子作，藤丘ようこ絵 そうえん社 2008.8 143p 20cm （ホップステップキッズ！ 2） 950円 ①978-4-88264-431-6

内容 「おいしい」ってしあわせ。ハッピーな奇跡（ミラクル）をよぶなぞの料理人あらわる!! お話に出てくるお料理のレシピつき。

『Go！ go！ チアーズ—嵐の転校生 from U.S.A.』 工藤純子作 ポプラ社 2007.3 205p 19cm （Dreamスマッシュ！ 20） 840円 ①978-4-591-09731-1 〈絵：にしけいこ〉

内容 運動会でチアリーディングをやって、ひとつになった五年三組。そこに、チアの本場アメリカから転校してきたサラ。はじめは仲よくなれそうだったのに、だんだんサラとみんなの心ははなれて…。そんな時、夏樹がたちあがった！ 「ねえ、いっしょにチアやろうよ」。

『Go！ go！ チアーズ』 工藤純子作 ポプラ社 2006.9 199p 19cm （Dreamスマッシュ！ 15） 840円 ①4-591-09418-9 〈絵：にしけいこ〉

内容 「え〜っ!? あたしがチアガール??」 転校していったばかりの学校で、いきなりチアリーディングをやることになった夏樹。しかも、リーダーはオトコ!? クラスのみんなはまとまらないし、ダンスだって上達しない。でも本番までは、あとわずか!!—絶体絶命のピンチに、夏樹の「チア・スピリット」が燃えあがった。

くぼしま りお
《1966～》

『ブンダバー 4』 くぼしまりお作，佐竹美保絵 ポプラ社 2014.7 195p 18cm （ポプラポケット文庫 041-4） 620円 ①978-4-591-14065-9 〈2003年刊の再刊〉

内容 ブンダバーは、おしゃべりができるふしぎなネコ。親友のモモの家に、はじめて遊びにいったブンダバーは、にぎやかなかんげいをうけ、大よろこび！ そして、おねえさんのルルとなかよくなりますが…!? 小学校中級〜

『ブンダバー 3』 くぼしまりお作，佐竹美保絵 ポプラ社 2014.2 190p 18cm （ポプラポケット文庫 041-3） 620円 ①978-4-591-13761-1 〈2002年刊の再刊〉

内容 ブンダバーは、おしゃべりができるふ

しぎなネコ。女優をめざす親友のモモが、おしばいのオーディションをうけるときいたブンダバーは、モモをおうえんするために、はじめてホルム芸術学校へやってきましたが…!? 小学校中級～。

『ブンダバー 2』 くぼしまりお作, 佐竹美保絵 ポプラ社 2013.11 186p 18cm （ポプラポケット文庫 041-2） 620円 ①978-4-591-13658-4 〈2002年刊の再刊〉
内容 ブンダバーは、おしゃべりができるふしぎなネコ。生きているタンスのタンちゃんといっしょに、古道具屋のおしじさんの家で、くらしています。すっかり町の人気者になったブンダバーでしたが…。小学校中級～。

『ブンダバー 1』 くぼしまりお作, 佐竹美保絵 ポプラ社 2013.8 144p 18cm （ポプラポケット文庫 041-1） 620円 ①978-4-591-13546-4 〈2001年刊の再刊〉
内容 古い道具たちはみんな、ひみつをかくしています。古道具屋のおしじさんがひろった洋服ダンスには、ふしぎなネコの物語がかくされていました。その名前は…、ブンダバー！ おしゃべりネコブンダバー、はじまりの物語。小学校中級～。

『ブンダバーと会ったなら』 くぼしまりお作, 佐竹美保絵 ポプラ社 2012.12 170p 21cm （ブンダバーとなかまたち 9） 980円 ①978-4-591-12568-7
内容 ブンダバーが暮らすホルムの町に、新住人がやってきました。おしじさんたちといっしょに「はじめまして」のあいさつにでかけたブンダバーですが…。

『ブンダバーとネズミのワゴナー』 くぼしまりお作, 佐竹美保画 ポプラ社 2011.3 168p 21cm （ブンダバーとなかまたち 8） 980円 ①978-4-591-12380-5
内容 きょうは、年に一度の「ストリート・リサイクル・デー」！ ブンダバーは、古道具屋さんのトラックにのって、ホルムの町へ「宝さがし」に出かけました。

『ブンダバーとにゃんにゃんにゃん』 くぼしまりお作, 佐竹美保画 ポプラ社 2010.8 160p 21cm （ブンダバーとなかまたち 7） 980円 ①978-4-591-11988-4
内容 とある事情で…、ホルムの町のボスネコ代行をまかされたブンダバーと、なかまのネコたち。やっと仕事になれてきたころ、町の子ネコがつぎつぎ、迷子になって…。

『ブンダバーのただいま～！』 くぼしまりお作, 佐竹美保絵 ポプラ社 2009.12 160p 21cm （ブンダバーとなかまたち 6） 980円 ①978-4-591-11227-4
内容 船からぬすまれた船首像、マーメイドちゃんをさがす旅に出たブンダバーとタンちゃん。ついに、マーメイドちゃんと感動のごたいめ～ん—。

『ブンダバーのいってきま～す！』 くぼしまりお作, 佐竹美保絵 ポプラ社 2009.4 156p 21cm （ブンダバーとなかまたち 5） 980円 ①978-4-591-10899-4
内容 ゴーゾウ船長の船がどろぼうにあい、「旅行カバンをもつマーメイドちゃん」がぬすまれちゃったぁー!? ブンダバーは、とりもどす旅に出かけます。

『ブンダバーとわんわんわん』 くぼしまりお作, 佐竹美保絵 ポプラ社 2008.7 164p 21cm （ブンダバーとなかまたち 4） 980円 ①978-4-591-10376-0
内容 サワンさんが見つけた子犬は、ものす～くかわいくて、ものすご～く、ワガママ。ブンダバーは、ふりまわされっぱなしです。

『ブンダバーのネコの手かします』 くぼしまりお作, 佐竹美保絵 ポプラ社 2007.12 157p 21cm （ブンダバーとなかまたち 3） 980円 ①978-4-591-10024-0
内容 大雨で家をなくした古道具屋さん一家は、あたらしい家をたてるために、みんなそれぞれ、仕事を始めました。「ぼくも、お仕事した～い！」大はりきりのブンダバーが、見つけた仕事は…。

『ブンダバーとタンちゃん』 くぼしまりお作, 佐竹美保絵 ポプラ社 2007.6 154p 21cm （ブンダバーとなかまたち 2） 980円 ①978-4-591-09817-2
内容 生きていているタンスのタンちゃんは、ブンダバーの大親友で、大切な家族。なのに突然、よその家の洋服をあずかりたいって、いいだしたのです!! なんでぇ。おしゃべりもダンスもできるスーパータンス、タンちゃんの物語。

『ブンダバーとモモ』 くぼしまりお作, 佐竹美保絵 ポプラ社 2006.12 170p 21cm （ブンダバーとなかまたち 1）

くぼしまりお

980円 ①4-591-09513-4

内容 おしゃべりネコ、ブンダバーは、女優さんを目指して勉強中のモモが、大好き！ モモも、元気なブンダバーが、大好き！ それなのにモモったら、なんと、ほかの男の子に夢中になっちゃったのです。

『ブンダバー 10』 くぼしまりお作，佐竹美保絵 ポプラ社 2006.6 169p 21cm （ポプラの木かげ 23） 980円 ①4-591-09287-9

内容 お友だちネコたちの家に、はじめて行ったブンダバー。さてさて、みんなは、どんなおうちで、どんなご主人さまと、くらしているのでしょうか!? 大人気！ ブンダバー・シリーズ最新刊。

『ブンダバー 9』 くぼしまりお作，佐竹美保絵 ポプラ社 2005.12 170p 21cm （ポプラの木かげ） 980円 ①4-591-08992-4

内容 ブンダバーのおともだち、目医者さんのポンちゃんが、大すきなサワンさんと、ロマンチックデート！ ブンダバーたちが、いろんな作戦をたてて、こっそり、おうえんしますが…。

『ブンダバー 8』 くぼしまりお作，佐竹美保絵 ポプラ社 2005.6 178p 21cm （ポプラの木かげ 19） 980円 ①4-591-08691-7

内容 夏のあいだ、ブンダバーはおしじさん、リンさん、ゴーゾウ船長、ゆうれいのきょうだいのトパ王子とマイテ姫たちと、毎日、楽しくくらしました。けれど、おわかれの日は近づいてきて…。

『ブンダバー 7』 くぼしまりお作，佐竹美保絵 ポプラ社 2004.12 170p 21cm （ポプラの木かげ 18） 980円 ①4-591-08376-4

内容 ブンダバーは、おしゃべりができるふしぎなネコ。ある日、おしじさんのおさななじみ、ゴーゾウ船長ののった帆船がホルムの港に帰ってきます。町では花火をあげて大かんげい！ ブンダバーも大はしゃぎです。ところが…。大人気「ブンダバー」シリーズ、最新刊。

『ブンダバー 6』 くぼしまりお作，佐竹美保絵 ポプラ社 2004.6 170p 21cm （ポプラの木かげ 16） 980円 ①4-591-08166-4

内容 ブンダバーは、おしゃべりができるネコ。ホルムの町の古道具屋さんで、くらしています。ある日、モモのいもうとのヒナナが、やってきました。さあ、ブンダバーとおてんばヒナナのおはなしがはじまります。

『ブンダバー 5』 くぼしまりお作，佐竹美保絵 ポプラ社 2003.12 170p 21cm （ポプラの木かげ 15） 980円 ①4-591-07957-0

内容 ブンダバーは、おしゃべりができるふしぎなネコ。ホルムの町の人気者です。ところが、町のネコたちはみんな、ブンダバーをむししていたのです！ どうして。

『ブンダバー 4』 くぼしまりお作，佐竹美保絵 ポプラ社 2003.6 171p 21cm （ポプラの木かげ 13） 980円 ①4-591-07727-6

内容 ブンダバーは、おしゃべりができるふしぎなネコ。親友のモモの家に、はじめて遊びにいったブンダバーは、にぎやかなかんげいをうけて、大よろこび！ そして、おねえさんのルルとなかよくなりますが…!? 小学校中級より。

『ブンダバー 3』 くぼしまりお作，佐竹美保絵 ポプラ社 2002.12 170p 21cm （ポプラの木かげ 12） 980円 ①4-591-07449-8

内容 ブンダバーは、おしゃべりができるふしぎなネコ。女優をめざす親友のモモが、おしばいのオーディションをうけるときいたブンダバーは、モモをおうえんするために、はじめてホルム芸術学校へやってきましたが…。

『ブンダバー 2』 くぼしまりお作，佐竹美保絵 ポプラ社 2002.5 170p 21cm （ポプラの木かげ 10） 980円 ①4-591-07246-0

内容 ブンダバーは、おしゃべりができるふしぎなネコ。生きているタンスのタンちゃんといっしょに古道具屋のおしじさんの家で、くらしています。すっかり町の人気者になったブンダバーでしたが…。小学校中級より。

『ブンダバー』 くぼしまりお作，佐竹美保絵 ポプラ社 2001.5 137p 21cm （ポプラの木かげ 5） 980円 ①4-591-06830-7

内容 ふるい道具たちはみんな、ひみつをかくしています。古道具屋のおしじさんがひろった洋服ダンスに、かくされていたものは…？ タンスの中からとびだしたファンタジー。

久美　沙織
くみ・さおり
《1959～》

『ブルー』　久美沙織作　理論社　2010.1　207p　19cm　1500円　①978-4-652-07964-5
[内容] 真っ青な空が広がる夏のある日。13歳の今里杏は、生まれて初めて学校をさぼった。図書館で読書ざんまいのはずが、ひょんなことから、会ったばかりの女性の話を聞くはめに。おしゃべりで、ちょっぴりおせっかいなその女性・サヨコさんは、30年前に長野県で起きたバス事故のことを調べているという。なぜいまさら、そんな大昔のことを？　好奇心から、その調査につきあうことにした杏だったが、サヨコさんと話をするうちに、ある思い出が甦る。大好きなおとうさんと沖縄で過ごした夏の日々。そして、おとうさんとの別れ。ずっと心にしまっていた気持ちが、ほろほろとこぼれ出る…。ふたりの小さな旅を通して、喪失の痛みと人間の再生を温かく描きだす、爽やかな物語。

『よい子仮面なんかいらない』　久美沙織著　ポプラ社　1996.4　158p　20cm　（自分探しの旅シリーズ　1）　1200円　①4-591-04978-7
[内容] ぼくはぼくサッ。ちょっと心がつかれたら読んでみて。いつだって、だれだってひろ～い世界にとびだせるんだぜ。

倉阪　鬼一郎
くらさか・きいちろう
《1960～》

『ブランク―空白に棲むもの』　倉阪鬼一郎作　理論社　2007.12　400p　20cm　（ミステリーYA！）　1500円　①978-4-652-08616-2
[内容] 白く光るものが、ゆっくり揺れている。…それに気づいたときには、もう遅い。体がいびつに揺れ、髪の毛が真っ白になり、やにわに頭部が爆発する。多発する奇怪な死が、人々を恐怖のどん底に叩き落とす。超能力探偵・井筒志門は、かがみ少年とともに謎に挑む！　ノンストップ・ホラー・ミステリー。

倉橋　燿子
くらはし・ようこ
《1953～》

『ドジ魔女ヒアリ―マジカルレースで大ピンチ!?』　倉橋燿子作，藤丘ようこ絵　講談社　2014.3　203p　18cm　（講談社青い鳥文庫　180-60）　620円　①978-4-06-285417-7
[内容] 遅刻はしょっちゅう、魔法は失敗ばかりで"ドジ大将"とよばれているヒアリは、魔法学校の4年生。7個の魔法玉を使って、3つの宝をゲットし、学校にもどるまでの速さを競う、マジカルレースの日がやってきた。ヒアリの班は、ピンチの連続！　こんなことで、優勝できるの？　大きめの文字&一冊読みきりで、初めての青い鳥文庫にもおすすめ！　小学中級から。

『アクアの祈り』　倉橋燿子作，久織ちまき絵　講談社　2013.12　309p　18cm　（講談社青い鳥文庫　180-59―ラ・メール星物語）　680円　①978-4-06-285394-1
[内容] たおれていた少女は、アクア国の出身で「ミラクル・オー」をさがしているようだが、記憶を失っている。少女を助けたシルクたちは、「ミラクル・オー」と「青き国」をさがすため、ともにアクア国へ向かう。謎の少女の正体は？　シルクが知ることになる衝撃の真実とは？　そして、理想の「青き国」はどこに？　恋と試練をえがくファンタジー完結編！　小学上級から。

『魔女の診療所―魔法界を救う者!?』　倉橋燿子作，藤丘ようこ絵　講談社　2013.11　169p　18cm　（講談社青い鳥文庫　180-58）　600円　①978-4-06-285388-0
[内容] 大人気シリーズ、感動の完結編！　毒グモにおそわれ、目の前で消えていく慧のいのちを、なんとかして救いたいと願うヒアリは、重大な決断をする。診療所の窓の外に、黒の塔が出現した。黒魔道書を手に入れた黒魔法一派が、人間界を支配しようとしているのだ。魔法界へのりこんだヒアリは、人間界を、そして、魔法界を救うことができるの？　小学中級から。

『魔女の診療所―「黒の塔」に突入せよ！』　倉橋燿子作，藤丘ようこ絵　講談社　2013.10　181p　18cm　（講談社青い鳥文庫　180-57）　620円　①978-4-06-285385-9
[内容] 魔法が使えない魔女・ヒアリが主人公の大人気シリーズ！　さらわれたおばあ

ちゃんを助けるため、ヒアリはアブル、慧とともに魔法界の「黒の塔」へ。なにが起こるかわからないブキミな塔。しつこく追ってくる黒魔法一派。ついに、慧のいのちが…。そのとき、ヒアリの魔法力をしめす指輪が、むらさき色にかがやきはじめた―。小学中級から。

『風の国の小さな女王』 倉橋燿子作，久織ちまき絵　講談社　2013.6　249p　18cm　（講談社青い鳥文庫 180-56―ラ・メール星物語）650円　①978-4-06-285357-6

[内容]「伝説の青い石」を、王家とうばいあったシルクたちは、ノイ国へのがれ、ちょっとズレてはいるけれど、にくめない、女王・ウーニャの力になろうとする。とこが、ウーニャが姿を消してしまい…。「風をよぶ花」を救うという願いを、かなえることが、できるの？　そして、「青き国」のヒントを見つけたシルクに、新しい恋の予感!?　小学上級から。

『魔女の診療所―時のはざまの秘密』 倉橋燿子作，藤丘ようこ絵　講談社　2013.3　205p　18cm　（講談社青い鳥文庫 180-55）620円　①978-4-06-285340-8

[内容]　人間界の動物診療所で修行中の、魔法が使えない魔女・ヒアリが主人公の大人気シリーズ。魔法のドリンクを飲んでいた人たちの様子がおかしい!?　ヒアリは、親友のエリーとともに、ドリンクの謎をつきとめようとする。ヒアリが知ってしまった、「時のはざま」の秘密とは？　いよいよ、ヒアリの、「魔法界を救う者」としての戦いがはじまった―。小学中級から。

『フラムの青き炎』 倉橋燿子作，久織ちまき絵　講談社　2012.12　201p　18cm　（講談社青い鳥文庫 180-54―ラ・メール星物語）620円　①978-4-06-285323-1

[内容]　枯れてしまったミラクル・ツリー"いのちの樹"復活のヒントをさがしに、フラム国をおとずれている少女・シルクの身に、つぎつぎ事件がおこる。シルクがねらわれる理由とは―。　最後に明らかになる、悲しい真実とは―。かつてフラム国に幸せをもたらしたという伝説の「青い石」を最後に手に入れるのは、だれ？　小学上級から。

『魔女の診療所―魔法警報発令中!?』 倉橋燿子作，藤丘ようこ絵　講談社　2012.9　219p　18cm　（講談社青い鳥文庫 180-53）600円　①978-4-06-285310-1

[内容]　学校でも、街でも、ティアラがくばる、魔法のドリンクが大人気。飲むだけで、願ったとおりの自分に変身できるというのだ。それを飲んだ、おとなしいユメや蔦介は強気な人間に変身！　慧くんも別人みたいだし、なにもかもがおかしい。ティアラがなにかをたくらんでいるにちがいない！でも、頼れる人がひとりもいない…。どうすればいいの？

『フラムに眠る石』 倉橋燿子作，久織ちまき絵　講談社　2012.7　223p　18cm　（講談社青い鳥文庫 180-52―ラ・メール星物語）620円　①978-4-06-285297-5

[内容]　枯れてしまったミラクル・ツリー"いのちの樹"の復活を願うシルク。父が言いのこした「青き国」に、ヒントが？　かつて「青き国」とよばれたフラム国に、すべての力の源となった"青い石"があるという。盗賊団や、フラム国の王家もねらうこの石を、シルクたちは手にいれることができるの？　願いと冒険、出会い、そして、わすれられない恋をえがくファンタジー。小学上級から。

『魔女の診療所―ボロボロの魔法界』 倉橋燿子作，藤丘ようこ絵　講談社　2012.3　217p　18cm　（講談社青い鳥文庫 180-51）600円　①978-4-06-285280-7

[内容]　人間界で修行中の魔女のヒアリ。おばあちゃんにたのみ、短時間だけ魔法界に帰れることになった。荒れはてた魔法界でヒアリは、秘密の目的をはたすことができるの？　一方、おばあちゃんの診療所に子ゾウが来ることになったんだけど…。「ほんとの魔法」ってなに？　そして、ヒアリに恋の予感？　ドキドキの展開です。小学中級から。

『魔女の診療所―まさかのライバル！』 倉橋燿子作，藤丘ようこ絵　講談社　2011.11　219p　18cm　（講談社青い鳥文庫 180-50）600円　①978-4-06-285260-9

[内容]　動物診療所を舞台に、魔法が使えなくなった魔女・ヒアリが活躍する大好評シリーズ第3弾！　魔法界から、同い年の魔女・ティアラがやってきた。ティアラが本物の「魔法界を救う者」だって!?　聞いてないよ～。本性を知らないみんなはティアラの味方。　どうしてそうなるの？　あんなに性格が悪いコといっしょに修行するなんて、じょうだんじゃない！　小学中級から。

『ラテラの樹―ラ・メール星物語』 倉橋燿子作，久織ちまき絵　講談社　2011.9　331p　18cm　（講談社青い鳥文庫 180-49）720円　①978-4-06-285244-9

[内容]　舞台はラ・メール星、グローブ国。人々に恵みをもたらしていたミラクル・ツリーが枯れ、国じゅうに不安が広がる。少女・シルクは父を失い、国を追われ、秘密の

国メリアへと逃亡をはかる…。平和な毎日をとつぜん失う悲しみと怒り、はじめての恋…。なやみ、苦しみながらも運命を受けとめて歩きだすシルク。待望の新シリーズ、スタート。

『魔女の診療所—勇気のカケラ』 倉橋燿子作, 藤丘ようこ絵 講談社 2011.7 251p 18cm （講談社青い鳥文庫 180-48） 620円 ①978-4-06-285232-6
内容 魔法が使えなくなった魔女・ヒアリが主人公の大好評シリーズ第2弾！ 小学校に行ったものの、意地悪されたりしてイヤになってしまったヒアリ。おまけに、親友のユメにきらわれて!? 落ち込んでいたヒアリだけど、犬のムサシと奮闘する慧や、ある決意をしたユメの姿を見て…。少しだけもどってきた魔法の力。魔法界へ帰れる日は近い？ 小学中級から。

『魔女の診療所—こまったコ、大集合!?』 倉橋燿子作, 藤丘ようこ絵 講談社 2011.4 219p 18cm （講談社青い鳥文庫 180-47） 600円 ①978-4-06-285198-5
内容 魔法学校で楽しい毎日を送っていた魔女のヒアリに、ある日突然魔法が使えなくなったうえ、人間界で修行することに。あずけられた先はこわーいおばあちゃん先生のいる動物診療所。診療所には次から次へと個性的な人や動物がやってくる。ヒアリは魔法の力をとりもどせるの？ 『おもしろい話が読みたい！（マジカル編）』掲載の短編がシリーズになって、登場！ 小学中級から。

『守り石の予言—パセリ伝説外伝』 倉橋燿子作, 久織ちまき絵 講談社 2010.12 379p 18cm （講談社青い鳥文庫 180-46） 760円 ①978-4-06-285183-1
内容 平和をとりもどしたはずのラ・メール星各地であいつぐ異変。原因をさぐるうちにたどりついた古文書には…。すれ違う運命。せつない恋。パセリは悲しみを胸に最後の使命を果たそうとする。隼人の行方は？ そしてミモザやリン、"星をもつ者"たちに残された使命とは？ ラ・メール星を舞台にくり広げられるあらたな戦い！ 大人気シリーズ「パセリ伝説」、待望の番外編！ 小学中級から。

『パセリ伝説—水の国の少女 memory 12』 倉橋燿子作, 久織ちまき絵 講談社 2009.12 252p 18cm （講談社青い鳥文庫 180-45） 620円 ①978-4-06-285131-2
内容 ついに姿をあらわした真の敵、闇の帝王・ギガ。憎しみや怒りにつけこんで、隼人を、ミモザを、リンをだまし続けてきた存在—。はたして、ギガと戦って勝つことができるのか？ "星をもつ者"、五色の星をもつ動物たち、そして仲間たち、それぞれの決断。それぞれの使命と運命—。大人気シリーズ、感動の完結編!! 小学中級から。

『パセリ伝説—水の国の少女 memory 11』 倉橋燿子作, 久織ちまき絵 講談社 2009.9 251p 18cm （講談社青い鳥文庫 180-44） 620円 ①978-4-06-285112-1
内容 ついに明らかになる、五千年前に栄えたプリア王国の、そして"星をもつ者"の秘密—。それは、ラ・メール星の現在と未来を暗示していた。パセリたちが使命をもって生まれてきたことには、大きな理由があったのだ。第十一の能力で真実を知ったパセリが目指すべき道はどこに？ 行動をおこすパセリに立ちふさがるのは…。憎しみがうずまくなか、悲劇をとめることはできるのか？ 小学中級から。

『パセリ伝説—水の国の少女 memory 10』 倉橋燿子作, 久織ちまき絵 講談社 2009.7 251p 18cm （講談社青い鳥文庫 180-43） 620円 ①978-4-06-285101-5
内容 次々と姿を消した五色の星をもつ動物たち。犯人はリンだった。"失われた王国"の位置をつきとめるために「五星獣」が必要だったのだ。リンの目的はそれだけではなかった！ その地に、パセリが、ステフォンが、ミモザがおびき寄せられたとき、なにが起こるのか!? さらに、予期せぬ悲劇が襲いかかり、パセリは自分の無力を責める…。壮大なスケールでおくる第10巻!! 小学中級から。

『パセリ伝説—水の国の少女 memory 9』 倉橋燿子作, 久織ちまき絵 講談社 2009.3 252p 18cm （講談社青い鳥文庫 180-42） 620円 ①978-4-06-285079-7
内容 パセリたちは北海道へ戻り、隠れ家で暮らしはじめた。再会したレンゲから、隼人とミモザの映像を見せられ、パセリは大きなショックを受ける。ふたりが婚約したのだ…。隼人も、母も、母国も失ったパセリに追い討ちをかけるように、次々と謎の事件がおこる。悲しみに引きずられそうになりながらも、パセリは必死に第九の能力を開き、行動をおこす。小学中級から。

『パセリ伝説—水の国の少女 memory 8』 倉橋燿子作, 久織ちまき絵 講談社 2008.12 252p 18cm （講談社青い鳥文庫 180-41） ①978-4-06-

倉橋燿子

285064-3

内容 ようやく再会した母を失い、深く悲しむパセリは、荒れ果てた母国の姿に衝撃を受ける。憎しみにつき動かされ、パセリはミモザと対決しようとするが、事態は思わぬ方向へ…！ 一方、北海道でふしぎなレリーフを見たマリモは悪い予感におそわれ、ラ・メール星をめざす。だれを信じ、だれのために戦うの!? パセリに試練のときがおとずれる！ 小学中級から。

『パセリ伝説―水の国の少女　memory 7』　倉橋燿子作、久織ちまき絵　講談社　2008.8　252p　18cm　（講談社青い鳥文庫 180-40）620円　①978-4-06-285044-5

内容 人質をとったミモザは、次ぎの策を練る。そのミモザをもあやつろうとする "火の鳥軍団" の若き指揮官。一方、ともに "赤い鳥軍団" と戦うためノイ国へ着いたパセリは、きびしい現実に直面する。苦悩するパセリに、ミモザが提案してきた交換条件とは…。敵か、味方か？ それぞれの思いがからみあうなか、パセリは母たちを救えるのか？ 小学中級から。

『パセリ伝説―水の国の少女　memory 6』　倉橋燿子作、久織ちまき絵　講談社　2008.4　250p　18cm　（講談社青い鳥文庫 180-39）620円　①978-4-06-285019-3

内容 パセリとうり二つの少女ミモザは、パセリのふたごの妹で、今はフラム国の姫だった。にわかには信じられないパセリに、ミモザは母からのメッセージを見せる。早く母を救いたい！ という思いにかられるパセリ。しかしその思いが、おそろしい事態を引き起こすとは…。窮地に立つパセリに援軍がかけつける。地下室の秘密を解いたパセリたちはついに母国アクア国に向かう。

『パセリ伝説―水の国の少女　memory 1』　倉橋燿子作、久織ちまき絵　講談社　2008.3　252p　18cm　（講談社青い鳥文庫―SLシリーズ）1000円　①978-4-06-286403-9

内容 事故で両親と "記憶" をなくした11歳の少女パセリは、北海道で牧場を営む祖父母のもとで暮らしはじめる。パセリが心を許せるのは新しい学校の同級生で親友となったレンゲだけ。記憶を取り戻したいパセリは、森でであった少年隼人の協力で自分の過去について調べるうち、祖父母の意外な秘密を知ってしまう。やがて浮かびあがるさまざまな謎。そんなとき、レンゲとの友情をゆるがす事件が。小学中級から。

『パセリ伝説―水の国の少女　memory 5』　倉橋燿子作、久織ちまき絵　講談社

2007.12　250p　18cm　（講談社青い鳥文庫 180-38）620円　①978-4-06-148799-4

内容 ミラクル・オーの中で隼人と再会したパセリは、「秀人が撃たれた。」と聞き、衝撃を受ける。そのころ、謎の姫ひきいる "赤い鳥軍団" の魔の手は、ステファンたちにもせまっていた。秀人の死を信じられないパセリは、絶望する隼人をはげまし、ステファンらとともに北海道へ帰る。秀人をさがすパセリたちに、思いがけない情報が舞いこむ。ほんとうに秀人君？ 息をのむ展開の第5巻。小学中級から。

『パセリ伝説―水の国の少女　memory 4』　倉橋燿子作　講談社　2007.8　246p　18cm　（講談社青い鳥文庫 180-37）620円　①978-4-06-148780-2〈絵：久織ちまき〉

内容 アイスランドで出会った風の国の王子ステファンと自分との意外な関係を知ったパセリは、とまどいながらも、記憶をなくした隼人と、ステファンの妹ミントを北海道につれかえる。行動をともにしたマリモ、レンゲ、清太郎とパセリには強い絆が生まれる。隼人の出現に光矢は激しく反発し、パセリと対立する。そこにしのびよる敵の影。やがて姿を消した隼人の身に危機がせまる…。小学中級から。

『パセリ伝説―水の国の少女　memory 3』　倉橋燿子作　講談社　2007.5　248p　18cm　（講談社青い鳥文庫 180-36）620円　①978-4-06-148764-2〈絵：久織ちまき〉

内容 パセリへの手紙を秀人にたくし、隼人は姿を消す。家ではラビやおばあちゃんがつぎつぎと病に倒れる。みんなを救うためマリモとともに青竜湖に向かったパセリは "青いゼリー" の正体を知る。もどったパセリに、おじいちゃんは真実を語りはじめる。ようやく隼人と再会するパセリ。しかし、そこでパセリを待っていたのは…!? つぎつぎと明かされる謎、息もつかせぬ急展開。小学中級から。

『扉のむこうの課外授業―お困り犬ひきうけます』　倉橋燿子作　ポプラ社　2007.2　207p　19cm　（Dreamスマッシュ！19）840円　①978-4-591-09694-9〈絵：舘本みゆき〉

内容 新聞委員のアズとスズは、特集 "自慢のペット紹介" を企画。その取材先で、"お困り犬" ドンと出会う。飼い主に見はなされたドンのひきうけ先をさがすが見つからず、校長先生に相談。ふたりの熱心さにこたえて校長がだした三つの課題とは？ ふたりはクリアできるのか!? 倉橋ファン待望の新刊。

『パセリ伝説—水の国の少女　memory 2』　倉橋燿子作　講談社　2007.2　248p　18cm　（講談社青い鳥文庫 180-35）　620円　①978-4-06-148755-0〈絵：久織ちまき〉

内容　なくしたペンダントをさがしにふたたび青竜湖へ向かったパセリと隼人は、地底の洞窟に転落。そこには思いがけない秘密がかくされていた。だれも信じられないパセリの心の支えは隼人だけ。ところが、兄の光矢は「隼人に近づくな。」と告げる。身の危険を感じたパセリの心は…？　しだいに明かされるパセリの謎。そして、第二の能力とは!?　小学中級から。

『パセリ伝説—水の国の少女　memory 1』　倉橋燿子作　講談社　2006.10　252p　18cm　（講談社青い鳥文庫 180-34）　620円　①4-06-148745-0〈絵：久織ちまき〉

内容　事故で両親と"記憶"をなくした11歳の少女パセリは、北海道で牧場を営む祖父母のもとで暮らしはじめる。パセリが心を許せるのは新しい学校の同級生で親友になったレンゲだけ。記憶を取り戻したいパセリは、森でであった少年隼人の協力で自分の過去について調べるうち、祖父母の意外な秘密を知ってしまう。やがて浮かびあがるさまざまな謎。そして、レンゲとの友情をゆるがす事件が。小学中級から。

『天使の翼—心がはばたくとき』　倉橋燿子作　ポプラ社　2006.2　198p　18cm　（ポプラポケット文庫 053-2）　570円　①4-591-09121-X〈絵：佐竹美保〉

内容　人と話すのが苦手な香織。クラスのリーダー格の女の子にも目をつけられ、自分をおしころす毎日です。でも、卒業記念の花壇作りで謎めいたおじいさんに出会い、お手伝いすることで、少しずつ変わっていきます…。小学校上級〜。

『風の天使—心の扉が開くとき』　倉橋燿子作　ポプラ社　2005.10　198p　18cm　（ポプラポケット文庫 053-1）　570円　①4-591-08883-9〈絵：佐竹美保〉

内容　やわらかな風のように、心の扉をひらいていくあたたかな光のように、心の氷をとかしてく、あの子はだれ？　いっしょにいると元気になる。どんどん勇気がわいてくる。ほんとうの笑顔になれる、あの子はどこ？　いつかわたしも…そんな「あの子」になりたい。

『月が眠る家　5』　倉橋燿子作，目黒直子絵　講談社　2005.9　243p　18cm　（講談社青い鳥文庫 180-33）　620円　①4-06-148700-0

内容　リュウがさがしていた、悠由の母の幼なじみとは、ルナの母、愛子だった。愛子はバレエ公演で見たプリマに実の母とも知らずあこがれる悠由に、ルナは真実を告げる。母子の再会の場となった都内の病院にかけつけたリュウが見たものは…。そして、運命的な出会いの舞台だったあの洋館は、その役目を終えようとしていた—。感動長編、完結！　小学上級から。

『月が眠る家　4』　倉橋燿子作，目黒直子絵　講談社　2005.8　239p　18cm　（講談社青い鳥文庫）　620円　①4-06-148695-0

内容　ぐうぜん、悠由の出生にかかわるかもしれない意外な事実を知ったリュウは、悠由にないしょで彼女の肉親の手がかりをさがしはじめる。一方、中間テストで身に覚えのないカンニングの疑いをかけられた悠由。それがルナの仕組んだことと知り、打ちひしがれるのだった。そんなとき、リュウの家庭に大きな試練がふりかかる。悩むリュウに協力を申し出たのは、意外にも…。小学上級から。

『月が眠る家　3』　倉橋燿子作，目黒直子絵　講談社　2005.7　229p　18cm　（講談社青い鳥文庫 180-31）　620円　①4-06-148690-X

内容　悠由はムーンをリュウの家につれていくが、リュウの母に追い返される。悠由とムーンを追ってホームにきたリュウは、康平になぐられる。悠由が施設の子だと知ったリュウの母は、ムーンを飼うかわりに、もう悠由と会うな、とリュウに命じる。それでもリュウは、悠由の誕生祝いに悠由の絵をかいて贈ろうと考える。しかし、ルナに妨害工作をされ、ついに悠由とルナは激しくぶつかる。小学上級から。

『月が眠る家　2』　倉橋燿子作，目黒直子絵　講談社　2005.6　231p　18cm　（講談社青い鳥文庫 180-30）　620円　①4-06-148689-6

内容　オバケハウスで熱を出してたおれた悠由を送ってレインボーホームを訪れたリュウは、自分の家にはないあたたかいものを感じる。しかし悠由が傷つくことをおそれる康平は、リュウに敵意をむき出しにする。動物病院へムーンを迎えにいったリュウと悠由は、リュウの母親がムーンを連れ出して捨ててしまったと知り、必死でムーンをさがすが…。小学上級から。

『月が眠る家　1』　倉橋燿子作，目黒直子絵　講談社　2005.5　241p　18cm　（講談社青い鳥文庫 180-29）　620円

①4-06-148685-3
内容 桂木悠由は中学1年。三つのとき「レインボーホーム」に預けられ、両親の顔を知らずに育った。ある日悠由は、朽ちはてた洋館で1匹の子犬を見つける。えさをやりに通ううち、美しい少年が現れる。三枝流と名のったその少年の暗い瞳が、悠由の心に焼きついた一それが、二人の運命的な出会いの瞬間だった。ミステリアスな恋物語、スタート！　小学上級から。

栗本　薫
くりもと・かおる
《1953～2009》

『いつかかえるになる日まで』　栗本薫著　インターグロー　2013.7　121p　19cm　1300円　①978-4-938280-33-8〈発売：スタンダードマガジン〉
内容 2009年に亡くなった栗本薫の未発表原稿が発見された。今までの栗本薫作品とは全く異なる童話的世界。異才北沢夕芸の描き下しペン画28点収録。

薫　くみこ
くん・くみこ
《1958～》

『ぜんぶ夏のこと』　薫くみこ著　PHP研究所　2013.6　179p　20cm　1300円　①978-4-569-78325-3
内容 夏休み、遠い親戚のおばさんの海の家で過ごすことになった美月は、泳ぎが得意で陽気な沙耶ちゃんと出会う。海のおばさんとの信頼関係、少年との恋のゆくえ、ママとのけんか、沙耶ちゃんのおかあさんのこと…。少女たちのひと夏の成長を描いた、さわやかな物語。

『さよなら十二歳のとき』　薫くみこ作，中島潔絵　ポプラ社　2009.8　275p　18cm　（ポプラポケット文庫　054-5）　660円　①978-4-591-11087-4〈1988年刊の改訂・新装版〉
内容 12歳の日の風と光と、たくさんの笑顔とたくさんの涙、たくさんの、ほんとうにたくさんのきらめいた日々のこと。そして、私たちが出会えたことを…。「十二歳シリーズ」完結。

『2年3組ワハハぐみ―テストで100てんとるにはね…』　薫くみこ作，かわかみたかこ絵　ポプラ社　2008.4　78p　21cm　（ポプラちいさなおはなし　19）　900円　①978-4-591-10303-6
内容 ここはどんどこ山小学校・2年3組。クラスのみんなはそろっているのに、たんにんのメリー先生がまだきません。おやおや、あさのかいをしているきょうしつにはいってきたのは、だれでしょう…？　低学年向。

『2年3組ワハハぐみ』　薫くみこ作，かわかみたかこ絵　ポプラ社　2007.10　79p　21cm　（ポプラちいさなおはなし　11）　900円　①978-4-591-09937-7
内容 どんどこ山小学校・2年3組に、てんこうせいがやってきました。ハリネズミのハリネズ田つん子ちゃん。つん子ちゃんは、なぜか、ちっともおしゃべりしないし、わらいません。でも、たんにんのメリー先生は、ぜんぜんしんぱいしていないんです。だって…ね。小学校低学年向。

『ちかちゃんのはじめてだらけ』　薫くみこ作，井上洋介絵　日本標準　2007.6　111p　22cm　（シリーズ本のチカラ）　1300円　①978-4-8208-0294-5
内容 "おかあさんの美容室"はもういや（「はじめての美容院」）。歯医者さんってコワイところ？（「はじめての歯医者さん」）。元気な女の子、ちかちゃんがであう3つの「はじめて」のお話。小学校低学年から。

『きらめきの十二歳』　薫くみこ作　ポプラ社　2006.10　242p　18cm　（ポプラポケット文庫　054-4）　660円　①4-591-09425-1〈絵：中島潔　1988年刊の新装版〉

『十二歳はいちどだけ』　薫くみこ作　ポプラ社　2006.4　268p　18cm　（ポプラポケット文庫　054-3）　660円　①4-591-09177-5〈絵：中島潔〉

『ハキちゃんの「はっぴょうします」』　薫くみこさく，つちだのぶこえ　佼成出版社　2006.3　61p　21cm　（おはなしドロップシリーズ）　1100円　①4-333-02198-7
内容 せかいをかえちゃう「ひみつへいき」がでてきます！　たのしくっておかしくってびっくりなおはなし。小学1年生から。

『あした天気に十二歳』　薫くみこ作，中島潔絵　新装版　ポプラ社　2005.12　274p　18cm　（ポプラポケット文庫）　660円　①4-591-09003-5

[内容] 恵まれた生活をつづける少女かおり。そしてその心にやどる小さな疑惑…。思春期のまっただなかで悩む少女の真理と行動を描く。

『十二歳の合い言葉』 薫くみこ作 ポプラ社 2005.10 286p 18cm （ポプラポケット文庫 054-1） 660円 ①4-591-08884-7〈絵：中島潔 1982年刊の新装版〉

『ふわふわコットンキャンディー――もりもり小学校』 薫くみこ作 ポプラ社 2005.2 78p 22cm （おはなしボンボン 20） 900円 ①4-591-08399-3

[内容] もりもり小学校は、たのしくておいしい学校。だって、きゅうしょくのおばさんがまじょなんですもの！ てんこうせいがやってきました。（みんなとなかよくなれるかな）そんなふあんも、まじょたちにおまかせ！ こんかいのまほうは…。

紅玉　いづき
こうぎょく・いずき
《1984～》

『ようこそ、古城ホテルへ　4　ここがあなたの帰る国』 紅玉いづき作，村松加奈子絵 アスキー・メディアワークス 2012.12 206p 18cm （角川つばさ文庫 Aこ3-4） 640円 ①978-4-04-631279-2〈発売：角川グループパブリッシング〉

[内容] 湖のほとりに建つ古城ホテル『マルグリット』にいる四人の女主人たちは、どんなやっかいごとでもあっというまに解決してしまう――。そんなうわさを聞きつけやってきたのは、新婚ピカピカのお嫁さん!? 力を合わせて、なんとか彼女のなやみを解決してひと安心…と思っていたら、亡国の姫君リ・ルゥがとつぜんホテルをやめるなんて言いだして!? 四人の少女の、切なくも優しい友情物語、大好評シリーズ第4弾！ 小学中級から。

『ようこそ、古城ホテルへ　3　昼下がりの戦争』 紅玉いづき作，村松加奈子絵 アスキー・メディアワークス 2012.6 222p 18cm （角川つばさ文庫 Aこ3-3） 620円 ①978-4-04-631241-9〈発売：角川グループパブリッシング〉

[内容] 四人の少女が女主人をつとめる古城ホテル『マルグリット』に、お客さまが訪れた。ひとり旅だという客の名前はランゼリカ。目もくらむほどの美少女だけど、なんだか妖しい雰囲気で…？ さらに、女主人のひとり、ジゼットの祖国からも髭ヅラの軍人たちがやって来て、ホテルで秘密の会談を行うことに。そのうえ『戦争』だなんて怖い言葉も飛び出して、またまた古城ホテルは不穏な空気で包まれる…!? 小学中級から。

『ようこそ、古城ホテルへ　2　私（わたし）をさがさないで』 紅玉いづき作，村松加奈子絵 アスキー・メディアワークス 2011.12 247p 18cm （角川つばさ文庫 Aこ3-2） 620円 ①978-4-04-631200-6〈発売：角川グループパブリッシング〉

[内容] 湖のほとりの白い古城。背筋を正して、客を迎え入れる四人の少女たち。そう、ここは、彼女たち――四人の女主人を擁する、世にも珍しい古城ホテル『マルグリット』。にぎやかな、でも平穏なそのホテルに、ある日事件が勃発！ 女主人のひとり、ドジっ娘魔女ピィを捕らえるために、賊が潜入したのだ。抵抗むなしくピィは連れ去られ…!? これは不思議なホテルを舞台にした、四人の少女の切なくも優しい友情物語。小学校中級から。

『ようこそ、古城ホテルへ――湖のほとりの少女たち』 紅玉いづき作，村松加奈子絵 アスキー・メディアワークス 2011.9 247p 18cm （角川つばさ文庫 Aこ3-1） 620円 ①978-4-04-631181-8〈発売：角川グループパブリッシング〉

[内容] その古城ホテルは湖のほとりに佇んでいる。人でないものさえ泊まるという、不思議なホテル、マルグリット。そこに集められた四人の少女たちは、こう、言い渡された。「このホテルの女主人になる気はないか」魔山を追放された魔女、ピィ。所属を捨てた美貌の軍人、ジゼット。とある稼業から足を洗った、フェノン。そして亡国の姫君、リ・ルゥ。これは、少女たちと、不思議なホテルの、優しく切ない物語。小学中級から。

香坂　直
こうさか・なお

『みさき食堂へようこそ』 香坂直作，北沢平祐絵 講談社 2012.5 110p 22cm （わくわくライブラリー） 1200円 ①978-4-06-195734-3

[内容] みさき食堂は、ちょっとふしぎな食堂です。たべたいものがあるけど、わけが

あってたべられない人が、ときどきやってくるのです。あなたがたべたかったあの料理、つくります。小学中級から。

『トモ、ぼくは元気です』　香坂直著　講談社　2006.8　244p　20cm　1300円　①4-06-213535-3
内容　ぼく、松本和樹は中学受験を控えた小学六年生。障害を抱える兄のトモをめぐって家で問題をおこし、"罰"として夏休みのあいだ祖父母の家に預けられることになった。関西弁とびかう浪速の商店街で、特別な夏がはじまる！　読み終えたあと、きっと人にやさしくなれる。そんな物語。椋鳩十児童文学賞受賞作家、待望の新作。

『走れ、セナ！』　香坂直著　講談社　2005.10　244p　20cm　1300円　①4-06-213142-0
内容　秋の陸上競技会の100メートル走でリベンジを誓う小学5年生の女の子セナ。だけど2学期早々、陸上部が突然解散することに。そんなのアリ!?　どうする、セナ！　大型新人作家が放つ、とってもハートフルな青春アスリート小説！　第45回講談社児童文学新人賞佳作受賞。

香月　日輪
こうづき・ひのわ
《1963〜》

『大江戸散歩』　香月日輪作　理論社　2014.1　179p　19cm　（大江戸妖怪かわら版 7）　1100円　①978-4-652-20048-3
内容　異界から落ちて来た少年・雀は妖怪都市・大江戸でかわら版記者として働く。太平楽の大江戸で、まっとうに生きる雀の日常をつづった「風流大江戸雀」をはじめ、六編の短編オムニバス。痛快！　妖怪ファンタジー。

『地獄堂霊界通信　2　幽霊屋敷の巻』　香月日輪作，みもり絵　講談社　2013.12　277p　18cm　（講談社青い鳥文庫 300-2）　680円　①978-4-06-285396-5
内容　「なんでも話を聞いてやるよ。たとえ、それが、ヘンな信じられない話でもな。」もし、だれも信じてくれないような怖いことがあなたの身に起こっても、不思議な力を持つこの3人がいれば大丈夫！　やさしい心を持ってつしと、こわがりだけど、やさしいリョーチン、冷静で頭がいい椎名。そう、彼らなら、あなたを信じて、あなたも、霊も救ってくれるはず―。小学上級から。

『妖怪アパートの幽雅な日常　ラスベガス外伝』　香月日輪著　講談社　2013.8　193p　19cm　（YA！ENTERTAINMENT）　950円　①978-4-06-269473-5
内容　古本屋と一緒の世界旅行で、ラスベガスに来た夕士。そこに千晶先生も合流して、ラスベガスの最高で忘れられない夜が始まる。妖アパファンから読みたいとの声が多かった夕士の世界旅行。その全貌が明らかになる特別編が、ついに登場！　読めば、妖アパの面々の「その後」がよくわかります。

『地獄堂霊界通信　1』　香月日輪作，みもり絵　講談社　2013.7　231p　18cm　（講談社青い鳥文庫 300-1）　650円　①978-4-06-285372-9
内容　「イタズラ大王三人悪」。てつし、リョーチン、椎名は、町内にその名が轟く、史上最強の小学生トリオ。曲がったことは大きらい。理不尽な高校生や、けちなチンピラはぶっとばす頼もしさで、人望もすこぶる厚い。そんな3人が、街のはずれにある怪しい薬屋「地獄堂」のおやじと出会い、不思議な事件が次々に起こる。そして、てつしたちの前に、不思議な世界への扉が開け放たれた―。小学上級から。

『僕とおじいちゃんと魔法の塔』　香月日輪作，亜円堂絵　角川書店　2012.11　212p　18cm　（角川つばさ文庫 Bこ1-2）　620円　①978-4-04-631270-9〈角川文庫 2010年刊の再刊　発売：角川グループパブリッシング〉
内容　きびしいけどやさしい両親、勉強も運動もできる優秀な弟妹…そんな立派な家族の中なにをしても「ふつう」な竜神は居心地の悪さを感じていた。そんなある日、竜神はサイクリングの途中、謎めいた塔にたどりつく。そこには死んだはずの秀士郎おじいちゃんの幽霊が暮らしていた！　犬の姿の魔物ギルバルスまで従えたおじいちゃんは竜神を しばる「常識」から解きはなつ。ありのままの自分で生きると決めた竜神は!?　小学上級から。

『ねこまたのおばばと物の怪たち』　香月日輪作，みもり絵　角川書店　2012.5　153p　18cm　（角川つばさ文庫 Bこ1-1）　580円　①978-4-04-631165-8〈「ネコマタのおばばと異次元の森」（ポプラ社1997年刊）の改題、加筆　発売：角川グループパブリッシング〉
内容　小学5年生の舞子は、学校でいじめられ、家では、新しいお母さんとうまくいかない。ある日、ゆうれいが出るというイラズ

神社に、ひとり行かされ、鳥居をくぐると…そこは、ねこまたのおばばが暮らす世界！ おいしい食事に、ゆかいな物の怪たち。河童に泳ぎを、おばばに料理を教えてもらい、舞子はいじめられない子に成長していく。勇気をくれる物語！　小学中級から。

『妖怪アパートの幽雅な人々─妖アパミニガイド』　香月日輪著　講談社　2012.1　149p　19cm　（YA！ ENTERTAINMENT）1000円　⓵978-4-06-269449-0

内容 住人たちの日常大公開。各キャラの裏設定・サイドストーリーを公開。立体造形で妖怪アパートを再現。その後の夕士と長谷、千晶を描いたSS。香月日輪スペシャルインタビュー。

『ファンム・アレース　5 下巻　戦いの果て』　香月日輪著　講談社　2011.12　183p　19cm　（YA！ ENTERTAINMENT）950円　⓵978-4-06-269451-3

内容 魔女の思うままの世界になどさせはしない聖なる魂を守るために仲間たちと力と知恵を合わせて戦うララ。ララを命がけで守るバビロン。絶対絶命の危機から逃れるすべは。

『ファンム・アレース　5 上巻　決戦の地へ』　香月日輪著　講談社　2011.12　173p　19cm　（YA！ ENTERTAINMENT）950円　⓵978-4-06-269444-5

内容 旅の途中でつぎつぎと仲間を得た王女ララは、ついに魔女のすむ暗黒の地に近づく。しかし目の前に立ちはだかるのは、死の街と呼ばれる荒野。そこに足を踏み入れて、無事戻ったものはいない。

『魔狼、月に吠える』　香月日輪作　理論社　2011.11　219p　19cm　（大江戸妖怪かわら版 6）1100円　⓵978-4-652-07982-9

内容 大欧州からの渡米船にわく大江戸で、密かに犬族のかかる謎の病いがはやりだす。妖怪だらけの魔都・大江戸でかわら版記者・雀は走る。

『ファンム・アレース　4　魔宮の戦い』　香月日輪著　講談社　2010.10　269p　19cm　（YA！ ENTERTAINMENT）950円　⓵978-4-06-269439-1

内容 莫大な力を秘めた「聖魔の魂」と魔女の恐ろしい陰謀。ララとバビロンはついに、天使の力を借りることがその危機を打ち砕く鍵と知る。しかし一行の前に、不思議な

男たちが現れて…。

『ファンム・アレース　3　賢者の教え』　香月日輪著　講談社　2010.1　266p　19cm　（YA！ ENTERTAINMENT）950円　⓵978-4-06-269430-8

内容 用心棒バビロン、科学の申し子の青年ナージス、魔女に狙われる赤ん坊テジャ。そんな風変わりな仲間とともに王家の謎を解く旅を続ける王女ララは、道中の村で会った少女たちと初めての友情を育む。

『妖怪アパートの幽雅な食卓─るり子さんのお料理日記』　香月日輪原作　講談社　2009.11　143p　19cm　（YA！ ENTERTAINMENT）1100円　⓵978-4-06-269426-1

内容 るり子さんが厨房で綴った日記を大公開。厳選25種の超絶美味飯レシピを徹底再現。千晶＆長谷プライベートマル秘ショートストーリー。間取り図付き！　アパートのお部屋拝見。

『雀、大浪花に行（い）く』　香月日輪作　理論社　2009.10　195p　19cm　（大江戸妖怪かわら版 5）1000円　⓵978-4-652-07957-7

内容 妖怪都市大江戸のかわら版屋・雀は、秋になると大浪花に現れるという"雷馬"の話にひきつけられた。雷雲を体中にまとっている巨大な神獣だという。雀は大浪花へと取材のため旅立つ。シリーズ5冊目。

『妖怪アパートの幽雅な日常　10』　香月日輪著　講談社　2009.3　215p　19cm　（YA！ ENTERTAINMENT）950円　⓵978-4-06-269412-4

内容 大家さんは黒坊主、食事係は手首だけの幽霊、同居人は気のいい妖怪たちがどっさり、地下に洞窟温泉が湧き、ことあるごとに宴会で大騒ぎ、というアパートで三年間の高校生活を過ごした夕士。いよいよ卒業の春を迎える―。が、タダでは終わらない予感が。

『妖怪アパートの幽雅な日常　9』　香月日輪著　講談社　2008.10　172p　19cm　（YA！ ENTERTAINMENT）950円　⓵978-4-06-269402-5

内容 高校最後の文化祭、出し物は男子学生服喫茶に決まり、盛り上がる3・C。一方、自分のノートに書かれた悪口を見つけた夕士は、クラスメイトの心の闇を知る。学校裏サイトにも不穏な空気が…。

『天空の竜宮城』　香月日輪作　理論社　2008.8　197p　19cm　（大江戸妖怪か

わら版 4） 1100円 ①978-4-652-07934-8

|内容| 妖怪だらけの大江戸で、かわら版屋として働く少年・雀。ちょっとした人助けが縁となり、竜宮へ行くことに。ただしそこは海の中ではなく空に浮かんでいるという。足のある（！）天空人魚に道案内されて、着いた先は…。

『妖怪アパートの幽雅な日常 8』 香月日輪著 講談社 2008.1 205p 19cm （YA！ ENTERTAINMENT） 950円 ①978-4-06-269390-5

|内容| 高校入学を機に、一人暮らしを始めた夕士。その大正ロマン建築のアパートは、大家さんが黒坊主、食事係の賄いさんが手首だけの幽霊、同居人たちは気のいい妖怪たちがどっさり、地下に洞窟温泉が湧き、ことあるごとに宴会が繰り広げられる、という場所だった！ 夕士は同居人たちから、自分で考えること、固定観念を見直すこと、人と人（？）が生身で関わりあう大切さを学び実感していく。

『妖怪アパートの幽雅な日常 7』 香月日輪著 講談社 2007.10 187p 19cm （YA！ ENTERTAINMENT） 950円 ①978-4-06-269388-2

|内容| 旅立ちの季節、夕士の決断。学年末、条東商は3年生追い出し会の準備で盛り上がり、妖怪アパートでも秋音の送別会が開かれる。そんなある日、千晶先生の教え子の事件や、まり子さんの哀しい過去を知った夕士は、考える力をつける＝学ぶことの重要性に気づいていく。

『封印の娘』 香月日輪作 理論社 2007.9 193p 19cm （大江戸妖怪かわら版 3） 1000円 ①978-4-652-07907-2

|内容| 昼空を竜が飛び、夜空を大こうもりが飛び、隅田川には大みずち、飛鳥山には化け狐、城には巨大なガイコツ・がしゃどくろがすむ妖怪都市・大江戸。そこに、ただひとりの人間として落ちてきた少年は、かわら版屋に職を得て、妖怪達と暮らし始めた…。

『下町不思議町物語』 香月日輪作 岩崎書店 2007.8 182p 19cm 900円 ①978-4-265-07204-0 （絵：藤丘ようこ）

|内容| 幽霊、正体不明のモノ、ガンマンなど、「ありえへん！」連中がうじゃうじゃ。

『妖怪アパートの幽雅な日常 6』 香月日輪著 講談社 2007.3 211p 19cm （YA！ ENTERTAINMENT） 950円 ①978-4-06-269379-0

|内容| 体調不良の続出、客室の怪奇現象、そして、やつれていく千晶先生。思い出作りの修学旅行はとんでもないことに…。魔道士修行中の夕士、高2の冬は、特別寒いゾゾゾゾー。

『ファンム・アレース 2 古き血の盟約』 香月日輪著 講談社 2007.2 221p 19cm （YA！ ENTERTAINMENT） 950円 ①978-4-06-269377-6

|内容| ララを狙う魔女の陰謀。滅亡した王家の恐ろしい歴史。呪いの謎を解くためにララとバビロンは旅立つ。道中で出会ったのは与えられた運命に誠実に生きるさまざまな人たちだった。

『異界から落ち来る者あり 下』 香月日輪作 理論社 2006.6 167p 19cm （大江戸妖怪かわら版 2） 1000円 ①4-652-07782-3

|内容| 少年・雀は魔都・大江戸に落ちてきた。昼空を竜が飛び、夜空を大こうもりが飛び、隅田川には大みずち、飛鳥山には化け狐、城には巨大なガイコツ・がしゃどくろがすむ妖怪都市にただひとりの人間として…。

『異界から落ち来る者あり 上』 香月日輪作 理論社 2006.6 177p 19cm （大江戸妖怪かわら版 1） 1000円 ①4-652-07781-5

|内容| 少年・雀は魔都・大江戸に落ちてきた。昼空を竜が飛び、夜空を大こうもりが飛び、隅田川には大みずち、飛鳥山には化け狐、城には巨大なガイコツ・がしゃどくろがすむ妖怪都市にただひとりの人間として…。

『妖怪アパートの幽雅な日常 5』 香月日輪著 講談社 2006.3 235p 19cm （YA！ ENTERTAINMENT） 950円 ①4-06-269364-X

|内容| 新任教師は妖怪以上の存在感？ 妖怪アパートに（なぜか）滝が出現！ 一方、学校には超個性派の新任教師が着任して、新たな事件の予感…。

『ファンム・アレース 1 戦いの女神』 香月日輪著 講談社 2006.2 267p 19cm （YA！ ENTERTAINMENT） 950円 ①4-06-269353-4

|内容| 革命で国が崩壊し、王女ララは亡き母の故郷をめざす。ララの命を狙う追っ手の目的は？ バビロンの出生の秘密とは？ 貧しい村人たちの未来は？ どんな状況でも力強く明るく生きぬこうとする者たちへの賛歌。

『妖怪アパートの幽雅な日常 4』 香月日輪著 講談社 2005.8 209p 19cm （YA！ ENTERTAINMENT） 950円

①4-06-269359-3
内容 古本屋が持ちこんだ魔道書に封じられていた妖魔たち。夕士はこの、かなりズレてはいるが憎めない妖魔たちを使いこなすべく、魔道士修行に励む一方、バイト先でコミュニケーション不足の大学生や自殺未遂の少女に出会う…。

『地獄堂霊界通信2 Vol.6 そこにいるずっといる…』 香月日輪作，前嶋昭人絵 ポプラ社 2005.3 190p 22cm （ミステリー＆ホラー文学館 12） 1000円 ①4-591-08591-0
内容 塾がよいにつかれた小6の邦夫が、鷺川でであったもの。如月女医が、恋人の故郷でであったもの。それはすべて、小さな偶然だったはず。けれど…。三人悪は、小さな頭をつきあわせて考える。それは、ほんとうに、偶然だったのだろうか。

こぐれ 京
こぐれ・きょう

『裏庭にはニワ会長がいる!! 3 名物メニューを考案せよ！』 こぐれ京作，十峯なるせ絵 KADOKAWA 2014.8 239p 18cm （角川つばさ文庫 Aこ2-53） 640円 ①978-4-04-631422-2
内容 表は正義の生徒会長、裏では問題児たちが運営するウラカフェの会長としてマル二重生活を送るニワちゃん。実はそこの不良少年リョウに片想い中（でもフラれた！）ってことはさておき―今回のミッションは…カフェに名物料理を作ること!! でも問題児が提案してくるのは、あやしげ～な料理ばかりでちっとも進まない！ そんなとき、みんなの前にあの有名イケメン占い師が現れた?! 裏ニワ×8男子が、奇跡の初交流!! 小学中級から。

『サトミちゃんちの1男子―ネオ里見八犬伝 3』 こぐれ京著，矢立肇原案，ぱらふぃんピジャモス企画協力，永地，久世みずき絵 KADOKAWA 2014.7 223p 18cm （角川つばさ文庫） 640円 ①978-4-04-631000-2
内容 あたし、里見サトミ。家に初恋の相手、ムラサメが来ることになったんだ！ってコラ、ミッチー！ 家で手裏剣とか投げちゃダメ！ みんな落ち着いて！ そんな戦闘モードにならなくても、彼は優しいからすぐ仲良くなれー「いつ、出て行ってくれるの？」…え？ ムラサメ何言ってるの？ なんで8男子を追い出そうとするの!? やめてよ、そんなことするくらいなら…あたしが出てく！ さよなら8男子、決意と涙の第3巻！ 小学中級から。

『裏庭にはニワ会長がいる!! 2 恋するメガネを確保せよ！』 こぐれ京作，十峯なるせ絵 KADOKAWA 2014.2 237p 18cm （角川つばさ文庫 Aこ2-52） 640円 ①978-4-04-631378-2〈1までの出版者：角川書店〉
内容 「指摘事項発見!!」今日も正義の生徒会長ニワちゃんは、超～きびしい校則で生徒達を見張中。しかぁーし！ そんな彼女には、問題児のたまり場・ウラカフェを取り仕切る『裏会長』というもう一つの顔が!! ←マル秘問題6男子達と、かつての自由な学園に戻そうと計画中なのだ！ と、そこへたずねてきた迷える少年ツルリ。…え、好きな人がいる？ ってここ、恋愛相談室じゃないよ!? 裏会長、初任務は告白のお手伝い!? 小学中級から。

『サトミちゃんちの1男子―ネオ里見八犬伝 2』 こぐれ京著，矢立肇原案，永地，久世みずき絵 KADOKAWA 2013.12 218p 18cm （角川つばさ文庫 Aこ2-8） 640円 ①978-4-04-631360-7〈企画協力：ぱらふぃんピジャモス 1までの出版者：角川書店〉
内容 あたし、里見サトミ！ ソウスケの占いで、「運命の恋が進行中」って言われたんだ。…でも思い当たる事なんて…8男子との生活を知っちゃったムラサメと、しぶしぶデートしたくらいで―って、まさか、あたしの運命の恋はムラサメ？ ん？ なんでみんなそわそわしてるの？ …もしかして、みんな自分があたしの好きな人だと思ってる!? そんな時、あの男子から告白されたあたしは…。 サト1、ドキドキの第2巻!! 小学中級から。

『裏庭にはニワ会長がいる!! 1 問題児カフェに潜入せよ！』 こぐれ京作，十峯なるせ絵 角川書店 2013.9 233p 18cm （角川つばさ文庫 Aこ2-51） 640円 ①978-4-04-631340-9〈発売：KADOKAWA〉
内容 心正しき生徒会長・大庭トモコは今、問題児のたまり場＝学園の裏庭に立っている。校則で、ここが立入禁止になり、封鎖しにきたのだ。が、そのとき―「何やってんの」トモコの腕をつかんだのは、問題児の親玉リョウ!! ひー、やられる！ と思ったら、「いらっしゃいませ。ウラカフェ営業中です」って…ぎゃー!! なんか、なついてきたぁー!? てか勝手にカフェ開いてた!? 正義の味方、校則違反に仲間入り!? 小学中級から。

こぐれ京

『サトミちゃんちの1男子―ネオ里見八犬伝 1』 こぐれ京著, 矢立肇原案, 永地, 久世みずき絵 角川書店 2013.8 226p 18cm （角川つばさ文庫 Aこ2-7） 640円 ①978-4-04-631324-9〈企画協力：ぱらふぃんピジャモス 発売：KADOKAWA〉

内容 あたし、里見サトミ！ ふかぁ～い事情で、8男子と一緒に暮らしてるんだけど、その男子っていうのが…執事に元忍者、モデルに元不良etc.―とにかく全員超ワケあり!! 占い師のソウスケに「今日、運命の恋が、始まる」って言われたけど、そんな事あり得ないよ!! そんな中、男子達との生活が同じ学校のサメムラ君にバレた!? しかも口止め料としてデートすることになっちゃって？ 大波乱！ 運命の1男子は、一体誰!? 小学中級から。

『サトミちゃんちの8男子―ネオ里見八犬伝 6』 こぐれ京著, 矢立肇原案, 只野和子, 久世みずき絵 角川書店 2012.12 255p 18cm （角川つばさ文庫 Aこ2-6） 640円 ①978-4-04-631282-2〈企画協力：ぱらふぃんピジャモス 発売：角川グループパブリッシング〉

内容 あたし、里見サトミ！ いよいよ8人目のイケメン登場！ …と思ったら、ええ!? 最後の1人は、まさかのブサメン!? しかも自称「戦国大名」っていう変わり者で、悩みを解決しないし、正体すら教えてくれないの。「信じて。あたしたち仲間なんだよ！」心を開こうと近づいたら、なんと大切なブレスレットを引きちぎられた!? その瞬間、あたしにありえない事が起きて…。ついに8男子全員集合！ これで本当に最終回!? 小学中級から。

『サトミちゃんちの8男子―ネオ里見八犬伝 5』 こぐれ京著, 矢立肇原案, 只野和子, 久世みずき絵 角川書店 2012.9 238p 18cm （角川つばさ文庫 Aこ2-5） 640円 ①978-4-04-631260-0〈企画協力：ぱらふぃんピジャモス 発売：角川グループパブリッシング〉

内容 あたし、里見サトミ！ 8人目の呪われ男子にシンベーが捕まっちゃった!? こうなったらソウスケのお父さんを探して呪いを止めてもらうしかない！ あたしたちは全てのカギをにぎってるっぽい山下のおばさん家に忍びこんだんだ。でもお屋敷の中にはシノのおじいちゃんをはじめ手強い相手がいっぱい。しかもゲンパチ・ブンゴ兄弟のとんでもない秘密が発覚して!? 山下家vsイケメン軍団、「ワケあり」だらけの第5巻。

『サトミちゃんちの8男子―ネオ里見八犬伝 4』 こぐれ京著, 矢立肇原案, 久世みずき絵 角川書店 2012.6 221p 18cm （角川つばさ文庫 Aこ2-4） 640円 ①978-4-04-631243-3〈企画協力：ぱらふぃんピジャモス 発売：角川グループパブリッシング〉

内容 あたし、里見サトミ。ついに7男子の呪いを解いたわけですが―「だから、いい加減にしろっつってんだろ！」…はい。ブンゴ＆ソウスケのケンカでわが家の平和、台無しです。しかもブンゴは、あたしがソウスケの告白を放っておくのがいけないって言うの。明日はあたしのとくべつな日なのに、シンベーは行方不明になるし、宝物は壊されるし、その上告白の返事までしなきゃなんて…。予測不能の胸キュン生活、第4巻。小学中級から。

『サトミちゃんちの8男子―ネオ里見八犬伝 3』 こぐれ京著, 矢立肇原案, 久世みずき絵 角川書店 2012.2 220p 18cm （角川つばさ文庫 Aこ2-3） 640円 ①978-4-04-631217-4〈発売：角川グループパブリッシング〉

内容 あたし、里見サトミ。今日はカオルンと、よく当たるってウワサの占いに来たんだ。でもそこで出会ったイケメン占い師・ソウスケに「君の結婚相手はおれだ」と予言されてしまって!? 彼氏面して堂々と家に上がりこんできたソウスケに、わが家の男子はみんなイライラ…。とくにブンゴ、なんかやけに殺気立ってません!? びっくりプロポーズと超強力な呪い発動で里見家の平和が大ピンチ！ ワケありマル秘生活、第3巻。小学中級から。

『サトミちゃんちの8男子―ネオ里見八犬伝 2』 こぐれ京著, 矢立肇原案, 久世みずき絵 角川書店 2011.10 223p 18cm （角川つばさ文庫 Aこ2-2） 640円 ①978-4-04-631192-4〈発売：角川グループパブリッシング〉

内容 あたし、里見サトミ！ 無事に悩みを解決して、犬の呪いをといたはいいけど、なんと家に住みついちゃったイケメン3人。こんなことが山下のおばさんにバレたら本当にやばいよ…って、ええ!? おばさんが抜き打ちチェックにきたって…ど、どうしよう!! そんな超ピンチの中、カリスマ人気モデルのケノかん、みんなの前でいきなりデートにさそわれちゃったあたし。これって新たな呪いの予感!? ドキドキ全開の第2巻。小学中級から。

『サトミちゃんちの8男子―ネオ里見八犬伝 1』 こぐれ京著, 矢立肇原案, 久世

みずき絵　角川書店　2011.8　222p　18cm　（角川つばさ文庫　Aこ2-1）　640円　①978-4-04-631174-0〈発売：角川グループパブリッシング〉

|内容| あたし、里見サトミ！　両親が事故にあって、大きな家でひとりぼっちの生活…のはずが、突然見知らぬイケメンたちが命をねらっておしかけてきた!?　あたしたちにかけられた「8匹の犬の呪い」をとけば助かるらしいんだけど…ってことはあたし、8回もおそわれるってこと？　（泣）おしかけ執事にクセ者忍者、不良に、ユーレイ…次々にやってくるワケあり男子たちとのドタバタ生活、いったいこれからどうなっちゃうの!?　小学中級から。

越水　利江子
こしみず・りえこ
《1952～》

『**あいしてくれて、ありがとう**』　越水利江子作，よしざわけいこ絵　岩崎書店　2013.9　70p　22cm　（おはなしガーデン　39）　1200円　①978-4-265-05489-3

|内容| ぼくのおじいちゃん、あだなは「タイフーン」。いつも台風のように、ぼくたち家族のところへやって来る。塩あじのきいたおにぎり、ふすまにかいた「なんでもなる木」、夜店ぶとん、スイカ灯篭…。おじいちゃんがくれたたくさんの思い出、ずっとわすれないよ。

『**ヴァンパイアの恋人**　〔2〕　運命のキスを君に』　越水利江子作，椎名咲月画　ポプラ社　2012.8　181p　18cm　（ポプラカラフル文庫　こ01-02）　790円　①978-4-591-13035-3

|内容| 青の絵が発する光につつまれて、見知らぬ地についたルナ。そこで出会った少年の姿かたちは、エルザールそのものだった！　深まるエルザールの謎。ルナをつけねらうギディオンの陰謀。どうしようもなくエルザールに惹かれていくルナ。そして、ルナの父親である黒太子の正体は―。胸いっぱいのときめきとドキドキを贈るロマンチックホラー第2弾。小学校上級～。

『**ヴァンパイアの恋人―誓いのキスは誰のもの？**』　越水利江子作，椎名咲月画　ポプラ社　2012.6　198p　18cm　（ポプラカラフル文庫　こ01-01）　790円　①978-4-591-12936-4

|内容| 母親を失った少女・ルナのもとに、突然、死に別れたはずの父親の使いがあらわれる。言われるがまま、ブルッド・ブラザー島にあるハーフムーン学園の寄宿舎に入ることになったルナ。しかし、そのブルッド・ブラザー島こそが、ヴァンパイアと人間の共存する街だった！　ルナを待ち受ける運命とは―!?　ドキドキの展開が止まらない、ロマンチックホラー第1巻。小学校上級～。

『**時空忍者おとめ組！　4**』　越水利江子作，土屋ちさ美絵　講談社　2010.11　220p　18cm　（講談社青い鳥文庫　271-5）　600円　①978-4-06-285175-6

|内容| 竜胆、薫子、三香は、自分たちのすぐ身近で今まさに本能寺の変が起ころうとしていることに気づいた。竜胆は、織田信長に仕える森乱の身の上が心配でたまらない。歴史を変えるというタブーをおかしてでも、好きな人の命を救いたいと決心して、薫子、三香とともに本能寺へ向かうのだが…。激動の戦乱の中、小学生女子3人で結成された「おとめ組」が活躍する、感動の最終巻！

『**時空忍者おとめ組！　3**』　越水利江子作，土屋ちさ美絵　講談社　2010.4　220p　18cm　（講談社青い鳥文庫　271-4）　580円　①978-4-06-285148-0

|内容| 薫子をさらった黒幕は、明智光秀ではないか。そうにらんだ竜胆は、坂本城へ潜入することを決意する。だが、坂本城は、女の子一人で忍びこめるようなところではなかった。そこで、竜胆は、信長の侍女たちにまじって潜入する。竜胆と三香は薫子をすくえるのか？　さらに竜胆を男の子と思いこんでしまった美剣士森乱と竜胆は、すれちがいをくり返しながら、ついに再会する…。小学上級から。

『**霊少女清花　3　悪霊狩りの歌がきこえる**』　越水利江子作，陸原一樹絵　岩崎書店　2010.4　210p　19cm　（〔YA！フロンティア〕）　900円　①978-4-265-07226-2

|内容| 同じ精神感応者でもある七凪とは、恋人同士…のはずだった。七凪に接近する遥の出現で、清花は自分の存在に自信を失ってしまう。一方、清花の通う西中の「七不思議」に次々と異変が。そして突如現れた謎のエスパー集団の正体とは…。

『**忍剣　花百姫伝―Dragon blader　7　愛する者たち**』　越水利江子作，陸原一樹絵　ポプラ社　2010.3　358p　19cm　（Dreamスマッシュ！　27）　1100円　①978-4-591-11691-3

|内容| ふたたび天の磐船がうごきだした！　呪いの燐光石を胸にかかえながら、なおも戦いつづける花百姫を、八忍剣はまもりぬ

越水利江子

けるのか!? そして、魔王を追って滑りすじをぬけた霧矢をまちうけていたものは…。壮絶な死闘の果てにあきらかになる意外な真実―大人気シリーズついに完結。

『恋する新選組 3』 越水利江子作, 青治絵 角川書店 2009.12 206p 18cm （角川つばさ文庫 Aこ1-3） 600円 ①978-4-04-631071-2〈発売：角川グループパブリッシング〉
内容 わたしは、宮川空。大好きな人は沖田総司。沖田さんは、やさしくて、最強の剣士。わたしは、女の子だということをかくすという条件で、新選組においてもらえることに。でも、京の都は血なまぐさい事件の連続。そんな中、新選組は池田屋事件で、大活躍!! そして、りょうちゃんこと、坂本竜馬から手紙が…。空と沖田は!? 侍女子の青春&純愛物語。小学上級から。

『恋する新選組 2』 越水利江子作, 青治絵 角川書店 2009.9 206p 18cm （角川つばさ文庫 Aこ1-2） 600円 ①978-4-04-631045-3〈発売：角川グループパブリッシング〉
内容 あたしは空、13歳。夢は剣士になること。兄は、近藤勇。でも、兄と沖田さんたちは、だまって京の都に旅立ってしまい、あたしもみんなを追いかけて、ひとり京の都にやって来た。沖田さんと再会し、あこがれが恋に変わる!? 時は若者が主人公になった幕末。浪士があばれる都で、若き志士たちは未来を信じて新選組を結成する！ 侍女子の純愛物語in京都!! 小学上級から。

『時空忍者おとめ組！ 2』 越水利江子作, 土屋ちさ美絵 講談社 2009.5 220p 18cm （講談社青い鳥文庫 271-3） 580円 ①978-4-06-285094-0
内容 現代から戦国時代へと時空を飛んでしまった竜胆、三香、薫子の3人組は、伊賀忍者の生き残りだという霧生丸らと出会ったことで、時の最高権力者・織田信長と敵対することに。信長の本拠地・安土城へと足を踏み入れたことで、彼女たちに想像もしなかった死と隣り合わせの危険が次々とふりかかってくるのだったが、ついにはなれなれになる3人は、自力でなんとかしようと奮闘する…。小学上級から。

『恋する新選組 1』 越水利江子作, 朝未絵 角川書店 2009.4 206p 18cm （角川つばさ文庫 Aこ1-1） 580円 ①978-4-04-631020-0〈発売：角川グループパブリッシング〉
内容 勝兄いが近藤勇になった日、あたし、宮川空は、雲ひとつない空に誓った。「あたしも、勝兄いのような、りっぱな剣士にな

ります！」って。あたしは、13歳。夢をかなえるために、行動を開始します。やさしく強き剣士・沖田総司、美男子・土方歳三、にぎやかで楽しい試衛館の居候たち。ヒロイン・空を中心に時代は大きく動き始める。リトルラブ&青春ストーリー。

『忍剣 花百姫伝―Dragon blader 6 星影の結界』 越水利江子作, 陸原一樹絵 ポプラ社 2009.2 319p 19cm （Dreamスマッシュ！ 26） 1100円 ①978-4-591-10821-5
内容 越中の山深く、天の磐船とよばれる巨岩がうごいた。花百姫の胸にささった呪いの燐光石もうずきだし、磐船にみちびかれるように、肥前国へむかう八忍剣たち。そこには、ふたたび空天魔王との戦いがまちうけていた!! そして、花百姫の運命は―人気シリーズ第6巻。

『時空忍者おとめ組！』 越水利江子作, 土屋ちさ美絵 講談社 2009.1 221p 18cm （講談社青い鳥文庫 271-2） 580円 ①978-4-06-285070-4
内容 クラスメイトと安土城址をトレッキング中に、竜胆はいきなり謎の男に刃物をつきつけられてしまう。幽霊が出るってうわさは、本当だった!? 恐いと思いながらも、竜胆は背負い投げで対抗。しかし、対する相手も鮮やかに身をかわし、自らを伊賀忍者だとなのるのだった。忍者おたべの親友・三香は大喜びするが、それも束の間、その後に予想もしなかった展開が彼女たちを待ち受けていた。待望の新シリーズ、時間と場所を自由自在に飛び越える冒険の幕が開く。小学上級から。

『洗い屋お姫捕物帳―まぼろし若さま花変化』 越水利江子作, 丸山薫絵 国土社 2008.10 143p 22cm 1300円 ①978-4-337-33071-9
内容 ヒュッ！ 風を切る音とともに投げ縄が舞う！ 町娘のお姫は、なぞの死をとげた父親のあとをつぎ、秘術の投げ縄をあやつって、悪をほろぼす手助けをすることに。相棒は、腕は立つが気弱な二枚目スズメ俊平と、少年ゴン。おしりも、美貌の花蝶太夫の命をねらう闇の一団が…。キュートなお姫が花のお江戸で大活躍。

『霊少女清花 2 時の裂け目に鬼が舞う』 越水利江子作, 陸原一樹絵 岩崎書店 2008.10 188p 19cm 900円 ①978-4-265-07213-2
内容 謎の姫君とともに消えた七凪を追い、清花は千年もの時を越えて平安の世へ。清花が身をよせる、陰陽師・安倍家の屋敷を襲う鬼の正体とは？ 精霊、鬼、モノノケたちが怪しくうごめく都を舞台に、秘めた想い

『風のラヴソング』 越水利江子作，中村悦子絵 完全版 講談社 2008.5 189p 18cm （講談社青い鳥文庫 271-1） 580円 ①978-4-06-285026-1
[内容] 父と兄と別れて、新しい両親のもとへと引き取られた少女・小夜子を待っていたのは、さまざまな新しい出会いだった。家族、友だち、そして好きな男の子…彼らとのふれあいを通して、小夜子が愛を育んでいく感動物語。第45回文化庁芸術選奨文部大臣新人賞、第27回日本児童文学者協会新人賞ダブル受賞の名作に、今回、未発表の短編1編を加えて、新たにお届けする完全版です。

『忍剣 花百姫伝 5 紅の宿命』 越水利江子作，陸原一樹絵 ポプラ社 2008.5 238p 19cm （Dreamスマッシュ！24） 840円 ①978-4-591-10337-1
[内容] 八忍剣の霧矢、美女郎、天兵、夢候とともに、ふたたび時空をこえてしまった花百姫。カツラの木が紅に萌えるたたら場を舞台に、霧矢の悲恋と美女郎の出生の秘密があきらかになる。そして、花百姫におそいかかる運命とは…。手に汗にぎる緊迫のシーンの連続に、もう目がはなせない!! 人気シリーズ待望の第5弾。

『こまじょちゃんとそらとぶねこ』 越水利江子作，山田花菜絵 ポプラ社 2008.4 76p 21cm （ポプラちいさなおはなし 20） 900円 ①978-4-591-10304-3
[内容] ちいさなまじょのこまじょちゃんは、おおきなねこのしろと、とってもなかよし。でも、きれいなほしがふるよる、ふたりはけんかをしてしまいました…。

『こまじょちゃんとふしぎのやかた』 越水利江子作，山田花菜絵 ポプラ社 2007.11 71p 21cm （ポプラちいさなおはなし 14） 900円 ①978-4-591-09980-3
[内容] まじょもりのこまじょちゃんに、にんげんのおとこのこから、はじめてのおてがみがきました。でも、それはなんと、きもだめしのおさそいだったのです…。

『忍剣 花百姫伝 4 決戦、逢魔の城』 越水利江子作，陸原一樹絵 ポプラ社 2007.8 239p 19cm （Dreamスマッシュ！22） 840円 ①978-4-591-09890-5
[内容] 老天人の空天の法により時空の扉をひらいた花百姫。しかし運命のいたずらか、花百姫は現世ではなく10年まえに降り立ってしまった。それは魔王が八剣城におそいかかる、まさにその時！ 花百姫は八忍剣の力を結集し、父・朱虎の命を救えるのか？ 運命を変えることができるか!? 手に汗にぎる、シリーズ中盤のクライマックス。

『霊少女清花 1 時空より愛をこめて』 越水利江子作 岩崎書店 2007.8 166p 19cm 900円 ①978-4-265-07205-7 〈絵：陸原一樹〉
[内容] テレパシー能力を持つ霊少女。人の心を喰らう呪いに今、立ち向かう。

『こまじょちゃんとあなぼっこ』 越水利江子作，山田花菜絵 ポプラ社 2007.7 61p 21cm （ポプラちいさなおはなし 8） 900円 ①978-4-591-09842-4
[内容] まじょもりのこまじょちゃんは、いたずらずきのあなぼっこをおいかけて、すいしょうのおしろにやってきました。ところがそこには、いじわるなじょうがすんでいたのです。小学校低学年向。

『月下花伝―時の橋を駆けて』 越水利江子著 大日本図書 2007.4 188p 20cm 1300円 ①978-4-477-01907-9
[内容] 秋飛！ 天と地があるかぎりおれたちは永遠に共に生きる。激動の時代を駆け抜けた青年・沖田総司と現代の少女・秋飛の出会い。

『まじょもりのこまじょちゃん』 越水利江子作，山田花菜絵 ポプラ社 2007.3 78p 21cm （ポプラちいさなおはなし 4） 900円 ①978-4-591-09730-4
[内容] はやくおかあさんみたいなまじょになりたいな。こまじょちゃんは、ちいさなこどものまじょ。きょうもげんきに、まほうのおべんきょう!! 小学校低学年向。

『竜神七子の冒険』 越水利江子作 小峰書店 2006.11 213p 21cm （文学の散歩道） 1500円 ①4-338-22404-5 〈絵：石井勉〉
[内容] 父さんや母さんが、何を言っても七子の人生、自分で決める。でも、人間って不思議な生きものだなあ。

『忍剣 花百姫伝 3 時をかける魔鏡』 越水利江子作，陸原一樹絵 ポプラ社 2006.8 235p 19cm （Dreamスマッシュ！14） 840円 ①4-591-09375-1
[内容] のこる八忍剣をさがして、近江にやってきた花百姫。弁財天女サラスヴァティの出現と共に、あらたな九神宝が見つかる。

午前三時五分
ごぜん さんじ ごふん

『忍剣 花百姫伝 2 魔王降臨』 越水利江子作，陸原一樹絵 ポプラ社 2005.11 239p 19cm （Dreamスマッシュ！9）840円 ①4-591-08961-4

内容 記憶を失い、盗賊に育てられた花百姫。しかし唯一手もとに残った剣によびさまされ、姫に記憶と力がよみがえる。一方、死者の肉体を得た闇の魔王は、いよいよ力を持ちはじめ…。いま、姫と魔の者たちの決戦がはじまる!! 壮大な時空ファンタジー、息をつかせぬ展開の第2巻。

『魔女リンゴあめ屋』 越水利江子作，篠崎三朗絵 あかね書房 2005.7 79p 22cm （百怪寺・夜店シリーズ 4）1000円 ①4-251-03944-0

内容 「ひとくちいちねん、リンゴあめ。ひとつぶじゅうねん、イチゴあめ。おいしい、おいしい、まじょやのあめだよ〜。」夜行の夜、百怪寺の夜店、魔女リンゴあめ屋で、葉子がリンゴあめを買って、かじったら…。へんな化け物がゾロゾロあらわれた。

『忍剣 花百姫伝 1 めざめよ鬼神の剣』 越水利江子作，陸原一樹絵 ポプラ社 2005.6 230p 19cm （Dreamスマッシュ！3）840円 ①4-591-08689-5

内容 美女郎の霊力で海にとばされてしまった花百姫。「たすけて！」必死でさけぶ声も波にかき消され、力つきかけた瞬間、花百姫の腰にさした天竜剣が、青く、まぶしく、かがやきだした!! それは、十年前、何者かにより滅ぼされた忍者の城、八剣城に伝わる秘剣が、ついに目をさました瞬間だった。一動きだした壮大な物語。この伝説の剣が、人類の運命をも変える…。

『奇怪変身おめん屋』 越水利江子作，篠崎三朗絵 あかね書房 2005.4 79p 22cm （百怪寺・夜店シリーズ 3）1000円 ①4-251-03943-2

内容 たっぺいは、お姫さまめんを外そうとしたが、めんはぴったりはりついてとれなかった。風太も、のっぺらぼうめんを外そうとしたが、やはり、ぴたっとくっついてはずれなかった…。おめんがはりついた二人は、乙姫と海坊主になり、緑色のデメキンのねがいをかなえるため、シオダマシをさがしに出かけたが…。

そして、執拗に神宝をねうう魔の忍剣士、美女郎との対決。はるかなる時を経て伝説の魔鏡、伝説の剣士がいま、よみがえる!! もう目がはなせない！ ジェットコースターエンタテインメント、待望の第3弾。

午前三時五分
ごぜん さんじ ごふん

『りっぱな巫女になる方法。3 怪奇クラブのおハナさん』 午前三時五分作，ヒナユキウサ絵 集英社 2012.9 202p 18cm （集英社みらい文庫 こ-2-3）620円 ①978-4-08-321114-0

内容 あたし八神まふゆ。りっぱな巫女を目指して修行中の、小学5年生。学校の七不思議を調べるために"怪奇クラブ"に入ることにしたんだ。でもなぜか、オカルトマニアのヤナギ（黙ってればイケメン）に、リーダーにされちゃって!?「もしもーし、怪奇クラブっていうのは、ここかしら？」一つ、新入部員のゴスロリ少女・ハナは、全体的に怪しすぎだし…どうなる、あたしのステキ学校生活!? 小学中級から。

『りっぱな巫女になる方法。2 みだれ桜が恋したら』 午前三時五分作，ヒナユキウサ絵 集英社 2012.4 187p 18cm （集英社みらい文庫 こ-2-2）600円 ①978-4-08-321085-3

内容 あたし八神まふゆ！ りっぱな巫女を目指して、修行に学校に大いそがし！ …ラクして一人前になる方法ってないのかなー？ そんなある日、学校の七不思議"みだれ桜"が季節はずれの花を咲かせた。どうやら桜の精のサクラは、オカルトマニアのヤナギに恋をしたことが原因みたい…。「その想い、あたしがかなえてあげる！」って、いきおいで宣言しちゃったけど…どうなる!? みだれ桜の恋。

『りっぱな巫女になる方法。1 空き教室のヤミコさま』 午前三時五分作，ヒナユキウサ絵 集英社 2011.11 204p 18cm （集英社みらい文庫 こ-2-1）600円 ①978-4-08-321055-6

内容 あたしの名前は八神まふゆ。ただいま、みならい巫女の修行中！ 父さまの思いつき（！）から、突然ひとり暮らしをすることになったんだ〜。これでフツーの小学生っぽい生活ができるって、ワクワクしていたんだけど…転校初日から、浮きまくっちゃった。カワイイって罪なの!? さらには、学校の七不思議"ヤミコさま"とも対決するハメになって—!? ちょいコワ巫女コメディ、はじまるよっ。小学中級から。

小手鞠　るい
こでまり・るい
《1956〜》

『**きょうから飛べるよ**』　小手鞠るい作，たかすかずみ絵　岩崎書店　2014.4　94p　22cm　（おはなしガーデン　42）　1200円　①978-4-265-05492-3

内容　楽しみにしていた新学期を前にして、さくらは熱をだし、入院してしまいました。なかなか退院できないさくらに、ある日、一枚の紙きれがとどきます。いったいだれが書いたの？　なんのために!?　一歩をふみだす勇気と希望の物語。小学校中学年から。

『**ひつじ郵便局長のひみつ**』　小手鞠るい作，土田義晴絵　金の星社　2014.4　125p　20cm　1200円　①978-4-323-07280-7

内容　大事件だ！　ひつじ郵便局長はひるねをしていて、たいせつな手紙やはがきを風にふきとばされてしまった。大あわてでぜんぶ、ひろいあつめたつもりだったけれど…。数日後、くろくまシェフが手紙をひろって、とどけにきてくれた。でも、あて名も、さしだし人の名前も、文字も数字もぐちゃぐちゃになって、読めなくなっている。ふたりは考えこんでしまった。このままでは配達できない…。どうする、くろくまシェフ!?　どうする、ひつじ郵便局長!?　絶体絶命のピンチを優しい心と知恵でのりこえていく、笑い満点の物語。好評『くろくまレストランのひみつ』に続く、「森の図書館」シリーズ第2作！　3・4年生から。

『**お手紙ありがとう**』　小手鞠るい作，たかすかずみ絵　WAVE出版　2013.1　79p　22cm　（ともだちがいるよ！　2）　1100円　①978-4-87290-931-9

内容　四人のお友だちと校長先生が書いた心あたたまる、やさしい手紙。その手紙のあて先は、いったい、だれ？―。

『**くろくまレストランのひみつ**』　小手鞠るい作，土田義晴絵　金の星社　2012.11　116p　20cm　1200円　①978-4-323-07250-0

内容　森のとしょかんには、たくさんの本があります。働いているのは、しろやぎのあごひげ館長だけ。ある日、くろくまがやってきました。だまったままでしたが、館長がやさしく語りかけると、ようやく話しはじめました。長いあいだ、ひとりぼっちでくらしていたくろくまは、森のなかまとなかよくしたくて、レストランをひらきました。でも、お客さんはきません…。どうしたら、いいの…？　館長はくろくまを助けることができるのでしょうか!?　小学3・4年生から。

『**お菓子の本の旅**』　小手鞠るい著　講談社　2012.4　229p　20cm　1400円　①978-4-06-217611-8　〈文献あり〉

内容　「こんなはずじゃ、なかった」アメリカにホームステイしたものの、家族になじめず、孤独に過ごしていた遥。そんなときに、自分の荷物の中からみつけたのは1冊のお菓子の本。その本に書かれていたのは―。「その『音』は、となりの部屋から聞こえてくる、かあさんの泣き声だった」おじいちゃんが突然なくなり、かあさんとふたりで残された淳。途方にくれていた淳をはげまし、勇気づけてくれたのは、図書館でまちがえて持ってきてしまった1冊のお菓子の本だった。ふたりにとってたいせつな「なにか」を運んでくれる「旅するお菓子の本」。

『**やくそくだよ、ミュウ**』　小手鞠るい作，たかすかずみ絵　岩崎書店　2012.4　79p　22cm　（おはなしトントン　30）　1000円　①978-4-265-06295-9

内容　ぼくのおねえちゃんは、ゆきのふる日にやってきた。おとうさんとおかあさんは、おねえちゃんに「みゆき」という名まえをつけた。「みゆき」のいみは「うつくしい雪」。でも、ぼくはうまくいえなくて「ミュウ」ってよぶようになった―。

『**心の森**』　小手鞠るい作　金の星社　2011.12　141p　20cm　1200円　①978-4-323-06331-7

内容　父の転勤で、少年はアメリカの小学校に転校する。少年の名は響。英語がわからず、友だちもいないので、最初はとまどいながらも、新たな生活がはじまる。ある日、家の裏庭に続く森で、響は不思議な少女に出会う。少女は何も話さず、笑顔で見つめるだけ。名前をたずねると、一輪の花を手渡す。それが彼女の名前、デイジー。その後も、響はデイジーに会うようになり、森の動物とふれあいながら、彼女の優しさに心ひかれていく。だが、デイジーには、思いもよらない秘密があった…。

ごとう　しのぶ

『**カナデ、奏でます！　2　ユーレイ部員さん、いらっしゃ〜い！**』　ごとうしのぶ作，山田デイジー絵　角川書店　2013.5　210p　18cm　（角川つばさ文庫　Aこ4-2）　640円　①978-4-04-631316-4　〈発売：角川グループホールディ

ングス〉

内容 廃部ぎりぎりの吹奏楽部に入ったわたし、東堂奏。部員がすくなくて楽器の練習さえむずかしいけど、友親の由紀ちゃんや明くんもいっしょだから楽しいよ！ 柚子先輩のために捨てられちゃう寸前のドラムセットをみんなで救出しちゃったよ〜。そんなわたしたちのようすを、幽霊部員の先輩たちが見にきてくれて…先輩っクラリネット教えてくださーい！ へっぽこ部活ライフ、マイペース前進中です！ 小学中級から。

『カナデ、奏でます！ 1 ようこそ☆一中吹奏楽部へ』 ごとうしのぶ作，山田デイジー絵 角川書店 2012.11 212p 18cm （角川つばさ文庫 Aこ4-1） 640円 ①978-4-04-631278-5〈発売：角川グループパブリッシング〉

内容 中学に入ったら、吹奏楽部で全国大会をめざすのが夢だった奏。ところがお父さんの転勤で、中学入学直前にひっこし決定！ しかも新しい中学の吹部の演奏は技術も熱意もNOTHING。え〜んこんなはずじゃなかったよ〜。とメゲる奏のせなかを、なかよしの由紀ちゃんや、怒りんぼだけど優しいサッカー少年・明くんが押してくれて!? 奏と仲間たちの部活ライフ始まります！ 小学中級から。

```
後藤　みわこ
ごとう・みわこ
《1961〜》
```

『ルルル♪動物病院—走れ、ドクター・カー』 後藤みわこ作，十々夜絵 岩崎書店 2014.8 158p 19cm 1000円 ①978-4-265-07251-4

内容 ある日、路上で倒れたままの小鳥を見つけたテル。動物病院のドクター・カーでさっそうとかけつけてくれたのは、若き獣医タロー先生でした。先生との交流を通して、街の動物たちとふれあいます。

『おばっちのブイサイン』 後藤みわこ著 くもん出版 2012.11 95p 21cm 1300円 ①978-4-7743-2097-7

内容 わたしの名前は古谷メイ。小学四年生。夏休みに、ママっちーおかあさんのこと、そうよんでいるよーといっしょに病院に通うことになった。ママっちのおねえさんが入院しているから。わたしのおばさん、それで"おばっち"。ときにはくじけたり、泣きわめいたり、不満をぶちまけたりしたいはずなのに、おばっちはいつも、みんなに元気をくれるんだ。二本の指をぴょこぴょこ動かし、ブイサインを見せながら！

『100回目のお引っ越し』 後藤みわこ著 講談社 2012.7 186p 20cm 1300円 ①978-4-06-217745-0

内容 ひょんなことから、おじさんが営む引っ越し屋の手伝いをすることになったタツル。ところが「野並運送」の記念すべき第100号は、「引っ越したくない」という、頑固おばあさんが相手だった!? 「家」にはさまざまな人生がつまっている。名古屋を舞台に、"おおちゃくい子"が奮闘する、あったかストーリー。

『H（エッチ）よければすべてよし』 後藤みわこ著 講談社 2011.4 222p 19cm （YA! ENTERTAINMENT）950円 ①978-4-06-269445-2

内容 「奉仕活動部」に入部した鞠子、航、宙志は私立桜通高校の一年生。Hに熱心な航が退部扱いになることで、「奉仕活動部ルール」の存在を知ることに。今は存在しない奉仕活動部三年生のネクタイ、元部員の死、キーマンの存在…奉仕活動部ルールは変えられるのか？ 謎解きと友情の最終巻。

『カプリの恋占い 5 銀河のペアリング』 後藤みわこ作，藤丘ようこ画 岩崎書店 2010.5 182p 18cm （フォア文庫 B407）600円 ①978-4-265-06414-4

内容 絵麻がビーズで作るアクセサリーは、効果つぐんの恋のお守り！ でもそれは、カプリの占いのおかげだった。カプリがアタルンデスへ帰ってしまったら、絵麻は…。

『H（エッチ）は寝て待て』 後藤みわこ著 講談社 2010.4 230p 19cm （YA! ENTERTAINMENT）950円 ①978-4-06-269431-5

内容 「奉仕活動部」に入部した鞠子、航、宙志は私立桜通高校の新一年生。ある日とつぜん、航は奉仕活動部の退部を言いわたされるのだが、理由がまったくわからない。まじめにHしてるのに…。真っ赤なでっかい毛布を持って桜通を歩く女がいるという、「毛布女伝説」を追いかけると…。

『カプリの恋占い 4 月明かりのストラップ』 後藤みわこ作，藤丘ようこ画 岩崎書店 2009.10 182p 18cm （フォア文庫 B397）600円 ①978-4-265-06408-3

内容 美姫からの電話で呼びだされて、絵麻はスミレ屋ストアに向かった。そこでふとしたはずみで、絵麻、カプリ、美姫はトラックにとじこめられてしまった。トラックはどこへ行くのだろうか？ 絵麻の不安はつのるばかりだった。一方、みのると暮らし

ている王子に、ある変化があらわれはじめていた。人気上昇中のシリーズ第四弾!

『秘密の菜園』 後藤みわこ著 ポプラ社 2009.7 210p 20cm （Teens' entertainment 10） 1300円 ①978-4-591-11038-6
|内容| 茂みの中から現れたのは、麦わら帽子の見知らぬ少年。かみ合わない会話。なのに気になる、謎めいた夏のボーイ・ミーツ・ボーイ。夏が終わっても、二人のなかの、秘密の菜園はなくならない。ローズマリーとセンテッドゼラニウムの茂みのむこう、トマトの青い匂いが立ち昇る、まぶしい庭一。

『シロクまつりへようこそ!』 後藤みわこ作 学習研究社 2009.6 210p 19cm （エンタティーン倶楽部—ぼく、探偵じゃありませんシリーズ） 800円 ①978-4-05-203150-2 ［画：羽坂莉桜］
|内容| 知世とリキのおじさんは、鳴矢署のホンモノの刑事。非番のおじさんに鳴矢フェスティバル、通称「シロクまつり」に連れて行ってもらった二人。「北極パフェ」に知世はうっとり。だけど、リキはちょっと変なシロクマが気になって…。特別エディション「シロクまつりへようこそ!」など、4つのお話でリキと知世が大活躍。

『H（エッチ）は人のためならず』 後藤みわこ著 講談社 2009.5 232p 19cm （YA! ENTERTAINMENT） 950円 ①978-4-06-269418-6
|内容| 「奉仕活動部」に入部した鞠子、航、宙志は私立桜通高校の新一年生。ボランティア活動に精を出すうち、ある事件に巻きこまれて…。謎を秘めた部活動をめぐる、痛快学園ドラマ。

『カプリの恋占い 3 渚のイヤリング』 後藤みわこ作, 藤丘ようこ画 岩崎書店 2009.5 180p 18cm （フォア文庫 B388） 600円 ①978-4-265-06403-8
|内容| 夏休み、絵麻は美姫にさそわれて、海べにある別荘にやってきた。朝目ざめて、部屋の窓を開けた絵麻はびっくりして息が止まりそうになってしまった。となりの家の窓に、みのるの姿が見えたからだ。みのるがなぜ、ここにいるの？ 一方占い玉は見つからない。美姫がペンダントにしているビーズがそれなのだろうか？ 人気上昇中のシリーズ第三弾。

『ボーイズ・イン・ブラック 4 雨が上がれば…』 後藤みわこ著 講談社 2008.11 255p 19cm （YA! ENTERTAINMENT） 950円 ①978-4-06-269405-6
|内容| 雨続きの小夢野。そのせいか、しのぶの体調がよくない。そんな町に現れた謎のスーツ男と蝶の群れ。エイリアンと関係あるのか？ シリーズ最終巻。気になるタケルとしのぶの未来は一。

『カプリの恋占い 2 木もれ日の髪かざり』 後藤みわこ作, 藤丘ようこ画 岩崎書店 2008.10 182p 18cm （フォア文庫） 600円 ①978-4-265-06398-7
|内容| きょうは黒須小の校外学習の日。絵麻のクラスはバスにのって、クルミ牧場へ行くことになった。いつものように、カプリは絵麻のポケットのなか。カプリがもっていた「占い玉」のゆくえはいまだにわからない。ひょっとすると、竹中美姫がもっているのだろうか？ 牧場についたら、美姫にたしかめるつもりでいた。人気上昇中のシリーズ第二弾。

『エクボ王子の帰り道』 後藤みわこ作 学習研究社 2008.6 215p 19cm （エンタティーン倶楽部—ぼく、探偵じゃありませんシリーズ） 800円 ①978-4-05-202985-1 ［画：羽坂莉桜］
|内容| わたるに預けた卵が、いつの間にかカステラに！？ かわいくて人気者の一年生「エクボ王子」こと、わたるの下校とちゅうで、いったい何があったの?! 表題作「エクボ王子の帰り道」ほか、4つのお話で、リキの推理が光ります。でも、やっぱり、知世のにもつ持ちなんだよね…。

『カプリの恋占い 1 春風のネックレス』 後藤みわこ作, 藤丘ようこ画 岩崎書店 2008.4 189p 18cm （フォア文庫） 560円 ①978-4-265-06389-5
|内容| 絵麻が作ったビーズのネックレスは、クラスメートの竹中美姫にとられてしまった。美姫はこのネックレスで、自分の恋をかなえるという。はたして恋占いは的中するのか。

『ボーイズ・イン・ブラック 3 となりのミステリーサークル』 後藤みわこ著 講談社 2008.4 250p 19cm （YA! ENTERTAINMENT） 950円 ①978-4-06-269393-6
|内容| 小夢野にミステリーサークル出現。エイリアンのしわざかと疑うタケル。一方、しのぶの前には、謎の男「黒髪野郎」が現れ、タケルはふたりの仲に興味津々。さらに、希望のお母さんの秘密が、なぜかタケルにも関係大のようで…。タケルのまわりは波乱がいっぱい。新展開盛りだくさんの第3弾！

『アリスの不思議な青い砂』 後藤みわこ

『作　講談社　2007.11　253p　18cm　（青い鳥文庫fシリーズ　253-3―銀河へ飛びだせbox！　3）　620円　①978-4-06-148795-6　〈絵：ワラビーノ・クーゲ〉

内容　ジャック、クラウド、キイの3人は月の裏側にあるファーサイド学園の美少年トリオ。宇宙を安全に航行できるワープ航法の秘密を探り続けている彼らが、ミルラという惑星に着目していたところ、救難信号を発している小さな宇宙船と遭遇。船内には少女がひとり横たわっている。刻一刻と爆発の瞬間が迫るが、一体少女は何者なのか!?　今回も、イケメン3人組は大騒動に巻き込まれる!?　小学中級から。

『ぼく、探偵じゃありません』　後藤みわこ作　学習研究社　2007.8　226p　19cm　（エンタティーン倶楽部）　800円　①978-4-05-202897-7　〈画：羽坂莉桜〉

内容　小学3年生のリキは、体が弱くて学校を休みがち。いっぽう、姉の小学5年生の知世は今日も元気いっぱい。そして、身のまわりで起こった不思議な出来事（知世にかかると「事件」になる）をリキに話して、モンダイかいけつ！　リキはりっぱな名探偵!!　なんと、カワイイ助手もあらわれて…。

『ボーイズ・イン・ブラック　2　スーパー幼稚園児・梅ちゃん、走る！』　後藤みわこ著　講談社　2007.5　254p　19cm　（YA！ENTERTAINMENT）　950円　①978-4-06-269381-3

内容　梅ちゃんを迎えに、城山の幼稚園に行ったタケルとしのぶ。そこでタケルは、不思議な行動をする梅ちゃんを目撃。一方、しのぶは「枯れ銀杏」と呼ばれる木に興味を持つ。そのころ、小夢野にはエイリアンが、姿を隠して忍びこんでいた…。

『ジャックの豆の木』　後藤みわこ作　講談社　2007.1　251p　18cm　（青い鳥文庫fシリーズ　253-2―銀河へ飛びだせbox！　2）　620円　①978-4-06-148754-3　〈絵：ワラビーノ・クーゲ〉

内容　月の裏側にあるファーサイド学園の生徒にして学園長でもあるジャックは陽気で天真爛漫。女の子が苦手なクラウド、発明の天才キイと、それぞれ性格はバラバラだけど、3人は仲のいいイケメン・トリオ。宇宙を安全に旅できるワープ航法の秘密を探している彼らが、ある新聞記事の切りぬきに誘われるように、謎の惑星へ向かうことに。そこで、またもや、ひと騒動に巻き込まれてしまう。　小学中級から。

『ボーイズ・イン・ブラック　1　美少年はエイリアン・バスター』　後藤みわこ著　講談社　2007.1　250p　19cm　（YA！ENTERTAINMENT）　950円　①978-4-06-269376-9

内容　タケルは小夢野中学の2年生。彼のクラスにしのぶが転校してきた。みんなが見とれる美少年。でも、彼が来てから、タケルのまわりは変なことばかり。頭に不思議な声が響いたり、保健室のセクシー先生が消えたり…。しのぶは何かをかくしている…はず。

『ステラの秘密の宝箱―銀河へ飛びだせbox！』　後藤みわこ作　講談社　2006.1　285p　18cm　（青い鳥文庫fシリーズ　253-1）　670円　①4-06-148712-4　〈絵：ワラビーノ・クーゲ〉

内容　ジャックは月の裏にあるファーサイド学園の生徒にして学園長。そして女の子大好き。女性が苦手なクラウドと、何でも発明するキイで、美形トリオは、宇宙を旅するワープ航法の秘密を探している。ある日地球を遠く離れた惑星コリウスの少女、ステラから手紙が届く。そこに行けば謎が解けるかも、と思ったら誘拐騒動に巻き込まれちゃったよ！　小学中級から。

『ぼくのプリンときみのチョコ』　後藤みわこ著　講談社　2005.11　255p　19cm　（YA！ENTERTAINMENT）　950円　①4-06-269361-5

内容　晴彦は若森西中の2年生。クラスメイトの志麻子と、幼なじみの真樹を誘って、アミューズメントパークへ出かけたのだが、その夜から、志麻子と真樹にある変化が…。二人のかかえるヒミツにどうする晴彦。

小林　しげる
こばやし・しげる
《1939～》

『ぼくのマルコは大リーガー』　小林しげる作、末崎茂樹絵　文研出版　2014.7　127p　22cm　（文研ブックランド）　1200円　①978-4-580-82238-2

内容　近くに引っ越してきたシオリちゃんは、ポニーテールのかわいい子。野球少年団のマネージャーもしている。いっぺんに好きになったのはいいけど、ぼくは引っこみ思案で、スポーツが苦手。遠くからこっそりシオリちゃんを見ているだけだった。ぼくの誕生日、両親がプレゼントしてくれた箱をあけると、子犬がつぶらな目でぼくを見ていた。ところが、この子犬、さっそく夜鳴きはするし、家出はするし、もうたいへん。でもマルコと名づけ、毎日散歩をするうちに、な

『ああ保戸島国民学校』　小林しげる作，狩野富貴子絵　文研出版　2009.6　183p　22cm　（文研じゅべにーる）　1300円　①978-4-580-82064-7〈文献あり〉

小林　深雪
こばやし・みゆき
《1964～》

『転校生は魔法使い』　小林深雪作，牧村久実絵　講談社　2014.8　183p　18cm　（講談社青い鳥文庫　254-21―泣いちゃいそうだよ）　620円　①978-4-06-285438-2
[内容]　5年3組の小川凛のクラスに、季節はずれの転校生がやってきた。転校生の魔野風子は、青い目をして髪は濃い金色。まるで外国の絵本に出てくるお姫さまのような女の子だ。凛のとなりの席になった風子は、「わたしの祖母はイギリス人で魔女なの。」と謎めいたことを言う。その夜、部屋の窓から夜空を見上げた凛のもとに、黒いドレスを着た風子がホウキに乗って飛んできて!?　小学中級から。

『七つの願いごと』　小林深雪作，牧村久実絵　講談社　2014.2　201p　18cm　（講談社青い鳥文庫　254-20―泣いちゃいそうだよ）　620円　①978-4-06-285404-7
[内容]　小学5年生の小川蘭は、「真面目でいいこの優等生」。学級委員長でがんばっているのに、クラスの中心グループの子たちから嫌われて、仲間はずれにされてしまう。「わたしなんか、教室にいないほうがいいの？」としずみこむ蘭に、級友の睦月や陽菜、おさななじみの修治や綾乃たちが、それぞれのおまじないを教えてくれる。「願いごとがかなう」おまじないとは―。小学中級から。

『秘密の花占い』　小林深雪著　講談社　2013.11　195p　19cm　（YA！ENTERTAINMENT―泣いちゃいそうだよ《高校生編》）　950円　①978-4-06-269480-3〈画：牧村久実〉
[内容]　修ちゃんがCDデビューで日本に戻ってくる!?　あんなに好きだって言ってくれていたのに。これで、おしまいなの？　もう、会えないの？　涙がとまらない、止まらない。小川蘭、高校2年生。両思いのはずだった修ちゃんとの恋の行方は？

『神様しか知らない秘密』　小林深雪作，牧村久実絵　新装版　講談社　2013.10　173p　18cm　（講談社青い鳥文庫　254-19―泣いちゃいそうだよ）　580円　①978-4-06-285384-2
[内容]　幼稚園から通い始めたバレエ教室。中学3年生の水谷芽映は、毎年クリスマスに開かれる発表会で、初めて主役を演じられることになった。10年目にしてようやくつかんだ初の主役。しかも役柄はシンデレラ。いつもその他大勢の役しかもらえなかった芽映は、夢がかなって幸せをかみしめていた。そんな矢先、パパの会社が倒産。大好きなバレエが続けられるか、わからなくなる…。小学上級から。

『泣いてないってば！』　小林深雪作，牧村久実絵　講談社　2013.7　193p　18cm　（講談社青い鳥文庫　254-18―泣いちゃいそうだよ）　620円　①978-4-06-285365-1
[内容]　小川凛、小学6年生の夏休み。学校の怪談にハマっている水月の提案で、凛と水月、葵の3人組は桜が丘小の七不思議をたしかめに、真夜中の小学校へ。すると突然"怪奇現象"が起こりパニックになった凛は、階段から転がり落ちてしまう。そのとき、下から「お姉ちゃん！」という声が。心配してあとをつけてきた蘭と凛が衝突し、なんとふたりの心が入れかわってしまって!?　小学中級から。

『花言葉でさよなら』　小林深雪著　講談社　2013.4　191p　19cm　（YA！ENTERTAINMENT―泣いちゃいそうだよ《高校生編》）　950円　①978-4-06-269469-8〈画：牧村久実〉
[内容]　会いたい。いま、ものすごく修ちゃんに会いたい。でも、弦のことを傷つけたくないよ。ねえ、わたし、どうしたらいいの？　緑山女学院に入学した小川蘭。自分の気持ちにとまどいながら、花咲く季節に向かう。蘭、椿、桃、カンナ…恋の蕾がふくらんでいく、蘭の高校生編第2弾。

『大好きな人がいる』　小林深雪作，牧村久実絵　講談社　2013.1　183p　18cm　（講談社青い鳥文庫　254-17―泣いちゃいそうだよ　北斗＆七星編）　620円　①978-4-06-285329-3
[内容]　天真爛漫な妹・七星と責任感の強い兄・北斗。2学期に入って、体育祭や文化祭などで大活躍の双子は、校内でも注目の存在に。そんなある日、ふたりはパパが女の人といっしょにいるところを目撃してしまう。パパは、やっぱり再婚するつもり？　さらに、横浜に住んでいる祖父母が「ふたりを

小林深雪

引き取りたい。」と言ってきて!? 大波乱の展開に胸が締めつけられる、双子の中1時代、完結編！　小学中級から。

『はじまりは花言葉』　小林深雪著　講談社　2012.10　189p　19cm　（YA！ENTERTAINMENT─泣いちゃいそうだよ《高校生編》）　950円　①978-4-06-269460-5〈画：牧村久実〉

内容　緑山女学院に入学した小川蘭。高校で離ればなれになった、三島弦との恋の行方は？　そして、パリに留学した太宰修治への抑えきれない思いは？　波乱の高校生編スタート。

『大好きをつたえたい』　小林深雪作，牧村久実絵　講談社　2012.6　177p　18cm　（講談社青い鳥文庫 254-16─泣いちゃいそうだよ 北斗編）580円　①978-4-06-285293-7

内容　ぼく、大沢北斗は中学1年生。中学に入って初めての夏休みがやってきました。双子の妹の七星は、「真澄くんと上野動物園に行く！」って大はしゃぎ。カレンにそそのかされて、ふたりのデートのあとをつけたんだけど、そこで思わぬ出来事が。ぼくから離れていく七星。そして父さんの再婚問題。なんだか、自分だけとり残されていくようで…。大好評の北斗＆七星シリーズ、第2章。小学中級から。

『大好きがやってくる─七星編：泣いちゃいそうだよ』　小林深雪作，牧村久実絵　講談社　2012.3　185p　18cm　（講談社青い鳥文庫 254-15）580円　①978-4-06-285266-1

内容　わたし、大沢七星はこの春、東京に引っ越してきたばかりの中学1年生。幼いときにママを亡くして、パパと双子の兄の北斗と、3人で力をあわせて暮らしてきたんだ。新生活にもなれてきたころ、パパに再婚話が浮上!?　さらに、クラスでは大好きな真澄くんへのいじめを止めようとして、逆に自分が浮いてしまい…。新ヒロイン＆新ヒーロー、七星と北斗の、中1春から夏のストーリー！　小学中級から。

『きみがいてよかった─泣いちゃいそうだよ 高校生編』　小林深雪著　講談社　2011.10　205p　19cm　（YA！ENTERTAINMENT）950円　①978-4-06-269448-3〈画：牧村久実〉

内容　きみの笑顔が、涙が、わたしの心を揺さぶる。凛、詩織、千花、真緒の青春四重奏。

『やっぱりきらいじゃないよ─泣いちゃいそうだよ』　小林深雪作，牧村久実絵　講談社　2011.8　179p　18cm　（講談社青い鳥文庫 254-14）580円　①978-4-06-285242-5

内容　桜が丘小学校での生活も残りわずか。仲よしの水月や葵ちゃんは中学受験を控えて忙しそう。そんなとき、クラスで小さなウソからイジメが勃発！　さらに"盗難事件"が発生して、なんと凛が犯人扱いされてしまって!?　クラスメイトたちとの泣き笑い。そして、たくさんの思い出を胸に抱いて迎える卒業式─。小学生ならではの思いや悩み、涙がいっぱいつまった、凛の小6ストーリー、第2弾！　小学中級から。

『ずっといっしょにいようよ─泣いちゃいそうだよ』　小林深雪作，牧村久実絵　講談社　2011.3　195p　18cm　（講談社青い鳥文庫 254-13）600円　①978-4-06-285199-2

内容　背が高くてボーイッシュな真琴。バスケ部どうしで仲のいい友達だった誠と、ようやく両思いになれました。なのに中学3年生に進級したら、誠の前の彼女、泉と同じクラスになっちゃって。誠といっしょにいると楽しいけど、ときどきちょっと苦しい。やっぱり女の子らしい泉ちゃんのほうがよかったの？　そんなWマコトにも、受験の現実がせまってくる…。小学中級から。

『大人への階段─泣いちゃいそうだよ 高校生編 Step2』　小林深雪著　講談社　2011.2　205p　19cm　（YA！ENTERTAINMENT）950円　①978-4-06-269442-1〈画：牧村久実〉

内容　はじめての失恋に、どうしようもないほど落ち込む凛。でも、級友や家族に見守られて、徐々に前向きさを取り戻す。そして、自分の気持ちに正直になろうと決断する。波乱の展開で大反響の高校2年生、切なくて苦しいほどの青春ラブ・ストーリー。

『きらいじゃないよ─泣いちゃいそうだよ』　小林深雪作，牧村久実絵　講談社　2010.8　187p　18cm　（講談社青い鳥文庫 254-12）580円　①978-4-06-285166-4

内容　小川凛は小学六年生。クラス替えで新しくクラスメイトになった向井くんがさっそくくせ毛をからかってきた。「すげえ、もじゃもじゃ！」。もう、なれっこになっているけれど、やっぱり傷つく。悪ガキの杉田くんもしつこくちょっかいをだしてくる。同じクラスになると、苦手な人とも毎日顔を合わせなくちゃならない…。友達関係は難しい。「泣いちゃいそうだよ」シリーズ待望の小学生編。小学中級から。

『大人への階段─泣いちゃいそうだよ 高

小林深雪

校生編　Step1』　小林深雪著　講談社　2010.6　197p　19cm　（YA！ENTERTAINMENT）　950円　①978-4-06-269435-3〈画：牧村久実〉

内容　「蘭の姉」とか「広瀬の彼女」とかじゃなく、ただの「小川凛」と呼ばれたい。高2になり、進路を考え始めた凛は、悩み、自ら行動し、成長する。だが凛が変わっていくことで、崇との距離が少しずつ離れて…。

『信じていいの？─泣いちゃいそうだよ10』　小林深雪作，牧村久実絵　講談社　2010.3　189p　18cm　（講談社青い鳥文庫　254-11）　580円　①978-4-06-285142-8

内容　中学3年に進級した大村泉の心は沈んでいた。それは、山内真琴と同じクラスになってしまったから。真琴は、泉が付き合っていた髙島誠の新しい彼女。自分から別れを告げたのも、誠が本当に好きなのは自分じゃないと、真琴だと気づいたから。それでも、泉はまだ誠を完全にふっきれたわけではない。そんな泉の前に、広瀬岳という1年生が現れる…。小学中級から。

『神様しか知らない秘密』　小林深雪作，牧村久実絵　講談社　2009.12　157p　18cm　（講談社青い鳥文庫　509-3）　505円　①978-4-06-285129-9〈『行きは友達帰りは恋人』（1998年刊）の改題、加筆、訂正〉

内容　幼稚園から通い始めたバレエ教室。中学3年生の水谷芽映は、毎年クリスマスに開かれる発表会で、今年初めて主役を演じられることになった。10年目にしてようやくつかんだ初の主役。しかも役柄はシンデレラ。いつもその他大勢の役しかもらえなかった芽映は、夢がかなって幸せをかみしめていた。そんな矢先、芽映のパパの会社が倒産。大好きなバレエが続けられるか分からなくなる…。小学中級から。

『はじめての日々─泣いちゃいそうだよ　高校生編』　小林深雪著　講談社　2009.10　221p　19cm　（YA！ENTERTAINMENT）　950円　①978-4-06-269424-7〈画：牧村久実〉

内容　わたし、小川凛。この春から湾岸高校での生活がスタートしました。これまでとは違う新しい環境、個性的な同級生や先輩たち。そんな中で自分の居場所を見つけるのはけっこう大変だけど、大好きな広瀬崇と一緒なら、きっと乗り越えていける。胸キュン度120％、青い鳥文庫の大人気シリーズ、待望の高校生編。

『夢中になりたい─泣いちゃいそうだよ10』　小林深雪作，牧村久実絵　講談社　2009.7　181p　18cm　（講談社青い鳥文庫　254-10）　580円　①978-4-06-285104-6

内容　中学3年生の夏休み。受験勉強にとって大切なとき。なのに、小川凛は今ひとつやる気が出ない。1歳下の妹・蘭に言わせると、今は「停滞期」なのだとか。なにかを始めた最初のころの面白さが一段落して、進歩が感じられないようなもどかしい時期。それは蘭も同じで、夏休みを思い切り楽しめないひそかな悩みがあった。そんなある日、街はずれの洋館に幽霊が出るという噂を耳にする…。小学中級から。

『天使が味方についている』　小林深雪作，牧村久実絵　講談社　2009.5　151p　18cm　（講談社青い鳥文庫　509-2）　505円　①978-4-06-285095-7〈1999年刊の加筆、訂正〉

内容　片思いの相手に、思いきって告白しようと宇佐美水月が勇気を奮い立たせていた矢先、その男の子が自分の友達とデートしているところを目撃してしまった！　まさか女友達に裏切られるなんて。ショックを受けた水月は衝動的に占い師に自分の未来をみてもらうことに。そこでもらったのが天使のカード。確かにそれから次々と新しい男の子との出会いが訪れるのだったが…。小学上級から。

『もっとかわいくなりたい─泣いちゃいそうだよ　9』　小林深雪作，牧村久実絵　講談社　2009.3　219p　18cm　（講談社青い鳥文庫　254-9）　580円　①978-4-06-285082-7

内容　好きなのに素直になれないもどかしさを乗り越え、佐藤祐樹とついに気持ちを通い合わせた藤井彩。中学3年となった二人は、いよいよ高校受験を迎えることに。甲子園を目指して野球の強豪校への進学を決めている祐樹に対して、彩は自分の進路について迷っている。正直、祐樹とは離れたくない。けれども─。人生の岐路に立って悩みながらも、夢へとはばたく中学生たちの感動物語。小学上級から。

『いっしょにいようよ─泣いちゃいそうだよ　8』　小林深雪作，牧村久実絵　講談社　2009.2　205p　18cm　（講談社青い鳥文庫　254-8）　580円　①978-4-06-285073-5

内容　山内真琴と高島誠は中学2年生のバスケットボール部員。ふたりは気の合う友達同士、相手を特別に意識することもなく親しくしていた。ところが、バレンタインに同級生の大村泉に告白されて付き合い始めると、真琴の気持ちに微妙な変化が生

子どもの本　現代日本の創作　最新3000　147

小林深雪

じてきた…。「好き」という気持ちをめぐって、男の子女の子それぞれの気持ちが交差する待望の最新作。もどかしくてせつない恋の物語。小学上級から。

『わたしに魔法が使えたら』　小林深雪作，牧村久実絵　講談社　2008.11　153p　18cm　（講談社青い鳥文庫 509-1）505円　①978-4-06-285057-5　〈1994年刊の増訂〉

[内容]　長い眠りから目覚めたとき、椎名葵の目の前に現れたのは、背中に大きな羽のある金髪の天使。夢の続きなのかと半信半疑の葵に向かって、その天使が「天国の入り口へようこそ～！」と陽気に語りかけてきた。え!?わたし、死んでしまったの？　片思いの彼に気持ちを打ち明けようとしていた矢先だったのに！　同名の旧作を大幅に改訂し、新たにお届けするユーモアたっぷりの感動物語。

『ホンキになりたい』　小林深雪作，牧村久実絵　講談社　2008.8　215p　18cm　（講談社青い鳥文庫 254-7―泣いちゃいそうだよ 7）580円　①978-4-06-285040-7

[内容]　誰もが認める美人で優等生の妹・蘭に比べて、姉の凛は引け目を感じることが少なくない。姉妹で一緒に通い始めたピアノ教室もそのひとつ。自分だけ途中でやめてしまったことが、中学生になった今も凛の心にひっかかっている。一方、蘭は一目で好きになってしまった先輩・広瀬が凛と親しくなっていくのを見てショックを受ける…。小川姉妹に彩、真琴を加えた4人の、恋する夏物語。小学上級から。

『かわいくなりたい』　小林深雪作，牧村久実絵　講談社　2008.3　212p　18cm　（講談社青い鳥文庫 254-6―泣いちゃいそうだよ 6）580円　①978-4-06-285014-8

[内容]　藤井彩は吹奏楽部に所属する中学2年生。元気いっぱいで「お笑いキャラ」の彼女は、三島先輩からは男友達扱いされがち。憧れの三島先輩には失恋してしまうし、やっぱり男の子はかわいらしい女の子が好きなんだ…と落ちこんでいた。そうして迎えた新学期、ひとりの男の子が転校してきた。名前は佐藤祐樹。三島先輩のイトコなのに、最悪の出会い方をしてしまって…。別々だった心がだんだんひとつに重なっていく…。恋する気持ちの移り変わりを描く、傑作青春恋愛小説。小学上級から。

『小説キッチンのお姫さま―天使のケーキを探せ！』　小林深雪作，安藤なつみ絵　講談社　2008.3　190p　18cm　（KCノベルス―なかよし文庫）800円　①978-4-06-373320-4

[内容]　七虹香が特例クラスの杏樹から頼まれたのは、おばあちゃんがどうしても食べたがっている、謎の白いケーキを探してほしいとのこと。亡くなった七虹香の両親の約束を果たすため、桜の季節から雪のクリスマスまで、七虹香と大地や茜、フジタさんたちの大活躍が始まります。小説だけでしか読めない、ナジカのオリジナルストーリー。

『泣いちゃいそうだよ』　小林深雪作，牧村久実絵　講談社　2008.3　237p　18cm　（講談社青い鳥文庫―SLシリーズ）1000円　①978-4-06-286405-3

[内容]　わたし、小川凛はこの春から中学2年生。憧れの広瀬くんと同じクラスになれてすごくうれしい！　と、思ったのに、仲良しの萌はなんだか冷たいし、部活の後輩との関係もむずかしい…。友だちや、家族などと、時にぶつかったり、不安になったり、うれしくなったり。そんなたくさんの「泣いちゃいそう」な思いのつまった、12か月12話のストーリーです。小学上級から。

『ほんとは好きだよ』　小林深雪作，牧村久実絵　講談社　2007.12　253p　18cm　（講談社青い鳥文庫 254-5―泣いちゃいそうだよ 5）620円　①978-4-06-285001-8

[内容]　小川家の次女、蘭は中学3年生に進級。成績抜群で優等生の蘭は先生、両親からの期待も大きく、周囲の誰もが偏差値の高い高校へ合格するものと思っている。しかし、蘭自身は悩んでいた。子供の頃から習っているピアノを続けるため、音大付属校へ行ってみたいとも考えているからだ。案の定、ママは大反対。先生たちも困惑気味。自分の将来への道を前に、蘭の心は迷うばかりなのだが…。小学上級から。

『ひとりじゃないよ』　小林深雪作　講談社　2007.6　205p　18cm　（講談社青い鳥文庫 254-4―泣いちゃいそうだよ 4）580円　①978-4-06-148772-7　〈絵：牧村久実〉

[内容]　第一志望の湾岸高校に見事合格。ずっと憧れていた広瀬と両思いになれて、そのうえ同じ高校に通えるなんて！　小川凛は嬉しくて楽しくて最高の気分で、中学生最後の春休みを満喫中。そんなある日、後輩の静音から突然電話がかかってきた。なにか相談があるみたいなんだけれど、凛は広瀬との約束に夢中なあまりに、それどころじゃない。そしてそのことがひとつの事件のきっかけになる…！　小学上級から。

『いいこじゃないよ』　小林深雪作　講談社　2007.2　221p　18cm　（講談社青い鳥文庫 254-3―泣いちゃいそうだよ

3）580円　①978-4-06-148757-4　〈絵：牧村久実〉

内容　小川家の次女、蘭は中学2年生。成績優秀で先生からの信頼も厚い優等生。おっちょこちょいで何かと目が離せない姉の凛と違って、両親も蘭に対しては何も不満を持っていないように見える。しかし、当の蘭は自分自身と、周囲が見ている自分との間にギャップを感じて悩み、葛藤を抱えていた。わたしは、いいこなんかじゃないのに！　思春期の女の子の気持ちを共有できる12か月の青春物語。小学上級から。

『もっと泣いちゃいそうだよ』　小林深雪作　講談社　2006.9　268p　18cm　（講談社青い鳥文庫 254-2）620円　①4-06-148744-2　〈絵：牧村久実〉

内容　わたし、小川凛はこの春から中学3年生に進級しました。2年の時に、憧れだったサッカー部の広瀬くんに思い切って告白して、両思いになれたのはよかったんだけど…クラス替えで離ればなれになるし、もっと不安なのが高校受験！　目指すは広瀬くんと一緒の学校。部活や友情、そして家族…嬉しいことも悲しいことも、思わず「泣いちゃいそうな」気持ちがつまった、12か月12話のストーリーです。小学上級から。

『泣いちゃいそうだよ』　小林深雪作，牧村久実絵　講談社　2006.4　237p　18cm　（講談社青い鳥文庫 254-1）620円　①4-06-148723-X

内容　わたし、小川凛はこの春から中学2年生。憧れの広瀬くんと同じクラスになれてすごくうれしい！　と、思ったのに、仲良しの萌はなんだか冷たいし、部活の後輩との関係もむずかしい…。友だちや、家族などと、時にぶつかったり、不安になったり、うれしくなったり。そんなたくさんの「泣いちゃいそう」な思いのつまった、12か月12話のストーリーです。小学上級から。

小原　麻由美
こはら・まゆみ

『図書室のふしぎな出会い』　小原麻由美作，こぐれけんじろう絵　文研出版　2014.6　159p　22cm　（文研じゅべにーる）1300円　①978-4-580-82226-9

内容　夏休みなのに、けがでサッカーの練習ができない勝は、図書室で本の整理をすることになる。勝は図書室の地下倉庫で五年生の真由子に出会う。真由子が探していた本を貸し出そうとするが、なぜか貸し出しカードが見当たらない。ふしぎな少女、真由子はだれなのか？

『じいちゃんの森―森おやじは生きている』　小原麻由美作，黒井健絵　PHP研究所　2012.12　127p　22cm　1300円　①978-4-569-78282-9

内容　小学三年生になる春休み、たいちは、ぜんそくがよくなるようにと、田舎にあるじいちゃんの家に家族みんなでひっこしました。それからというもの、たいちは、じいちゃんが「森おやじ」とよんでいる大きなクヌギの木のところに、毎日のように連れていってもらい、そこで、いろんなことを学びます。ところがある日、じいちゃんは森の見回りに一人で行ったきりもどらず、亡くなってしまいます。お葬式の日、たいちはふとしたことから、じいちゃんがのこしていた『森おやじの日記』を発見するのですが…。小学中級以上。

『ロンとククノチの木』　小原麻由美作，ラウラ・スタニョ絵　PHP研究所　2011.1　111p　22cm　1300円　①978-4-569-78105-1

内容　子ザルのロンがすんでいたサル谷で、山火事がおきました。うぐいす谷へにげたおかあさんとロンですが、おかあさんはやけどを負ってしまい動けません。最後の力をふりしぼって、おとうさんからあずかっていた宝物の玉「ククノチの玉」をむねにおしつけると…おかあさんは大きな「ククノチの木」になったのです。ロンは、おかあさんの木である「ククノチの木」に見守られ、たくましくやさしいボスザルへと成長していきます。小学中級以上。

『ごめんね！　ダンスおばあちゃん』　小原麻由美作　国土社　2005.10　74p　22cm　1200円　①4-337-33052-6　〈絵：つちだよしはる〉

内容　かなちゃんは、ダンスがじょうずなれいこさんが大すき。れいこさんって？　おばあちゃんのこと。でも、かなちゃんのことばに、れいこさんはしょんぼり。ダンスにも行かなくなってしまい、たのしみにしていたはっぴょうかいにも出ないといいだしました。さて、かなちゃんは。

小森　香折
こもり・かおり

《1958〜》

『レナとつる薔薇の館』　小森香折作，こよ絵　ポプラ社　2013.3　239p　19cm　（ノベルズ・エクスプレス 21）1300円　①978-4-591-13373-6

小森香折

|内容| たった一人の家族、お父さんが、船の事故にあった。でもきっと、無事で帰ってくる。レナは、ひいおじいさんかもしれない人のお屋敷を訪れた。庭に美しい紅薔薇が咲きみだれる立派なお屋敷、しかしそこは吸血鬼の館とうわさされていて―。一人の少女が、みずからの生きる道を見つけていく物語。

『かえだま』 小森香折作 朝日学生新聞社 2012.11 227p 19cm 〔あさがく創作児童文学シリーズ〕〔8〕〕 800円 ①978-4-904826-82-9

|内容| 梅枝大和は、小学校6年生。法事の席でお茶を飲もうとしたとき、茶碗の中に見知らぬ男の顔を見た。一気に飲みほすと意識が遠のき、気づけば明治時代にタイムスリップ！ ご先祖様の勇二郎と魂が入れ替わった大和は、行く先々で、キツネの妖怪と対決したり、硯箱の精に出会ったりと、不思議な体験をする―。不思議でミステリアスな展開の中にユーモアがちりばめられたストーリー。

『いつか蝶になる日まで』 小森香折作 偕成社 2012.5 214p 20cm 1200円 ①978-4-03-727140-4 〈画：柴田純与〉

|内容| 十三歳は、蝶でいったらサナギの季節。ささいなことから、クラスで浮いてしまった美可、最近、気になる女の子ができたマサ、大人っぽいクラスメートにあこがれる百合絵、オレオレ詐欺の現場を目撃してしまったレン。それぞれに起きる不思議なできごとがゆるやかにつながりあう連作短編集。

『パラレルワールド』 小森香折作，森友典子絵 文研出版 2009.7 175p 22cm （文研じゅべにーる） 1300円 ①978-4-580-82066-1

|内容| 多くの物理学者たちが、宇宙はひとつだけではないと考えている。ひとつの宇宙から生じ、分裂して異なる発展をとげた宇宙。それをパラレルワールドと呼ぶ。わたしたちが住んでいる宇宙も、そんなパラレルワールドのひとつなのだ。ある世界では、あなたはまるでちがう性格になっているかもしれないし、あるいはそもそも生まれていないかもしれない。パラレルワールドをさまよう少年・少女がくりひろげるSFファンタジー。

『おひさまのワイン』 小森香折作，小林ゆき子絵 学習研究社 2009.1 67p 23cm （学研の新しい創作） 1200円 ①978-4-05-203093-2

|内容| ノルトランドでは、みんなの楽しみなクリスマス市がはじまりました。ふたごの兄リンドと妹のシェリーも心がうきうき。しかし、いつもにぎわっているゾンネおばさんのほかほかワインのお店が見当たりません。そのわけは…。

『うしろの正面』 小森香折作 岩崎書店 2006.9 194p 22cm （わくわく読み物コレクション 13） 1200円 ①4-265-06063-3 〈絵：佐竹美保〉

|内容| 「亡き父の幽霊が出た」という一本の電話から、十二歳の暁彦の冒険がはじまった。小学校中・高学年向き。

『さくら、ひかる。』 小森香折作 神戸BL出版 2006.3 276p 20cm 1600円 ①4-7764-0170-3 〈絵：木内達朗〉

|内容| 教室でクモ騒ぎがおきたその日、希世は中庭で、初めて寿和と話をした。そしてそれが、異変の始まりだった。敵か、味方か、糸の幻蔵は？ しだれのおりゅうは。

『ニコルの塔』 小森香折作，こみねゆら絵 神戸 BL出版 2003.11 211p 20cm 1400円 ①4-7764-0035-9

|内容| 寄宿舎と授業塔を往復する、単調だけど静かな生活。だがニコルは気づいてしまった。「ここは何かがおかしい、わたしはニコルではない…」"地球のマント"に隠された、修道院学校の忌まわしい秘密とは？ そしてニコルは、そこから無事に脱出し、記憶をとりもどせるのか？ 不思議な猫に助けられ、謎の絵に導かれる、ミステリアス・ファンタジー。第5回・ちゅうでん児童文学賞大賞受賞。

『おそなえはチョコレート』 小森香折文，広瀬弦絵 神戸 BL出版 2003.9 110p 18cm 1300円 ①4-7764-0015-4

|内容| スマスマは、ふみかがゴミ捨て場で出会った、とっても変わったへびのぬいぐるみ。「きみは運がいい。きょうから、わがはいといっしょに暮らせるんだから！」と、図々しくふみかのところにやってきたけど、チョコレートをそなえれば、いろんな呪文を教えてくれる。ある日、ふみかとスマスマは、図書館で黒い表紙の本を見つけて…。

『声が聞こえたで始まる七つのミステリー』 小森香折著 アリス館 2002.4 127p 20cm 1000円 ①4-7520-0206-X

『お月さまのたまご』 こもりかおり作，広瀬弦絵 学習研究社 2000.11 63p 24×19cm （新しい日本の幼年童話） 1200円 ①4-05-201247-X

|内容| おたんじょう日にパチンコをもらったタヌキのユーリは、お月さまをめがけて…。さあたいへん。お月さまがくだけてしまった。読んであげるなら幼稚園〜自分で読む

なら小学一・二年生向。

近藤　史恵
こんどう・ふみえ
《1969〜》

『アネモネ探偵団　3　ねらわれた実生女学院』　近藤史恵著　メディアファクトリー　2012.3　182p　19cm　950円　①978-4-8401-4515-2〈イラスト：加藤アカツキ〉
内容　ある日を境に、実生女学院のグラウンドでの運動が禁止になった。一方、隣接する男子校・実生中学では携帯電話やカメラを持ってくることが禁止されて—。スキャンダルに巻き込まれた友だちをすくうべく、アネモネ探偵団が立ち上がる。

『アネモネ探偵団　2　迷宮ホテルへようこそ』　近藤史恵著　メディアファクトリー　2011.3　221p　19cm　950円　①978-4-8401-3850-5〈イラスト：加藤アカツキ〉
内容　実生女学院に通う、中学二年生のあけびの家に、脅迫状が届いた。「言うとおりにしなければ、不幸が襲いかかる」。あけびは、それから数日後、親友の智秋と巴と共に、森小路ホテルへと向かった。そこで起きた事件とは—？　迷宮ホテルでまきおこる事件と、怪しい人影。キラキラ・ガールズミステリー。

『あなたに贈る×(キス)』　近藤史恵作　理論社　2010.7　203p　20cm　（ミステリーYA！）　1200円　①978-4-652-08636-0
内容　感染から数週間で確実に死に至る、その驚異的なウイルスの感染ルートはただひとつ、唇を合わせること。昔は愛情を示すとされたその行為は禁じられ、封印されたはずだった。外界から隔絶され、純潔を尊ぶ全寮制の学園、リセ・アルビュス。一人の女生徒の死をきっかけに、不穏な噂がささやかれはじめる。彼女の死は、あの病によるものらしい、と。学園は静かな衝撃に包まれた。不安と疑いが増殖する中、風変わりな犯人探しが始まった…。

『アネモネ探偵団—香港式ミルクティーの謎』　近藤史恵著　メディアファクトリー　2010.3　244p　19cm　950円　①978-4-8401-3261-9〈イラスト：加藤アカツキ〉
内容　お嬢様学校の実生女学院に通う、中学一年生の智秋、巴、あけびが、隣接する男子校・実生中学の光紀と時生に出会った。東京で出会い、香港で深まる五人の友情。親子愛。トキメキも—。大人に近づく子供たちに捧げる、上質のミステリー。

斉藤　飛鳥
さいとう・あすか

『おコン絵巻　お澄ヶ淵の大蛇』　斉藤飛鳥著　翠琥出版　2014.3　200p　26cm　①978-4-907463-36-6〈イラスト：停利あやめ〉

『おコン草子』　斉藤飛鳥作　童心社　2010.10　318p　20cm　1500円　①978-4-494-01950-2〈絵：ナツコ・ムーン〉
内容　キツネと人の間に生まれたおひげの女の子・おコンは、体は弱いが気は強い長者さまの末息子・弥兵の命を助けるために、おっかない化け物どもが出るイラズ山へ、一人旅立ちます。はたして、手に汗握る冒険の結末はいかに—？　みずみずしい魅力あふれる、ちょっと新しい物語の誕生です。

斉藤　栄美
さいとう・えみ
《1962〜》

『ラブ・偏差値SP(スペシャル)元カレ？今カレ？』　斉藤栄美作，米良画　金の星社　2014.4　156p　18cm　（フォア文庫　C256）　600円　①978-4-323-09100-6
内容　れんげは、あこがれの桜蘭女学院中等部に入学。念願の吹奏楽部に入り、トランペットパートをゲット。楽しいけれど、部活一色の毎日。翔とは小学校卒業以来、会っていない。思いきって、れんげが翔に電話をすると、会話がはずんだ。だが、ある朝、れんげは、アメリカに行った水沢君の帰国を知った…。中学生になったれんげと翔、恋の行方は！？　特別編！

『恋せよ、女子！』　斉藤栄美作，米良画　金の星社　2013.9　206p　18cm　（フォア文庫　C253—ラブ・偏差値 15）　650円　①978-4-323-09097-9
内容　れんげの教室での席は、友だちの優奈やナオと同じ班。しかも、隣は、翔！　はじ

斉藤栄美

けるように楽しい毎日。中学受験も近いが、悩みもある。「れんげと翔は両思いだから、告白しなよ」と、友だちがけしかけてくるのだ。今のままで楽しいのに、なぜなの？　恋のレッスン＆ステップアップ・ストーリー、完結編！

『**男子のホンネ**』　斉藤栄美作，米良画
金の星社　2013.4　204p　18cm
（フォア文庫 C251―ラブ・偏差値 14）
650円　①978-4-323-09094-8
内容　れんげ、優奈、りょう。三人の女子とのことを翔の側から描いた物語。翔とれんげは、五年生の始業式の日に出会い、すぐに言い合いになってしまうけど、周囲からはお笑いコンビのように見られる。でも、ふたりの間にはいつしか信頼関係がめばえていく…。恋のレッスン＆ステップアップ・ストーリー第十四弾。

『**気になる恋のライバル**』　斉藤栄美作，米良画　金の星社　2012.9　164p　18cm　（フォア文庫 C248―ラブ・偏差値 13）　600円　①978-4-323-09091-7
内容　遠足の日、れんげたちレク係が企画したバスの中でのクイズは大成功。楽しい気分で水族館へ向かい、めずらしい魚を前に、みんなではしゃぐが、りょうだけが浮かない顔で…。翔をめぐり、気まずい状態になっていたれんげと優奈の友情が復活。翔とも仲直りできそうなきざしが見えはじめ、いつのまにか以前のような関係にもどれたれんげだが、りょうが翔になれなれしいのは気になる。なるべく気にしないようにするけど…。恋のレッスン＆ステップアップ・ストーリー第十三弾。小学校高学年・中学校。

『**ケンカ友だちは恋の予感!?**』　斉藤栄美作，米良画　金の星社　2012.4　174p　18cm　（フォア文庫 C237―ラブ・偏差値 12）　600円　①978-4-323-09085-6
内容　優奈は受験勉強をがんばり、成績急上昇！　塾のトップクラス「トリプルS」に上がれることになるが、自分の性格を考え、トリプルSはあきらめる。すると、見知らぬ男子に「上がれよな！」って、急に言われて…。頭にくるけど、気になっちゃうよ！　恋のレッスン＆ステップアップ・ストーリー第十二弾。小学校高学年・中学生から。

『**アイドルと秘密のデート!?**』　斉藤栄美作，米良画　金の星社　2011.4　198p　18cm　（フォア文庫 C236―ラブ・偏差値〔11〕）　650円　①978-4-323-09082-5
内容　日曜日、アーヤは図書館へ向かって自転車を走らせていた。途中、公園の植えこみに、人がたおれているのを発見！　少し年上の男の子だった。寝ていたのだとわかり、ほっとするが、でも、見覚えがある気がする。もしかして、あなたって、アイドルの…!?　恋のレッスン＆ステップアップ・ストーリー第十一弾。

『**ラブ・偏差値―愛蔵版　10　はじめての告白**』　斉藤栄美作，米良画　金の星社　2011.1　148p　18cm　1200円　①978-4-323-06030-9
内容　万稚は幼なじみで三つ年上の伊織君に、ずーっと片思い。伊織君はS大附属中学三年で、カノジョはクラスメイトで同じ美術部の上村さん。でも、「今のところのカノジョ」だと万稚は考えている。三年後には…。

『**ラブ・偏差値―愛蔵版　9　転校生も恋のライバル!?**』　斉藤栄美作，米良画　金の星社　2011.1　156p　18cm　1200円　①978-4-323-06029-3
内容　夏休みが終わり、新学期がはじまったが、翔への思いに気づいたれんげは、今までのように優奈と接することができない。優奈も翔が好きだから。れんげは優奈に聞いてみた。「花火大会、どうだった？」でも、優奈の返事は意外だった…。

『**ラブ・偏差値―愛蔵版　8　レンアイ・トライアングル**』　斉藤栄美作，米良画　金の星社　2011.1　174p　18cm　1200円　①978-4-323-06028-6
内容　夏休み、塾の夏期講習がはじまり、中学受験の勉強が本格化してくる。でも、れんげは、気になることがあって勉強に集中できない。優奈と翔がおそろいのキーホルダーを持っているのを知ってしまったから…。それって、どういうこと？　もしかして…!?

『**ラブ・偏差値―愛蔵版　7　親友が恋のライバル!?**』　斉藤栄美作，米良画　金の星社　2011.1　180p　18cm　1200円　①978-4-323-06027-9
内容　優奈は、親友のれんげが大好き。そして、れんげは気づいていないけれど、れんげのことを気にしている男の子がいる…。優奈にはそれがわかるから、自分の気持ちをかくしてきた。でも、もう、あきらめない。心の中で、れんげにライバル宣言します。

『**ラブ・偏差値―愛蔵版　6　恋って、うつるんですっ！**』　斉藤栄美作，米良画　金の星社　2011.1　166p　18cm　1200円　①978-4-323-06026-2
内容　奏は六年生。学校で一番背が高くて、やせている。親友のみゅうは、背が小さくてふっくらとした丸顔。みゅうが、中学生の小野寺センパイを好きになる。制服姿を見て、「恋におちた」んだって。でも、みゅ

斉藤栄美

うといっしょにセンパイを追いかけているうちに、奏も好きになる。二人はセンパイとメールアドレスを交換するが、返事が来たのは…。

『はじめての告白』 斉藤栄美作，米良画　金の星社　2010.9 148p 18cm （フォア文庫 C228―ラブ・偏差値〔10〕）600円　①978-4-323-09078-8
内容 『年上のアイツ』（第三巻）のその後の物語。万稚は幼なじみで三つ年上の伊織君に、ずーっと片思い。伊織君はS大附属中学三年で、カノジョはクラスメイトで同じ美術部の上村さん。でも、「今のところのカノジョ」だと万稚は考えている。三年後には…。

『ラブ・ステップ―恋してトモダチ』 斉藤栄美作，尾谷おさむ絵　角川書店　2010.5 223p 18cm （角川つばさ文庫 Ａさ1-2）620円　①978-4-04-631097-2〈発売：角川グループパブリッシング〉
内容 中学1年の夏穂は、「モデルみたいなスタイル」って言われる女の子。夏休みに、カレシ(?!)の宙君に会うため軽井沢へ。そこへ、クラスメイトの梓もやって来て…!! そして、軽井沢を盛りあげるためのお祭りを、みんなでやることになったんだ。力をあわせるうちに、夏穂たち3人の関係にも、スペシャルな変化が…☆恋と友情にがんばる女の子の初恋物語。小学上級から。

『転校生も恋のライバル!?』 斉藤栄美作，米良画　金の星社　2010.4 156p 18cm （フォア文庫 C225―ラブ・偏差値〔9〕）600円　①978-4-323-09075-7
内容 夏休みが終わり、新学期がはじまったが、翔への思いに気づいたれんげは、今までのように優奈と接することができない。優奈も翔が好きだから。れんげは優奈に聞いてみた。「花火大会、どうだった？」でも、優奈の返事は意外だった。「なにがあったの!? 恋のレッスン＆ステップアップ・ストーリー第九弾。

『ラブ・偏差値―愛蔵版　5　初カレは期間限定!?』 斉藤栄美作，米良画　金の星社　2010.1 218p 18cm 1200円　①978-4-323-06025-5

『ラブ・偏差値―愛蔵版　4　レンアイの法則』 斉藤栄美作，米良画　金の星社　2010.1 158p 18cm 1200円　①978-4-323-06024-8

『ラブ・偏差値―愛蔵版　3　年上のアイツ』 斉藤栄美作，米良画　金の星社　2010.1 178p 18cm 1200円　①978-4-323-06023-1

『ラブ・偏差値―愛蔵版　2　初デートはちょいビター!?』 斉藤栄美作，米良画　金の星社　2010.1 170p 18cm 1200円　①978-4-323-06022-4

『ラブ・偏差値―愛蔵版　1　もしかして初恋!?』 斉藤栄美作，米良画　金の星社　2010.1 172p 18cm 1200円　①978-4-323-06021-7

『レンアイ・トライアングル』 斉藤栄美作，米良画　金の星社　2009.9 174p 18cm （フォア文庫 C218―ラブ・偏差値〔8〕）600円　①978-4-323-09071-9
内容 夏休み、塾の夏期講習がはじまり、中学受験の勉強が本格化してくる。でも、れんげは、気になることがあって勉強に集中できない。優奈と翔がおそろいのキーホルダーを持っているのを知ってしまったから…。それって、どういうこと？ もしかして…!? 恋のレッスン＆ステップアップ・ストーリー第八弾。

『木もれ日のメロディー　初恋』 斉藤栄美作，尾谷おさむ絵　角川書店　2009.6 214p 18cm （角川つばさ文庫 Ａさ1-1）600円　①978-4-04-631031-6〈発売：角川グループパブリッシング〉
内容 夏穂は、東京の小学6年生。ちょっとおとなっぽく見える女の子。かわいい雑貨のお店・メロディーのオープンを手伝うため、夏休みにお母さんと軽井沢へやってきた！ 軽井沢といえば、おしゃれな高原の避暑地。夏穂は、メロディーを人気のお店にするため、がんばる。そこで、地元の男の子・宙に出会う。かっこいいけど、へんな宙に、いつしか心がときめいて…これって、もしかして恋？　小学上級から。

『親友が恋のライバル!?』 斉藤栄美作，米良画　金の星社　2009.4 180p 18cm （フォア文庫 C213―ラブ・偏差値〔7〕）600円　①978-4-323-09068-9
内容 優奈は、親友のれんげが大好き。そして、れんげは気づいていないけれど、れんげのことを気にしている男の子がいる…。優奈にはそれがわかるから、自分の気持ちをかくしてきた。でも、もう、あきらめない！ 心の中で、れんげにライバル宣言します！ 恋のレッスン＆ステップアップ・ストーリー第七弾。

『恋って、うつるんですっ！』 斉藤栄美作，米良画　金の星社　2008.9 166p

斉藤栄美

18cm （フォア文庫―ラブ・偏差値〔6〕）560円　①978-4-323-09064-1

内容　今回は、横山奏の恋のお話。奏は六年生。学校で一番背が高くて、やせている。親友のみゅうは、背が小さくてふっくらとした丸顔。みゅうが、中学生の小野寺センパイを好きになる。制服姿を見て、「恋におちた」んだって。でも、みゅうといっしょにセンパイを追いかけているうちに、奏も好きになる。二人はセンパイとメールアドレスを交換するが、返事が来たのは…。恋のレッスン＆ステップアップ・ストーリー第六弾。

『初カレは期間限定!?』 斉藤栄美作, 米良画　金の星社　2008.3　218p　18cm（フォア文庫―ラブ・偏差値〔5〕）600円　①978-4-323-09060-3

内容　春野れんげは、男の子から初めて告白される。相手は、となりのクラスの水沢浩平君。今まで同じ組になったことがないし、話をしたこともないのに。とまどうれんげに、水沢君は「一学期が終わったら、転校するんだ。夏休みになるまでの一か月間だけ、つきあってほしい」と告げる。どうしたらいいの!? 恋のレッスン＆ステップアップ・ストーリー第五弾。

『レンアイの法則』 斉藤栄美作　金の星社　2007.9　158p　18cm　（フォア文庫―ラブ・偏差値〔4〕）560円　①978-4-323-09057-3〈画：米良〉

内容　今回は、アーヤ（泉田彩花）の恋のお話。アーヤは自称「恋多きオンナ」で、学校内ではレンアイ世話人としてたよられている。でも、男とつきあった経験ゼロ。クラスメイトの長内に「好きだ」と毎日、告白されて、アーヤは迷惑気味だが、下級生の梨沙が長内に恋していることを知って…。恋のレッスン＆ステップアップ・ストーリー第四弾。

『年上のアイツ』 斉藤栄美作　金の星社　2007.3　178p　18cm　（フォア文庫―ラブ・偏差値〔3〕）560円　①978-4-323-09053-5〈画：米良〉

内容　万稚はひとりの人に九年ごしの片思い。相手は三つ年上の有田伊織君。美少年で優しくて知的なS大附属中学二年。万稚も同じ中学をめざしている。塾の帰り、万稚が伊織君を見かけて声をかけようとすると、女子中学生が伊織君にかけよった。だ・れ・な・の？　恋のレッスン＆ステップアップ・ストーリー第三弾。

『初デートはちょいビター!?』 斉藤栄美作　金の星社　2006.9　170p　18cm（フォア文庫―ラブ・偏差値〔2〕）560円　①4-323-09049-8〈画：米良〉

内容　日曜日、れんげが実学舎で補習を受けていると、見たことのない男子が来た。彼の名前は河野匠。塾をやめるつもりらしい。でも、次の塾の日、河野君が来ていた。よく考えて、やめるのをやめたんだって。塾からの帰り道、れんげの自転車のあとを何者かが追いかけてくる。ストーカーの正体は、なんと…。恋のレッスン＆ステップアップ・ストーリー第二弾。

『教室―6年1組がこわれた日』 斉藤栄美作　ポプラ社　2006.5　206p　18cm（ポプラポケット文庫 058-1）570円　①4-591-09259-3〈絵：武田美穂〉

内容　胸がせつなくなるほど、うれしいこと。ねむれなくなるくらい、くやしいこと。けたたましい歓声や、はじけだす笑い声。いっしょにいるだけで心がおどりだす、大好きなともだち。そして、ときどきは涙も…。この四角い教室には、だいじなものがいっぱいつまっている―。小学校上級から。

『忍者kids　9（さいごの極意）』 斉藤栄美作　図書館版　ポプラ社　2006.3　239p　18cm　900円　①4-591-09146-5〈絵：佐竹美保〉

内容　彩葉は敵をたおし、「さいごの極意」を手にいれることができるのか!? 忍者KIDSの活躍は？　いよいよシリーズ完結！

『忍者kids　8（闇の継承）』 斉藤栄美作　図書館版　ポプラ社　2006.3　215p　18cm　900円　①4-591-09145-7〈絵：佐竹美保〉

内容　彩葉の前に最強のライバルが出現！心の迷いを断ち切るために、ひとり故郷の山へ向かった彩葉。厳しい修行のはてに見つけたものとは？

『忍者kids　7（しのびよる強敵）』 斉藤栄美作　図書館版　ポプラ社　2006.3　191p　18cm　900円　①4-591-09144-9〈絵：佐竹美保〉

内容　めざす十勇士のうち九人がそろい絶好調の忍者KIDSだが、その背後に敵の黒い影が！　まだ見ぬ強敵が仕掛ける罠に、彩葉が挑む！

『忍者kids　6（忍法七変化）』 斉藤栄美作　図書館版　ポプラ社　2006.3　247p　18cm　900円　①4-591-09143-0〈絵：佐竹美保〉

内容　新メンバーも加わり解散の危機を乗りこえた忍者KIDS。こんかいは三宅島の友だちを励まそうと、人気バンドに変装を試みるが…。

さいとうしのぶ

『忍者kids 5(忍者kids、解散!?)』 斉藤栄美作 図書館版 ポプラ社 2006.3 207p 18cm 900円 ①4-591-09142-2 〈絵:佐竹美保〉
内容 彩葉たちの学校で、いじめ事件がおきた！しかし、彩葉とトビーの対立で、忍者KIDSは解散の危機に…。

『忍者kids 4(隠形！尾行の術)』 斉藤栄美作 図書館版 ポプラ社 2006.3 223p 18cm 900円 ①4-591-09141-4 〈絵:佐竹美保〉
内容 ストーカー撃退にのりだした忍者KIDS。犯人の意外な姿を見て、驚きを隠せないメンバーたちだったが…。

『忍者kids 3(トビーの忍術修業)』 斉藤栄美作 図書館版 ポプラ社 2006.3 199p 18cm 900円 ①4-591-09140-6 〈絵:佐竹美保〉
内容 本物の忍者、彩葉のもとで忍術修行をはじめた忍者KIDS。キビシイ修行に打ち込む彼らのすぐそばで、新たな事件が起きた！

『忍者kids 2(結成！忍者KIDS)』 斉藤栄美作 図書館版 ポプラ社 2006.3 183p 18cm 900円 ①4-591-09139-2 〈絵:佐竹美保〉
内容 彩葉たちの住む町で事件がおきた。犯人をさがしだし、町の平和を守るため、トビー、ナッキー、颯、そして彩葉が動きはじめた！

『忍者kids 1(彩葉Iroha見参！)』 斉藤栄美作 図書館版 ポプラ社 2006.3 166p 18cm 900円 ①4-591-09138-4 〈絵:佐竹美保〉
内容 霧氷流忍者は、戦国の世から連綿と現代まで伝えられてきた。現宗家は11歳の少女、彩葉。「さいごの極意」を求める彼女は…。

『もしかして初恋!?』 斉藤栄美作 金の星社 2006.3 172p 18cm (フォア文庫―ラブ・偏差値〔1〕) 560円 ①4-323-09045-5 〈画:米良〉
内容 春野れんげは、明るくて楽天的な小学五年生。同級生の優奈ちゃんと桜蘭女学院の文化祭に行ったとき、音楽室でトランペットを吹いている先輩を見て、あこがれる。中学受験を決意して、優奈ちゃんが通う大手進学塾を見学するが、おじけづき、小さな塾に入る。その塾には『秘密の模擬テスト』があるのだ！ 恋のレッスン＆ステップアップ・ストーリー第一弾。

『忍者kids 9 さいごの極意』 斉藤栄美作,佐竹美保絵 ポプラ社 2005.9 239p 18cm (ポプラ社文庫―冒険＆ミステリー文庫 9) 600円 ①4-591-08818-9
内容 戦国時代、はなばなしく歴史をかざる武将たちの功績のかげに、名も知れぬひとびとの、命をかけたはたらきがあった。闇から闇を疾風のように走りぬけ、人間ばなれした体力と、ふしぎな術をあやつる彼ら―忍者。やがて泰平の世となるにつれ、忍術はだんだん必要とされなくなっていく。彼らは、くるしい修業をやめ、ある者は農民に、ある者は漁師に、ある者は薬屋に、と、しごとをかえていく。こうして、忍者は消えた。否。現代まで伝えられる忍術がある。その流派は、霧氷流くの一忍法。この忍法を伝承する平成くの一の名は…。桐生彩葉、小学六年の少女である。大人気シリーズ、いよいよ最終巻。

『忍者kids 8 闇の継承』 斉藤栄美作,佐竹美保絵 ポプラ社 2005.5 215p 18cm (ポプラ社文庫―冒険＆ミステリー文庫 8) 600円 ①4-591-08665-8
内容 「百年にひとり」のはずの天才忍者は彩葉だけではなかった…。最強のライバル出現に、どうする？ 彩葉。

さいとう しのぶ
《1966～》

『しつもんおしゃべりさん―おはなし30ねぇ、よんで！』 さいとうしのぶ作 リーブル 2011.11 62p 19×19cm 1500円 ①978-4-947581-66-2

『おはなしだいどころ』 さいとうしのぶ作・絵 PHP研究所 2010.10 63p 19cm 1200円 ①978-4-569-78090-0
内容 ほうちょう、スポンジたわし、フライパン。にくじゃが、カレールー、くさい…。だいどころにあるどうぐやたべものたちがにぎやかにかつやくする、ゆかいなひとくちどうわしゅう！

『もういっかいおしゃべりさん―おはなし30ねぇ、よんで！』 さいとうしのぶ作 リーブル 2006.6 62p 19×19cm 1500円 ①4-947581-44-1

『おしゃべりさん―おはなし30ねぇ、よんで！』 さいとうしのぶ作 リーブル 2005.2 62p 19×19cm 1500円 ①4-

斉藤洋

947581-38-7
内容 ふだんは話さない、身のまわりのいろんなものが、たくさん、おしゃべりしますよ。(トーストや、マンホールのふた、ランドセル、アリ…などなど)。

斉藤　洋
さいとう・ひろし
《1952～》

『がっこうのおばけずかん　あかずのきょうしつ』　斉藤洋作，宮本えつよし絵　講談社　2014.8　76p　22cm　(どうわがいっぱい 101)　1100円　①978-4-06-199602-1

『がっこうのおばけずかん　ワンデイてんこうせい』　斉藤洋作，宮本えつよし絵　講談社　2014.6　72p　22cm　(どうわがいっぱい 100)　1100円　①978-4-06-199601-4
内容 学校にはこわーいおばけが、まだまだいっぱい。でも、このお話しをよめばだいじょうぶ。

『西遊後記　2　芳の巻』　斉藤洋作，広瀬弦絵　理論社　2014.4　205p　21cm　1500円　①978-4-652-20015-5
内容 このごろ―長安の都では、人がつぎつぎ消えるという。うわさを耳にした孫悟空は、都で経を訳している三蔵法師のことが気がかりだった。そこで奇妙な事件の、真相をつきとめようと長安に向かった…。あの「西遊記」の、その後を語るミステリー・アドベンチャー「西遊後記」第二弾！

『きょうりゅうじゃないんだ』　斉藤洋作，高畠純絵　PHP研究所　2014.2　78p　22cm　(とっておきのどうわ)　1100円　①978-4-569-78287-4
内容 きょうりゅう・ランドでいじょうじたいはっせい!?　ステゴサウルスもティラノサウルスもいじょうなし。そこに、きょだいなかいじゅうがあらわれて…。小学1～2年生向。

『がっこうのおばけずかん』　斉藤洋作，宮本えつよし絵　講談社　2014.1　76p　22cm　(どうわがいっぱい 97)　1100円　①978-4-06-198197-3
内容 がっこうには、こわーいおばけがいっぱい。でも、このおはなしをよめば、だいじょうぶ！　こわいけど、おもしろい！　お

ばけずかんシリーズ。小学1年生から。

『バラの城のゆうれい』　斉藤洋作，かたおかまなみ絵　あかね書房　2013.11　107p　22cm　(ナツカのおばけ事件簿 12)　1000円　①978-4-251-03852-4
内容 ナツカは、パパといっしょにおばけたいじ屋をはじめた。てごわいおばけを、知恵と勇気でたいじする、ちょっぴりこわくて楽しい、おばけたいじの物語！

『ペンギンとざんたい』　斉藤洋作，高畠純絵　講談社　2013.11　74p　22cm　(どうわがいっぱい 95)　1100円　①978-4-06-198195-9
内容 ひこうせんからおりてきたのはいったい、なにもの？　1年生からひとりで読めます。

『まちのおばけずかん』　斉藤洋作，宮本えつよし絵　講談社　2013.9　70p　22cm　(どうわがいっぱい 93)　1100円　①978-4-06-198193-5
内容 まちには、こわ～いおばけがいっぱい。でも、このおはなしをよめば、だいじょうぶ！　こわいけど、おもしろい！　小学1年生から。

『らくごで笑学校』　斉藤洋作，陣崎草子絵　偕成社　2013.7　116p　21cm　1000円　①978-4-03-516810-2
内容 「らくご」といえば、これはもう、おもしろくって、おちのある話のこと。おかしな小学校、じゃなくて、笑学校のお話。小学校中学年から。

『うみのおばけずかん』　斉藤洋作，宮本えつよし絵　講談社　2013.6　74p　22cm　(どうわがいっぱい 91)　1100円　①978-4-06-198191-1
内容 うみには、こわーいおばけがいっぱい。でも、このおはなしをよめば、だいじょうぶ。

『やまのおばけずかん』　斉藤洋作，宮本えつよし絵　講談社　2013.6　74p　22cm　(どうわがいっぱい 92)　1100円　①978-4-06-198192-8
内容 やまには、こわーいおばけがいっぱい。でも、このおはなしをよめば、だいじょうぶ。

『西遊後記　1　還の巻』　斉藤洋作，広瀬弦絵　理論社　2013.4　205p　21cm　1500円　①978-4-652-20014-8

斉藤洋

|内容| そのころ—三蔵法師は長安の都で、天竺から持ち帰ったお経を訳していた。一方、孫悟空は水簾洞に戻って、退屈な日々を過ごしていた。ふと思い立ち、三蔵法師のいる寺を訪ねてみた悟空は、そこで奇妙な話を耳にする…。あの「西遊記」の、その後を語るミステリー・アドベンチャー「西遊後記」シリーズ第一弾。

『飛べ！ マジカルのぼり丸』 斉藤洋作，高畠純絵　講談社　2013.3　74p　22cm　（おはなし12か月）　1000円　①978-4-06-195741-1

|内容| 名馬（？）にまたがっていざ、しゅつじん！　斉藤洋＆高畠純がおくる、とんでもない!?　12か月のおはなし。

『こぎつねいちねんせい』 斉藤洋作，にきまゆ絵　あかね書房　2013.2　76p　22cm　1000円　①978-4-251-04039-8

|内容| こぎつねは、しょうがっこうにいきたくなりました。いちねんせいにばけて、おまもりをくびからさげて、「いってきまーす！」。しょうがっこうってどんなところでしょう…？　いちねんせいの「わくわくどきどき」にあふれた、たのしいおはなしです。5〜7歳向き。

『とりつかれたバレリーナ』 斉藤洋作，かたおかまなみ絵　あかね書房　2013.1　106p　22cm　（ナツカのおばけ事件簿 11）　1000円　①978-4-251-03851-7

|内容| えっ!?　こんどデビューするプリンシパルのバレリーナが、悪魔にとりつかれた…!?　さあ、ナツカとパパといっしょに、おばけたいじに出発。

『元禄の雪—白狐魔記』 斉藤洋作　偕成社　2012.11　453p　19cm　1600円　①978-4-03-744620-8　〈画：高畠純　年表あり〉

|内容| 白駒山の仙人の弟子となり、修行ののち、人間に化けることができるようになった狐、白狐魔丸の人間探求の物語。時は江戸時代中期、元禄十四年。俳諧や歌舞伎など町の文化が花ひらき、人びとは天下太平の世を謳歌していた。しかし、白狐魔丸は江戸城から強い邪気がただよってくるのを感じる。赤穂事件がおきたのは、その直後だった。小学校高学年から。

『ルドルフとスノーホワイト—ルドルフとイッパイアッテナ 4』 斉藤洋，杉浦範茂絵　講談社　2012.11　287p　22cm　（児童文学創作シリーズ）　1400円　①978-4-06-133522-6

|内容| 笑いあり、涙あり、決闘あり、日本一有名なノラねこルドルフの痛快物語。

『コリドラス・テイルズ』 斉藤洋著，ヨシタケシンスケ絵　偕成社　2012.10　215p　20cm　1200円　①978-4-03-744780-9

『K町の奇妙なおとなたち』 斉藤洋作，森田みちよ絵　偕成社　2012.9　221p　20cm　1200円　①978-4-03-727150-3

|内容| ベティーとよばれるなぞめいた女性、銭湯で潜水艦の乗組員になりきる中年男、過去を背負うアパートの管理人一家。昭和30年代、東京のはずれのK町。あのころあの町にはこんな人びとがいた。少年期の追憶。小学校高学年から。

『海にかがやく』 斉藤洋作　偕成社　2012.6　235p　19cm　（偕成社文庫 3274）　700円　①978-4-03-652740-3　〈画：小林系　講談社　1994年刊の再刊〉

|内容| 鉄道も通らない海辺の村に住む二郎はある夏、都会からやってきた少女、夏生と出会う。あざやかによみがえる、人生を変えたひと夏の物語。児童文学の名手、斉藤洋の初期傑作を新装版にて待望の復刊。小学上級から。

『ペンギンがっしょうだん』 斉藤洋作，高畠純絵　講談社　2012.5　71p　22cm　（どうわがいっぱい 86）　1100円　①978-4-06-198186-7

|内容| ぎんぎらぎんのお日さまの下、やってきました、がっしょうだん！　五十のペンギンたちはどんなうたをうたうのかな？　小学1年生から。

『ミス・カナのゴーストログ 4 つばめの鎮魂歌（レクイエム）』 斉藤洋作　偕成社　2012.2　181p　19cm　900円　①978-4-03-744770-0

|内容| 俊介の受験が終わり、中学校生活もあとわずかの冬。夏菜は、小さな男の子の幽霊と出会う。ふだんなら、（あちら側の者たち）とはかかわらないようにする夏菜だったが、その子のことは、なぜか気になってしかたがない…。小学校高学年から。

『もぐらのせんせい』 斉藤洋作，たかいよしかず絵　講談社　2012.2　76p　22cm　（どうわがいっぱい 84）　1200円　①978-4-06-198184-3

|内容| もぐらのがっこうって、どんながっこうなのでしょう？　もぐらのせんせいがいるのかなあ…。もちろん、います！　小学1年生からひとりで読めます。

斉藤洋

『魔界ドールハウス』 斉藤洋作，かたおかまなみ絵 あかね書房 2012.1 112p 22cm （ナツカのおばけ事件簿 10） 1000円 ①978-4-251-03850-0
内容 おばけたいじ屋のナツカとパパは、女の子が消えたアンティークショップで怪しいドールハウスを見つけ…!? ちょっぴり怖くて楽しいお話。

『あやかしファンタジア』 斉藤洋作，森田みちよ絵 理論社 2011.11 133p 21cm （おはなしルネッサンス） 1300円 ①978-4-652-01327-4
内容 学校で、商店街で、マンションで、野球場で…わたしが体験した奇怪な出来事をつづる。あなたの町にも、きっとある。こんな怖い話、妖しい話。

『どんどんもるもくん』 斉藤洋さく，江田ななえ絵 偕成社 2011.11 71p 21cm 900円 ①978-4-03-439380-2
内容 ためいきついているのはだーれ？ ぷんぷんおこっているのはだーれ？ はずかしがりやさんはだーれ？ でもね、だれでもこっちへおいで。もるもくんといっしょなら、みんなワハハとわらっちゃうから！ 小学校低学年から。

『ミス・カナのゴーストログ 3 かまいたちの秋』 斉藤洋作 偕成社 2011.10 186p 19cm 900円 ①978-4-03-744760-1
内容 文化祭、部活、習いごと、受験。なにかといそがしい中3の秋、学校近くの公園で、通りがかりの人がとつぜん切り傷を負うという事件が連続しておこった。しかし、その犯人を目撃した人はだれもいない。現場に立った夏菜は、そこで姿の見えない奇妙な声をきく。いったい犯人は、何者なのか…!? 中学3年生の霊能力者・三須夏菜の日常と冒険。

『もぐらのおまわりさん』 斉藤洋作，たかいよしかず絵 講談社 2011.9 76p 22cm （どうわがいっぱい 83） 1200円 ①978-4-06-198183-6
内容 にんげんのしゃかいに、おまわりさんがいるように、もぐらのまちにもおまわりさんはいる。でも、いったい、どんなしごとをしているのかなあ…。小学1年生から。

『アゲハが消えた日』 斉藤洋作，平沢朋子画 偕成社 2011.7 164p 19cm （偕成社文庫 3272） 700円 ①978-4-03-652720-5
内容 このごろ正は、アゲハチョウを見るたび、おかしな気分になる。なにか、だいじなことを思い出そうとしているような、そんな気分だ。ときおりあらわれるアゲハは、なにを告げているのだろうか？ 児童文学の名手、斉藤洋の初期傑作を新装版にて待望の復刊。小学上級から。

『シュレミールと小さな潜水艦』 斉藤洋作，小林ゆき子画 偕成社 2011.7 260p 19cm （偕成社文庫 3273） 700円 ①978-4-03-652730-4
内容 港町でくらす白ねこシュレミールは、ふとしたことから全自動小型潜水艦アルムフロッサーに乗りこんでしまう。ものを思う潜水艦とねこの海洋冒険小説！ 児童文学の名手、斉藤洋の初期傑作を新装版にて待望の復刊。小学上級から。

『遠く不思議な夏』 斉藤洋著，森田みちよ絵 偕成社 2011.7 221p 20cm 1200円 ①978-4-03-727130-5
内容 母の郷里ですごした、少年時代の夏休み。そのなんでもない田舎ぐらしの中でぼくは幻とも現実ともつかない不思議なできごとに出会う。昭和三十年代を舞台につづる12の奇譚。小学校高学年から。

『ミス・カナのゴーストログ 2 呼び声は海の底から』 斉藤洋作 偕成社 2011.6 178p 19cm 900円 ①978-4-03-744750-2
内容 約束は守らなきゃ。たとえ相手が幽霊でも。中学3年生の夏休み。海辺の別荘で優雅にすごすはずだったが―霊能力者・三須夏菜が、またもしぶしぶ事件解決！ 小学校高学年から。

『ミス・カナのゴーストログ 1 すずかけ屋敷のふたご』 斉藤洋作 偕成社 2011.6 156p 19cm 900円 ①978-4-03-744740-3
内容 中学3年生の新学期。夏菜は、同じクラスになった警察官の息子・柏木俊介に誘われて、東京郊外にある俊介の叔父の家をたずねる。そこで夏菜を待ち受けていたのは、この世ならぬ者からの、あるメッセージだった―。小学校高学年から。

『もぐらのたくはいびん』 斉藤洋作，たかいよしかず絵 講談社 2011.6 76p 22cm （どうわがいっぱい 81） 1200円 ①978-4-06-198181-2
内容 もぐらのたくはいびんやさんは、どこにでもにもつをとどけます。ただし、じめんの下でのはたらくもぐらたちがかつやくする新シリーズ、第1弾。小学1年生から。

『TN探偵社 消えた切手といえない犯人』 斉藤洋作，南伸坊絵 日本標準 2011.5 125p 22cm （シリーズ本のチカラ 石井直人，宮川健郎編）1400円 ⓘ978-4-8208-0540-3
[内容] 小学生の南雲健太郎は、毛のない年よりの東条四郎が営むTN探偵社の正式な探偵だ。今回の事件は、どうも「国際的な犯罪」らしい…。待望のシリーズ3作目。

『アルフレートの時計台』 斉藤洋著 偕成社 2011.4 153p 20cm 1200円 ⓘ978-4-03-643080-2〈画：森田みちよ〉
[内容] その時計台にはいくつものうわさがあった。入り口の扉から入る人はいても、そこから出る人を見ることはない。深夜三時にひとりでくると、池のペガサス像が翼をはばたかせる。時計台の先端に白フクロウがとまっているのを見た者は…時をこえた少年の日の友情を描いた幻想譚。小学校高学年から。

『呪いのまぼろし美容院』 斉藤洋作，かたおかまなみ絵 あかね書房 2011.2 82p 22cm （ナツカのおばけ事件簿9）1000円 ⓘ978-4-251-03849-4
[内容] 人をさそいこみ髪型をめちゃくちゃにする美容院。ナツカとパパは調査をするうちに…。

『イーゲル号航海記 3 女王と一角獣の都』 斉藤洋著，コジマケン絵 偕成社 2011.1 278p 20cm 1300円 ⓘ978-4-03-744830-1
[内容] 異世界につながる巨大渦のなぞをとくために、天才科学者ローゼンベルク博士がつくった潜水艇"イーゲル号"。変わり者ぞろいの仲間とともにぼくはまたあらたな航海へとのりだした。そこでぼくたちは、おどろくべき伝説の生物と出会うことになる―。たしかなリアリティをもって迫る海洋アドベンチャー・第3弾。小学校高学年から。

『かんたんせんせいとバク』 斉藤洋作，大森裕子絵 講談社 2011.1 72p 22cm （どうわがいっぱい 78）1100円 ⓘ978-4-06-198178-2
[内容] バクのムクのねがいは、じぶんのゆめをたべること。かんたんせんせいは、そんなムクに3つのほうをおしえます。はたして、ムクはじぶんのゆめをたべることができるでしょうか？ 小学1年生から。

『まよわずいらっしゃい―七つの怪談』 斉藤洋作，奥江幸子絵 偕成社 2010.7 173p 22cm （偕成社ワンダーランド 37）1200円 ⓘ978-4-03-540370-8
[内容] ゾクッとする話、クスッとわらえる話、キュッとせつない話…7種のこわさがあじわえます。小学校中学年から。

『夜空の訪問者』 斉藤洋作，森田みちよ絵 理論社 2010.5 129p 21cm （おはなしルネッサンス）1300円 ⓘ978-4-652-01323-6
[内容] ある日、ぼくは公園で、ふしぎなオオハクチョウに出会った。彼は自分のことを「旅するオオハクチョウ」と名のり、ハクチョウ座にめぐりあうために旅をしているのだと言う。そして、じっさいに星座にめぐりあったことのある動物たちの話を、ぼくにきかせてくれるのだった。空にかがやく星座たちと地上の動物たちとのふしぎな出会いの物語。小学校中学年から。

『霊界交渉人ショウタ 3 ウエディングドレスの幽霊』 斉藤洋作，市井あさ絵 ポプラ社 2010.3 191p 18cm （ポプラポケット文庫 074-3）570円 ⓘ978-4-591-11528-2
[内容] 幽霊との交渉も、ついに3回目になるショウタ。今度の交渉でショウタが出会ったのは、なぞのことばをつぶやく、人形だった…！ ショウタの家の同居人、花子・ベートーベン・ナポレオンのおばけ三人組の活躍も見のがせない、人気シリーズ第3巻！ 小学校上級から。

『天草の霧―白狐魔記』 斉藤洋作 偕成社 2010.2 381p 19cm 1500円 ⓘ978-4-03-744250-7〈画：高畠純 年表あり〉

『ゆうれいパティシエ事件』 斉藤洋作，かたおかまなみ絵 あかね書房 2010.1 106p 22cm （ナツカのおばけ事件簿 8）1000円 ⓘ978-4-251-03848-7
[内容] ナツカは、パパといっしょにおばけたいじ屋をはじめた。てごわいおばけを、知恵と勇気でたいじする。ちょっぴりこわくて楽しい、おばけたいじの物語。

『霊界交渉人ショウタ 2 月光電気館の幽霊』 斉藤洋作，市井あさ絵 ポプラ社 2009.11 195p 18cm （ポプラポケット文庫 074-2）570円 ⓘ978-4-591-11232-8
[内容] 新しくできる、大型アミューズメント・ショッピングビルの工事現場には、毎晩たくさんの幽霊がでるらしい…。その幽霊たちの正体をつきとめるべく、調査をするショウタがたどりついたのは、かつてこの場所にあった映画館の存在だった…！ 強

斉藤洋

烈な幽霊キャラクターたちの活躍がわらえる、でもちょっとこわい、シリーズ第2巻。小学校上級～。

『ゴーゴーもるもくん』 斉藤洋さく，江田ななええ 偕成社 2009.9 71p 21cm 900円 ①978-4-03-439360-4
内容 「もるもなきぶん」って、なーんだ？ それはね、ごきげんなめくじのような、いかおしたひとも、たちまちこんなふうにおどりだしたくなっちゃうきぶんのこと！ 小学校低学年から。

『アリクイありえない』 斉藤洋作，武田美穂絵 理論社 2009.5 90p 22cm （〔はたらきもののナマケモノ〕〔part 2〕）1100円 ①978-4-652-01161-4
内容 日曜日の朝は、いつもとちがう。ぼくのへやのまどをあけ、ふしぎなだれかが、やってくる。さて、きょうはナマケモノそれともアリクイ…。

『TN探偵社 怪盗そのまま仮面』 斉藤洋作，南伸坊絵 日本標準 2009.4 125p 22cm （シリーズ本のチカラ） 1300円 ①978-4-8208-0397-3〈くもん出版1993年刊の改訂〉
内容 小学生の南雲健太郎は、TN探偵社のナンバー2。おじいさん探偵の東条四郎と今日も難事件に挑む！ 今回の依頼人は、「怪盗そのまま仮面参上！」と書かれた紙きれを持って現れたのだが…好評のシリーズ2作目。

『霊界交渉人ショウタ 1 音楽室の幽霊』 斉藤洋作，市井あさ絵 ポプラ社 2009.4 200p 18cm （ポプラポケット文庫 074-1） 570円 ①978-4-591-10904-5
内容 霊感の強いショウタは、学校に住みつく幽霊の「立ちのき」を交渉するはめに。夜の学校に出かけていって出会ったのは、骸骨、ベートーベン、トイレの花子と、定番っぽいけど、強烈な個性の幽霊たち…！ わらえる、でもちょっとこわい、シリーズ第1巻目。小学校上級～。

『イーゲル号航海記 2 針路東、砂漠をこえろ！』 斉藤洋著，コジマケン絵 偕成社 2008.12 269p 20cm 1300円 ①978-4-03-744820-2
内容 天才科学者ローゼンベルク博士のつくった最新式の小型潜水艇「イーゲル号」。小学生のぼくは、その乗組員としてふたたび異世界への冒険に出る。なぞの大渦にまきこまれ、たどりついたさきは無人の砂漠のように見えたが…。予測不能の展開にま

すます目がはなせない、海洋アドベンチャー・第2弾！ 小学校高学年から。

『「おまえだ！」とカピバラはいった』 斉藤洋著，佐々木マキ画 講談社 2008.11 169p 20cm 1200円 ①978-4-06-215080-4
内容 ある日、ぼくの前にマンタが現れて、「ジンベエザメが元気をとりもどせるように、手伝ってほしい」といってきた。そして、なんとも不思議な冒険が始まった―。

『ふしぎなもるもくん』 斉藤洋さく，江田ななええ 偕成社 2008.9 71p 21cm 900円 ①978-4-03-439340-6
内容 もるもくんがあたまにぴょんととびのると―あら、ふしぎ。みんななんだかハッピーになっちゃって、うきうきわくわくおどりだすよ！ よめばかならずハッピーになる斉藤洋の新感覚・幼年どうわ。小学校1年生から。

『ひとりざむらいとおばけアパート』 斉藤洋作，高畠那生絵 講談社 2008.8 70p 22cm （どうわがいっぱい 73） 1200円 ①978-4-06-198173-7
内容 三つ目こぞうに、ろくろくび、火車、かまいたち…つぎつぎとおそってくるおばけを、ひとりざむらいは、どうやってやっつけるのかな？ 大好評、ひとりざむらいシリーズ最新作。小学1年生から。

『かえってくるゆうれい画』 斉藤洋作，下平けーすけ絵 ポプラ社 2008.4 118p 21cm （ポプラ物語館 14―ふしぎメッセンジャーQ） 1000円 ①978-4-591-10273-2
内容 メッセンジャーQにふしぎな依頼がまいこんだ！ それは、ふしぎなゆうれい画を展覧会場まではこぶこと。

『決戦！ 妖怪島』 斉藤洋作，大沢幸子絵 あかね書房 2008.3 96p 22cm （妖怪ハンター・ヒカル 5） 1000円 ①978-4-251-04245-3
内容 "ほんものの妖怪が住むテーマパーク"をつくるため、妖怪ハンターにスカウトされたヒカル。ところが、その「妖怪島」がとつぜん百の妖怪におそわれた!? ヒカルは島をまもるため、炎の術を使い、空中戦で対決する！ その他、読者が応募してくれた妖怪のなかから、最優秀賞に選ばれた妖怪が登場するお話も収録。「首長殿様」、「盆おどり太鼓丸」。どんな妖怪かな…!? ゾクゾクしてワクワクする、妖怪ハント・アドベンチャー。

『サマー・オブ・パールズ』 斉藤洋作，

斉藤洋

奥江幸子絵　日本標準　2008.3　261p　20cm　（シリーズ本のチカラ）　1500円　①978-4-8208-0320-1
内容　中学2年の進は、好きな女の子の誕生日プレゼントを買うために、ひと夏でお金が必要だった。夏期講習でいっしょになったクラスメートの直美がすこし気になってもいる。ふとしたはずみで、おじさんからお金を借りて株を買った進だが…。株とプレゼントと揺れる心の行方は。

『かんたんせんせいとライオン』　斉藤洋作，大森裕子絵　講談社　2008.2　72p　22cm　（どうわがいっぱい　69）　1100円　①978-4-06-198169-0
内容　ライオンのバムのねがいは、かわいらしいハムスターになること。そんなバムに、かんたんせんせいは3つのほうほうをおしえてくれます。さぁて、どうやってへんしんするのかな？　小学1年生から。

『イーゲル号航海記　1　魚人の神官』　斉藤洋著　偕成社　2007.12　229p　20cm　1200円　①978-4-03-744810-3　〈絵：コジマケン〉
内容　港でぼくがとびのった、おかしな船。それは、天才科学者ローゼンベルク博士がつくった最新式の潜水艇だった。政府に追われる博士、口をきかない大男人間のようなふるまいをする犬、黒ずくめで偽名を名のる男、そして小学生のぼく。ふぞろいな5人の乗組員をのせ、潜水艇"イーゲル号"がゆく、摩訶不思議な海洋アドベンチャー・第1弾。小学校高学年から。

『ひとりざむらいとこうちょうせんせい』　斉藤洋作，高畠那生絵　講談社　2007.12　76p　22cm　（どうわがいっぱい　68）　1200円　①978-4-06-198168-3
内容　じだいをとびこえてやってきたたったひとりのひとりざむらい！　こしのかたなは、めいとうふしぎまる。「そーりゃっ！」とぬけば…。小学1年生から。

『はこいりひめのきえたはこ』　斉藤洋さく，森田みちよえ　理論社　2007.11　67p　21cm　（いつでもパラディア）　1000円　①978-4-652-00912-3
内容　はこいりひめは、はこのなかにすんでいるおんなのこ。ところが、もりにいっているあいだに、たいせつなはこが、なくなってしまいました…。

『人形は月夜にほほえむ』　斉藤洋作，下平けーすけ絵　ポプラ社　2007.9　108p　21cm　（ポプラ物語館　8─ふしぎメッセンジャーQ）　1000円　①978-4-591-09901-8
内容　メッセンジャーQ、今回の依頼は…「さんばしに人形をとどけるのよ。」「OK今度もまかせてよ！」満月の夜、出かけていった勇が見たものは…。

『ルーディーボール　エピソード1（シュタードの伯爵）』　斉藤洋作　講談社　2007.9　597p　22cm　2200円　①978-4-06-213964-9
内容　治外法権の村ドルフに住む猫顔のラックス、犬顔のインギースク、兎顔のバーサルは、商人の荷を襲う盗賊稼業。ある晩、襲撃した馬車に積まれていた木箱を開けると、そこには大量の金貨が！　だが、彼らが手にしたその金貨は、あまりにもやばい金だった─。ルーディーボール帝国を復活させようとたくらむ公国の陰謀、封印された伯爵家の秘密、そして古い書物に残された皇帝の血統…。かつてない壮大なスケールで描く、ファンタジーの金字塔。

『はたらきもののナマケモノ』　斉藤洋作，武田美穂絵　理論社　2007.8　92p　22cm　1100円　①978-4-652-01157-7
内容　日曜日の朝は、なにかがちがう。いつもより、おそくまでねていられるし、ふしぎなことも、いろいろおこる。さて、ぼくのばあいは…。

『ペンギンかんそくたい』　斉藤洋作，高畠純絵　講談社　2007.8　81p　22cm　（どうわがいっぱい　66）　1200円　①978-4-06-198166-9
内容　みなみのうみにあらわれた、ペンギンかんそくたい。なにをかんそくしているのかって？　それはね、くらくなってからのおたのしみ。みなみのうみには、おどろきとはっけんがいっぱい！　小学1年生から。

『思い出はブラックボックスに』　斉藤洋作，下平けーすけ絵　ポプラ社　2007.6　120p　21cm　（ポプラ物語館　4─ふしぎメッセンジャーQ）　1000円　①978-4-591-09777-9
内容　林の中の別荘で、メッセンジャーQになにが起きる…。

『TN探偵社　なぞのなぞなぞ怪人』　斉藤洋作　日本標準　2007.5　141p　22cm　（シリーズ本のチカラ）　1300円　①978-4-8208-0286-0　〈絵：南伸坊〉
内容　ラジコンのヨットほしさに、「アルバイトぼしゅう」のはり紙を見て、おじさん探偵の助手をはじめた小学生南雲健太郎。

斉藤洋

るすばんがしごとのはずだったのに…コンコン、ノックの音とともにあらわれた、ふとったおじさんがもってきたのは？「まをおいてもてりでるが…」暗号の手紙だった!? "うちにあってないもの"をさがせ。健太郎少年とおじいさん探偵が、怪事件にせまる。

『みずたまぴょんがやってきた』 斉藤洋さく，森田みちよえ 理論社 2007.5 67p 21cm （いつでもパラディア） 1000円 ①978-4-652-00910-9
内容 みえぼうは、パラディアにすんでいるおとこのこ。あるひ、こみちで、ふしぎなひかるものをみつけました。さて、それは、なんでしょう。

『花ふぶきさくら姫』 斉藤洋作，大沢幸子絵 あかね書房 2007.4 96p 22cm （妖怪ハンター・ヒカル 4） 1000円 ①978-4-251-04244-6
内容 "ほんものの妖怪が住むテーマパーク"をつくるため、妖怪ハンターにスカウトされたヒカル。今回は、雪原にあらわれ、さくらの花をさかせる妖怪をつかまえようと出発。すると、妖怪は「わざくらべ」をいどんできた。ところが、ヒカルの使える術は「燕火放炎」だけしかなくて…!? その他、箱根の温泉に出るといううわさの妖怪・河童も登場。ゾクゾクしてワクワクする、妖怪ハント・アドベンチャー。

『ぼくのあぶないアルバイト』 斉藤洋作，下平けーすけ絵 ポプラ社 2007.3 104p 21cm （ポプラ物語館 1―ふしぎメッセンジャーQ） 1000円 ①978-4-591-09710-6
内容 あぶないアルバイト、それはスリルとふしぎがいっぱいだ。

『アブさんとゴンザレス』 斉藤洋作 佼成出版社 2006.11 95p 22cm （どうわのとびらシリーズ） 1300円 ①4-333-02245-2 〈絵：高畠那生〉
内容 ことばって、読み方しだいで、おもしろくなる。「あぶないからはいってはいけません」アブさんとのふしぎな旅は、この言葉から始まった―。小学校3年生から。

『かんたんせんせいとペンギン』 斉藤洋作，大森裕子絵 講談社 2006.9 72p 22cm （どうわがいっぱい 63） 1100円 ①4-06-198163-3
内容 ペンギンのリゲルのねがいは、そらをとぶこと。かんたんせんせいは、リゲルに3つのほうほうを、おしえてくれました。さあ、リゲルはそらをとぶことができるのかな？ 小学1年生から。

『ぞろぞろ』 斉藤洋文，高畠純絵 あかね書房 2006.9 78p 22cm （ランランらくご 4） 1000円 ①4-251-04204-2
内容 落語の世界を、大胆にアレンジ！ 落語の、"お話の面白さ"を中心にダイジェストしました。「ぞろぞろ」「ためし酒」「船徳」の三話が入っています。

『戦国の雲―白狐魔記』 斉藤洋作 偕成社 2006.7 361p 19cm 1500円 ①4-03-744240-X 〈画：高畠純〉
内容 人間の生きざまに興味をしめした一匹のキツネが、仙人のもとで修行、数かずの術と共に不老不死と人間に化ける術も習得。白狐魔丸という仙人ギツネとして生まれかわる。このキツネが、日本史上の大きな事件や英雄たちと遭遇し、人間がなぜ人間同士殺しあうのかという疑問の答えを探し、時を旅する大河タイムファンタジー。小学校高学年から。

『かえってきた雪女』 斉藤洋作，大沢幸子絵 あかね書房 2006.3 96p 22cm （妖怪ハンター・ヒカル 3） 1000円 ①4-251-04243-3
内容 "ほんものの妖怪が住むテーマパーク"をつくるため、妖怪ハンターにスカウトされたヒカル。今回は、雪女と対決する。「この星をほろぼす悪の権化」と雪女にいわれたヒカルは、わけがわからない。「燕火放炎」もまったく歯が立たず、絶体絶命のピンチ…!? その他、もう一話。「大がま武士」では、さむらいの幽霊をつかまえにいく！ ゾクゾクしてワクワクする、妖怪ハント・アドベンチャー。

『七つの季節に』 斉藤洋著 講談社 2006.3 141p 20cm 1300円 ①4-06-213327-X
内容 少年がおとなになるまでに出会った、動物にまつわる不思議な体験の数々。ずっと心に残りながらも真偽を確かめずにそっとしておきたい物語。

『おばけ長屋』 斉藤洋文，高畠純絵 あかね書房 2005.11 78p 21cm （ランランらくご 3） 1000円 ①4-251-04203-4
内容 落語の世界を、大胆にアレンジ！ 落語の、"お話の面白さ"を中心にダイジェストしました。「おばけ長屋」「あくび指南」「やかん」の三話が入っています。

『プライドは夜のキーワード』 斉藤洋作，藤田裕美絵 佼成出版社 2005.11 106p 22×19cm （タカオのつくもライフ 3） 1300円 ①4-333-02186-3

内容 自転車のチャーリー、携帯電話のメリー、黒電話のアレックスというつくも神たちに、新しく野球ボールが加わった。ある日、クラスメイトの高野萌子から、無言電話の相談をうけたぼくは、そこにつくも神の気配を感じた。彼女以外のクラスの女の子はみんな大好きではないぼくは、つくも神たちとともに、事件解決に挑むことを決意した！ ぼくと、つくも神たちとの奇妙な生活はつづく―。

『深夜のゆうれい電車』 斉藤洋作，かたおかまなみ絵　あかね書房　2005.10　74p　22cm　（ナツカのおばけ事件簿　7）　1000円　①4-251-03847-9
内容 ナツカは、パパといっしょにおばけたいじ屋をはじめた。てごわいおばけを、知恵と勇気でたいじする、ちょっぴりこわくて楽しい、おばけたいじの物語。

『霧の幽霊船』 斉藤洋作，大沢幸子絵　あかね書房　2005.6　96p　22cm　（妖怪ハンター・ヒカル　2）　1000円　①4-251-04242-5
内容 "ほんものの妖怪が住むテーマパーク"をつくるため、妖怪ハンターにスカウトされたヒカル。今回は、霧とともにあらわれる幽霊船をつかまえなくてはならない。ばけ猫のシロガネ丸とともに、ボートごと幽霊船に乗せられてしまったヒカルは、おぼえたての術「燕火放炎」で戦いをいどむが…!?その他、人の考えを見ぬく妖怪・さとりと、妖怪フクロウも登場。ゾクゾクしてワクワクする、妖怪ハント・アドベンチャー。

『メリーな夜のあぶない電話』 斉藤洋作，藤田裕美絵　佼成出版社　2005.4　107p　22cm　（タカオのつくもライフ　2）　1300円　①4-333-02139-1
内容 ぼくと、つくも神になった自転車・チャーリーの生活に、怪事件が起こった。つくえの引きだしにしまっておいた古い携帯電話から、真夜中になると、ときどき呼びだし音がする。その夜、今までは出ても無言だった携帯電話から、「助けて…」という声が聞こえてきたのだ。もしかして、こいつもつくも神なのか。

さえぐさ　ひろこ
《1954～》

『ねこのたからさがし』 さえぐさひろこ作，はたこうしろう絵　鈴木出版　2013.1　63p　22cm　（おはなしのくに）　1100円　①978-4-7902-3259-9

内容 ある日とつぜんあらわれた、おかしなねこ。えっ？　たからさがししてるんだって。いったいどんなたからなの？　どこにかくしてあるのかな？　5才～小学生向き。

『すずちゃん』 さえぐさひろこさく，ひろかわさえこえ　佼成出版社　2010.9　61p　21cm　（おはなしドロップシリーズ）　1100円　①978-4-333-02457-5
内容 ある日、弱ったすずめを見つけたようちゃんは家に連れ帰ってお世話をしますが…。すずちゃん、そんなに早く元気にならないで…。

『むねとんとん』 さえぐさひろこ作，松成真理子絵　小峰書店　2009.10　61p　22cm　（おはなしだいすき）　1100円　①978-4-338-19218-7
内容 きょうは、おばあちゃんがうちにくるひ。ひとりでくらしていたおばあちゃんは、ずいぶんとしをとったので、くまくんたちといっしょにくらすことになったのです。おばあちゃん、まってたよ。

『りんごあげるね』 さえぐさひろこ作，いしいつとむ絵　童心社　2006.12　94p　22cm　1000円　①4-494-01093-6
内容 きょう、ピピッチが死んだ。ピピッチ―わたしの、空色のセキセイインコ。ピピッチがゆびにとまっていると、ほんのちょっと重くて、ピピッチのにおいがした。あたたかくて、やわらかくて、ピピッチがいると、くふくふ、わらいたくなる気持ちになった。

佐川　芳枝
さがわ・よしえ
《1950～》

『ゆうれい回転ずし　消えた少年のなぞ』 佐川芳枝作，やぎたみこ絵　講談社　2014.5　108p　22cm　（わくわくライブラリー）　1400円　①978-4-06-195750-3
内容 潮くんは、こっとう品店を開いている浩おじさんといっしょに、地主の杉田さんの家へおじゃましました。杉田さんは、児童館をつくるために、家と土地を売るつもりのようです。潮くんは、杉田さんの家の前で、あやしい男の人たちに出会います。もしかして、杉田さんはだまされている…!?　気になった潮くんは、さっそくゆうれいの一平さんたちと調べをすすめ、30年前に起こったある事件にたどりつきます。小学中級から。

『ラッキィ・フレンズ―アキラくんのひみ

『さくらももこ』

つ』 佐川芳枝作，結布絵　講談社　2013.9　125p　22cm　（わくわくライブラリー）　1300円　⓵978-4-06-195746-6

[内容] わたしは白旗瑠衣。さくらが丘小学校の4年生だよ。人形作家のパパのところへやってきたアキラくんは、有名なキッズ・ダンサーで、とっても楽しそうにおどるんだ。でも、アキラくんと友だちになったことで、こまったことになってしまって…。小学中級から。

『ゆうれい回転ずし　本日オープン！』　佐川芳枝作，やぎたみこ絵　講談社　2012.8　130p　22cm　（わくわくライブラリー）　1400円　⓵978-4-06-195736-7

[内容] 白浜小学校4年3組の藤井潮くんがしょうたいされたのは、ちょっと変わった回転ずし屋。天にものぼるおいしさで、みんな笑顔になれる…かな？　小学中級から。

『ハッピィ・フレンズ』　佐川芳枝作，結布絵　講談社　2011.5　124p　22cm　（わくわくライブラリー）　1300円　⓵978-4-06-283218-2

[内容] わたしは白旗瑠衣。さくらが丘小学校の4年生だよ。今年の運動会で、ハッピィ・フレンズというダンスをおどるから、その練習でいまはたいへん。でも、その話をすると、ママもおばあちゃんもようすがへんなの。いったいどうして…？　小学中級から。

『寿司屋の小太郎—小太郎の初恋!?』　佐川芳枝作，宮尾岳絵　ポプラ社　2006.3　191p　22cm　（ポプラの森14）　1300円　⓵4-591-09165-1

[内容] まちがって、お金をはらわずに、お菓子屋のガムを持ってきた小太郎。正直にお金をはらいにもどったところ、「あんた、ばかじゃないの？　それとも、いい子ぶってほめられたいの？」と、つめたくののしる見しらぬ少女。いったい、こいつ何なんだ。

『寿司屋の小太郎—手巻き寿司勝負！』　佐川芳枝作，宮尾岳絵　ポプラ社　2004.8　191p　22cm　（ポプラの森10）　1300円　⓵4-591-08196-6

[内容] クラスに転校生がやってきた。こんどのヤツは、ただものじゃない。明るくて、ハンサムで、スポーツ万能。おまけに、南の島からきたんだって。好きな物はアボカド巻きで、動物のことばもわかるらしい。六年二組はいったいどうなるんだろう…。

『寿司屋の小太郎—異次元の世界で板前修業!?』　佐川芳枝作，宮尾岳絵　ポプラ社　2003.9　223p　22cm　（ポプラの森7）　1300円　⓵4-591-07832-9

[内容] 待ちにまったサクラ漁港への旅。ミヤテツといっしょにやってきたよ。ハジメさんやジローさんとひさしぶりにあって、つりにいくのが楽しみだ！　…いくう予定だったんだけど、サクラ漁港で事件発生。ハジメさんもジローさんもでかけてしまったよ。つまらないから家の裏山をのぼっていったんだけど…。

『寿司屋の小太郎—ビックリ！　出前大事件』　佐川芳枝作，宮尾岳絵　ポプラ社　2003.4　222p　22cm　（ポプラの森4）　1300円　⓵4-591-07647-4

[内容] 正月は正寿司も大いそがし。ぼくたちみんなで手伝うんだ。これから自転車でひとっぱしり、出前の寿司桶を回収してくるよ。じゃあ、いってきま～す！　あれ？　あのふたり、窓からはいろうとしてる。どろぼうじゃないよな。まさか…。

『寿司屋の小太郎』　佐川芳枝作，宮尾岳絵　ポプラ社　2002.8　215p　22cm　（ポプラの森3）　1300円　⓵4-591-07248-7

[内容] ぼくの名前は、山本小太郎。十二歳。みんなはお寿司は好き？　うちは、けやき台商店街で寿司屋をやってるんだ。ぼくも、お店を手伝うし、納豆巻きも作れるよ！　二代目の寿司屋になるか、まだわからないけど…。

さくら　ももこ
《1965～》

『ちびまる子ちゃん—こども小説　8』　さくらももこ作絵，五十嵐佳子構成　集英社　2013.10　186p　18cm　（集英社みらい文庫　さ-1-8）　600円　⓵978-4-08-321175-1

[内容] 「あした、算数のテストをやります」ある日、先生がそう言ったとたん、教室は大騒ぎ！　0点を取る自信がある山田、余裕の花輪君、協力しあう大野君と杉山君、お互いから学ぶものはひとつもない藤木と永沢君…。たまちゃんと長山君といっしょに勉強することにした、まる子の運命は…!?　"読むちびまる子ちゃん"第8弾登場!!　いつでもどこでも笑顔になれる、しあわせ運ぶ、5つのお話。小学中級から。

『ちびまる子ちゃん—こども小説　7』　さくらももこ作絵，五十嵐佳子構成　集英社　2012.11　190p　18cm　（集英社みらい文庫　さ-1-7）　600円　⓵978-4-08-

321120-1
[内容] ある日、まる子とたまちゃんに、野口さんがささやいた。「誕生日が毎年来ない人は、どういう人でしょう。クックック」「え!? お、教えてっ、誕生日が毎年来ない人のことをっ!」と、すがりつくまる子たちに背を向け、「…知っているけど知らんふり…」と立ち去る野口さんだったが!? "読むちびまる子ちゃん"第7弾。春夏秋冬、1年中、笑う門には福が来まくり。腹筋つっちゃう、5つのお話。

『ちびまる子ちゃん―こども小説 6』 さくらももこ作・絵, 五十嵐佳子構成 集英社 2012.4 184p 18cm (集英社みらい文庫 さ-1-6) 600円 ①978-4-08-321083-9
[内容] 巴川の灯ろう流しのため、はりきって灯ろうに現金なお願いごとを書くまる子。一方、おじいちゃんは『友蔵万歳』と書こうとして『友歳万歳』と書いてしまった！「これを流せば、ご先祖さまが哀れんでおいぼれをなおしてくれるよ」と無責任になぐさめるまる子だったが!? "読むちびまる子ちゃん"第6弾!! 飛びこもう！ のんきでゆかいなまるちゃんワールド。笑顔はじける、5つのお話。

『ちびまる子ちゃん―こども小説 5』 さくらももこ作絵, 五十嵐佳子構成 集英社 2011.12 168p 18cm (集英社みらい文庫 さ-1-5) 580円 ①978-4-08-321059-4
[内容] 自分が「怒られるタイプ」なのではないかと悩むまる子は、ある日、衝撃の事実に気づく!! 「…ひょっとしてクラスの女子で怒られるタイプってわたしだけ…？」はまじ、ブー太郎、山田、藤木、永沢君などのくだらない男子と、同類であることの情けなさに身もだえる、哀れなまる子の運命は!? "読むちびまる子ちゃん"第5弾登場。今日も明日も、まるちゃん日和。悩みもふっとぶ、5つのお話。小学中級から。

『ちびまる子ちゃん―こども小説 4』 さくらももこ作絵, 五十嵐佳子構成 集英社 2011.7 189p 18cm (集英社みらい文庫 さ-1-4) 580円 ①978-4-08-321026-6
[内容] 真夏の、金魚すくい戦争!? だれが一番うまいかでもめる、まる子とお姉ちゃんと友蔵の三人。(お姉ちゃん…わがライバルにしちゃ上できだよ)(あのムダのない手さばき。相当なもんだね)(まる子め、デメキンを見送りよった。できる！)と心の中で認め合う三人の前に、新たなライバルが…!? "読むちびまる子ちゃん"第4弾！ まるちゃんが、日本の夏を盛り上げる！ ドッキドキの、5つのお話。小学中級から。

『ちびまる子ちゃん―こども小説 3』 さくらももこ作絵, 五十嵐佳子構成 集英社 2011.5 200p 18cm (集英社みらい文庫 さ-1-3) 580円 ①978-4-08-321016-7
[内容] 友蔵が2か月前に同窓会で親友の三田さんに貸した1万円が返ってこない。まる子のアドバイスに従って『あんた、ちょっとルーズじゃありませんか』と手紙を出したが、入れちがいに三田さんからお金が返ってきて…？ ふたりは手紙を取り戻せるのか!? "読むちびまる子ちゃん"第3弾登場!! 家族ってたのしい。一緒だとうれしい!! まるちゃんちに遊びに行った気分になれる、5つのお話。小学中級から。

『ちびまる子ちゃん―こども小説 2』 さくらももこ作絵, 五十嵐佳子構成 集英社 2011.4 186p 18cm (集英社みらい文庫 さ-1-2) 580円 ①978-4-08-321011-2
[内容] 永沢君の家が火事になって1週間が経った。心配するまる子たちの「わたしたちに何かできることないかな」という問いかけに、「おかあさんは過労で入院しているし、おとうさんは実家に借金しに行ってるんだ。子どもの出る幕じゃないよ」と、いつもの切れ味で、鋭く言い放つ永沢君だったが…!? "読むちびまる子ちゃん"、第2弾登場。まるちゃんワールドの魅力全開の、5つのお話。小学中級から。

『ちびまる子ちゃん―こども小説 1』 さくらももこ作絵, 五十嵐佳子構成 集英社 2011.3 187p 18cm (集英社みらい文庫 さ-1-1) 580円 ①978-4-08-321001-3
[内容] 町に、ノラ犬があらわれた。「追いかけられたらどうしよう」と、怖がるまる子たちに「おれは逃げる可能性がある男だ。みんなよく覚えとけ」と、まだ何も起きてないのに断言するヒロシだった…。"読むちびまる子ちゃん"、ついに登場!! こどもも大人も、いっしょに笑えて、ちょっぴり泣ける、5つのお話。マンガともアニメとも違う"新しいちびまる子ちゃんの世界"が、ここにある!! 小学中級から。

『ちびまる子ちゃんの学級文庫 5』 さくらももこ原作, 田中史子文 学習研究社 2005.2 94p 22cm 800円 ①4-05-202292-0
[内容] 敬老の日におはぎを作ったまる子。ところが、おじいちゃんとおばあちゃんは食べてくれません。どうして!? 1があるかもしれないと、通信簿(通知表)をもらうのがこわいまる子。ところが！ 犬をあずかることになったまる子のふんとう記！ 元気に

なるお話三話。小学校低学年〜高学年向き。

『ちびまる子ちゃんの学級文庫　4』　さくらももこ原作，田中史子文　学習研究社　2005.2　94p　22cm　800円　①4-05-202291-2
内容　ふたりの友だちと同じやくそくをしてしまったまる子…。なやんだ結果は？　運動会でリレーの補欠選手に選ばれたまる子。ところが、とんでもないことがおこったのです！　虫歯でなやむ藤木くんを、まる子ははげまそうとしますが…!?　元気になるお話三話。小学校低学年〜高学年向き。

『ちびまる子ちゃんの学級文庫　3』　さくらももこ原作，田中史子文　学習研究社　2004.12　94p　22cm　800円　①4-05-202290-4
内容　ランドセルをやめて、手さげバッグで学校にいくことにしたまる子。ところが、反対されて家出！　けんしょうで一万円があたったまる子。ところが、ところが！　夢でアイドルとしゃくしゅしたまる子。夢のつづきを見ようと、努力をかさねたのですが!?　笑って読むうちに、元気になるお話三話。小学校低学年〜高学年向き。

『ちびまる子ちゃんの学級文庫　2』　さくらももこ原作，田中史子文　学習研究社　2004.12　94p　22cm　800円　①4-05-202289-0
内容　まる子が、苦労してやっと買ってもらった新しい服。でもそのとんでもない服は？　「ほめ殺し」がとくいな少年と、友だちになったまる子がくりひろげる心あたたまる話。家族で遊園地にいくやくそくをやぶられたまる子、トイレにたてこもって抵抗！　笑って読むうちに、元気になるお話三話。小学校低学年〜高学年向き。

『ちびまる子ちゃんの学級文庫　1』　さくらももこ原作，田中史子文　学習研究社　2004.12　94p　22cm　800円　①4-05-202288-2
内容　ま夜中に鏡を見ると、自分の将来が見えるという話をきいたまる子は、さっそく！　新しくできた学級文庫係になった藤木くんと永沢くん、ふたりがまきおこす苦労話。ドッジボールでズルをして落ちこむ関口くんを、やさしく助けてあげるまる子―笑いながら読むうちに、元気になるお話三話。小学校低学年〜高学年向き。

佐々木　ひとみ
ささき・ひとみ

『七夕の月』　佐々木ひとみ作，小泉るみ子絵　ポプラ社　2014.6　141p　21cm　（ポプラ物語館　56）　1000円　①978-4-591-14013-0
内容　長年「仙台七夕まつり」を守ってきたおばあちゃん。その想いを受けつごうとする二人の少年の、出会いと友情、そして奇跡の物語。小学中学年から。

『もののけ温泉滝の湯へいらっしゃい』　佐々木ひとみ著，jyajya絵　岩崎書店　2013.10　115p　22cm　（おはなしガーデン　40）　1300円　①978-4-265-05490-9
内容　街のざわめきを聞きながら、わたしは滝の湯の番台にすわる。下をむいて、お客さまがやってくるのをじっと待つ。ほんとうはこの時間、共同浴場・滝の湯は、開いていない。けれど、じつはこっそり、営業している。ぜったいに、ぜったいに、内緒だけどね。

『ドラゴンのなみだ』　佐々木ひとみ作，吉田尚令絵　学研教育出版　2012.11　109p　22cm　（ジュニア文学館）　1300円　①978-4-05-203560-9　〈文献あり　発売：学研マーケティング〉
内容　おじいちゃんの村の、鳥追い祭りを手伝うことになった歩。そこで出会ったのは、なんとドラゴン!?　その正体は、ドラゴンのように気があらく、火をふくみたいに、おこるやつだった。でも、なんで？　なんで、そんなにおこってるの？　そのなぞがとけたとき、ドラゴンのかなしみが、歩のむねにせまってきた―。

『ぼくとあいつのラストラン』　佐々木ひとみ作，スカイエマ絵　ポプラ社　2009.12　128p　21cm　（新・童話の海　5）　1000円　①978-4-591-11275-5
内容　大すきなジイちゃんが死んでしまった…。そのお葬式の日、あいつがぼくのまえにあらわれた。ボサボサ頭に、白いシャツ、カーキ色のズボン。ニヤニヤわらって、こういうんだ。「おい、走ろうぜ」―。大好きなひとを亡くした少年の、心優しく感動的な成長物語。新・童話の海第1回公募入選作。

佐々木　洋
ささき・ひろし
《1961～》

『それいけ！ ネイチャー刑事（ポリス）—ぶきみな音』　佐々木洋作，たかいよしかず絵　講談社　2011.4　135p　18cm　1200円　①978-4-06-216909-7

内容 『ピッピはどこに』—かわいい声の渡り鳥、どこへ行ったのかな…。『森の冷蔵庫』—森の中に、電化製品をかってに捨てたのはだれだ。『ぶきみな音』—公園から聞こえる音に、かおりちゃんもびっくり。

『それいけ！ ネイチャー刑事（ポリス）—ま夜中の電話』　佐々木洋作，たかいよしかず絵　講談社　2010.5　135p　18cm　1200円　①978-4-06-216135-0

内容 事件のなぞをときながら、自然の知識を身につけよう。

『それいけ！ ネイチャー刑事（ポリス）—きえたペット』　佐々木洋作，たかいよしかず絵　講談社　2008.7　136p　18cm　1200円　①978-4-06-214854-2

笹生　陽子
さそう・ようこ
《1964～》

『家元探偵マスノくん—県立桜花高校★ぼっち部』　笹生陽子著　ポプラ社　2010.11　213p　20cm　（Teens' entertainment 12）　1300円　①978-4-591-12111-5

内容 入学後の友達作りにしくじった女子高生チナツ、第二演劇部の一人部長ユリヤ、戦士部のサトシ、ネットごしの参加者で姿の見えないスカイプさん。次期華道家元で一人ぼっち部世話人のマスノくんを囲む超個性派集団の笑いと涙の青春譚スタート。

『世界がぼくを笑っても』　笹生陽子著　講談社　2009.5　171p　20cm　1200円　①978-4-06-215493-2　〈講談社創業100周年記念出版〉

内容 北村ハルトは中学二年生。始業式の日、彼の前に現れた一人の先生。軟弱そうでやぼったい。そう、彼こそがハルトのクラスの新担任—小津ケイイチロウ先生、だった。

『ぼくらのサイテーの夏』　笹生陽子作，やまだないと，廣中薫絵　講談社　2005.2　308p　18cm　（講談社青い鳥文庫244-1）　670円　①4-06-148674-8

内容 ぼく、通称・桃井。6年生。「階段落ち」という危険なゲームをやった罰としてプールそうじをさせられることに。いっしょにそうじをするのは栗田。クールでどこか大人っぽいやつで、ちょっと気にいらない。ああ、ぼくの小学校最後の夏休みは「サイテー」になりそうな予感！　著者のデビュー作で、二人の少年のさわやかな夏を描いた表題作と、無気力少年の「本気」を探った第2作『きのう、火星に行った。』を収録。小学上級から。

佐藤　佳代
さとう・かよ
《1977～》

『初恋日和』　佐藤佳代作，中井絵津子絵　岩崎書店　2012.11　190p　20cm　（物語の王国 2-4）　1300円　①978-4-265-05784-9

内容 親友とのすれ違いに悩んでいた美咲の背中をぽんと押してくれたのは、隣の席の伊藤君の一言。それ以来なんとなく気になりはじめた伊藤君。でも強力なライバルも現れて、美咲の初恋は成就するのだろうか？　だれもが経験する初恋。友人との葛藤や自信のなさや、それでも伝えたい気持ちをさわやかに描く。

『魂（マブイ）』　佐藤佳代作　金の星社　2009.11　159p　20cm　1200円　①978-4-323-06327-0

内容 わたし、一ノ瀬七海は、沖縄の本島の病院で生まれた後、石垣島から船でしか行けない離島に移った。会社員の父さんは、わたしの誕生寸前に下った辞令のせいで、東京で一人暮らしをしていた。小学校教員の母さんは、産休が明けると、わたしを残して、沖縄本島に戻った。週末にしか帰ってこない母さん。夏と冬にしか会いに来られない父さん。島での毎日は、オジィとオバァと、アキラニィニィとわたしとで流れていった。出会いと別れ、沖縄の空と海と島の人々。魂の成長物語。

『オリガ学園仕組まれた愛校歌』　佐藤佳代作，羽住都画　金の星社　2008.11　157p　20cm　1300円　①978-4-323-06325-6

[内容] あたしは、リア。あたしと弟のカイは、ドイツで生まれ育った双子の姉弟。二人だけで、織賀町にあるママの実家に引っ越してきたの。ママの同級生が理事長をしているオリガ学園に転入したんだけど、学園の門をくぐったとたん、あたしたちの背中に電気みたいなものが走った。理事長は冷たくて怖い感じだし。二週間くらいたって感じたの、この学園、なんだか変！ みんな優等生でいい子だけど…。あたしたちは調査にのりだした。オリガ学園に隠された不思議な秘密とは!? 鐘塔の鐘を鳴らせ。

佐藤　多佳子
さとう・たかこ
《1962～》

『シロガラス　1　パワー・ストーン』 佐藤多佳子著　偕成社　2014.9　235p　19cm　900円　①978-4-03-750210-2

[内容] パワー・スポットとして、ひそかな人気の白鳥神社。そこにくらす藤堂千里は、古武術の天才少女だ。祭の夜、子ども神楽の剣士をつとめたあと、うたげの席によばれた千里は、そこに、いるはずのないクラスメートたちの顔を見ておどろく。仲よしばかりではない。「敵」もいる。ぶつかりあい、まよいながら生まれる新しい関係。やがて六人は、とんでもない事件に巻きこまれていく。小学校高学年以上。

『ごきげんな裏階段』 佐藤多佳子作，小平彩見絵　日本標準　2009.4　157p　22cm　（シリーズ本のチカラ）　1500円　①978-4-8208-0399-7

[内容] 築三十年の「みつばコーポラス」の裏階段は、さびれてボロきたないけど、とびっきりの場所。学も一樹もナナも、そこで、ちょっとふしぎでちょっとこった生き物たちと遭遇する。謎めいた味わいの三つのお話を収録。

『イグアナくんのおじゃまな毎日』 佐藤多佳子作，はらだたけひで絵　偕成社　2007.11　265p　19cm　（偕成社ポッシュ 軽装版）　900円　①978-4-03-750120-4

[内容] 樹里が誕生日プレゼントにもらったのは、"生きている恐竜" イグアナ。草食で、攻撃性がなくて、おとなしい、鳴かない、においわない、人によくなれる、人気のペットだそうな。でも、世話がたいへん。南の国の生き物だから、二十五度以上四十度以下の温度で飼わねばならず、成長すると、二メートルの大トカゲになるという…。産経児童出版文化賞、日本児童文学者協会賞、路傍の石文学賞にかがやいた佐藤多佳子の傑作がついに軽装版化。

『一瞬の風になれ　第3部　ドン』 佐藤多佳子著　講談社　2006.10　383p　20cm　1500円　①4-06-213681-3

[内容] ただ、走る。走る。走る。他のものは何もいらない。この身体とこの走路があればいい「1本、1本、全力だ」。すべてはこのラストのために。話題沸騰の陸上青春小説。

『一瞬の風になれ　第2部　ヨウイ』 佐藤多佳子著　講談社　2006.9　273p　20cm　1400円　①4-06-213605-8

[内容] 少しずつ陸上経験値を上げる新二と連。才能の残酷さ、勝負の厳しさに出会いながらも強烈に感じる、走ることの楽しさ。意味なんかない。でも走ることが、単純に、尊いのだ。今年いちばんの陸上青春小説、第2巻。

『一瞬の風になれ　第1部　イチニツイテ』 佐藤多佳子著　講談社　2006.8　228p　20cm　1400円　①4-06-213562-0

[内容] 春野台高校陸上部。とくに強豪でもないこの部に入部した二人のスプリンター。ひたすらに走る、そのことが次第に二人を変え、そして、部を変える—。思わず胸が熱くなる、とびっきりの陸上青春小説、誕生。

佐藤　まどか
さとう・まどか

『魔法職人たんぽぽ〔2〕ファベル学園の危機』 佐藤まどか作，椋本夏夜絵　講談社　2014.5　211p　18cm　（講談社青い鳥文庫　302-2）　620円　①978-4-06-285422-1

[内容] 「おまえは"魔法職人ファベル族"の血を引いている。」5年生の春に、おどろきの事実を知らされた糸川たんぽぽ。ファベル族の子どもが通う『ファベル学園』に転校し、魔法の勉強や工房の授業もこなして学園生活にもなれてきた。むかえた新学期、ファベル学園に異変がおきる。ギベール王国を訪問してきた先生や生徒が次々と体調不良をおこし、魔法が使えなくなってしまったのだ—。小学中級から。

『魔法職人たんぽぽ—ファベル学園にようこそ！』 佐藤まどか作，椋本夏夜絵　講談社　2014.2　211p　18cm　（講談社青い鳥文庫　302-1）　620円　①978-4-06-285400-9

[内容] わたし、糸川たんぽぽ。わが家は代々続く仕立屋で、小さいころからママに裁縫を教えてもらってきました。そろそろ「見習い職人」になれるかなと思っていた矢先、家族から「おまえには"魔法使いファベル"の血が流れている。」と告げられて、とつぜん魔法職人の養成学校『ファベル学園』に転校することに！ クセ者ぞろいの仲間たちとともに、刺激にみちた学園生活がはじまります！ 小学中級から。

『さらば自由と放埒の日々』 佐藤まどか著 講談社 2013.10 222p 20cm （スーパーキッズ 2）1300円 ①978-4-06-218575-2

[内容] ある事件を解決してより結束を強めた、リョウたちIASK（インターナショナル・アカデミー・フォー・スーパーキッズ）1期生。この学校は、ひとつずば抜けた才能があれば、不得意科目があってもOKな夢のようなところ…のはずが、突然、学校の方針が大きく変わることに。金儲けに直結しない才能は切り捨てられ、アイツもコイツも退学の危機に。もちろん、指をくわえて見ているわけにはいかない！ それぞれの才能、枠にはまらない自由な考え方、そして友情の強い絆を武器に、リョウたちがまた大あばれする！

『マジックアウト 3 レヴォルーション』 佐藤まどか著, 丹地陽子画 フレーベル館 2013.6 317p 22cm 1500円 ①978-4-577-04117-8

[内容] 異国で死んだはずの妹に出会い、マジックアウトを解決する糸口を見つけたアニア。苦難を乗りこえ祖国エテルリアへもどると、市民戦争という予期せぬ事態が待ち受けていた。はたして、マジックアウトは終わるのか？ 少女の永きたたかいはクライマックスをむかえる…。

『カフェ・デ・キリコ』 佐藤まどか著 講談社 2013.4 215p 20cm 1300円 ①978-4-06-218216-4

[内容] 中学2年生の霧子は母とともに、父の故郷・イタリアのミラノへ移住し、祖父の経営していたギャラリー・カフェを継ぐことに。隣家に住むバジリコ兄弟、いじわるなクラスメイト、そして気難しい老人。さまざまな人たちとの交流のなかで、異国暮らしの厳しさと、思いがけない優しさに触れる。

『マジックアウト 2 もうひとつの顔』 佐藤まどか著, 丹地陽子画 フレーベル館 2012.6 317p 22cm 1500円 ①978-4-577-04036-2

[内容] 少女アニアの運命がふたたび動きだす…わたしはいったい…何者？ 絶望という闇に光をあたえたひとりの少女、アニア。そして、封が解かれた国にふたたびせまりくる闇。異国へわたるアニアを待ち受ける運命とは…。

『マジックアウト 1 アニアの方法』 佐藤まどか著, 丹地陽子画 フレーベル館 2011.9 277p 22cm 1500円 ①978-4-577-03912-0

[内容] 未曽有の危機に瀕し、絶望におちいった国。救うのは、天賦の「才」か、積み上げた「知」か？ すべてを失ったそのとき、新しい何かがはじまった。真の天命とは何か？ エテルリア国存亡の危機を救うため、定められた道を変えていく少女の永きたたかいが、今、幕を開ける。本格長編ファンタジー。

『スーパーキッズ―最低で最高のボクたち』 佐藤まどか著 講談社 2011.7 206p 20cm 1300円 ①978-4-06-217047-5

[内容] 地中海に新設された特別な学校、その名も「インターナショナルアカデミーフォースーパーキッズ」。そこはエリート養成校か、はみだし者の寄せ集めか!? 世界中から選ばれた"特殊な才能"をもつ子どもたちが大活躍する、痛快YAストーリー。

『てっこう丸はだれでしょう？』 さとうまどか作, 古川タク絵 フレーベル館 2009.8 78p 21cm （おはなしひろば 11）950円 ①978-4-577-03758-4

[内容] しょくぶつはみんな、人間のことばがわかるんだよ。知ってた？ ぼくのなまえは、「てっこう丸」。多肉しょくぶつ、サボテンのしんせき、生まれは南アフリカ、暑いのは大丈夫、しつけは大きらい。そんなぼくのものがたり。

沢木　耕太郎
さわき・こうたろう
《1947～》

『月の少年』 沢木耕太郎作, 浅野隆広絵 講談社 2012.4 76p 22cm 1300円 ①978-4-06-217363-6

[内容] 湖のほとりの一軒家で彫刻家のおじさんと暮らしている冬馬が、満月の夜に見たものは？ 沢木耕太郎が描く、少年の心、いのちの輝き。

沢田　俊子
さわだ・としこ

『とんがり森の魔女』　沢田俊子作，市居みか絵　講談社　2009.9　221p　18cm　（講談社青い鳥文庫 279-1）　600円　①978-4-06-285110-7
内容　ダイラは「とんがり森」に住む300歳の魔女。愛読書は『魔女のおしえ』。新聞に手をかざすと、傷ついた者はいやされ、傷つけた者は悪夢になやまされるという。未来を占う、さじに映ったのは…。ダイラと、娘のニーナ、おきてにしばられない気ままな大魔女。3代の魔女と村に住む「ばっちゃ」の、ふしぎで、ちょっとせつない物語。小学中級から。

『とらちゃんつむじ風』　沢田俊子作，長谷川知子絵　文研出版　2005.11　126p　21cm　（文研ブックランド）　1200円　①4-580-81546-7
内容　「とらちゃんは、おとめ心があらへん。かなり、おっさん化してる。」と、お母ちゃんが、うちのことをなげいている。けど、うちは、商店街の草野球チーム『スターこらさっさ』のマスコットガールで、おっちゃんたちのアイドルなんやで。『スターこらさっさ』は、めちゃ弱いチームやけど、うち、けなげに応えんしつづけてるんや。クラスメートのみさきちゃん、きょうの試合は、いっしょに応えんしてくれるっていってたのに、…来ない。どうしたんやろう？　日の出商店街の人気者"とらちゃん"がまきおこす、ユーモアにあふれた、楽しく心あたたまるお話。小学中級から。

沢田　徳子
さわだ・のりこ
《1947～》

『りん姫あやかし草紙』　沢田徳子作，新野めぐみ絵　教育画劇　2008.4　191p　22cm　1300円　①978-4-7746-1076-4
内容　音がする。前の方から…人間の足音？違う。私は息をつめて前方を見つめた。小さな女の子が、まっ赤な衣を着て走ってくる！　いったい、あのこは、なにもの？　まっすぐだけど、ちょっとはみ出し者のりん姫が、信じるもののため、「山の命」を守るため、平安の都をかけめぐる!!　壮麗歴史ファンタジー。

沢村　鉄
さわむら・てつ
《1970～》

『十方暮の町』　沢村鉄著　角川書店　2011.9　298p　20cm　（カドカワ銀のさじシリーズ）　1600円　①978-4-04-874258-0〈文献あり　発売：角川グループパブリッシング〉
内容　最近、和喜の町に流れる"神隠し"の噂。靴だけをポツリと残し、ごく普通の人が突然、いなくなるのだ。半信半疑の和喜だが、ある日、公園に居座る不思議な青年に出会う。日下慎治と名乗るその青年によると、町は今"十方暮"という魔の時期にあたり、異界への扉が開いて神隠しが起きているというのだ。慎治とその仲間に協力して、町を守ろうと立ち上がる和喜だがやがて和喜の後ろにも、恐ろしい魔は忍び寄ってきて―!?　読むと必ず勇気が湧いてくる、感動の青春ファンタジー。

『封じられた街　薄氷（うすらい）のディープシャドウ』　沢村鉄著　ポプラ社　2009.3　377p　20cm　（Teens' entertainment 6）　1400円　①978-4-591-10851-2
内容　「もののべ様の呪いはすぐそこまで来ている」行かなきゃ。どうしても。「北風のポリフォニー」に続く、いよいよ完結篇。

『封じられた街―北風のポリフォニー』　沢村鉄著　ポプラ社　2008.11　355p　20cm　（Teens' entertainment 4）　1400円　①978-4-591-10589-4
内容　「この街って、なんか気味が悪い…」逃げたい。逃げられない。忍びよる影の恐怖に戦慄するリアル・ホラー登場。

沢村　凛
さわむら・りん
《1963～》

『千年の時の彼方に』　沢村凛作　学研教育出版　2009.12　210p　19cm　（エンタティーン倶楽部）　800円　①978-4-05-203157-1〈発売：学研マーケティング　画：竹岡美穂　文献あり〉
内容　平安時代の少年の幽霊・マコマと両想

いになった、小学5年生の静枝。二人でいっしょにいる時間は、どんな時間よりも楽しくて、幸せで…。でも本当はわかっている。マコマには、帰るべき場所がある。わかっているけれど、やっぱりマコマとはなれたくない。…。ゆらぐ気持ちの中で、静枝が下した決断とは？　"わがかたみみつつしぬばせあらたまのとしのおながくわれもしぬばぬ"千年の時をこえた、不思議な恋の物語、ここに完結。

『千年の時を忘れて』　沢村凛作　学習研究社　2008.12　206p　19cm　（エンタティーン倶楽部）　800円　①978-4-05-203015-4〈画：竹岡美穂〉
内容　平安時代の幽霊の男の子、マコマ。一度は天にかえったはずのマコマが、ふたたびヨロズバ神社にもどってきた。また会えて、すごくうれしい…はずなのに。静枝はすなおに喜べない。健太にも美輪にも、マコマのことが見えるようになってしまったから。マコマの姿が見えるのは、自分だけだったはずなのに。"わがせこに　わがこうらくは　なつくさの　かりそかれども　おいしかごと"まるで生いしげる草のように、静枝の思いはつのっていく…。千年の時をこえた、不思議な恋の物語、第2弾。

『千年の時をこえて』　沢村凛作　学習研究社　2007.10　213p　19cm　（エンタティーン倶楽部）　800円　①978-4-05-202885-4〈画：竹岡美穂〉
内容　"しきしまのやまとのくにはことだまのたすくるくにぞまさきくありこそ"はるか昔、人は喜びや悲しみの思いを美しいリズムにのせて、口ずさんだ…それが和歌。思いのこもった和歌を、神としてまつるヨロズバ神社で、静枝は不思議な少年と出会う。少年の名前は、マコマ。千年も前の世界から来たという。「ほっとけない。」静枝は、マコマのもとに通い始める…。千年の時をこえた、不思議な恋の物語。

『きみときみの自転車』　沢村凛作　学習研究社　2006.6　239p　19cm　（エンタティーン倶楽部）　800円　①4-05-202395-1〈画：岩崎つばさ〉
内容　きみは青い自転車にまたがっていた。それが、ぼくがきみを見た最初だった。次の日、きみはぼくのところへやってきて、言った。「どろぼう！」って。それが、きみがぼくに向けて言った初めてのことばだった。違う！　ぼくはきみの自転車を、盗んでなんかいない。「きみの自転車を捜し出して、ほんとうの犯人を見つけてやる」。

『ぼくがぼくになるまで』　沢村凛作，岩崎つばさ画　学習研究社　2005.2　239p　19cm　（エンタティーン倶楽部）　800円　①4-05-202078-2
内容　何も見えない、何も聞こえない、真っ暗闇。ここは、どこ？　ぼくはどうして、こんなところにいるの？　だけど、ようすをさぐろうにも、ぼくには手がなかった。頭も、足もなかった。からだがなかった。声も出なかった。こわい。どうして、こんなことになったの？　ぼくは、だれなの？　どこに住んでいたの？　たすけて。たすけて。たすけてたす…。

三条　星亜
さんじょう・せいあ

『夏休みの宝物―リトル・リトル・プリンセス』　三条星亜作，裕竜ながれ画　理論社　2010.6　163p　18cm　（フォア文庫　B409）　600円　①978-4-652-07501-2
内容　8月、花火や海水浴など夏休みを満喫するさくら。しかし、さくらが知らないところで第5の試験がはじまっていて、ひさやはひとりなやんでいた…いよいよシリーズ完結。

『海の宮殿―リトル・リトル・プリンセス』　三条星亜作，裕竜ながれ画　理論社　2010.1　149p　18cm　（フォア文庫　B401）　600円　①978-4-652-07500-5
内容　夏休みの前日、ひさやはとつぜん怒って部屋を出て行ってしまった…。ところがそんなとき、海の宮殿で、第4の試験がはじまってしまう。まともに話もできないまま、いきなり最下位になるさくらたち。こんな気持ちで、ふたりは他のチームに勝つことが出来るのか？　好評シリーズ第4弾。

『ふしぎな図書館―リトル・リトル・プリンセス』　三条星亜作，裕竜ながれ画　理論社　2009.6　156p　18cm　（フォア文庫　B394）　600円　①978-4-652-07496-1
内容　さくらが帰り道で見たおうじさまは、もう一人の受験者・松柏のシオン皇子だった。今回は地底の図書館で3問のクイズに挑戦。一晩45分の勝負で勝つのはだれだ。

『雲の迷路―リトル・リトル・プリンセス』　三条星亜作，裕竜ながれ画　理論社　2009.1　148p　18cm　（フォア文庫　B382）　600円　①978-4-652-07493-0
内容　第二の試験は雲の上。巻物からとび出した白いとびらのむこうに、巨大な迷路が待っていた。目に見えない仕かけや通力が

使えない迷路では、本気の体力勝負。そんなひさやたちの前に、みめこ姫+恒太という強力なライバルが出現し…どちらが先に、ゴールにたどり着くことができるのか!?好評シリーズ第2弾。

『月夜のヒミツ―リトル・リトル・プリンセス』 三条星亜作, 裕竜ながれ画 理論社 2008.6 156p 18cm （フォア文庫） 560円 ①978-4-652-07487-9
[内容] ある日、さくらの部屋に転がりこんできたのは月のおひめさま！ ひさやは月の女帝になるために、5つの試験を受けに地球にやってきたのだ。とりあえず、第1の試験がおわるまで、だれにもナイショで部屋にかくまってほしいというのだけれど…。元気なじゃじゃ馬姫・ひさや&ひっこみ思案なさくらのコンビのマジカル・ファンタジー新シリーズ・スタート。

椎名　誠
しいな・まこと
《1944～》

『アイスプラネット』 椎名誠著 講談社 2014.2 205p 20cm 1200円 ①978-4-06-218233-1 〈文献あり〉
[内容] ぼくは原島悠太、中学2年生。家には38歳のおじさん、「ぐうちゃん」がいる。うたらしているけど、ぼくはぐうちゃんが好きだ。世界中を旅してきたぐうちゃんの話は、信じられないような「ほら話」ばかりだけど、とにかく、おもしろいから―。

『ドス・アギラス号の冒険』 椎名誠作, たむらしげる画 偕成社 2002.10 91p 20cm 1000円 ①4-03-005210-X 〈リブロポート1991年刊の増訂〉
[内容] 作家と画家の空想がとけあった夢のコラボレーション。ボクス船長ひきいるドス・アギラス号の行く手に待ち受ける数々の不思議。

『アメンボ号の冒険』 椎名誠著, 松岡達英絵 講談社 1999.8 141p 20cm 1300円 ①4-06-209709-5

『なつのしっぽ』 椎名誠作, 沢野ひとし絵 講談社 1990.4 84p 22cm （どうわがいっぱい 2） 880円 ①4-06-197802-0
[内容] きたのくにの山おくで、どうぶつかいぎがありました。いってしまう「なつ」をつかまえるために、どうぶつたちがしたことは？ 1年生から。

重松　清
しげまつ・きよし
《1963～》

『きみの町で』 重松清著, ミロコマチコ絵 朝日出版社 2013.5 164p 19cm 1300円 ①978-4-255-00718-2
[内容] あの町と、この町、あの時と、いまは、つながっている。生きることをまっすぐに考える絵本「こども哲学」から生まれた物語！

『さすらい猫ノアの伝説　2　転校生は黒猫がお好きの巻』 重松清作, 杉田比呂美絵 講談社 2012.7 229p 18cm （講談社青い鳥文庫 293-2） 620円 ①978-4-06-285295-1
[内容] 小6の宏美は、転校のベテラン。学校ではいつだって「すぐにお別れだから」と考える、ちょっぴりクールな女の子です。もみじ市の小学校では、運動会のリレーの選手をだれにするかでもめてしまいました。沈んだ気持ちで河原の遊歩道を歩いていると、黒猫ノアが登場。ノアについて行くと、そこはなぎなた道場で、はかま姿のこわ～いおばあさんが現れて、宏美は一気に大ピンチに。小学中級から。

『さすらい猫ノアの伝説　〔1〕　勇気リンリン！の巻』 重松清作, 杉田比呂美絵 講談社 2011.10 237p 18cm （講談社青い鳥文庫 293-1） 620円 ①978-4-06-285250-0
[内容] 新学期になって1か月、5年1組の教室に、とつぜん黒猫が現れました。しかも首に風呂敷包みを巻きつけて。風呂敷の中には手紙が入っていました。(あなたのクラスはノアに選ばれました！ ノアはきっと、あなたたちのクラスが忘れてしまった大切なことを思いださせてくれるはずです)。健太、亮平、凛々…クラスの仲間を巻き込んで、いったいなにが起こるのか!?　小学中級から。

『さすらい猫ノアの伝説』 重松清著, 杉田比呂美絵 講談社 2010.8 230p 20cm 1300円 ①978-4-06-216291-3
[内容] 黒猫が、首に風呂敷包みを巻きつけて、教室にやってきた。「こんにちは」と、ビー玉みたいにまんまるな目で見つめてる…。

『重松清』 重松清著 文芸春秋 2007.7 261p 19cm （はじめての文学） 1238円 ①978-4-16-359890-1

小説はこんなにおもしろい。文学の入り口に立つ若い読者へ向けた自選アンソロジー。

篠田　真由美
しのだ・まゆみ
《1953～》

『アルカディアの魔女』　篠田真由美作　理論社　2009.9　401p　20cm　（ミステリーYA！―北斗学園七不思議 3）1600円　①978-4-652-08634-6

内容　鬱蒼とした森に囲まれた全寮制の北斗学園。広大な敷地内の一画「旧ブロック」には戦前からの建物が点在し、その全貌を知る者は誰もいない。新学期をひかえた三月。来月からは中等部三年生になるアキ、ハル、タモツは、寮の引っ越しや新聞部の特別企画の準備に奔走していた。そんな中、森に妖精が棲んでいるという奇妙な噂が流れる。夢のように美味しい食べ物、熱くない焚き火の炎、ニンフたちと美しい女王。妖精の宴に遭遇したという生徒たちは、口をそろえて同じ情景を語る。謎めいた暗号文もその噂を裏づけているように思える。一方アキは、いくつもの偶然に導かれ、草花が鮮やかに咲き乱れる温室らしき場所にたどりつく…。すべての事件は学園をめぐって繰り広げられる陰謀なのか？　それとも悪意に満ちた罠なのだろうか。人々の思惑といくつもの謎が絡みあう学園ミステリー、第三弾。

『闇の聖杯、光の剣』　篠田真由美作　理論社　2008.4　335p　20cm　（ミステリーYA！―北斗学園七不思議 2）1300円　①978-4-652-08622-3

内容　鬱蒼とした森に囲まれた、歴史ある全寮制の北斗学園。その広大な敷地内の一画「旧ブロック」には、戦前からの建物が点在し、異空間を作り上げている。アキ、ハル、タモツは、中等部2年の同級生。新聞部に所属している3人が目下頭を悩ませているのは、文化祭に出品する新聞製作コンクールのネタ。期限まであと数日なのに、何も思いつかない。ただでさえ頭が爆発しそうなそんな中、学園にまつわる七不思議のひとつ、「記念博物館の謎」を探るはめになってしまう。さらに、3人に近づいてきた女生徒が謎の失踪を遂げて…。ドイツ第三帝国の崩壊、暗号、魔女、オカルト…。歴史の闇に秘められていた恐ろしい企みが動きだす。謎が加速する学園ミステリー、第2弾。

『王国は星空の下』　篠田真由美作　理論社　2007.3　325p　20cm　（ミステリーYA！―北斗学園七不思議 1）1300円　①978-4-652-08603-2

内容　深い森にかこまれた全寮制の北斗学園。その広大な敷地の一画には戦前からの建物が点在し、異空間をつくりあげている。中等部二年で新聞部の三人、行動脈のアキ、慎重派のハル、知性派のタモツは、学園に伝わる「七不思議」をさぐろうとする。だが、それを邪魔しようとする何者かの存在と、とんでもない事件が三人の前に立ちはだかる…。秘密結社、黒魔術、占星術…眩惑する謎の数々とゴシック風の建築物が織りなす学園ミステリー。

『魔女の死んだ家』　篠田真由美著　講談社　2003.10　262p　19cm　（Mystery land）1900円　①4-06-270565-6

内容　昔、あたしは高い石の塀で囲まれた大きなおうちに、おかあさまとばあやとねえやと四人で暮らしていた。うちにはお客さまのない日の方がめずらしいという。お客さまたちのことを、おかあさまの「すうはい者」と呼ぶのだとばあやは教えてくれた。ある春のこと、おかあさまはピストルで殺された。その日のことをあたしはよく夢に見る。「魔女だからね。魔女は昔から火炙りに決まっているからね。」という男の人の声が聞こえる。すると急にあたしは自分の手の中に硬い冷たいピストルの感触を覚えるのだった…。充実の一途を辿る著者がくりひろげる耽美の世界、もつれた謎が鮮やかに解き明かされるエンディングをご堪能ください。

篠原　勝之
しのはら・かつゆき
《1942～》

『カミサマ』　篠原勝之著　講談社　2012.10　198p　20cm　1300円　①978-4-06-217941-6

内容　両親を一度に亡くし、飼い犬のパンと二人きりになってしまった拓海は、山に住む親戚のもとへ引き取られる。そこでは、小さい頃から繰り返し夢にあらわれる、和紙でできた「白いひらひら」が飾られていた。実は彼を引き取ったオババは、神様と人々の間を取り持つ「トリモチ様」と呼ばれる存在だったのだ。

『A（アンペア）』　篠原勝之著　小学館　2011.11　198p　20cm　1300円　①978-4-09-289734-2

内容　気が小さくて苦手なモノだらけの僕の中にも、A（アンペア）は確かに在るんだ。小学館児童出版文化賞受賞のゲージツ家クマさんがつむぐ、少年たちの友情と成長の物語。

『もちおもり』 篠原勝之著 講談社 2010.5 162p 20cm 1300円 ①978-4-06-216263-0
[内容]「小さな物でも長いこと身につけていると、持ち重りして、だんだん重さが増してくるように感じるものだ」とジイチャンは言う。『もちおもり…』聞き慣れない言葉をぼくは、口の中で繰り返していた。きっと過ぎ去っていくできごとの記憶が、その物にだんだん降り積もっていくことを意味する言葉なんだろう。小学館児童出版文化賞受賞後、第一作！　「現代のダ・ヴィンチ」天才クマさんが描く、少年の春の目覚め。

『走れUmi』 篠原勝之著 講談社 2008.10 206p 20cm 1300円 ①978-4-06-214982-2
[内容] 大きくふくらませた鼻の孔に向かい風を思いきり深く吸い込んだ。ミカン山のにおいも嫌いじゃないけれど、海のにおいは何かが違った。ペダルをこぐ。速く、速く、もっと速く─。父さんがくれたマウンテンバイクの「UMI」に乗って、ミカン山から生まれ育った鯨の町へ─。それは、僕が大人になるために、自分に課した「宿題」だった。心あたたまる少年の成長物語。

芝田　勝茂
しばた・かつも
《1949〜》

『星の砦』 芝田勝茂作，バラマツヒトミ絵 講談社 2009.4 269p 18cm （講談社青い鳥文庫 276-1） 620円 ①978-4-06-285088-9
[内容] 新学期になって新しく赴任してきた校長先生が、「勉強最優先」主義の教育方針を打ち出した。成績順にクラスが分けられ、学校祭や体育祭などへの参加は控えなければならなくなるという。小学校生活最後の1年間なのに、思い出を作ることもできなくなっていたの!?　受験には関係ない生徒ばかりが集まった6年5組は、学校側の言いなりにはなれないと、結束して立ち上がることに！　小学上級から。

『ぼくらのサマーキャンプ』 芝田勝茂作，永盛綾子絵 国土社 2008.5 141p 22cm 1300円 ①978-4-337-33068-9
[内容] 最高の夏が、ぼくを待っている！　星座教室にハイキング、きもだめしにキャンプファイヤー。楽しい仲間と、かっこいいリーダーたちにかこまれて、わくわくするイベントもりだくさんの五日間。勇気を出して、自分のテーマにたちむかったとき、きっと、とくべつなキャンプの魔法に出会える。

とびっきりの夏の舞台に、きみもおいでよ。

『虫めずる姫の冒険』 芝田勝茂作 あかね書房 2007.10 156p 21cm （スプラッシュ・ストーリーズ 1） 1100円 ①978-4-251-04401-3 〈絵：小松良佳〉
[内容] 葵祭りの行列を、とつぜんおそったハチの大群。それをすくったのは、なんと、かわりもののお姫さま。虫が大好きで「虫めずる姫」とよばれる姫は、なぞの金色の虫を追って冒険の旅へ…。京の都であばれようとするばけもの虫を、とめることができるのか…!?　元気な姫が大活躍する、スペクタクル・平安ファンタジー。

『真実の種、うその種』 芝田勝茂作，佐竹美保絵 小峰書店 2005.7 575p 22cm （ドーム郡シリーズ 3） 2500円 ①4-338-19303-4
[内容] 踊り子テオ、包帯リン、道大工トーマの3人はとある任務のため長い旅に出るのだが、行く手に様々な出来事が…。「ドーム郡シリーズ」完結。

島村　木綿子
しまむら・ゆうこ
《1961〜》

『たいくつなトラ』 しまむらゆうこ文，たるいしまこ絵 福音館書店 2014.6 40p 24cm （ランドセルブックス─日本のものがたり） 1200円 ①978-4-8340-8103-9

『うさぎのラジオ』 島村木綿子作，いたやさとし絵 国土社 2011.11 78p 22cm 1200円 ①978-4-337-33612-4
[内容] 小さな黒いうさぎの月丸は、ちなみと大のなかよし。ある日のこと。月丸の耳の中から、ちなみの小ゆびのさきぐらいの、小さな黒いはこのようなものが、こぼれ落ちました。ちなみがそれを耳にあてると、ふしぎなこえが…。うっとりと耳をかたむけていると、それはとつぜん─。

『七草小屋のふしぎな写真集』 島村木綿子作，菊池恭子絵 国土社 2008.9 151p 22cm 1300円 ①978-4-337-33069-6
[内容] ブナやコメツガの森に囲まれた七草小屋で、ちかごろ、ふしぎな写真集が評判になっています。七草ケ岳のみごとな自然をうつしとったページからは、風が吹いてきたり、かみなりや、鳥の声がきこえた

り…。なぞにつつまれた写真集は、やがて草介に、山の住人たちとの新しい出会いをはこんでくる。待望の『七草小屋のふしぎなわすれもの』続編。

『七草小屋のふしぎなわすれもの』　島村木綿子作　国土社　2006.12　151p　22cm　1300円　①4-337-33062-3〈絵：菊池恭子〉

内容　ブナやコメツガの森に囲まれた七草小屋で、草介はある日、ふしぎなわすれものの箱を見つけます。箱のなかにはオカリナ、バッヂ、かざぐるま、水筒、それに花びらたから貝…。雄大な自然のいとなみを背景に、奇妙なわすれものによびよせられるように訪れた、山の住人たちと草介との風と土の香りあふれる六つの物語。小学校中～高学年向。

小路　幸也
しょうじ・ゆきや
《1961～》

『僕たちの旅の話をしよう―みらい文庫版』　小路幸也作, pun2絵　集英社　2011.11　254p　18cm　（集英社みらい文庫　し-4-2）630円　①978-4-08-321057-0〈メディアファクトリー2009年刊の加筆・修正〉

内容　ある日、赤い風船が小5の健一のもとに飛んでくる。しかも、手紙つき！　健一は、ほかにも手紙を手にしたという小6の隼人、小5の麻里安と出会う。実は3人とも視力、聴覚、嗅覚に特殊な能力を持っていた。手紙を出した少女に会いに行こうとするが、事件に巻き込まれてしまい…!?　すべては手紙を受け取った瞬間から始まった！　目がはなせない、ドキドキ冒険ミステリー！　小学上級・中学から。

『夏のジオラマ』　小路幸也作, 桑原草太絵　集英社　2011.7　183p　18cm　（集英社みらい文庫　し-4-1）580円　①978-4-08-321033-4

内容　夏休みに入って3日目。学校で"共同自由研究"をしていた僕たちに事件が起こった。体がでっかいマンタが消えたんだ。その直後、僕は理科準備室でおかしな木の箱を発見する。中には、模型みたいに小さな道路や川があって…これってジオラマ!?　なぞを解明するうちに、不思議な出来事を体験していく。これは、僕たちのひと夏の冒険の話。

『キサトア』　小路幸也作　理論社　2006.6　300p　19cm　1500円　①4-652-07784-X

内容　色を失くした僕と、時間を失くした妹たちが海辺の町をかけめぐる日々。僕らの心の中にある、世界のほとりの物語。

白倉　由美
しらくら・ゆみ
《1965～》

『ネネとヨヨのもしもの魔法―Sis-Sis of If』　白倉由美著　徳間書店　2014.4　237p　20cm　1600円　①978-4-19-863725-5〈カバー絵・口絵：鶴田謙二〉

内容　大人たちによって「想像」が禁じられた世界。聖マルグリット学院で暮らすことになった孤独な少女ネネは、夢のなかの購買部で、"もしも"の魔法のノートを手に入れた。そのノートに、たとえば"もしも空を飛べたら"と書いたなら、本当に空を飛べるようになる―というのだ！　過去の記憶をなくしていたネネは、不思議なノートをたずさえ、"失われたもの"を探すため、旅立つことを決める。世界に「想像力」をとりもどす、ネネの冒険と成長の物語。小学校中・高学年。

『きみを守るためにぼくは夢をみる　2』　白倉由美著　星海社　2011.11　262p　15cm　（星海社文庫　シ1-02）667円　①978-4-06-138922-9〈イラスト：新海誠　発売：講談社〉

内容　新しい季節が水晶のようにやってくる。そこは深く、暗く、迷いやすい森だった。誰もが一度は通る場所さ、と大人たちは気軽にいうけれど、彼方の空に星を数えて、ぼくはひとりで歩いていかなければいけない。ぼくの純粋な意味での子どもの時代は終わった。でもぼくはまだ完全な大人とはいえない。ぼくたちが未来に持っていけるのは、きみとの優しい思い出だけ。ぼくときみの初恋はふたたびめぐりあうことができるのだろうか―。白倉由美×新海誠の魅惑のコラボレーション、第二弾。

『きみを守るためにぼくは夢をみる　1』　白倉由美著　星海社　2011.9　248p　15cm　（星海社文庫　シ1-01）667円　①978-4-06-138916-8〈イラスト：新海誠　講談社2003年刊の改稿　発売：講談社〉

内容　十歳の誕生日の日、夕暮れの淡い光の中でぼくはきみに約束したね。「きみを守るためにぼくは夢をみる」と。そしてほんの短い旅についた。目が覚めると、七年間が過ぎていた。ぼくは遠い浅瀬に残された。きみは完璧なセブンティーンになって、十歳のままのぼくをみつめていた。一度はな

れた絆をぼくたちは取り戻せるだろうか―。ぼくたちのはじめての恋が、もう一度始まる。白倉由美×新海誠、魅惑のコラボレーション、開幕。

『ラジオ・キス』　白倉由美著　講談社　2007.1　250p　19cm　（YA！ENTERTAINMENT）950円　①978-4-06-269373-8

[内容]たった1日しか人々の記憶に残らない不思議な存在の少女・海埜波。彼女のことをずっと憶えている少年・森崎渚。「君のことを絶対に忘れないよ」と誓う渚は、孤独を抱える級友たちとともに、波と多くの時間を過ごす。しかし、夏が過ぎゆくにつれて、大切な記憶が薄れていく―。

『きみを守るためにぼくは夢をみる』　白倉由美著　講談社　2003.5　270p　19cm　1300円　①4-06-211709-6

[内容]一夜にして7年の歳月が流れ、少女は美しい17歳に、しかし、少年は10歳のままで…それは、不思議な恋のはじまり。児童書に初挑戦の白倉由美と、アニメ界の新星・新海誠の名コラボレーション。

白阪　実世子
しらさか・みよこ
《1959～》

『山猫軒の怪事件』　白阪実世子作　小峰書店　2006.10　237p　20cm　（ミステリー・books―猫探偵森下サバオの事件ファイル 1）1400円　①4-338-16209-0
〈絵：森友典子〉

次良丸　忍
じろまる・しのぶ
《1963～》

『おねがい・恋神さま　2　御曹司と急接近！』　次良丸忍作，うっけ画　金の星社　2014.8　164p　18cm　（フォア文庫 C260）600円　①978-4-323-09102-0

[内容]和菓子屋『みかど亭』オープンの日、ユメは親友のビショーとようすを見に来た。お菓子コンテストが開かれることを知ったユメは、出場を決意。『みかど亭』の社長の息子を一目で好きになってしまったのだ。もしかして、この御曹司が運命の人なの～!?夢中で読める、ハートフル・コメディー、第2弾！

『おねがい恋神さま　1　運命の人はだれ!?』　次良丸忍作，うっけ画　金の星社　2014.5　170p　18cm　（フォア文庫 C255）600円　①978-4-323-09099-3

[内容]恋神さまのお告げではユメの運命の人は寝ぐせ頭！だから、ユメは瞬こそ、運命の人だと思ったのだ。クラス対抗サッカーの日、代理でゴールキーパーになった瞬が大活躍し、優勝。だが、放課後、ユメは瞬の疑惑を聞かされる…。

『恋のサンダー・ストーム』　次良丸忍作，琴月綾画　愛蔵版　金の星社　2013.12　164p　18cm　（虹色ティアラ 2）1200円　①978-4-323-05092-8

『最後のドレス・チェンジ』　次良丸忍作，琴月綾画　愛蔵版　金の星社　2013.12　166p　18cm　（虹色ティアラ 6）1200円　①978-4-323-05096-6

『月夜のあぶないセレモニー』　次良丸忍作，琴月綾画　愛蔵版　金の星社　2013.12　162p　18cm　（虹色ティアラ 3）1200円　①978-4-323-05093-5

『伝説のエンゼル・ストーン』　次良丸忍作，琴月綾画　愛蔵版　金の星社　2013.12　164p　18cm　（虹色ティアラ 1）1200円　①978-4-323-05091-1

『秘密のマリオネット』　次良丸忍作，琴月綾画　愛蔵版　金の星社　2013.12　158p　18cm　（虹色ティアラ 5）1200円　①978-4-323-05095-9

『妖魔のファッションショー』　次良丸忍作，琴月綾画　愛蔵版　金の星社　2013.12　162p　18cm　（虹色ティアラ 4）1200円　①978-4-323-05094-2

『れっつ！シュート!!』　次良丸忍作，琴月綾画　金の星社　2013.11　175p　20cm　1300円　①978-4-323-07259-3

[内容]美羽は、少年サッカーチームの女子メンバー。日本女子サッカーリーグで活躍中の先輩と同じゴールキーパーだ。だが、練習中、美羽をかばって先輩はケガを…。責任を感じた美羽は、クラス対抗サッカーが近づいているにもかかわらず、すっかりやる気を失ってしまう。それに気づいた栄太は、サッカーを続けるのか、やめるのか、PK戦で決めようと、美羽に勝負を挑む！"スポーツ＆友情"夢中で読める、さわやかストーリー！

『最後のドレス・チェンジ』 次良丸忍作，琴月綾画　金の星社　2013.9　166p　18cm　（フォア文庫　B472―虹色ティアラ〔6〕）600円　①978-4-323-09096-2

[内容]ラビューランド王国にやって来た、ユッコ一家。でも、楽しいはずの家族旅行が、大変なことに。噴火しそうな火山に、マックラーミ団三人組。さらに伝説のティアラを持ったヤイバアまであらわれ、ユッコたちは大ピンチ。はたして世界の未来は守られるのか。そして最後のエンゼル・ストーンの行方は？　「虹色ティアラ」シリーズ、愛と勇気と友情の完結編！

『秘密のマリオネット』　次良丸忍作，琴月綾画　金の星社　2013.2　158p　18cm　（フォア文庫　B467―虹色ティアラ〔5〕）600円　①978-4-323-09093-1

[内容]マックラーミ団の新入団員マリオを保護したユッコ。記憶をなくしているマリオをかわいそうに思い、カトリーヌのおじさんにかくまってもらう。でも、次の日、マリオたちはマックラーミ団に連れさられ、シルクとポリエもつかまってしまった…。ユッコが助けにむかうと、そこにはシザーが待ち受けていた。きらめきの「乙女チック」ファンタジー、第五弾。

『妖魔のファッションショー』　次良丸忍作，琴月綾画　金の星社　2012.9　162p　18cm　（フォア文庫　B441―虹色ティアラ〔4〕）600円　①978-4-323-09090-0

[内容]モエがユッコとポリエをカシミアに紹介しようと声をかけると、カシミアはモエを無視してユッコのもとへ。くやしがるモエの前にマックラーミ団のシザーがあらわれ―シルクの弟・カシミア王子がファッションショーを開くことになり、招待されたユッコとポリエ。でも、ユッコはまよっていた。カシミアのことを考えると、なぜか心がもやもやと…。クラスメートのモエからも招待券をもらい、けっきょく出かけた二人だったが、なんとモエがモデルデビュー!?　ウソでしょー!?　きらめきの"乙女チック"ファンタジー、第四弾。小学校中・高学年。

『月夜のあぶないセレモニー』　次良丸忍作，琴月綾画　金の星社　2012.2　162p　18cm　（フォア文庫　B433―虹色ティアラ〔3〕）600円　①978-4-323-09087-0

[内容]外来語を調べる宿題のため、シルクのループ・ホールで、ユッコははじめてラビューランド王国にやってきた。シルクの注意も聞かず、勝手に宮殿の中を歩いていると、男の子が飛びだしてきて言い争いに。イケメンだけど、とっても生意気なその男の子の正体は、な、な、なんとシルクの弟のカシミア王子!?　きらめきの「乙女チック」ファンタジー、第三弾。

『恋のサンダー・ストーム』　次良丸忍作，琴月綾画　金の星社　2011.9　164p　18cm　（フォア文庫　B427―虹色ティアラ〔2〕）600円　①978-4-323-09084-9

[内容]最近、宝石店がおそわれる事件がよくおきている。ユッコとポリエは、世界征服をたくらむマックラーミ団のしわざと推理し、駅前の宝石店にはりこみに。でも、あらわれたのは、ポリエのあこがれの人、剣道場の若先生。美しい女の人に指輪を見せて、お店に入っていっちゃった…。どうなっちゃうの!?　きらめきの「乙女チック」ファンタジー、第二弾。

『伝説のエンゼル・ストーン』　次良丸忍作，琴月綾画　金の星社　2011.2　164p　18cm　（フォア文庫　B418―虹色ティアラ〔1〕）600円　①978-4-323-09080-1

[内容]ユッコは、アンティークショップでふしぎなティアラを見つけた。夢の中で見たティアラにそっくりで、「わたしの声、聞こえますか？」という声が聞こえる。でも、友だちのポリエには聞こえない。ユッコはくじ引きで、ティアラをゲット。ふたりが喜んでお店を出ると、お店が爆発！　どうなっちゃうの!?　ドキドキ"乙女チック"ファンタジー、第一弾。

『れっつ！　ランニング』　次良丸忍作，琴月綾画　金の星社　2010.10　175p　20cm　1300円　①978-4-323-07176-3

[内容]ユリはスポーツが大の苦手。運動会のリレーで、カドマツからバトンを受けとったユリが走りだすと、クラスメートたちから悲鳴のようなさけび声が…。なんとユリは、コースを逆走。結局、ユリたちのリレーは最下位。「あんなドジするなんて、信じられない」とジュンにいわれ、ユリの頭の中は瞬間、真っ白になった…。でも、次の日、ユリはある決心をする。大好評『れっつ！　スイミング』に続く、「れっつ！」シリーズ第2弾。"スポーツ＆友情"さわやかストーリー。3・4年生から。

『れっつ！　スイミング』　次良丸忍作，琴月綾画　金の星社　2008.11　191p　20cm　1300円　①978-4-323-07130-5

[内容]ルカのクラスは、ドッジボール大会の後で大さわぎ。男子は優勝したのに、女子は負けてしまったからだ。耕太はルカをせめる。ルカは「次のスポーツ大会で優勝する」と宣言してしまう。でも、次の大会はなんと水泳大会。ルカは運動神経バツグンなのに、泳げないのだ！　水泳大会まであと二か月しかない…。さあ、ルカ、どうする？　どうなる～!?　3・4年生から。

『全自動せんたく機せんたくん』　じろま

るしのぶ作，山口みねやす絵　小峰書店　2001.11　142p　22cm　（おはなしプレゼント）1300円　①4-338-17010-7

内容　右にいこうか，左にするか？　いくべきか，もどるべきか？　イエスか，ノーか？　こまったなあ…どうしよう？　うーん…「せんたくん」があれば，だいじょうぶ。

『大空のきず』　次良丸忍作，ささめやゆき絵　小峰書店　1999.10　181p　22cm　（新こみね創作児童文学）1400円　①4-338-10717-0

内容　少年の手からはなれたペーパープレーン。強い風の力で，ぐんぐんと空の高くへのぼっていった。冷たい色の冬の空へ。

『銀色の日々』　次良丸忍作，中釜浩一郎絵　小峰書店　1995.11　182p　22cm　（新こみね創作児童文学）1380円　①4-338-10706-5

新城　カズマ
しんじょう・かずま

『ドラゴン株式会社』　新城カズマ作，アントンシク絵　岩崎書店　2013.12　189p　19cm　（21世紀空想科学小説）1500円　①978-4-265-07509-6

内容　はじまりは，ぼくに届けられたひとつの種だった。ぼくは，「とりあえず，せつめい書のとおりに」うめてみた。ただそれだけだ。五十五秒めには，種が大きくなっていた。三分がすぎるころには，ほそながい，青い芽がはえてきた。そして，ぼくの目のまえでぐんぐん育っていたのは，それはもうだれがどう見ても，一匹のドラゴンのあかちゃんだったんだ！　しかも，この物語の結末を決めるのは，読者のきみだ！

新庄　節美
しんじょう・せつみ
《1950～》

『二丁目の犬小屋盗難事件―夏休みだけ探偵団』　新庄節美作，大庭賢哉絵　日本標準　2009.4　293p　22cm　（シリーズ本のチカラ）1500円　①978-4-8208-0398-0

内容　ワトソンこと和戸尊は，探偵小説好きの双子の姉妹，冴と麗が結成した探偵団のナンバー3。じゅくなかまトンの愛犬ペッタンの犬小屋が消えた事件をしらべていくうちに，推理は思わぬ方向へと展開する。謎解きのおもしろさいっぱいの本格長編ミステリー。講談社児童文学新人賞受賞作。

『マエストロ！　Monna探偵事務所―青ガエルの密室事件』　新庄節美作　ポプラ社　2005.10　284p　19cm　（Dreamスマッシュ！　8）840円　①4-591-08923-1〈絵：大庭賢哉〉

内容　始まりは，古書店の置物盗難事件。しかしその奥にかくされていた，犯人の本当のねらいは…。タイムとメモリは真相究明にのりだす。今回も超老探偵・門奈弥五郎の名推理が炸裂!!「MONNA探偵事務所」いよいよ本格始動！　人気シリーズ第2弾。

『マエストロ！　Monna探偵事務所―怪盗ベースボール事件』　新庄節美作，大庭賢哉絵　ポプラ社　2005.4　334p　19cm　（Dreamスマッシュ！　2）840円　①4-591-08606-2

内容　タダモノじゃない，じいちゃん現る!!　超大物＆大金持ち，門奈弥五郎，104歳。ふだんはねむっているようにぼーっとしてるけど，事件がおこるととつぜん目ざめ，名推理が炸裂！　さてタイムの住む町で謎の連続盗難事件発生!!　解決にのりだした名探偵門奈弥五郎，そのマエストロ（巨匠）ぶりやいかに!?　「MONNA探偵事務所」シリーズ第1弾。

新藤　悦子
しんどう・えつこ
《1961～》

『手作り小路のなかまたち』　新藤悦子著，河村怜絵　講談社　2014.5　138p　22cm　（わくわくライブラリー）1200円　①978-4-06-195749-7〈文献あり〉

内容　カード屋の娘のかなめちゃんと，世界を旅してきたカフェ・ビーンズの豆太郎兄さん，そして手作り小路の素敵ななかまたちの優しい物語。豆太郎のおいしいお料理レシピつき！　小学中級から。

『ヘンダワネのタネの物語』　新藤悦子作，丹地陽子絵　ポプラ社　2012.10　163p　19cm　（ノベルズ・エクスプレス　18）1300円　①978-4-591-13095-7

内容　サッカーが得意なクラスの人気者，イラン人のアリと，絵ばかり描いていて，ヘン

な女子、といわれる直。アリがかくしている心の秘密に気がついた直は…？　イランのスイカ、ヘンダワネのタネが結んだ直とアリの物語。

『ロップのふしぎな髪かざり』　新藤悦子著　講談社　2011.6　188p　20cm　1400円　①978-4-06-217005-5〈絵：こがしわかおり〉

内容　アーモンド島にすむ精霊の女の子ロップはある日、海にうかぶボートの中で眠っていた人間の男の子、バハルを見つける。ジンは気にいった人間にとりついて、その魂をわけてもらうことで一人前になれるため、ロップの父はその男の子にとりついてみるようロップにすすめるのですが…。人間に憧れる精霊の少女ロップと流れ着いた人間の少年バハル、そして二人を見守る楽しいジンの仲間たち…。五感で楽しむ珠玉のファンタジー。

『ピンクのチビチョーク』　新藤悦子作, 西巻茅子絵　童心社　2010.3　94p　22cm　1100円　①978-4-494-01948-9

内容　チーばあばが、すこしずつ、いろんなことをわすれていってしまうびょうきになった。わたしのことも、わすれちゃうのかな…。そうだとしても、わたしはチーばあばがすき。どうしたらまた、わらってくれるかな。

『月夜のチャトラパトラ』　新藤悦子著　講談社　2009.11　214p　20cm　（講談社・文学の扉）　1400円　①978-4-06-215864-0

内容　カッパドキアの洞窟ホテルで育ったカヤは幼い頃、"キノコ岩の森"に迷い込み「小さな人」たちと出会う。満月の夜に、時と友情の扉が開く…。少年カヤと小さな人たち、時空を超える友情のファンタジー。

『青いチューリップ、永遠に』　新藤悦子作, 小松良佳絵　講談社　2007.10　269p　22cm　1500円　①978-4-06-283211-3

内容　旅からイスタンブルに戻ったネフィとラーレ。ラーレは、女性には許されていない絵師になることを夢見はじめる。一方、ネフィは、人々の役に立つ薬草帳作りに乗りだす。しかしふたりの行く手は、さまざまな壁にはばまれていた。そんななか、ラーレとメフメットの結婚話がもちあがる。ネフィとラーレー。ふたりの夢と運命は…？　日本児童文学者協会新人賞を受賞した『青いチューリップ』の続編！　小学上級から。

『青いチューリップ』　新藤悦子作, 小松良佳絵　講談社　2004.11　309p　22cm　（講談社・文学の扉）　1600円　①4-06-212586-2

内容　オスマンの国の都、イスタンブル。花を愛する都の人々が、競って咲かせようとしていたのは、幻といわれる花、青いチューリップだった。羊飼いの少年・ネフィは、アーデム教授とともに、本当に"青い"チューリップをつくりだそうとするが、チューリップをめぐる人々の運命は少しずつ変わりはじめる…。小学上級から。

菅野　雪虫
すがの・ゆきむし

『天山の巫女ソニン　江南外伝　海竜の子』　菅野雪虫作　講談社　2013.2　247p　20cm　1400円　①978-4-06-218165-5

内容　江南の美しく豊かな湾を統治する「海竜商会」。その有力者サヴァンを伯父にもち、何不自由なく幸せな日々を送っていた少年・クワン。ところがクワンの落とした首飾りがきっかけとなって、陰謀に巻きこまれていく。多くの人の心を引きつける江南の第二王子クワンの絶望と波乱に満ちた再生の物語。

『天山の巫女ソニン　巨山外伝　予言の娘』　菅野雪虫作　講談社　2012.3　215p　20cm　1400円　①978-4-06-217568-5

内容　ソニンが天山の巫女として成長したのは美しい四季に恵まれた沙維の国。イェラが王女として成長したのはその北に草原と森林が広がる寒さ厳しい巨山の国。孤高の王女イェラが、春風のようなソニンと出会うまで、どのように生きてきたのかを紹介する、本編「天山の巫女ソニン」のサイドストーリー。

『女王さまがおまちかね』　菅野雪虫作, うっけ絵　ポプラ社　2011.6　236p　19cm　（ノベルズ・エクスプレス　12）　1300円　①978-4-591-12467-3

内容　「女王さま」という怪人物が世界中の人気シリーズを収集、新刊本が出なくなるという事件が大発生!!　本が大好きなゆいは、女王さまと対決するために「ある世界」へのりこんでいきますが…。本嫌いの荒太と頭脳派の現もまきこんで、ゆいは世界を救えるの!?―。

『羽州ものがたり』　菅野雪虫著　角川書店　2011.1　290p　20cm　（カドカワ銀のさじシリーズ）　1600円　①978-4-04-874168-2〈発売：角川グループパブ

リッシング〉
　|内容| ひとつしか瞳をもたない鷹のアキと暮らす少女・ムメは、都から来たばかりの少年・春名丸と出会った。それが縁で春名丸の父親・小野春風にさまざまなことを教わるムメ。やがて見違えるような娘へと育ったムメは、春名丸との友情をはぐくんでいく。だがそのころ、羽州では都に対する戦いが起きようとしていて―!!　東北の地、羽州で起きた「元慶の乱」のはじまりだった。

『天山の巫女ソニン　5（大地の翼）』　菅野雪虫作　講談社　2009.6　255p　20cm　1400円　①978-4-06-215520-5
　|内容| 落ちこぼれの巫女と言いわたされ、すべてを失ったところから始まった少女の物語―。里におりたソニンは、三つの国を知り、そこに生きる人々と交わり、悩み・悲しみ・希望・喜びを実感しながらひとりの人間として豊かな人生を歩む道を見出してゆく。感動の最終巻。

『天山の巫女ソニン　4（夢の白鷺）』　菅野雪虫作　講談社　2008.11　255p　20cm　1400円　①978-4-06-215081-1
　|内容| "江南"を大嵐が襲い、人々の暮らしは大きな打撃を受けた。"沙維"のイヴォル王子は災害の援助のために、"巨山"のイェラ王女は密かな企みを胸に、相次いで"江南"に向かう。"江南"のクワン王子を交えた三人は初めて一堂に会し、ある駆け引きをする。一方、ソニンはクワン王子の忠実な家臣セオの存在に、なぜか言いようのない胸騒ぎを覚えていた…。

『天山の巫女ソニン　3（朱烏の星）』　菅野雪虫作　講談社　2008.2　236p　20cm　1400円　①978-4-06-214485-8
　|内容| イヴォル王子と共に"巨山"へと向かうソニン。国境付近で捕らえられた"森の民"を救うためだった。一方、自分の将来を考え始めている親友ミンを、兄王の傍らで着実に仕事をこなすイヴォル王子を見ているとソニンは自分が取り残されていくように思えてしまう。やがてソニンはこの北の国で孤独で賢明な王女イェラに出会う―。「講談社児童文学新人賞」「日本児童文学者協会新人賞」受賞の長編ファンタジー、いよいよ佳境へ。

『天山の巫女ソニン　2（海の孔雀）』　菅野雪虫作　講談社　2007.2　255p　20cm　1400円　①978-4-06-213833-8
　|内容| 隣国「江南」のクワン王子に招かれた"沙維"のイヴォル王子とソニンは、豪華な王宮や南国の華やかさに目を見張る一方で、庶民の暮らしぶりがあまり豊かでないことに疑問を持つ。対照的な二人の王子の間で戸惑いながらも、真実を見失わずに自らの役目を果たそうとする、落ちこぼれの巫女

ソニンの物語、第二巻。三つの国の新たな歴史が動き始める。

『天山の巫女ソニン　1（黄金の燕）』　菅野雪虫作　講談社　2006.6　255p　20cm　1400円　①4-06-213423-3
　|内容| 生後まもなく、巫女に見こまれた天山につれていかれたソニンは、十二年間の修行の後、素質がないと里に帰される。家族との温かい生活に戻ったのもつかのま、今度は思いがけない役割をになってお城に召されるが…。三つの国を舞台に、運命に翻弄されつつも明るく誠実に生きる、落ちこぼれの巫女ソニンの物語、第一部。新しいファンタジーの誕生！　講談社児童文学新人賞受賞。

杉本　深由起
すぎもと・みゆき
《1960〜》

『あのこもともだちやまだまや―まじょとうらないのまき』　杉本深由起作，長谷川知子絵　ひさかたチャイルド　2013.10　72p　22cm　1200円　①978-4-89325-997-4
　|内容| まやは、元気いっぱい、おしゃべり大すきな女の子。さいきん、気になっているのは、転校生の「なかたかな」。ぜったい友だちになんてなれないと、おもっていたけれど…？

『さかだちしたってやまだまや　おしゃべりがまんのまき』　杉本深由起作，長谷川知子絵　ひさかたチャイルド　2012.1　72p　22cm　1200円　①978-4-89325-948-6
　|内容| わたしのなまえはやまだまや　うえからよんでもやまだまや　したからよんでもやまだまや…まやは、元気いっぱい、おしゃべり大すきな女の子。でも、きょうはおしゃべりのせいで、先生にしかられて、なかよしのゆっこさんまで、なかせちゃった！　もう、ぜったいおしゃべりしないって、きめたけど…。

『わたしのなまえはやまだまや　にんじゅつしゅぎょうのまき』　杉本深由起作，長谷川知子絵　ひさかたチャイルド　2011.6　72p　22cm　1200円　①978-4-89325-937-0
　|内容| わたしのなまえはやまだまや、うえからよんでもやまだまや、したからよんでもやまだまや…まやは、げんきいっぱい、おしゃべり大すきな女の子。きょうは、なか

よしのゆっこさんといっしょに、にんじゃごっこしながら学校へ。どんなたのしいことがおきるかな？ 元気な元気なやまだまやの、ゆかいなゆかいなお話。

『漢字のかんじ―杉本深由起詩集』 杉本深由起著，太田大八絵 鎌倉 銀の鈴社 2009.12 79p 22cm （ジュニア・ポエム双書 200） 1200円 ①978-4-87786-200-8

『いつだってスタートライン―杉本深由起詩集』 杉本深由起作 理論社 2007.3 132p 21cm （詩の風景） 1400円 ①978-4-652-03859-8 〈絵：小林雅代〉

『トマトのきぶん―杉本深由起詩集』 杉本深由起著，若山憲絵 2版 銀の鈴社 2003.11 87p 22cm （ジュニア・ポエム双書 96） 1200円 ①4-87786-096-7 〈編：銀の鈴社〉

『やまだまやだあっ！』 杉本深由起作，長谷川知子絵 文研出版 2003.11 48p 24×20cm （文研の創作えどうわ） 1200円 ①4-580-81329-4
内容 きょうもおしゃべりしすぎて、先生とママにしかられちゃった。わっ、またおしゃべりが、のどのてっぺんまであふれてきたよ。く、くるしい。が、がまんできない。プハーッ。ねえみんな、きいてきいて！ 小学1年生以上。

『やくそくするね。』 杉本深由起文，永田萠絵 神戸 BL出版 2002.12 1冊 27×22cm 1400円 ①4-89238-538-7
内容 ノリコは小学2年生。5年生のケンイチ兄ちゃんは、学校で「ちくのおうさま」って呼ばれているけど、ノリコにはやさしい兄。「地球上の生き物ぜーんぶの味方になったねん」と自然保護官になるゆめをノリコに教えてくれる。ノリコの家にはお父さんはいない。お母さんが新聞配達をして働いている。お母さんが病気のときは、ケンイチ兄ちゃんが配達する。1月17日も、ケンイチが配っていた…。ケンイチが亡くなったその年のルミナリエで、ノリコはある決意をする。

『トマトのきぶん―杉本深由起詩集』 杉本深由起著，若山憲絵 教育出版センター 1994.3 87p 22cm （ジュニア・ポエム双書 96） 1200円 ①4-7632-4311-X 〈企画・編集：銀の鈴社〉

杉本　りえ
すぎもと・りえ
《1954～》

『明日は海からやってくる』 杉本りえ作，スカイエマ絵 ポプラ社 2014.4 207p 19cm （ノベルズ・エクスプレス 23） 1300円 ①978-4-591-13954-7
内容 離島に生まれ、漁師をめざす竜太。都会から島に転校してきて、竜太とぶつかる中で深く島を愛するようになる灯子。少年と少女の気持ちをみずみずしく描き、自然と向きあって生きる人間の姿、そして命の問題を考える感動作!!

『地球のまん中わたしの島』 杉本りえ作，toi8絵 ポプラ社 2009.6 239p 19cm （ノベルズ・エクスプレス 5） 1200円 ①978-4-591-10986-1
内容 「お父さんの生まれた島に帰って、ペンションをはじめる―」両親のことばは灯子にとって晴天のへきれきだった。コンビニもなければファーストフードの店もない、人口百人ほどの島！ そんなところで暮らすって、本気なの？ 同級生は、たったひとり。漁師をめざしている少年。なにかと灯子につっかかってくるのだが、なぜかまぶしい存在で―少女と少年と「島」の、キラキラした物語。

『無愛想なアイドル』 杉本りえ作 ポプラ社 2007.11 198p 22cm （ポプラの森 19） 1300円 ①978-4-591-09983-4 〈絵：加藤アカツキ〉
内容 あだ名は、超人男姫。世界で一番、近づきたくない女の子の、はずなんだけど…男みたいなかっこうをしていて、スポーツ万能。だれとも友だちになろうとしない。でも、じつは…顔はかわいい。

『明日がはじまる場所―ひみつの夏の日』 杉本りえ作，清田貴代絵 ポプラ社 2005.6 174p 19cm （Dreamスマッシュ！ 4） 840円 ①4-591-08690-9
内容 「陸」とすごした時間は、キラキラかがやく大切なひみつ。あの夏を、わたしはずっと忘れない―。おじさんの突然の死をきっかけに、数年ぶりに父の実家を訪れた祐。そこで出会った陸、そして黒猫のコテツとともに、おじさんの思い出をたどる日々がはじまった。祐と陸の、まぶしくてせつない初恋の物語。

『どこにでもある青い空―彩と航と太一の

杉本りえ

『居場所』 杉本りえ作，清田貴代絵　ポプラ社　2002.10　159p　22cm　(For boys and girls 21)　1000円　④4-591-07357-2
|内容| さみしいからにげだしたいときも、一歩ふみだす勇気が持てないときも、笑顔をわすれてしまいそうなときも、わたしがいる場所は、いつだって青い青い空の下にある―。

『となりあわせの奇跡』 杉本りえ作，三村久美子絵　ポプラ社　1999.10　183p　18cm　(P-club 5-1)　500円　④4-591-06203-1
|内容| 家でも学校でもめんどうなことばっかり！　いっそ、あした地球が滅びてしまえばいいのに…そんなことを思う沙智のまえに、ぷるるんがあらわれた。どんな願いでもかなえてくれる、ふしぎな姿の妖精（？）ぷるるんがくれた、すてきな"奇跡"の物語。

『時をこえた約束』 杉本りえ作，岡本順絵　ポプラ社　1998.11　207p　22cm　(For boys and girls 6)　1000円　④4-591-05836-0
|内容| 12歳の夏。不思議な力に導かれ、晴香は60年もの時をさかのぼった―そこで出会った少女と交わした約束。「お願い、あの人をまもって」「かならず…約束する」ひとつの命へのふたりの思いが、いま、時をこえる。

『魔法使いのいた場所』 杉本りえ作，伊東美貴絵　ポプラ社　1998.5　199p　22cm　(For boys and girls 3)　1000円　④4-591-05582-5
|内容| 学校・家・塾…毎日、おなじことのくりかえし。なんだか、きゅうくつ。そんなとき、魔法使いがあらわれた。町はずれの林に住んでる魔法使い。不思議なそのひとといると、すべてをわすれて自由になれる。とっても元気になれるんだ。

『明日は、なみだ禁止希望発進!!』 杉本りえ作，大留希美江絵　ポプラ社　1996.12　135p　22cm　(童話のすけっちぶっく 17)　927円　④4-591-05236-2
|内容| 「おまえ、また泣いたのか。泣くなっていったろ」クラスの人気者の翔太は、くみ子が泣くたびに、こわい目でにらみます。でも、くみ子はほんとは泣き虫なんかじゃありません。くみ子が、このごろよく泣くのには、ふかいふかいわけがあるのです。そのわけとは…。

『でこぼこトマトの伝言―いじっぱりたちの季節』 杉本りえ作，大留希美江絵　ポプラ社　1995.12　239p　22cm　(ジュニア文学館 20)　980円　④4-591-04924-8

『ほんとにわたしが好きなのは…？』 杉本りえ作，伊藤かこ絵　ポプラ社　1993.2　198p　18cm　(ポプラ社文庫―Tokimeki bunko)　500円　④4-591-03965-X
|内容| わたし、木之本留衣。サッカー大好きの6年生。パパがね、少年サッカーチームの監督なの。とってもハンサムで、カッコよくて自慢のパパなの。チームのエースでおさななじみの拓馬ったら、パパにべ〜ったり。くすん、つまんないの。だから。オマセな夕香ちゃんにひやかされても、「ただのおさななじみよ」って、強調したんだけ・れ・ど。…あれれ！

『魔女と星空サイクリング―魔界から人間界へ』 杉本りえ作，飯塚修子絵　ポプラ社　1993.1　166p　22cm　(ゆめ・冒険ファンタジー 3)　980円　④4-591-04303-7
|内容| リナはめちゃ元気な魔女っ子。こうるさいママ魔女にだされた宿題をなしとげるため、魔界から人間界へやってきたのだけれど…。ねこに変身したまま、もどれなくなっちゃった。魔法が使えなくなったのは、魔界のやきもちパワーのせい？　黒ねこリナの運命はどうなる。

『放課後のなぞの男の子』 杉本りえ作，伊藤かこ絵　ポプラ社　1992.7　206p　18cm　(ポプラ社文庫―Tokimeki bunko 43)　500円　④4-591-03963-3　〈『ぼくが守ってあげるから』の改題〉
|内容| 「アネサンですか。新入りの、ひろゆきってもんです。ヨロシクッ」幼なじみの慎之介をオヤブンとしたう男の子に、言われたわたしはびっくり。慎之介ひきいる自転車暴走族、黒龍組にまじって遊ぶおませなこの子、じつはネ、すごい秘密をもっていたの…。

『超能力少女？　予言者デビュー』 杉本りえ作，伊藤かこ絵　ポプラ社　1991.10　206p　18cm　(ポプラ社文庫―Tokimeki bunko 40)　500円　④4-591-03200-0　〈『超能力少女？　まほうの玉事件』(1988年刊)の改題〉
|内容| 仲よしの綾乃がね、満月の夜ひろった透明の玉をにぎって、うんと集中したら、未来のことが見えてきたって言うの。わたし、信じられなかったんだけど。でもね、クラスの慎之介がケガするって予言が、あたっちゃったのよっ。おまけに、わたしたち、このまほうの玉のせいで、こわい事件にまき

こまれちゃって…。

『アイドルよりもあの子がいいな』 杉本りえ作, 伊藤かこ絵 ポプラ社 1991.5 206p 18cm （ポプラ社文庫—Tokimeki bunko 35） 500円 ①4-591-03195-0

内容 わたし、葉山亜貴。六年生。仲よしのはるかや美里と、人気アイドル和樹サマの大ファンなの。ところが。おなじクラスの麻衣子ったら、ホンモノ見たことあるけど、わたしのケンカ友だち、近岡優也のほうがずっといいだなんて。そりゃあ、優也と話してるとすごくよわいしよ。けど、ショーブになんないよ、って思ってたら。美里が言ったの。和樹を見たって話うそだよって…。

『だから、好きっ！』 杉本りえ作, 伊藤かこ絵 ポプラ社 1990.11 206p 18cm （ポプラ社文庫—Tokimeki bunko 28） 500円 ①4-591-03188-8

『わたし、アイドルに夢中』 杉本りえ作, 伊藤かこ絵 ポプラ社 1990.6 198p 18cm （ポプラ社文庫—Tokimeki bunko 22） 500円 ①4-591-03182-9

内容 わたし、葉山亜貴。6年生。仲よしのはるかや美里と、今、ロックバンドのボーカル、和貴サマに夢中。なのに、出かけたら、他校の男の子にひと目ぼれしちゃって。その子、わたしのとなりの席のにくらしいあいつと友だちみたいだから、名まえとか聞いてみてっていうの。やだってことわったんだけど、わたし、その子のこと知りたくなっちゃって…。

『おさわがせ美少女転校生』 杉本りえ作, 伊藤かこ絵 ポプラ社 1990.1 206p 18cm （ポプラ社文庫—Tokimeki bunko 17） 500円 ①4-591-03177-2

内容 涼子と岡慎之介は、幼稚園から6年生まで8年間のクラスメイト。けんかばかりして、相性は、サ・イ・ア・ク…。なはずなのに、美少女転校生、綾乃に、「わたし、岡くん、好きなの」って言われて、涼子、ボーゼン。涼子、慎之介、綾乃の、気になる初恋トライアングルの行くえは？

『ぼくが守ってあげるから』 杉本りえ作, 久保恵子絵 ポプラ社 1989.8 174p 22cm （Tokimekiシリーズ 8） 910円 ①4-591-02990-5

内容 クラスメイトの慎之介をオヤブンと呼んでなつくドラガキ・ひろゆきくんに、「アネサンですか？ いつもオヤブンには、せわになってます。よろしく」と言われて、涼子はなんだかくすぐったい気分。ひょんなことからドラガキんちへ行った涼子は、かれの意外なヒミツを見つけちゃいます。夜ふけて家に帰った涼子は、慎之介が涼子のこと心配して探してくれてる、って聞いて気が気じゃなく、こっそり家をぬけだしました…。

『超能力少女？ まほうの玉事件』 杉本りえ作, 久保恵子絵 ポプラ社 1988.12 174p 22cm （Tokimekiシリーズ） 880円 ①4-591-02888-7

内容 涼子の仲よし、綾乃がある朝、今日の音楽の授業はなくなるわって予言したら、ほんとにそのとおりになったの。涼子だけは、教えてもらったんだけど、おととい拾った透明な玉をにぎって、うんと集中したら、未来のことが見えてきたんだって。ところが、このふしぎな玉（？）のせいで、涼子と綾乃はちょっぴりこわい事件にまきこまれて…。

『気になる♡わるボーイ』 杉本りえ作, 久保恵子絵 ポプラ社 1988.5 174p 22cm （Tokimekiシリーズ） 880円 ①4-591-02819-4

内容 涼子と慎之介は、幼稚園から6年生まで、8年間のクラスメイト。けんかばかりして、相性は、サ・イ・ア・ク…なのに、いつの間にか、目が、慎之介を追いかけてる。オリコー少女涼子と、クラスのヒーロー慎之介、そして転校生の美少女綾乃の、気になる初恋トライアングル。

杉山　亮
すぎやま・あきら
《1954〜》

『3びきのお医者さん』 杉山亮作, 大矢正和絵 佼成出版社 2014.8 96p 22cm （こころのつばさシリーズ） 1300円 ①978-4-333-02668-5

内容 ぼくら三びきは、お医者さん。森の動物を診察します。ついでに人間もみたりなんかしちゃいます。ある日、マリさんという人間がやってきて、森に大事件が—。よーし、ぼくらにまかせて！　小学3年生から。

『とっておきの名探偵』 杉山亮作, 中川大輔絵 偕成社 2014.6 146p 22cm 1000円 ①978-4-03-345400-9

内容 オレの名まえは、ミルキー杉山。探偵だ。これまで、かずかずの難事件を解決してきた。今回は「チロのビーナス」事件。ぐうぜんのったバスの中で事件にまきこまれる!! もう一本は「ムッシュの休日」。この事件はややこしい。おさわがせシスターズの依頼とムッシュの出現が同時におこった。ボウズやツルまつのにも、おうえんしても

『しあわせなら名探偵』 杉山亮作, 中川大輔絵　偕成社　2013.6　149p　22cm　1000円　①978-4-03-345380-4

[内容] オレの名まえはミルキー杉山。探偵だ。これまで、かずかずの難事件を解決してきた。今回は、消えたロックシンガーさがし、墓場までのっては消える、タクシーのお客のなぞ、だれもその正体をしらない、スリの名手を追跡、そして、あのつぼマニアのどろぼう、ミス・ラビットとの対決！　4事件、大いに推理してくれたまえ！　犯人をさがすのは、きみだ！　小学校中学年から。

『てんやわんや名探偵』 杉山亮作, 中川大輔絵　偕成社　2012.9　141p　22cm　（〔ミルキー杉山のあなたも名探偵〕〔14〕）　1000円　①978-4-03-345370-5

[内容] オレの名まえはミルキー杉山。探偵だ。これまで、かずかずの難事件を解決してきた。今回は、密室強盗じけんのトリックとフランスの大どろぼうアルセーヌ・ルパンもおどろく怪盗ムッシュによる大胆不敵なトリックにたちむかうぜ。大いに推理してくれたまえ。小学校中学年から。

『トレジャーハンター山串団五郎　どんぐりやまねこのなぞの巻』　杉山亮作, 中川大輔絵　偕成社　2011.11　147p　22cm　1000円　①978-4-03-345360-6

[内容] ぼくの名まえは小星ひかる。となりのおじさんはトレジャーハンターの山串団五郎さん。トレジャーハンターって、たからさがしをする人のこと。でも、たからの山はそんなにないから、たのまれればゆくえ不明の名画さがしや冬の山にいるまぼろしのやまねこもさがす。山串さんは穴をほるのは天才的だけれどなぞをとくのはにがてで、ぼくはこわがりだけどなぞをとくはとくい。ふたりいっしょなら最強コンビだ。小学生から。

『事件だよ！　全員集合—ミルキー杉山のあなたも名探偵』　杉山亮作, 中川大輔絵　偕成社　2011.5　135p　22cm　1000円　①978-4-03-345350-7

[内容] オレの名まえはミルキー杉山。探偵だ。これまで、かずかずの難事件を解決してきた。今回は、未発表の事件簿25件を大公開することにした。かんたんなものもむずかしいものもある。なぞときもあればクイズや迷路もある。大いに推理してくれたまえ。

『走れ、カネイノチ！—杉山亮のびっくりものがたり』　杉山亮作, おかべりか絵　講談社　2010.4　95p　21cm　（わくわくライブラリー）　1100円　①978-4-06-195719-0

[内容] 八ヶ岳のふもと、小淵沢は自然が豊かなところ。動物たちや人間と、たのしく暮らしていた杉山さんですが、「奇跡のぶどうパン」を作るために、「霧の洞穴」にある霧をとってくることになりました。馬に乗ってでかけよう！　そう考えた杉山さんは、金田牧場に向かったのですが…。小学中級から。

『せかいいちの名探偵』 杉山亮作, 中川大輔絵　偕成社　2010.2　151p　22cm　1000円　①978-4-03-345330-9

[内容] オレの名まえはミルキー杉山。探偵だ。これまで、かずかずの難事件を解決してきた。今回は密室で消えた真珠や宝石やつぼをぬすんだ真犯人をみつける。どんなふうに犯人をさがしあてるのかって？　ひとつ、ひとつの証拠をあつめて、人の話をよくきく。そして、じっくり、かんがえるのさ…小学3・4年生から。

『トレジャーハンター山串団五郎　キャプテンXのたからの巻』　杉山亮作, 中川大輔絵　偕成社　2009.12　136p　22cm　①978-4-03-345310-1

[内容] ぼくの名まえは小星ひかる。横に立っているおじさんはトレジャーハンターの山串団五郎さん。トレジャーハンターってたからさがしをする人のこと。いつも、どこかにねむっているたからの山をさがしているんだ。山串さんは穴をほるのは天才的だけれど暗号やなぞをとくのはにがてで、ぼくはこわがりだけどなぞをとくはとくい。ふたりいっしょなら最強コンビだ!! 今回のたからさがしはキャプテンXがのこしたたからばことふてふ谷にひそむ巨大ちょうちょ！　小学生から。

『バナ天パーティー—杉山亮のとっておきものがたり』　杉山亮作, おかべりか絵　講談社　2009.7　95p　21cm　（わくわくライブラリー）　1100円　①978-4-06-195717-6

[内容] 八ヶ岳のふもと、小淵沢は自然が豊かなところ。そこで暮らす杉山さんの家に、ある夜、女の人が訪ねてきました。「今夜一晩、こちらのお宅に泊めていただけないでしょうか？」親切に泊めてあげた杉山さんに、女の人は、あるプレゼントをくれるのですが…。ヒツジはウメェーとチョコを食べ、キツネの親子はバナ天でパーティー！　小淵沢の動物たちがくりひろげる、フシギでおかしなものがたり！　小学中級から。

『空を飛んだポチ—杉山亮のものがたりライブ』　杉山亮作, おかべりか絵　講談社　2008.10　92p　21cm　（わくわくライブラリー）　1100円　①978-4-06-

195712-1

内容 八ヶ岳のふもと、小淵沢は自然が豊かなところ。そのせいか、ここでは、動物たちが話をしたり、木々の笑い声が聞こえたり…。そんなところだから、たのしい出来事がたくさんおこります。そのいくつかを、みなさんに、お話しします。

『ひるもよるも名探偵』 杉山亮作，中川大輔絵 偕成社 2008.4 149p 22cm 1000円 ①978-4-03-345300-2

内容 オレの名まえはミルキー杉山。探偵だ。はまべのあしあとからどろぼうをみつけたり、暗号をとくのが仕事だ。どんなふうに犯人をさがしあてるのかって？ ひとつ、ひとつ証拠の品をあつめて、人の話をよくきく。そして、じっくりかんがえるのさ…。小学生から。

『よーいどんで名探偵』 杉山亮作，中川大輔絵 偕成社 2007.9 120p 22cm 1000円 ①978-4-03-345280-7

内容 オレの名まえはミルキー杉山。探偵だ。プロレスの会場にあらわれるスリや、たからのつぼ泥棒をみつけるのが仕事だ。どんなふうに犯人をさがしあてるのかって？ ひとつ、ひとつ証拠の品をあつめて、人の話をよくきく。そして、じっくりかんがえるのさ…。小学生から。

『秘密図書委員（ブックスパイ）・ヨム！こぶたのシチューの巻』 杉山亮作，カサハラテツロー絵 学習研究社 2007.7 127p 22cm 1000円 ①978-4-05-202761-1

内容 ぼくの名前は、「読（ヨム）」。かわった名前でしょ。本を読まないぼくが、図書委員になってしまい、なぜか、もっとすごいことになってしまった。「秘密図書委員（ブックスパイ）」にスカウトされたんだー。

『にゃんにゃん探偵団おひるね－赤いとびらの家事件の巻』 杉山亮作，小松良佳絵 偕成社 2006.4 144p 22cm 1000円 ①4-03-530550-2

内容 わたしの名前は、はなえ。子どもの本のお店「トムソーヤー」の女主人です。黒星警部にたのまれていつのまにやら探偵のまねごとをすることになってしまいました。小学3・4年生から。

『にゃんにゃん探偵団』 杉山亮作 偕成社 2006.3 128p 22cm 1000円 ①4-03-530540-5 〈絵：小松良佳〉

内容 わたしの名前は、はなえ。子どもの本のお店「トム・ソーヤー」の女主人です。黒星警部にたのまれていつのまにやら探偵のまねごとをすることになってしまいました。小学校3・4年生から。

『あめあがりの名探偵』 杉山亮作，中川大輔絵 偕成社 2005.12 142p 21cm 1000円 ①4-03-345260-5

内容 オレの名まえはミルキー杉山。探偵だ。といっても、いまは、わけあって保育園ではたらいているので、探偵はアルバイトだけど…犯人のわかったときはぞくぞくする。どんなふうに犯人をさがしあてるのかって？ ひとつ、ひとつの証拠の品をあつめて、人の話をよくきく。そして、じっくりかんがえるのさ…。対象…小学生。

須藤　靖貴
すどう・やすたか
《1964～》

『セキタン！－ぶちかましてオンリー・ユー』 須藤靖貴著 講談社 2011.9 252p 20cm 1400円 ①978-4-06-217223-3

内容 中3の夏、おれの目の前に現れた男はいきなり、「力士になったらどうかな」と言いやがった。相撲なんで1ミリも興味がないのに…。シコふんでチャンコ食べて、からだごとぶつかる青春記。

『どまんなか　3』 須藤靖貴著 講談社 2010.7 205p 19cm （YA！ENTERTAINMENT） 950円 ①978-4-06-269434-6

内容 大代台高は県大会を順調に勝ち上がる。しかし、ゴキゲンが監督を辞め、チーム一の理論派・ハカセがベンチ入りメンバーからもれた。レブン、ミスター、さあ、どうする！ 大代台高野球部とは？ 去年までは県大会1回戦敗退チームだった。ゴキゲン監督のユニークな指導があって、今年は甲子園初出場の期待が。指先と肘に爆弾を抱えたエースは、1試合80球しか投げられない。そしてすてきな、4番とエースの憧れ・由樹ちゃんには恋人がいた。

『どまんなか　2』 須藤靖貴著 講談社 2010.6 220p 19cm （YA！ENTERTAINMENT） 950円 ①978-4-06-269433-9

内容 レブンもミスターも、3年になった。アーリーワークとゴキゲン定食に、岩殿観音石段往復が加わって、力がグンとついてきた。目標はただひとつ、甲子園初出場だ。直球勝負の高校野球ストーリー。

『どまんなか　1』 須藤靖貴著 講談社

2010.5　220p　19cm　（YA！ENTERTAINMENT）　950円　①978-4-06-269432-2
内容　大代台高野球部に快速球の新人ピッチャー、レブンこと青居礼文が入ってきた。甲子園に行けるかも！　レブン2年の夏、力をつけて臨んだ県大会だったが。セオリー無用の高校野球ストーリー。

『おれたちのD&S』　須藤靖貴著　講談社　2008.6　327p　20cm　1400円　①978-4-06-214734-7
内容　ビートルズの完コピバンドに誘われたおれ。学校でも家でも今まで主役になることなんてなかったおれの脇役人生が、ヤツらとの出会いで突然に変わった―バスドラのビートがビシビシ腹に響く熱血青春音楽小説。

巣山　ひろみ
すやま・ひろみ

『はじめてのともだち』　巣山ひろみ作, 石川えりこ絵　国土社　2014.2　62p　22cm　（おばけのナンダッケ）　1200円　①978-4-337-10703-8
内容　くいしんぼうのおばけナンダッケはあるとき、「いっしょだとおいしいね」といっておいしそうにおやつをたべている男の子たちをみかけた。へえ、「いっしょ」だと、あじがかわるのか？　ナンダッケにはわからない。だって、ナンダッケはいつだってひとりだったからね。そんなとき、いきなり声をかけられたんだ「きみはだれ？　ねえ、いっしょにあそぼうよ」。

『わすれもののおつかい』　巣山ひろみ作, 石川えりこ絵　国土社　2013.10　63p　22cm　（おばけのナンダッケ）　1200円　①978-4-337-10702-1
内容　かんがえごとをたべてまわる、くいしんぼうのおばけナンダッケは、ある冬の日、「わくわくするかんがえごと」をたくさんしている女の子をみつけた。「わくわくするかんがえごと」は、いちばんおいしいたべものだ。さっそく、その子にとりついたナンダッケ。でも、その子がおつかいにいかなきゃいけなくなって、なんと、ナンダッケもおともすることになったんだ。

『おばけのナンダッケ』　巣山ひろみ作, 石川えりこ絵　国土社　2013.7　61p　22cm　（おばけのナンダッケ）　1200円　①978-4-337-10701-4

内容　ナンダッケはてのひらにのるほどちいさなおばけ。でも、とってもくいしんぼう。風にのってたべものをさがしまわっては、ぱっくんぱっくん、かたっぱしからたべていく。おばけはなにをたべるのかって？　それはね…

『逢魔が時のものがたり』　巣山ひろみ作, 町田尚子絵　学研教育出版　2012.7　159p　20cm　（ティーンズ文学館）　1200円　①978-4-05-203589-0　〈発売：学研マーケティング〉
内容　夏休み、麻子は祖母の家のうらの森に足を踏みいれた。行っちゃいけないといわれていた森だった。太陽はしずんだけれど、まだ明るい。ハスにおおわれた池で花をつもうとした麻子の前に、とつぜん少女があらわれる。少女との出会いによって、麻子がそれまで知らなかったことがつぎつぎと明らかになって…（第二話・白い月）。逢魔が時に起こる五つの不思議なものがたり。

『雪ぼんぼりのかくれ道』　巣山ひろみ作, 狩野富貴子絵　国土社　2012.1　123p　22cm　1300円　①978-4-337-33613-1
内容　「からまつ屋」でくらすおばあちゃんに会いたくて、奥野郷にひとりでやってきた果奈。今は絶えてしまった雪祭りのことを知り、ある大切なねがいをこめて、雪ぼんぼりを作りはじめます。ふしぎなうさぎを追って迷いこんだのは、神さまの通る「かくれ道」でした。

清家　未森
せいけ・みもり

『身代わり伯爵の冒険　3　美形怪盗に挑戦!?』　清家未森作, ねぎしきょうこ絵　角川書店　2012.9　274p　18cm　（角川つばさ文庫　Bせ1-3）　680円　①978-4-04-631263-1　〈「身代わり伯爵の挑戦」（角川ビーンズ文庫　2007年刊）の改題・加筆・修正　発売：角川グループパブリッシング〉
内容　あたし、ミレーユ。パン屋の後継ぎ争いに負けて、大ショック！　っていうか、あたしのパンがそんなに不味かっただなんて…心折れまくって、しばらく王宮で過ごすことにしたの。なりゆきでリヒャルトへ恋のショールを編むことになったんだけど、なんと美形の怪盗に盗まれてしまい…お、おのれ怪盗、傷ついた乙女を怒らせたらどんなに恐ろしいか、思い知らせてやるんだから！　波瀾万丈の王宮冒険物語、第3弾。

『**身代わり伯爵の冒険 2 いばら姫と結婚します!?**』 清家未森作，ねぎしきょうこ絵　角川書店　2012.5　270p　18cm　（角川つばさ文庫 Bせ1-2）　640円　①978-4-04-631240-2〈「身代わり伯爵の結婚」(角川ビーンズ文庫 2007年刊)の再刊　発売：角川グループパブリッシング〉

内容　あたし、ミレーユ。双子の兄・フレッドのせいでまたしても男装として王宮生活を送ることになっちゃった。そこに結婚話が舞いこんできた!?　って、あたし女の子なんですけど!?　しかもその花嫁は特技が占いと呪詛返し(!?)と超キケン人物。幽霊話の好きなお姫様のために、王宮できもだめし大会をすることになったけれど、無事に終わるわけがない!　身代わり伯爵の波乱いっぱいの王宮冒険物語、第2弾が登場!　小学上級から。

『**身代わり伯爵の冒険**』 清家未森作，ねぎしきょうこ絵　角川書店　2012.2　266p　18cm　（角川つばさ文庫 Bせ1-1）　640円　①978-4-04-631216-7〈平成19年刊の加筆　発売：角川グループパブリッシング〉

内容　あたし、ミレーユ。うちのパン屋を国一番の有名店にするのが目標。その日も作戦を考えていたら、かっこいい男の人が訪ねてきて、とんでもないことを言い出したの。あたしに、突然いなくなった双子の兄・伯爵フレデリックの身代わりになれって。そのうえ、男の子に変装して、王宮で貴族としてふるまうように…って冗談でしょう!?　あたしの運命どうなっちゃうの!?　ドキドキの王宮冒険物語、スタート。小学上級から。

関田　涙
せきた・なみだ
《1967～》

『**開店（オープン）! メタモル書店 2 超デキるライバル登場!?**』 関田涙作，浜元隆輔絵　ポプラ社　2012.12　223p　18cm　（ポプラポケット文庫 081-2）　650円　①978-4-591-13174-9

内容　本にならなかった物語を、本にして売る、ふしぎな本屋さん「メタモル書店」。莉央は、物語をつくる力をみこまれて、書店主の兄弟のお手伝いをすることに。人一倍こわがりなのに、怪物や妖怪と戦わなくちゃいけないの。しかも強力なライバルがあらわれて…。小学校上級～。

『**開店（オープン）! メタモル書店 1 わたしの話が本になる!?**』 関田涙作，浜元隆輔絵　ポプラ社　2012.8　222p　18cm　（ポプラポケット文庫 081-1）　650円　①978-4-591-13034-6

内容　ガード下の商店街に、ある日突然あらわれたふしぎな本屋さん。金色の看板がかかったとびらをあけると、子どもの兄弟が店番をしていて…。わたし、そこでひらがないし読めない本をもらったんだけど、これがすごい本だったの!　ちょっぴり怖くてふしぎな新シリーズ!　小学校上級～。

『**怪盗パピヨン steal 3 永久雲上住宅と3つの宝箱**』 関田涙作，雨絵　講談社　2011.7　217p　18cm　（講談社青い鳥文庫 261-13）　600円　①978-4-06-285229-6

内容　泣き虫の奈那は、雨弓小ミステリークラブの部長。「虫の図」をねらっている怪盗パピヨンを追ううちに、ふしぎな家の地下室に落ちてしまった。しかも、マスクをかぶった、へんな探偵ドラゴンといっしょに!　出口はどこ?　ミスクラのみんなは?　探さなくてはならない3つの宝箱、木片パズル、覆面算…。あなたには、このなぞが解ける?　小学中級から。

『**怪盗パピヨン steal 2 黒鉛の塔の秘密**』 関田涙作，雨絵　講談社　2011.4　215p　18cm　（講談社青い鳥文庫 261-12）　600円　①978-4-06-285206-7

内容　"パピヨンも、パピヨンをつかまえたい探偵も、暗号をといて、「黒鉛の塔」へ集まれ。"パピヨンが集めている虫の図を持つ収集家から、一風変わった挑戦状が公開された。暗号解読に頭を悩ます奈那と巧太。でも、2人ではじめた雨弓小学校ミステリークラブに、たよれる会員が増えて―。さあ、今度こそ、怪盗パピヨンをつかまえられる!?　小学中級から。

『**怪盗パピヨン steal 1 雨小ミステリークラブ、誕生!**』 関田涙作，雨絵　講談社　2011.1　213p　18cm　（講談社青い鳥文庫 261-11）　600円　①978-4-06-285192-3

内容　推理小説好きの奈那は、転校生の巧太と、ミステリークラブをつくることに。巧太は、話題の女怪盗パピヨンをつかまえよう、と提案する。はたして、パピヨンは、ある高価な浮世絵をもつ天堂邸に、侵入するという犯罪予告状を出してくる。いつもは盗もうとしないパピヨンが、なぜ浮世絵を?　あなたもミスクラのメンバーになって、パピヨンと勝負してみない?　小学中級から。

『**名探偵宵宮月乃トモダチゲーム**』 関田

涙作，間宮彩智絵　講談社　2010.10　217p　18cm　（講談社青い鳥文庫　261-10）　600円　①978-4-06-285173-2

内容　名探偵だけで勝負することはゆるさない―。サーカスの舞台上で、少年が消えてしまった！　少年を助けようと、犯人のしくんだゲームに挑戦する月乃。でも、今度の相手は、月乃だけが勝負することをゆるしてくれない。推理に関してはたよりにならない友だちといっしょに、ゲームに勝ちぬかないと、少年があぶない？　犯人のねらいはいったいなに？　小学中級から。

『幻霧城への道―マジカルストーンを探せ！　part 7』　関田涙作，間宮彩智絵　講談社　2010.5　219p　18cm　（講談社青い鳥文庫　261-9）　580円　①978-4-06-285145-9

内容　「このままじゃ夢の世界がこわれちゃうよー！」謎の古文書の予言にあった巨大怪物がついにあばれ出してしまった。密室、古地図、パズル、クイズ…さまざまな難問奇問をのりこえ、夢を作る石を探してきた日向と月乃。ここまできたのに、7つのマジカルストーンをそろえることができないなんて―。最後の最後まであきらめない日向と月乃の謎解きと冒険、感動の完結。小学中級から。

『炎の竜と最後の秘密―マジカルストーンを探せ！　part 6』　関田涙作，間宮彩智絵　講談社　2010.2　219p　18cm　（講談社青い鳥文庫　261-8）　580円　①978-4-06-285136-7

内容　「月乃ちゃん、引っ越しちゃうの？」親友との突然の別れにショックを受ける日向。でも、悲しんでいる時間なんてない。人間の夢を作るマジカルストーンを今すぐ探しださなくては、夢の世界がなくなってしまう―。雪深い長野の日隠村で、日向の空手が炸裂し、月乃の推理がさえわたる！　はたして、二人は最後のマジカルストーン、「血の泡」を手に入れることができるの？　小学中級から。

『名探偵宵宮月乃5つの謎』　関田涙作，間宮彩智絵　講談社　2009.8　221p　18cm　（講談社青い鳥文庫　261-7）　580円　①978-4-06-285111-4

内容　どんな謎もあっというまに解決しちゃう、スーパー小学生、宵宮月乃。いつもはおっとりやさしいのに、名探偵モードになると、おとなだって太刀打ちできない！　密室、謎のメール、コンゲーム、あなたも月乃ちゃんと5つのミステリーに挑戦してみて。「マジカルストーン」シリーズの日向はもちろん、あの人やこの人も登場、大活躍するよ！

『ジャングルドームを脱出せよ！―マジカルストーンを探せ！　part 5』　関田涙作，間宮彩智絵　講談社　2009.4　219p　18cm　（講談社青い鳥文庫　261-6）　580円　①978-4-06-285087-2

内容　銃をもった誘拐犯に塾が乗っとられ、人質になってしまった日向と月乃。さらに、アコナイトがあらわれ、たった20分で、6つめのマジカルストーン、木の石をみつけなくてはならないことに！　危険な誘拐犯の目をかいくぐりながら、木の石をみつけ、それをアコナイトに渡さないですむ方法とは？　日向、月乃、絶対絶命のピンチ！　小学中級から。

『名探偵宵宮月乃5つの事件』　関田涙作，間宮彩智絵　講談社　2008.12　219p　18cm　（講談社青い鳥文庫　261-5）　580円　①978-4-06-285054-4

内容　「私、宵宮月乃。ミステリー作家になるのが夢なの。体は弱いけど、推理ならだれにも負けないわ。5つの不思議な事件。どちらが先に謎が解けるか、あなたと勝負よ」　いつもは、おっとりやさしい月乃ちゃん。でも、謎を目の前にすると、名探偵モードになって…。暗号、密室、アリバイくずし。どんな謎もあざやかに解決する、史上最強の美少女名探偵、登場！　小学中級から。

『亡霊島の地下迷宮』　関田涙作，間宮彩智絵　講談社　2008.8　221p　18cm　（講談社青い鳥文庫　261-4―マジカルストーンを探せ！　pt.4）　580円　①978-4-06-285041-4

内容　海辺で「助けて。」という謎の手紙が入ったメッセージボトルをひろった日向。その手紙にある「アーモンド型の宝石」とは、第5のマジカルストーン、土の石!?　親友の名探偵・月乃の手紙の主をさがすうち、伝説の殺人鬼がいるという、亡霊島にたどりつく二人。変貌自在の怪盗ヴォックスの手から、人間の夢をつくる大切な石、マジカルストーンを守って！　小学中級から。

『夢泥棒と黄金伝説』　関田涙作，間宮彩智絵　講談社　2008.3　221p　18cm　（講談社青い鳥文庫　261-3―マジカルストーンを探せ！　pt.3）　580円　①978-4-06-285010-0

内容　人間の夢を作る、7つのマジカルストーン。その3つめまでを手に入れた日向と月乃は、伝説の宝物、黄金のタヌキ像のありかをしめす古地図の一部を手に入れる。そのタヌキのおへそには、金色にかがやく宝石がついている!?　それが4つめのマジカルストーン、金の石なの？　残りの古地図はどこ？　そして、マジカルストーンをねらう怪

『怪盗ヴォックスの挑戦状』 関田涙作 講談社 2007.4 221p 18cm （講談社青い鳥文庫 261-2―マジカルストーンを探せ！ pt.2） 580円 ①978-4-06-148762-8〈絵：間宮彩智〉
内容 人間の夢を作っている7つのマジカルストーン。そのうちのひとつ、"月の石"を怪盗ヴォックスの手から取りもどした日向と月乃。大親友のふたりのもとへ、今度は怪盗ヴォックスから挑戦状が！ 夢の世界の住人、ピエールさんや、小憎らしいバクのハツと協力し、3つ目のマジカルストーン〈水の石〉を探すふたり。小学生の名コンビが大活躍！ 日向の空手が炸裂し、月乃の推理がさえわたる！ 小学中級から。

『マジカルストーンを探せ！―月の降る島』 関田涙作 講談社 2006.10 221p 18cm （講談社青い鳥文庫 261-1） 580円 ①4-06-148743-4〈絵：間宮彩智〉
内容 日向は、空手が得意な小学5年生。ひょんなことから、人間の夢を作っているというマジカルストーン"月の石"を探すはめになる。やはり"月の石"を探す美少女の転校生月乃ちゃんとともに、日向は"月の石"争奪戦ゲームに参加することに。次々出される難問、奇問。たくさんの大人たちに交じって、日向たちは"夢を作る石"を取り戻せるの？ 小学中級から。

相馬　公平
そうま・こうへい
《1945～》

『のっぺらぼうのおじさん』 そうまこうへい作, タムラフキコ絵 講談社 2014.5 77p 22cm （どうわがいっぱい 99） 1100円 ①978-4-06-198199-7
内容 よるのこうえんであった、にがおえかきののっぺらぼうのおじさん。ぼくは、さいしょにげようとしたけど、ゆうきをだして、えふでをにぎり、おじさんのかおをかきはじめた…。小学1年生から。

『ふたつのゆびきりげんまん』 そうまこうへい作, マスリラ絵 小峰書店 2013.9 62p 22cm （おはなしだいすき） 1100円 ①978-4-338-19227-9
内容 ―ひろとはショックでなみだが止まりませんでした。とおるくんとぼくはなんでもはなす大のしんゆうだ。なのにぼくは、うそをついちゃった。

『お父さんのVサイン』 そうまこうへい作, 福田岩緒絵 小峰書店 2012.6 62p 22cm （おはなしだいすき） 1100円 ①978-4-338-19223-1
内容 たいじゅう九十六キロ、かけっこは大のにがてのお父さんが、うんどう会のリレーにでることになったから、さあたいへん。うんどう会まであと二しゅうかん。あいとお父さんの"とっくん"のはじまりです。

『はじめてのゆうき』 そうまこうへい作, タムラフキコ絵 小峰書店 2010.9 63p 22cm （おはなしだいすき） 1100円 ①978-4-338-19222-4
内容 としおはお父さんがだいすきだ。お父さんにはなんでもはなす。だいすきなゲームのことやテレビのことやなんかぜんぶ。でも…。このあいだからとしおにはお父さんにかくしていることがある。それは…。

『なきむしなっちゃん』 そうまこうへい作, かとうあやこ絵 講談社 2010.4 77p 22cm （どうわがいっぱい 77） 1100円 ①978-4-06-198177-5
内容 一年生のあやちゃんには、なっちゃんという、五さいのいもうとがいます。なっちゃんは、あまえんぼうで、とってもなきむしです。「なきむしなっちゃんなんだから。」というと、「なきむしじゃないもん。」といって、もっとなきます。そんななっちゃんが、ある日のこと…。小学校一年生から読める！ 小さな姉妹の心あたたまるお話。

高科　正信
たかしな・まさのぶ
《1953～》

『さよなら宇宙人』 高科正信作, 荒井良二絵 フレーベル館 2014.6 101p 21cm （ものがたりの庭 1） 1200円 ①978-4-577-04249-6
内容 ある日陽子と万寿のクラスにちょっとかわった男の子が転校してくる。「ぼくは宇宙人なんだ」と言う男の子に、みんなはあきれてかまわなくなるが、おせっかいな陽子は、なぜか彼のことがほうっておけず…。

『ぼっちたちの夏』 高科正信作, 渡辺洋二絵 佼成出版社 2011.9 96p 22cm （どうわのとびらシリーズ） 1300円

①978-4-333-02503-9
『さよなら地底人』 高科正信作　フレーベル館　2005.9　97p　21cm　1200円　①4-577-03144-2 〈絵：荒井良二〉
[内容] ともだちの陽子ちゃんは、ようせいを見たんだって！　わたしのおにいちゃんは、地底人を知ってるって！　ほんとかなあ？　わたしはまだ、ようせいにも、地底人にも会ったことがない！　万寿は地底人に会えるでしょうか。

高楼　方子
たかどの・ほうこ
《1955～》

『トランプおじさんと家出してきたコブタ』　たかどのほうこ作, にしむらあつこ絵　偕成社　2013.4　199p　21cm　1200円　①978-4-03-528430-7
[内容] トランプさんは、しょうしょう変わり者と評判のおじさんです。でも、動物たちにはとても人気があります。なぜって、おじさんは、動物の言葉がわかるからなのです。そんなおじさんをたよって、ある日、きみょうなお客がとびこんできました。小学校高学年から。

『いたずら人形チョロップと名犬シロ』　たかどのほうこ作・絵　ポプラ社　2012.11　148p　21cm　（ポプラ物語館 45）1000円　①978-4-591-13128-2
[内容] 人形のチョロップのいたずらのおかげで、気むずかしいキムヅカ家の人たちは、だんだん明るい一家になってきました。ほら、きょうも、チョロップと犬のシロが、大かつやくしていますよ。

『いたずら人形チョロップ』　たかどのほうこ作絵　ポプラ社　2012.10　149p　18cm　（ポプラポケット文庫 040-1）620円　①978-4-591-13106-0
[内容] いたずらが大すきな人形、チョロップが、一家そろって気むずかしいキムヅカさんの家にもらわれていきました。チョロップが犬のシロと組んで、毎日、いたずらをするうちに、キムヅカ家の人たちは…!?　小学校中級から。

『ドレミファ荘のジジルさん―ピピンとトムトム物語』　たかどのほうこ作, さとうあや絵　理論社　2011.10　175p　21cm　1400円　①978-4-652-01326-7
[内容] ドレミファ荘の四階に住むジジルさんのなぞを追いながら、新しいともだち、マドちゃんを守るため、ピピンとトムトムが大活躍。小学校中・高学年から。

『へんてこもりのまるぼつぼ』　たかどのほうこ作・絵　偕成社　2011.9　79p　21cm　（へんてこもりのはなし 5）900円　①978-4-03-460330-7
[内容] ヘンテ・コスタさんがつくったへんてこもりでやっぱりまるぼにであったなかよし四人グロ。まんげつが三日つづいたから（？）きょうは「ことばぐさ」をつむひなんだって！　ところがなんと、にせもののまるぼがあらわれた。5歳から。

『十一月の扉』　高楼方子作　講談社　2011.6　412p　18cm　（講談社青い鳥文庫 Y3-1）900円　①978-4-06-285216-6 〈絵：千葉史子　新潮社2006年刊の改稿〉
[内容] 二か月だけ「十一月荘」で下宿生活をすることになった中学二年生の爽子は、個性的な大人たちや妹のようなるみちゃんとの日々、そして、「十一月荘」で出会った耿介への淡い恋心を物語にかえて、お気に入りのノートに書きはじめる。「迷うことがあっても、十一月なら前に進むの。」閑さんの言葉に勇気づけられ、爽子は少しずつ、考えるのをさけていた転校後の生活にも、もっと先の未来にも、希望を感じられるようになってゆく。中学生向け。

『すてきなルーちゃん』　たかどのほうこ作・絵　偕成社　2009.10　109p　19cm　1200円　①978-4-03-528390-4
[内容] ルーちゃんはママの妹、絵かきさんです。ルーちゃんがうちにくると、わたしはぞくぞくって、うれしくなるの。だって、ふだんとはちがう何日かがはじまるんだな、って思うから。あのね、ルーちゃんがしてくれるお話って、ちょっとふうがわりなんだよ。目に見えることがすべてじゃない。ママの妹、絵かきのルーちゃんがしてくれたお話6つ。小学校中学年から。

『ピピンとトムトム―怪盗ダンダンの秘密』　たかどのほうこ作, さとうあや絵　理論社　2009.4　163p　21cm　（おはなしルネッサンス）1400円　①978-4-652-01314-4
[内容] 「地球にいるほうがずっといいもの」コマドリの鳴く、うららかな街で、九歳のピピンとトムトムは思いました。夢は宇宙飛行士より、だんぜん…。

『トランプおじさんとベロンジのなぞ』　たかどのほうこ作, にしむらあつこ絵　偕成社　2008.12　178p　21cm　1200

円　①978-4-03-528360-7
内容 トランプさんは、しょうしょう変わり者と評判のおじさんです。村はずれのガタピシした家にひとりで犬とくらいているからでもあり、皮肉やでがんこだから、でもあります。けれど、トランプさんが、ほかの人とちがっているいちばんのことといったら…、じつは、このトランプさん、動物のことばがわかるおじさんだったのです。小学校高学年から。

『お皿のボタン』　たかどのほうこ作・絵　偕成社　2007.11　101p　19cm　1200円　①978-4-03-528350-8
内容 とれたボタンを入れておく一まいのお皿。高橋家のかざりだなの上で、ボタンたちは、にぎやかにくらしています。(ボタンでないものも、ときどき入っていましたけどね！) ホワイト夫人、タビちゃん、豆姉妹、うぐいすばあさん、スミレ嬢、なぞの黒岩ジョー…そんなボタンたちの、なぞとロマンと冒険うずまくお話をきいてください。小学校中学年から。

『緑の模様画』　高楼方子著　福音館書店　2007.7　378p　21cm　1600円　①978-4-8340-2289-6
内容 三つ葉のクローバーのように心を結び合う。まゆみ・アミ・テト。三人の前に繰り返し現れる茶色い瞳の青年はだれ？　白髪の老人がじっとそそいでくるまなざしの意味は？　かつて若者が身を投げた塔の窓に映る謎の影、寮母が語る遠い日の心ときめく思い出。女の子たちが出会ういくつもの物語の網目には、ちいさな危機もひそんでいた…。小学校上級以上。

『わたしたちの帽子』　高楼方子作　フレーベル館　2005.10　208p　21cm　1300円　①4-577-03125-6　〈絵：出久根育〉
内容 5年生進級を前にした春休みのあいだだけ、古いビルで暮らすことになったサキ。階段や廊下が奇妙な具合につながっているそのビルでまちがえて入ったのは…。さまざまなきぬいが縫い合わされた帽子が鍵となって、過去・現在・未来がとけあう物語がはじまります。小学校中学年から。

『おともださにナリマ小』　たかどのほうこ作，にしむらあつこ絵　フレーベル館　2005.5　59p　21cm　1000円　①4-577-03085-3
内容 一年生になったばかりのハルオ。ある日、学校にへんてこな手紙がとどきます。「おともださにナリマ小」って、書いてあります。いったい、どんな意味でしょう？　そして、だれがなんのために書いたのでしょう？　じつは、ハルオだけが、そのわけをしっていました。

『ゆうびんやさんとドロップりゅう』　たかどのほうこ作，佐々木マキ絵　偕成社　2005.4　79p　21cm　900円　①4-03-460280-5　〈クロスロード1991年刊の改訂〉
内容 きもちのいいにちようび、がんこでとしとったゆうびんやさんが、つりにでかけました。ところが、きゅうにあめがふってきて、エンジンもこしょう。ちょっとついたしまで、であったのは、ドロップりゅうという、へんてこりんなどうぶつ…でも、そのとき、とつぜんゆうびんやさんはおもいだしたのです！　いったいなにを？　小学初級から。

高橋　秀雄
たかはし・ひでお
《1948～》

『地をはう風のように』　高橋秀雄作，森英二郎画　福音館書店　2011.4　203p　20cm　(〔福音館創作童話シリーズ〕)　1500円　①978-4-8340-2645-0
内容 何もかも吹き飛ばす荒々しい風。どん底の生活。だれかの温かい眼差し。あわい初恋。本当の幸せ、そして強さ。小学校上級以上。

『ひみつのゆびきりげんまん』　高橋秀雄作，夏目尚吾絵　文研出版　2011.3　70p　22cm　(わくわくえどうわ)　1200円　①978-4-580-82122-4
内容 だいごは、二年二組で、おなじクラス。だいごとぼくでじんじゃにたからものをうめて、たからもののひみつのちずをこうかんした。でも、ちずをいれたズボンをおかあさんがせんたくしてしまい、ちずがダンゴになってしまった。どうしよう。

『朝霧の立つ川』　高橋秀雄作，小林豊絵　岩崎書店　2009.11　158p　22cm　(物語の王国 11)　1300円　①978-4-265-05771-9
内容 ミチエはきょうだい四人の長女。両親はひたむきに働くけれど、家は貧しさからぬけだせない。ともすれば、貧乏におしつぶされそうになる。それでもミチエはけなげに生きる。

『やぶ坂からの出発(たびだち)』　高橋秀雄作，宮本忠夫絵　小峰書店　2009.11　211p　21cm　(文学の散歩道)　1500円　①978-4-338-22410-9

|内容| 出会い、そして別れ。人は皆、旅立つ昨日につづく今日があった。明日は、どんな明日なのだろう。

『やぶ坂に吹く風』 高橋秀雄作,宮本忠夫絵 小峰書店 2008.10 196p 21cm （文学の散歩道） 1500円 ①978-4-338-22406-2

|内容| いつも囲炉裏には、火があった。まずしい、けれど、心あたたかい。人と人は、こうして、生きていける。手をつないで、ささえ、ささえられ…。

『ぼくの友だち』 高橋秀雄作,長谷川知子絵 文研出版 2008.1 126p 22cm （文研ブックランド） 1200円 ①978-4-580-82021-0

|内容| 転校先で初めてできた友だちにふりまわされながらも、出会いと別離のなかで、大きく成長する主人公のすがたが印象にのこる好作品。小学中級から。

『ぼくのヒメマス記念日』 高橋秀雄作 国土社 2006.11 119p 22cm 1300円 ①4-337-33060-7 （絵：本橋靖昭）

|内容| おじちゃんに釣りにさそわれたノブ。解禁の日には、魚がたくさん釣れるらしい。楽しみなノブ。心配する両親。大きな魚には、湖にひきこまれそうになるし、ひとりでやることはたくさんあるし、でも、釣りをしていると学校のいやなことなんて…。小学校中～高学年向。

『父ちゃん』 高橋秀雄作,宮本忠夫絵 小峰書店 2006.9 207p 21cm （文学の散歩道） 1500円 ①4-338-22402-9

|内容| 家族の絆とは…少年の新しい父親はあまりにもやさしい人だった。父と子の心のつながり。

『ぼくの家はゴミ屋敷!?』 高橋秀雄作,ひろのみずえ絵 新日本出版社 2005.8 126p 21cm （おはなしの森 6） 1400円 ①4-406-03204-5

|内容| ばあちゃんとふたり、団地でくらす一義。月に一度の団地の清掃日にもそうじにでないばあちゃんは、順番でまわってきた班長役を引き受けようとしない―。小学校中・高学年向。

『じいちゃんのいる囲炉裏ばた』 高橋秀雄作,宮本忠夫絵 小峰書店 2004.11 157p 22cm （おはなしプレゼント） 1300円 ①4-338-17019-0

『けんか屋わたるがゆく！』 高橋秀雄作,夏目尚吾絵 国土社 2002.12 87p 22cm 1300円 ①4-337-33042-9

|内容| なんで悪くないのに、いつもあやまらなくちゃいけないんだ！ わたるはヒロキをなぐった…。先生は「おとうさんとあやまりにいってもらうわよ」と言った。でも、きょうはおとうさんにとって、大切なお祝いの日なのに。おとうさんのお祝いの場でヒロキと会ってしまったわたるは…。

『月夜のバス』 高橋秀雄作,宮本忠夫絵 新日本出版社 1995.11 171p 20cm （新日本ジュニア文学館 9） 1400円 ①4-406-02397-6

|内容| とうさんと大げんかして家を出たかあさんにしたがい、ひろしとユミは月明かりの道を行くバスに乗りこんだ―。表題作他つながりあう家族を誠実に描く短編5話。小学校高学年向き。

鷹見　一幸
たかみ・かずゆき
《1969～》

『はやぶさ/HAYABUSA』 鷹見一幸著,かしわ絵 角川書店 2011.9 222p 18cm （角川つばさ文庫 Cた2-1） 640円 ①978-4-04-631188-7〈発売：角川グループパブリッシング〉

|内容| おとなしくて友達が少ない転校生のぼくは、ある日、クラスのリーダー・ケンジに誘われる。「一緒に、ロケット見にいかないか？」「一緒に、ロケット見にいかないか？」それが、ぼくらと『小惑星探査機はやぶさ』との出会いだ。はやぶさは、誰も成功したことのない、難しくて大切な役目をせおい、広い宇宙をたったひとりで旅している。迷子になったり、こわれてボロボロになりながらも、飛びつづけている…がんばれ、はやぶさ！ 小学上級から。

『飛べ！ ぼくらの海賊船 2』 鷹見一幸作,岸和田ロビン絵 角川書店 2010.8 254p 18cm （角川つばさ文庫 Aた1-2） 640円 ①978-4-04-631116-0〈発売：角川グループパブリッシング〉

|内容| ぼくのご先祖さまは、有名な海賊だったんだ。この夏ぼくは、海賊団のふるさと、瀬戸内海の島にやってきた。そこで島の子たちから「かくされた船」のヒミツをおしえてもらい、海賊団どうしの同盟をむすんだんだ。最近、島は、船でやってくるドロボウに、苦しめられているという。力をあわせて、わるいヤツらをつかまえようぜ！ ぼくらの作戦がはじまった!! 少年たちの大冒険

パート2。小学中級から。

『飛べ！ ぼくらの海賊船』 鷹見一幸作，岸和田ロビン絵　角川書店　2009.8　237p　18cm　（角川つばさ文庫　Aた1-1）　620円　①978-4-04-631038-5〈発売：角川グループパブリッシング〉
[内容] 勉強は得意だけど体がよわいリョースケは、ひとりで九州の山奥のおじいさんの家にやってきた。そこで自分が、瀬戸内海をあばれまわっていた、有名な海賊の末裔だとおしえてもらったのをきっかけに、ドキドキいっぱいの夏に飛びこんでいく！ しんせきの藍につられていった「海賊団のアジト」で、あるヒミツを守る仲間になって…。―ぼくは変わる。たたかえる。少年のひと夏の大冒険！

高森　千穂
たかもり・ちほ
《1965〜》

『風をおいかけて、海へ！』 高森千穂作，なみへい絵　国土社　2008.4　118p　22cm　1300円　①978-4-337-33066-5
[内容] 「ぼくたち、友だち未満さ」と、一樹と拓人はキョリをおいてつきあっている。ところが、一枚の写真をきっかけに、二人で海をめざして走ることになった。じまんのマウンテンバイクで、往復8時間!? いったい二人は？　そして、友だちって何だ―。

『トレイン探偵北斗―特急はくたかのヒロイン』 高森千穂作，丸山薫絵　ポプラ社　2006.9　124p　21cm　（おはなしフレンズ！　19）　950円　①4-591-09417-0
[内容] ぼくは紫月北斗。小学校四年生だ。いつものぼくは、かっこいいとは…いえない。でも、ぼくにはすごいヒミツがあるんだ。ぼくが「トレイン探偵」だってことを。今回も、事件をかいけつするのは、この、ぼくだ。女優になりたいという綾乃の夢を、ぜったいに守ってみせる。

『トレイン探偵北斗―寝台特急北斗星の美少女』 高森千穂作，丸山薫絵　ポプラ社　2005.8　124p　21cm　（おはなしフレンズ！　10）　950円　①4-591-08780-8
[内容] ぼくは紫月北斗。小学校四年生だ。うんどうはまるでダメだし、頭も顔も…な。あんまり、かっこいいとはいえない。でも、ぼくにはヒミツがある。ぼくは、鉄道のことなら、だれにもまけない。だれにも、だ。ぼくは、すごい。小学校中学年から。

『四国へgo！ サンライズエクスプレス』 高森千穂作，古味正康絵　国土社　2003.11　127p　22cm　1300円　①4-337-33044-5
[内容] 友情ってなんだ？　友だちってなに？　遠くはなれたら、それでおわかれ？　まさか！　会おうぜ、翼！　やくそくさ。サンライズエクスプレスで出発だ。

『ふたりでひとり旅』 高森千穂作，白川三雄絵　あかね書房　2002.1　114p　21cm　（あかね・新読み物シリーズ　11）　1100円　①4-251-04141-0
[内容] ゆうれいが本当にいたなんて。信じられないことがおきてしまった。ぼくの体に、ぼくとゆうれいの、二つの"たましい"がおさまってしまった。"おれ、杉山真一。下浦小学校の四年生だったんだ。おまえは？"「ぼくは、木島達也。松風台小学校の四年生」ぼくをたすけてくれたやつ、真一。こいつはなんと、ゆうれいだった。新幹線から高山本線…鉄道が舞台の、ミステリアスファンタジー。

『レールの向こうへ』 高森千穂作，こぐれけんじろう絵　アリス館　2002.1　134p　22cm　（ホットほっとシリーズ　2）　1300円　①4-7520-0203-5
[内容] 「自分らしい生き方をしたいんだ！」5年生の勝は、旅をしながら考える。小川未明文学賞優秀賞。

高山　栄子
たかやま・えいこ
《1966〜》

『霊界教室恋物語（ラブストーリー）3　呪われた図書室』 高山栄子作，小笠原智史画　金の星社　2014.6　156p　18cm　（フォア文庫　B477）　600円　①978-4-323-09101-3
[内容] 夏休みの図書室開放日、瞳と明希は同じクラスの光と会う。瞳がおすすめの本を聞くと「灰色幽霊」という本が落ちてきた。幽霊の呪いの本だって!?　瞳が本をおいて帰ろうとしたとき、耳もとで声がした。「読めばいいのに…」ふりむくと、本はなくなり、白い手が本だなのうらに消えていった…。ちょいこわ・プチラブ・ストーリー、第3弾！

高山栄子

『霊界教室恋物語（ラブストーリー）2 放課後の音楽室』 高山栄子作，小笠原智史画 金の星社 2013.12 170p 18cm （フォア文庫 B474） 600円 ①978-4-323-09098-6

[内容] 放課後、音楽室のピアノが鳴っている。瞳と明希、潤が見にいくと、ひいていたのは同じクラスの美少女、華音。だが、にげるように帰ってしまう。だれもいなくなったはずなのに、瞳には、またピアノが聞こえる。いつか聞いた怪談のように…音楽室に幽霊がいる？　どうしよう、結生くん！　ちょいこわ・プチラブ・ストーリー、第2弾！　小学校中・高学年対象。

『とことんトマトン―カボちゃんのなかまたち！』 高山栄子さく，武田美穂え 理論社 2013.9 61p 21cm 1200円 ①978-4-652-20024-7

[内容] いつもニコニコ、あかるいトマトン。でも、トマトンのえがおには、かぞくだけがしっているひみつがあるって、ほんとかな…。

『霊界教室恋物語（ラブストーリー）1 黒髪の美少女』 高山栄子作，小笠原智史画 金の星社 2013.9 166p 18cm （フォア文庫 B470） 600円 ①978-4-323-09095-5

[内容] 瞳は、小さなころ、命をおとしかけた経験がある。そのとき、霊界の扉が開くのを見てしまった。それ以来、霊感が強くなり、幽霊の気配を感じやすい。ある日、瞳のクラスに、謎めいたクールな美少年、レイが転入してきた。瞳は、目が合い、ときめくが、彼も強い霊感を持ち、幽霊を引きよせる少年だった…。ちょいこわ・プチラブ・ストーリー、第1弾！

『魔界屋リリー―愛蔵版　20　魔界屋崩壊！　最後の戦い』 高山栄子作，小笠原智史画 金の星社 2013.3 170p 18cm 1200円 ①978-4-323-05070-6

『魔界屋リリー―愛蔵版　19　危険な異界ドキドキ初デート』 高山栄子作，小笠原智史画 金の星社 2013.3 170p 18cm 1200円 ①978-4-323-05069-0

『魔界屋リリー―愛蔵版　18　ねむれる城のバンパイア』 高山栄子作，小笠原智史画 金の星社 2013.3 172p 18cm 1200円 ①978-4-323-05068-3

『魔界屋リリー―愛蔵版　17　恐怖の魔界霊国ツアー』 高山栄子作，小笠原智史画 金の星社 2013.3 170p 18cm 1200円 ①978-4-323-05067-6

『魔界屋リリー―愛蔵版　SP　ジョー・ウルフの秘密』 高山栄子作，小笠原智史画 金の星社 2013.3 158p 18cm 1200円 ①978-4-323-05072-0

『魔界屋リリー―愛蔵版　16　月界の天使（エンジェル）パワー』 高山栄子作，小笠原智史画 金の星社 2013.2 158p 18cm 1200円 ①978-4-323-05066-9

『魔界屋崩壊！　最後の戦い』 高山栄子作，小笠原智史画 金の星社 2012.12 170p 18cm （フォア文庫 B466―魔界屋リリー 20） 600円 ①978-4-323-09092-4

[内容] 今夜はリリーの家でスペシャル・ホームパーティーだ！　魔界屋の仲間たちとカンパーイ！　そのとき、夜空に白くかがやく星の精霊、飛光星があらわれた。長い一生を終えると、流れて消えながら、氷のタマゴを生みおとしていくが…。どんどん冷たくふりつもり、人間界はこおりそう。どうしたらいいの!?　魔界屋リリー、夢と冒険と感動のフィナーレ！　小学校中・高学年向け。

『ジョー・ウルフの秘密』 高山栄子作，小笠原智史画 金の星社 2012.8 158p 18cm （フォア文庫 B438―魔界屋リリー SP） 600円 ①978-4-323-09089-4

[内容] 冒険少年ジョー・ウルフは元気な魔界のヒーローだ。だが、家系のウルフ一族は、昔から悪名高き人食いオオカミ。凶暴な族長ダーク・ウルフを魔界中に送ったのも、息子のジョーだった。以来、ひとり異界をさすらう身。ある日、叔父に呼ばれ、故郷に立つジョーの前に、最強の魔界ザウルスが!?―。

『危険な異界ドキドキ初デート』 高山栄子作，小笠原智史画 金の星社 2012.4 170p 18cm （フォア文庫 B434―魔界屋リリー 19） 600円 ①978-4-323-09088-7

[内容] 『魔界屋』は本日お休みだって…だれもいないし、行くところもないし。ひとりぼっちのリリーをさそいに、魔界の元気少年ジョー・ウルフがあらわれる。「オレと異界を冒険しようぜ！」リリーはワクワク飛びだすが、ジョーは行き先も決めずに、いきあたりばったり。そんなドキハラのデートってアリー!?　人気沸騰中！　どきどき魔界ファンタジー、第十九弾。小学校中・高学年から。

『魔界屋リリー―愛蔵版　15　魔海人魚

の恋魔術』　高山栄子作，小笠原智史画　金の星社　2011.12　166p　18cm　1200円　①978-4-323-05065-2

『魔界屋リリー——愛蔵版　14　透明魔界人あらわれる!?』　高山栄子作，小笠原智史画　金の星社　2011.12　146p　18cm　1200円　①978-4-323-05064-5

『魔界屋リリー——愛蔵版　13　白銀のプリンセス』　高山栄子作，小笠原智史画　金の星社　2011.12　150p　18cm　1200円　①978-4-323-05063-8

『魔界屋リリー——愛蔵版　12　キズだらけの逃亡者（モンスター）』　高山栄子作，小笠原智史画　金の星社　2011.12　174p　18cm　1200円　①978-4-323-05062-1

『魔界屋リリー——愛蔵版　11　めざめた魔界霊力』　高山栄子作，小笠原智史画　金の星社　2011.12　162p　18cm　1200円　①978-4-323-05061-4

『ねむれる城のバンパイア』　高山栄子作，小笠原智史画　金の星社　2011.10　172p　18cm　（フォア文庫 B428）　600円　①978-4-323-09086-3

|内容| リリーの親友、吸血美少女のマリーのもとへ、黒い速達便がとどく。「今すぐバンパイア城へ帰りなさい！」もしや、ふるさとの父に何かあったのかも…。マリーは、急いで魔界へ帰る。しかし、城につくと、伯母のガーベラにつかまって、父のもとへ近づけない。伯母は、おどろきのプランをたてていたのだ。伯母に決められたマリーの婚約者は、乱暴なバンパイア少年ブラッドだ。でも、マリーにはいちずに思いつづけるグリーンがいる。けんめいに、婚礼からにげようとするが…。人気沸騰中、どきどき魔界ファンタジー、第十八弾。小学校中・高学年向き。

『カボちゃんのひっこし!?』　高山栄子さく，武田美穂え　理論社　2011.7　48p　21cm　（おはなしパレード）1000円　①978-4-652-00919-2

|内容| とおくのまちへいってしまうことになったカボちゃん。いちねんいちくみのおともだちと、もうあえなくなるなんて、そんなの、つらすぎる…。

『恐怖の魔界霊国ツアー』　高山栄子作，小笠原智史画　金の星社　2011.6　170p　18cm　（フォア文庫 B424）　600円　①978-4-323-09083-2

|内容| リリーは『魔界屋』の仲間たちと夏休みの旅行中。魔界霊レイヤのふるさとへ遊びにいくつもりなのだ。魔界霊国へむかうバスの中で、仲間によばれないでという小さな女の子アザミにであう。「今を大事に楽しもう！」と、いっしょになかよく歌っていくが。到着するとアザミがいない。あの子はいったいだれ!? 人気沸騰中！　どきどき魔界ファンタジー、第十七弾。

『月界の天使（エンジェル）パワー』　高山栄子作，小笠原智史画　金の星社　2011.2　158p　18cm　（フォア文庫 B419）　600円　①978-4-323-09081-8

|内容| リリーとマリーが登校中、朝の空に月そっくりの宇宙船があらわれた！　乗っていたのは月界の天使、はみだし者のモナミとサヴァ。月界学校のテストがイヤで、にげだしてきたというけれど。サヴァはお守りパワーのある天使のハネを リリーにのこして、旅だっていくが…それが事件のはじまりだった！　人気沸騰中！　どきどき魔界ファンタジー、第十六弾。

『魔界屋リリー——愛蔵版　10　魔界屋炎上！　最後の魔界能力』　高山栄子作，小笠原智史画　金の星社　2011.1　164p　18cm　1200円　①978-4-323-05060-7

|内容| 『魔界屋』に悪魔がきた！　リリーは二階へにげだした。「見るな」とローズに禁じられたドアをあけると、箱だらけの部屋だった。追ってくる悪魔の風にとばされ、リリーは『魔物の箱』をあけてしまう。とたんに魔炎がふきあがり、火の魔物がとびだした。『魔界屋』が燃えてしまう。リリー、大ピンチ！

『魔界屋リリー——愛蔵版　9　魔界プリンスの誘惑』　高山栄子作，小笠原智史画　金の星社　2011.1　158p　18cm　1200円　①978-4-323-05059-1

|内容| リリーは『魔界屋』の店番をしていた。ひとりでいすにすわっていると、まるで夢のように美しい男の人におこされる。魔界からきたライト王子だ。悪魔が魔界人におそいかかり、魔界を守れる実力者たちも、悪魔術でとじこめられてしまった。リリーの魔界能力が必要になり、むかえにきたというのだが…。

『魔界屋リリー——愛蔵版　8　恋するウルフ宿命の対決』　高山栄子作，小笠原智画　金の星社　2011.1　158p　18cm　1200円　①978-4-323-05058-4

|内容| 魔界では十三年に一度、魔界月という不吉な満月の夜がおとずれる。その夜、ダーク・ウルフが魔界牢を脱獄していた。かつてリリーをおそった人食いオオカミだ。『魔界屋』のローズと魔法使いグリーンは、魔

学校のテルミン校長のもとへ向かうが…。

『魔界屋リリー——愛蔵版 7 金色の目の占い師』 高山栄子作，小笠原智史画 金の星社 2011.1 154p 18cm 1200円 ①978-4-323-05057-7
[内容]魔界星からやってきた金色の目の占い師スターは、リリーに不幸な未来を予言する。最愛の友がたおれ、最適な地が焼けほろび、最強の力が消えるかもしれない…。そんな予言を信じたくないリリー。自分の未来は自分でつくる！ でも、予言どおり、親友マリーはたおれてしまった。どうすれば救えるの!?

『魔界屋リリー——愛蔵版 6 恋におちたバンパイア』 高山栄子作，小笠原智史画 金の星社 2011.1 186p 18cm 1200円 ①978-4-323-05056-0
[内容]いつも元気なリリーだが、きょうはがっくり。担任のヤマセンが、リリーの母親を学校に呼びだして、生活態度を注意するって…。そんな矢先、魔界からあらわれたのは絶世の美女カトレア。吸血美少女マリーの叔母だ。カトレアはリリーを助けようと学校へ行くが、まさかヤマセンに一目ぼれ！？どうする!?

『シュークリーム星のオヒメサマ』 高山栄子作，かまたいくよ絵 佼成出版社 2010.10 96p 22cm （どうわのとびらシリーズ） 1300円 ①978-4-333-02462-9
[内容]学校なんかキライ。うちなんかツマンナイ。トモダチなんていない。イイコトなんてない。そう思っている人に、ある日、まほうがかかるかも…。オヒメサマに、オウジサマ。シュークリーム星へ、いらっしゃい。地球へ、わらってお帰りなさい。小学校3年生から。

『魔海人魚の恋魔術』 高山栄子作，小笠原智史画 金の星社 2010.10 166p 18cm （フォア文庫 B414） 600円 ①978-4-323-09079-5
[内容]美しいレディー、バイオレットが『魔界屋』にきた！ バイオレットの正体は魔海の人魚。ずっと好きだったグリーンに、もう一度会いたくて、真珠の魔術で人間の姿に変わり、会いにかけてきたのだ。でも、グリーンは、マリーと両思いだし、イジワル少女のランも、グリーンに夢中だし…。どうなっちゃうの!? 人気沸騰中！ どきどき魔界ファンタジー、第十五弾。

『透明魔界人あらわれる!?』 高山栄子作，小笠原智史画 金の星社 2010.6 146p 18cm （フォア文庫 B408） 600円 ①978-4-323-09076-4
[内容]リリーのクラスに転入したクリアは、休み時間に、ランにさそわれ、ついて行ってしまう。それから、人間界では、事件ばかり。そしてその夜、ランから決闘の果たし状がとどいた！ 人気沸騰中！ どきどき魔界ファンタジー、第十四弾。

『白銀のプリンセス』 高山栄子作，小笠原智史画 金の星社 2010.2 150p 18cm （フォア文庫 B402） 600円 ①978-4-323-09074-0
[内容]雪のように白くきれいな少女、プリンセス・スノーが『魔界屋』にきた！ 魔界ではだれも近づかない雪の城へさそうのだが、雪の王国は昔からの戦場の国。とめようとするマリーを、スノーは魔術で連れさり、リリーとレイヤもあとを追いかける。しかし、雪の城にはおそろしい魔術がうずまいていたのだ！ 人気沸騰中！ どきどき魔界ファンタジー、第十三弾。

『魔界屋リリー——愛蔵版 5 毒ヘビ少女の魔術』 高山栄子作，小笠原智史画 金の星社 2010.1 190p 18cm 1200円 ①978-4-323-05055-3

『魔界屋リリー——愛蔵版 4 伝説の"魔界発明"』 高山栄子作，小笠原智史画 金の星社 2010.1 182p 18cm 1200円 ①978-4-323-05054-6

『魔界屋リリー——愛蔵版 3 小さな天才魔女』 高山栄子作，小笠原智史画 金の星社 2010.1 174p 18cm 1200円 ①978-4-323-05053-9

『魔界屋リリー——愛蔵版 2 青い瞳の人食いウルフ』 高山栄子作，小笠原智史画 金の星社 2010.1 158p 18cm 1200円 ①978-4-323-05052-2

『魔界屋リリー——愛蔵版 1 バラの吸血美少女』 高山栄子作，小笠原智史画 金の星社 2010.1 166p 18cm 1200円 ①978-4-323-05051-5

『キズだらけの逃亡者（モンスター）』 高山栄子作，小笠原智史画 金の星社 2009.10 174p 18cm （フォア文庫 B398） 600円 ①978-4-323-09072-6
[内容]ふしぎでかわいい女の子ブーケと、顔にキズのあるちょいコワ少年ケンが『魔界屋』にやってきた！ ふたりは魔界からの逃亡者。でもブーケはバレバレのウソばかりつき、おこったローズは、ケンとともに地下

室にとじこめるが，それをイジワル少女ランがかぎつけて…。ふたりの運命は，どうなるのー!? 人気沸騰中！ どきどき魔界ファンタジー，第十二弾！

『**カボちゃんのふでばこ**』 高山栄子さく，武田美穂え 理論社 2009.9 1冊（ページ付なし）21cm （おはなしパレード） 1000円 ①978-4-652-00918-5
内容 ソラオくんは，カボちゃんのたいせつなともだち。だから，ソラオくんからもらったけしごむも，カボちゃんのたいせつなたからものなんだ。

『**めざめた魔界霊力**』 高山栄子作，小笠原智史画 金の星社 2009.6 162p 18cm （フォア文庫 B391） 600円 ①978-4-323-09069-6
内容 『魔界屋』に魔界霊の少年レイヤがきた！ でも，レイヤの姿が見えるのは，リリーだけ。魔界人のマリーやローズには見えない。レイヤは霊術で失敗し，自分の姿を消したまま，魔界霊国にもどれないのだ。気が弱くて孤独なレイヤは，リリーの学校にもあらわれるが，イジワル少女ランに気づかれ，大ピンチ！ 人気沸騰中！ どきどき魔界ファンタジー，第十一弾。

『**魔界屋炎上！ 最後の魔界能力**』 高山栄子作，小笠原智史画 金の星社 2009.2 164p 18cm （フォア文庫 B384） 600円 ①978-4-323-09067-2
内容 『魔界屋』に悪魔がきた！ リリーは二階へにげだした。「見るな」とローズに禁じられたドアをあけると，箱だらけの部屋だった。追ってくる悪魔の風にとばされ，リリーは「魔物の箱」をあけてしまう。とたんに魔炎がふきあがり，火の魔物がとびだした。『魔界屋』が燃えてしまう！ リリー，大ピンチ！ 人気沸騰中！ どきどき魔界ファンタジー，第十弾。

『**魔界プリンスの誘惑**』 高山栄子作，小笠原智史画 金の星社 2008.10 158p 18cm （フォア文庫―魔界屋リリー） 600円 ①978-4-323-09065-8
内容 リリーは『魔界屋』の店番をしていた。ひとりでうとうとしていると，まるで夢のように美しい男の人におこされる。魔界からきたライト王子だ。悪魔が魔界人におそいかかり，魔界を守れる実力者たちも，悪魔術でとじこめられてしまった。リリーの魔界能力が必要になり，むかえにきたというのだが…。人気沸騰中！ どきどき魔界ファンタジー，第九弾。

『**恋するウルフ宿命の対決**』 高山栄子作，小笠原智史画 金の星社 2008.7 158p 18cm （フォア文庫―魔界屋リリー） 560円 ①978-4-323-09063-4
内容 魔界では十三年に一度，魔界月という不吉な満月の夜がおとずれる。その夜，ダーク・ウルフが魔界牢を脱獄していた。かつてリリーをおそった人食いオオカミだ。大変だ！ 『魔界屋』のローズと魔法使いグリーンは，魔界学校のテルミン校長のもとへ向かう。だが，ダーク・ウルフは人間界にきていたのだ！ 人気沸騰中！ どきどき魔界ファンタジー，第八弾。

『**カボちゃんのはっぴょうかい**』 高山栄子さく，武田美穂え 理論社 2008.6 1冊（ページ付なし）21cm （おはなしパレード） 1000円 ①978-4-652-00913-0
内容 もうすぐ，はっぴょうかい。だからみんな，ピアニカのれんしゅうをして，はりきってるよ。でも，どうしてもじょうずにえんそうできない，カボちゃんは…。

『**金色の目の占い師**』 高山栄子作，小笠原智史画 金の星社 2008.3 154p 18cm （フォア文庫―魔界屋リリー） 560円 ①978-4-323-09061-0
内容 魔界星からやってきた金色の目の占い師スターは，リリーに不幸な未来を予言する。最愛の友がたおれ，最強の地が焼けほろび，最強の力が消えるかもしれない…？ そんな予言を信じたくないリリー。自分の未来は自分でつくる！ でも，予言どおり，親友マリーはたおれてしまった。どうすれば救えるの!? 人気沸騰中！ どきどき魔界ファンタジー，第七弾。

『**恋におちたバンパイア**』 高山栄子作 金の星社 2007.11 186p 18cm （フォア文庫―魔界屋リリー） 560円 ①978-4-323-09058-0〈画：小笠原智史〉
内容 いつも元気なリリーだが，きょうはがっくり。担任のヤマセンが，リリーの母親を学校に呼びだして，生活態度を注意するって…。そんなとき，魔界からあらわれたのは絶世の美女カトレア。吸血美少女マリーの叔母だ。カトレアはリリーを助けようと学校へ行くが，まさかヤマセンに一目ぼれ？ どうする!? 人気沸騰中！ どきどき魔界ファンタジー，第六弾。

『**毒ヘビ少女の魔術**』 高山栄子作 金の星社 2007.7 190p 18cm （フォア文庫―魔界屋リリー） 560円 ①978-4-323-09056-6〈画：小笠原智史〉
内容 リリーの大ファンという毒ヘビ少女ダリアが『魔界屋』にやってきた。自分勝手でわがままなダリアは，リリーと人間界にあこ

がれ、魔界学校でわざとあばれて、人間界へ送られてきたのだ。ダリアはリリーの親友の吸血美少女マリーに嫉妬して、なんと、魔術でマリーになりかわり、リリーの前にあらわれた！　人気沸騰中！　どきどき魔界ファンタジー、第五弾。小学校中・高学年向け。

『いつまでもずっとずーっとともだち』
たかやまえいこ作，つちだよしはる絵　金の星社　2007.5　92p　22cm　（おはなしたんけんたい　7）　900円　①978-4-323-04037-0

内容　アライグマのあらいくんはきょうもげんきに青空小学校へやってきました。でも、クラスのともだちはげんきがありません。「シロクマのくまがいくんがひっこすんだって！」みんなにきいて、あらいくんは、びっくり。「なんで！　うそでしょ？」くまがいくん、だまってうつむいちゃった…。小学校1・2年生に。

『伝説の"魔界発明"』　高山栄子作　金の星社　2007.3　182p　18cm　（フォア文庫―魔界屋リリー）　560円　①978-4-323-09054-2　〈画：小笠原智史〉

内容　ふたごのミイラが『魔界屋』にやってきた。陽気な兄のソルトは、白いほうたいでぐるぐるまき。弟のペッパーは、黒いほうたいだ。魔界学校の授業をさぼり、あやしげな実験をしているので、魔界をおいだされたのだ。ふたごは魔界屋の地下室で、ついに、おそろしい発明を完成させ、人間界は大パニックに！　人気沸騰中！　どきどき魔界ファンタジー、第四弾。

『小さな天才魔女』　高山栄子作　金の星社　2006.11　174p　18cm　（フォア文庫―魔界屋リリー）　560円　①4-323-09051-X　〈画：小笠原智史〉

内容　『魔界屋』に宅配便が届いた。箱から出てきたのは、天才魔女ピンク。人形みたいに小さな女の子だが、地球をふっとばすぐらいの魔力を持っている。ピンクは、人間界に修業に出たまま帰らない兄のグリーンをさがしに魔界から来た。マリーにはなつくが、リリーにはナマイキ。何かが起こりそうな予感…。人気急上昇！　どきどき魔界ファンタジー、第三弾。

『カボちゃんのうんどうかい』　高山栄子さく，武田美穂え　理論社　2006.8　61p　21cm　（おはなしパレード）　1000円　①4-652-00909-7

内容　カボちゃんとソラオくんは、いつでもなかよし。でも、きょうのうんどうかいは、あかぐみとしろぐみにわかれてたたかうことになったんだ…。

『青い瞳の人食いウルフ』　高山栄子作　金の星社　2006.7　158p　18cm　（フォア文庫―魔界屋リリー）　560円　①4-323-09048-X　〈画：小笠原智史〉

内容　リリーは『魔界屋』のローズからお店をまかされている。吸血美少女マリーもいるけど、たよりない。ある日、店に青い瞳の少年ジョー・ウルフがあらわれる。ナマイキだが、真夜中におそろしいオオカミがあらわれたとき、リリーはジョーに助けられた。実は、ウルフ一族は人食いオオカミなのだが…。人気上昇中！　どきどき魔界ファンタジー、第二弾。

『あらいくんとキリンのきりしまくん』
たかやまえいこ作，つちだよしはる絵　金の星社　2006.5　92p　22cm　（おはなしたんけんたい　6）　900円　①4-323-04036-9

内容　アライグマのあらいくんは、だらんとしっぽをたらして、のろのろ青空小学校へやってきました。「きょうのじゅぎょうさんかん、ドキドキするなあ」キリンのきりしまくんが、大声ではしゃいでいます。あらいくんのうちは、だれもこられないのです。こくごの時間、きりしまくんは、おおはりきりで。でも、きりしまくん、はりきりすぎだよ…。小学校1・2年生向き。

『バラの吸血美少女』　高山栄子作　金の星社　2006.1　166p　18cm　（フォア文庫―魔界屋リリー）　560円　①4-323-09044-7　〈画：小笠原智史〉

内容　リリーが『魔界屋』のローズからもらったバラは、真夜中、吸血美少女マリーに変身した。でも、マリーは魔界学校の追試に受からないと永遠にバラの花に…。助けて、リリー。

たから　しげる
《1949～》

『ガリばあとなぞの石』　たからしげる作，かとうくみこ絵　文渓堂　2014.7　134p　22cm　1300円　①978-4-7999-0065-9

内容　誠大のお父さんは「なぞの石」の研究のために山奥の洞窟に行ったきり、行方不明になってしまった。そのため、山奥に住むお父さんのおばさん、「ガリばあ」の家に連れてこられた。都会での生活から一転、田舎の小学校では意地悪な友達がいるし、変な人には追いかけられるし、どうなってるの!!　読み出したら止まらないジュニア・ミステリー。

『みつよのいた教室』　たからしげる作，東逸子絵　小峰書店　2012.10　239p　20cm　（Green Books）　1500円　①978-4-338-25009-2
[内容]　おーい！　だれか、わたしのことをおぼえていますか？　きみは、わたしのことを知っていますか？　きえる思い出と、けせない記憶。まるで魔法のように、きみがきえてゆく。でも、たしかにきみは、ここにいた。

『さとるくんの怪物』　たからしげる作，東逸子絵　小峰書店　2010.7　188p　20cm　（Green Books）　1400円　①978-4-338-25003-0
[内容]　少年のところへかかってきたケータイ。あやしげなノイズが混じっている。…もしもし…このケータイ、どこにつながっているの？　かかってくるはずのない電話、呼びだし音が…きみをよぶ…。

『3にん4きゃく、イヌ1ぴき』　たからしげる著，東野さとる絵　くもん出版　2010.6　129p　21cm　1300円　①978-4-7743-1752-6
[内容]　あたしんちの家族は、出版社につとめるお父さんと本好きのお母さん。そして小学四年生のわたしの三人に、パピヨンという種類の小型犬が一ぴき。その名はタイキ、女の子だけどね。そのタイキに、午後四時になるとあやしくてふしぎな事件が、十日間も続けて起こったんだ。そうしたら、予想もつかなかったことや、思いがけないビックリなできごとが、つぎつぎと家族にふりかかってきた。小学中学年から。

『想魔のいる街』　たからしげる作，東逸子絵　あかね書房　2009.11　188p　21cm　（スプラッシュ・ストーリーズ　7）　1300円　①978-4-251-04407-5
[内容]　「この世界を作ったのは有市くん、きみだからさ」"想魔"と名乗る男がいた。有市が作った"あるはずのない世界"、それは、亡くなったお母さんが生きている世界だった。想魔にみちびかれ、有市の闇への放が始まった…。

『由宇の154日間』　たからしげる著　朔北社　2009.3　172p　20cm　1200円　①978-4-86085-077-7
[内容]　由宇という名前の、もうすぐ3つになる小さな女の子が、風邪をこじらせて死んでしまうところから、物語は始まります。雑誌「児童文芸」に連載された作品を大幅に書き直して書籍化。

『ふたご桜のひみつ―たそがれ団地物語』　たからしげる作，こころ美保子絵　岩崎書店　2008.10　209p　22cm　（物語の王国　1）　1300円　①978-4-265-05761-0
[内容]　優人は家のそばの古い団地で、"咲かずの桜"と呼ばれる古木をみつける。そこで出会った不思議な少女と、花を咲かせない桜の木のひみつとは…。

『ブルーと満月のむこう』　たからしげる作，高山ケンタ絵　あかね書房　2008.2　124p　21cm　（スプラッシュ・ストーリーズ　3）　1100円　①978-4-251-04403-7
[内容]　裕太は、小さなころから、鳥たちのさえずりにまぎれた、特別な声をきいていた。アドバイスやメッセージを伝えてくれる、なぜかなつかしい声。ところがある日、友だちの飼った小鳥の「ブルー」がその声で話しかけてきた…！　心になやみをかかえる裕太とブルーのふしぎな出会いを、繊細にあたたかく描いた物語。

『ぶっとび！　スクール』　たからしげる作，中川大輔画　理論社　2007.11　144p　18cm　（フォア文庫）　560円　①978-4-652-07483-1
[内容]　びっくり！　どっきり！　そして、ぶっとび！　日暮坂小学校五年一組の子どもたちが体験するフカシギな事件は、とどまることを知らない。給食の時間も、休み時間も、塾の時間も、さらには、眠りにつくまえの時間にも…どんなときにもフカシギワールドは、とつぜんあらわれる。たからしげるの"フカシギ・スクール"第3弾。

『絶品・らーめん魔神亭　3（ゴマダレ冷やし中華のわな）』　たからしげる作　ポプラ社　2007.1　223p　19cm　（Dreamスマッシュ！　18）　840円　①978-4-591-09582-9　〈絵：東野さとる〉
[内容]　もといた町から、親友のサキが泊まりにやってきた！　ボーイフレンドの斉門くんに紹介したいのに、男同士の約束があるからとことわられて、奈緒はイライラ…。一方、魔法のランプ奪還のため、しつこく作戦を練る坂田と伊太郎のコンビ。新メニュー「絶品ゴマダレ冷やし中華」のおかげで一度はピンチを切りぬけたけど、こんどこそ「魔神亭」絶体絶命のピンチ!?　ハラハラの第3巻。

『どっきり！　スクール』　たからしげる作，中川大輔画　理論社　2006.11　142p　18cm　（フォア文庫）　560円　①4-652-07477-8
[内容]　通学路に落ちていたケータイに自分の顔が写っていたり、屋上から見る風景が、とつぜん昔の風景に変わったり…。日暮坂小学校五年一組で起こるフカシギな出来事・

たからしげる

第2弾。

『絶品・らーめん魔神亭　2（初恋はとんこつみそ風味）』　たからしげる作　ポプラ社　2006.7　243p　19cm　（Dreamスマッシュ！　13）　840円　①4-591-09334-4　〈絵：東野さとる〉
[内容]　古いランプをひろった奈緒は、ランプの精、魔神のアルとなかよくなった。そんなとき、ちょっと気になるおとなりさんの斉門くんが、サッカーの試合を前にけがをした。アルにたすけをもとめて秘密の合い言葉をとなえた奈緒だったが…。ランプの前の持ち主伊太郎と坂田のコンビも、再びランプをとりもどそうとせまってくる。ピンチに恋にラーメンに、もりだくさんの第2巻。

『びっくり！　スクール』　たからしげる作，中川大輔絵　理論社　2006.5　136p　18cm　（フォア文庫）　560円　①4-652-07471-9
[内容]　日暮坂小学校には、いくつものフカシギ伝説がある。伝説の舞台は、校庭、図書室、体育館の用具室、保健室、理科室など…どこの学校にもある場所ばかり。でも、五年一組の子どもたちは知っている。一見ふつうに見える世のなかには、フカシギワールドへの入り口がいくつもあいていることを―。たからしげるの『フカシギ・スクール』シリーズ。小学校高学年・中学生向。

『絶品・らーめん魔神亭―森のおくでひっそり営業中』　たからしげる作　ポプラ社　2006.2　207p　19cm　（Dreamスマッシュ！　10）　840円　①4-591-09113-9　〈絵：東野さとる〉
[内容]　散歩の途中、まよいこんだ森のなかで、ふとただよってきたおいしいラーメンスープのにおい…。木々の間にあらわれた一軒家ののれんをくぐると、そこには、自分の願いをわすれてしまったご主人さまをいちずに待ちつづけているランプの精が、にっこりほほえんでいた。「いらっしゃいま～せ」魔神となかよくなった奈緒。しかし、ほんとうの持ち主が、ランプをとりかえしにやってきた。

『ギラの伝説―失われた宝剣と精霊の物語』　たからしげる作　東逸子絵　小峰書店　2004.12　319p　21cm　（文学の森）　1800円　①4-338-17421-8
[内容]　「ギラの宝剣」というゲームを手に入れようとしていた麻矢は、ゲームによく似た世界にひきこまれ、物語の主人公の少年ヤーに憑依してしまう。そして麻矢は宝剣をめぐる戦いに巻き込まれていく。

『落ちてきた時間』　たからしげる著，磯良一画　パロル舎　2003.5　247p　20cm　（貘の図書館）　1500円　①4-89419-274-8
[内容]　春。児童公園の怪しげなダンボール小屋で遊ぶうち、ふと気づくとよぼよぼの老人になっていた桑原大輔。夏休み。洗面所で顔を洗っている束の間に、静かな幻につつまれる藤田尚美。秋。裏方山にハイキングにでかけるつもりが、異次元の世界に踏み込んでしまった寺田順也。冬の放課後。留守宅の居間に、いるはずのない不思議な白い犬と対面した青木奈々。日暮坂小学校6年1組の児童たちの行く手には、突如として、過去や未来、異世界やパラレルワールドが落ちてくる。ミステリアスな時間たちが織り成す、驚きとフカシギに満ちた9つの短編集。

『闇王の街』　たからしげる著　アーティストハウス　2002.8　244p　22cm　1600円　①4-901142-84-4
[内容]　冒険好きな翔太と拓也は、購入者に次々と不幸が舞いこむ新築の家を見にいくことにした。昔、この場所で火事があって人が死んだという。問題の家の近くで翔太たちはどこか不気味な小鳥屋を発見した。が、吸いこまれるように入ったその店で愛らしい文鳥を買った日から、恐ろしい事件が次々と起こりはじめた。街をおおう巨大な悪に少年たちが機知と友情で立ちむかう。

『盗まれたあした』　たからしげる作，東逸子絵　小峰書店　2002.6　230p　20cm　（ミステリー・books）　1400円　①4-338-16206-6
[内容]　裕太が留守番をしているとチャイムが鳴り、裕太そっくりの少年が玄関に…。しかも、裕太自身の顔つきが変わり、母にすら偽者であると言われ家を追い出される。同じ経験をしている9人の少年が一緒になり、本物の自分たちを取り戻すまでを描くミステリアス・トリップ！

『ミステリアスカレンダー』　たからしげる作，亀井洋子絵　岩崎書店　2001.8　165p　20cm　（文学の泉　10）　1400円　①4-265-04150-7
[内容]　夢見沢小学校六年一組のクラスには、ふしぎなノートがある。身のまわりに起きた、ちょっとこわくて、ふしぎな体験を、子どもたちが次から次へとつづっていったノートだ。ある日とつぜん消えてしまった子どもの話や、幽霊になった先生の話など、ミステリアスな話がいっぱいつまっている。さあ、勇気をだして、本を開いてごらん。

『そっくり人間』　たからしげる作，東菜奈絵　ポプラ社　2000.7　253p　18cm　（P-club―フカシギ系。　2）　550円　①4-591-06515-4

［内容］親子記者の事件簿。城之内大輔(11)＆城之内雄大(39)史上最強の名コンビ誕生。特ダネをもとめて、今日も走るゾ。

『しゃべる犬』　たからしげる作，東菜奈絵　ポプラ社　1999.12　245p　18cm　（P-club―フカシギ系．　1）　550円　①4-591-06250-3

田口　ランディ
たぐち・らんでぃ
《1959〜》

『ひかりのメリーゴーラウンド』　田口ランディ著　イースト・プレス　2012.3　242p　19cm　（よりみちパン！　セP038）　1200円　①978-4-7816-9039-1　〈文献あり　理論社2005年刊の復刊〉
［内容］かたちあるゆえに触れることのできるこの世界のやさしさと、そこから旅立ってゆく魂の清冽な軌跡を描いた、著者渾身の、切なく、愛しい純愛小説。

『ひかりのメリーゴーラウンド』　田口ランディ著　理論社　2005.3　242p　20cm　（よりみちパン！　セ 10）　1200円　①4-652-07810-2
［内容］形あるゆえに触れることのできる、この世界の優しさと、そこから旅立ってゆく魂の清冽な軌跡を描いた、著者渾身の純愛小説。中学生以上。

竹内　もと代
たけうち・もとよ
《1948〜》

『イチゴがいっぱい』　竹内もと代作，小泉るみ子絵　文研出版　2012.1　71p　22cm　（わくわくえどうわ）　1200円　①978-4-580-82136-1

『小道の神さま』　竹内もと代作，広野多珂子絵　アリス館　2011.5　143p　21cm　（おはなしさいた　9）　1400円　①978-4-7520-0548-3
［内容］だれかの喜びになれる人は、必ずきっと幸せになる。父さんが残した言葉の意味は…。小道のさきにあらわれたふしぎな商店街。

『土笛』　竹内もと代著，佐竹美保絵　くもん出版　2010.10　222p　20cm　1400円　①978-4-7743-1774-8
［内容］『古事記』や『日本書紀』に登場する水の神の生まれ変わりで、水の声を聞ける少女ミズハ。参謀たちの策略と多数の兵でせまりくる、天の神の子。不老の妙薬"朱砂"をめぐってくりひろげられる、神話時代の歴史物語。小学校高学年から。

『ゆりあが出会ったこだまたち』　竹内もと代作，早川司寿乃絵　佼成出版社　2010.7　104p　22cm　（どうわのとびらシリーズ）　1300円　①978-4-333-02452-0
［内容］木にすむ精霊を「こだま」といいます。こだまの存在を知った、ゆりあは…。

『キジ猫キジとののかの約束』　竹内もと代作，岡本順絵　小峰書店　2008.12　158p　22cm　（おはなしメリーゴーラウンド）　1400円　①978-4-338-22204-4
［内容］不思議な青い光につつまれた古い洋館。ののかが見たものとは、何だったのか？　キジとかわした約束とは？　おさない日の記憶の底の秘密をめぐる時空をこえた物語。

『きらめいて！　ハッピー・ジャズ』　竹内もと代作，佐竹美保絵　国土社　2008.11　175p　22cm　1300円　①978-4-337-33072-6
［内容］「ほんものの拍手をあびてみないか？」ヒロトンの熱いことばにのせられ、春香たちは、ジャズバンドクラブを結成することになった。やる気バラバラのクラスの仲間が集まって、怒濤のレッスンがはじまるが…。はたしてクラス全員でステージに立てるのだろうか？　からだ中にふるえのくるような、ブラボーの拍手はきけるのか。

『真夜中のひっこし』　竹内もと代作，北見葉胡絵　学習研究社　2007.11　86p　24cm　（学研の新しい創作）　1200円　①978-4-05-202928-8
［内容］真夜中、みや子が運ぶ、この大きなだ円形のものは？　ふしぎふしぎなファンタジー。小学中級から。

『元気じるしの夏物語』　竹内もと代作　文研出版　2007.8　191p　22cm　（文研じゅべにーる）　1300円　①978-4-580-82004-3　〈絵：古味正康〉

『ほおずきちょうちん』　竹内もと代作，こみねゆら絵　岩崎書店　2007.7　140p　22cm　（新・わくわく読み物コレクショ

ン 2） 1200円　①978-4-265-06072-6

[内容] ゆい子をかわいがってくれた大ばあちゃんが亡くなった。その日から、大ばあちゃんはゆうれいとなって、家族の前にあらわれはじめた。大ばあちゃんは何か心残りがあるのだろうか。

『竜のすむ森』　竹内もと代作　小峰書店　2006.12　222p　21cm　（文学の散歩道）　1600円　①4-338-22405-3　〈絵：牧野鈴子〉

[内容] 天を飛翔する竜、地を駈ける竜清い水の激しき流れににて、あまりに疾く、その姿を目にとどめし者なし！　「君は竜を見たことがありますか？」。

『菜緒のふしぎ物語』　竹内もと代文　アリス館　2006.3　158p　21cm　（おはなしさいた）　1300円　①4-7520-0337-6　〈絵：こみねゆら〉

[内容] 夜中に大またで歩きまわる"やしきぼうず"屋根の下で舞い踊る、おひな様たち…少女と、古い屋敷に住むふしぎなものたちとの出会い。

『青空の七人』　竹内もと代作，相沢るつ子絵　文研出版　2005.5　183p　22cm　（文研じゅべにーる）　1300円　①4-580-81507-6

[内容] 四年間のがし続けたブロック大会の優勝を、今年こそはどうしても勝ちとりたい。真紀たち六年生にとっては、最後のチャンスだった。優勝への思いは、これまででいちばん強く、六年生七人の結束力も前にもまして高まっている。ところが、問題がつぎつぎと起こり…。キックベースボールのチームメートとしてだけではなく、さまざまな場面で心をかよわせあい、友だちとしての信頼を深めていく、「青空」のメンバーたちの熱い夏。小学五年生以上。

『あっぱれじいちゃん』　竹内もと代作，篠崎三朗絵　小峰書店　2003.8　62p　22cm　（おはなしだいすき）　1000円　①4-338-19203-8

[内容] 祭の夜。それは、じいちゃんヘンシンの日。

『不思議の風ふく島―飯田さんの運転日誌』　竹内もと代作，ささめやゆき絵　小峰書店　2001.1　157p　21cm　（文学の森）　1400円　①4-338-17402-1

[内容] 飯田さんは、バスの運転手。島を1周、70分。フシギなことに不思議に出会うバス。君も、乗ってみないか。ふきすぎる風が、不思議をつれてくる。

『時をこえてスクランブル』　竹内もと代作，木村桂子絵　国土社　1992.6　138p　22cm　（新創作ブックス 4）　1200円　①4-337-14604-0

[内容] 塾へいそぐ理沙の前に、交差点の人なみからぬけでたかのように、とつぜんあらわれた、ふしぎな少女めぐみ―。したしげに語りかけるめぐみに、理沙はとまどいながらも、いつしか心をひらいてゆく。家族のかかえる問題を背景に、理沙とめぐみの時をこえた友情を、ファンタジックに描く。

『日曜日のテルニイ』　竹内もと代作，中地智画　学習研究社　1987.11　123p　22cm　（学研の新・創作シリーズ）　780円　①4-05-102120-3

たざわ　りいこ

『こよみのくにの魔法つかい！―あかねと虹色ブレスレット』　たざわりいこ文・絵　講談社　2013.11　143p　22cm　（わくわくライブラリー）　1300円　①978-4-06-195748-0

[内容] こよみのくにからにげだした雪の精霊の力で、まちが消えてなくなってしまう―。なんて急に言われたって、わたしがなんとかするなんてムリ！　でも、このままじゃ、お父さんとお母さん、それに、もうすぐ生まれる赤ちゃんだって…。小学中級から。

『スタジオから5秒前！―星ケ丘小放送部、ラジオデビュー！』　たざわりいこ作，椎名優絵　角川書店　2013.5　219p　18cm　（角川つばさ文庫 Aた3-1）　640円　①978-4-04-631308-9　〈発売：角川グループホールディングス〉

[内容] 春日井まなかです！　話すことが大好きで、放送クラブに入ってるんだ。頼れる優等生の青波くんや、仲良しのはなちゃんとお昼の放送をするのが毎日の楽しみ！　なのに一放送室が工事で使えなくなっちゃった!?　落ちこみ中、舞いこんできたのは「小学生ラジオスタッフ募集」のお知らせ。なんと本物のラジオ局で放送させてもらえることになったの！　でもプロの現場は緊張の連続で…!?　人生初めての本番、スタートです！　小学中級から。

『みならいクノール』　たざわりいこ絵と文　講談社　2010.10　70p　20cm　（わくわくライブラリー）　1200円　①978-4-06-195721-3

内容 こもれびのまちの歌姫さんには「うるおいスプレー」を、まっしろまちのシロクマのおじいさんには「ひんやりしっぷ」を…。小学中級から。

田島　みるく
たじま・みるく
《1958～》

『ぼくら！　花中探偵クラブ　6　密室盗難事件と謎の転校生』　田島みるく作
PHP研究所　2013.1　221p　19cm　1100円　①978-4-569-78290-4
内容 1年生の教室から次々に盗まれるボールペンやキラキラした小物。さらに部室が荒らされ、集金袋が消えた！　花園学園中学に何が起こっているのか？―。

『ぼくら！　花中探偵クラブ　5　貝殻島リゾート疑惑の相続人』　田島みるく作
PHP研究所　2012.8　206p　19cm　1100円　①978-4-569-78259-1
内容 花園学園高校女子生徒からの依頼は、遺産相続をめぐる疑惑を晴らすこと。総資産90億円のホテル王が待つ超高級リゾートへいざ、出発！―。

『ぼくら！　花中探偵クラブ　4　学園祭事件と雷太の初恋』　田島みるく作
PHP研究所　2012.3　205p　19cm　1100円　①978-4-569-78216-4
内容 花園学園の学園祭は、中学・高校同時開催の大イベント。人気のお化け屋敷で演劇部のヒロインの身に何が起こった?!―。

『ぼくら！　花中探偵クラブ　3　呪い村神隠し事件の謎』　田島みるく作　PHP研究所　2011.3　237p　19cm　1100円　①978-4-569-78132-7
内容 ぼく神保雷太は、花園学園中学の生徒であるが、実はただの生徒ではない。かの有名な花中探偵クラブの部長で、無類の探偵小説オタク。尊敬するシャーロック・ホームズ、ポアロほか名探偵に深く感銘を受けている。「動機のない犯罪はない」が、ぼくのモットーだ。イケメンばかりの村に伝わる古いしきたりが招いた事件。探偵クラブの名推理にさらなる過去がよみがえる。

『ぼくら！　花中探偵クラブ　2　幽霊沼と三つ子地蔵の伝説』　田島みるく作
PHP研究所　2011.2　221p　19cm　1100円　①978-4-569-78124-2

内容 ぼくは花園学園中学2年C組の神保雷太。花中探偵クラブの部長だ。2年生で副部長の科学的な検証が得意な橋本健介をはじめ、部員は全部で6名。平和だったぼくの住む町が、いま恐ろしいウワサにおびやかされている。さあ、探偵クラブの出番だ。

『ぼくら！　花中探偵クラブ―学園をおびやかす謎の幽霊事件』　田島みるく作
PHP研究所　2010.8　214p　19cm　1100円　①978-4-569-78071-9
内容 環境の良い学園と、気心の知れた仲間たちに囲まれ、ぼくは、楽しい学生生活を送っていた。少なくとも、あの事件が起きるまでは…。探偵クラブ部長・神保雷太(中2)。先生を悩ませた怪事件を軽々と解決。さて今度は真夜中に音楽室のピアノが…。

たつみや　章
たつみや・しょう
《1954～》

『イサナ竜宮の闘いへ』　たつみや章作
講談社　2007.10　367p　20cm　1600円　①978-4-06-214309-7　〈絵：東逸子〉
内容 不知火のきみはきさきに殺されたと知り、息子ヒコナは仇討ちに燃える。しかし、神通力の源の宝の珠を借りに有明のきみの宮へ向かった船は、つぎつぎと敵に襲われ、イサナとクレ、そして綿津見一族の男たちも闘いの渦にまきこまれていく…。はるかな昔、神とともに生きる海の民と、不知火海を支配する竜一族を巡る海洋冒険ファンタジー終章。

『イサナと不知火のきみ』　たつみや章作
講談社　2006.5　285p　20cm　1600円　①4-06-213422-5　〈絵：東逸子〉
内容 綿津見一族の娘イサナは、不思議な声に導かれ、大船を造るための大木を探しに、兄やクレとともに船出した。やがて声のするマツの木を見つけるが、その中には竜王の子が封じこめられていて、イサナが木から助けだしたために、竜の魂をねらう悪しきものや恐ろしいシャチに追われることとなる…。神とともに生きる海の民綿津見一族と、不知火の海を支配する竜一族の海洋冒険ファンタジー。

立石　彰
たていし・あきら

『見習い魔術師トトの冒険　2　樹海の魔

『女』立石彰作　講談社　2010.10　283p　20cm　1300円　①978-4-06-216578-5〈絵：二木真希子〉

内容　祖父ヨーゼフがのこしてくれた歌を手がかりに、魔術師の秘密を知ったトト。鳥人族のジュライ、心やさしい少女ニーナたちとともに、魔女のひそむ樹海をめざす。

『見習い魔術師トトの冒険　1　魔術師の秘密』立石彰作　講談社　2010.10　252p　20cm　1300円　①978-4-06-216577-8〈絵：二木真希子〉

内容　弱虫で、戦うことがきらいな男の子、トト。見習い魔術師として、悪霊や鳥人族の襲来などから国を守る仕事につく。しかしその戦いには、かくされた秘密があることを知り…。

『ぼくってヒーロー？』立石彰作　講談社　2007.2　199p　22cm　（講談社・文学の扉）　1400円　①978-4-06-283209-0〈絵：大庭賢哉〉

内容　泣き虫の真一は、ヒーローに憧れる毎日だったが、ミスター・ドウミョウジという未来人に出会い、SKH（スーパーキッズヒーロー）になる。しかし、弱虫のままの真一は、いつまでたってもヒーロー未満。ほんもののヒーローになれる日はくるの？　新感覚の学園ファンタジー。小学上級から。

『勇太と死神』立石彰作　講談社　2006.3　262p　22cm　（講談社・文学の扉）　1500円　①4-06-283200-3〈絵：大庭賢哉〉

内容　自称エリートの死神に友の命がねらわれた。勇気だけを武器に、勇太はへんちくりんな死神へ戦いを挑む―。大型新人作家現る！　弾けた新感覚の学園ファンタジー。第45回講談社児童文学新人賞受賞作！　小学上級から。

田中　成和
たなか・しげかず
《1954～》

『2 in 1 名門フライドチキン小学校　注射がいちばん』田中成和作, 原ゆたか絵　ポプラ社　2014.5　198p　18cm　（ポプラポケット文庫 042-2）　620円　①978-4-591-13990-5〈「名門フライドチキン小学校の注射がいちばん」(1987年刊)と「名門フライドチキン小学校のぷかぷかサッカー」(1988年刊)の改題、抜粋、合本〉

内容　あの「名門フライドチキン小学校」で、かぜが大はやりしています。この道三十年、注射の達人ツベルクリン先生がやってきたから、もう大パニック。生徒たちとの命がけの（？）たたかいがはじまります！　永遠のライバル、ニンジンパン学園とのサッカー対決も、超おもしろい!!　小学校中級～。

『2 in 1 名門フライドチキン小学校』田中成和作, 原ゆたか絵　ポプラ社　2014.2　207p　18cm　（ポプラポケット文庫 042-1）　620円　①978-4-591-13760-4〈「名門フライドチキン小学校」(1985年刊)と「名門フライドチキン小学校の大うんどう会」(1986年刊)の改題、合本〉

内容　元気がでないときには、この本をひらいてください。ダンスばかりしている校長先生、頭つきばかりしている教頭先生、ロケットでもなんでも発明してしまう男の子、ゾウにのって通学する女の子…。「名門フライドチキン小学校」はいつも大さわぎ！　でも、こんな学校があったらいいな！　小学校初・中級から。

田中　啓文
たなか・ひろふみ
《1962～》

『あんだら先生とジャンジャラ探偵団』田中啓文作　理論社　2009.11　319p　19cm　1600円　①978-4-652-00766-2

内容　東京からイヤイヤ転校してきたおとなしめの小学五年生・めぐ（大阪弁は父親ゆずり）。ナニワのジャンジャラ横丁に暮らすおてんば同級生・千夏（ヤクザ相手でもケンカ上等）と友だちになってから、めぐの毎日は大騒動に！　豪傑校長・あんだら先生（いつも酒くさいおっちゃん）の指南を受けつつ怪事件に挑む二人は「ジャンジャラ探偵団」を結成し…。

田中　由香利
たなか・ゆかり

『まじかる☆ホロスコープ―キューピッドにSOS!?　夢をつなぐ魔法のメロディ☆』カタノトモコ絵, 田中由香利文　KADOKAWA　2013.10　121p　19cm　（〔魔法のiらんど単行本〕）790円

①978-4-04-891730-8 〈監修：桜田ケイ〉
[内容] 12星座の見習いキューピッドたち「ラブリーテイルズ」は、数々の卒業試験をクリア。みんなで一緒に卒業式を待つばかり。彼女たちに、なんと地上の女のコからSOSが届いて―!? 夢をおいかける女のコ・月下あかりちゃんのため、先生にもナイショでキューピッドたちの大冒険がはじまる!! 12星座うらないつき！

『まじかる☆ホロスコープ―トモダチを救え！ キューピッド大作戦』 カタノトモコ絵，田中由香利文 アスキー・メディアワークス 2013.7 125p 19cm 〔[魔法のiらんど]〕 790円 ①978-4-04-891729-2 〈監修：桜田ケイ 発売：KADOKAWA〉
[内容] 卒業のための第1テストに合格した、見習いキューピッドたち「ラブリーテイルズ」。でも、第2の筆記テストで、サージだけが不合格になっちゃって…!? "みんなで一緒に卒業する"ための課題は、「トモダチ関係になやむ女のコ・美月ちゃんを幸せにすること」。美月とサージのために、ラブリーテイルズが地上へ舞い降りた！

『まじかる☆ホロスコープ―恋のキューピッドあらわる！』 カタノトモコ絵，田中由香利文 アスキー・メディアワークス 2013.5 143p 19cm 790円 ①978-4-04-891728-5 〈監修：桜田ケイ 発売：角川グループホールディングス〉
[内容] 一人前のスターキューピッドになるための卒業試験をひかえた、12星座の見習いキューピッドたち「ラブリーテイルズ」。試験の課題は"1人の女のコを幸せにすること"―。彼女たちが見つけたのは、転校生に恋しちゃった小6の女のコ・星名未夢。未夢の恋をかなえるため、キューピッドたちが地上へ舞い降りた！ 12星座うらないつき！

田中　芳樹
たなか・よしき
《1952～》

『髑髏城の花嫁』 田中芳樹著 東京創元社 2011.10 332p 20cm （Victorian Horror Adventures 2） 1700円 ①978-4-488-02484-0 〈文献あり〉
[内容] クリミア戦争から祖国への帰途、エドモンド・ニーダムと戦友は特命を受け、瀕死の青年をダニューヴ河畔にある髑髏城へと送り届けた。巨大な頭蓋骨を模した城の外観、陶磁器の人形のような女主人、黒装束に身を包む召使たちの姿は、奇異な印象をふたりに与えた。その後、無事祖国イギリスに戻り、姪のメープルとともに会員制の大手貸本屋で働き、多忙な日々を送るニーダムは、ある日ロンドンで、かつて城へと送り届けた青年と再会を果たす。別人のように生命力溢れる青年は、伯爵を名乗り、ノーサンバーランドにある屋敷での仕事を依頼したいと言う。はりきる姪とは反対に、ニーダムは不吉な胸騒ぎを感じていた。奇しくも"髑髏城"と呼ばれる屋敷で、ふたりを待ち受けていたのは、想像を絶する奇怪なできごとだった。

『月蝕島の魔物』 田中芳樹著 東京創元社 2011.7 360p 20cm （Victorian horror adventures 1） 1700円 ①978-4-488-02477-2
[内容] 十九世紀、活気に満ちたヴィクトリア朝のイギリス。クリミア戦争から奇跡的に生還を果たしたエドモンド・ニーダムは、しっかり者の姪、メープルとともに大手の会員制貸本屋で働きはじめる。そして、ようやく仕事に慣れはじめた矢先、作家アンデルセンとディケンズの世話を押しつけられてしまう。個性豊かな二大文豪にふりまわされるニーダムに、さらなる難題がふりかかる。月蝕島（ルナ・イクリプス・アイランド）の沖で発見された、氷山に閉じこめられた謎の帆船を見に行くとディケンズが宣言したのだ。かくして、不吉な噂に満ちた月蝕島への旅がはじまった。

『創竜伝　4　四兄弟（ドラゴン）脱出行』 田中芳樹著 講談社 2009.3 309p 19cm （YA! ENTERTAINMENT） 980円 ①978-4-06-269413-1
[内容] 闇の世界の支配者が、ついに長兄・始に狙いを定めた。水を呼びよせた余、炎とともに覚醒した続、風に続いて終、始も竜王へと変身するか！ 伝奇ファンタジー「創竜伝」シリーズ第四巻。

『創竜伝　3　逆襲の四兄弟（ドラゴン）』 田中芳樹著 講談社 2009.1 301p 19cm （YA! ENTERTAINMENT） 980円 ①978-4-06-269409-4
[内容] レディLが、竜堂四兄弟に再び攻撃をしかけてきた。卑劣きわまるやり口に、西海白竜王が立ち上がる！ 伝奇ファンタジー「創竜伝」シリーズ第三巻。

『創竜伝　2　摩天楼の四兄弟』 田中芳樹著 講談社 2008.12 312p 19cm （YA! ENTERTAINMENT） 980円 ①978-4-06-269407-0
[内容] 世界征服を狙う四人姉妹が、竜堂四兄弟の目の前に姿を現した！ 抗おうとする

四兄弟のうち、余につづき業火の中、覚醒したのは!? 話題沸騰！ 伝奇ファンタジー「創竜伝」シリーズ第二巻。

『創竜伝 1 超能力四兄弟』 田中芳樹著 講談社 2008.10 300p 19cm （YA! ENTERTAINMENT）980円 ①978-4-06-269401-8

[内容] 全地球支配を企む巨悪の野望に竜堂四兄弟が立ち向かう。やがて秘されていた末弟・竜堂余が覚醒し…。壮大な伝奇ファンタジー、待望の第一巻。

『月蝕島の魔物—Victorian horror adventures』 田中芳樹著 理論社 2007.7 436p 20cm （ミステリーYA！）1400円 ①978-4-652-08610-0

[内容] 1857年、ヴィクトリア朝のイギリス。当時、世間をにぎわせていたのは、スコットランド近くにある月蝕島（ルナ・イクリプス・アイランド）の沖で氷山に閉じ込められた謎の帆船が発見されたというニュースだった。そんな中、クリミア戦争から奇跡的に生還したニーダム青年は、姪のメープルとともに、大手の会員制貸本屋で働くことになる。ある日、社長から言い渡された特命は、作家アンデルセンとディケンズの世話をすること。超マイペースな二大文豪に翻弄され、きりきり舞いのニーダム青年をさらなる試練が襲う。なんと、ジャーナリズム精神あふれるディケンズが、月蝕島へ行くと言いだしたのだ。かくして一行は不吉な噂に満ちた月蝕島へ向かうのだが…。物語の創造主・田中芳樹が放つ、極上のエンターテインメント。ヴィクトリア朝怪奇冒険譚三部作の第一作。

『ラインの虜囚』 田中芳樹著 講談社 2005.7 355p 19cm （Mystery land）2000円 ①4-06-270575-3

[内容] 一八三〇年、冬、パリからライン河へ謎と冒険の旅がはじまる。旅の仲間は四人、カナダから来た少女コリンヌ、酔いどれ剣士モントラシェ、カリブの海賊王ラフィット、若き自称天才作家アレク。奇怪な塔に幽閉された仮面の男は死んだはずのナポレオンなのか？ 謎と冒険の旅がいまはじまった。

田中　利々
たなか・りり

『悪魔の人形館』 田中利々作，ともぞ絵 講談社 2014.8 205p 18cm （講談社青い鳥文庫 296-3—探偵ココ☆ナッツ）620円 ①978-4-06-285434-4

[内容] 山で迷ったこころと夏之介たちが、嵐のなかたどりついた洋館は、「悪魔の人形館」だった。うす気味悪い住人たちは、みんななにかをかくしているみたい。鎧が歩く、幽霊の歌声が聞こえるなど怪奇現象がつぎつぎ起こり、ついには同級生が姿を消して…。「悪魔の人形」の秘密ってなに!? こころと夏之介のコンビが謎をとく！ 一冊読み切りミステリー。小学中級から。

『呪われたステージ』 田中利々作，ともぞ絵 講談社 2013.8 231p 18cm （講談社青い鳥文庫 296-2—探偵ココ☆ナッツ）650円 ①978-4-06-285375-0

[内容] 謎の小学生連続誘拐事件が発生。解放された被害者はみな、誘拐時の記憶がまったくないのだ。一方、こころのクラスで、劇「ロミオとジュリエット」の練習中、気味の悪いできごとが続く。内気なくせに天才的推理脳を持つこころと、生意気で、驚異的嗅覚をほこる夏之介のコンビ「探偵ココ☆ナッツ」が、二つの事件の真相に迫る！ 小学中級から。

『うばわれたティアラ』 田中利々作，ともぞ絵 講談社 2012.10 229p 18cm （講談社青い鳥文庫 296-1—探偵ココ☆ナッツ）640円 ①978-4-06-285311-8

[内容] 小5の美久留沢こころは、超内気だけど、推理力バツグンの女の子。いとこの由利香に5億円のティアラがおくられたパーティに、自由きままな同居人・夏之介とふたりで出席したこころ。ところが、目の前でティアラがうばわれてしまった！ 招待客はあやしい人物だらけ。こころと夏之介は、犯人を見つけることができるの？　小学中級から。

田部　智子
たべ・ともこ

『ハジメテノオト』 田部智子作，Nardack絵 ポプラ社 2014.4 204p 18cm （ポプラポケット文庫 094-1—初音ミクポケット）680円 ①978-4-591-13928-8

[内容] 「音」をつかさどるために生まれたミクは、世界中からピュアな音を集めていた。ミクに出会った人々は、今まで生きていたなかで一番だいじな「初めての音」を思い出す…。人気楽曲をモチーフにした心あたたまるショートストーリー集。小学校上級～。

『いい子じゃないもん』 田部智子作，岡田千晶画 福音館書店 2013.3 137p 21cm （〔福音館創作童話シリーズ〕—ユウレイ通り商店街 5）1200円 ①978-4-8340-2786-0

田部智子

『とびだせ！　そら組"ごくひ"ちょうさたい』　田部智子作，たかいよしかず絵　岩崎書店　2012.5　79p　22cm　（おはなしトントン 32）　1000円　①978-4-265-06297-3

内容　ぼく、二年そら組のコータ。たすけた子ネコを、学校の図工室であずかってもらってるんだ。図工のみどり先生から「はやく、かいぬし見つけな」っていわれてる。ぼくの家は、おばあちゃんがアレルギーだからかえない。子ネコをしあわせにしてくれる家、見つけるぞ！　小学校1・2年生むけ。

『とびだせ！　そら組レスキューたい』　田部智子作，たかいよしかず絵　岩崎書店　2011.11　71p　22cm　（おはなしトントン 26）　1000円　①978-4-265-06291-1

内容　ぼく、二年そら組のコータ。きょうは、あさからたいへんなんだ。カズくんが「ネコ、ネコ」っていって、とりごやのまえをうごかないんだもん。とりごやに、ネコなんているわけないよね…？

『あたしだけに似合うもの』　田部智子作，岡田千晶画　福音館書店　2011.9　124p　21cm　（ユウレイ通り商店街 4）　1200円　①978-4-8340-2679-5

内容　あたしは理香子、薬局の娘。モデル志望で、おしゃれにバッチリ気をつかい、ヒップホップダンスに打ちこみ、雑誌の読者モデルにもバンバン応募。わからず屋のお父さんなんかムシして、自分の将来は自分で決める！　でも、ツレの子に先をこされそうで、あせってるんだ…。

『クールな三上も楽じゃない』　田部智子作，岡田千晶画　福音館書店　2011.9　130p　21cm　（ユウレイ通り商店街 3）　1200円　①978-4-8340-2678-8

内容　ぼくは三上洋平、「ジャーマン・ベーカリー」の跡取り息子で学級委員長。体験学習でいやいや保育園に行ったら、ワルガキに振り回されてボロボロ。おまけに、自分と両親の「秘められた過去」が明るみに…。ああっ、ぼくの"クール"は、どこに行っちゃうんだ!?

『手のひらにザクロ―ひみつのささやきが聞こえたら』　田部智子作，サトウユカ絵　くもん出版　2011.2　143p　21cm　1300円　①978-4-7743-1931-5

内容　「仏像に、たたりがないか見にいこう！」おばの薫ちゃんにつれられて、ひみつの仏さまを見にいったわたし、桜木花。仏像なんて、ぜーんぜん興味がなかったのに、とつぜん、仏さまから「ここに、いたい…たすけて…」という声が！　クラスメイトで仏像マニアの耕太郎も「仏さまをたすけて！」っていうし、ここは、わたしたちがやるっきゃないよね…？　小学中学年から。

『ダンス・ダンス！』　田部智子作，岡田千晶画　福音館書店　2010.6　130p　21cm　（〔福音館創作童話シリーズ〕―ユウレイ通り商店街 2）　1200円　①978-4-8340-2575-0

内容　わたしはまゆみ、クリーニング屋の娘。ジャズダンスが大好きで、ヒップホップ派の子たちとバチバチ張り合ってる。でも、商売が不調のせいで両親がなんだかギクシャクしてるし、おじいちゃんは病気で入院。ダンスでも、新入りの親友にポジションを取られちゃって…わたしもウチも、このままじゃダメだ。小学校中級から。

『ムカシのちょっといい未来』　田部智子作，岡田千晶画　福音館書店　2010.6　128p　21cm　（〔福音館創作童話シリーズ〕―ユウレイ通り商店街 1）　1200円　①978-4-8340-2574-3

内容　ぼくは小村武蔵、5年生。うちが"昔ながらのパン屋"だから、「ムカシ」って呼ばれてる。図工の時間に自分の将来を絵に描くことになったんだけど、なんの夢も希望も浮かんでこない。パパは売れもしないヘンテコなパンを作ってはひとりで喜んでるし、今どきパソコンもない店なんて…でもある日、一発逆転のチャンス到来。小学校中級から。

『パパとミッポと海の1号室』　田部智子作，小倉正巳絵　岩崎書店　2010.2　171p　22cm　（物語の王国 14）　1300円　①978-4-265-05774-0

内容　ミッポは、パパとふたりで暮らしている小学六年生の女の子。住んでいるのは、不思議なことが次つぎ起こるマンション。親友のチェリちゃんは今、初恋に夢中！　邪魔するつもりはないミッポだったのですが…。悩むミッポをよそに、マンションに危機がせまる。

『パパとミッポと夢の5号室』　田部智子作，小倉正巳絵　岩崎書店　2008.12　175p　22cm　（物語の王国 4）　1200円　①978-4-265-05764-1

内容　ミッポは、パパとふたりで暮らしている小学五年生の女の子です。引っ越してき

たマンションは、なぜか不思議なことがいっぱい。今回、ミッポが出会った住人は、もしかしたら魔女…。

『パパとミッポの星の3号室』 田部智子作 岩崎書店 2007.11 206p 22cm （新・わくわく読み物コレクション 10） 1300円 ①978-4-265-06080-1 〈絵：小倉正巳〉

内容 ミッポは、パパとふたりで暮らしている小学四年生の女の子。こんど新しく『イチョウ通りマンション』に越してきました。このマンションで、ミッポの不思議な体験がはじまるのです。

田村　理江
たむら・りえ
《1964～》

『ひみつの花便り』 田村理江作，高山まどか絵 国土社 2013.9 143p 22cm 1300円 ①978-4-337-33618-6

内容 花音は最近、仲よしグループで遊んでいても、ときどき（ちょっと、ちがうな）と感じてしまう。でも、自分の考えは口には出せない。だって、「変わってる」といわれるのはいやだし、なにより、仲間はずれがこわいから。そんなもやもやをかかえていた花音が、ひょんなことから、謎の女の人と手紙のやりとりをすることになった。そして、謎の女の人の正体があきらかになったとき―。

『夜の学校』 田村理江作，佐竹美保絵 文研出版 2012.11 191p 22cm （文研じゅべにーる） 1400円 ①978-4-580-82188-0

内容 受験勉強にはげむ蘭は、六月のある夕暮れ、塾のあるバス停を乗りすごし、町はずれの野原に来てしまう。海岸にあるはずの灯台が、広い野原の真ん中にそびえ、蘭を誘うように長い影をのばしている。「こんなところ、いつできたんだろう？」「気が遠くなるほど昔から、あったさ。」灯台守のおじさんがともす、まばゆい光に包まれた蘭は、なぜか、住みなれた町がちがって見えはじめる。いつにもにぎやかな夜の町、やけにやさしい両親、夜にはじまる学校、白い顔をしたクラスメートたち…。みんなニセモノ？　それとも、ニセモノはわたし？―。

『あの子を探して』 田村理江著 愛育社 2010.7 191p 19cm 1500円 ①978-4-7500-0371-9

内容 どこからともなくやってきて、大事なことに気づかせてくれた"あの子"は、いったい誰だったんだろう？　八つの不思議なメルヘン。

田森　庸介
たもり・ようすけ
《1951～》

『金の月のマヤ　3　対決！　暗闇の谷』 田森庸介作，福島敦子絵　偕成社 2014.2 175p 19cm 1000円 ①978-4-03-647030-3

内容 謎の笛の音に導かれ"闇の神殿"へと足を踏みいれる少女マヤ。いまここに"シャドウイン"の命運をかけた壮絶な戦いが始まった。

『金の月のマヤ　2　秘密の図書館』 田森庸介作，福島敦子絵　偕成社 2013.12 163p 19cm 1000円 ①978-4-03-647020-4

内容 "影の図書館"に迷いこんだマヤと仲間たちは、あやしい仮面の男を見つけ追いかけるが、すんでのところでとり逃がしてしまう。手がかりとなる一冊の書物をのこして…精霊"エルマ"の力を借りマヤと仲間たちは"シャドウイン"の謎に立ちむかう！『ポポロクロイス物語』のコンビがおくる愛と冒険の学園ファンタジー！　小学校中学年から。

『金の月のマヤ　1　黒のエルマニオ』 田森庸介作，福島敦子絵　偕成社 2013.12 179p 19cm 1000円 ①978-4-03-647010-5

内容 ある朝、とつぜん異世界"シャドウイン"へと迷いこんでしまった、小学四年生の観月マヤ。彼女の使命は救世主"黒のエルマニオ"となって、この世界を救うことだった―闇におおわれた世界を救うため、少女マヤの冒険が、いま始まる。『ポポロクロイス物語』のコンビがおくる愛と冒険の学園ファンタジー！　小学校中学年から。

『となりの鉄子』 田森庸介さく，勝川克志え　偕成社 2013.7 139p 22cm 1000円 ①978-4-03-515810-3

内容「ハロー。ニーハオ。ボンジュール。猫柳鉄子です。みんなよろしくね」ある日クラスにやってきた、ふしぎな転校生テッコ。いじめもぜんぜん気にしない、大きな目の転校生をみて、守はテッコのことが気になりはじめます。しかし、テッコには友だちにも言えない秘密があったのです。小学校中学年から。

『まほうねこ・ダモン　大まほうつかい

『VS. 大ようかい』　田森庸介著　ポプラ社　2012.1　88p　22cm　（ポプラ社の新・小さな童話　267）　900円　①978-4-591-12725-4
内容　ぼく、まほうねこのダモン。ぼくに東のくにジパングから、スモモひめという女の子が、たすけをもとめてきたんだ。ジパングではおそろしい大ようかいのために、たいへんなことになっているらしいんだ。

『まほうねこ・ダモン』　田森庸介著　ポプラ社　2011.8　88p　22cm　（ポプラ社の新・小さな童話　262）　900円　①978-4-591-12537-3
内容　ぼく、みならいまほうつかいのダモン。ぼくのくにの王さま、カスタード王のカルメラひめが、ジャム大まおうにつれていかれてしまった。それで、ぼくが、たすけにいくことに…みんな、クイズをといて、ぼくをたすけて。

『ポポロクロイス物語　2　七匹の子竜の冒険』　田森庸介作　ポプラ社　2003.8　252p　21cm　（ポポロクロイスシリーズ　2）　900円　①4-591-07801-9
内容　愛馬・流星にまたがり放浪をつづける白騎士。ある森にさしかかったとき、卵をだいた母竜をあやまって殺してしまう。罪のない竜を殺した報いで「竜尾の剣」はおれ、のこされた七つの卵からは、つぎつぎに子竜たちが生まれてきた。剣をもとどおりにするためには、北のはてにいるという鍛冶屋・ロキオンをたずねなければならない。白騎士は七匹の子竜とともに、旅立つますが…。子どもから大人まで大人気のRPG、ポポロクロイス物語。待望の原作シリーズ第2弾。

『くろねこ大まおうのおばけだぞ！―むちゃのねこ丸ゲームブック』　田森庸介作・絵　ポプラ社　1995.3　86p　21cm　（ポプラ社の新・小さな童話　111）　880円　①4-591-04664-8

『なぞのゆうれい島』　田森庸介さく・え　ポプラ社　1995.1　119p　22cm　（ポプラ社の新・小さな童話　109―ポポロクロイス物語　レベル2）　880円　①4-591-04650-8

『王子さま、竜の山へいく』　田森庸介さく・え　ポプラ社　1994.10　110p　22cm　（ポプラ社の新・小さな童話　105―ポポロクロイス物語　レベル1）　880円　①4-591-04612-5
内容　ここは、ポポロクロイスの国。ぼんやりとのんびりしていたピエトロ王子のあたまのうえに、大きなかげがせまってきた。それは、ガミガミ魔王のロボットだった。人気シリーズ"むちゃのねこ丸ゲームブック"の作者がいどんだ、コマ童話の新シリーズ。幼児～小学校低学年向。

『タイムまじんをやっつけろ！―むちゃのねこ丸ゲームブック』　田森庸介さく・え　ポプラ社　1993.9　78p　22cm　（ポプラ社の新・小さな童話　92―むちゃのねこ丸シリーズ）　780円　①4-591-03092-X
内容　ねこめむらに、つぎつぎあらわれる大むかしのたてものやきょうりゅう…。時間をあやつるタイムまじんが地球をせいふくしようとしているのだ。さあ、みんなもいっしょにタイムワープ。小学1～2年むき。

『ねこ丸となぞの地底王国―むちゃのねこ丸ゲームブック』　田森庸介さく・え　ポプラ社　1993.6　78p　22cm　（ポプラ社の新・小さな童話　85―むちゃのねこ丸シリーズ）　780円　①4-591-03085-7
内容　大じしんのあと、ねこめむらに大きなひびわれができた。地底の女王が、地球をまっぷたつにしようとしているのだ。さあ、スーパーモグラ号にのって、地底にしゅっぱつだ。小学1～2年むき。

『くらやみ王国のモクモク大王―むちゃのねこ丸ゲームブック』　田森庸介さく・え　ポプラ社　1992.11　77p　22cm　（ポプラ社の新・小さな童話　73―むちゃのねこ丸シリーズ）　780円　①4-591-03073-3
内容　きたないものが大すきなくらやみ王国のモクモク大王がやってきた。せかいをゴミだらけにして、しはいしようとたくらむモクモク大王をたおすために、ねこ丸、みけ丸、がんばって。小学1～2年むき。

『むちゃのねこ丸ゲームブック』　田森庸介さく・え　ポプラ社　1988.12　76p　22cm　（ポプラ社の新・小さな童話）　680円　①4-591-03006-7
内容　ある日、ねこ丸におそろしいしらせが！　うつくしいねこ姫が、おそろしいゴロゴロ大王にさらわれて城にとじこめられてしまったのです。みんなもねこ丸といっしょにいろんなゲームをときながらねこ姫をたすけにいこう！　小学1～2年向。

つくも ようこ

『パティシエ☆すばる 〔5〕 ウエディングケーキ大作戦！』 つくもようこ作，烏羽雨絵 講談社 2014.4 179p 18cm （講談社青い鳥文庫 256-11） 620円 ①978-4-06-285412-2

内容 パティシエ見習いのすばる、カノン、渚は、ある日、クロエ先生からふしぎなことを言われました。"パティシエになるだけでは、お菓子屋さんは開けません。"「お菓子屋さんになるために必要なもの」がわかって、大興奮の3人に注文が入り、二日がかりで「ウエディングケーキ」を作ることに！ 大人気パティシエ辻口博啓さんのインタビューつきだよ！ 小学中級から。

『パティシエ☆すばる 〔4〕 誕生日ケーキの秘密』 つくもようこ作，烏羽雨絵 講談社 2013.10 171p 18cm （講談社青い鳥文庫 256-10） 620円 ①978-4-06-285387-3

内容 すばるとカノン、渚は、ホンキでパティシエをめざしている小学生。伝説のパティシエ、マダム・クロエのもとで修業中です。すてきなスイーツ・パーティーで、魔法のクリームに出会った3人。バースデーケーキの注文を受け、さっそくそのクリームを使ってみたのに、「このケーキはダメよ。」とお客さま。いったいなぜ？ 食べてないのに、なぜおいしくないってわかるの？ 小学中級から。

『パティシエ☆すばる 〔3〕 記念日のケーキ屋さん』 つくもようこ作，烏羽雨絵 講談社 2013.4 149p 18cm （講談社青い鳥文庫 256-9） 580円 ①978-4-06-285349-1

内容 パティシエをめざして、伝説のパティシエ、マダム・クロエのもとで修業中のすばるたち。そして、マダム・クロエのケーキ屋さんは、お客さまひとりひとりの注文にあわせてケーキを作るという、すてきな「記念日のケーキ屋さん」なのです。そんなある日、「悲しい記念日」のケーキの注文をするお客さまがあらわれました。でも、「悲しい記念日」にぴったりのケーキって？

『パティシエ☆すばる 〔2〕 ラズベリーケーキの罠』 つくもようこ作，烏羽雨絵 講談社 2012.10 159p 18cm （講談社青い鳥文庫 256-8） 580円 ①978-4-06-285313-2

内容 スイーツ大好きなすばるは、友だちのカノン、渚といっしょにホンキでパティシエをめざしている小学生。伝説のパティシエ、かっこいいマダム・クロエのもとで、お菓子作りのレッスンがいよいよスタート。なにかとすばるにつっかかる優等生のつばさちゃんもいっしょで、すこしフクザツだけど…。でもでも、バターと小麦粉、塩と水だけでできるお菓子って、なに!? 小学中級から。

『パティシエ☆すばる—パティシエになりたい！』 つくもようこ作，烏羽雨絵 講談社 2012.8 163p 18cm （講談社青い鳥文庫 256-7） 580円 ①978-4-06-285306-4

内容 パティシエって、知ってる？ お菓子を作る人のことだよ。学校の授業でお菓子作りを体験したすばる、カノン、渚は、思いがけずその楽しさにめざめちゃったの！ そして秘密のノートの最後に、すばるが書いた言葉は、「才能と努力で、三人そろってパティシエになる」！ でも、パティシエってどうやったらなれるんだ？ これからはじまるすばるたちの修業、応援してね！

『魔女館と魔法サミット—魔女館 part 6』 つくもようこ作，CLAMP絵 講談社 2011.10 227p 18cm （講談社青い鳥文庫 256-6） 620円 ①978-4-06-285186-2

内容 「魔女館」は、あかりの家にある古いドールハウス。悪さがすぎて、人形にされてしまったホンモノの魔女、イザベラたちが住んでいます。あかりがマジカルジュエリーを試したせいで、封印がとけたイザベラたち。「魔法の再生」をめざして魔法サミットを開き、今度こそ、世界は絶体絶命のピンチに!? そして、あかりが考えた、悪い魔法を封じこめるお菓子とは—。

『魔女館と怪しい科学博士—魔女館 part 5』 つくもようこ作，Clamp絵 講談社 2010.3 221p 18cm （講談社青い鳥文庫 256-5） 580円 ①978-4-06-285143-5

内容 テレビで大人気の脳能科学者、西円洲博士に「脳能力」を認められ、博士の研究所に招待されたあかり。自分に「魔法の才能」がほんとうにあるのか、調べてもらうチャンスだ、と大喜びしていたら—。パパやママは計算ができなくなっちゃうし、小学6年生がひらがなのお勉強だなんて、またまた悪い魔法のせい？ 「あの」物語のなかで、あかりの大冒険がはじまります！

『魔女館と謎の学院—魔女館 part 4』 つくもようこ作，CLAMP絵 講談社 2008.11 221p 18cm （講談社青い鳥文庫 256-4） 580円 ①978-4-06-

285053-7

内容 魔法おたくのあかりの秘密は、ドールハウス「魔女館」。そこには、あかりが人形にして封じこめた、ホンモノの魔女たちが住んでいるのです。ある日、聖グローリア学院の学院長、グローリア伯爵に、「才能がある。」とみとめられたあかり。うかれていたら、またまた街がおかしなことに！「魔女館」の人形たちは、なにか知っていそうで…。あかりの新しい冒険がはじまります！

『魔女館と月の占い師─〔魔女館 part 3〕』 つくもようこ作，CLAMP絵 講談社 2007.12 267p 18cm （講談社青い鳥文庫 256-3） 670円 ①978-4-06-148786-4

内容 あかりは、魔法おたくの小学6年生。あかりの家にあるアンティークのドールハウスには、なんとホンモノの魔女の家族が封印されて住んでいる。ある日あらわれた怪しい占い師プリンセス月子。その正体が知りたいあかりは、魔女の誘惑に負けて、ついその封印を解いてしまう。プリンセス月子はだれ？　暗くなってしまった太陽はどうなるの？　またまた、あかりたちの大冒険がはじまります。小学中級から。

『魔女館と秘密のチャンネル─〔魔女館 part 2〕』 つくもようこ作　講談社 2007.3 285p 18cm （講談社青い鳥文庫 256-2） 670円 ①978-4-06-148751-2〈絵：CLAMP〉

内容 あかりは魔法おたくの小学校6年生。ある日、あかりのパパのアンティークショップで、ドラマの撮影が行われることに。ところが、かっこよく采配をふるうディレクターのミカエルは、テレビを通じて世界を思いのままにしようとたくらむ魔法使いだった！　大切な太陽のペンダントの力をうっかり吸いとられてしまったあかり。家族やみんなを救うために、またまた大冒険がはじまります。小学中級から。

『魔女館へようこそ─〔魔女館 part 1〕』 つくもようこ作　講談社　2006.6 280p 18cm （講談社青い鳥文庫 256-1） 670円 ①4-06-148731-0〈絵：CLAMP〉

内容 あかりは、魔法使いになりたくてたまらない小学6年生。ある日、パパのアンティークショップに、すてきなドールハウスと人形がやってきた。その人形は、なんと姿を変えたホンモノの魔女だった！　魔女イザベラに魔法を教えてやるとそそのかされるあかり。イザベラの本当のねらいはなに？　あかりは魔法使いになれるの？　3人の親友の力を借りながら、あかりの大冒険がはじまります。小学中級から。

土屋　富士夫
つちや・ふじお
《1953〜》

『モン太くんとミイラくん』 土屋富士夫作・絵　徳間書店　2013.12 77p 22cm （モンスタータウンへようこそ） 1200円 ①978-4-19-863728-6

内容 モンタくんは、モンスタータウンにすんでいる、ドラキュラの男の子。ある日、モン太くんのともだちのミイラくんが、エジプトから、ひとりで、あそびにくることになった。「ぼくだって、ひとりでミイラくんをむかえにいけるよ！」ところが、モンスターくうこうにむかったモン太くんを、しんゆうのガイコツくんがよびとめて…？　ミイラくんのおみやげのつぼから、大むかしのファラオも登場！　モンスタータウンのなかまたちの、たのしいお話。小学校低・中学年〜。

『モンスター一家のモン太くん』 土屋富士夫作・絵　徳間書店　2012.10 75p 22cm （モンスタータウンへようこそ） 1200円 ①978-4-19-863501-5

内容 モン太くんは、モンスタータウンにすんでいる、男の子。おかあさんはまじょで、おとうさんはフランケンシュタイン、しんゆうは、おはかにすんでる、ガイコツくん。まいにち、たのしくくらしているけど、なんだかちょっぴり、ものたりない。「どうしてぼくだけ、ふつうのにんげんなのかなあ…」でも、あるひ、そんなモン太くんに、すごいことが…！　モンスターとにんげんが、いっしょになかよくくらしている、モンスタータウンのたのしいお話。小学校低・中学年〜。

天童　荒太
てんどう・あらた
《1960〜》

『包帯クラブ』 天童荒太著　筑摩書房　2006.2 191p 18cm （ちくまプリマー新書 X01） 760円 ①4-480-68731-9

内容 傷ついた少年少女たちは、戦わないかたちで、自分たちの大切なものを守ることにした…。いまの社会を生きがたいと感じている若い人たちに語りかける長編小説。

東野　司
とうの・つかさ
《1957〜》

『何かが来た』　東野司作，佐竹美保絵　岩崎書店　2013.7　237p　19cm　（21世紀空想科学小説）　1500円　①978-4-265-07502-7

内容　「父さん！」大きく呼んだ。二人の動きが止まった。ゆっくりと父さんが振り返った。首だけが動いた。首が振り返り、その動きにつながるように、肩が回って腰が回って…。まるで体の中にギアが入っていて、それが次々に連続して動いていくような、今にもキリキリとギアの音がしそうな動きだった。振り返った父さんがぼくを見た。確かにそれは父さんだった。父さんの顔をしていた。でも、父さんの目じゃなかった。

とき　ありえ
《1951〜2013》

『ネコをひろったリーナとひろわなかったわたし』　ときありえ著　講談社　2013.3　205p　20cm　（講談社文学の扉）　1400円　①978-4-06-283225-0

内容　里菜子の頭に、あの日のシーンが、またしてもよみがえった。ノアをひろわなかった日のこと。いや、一度ひろってもどしにいった、霧雨の夕方。心のシャベルが掘りあてたのは、わたしの本当の望みを伝える声。黒ネコにみちびかれたバラの家で、里菜子が見つけたものとは。

『リンデ』　ときありえ作，高畠純絵　講談社　2011.12　223p　20cm　（講談社・文学の扉）　1400円　①978-4-06-283221-2

内容　だいすきなママを事故で亡くし、自分をうしないかけた少年リロと、飼い主のおばあちゃんを亡くし、リロの家にやってきた大型犬リンデ。死と生を、やわらかく問いかける、秋から冬への物語。

『ココの森と夢のおはなし』　ときありえ文，高山ケンタ絵　パロル舎　2008.10　138p　22cm　1200円　①978-4-89419-077-1

内容　ココの森にしずかに眠る不思議な壺は、今もむかしもこれからも夢をつむぐおはなしの宝石箱。

『ココの森と夜のおはなし』　ときありえ文，高山ケンタ絵　パロル舎　2005.7　125p　22cm　1200円　①4-89419-037-0

内容　小さな森を静かに夜がおおいます。おやすみなさいの時間だけれど、ひっそりはじまる不思議な物語。

床丸　迷人
とこまる・まよと

『五年霊組こわいもの係　2　友花、悪魔とにらみあう。』　床丸迷人作，浜弓場双絵　KADOKAWA　2014.6　230p　18cm　（角川つばさ文庫　Aと2-3）　640円　①978-4-04-631414-7

内容　わたし、友花。あさひ小を守って2年めのベテランこわいもの係だ。なんたってうちのクラスには、最凶の敵、死神（見習い）ミアンがいるから油断できないんだ。生徒のねがいを叶えるかわりに魂をゲットしようといつもねらってるんだから。ところがある日、ミアンが学校を休んだの。死神ってカゼひくわけ？　それともわたしをおびきよせる陰謀だったりしてっ!?　まーでも心配だし、ちょっと様子みてきましょーか！　小学中級から。

『五年霊組こわいもの係　1　友花、死神とクラスメートになる。』　床丸迷人作，浜弓場双絵　KADOKAWA　2014.1　214p　18cm　（角川つばさ文庫　Aと2-2）　640円　①978-4-04-631365-2

内容　わたし友花。春になったら霊組のみんなとお別れ…のはずが、いっしょに5年生に進級できたんだ！　で、今年もあさひ小のオバケ担当"こわいもの係"としてかつやく中なの。座敷わらしの花ちゃんや古鏡の精・鏡子さん、オシャレ命のドクパンもね。2年めだから、幽霊や妖怪だってへっちゃらよ…へっ、うちのクラスに死神がまぎれこんでるって!?　なにかあったら大変だ、いっちょがんばりますか！　小学中級から。

『四年霊組こわいもの係』　床丸迷人作，浜弓場双絵　角川書店　2013.9　254p　18cm　（角川つばさ文庫　Aと2-1）　640円　①978-4-04-631343-0　〈発売：KADOKAWA〉

内容　四年の新学期。わたし友花は、あこがれの麗子先輩から「今年のこわいもの係さん」って呼ばれたんだ。へっ、なんデスかソレ？　あさひ小の古い北校舎にはこわ〜いウワサがいっぱい。だから毎年、四年一組四番の子が、事件を解決するこわいもの係

になるんだって。秘密のかべを通りぬけ、"霊組"の教室に行くと、座敷わらしの花ちゃんや古鏡の精霊・鏡子さんがわたしを待っていたんだ。よーしいっちょがんばりますか！　第1回角川つばさ文庫小説賞"大賞"受賞作！　小学中級から。

戸田　和代
とだ・かずよ
《1939～》

『ゴロジ』　戸田和代作，石倉欣二絵　学習研究社　2009.5　47p　23cm　（新しい日本の幼年童話）　1200円　①978-4-05-203094-9
内容　ねこのゴロジは、ぼくんちのかぞく。じつは、ぼくの妹が生まれて、家をひっこすことになったんだ。でも、あたらしい家では、ねこをかえないらしい。それをしったのか、ゴロジは…。かぞくのようにかわいがっていた、ねこのゴロジのものがたり。幼稚園～小学校一・二年生向。

『ゆうえんちはおやすみ』　戸田和代作，たかすかずみ絵　岩崎書店　2007.12　79p　22cm　（おはなしトントン　9）　1000円　①978-4-265-06274-4
内容　けいびいんのおじさんがおおきなあくびをしていると、まどをたたくおとがしました。たたいているのはきつねです。「あれにのせて！」「あれって、あれかい？」きつねはこくんとうなずきました。

『カバローの大きな口』　戸田和代作，荒井良二絵　ポプラ社　2007.6　112p　21cm　（ポプラ物語館　5）　1000円　①978-4-591-09815-8
内容　みてみて、ぼくのじまんの口。大きくて、世界一かっこいいでしょう？　ぼくの口からは、いろーんなものが出てくるんだ。それで、ともだちがわらっちゃったり、ないちゃったり…。ぼくの口って、人気なの？　きらわれものなの？　どっち。

『ずんたたくん』　戸田和代さく，石倉ヒロユキえ　佼成出版社　2005.8　62p　21cm　（おはなしドロップシリーズ）　1100円　①4-333-02156-1
内容　夜空のむこうのゆめの国ってどんなところ？　山の子とクマの子の、ハートフルファンタジー。小学1年生から。

『ふうたんのうんどうかい』　戸田和代作，オーム ラトモコ絵　ポプラ社　2005.5　78p　22cm　（おはなしボンボン　24）　900円　①4-591-08661-5
内容　ぼく、ふうたん。たいそうぎすがたに、あってるでしょ。あのね、きょう、うんどうかいなんだよ。でもね、いきたくないんだ。だってさ、かけっこがあるんだもん。ぼく、かけっこ、きらいなんだよね。一年生から。

『なあーむーうらめしや』　戸田和代作，とよたかずひこ絵　岩崎書店　2003.11　78p　22cm　（おはなし・ひろば　3―おばけがっこう　2）　1000円　①4-265-06253-9
内容　おばけがっこうのこくごのきょうかしょはじがすくないからよむのはらくちん。ページをめくるたびにいろいろなおばけが「うらめしや～」とか「おばけだぞ～」とか「い～っひひ～」とかいって、でてきて、それをみんなでよむだけさ。こんどはどんなことがおきるかな。

『きんぎょひめ』　とだかずよ作，おぐまこうじ絵　学習研究社　2003.7　63p　24cm　（新しい日本の幼年童話）　1200円　①4-05-201888-5
内容　すんでいたいけがうめたてられてしまい、なかまたちとはなればなれになったきんぎょひめ。ざりじいの月のパワーで人間の女の子になりますが…。ひろすけ童話賞受賞作家がおくる、わらいとなみだのファンタジー。

『トイレのかめさま』　戸田和代作，原ゆたか絵　学習研究社　2003.7　54p　23cm　（新しい日本の幼年童話）　1200円　①4-05-201513-4
内容　三日に一回おねしょをしていたまさるが、ねぼけまなこでトイレのドアをあけると、あん、しんぶんをひろげた大きなくまが！　あれやこれや、トイレのかめさまのいたずらで、いろいろなことがおこります。でも、かめさまのおかげで、とてもすてきなことが…！　読んであげるなら幼稚園～自分で読むなら小学校一・二年生向。

『おばけがっこうぞぞぞぐみ』　戸田和代作，とよたかずひこ絵　岩崎書店　2003.2　76p　22cm　（おはなし・ひろば　1）　1000円　①4-265-06251-2
内容　はじめておばけがっこうにいく日、ぐうぜんいっしょになった3人は、すぐになかよくなったんです。ある日、にんげんの女の子にであって…ぞぞぞぐみのおばけたちが、くりひろげるたのしいおはなし。

『おてんきてんしのおくりもの』　戸田和

代作，たかすかずみ絵　金の星社　2002.5　77p　22cm　（おはなしたんけんたい 2）　900円　①4-323-04032-6
[内容]おてんきてんしってしってる？　あめふりをてんきにしてくれるからてんしなんだって。ほんとかなあ…。小学校1・2年生むき。

『やまびこ谷でともだちみつけた』　戸田和代さく，菊池恭子え　旺文社　1999.4　47p　24cm　（旺文社創作童話）1238円　①4-01-069163-8

『きつねのでんわボックス』　戸田和代作，たかすかずみ絵　金の星社　1996.10　85p　22cm　（新・ともだちぶんこ 10）880円　①4-323-02010-4
[内容]山のふもとにあるふるいでんわボックスでのできごとです。子どもをなくしたかあさんぎつねとにんげんの男の子のおはなしです。やさしいおじいさんや、とおい町ににゅういんしている男の子のおかあさん。かあさんぎつねは、とおい町にまいにちでんわをかけている男の子にであいました。小学校1・2年生むき。

『矢田部くんの三日坊主日記』　戸田和代作，勝川克志絵　くもん出版　1990.12　133p　22cm　（くもんのおもしろ文学クラブ 8）930円　①4-87576-598-3
[内容]ちかごろの矢田部くんは、ちょっとちがう。めがねのおくのひとみが、金星みたいにまたたいている。そのわけは、日記のなかにあったんだ。たった三日のあいだに、大ゲジゲジやたいふうジョーン、かいじゅうのベニラまで出てくるおどろきの毎日。でもなんといっても、青おに太郎のむかし話にかくされていたつつの実のひみつには、きみもびっくりするよ。小学中級から。

『あしたはえんそく』　戸田和代作，島田コージ絵　日本教文社　1989.6　93p　20cm　（新絵童話）1030円　①4-531-04114-3
[内容]ひつじが一ぴき、ひつじが二ひき…。遠足の日のまえのばん、だれもが楽しみでねむれない。まいちゃんも、ひろくんも、ゆみちゃんも、ウキウキ、ワクワク。そこで三人は…。幼児～小学校初級向。

『ぼくの三日坊主日記』　戸田和代作，勝川克志絵　くもん出版　1989.1　121p　22cm　（くもんのおもしろ文学クラブ）900円　①4-87576-459-6
[内容]ぼくが十さいになったばかりのある日、クラスの矢田部くんから日記帳をもらった。ぼくははりきって日記帳をつけはじ

した。すると、はじめの三日だけにびっくりするようなことがつぎつぎにおこった。そして日記帳は三日でぜんぶなくなってしまったのだ。お母さんは、また三日坊主っていうけれど、きみだけに見せちゃおうか、ぼくの三日坊主日記を…。小学中級から。

『ないないねこのなくしもの』　戸田和代作，本橋靖昭絵　くもん出版　1988.2　78p　22cm　（くもんの幼年童話シリーズ）750円　①4-87576-392-1
[内容]大きさもにぎやかさも中くらいの町に、一ぴきのはいろの、ないないねこがすんでいました。ないないとは、名まえがない、いえがない、ともだちがいない、ということです。小学初級向き。

富安　陽子
とみやす・ようこ
《1959～》

『ひそひそ森の妖怪』　富安陽子作，山村浩二絵　理論社　2014.2　160p　21cm　（妖怪一家九十九さん）1300円　①978-4-652-20044-5
[内容]ひそひそと声のする森がなくなったとき、妖怪一家の住む化野原団地に何が起きる？　人間たちにまじって、こっそり団地生活を始めた妖怪一家の物語。

『鬼まつりの夜——2月のおはなし』　富安陽子作，はせがわかこ絵　講談社　2013.12　74p　22cm　（おはなし12か月）1000円　①978-4-06-218699-5
[内容]節分の夜、よび声に引きよせられたケイタは、「鬼ごっこ」をするはめに。ちょっとふしぎで、すごく楽しい、とっておきの節分のおはなし！

『ねこじゃら商店　世界一のプレゼント』　富安陽子作，平沢朋子絵　ポプラ社　2013.9　122p　21cm　（ポプラ物語館 49）1000円　①978-4-591-13570-9
[内容]おのぞみのものがなんでも手にはいる、「ねこじゃら商店」。店のあるじは、白菊丸という名の年とったぶちネコです。どんなお客が、どんなすばらしい買い物をしたのか…？　あなただけに、こっそりお教えしましょう。

『ねこじゃら商店へいらっしゃい』　富安陽子作，平沢朋子絵　ポプラ社　2013.8　141p　18cm　（ポプラポケット文庫 033-2）620円　①978-4-591-13554-9

〈1999年刊の再刊〉

内容 ねこじゃら商店は、ほしいものがなんでも手にはいる、ふしぎなお店。白菊丸という名の年とったぶちネコが、店番をしています。今、その場所を知っているのは、のらネコだけ。運がよければ、あなたもつれていってもらえるかもしれません…。小学校中級〜。

『妖怪一家の夏まつり』 富安陽子作，山村浩二絵 理論社 2013.1 166p 21cm （妖怪一家九十九さん） 1300円 ①978-4-652-20005-6

内容 やまんばのおばあちゃんが封印の石を掘り起こしてしまったことで大騒動に。化野原団地東町三丁目B棟に住む妖怪一家七人はぶじに夏まつりの日を向かえることができるでしょうか。

『シノダ！ 消えた白ギツネを追え』 富安陽子著，大庭賢哉絵 偕成社 2012.12 265p 20cm 1300円 ①978-4-03-644070-2

内容 人間のパパとキツネのママ、そして、キツネ一族から特別な力をうけついだユイ、タクミ、モエの三人の子どもたち。そんな信田家に、ある日、お客様がくることになった。九尾婦人という、とても由緒ある血統の高貴なキツネらしい。とつぜんのなりゆきに、とまどうユイたち。はたして、九尾婦人とはどんなキツネなのか？ いったいなんのために、この町にやってくるのか？ 小学校高学年から。

『かいじゅうのさがしもの』 富安陽子作，あおきひろえ絵 ひさかたチャイルド 2012.11 79p 22cm 1200円 ①978-4-89325-969-1

内容 ある家のおしいれの中に、一ぴきの古ぼけた、かいじゅうのぬいぐるみが住んでいました。自分に何かたりないものがある気がしていたかいじゅうは、ある日、その何かをさがしに外のせかいへ出ていきますが…。

『ふたつの月の物語』 富安陽子著 講談社 2012.10 285p 20cm 1400円 ①978-4-06-217880-8

内容 養護施設で育った美月と、育ての親を亡くしたばかりの月明は、中学二年生の夏休み、津田節子という富豪の別荘に、養子候補として招かれる。悲しみのにおいに満ちた別荘で、ふたりは手を取りあい、津田節子の思惑を探っていく。十四年前、ダムの底に沈んだ村、その村で行われていた魂呼びの神事、そして大口真神の存在。さまざまな謎を追ううちに、ふたりは、思いもかけない出生の秘密にたどりつく…。

『ムジナ探偵局 学校の七不思議』 富安陽子作，おかべりか画 童心社 2012.10 217p 19cm 1100円 ①978-4-494-01447-7

内容 双葉小学校で、つぎつぎとおこる「学校の七不思議」！ 事件現場にはかならず、白い花が残されていた。源太とムジナ探偵は、みちびかれるように校舎内の"死人塚"にたどりつく。すべての事件をつなぐ、双葉小の秘密が今、あかされる。

『かなと花ちゃん』 富安陽子作，平沢朋子絵 アリス館 2012.2 239p 20cm 1400円 ①978-4-7520-0573-5

内容 四天王像たち、本物そっくりのお人形、青い目のお人形。加奈と花代が出会う人形たちの3つの物語。

『シノダ！ キツネたちの宮へ』 富安陽子著，大庭賢哉絵 偕成社 2012.2 317p 20cm 1300円 ①978-4-03-644060-3

内容 信田家の子どもたち、ユイ、タクミ、モエには重大な秘密がある。それは、三人のママがじつはキツネだということ。人間のパパとキツネのママが、キツネ一族の反対をおしきって結婚し、そして生まれた子どもたちなのだ。そんな信田一家が、ドライブのとちゅう、なぜか道にまよってたどりついたのは、婚礼まっただ中のキツネたちの山。どうやら何者かが一家を山におびきよせたらしい。いったいだれが？ なんのために？ 小学校高学年から。

『妖怪一家九十九さん』 富安陽子作，山村浩二絵 理論社 2012.1 150p 21cm 1300円 ①978-4-652-01329-8

内容 化野原団地東町三丁目B棟の地下十二階に、九十九さんの一家は住んでいます。なんと、九十九家の七人家族は実は妖怪なんです。一番大事なお約束は、「ご近所さんを食べないこと」。人間たちにないしょで、こっそり団地生活を始めた妖怪一家。お父さんはヌラリヒョン、お母さんはろくろっ首。ユーモア・ホラーの決定版。

『ぼくはオバケ医者の助手！―内科・オバケ科ホオズキ医院』 富安陽子作，小松良佳絵 ポプラ社 2011.12 124p 21cm （おはなしフレンズ！ 25） 950円 ①978-4-591-12679-0

内容 ホオズキのすずの音にさそわれて、オバケの世界の鬼灯医院に出かけた恭平。ところが、診察室にいたのは、先生のお母さんだった！ 先生のかわりに、オバケの急患の往診にいった恭平を待っていたものは…。

『盆まねき』 富安陽子作，高橋和枝絵 偕成社 2011.7 191p 21cm 1000円 ①978-4-03-530610-8

富安陽子

内容 毎年8月がくるとなっちゃんの家族はお盆をむかえにおじいちゃんの家へでかけます。富安陽子が描く日本の夏。

『やまんばあかちゃん』 富安陽子文, 大島妙子絵 理論社 2011.7 32p 26cm 1400円 ①978-4-652-04097-3

内容 かわいくて、すごいあかちゃん生まれたよ。やまんばあさん296年前のひみつ。

『菜の子先生の校外パトロール—学校ふしぎ案内・番外編スペシャル』 富安陽子作, YUJI画 福音館書店 2011.3 219p 21cm 〔福音館創作童話シリーズ〕 1500円 ①978-4-8340-2648-1

『SOS! 七化山のオバケたち—内科・オバケ科ホオズキ医院』 富安陽子作, 小松良佳絵 ポプラ社 2010.12 142p 21cm （おはなしフレンズ! 24） 950円 ①978-4-591-12202-0

内容 オバケ科の専門医、鬼灯先生によびだされ、座敷わらしの案内で、七化山へいった恭平。そこで待ちうけていたものは、オバケたちが次つぎに石になってしまう、なぞの病気だった！「もしかして、ぼくも、石になるの!?」

『シノダ! 時のかなたの人魚の島』 富安陽子著, 大庭賢哉絵 偕成社 2010.7 271p 20cm 1300円 ①978-4-03-644050-4

内容 ユイ、タクミ、モエ、三人の子どもたちのパパは、もちろん人間、でも、ママの正体はキツネ?! そんな秘密をもつ信田家に、南の島のホテルから招待状がとどいた。まったく面識のないホテルからの手紙をふしぎに思いながらも、よろこんで家族旅行に出かけた信田家のまえには、やはりつぎつぎとあやしいできごとが…。いったいぜんたい、信田家が招待されたのか？ 人魚にまつわる島の伝説の真実とは？ 南の海にうかぶ小さな島を舞台にしたミステリアスな物語。小学校高学年から。

『とどろケ淵のメッケ』 富安陽子作, 広瀬弦絵 佼成出版社 2010.4 208p 22cm 1500円 ①978-4-333-02425-4

内容 ぼくは、メッケ。とどろヶ淵で一番チビすけの河童だよ。でも、どんなものでも見つけられる、特別な目を持ってるんだ。仲間が、ぼくに留守番をさせて、夏越しの大相撲大会に出かけた日。ぼくは、気づいちゃったんだ。滝の水が落っこちてこないことに。河童にとって、水はいのち。だから、ぼくは、なぜ水が流れてないのか、確かめにいくことにしたんだ—。自分の一番大切なものと引きかえに仲間を救えますか？

上質なファンタジー。

『オバケに夢を食べられる!?—内科・オバケ科ホオズキ医院』 富安陽子作, 小松良佳絵 ポプラ社 2010.1 118p 21cm （おはなしフレンズ! 23） 950円 ①978-4-591-11478-0

内容 オバケのしわざで、町じゅうの人が悪夢にうなされている！ このままでは、町はたいへんなことになってしまう！ オバケ科の専門医、鬼灯京十郎先生と恭平は、犯人をつかまえるために、きのうの夜の世界へ出かけていくが…、一体、犯人の正体は。

『シノダ! 魔物の森のふしぎな夜』 富安陽子著, 大庭賢哉絵 偕成社 2008.11 253p 20cm 1300円 ①978-4-03-644040-5

内容 信田家の子どもたち、ユイ、タクミ、モエには重大な秘密がある。それは、ママがじつはキツネだということ。人間のパパとキツネのママが結婚して生まれた子どもたちなのだ。そのパパとママは、おとなになってしまりあれた子どものころにも、いちど、であっていたらしい。魔物が出るという、いいつたえがある森で、子どもだったパパとママ、イッチとサキが体験したふしぎな夜の物語。

『鬼灯先生がふたりいる!?—内科・オバケ科ホオズキ医院』 富安陽子作, 小松良佳絵 ポプラ社 2008.11 140p 21cm （おはなしフレンズ! 22） 950円 ①978-4-591-10586-3

内容 ひょんなことで、オバケの世界にはいりこんだぼくは、オバケ科の専門医、鬼灯京十郎先生から、むりやり助手をたのまれて、たいへんな目にあったんだ。ある日、図書館にはられたマジック・ショーのポスターに鬼灯先生そっくりの魔術師、ミスターJの写真が！ これって、一体どういうこと…。

『やまんばあさんとなかまたち』 富安陽子作, 大島妙子絵 理論社 2008.11 203p 21cm 1400円 ①978-4-652-01159-1

内容 やまんばあさんにだって子どものころがあったのです。290年前、友だちと遊んだ、とっても楽しい思い出。

『ムジナ探偵局 完璧な双子』 富安陽子作, おかべりか画 童心社 2008.9 193p 19cm 850円 ①978-4-494-01436-1

内容 家族をのこし、失そうした男。その男が突然帰ってきた。しかも、うりふたつの双子になって。幽霊!? お化け!? 双子の正

富安陽子

体は…。

『菜の子先生はどこへ行く？―学校ふしぎ案内・花ふぶきの三学期』　富安陽子作，Yuji画　福音館書店　2008.5　251p　21cm　1500円　①978-4-8340-2351-0
[内容] 雪女の家に落とし物を届けに行ったら、一大事に！　いきなり現われた鬼を相手に、学校中で鬼ごっこ！　ふしぎな雛祭り、知らぬ間にふえている同級生…菜の子先生が登場すれば、たちまち始まる大冒険。小学校中級以上。

『ムジナ探偵局　榎稲荷の幽霊』　富安陽子作　童心社　2007.10　216p　19cm　850円　①978-4-494-01435-4　〈画：おかべりか〉
[内容] 榎稲荷の絵馬堂にだれかのなき声が…。その正体とは!?　待望のシリーズ最新刊。

『ムジナ探偵局　なぞの挑戦状』　富安陽子作　童心社　2007.10　201p　19cm　850円　①978-4-494-01431-6　〈画：おかべりか〉
[内容] ムジナ探偵VS怪盗。生き霊にとりつかれた男。怪盗あたら軒の挑戦状。ハラハラドキドキふたつの事件。待望のリニューアル、シリーズ第2巻。

『ムジナ探偵局　本日休業』　富安陽子作　童心社　2007.10　217p　19cm　850円　①978-4-494-01434-7　〈画：おかべりか〉
[内容] 「ムジナさんがいない！　あの子をまもらなきゃ！」源太、最大のピンチ。

『ムジナ探偵局　満月池の秘密』　富安陽子作　童心社　2007.10　209p　19cm　850円　①978-4-494-01433-0　〈画：おかべりか〉
[内容] 松の木屋敷に妖怪あらわる！　ムジナ探偵の推理は妖術まで、ときあかす。

『ムジナ探偵局　名探偵登場！』　富安陽子作　童心社　2007.10　192p　19cm　850円　①978-4-494-01430-9　〈画：おかべりか　「ムジナ探偵局」(1999年刊)の改題〉
[内容] 君はこの暗号がとけるか!?　ムジナ探偵と、好奇心おうせいな少年源太の迷コンビがふしぎな事件にいどむ。待望のリニューアル、シリーズ第1巻。

『ムジナ探偵局　闇に消えた男』　富安陽子作　童心社　2007.10　209p　19cm　850円　①978-4-494-01432-3　〈画：おかべりか〉
[内容] 足跡もなく消えた男の正体は？　屋敷から消えた男。七年後のなぞの電話。怪事件にムジナ探偵の推理がさえる。待望のリニューアル、シリーズ第3巻。

『学校のオバケたいじ大作戦―内科・オバケ科ホオズキ医院』　富安陽子作　ポプラ社　2007.8　126p　21cm　(おはなしフレンズ！　21)　950円　①978-4-591-09874-5　〈絵：小松良佳〉
[内容] ひょんなことで、オバケの世界に入りこんだぼくは、オバケ科の専門医、鬼灯京十郎先生から、むりやり助手をたのまれて、たいへんな目にあったんだ。ところがある日、ぼくの小学校の内科検診に、鬼灯先生がやってきた！　いったいなぜ、先生が人間の世界に…。

『やまんばあさんのむかしむかし』　富安陽子作，大島妙子絵　理論社　2007.7　201p　21cm　1400円　①978-4-652-01156-0
[内容] 山のみんながせがんだので、やまんばあさんは面白い昔話を語って聞かせたんだ。栗太郎といっしょに鬼退治に。むかし話のなかでもやっぱりパワフル。大人気296歳のスーパーおばあさん。

『タヌキ御殿の大そうどう―内科・オバケ科ホオズキ医院』　富安陽子作　ポプラ社　2007.1　156p　21cm　(おはなしフレンズ！　20)　950円　①978-4-591-09565-2　〈絵：小松良佳〉

『シノダ！　鏡の中の秘密の池』　富安陽子著，大庭賢哉絵　偕成社　2006.11　269p　20cm　1300円　①4-03-644030-6
[内容] 信田家の子どもたち、ユイ、タクミ、モエには重大な秘密がある。それは、三人のママがじつはキツネだということ。人間のパパの両親にさえ、そのことはしらされていなかった。それなのに、とつぜん、パパ方のおばあちゃんがユイたちのマンションにくることになったから、さあたいへん！　しかも、おばあちゃんからおくられてきた古い鏡台がとどいてから、信田家にはあやしいできごとがつぎつぎにおこるのだった。キツネの親戚たちは、やってきてはめんどうをおこし、いっぽう、鏡のなぞはふかまっていくばかり…小学上級から。

『オバケだって、カゼをひく！―内科・オバケ科ホオズキ医院』　富安陽子作　ポプラ社　2006.1　140p　21cm　(おはなしフレンズ！　15)　950円　①4-591-

09029-9 〈絵：小松良佳〉

[内容] 鬼灯医院は、今、ぼくたちが住んでいる世界とは、ちょっとべつの所にたっていて、だれもが、そこへいけるってわけじゃないんだ。世界にたったひとりのオバケ科の専門医、鬼灯京十郎先生とぼくが、なぜ、あうことになったのかというと…。

『やまんばあさんの大運動会』 富安陽子作、大島妙子画 理論社 2005.12 162p 21cm 1300円 ①4-652-01151-2

[内容] オリンピック選手より元気で、プロレスラーより力持ち。296歳のスーパーおばあさん、運動会に現る！ 玉入れ、綱引き、パン食い競走…いったいどこへ

『竜の巣』 富安陽子作 ポプラ社 2005.10 172p 18cm （ポプラポケット文庫 033-1） 570円 ①4-591-08879-0 〈絵：小松良佳〉

[内容] 「あの雲は、ひょっとすると、竜の巣かもしれないぞ」直人と研人のおじいちゃんは、こどものころ、おそろしい竜の巣にはいったことがあるんだって！ それはね…。おじいちゃんのむかし話がはじまります。一表題作ほか一編を収録。

『菜の子先生は大いそがし！―学校ふしぎ案内・あらしを呼ぶ二学期』 富安陽子作、Yuji画 福音館書店 2005.3 251p 21cm 1400円 ①4-8340-2043-6 〈付属資料：1枚〉

[内容] まん丸眼鏡のふしぎ先生、再登場。図書室の秘密の扉から始まる大騒動、キテレツ運動会に危機一髪の遠足、そして美しいクリスマス・ストーリーまで、まさにお話のフルコース！

友野 詳
ともの・しょう
《1964～》

『魔界王子レオン 〔2〕 なぞの壁画と魔法使いの弟子』 友野詳作、椋本夏夜絵 角川書店 2013.1 191p 18cm （角川つばさ文庫 Aと1-2） 640円 ①978-4-04-631289-1 〈発売：角川グループパブリッシング〉

[内容] なにをしても万能な学園の王子、レオン。おばあさんのダイアンは街をまもる大魔女で、レオンも見習い修行中。最近、地下街で住民が神かくしにあう事件がおき、ダイアンは真相をさぐる旅に出る。「私がいない間は魔法は禁止」と言われたレオンは魔法なしでなぞにせまることに。「いくぞ、サオリ！」と振りまわされて、イヤイヤなサオリだったけど、事件に親友かめちゃんのかかえる秘密が関わっていると知って!? 小学中級から。

『魔界王子レオン―猫色の月と歌えないウサギ』 友野詳作、椋本夏夜絵 角川書店 2012.9 214p 18cm （角川つばさ文庫 Aと1-1） 640円 ①978-4-04-631261-7 〈発売：角川グループパブリッシング〉

[内容] マンションの屋上に建つふしぎな家・妖精館。サオリは、そこに住む魔女の孫レオンと、わけあって同居することに。レオンは学校ではカンペキ☆な王子様のくせに、サオリに対してだけ超ツンデレ！ 歌が苦手なサオリに「おまえの声の破壊力は奇跡的だ。オレのために歌え！」なんて!? じつは妖精館でつづく怪現象に、サオリにしか歌えないメロディが関わっているらしい。レオンと2人、謎に飛びこんだサオリは!?

『ジョウスト！―嵐をぶちぬけ』 友野詳作、しのざきあきら絵 集英社 2011.12 190p 18cm （集英社みらい文庫 と-2-2） 580円 ①978-4-08-321064-8

[内容] 武器は、身長の倍ほどもある巨大な槍「ランス」のみ。頼れるのは自分の馬。敵と正面からぶつかり、いかに正々堂々と馬から突き落とせるか…そんな騎士の競技をスポーツにしたものがジョウストだ。その元チャンピオンで、ジョウストの運営会社の小学生社長・王子宮槍司に、かつてジョウストを教えてくれた友人・嵐が現れる。だが彼はジョウストをつぶそうと戦いを挑んできた。小学中級から。

『ジョウスト！―空をつらぬけ』 友野詳作、しのざきあきら絵 集英社 2011.6 186p 18cm （集英社みらい文庫 と-2-1） 580円 ①978-4-08-321023-5

[内容] 中世ヨーロッパでおこなわれていた騎士による馬上槍試合が、最新のテクノロジーを使った新スポーツ「ジョウスト」として現代によみがえる。小中学生にも人気をほこる、「ジョウスト」で無敗・無敵のチャンピオン、王子宮槍司の前に、ついに強力なライバルが立ちふさがった…その名は南沢騎士。優れた体術を身につけた、強敵に勝つための方法は…？ 新スポーツ・バトル小説。

豊田　巧
とよだ・たくみ

『電車で行こう！―乗客が消えた!?　南国トレイン・ミステリー』　豊田巧作，裕竜ながれ絵　集英社　2014.8　174p　18cm　（集英社みらい文庫　と－1-12）　620円　①978-4-08-321224-6

[内容]　長崎へ遊びに来ていた雄太たちは、長崎電気軌道や島原鉄道の制覇した後、特急『白いかもめ』に乗り込み、途中で特急『ゆふいんの森』に乗り換えて由布院に！　観光列車の旅を楽しんでいたんだけど、知り合ったおじさんが突然車内で行方不明に!?　四両編成の車内は、走る密室だというのにどこにも見当たらない。それには、とんでもない事態が待ち受けていた…！　T3初の大事件発生!?　小学中級から。

『電車で行こう！―GO！　GO！　九州新幹線!!』　豊田巧作，裕竜ながれ絵　集英社　2014.7　189p　18cm　（集英社みらい文庫　と－1-11）　620円　①978-4-08-321219-2

[内容]　ゴールデンウィークに、親戚のおばさんの結婚式に出るために九州へやってきた雄太。九州の電車のデザインを勉強したいという大樹も一緒だ。新幹線車両基地に出かけた二人は、ピンチに陥っていた女の子を電車の裏ワザで救出する！　お礼にイベントに招待されて、憧れの九州新幹線800系に乗って博多から熊本へ大旅行!!　その先に待っていたのは、え、SLっ!?　小学中級から。

『電車で行こう！―特急ラピートで海をわたれ!!』　豊田巧作，裕竜ながれ絵　集英社　2014.4　190p　18cm　（集英社みらい文庫　と－1-10）　620円　①978-4-08-321204-8

[内容]　電車大好き小学生で結成されたチーム「T3」のリーダー・雄太は、春休みに一人、関西旅行へ！　そこでいとこの萌と鉄トモの上田と合流。鉄道話で盛り上がるところに、みさきのお父さんからパスポートを忘れて空港でピンチとの電話が！　一刻も早く届けるため、乗り込んだのは深いブルーの車体にロボットみたいな顔をした『特急ラピート』だった！　今回は関西編と、江ノ電が舞台の神奈川編の2本立て!!　小学中級から。

『電車で行こう！―夢の「スーパーこまち」と雪の寝台特急』　豊田巧作，裕竜ながれ絵　集英社　2013.12　190p　18cm　（集英社みらい文庫　と－1-9）　620円　①978-4-08-321184-3

[内容]　憧れの「スーパーこまち」で、東北旅行に出かけた電車大好き小学生チーム「T3」。茜色でカッコいい新幹線の最高速度に大はしゃぎ☆だったのに、車内で困っている人からのSOSに遭遇～！　さらに、雄太とある緊急事態まで発生した。そんな雄太を待ち受けていたのは、真冬の北国を疾走する「あの特急」…!?　大人気のトレイン・トラベル・ミステリー第9弾、元気に出発進行！　小学中級から。

『電車で行こう！―走る！　湾岸捜査大作戦』　豊田巧作，裕竜ながれ絵　集英社　2013.7　222p　18cm　（集英社みらい文庫　と－1-8）　620円　①978-4-08-321159-1

[内容]　電車大好き小学生のチーム「T3」。新幹線で迷子探しのあと、謎の言葉を残して、遠藤さんが消えちゃった！　「見つからなければT3解散」って、ホ、ホント…!?　舞台は東京、神奈川、湾岸周辺。電車、地下鉄、水上バス、モノレール…。難問解決のため、いろんな乗り物に乗りまくって大捜索だーっ！　雄太の推理が冴えわたる、ご存じ、大人気トレイン・ミステリー!!　小学中級から。

『電車で行こう！―青春18きっぷ・1000キロの旅』　豊田巧作，裕竜ながれ絵　集英社　2013.4　190p　18cm　（集英社みらい文庫　と－1-7）　600円　①978-4-08-321147-8

[内容]　電車大好き小学生のチーム「T3」。「ある人に会いに行きたい」というメンバーの大樹の願いを叶えるため、JRに1日乗り放題の「青春18きっぷ」で、東京から山口県を目指すことに！　真夜中に出発し、7つの電車を乗り継いで、ひたすら西を目指す1000キロの長～い旅。終着駅には、憧れのものが待っていて…!?　大人気トレイン・ミステリー。小学中級から。

『電車で行こう！―超難解!?　名古屋トレインラリー』　豊田巧作，裕竜ながれ絵　集英社　2012.12　190p　18cm　（集英社みらい文庫　と－1-6）　600円　①978-4-08-321127-0

[内容]　電車大好き小学生で結成されたチーム「T3」と「KTT」が愛知県の名古屋に集結！　トレインラリーに参加することになった。ゴールまでたどりつくと、1億円が待っているらしい。いっ、1億円!?　あまりの金額にあやしさを感じる雄太たち。しかし、鉄道がすごく好きじゃないと解けないと聞き、鉄道魂に火がついた！　どんな難問だって絶対にクリアしてみせるぞ！　小学中級から。

『電車で行こう！―北斗星に願いを』　豊田巧作，裕竜ながれ絵　集英社　2012.7

187p 18cm （集英社みらい文庫 と－1-5) 600円 ⓘ978-4-08-321101-0

|内容| 電車大好き小学生で結成されたチーム「T3」が、夢の寝台特急・北斗星に乗って、北海道をめざす！ 東京の上野から札幌まで16時間の鉄道旅行のはずだったのに、メンバー全員が乗り遅れ!?「特急を追い越すなら、超特急のアレだ！」時刻表と路線図を使って、北斗星を追いかけろ！ しかし、車内でも事件に巻き込まれ…。今回の旅も、超難解ミッションが続出だー！

『電車で行こう！ 大阪・京都・奈良ダンガンツアー』 豊田巧作，裕竜ながれ絵 集英社 2012.3 205p 18cm （集英社みらい文庫 と－1-4) 600円 ⓘ978-4-08-321077-8

|内容| 電車大好き小学生で結成されたチーム「T3」のリーダー・雄太は、奈良のおじいちゃんちへやって来た。「同じ鉄トモやないか。俺たちが協力したるわ」ふとしたことで知り合った、大阪育ちの私鉄好き・上田、神戸在住の録り鉄・みさき、さらに京都出身で電車の無関心のいとこ・萌とともに、初の関西ミッションに挑む！ 東京にはない、三段階に変形する不思議な電車ってなんだ!? 小学中級から。

『電車で行こう！ 逆転の箱根トレイン・ルート』 豊田巧作，裕竜ながれ絵 集英社 2011.11 190p 18cm （集英社みらい文庫 と－1-3) 580円 ⓘ978-4-08-321053-2

|内容| 電車大好き小学生で結成した「トレイン・トラベル・チーム」。スーパービュー踊り子号で、の〜んびりと箱根旅行のはずだったのに、またまたトラブル発生！ 雄太たちは、とある人物の乗ったバスを追いかけることになってしまった！「車に追いつくには、電車のいいところを利用すること！」意見の一致したメンバー全員でミッションを開始。さまざまな電車を使ってバスを大追跡だ！ 小学中級から。

『電車で行こう！ 60円で関東一周』 豊田巧作，裕竜ながれ絵 集英社 2011.7 185p 18cm （集英社みらい文庫 と－1-2) 580円 ⓘ978-4-08-321030-3

|内容| 電車が大好きな小学生で結成された「トレイン・トラベル・チーム」。ある日、メンバーの未来が一枚の写真を持ちこんだことで、またもや事件に。15年前に写された電車と場所をさがすため、リーダーの雄太をはじめ、メンバー一同は関東一周の旅に乗り出す。いろいろな電車に乗って、絶対見つけ出してやる、と思っていたのに、関東一周の費用がたった60円ってどういうこと!? 小学中級から。

『電車で行こう！―新幹線を追いかけろ』 豊田巧作，裕竜ながれ絵 集英社 2011.3 183p 18cm （集英社みらい文庫 と－1-1) 580円 ⓘ978-4-08-321006-8

|内容| 電車大好きな小学生が集まり、とあるグループが結成された。その名は、「トレイン・トラベル・チーム」！ メンバーの雄太たちは、初めての旅行に出かけようとしたものの、駅構内で事件に遭遇してしまう。初めてのミッションは、数十本ある新幹線の中から、たった一人の乗客を見つけること!? タイムリミットは二時間！ 時刻表や路線図をフル活用して、人探しに挑戦だ！ 小学中級から。

長井　理佳
ながい・りか
《1961〜》

『黒ねこ亭とすてきな秘密』 長井理佳作，佐竹美保絵 岩崎書店 2010.11 174p 22cm （物語の王国 2-2) 1300円 ⓘ978-4-265-05782-5

|内容| マリコが住んでいる家には、おもしろくて、ちょっとへんな庭があります。黒ねこが紅茶のお店を出したり、もぐらやりすの親子があらわれたりするのですからね。ある日、マリコは、おばあちゃんが使っていた古い机の引き出しの中に、ふしぎな手紙を見つけました。

『黒ねこ亭でお茶を』 長井理佳作，佐竹美保絵 岩崎書店 2008.12 135p 22cm （物語の王国 3) 1200円 ⓘ978-4-265-05763-4

|内容| マリコは、むかし、おばあちゃんが暮らしていた家に住んでいます。この家には、わくわくするようなすてきな庭があって、なかでも、キイチゴの茂みは、マリコがお気に入りの「ひみつの場所」でした。ある日のこと、その場所で、マリコは一匹の黒ねこに出会いました。

長井　るり子
ながい・るりこ
《1949〜》

『小さなりゅうとふしぎな木』 長井るり子作，小倉正巳絵 国土社 2012.10

60p 22cm 1200円 ①978-4-337-33616-2

内容 ふしぎだふしぎだふしぎだなむかしむかしのあらし島。あらし島のむかしばなしをきいて、手がかりをさがしにでかけた小さなりゅうは、きりの森でふしぎな木にであいます。

『小さなりゅうと海のともだち』 長井るり子作，小倉正巳絵 国土社 2011.11 62p 22cm 1200円 ①978-4-337-33611-7

内容 できたよできたよともだちできた。大きなせなかで大きなジャンプ。歌とジャンプがとくいなあたらしいともだちにさそわれて、小さなりゅうは、ふしぎなどうくつのたんけんにでかけます。

『小さなりゅう空をとぶ』 長井るり子作，小倉正巳絵 国土社 2010.7 52p 22cm 1200円 ①978-4-337-33604-9

内容 れんしゅう、れんしゅう、れんしゅうだ。空をとべたらうれしいな。小さなりゅうは、鳥のチッチにならって、空をとぶれんしゅうをはじめます。おいしい木の実がいっぱいの大きい島へとんでいけるでしょうか。

『小さなりゅう』 長井るり子作，小倉正巳絵 国土社 2009.5 52p 22cm 1200円 ①978-4-337-33073-3

内容 からっぽからっぽからっぽだ。ぼくのおなかはからっぽだ。くいしんぼうの小さなりゅうは、たのしい歌をうたいながら、たべものをさがしにでかけます。

『もいちどあおうね』 長井るり子作，ひらのてつお絵 大日本図書 2002.8 140p 21cm （子どもの本）1333円 ①4-477-01521-6

内容 「あっ、姫さま！」あたしの顔を見ると、タヌキはカパッと口をひらいてさけんだ。姫さま？ あたしが？ ユウレイのつぎは、タヌキのオバケ…。なんであたしのところには、こんな変なものばっかりが集まってくるの?! 小学中級以上向き。

『まあのネコマジナイ』 長井るり子作，伊藤良子え 偕成社 1991.2 100p 22cm （童話の花たば）820円 ①4-03-536170-4

『けっこん大はんたい！』 長井るり子さく，梶原薫え 偕成社 1989.8 94p 22cm （童話の花たば）820円 ①4-03-536020-1

内容 ママが結婚するといいます。しかも、あたしをいじめてばかりいる京介のお父さんとです。京介も、この結婚には反対だといいます。そこで、結婚をぶちこわす作戦をたてました。小学中級から。

『転校生は悪魔くん』 長井るり子作，伊藤良子絵 偕成社 1988.5 164p 23cm （新・子どもの文学）880円 ①4-03-639370-7

内容 ふしぎな手紙にさそわれて、雨の夕方、ひとりで公園にいったまり。そこで出あった少年は、悪魔のようにあやしい。その悪魔くんが、なんとおなじクラスに転校してきたのだ。小学中級から。

『魔女があなたを占います』 長井るり子作，伊藤良子絵 偕成社 1987.8 156p 23cm （新・子どもの文学）880円 ①4-03-639250-6

内容 急に学校をやめることになった花園先生のために、マヤたちは送別の劇〈7人の魔法使い〉をやることになった。魔法がすこしつかえるマヤのおばあさんも、協力するといいます。小学中級から。

『わたしのママはママハハママ』 長井るり子作，小泉るみ子絵 偕成社 1986.7 172p 23cm （新・子どもの文学）880円 ①4-03-639050-3

内容 わたしの家にあたらしいお母さんが来た。料理なんてわたしのほうがずっとうまい。でも、まま母は、いっしょうけんめいだ。だから、わたしは、ママハハママとよぶことにした。

長江　優子
ながえ・ゆうこ

『ハングリーゴーストとぼくらの夏』 長江優子著，山田博之画 講談社 2014.7 220p 20cm 1300円 ①978-4-06-219025-1 〈文献あり〉

内容 熱帯雨林の森の中で、ぼくは1945年の幽霊に会ってしまった。シンガポールの日本人学校に通う小学6年生の間中朝芽は、雨あがりの植物園で出会ったサルつかいに、「奇跡の木」の植物標本をさがすよう頼まれる。

『木曜日は曲がりくねった先にある』 長江優子著 講談社 2013.8 242p 20cm 1400円 ①978-4-06-218406-9 〈文献あり〉

内容 中学受験に失敗し、冬眠を決意したミズキと、特別な感覚を持ち、人との共感をこばむカナトが、鉱物を通じて心を通わせて

なかがわちひろ

いく。

『ハンナの記憶―I may forgive you』 長江優子著　講談社　2012.7　237p　20cm　1400円　①978-4-06-217806-8 〈文献あり〉

[内容]「山手のおばあちゃん」静子の家出、謎のクリスマスカード、そして東日本大震災の発生…さまざまな事件が起こるなか、波菜子は67年前の秘密の交換日記に手を伸ばす。戦時下の横浜、日本とイギリスの少女の友情をえがいた青春小説。

『進め！女優道　1　七夕スペシャルドラマ篇』 長江優子著　講談社　2008.7　245p　19cm　（YA！ENTERTAINMENT）950円　①978-4-06-269396-7

[内容] あたし、飯野りりすは「幼き天才女優」。でも最近スランプの連続で「子役は大成しない」というジンクスが頭をよぎる。小学校生活最後となるスペシャルドラマの仕事は、何やら嵐の予感です。

『タイドプール』 長江優子著　講談社　2007.3　237p　20cm　1300円　①978-4-06-213854-3

[内容] 父親の再婚をきっかけに、家族や友だちのことで悩む少女の姿を、タイドプールの生き物たちの世界と重ねて描く秀作。第47回講談社児童文学新人賞佳作受賞。

なかがわ　ちひろ
《1958～》

『小さな王さまとかっこわるい竜』 なかがわちひろ作　理論社　2010.6　93p　21cm　（おはなしルネッサンス）1100円　①978-4-652-01324-3

[内容] お城も家来も宝も、もっていない王さま。でも竜がそばにいるってことが、だいじ。『天使のかいかた』の作者による人生の真実がにっこりほほえむ、幸福な童話。

『かりんちゃんと十五人のおひなさま』 なかがわちひろ作　偕成社　2009.1　181p　22cm　1200円　①978-4-03-528370-6

[内容] それは、しあわせの魔法。「ここでおこることの半分は、かりんちゃんの夢。あとの半分は、わたくしたち、ひなの夢。ほかの人びとにはわかっていただけないことですから、お話してはいけません」。小さなおひなさまたちが活躍する雅でポップなファンタジー。小学校中学年から。

『おまじないつかい』 なかがわちひろ作　理論社　2007.11　93p　21cm　（おはなしパレード）1000円　①978-4-652-00911-6

[内容] 特に資格は必要ありません。魔法つかいはやたらと気がみじかいけど、おまじないつかいはゆっくりじっくり願い事を育てます。『天使のかいかた』につつぐなかがわちひろのすてきな童話。

『しらぎくさんのどんぐりパン』 なかがわちひろ作　理論社　2005.5　112p　21cm　1200円　①4-652-00746-9

[内容] その小さなおばあさんの家は、たくさんのものたちであふれかえっていました。大きな革のかばん、四角い壷、ロバにのって旅する小さな人形…。みんなぴかぴかにみがきあげられています。さわこはガラスの小瓶を、せいやはちいさな青い石を手に取りました。『天使のかいかた』（日本絵本賞読者賞受賞）の作者がおくる初めての童話。

『天使のかいかた』 なかがわちひろ作　理論社　2002.11　85p　21cm　（おはなしパレード）1000円　①4-652-00901-1

[内容] ようちゃんはイヌ、かなちゃんもネコをかっている。でも私は何もかってもらえない。そんな時、はらっぱでひろったものは…。

『オバケのことならまかせなさい！』 なかがわちひろ作　理論社　2001.8　78p　21cm　（おはなしパレード）1000円　①4-652-00890-2

[内容] ひとつ目こぞう、ざしきわらし、半魚人、ろくろっくび、ばけねこ、お岩さん、ミイラ男、のっぺらぼう、ガイコツ…。オバケのことならみんなまとめてめんどうみます。

『カッパのぬけがら』 なかがわちひろ作　理論社　2000.4　94p　21cm　（おはなしパレード）1000円　①4-652-00880-5

[内容] ぬぎたてほやほやのぬけがらをきて、ゲンタはカッパになった。ふーん、なるほど、カッパってこんな生活してるんだ。

『ぼくにはしっぽがあったらしい』 なかがわちひろ作・絵　理論社　1998.5　1冊　21cm　（おはなしパレード 11）1000円　①4-652-00874-0

中川　なをみ
なかがわ・なおみ
《1946～》

『ユキとヨンホ―白磁にみせられて』　中川なをみ作，舟橋全二絵　新日本出版社　2014.7　189p　20cm　1500円　①978-4-406-05805-6
内容　美しいものに心ひかれるユキと、朝鮮からやってきたヨンホの物語。

『有松の庄九郎』　中川なをみ作，こしだミカ絵　新日本出版社　2012.11　172p　20cm　1500円　①978-4-406-05651-9
内容　尾張の国・阿久比の庄。貧しい百姓家の若者たちは、新しい村への移住を決意する―。だが、丁寧に耕して開拓した土地は肝心の作物が育たなかった。藍の絞り染めの技術を獲得すれば、なんとか暮らしをたてることができるのではないか―生き残りをかけた庄九郎たちの試行錯誤の日々が始まる。

『アブエラの大きな手』　中川なをみ作，あずみ虫絵　国土社　2009.11　134p　22cm　1300円　①978-4-337-33601-8
内容　るりは、なにをするにも"めんどうくさい"が口ぐせですが、パワーストーンともいわれる青い石ラリマールを、カメラマンのおじさんとともにドミニカを訪れます。すいこまれそうなカリブの青い海に感激したり、さまざまな日本とのちがいにとまどったり…。でも、一人の女性アブエラと出会ったことで、るりは少しずつ変わっていきます。アブエラがはなしてくれた「しあわせの記憶」、そして、るりに託された「おくりもの」とは…？　「自分が今、ここにあることの大切さ」に気づかせてくれる物語。

『竜の腹』　中川なをみ作，林喜美子画　くもん出版　2009.3　349p　20cm　（〔くもんの児童文学〕）1500円　①978-4-7743-1626-0〈付(1枚)：寄りそう関係　中川なをみ著〉
内容　「焼き物の技術を学びたい」という、父の夢に引きずられ、父とともに日本から宋へと渡った少年、希竜。苦難の道程をへて、焼き物の地、竜泉にたどりついた二人の前に、まるで丘をはう竜のような、巨大な登り窯が現れた…。戦乱激しい南宋時代末期を舞台に、陶工として、焼き物作りに身を投じる少年、希竜の命の物語。

『あ・い・つ』　中川なをみ作　新日本出版社　2006.1　109p　21cm　（おはなしの森　8）1400円　①4-406-03242-8
〈絵：舟橋全二〉
内容　ぼくは足もとにころがっているコーヒーの空き缶を、おもいっきりけとばした。ヤバーッとおもったときには、おそかった。缶は、弧をえがきながら飛んでいく…。小学校中・高学年向き。

『砂漠の国からフォフォー』　中川なをみ作，舟橋全二画　くもん出版　2005.4　266p　20cm　1400円　①4-7743-0881-1
内容　地元の幼稚園で働くあゆらは、「もっと自分にできることがあるのでは」という思いを抱えている。そんな時に見つけた「青年海外協力隊」の記事に、心が強く動かされた。「これだ！」難関をクリアして派遣されたのは、西アフリカのニジェール共和国。気力をうばうほどの暑さ、貧しさからくる死、男尊女卑の厳しい職場…。習慣や文化の違いにとまどい、悩みながらも、現地の子どもたちの輝く瞳を原動力に、自分の信じた道を、まっすぐに歩んでいく女性、あゆらの物語。

中川　ひろたか
なかがわ・ひろたか
《1954～》

『おとのさま、でんしゃにのる』　中川ひろたか作，田中六大絵　佼成出版社　2013.11　62p　20cm　（おはなしみーつけた！　シリーズ）1200円　①978-4-333-02626-5
内容　人一倍好奇心おうせいなおとのさま。こんどは、町を走っているでんしゃに目をつけます。「あれはなんじゃ。わしはあれにのりたい」おとのさまは、けらいのさんだゆうといっしょに、えきへむかいました。でも、でんしゃにのるには、いろいろなきまりがあります。そんなこと、なにも知らないおとのさまは…。小学校低学年向け。

『おとのさまのじてんしゃ』　中川ひろたか作，田中六大絵　佼成出版社　2012.11　63p　20cm　（おはなしみーつけた！　シリーズ）1200円　①978-4-333-02568-8
内容　このおとのさまは、わたしたちと同じ社会にすんでいます。ただ、すんでいる場所がおしろなので、なにかと古くさい。ちょんまげはゆわなくてはならないし、いつも、きものです。でも、人一倍好奇心おうせいなおとのさまは、町にすむひとたちのことが、気になってしかたありません。おとのさまが天しゅかくから、そうがんきょうで見つけたものは…。小学校低学年向け。

『おでんおんせんにいく』　中川ひろたかさく，長谷川義史え　佼成出版社　2004.9　58p　21cm　（おはなしドロップシリーズ）　1100円　①4-333-02096-4

内容　温泉ランドへ行ったさつまあげ、たまご、ばくだんのおでん親子。おしるこの湯にラーメンの湯に寄せ鍋の湯など、温泉ランドは、おもしろいお風呂がたくさんあります。おでんダネの絵も楽しい、ユーモア絵童話。

『あいうえおのうた』　中川ひろたか詩，村上康成絵　のら書店　2004.7　101p　19cm　（子どものための詩の本）　1200円　①4-931129-19-6

内容　「あ」から「ん」まで、50音ではじまるユーモラスな詩が、大集合！　元気がでる詩、心にしみる詩、ゆかいなことばあそびのうたなど、あたたかくしたしみやすいことばで、子どもたちにまっすぐに語りかける、楽しい詩の本です。

『あっぱれ！　ブブヒコ―まるいチーズにだまされるな！　の巻』　中川ひろたかさく，大島妙子え　ポプラ社　2002.9　54p　20cm　（ママとパパとわたしの本19）　800円　①4-591-07356-4

内容　ブブヒコは、おさんぽちゅう、だいすきなマルチーズちゃんにあいました。おおよろこびでついていくと、めのまえに、おおきなまるいチーズが！　パクパクむちゅうでたべていると…。

『それいけ！　ブブヒコ―ダックスフンド団からにげろ！　の巻』　中川ひろたかさく，大島妙子え　ポプラ社　2001.4　62p　20cm　（ママとパパとわたしの本10）　800円　①4-591-06816-1

内容　ブブヒコはいぬですが、スパゲティがだいすき。きょうもおひるはスパゲティ。つるつるつるつるたべていると、「あれれ、つながってるぅー。」つるつるつるつる…。そんなにたべつづけてだいじょうぶかな。

長崎　夏海
ながさき・なつみ
《1961～》

『クリオネのしっぽ』　長崎夏海著，佐藤真紀子絵　講談社　2014.4　187p　20cm　1300円　①978-4-06-218848-7

内容　「スナフキンの歌の『小さな動物はしっぽに弓を持っている』って、どう思う？」「リボンをつけなくちゃっていうのもあったよ」「リボンならなんとなくわかるけど、弓っていうのはなんか理解できなくて。武器？　狩りの道具？」―中2の6月。学校は公共塾だと思うことにしてる。日本児童文学者協会賞受賞作家の最新作。

『おなかがギュルン』　長崎夏海作，おくはらゆめ絵　新日本出版社　2012.1　102p　21cm　1400円　①978-4-406-05541-3

内容　日曜の朝、ごはんがたけるいいにおい。ねえさんが鶏飯を作った。「うまっ！」おいしいものでおなかがいっぱいになるのって、しあわせ。

『ふねにのっていきたいね』　長崎夏海作，おくはらゆめ絵　ポプラ社　2010.5　78p　21cm　（ポプラちいさなおはなし36）　900円　①978-4-591-11797-2

内容　「あたし、ふねにのるんだよ。たび、するんだよ…！」しまにすむおんなのこ、ありさのどきどきいっぱいのおはなしです。小学校低学年向き。

『あらしのよるのばんごはん』　長崎夏海作，Shinzi Katoh絵　ポプラ社　2008.11　78p　21cm　（ポプラちいさなおはなし24）　900円　①978-4-591-10580-1

内容　ひっこしてきたみなみのしまには、はじめてみるものがいっぱい。びっくりすることがいっぱい。そんな「はじめて」と「びっくり」にかこまれたよる、しまに、おおきなあらしがやってきました…。低学年向。

『ゆうやけごはんいただきます』　長崎夏海作，長谷川知子絵　ポプラ社　2007.4　78p　21cm　（ポプラちいさなおはなし5）　900円　①978-4-591-09748-9

内容　ひさしぶりにかえってきたとうさんと、うみにいった。いっしょにゆうやけをみながら、でっかいおむすびをたべたら、いつもとすこし、ちがうあじがしたんだよ。小学校低学年向き。

『はっぱらっぱのお月さま―ミナモとキースケのたからさがし』　長崎夏海作，佐藤真紀子絵　ポプラ社　2006.2　79p　22cm　（おはなしボンボン32）　900円　①4-591-09028-0

内容　お月さまって、すきだ。かれくさのあきちで、キースケとならんでみあげたら、まるで、海のそこでねているような、あったかいきもちになったんだよ―。ねえ！　だんちのモミの木のむこうには、まほうのはらっぱが、あるんだよ！

『あおいじかん』　長崎夏海作，小倉正巳絵　小峰書店　2005.10　62p　22cm　（おはなしだいすき）　1000円　①4-338-19208-9

『びゅーん！　こがらし一ごう―ミナモとキースケのたからさがし』　長崎夏海作，佐藤真紀子絵　ポプラ社　2005.9　79p　22cm　（おはなしボンボン　29）　900円　①4-591-08812-X

内容　さあ、こがらし一ごうつっきって、しらないところへ、ぼうけんにいこうよ！　だってほら、いまのちきゅうは、いましか、あるけないじゃん。

『いちばん星、みっけ！―ミナモとキースケのたからさがし』　長崎夏海作，佐藤真紀子絵　ポプラ社　2005.3　78p　22cm　（おはなしボンボン　21）　900円　①4-591-08587-2

内容　ねえ、しってる？　とっておきのたからものって、いつものまちの、いつものみちに、いーっぱい、かくれてるんだよ！　きょう、みつけたのは…。

仲路　さとる
なかじ・さとる
《1959～》

『タイムトラベル戦国伝　3　さらば英雄』　仲路さとる著　学研パブリッシング　2013.3　206p　18cm　（REKIGUNジュニア文庫　RJ-03）　781円　①978-4-05-203742-9　〈イラスト：日野慎之助　「時空戦国志」（学研 2009年刊）の改題・改稿　発売：学研マーケティング〉

内容　意外な結末をむかえた賤ヶ岳の戦い。戦場から帰還したタカシは、館のなかで現代の十円玉をひろう。タカシの正体をうたがう何者かが、タカシをワナにはめようとしているのだ。そして、甲斐をねらう徳川家康が、ふたたびタカシに戦いをいどんできた。内なる敵と外なる敵にはさまれ、最大の試練がタカシをおそう。

『タイムトラベル戦国伝　2　天下をめざせ！』　仲路さとる著　学研パブリッシング　2013.2　214p　18cm　（REKIGUNジュニア文庫　RJ-02）　781円　①978-4-05-203719-1　〈イラスト：日野慎之助　「時空戦国志」（学習研究社 2009年刊）の改題・改稿　発売：学研マーケティング〉

内容　かずかずの奇跡をおこして、武田家の当主とみとめられた現代の少年タカシ。天下をねらう秀吉が、タカシの前に立ちはだかる。歴史にくわしいタカシは、その知識をいかして、秀吉軍のうごきを変えようとする。だが、秀吉の陣営には、戦国最強の軍師・黒田官兵衛がいた。はたしてタカシは、秀吉の軍を打ちやぶることができるのか―。

『タイムトラベル戦国伝　1　歴史を変えろ！』　仲路さとる著　学研パブリッシング　2013.2　218p　18cm　（REKIGUNジュニア文庫　RJ-01）　781円　①978-4-05-203718-4　〈イラスト：日野慎之助　「時空戦国志」（学習研究社 2009年刊）の改題・改稿　発売：学研マーケティング〉

内容　気ばらしにたずねた武田家ゆかりの神社で、タカシはふしぎな闇に飲みこまれる。めざめると、目の前には真田昌幸と名のる武将がいた。タカシはいつのまにか、武田家の当主にしたてあげられ、戦場に立つことになる。いじめられっ子だったタカシが、家康や秀吉ら、名だたる武将たちを向こうにまわし、戦国の世で大あばれする。

中島　和子
なかじま・かずこ
《1948～》

『わたし小学生まじょ』　中島和子作，秋里信子絵　金の星社　2013.11　92p　22cm　1100円　①978-4-323-07293-7

内容　わたしはリリコ。どうぶつたちとかけまわるのがだーいすき！　みんなにはないしょだけど、わたしのおばあちゃんって、むかし、"まじょ"だったの！　いいなあ…、わたしもなれるかな？　まほうと友情の物語。

『ふしぎなやまびこしゃしんかん』　中島和子作，秋里信子絵　金の星社　2012.11　94p　22cm　1100円　①978-4-323-07252-4

内容　町はずれに、ひっそりとたつしゃしんやさん。長いあいだ、おきゃくさまは来ていません。元気のないおじいさんのために、ゆいはせっせとポスターをかきました。すると、ふしぎなおきゃくさまがあらわれたのです。

『まじょねこピピ　ほんとうのごしゅじんさま!?』　中島和子作，秋里信子絵　金

の星社　2011.11　94p　22cm　（まじょねこピピのだいぼうけんシリーズ）1100円　①978-4-323-07189-3

[内容]　黒ねこピピのねがいは、りっぱな"まじょねこ"になること！　ごしゅじんさまになってくれるまじょをさがして、たびをしています。ある日、ピピはおなかがすきすぎて、たおれてしまいました。目がさめたら、なんと、やさしいまじょが…。

『かばた医院のひみつ』　中島和子作，秋里信子絵　金の星社　2010.12　126p　20cm　1200円　①978-4-323-07186-2

[内容]　「かばた医院」は、住宅地のはずれにある、小さな医院です。ミユが待合室で待っていると、診察室から、スタスタと患者さんが出てきました。そのすがたは、なんと…!?　ミユは、おもわず目をパチパチさせました。そして、おなかの底から、笑いがこみあげてきたのです。それはミユにとって、思い出すだけでもワクワクするような、すてきなヒミツになりました。そして、つぎつぎと起こるできごとが、ミユの心に、ある変化をもたらしていきます。楽しく読めて、じんわりと感動あふれる、ファンタスティック・ストーリー。3・4年生から。

『まじょねこピピ　ゆめのまじょねこ学校』　中島和子作，秋里信子絵　金の星社　2010.6　91p　22cm　（まじょねこピピのだいぼうけんシリーズ）1100円　①978-4-323-07178-7

[内容]　黒ねこピピは、りっぱな"まじょねこ"になるために、ずっとたびをつづけています。ある日のこと、ピピはぐうぜん知りあった白ねこに、まじょねこ学校へつれていってもらいます。その学校なら、ピピのゆめもきっとかなえられるはず…。黒ねこピピとねずみのグーがくりひろげる、友情と冒険の旅。

『まじょねこピピ　まじょねこ見習いしゅぎょう中！』　中島和子作，秋里信子絵　金の星社　2008.8　88p　22cm　（まじょねこピピのだいぼうけんシリーズ）1100円　①978-4-323-07122-0

[内容]　黒ねこピピは、りっぱな"まじょねこ"になるために、ずっとたびをつづけています。そんなある日のこと、ピピはとうとうほんもののまじょに出会うことができました。これからゆめにむかって、ピピのまじょねこしゅぎょうがはじまるのです。

『まじょねこピピ　ぼくのだいじなともだち』　中島和子作，秋里信子絵　金の星社　2007.9　94p　22cm　（まじょねこピピのだいぼうけんシリーズ）1000円　①978-4-323-07099-5

[内容]　なきむしの黒ねこピピのねがいは、りっぱな"まじょねこ"になること！　なかよしのねずみ、グーさんといっしょに、ピピはまじょをさがして、たびをつづけています。ところが、うしろからあやしいかげが…。

『まじょねこピピ　ごしゅじんさまはどこ!?』　中島和子作，秋里信子絵　金の星社　2006.8　93p　22cm　（まじょねこピピのだいぼうけんシリーズ）1000円　①4-323-07081-0

[内容]　なきむしの黒ねこピピが、おかあさんとやくそくしたこと―それは、ごしゅじんさまとなるまじょにおつかえして、りっぱな"まじょねこ"になること！　さあ、ピピのぼうけんのたびがはじまるよ。

『さよならのまほう』　中島和子作，秋里信子絵　金の星社　2005.2　92p　22cm　（新・ともだちぶんこ　23）900円　①4-323-02023-6

[内容]　こうえんのクスノキの下に、ふるぼけたベンチがあります。じつはこのベンチ、年おいてまほうの力がきえてしまったまじょでした。ある日、いっぴきの黒ねこがやってきました。このねこは、ごしゅじんさまである　まじょをずっとさがしていたのです。なんとかしてまじょにもどってもらおうと、黒ねこはひっしになるのですが…。小学校1・2年生むき。

長薗　安浩
ながその・やすひろ
《1960～》

『夜はライオン』　長薗安浩著　偕成社　2013.7　228p　20cm　1400円　①978-4-03-744180-7　〈文献あり〉

[内容]　成績は優秀で、野球チームではエース、つぎの児童会会長にも決まっている。でも、ぼくには、誰にもいえない秘密があった。マサ、11歳。これまでの人生と、これからの人生をかけた夜がやってくる。中学生から。

『最後の七月』　長薗安浩作　理論社　2010.5　209p　19cm　1500円　①978-4-652-07973-7

[内容]　「おまえも、体の半分が、動かんくなったつもりで、生きてみんね」。体が不自由は友、勉強ができない友、そして僕。果てもない未来に立ち向かう少年三人。『あたらしい図鑑』で注目を浴びた著者の力がわく書き下ろし新作。

『あたらしい図鑑』 長薗安浩著 武蔵野ゴブリン書房 2008.6 229p 20cm 1500円 ①978-4-902257-13-7
[内容] まぶしすぎる予感。老詩人との出会いがぼくの"13歳の夏"をかえていく…。

仲野 ワタリ
なかの・わたり

『名探偵!? ニャンロック・ホームズ 5年2組まるごと大誘拐!?の巻』 仲野ワタリ著, 星樹絵 集英社 2014.5 221p 18cm (集英社みらい文庫 な-4-2) 640円 ①978-4-08-321212-3〈原案:神楽坂淳〉
[内容] しゃべる猫探偵ニャンロック・ホームズと暮らすユキは、クラスの社会科見学でマスの養殖場に行くことに。朝早く出発したものの、雨の降る中、交通トラブルが発生。様子を見にいった先生たちは戻ってこず、気が付けば、ドアのカギがすべて壊され、ユキたちはバスの中に閉じ込められていた! コレ、いったいどういうこと?ニャンロックの鋭い推理が、5年2組を危機から救えるか…ニャ!? 小学中級から。

『名探偵!? ニャンロック・ホームズ 猫探偵あらわるの巻』 仲野ワタリ著, 星樹絵 集英社 2013.7 187p 18cm (集英社みらい文庫 な-4-1) 600円 ①978-4-08-321163-8〈原案:神楽坂淳〉
[内容] 小学五年生のユキは、公園で弱っているネコを助ける。が、なんと! そのネコは人間の言葉がしゃべれるのだった!! 見た目はかわいいペルシャだけど、性格は超エラそうで上から目線。そして名前はニャンロック・ホームズ―自称「名探偵」。そんなある日、ユキの学校でサッカー女子世界大会の優勝トロフィーが盗まれる事件が発生。ニャンロックが、持ち前の名推理で犯人をつきとめるニャン!? 小学中級から。

中松 まるは
なかまつ・まるは
《1963～》

『ワカンネークエスト―わたしたちのストーリー』 中松まるは作, 北沢夕芸絵 童心社 2014.6 277p 20cm 1500円 ①978-4-494-02038-6

『ロボット魔法部はじめます』 中松まるは作, わたなべさちよ絵 あかね書房 2013.2 188p 21cm (スプラッシュ・ストーリーズ 13) 1200円 ①978-4-251-04413-6
[内容] ゲームとパソコンが大すきな陽太郎が、人間とロボットのダンス競技に出合った。そして、男まさりの美空、天然少女さくらと、コンテストにチャレンジすることに! しかし、やりたいことがちがう男子と女子、チームワークは最悪だけど、だいじょうぶ!? ロボットダンスにチャレンジする三人が、目標にむかって打ちこみ、自分の弱さにむきあい、得られる大切なものに気づいていく物語。

『学校クエスト―ぼくたちの罪』 中松まるは作, 北沢夕芸絵 童心社 2010.2 335p 20cm 1500円 ①978-4-494-01947-0
[内容] おれたちは、みんな、ひとりひとりが複雑で、血のかよった人間なんだ。でも、油断すれば、子どももおとなも、そんな複雑な人間を単純なキャラとしてあつかってしまうんだ…。

『すすめ! ロボットボーイ』 中松まるは作 講談社 2006.8 287p 18cm (講談社青い鳥文庫 239-2) 670円 ①4-06-148740-X〈絵:カサハラテツロー〉
[内容] 小学六年生の草薙未来は、ある日の始業前、クラスでちょっとした「うそ」が口から出てしまい、たいへんな無理をしてがんばる毎日をすごすことになって。そして…!!! この物語はSFでもファンタジーでもありません。出てくるロボットはアニメの巨大ロボットでも、科学番組に登場する立派なロボットでもありません。未来くんと小さなロボットとたくさんの人々の物語です。小学中級から。

『バード絶体絶命―死を呼ぶメジロの謎』 中松まるは作, たなかしんすけ絵 講談社 2004.4 261p 18cm (講談社青い鳥文庫) 620円 ①4-06-148646-2
[内容] 元気な小学6年生、烏川祐貴のあだ名や「バード」。かわいがっているメジロの「ニイハオ」が、なにものかに盗まれてしまった! 幼なじみの美咲とともに、怪しい税理士、不審な警察官、恐ろしい暴力団員たちを相手に、絶体絶命危機一髪の冒険を繰り広げる。バードは、メジロにまつわる謎を解き、魔の手からニイハオを助け出すことができるのか。小学中級から。

『ヤサシイかあさんカワイイむすこ』 中松まるは作, 吉見礼司絵 岩崎書店

2000.9　68p　22cm　（おはなしの部屋 9）　960円　①4-265-02359-2
[内容]「わがままをきいてくれる、こんなおかあさんがほしかったんだ」アッシは、コンビニから、一万円のヤサシイかあさんをかってきてしまいました。―とってもゆかいな創作童話。

『お手本ロボット51号』　中松まるは作, 川野隆司絵　岩崎書店　1997.11　71p　22cm　（いわさき創作童話 33）　1200円　①4-265-02833-0
[内容]「子どもは、そんな口きいちゃいけません」いかにも優等生といったかんじで、先生のうけもいい、イヤミなやつがあらわれた。ぼくたち、あっけにとられていたけれど、あんまり目にあまったから、いっちゃった。「バカか、おまえは」って。そしたら、ピィー、ポン、パチパチ、ボヨーンさ。―あのひとことから、事件がはじまったんだ。第14回福島正実記念SF童話賞大賞作品。小学校低・中学年向き。

中村　航
なかむら・こう
《1969～》

『初恋ネコ　3　本当にスキなひと』　ナカムラコウ作，アルコ絵　集英社　2012.6　189p　18cm　（集英社みらい文庫　な-1-3）　620円　①978-4-08-321096-9
[内容]すこーん、と晴れわたったある日。沙代の親友、真希ちゃんに運命の出会いが!! 相手はやさしくっくてイケメンの樹先輩。一緒に帰る仲になるけれど、「緊張してうまく話せない。本当に好きかわからない」と悩んでしまう。そんなとき、幼なじみの大竹くんは真希ちゃんの様子がおかしいことに気づく。ふだんはおちゃらけキャラの大竹くんだが…。恋の行方を見守る沙代はやきもき。真希ちゃん、本当に好きな人って―!? 小学中級から。

『初恋ネコ　2　帰り道、素直なキモチで』　ナカムラコウ作，アルコ絵　集英社　2011.11　189p　18cm　（集英社みらい文庫　な-1-2）　580円　①978-4-08-321054-9
[内容]優大くんと両想いだと知った沙代。久しぶりにネコのクローバーを見つけ、また2人で会いに行こうと約束をする。ヒミツの場所に向かうと、そこにいたのは優大くんと知らない女の子! どうして!?、とまどう沙代。一方、優大は、沙代が千葉先輩と仲良く話している姿を目撃して…。お

たがい好きなのに、すれ違ってしまう2人。夏休み、花火大会ももうすぐ！　どうなる!? 2人の恋。―小学中級から。

『ありがとう～ただ、君がスキ～』　ナカムラコウ文，宮尾和孝絵　学研パブリッシング　2011.7　119p　19cm　（ピチレモンノベルズ）　800円　①978-4-05-203465-7〈発売：学研マーケティング〉
[内容]わたしが片思いしている市川くんに好きな人ができた、らしい。その子は運動部の女の子で、名前は六文字…もしかして、わたし？（第1話・初恋と一日一善より）。人気ファッション誌「ピチレモン」のモデルが体験した片思いや告白、別れなどをもとに描いた5つの恋物語。

『初恋ネコ　1　放課後、いつもの場所で』　ナカムラコウ作，アルコ絵　集英社　2011.3　187p　18cm　（集英社みらい文庫　な-1-1）　580円　①978-4-08-321008-2
[内容]沙代は、中1になったばかりの女の子。親友の真希ちゃんと吹奏楽部に入り、楽しい学校生活がスタートした。ある日、ひょんなことでサッカー部の優大くんと出会う。放課後、毎日会うことになるのだが、それは"ネコ"をめぐる、あるヒミツができたからだった。2人にちょっとずつ"好き"の気持ちがめばえてきて…!? 思わずきゅんとしちゃう、沙代と優大の初恋ストーリー。小学中級から。

中山　聖子
なかやま・せいこ

『ふわふわ―白鳥たちの消えた冬』　中山聖子作，尾崎真吾画　福音館書店　2013.11　145p　21cm　（〔福音館創作童話シリーズ〕）　1200円　①978-4-8340-8029-2

『べんり屋、寺岡の夏。』　中山聖子作　文研出版　2013.6　167p　22cm　（文研じゅべにーる）　1300円　①978-4-580-82200-9
[内容]「夢はやっぱり、大きくね。」って先生は言うけれど、お父さんのことを知らないから、そんなふうに言えるんだ。売れない絵ばかりかいて、ろくに家にいないお父さんのことを…。「わたしは現実離れした夢なんて見ず、コツコツ働いて地道に生きていく！」そう決めた、美舟の夏は忙しい。家業のべんり屋には、今日もたくさんの依頼がくる。「庭の草むしりをお願い。」「犬をさが

して。」そのうえ友だちにも頼りにされちゃうし…。そんなある日、家を出ていたお父さんから電話がかかってきて…。

『春の海、スナメリの浜』 中山聖子作, 江頭路子絵 佼成出版社 2013.3 96p 22cm （いのちいきいきシリーズ） 1300円 ①978-4-333-02593-0
[内容] 由良は、もうすぐ四年生。春休みをおばあちゃんの家ですごすことになりました。おばあちゃんの家の近くの海岸からは、ときどき、クジラの仲間「スナメリ」を見ることができます。はじめは興味のなかった由良ですが、スナメリの観察をつづける大崎さんに出会い、しだいに心をひかれていきます―。

『ツチノコ温泉へようこそ』 中山聖子作, 保光敏将画 福音館書店 2011.11 155p 21cm （〔福音館創作童話シリーズ〕） 1200円 ①978-4-8340-2690-0
[内容] ツチノコ発見！ さあ大変だ！一って、大人たちは、わけわかんない大騒ぎ。だけどさ、ぼくの心の中のほうがもっともっと「わけわかんない」かも…。

『奇跡の犬コスモスにありがとう』 中山聖子作, 渡辺あきお絵 角川学芸出版 2010.7 134p 22cm （カドカワ学芸児童名作） 1600円 ①978-4-04-653404-0 〈発売：角川グループパブリッシング〉
[内容] 犬の名前は、コスモス。たくさんの犬たちといっしょに、川原のコスモス畑に捨てられていた。まっ白で小さくて、弱々しいコスモスは、弟の理久にどこか似ている。「そういう犬は、飼いづらいですよ」コスモスはアルビノという障害のため、全く耳が聞こえなかったのだ。そんな獣医さんの言葉や、まわりの心配をはねのけるように、わたしと理久と、コスモスとの日々が、始まった。障害のある1匹の子犬とのふれあいが、家族のきずなを深めていく感動の物語。角川学芸児童文学賞受賞作品。日本動物愛護協会推薦図書。

『チョコミント』 中山聖子作, 岡本順絵 学習研究社 2008.11 162p 22cm （学研の新・創作シリーズ） 1200円 ①978-4-05-203070-3
[内容] ある日、鮎子の母親は犬のコマルとともに、とつぜん家を出てしまう。そんな母親に怒りを感じながらも、鮎子は、残された父親、弟の遥斗とともに、日々の生活を乗りこえる。どうして家を出てしまったのか、その理由をあきらかにするため、鮎子は母親に会いに、旅に出る！ 小学校中学年から。第24回さきがけ文学賞入選作品。

『三人だけの山村留学』 中山聖子作, うめだふじお絵 学習研究社 2005.9 159p 22cm （学研の新・創作シリーズ） 1200円 ①4-05-202396-X
[内容] この夏、山村留学に参加したのは、ぼくたち三人だけだった。ぼくのほかには、ものすごい太っちょの友一と、だれとも口をきかない有里と―。ぼくたちを乗せたマイクロバスは、どんどん山奥へと進んでいく。けんかあり、友情あり、冒険あり、なみだあり、の物語。小学校中学年から。小川未明文学賞第13回大賞受賞作品。

梨木 香歩
なしき・かほ
《1959～》

『この庭に―黒いミンクの話』 梨木香歩文 理論社 2006.12 91p 19cm 1300円 ①4-652-07793-9 〈絵：須藤由希子〉
[内容] 雪が降っている。真夜中に、突然そのことを知った。カーテンを開けると、しんしんと、ただしんしんと、雪が降っていた。梨木香歩、もう一つの「ミケルの庭」の物語。

梨屋 アリエ
なしや・ありえ
《1971～》

『クリスマスクッキングふしぎなクッキーガール―12月のおはなし』 梨屋アリエ作, 山田詩子絵 講談社 2013.10 74p 22cm （おはなし12か月） 1000円 ①978-4-06-218571-4

『夏の階段』 梨屋アリエ著 全国学校図書館協議会 2013.6 47p 19cm （集団読書テキスト 第2期B128 全国SLA集団読書テキスト委員会編） 240円 ①978-4-7933-8128-7 〈ポプラ社 2008年刊の抜粋 挿絵：金子恵 年譜あり〉

『きみスキ―高校生たちのショートストーリーズ』 梨屋アリエ著 ポプラ社 2012.9 266p 20cm （teens' best selections 31） 1300円 ①978-4-591-13066-7

『空を泳ぐ夢をみた』 梨屋アリエ作 ほ

梨屋アリエ

るぷ出版　2012.8　238p　19cm（NHKネットコミュニケーション小説1）1400円　①978-4-593-53436-4

内容　新しいことを始めたい、いつかは夢をかなえたい。未空、真実、結芽、響—4人の少女が、透明の糸でつながった。インターネットで結ばれた、きらめく友情物語。

『でりばりぃAge』　梨屋アリエ作　講談社　2012.7　267p　18cm　（講談社青い鳥文庫　Y1-2）680円　①978-4-06-285288-3　〈絵：岩崎美奈子〉

内容　わたしはあの夏にやりたかったことをやる。わたしは、あの庭に大きな忘れ物をしてしまったから―。ある雨の日、息苦しくなって夏期講習をぬけだした真名子は、校舎の窓から見えていた古い家にひかれ、その広い庭に入りこんでしまう。そこで自称「ローニンセイ」の青年奥窪と出会い、語りあううちに、真名子の心にある変化がおとずれる。14歳の夏、大人じゃない、でももう子どもでもない「あなた」の物語。講談社児童文学新人賞受賞作。中学生向け。

『いつのまにデザイナー!?—ハピ☆スタ編集部 4』　梨屋アリエ作，甘塩コメコ画　愛蔵版　金の星社　2012.3　162p　18cm　1200円　①978-4-323-06044-6

内容　未来乃がつくった編みぐるみのハナハナとホワホワが、おしゃれスクールマガジン『ハピ☆スタ』で大人気！　キャラクター商品化の話が来て、「あと十種類キャラクターを考えてほしい」って、たのまれちゃったんですぅ！　お姉ちゃんは一緒に考えてくれるって言うけど、うわーん、絶対ムリですぅ～！　おしゃれになれる!? お仕事コメディー、第四弾。

『インタビューはムリですよぅ！—ハピ☆スタ編集部 3』　梨屋アリエ作，甘塩コメコ画　愛蔵版　金の星社　2012.3　172p　18cm　1200円　①978-4-323-06043-9

内容　未来乃はあまったれな小学六年生。やる気がないのに、おしゃれスクールマガジン『ハピ☆スタ』の子ども編集長になっちゃった。編集部員のみんなと行った劇団の取材は、大失敗。おわびの手紙を書いたのに、取材拒否なんて、あんまりですぅ！　うわーん、子ども編集部は、どうなっちゃうんですかぁ～？　おしゃれになれる!? お仕事コメディー、第三弾。

『モデルになっちゃいますぅ!?—ハピ☆スタ編集部 5』　梨屋アリエ作，甘塩コメコ画　愛蔵版　金の星社　2012.3　164p　18cm　1200円　①978-4-323-06045-3

内容　『ハピ☆スタ』の読者プレゼント用に、編みぐるみのハナハナとホワホワを三十個もつくることになった未来乃。お遅刻のお姉ちゃんは「みんなが手伝ってくれるなら、よかったじゃない」って。編み方を教えってメンバーは言うけれど、うわーん、めんどくさいですぅ！　あたしばっかり、なんでぇ～!?　おしゃれになれる!? お仕事コメディー、第五弾！　小学校高学年・中学校向き。

『やっぱりあたしが編集長!?—ハピ☆スタ編集部 6』　梨屋アリエ作，甘塩コメコ画　愛蔵版　金の星社　2012.3　178p　18cm　1200円　①978-4-323-06046-0

内容　未来乃は子ども編集部会に大遅刻。『ハピ☆スタ』編集部に着いたときには、もうメンバーは帰ったあと。そこにとつぜん、モデルのキセリーノが「一日編集長」としてやってきて、「どちらが編集長にふさわしいか、あたしと勝負しなさい！」って、未来乃に言うの…。うわーん、勝負なんてムリですぅ～！　おしゃれになれる!? お仕事コメディー、完結編。

『レポーターなんてムリですぅ！—ハピ☆スタ編集部 2』　梨屋アリエ作，甘塩コメコ画　愛蔵版　金の星社　2012.3　174p　18cm　1200円　①978-4-323-06042-2

内容　未来乃はあまったれな小学六年生。しっかり者で高校一年生の姉・巴里花は人気モデル。お姉ちゃんのたくらみで、未来乃は、おしゃれスクールマガジン『ハピ☆スタ』の子ども編集部員になっちゃって、やる気がないのに、子ども編集長にも内定!?　メンバーはすぐケンカするし、も～どうなっちゃうの？　おしゃれになれる!? お仕事コメディー、第二弾。

『なんであたしが編集長!?—ハピ☆スタ編集部 1』　梨屋アリエ作，甘塩コメコ画　愛蔵版　金の星社　2012.2　182p　18cm　1200円　①978-4-323-06041-5

内容　妹、未来乃は、内気で、あまったれな小学五年生。しっかり者で世話好きな中学三年生の姉、巴里花は、おしゃれ雑誌の人気モデルでいそがしい。でも、高校生になったら『青春』したい！　お姉ちゃんは、妹のあまったれを直そうと、何かをたくらんでいるみたい…。

『ココロ屋』　梨屋アリエ作，菅野由貴子絵　文研出版　2011.9　118p　22cm（文研ブックランド）1200円　①978-4-580-82134-7

内容　「ココロを入れかえなさい。」また先生におこられてしまった。教室からにげだし

梨屋アリエ

『ピアニッシシモ』 梨屋アリエ作　講談社　2011.6　189p　18cm　（講談社青い鳥文庫 Y1-1）680円　①978-4-06-285227-2〈絵：釣巻和〉

[内容]「金色の音の雨が降れば、心の深いところが安らぐ―。」小学生のころから、松葉は、隣の家から流れてくるピアノの音色と暮らしてきた。中学3年になった松葉は、そのピアノの新しい持ち主、紗英と出会う。なにごとにも自信がない松葉は、同じ年なのに、ピアニストを目指し、美しく、自信たっぷりにふるまう紗英に夢中になる。学校や家族とまったく接点のないつながりをえた、少女二人の物語。中学生向け。

『やっぱりあたしが編集長!?―ハピ☆スタ編集部』 梨屋アリエ作，甘塩コメコ画　金の星社　2010.9　178p　18cm（フォア文庫 C227）600円　①978-4-323-09077-1

[内容]未来乃は子ども編集部会に大遅刻。『ハピ☆スタ』編集部に着いたときには、もうメンバーは帰ったあと。そこにとつぜん、モデルのキセリーノが「一日編集長」としてやってきて、「どちらが編集長にふさわしいか、あたしと勝負しなさい！」って、未来乃に言うの…。うわーん、勝負なんてムリですぅ～！　おしゃれになれる!?　お仕事コメディー、完結編。

『雲のはしご』 梨屋アリエ作，くまあやこ絵　岩崎書店　2010.7　177p　20cm（物語の王国 2-1）1300円　①978-4-265-05781-8

[内容]いつからだろう、自分が「自分」なんだって思うようになったのは―大好きな親友といっしょにいたい、だけどうまくいかなくて。優由とと実月、まっすぐに前をみつめて歩いていく。

『モデルになっちゃいますぅ!?―ハピ・スタ編集部』 梨屋アリエ作，甘塩コメコ画　金の星社　2010.2　164p　18cm（フォア文庫 C224）600円　①978-4-323-09073-3

[内容]『ハピ☆スタ』の読者プレゼント用に、編みぐるみのハナハナとホワホワを三十個もつくることになった未来乃。お姉ちゃんは「みんなが手伝ってくれるなら、よかったじゃない」って、編み方を教えってメンバーは言うけれど…。うわーん、めんどくさいですぅ！　あたしばっかり、なんでぇ～!?

おしゃれになれる!?　お仕事コメディー、第五弾！　小学校高学年・中学校向き。

『シャボン玉同盟』 梨屋アリエ著　講談社　2009.11　237p　20cm　1300円　①978-4-06-215885-5

[内容]ぼくはシャボン玉のあの子に恋をした。それは触れただけでパチンと消えてしまう、あまりに儚い恋だった―。YA文学をリードする、梨屋アリエ最新短編集。

『いつのまにデザイナー!?―ハピ・スタ編集部』 梨屋アリエ作，甘塩コメコ画　金の星社　2009.9　162p　18cm（フォア文庫 C217）600円　①978-4-323-09070-2

[内容]未来乃がつくった編みぐるみのハナハナとホワホワが、おしゃれスクールマガジン『ハピ☆スタ』で大人気！　キャラクター商品化の話が来て、「あと十種類キャラクターを考えてほしい」って、たのまれちゃったんですぅ！　お姉ちゃんは一緒に考えてくれるって言うけど、うわーん、絶対ムリですぅ～！　おしゃれになれる!?　お仕事コメディー、第四弾。

『インタビューはムリですよぅ！―ハピ・スタ編集部』 梨屋アリエ作，甘塩コメコ画　金の星社　2009.2　172p　18cm（フォア文庫 C211）600円　①978-4-323-09066-5

[内容]未来乃はあまったれな小学六年生。やる気がないのに、おしゃれスクールマガジン『ハピ☆スタ』の子ども編集長になっちゃった。編集部員のみんなと行った劇団の取材は、大失敗。おわびの手紙を書いたのに、取材拒否なんて、あんまりですぅ！　うわーん、子ども編集部は、どうなっちゃうんですかぁ～？　おしゃれになれる!?　お仕事コメディー、第三弾。

『レポーターなんてムリですぅ！―ハピ・スタ編集部』 梨屋アリエ作，甘塩コメコ画　金の星社　2008.6　174p　18cm（フォア文庫）560円　①978-4-323-09062-7

[内容]未来乃はあまったれな小学六年生。しっかり者で高校一年生の姉・巴里花は人気モデル。お姉ちゃんのたくらみで、未来乃は、おしゃれスクールマガジン『ハピ☆スタ』の子ども編集部員になっちゃって、やる気がないのに、子ども編集長にも内定!?　メンバーはすぐケンカするし、も～どうなっちゃうの？　おしゃれになれる!?　お仕事コメディー、第二弾。

『夏の階段』 梨屋アリエ著　ポプラ社　2008.3　301p　20cm　（Teens' best

selections 13）1300円　①978-4-591-10275-6
[内容] 希望に胸ふくらませて入学した高校。でも新しいクラスメイトとは、まだまだ微妙な関係で―地方都市の進学校・巴波川高校、通称ウズ高を舞台に、5人の高校生が織りなす、恋と友情、未来への葛藤。ほんのり甘く切ない5つの連作短編。

『なんであたしが編集長!?―ハピ・スタ編集部』　梨屋アリエ作，甘塩コメコ画　金の星社　2008.1　182p　18cm　（フォア文庫）560円　①978-4-323-09059-7
[内容]「うわーん、お姉ちゃーん」が口ぐせの妹、未来乃は、内気で、あまったれな小学五年生。しっかり者で世話好きな中学三年生の姉、巴里花は、おしゃれ雑誌の人気モデルでいそがしい。でも、高校生になったら『青春』したい！　お姉ちゃんは、妹のあまったれを直そうと、何かをたくらんでいるみたい…おしゃれになれる!?　お仕事コメディー、第一弾。

『スリースターズ』　梨屋アリエ著　講談社　2007.9　325p　20cm　1500円　①978-4-06-214174-1
[内容] ブログ『死体写真館』の管理人、弥生。運命の恋人を夢みる飢餓状態の愛弓。周囲の期待に応えたい学級委員長、水晶。心に闇を抱えた3人の少女は、ケータイを通じて出逢い、"間違った世界"を変えるためにテロ計画を企てる―。行き場をなくした現代の少女たちの、絶望と再生の物語。

『ツー・ステップス！』　梨屋アリエ作　岩崎書店　2006.8　147p　22cm　（わくわく読み物コレクション 12）1200円　①4-265-06062-5〈絵：菅野由貴子〉
[内容] どうか、うまくとべますように、みんなの流れにのれますように、みんなと同じかっこうで。わたしの胸は、トクントクンとびはねている。小学校中・高学年向き。

『空色の地図』　梨屋アリエ作　金の星社　2005.11　237p　19cm　（ハートウォームブックス）1300円　①4-323-06322-9
[内容] ある日突然、中学三年の初音のもとに、差出人のわからない封書が届いた。中には、八歳の夏休みに、未来の自分に宛てて書いた手紙が入っていた。あれから六年。なぜ今になって届いたのだろう。あの夏だけの「親友」の美凪が、投函したのだろうか…。少女たちの揺れ動く心をみずみずしく描いた物語。

『プラネタリウムのあとで』　梨屋アリエ著　講談社　2005.11　237p　19cm　1300円　①4-06-213175-7
[内容] 闇夜にきらめく美しくて、切ない四つの恋物語。さらなる高みへとつき進む梨屋アリエ、最新短編集！　心の中に小石を作ってしまう少女、体が膨張する少女、吸脂鬼に脂肪を吸われる乙女、自分の抜け殻を咀嚼する異母姉…。別世界へ誘う珠玉の4編。

『プラネタリウム』　梨屋アリエ著　講談社　2004.11　234p　20cm　1300円　①4-06-212649-4
[内容] 警報音少女に翼の生えた少年、空中に浮かぶ先輩、そして…。中学3年生の多彩な「自意識」を投影した、きらめく4編のショート・ストーリー。

『ピアニッシシモ』　梨屋アリエ著　講談社　2003.5　189p　20cm　1400円　①4-06-211860-2
[内容] いちばん弱い音が、いちばん強く心に響く。講談社児童文学新人賞受賞作家待望の第2弾。

『でりばりぃAge』　梨屋アリエ著　講談社　1999.5　265p　20cm　1500円　①4-06-209708-7
[内容] 14歳になる夏休みわたしは一つの庭に出会った。そしてわたしは女の子から女性へ変わりつつあった…。微妙な心の揺れと成長をさわやかに描くひと夏の物語。講談社児童文学新人賞受賞作。

那須田　淳
なすだ・じゅん
《1959～》

『星空ロック』　那須田淳著　あすなろ書房　2013.12　239p　20cm　1400円　①978-4-7515-2228-8
[内容] ひとり降り立った夏のベルリン。はじめての異国、はじめて出会う人々。そして、70年もの間、封印されていた秘密…。14歳の隠れギター少年レオの、青春ラプソディ！

『妖狐ピリカ・ムー―この星に生まれて』　那須田淳作，佐竹美保絵　理論社　2013.9　212p　21cm　1600円　①978-4-652-20025-4
[内容] 人間たちの3つの願いをかなえてかわりにハートを盗る！　それは、あたしたち妖狐にとってのだいじなテストだった…。妖怪少女と野球少年、二つの"ハート"が織りなす魔法と希望のファンタジー。

那須田淳

『平家物語 平清盛 2 ふたりのお妃』
那須田淳作，藤田香絵 アスキー・メディアワークス 2012.5 251p 18cm （角川つばさ文庫 Fな2-2） 580円 ①978-4-04-631242-6〈発売：角川グループパブリッシング〉
内容 16歳であこがれの"北面の武士"になったおれ。でもその団長の、平家のおじには、もらわれっ子だからと嫌われ、仲間はずれにされる毎日。そんなとき、上皇のお妃の館に不気味なおりづるがとどく。おれと西行は秘密の捜査にのりだすが、国をほろぼす大事件へとつながり…。おれたちをひきさく一本の矢にひめられた呪い。西行の片思い、おれと晶の関係は？ 暗号のなぞをとき、真犯人をあばけ！ 笑いと涙の友情物語！ 小学中級から。

『願かけネコの日』 那須田淳作，スカイエマ絵 学研教育出版 2011.12 205p 20cm （ティーンズ文学館） 1200円 ①978-4-05-203428-2〈発売：学研マーケティング〉
内容 三つのお願いを、神社で願かけしたコースケ。気がつくと、うすいもやのたちこめる、川岸に立っていた。作務衣を着た、へんなネコが現れて、いった。「あんたは、もう死んでいるのだよ」え、ええーっ。そんな…、うそだろーっ。いろいろダメ男なコースケの、起死回生の物語。

『平家物語 平清盛—親衛隊長は12歳！』
那須田淳作，藤田香絵 アスキー・メディアワークス 2011.12 249p 18cm （角川つばさ文庫 Fな2-1） 580円 ①978-4-04-631203-7〈年表あり 発売：角川グループパブリッシング〉
内容 おれ、清盛。いなかから京の都にやってきたおれの初仕事は、なんと、帝を守る新衛隊長！ 身分の低い武士で、まだ12歳のおれがなぜ？ えっ、絶対ひみつだけど、おれが帝の実の兄だって!? 大臣の息子だからといばる頼長や、おれを子どもあつかいする隊の大人たちを見返そうと、親友の西行、宮中に出るとうわさの鬼退治に向かう。でも、それが国をゆるがす大事件につながり…。絵は33点、歴史が楽しくわかる、ナゾとき冒険ストーリー！ 小学中級から。

『やまねこようちえん』 那須田淳作，武田美穂絵 ポプラ社 2008.10 78p 21cm （ポプラちいさなおはなし 23） 900円 ①978-4-591-10527-6
内容 りっぱなねこになるために、こねこたちは、「やまねこようちえん」にかよっていたのです！ さくらちゃんは、こねこのモモ

につれていってもらい、『一にちたいけんにゅうえん』しますが…!?

『星磨きウサギ』 那須田淳作，吉田稔美絵 理論社 2007.11 90p 19cm 1300円 ①978-4-652-07918-8
内容 こんな素敵な伝説を知っていますか？「星が輝くとき、あなたの恋は叶います。」恋するすべての人へ贈る伝説のラブ・ストーリー。

『一億百万光年先に住むウサギ』 那須田淳作 理論社 2006.9 339p 19cm 1500円 ①4-652-07787-4
内容 湘南を舞台に描くかぎりなくイノセントな青春ストーリー。

『風をつかまえて』 那須田淳著，吉田稔美挿画 舞阪町（静岡県） ひくまの出版 2004.11 91p 20cm 1300円 ①4-89317-328-6
内容 夏休みの終わりに、海岸で風変わりな老人と知り合った少女"みけ"は、思いがけなく憧れのヨットに乗ることに…。子どもから大人へ、なにげない夏の日の一ページを通して、成長していく少女の姿をやわらかく描く。

『ペーターという名のオオカミ』 那須田淳作 小峰書店 2003.12 365p 20cm （Y.A.books） 1800円 ①4-338-14411-4
内容 オオカミに国境はない。まして、人と人の心のつながりを断ち切る壁など存在しない。故郷の森をめざす子オオカミ。それを助ける少年の心の軌跡を描く物語。

『おれふぁんと—にっぽん左衛門少年記』
那須田淳作，蓬田やすひろ絵 講談社 1994.9 253p 20cm 1500円 ①4-06-207251-3
内容 長崎奉行所の役人に追われていた安南（いまのベトナム）人の象使いの少年を助けたことから、思いがけない事件にまきこまれた万五郎。異国の友のため、正義のために、少年万五郎は、東海道金谷宿をかけぬける。

『おれんちのいぬチョビコ』 那須田淳作，渡辺洋二絵 小峰書店 1994.9 54p 25cm （絵童話・しぜんのいのち 6） 1280円 ①4-338-10506-2

『ハローによろしく—若葉塾物語』 那須田淳著 ポプラ社 1993.6 237p 20cm （青春と文学 1） 1200円 ①4-591-04376-2
内容 受験。初恋。家出。中学三年生。十五

歳。熱血。淡い恋。ライバル。けんか。挫折。致命傷。夢。「努力もせずにあきらめるのって、卑怯だと思いますか？」ラジオのDJ。新任の塾教師。匿名希望。悩み多き十代。願い。感動—。そして、青春と文学。

『スウェーデンの王様』 那須田淳著, いせひでこ絵 講談社 1992.4 229p 20cm 1200円 ①4-06-205805-7

[内容] チベットで行方不明になった作曲家の叔父の家で、ツカサは未完成のピアノソナタと、作りかけのクラヴィコードを見つけた。ピアノの先祖という、その古楽器の音色に興味をもったツカサは、クラヴィコードを完成させ、ピアノソナタの続きを自分でつくろうと決心する。

『グッバイバルチモア』 那須田淳著, スズキコージ画 理論社 1990.12 212p 19cm （地平線ブックス） 1300円 ①4-652-01630-1

[内容] 塾をさぼって、バッティングセンターに通いだした中学二年の夏、どうしても打ち込めない一人のロボット・ピッチャーがいた。彼の投げる球に僕は魅了される。そして、なにより彼はあいつに似ていた…タカシに。新鋭の傑作、ヤング・アダルト小説。

『ボルピィ物語』 那須田淳作, 村上勉画 舞阪町（静岡県） ひくまの出版 1989.11 290p 22cm 1230円 ①4-89317-060-0

[内容] 小学校五年生の「ぼく」は、父がいる西ドイツ・ミュンヘンの郊外を訪ねた。そこで、時計職人のヨゼフ老人の孫娘アンナと知り合う。ぼくとアンナは、"ボルピィ"と呼ばれる小人に出会って秘密の森にまぎれこむ。そこは、霧にかこまれた平和なボルピィたちのふるさと。しかし、やがて破壊されていく森。ほろびゆく危機を前に、五人の若いボルピィたちとぼくとアンナは、いのちのよみがえりを求めてふしぎな旅に出るのであった—。愛と勇気とやさしさを描く長編ファンタジー。

『すてきなあいつは恋泥棒—ヨコハマ探偵物語』 那須田淳作, とりうみ詳子絵 ポプラ社 1989.5 222p 18cm （ポプラ社文庫—Tokimeki bunko 13） 500円 ①4-591-03173-X

[内容] 森村ひかる、横浜探偵社社長代行。14歳。ひかるのたいせつな絵を奪った快盗"銀ギツネ"から、新たな犯行予定が送られてきた。銀ギツネの正体は何者か？ そして少年、ジミーの運命は？

『すてきな夜は探偵少女—ヨコハマ探偵物語』 那須田淳作, とりうみ詳子絵 ポプラ社 1988.11 230p 18cm （ポプラ社文庫—Tokimeki bunko） 480円 ①4-591-03167-5

[内容] 森村ひかる、14歳。F女学院2年生。森村財団をひきいる森村九作のひとり娘。そして、横浜探偵社、社長代行。ちょっと冒険してみたい…。危険の好きなお年頃。

『三毛猫のしっぽに黄色いパジャマ』 那須田淳作, 村井香葉絵 ポプラ社 1988.6 254p 22cm （創作こども文学） 980円 ①4-591-02829-1

[内容] 「…4、3、2、1、0、リフトオン！」小型宇宙艇は、一瞬、滑走路にすいつけられたかと思うと、ぐうんとスピードをあげた。みるみるうちに、宇宙港の出口が近づいてくる。僕は操縦レバーをひきよせた。宇宙艇は熱い震動を地面にのこし、大空にまいあがった。防眩シールドを通して、無限なる神秘の世界が僕の目の前にひろがっていく。闇。なんという透明な深みなんだろう。静けさのなかで、闇と闇とがまじりあい、永遠な藍を創造している。ま下に月。ま上に地球。地球のふちがゆるやかにまがり、その曲線は、はるかなる宇宙の藍につつみこまれている。これが宇宙か…。昨日までずっと見あげるだけだった世界なのか…。宇宙飛行士をめざす恵介と、少女由美の新しい愛の物語。小学中級以上向。

夏　緑
なつ・みどり

『ネコにも描けるマンガ教室　3　みんなで本をつくっちゃおう！』 夏緑作, 小咲絵 ポプラ社 2012.6 198p 18cm （ポプラポケット文庫 061-9） 620円 ①978-4-591-12964-7

[内容] マンガ家志望の音々子（ネコ）がらくがきしたキャラクターが、クラスで大人気に。そこで図書委員の本田さんが思いついたのは、ネコのイラスト集をつくること。あっというまに編集部が発足。本って、どうやってつくるの？　なにをのせるの？　本のつくりかたがわかっちゃう、人気シリーズ第3巻。小学校上級～。

『ネコにも描けるマンガ教室　2　もっと裏ワザ知りた～い！』 夏緑作, 小咲絵 ポプラ社 2011.9 189p 18cm （ポプラポケット文庫 061-8） 620円 ①978-4-591-12575-5

[内容] まんが家志望の小学5年生、金子音々子のつぎの悩みは、おんなじ顔しか描けな

いこと！　キャラが生き生きしてくる表情のつけかた、横顔の基本、効果、色ぬりのコツまで、またまたイルカちゃんと勉強しよう。ネコといっしょに描いてみよう。小学校上級〜。

『ネコにも描けるマンガ教室』　夏緑作，小咲絵　ポプラ社　2011.2　202p　18cm　（ポプラポケット文庫 061-7）620円　①978-4-591-12261-7

内容　小学五年生の金子音々子の悩みは、マンガ家になりたいのに絵がとってもヘタなこと。そんな音々、下じきにはさんでいるくらい大好きな絵をかいた本人にであって…。かんたんなマンガのイラストのかきかた教えます！　あなたも絶対上手にかけるようになる、実用的マンガイラスト教室オープンです！　小学校上級から。

『獣医ドリトル』　夏緑著，ちくやまきよしイラスト　小学館　2010.12　192p　18cm　700円　①978-4-09-230721-6

内容　とある街の片隅にひっそりと建つオンボロ動物病院。ここには、口は悪いが腕は一流と評判の獣医がいた。獣医の名は鳥取健一。通称「ドリトル」と呼ばれるその男は、どんな患畜も巧みなメス裁きで治してしまう。そんなドリトルのもとへ、「競走馬を助けて欲しい」と、多島あすかが訪れる。そのあすかに「助けて欲しければ3000万円用意しろ」と言い放つドリトル。呆然とするあすかだったが、愛する馬・アスカミライを救うためドリトルの要求をのむことに…。

『科学探偵部ビーカーズ！　3　怪盗参上！　その名画いただきます』　夏緑作，イケダケイスケ絵　ポプラ社　2009.10　220p　18cm　（ポプラポケット文庫 061-6）　570円　①978-4-591-11188-8

内容　豪華美術船に保管されている名画、『輝く瞳』の警備をまかせられたビーカーズ。しかし名画は謎の怪盗にやすやすと盗まれた。エイジの天才的発明品の数々をくぐりぬけたトリックとは？　そして怪盗の正体は？　科学探偵部シリーズ第三弾。

『科学探偵部ビーカーズ！　2　激突！超天才小学生あらわる』　夏緑作，イケダケイスケ絵　ポプラ社　2009.6　212p　18cm　（ポプラポケット文庫 061-5）　570円　①978-4-591-10997-7

内容　屋上の銀色ドームでは、今日もビーカーズの二人が活動中。ある日、ドームを訪れた下級生のチコは、その帰りのバスの中から姿を消した。いったいどこへ…？　巧妙なトリックをしかけた犯人の正体は？　マリのキックと、エイジの天才的発明が、今回もさえわたる。

『科学探偵部ビーカーズ！─出動！　忍者の抜け穴と爆弾事件』　夏緑作，イケダケイスケ絵　ポプラ社　2009.1　204p　18cm　（ポプラポケット文庫 061-4）　570円　①978-4-591-10753-9

内容　小学校の屋上にある銀色のドーム。そこに行けば、天才小学生エイジとマリが、科学の力でなんでも悩みを解決してくれるんだって…。「ドカアアァン！」謎の爆発音とともに体育館に閉じこめられたみんなを、ふたりは救いだせるのか!?　小学校上級。

『ヒカリとヒカル─ふたごの相性テスト』　夏緑作，山本ルンルン絵　ポプラ社　2008.5　210p　18cm　（ポプラポケット文庫 061-3）　570円　①978-4-591-10377-7

内容　ラブレターの返事がないっ。わたしのこと好きなの？　きらいなの？　聞きたくても聞けないよ〜。でも恋する乙女はくじけない！　相性テストで二人の相性ためしてみる？

『ヒカリとヒカル─ふたごのオシャレ教室』　夏緑作　ポプラ社　2007.6　238p　18cm　（ポプラポケット文庫 061-2）　570円　①978-4-591-09820-2　〈絵：山本ルンルン〉

内容　オシャレ大好き。将来の夢はファッションデザイナーの花菜。花菜に見こまれて、専属モデルをひきうけた光理。スカウトされて、あこがれのブランドのファッションデザインコンテストにでることになったふたりが、優勝めざして大ふんとう！　役に立つオシャレ・アドバイスも満載だよ。小学校上級から。

『ヒカリとヒカル─ふたごの初恋相談室』　夏緑作　ポプラ社　2007.3　253p　18cm　（ポプラポケット文庫 061-1）　570円　①978-4-591-09733-5　〈絵：山本ルンルン〉

内容　「好きな人ができた」って、花菜はいうけど、「好き」って、どういう気持ち？　ラブレターってどうやって書くの？　告白したあと、どうしたらいいの？　デートのときのきまりって？　ヒカリとヒカル、おおいに悩みます。小学校上級から。

『ヒカリとヒカル─ふたごの初恋相談室』　夏緑作　ポプラ社　2006.6　253p　19cm　（Dreamスマッシュ！　12）840円　①4-591-09288-7　〈絵：山本ルンルン〉

内容　ボーイッシュでスポーツ万能、行動派

な光理（女）と、もの静かで成績優秀、読書好きの光流（男）は、正反対の性格のふたご。光理の親友の初恋相談にのることになって、ラブレターを書いたり、デートを計画したり…。しかし、光理にはいまいち「人を好きになる」って、どういう気持ちかわからない。小学生の恋に役立つ実用的（？）物語。

夏奈　ゆら
なつな・ゆら

『**ひみつの占星術クラブ　4　土星の彼はアクマな天使!?**』 鏡リュウジ監修，夏奈ゆら作，おきな直樹絵　ポプラ社　2013.1　237p　18cm　（ポプラポケット文庫 079-4）650円　①978-4-591-13210-4
内容　聖スフィア学園の秘密組織（？）、占星術クラブで、占星術のマイスターになる特訓をしているリュミ。今回はミッションのために、天使のような坊ちゃの家庭教師をすることに。でも、なんであたしにだけ意地悪なの〜!?　こたえは土星が知っているかも〜。小学校上級から。

『**ひみつの占星術クラブ　3　金星がみちびく恋**』 鏡リュウジ監修，夏奈ゆら作，おきな直樹絵　ポプラ社　2012.5　238p　18cm　（ポプラポケット文庫 079-3）650円　①978-4-591-12935-7
内容　聖スフィア学園のひみつ組織（？）、占星術クラブで、占星術のマイスターになる特訓をしているリュミ。今回の課題はズバリ「恋」。ホロスコープを使って憧れのセンパイとの恋を成就させるなんて、無理だよ！　小学校上級〜。

『**ひみつの占星術クラブ　2　ぶつかりあう星座**』 夏奈ゆら作，おきな直樹絵，鏡リュウジ監修　ポプラ社　2011.11　236p　18cm　（ポプラポケット文庫 079-2）650円　①978-4-591-12654-7
内容　花川戸リュミ、中学一年生、誕生日も星座も不明。なのになぜか、超セレブ学校の秘密クラブで、占星術のマイスターになる特訓をしなければいけなくなっちゃった。性格も相性も悪いホムラと組んであたることになったミッションは、札付きの不良生徒を立ちなおらせること。えっ、それってあいつなの!?　ム、ム、ムリだよ〜。小学校上級〜。

『**ひみつの占星術クラブ　1　星占いなんかキライ**』 夏奈ゆら作，おきな直樹絵，鏡リュウジ監修　ポプラ社　2011.5　238p　18cm　（ポプラポケット文庫 079-1）650円　①978-4-591-12443-7
内容　自分の正確な誕生日を知らないリュミは、星占いがキライ。でも、なぜか人気占星術師のリュウジ先生に呼ばれ、あやしい裏クラブで、占星術のマイスターになる特訓をすることに…。でもホロスコープってなに？　月星座って？　はやくもおちこぼれそうなリュミといっしょに、マイスターをめざそう！　小学校上級〜。

名取　なずな
なとり・なずな

『**はっぴー♪ペンギン島!!―ペンギン、空を飛ぶ！**』 名取なずな作，黒桁絵　集英社　2014.8　173p　18cm　（集英社みらい文庫　な-3-4）600円　①978-4-08-321228-4
内容　ペンギン島に住むアリスは、フツーの女の子ペンギン…に見えて、実は超バカ力！　そのことをかくしながら、幼なじみのモヒー＆チコと、ペンギン学校に通っているけど、校則が1000以上あって、けっこう大変。そんなある日、学校に、のんきで自由なトビオ先生がやってきた。ひょんなことからアリスは、先生の正体を知ってしまい…!?　読んだらハッピーペンギンコメディの、はじまりはじまりだよ♪小学初級・中級から。

『**ほっぺちゃん　〔3〕　ネコ耳ファミリーのマジックショー★**』 名取なずな作，くまさかみわ挿絵　KADOKAWA　2014.6　159p　18cm　（角川つばさ文庫 Cな1-3）580円　①978-4-04-631419-2
内容　ほっぺちゃんやネコ耳ちゃんが住んでいるホイップタウンに、ネコ耳ちゃんの家族がやってきた！　ネコ耳パパは有名なマジシャンで、ホイップタウンのみんなにはマジシャンであることを内緒にしたいみたい。でも、ついついマジックをしちゃうから大変！　そんななか、ネコ耳パパと、ほっぺちゃん＆ネコ耳ちゃんが、マジック対決をすることになって…!?　小学初級から。

『**ほっぺちゃん　〔2〕　ウサ耳ちゃんとフェスティバル♪**』 名取なずな作，くまさかみわ挿絵　KADOKAWA　2013.11　159p　18cm　（角川つばさ文庫 Cな1-2）580円　①978-4-04-631359-1〈1までの出版者：アスキー・メディアワークス〉

|内容| ほっぺちゃんとネコ耳ちゃんは、お友だちのクローバーちゃんにたのまれ、カフェのおてつだいでウエイトレスをすることに。はずかしがり屋のほっぺちゃんだったけど、元気いっぱいのウサ耳ちゃんがカフェにとつぜんやってきて!? そのウサ耳ちゃんと、町のフェスティバルでステージにたって歌うことになったほっぺちゃん。ちゃんとステージで歌えるの!? 小学初級から。

『ほっぺちゃん―よろしく☆ネコ耳ちゃん』 名取なずな作, くまさかみわ挿絵 アスキー・メディアワークス 2013.6 157p 18cm （角川つばさ文庫 Cな1-1） 580円 ①978-4-04-631323-2 〈発売：角川グループホールディングス〉

|内容| 新しい町に引っ越してきたほっぺちゃんは、学校の裏にある森の中でネコ耳ちゃんに出会う。まだ友だちがいないほっぺちゃんは、ネコ耳ちゃんと友だちになりたいと思っているけど、ネコ耳ちゃんはなかなか名前をおしえてくれなくて!? ほっぺちゃんとネコ耳ちゃん、そしてクラスメイトたちとの友情を描いた、ここでしか読めないオリジナルストーリー。小学初級から。

『メイドの花ちゃん 3 天然プリンセスとスーパーセレブ』 名取なずな作, COMTA絵 集英社 2012.12 205p 18cm （集英社みらい文庫 な-3-3） 600円 ①978-4-08-321131-7

|内容| 11歳のメイドの花ちゃんのご主人さまは、セレブな久賀家のクセモノ四兄弟。ある日、アイドルのリンリンこと次男・林人が、音楽番組に生出演することに！ その本番中、舞台に仮面姿の超絶美少女が現れ、とんでもない事態に!?「コニチハー！ リンリンを、オヨメさんにもらいに来たよー」と言う謎の少女の正体とは…？ 妄想爆走メイドの花ちゃんの、きゅんきゅんシリーズ。ムチャぶりプリンセスvs花ちゃんの、勝負の行方が気になる、第三弾！ 小学中級から。

『メイドの花ちゃん 2 鏡の国のスーパーセレブ』 名取なずな作, COMTA絵 集英社 2012.7 188p 18cm （集英社みらい文庫 な-3-2） 600円 ①978-4-08-321103-4

|内容| 花ちゃんは、セレブでイケメンだけどクセモノな四兄弟に仕える、11歳の新人メイド。兄弟が通う超絶セレブな虹園学院の文化祭『七色祭』がもうすぐ始まる!! その準備にそれぞれはりきっていたが、霊感体質で虚弱な末っ子の山人は、祖母から外出を禁じられてしまう。どうにかして山人も七色祭に参加させてあげたいとがんばる花ちゃんだけど！ 妄想爆走メイドのきゅん2コメディ花ちゃんのライバル（？）も登場し、ますます目がはなせない、第二弾！

『メイドの花ちゃん 1 ご主人さまはスーパーセレブ』 名取なずな作, COMTA絵 集英社 2011.12 186p 18cm （集英社みらい文庫 な-3-1） 580円 ①978-4-08-321062-4

|内容| 姫乃木メイド学校を最年少で卒業した花ちゃんは、11歳。超お金持ちな久賀家で働くことになったけど、はじめてのお仕事に燃える花ちゃんのご主人さまは、発明オタク＆アイドル王子＆女装美少年＆スーパーオレ様ちゃん…というひとクセもふたクセもあるイケメン四兄弟で…？ 仕事の腕はピカイチだけど、妄想が暴走しがちな花ちゃんが『ホンモノのメイド』になれる日は、いつ!? かな～りセレブで、ちょっぴりドキドキ、メイド系コメディ、スタート。小学中級から。

七瀬 晶
ななせ・ひかる

『こころ 〔2〕 三十一番目の生徒』 七瀬晶著 角川書店 2012.6 246p 20cm （カドカワ銀のさじシリーズ） 1600円 ①978-4-04-110234-3 〈発売：角川グループパブリッシング〉

|内容| 大学を卒業し、母校に新任高校教師として赴任してきた双葉絆。入学式で、ひとなつこい新入生の二宮さくらに出会う。初めての授業、初めてのクラス、緊張の日々は瞬く間に過ぎていくが、ある日、教室で親しげに声を掛けてきた生徒を見て、絆は仰天する。他のクラスにいたはずのさくらが、自分のクラスにいる。(そんなはずない！ もう十遍も出席を取ってきたのに) 出席簿を見直すと、浅波流生という見知らぬ生徒まで増えていた。三十人のクラスが三十一人に増えている？ 一体、なぜ？ 待望の続編、ついに登場。

『こころ―不思議な転校生』 七瀬晶著 角川書店 2011.3 323p 20cm （カドカワ銀のさじシリーズ） 1600円 ①978-4-04-874187-3 〈発売：角川グループパブリッシング〉

|内容|「私には話しかけないでください。この学校で友達を作るつもりはありません」季節はずれの転校生・昭島こころは、クラスメートを前にいきなり宣言した。自分を押し込め周囲に合わせることで、自らの居場所を作ってきた内気な少女・双葉絆は、そんなこころの謎めいた強い態度に興味を持つ。そんな中、こころの周辺では奇妙な出来事が次々に起こり始め…!? ますますクラスから孤立していく転校生の美少女は、一体何者なのか？ そして、こころを知ろうとする

絆の決意と、待ち受ける運命とは。

成田　サトコ
なりた・さとこ

『らくだい魔女と闇の宮殿』　成田サトコ作，杉浦た美絵　ポプラ社　2013.10　231p　18cm　（ポプラポケット文庫　060-18）650円　①978-4-591-13610-2

内容　フウカのママ、銀の城の女王が、古代遺跡で事故に巻き込まれたという知らせが。世界を終わらせる災厄の杖が目ざめたらいって、どういうこと？　元老院のつかい、コトリがあらわれて、女王を助けるために、フウカに会ってほしい人がいるというんだけど…。小学校中級から。

『らくだい魔女とはつこいの君』　成田サトコ作，千野えなが絵　ポプラ社　2013.4　197p　18cm　（らくだい魔女シリーズ　15）1100円　①978-4-591-13355-2〈2011年刊の再刊〉

『らくだい魔女とランドールの騎士』　成田サトコ作，千野えなが絵　ポプラ社　2013.4　196p　18cm　（らくだい魔女シリーズ　14）1100円　①978-4-591-13354-5〈2011年刊の再刊〉

『らくだい魔女の出会いの物語』　成田サトコ作，千野えなが絵　ポプラ社　2013.3　190p　18cm　（ポプラポケット文庫　060-17―ガールズ）620円　①978-4-591-13380-4

内容　黒の城のリリカとキースはどうやって出会ったのか？　学校にもきたりこなかったりのカイの正体とは!?　現在は大親友ですが、もともと内気なカリンとフウカはどうしてなかよくなったのか、など気になるエピソードが満載。みんなのひみつにせまる「らくだい魔女」シリーズ初の短編集。小学校中級～。

『らくだい魔女のデート大作戦』　成田サトコ作，千野えなが絵　ポプラ社　2012.10　182p　18cm　（ポプラポケット文庫　060-16）620円　①978-4-591-12902-9

内容　みんなのアイドル、チトセくんを他校の女子からまもるため、フウカのクラスではデート大作戦を計画！　「彼をデートにさそう権利」をくじでひきあてたのは、なんとフウカ！　みんなの監視の下、ふたりで映画

にいくことになったんだけど…。小学校中級～。

『らくだい魔女とはつこいの君』　成田サトコ作，千野えなが絵　ポプラ社　2011.10　197p　18cm　（ポプラポケット文庫　060-15）620円　①978-4-591-12612-7

内容　赤い国の婚約パーティにやってきたフウカたち。エンゲージリングをなくしてしまった王女にかわって、フウカたちが探しにでかけます。今回はひさしぶりにカイが登場！　王女との関係は…？　ちょっぴりせつない初恋物語。小学校中級～。

『らくだい魔女とランドールの騎士』　成田サトコ作，千野えなが絵　ポプラ社　2011.4　196p　18cm　（ポプラポケット文庫　060-14）620円　①978-4-591-12412-3

内容　今回の主人公はチトセ！　兄の命令で騎士試験に参加し、グラウディが売ってしまった青の城の宝をとりかえしにいきます。試験とは、航海日誌に書かれた、とある姫と騎士の物語を完結させること。そこにフウカはアルバイトでやってきていて…。小学校中級～。

『らくだい魔女と鏡の国の怪人』　成田サトコ作，千野えなが絵　ポプラ社　2011.3　203p　18cm　（らくだい魔女シリーズ　11）1100円　①978-4-591-12291-4

『らくだい魔女と魔界サーカス』　成田サトコ作，千野えなが絵　ポプラ社　2011.3　214p　18cm　（らくだい魔女シリーズ　12）1100円　①978-4-591-12292-1

『らくだい魔女と妖精の約束』　成田サトコ作，千野えなが絵　ポプラ社　2011.3　201p　18cm　（らくだい魔女シリーズ　13）1100円　①978-4-591-12293-8

『らくだい魔女と妖精の約束』　成田サトコ作，千野えなが絵　ポプラ社　2010.12　201p　18cm　（ポプラポケット文庫　060-13）620円　①978-4-591-12207-5

内容　黄の国のエリート校、カレストリアの夏期講習にいくことになったフウカたち。とちゅうで、学園にあこがれている女の子と知り合い、いっしょに行動することになります。カレストリアは、超秀才の子どもだけがあつめられた完全地帯のはずだけど、どこ

成田サトコ

か不安定でへんな感じ…。この女の子にもヒミツがあるみたいで—。小学校中級から。

『らくだい魔女と魔界サーカス』　成田サトコ作，千野えなが絵　ポプラ社　2010.8　214p　18cm　（ポプラポケット文庫 060-12）570円　①978-4-591-11989-1

内容「体育用具室・暗黒街」と記されたきっぷをひろったフウカは、闇のサーカスに到着！　魔法使いのたましいを狩るという悪魔と対決することになって…。はじめての黒の国で、ドッキドキの大冒険。

『らくだい魔女と鏡の国の怪人』　成田サトコ作，千野えなが絵　ポプラ社　2010.4　203p　18cm　（ポプラポケット文庫 060-11）570円　①978-4-591-11737-8

内容うばわれた鏡像を追って、フウカたちは鏡の国へ。そこは春夏秋冬の個性的な女神がいる、たのしいことがいっぱいの世界。なのに、どこかおかしくて、おちつかないの！　しかも、フウカの鏡像は銀色の髪をしていて、さきに鏡の国をとびだしたほうが本物になるっていうんだけど…。金色の髪のフウカ、絶体絶命のピンチ！　小学校中級〜。

『らくだい魔女とさいごの砦』　成田サトコ作，千野えなが絵　ポプラ社　2010.3　181p　18cm　（らくだい魔女シリーズ 8）1100円　①978-4-591-11557-2〈2009年刊の新装改訂〉

『らくだい魔女と王子（プリンス）の誓い』成田サトコ作，千野えなが絵　ポプラ社　2010.3　190p　18cm　（らくだい魔女シリーズ 3）1100円　①978-4-591-11552-7〈2007年刊の新装改訂〉

『らくだい魔女と放課後の森』　成田サトコ作，千野えなが絵　ポプラ社　2010.3　206p　18cm　（らくだい魔女シリーズ 9）1100円　①978-4-591-11558-9〈2009年刊の新装改訂〉

『らくだい魔女と水の国の王女（プリンセス）』　成田サトコ作，千野えなが絵　ポプラ社　2010.3　189p　18cm　（らくだい魔女シリーズ 6）1100円　①978-4-591-11555-8〈2008年刊の新装改訂〉

『らくだい魔女と冥界のゆびわ』　成田サトコ作，千野えなが絵　ポプラ社　2010.3　209p　18cm　（らくだい魔女シリーズ 10）1100円　①978-4-591-11559-6〈2009年刊の新装改訂〉

『らくだい魔女と迷宮の宝石』　成田サトコ作，千野えなが絵　ポプラ社　2010.3　197p　18cm　（らくだい魔女シリーズ 7）1100円　①978-4-591-11556-5〈2009年刊の新装改訂〉

『らくだい魔女と闇の魔女』　成田サトコ作，千野えなが絵　ポプラ社　2010.3　188p　18cm　（らくだい魔女シリーズ 2）1100円　①978-4-591-11551-0〈2007年刊の新装改訂〉

『らくだい魔女とゆうれい島』　成田サトコ作，千野えなが絵　ポプラ社　2010.3　188p　18cm　（らくだい魔女シリーズ 5）1100円　①978-4-591-11554-1〈2008年刊の新装改訂〉

『らくだい魔女のドキドキおかしパーティ』　成田サトコ作，千野えなが絵　ポプラ社　2010.3　186p　18cm　（らくだい魔女シリーズ 4）1100円　①978-4-591-11553-4〈2007年刊の新装改訂〉

『らくだい魔女はプリンセス』　成田サトコ作，千野えなが絵　ポプラ社　2010.3　190p　18cm　（らくだい魔女シリーズ 1）1100円　①978-4-591-11550-3〈2006年刊の新装改訂〉

『らくだい魔女と冥界のゆびわ』　成田サトコ作，千野えなが絵　ポプラ社　2009.12　209p　18cm　（ポプラポケット文庫 060-10）570円　①978-4-591-11492-6

内容親友のプレゼントを買いにきたフウカは、あやしい老婆から「死をまねくゆびわ」をもらってしまい…！　フウカの力をねらうものが、ちかづいてきている！　「金色の髪」のヒミツもあかされる⁉　なぞと友情の第10巻！　小学校中級〜。

『らくだい魔女と放課後の森』　成田サトコ作，千野えなが絵　ポプラ社　2009.9　206p　18cm　（ポプラポケット文庫 060-9）570円　①978-4-591-11143-7

内容芸術祭で劇をすることになったフウカは、闇の魔女役にきまって、ガックリ！　そんなある日の練習中、美術室の「人くい絵」の中にすいこまれてしまって—⁉　九巻は、

うわさの絵にかくされた過去と友情の物語です。

『らくだい魔女とさいごの砦』 成田サトコ作，千野えなが絵 ポプラ社 2009.5 181p 18cm （ポプラポケット文庫 060-8） 570円 ①978-4-591-10956-4
[内容] さらわれたビアンカをおって、水の国の「終末の砦」にむかった一行。でも途中でチトセが記憶喪失になってしまって、なぜかフウカのことだけおすれているの一ー！冒険と恋のドキドキがとまらない、人気シリーズ第八巻。

『らくだい魔女と迷宮の宝石』 成田サトコ作，千野えなが絵 ポプラ社 2009.1 197p 18cm （ポプラポケット文庫 060-7） 570円 ①978-4-591-10752-2
[内容] 魔界の虫つかいにつれさらされたビアンカを救うため、フウカたちは迷宮にかくされた宝石さがしに出かけます。またまた新キャラ登場！ そしてラストには、衝撃の告白が一。小学校上級。

『らくだい魔女と水の国の王女（プリンセス）』 成田サトコ作，千野えなが絵 ポプラ社 2008.9 189p 18cm （ポプラポケット文庫 60-6） 570円 ①978-4-591-10339-5
[内容] フウカの学校に、かわいい転校生がやってきた！ どうやらその子には、ヒミツがあるらしいんだけど…。とぼけたイケメンキャラ（？）も新登場。絶好調の魔女シリーズ第六弾。

『らくだい魔女とゆうれい島』 成田サトコ作，千野えなが絵 ポプラ社 2008.1 188p 18cm （ポプラポケット文庫 060-5） 570円 ①978-4-591-10054-7
[内容] 姫を選ぶか王位をとるか、青の王子チトセ、絶体絶命の大ピンチ。禁じられたゆうれい島で、伝説の悪魔と対決することになったフウカたち。フウカの出生のヒミツも明らかになる…!? 大人気シリーズ、第五巻。小学校中級～。

『らくだい魔女のドキドキおかしパーティ』 成田サトコ作，千野えなが絵 ポプラ社 2007.9 186p 18cm （ポプラポケット文庫 060-4） 570円 ①978-4-591-09904-9
[内容] 黒の王子にさそわれて、フウカは夢の国のパーティへ！ これって初デート!? ドキドキしてでかけたら、またまた事件発生！ なんと、フウカが指名手配されちゃったのー!! 小学校中級から。

『らくだい魔女と王子（プリンス）の誓い』 成田サトコ作，千野えなが絵 ポプラ社 2007.5 190p 18cm （ポプラポケット文庫 060-3） 570円 ①978-4-591-09778-6
[内容] おさななじみの青の王子、チトセの魔力がきえちゃった!? それにはフウカとチトセがおさないころであった事件が関係していて…。ふたりの初恋、そして誓いの結末はいったいどうなるの。

『らくだい魔女と闇の魔女』 成田サトコ作，千野えなが絵 ポプラ社 2007.1 188p 18cm （ポプラポケット文庫 060-2） 570円 ①978-4-591-09574-4

『らくだい魔女はプリンセス』 成田サトコ作，千野えなが絵 ポプラ社 2006.10 190p 18cm （ポプラポケット文庫 060-1） 570円 ①4-591-09464-2
[内容] あたし、フウカ！ れっきとした現役魔女よ！ いつもまじめに修業してるんだけど、どっか失敗しちゃうんだよね。おっかしいなぁ～。きょうはオオカミの森で大ピンチ！ 親友のカリンとチトセもまきこんで、いったいどうしたらいいの～!? 第一回Dreamスマッシュ！ 大賞受賞作。小学校中級～。

南部　和也
なんぶ・かずや
《1960～》

『ボクと子ネコと飛行船』 南部和也さく，YUJIえ PHP研究所 2011.5 79p 22cm （とっておきのどうわ） 1100円 ①978-4-569-78136-5
[内容] ボクはガールフレンドのジェーンにたのまれて、木にのぼってしまった子ネコを助けることになった。でも、ボクが木にのぼると子ネコもさらに上にのぼってしまい、ずいぶん高いところまでのぼることになってしまった。ハラハラドキドキいっぱいの、ゆかいなお話。小学1～3年生向。

『十三かかしの呪い―ネコのホームズ』 南部和也作，YUJI絵 理論社 2010.7 140p 21cm （おはなしルネッサンス） 1200円 ①978-4-652-01325-0
[内容] ネコの探偵ホームズは、何でもお見通し。助手のダニーは、ちょっとたよりない獣医さん。往診カバンかた手におかしな事件のなぞにせまるさわやかコンビのユーモ

『ネコのホームズ』 南部和也作，Yuji絵 理論社 2009.7 122p 21cm （おはなしルネッサンス）1200円 ⓘ978-4-652-01315-1

内容 イギリスのドーバー海峡に面した平和な町。ネコのホームズが住むヒルトンハウスにある朝、新米獣医のダニーがたずねて来た。おかしな探偵コンビ誕生。ふしぎな事件のなぞにせまる。頭が良くて超クールなネコ（変装も得意）。動物にかかわるふしぎな事件ならホームズが一番。ネコにくわしい獣医さんが書いた話。小学校中学年から。

『ケンケンとムンムン』 なんぶかずやぶん，たしませいぞうえ 福音館書店 2008.12 141p 22cm （福音館創作童話シリーズ）1600円 ⓘ978-4-8340-2376-3

『ネコのドクター 小麦島の冒険』 南部和也さく，さとうあやえ 福音館書店 2008.4 260p 21cm 1500円 ⓘ978-4-8340-2338-1

内容 町の住民が次々と「ゆっくり症」に…原因はニャンだ？ これはほうっておけないと、若い学者ネコ・ジョンが立ち上がった。青い小麦がゆれるフラワー島で待ちうけるのは、おかしなおかしな人たちと不思議なできごとの数々。小学校中級以上。

『ネコのタクシー アフリカへ行く』 南部和也さく，さとうあやえ 福音館書店 2004.5 221p 21cm 1300円 ⓘ4-8340-1978-0

内容 ネコのトムがつかんだ冒険のチャンス。大海原をわたり、カバの川をさかのぼり、草原をこえて、めざすは、サルの国・ゴロンゴロン高原！ 奇想天外、愉快で楽しい冒険物語。小学初級以上。

『ネコのタクシー』 南部和也さく，さとうあやえ 福音館書店 2001.5 84p 22cm （福音館創作童話シリーズ）1200円 ⓘ4-8340-1759-1

南部　くまこ
なんぶ・くまこ

『聖（セント）クロス女学院物語（ストーリア）2 ひみつの鍵とティンカーベル』 南部くまこ作，KeG絵 KADOKAWA 2014.6 222p 18cm （角川つばさ文庫 Aな2-2）640円 ⓘ978-4-04-631415-4

内容 ここは聖クロス女学院。ちょっと変わったお嬢さま・花音とその騎士・葵は、中1なのに学院中から注目される有名人。2人の作った"神秘倶楽部"にムリヤリ引っぱりこまれた陽奈だったけど…今ではすっかりなかよしに。部室もゲットしたし、憧れの生徒会のお茶会にもおよばれしたり、毎日楽しいのところがそんな神秘倶楽部でとんでもない事件が！ しかもなにかとつっかかってくる璃子さんに知られちゃって！? 小学中級から。

『聖（セント）クロス女学院物語（ストーリア）1 ようこそ、神秘倶楽部へ！』 南部くまこ作，KeG絵 KADOKAWA 2014.3 229p 18cm （角川つばさ文庫 Aな2-1）640円 ⓘ978-4-04-631375-1

内容 カソリック系お嬢さま校・聖クロス女学院の1年生は、ヒミツのポストを通じて上級生と文通できる習わしがある。でも相手のお姉さまがだれかは教えてもらえないの。バレたら"運命"がとだえちゃうんだって！ でも、初等部からの"持ち上がり組"陽奈はお姉さまの正体が知りたくてウズウズ。"受験組"のおさわがせ少女、花音から、「わが神秘倶楽部に入部すればわかるかもしれなくてよ」とユーワクされちゃって!? 小学中級から。

南房　秀久
なんぼう・ひでひさ

『華麗なる探偵アリス＆ペンギン』 南房秀久著 小学館 2014.7 189p 18cm （小学館ジュニア文庫）650円 ⓘ978-4-09-230767-4 〈イラスト：あるや〉

内容 ちょっと引っ込み思案な女の子・夕星アリス。冒険家のお父さんから「今回の旅は危険だから連れていけない」と言われ、預けられた先は13階のビルの空中庭園にある"ペンギン探偵社"！ そこの探偵はもちろんペンギンで！ …え!? ペンギン!? アリスは探偵のししょー（ペンギン）から貰った、鏡の国に入れる不思議な指輪の力を使い、アリス・リドルとして探偵助手をすることに！ 美少女怪盗赤ずきんや少年探偵シュヴァリエが巻き起こす難（珍？）事件の謎を、アリス＆ペンギンが華麗に解決！

『トリシアは魔法のお医者さん!! 7 ペガサスは恋のライバル!?』 南房秀久作，小笠原智史絵 学研教育出版 2014.4 159p 19cm 760円 ⓘ978-4-05-

203958-4 〈発売:学研マーケティング〉
[内容] 日夜、王国の平和を守る、その名も「白天馬(ペガサス)騎士団」！ピンチヒッターとして、騎士団の医師をまかされたトリシアに、最強の騎士たちが、なんと、恋の急接近?? レンはなんだか落ちつかなくて…！

『トリシアは魔法のお医者さん!! 6 キケンな恋の物語』 南房秀久作, 小笠原智史絵　学研教育出版　2013.10　157p　19cm　760円　①978-4-05-203836-5　〈発売:学研マーケティング〉
[内容] なんとトリシアがいきなり愛の告白をされちゃった！相手はレンの親友(?)で、カンチガイ貴族の、セドリック！セドリックの猛アピールに、トリシアはどうするの!? 怪力美少女ミノンも登場し、ますます大騒動！

『トリシアは魔法のお医者さん!! 5 恋する雪のオトメ』 南房秀久作, 小笠原智史絵　学研教育出版　2013.3　163p　19cm　760円　①978-4-05-203731-3　〈発売:学研マーケティング〉
[内容]「恋をすると、とけて水になるの!?」雪のオトメに、恋のなやみを相談されたトリシア。この恋、なんとかしてあげたい！トリシアの考えだした作戦とは？

『トリシアは魔法のお医者さん!! 4 動物☆びっくりサーカス団！』 南房秀久作, 小笠原智史絵　学研教育出版　2012.9　167p　19cm　760円　①978-4-05-203543-2　〈発売:学研マーケティング〉
[内容] にぎやかな「びっくりサーカス団」が、診療所にやってきた「うちの団長を、人間のすがたにもどして！」差しだされたのは、なんと白鳥。どうして、こんなことに？トリシアは解決できるの!?

『トリシアは魔法のお医者さん!! 3 デートの相手はマーメイド』 南房秀久作, 小笠原智史絵　学研教育出版　2012.4　159p　19cm　760円　①978-4-05-203509-8　〈発売:学研マーケティング〉
[内容] 遠い海からやってきた、ちょっとわがままなマーメイド。「一度でいいから、人間の男の子とデートがしたいの！」マーメイドのむちゃなおねがいに、トリシアはどうする!?―。

『トリシアは魔法のお医者さん!! 2 患者さんはお人形!?』 南房秀久作, 小笠原智史絵　学研教育出版　2011.9　159p　19cm　760円　①978-4-05-203390-2　〈発売:学研マーケティング〉
[内容] 診療所にやってきた、かわいいお人形が、いきなりしゃべりだした！「先生、お願いです。ワタシにココロをください。」さすがのトリシアも人形の患者さんは、はじめて。どうしたら助けられるの。

『トリシアは魔法のお医者さん!! 1 飛べないピンク・ドラゴン』 南房秀久作, 小笠原智史絵　学研教育出版　2011.9　159p　19cm　760円　①978-4-05-203389-6　〈発売:学研マーケティング〉
[内容] 診療所の庭にとつぜん、ピンク色のドラゴンが落っこちてきた！「ねえお願い、あたしをもう一度飛べるようにして！」ドラゴンはどうして飛べなくなったの？トリシアは、ドラゴンを治すことができるの？―。

『ないしょでアイドル　晴香、男の子に!? ショーゲキ☆デビューの巻』 南房秀久作, はりかも絵　富士見書房　2011.1　213p　18cm　(角川つばさ文庫 Aな1-1)　680円　①978-4-04-631140-5　〈発売:角川グループパブリッシング〉
[内容]「あなた、うちでデビューする気ない？」あたし、雨宮晴香、中学一年。見知らぬおっさんに声をかけられ、驚いた。オーディションを落っこちた帰り道、あたしは芸能プロダクション社長というおっさんに誘われ、男装してバンドの一員に!? 何かとぶつかるユウ、やさしいシン、かわいいイハネ。ケンカやハプニングをのりこえて、あたしたちデビューできる？　小学中級から。

『トリシア先生と奇跡のトビラ！―魔法世界ファンタジー』 南房秀久作　学研教育出版　2010.9　227p　19cm　(エンタティーン倶楽部)　800円　①978-4-05-203271-4　〈発売:学研マーケティング　画:小笠原智史〉
[内容] 魔法医トリシア先生がもらったカギには、とんでもない秘密がかくされていた。そのカギをねらって、あやしい男がトリシアをおそう！トリシアはレンに助けられながら、カギの秘密を解き明かしていくが…。「奇跡のトビラ」とは、何か？　トビラの先に待っているものは一体…？　そして、トリシアとレンの関係はどうなる!? 面白くって、すごくドキドキ！　大人気コメディーファンタジー、ついにクライマックスの第10巻。

『トリシア先生、最後の診察!?―魔法世界ファンタジー』 南房秀久作　学研教育出版　2010.5　231p　19cm　(エンタティーン倶楽部)　800円　①978-4-05-203270-7　〈発売:学研マーケティング

画：小笠原智史〉

内容 「われわれはトリシアを医者とみとめません！」意地悪な王立医学会のたくらみで、人への診察を禁じられた魔法医トリシア先生。許しが出るまで白天馬騎士団の仕事を手伝うことになったから、さあ大変！王国では、騎士団つぶしをねらった事件が続発し、敵はなんとトリシアがいっちばん苦手な「ナゾとき」で、いどんでくるのだった…！トリシア、絶体絶命のピンチ！医者に戻れる日は来るのか？大人気コメディーファンタジーシリーズ第9巻。

『トリシア先生と闇の貴公子！─魔法世界ファンタジー』 南房秀久作 学研教育出版 2010.2 239p 19cm （エンタティーン倶楽部） 800円 ①978-4-05-203193-9〈発売：学研マーケティング 画：小笠原智史〉

内容 魔法医トリシア先生一行がおとずれたのは、呪われた町・カーグィネズ。「伯爵」に支配された町では、朝がやってこなくなり、娘たちがさらわれていく。トリシアは町を救うべく立ち上がるが…。一行の前に現れた、ナゾの美男子三人組の正体は!?そしてまさか「伯爵」とトリシアが…恋!?面白くって、すごくドキドキ!!大人気コメディーファンタジー最新刊。

『トリシア先生、大逆転!?─魔法世界ファンタジー』 南房秀久作 学習研究社 2009.7 247p 19cm （エンタティーン倶楽部） 800円 ①978-4-05-203143-4〈画：小笠原智史〉

内容 魔法医とは、魔法を使って患者を治す医者のこと。どんな生き物とも心を交わせる魔法医・トリシアのもとには、人や動物、時にはドラゴンやユニコーンまでやってくる。…しかし。トリシアの診療所が崩れてしまったから、さあ大変！診療所を建て直そうと王都中をかけ回って往診するトリシアだったが…。笑いあり、感動あり、友情と淡い恋(!?)ありの、絶っ対に面白い大人気コメディーファンタジー最新刊。

『スレイヤーズ 2 リナと怪しい魔道士たち』 神坂一原作，南房秀久著，日向悠二絵 富士見書房 2009.4 204p 18cm （角川つばさ文庫 Bな1-2） 620円 ①978-4-04-631017-0〈発売：角川グループパブリッシング〉

内容 あたしはリナ＝インバース。天才美少女魔道士なのだ。お仲間のガウリイたちと旅していたら、アトラス・シティでボディガードにやとわれた。この街では魔道士協会の評議長ハルシフォムが突然ゆくえ不明になって、つぎの評議長になりたい人たちの間で争いが起きているんだって。仕事をたのんできたタリムはいい人そうだけど、なんだか怪しげ…!?

『スレイヤーズ 1 リナとキメラの魔法戦士』 神坂一原作，南房秀久著，日向悠二絵 富士見書房 2009.3 201p 18cm （角川つばさ文庫 Bな1-1） 620円 ①978-4-04-631010-1〈発売：角川グループパブリッシング〉

内容 あたしはリナ＝インバース。いろんな魔法を使いこなす天才美少女魔道士にして戦士なのだ。今日もお仲間のナーガと盗賊いぢめにせいを出していたら、おせっかいなガウリイがあらわれ、いっしょに旅をすることに。ところが、誰かがおいかけてきた。どうやら、あたしがうばったお宝の中に大きな秘密がかくされている!?さあ、大冒険がはじまるよ。小学中級から。

『トリシア先生とキケンな迷宮！─魔法世界ファンタジー』 南房秀久作 学習研究社 2009.3 231p 19cm （エンタティーン倶楽部） 800円 ①978-4-05-203106-9〈画：小笠原智史〉

内容 ソリスから診療所を引きつぎ、ついに魔法医の道を歩み始めたトリシア。そんな中、とんでもない事件が発生！悪ガキ三人組が持ちだした、古い魔法書の呪いで、なんとアンリ先生が子どもに…!!トリシアたちは、アンリ先生を救うため、魔法の迷宮へいどむ。しかし迷宮の中は、空中を泳ぐ人食い魚やら、カンちがいの猫騎士やら、キケンな生き物がいっぱいで…！笑いも涙も友情もますますパワーアップの大人気コメディファンタジー第6弾。

『トリシア先生、急患です！─魔法世界ファンタジー』 南房秀久作 学習研究社 2008.12 263p 19cm （エンタティーン倶楽部） 800円 ①978-4-05-203014-7〈富士見ファンタジア文庫の増訂 絵：小笠原智史〉

内容 診療所にとどいた、一通の手紙。困っている人を助けるため、ソリスは旅立ちを決意する。残されたトリシアは、なんと診療所を引き継ぐことに。ついにトリシア先生の誕生！…と、思いきや、トリシアのもとを訪れるのは、角をなくした一角獣やら、恋に悩むメデューサやら、一くせも二くせもある患者ばかり。その上王国をゆるがす事件に巻きこまれて…。こんな調子でトリシアは無事、魔法医になれるのか!?笑って泣けて面白さ満点のコメディファンタジー第5弾。

『トリシア、指名手配中!?─魔法世界ファンタジー』 南房秀久作，小笠原智史画 学習研究社 2008.3 255p 19cm

（エンタティーン倶楽部）800円
①978-4-05-202929-5
[内容] 王都をさわがせる美少女怪盗・おしゃべりフクロウ。その正体は、なんとトリシア!? おてがらに目のくらんだキャスリーンは、さっそくトリシアを指名手配！ 追われるトリシアは『星見の塔』の後輩、ショーン、ベル、アーエスたちに助けを求める…が、三人はすぐケンカばかりで、全然頼りにならなくて…。大人気の痛快コメディファンタジー第4弾。

『トリシア、先生になる!?―魔法世界ファンタジー』 南房秀久作, 小笠原智史画　学習研究社　2007.3　247p　19cm　（エンタティーン倶楽部）800円
①978-4-05-202766-6
[内容] 医者を目指して修業中のトリシアは大好きなアンリ先生の頼みで、魔法学校『星見の塔』の代理教師をすることに！ しかし、張り切るトリシアの前に、悪ガキ3人組が立ちはだかって…。この対決、勝利をおさめるのは一体どっち!? トリシアのハチャメチャ魔法も一層パワーアップの、元気いっぱいコメディファンタジー第3弾。

『フローラと七つの秘宝―ユメ・フシギ・ファンタジー』 南房秀久作, 小笠原智史画　学習研究社　2006.7　231p　19cm　（エンタティーン倶楽部―錬金術師のタマゴたち 2）800円　①4-05-202602-0
[内容] 見習い錬金術師・フローラたちの前にあらわれたのは謎の怪人・サンジェルマン伯爵！ 強大な力で世界を支配しようとするサンジェルマンをフローラの錬金術が迎え撃つ！ でも本当の敵（？）は、兄弟子オーウェンに急接近する大金持ちの美人お嬢さま・イザベラだったりして…。超人気スーパーノンストップコメディシリーズ第2弾。

『水の都のフローラ―錬金術師のタマゴたち ユメ・フシギ・ファンタジー』 南房秀久作, 小笠原智史画　学習研究社　2005.7　229p　19cm　（エンタティーン倶楽部）800円　①4-05-202354-4
[内容] お金が大好き、勉強なんて大っ嫌い！ 天下無敵なワガママお嬢様・フローラがはじめたのは、なんと錬金術！ これでお金がザックザク作れると思いきや、妙な怪物ができちゃったり、海賊に襲われちゃったり…。それでも、フローラはめげずに(!?)リッパな錬金術師を目指すのでした…！ スーパーノンストップコメディの傑作、ここに誕生。

『トリシア、まだまだ修業中！―魔法世界ファンタジー』 南房秀久作, 小笠原智史画　学習研究社　2004.7　253p　19cm　（エンタティーン倶楽部）800円
①4-05-202114-2
[内容] 魔法学校を卒業したトリシアは一人前の医者になろうと、アムリオン王国一の天才医師・ソリスのもとで修業をすることに…。でも、困ったことにソリスはガサツでランボーでその上、魔法が大っ嫌い！ トリシアは、ソリスの修業にたえられるのか!? 大人気コメディファンタジー、第2弾。

『トリシア、ただいま修業中！―魔法世界ファンタジー』 南房秀久作, 小笠原智史画　学習研究社　2004.2　229p　19cm　（エンタティーン倶楽部）800円
①4-05-202060-X
[内容] 魔法使いの見習い少女・トリシア。成績はペケ。術はハチャメチャ。でも、たったひとつだけどんな天才魔法使いもかなわない不思議な力をトリシアは持っていたのでした…。それは、動物たちと心を通わせる力――。トリシアと仲間たちがくりひろげる冒険いっぱいのコメディファンタジー。

二階堂　黎人
にかいどう・れいと
《1959～》

『カーの復讐』 二階堂黎人著, 喜国雅彦絵　講談社　2005.11　329p　19×14cm　（ミステリーランド）2000円
①4-06-270577-X
[内容] 古代エジプトの秘宝「ホルスの眼」という名のメダリオン。この素晴らしさに心魅かれる男がいた。その名は怪盗アルセーヌ・ルパン。彼はそのお宝を頂戴するために、発掘者ボーバン博士に近づくが、博士の居城「エイグル城」で、ルパンを待ち受けていたのは奇妙な連続殺人事件だった。暗号文を手に死んだ老婆、財宝を荒らしたボーバン家へ、生霊「カー」の復讐を口にする謎のエジプト人、城に出没するミイラ男、完全なる密室に置かれた脅迫状、そしてあらたに発生した連続殺人…。数々の事件を解決したルパンの頭脳をもってしても説明不可能な事件が続発し、人々を恐怖へおとしいれていく。果たしてこの前代未聞の難事件の犯人は誰なのか？ ルパンはプライドをかけて事件に挑む。

西魚　リツコ
にしお・りつこ

『メキト・ベス漂流記　最後の旅』　西魚リツコ著　角川書店　2012.2　285p　20cm　（カドカワ銀のさじシリーズ）　1800円　①978-4-04-110100-1　〈発売：角川グループパブリッシング〉

内容　スペシダレル伯爵率いる『黒の旗艦』ごと百年後の世界に来てしまったエマとナオ。少年となったメキト・ベスは元の世界へと彼らを戻すため、『王の文書』を手に入れようとするが―!?「お前がいないと俺たちが何もできないってわけじゃない。お前こそ、俺たちがいないとだめなんだ」世界を守るのは、何の力も持たなかった少年少女。大海原の歴史を変える、感動の完結巻。

『メキト・ベス漂流記　王族の力』　西魚リツコ著　角川書店　2012.2　285p　20cm　（カドカワ銀のさじシリーズ）　1700円　①978-4-04-110071-4　〈発売：角川グループパブリッシング〉

内容　謎めいた青年の姿から、美しい女性に変化したメキト・ベス。少女エマと少年ナオと一緒にベルヌン島に身を寄せるも、王族と同じ痣を持つメキト・ベスは未来を変える鍵を握っていた。ベスを守るエマとナオも、彼女の引き起こした、世界を揺るがす大波に巻き込まれていく。「ベス、わたしたち…ずっといっしょにいられるかしら」ついに、メキト・ベスの正体が明らかに！大海と船を舞台に繰り広げられる、少年少女の冒険ファンタジー。

『メキト・ベス漂流記　背中の紅い星』　西魚リツコ著　角川書店　2011.1　276p　20cm　（カドカワ銀のさじシリーズ）　1600円　①978-4-04-874171-2　〈発売：角川グループパブリッシング〉

内容　海で囲まれた小島に住む少女エマと少年ナオは、ある日、月色の瞳の美しい青年を拾う。彼をメキト・ベスと名付けたエマたちは、海を渡る巨大船『黒と赤の船団』に乗ることに！そこでメキト・ベスが王朝をゆるがす存在であることを知り、彼を狙う貴族たちからメキトを守ろうと決めるけれど―!?「わたしは、島に居場所がないから、自分で探すしかないと思ったのよ」「俺は、掟とかで決められるんじゃなくて、自分で居場所を見つけたい」大海と船を舞台に繰り広げられる、少年少女の冒険ファンタジー。

にしがき　ようこ

『おれのミュ～ズ！』　にしがきようこ作　小学館　2013.7　223p　19cm　1300円　①978-4-09-290575-7

内容　ミューズ。―ありったけの技術と想像力をこめてかきたくなる、画家にとってたった一人の女性。気になったものはなんでも絵にしてみる。それがおれの習性だ。心の中でぶつぶつとつぶやきながら絵をかく。本当は、なにがかきたいんだろう…。おれにとってのミューズは、誰だろう？

『ねむの花がさいたよ』　にしがきようこ作，戸田ノブコ絵　小峰書店　2013.7　124p　22cm　（おはなしメリーゴーラウンド）　1300円　①978-4-338-22209-9

内容　ママはもう、どこにもいないの？　ママは亡くなりました。でも、ねむの花は今年もピンク色の花をつけました。ママのお誕生日のお花です。小学四年生のきららは、ママの死にどんなふうにむきあうのでしょうか？

『ピアチェーレ―風の歌声』　にしがきようこ作　小峰書店　2010.7　188p　20cm　（Green Books）　1400円　①978-4-338-25002-3　〈画：北見葉胡〉

内容　少女の歌声は、野をわたり、頂へかけあがり、蒼天高くたゆたう。そして、今しずかに自分の立っている場所、ここへおりたつ、しっかりと。…長編児童文学新人賞受賞作。

西川　つかさ
にしかわ・つかさ
《1958～》

『ひまわりのかっちゃん』　西川つかさ作，宮尾和孝絵　講談社　2010.5　269p　18cm　（講談社青い鳥文庫　211-8）　620円　①978-4-06-285146-6　〈2007年刊の改稿〉

内容　ひらがなもあまり読めず、数も数えられないかっちゃんは「ひまわり学級」と普通のクラスを行ったり来たり。なる直前、運命の先生と出会います。「わからないことがあったってなんにも恥ずかしくない！」と言う、森田先生の「熱い」気持ちが、はじめてかっちゃんに学ぶ楽しさ、大切さを教えてくれて…。心が「熱く」なる自伝小説。100％実話です。小学中級から。

西川つかさ

『事件かいけつ！ マジすか？ コンビ』
西川つかさ作，たなかしんすけ絵　講談社　2009.9　186p　18cm　（講談社青い鳥文庫 211-7）580円　①978-4-06-285115-2

内容　心は放送作家のお父さんと二人で暮らしている小5の女の子。お父さんの出張中、気ままな生活を夢見ていたのに、いいかげんでイケメンな男の人が留守番にやってきた。お父さんの弟子だという哲っちゃんは、意外なことに料理と推理が得意みたい。心がひろったナゾの紙飛行機や、ウソつきのヒロシくんのヒミツ、見事に解決できるかな？　小学中級から。

『青春—ひまわりのかっちゃん』　西川つかさ著　講談社　2008.7　255p　20cm　1300円　①978-4-06-214820-7

内容　昭和40年代、北海道・倶知安。希望を断たれた少年が引っ越したのは、不良がはびこる町だった。暴力の嵐に襲われ自暴自棄な中学、高校生活を送るかっちゃんに、未来は開けるのか？　悩んで苦しみ周囲にぶつかりのたうち回る、荒ぶる魂の疾風怒涛の物語、完成。

『ひまわりのかっちゃん』　西川つかさ著　講談社　2007.2　254p　20cm　1300円　①978-4-06-213741-6

内容　おかあちゃんは、二度号泣した。かっちゃんが特殊学級に入ったときと、小学校の卒業式と。はじめは悲しみ、最後は誇らしく思い。——はんかくさいかっちゃんを変えたのは、五年生の春に出会った一人の教師だった。あふれんばかりの情熱と創意工夫とで、ひらがなさえも満足に書けなかった少年を奇跡のように花開かせたのだ！　テレビの世界で活躍している放送作家が、はじめて書いた、自分自身の小学生時代。

『恋愛ポリス殺人事件!?—アイドルはラクじゃない』　西川つかさ作　講談社　2006.2　253p　18cm　（講談社青い鳥文庫 211-6）620円　①4-06-148716-7
〈絵：樹野こずえ〉

内容　小学6年生の政美は親友のブー子、秋田美人の亜希子、ライバルの麗子とアイドルグループをつくった。新曲発売はもうすぐだ。そんなとき、グループの将来をうらなった葵さんが「おそろしい」「血まみれ」そんなぶきみなことばを口にしてたおれてしまう。いったい、なにがおこるのだろう？　心配をよそに新曲『恋愛ポリス』は大ヒットするが、予言は、やはりあたって何かがおこる！　小学中級から。

『アイドルはラクじゃない—笑って泣いて呪われて　芸能界デビュー奮闘記』　西川つかさ作，樹野こずえ絵　講談社　2005.11　209p　18cm　（講談社青い鳥文庫 211-5）580円　①4-06-148706-X

内容　小学6年生の政美は親友・ブー子との漫才コンビ「笑わし隊」で学校の人気者、夢はアイドル。あやし～い芸能プロ社長、綾小路彦磨呂からスカウトがきた！　秋田美人の亜希子もブー子もいっしょに、うたって踊れて演技もできるアイドルトリオをめざすという。謎の人物、葵のレッスンやドロドロ人気モデル、花園麗子（!?）に悪戦苦闘しながら、政美はアイドルになれるのか!?　小学中級から。

『アイドルはラクじゃない』　西川つかさ作，樹野こずえ絵　講談社　2004.11　277p　18cm　（講談社青い鳥文庫）670円　①4-06-148667-5

内容　政美は小学6年生。学校では親友ブー子とともに漫才コンビ「笑わし隊」を結成している。気まぐれで「アイドルは君だ！」オーディションに応募した政美だったが、なんと1次審査を通過してしまう。通過者のなかには、人気モデルの花園麗子もいた。ライバルたちは美少女ぞろいだが、政美はマイペース。悪だくみも友情ものりこえて、まさかまさかのグランプリをめざす!?　小学中級から。

『もののけ伝説魔界の迷宮』　西川つかさ作，まつなが陽一絵　講談社　2003.9　221p　18cm　（講談社青い鳥文庫—ペット探偵団の事件簿 3）580円　①4-06-148627-6

内容　朝倉先生とともに"民話のふるさと"岩手県遠野にやってきた亜美ちゃん。ある日、霧のなかでザシキワラシにでくわしてしまう。それが異変のはじまりだった!!　あとから合流した勇介、山田くんとともに道に迷った亜美ちゃんは、きみな民家にたどりついて…。雪女、山姥、河童、キツネなど、もののけたちが総登場。霧につつまれた不思議な世界で、ペット探偵団をまちうける運命とは!?　小学中級から。

『悪魔はやさしい笑顔でやってくる』　西川つかさ作，まつなが陽一絵　講談社　2002.8　269p　18cm　（講談社青い鳥文庫—ペット探偵団の事件簿 2）620円　①4-06-148598-9

内容　亜美ちゃんはもうすぐ小学6年生になる、元気な女の子。秘密だけど、飼いネコのケイトとは話をすることができるんだ。その亜美ちゃんと、わんぱく勇介、ちょっとオタクの山田くん、それに超不潔な獣医の朝倉先生で結成したのが、ペット探偵団だ。ある夜、ペットが毒殺される事件が起こった。罪もない動物を殺す悪魔の出現に、

『三日月の輝く夜は―ペット探偵団の事件簿』 西川つかさ作，まつなが陽一絵 講談社　2000.8　249p　18cm　（講談社青い鳥文庫）　580円　①4-06-148539-3
[内容] 小学5年生の亜美ちゃんの家に、ある日、アメリカンショートヘアの猫が迷いこんだ。それからというもの、亜美と猫は心で通じあえる強い絆で結ばれる。そのうえ、わんぱく丸出しの勇介と、珍獣・奇獣好きの山田くんに、髪もひげもボーボーの獣医の朝倉先生とで、ペット探偵団を結成することになるが、その前に、小学校で起こっている、ニワトリ殺害事件の犯人を捜すほうが、先だ!!小学中級から。

西沢　杏子
にしざわ・きょうこ
《1941～》

『むしむしたんけんたい　3　ふしぎむしの巻』 西沢杏子文，西原みのり絵　大月書店　2013.9　72p　22cm　1300円　①978-4-272-40893-1
[内容] 小学1年生のまゆは、虫がすき。小学3年生のりゅうたは、虫がにがて。おばあちゃんと3人で、虫の世界へ大ぼうけん！虫に親しみ虫の知識も身につく、初級向け読み物。いも虫のへんしん、カブトムシのかい方、ホタルのひみつ、ホタルの一生などの解説つき。

『むしむしたんけんたい　2　にんじゃむしの巻』 西沢杏子文，西原みのり絵　大月書店　2013.7　72p　22cm　1300円　①978-4-272-40892-4
[内容] にんじゃみたいな虫、しってる？　みじかな虫にもふしぎがいっぱい。小学1年生のまゆは、虫がすき。小学3年生のりゅうたは、虫がにがて。おばあちゃんと3人で、虫の世界へ大ぼうけん！　虫に親しみ虫の知識も身につく、初級向け読み物。

『むしむしたんけんたい　1　なきむしの巻』 西沢杏子文，西原みのり絵　大月書店　2013.5　70p　22cm　1300円　①978-4-272-40891-7
[内容] 小学1年生のまゆは、虫がすき。小学3年生のりゅうたは、虫がにがて。おばあちゃんと3人で虫の世界へ大ぼうけん！　虫に親しみ虫の知識も身につく、初級向け読み物。

『青い一角（つの）の少女』 西沢杏子作，あらきあいこ絵　朝日学生新聞社　2012.10　177p　22cm　1000円　①978-4-904826-65-2
[内容] 夏休みのある一日。馬車で、ピクニックを楽しむ理子たち。そこに姉の知子そっくりの美しい少女、ツキミが現れ、知子を繭に包んで連れ去ってしまい…。振り返ったツキミの額には青い一角が!?　カマキリイタチの生贄をめぐる勇気と冒険の物語。

『青い一角（つの）の竜王』 西沢杏子作，あらきあいこ絵　朝日学生新聞社　2012.7　207p　22cm　1000円　①978-4-904826-56-0
[内容] 「わたし、赤ちゃんになっちゃった!?」竜王伝説に出てくる雪蛍に包まれ、目覚めると森の赤ちゃんになっていた理子。竜王を眠らせるための子守歌を歌えるのは赤ちゃん＝理子だけだと知らされて…。朝日小学生新聞の人気連載「青い一角シリーズ」でおなじみの理子たちが活躍するファンタジー小説。

『青い一角（つの）の少年』 西沢杏子作，小松良佳絵　角川学芸出版　2010.11　187p　22cm　（カドカワ学芸児童名作）　1600円　①978-4-04-653408-8〈発売：角川グループパブリッシング〉
[内容] 額から一角が!?　先祖伝来の森で、神かくしにあった道史と理子。鬼か、魔物かーふたりが見たものは!?　心にぐっとくる、冒険ファンタジー。

『青い一角（つの）のギャロップ』 西沢杏子作，小松良佳絵　角川学芸出版　2010.5　196p　22cm　（カドカワ学芸児童名作）　1500円　①978-4-04-653403-3〈発売：角川グループパブリッシング〉
[内容] ある日、ひとりで留守番をしていた理子。「ドレミファソラシド」とピアノを弾いていると、音は消えることなく、どこかへ流れていきます。「いったいどこへ？」と耳をすませると、絵のなかからとつぜん、ユニコーンが飛び出してきました！「いっしょにきてくれ、理子。きみがいないと行けない国へ！」ユニコーンにいざなわれて向かった先は…。自分にいちばん近くて、いちばん遠い場所。理子の心のなかにある「もうひとつの国」でした。

『パンプキン姫をたすけだせ！』 西沢杏子作，片山若子絵　草炎社　2007.2　95p　22cm　（草炎社フレッシュぶんこ4）　1100円　①978-4-88264-263-3
[内容] ここは、ハム王がおさめる、白鳥城。今日はこの城のお姫さまの十歳の誕生日。そこへ、姫が、さらわれたとしらせが！　王

仁科　幸子
にしな・さちこ
《1958〜》

『のねずみポップはお天気はかせ』　仁科幸子作・絵　徳間書店　2013.10　74p　22cm　1400円　①978-4-19-863696-8
内容　のねずみの男の子ポップのおかあさんは森のお天気はかせでした。ある日、おかあさんがのこした、お天気の観察ノートを見ていたポップは、たいへんなことに気づきました。森に、季節はずれの台風が、ちかづいているのです！　たすけあい、力をあわせて、あらしをきりぬける、小さな動物たちのすがたをえがく、心にのこる森のお話。小学校低・中学年〜。

『クモばんばとぎんのくつした』　仁科幸子著　偕成社　2013.7　70p　21cm　1000円　①978-4-03-528440-6
内容　なめくじのぼうやは、「きもちわるい」といわれ、いつもひとりぼっち。あるとき、やはりきらわれものクモのおばあさんとであいます。そのふたりが、クモの糸であんだ色とりどりのあみものを売る「クモばんばの店」で、力を合わせはじめました…。小学校中学年から。

『ちいさなともだち―星ねこさんのおはなし』　にしなさちこ作・絵　のら書店　2011.11　77p　22cm　1200円　①978-4-905015-05-5
内容　ひとりぼっちで、くらしていたねこにはじめてできた、ともだち―ねことさかなのほのぼのとした友情と交流を描いたおはなし。

『しあわせアパート』　仁科幸子著　偕成社　2011.9　71p　22cm　1200円　①978-4-03-313630-1

『とびきりのおくりもの』　仁科幸子さく・え　佼成出版社　2006.7　61p　21cm　（おはなしドロップシリーズ）　1100円　①4-333-02220-7
内容　うさぎのピモとティッキは、幼なじみ。ある日、ティッキは森から出ていくことを告げます。そこでピモは、とびきりすてきな贈り物を渡そうと決心するのですが…。たいせつなともだちにあげるおくりものは、なにがいいでしょう。大切な友だちへのけなげな想いをさわやかに描きます。

『おはようの花』　仁科幸子さく・え　フレーベル館　2005.2　63p　22cm　（ハ

おかかえの、魔女の予言どおりだ。はんにんはパティシエのドルチェらしい。老騎士・ブロッケンは、うさぎの剣士に姿をかえ、姫をたすけだす旅に出る。

『けしけしキングがやってきた』　にしざわきょうこさく，みやもとただおえ　草炎社　2006.1　63p　20cm　（そうえんしゃハッピィぶんこ　4）　1100円　①4-88264-196-8
内容　おとうとのやっくんがかたつむりのチビをふんづけちゃった。「おにいちゃん、たすけてよー。」って、いつまでもないてるけど、ぼく、しーらないっと。あまったれ、なきむし！　そしたら、「ごめんください！」って、へんなやつが、やってきたんだよ。そいつは、けしけしキングなんだって。

『ズレる？―西沢杏子詩集』　西沢杏子著　川崎　てらいんく　2005.8　79p　21×19cm　（子ども詩のポケット　12）　1200円　①4-925108-38-7

『"まちんば"ってしってる？』　にしざわきょうこさく，みやもとただおえ　草炎社　2003.7　63p　20cm　（そうえんしゃラブラブぶんこ　12）　1100円　①4-88264-092-9
内容　雨のひ。雨がさをとられたいもうとのために、とおるは"まちんばやしき"をめざす。びゅうと風がうなり、すがたをあらわした"まちんば"―。なぞのことばが、とおるにせまる。「…わすれられていないものはみんな、ひかるんじゃ」。

『さかさまの自転車』　西沢杏子作，山口まさよし絵　国土社　1994.7　115p　22cm　（新創作ブックス　6）　1200円　①4-337-14606-7
内容　麻子は、前輪の泥よけに張りつけた名札を見た。ぎょっとした。相原勇二、とある。「そっくりだ」"お兄ちゃんのに"ということばを飲みこんだ。一文字型のハンドル、まっ黒いボディの自転車なんてどこにでも、ざらにある。だけど、この自転車は、なぜか麻子をひきつけてはなさなかった。大好きな兄の事故をめぐり、はげしくゆれる麻子と勇二。ミステリアスな展開で、人の存在の重さを鮮烈に描く。小学校中・高学年から。

『トカゲのはしご』　西沢杏子作，織茂恭子絵　理論社　1986.11　68p　20cm　（理論社のようねんどうわ）　780円　①4-652-00844-9
内容　ぼくのだいすきな"あやとり"。―ぼくは、すてきなはしごをつくり、そして、ふしぎなトカゲと、ともだちになった…

リネズミとちいさなおとなりさん 3）　1200円　①4-577-02983-9

内容　ハリネズミのおとなりさんはちいさなヤマネ。はる・なつ・あき・ふゆ・たのしくあそぼ。ちいさなおはなしが6つつまっています。

『たんじょうびのやくそく』　仁科幸子さく・え　フレーベル館　2004.12　63p　22cm　（ハリネズミとちいさなおとなりさん 2）　1200円　①4-577-02982-0

内容　ハリネズミのおとなりさんはちいさなヤマネ。きょうもいっしょにおさんぽさんぽ。ちいさなおはなしが6つつまっています。

西村　友里
にしむら・ゆり
《1957～》

『たっくんのあさがお』　西村友里作，岡田千晶絵　PHP研究所　2014.4　79p　22cm　（とっておきのどうわ）　1100円　①978-4-569-78396-3

内容　友子は、となりのせきのたっくんがこわいのです。たっくんは、大きくて力もつよいし、大きな声で「おまえ」なんていうし、なにかいわれると、びくっとしてしまうのです。小学校低学年から。

『翼のはえたコーヒープリン』　西村友里作，三村久美子絵　国土社　2013.10　134p　22cm　1300円　①978-4-337-33620-9

内容　絵里のパパは、コーヒープリンしか作れないケーキ屋だ。そんなパパが、手製の着ぐるみで、パンダやコッコさんの格好をするのが、絵里は恥ずかしくてたまらない。ある日、友だちに、そんなパパの姿を見られて…。だが、病院のボランティアで、子どもたちのはじける笑顔を見た絵里は、パパの着ぐるみにかけた思いと、そのすばらしさに気づいていく。

『オムレツ屋へようこそ！』　西村友里作，鈴木びんこ絵　国土社　2012.10　142p　22cm　1300円　①978-4-337-33617-9

内容　尚子はしばらくの間「オムレツ屋」でくらすことになった。そこはブログでも評判の、伯父が家族で営む洋食屋さんだ。母さんのごつごうにふりまわされる尚子にとって、あたたかな食事や家族の団らんは、はじめて味わう理想の家庭だった。ふたごの和也、敏也とも意気投合した尚子はついに、母さんに、思いきった宣言をする。そして、「じぶんの宝物」を見つけ出していく。

『すずかけ荘の謎の住人』　西村友里作　朝日学生新聞社　2012.10　243p　19cm　（〔あさがく創作児童文学シリーズ〕　〔7〕）　800円　①978-4-904826-70-6　〈絵：久保谷智子〉

内容　小学六年生の女の子、奈緒子が暮らす洋館アパート『すずかけ荘』に、新しい住人がやってきた。布団を持たず、タクシー一台で引っ越してきた「謎の住人」の秘密をさぐるうちに、奈緒子は『すずかけ荘』の住人たちの、ある変化に気がついていく。朝日小学生新聞の連載小説。

『すずかけ荘のピアニスト』　西村友里作　朝日学生新聞社　2011.10　237p　19cm　（〔あさがく創作児童文学シリーズ〕　〔4〕）　800円　①978-4-904826-35-5

内容　小学生生活最後の夏休み、母親と離れて奈緒子が住むことになったのは、すずかけ荘という古い洋館だった。個性的な住人たちとの出会いを通じて、奈緒子はたくさんの人の優しさや思いやりに触れていく。朝日小学生新聞の連載小説。

西本　七星
にしもと・ななほし

『おっちょこチョイ姫—あっこりゃまた村ウントコどっこい相撲大会の巻』　西本七星作，岡田潤絵　金の星社　2008.9　156p　22cm　（キッズ童話館）　1300円　①978-4-323-05238-0

内容　弱いけれどいっしょうけんめいな取り組みが人気の力士・ウントコどっこい。小和の国相撲大会で念願の土俵入りをすることが決まったものの、急にこわくなり、ウントコはにげだしてしまう。しかもウントコの弱い心につけこむ黒い影が！　おっちょこ城下町にもなぞの黒雲がただよいはじめていた。おっちょこ城の千代姫は、町娘チョイに変装して、なぞのかぎをにぎる「あっこりゃまた村」へ向かう。

『おっちょこチョイ姫—あっこりゃまた村カッパとりもの大作戦の巻』　西本七星作，岡田潤絵　金の星社　2006.10　156p　22cm　（キッズ童話館）　1200円　①4-323-05237-5

内容　おっちょこ城の千代姫は、町むすめのチョイに変身して、お城をぬけだしては、なぞの存在「あっこりゃまた村」をしらべてい

る．さて今回のお話は，八七ちゃんが池におとされたってぇから，ただごとじゃない！ しかも犯人はカッパ！? ひょうたん池にあらわれる謎の釣り師何もなんだかにおう．この謎を解くためにふたたび「あっこりゃまた村」に入ったチョイを待っていたのはアチャラカ仙人・雲山苦災！ はたして苦災のいうように「だじゃれでお悩み即解決！」となるか!? 笑いとなぞとちょっぴり涙もはいって楽しさてんこもり！ 大人気！ 大江戸ファンタジー．

『おっちょこチョイ姫―アッコりゃまた村ちょっとまった！ ご婚礼の巻』 西本七星作，岡田潤絵 金の星社 2003.5 156p 22cm （キッズ童話館） 1200円 ①4-323-05234-0

内容 おっちょこ城の千代姫は，町むすめのチョイに変身して，町へいくのが大すき．お城をぬけだしては，なぞの存在「アッコりゃまた村」をしらべています．ご婚礼がいやでにげだした姫は，ぐうぜん呪文をといて村にはいりますが，そこでまっていた…．陰陽師の修行をしている少年・影丸，巫女の巳子さま，へっこ木，短木，ふしぎなキャラクターがいっぱい！ 楽しくて，一気によめるふぁんたじっく・あどべんちゃー．小学3・4年生から．

二宮 由紀子
にのみや・ゆきこ
《1955～》

『コロッケくんのぼうけん』 二宮由紀子作，あべ弘士絵 偕成社 2014.6 142p 22cm 1000円 ①978-4-03-530910-9

内容 コロッケくんは，「海の男」にふさわしいカニクリームコロッケとして生きようと，パイナップルのかんづめのあきかんとはみがきコップといっしょにぼうけんのたびにでかけます！ 小学校3・4年生から．

『せかいでいちばん大きなおいも』 二宮由紀子作，村田エミコ絵 佼成出版社 2013.9 62p 20cm （おはなしみーつけた！ シリーズ） 1200円 ①978-4-333-02619-7

内容 せかいでいちばん大きなおいもはせかいでいちばん大きな人に食べてもらうため，旅に出かけます．小学校低学年向け．

『6人のお姫さま』 二宮由紀子作，たんじあきこ絵 理論社 2013.7 126p 21cm 1300円 ①978-4-652-20018-6

内容 あるところに，6人のお姫さまと6人の王子さまがおりました．お城では毎夜，舞踏会が開かれています．…はじまりはじまり．（お姫さま＋王子さま）×アップルパイ÷魔法＝?? お姫さまも，お姫さまでない子もみーんな元気がわいてくる！ 二宮由紀子ワールド．

『めざせ日本一！―熱投！ 北海アニマルズvs熱々！ 大阪オイデヤス』 二宮由紀子作，あべ弘士絵 文渓堂 2011.7 120p 22cm 1300円 ①978-4-89423-725-4

内容 北のアニマル球団対西のおつまみ球団（?）によるシリーズ最終戦．アニマル球団が相手を食い物にするか!? はたまた，おつまみ球団が相手をお客さんにするか!? 手に汗にぎりながらも，思わず吹き出してしまう本格ナンセンス野球小説登場．

『らったらったらくだのらっぱ』 二宮由紀子作，佐々木マキ絵 理論社 2009.1 77p 21cm （あいうえおパラダイスら） 1000円 ①978-4-652-00299-5

内容 あいうえおであそぼう．この本の5つのお話は，それぞれ「ら」「り」「る」「れ」「ろ」がつくコトバで書かれているのです．まさか!? と思ったら読んでみて．

『やさいぎらいのやおやさん』 二宮由紀子作，荒井良二絵 理論社 2008.12 77p 21cm （あいうえおパラダイスや） 1000円 ①978-4-652-00298-8

『まくわうりとまほうつかい』 二宮由紀子作，スズキコージ絵 理論社 2008.10 77p 21cm （あいうえおパラダイスま） 1000円 ①978-4-652-00297-1

内容 この本の5つのお話は，それぞれ「ま」「み」「む」「め」「も」がつくコトバで書かれているのです．まさか!? と思ったら読んでみて．

『はるははこべのはなざかり』 二宮由紀子作，村上康成絵 理論社 2008.7 77p 21cm （あいうえおパラダイスは） 1000円 ①978-4-652-00296-4

内容 この本の5つのお話は，それぞれ「は」「ひ」「ふ」「へ」「ほ」がつくコトバで書かれているのです．まさか!? と思ったら読んでみて．

『からすとかばのかいすいよく』 二宮由紀子作，市居みか絵 理論社 2008.6 77p 21cm （あいうえおパラダイスか） 1000円 ①978-4-652-00292-6

『なぎさのなみのりチャンピオン』 二宮

由紀子作，石井聖岳絵　理論社　2008.5　75p　21cm　（あいうえおパラダイス　な）1000円　①978-4-652-00295-7

[内容]あいうえおであそぼう。この本の5つのお話は、それぞれ「な」「に」「ぬ」「ね」「の」がつくコトバで書かれているのです。まさか!?と思ったら読んでみて。

『さかさやまのさくらでんせつ』　二宮由紀子作，あべ弘士絵　理論社　2007.11　77p　21cm　（あいうえおパラダイス　さ）1000円　①978-4-652-00293-3

[内容]この本のお話は、それぞれ「さ」「し」「す」「せ」「そ」がつくコトバで書かれているのです。ナンセンス作家・二宮由紀子による5つのお話。

『たぬきのたろべえのたこやきや』　二宮由紀子作，センガジン絵　理論社　2007.11　77p　21cm　（あいうえおパラダイス　た）1000円　①978-4-652-00294-0

[内容]この本のお話は、それぞれ「た」「ち」「つ」「て」「と」がつくコトバで書かれているのです。ナンセンス作家・二宮由紀子による5つのお話。

『あるひあひるがあるいていると』　二宮由紀子作，高畠純絵　理論社　2007.7　77p　21cm　（あいうえおパラダイス　あ）1000円　①978-4-652-00291-9

[内容]「あ」がつくコトバだけで、お話を書いてみたら…にほんごって、こんなにおもしろい。ナンセンス作家・二宮由紀子による5つのお話。

『からすとかばのかいすいよく』　二宮由紀子作，市居みか絵　理論社　2007.7　77p　21×16cm　（あいうえおパラダイス　か）1000円　①978-4-652-00292-6

[内容]「か」がつくコトバだけで、お話を書いてみたら…。にほんごって、こんなにおもしろい。ナンセンス作家・二宮由紀子による5つのお話。

『さんぽひものはつこい』　二宮由紀子作，高畠純絵　文研出版　2006.8　78p　22cm　（わくわくえどうわ）1200円　①4-580-81610-2

[内容]さんぽひもは、さんぽがだいすき。たあくんとさんぽにいくのですが、いぬのチロもいつもいっしょ。あるひ、さんぽひもの「ルーシー」とであった、さんぽひもは…。小学1年生以上。

『森の大あくま』　二宮由紀子作　毎日新聞社　2006.2　82p　21cm　1500円　①4-620-20013-1　〈絵：あべ弘士〉

[内容]ふかいふかい森のおくに、おそろしい大あくまがすんでいました。でも、この大あくま、とってもドジで、なんだか、かわいらしいところもあるのでした。こんなあくまなら、お友だちになってもいいかも…。小学校低学年から。

『レイジーちゃんのおたんじょうび』　二宮由紀子さく，かわかみたかこえ　佼成出版社　2005.9　61p　21cm　（おはなしドロップシリーズ）1100円　①4-333-02165-0

[内容]ぶどうのひとつぶだって、「わたしは、わたし」！　そっくりなきょうだいのなかで、なやむキュートな女の子のおはなし。小学1年生から。

『ホットケーキいいん？』　二宮由紀子作，にしむらかえ絵　ポプラ社　2005.2　82p　22cm　（おはなしボンボン　19）900円　①4-591-08516-3

[内容]あるあさ、めんどりのメアリーさんがホットケーキをやこうとすると、まどべのマーガレットのはながいいました。「ちょっとメアリーさん、あなたこんしゅうホットケーキたべすぎなんじゃないかしら？」めんどりのメアリーさんのゆかいな物語。

ねじめ　正一
ねじめ・しょういち
《1948～》

『徳田さんちはおばけの一家』　ねじめ正一作，武田美穂絵　講談社　2010.4　222p　20cm　1200円　①978-4-06-216039-1

[内容]おばけだからって、おばけにあまえてないところがいいよね。徳田家はおばけの家族。ある日、みんなが働くおばけ屋敷が閉館する危機になり…。

『じゃりじゃり―ねじめ正一さんの詩をうたう』　ねじめ正一詩　クレヨンハウス総合文化研究所　2010.1　55p　19cm　（CDブック詩集　2）3500円　①978-4-86101-159-7　〈発売：クレヨンハウス　音楽：クニ河内〉

[内容]ねじめ正一さんの詩をうたおう！じゃりじゃりに愉快な、新しい童謡です。音楽はクニ河内さん。

『あーちゃん―ねじめ正一詩集』　ねじめ正一作　理論社　2006.7　140p　21cm　（詩の風景）　1400円　①4-652-03852-6　〈絵：村上康成〉
[内容]　ゆきちゃんがすき、大すき。さとるくんがすき、大すき。でも、人をすきになると心がつらいです。

『さんぽうた』　ねじめ正一さく，市居みかえ　ポプラ社　2005.9　63p　20cm　（ママとパパとわたしの本　34）　800円　①4-591-08779-4
[内容]　よんだらさんぽにいきたくなっちゃう！　ほんわりたのしい、つぶやきノート。

『まいごのことり』　ねじめ正一さく，松成真理子え　佼成出版社　2004.6　63p　21cm　（おはなしドロップシリーズ）　1100円　①4-333-02070-0
[内容]　しんくんの部屋に、迷い込んで来た1羽の小鳥。驚きつつも、愛らしい姿にひかれた彼は、部屋を閉め切って外出する。帰宅したしんくんが目にした光景は…。小さな命へのいつくしみを、繊細なタッチで描く。

『そらとぶこくばん』　ねじめ正一作，山口マオ絵　福音館書店　2004.4　78p　21cm　（福音館創作童話シリーズ）　1100円　①4-8340-1000-7
[内容]　こんなにたくさんならんでまっていては、いつになってもにねんいちくみのこくばんはおうさまのしょくたくになれないから、ほかのおうさまのくにをみつけるために、おしろのうらやまのてっぺんからとんでゆこうと…5才から。

『しゃくしゃくけむしくん』　ねじめ正一作，はたこうしろう絵　福音館書店　2001.6　73p　22cm　（福音館創作童話シリーズ）　1100円　①4-8340-1761-3

『そーくん』　ねじめ正一著，南伸坊絵　佼成出版社　2000.11　95p　19cm　（きらきらジュニアライブシリーズ）　1400円　①4-333-01911-7
[内容]　ねじめ正一＆南伸坊が贈る。野球好きの少年、そーくんがはじめて出合う淡い初恋・大人の世界・知人の死…。「小学生だっていろいろあるのだ！」。

野泉　マヤ
のいずみ・まや

『満員御霊！　ゆうれい塾―おしえます、立派なゆうれいになる方法』　野泉マヤ作，森川泉絵　ポプラ社　2014.8　174p　18cm　（ポプラポケット文庫　097-1）　620円　①978-4-591-14091-8
[内容]　ゆうれい塾って、ゆうれいの勉強をするところ？　それとも…!?　小学五年生の女の子・明は、お墓まいりの夜、「ゆうれい塾」というあやしげな看板を目撃する。そこにいたのは、魔女のような美女・エバ先生だった。「何年ぶりかしら？　人間がまぎれこんだのは」小学校上級〜

『きもだめし・攻略作戦』　野泉マヤ作，狩野富貴子絵　岩崎書店　2009.9　78p　22cm　（いわさき創作童話　49）　1300円　①978-4-265-02849-8
[内容]　人一倍こわがりやの栞は、学校合宿での「きもだめし」のために、暗がりになれる練習をしている。そんなある日、高校生のお兄さんと知り合う。そして、「きもだめし」に協力してもらえることになった。お兄さんが用意してくれる、とっておきの作戦とは！　小学校中学年向。第26回福島正実記念SF童話賞大賞作品。

野中　ともそ
のなか・ともそ

『鴨とぶ空の、プレスリー』　野中ともそ作　理論社　2011.6　236p　19cm　1400円　①978-4-652-07978-2
[内容]　おれの親父はプレスリーおたくの46歳。音痴。超いいかげんなダメ父に巻き込まれ、行くのはブルースの街・メンフィス。

『カチューシャ』　野中ともそ作　理論社　2005.3　270p　19cm　1500円　①4-652-07756-4
[内容]　僕をとりまく宇宙のその中心に、あの子はすとんと落下してきた。口が悪くて、すばしっこくて、とびきりいけてる女の子―カチューシャ。『宇宙でいちばんあかるい屋根』で、絶賛され、1年。ヤングアダルトの新しい旗手、待望の新作。

野中　柊
のなか・ひいらぎ
《1964〜》

『ようこそぼくのおともだち』　野中柊作，寺田順三絵　あかね書房　2013.1　59p　22cm　（すきっぷぶっくす 6）　1100円　Ⓘ978-4-251-07706-6
内容　いぬのタタンとひよこのピヨちゃんがいろんなばしょをノックするたびに、あたらしいおともだちがあらわれます。「ようこそいらっしゃい」さあ、にぎやかなおちゃのじかんのはじまりです。

『サイクリング・ドーナツ―パンダのポンポン』　野中柊作，長崎訓子絵　理論社　2012.3　131p　22cm　1300円　Ⓘ978-4-652-00768-6
内容　世界一のコックさん、ポンポンのお話。大人気シリーズ第7弾。

『パンパカパーンふっくらパン―パンダのポンポン』　野中柊作，長崎訓子絵　理論社　2010.4　147p　22cm　1200円　Ⓘ978-4-652-00767-9
内容　今日は運動会です。動物たちは、赤組と白組に分かれて、みんな大はりきり。二人三脚、大玉ころがし、つな引き、リレー…いろんな競技があるけれど、食いしん坊のポンポンが、いちばん楽しみにしているのは。

『クッキー・オーケストラ―パンダのポンポン』　野中柊作，長崎訓子絵　理論社　2009.9　149p　22cm　1200円　Ⓘ978-4-652-00765-5
内容　ポンポンは、キラ星亭のコックさん。料理の腕はサイコーです！ 街中の動物たちから「世界一のコックさん」といわれています。ポンポンは、料理を作るのも好きだけど、それを食べるのはもっと好き。だから「世界でいちばん食いしん坊のコックさん」でもあるのです。お待たせしました。大人気シリーズ第5弾。

『アイスクリーム・タワー―パンダのポンポン』　野中柊作，長崎訓子絵　理論社　2006.7　148p　22cm　1200円　Ⓘ4-652-00758-2
内容　夏がやって来ました。「夏」といえば、海水浴、夏祭り、花火…楽しいことが、いろいろありますね。でも、ポンポンの頭の中はやっぱり、夏のおいしい食べ物のことでいっぱいです。

『ミロとチャチャのふわっふわっ』　野中柊作，寺田順三絵　あかね書房　2006.6　57p　22cm　（すきっぷぶっくす 1）　1100円　Ⓘ4-251-07701-6
内容　ミロとチャチャは、だいのなかよし。あおぞらのしたじてんしゃにのって、のはらへでかけました。そして、2ひきがみつけたものは…？　ねえ。しってる？　のはらにはひみつのたからものがあるんだよ。いっしょにさがしにいこう！　やんちゃな猫ミロとチャチャの、懐かしくて新しい物語。

『クリスマスあったかスープ―パンダのポンポン』　野中柊作，長崎訓子絵　理論社　2005.12　149p　21cm　1200円　Ⓘ4-652-00756-6
内容　もうすぐクリスマスです。おいしいものを、たくさんつくってみんなでいっしょに食べることができるなんて、食いしん坊のポンポンは、もう考えただけで、うきうきした気持ちになってしまいます。

『ひな菊とペパーミント』　野中柊著　講談社　2005.6　228p　20cm　1300円　Ⓘ4-06-212952-3
内容　私は結花。十三歳。大好きな女友達、学校のアイドルでボーイズ・ラブ疑惑をかけられている美少年ふたり、パティシエ志望の男の子、離婚しちゃったパパとママ、私を好きだっていうだれかさん…いろんなひとたちに囲まれて、さまざまな愛のかたちを感じる日々。でも、まだ恋は知らない―なんて思っていたら、ある出来事をきっかけに、平和な中学生ライフが一変しちゃった!? 初恋は、人生で一度だけの、たいせつな宝もの。注目の作家・野中柊が贈るちょっとキュートな少女の世界。

『青空バーベキュー―パンダのポンポン』　野中柊作，長崎訓子絵　理論社　2005.4　141p　22cm　1200円　Ⓘ4-652-00745-0
内容　ポンポンは、食いしん坊のパンダです。雨の日も、くもりの日も、晴れの日も、朝起きて、まずはじめに考えるのは「これから、なにを食べようか？」…だから今日も、ポンポンのお話は食べ物のことからはじまります。

『パンダのポンポン』　野中柊作，長崎訓子絵　理論社　2004.4　132p　22cm　1200円　Ⓘ4-652-00742-6
内容　ポンポンは、レストランのコックさんです。料理が上手で、おまけに食いしん坊。だからポンポンのお話には、いつも、おいしそうな食べ物が、いっぱい出てくるんです…。

野村　一秋
のむら・かずあき
《1954～》

『しょうぶだしょうぶ！―先生VSぼく』
野村一秋作，ささきみお絵　文研出版　2013.8　1冊　22cm　（わくわくえどうわ）1200円　①978-4-580-82177-4
[内容] みなさんに、おしらせします。きょうのおひるやすみに、二年二組の上山先生とイサムくんがしょうぶをします。みんなで、おうえんにいきましょう。なんでしょうぶをすることになったのかって？　それは、この本をよんでのおたのしみ。小学1年生以上。

『のらカメさんたのまけてたまるか』　のむらかずあき作，かわむらふゆみ絵　小峰書店　2006.5　78p　22cm　（おはなしだいすき）1100円　①4-338-19209-7
[内容] のらカメさんたと、両親をイタチにやられたというジョージは、イタチに復讐することを考えるのだが…。ユーモアいっぱいの楽しいお話。

法月　綸太郎
のりずき・りんたろう
《1964～》

『怪盗グリフィン、絶体絶命』　法月綸太郎著　講談社　2006.3　362p　19cm　（Mystery land）2000円　①4-06-270578-8
[内容] ニューヨークの怪盗グリフィンに、メトロポリタン美術館（通称メット）が所蔵するゴッホの自画像を盗んでほしいという依頼が舞いこんだ。いわれのない盗みはしないというグリフィンに、依頼者はメットにあるのは贋作だと告げる。「あるべきものを、あるべき場所に」が信条のグリフィンがとった大胆不適な行動とは（第一部）。政府の対外スパイ組織CIA（アメリカ中央情報局）作戦部長の依頼を受けたグリフィンは、極秘オペレーション「フェニックス作戦」を行うべく、カリブ海のボコノン島へ向かう。その指令とは、ボコノン共和国のパストラミ将軍が保管している人形を奪取せよというものだったが…（第二部）。

萩尾　望都
はぎお・もと
《1949～》

『銀の船と青い海』　萩尾望都著　河出書房新社　2010.10　142p　20×15cm　1500円　①978-4-309-27220-7
[内容] 貴重なカラーイラスト50ページ掲載。少女期の多感な感性から紡ぎだされた幻の作品群が今ここに甦る。全28作品、珠玉の童話集。

橋本　治
はしもと・おさむ
《1948～》

『勉強ができなくても恥ずかしくない　3（それからの巻）』　橋本治著　筑摩書房　2005.5　126p　18cm　（ちくまプリマー新書 8）680円　①4-480-68708-4
[内容] みんなと仲よくできたら、遊ぶのも、勉強するのも幸せだった。でも高2になると受験一色。ケンタくんはただ一人、「正しい高校生をやろう」と決意した。三部作完結編。

『勉強ができなくても恥ずかしくない　2（やっちまえ！の巻）』　橋本治著　筑摩書房　2005.4　110p　18cm　（ちくまプリマー新書 7）680円　①4-480-68707-6
[内容] 横丁に友だちができて、ビー玉勝負にも勝てるようになると、ケンタくんは学校も好きになってきた。遊びも模擬試験も絶好調！　「学び」の本質をえがく小説、第二部。

『勉強ができなくても恥ずかしくない　1（どうしよう…の巻）』　橋本治著　筑摩書房　2005.3　107p　18cm　（ちくまプリマー新書 6）680円　①4-480-68706-8

長谷川　光太
はせがわ・こうた
《1967〜》

『くらげや雑貨店　一休さんの㊙アルバイト』　長谷川光太作，椿しょう絵　ポプラ社　2009.2　245p　18cm　（ポプラポケット文庫 065-3）　570円
①978-4-591-10824-6
内容　古今東西の珍奇品を取り扱うヘンな店、「くらげや」の仕事にもすっかりなれたミライ。次なるお宝情報は、一休さんが使っていたという手ぬぐい。なんでも願いがかなうんだって。ええ〜、ホントにぃ？　小学校上級〜。

『くらげや雑貨店─笑小町の怪しいほほえみ』　長谷川光太作，椿しょう絵　ポプラ社　2008.7　237p　18cm　（ポプラポケット文庫 65-2）　570円　①978-4-591-10420-0
内容　古今東西の珍奇品を取り扱うヘンな店、くらげや。ねらう次なるお宝は、平安時代の美女、小野小町の笑い顔の自画像。なみいるライバルより先に、ミライたちは小町の謎にたどりつけるか!?

『くらげや雑貨店─「くだらスゴイ」ものあります。』　長谷川光太作，椿しょう絵　ポプラ社　2008.2　254p　18cm　（ポプラポケット文庫 65-1）　570円
①978-4-591-10175-9
内容　古今東西の珍奇品をとりあつかうヘンな店、くらげや。ミライは「東山三十六宝」を探し集める国家的プロジェクトの手伝いをすることになって…でも、それって、ゴミじゃないの？　お宝なの？　どこまで本気か、B級お宝探し物語！　小学校上級〜。

『算盤王　2』　長谷川光太作，若菜等,Ki絵　ポプラ社　2004.1　167p　22cm　（ポプラの森 8）　980円　①4-591-07979-1
内容　マサヒロがひっこしてきた町には、なんと算盤塾が18もあった。算盤王をきめる大会を開く奇妙な町の人たちと少年の熱き心の物語。

『算盤王』　長谷川光太作，佐竹美保絵　ポプラ社　2003.3　143p　22cm　（ポプラの森 5）　980円　①4-591-07648-2
内容　マサヒロがひっこしてきた町には、なんと算盤塾が18もあった。算盤王をきめる大会を開く奇妙な町の人たちと少年の熱き心の物語。2002年度ポプラ社作品市場部門賞受賞作品。

服部　千春
はっとり・ちはる
《1958〜》

『トキメキ・図書館　PART7　トキメキ・修学旅行！』　服部千春作，ほおのきソラ絵　講談社　2014.6　241p　18cm　（講談社青い鳥文庫 243-19）　650円
①978-4-06-285424-5
内容　待ちに待った、1泊2日の京都修学旅行！　京都に到着した萌たち一行は、バスに乗りこみ二条城から金閣寺、平安神宮へ。亡くなった兄の分までと、京都の景色を目に焼きつける宙。「この修学旅行で…。」と、なにやら思いを秘める奈津と雅。そして萌は、1200年以上の歴史をもつ京の都で、不思議な気配を感じていて。笑いあり、涙ありの「トキ図書」スペシャル編です!!　小学中級から。

『トキメキ・図書館　PART6　絵の中の女の人』　服部千春作，ほおのきソラ絵　講談社　2013.12　237p　18cm　（講談社青い鳥文庫 243-18）　650円　①978-4-06-285393-4
内容　宙たちといっしょに加賀ハウスを訪れた萌は、応接間の壁に飾られた絵を見て動けなくなってしまう。その絵に描かれた女性は、以前見かけた、雅に寄りそう着物姿の人だったのだ。「小夜さん」は雅のおじいさんの伯母で、戦前に若くして亡くなったという。彼女のうったえが聞こえることを打ち明けた萌に、雅のおじいさんは、小夜さんの話をぽつりぽつりと語りはじめた─。小学中級から。

『たまたま・たまちゃん』　服部千春作，つじむらあゆこ絵　WAVE出版　2013.11　78p　22cm　（ともだちがいるよ！ 8）　1100円　①978-4-87290-937-1
内容　うどん屋さんのたまちゃんとケーキ屋さんのプリンちゃん。おてつだいをいれかわったら、すてきなはっけんがいっぱい！　あこがれのケーキ屋さんではりきるたまちゃん。新作ケーキづくりのおてつだいでだいかつやく！

『うまれたよ、ペットントン』　服部千春作，村上康成絵　岩崎書店　2013.8　78p　22cm　（おはなしトントン 42）　1000円　①978-4-265-06720-6
内容　ペットをかいたいタクヤ。もらったタ

服部千春

『トキメキ・図書館　PART5　転校生のひみつ』　服部千春作，ほおのきソラ絵　講談社　2013.7　249p　18cm　（講談社青い鳥文庫　243-17）　650円　①978-4-06-285364-4

[内容]　6年生になった萌は放課後、図書館の前で同年代の女の子と着物姿の女性を見かける。その女の子は、こんど転校してきた加賀雅だった。両親の離婚で、母親の実家に越してきた雅は、美人でプライドが高く、強引に図書委員になってしまう。ひとみ先生や宙に近づく雅を見て、もやもやした気持ちを抱える萌。そんなある日、萌は公園のベンチにぽつんとすわっている雅を見つける…。小学中級から。

『トキメキ・図書館　PART4　十八年目の卒業式』　服部千春作，ほおのきソラ絵　講談社　2013.3　245p　18cm　（講談社青い鳥文庫　243-16）　650円　①978-4-06-285343-9

[内容]　昼休みに図書館の本を整理していた萌と奈津は、『イギリス童話1』という古い本の貸出票に司書のひとみ先生の名前を見つけて、先生に知らせる。"有本ひとみ"と書かれたその下には、ある男の子の名前が記されていた。その名前を見たひとみ先生は「この本のおかげで、やっと思いだせた。」と目をうるませて、小学校時代の思い出をしずかに語りはじめた―。小学中級から。

『トキメキ・図書館　PART3　霊能少女萌!?』　服部千春作，ほおのきソラ絵　講談社　2013.1　243p　18cm　（講談社青い鳥文庫　243-15）　650円　①978-4-06-285328-6

[内容]　「先生、わたしがいったこと、信じてくれる？」3学期に入って、萌は司書のひとみ先生に、転校してきてからずっと抱えていた秘密を打ち明けた。萌は、2年前に亡くなった宙の双子の兄・海の姿が見えることを聞いたひとみ先生は、「心配はいらないから。」といって、図書館の奥から一冊の本を萌に手わたす。『霊能少女サキ』というその本の内容は、驚くほど萌の体験と似ていたのだ。小学中級から。

『トキメキ・図書館　PART2　「図書館登校」の女の子？』　服部千春作，ほおのきソラ絵　講談社　2012.9　233p　18cm　（講談社青い鳥文庫　243-14）　620円　①978-4-06-285308-8

[内容]　ステキな洋館の図書館がある小学校に転入してきた萌。土曜日に開放された図書館で、同じクラスの女の子を見かける。その子、香川成美は、教室に通えずに「図書館登校」をしている子なのだ。萌は絵のじょうずな成美を、写生遠足に誘おうとするけれど…。また、図書館には「開かずの部屋」とよばれる部屋があり、司書のひとみ先生は、なにやら秘密を持っているようで!?

『トキメキ・図書館　PART1　二人のそらとわたし』　服部千春作，ほおのきソラ絵　講談社　2012.6　241p　18cm　（講談社青い鳥文庫　243-13）　620円　①978-4-06-285281-4

[内容]　小5の夏休み、新しい町に引っ越してきた白石萌は、子犬のソラと散歩中に、同い年の男の子に出会う。犬と同じ名前だという宙くんは、ムッとしてるかと思えば、急にやさしく接してくれたりして、不思議な感じ。新学期に入って宙と同じクラスになった萌は、宙の過去を知り…。洋館風のステキな図書館、クラスメイトや司書の先生、そして愛犬とともに、萌の新生活がはじまる。小学中級から。

『まいごの、まいごの、ゴンザレス』　服部千春作，村上康成絵　岩崎書店　2011.12　78p　22cm　（おはなしトントン　28）　1000円　①978-4-265-06293-5

[内容]　タクヤはゆうえんちで、あかちゃんカイジュウ、ゴンザレスとであった。タクヤはまいごのゴンザレスのおかあさんをさがして…まいごになったタクヤとゴンザレスのおはなし。

『ここは京まち、不思議まち―あやしいライバル』　服部千春作，実希絵　講談社　2011.5　237p　18cm　（講談社青い鳥文庫　243-12）　620円　①978-4-06-285214-2

[内容]　愛香たち「担い手」にしか姿が見えないはずの「おぼこさん」。それなのに、人ごみで「だれかに見られてる。」といいだすサチ。ほかにもおぼこさんが見える人が？　とおどろく愛香。そんななか、京まち商店街に新しくオープンした"ラビアンの館"で占われた人たちが、みんな、おかしな服を着たり、元気をなくして店を休んだりするように。いったい、商店街でなにが起こっているの!?　京都を舞台にした不思議なネコ物語。

『ここは京まち、不思議まち―ナマズ池のひみつ』　服部千春作，実希絵　講談社　2010.11　237p　18cm　（講談社青い鳥文庫　243-11）　620円　①978-4-06-285178-7

[内容]　「ここにいてはいけない！」ナマズ池のほとりで、説明できないこわさを感じた

愛香。「はじめて来たはずなのに、この池のことを知っている気がする」とおびえる「おほこさんネコ」のサチ。やがて愛香は、「町の歴史調べ"の宿題をきっかけに「ナマズ池の言い伝え」や「おぼこさんの子守歌」を知り…。おぼこさんが、どうして商店街の守り主になったのか？　そのひみつが明らかに！

『さらば、シッコザウルス』　服部千春作，村上康成絵　岩崎書店　2010.11　79p　22cm　（おはなしトントン　20）1000円　①978-4-265-06285-0
内容　ゆめの中にでてくるカイジュウ、シッコザウルスはオシッコしたいタクヤをいつもトイレにつれていってくれる。でも、ゆめからさめると…シッコザウルスとタクヤの楽しいおはなし。

『ここは京まち、不思議まち―真夜中のネコ会議』　服部千春作，実希絵　講談社　2010.5　245p　18cm　（講談社青い鳥文庫　243-10）　620円　①978-4-06-285150-3
内容　京都の商店街に越してきた愛香は、履物屋さんの「おぼこさんネコ」が、「もうすぐこの家にいられなくなる気がする」と話すのをきいてしまう。守り主の「おぼこさん」がいなくなったら、お店はどうなるの？　おとめさんの水晶玉にうつった男の人はだれ？　（ドロボー!?）おぼこさんの姿が見える「担い手」候補の愛香が、「担い手やるって、まだ決めてない～！」といいつつ、今日も走る。小学中級から。

『ここは京まち、不思議まち―花娘・愛香どすぅ』　服部千春作，実希絵　講談社　2009.8　245p　18cm　（講談社青い鳥文庫　243-9）　620円　①978-4-06-285109-1
内容　京都へ越してきた小学5年生の愛香。祖父の花屋がある商店街で、"不思議堂"という店を営むおとめさんに、初日からふりまわされっぱなし。ある夜、愛香は、ネコの体から人間の子どもが抜け出てくるところを目撃してしまう。ネコは商店街の守り主だというが、なぜ自分にこんなものが見えるのか？　おとめさんのいう「担い手」ってなに？　「？」だらけの京都生活、いよいよスタート！

『またあえるよね』　服部千春作，高里むつる絵　講談社　2008.11　223p　18cm　（講談社青い鳥文庫　243-8―四年一組ミラクル教室）620円　①978-4-06-285058-2
内容　大好きな友だち、大切な家族。ずっといっしょにいられると思っていたのに、思いがけずはなればなれになってしまうこともある。でも、きっと「またあえるよね」。クラスのひとりひとりが主人公になる『四年一組ミラクル教室』も、いよいよシリーズ最終巻。「出会い」と「別れ」の小さなミラクルが、また、くしゃみからはじまります。

『恋かもしれない』　服部千春作，高里むつる絵　講談社　2008.5　232p　18cm　（講談社青い鳥文庫　243-7―四年一組ミラクル教室）　620円　①978-4-06-285025-4
内容　このごろ感じるふしぎな気持ち。今までぜんぜん気にならなかったのに、気がつけばあの子のことをさがしているのはなぜだろう？　もしかして、こういう気分を恋っていうのかな。四年一組のみんなの心にそっとしのびこんだ、あたらしい感情。くしゃみとミラクルが、ちいさなちいさな温かい思いを、ゆっくり広げていきます。短編4話収録。

『卒業うどん』　服部千春作，大庭賢哉絵　講談社　2008.4　237p　22cm　1400円　①978-4-06-214622-7
内容　わたし、京都に住んでる五年生の綾香。いじめられっ子のタッチ、優等生の坂上くんと、なぜか高松までプチ家出をするはめに。おいしいうどんを食べるだけのつもりだったのに、たいへんなことになっていっちゃったんだよ～。

『いじけちゃうもん』　服部千春作　講談社　2007.11　235p　18cm　（講談社青い鳥文庫　243-6―四年一組ミラクル教室）　620円　①978-4-06-148796-3〈絵：高里むつる〉
内容　四年生は、なんでもわかってる。妹にやさしくしなきゃいけないことも、友だちとなかよくしなきゃいけないことも、家族がたいせつなことも。でも、ときどき、いじけた気持ちになってしまうのはなぜだろう？　そんなとき、くしゃみをしたら、またまたふしぎなことが！　四年一組のみんなにおきた、ちょっとふしぎな物語の短編を4話収録。小学中級から。

『大きくなったらなにになる』　服部千春作　講談社　2007.5　233p　18cm　（講談社青い鳥文庫　243-5―四年一組ミラクル教室）　620円　①978-4-06-148766-6〈絵：高里むつる〉
内容　大人になった自分の姿、想像したことありますか？　どんな仕事をしてるのかな、どんな暮らしをしてるのかな。未来のあなたはどういう人になっているでしょう？　そば屋の子どものみのる、虫歯が痛むまさる、アイドルをめざすみか、小説家の母を持つかりん。四年一組のみんなは、将来のことについていろいろ考えてみました。小学

花形みつる

『ウソじゃないもん』 服部千春作 講談社 2006.11 243p 18cm （講談社青い鳥文庫 243-4―四年一組ミラクル教室）620円 ①4-06-148748-5〈絵：高里むつる〉

[内容] そのつもりがないのに、ウソをついちゃうことってありますよね。イヌを飼ってるとか、好きな子をキライって言うとか、ふたごが入れ替わるとか、お父さんがロックやってたとか。そんなウソをついた子はいったいどうなるの？ くしゃみをすると、ふしぎなことが必ず起きる、ふしぎなクラスが舞台の大人気短編集、第4弾！ 小学中級から。

『名前なんて、キライ！』 服部千春作 講談社 2006.5 250p 18cm （講談社青い鳥文庫 243-3―四年一組ミラクル教室）620円 ①4-06-148729-9〈絵：高里むつる〉

[内容] 名前って、考えてみると不思議なもの。だって自分のものなのに自分で決められないんだよ。ハデな名前が気に入ってない「せいら」、「トミー」と呼ばれたい古風な「とみぞー」、小さい頃のよび名がそのままの「たもっちゃん」、亡くなったお姉さん「まみ」とよくまちがえられる「えみ」の4人が主人公になる、大人気短編集です。小学中級から。

『四年一組ミラクル教室―学校の怪談!?』 服部千春作 講談社 2005.10 241p 18cm （講談社青い鳥文庫 243-2）620円 ①4-06-148704-3〈絵：高里むつる〉

[内容] 「はーっくしょん！」くしゃみをすると、なんだかふしぎなことがおきるんだ。大好きだったおじいちゃんの思いをかなえる「たかし」、オムレツ作りの猛練習をする「ごう」、モデルのオーディションにチャレンジする「みどり」、リレーの選手に選ばれてがっかりする「さや」の4人が登場。四年一組全員が順番に主人公になる、ユーモア感動短編集です。小学中級から。

『四年一組ミラクル教室―それはくしゃみではじまった』 服部千春作，高里むつる絵 講談社 2005.1 245p 18cm （講談社青い鳥文庫）620円 ①4-06-148672-1

[内容] 消しゴムのかすで作った人形のトムが、突然しゃべりはじめた！ なかよくなったゆうきを助けるために、トムが不思議な力を発揮する！ 運動が苦手なとしきにはバットが語りかけ、本当のことを言えないみなこのかわりに鏡が話し、いじめっこのあきらを自転車が守る。四年一組の子ども

たちが体験した、不思議なお話を4つ集めた短編集。小学中級から。

『グッバイ！ グランパ』 服部千春作，鈴木修一絵 岩崎書店 2002.10 79p 22cm （いわさき創作童話 41）1200円 ①4-265-02841-1

[内容] ふと目がさめたら、階段の下のおばあちゃんの部屋から、明かりと話し声が…。こんな夜ふけに、おばあちゃんと話しているあなたは、―だれ？ 「やめてよ。ついてこないで！」つぎの朝、さやかのことばをムシして、そいつは、学校までついてくる。だけど…、どうして…？ そいつのすがたは、さやかにしか見えない。第19回福島正実記念SF童話賞大賞作品。小学校中学年向。

花形　みつる
はながた・みつる
《1953～》

『君の夜を抱きしめる』 花形みつる作 理論社 2012.7 257p 19cm 1500円 ①978-4-652-07996-6

[内容] 彼女いなくてイケメン？ 『遠まわりして、遊びに行こう』の登場人物再び。子どもがこの世にいる愛しさが、風のように駆け抜ける。夜泣きでフラフラ、よだれとうんちまみれのハートウォーミングストーリー。

『キリンちゃん』 花形みつる作，久本直子絵 学研教育出版 2012.6 124p 22cm （ジュニア文学館）1300円 ①978-4-05-203433-6〈発売：学研マーケティング〉

[内容] おじいちゃんの古い本を「虫ぼし」していたら、開いた本の上にヘンなものを見つけた。毛糸玉みたいな、黄色くて丸いもの…。もそっと動くし、ぼくの指をペロッとなめる。手のひらにのせたら、じわ～っとおしっこが…。キモかわいいキリン（？）が、ボクの家にやってきた。ボクとキリンの、出会いと友情の物語。

『サイテーなあいつ』 花形みつる作，垂石真子絵 長崎 童話館出版 2011.6 180p 23cm （子どもの文学・青い海シリーズ 17）1400円 ①978-4-88750-120-1〈講談社1999年刊の修正、復刊〉

『遠まわりして、遊びに行こう』 花形みつる作 理論社 2010.2 268p 19cm 1500円 ①978-4-652-07966-9

[内容] コドモトソウグウス。新太郎、18歳の

『椿先生、出番です！』　花形みつる作, さげさかのりこ絵　理論社　2009.1　185p　21cm　（おはなしルネッサンス）　1400円　①978-4-652-01312-0
内容　子どもと大人と動物たちがくりひろげるヘンテコ幼稚園のおかしな日々。小学校中学年から。

『アート少女―根岸節子とゆかいな仲間たち』　花形みつる著　ポプラ社　2008.4　277p　20cm　（Teens' entertainment 2）　1300円　①978-4-591-10148-3
内容　実力派の三年生が卒業して、美術部の部長になった節子。残ったのは、超個性的な面々ばかり。しかも、校長に目をつけられ、次々に難題をつきつけられて…。でも、あきらめないヤツは強いのだ。つき進め、根岸節子とその仲間たち！　文系弱小部活的爆笑・感動ストーリー。

『フルメタル・ビューティー！　2』　花形みつる著　講談社　2007.12　221p　19cm　（YA! ENTERTAINMENT）　950円　①978-4-06-269389-9
内容　あこがれの桜井とのデート（？）中に、けやきは、カツアゲされていた美少年を、大迫力の「空中コンボ」で助けてしまう。その凛々しい姿に強さを感じた少年は、一瞬のうちに、けやきに一目惚れ。「強くてカッコいい」とほめられても…。これって、ホントに運命の出会いなの―。

『ラブ＆ランキング！―イケテナイ♀（女子）とオレサマ♂（男子）の無敵な恋』　花形みつる作　ポプラ社　2007.4　191p　22cm　（ポプラの森 17）　1300円　①978-4-591-09751-9　〈絵：宮尾和孝〉
内容　わたし、月子は、めんどくさい人間関係もかしこくこなす、小六・女子。カンペキな人生のシナリオにそって、自分にとって、他人が得か損かをみきわめることができる。だから、クラスメートだって、お得かどうかのランキングづけを、ぱぱっとクールにね！　小学校最終学年も、そんなこんなで、楽勝！　…のはずだったに。ヒナコちゃん＝イケテナイ女子と、コウキ＝オレサマ男子の、無敵なカップルの出現で、なんか、くもゆきがあやしくなってきた…。

『荒野のマーくん―その受難』　花形みつる作　偕成社　2006.3　225p　20cm　1200円　①4-03-646030-7　〈絵：やまだないと〉
内容　お気楽にくらしていた小学6年生マーくん。例年のハッピーなクリスマスをむかえようとしていた矢先、悪魔のような天使があらわれ、マーくんのオキラクな人生が音をたてて崩壊する。

『荒野のマーくん―その試練』　花形みつる作　偕成社　2006.3　193p　20cm　1200円　①4-03-646040-4　〈絵：やまだないと〉
内容　マーくんのハッピーな家庭にバクダンを落としていった天使、タキザワ。そのタキザワを発見、問いつめたマーくんはタキザワの魅力にまどわされて、とんでもないアブナイ世界に足をふみいれてしまう…。

『ベッシーによろしく』　花形みつる作　学習研究社　2005.10　106p　24cm　（学研の新しい創作）　1200円　①4-05-202471-0　〈絵：山西ゲンイチ〉
内容　今度で五回目になる、ぼくの転校。うまくクラスにとけこめるように「転校生必勝マニュアル」まで作ったぼく。でも、今は休んでいる「ベッシー」って、なに者なの？！不安だよ～。小学中級から。

『フルメタル・ビューティー！　1』　花形みつる著　講談社　2005.2　189p　19cm　（YA! ENTERTAINMENT）　950円　①4-06-212765-2
内容　「ビッグ・フット」「恐怖戦慄巨体怪獣」…、ついたあだ名は数知れず。でも、そのガタイのデカさに似合わず、「けやきの涙はちょーキモい」なんてチンメを流されるだけですぐに落ちこむ、繊細で気弱な女の子。アンバランスな精神と肉体、けやき・14歳。あたしは、身長181センチの大女。ムダに伸び、ムダに鍛えたこの肉体が、学校一ヤンキー美女の「彼氏」にされて最大の武器へと変貌をとげる！　精神じゃない。体のチカラを信じろ。

はの　まきみ

『全力おしゃれ少女☆ツムギ　part2　めざせ！　モデルとデザイナー!!』　はのまきみ作, 森倉円絵　集英社　2014.2　188p　18cm　（集英社みらい文庫　は-1-2）　620円　①978-4-08-321196-6
内容　あたし、桃川紡。おしゃれが大大大好きな小学5年生だよ！　こんど、仲よしの世奈＆琴子と、JS向けのファッション雑誌『QTスター』に、「おしゃれアイデアチーム」として、参加することになったの！　だけど…自信マンマンのアイデアが、編集長にダメだしされちゃって大ショック！　「ほ

かのだれにも思いつかないような作品が見たい」って言われたんだけど…そんなのむずかしすぎる〜!!! 小学中級から。

『全力おしゃれ少女☆ツムギ part1 金星のドレスはだれが着る？』 はのまきみ作，森倉円絵　集英社　2013.8　187p　18cm　（集英社みらい文庫　は-1-1）620円　①978-4-08-321169-0

内容　あたし、桃川紡。小学5年生。学校の勉強はイマイチ苦手だけど、おしゃれがだ〜い好きで、ファッションに関することなら何にでも全力投球！ 毎朝どんなコーディネートにするか考えたり、仲よしのお友達に似あいそうなお洋服を妄想したりするのって、め〜っちゃ楽しいよ☆そんなある日。小さなコップみたいな形の銀細工を見つけたの。それを磨いてみたら…びっくりすることが起こったの！　小学中級から。

浜野　京子
はまの・きょうこ

『しえりの秘密のシール帳』　浜野京子著，十々夜絵，みやべゆりイラスト　講談社　2014.7　187p　19cm　920円　①978-4-06-218960-6

内容　あたし、上川詩絵里。深山小学校の五年生になったばかり。今日は始業式だけど、今日のあたしの運勢は、十二星座中九番目で、イマイチだから、ちょっと心配。"友だち関係で落ち込むことがあるかもしれませんが、前向きに考えましょう。ラッキーカラーはピンク。アイテムはパイル地のハンカチ"だって。占いの大好きなしえりが、シールでえがく秘密って？

『石を抱くエイリアン』　浜野京子著　偕成社　2014.3　189p　20cm　1300円　①978-4-03-727180-0〈文献あり〉

内容　わたしの辞書に「希望」なんかない。1995年に生まれ、2011年3月に卒業式をむかえた15歳たちの1年間。中学生から。

『歌に形はないけれど』　浜野京子作，nezuki絵　ポプラ社　2014.2　195p　18cm　（ポプラポケット文庫 091-2―初音ミクポケット）680円　①978-4-591-13765-5

内容　春休みに拓海が海辺で出会った不思議な少女が、自分のクラスに転校してきた。拓海の親友は一目ぼれ。しかし拓海もどこか彼女にひかれていて…。初音ミクの人気曲「歌に形はないけれど」をモチーフにした切ない恋の物語。小学校上級〜。

『レガッタ！　3　光をのぞむ』　浜野京子著　講談社　2013.8　253p　19cm　（YA！ ENTERTAINMENT）950円　①978-4-06-269472-8〈画：一瀬ルカ〉

内容　この2年と3か月。迷わずに進むことなんてできなかった。それでも、仲間とともに乗り越えてきた。だからこそ、3年生だけで"天狼"に乗りたい。そして、優勝したい。はたして、有里の願いはかなうのか!? ついにインターハイへ！ ボート部小説第3弾！

『レガッタ！　2　風をおこす』　浜野京子著　講談社　2013.3　250p　19cm　（YA！ ENTERTAINMENT）950円　①978-4-06-269468-1〈画：一瀬ルカ〉

内容　強豪ボート部に所属する飯塚有里は、インターハイ予選で、2年生でただひとりA艇の"天狼"に乗ることに。このメンバーなら、負けない。揺るぎない自信をもって大会に臨んだ有里を、思いがけない事故が襲う。

『くりぃむパン』　浜野京子作，黒須高嶺絵　くもん出版　2012.10　142p　21cm　1300円　①978-4-7743-2117-2

内容　小学四年生の香里の家には、五世代九人の大家族と、ふたりの下宿人がくらしている。そんな香里の家にやってきた、同い年で親せきの未果。未果のお父さんは仕事をなくし、香里の家族をたよってきたのだった。自分より、かわいがられる未果が気に入らない香里。でもある日学校で、未果が、お金をひろっているといううわさが流れて…。小学校中学年から。

『レガッタ！―水をつかむ』　浜野京子著　講談社　2012.6　258p　19cm　（YA！ ENTERTAINMENT）950円　①978-4-06-269455-1

内容　「たかがスポーツに、そんなにむきになるなんて」。優秀な姉の言葉に反発し、強豪ボート部に入部した飯塚有里は、力がありながらも、水上でうまく発揮できずにいた。ボートはひとりでは漕げないと知ったとき、オールが水をつかみはじめる…。

『天下無敵のお嬢さま！　4　柳館のティーパーティー』　浜野京子作，こうの史代画　新装版　童心社　2012.3　184p　20cm　1600円　①978-4-494-01963-2

内容　この町に越してきて半年、あたしのまわりにはいつも菜奈がいた。転校してくる前、友だちがいないと思っていたことを、いつのまにか忘れていた。ふりまわされてばかりだったけれど、菜奈がいたから、親がいない寂しさも忘れていられた。―だめだよ、菜奈。そっちにいっちゃだめだ！　あ

浜野京子

たしは信じてる。菜奈のことを。菜奈の本当の強さを。天下無敵のお嬢さま・菜奈、恋やつれで命も危ない? 菜奈を助けるために奮闘する芽衣と仲間たち―シリーズ第四弾。

『天下無敵のお嬢さま! 3 ひと夏の恋は高原で』 浜野京子作, こうの史代画 新装版 童心社 2012.3 187p 20cm 1600円 ①978-4-494-01962-5

内容 わたくし、沢崎菜奈と申します。はっきりいって、美少女です。学術優秀にして運動神経抜群、中国武術は長拳をたしなみます。人はわたくしを、天下無敵のお嬢さまといいます。わたくしは今、高原の避暑地にある、別荘にきております。今年の夏は、特に心がはずみます。というのも、初めてお友だちを招待したからなのです。アメリカから来たお嬢さま・キャッシーと菜奈が芽衣をめぐって、恋の日米お嬢さま対決!? シリーズ第三弾。

『天下無敵のお嬢さま! 2 けやき御殿のふしぎな客人』 浜野京子作, こうの史代画 新装版 童心社 2012.3 189p 20cm 1600円 ①978-4-494-01961-8

内容 わたくし、沢崎菜奈と申します。ここ、花月町に暮らし、花月小学校に通う六年生。はっきりいって、美少女です。それに、優等生で運動神経抜群。人はわたくしを、天下無敵のお嬢さまといいます。こんなわたくしの欠点といえば、美しい殿方にすぐ心ひかれてしまうこと。そしてときどき失敗をしてしまうのです―。菜奈と芽衣、そしてメリーさんの前に現れた謎の美少年。葉加瀬小五郎がまきおこす大騒動! シリーズ第二弾。

『天下無敵のお嬢さま! 1 けやき御殿のメリーさん』 浜野京子作, こうの史代画 新装版 童心社 2012.3 187p 20cm 1600円 ①978-4-494-01960-1

内容 わたくし、沢崎菜奈と申します。ここ、花月町に暮らし、花月小学校に通う六年生。はっきりいって、美少女です。それに、運動神経抜群で成績優秀。中国武術・長拳とバイオリンをたしなんでおります。人はわたくしを、天下無敵のお嬢さまといいます。菜奈と芽衣、そしてメリーさんとの出会いからはじまるすてきな物語。シリーズ第一作。

『紅に輝く河』 浜野京子著 角川書店 2012.1 318p 20cm (カドカワ銀のさじシリーズ) 1700円 ①978-4-04-110101-8 〈発売:角川グループパブリッシング〉

内容 ファスール王国は、神官の託宣が何よりも力を持つ国。ところが、国母の第一王女・アスタナに、「この国に仇なす」「この国を救う」という、全く異なる二つの託宣が下る。結果、なんとアスタナは、同時期に生まれた異母姉妹と、密かに入れ替えて育てられることに―。十七年後。第二夫人の娘として、男勝りに育ったアスタナは、シーハンからの美しき留学生・サルーと、運命的な恋に落ちる。波乱の王女の青春をえがく、ドラマチック・ファンタジー。

『木工少女』 浜野京子著 講談社 2011.3 216p 20cm 1300円 ①978-4-06-216853-3

内容 1年間限定で山奥の学校に引っ越してきた少女と木の触れ合いを叙情豊かに綴る、坪田譲治文学賞作家の最新作。

『白い月の丘で』 浜野京子著 角川書店 2011.1 299p 20cm (カドカワ銀のさじシリーズ) 1600円 ①978-4-04-874164-4 〈発売:角川グループパブリッシング〉

内容 ハジュンは、強国アインスに滅ぼされたトール国の王子。ひそかにシーハン公国へと脱出し、過去を捨てて成長したのが、十年ぶりに、故国に帰ってくる。アインスに虐げられ、音楽まで禁じられたトールの現状に穏やかではいられないハジュンだが、美しく成長した幼なじみで笛の名手のマーリィと、心通わせていく。しかし、マーリィの元に足しげく通ってくる謎の青年カリオルが、実は、宿敵であるアインスの王子だと知って―。

『アギーの祈り』 浜野京子著 偕成社 2010.11 286p 20cm 1400円 ①978-4-03-643070-3 〈画:平沢朋子〉

内容 大きな戦争のあと、難民が集められた島。学堂の教師アギーは、ある少女の、特別な舞いの才能に気づく。おりしも各国は、大戦中に兵士たちのために舞い、やがて姿を消した舞姫を追いはじめていた。坪田譲治文学賞受賞作家が書きあげた祈りと再生の物語。小学校高学年から。

『竜の木の約束』 浜野京子作, 丹地陽子絵 あかね書房 2010.10 191p 20cm 1300円 ①978-4-251-07301-3

内容 "竜の木"の下で、桂は不思議な少年と出あう。優等生の麻琴にそっくりな顔で、不敵にほほえむ少年。すべての関係を適度にやりすごしてきたはずの、桂の日々が、変わりはじめた…。

『ヘヴンリープレイス』 浜野京子作, 猫野ぺすか絵 ポプラ社 2010.7 205p 19cm (ノベルズ・エクスプレス 8) 1200円 ①978-4-591-11957-0

内容 引っ越してきたまちで、和希は、暮ら

浜野京子

しに悩みをかかえた少年少女たちと出会う。彼らを救いたい―でも、助けられないのは、自分が子供だからなの？　自分の生活、両親、そして社会に目を向けはじめる…。緑ふかい林の中の幸福な時間をえがく、ひと夏の物語。

『甘党仙人』　浜野京子作，ジュン・オソン絵　理論社　2010.1　135p　21cm　（おはなしルネッサンス）1200円
①978-4-652-01321-2
内容　バレンタインデーの甘い香りにさそわれて中国からやってきたのはなんと仙人⁉　小学校中学年から。

『碧空の果てに』　浜野京子著　角川書店　2009.5　268p　20cm　（カドカワ銀のさじシリーズ）1500円　①978-4-04-873945-0〈発売：角川グループパブリッシング〉
内容　十七歳のメイリン姫は、並はずれた大力の持ち主。心配した父は早く婿をとろうとするが、自分がもっと自由に生きられる場所を求め、男のふりをして国を飛び出す。たどり着いたのは賢者の国シーハン。そこで彼女は、足が不自由だが鋭い頭脳で国を守る、美貌の青年首長ターリと出会う。「わたしがあなたの『足』になります」孤独なターリのもとで、大力をかくし従者として仕えるメイリン。やがて心を通わせる二人は、シーハンの侵略をねらう大国アインスと対決することになる。

『レッドシャイン』　浜野京子著　講談社　2009.4　268p　20cm　1300円　①978-4-06-215383-6〈文献あり〉
内容　エネ研、ソーラーカー、大潟村…太陽の光に導かれて、淡い恋が始まった―。ソーラーカーレースにかける高専生たちの青春。

『トーキョー・クロスロード』　浜野京子著　ポプラ社　2008.11　273p　20cm　（Teens' best selections 18）1300円　①978-4-591-10590-0
内容　「別人に変装して、ダーツに当たった、山手線の駅で降りてみる」これが休日の栞の密かな趣味。そこで出会ったかつての同級生、耕也と、なぜか縁が切れなくて…。高校生の「今」を鮮やかに描く、フレッシュで切ない青春ストーリー。

『天下無敵のお嬢さま！　4　柳館のティーパーティー』　浜野京子作，こうの史代画　童心社　2008.10　184p　18cm　（フォア文庫）600円　①978-4-494-02816-0
内容　この町に越してきて半年、あたしのまわりにはいつも菜奈がいた。転校してくる前、友だちなんていらないと思っていたことを、いつの間にか忘れていた。ふりまわされてばかりだったけれど、菜奈がいたから、親がいない寂しさも忘れていられた。―だめだよ、奈菜。そっちにいっちゃだめだ！　あたしは信じてる。菜奈のことを。菜奈の本当の強さを。天下無敵のお嬢さま・菜奈、恋やつれで命も危ない？　菜奈を助けるために奮闘する芽衣と仲間たち―シリーズ第四弾。

『フュージョン』　浜野京子著　講談社　2008.2　250p　20cm　1300円　①978-4-06-214484-1
内容　何なの、これ？　何やってんだよ、あいつら。それが、あたしとヤツらの、そして、あたしとダブルダッチの出会いだった―。いま人気のスポーツを題材に、少女たちの交流と成長を描いた、感動のYA青春小説。

『ペンネームは夏目リュウ！―キミも物語が書ける』　浜野京子文，サクマメイ絵，日本児童文学者協会編　くもん出版　2008.2　237p　19cm　900円　①978-4-7743-1364-1
内容　宏樹は、読書と野球が大好きな小学5年生。ひょんなことから、クラスメイトの明日香とはりあって、物語を書くハメに！　はじめて書きあげた物語は、なんだかイマイチ…。そんな宏樹の前に、自分が書いた物語の主人公、高校生探偵リュウがあらわれた。

『天下無敵のお嬢さま！　3　ひと夏の恋は高原で』　浜野京子作　童心社　2007.9　187p　18cm　（フォア文庫）560円　①978-4-494-02807-8〈画：こうの史代〉
内容　わたくし、沢崎菜奈と申します。はっきりいって美少女です。学術優秀にして運動神経抜群、中国武術は長拳をたしなみます。人はわたくしを天下無敵のお嬢さまといいます。わたくしは今、高原の避暑地にある、別荘にきております。今年の夏は、特に心がはずみます。それというのも、初めてお友だちを招待したからなのです。アメリカから来たお嬢さま・キャシーと菜奈が、芽衣をめぐって恋の日米お嬢さま対決⁉　シリーズ第三弾。

『その角を曲がれば』　浜野京子著　講談社　2007.2　228p　20cm　1300円　①978-4-06-213810-9
内容　本が好きな杏、バドミントン部のエース・樹里、甘えっ子キャラの美香。クラスでは"仲良し3人組"だけど、ときどきお互いの気持ちが読めないときがある。受験、恋、家族、友情…三者三様の思いを抱いて過ごす、最後の中学生活。もうすぐ、新しいわたしたちの日々が始まる。

『天下無敵のお嬢さま！　2　けやき御殿

『のふしぎな客人』　浜野京子作　童心社　2006.11　189p　18cm　（フォア文庫）　560円　①4-494-02803-7〈画：こうの史代〉

内容　わたくし、沢崎菜奈と申します。ここ、花月町に暮らし、花月小学校に通う六年生。はっきりいって美少女です。それに優等生で運動神経抜群、天下無敵のお嬢さまといいます。こんなわたくしの欠点といえば、美しい殿方にすぐ心ひかれてしまうこと。そしてときどき、失敗をしてしまうのです―。菜奈と芽衣、そしてメリーさんの前に現れた謎の美少年、葉加瀬小五郎がまきおこす大騒動！　シリーズ第二弾。

『天下無敵のお嬢さま！　1　けやき御殿のメリーさん』　浜野京子作　童心社　2006.5　187p　18cm　（フォア文庫）　560円　①4-494-02798-7〈画：こうの史代〉

内容　わたくし、沢崎菜奈と申します。ここ、花月町に暮らし、花月小学校に通う六年生。はっきりいって美少女です。それに、運動神経抜群で成績優秀。中国武術・長拳とバイオリンをたしなんでおります。人はわたくしを、天下無敵のお嬢さまといいます。菜奈と芽衣、そしてメリーさんとの出会いからはじまるすてきな物語。シリーズ第一作！　小学校高学年・中学生向。

早川　真知子
はやかわ・まちこ

『ちゃわん虫とぽんこつラーメン』　早川真知子, たかおかゆみこ絵　文研出版　2010.10　127p　22cm　（文研ブックランド）　1200円　①978-4-580-82109-5

内容　転校生のルカが病院から出てくるのが見えた。声をかけようとして、卓也は、ハッと口をおさえた。なんだか、ルカが、ひどくおちこんでいるように見えたのだ。顔色がわるく、つらそうだ。声をかけられないまま、卓也はあとをついていくと、やがてルカは、『はかた屋』というラーメン屋のまえで足をとめた。そして、のれんのすきまから、ひょいと店の中をのぞきこみ、おどろくほど陽気な声でいった。「とんこつラーメンだって。ハハハ、とんこつ、とんこつ！」小学中級から。

『スターフェスティバルのゼリー――ふしぎ村のパールちゃん』　早川真知子著, タカタカヲリ画　童心社　2010.5　124p　18cm　（フォア文庫　A165）　600円　①978-4-494-02834-4

内容　小さな小さなふしぎ村では、もうすぐ、スターフェスティバルがひらかれます。ことしは、旅しばいの一座がやってきて、みんなよろこんでいたのですが…。

『しあわせのウエディング・ケーキ――ふしぎ村のパールちゃん』　早川真知子作, タカタカヲリ画　童心社　2009.6　118p　18cm　（フォア文庫　A163）　600円　①978-4-494-02825-2

内容　小さな小さなふしぎ村にすむパールちゃんは、魔法みたいなワンダーパワーがつかえる女の子。おとうさんがつくったウエディング・ケーキがダメになった！　どうしよう!?。

『ジッパーくんとチャックの魔法』　早川真知子作, ジョン・シェリー絵　理論社　2008.12　62p　21cm　（おはなしパレード）　1000円　①978-4-652-00914-7

内容　王子ジッパーくんは、魔法スクールの2年生。魔界のげんきな王子です。大魔王のパパ、大魔女のママ、それにめしつかいのモンスターたちと、高い塔のあるおしろでくらしています。あしたはともだちのマジョリナちゃんのたんじょうび。とびきりのプレゼントを思いつき、はじめて、むずかしい魔法にちょうせんしたけれど…。

『みならい妖精モモ　魔王のクッキー』　早川真知子作, あんびるやすこ画　童心社　2007.5　155p　18cm　（フォア文庫）　560円　①978-4-494-02808-5

内容　モモがうけとったクッキーは、月と星のかたちでした。妖精の友だち、シロハネ三兄弟がつくったものとそっくりです。でも、それをたべた人は魔王のたくらみに…。

林　譲治
はやし・じょうじ

《1962〜》

『小惑星2162DSの謎』　林譲治作, YOUCHAN絵　岩崎書店　2013.8　213p　19cm　（21世紀空想科学小説）　1500円　①978-4-265-07504-1

内容　宇宙船トーチウッドの乗員は、家弓トワただひとり。他に人工知能の"アイリーン"と教育中の機械頭脳"ワトソン"だけを乗せて、小惑星帯のなかを航行中であった。人工知能は、人間と会話し、思考します。まだその域に達しない機械頭脳は、学習を積むことで人工知能へと高められるのだ。とこ

ろが、その機械頭脳"ワトソン"によって、小惑星2162DSの異変に気づかされたトワは、この小惑星の驚くべき事実をつぎつぎと発見する。しかし、そのトワを思いがけない危機が襲う!?

```
　　　　　林　真理子
　　　　　はやし・まりこ
　　　　　《1954～》
```

『秘密のスイーツ』　はやしまりこ作，いくえみ綾絵　ポプラ社　2013.7　182p　18cm　（ポプラポケット文庫 089-1）620円　①978-4-591-13524-2〈2010年刊の再刊〉

内容 昭和十九年の日本に生きている雪子とケイタイでつながった理沙。二人の友情は小さなタイムトンネルで結ばれた―。直木賞作家はやしまりこが贈る心あたたまる感動作！　小学校上級～。

『秘密のスイーツ』　はやしまりこ作，いくえみ綾え　ポプラ社　2010.12　182p　19cm　（ノベルズ・エクスプレス 11）1200円　①978-4-591-12204-4

内容 神社の石の柱にあいた穴から、66年前の戦争中の日本に生きる雪子へお菓子を送る理沙。二人はいつの間にか、深い絆が結ばれていた―。雪子とケイタイでつながった理沙。小さなタイムトンネルで結ばれた、出会うはずのない二人に芽生えた友情の物語。児童書版。

『秘密のスイーツ』　林真理子著　ポプラ社　2010.12　150p　20cm　1300円　①978-4-591-12205-1

内容 「人のために何かするって、どうしてこんなにうれしいんだろう」不登校の小学生・理沙と、戦時下を生きる雪子。時代を超えて結ばれた二人の友情。心に響く感動の最新作。

『林真理子』　林真理子著　文芸春秋　2007.10　243p　19cm　（はじめての文学）　1238円　①978-4-16-359920-5

内容 小説はこんなにおもしろい。文学の入り口に立つ若い読者へ向けた自選アンソロジー。

『ドレスがいっぱい』　林真理子作，上田三根子絵　改訂　小学館　2004.12　77p　22cm　（児童よみもの名作シリーズ）　838円　①4-09-289622-0

内容 かいた絵がなんでもとび出てくる、ふしぎなスケッチブックを手にいれたマナちゃん。でも、とんでもない事件にまきこまれて…。

```
　　　　　早見　裕司
　　　　　はやみ・ゆうじ
　　　　　《1961～》
```

『悪霊セーファー亜里沙―水の呪いと天然少女』　早見裕司作　理論社　2009.2　170p　19cm　1000円　①978-4-652-07945-4〈文献あり〉

内容 清恵学園中学は、悪霊に呪われていた。それは、いじめを理由に自殺をした、女子生徒の霊だった。いじめにかかわった生徒が、つぎつぎと犠牲になる。やがて、悪霊は無実の生徒にまでも襲いかかる。生徒会委員の夏帆もその一人だった。夏帆が襲われた日、ひとりの少女が現れ、呪文を唱えると悪霊は追い払われた。「救ってあげたい、友だちだから…」と言う、その少女の名は、亜里沙。沖縄の離島からやってきたキュートな鎮魂者だった。戦慄の学園アクション・ホラー第1弾。

『ずっと、そこにいるよ。』　早見裕司作　理論社　2008.6　296p　20cm　1500円　①978-4-652-07932-4

内容 あなたにも死んでいる『ひと』が見えますか？　大切なひとを失った悲しみの果てに、季里が身につけた、あの『力』…。研ぎ澄まされた少女の感受性とともに生と死をみつめる6つの連作ストーリー。

『となりのウチナーンチュ』　早見裕司著　理論社　2007.12　320p　19cm　1500円　①978-4-652-07922-5

内容 友だちなんかいらない、と思っていた。あなたに出会うまでは…。沖縄を舞台に少女たちの出会いと絆を描く不思議さと温かさいっぱいの物語。

『満ち潮の夜、彼女は』　早見裕司作　理論社　2007.6　352p　20cm　（ミステリYA！）　1300円　①978-4-652-08608-7

内容 海辺にたたずむ寄宿制女子高校「ガリラヤ学園」。夏休みの学園に取り残されたのは、厳格な女性教師にうんざりしている個性的な5人の少女たち。だが、大人びた美少女・渚が転校してきた日を境に、謎めいた殺人事件がたてつづけに起きる。恐怖におののく少女たちの忘れられない夏が幕を開ける。奇談小説家・早見裕司が放つ戦慄の学

園ホラー・ミステリー。

はやみね　かおる
《1964〜》

『恐竜がくれた夏休み』　はやみねかおる作，武本糸会絵　講談社　2014.8　265p　18cm　（講談社青い鳥文庫　174-31）　650円　①978-4-06-285437-5　〈2009年刊の再刊　著作目録あり〉
内容　小学校生活最後の夏休み、美亜はなんだか寝不足。五日連続で恐竜の夢を見つづけているせいだ。そしてどうやら、恐竜が泳ぐ夢を見た人はほかにもいるらしい。夜中の海野浦小学校を調べにいった美亜たちは、プールの水面に長い首を出す恐竜を見た─。恐竜ロロのメッセージを人類に伝えるため、美亜たちが考えた計画とは？　退屈な夏休みをふきとばす、とびきりのファンタジー！　小学上級から。

『怪盗クイーンと魔界の陰陽師─バースディパーティ　後編』　はやみねかおる作，K2商会絵　講談社　2014.4　599p　18cm　（講談社青い鳥文庫　174-30）　790円　①978-4-06-285421-4　〈著作目録あり〉
内容　衝撃的なジョーカーの死から数日。クイーンは、ジョーカーを生き返らせるため、日本の原伊島に向かう。その島には、完璧な生命生成に必要な"クリスタルタブレット"があるという。人造人間ルイヒやホテルベルリン、ヴォルフ…クリスタルタブレットをねらう人物が、次々と島に集結。仙太郎やヤウズ、さらには名探偵夢水清志郎まで総動員で、事態はますます大波乱！　ジョーカーの命は、どうなっちゃうの!?　小学上級から。

『ぼくと先輩のマジカル・ライフ　2』　はやみねかおる作，庭絵　KADOKAWA　2014.2　181p　18cm　（角川つばさ文庫　Bは3-2）　620円　①978-4-04-631379-9　〈「僕と先輩のマジカル・ライフ」（角川文庫　2006年刊）の改題、一部書きかえ〉
内容　ぼくは井上快人。ぼくの学校のプールで「カッパを見た！」という人が現れた！超常現象には目がない長曽我部先輩と幼なじみの春奈と3人でカッパの正体を探りはじめたのだがそこにはもっと大きな謎が隠されていた。そして春が近づくと『京洛公園の桜の下に、死体が埋まってる』という噂を耳にした。ぼくはカッパにも死体にもかかわりたくないんだけど。はやみねかおる大人気シリーズ第2弾！　小学上級から。

『ぼくと先輩のマジカル・ライフ　1』　はやみねかおる作，庭絵　KADOKAWA　2013.11　237p　18cm　（角川つばさ文庫　Bは3-1）　640円　①978-4-04-631352-2　〈「僕と先輩のマジカル・ライフ」（角川文庫　2006年刊）の改題、一部書きかえ〉
内容　ぼくは井上快人。「超」がつくほどまじめな大学1年生。この春ひとり暮らしをスタートしたぼくの下宿に、なんと幽霊が現れた─!?　ぼくの身のまわりで起こる「あやしい」事件の数々を、オカルト愛好家で年齢不詳の先輩・長曽我部慎太郎と、幼なじみの霊能力者・川村春奈といっしょに解きあかす！　はやみねかおるの青春キャンパス・ミステリーシリーズ第1弾！　きみにはこの謎が解けるか!?　小学上級から。

『都会(まち)のトム＆ソーヤ　11下　DOUBLE　下巻』　はやみねかおる著　講談社　2013.8　269p　19cm　（YA！ENTERTAINMENT）　950円　①978-4-06-269474-2　〈著作目録あり〉
内容　たんなるコンピュータゲームのように見えた「DOUBLE」は、やはりおそろしいゲームだった！　創也と内人たちは、無事に謎をといて、ゲームの世界から脱出することができるのか…？

『都会(まち)のトム＆ソーヤ　11上　DOUBLE　上巻』　はやみねかおる著　講談社　2013.8　271p　19cm　（YA！ENTERTAINMENT）　950円　①978-4-06-269471-1
内容　伝説のゲームクリエイター集団、栗井栄太の新作ゲーム「DOUBLE」がベールをぬぐ！　参加した創也と内人たちのまわりで、つぎつぎと不思議なできごとが。これはゲームか、現実なのか…？

『怪盗クイーンと悪魔の錬金術師─バースディパーティ　前編』　はやみねかおる作，K2商会絵　講談社　2013.7　391p　18cm　（講談社青い鳥文庫　174-29）　740円　①978-4-06-285369-9　〈著作目録あり〉
内容　「怪盗ポスト」にとどいた、一通の赤い封筒。それは、プラハに住む少女ライヒからの、クイーンへの依頼の手紙だった！　何人にも解読できなかったというヴォイニッチ文書を盗んでほしいというのだ。古文書には、錬金術の大いなる秘法が記されているという…しかし、古文書を横から奪ったのは、人造人間ティタン。さらには、ホテル

はやみねかおる

ベルリンや宇宙一の人工知能マガが登場し、プラハの街は大騒動に―!? 小学上級から

『**ぼくと未来屋の夏**』 はやみねかおる作, 武本糸会絵　講談社　2013.6　253p　18cm　（講談社青い鳥文庫 174-28）650円　①978-4-06-285356-9〈2003年刊の再刊〉

内容　夏休み前日、「未来を知りたくないかい？」と未来を売る「未来屋」の猫柳と出会った風太。この出会いから奇妙な夏休みがはじまった。風太の住む髪櫛町には、子どもが消えるという「神隠しの森」、「人喰い小学校」や「人魚の宝物」など、不気味な伝説がたくさんあって!?　「神隠しの森」を自由研究のテーマにした風太に謎が立ちはだかる!?　ドキドキの夏休み冒険ストーリー！小学上級から。

『**ドキドキ新学期―4月のおはなし**』 はやみねかおる作, 田中六大絵　講談社　2013.2　72p　22cm　（おはなし12か月）1000円　①978-4-06-195740-4

内容　現代を代表する一流童話作家の書きおろし。物語の楽しさを味わいながら、日本の豊かな季節感にふれることができます。上質なイラストもたっぷり。低学年から、ひとりで読めます。巻末の「まめちしき」で、行事の背景についての知識が高まります。

『**モナミは宇宙を終わらせる？―We are not alone！**』 はやみねかおる著　角川書店　2013.2　287p　20cm　（カドカワ銀のさじシリーズ）1400円　①978-4-04-110301-2〈発売：角川グループパブリッシング〉

内容　真野モナミ、武蔵虹北高校2年生。『ミス武蔵虹北』。本人は"武蔵虹北高校一の美少女"と勘違いしているが、本当は、"武蔵虹北高校一、ミスが多いドジっ娘"だ。そのモナミが突然なにものかに襲われ、救いにあらわれた転校生・丸男が言い放った。「シンクロがおきた。人類絶滅の危機だ」シンクロとは、身近におきたことが世界の大事件になってしまうこと。「地球外生命体が地球侵略をもくろみ、人類を絶滅させようとしている」丸男の信じられない言葉は、実際に起こった事件で証明される。おかしな二人は、人類滅亡の危機を阻止することができるのか…？　最後まで楽しく笑わせてくれる学園サスペンス＆ファンタジー。

『**名探偵VS.学校の七不思議**』 はやみねかおる作, 佐藤友生絵　講談社　2012.8　317p　18cm　（講談社青い鳥文庫 174-27―名探偵夢水清志郎の事件簿 2）670円　①978-4-06-285307-1

内容　「黄泉の国につながる井戸」「図書室にある呪いの古文書」…。よくある学校の七不思議。だが、武蔵虹北小学校の七不思議には、七つめがなかった！　七つめがそろったとき、人は学校に囚われるというが…!?　名探偵夢水清志郎と伊織、ルイは、夜の学校で、クラスメイトたちと七不思議に挑戦するが、そこには、七不思議を超えた、さらなる不思議とどんでん返しが待っていた！

『**都会（まち）のトム＆ソーヤ　10　前夜祭（イブ）創也side**』 はやみねかおる著　講談社　2012.2　355p　19cm　（YA！ENTERTAINMENT）980円　①978-4-06-269452-0〈著作目録あり〉

内容　コンビニの売り上げアップのため、創也が企画した水鉄砲サバイバルゲーム。手ごわいメンバーの中、内人は優勝できるのか？　「魔物」の正体は？　前巻の謎がすべて解き明かされる、"前夜祭"解決編。

『**都会（まち）のトム＆ソーヤ　9　前夜祭（イブ）内人side**』 はやみねかおる著　講談社　2011.11　251p　19cm　（YA！ENTERTAINMENT）950円　①978-4-06-269450-6〈著作目録あり〉

内容　中学校の職場体験学習。内人は念願かなって、美晴といっしょに町立図書館へ。一方、コンビニを任された創也は、売り上げを伸ばすために水鉄砲サバイバルゲームを企画。"前夜祭"から、熱くなりそうだ。

『**怪盗クイーン、かぐや姫は夢を見る**』 はやみねかおる作, K2商会絵　講談社　2011.10　491p　18cm　（講談社青い鳥文庫 174-26）740円　①978-4-06-285233-3〈著作目録あり〉

内容　怪盗の美学にかなう、次なる獲物は、なんと日本！　舞台は、竹取の翁の末裔が住むといわれる、秘境、竹鳥村。狙うは、不老不死の秘薬"蓬莱"だ。そんなおり、竹鳥村では、絶世の美女、春咲華代をめぐって、現代のかぐや姫騒動が勃発していた。探偵卿の仙太郎やヴォルフ、クイーンの命を狙う暗殺臣まで乗りこんできて、竹鳥村は大騒動！　はたして、蓬莱を手にするのは、だれか…!?　小学上級から。

『**モナミは世界を終わらせる？**』 はやみねかおる著　角川書店　2011.9　254p　20cm　（カドカワ銀のさじシリーズ）1400円　①978-4-04-874257-3〈発売：角川グループパブリッシング〉

内容　「おまえ、気づいてないだろうけど、命を狙われてるんだぜ」突然あらわれた男に、真野萌奈美は言い放たれた。「世界の大事件と、おまえを中心に学校で起きることが、同

調している」男の信じられない言葉は、実際に起こった事件で証明される。不確定要素として命を狙われる萌奈美と、彼女を守ろうとする男。なぜ、同調が起こるのか？ 二人は大がかりなトリックに挑む。そして、世界は…？ ユーモアいっぱいの学園ミステリー＆ファンタジー。はやみねかおるが贈る、作家生活二十周年記念書き下ろし小説。

『**少年名探偵虹北恭助の冒険**』 はやみねかおる作，藤島康介絵 講談社 2011.4 301p 18cm （講談社青い鳥文庫 174-25） 670円 ①978-4-06-285211-1

[内容] 古本屋の店番をしながら本を読んで生活するヘンな小学生・虹北恭助。幼なじみの野村響子といっしょに、虹北商店街でおこるさまざまな事件にいどむ！ "毒入りお菓子事件"に"心霊写真"、"透明人間"の怪から"お願いビルディング"の謎まで！ そして"卒業記念"にひそむ秘密とはいったい!? 細い目をルビーのように見ひらいて、魔法使いのように謎解きする恭助から目がはなせない！ 小学上級から。

『**名探偵VS.（バーサス）怪人幻影師**』 はやみねかおる作，佐藤友生絵 講談社 2011.2 316p 18cm （講談社青い鳥文庫 174-24—名探偵夢水清志郎の事件簿 1） 670円 ①978-4-06-285197-8 〈著作目録あり〉

[内容] 50年まえの町を再現した「レトロシティ」に名探偵夢水清志郎がやってきた！ そこには、秘宝をねらってシティをさわがす謎の怪人幻影師の存在が…。謎解き大好きの小学生、宮里伊緒・美緒の姉妹とともに、夢水清志郎がつぎつぎとおこる怪事件に立ちむかう！ 名探偵VS.幻影師の世紀の対決はどうなるのか!? 大人気本格ミステリーの新シリーズがスタート!! 小学上級から。

『**都会（まち）のトム&ソーヤ 8 怪人は夢に舞う 実践編**』 はやみねかおる著 講談社 2010.9 375p 19cm （YA！ ENTERTAINMENT） 980円 ①978-4-06-269438-4 〈著作目録あり〉

[内容] 新しいゲーム「怪人は夢に舞う」をついに完成させた創也。"自分が映らない鏡"を見つけて夢の世界から脱出できるのは、内人か？ それとも、伝説のゲームクリエイター集団「栗井栄太」か？ "ぎゃふん"というのは、誰だ。

『**帰天城の謎—TRICK青春版**』 はやみねかおる著，鶴田謙二絵 講談社 2010.5 292p 19cm 1000円 ①978-4-06-216231-9 〈著作目録あり〉

[内容] 花も恥じらう、女子中学生、山田奈緒子。日本一周武者修行の旅をしている、上田次郎。不思議な縁で出会った二人は、N県の踊蝶那村で、奇妙な事件に巻き込まれる。消えた城、隠された埋蔵金、玲姫の妖術…。超常現象は、すべてトリックで説明できるか。

『**都会（まち）のトム&ソーヤ 7 怪人は夢に舞う 理論編**』 はやみねかおる著 講談社 2009.11 383p 19cm （YA！ ENTERTAINMENT） 980円 ①978-4-06-269427-8

[内容] この世界を救うため、怪人を夢の世界まで追いかける—。そんな「究極のゲーム」をついに作りはじめる、内人と創也。しかしそこへ、謎の「ピエロ」からの不吉なメッセージが…。

『**復活!! 虹北学園文芸部**』 はやみねかおる作 講談社 2009.7 273p 20cm 1200円 ①978-4-06-215604-2 〈講談社創業100周年記念出版 絵：佐藤友生 著作目録あり〉

[内容] 「つまり、虹北学園に文芸部はないってこと？」「だから、さっきからそういってるじゃない！」めんどうくさそうな葵のことば。数秒後、すべてを理解したわたしは、さけび声をあげていた。…そりゃないよ、セニョール。小説家になりたい人も、そうでない人も必読の熱血文芸部物語！ はやみねかおるの最新作は、渾身の書き下ろし。

『**恐竜がくれた夏休み**』 はやみねかおる作，武本糸会絵 講談社 2009.5 247p 20cm 1200円 ①978-4-06-215457-4 〈著作目録あり〉

[内容] ねぇ、人類って、どれくらいまえに現れたの？ 五日連続同じ夢を見た不思議な体験が、すべてのはじまり。学校にひそむ不思議なうわさの秘密を探ろうとするうちに夢で見た恐竜に遭遇！ その恐竜が地球の未来を教えてくれた—。

『**卒業—開かずの教室を開けるとき 名探偵夢水清志郎事件ノート**』 はやみねかおる作，村田四郎絵 講談社 2009.3 517p 18cm （講談社青い鳥文庫 174-23） 760円 ①978-4-06-285078-0 〈著作目録あり〉

[内容] 最後の舞台は、虹北学園。亜衣・真衣・美衣の岩崎三姉妹とレーチたちにも、ついに卒業の時がせまっている。そんなとき、古い木造校舎にあった「開かずの教室」を、レーチが開けてしまった！ 封印はとかれ、「夢喰い」があらわれた！ 四十数年まえの亡霊がふたたび虹北学園をさまよい歩く。亜衣、真衣、美衣、レーチら、みんなの「夢」は喰われてしまうのか？ 夢水清志郎、最後の謎解きに刮目せよ。

はやみねかおる

『ぼくらの先生！』　はやみねかおる著　講談社　2008.10　199p　20cm　1300円　①978-4-06-214991-4
  - 内容　定年退職をむかえた元・小学校の先生が、子どもたちとの日々を小さな謎をひそませながら、奥さんに語ります。謎がとけたとき、幸せな子どもた時代がよみがえる―。小学校を舞台に、先生と子どもたちのきらめくような夏をとじこめた、はやみねかおる最新ミステリ短編集。

『都会（まち）のトム＆ソーヤ　6　ぼくの家へおいで』　はやみねかおる著　講談社　2008.9　313p　19cm　（YA！ENTERTAINMENT）　950円　①978-4-06-269399-8　〈著作目録あり〉
  - 内容　創也が内人をお家へご招待!?　ダージリンティーでもいれて、二人で優雅にティータイム…といくはずがとんでもないことに―。にしけいこ先生かきおろしの4コママンガも入ったもりだくさんの第6巻。

『少年名探偵Who―透明人間事件』　はやみねかおる作，武本糸会絵　講談社　2008.7　157p　18cm　（講談社青い鳥文庫　506-1）　505円　①978-4-06-285021-6
  - 内容　「今夜10時、あなたのたいせつなものをうばいに参上します。」玩具メーカーB・TOY社に、なんと透明人間から犯行予告状がとどいた。透明人間にたちむかうのは、われらが少年名探偵WHO！　助手のネコイラズくん、新聞記者のインチョー、アラン警部とともに、透明人間の謎に挑む！　武本糸会先生のイラスト満載の画期的な新シリーズ見参！

『怪盗クイーンに月の砂漠を』　はやみねかおる作，K2商会絵　講談社　2008.5　523p　18cm　（講談社青い鳥文庫　174-22―ピラミッドキャップの謎　後編）　760円　①978-4-06-285023-0　〈著作目録あり〉
  - 内容　「あべこべ城」での眠りから覚めたピラミッドキャップは、はやくもその力を発動し、モーリッツ教授をエジプトへと飛ばした！　ピラミッドキャップを追って、クイーン、皇帝、探偵卿、ホテルベルリンらも一路エジプトへ！　しかし、そんな人間たちの思惑を超えて、ピラミッドキャップは、地球を滅亡に導こうとしていた！　ギザの三大ピラミッドに舞台をうつし、怪盗クイーンは地球を救えるか!?

『怪盗クイーン、仮面舞踏会にて』　はやみねかおる作，K2商会絵　講談社　2008.2　459p　18cm　（講談社青い鳥文庫　174-21―ピラミッドキャップの謎　前編）　720円　①978-4-06-285002-5　〈著作目録あり〉
  - 内容　舞台は、ドイツの深き森のなかにたたずむ古城。なんと、その城は奇怪にも「あべこべ」に建っていた。逆立ちして地中に深くつきささる「あべこべ城」。その奥深くには、「怪盗殺し」といわれるピラミッドキャップが眠っていた。人智を超える存在、ピラミッドキャップをめぐって、怪盗クイーン、皇帝、探偵卿、謎の組織ホテルベルリンが仮面舞踏会で火花を散らす―。小学上級から。

『都会（まち）のトム＆ソーヤ　5　下巻　In塀戸　下巻』　はやみねかおる著　講談社　2007.7　280p　19cm　（YA！ENTERTAINMENT）　950円　①978-4-06-269385-1　〈著作目録あり〉
  - 内容　究極のゲーム作りをめざす創也とその夢を応援する内人。天才的頭脳とサバイバル能力を武器にして都会を舞台に繰り広げられる新・冒険ストーリー。

『都会（まち）のトム＆ソーヤ　5　上巻　In塀戸　上巻』　はやみねかおる著　講談社　2007.7　271p　19cm　（YA！ENTERTAINMENT）　950円　①978-4-06-269383-7
  - 内容　究極のゲーム作りをめざす創也とその夢を応援する内人。天才的頭脳とサバイバル能力を武器にして都会を舞台に繰り広げられる新・冒険ストーリー。

『ハワイ幽霊城の謎―名探偵夢水清志郎事件ノート』　はやみねかおる作，村田四郎絵　講談社　2006.9　445p　18cm　（講談社青い鳥文庫　174-20）　720円　①4-06-148738-8　〈著作目録あり〉
  - 内容　夢水清志郎のもとに舞いこんだ、新たな依頼は、なんとハワイから！　ハワイの大富豪、アロハ山田家を、幽霊の呪いから守ってほしいというのだ。しかもなんという不思議な縁か、100年前、アロハ山田家の先祖は、清志郎の先祖（？）夢水清志郎左右衛門にも出会っていた！　南海の楽園・ハワイを舞台に、現在の夢水清志郎と過去の清志郎左右衛門がみんなをしあわせにするために謎を解く！　小学上級から。

『都会（まち）のトム＆ソーヤ　4　四重奏』　はやみねかおる著　講談社　2006.4　296p　19cm　（YA！ENTERTAINMENT）　950円　①4-06-269363-1　〈著作目録あり〉
  - 内容　内人と創也が幽霊屋敷でロケ開始！　ロケ先で仕組まれた頭脳集団の罠から逃げ

きれるのか!?―同級生のピンチを救うため、マラソン大会で脱走計画を実行した創也と内人は、幽霊屋敷の謎を追って、さらなる冒険へ。また、栗井栄太から新たな招待状がとどき、究極のゲーム制作競争にも新展開が…。シリーズ第4作。にしけいこ先生描きおろしコミック巻末収録＋しおりつき。

『オタカラウォーズ―迷路の町のUFO事件』 はやみねかおる作 講談社 2006.2 235p 18cm （講談社青い鳥文庫 174-19） 600円 ①4-06-148714-0〈絵：とり・みき 著作目録あり〉

内容 飛行機が大好きな遊歩、千明、タイチ。3人は、夏休みのある日、伝説の暗号を記した宝の地図に遭遇。かつて、その宝をかくした絵者のなかまが、UFOにのって少年たちの前に現れます。地図の暗号をみごとにといて宝を手にするのは？ はやみねかおる先生の幻の作品を青い鳥文庫化。小学上級から。

『オリエント急行とパンドラの匣―名探偵夢水清志郎＆怪盗クイーンの華麗なる大冒険』 はやみねかおる作，村田四郎，K2商会絵 講談社 2005.7 397p 18cm （講談社青い鳥文庫） 700円 ①4-06-148693-4〈著作目録あり〉

内容 ヨーロッパを横断する、オリエント急行。それは、赤い夢をあざやかに彩る、かずかずの大事件の舞台となってきた。そして、いままた、古より伝わるパンドラの匣をめぐって、新たな事件が…。偶然か、はたまた運命か、乗車するのは名探偵夢水清志郎、そしてきっとどこかに怪盗クイーン。古都イスタンブールから花の都パリへと向けて、オリエント急行がいままさに発車する―!! 小学上級から。

『都会（まち）のトム＆ソーヤ 3 いつになったら作戦終了？』 はやみねかおる著 講談社 2005.4 335p 19cm （YA！ ENTERTAINMENT） 950円 ①4-06-269350-X〈著作目録あり〉

内容 文化祭に銀行強盗が乱入して大パニック。さらに潜む新たなる敵、頭脳集団！ 創也の頭脳と内人の技がこの事件に立ち向かう。卓也の日常ものぞけるシリーズ最新作。

『僕と先輩のマジカル・ライフ』 はやみねかおる著 角川書店 2003.12 297p 19cm 1200円 ①4-04-873508-X〈著作目録あり〉

内容 主人公の快人がこの春合格したばかりの大学で、奇妙な事件が次々と起こる。快人はキテレツな先輩長曽我部慎太郎、幼なじみの春奈とともに、一年春夏秋冬を通しこれらの事件と向き合っていくことになるのだが…。誰もが普段隠している「ひそみ」的な感情を、はやみねマジックがすくい上げ絶妙な推理劇に仕立て上げた最新作。

原　京子
はら・きょうこ
《1956～》

『にんじゃざむらい ガムチョコバナナ エビフライてんぐのまき』 原ゆたか，原京子さく・え KADOKAWA 2014.3 87p 22cm 900円 ①978-4-04-110718-8

内容 カムべえ、チョコざえもん、バナナうま、へんてこ3人ぐみのゆかいなドタバタじだいげき。

『ねえ、おはなしきかせて』 原京子作，高橋和枝絵 ポプラ社 2012.4 80p 21cm （ポプラちいさなおはなし 49） 900円 ①978-4-591-12900-5

内容 ゆかは、おはなしをよんでもらうのがだいすき。でも、ママはさいきんいそがしくて、なかなかまってくれません。ある日、ひとりで森にいき、本をよんでいると、どうぶつがあつまっていていました。「ねえ、おはなしきかせて」。

『ふしぎなともだち―くまのベアールとちいさなタタン』 原京子さく，はたこうしろうえ ポプラ社 2011.2 65p 20cm （ママとパパとわたしの本 38） 800円 ①978-4-591-12365-2

内容 くまのベアールとちいさなタタンはなかよくいっしょにくらしています。ある日、ふたりのいえにあたらしいともだちがやってきて、いっしょにすむことになりました。なかよくできるかな。

『オーボラーラ男爵の大冒険―イシシとノシシのスッポコペッポコへんてこ話』 原京子文，原ゆたか絵 ポプラ社 2009.3 155p 21cm （ポプラ物語館 18） 1000円 ①978-4-591-10530-6

内容 世界初!! つっこみのいれられる大ボラ話。イシシ・ノシシのつっこみカードつき。さらに初回限定、イシシ・ノシシのうごくまんざい劇場もついてる。

『もりのゆうびんポスト』 原京子さく，高橋和枝え そうえん社 2007.11 70p 20cm （そうえん社ハッピィぶん

こ 12） 1100円　①978-4-88264-205-3
|内容| まゆは、おじいちゃんのうちのちかくのもりで、ふしぎなゆうびんポストをみつけました。「もりのともだち」さんて、だれなのかな…？　おてがみをかくときの、わくわくするきもちがたくさんつまったものがたり。

『へいきのヘイター―イシシとノシシのスッポコペッポコへんてこ話』　原ゆたか原案・絵, 原京子文　ポプラ社　2007.10　149p　21cm　（ポプラ物語館 10）　1000円　①978-4-591-09931-5
|内容| ふたごのイノシシきょうだいイシシとノシシが、かいけつゾロリと出会うずっとずっと前のお話。

『サンタクロース一年生』　原京子作, 原ゆたか絵　ポプラ社　2005.11　74p　21cm　（おはなしバスケット 21）　900円　①4-591-08964-9
|内容| クリスマスのよる、とつぜんサンタクロースがわたしのところにやってきた。そして、「きみにサンタクロースをやってほしい」って、いうんだ。わ、わたしにできるかな。

『なかなおりしようよ！―くまのベアールとちいさなタタン』　原京子さく, はたこうしろうえ　ポプラ社　2004.12　64p　20cm　（ママとパパとわたしの本 27）　800円　①4-591-08129-X
|内容| ベアールとタタンはジグソーパズルであそんでいました。ところが、あれれ？　パズルが一こたりない！「タタンがなくしたんじゃないの？」「ぼく、なくしてない！ひとのせいにするなよ。」すねたベアールをおいて、タタンはひとりでのいちごつみにいくことにしました。

『とまりにおいでよ―くまのベアールとちいさなタタン』　原京子さく, はたこうしろうえ　ポプラ社　2002.7　64p　20cm　（ママとパパとわたしの本 18）　800円　①4-591-07306-3
|内容| ベアールとタタンのおうちに、おとまりにきたの。わくわく！　もうすぐあらしがくるけど、みんないっしょだからこわくないよ。

『くまのベアールとちいさなタタン―おいしいおうち』　原京子さく, はたこうしろうえ　ポプラ社　2000.7　63p　19cm　（ママとパパとわたしの本 4）　800円　①4-591-06458-1

|内容| くまのベアールのおうちのにわに、ちいさなめがかおをだしました。「おおきくなあれ、しゃわ、しゃわ、しゃわ。」まいにちまいにち水をあげると、おおきなりんごの木になりました。赤くなったみはとてもおいしそう。「ようし！　あしたのあさごはんにたべるぞ！」。

『まだかなまだかな』　原京子さく・え　ポプラ社　1995.3　68p　22cm　（ぴかぴか童話 8）　880円　①4-591-04663-X
|内容| はじめての春をまっているはりねずみの子どもと、その家族の姿をとおして、成長するよろこびをあたたかく描く。

『ねずみのチュルリひめ　まほうのシュークリーム』　原京子さく・え　ポプラ社　1994.2　84p　22cm　（ポプラ社の新・小さな童話 99）　780円　①4-591-03099-7
|内容| わたしは、ねずみのチュルリひめ。おいしいシュークリームをたべたいってパパの王さまがいうので、これからおみせまでいくの。でもね、とちゅうには、いじわるなまほうつかいのモリーがまちかまえていたの。ふふふ、すてきなことかんがえついたわ、みんな、みててね。小学1～2年むき。

『ねずみのチュルリひめとマシュマロ王子』　原京子さく・え　ポプラ社　1993.4　84p　22cm　（ポプラ社の新・小さな童話 82）　780円　①4-591-03082-2
|内容| わたしは、ねずみのチュルリひめ。すてきな王子さまにあえたら、わたしママになったの、おいしいマシュマロをごちそうしてあげるのよ。あら、ラット王子のこえよ。きょうは、どんなようじかしら。すてきな王子さまを、つれてきてくれたのかしら？わっ！　マシュマロ王子。小学1～2年むき。

『ねずみのチュルリひめ　ぷるぷるプリン』　原京子さく・え　ポプラ社　1992.5　84p　22cm　（ポプラ社の新・小さな童話 61）　780円　①4-591-03061-X
|内容| わたしは、ねずみのチュルリひめ。すてきな王子さまにあえるって、うらないにかいてあったの。きゃー、どうしましょう！　おいしい、ぷるぷるプリンをたべさせてあげたいから、さっそくでかけましょう。えーっ、またラット王子が、ついてくるの？小学1～2年むき。

『ねずみのチュルリひめ　ほわほわホットケーキ』　原京子さく・え, 原ゆたか原案　ポプラ社　1991.3　74p　22cm　（ポプラ社の新・小さな童話 44）　780円　①4-591-03044-X

|内容| わたしは、ねずみのチュルリひめ。すてきなすてきな王子さまをさがしに、たびにでようとおもっています。わたしのたびのおともは、おいしいほわほわホットケーキをつくるどうぐ。わたしは、ひとりでいけるっていうのに、ラット王子がついてくるって。しかたないわ、いっしょにいきましょ!! 小学1～2年むき。

原　ゆたか
はら・ゆたか
《1953～》

『にんじゃざむらい ガムチョコバナナ エビフライてんぐのまき』　原ゆたか,原京子さく・え　KADOKAWA　2014.3　87p　22cm　900円　①978-4-04-110718-8
|内容| カムべえ、チョコざえもん、バナナうま、へんてこ3人ぐみのゆかいなドタバタじだいげき。

『かいけつゾロリのまほうのランプ～ッ』　原ゆたかさく・え　ポプラ社　2013.12　102p　22cm　〔ポプラ社の新・小さな童話〕　〔284〕―かいけつゾロリシリーズ 54）　900円　①978-4-591-13691-1
|内容| 願いがかなう魔法のランプを手に入れ、ゾロリたちは大よろこび。ところがまじんにだまされてランプの中へ…。

『かいけつゾロリ なぞのスパイと100本のバラ』　原ゆたかさく・え　ポプラ社　2013.7　103p　22cm　〔ポプラ社の新・小さな童話〕　〔280〕―かいけつゾロリシリーズ 53）　900円　①978-4-591-13512-9
|内容| あいするひとをまもりぬくかいけつゾロリのすてきないきかたをみとどけよ!!

『かいけつゾロリ なぞのスパイとチョコレート』　原ゆたかさく・え　ポプラ社　2012.12　102p　22cm　〔ポプラ社の新・小さな童話〕　〔276〕―かいけつゾロリシリーズ 52）　900円　①978-4-591-13169-5
|内容| うわーっ。この本ではゾロリせんせがモテモテだぁ。

『かいけつゾロリのメカメカ大さくせん』　原ゆたかさく・え　ポプラ社　2012.7　103p　22cm　〔ポプラ社の新・小さな童話〕　〔272〕―かいけつゾロリシリーズ 51）　900円　①978-4-591-12996-8
|内容| おかしのおしろを手にいれるため、メカりきしをつくってブルルとたいけつすることになって…。

『かいけつゾロリ はなよめとゾロリじょう』　原ゆたかさく・え　ポプラ社　2011.12　100p　22cm　（かいけつゾロリシリーズ 50）　900円　①978-4-591-12682-0
|内容| 50巻達成。ゾロリ、いよいよ結婚!? そしてとうとうお城を手にいれるのか!?

『かいけつゾロリのはちゃめちゃテレビ局』　原ゆたかさく・え　ポプラ社　2011.7　100p　22cm　（かいけつゾロリシリーズ 49）　900円　①978-4-591-12507-6
|内容| つぶれかけのテレビ局にのりこんだゾロリたちは面白い番組をつくろうとしますが、クレーマーがおしかけてきて…。

『かいけつゾロリのだ・だ・だ・だいぼうけん！ 後編』　原ゆたかさく・え　ポプラ社　2010.12　98p　22cm　（かいけつゾロリシリーズ 48）　900円　①978-4-591-12200-6
|内容| 宝さがしでやってきた、ガパール山のふもとのガパパ村では、なぞの病気が大流行。ゾロリたちはこんなんをこえて、病気をなおすくすりの材料を持ちかえりますが…。ひみつのくすりを作るため、ゾロリたちがだいぼうけん。

『かいけつゾロリのだ・だ・だ・だいぼうけん！ 前編』　原ゆたかさく・え　ポプラ社　2010.7　103p　22cm　（かいけつゾロリシリーズ 47）　900円　①978-4-591-11951-8
|内容| トレジャー・ハンター「ゾロンド・ロン」が、ガパール山のたからの地図を手にいれた。そんなニュースを聞いたゾロリは、一足先にたからを手に入れようと、ガパール山のあるガパパ村へと向かうことに…。

『かいけつゾロリ きょうふのようかいえんそく』　原ゆたかさく・え　ポプラ社　2009.12　111p　22cm　（かいけつゾロリシリーズ 46）　900円　①978-4-591-11273-1
|内容| 冬ですがようかいやってます。ゾロリとようかいの子どもたちが遠足に。目的地

原ゆたか

『**かいけつゾロリ きょうふのちょうとっきゅう**』 原ゆたかさく・え ポプラ社 2009.7 111p 22cm （かいけつゾロリシリーズ 45） 900円 ①978-4-591-11059-1
内容 この列車にゾロリとわるもの大しゅうごう！ みんなのねらいは？ このはしるみっしつでなにかがおこる。

『**かいけつゾロリ イシシ・ノシシ大ピンチ!!**』 原ゆたかさく・え ポプラ社 2008.12 103p 22cm （ポプラ社の新・小さな童話 240） 900円 ①978-4-591-10687-7

『**かいけつゾロリ カレーvs.ちょうのうりょく**』 原ゆたかさく・え ポプラ社 2008.7 105p 22cm （ポプラ社の新・小さな童話 237） 900円 ①978-4-591-10396-8
内容 地球がすべてカレーになる？ ゾロリはそれを超能力でとめられるのか。

『**かいけつゾロリ やせるぜ！ ダイエット大さくせん**』 原ゆたかさく・え ポプラ社 2007.12 102p 22cm （ポプラ社の新・小さな童話 233） 900円 ①978-4-591-10014-1
内容 やせる。きょういのダイエット本ここに登場。だまされたと思ってだまされよう。

『**へいきのヘイター――イシシとノシシのスッポコペッポコへんてこ話**』 原ゆたか原案・絵, 原京子文 ポプラ社 2007.10 149p 21cm （ポプラ物語館 10） 1000円 ①978-4-591-09931-5
内容 ふたごのイノシシきょうだいイシシとノシシが、かいけつゾロリと出会うずっとずっと前のお話。

『**かいけつゾロリ たべるぜ！ 大ぐいせんしゅけん**』 原ゆたかさく・え ポプラ社 2007.7 101p 22cm （ポプラ社の新・小さな童話 230） 900円 ①978-4-591-09836-3

『**かいけつゾロリ まもるぜ！ きょうりゅうのたまご**』 原ゆたかさく・え ポプラ社 2006.12 95p 22cm （ポプラ社の新・小さな童話 226――かいけつゾロリシリーズ） 900円 ①4-591-09512-6

内容 きょうりゅうのママがたいせつにしていたたまごがあぶない！ ゾロリたちはぶじにたまごをまもりきれるのか？

『**かいけつゾロリのママだーいすき・大かいじゅう**』 原ゆたか作・絵 ポプラ社 2006.10 176p 18cm （ポプラポケット文庫 050-5――ゾロリ2 in 1） 570円 ①4-591-09463-4
内容 絶好調の第五巻！ 天国のママをおもうときだけは、ちょっぴりなきむしがでてしまう…そんな、ママのことがだーいすきなゾロリが、あかちゃんとはなればなれになってしまったママと、ママにあいたい大かいじゅうのために活躍します！ 「かいけつゾロリのママだーいすき」と「かいけつゾロリの大かいじゅう」をまとめた『2in1』をポケットに!! 小学校初・中級～。

『**かいけつゾロリの大きょうりゅう・きょうふのゆうえんち**』 原ゆたか作・絵 ポプラ社 2006.5 173p 18cm （ポプラポケット文庫 050-4――ゾロリ2 in 1） 570円 ①4-591-09255-0
内容 大こうひょうの第四巻！ 今回は、涙をさそう母と子の感動のお話に、イシシとノシシが初主役(!?)のお話と、いつもとはひとあじちがった内容に。あらたなみりょくをみせるゾロリの活躍をお楽しみください！ 「かいけつゾロリの大きょうりゅう」と「かいけつゾロリのきょうふのゆうえんち」をまとめた『2 in 1』をポケットに!! 小学校初・中級から。

『**かいけつゾロリのなぞのおたから大さくせん 後編**』 原ゆたかさく・え ポプラ社 2006.3 101p 22cm （ポプラ社の新・小さな童話 222） 900円 ①4-591-09184-8〈付属資料：1枚：ゾロリしんぶん だい39ごう＋カバー1枚〉

『**かいけつゾロリのゆうれいせん・チョコレートじょう**』 原ゆたか作・絵 ポプラ社 2006.1 176p 18cm （ポプラポケット文庫 050-3――ゾロリ2 in 1） 570円 ①4-591-09036-1
内容 『ゾロリ2 in 1』ますます快調、第三巻！ イシシ、ノシシ、そしてゾロリの三人は、またしても大冒険をくりひろげます。今回のお相手は、おなじみ黒ひょうのアーサーに、チョコレート会社のブルル社長。はたしてゾロリたちに勝利はおとずれるのでしょうか!? 「かいけつゾロリのゆうれいせん」と「かいけつゾロリのチョコレートじょう」をまとめた『2 in 1』をポケットに。

『**かいけつゾロリのなぞのおたから大さく**

『せん　前編』　原ゆたかさく・え　ポプラ社　2005.12　85p　22cm　（ポプラ社の新・小さな童話 219）900円　①4-591-08975-4〈付属資料：1枚：ゾロリしんぶん　だい38ごう〉

『かいけつゾロリのまほうつかいのでし・大かいぞく─ゾロリ2 in 1』　原ゆたか作・絵　ポプラ社　2005.11　164p　18cm　（ポプラポケット文庫 050-2）570円　①4-591-08928-2
内容　イシシとノシシをつれて旅をつづけるゾロリは今回、まほうつかいやかいぞくにそうぐうします。はたしてゾロリは今度こそ、いたずらの王者になれるのでしょうか!?「かいけつゾロリのまほうつかいのでし」と「かいけつゾロリの大かいぞく」をまとめた『2 in 1』をポケットに。

『かいけつゾロリのドラゴンたいじ・きょうふのやかた─ゾロリ2 in 1』　原ゆたか作・絵　ポプラ社　2005.10　183p　18cm　（ポプラポケット文庫 050-1）570円　①4-591-08880-4
内容　日本のこどものバイブル「かいけつゾロリ」シリーズが、ついに文庫化！　栄えある第一作「かいけつゾロリのドラゴンたいじ」と第二作「きょうふのやかた」を一冊にまとめた『2in1』。小学生、中学生、そしておとなも、『ゾロリ2in1』をポケットにどうぞ。

『かいけつゾロリの大どろぼう』　原ゆたかさく・え　ポプラ社　2005.7　91p　22cm　（ポプラ社の新・小さな童話 215─かいけつゾロリシリーズ）900円　①4-591-08734-4〈付属資料：48p：ぐんぐんみにつくゾロリ式おやじギャグドリル＋1枚：ゾロリしんぶん　だい37ごう＋2枚〉
内容　ブルーブル美術館で「モニャリザ」の絵が盗まれた。犯人はゾロリなのか？

『かいけつゾロリたべられる!!』　原ゆたかさく・え　ポプラ社　2004.12　93p　22cm　（ポプラ社の新・小さな童話 211─かいけつゾロリシリーズ）900円　①4-591-08365-9〈付属資料：1枚＋シール1枚〉
内容　「えんま大王」から格下げされた「とんま大王」はゾロリたちを大きな口で飲み込んでしまった。はたしてからだの中から無事脱出できるのか。

『かいけつゾロリのきょうふのカーニバル』　原ゆたかさく・え　ポプラ社　2001.7　94p　22cm　（ポプラ社の新・小さな童話 181─かいけつゾロリシリーズ）900円　①4-591-06891-9

はらだ　みずき

『サッカーボーイズ15歳─約束のグラウンド』　はらだみずき作，ゴツボリュウジ絵　KADOKAWA　2013.11　324p　18cm　（角川つばさ文庫 Bはl-4）780円　①978-4-04-631357-7〈角川文庫2013年6月刊の一部改訂〉
内容　中3となった4月、遼介たちが所属する桜ヶ丘中学校サッカー部に、新しい顧問がやってきた！　そいつがなんと鬼監督!!次々とチームの改革を進める草間監督に戸惑うメンバーたち。遼介も突然センターバックを命じられ…!?　「自由にサッカーをすることができない」そんな大きな壁にぶち当たった遼介は─。悩んでさらに大きく成長する少年たちを描いた大人気サッカー小説、波乱の第4弾！　小学上級から。

『サッカーボーイズ14歳─蝉時雨のグラウンド』　はらだみずき作，ゴツボリュウジ絵　角川書店　2013.1　349p　18cm　（角川つばさ文庫 Bはl-3）780円　①978-4-04-631281-5〈角川文庫2011年刊の改訂　発売：角川グループパブリッシング〉
内容　桜ヶ丘中学2年になり、サッカー部のキャプテンになった武井遼介。新入部員も入り、ライバルだった星川良もついに入部。そして小学校時代に仲間だったオッサも野球部をやめてサッカー部に戻ってきた！けれど、昔は陽気でチームのムードメーカーだったオッサの様子が、どうもおかしくて…!?　悩んで、傷ついて、それでもサッカーがやりたい！　少年たちの熱い思いが胸をうつ、感動のスポーツ小説、第3弾！　小学上級から。

『サッカーボーイズ15歳─約束のグラウンド』　はらだみずき著　角川書店　2011.7　321p　20cm　1500円　①978-4-04-874146-0〈発売：角川グループパブリッシング〉
内容　桜ヶ丘中学サッカー部に、新しい顧問がやって来た。有無を言わさずチーム改革を断行する監督に困惑する部員たち。大切な試合が迫るなか、チームを立て直すべくキャプテンの遼介が立ち上がるが─。純粋でがむしゃらだったあの頃の、葛藤と成長の物語。

『サッカーボーイズ13歳―雨上がりのグラウンド』　はらだみずき作, ゴツボ×リュウジ絵　角川書店　2011.6　342p　18cm　（角川つばさ文庫 Bはl-2）　780円　①978-4-04-631169-6　〈発売：角川グループパブリッシング〉

内容　桜ヶ丘中学校サッカー部に入部した武井遼介。小学校時代の仲間たちは、サッカーを続ける者、サッカーからはなれる者、みなそれぞれの道を選んだ。入部してすぐに公式戦に出場することになった遼介は、上級生との体格、スピードのちがいに圧倒される。競技スポーツの入り口に立ったサッカー少年たちの、新たな青春の日々が始まる―。感動のスポーツ小説第2弾。

『サッカーボーイズ―再会のグラウンド』　はらだみずき作, ゴツボ×リュウジ絵　角川書店　2010.3　299p　18cm　（角川つばさ文庫 Bはl-1）　680円　①978-4-04-631083-5　〈発売：角川グループパブリッシング〉

内容　ジュニアサッカークラブ・桜ヶ丘FCの武井遼介は、サッカーにうちこむ小学6年生。しかし、6年生になって早々にキャプテンをおろされてしまい、初めての挫折を味わう…。そして、新監督・木暮と出会い、遼介は自分がサッカーをやる意味を考え始める。悩みながらも、ひたむきな少年たちの姿が感動を呼ぶ、熱くせつない青春ストーリー！　小学上級から。

『サッカーボーイズ14歳―蟬時雨のグラウンド』　はらだみずき著　角川書店　2009.7　332p　20cm　1500円　①978-4-04-873961-0　〈発売：角川グループパブリッシング〉

内容　キーパー経験者のオッサがサッカー部に加入した。が、つまらないミスの連続で、チームメイトに不満が募る。14歳、中学2年生の少年たちは迷いの中にいる。心を揺さぶる、挫折からの再生の物語―。

『サッカーボーイズ13歳―雨上がりのグラウンド』　はらだみずき著　カンゼン　2007.7　308p　20cm　1400円　①978-4-86255-000-2

内容　桜ヶ丘中学校サッカー部に入部した遼介、同じ学校に通いながらJリーグのクラブチームに入団した良。小学生時代同じ桜ヶ丘FCで「ダブルリョウ」と呼ばれたふたりが、異なる環境でサッカーを続ける。競技スポーツという新たな領域のグラウンドに立ったサッカー少年たち。―ダブルリョウとその仲間たちの物語。

『サッカーボーイズ―再会のグラウンド』　はらだみずき著　カンゼン　2006.7　243p　20cm　1300円　①4-901782-84-3

内容　どんなサッカークラブにもストーリーがあるどこの街にでもある少年サッカークラブ。最後の大会を目指して、新6年生チームの卒業までの物語がはじまる。チームの低迷に怒りをあらわにする監督。輝きを失っていく選手。強豪チームから移籍してきた転校生。個性豊かなチームメイトたち。そして、新たに加わった謎の新任コーチ。桜の咲く春から、再び桜が芽吹く春までのサッカークラブの子どもたちとコーチ、その家族たちの物語。

東　多江子
ひがし・たえこ
《1954～》

『予知夢がくる！〔3〕ライバルは超能力少女』　東多江子作, Tiv絵　講談社　2014.2　204p　18cm　（講談社青い鳥文庫 248-15）　620円　①978-4-06-285408-5

内容　中1の鈴木鈴は、動物に好かれるおとなしい女の子だけど、予知夢を見る能力がある。ある日、予知夢で見て、鈴が助けた少女・風那から、「爆破犯人さがしの競争をしよう。」と言われる。とまどう鈴の夢に、爆破犯人が出てきて…!?　鈴の秘密を知らない同級生・由里との友達作戦、謎のオフサイド刑事の正体、そして、風那と鈴の対決の結末は？　小学上級から。

『予知夢がくる！〔2〕13班さん、気をつけて』　東多江子作, Tiv絵　講談社　2013.8　189p　18cm　（講談社青い鳥文庫 248-14）　620円　①978-4-06-285374-3

内容　私立中学1年生の鈴木鈴は、予知夢を見る力をもっている。学校のサマーキャンプで鈴は、親友や、あこがれの先輩と同じ13班になる。そんなとき、鈴に予知夢がやってきた。泣いている女の子は、だれ？「13班さんは、気をつけろよ！」と、はやしたてる声は、なにを伝えようとしているの？　楽しいはずのキャンプで、事件は起こった…。小学上級から。

『予知夢がくる！―心をとどけて』　東多江子作, Tiv絵　講談社　2013.2　205p　18cm　（講談社青い鳥文庫 248-13）　620円　①978-4-06-285333-0

内容　鈴木鈴は、私立中学の1年生。動物には好かれるけれど、人間関係には、少し臆病

東多江子

な女の子。もうなくしたと思っていた不思議な力。―「予知夢」が、再び鈴のところにやってきた。繰り返し夢に出てくる見知らぬ少女は、鈴に、なにを訴えているの？ 近所に住む大学生の航平とともに、鈴の、夢の謎を追う日々が始まった。小学上級から。

『ずっと友だち―へこまし隊捜査ファイル』 東多江子作，いのうえたかこ絵　講談社　2012.2　185p　18cm　（講談社青い鳥文庫 248-12）600円　①978-4-06-285276-0
内容 珠代、美紀、しな子の小5仲良しトリオは、依頼を受けて、悪いやつらをへこます「へこまし隊」だ。念願の映画デビューをしたのに、なやむ美紀。まさか、「へこまし隊」解散の危機？　3年生からとどいた依頼状の捜査をはじめた珠代たちは、思いがけない人物につきあたる。夢や恋の行方は？　それぞれが未来に向かって歩きだす、感動の完結編！　小学中級から。

『負けるもんか―へこまし隊捜査ファイル』 東多江子作，いのうえたかこ絵　講談社　2011.6　253p　18cm　（講談社青い鳥文庫 248-10）620円　①978-4-06-285222-7
内容 依頼状がとどいたら、真相をつきとめ、悪いやつらをやっつける「へこまし隊」。秘密にしているその正体は、大阪に住む珠代、美紀、しな子の小5トリオ。珠代たちの同級生、「オペラちゃん」とよばれる女の子から「塾でいじめられている。」との依頼状が。真実をつきとめるため、へこまし隊も塾へ!?　今回も、へこまし隊が大活躍。痛快＆せつない2話を収録。小学中級から。

『ちょっとだけ弟だった幸太のこと』 東多江子作，宮尾和孝絵　そうえん社　2010.11　183p　20cm　（ホップステップキッズ！　17）950円　①978-4-88264-446-0
内容 お父ちゃん、ぼく、幸太、お母ちゃん。ぼくんちの家族は3人と1ぴき。犬の幸太とぼくの3か月と10日の物語。

『ねらわれた星（スター）―へこまし隊捜査ファイル』 東多江子作，いのうえたかこ絵　講談社　2010.8　251p　18cm　（講談社青い鳥文庫 248-9）620円　①978-4-06-285162-6
内容 子どもからの依頼を受けて、真相をつきとめ、悪いやつらをやっつける「へこまし隊」。秘密にしているその正体は、大阪に住む珠代・美紀・しな子の、仲良し小5の3人組。第1話は、商店街の人気者、フラワーショップのやさしいお姉さんに、まさかの詐欺師疑惑!?　第2話は、へこまし隊のクラスメートに悪いうわさが。本人も否定しないのはなぜ？　小学中級から。

『素直になれたら・へこましたい！―なにわのへこまし隊依頼ファイル』 東多江子作，いのうえたかこ絵　講談社　2010.2　253p　18cm　（講談社青い鳥文庫 248-8）620円　①978-4-06-285138-1
内容 困っている子どもの依頼を受けて、悪いヤツをやっつける「へこまし隊」。その正体は珠代・美紀・しな子の仲良しトリオ。第1話は、ドッジボールの親善試合当日、学級委員の可奈子が病気で欠席。ずる休みをした、というウワサが流れる。その真相は？　第2話では、小5の3人組が出場するフィギュアスケート大会で事件が！　「へこまし隊」シリーズ第8作！　小学中級から。

『ビリーに幸あれ・へこましたい！―なにわのへこまし隊依頼ファイル』 東多江子作，いのうえたかこ絵　講談社　2009.8　285p　18cm　（講談社青い鳥文庫 248-7）670円　①978-4-06-285108-4
内容 困っている子どもの依頼を受けて、悪いやつらをやっつける「へこまし隊」。その正体は珠代・しな子・美紀の小5トリオ。通学路で子どもたちを怖がらせている犬は、赤いレンガの家で飼われているビリーなのか？（第1話）。ダンスが上手な赤井俊くんにあこがれてファンクラブに入ったのに、しな子の様子がヘン!?（第2話）。大好評「へこまし隊」第7作！

『天使よ、走れ・へこましたい！―なにわのへこまし隊依頼ファイル』 東多江子作，いのうえたかこ絵　講談社　2009.2　279p　18cm　（講談社青い鳥文庫 248-6）670円　①978-4-06-285074-2
内容 困っている子どもの依頼を受けて、悪いやつらをやっつける「へこまし隊」こと珠代・しな子・美紀の小5トリオ。第1話は、5年2組のメンバーとサイクリングにでかけた珠代たち。楽しい一日になるはずだったのに…。第2話は、珠代たちがホームステイした村で大活躍！　猟師の父を持つ亜衣子や、猪親子との交流に心がほんわり。そして珠代に恋の予感!?　痛快のコメディ「へこまし隊」第6作。小学中級から。

『ドントマーインド・へこましたい！―なにわのへこまし隊依頼ファイル』 東多江子作，いのうえたかこ絵　講談社　2008.5　279p　18cm　（講談社青い鳥文庫 248-5）670円　①978-4-06-285029-2

[内容] 困っている子どもの依頼を受けて、悪いやつらをやっつける「へこまし隊」こと珠代・しな子・美紀の小5トリオ。第1話は、3人のクラスにハワイからエミリが転校してくる。書道部に入ったエミリは楽しい学校生活を送っていたが、ある日から突然、学校に来なくなる。エミリを傷つけたのは…？ 第2話は、女優を目指す美紀が、オーディションをめぐる詐欺に巻き込まれて、大ピンチ、大奮闘！ 小学中級から。

『恋して・オリーブ へこましたい！―なにわのへこまし隊依頼ファイル』 東多江子作 講談社 2007.6 280p 18cm （講談社青い鳥文庫 248-4） 670円 ①978-4-06-148771-0 〈絵：いのうえたかこ〉

[内容] へこまし隊にも夏休みがやってきました。なんと、3人だけで旅行にいくことになったのです。瀬戸内海のオリーブの島で、珠代・美紀・しな子の夏休みがはじまります。3人が出会う島の人たち…。そのなかに一人、珠代にとって、ちょっと気になる人がいます。また今回の「へこまし」はどうなるのでしょうか？ シリーズはじめての1冊1話、たのしさいっぱいの夏の物語。小学中級から。

『ミラクル・くるりん へこましたい！―なにわのへこまし隊依頼ファイル』 東多江子作 講談社 2006.9 315p 18cm （講談社青い鳥文庫 248-3） 670円 ①4-06-148742-6 〈絵：いのうえたかこ〉

[内容] だれかさんのせいで困っていること、心配なことってない？ そんなとき「なにわのへこまし隊」に悩みを手紙にして伝えると、だれかさんを、おもしろくて、びっくりしちゃう方法で、やっつけて=へこましてくれます。今回、へこまし隊にくる依頼は、逆上がりができないトミー先生についての事件と、よくあたる町のうらない師さんをめぐる事件です。さあ、どんなへこましになるのかな？ 小学中級から。

『ヒップ・ホップに へこましたい！―なにわのへこまし隊依頼ファイル』 東多江子作 講談社 2006.1 269p 18cm （講談社青い鳥文庫 248-2） 670円 ①4-06-148713-2 〈絵：いのうえたかこ〉

[内容] ねえ、だれかさんのせいで困っていたり、悩んでいたりしてない？ そんな人へ、耳より情報！ 悩みを手紙にして伝えると、だれかさんをおもしろくて、あっとおどろく方法でやっつけてくれるよ！ それが「へこまし」です。万引きのうたがいをかけられたふみえちゃん、練習場をうばわれたダンス少年たちを助けて、珠代・美紀・しな子がおもしろくて笑える「なにわのへこまし」を実行します。小学中級から。

『ビビビンゴ！ へこまし隊』 東多江子作，いのうえたかこ絵 講談社 2005.7 305p 18cm （講談社青い鳥文庫 248-1） 670円 ①4-06-148692-6

[内容] 弱い子どもたちの依頼を受けて、悪いおとなを仕置きする「へこまし隊」。その正体は不明だが、痛快でユーモラスな仕置きが大人気に。ある日、「学芸会の劇の台本をむりやり書き直させられてくやしい、書き直しをさせた黒幕をへこましてほしい。」という依頼がとどいた。さっそく調査を開始したへこまし隊だが、なかなか黒幕にたどりつけない。はたして黒幕の正体は？ そして、おどろきの仕置きとは!? 小学中級から。

ひかわ　玲子
ひかわ・れいこ
《1958～》

『シャルマールの青い石―チェルニア国物語』 ひかわ玲子作，蕗野冬画 ジャイブ 2007.11 199p 18cm （カラフル文庫） 790円 ①978-4-86176-432-5

[内容] イクミがちょっとブルーな気持ちで、ひとりベッドに寝そべっていると、突然、アダルミシアが現れる。彼女といっしょにチェルニア王国へ遊びに行くことにしたイクミ。宮殿にいた美形の兄シャルマールの実験室に連れていかれたイクミは、不思議な青い石をもらうが…。ひかわ玲子が放つファンタジーワールド『アダルミシアの大切なお友達』の続刊が装いも新たに登場です。

『最後の戦い』 ひかわ玲子著 筑摩書房 2006.4 302p 20cm （アーサー王宮廷物語 3） 1600円 ①4-480-80403-X

[内容] 不思議な力を持つ双子の兄妹が見た、宮廷の光と影。王妃の恋と世継ぎ争いが、円卓の和を軋ませる。千年王国の夢は果たして？ 第3巻完結篇。

『聖杯の王』 ひかわ玲子著 筑摩書房 2006.3 284p 20cm （アーサー王宮廷物語 2） 1600円 ①4-480-80402-1

[内容] 不思議な力を持つ双子の兄妹が見た、宮廷の光と影。シャロットの姫の悲恋がログレスの運命を織り上げる。渾身の書き下ろしファンタジー三部作。第2巻は、聖杯をもたらす者誕生の物語。

『キャメロットの鷹』 ひかわ玲子著 筑摩書房 2006.2 293p 20cm （アー

サー王宮廷物語 1）1600円　Ⓐ4-480-80401-3
[内容] ぼくたちは、ぼくたちに出来ることをしよう。不思議な力を持つ双子の兄妹が見た、宮廷の光と影。日本を代表するファンタジー作家が、満を持して発表する書き下ろし長編三部作。第1巻は、王暗殺の陰謀をめぐる物語。

ひこ田中
ひこ たなか
《1953～》

『メランコリー・サガ』　ひこ・田中作，中島梨絵画　福音館書店　2014.5　204p　19cm　（モールランド・ストーリー 1）　1200円　Ⓐ978-4-8340-8100-8
[内容] 大きなショッピングモールや、おしゃれなデパート、背中合わせのオタク街…たくさんの人でにぎわう都会の真ん中。ここに暮らす小6の3人が出会ったレトロなゲームソフトは、何を語り出すのだろう？

『ごめん』　ひこ・田中著　福音館書店　2014.2　482p　19cm　1800円　Ⓐ978-4-8340-8055-1〈偕成社 1996年刊に「「ごめん」によせて」を追加再刊〉
[内容] 思春期、初恋…小学校6年生の男の子の心模様を軽快に描く傑作。第44回産経児童出版文化賞JR賞受賞。

『カレンダー』　ひこ・田中著　福音館書店　2014.1　458p　19cm　1600円　Ⓐ978-4-8340-8051-3〈福武書店 1992年刊に書き下ろし「忘れたころのあと話」を加える〉

『お引越し』　ひこ・田中著　福音館書店　2013.11　258p　19cm　1400円　Ⓐ978-4-8340-8033-9〈福武書店 1990年刊に書き下ろし「忘れたころのあと話」を加えて再刊〉

『レッツがおつかい』　ひこ・田中さく，ヨシタケシンスケえ　そうえん社　2011.1　64p　20cm　（まいにちおはなし 7―レッツ・シリーズ 3）　1000円　Ⓐ978-4-88264-476-7
[内容] レッツは5さい。5さいのレッツは、はじめてのおつかいにでかけることにした!?　レッツ・シリーズの新刊。

『レッツのふみだい』　ひこ・田中さく，ヨシタケシンスケえ　そうえん社　2010.10　64p　20cm　（まいにちおはなし 5―レッツ・シリーズ 2）　1000円　Ⓐ978-4-88264-474-3
[内容] レッツは5さい。5さいのレッツが、4さいのころを思いだす。それは、むかしむかしの、ちょっとむかし。『レッツとネコさん』につづく、レッツ・シリーズの新刊。

『レッツとネコさん』　ひこ・田中さく，ヨシタケシンスケえ　そうえん社　2010.7　62p　20cm　（まいにちおはなし 3―レッツ・シリーズ 1）　1000円　Ⓐ978-4-88264-472-9
[内容] レッツは5さい。レッツが3さいのころを思い出す。レッツにとって、それは、むかしむかし、おーむかし。どんな思い出ばなしかな？　『お引越し』の著者、はじめての幼年童話。

『ごめん』　ひこ・田中作　偕成社　2002.9　529p　19cm　（偕成社文庫）　1000円　Ⓐ4-03-652470-4
[内容] ある日、俺はとつぜんおとなになった、らしい。なのに、いちど会っただけで好きになったナオちゃんの前だと、まるでガキ。手も足もでない。性の目ざめと、初恋の前で、とまどい、きりきりまいする少年の日々を描いた長編。産経児童出版文化賞JR賞受賞。小学上級から。

『ごめん』　ひこ・田中作　偕成社　1996.1　546p　20cm　1800円　Ⓐ4-03-727060-9

『カレンダー』　ひこ・田中作　福武書店　1992.2　438p　19cm　（Best choice）　1800円　Ⓐ4-8288-4988-2
[内容] 私、時国翼。両親は事故で死んだので、ばあと一緒に暮らしている。じいはばあと離婚して出て行った。家、いろいろある。中1の夏休み、ばあが一人旅に出かけた間に、私は行き倒れのカップルを拾った。そのあと、じいから父さんの昔の話を聞いた。初めて好きな男子もできた。…なんだか今は、わからないことがどんどん多くなる。長生きしないとな。『お引越し』で椋鳩十児童文学賞を受賞した著者が、中学生の女の子の世界をさまざまな切り口から描く力作。中学生から。

『お引越し』　ひこ・田中作　福武書店　1990.8　244p　19cm　（Best choice）　1200円　Ⓐ4-8288-4914-9
[内容] 今日、とうさんがお引越しをした。私のお家は、二つになった。両親の離婚をみつめる11歳の少女の目をとおして、現代の『家族』のあり方を問う、生き生きと豊かな物語。小学校高学年から。

ビートたけし
《1947〜》

『菊次郎とさき』 ビートたけし著　金の星社　2010.12　149p　20cm　（ビートたけし傑作集 少年編 3）1600円　①978-4-323-06143-6
内容　事あるごとに息子を厳しく叱り飛ばした母、人一倍照れ屋の父。ビートたけしが両親の事を綴った三篇。

『少年』 ビートたけし著　金の星社　2010.11　188p　20cm　（ビートたけし傑作集 少年編 2）1600円　①978-4-323-06142-9
内容　ビートたけしが自らの行動原理を少年の心に重ねて描く短編小説集。

『たけしくん、ハイ！』 ビートたけし著　金の星社　2010.11　156p　20cm　（ビートたけし傑作集 少年編 1）1600円　①978-4-323-06141-2
内容　遊びの天才だったビートたけしの少年時代を絵と文で綴る。

『路に落ちてた月―ビートたけし童話集』 ビートたけし著　祥伝社　2001.12　225p　20cm　1400円　①4-396-61138-2
内容　少年時代から、俺の周りにいた、酔っ払い、頑固オヤジ、セールスマン、ヤクザ、自称金持ち、お巡りさん、失業者、田舎の子、バスガイド、正体不明の女…いろんな人にしゃべったり、聞いたりした話。

日向　理恵子
ひなた・りえこ

『明日のページ』 日向理恵子作・画　岩崎書店　2013.1　178p　18cm　（フォア文庫 C249―すすめ！図書くらぶ 5）660円　①978-4-265-06464-9
内容　しばらく平穏な日々がすぎていたと思ったら、突然みんなの前にマチルダそっくりの白い少女が現れた。グングニールが倒され、はやて丸も傷ついた。圧倒的な強さの前で、とうとう鳥籠姫は籠から出てくることに。若林先生の思いから生まれた鳥籠姫。はたしてみんなの力で守ることはできるのか？　個性豊かなメンバーとその本の力が大活躍！　小学校高学年・中学校向け。

『雨ふる本屋の雨ふらし』 日向理恵子作，吉田尚令絵　童心社　2012.10　334p　20cm　1333円　①978-4-494-02031-7
内容　たいせつな宝物をなくしたときあらたな冒険がはじまります。「あたし、サラをたすけなきゃ！」ルウ子の思いは…。雨音がきこえる物語。

『ふたりの魔女』 日向理恵子作・画　岩崎書店　2012.7　177p　18cm　（フォア文庫 C246―すすめ！図書くらぶ 4）600円　①978-4-265-06438-0
内容　夏休み、図書くらぶのメンバーは若林先生の友達が営む民宿で強化合宿をすることになった。生き生きとした夏のにおいに満ちた紅葉郷。そこで出会った糸子さんは、晃子と同じ『黒雷の魔女』を待っていて…？楽しかったはずの夏休み合宿に、黒い影がせまる。おそるべき力を持つふたりの魔女の正体とは？

『雨夜の数え唄』 日向理恵子作・画　岩崎書店　2012.1　190p　18cm　（フォア文庫―すすめ！図書くらぶ 3）600円　①978-4-265-06434-2
内容　お父さんが本の取材のために行ったトルコで、青い石の玉をもらう。幸運のお守りだというその石を晃子は大切に持っていたが、親友の奈菜ちゃんに弟が生まれると知って、彼女にプレゼントする。そんなとき、学校で旧校舎になにか秘密があるらしいといううわさが流れ出す。七ツ辻魔法会がねらう"黄金書"を守れるのか。

『百獣の行進』 日向理恵子作・画　岩崎書店　2011.10　188p　18cm　（フォア文庫―すすめ！図書くらぶ 2）600円　①978-4-265-06430-4
内容　晃子は大好きだった『黒雷の魔女』という本の主人公、マチルダと親友になる。旧校舎にあった"黄金書"を守るため図書くらぶのメンバーはそれぞれの大切な本を探して、その本の力と出会いはじめていた。そこへふたたび、七ツ辻壮児が教室に現れる。はたして、晃子たちに"黄金書"は守れるのだろうか？　個性豊かなメンバーとその本の力が大活躍。

『旧校舎の黄金書』 日向理恵子作・画　岩崎書店　2011.2　174p　18cm　（フォア文庫 C235―すすめ！図書くらぶ 1）600円　①978-4-265-06421-2
内容　晃子は本が大好きな女の子。五年生になってやっと念願の図書委員になれて、よろこんでいた。ある日、担当の若林先生が図書くらぶを立ち上げると宣言する。旧校舎の図書室の本も見せてあげると言われ、

晃子も入部することに。そこには信じられない秘密がかくされていた。

『魔法の庭へ』　日向理恵子作，三角芳子絵　童心社　2010.2　254p　20cm　1350円　①978-4-494-01946-5〈創元社2003年刊の加筆〉

内容　小さなころから、妖精のことをおばあさんに話してもらっていたナナミ。ある夜、なくした自分の影法師をさがしにやってきた、青い妖精クーに出会います。妖精になりたかった少女が、自分で生きる場所を見つけるまで—。

『雨ふる本屋』　日向理恵子作，吉田尚令絵　童心社　2008.11　231p　20cm　1300円　①978-4-494-01942-7

内容　いらっしゃいませ。ここは、あなただけの物語が見つかる本屋さん。こんな雨の日には、ほんとうの自分に出会えるかもしれません—。

日比生　典成
ひびき・てんせい

『竜の国のミオウ　2　消えたネックレスと舞踏会』　日比生典成作，玖珂つかさ絵　アスキー・メディアワークス　2012.8　257p　18cm　（角川つばさ文庫　Aひ2-2）　760円　①978-4-04-631253-2〈発売：角川グループパブリッシング〉

内容　わたし、織江美桜、十二歳。わけあって、竜が空を飛ぶ国でメイドとして働いているの。本当は一日もはやく家に帰りたいけど、竜のケンタの力がもどらないと無理みたい。そんなある日、友だちでお姫さまの澪羽がケガをしてしまった。またも澪羽のかわりにお姫さまになることに。しかも、舞踏会でダンスをしろっと。さらに大切なネックレスが行方不明になっていることが判明。どっきどきのお城ライフ第2弾。

『竜の国のミオウ—美桜、お姫さまになる』　日比生典成作，玖珂つかさ絵　アスキー・メディアワークス　2012.1　252p　18cm　（角川つばさ文庫　Aひ2-1）　620円　①978-4-04-631207-5〈発売：角川グループパブリッシング〉

内容　はじめての海外旅行で迷い込んだのは、大きな竜が飛ぶ世界。ここは、どこ？生まれたばかりの竜のこどもと友達になったわたしが次に出会ったのは、わたしにそっくりな女の子。彼女、竜の国にお嫁にきたお姫さまなんだって。わけあって、お姫さまと入れかわることになったわたしは、お城で竜に乗ったり、王子さまと接近したり、ちょっぴりいじわるなアイツとケンカしたり。どっきどきのお城ライフのはじまり！　小学中級から。

姫川　明
ひめかわ・あきら

『ドギーマギー動物学校　5　遠足でハプニング！』　姫川明月作絵　KADOKAWA　2014.6　156p　18cm　（角川つばさ文庫　Aひ3-5）　580円　①978-4-04-631404-8

内容　ミニチュアダックスのカムたちは、遠足へ！　フレンチブルドッグのブーザーはアイスクリームをいっぱい持ってきて、オウムのモンティは、どんな声もものまねできる！　ところが、大じけんが…!?　ふしぎな花を育てる話や、アイドル犬のプルルの話もあるよ。イラスト120点＆豆知識コーナーつき。この本から、はじめて読んでも楽しい、大人気の第5巻!!　小学初級から。

『ドギーマギー動物学校　4　動物園のぼうけん』　姫川明月作絵　KADOKAWA　2013.12　154p　18cm　（角川つばさ文庫　Aひ3-4）　580円　①978-4-04-631367-6〈3までの出版者：角川書店〉

内容　モモンガのチッタが、冬みんするクマのわすれものをとどけるため、夜の動物園へ！　ダンスコンテストに出ることになったけど、シバ犬のシバ丸のダンスに、みんなびっくり!?　おちこぼれのトナカイが動物学校に来て、クリスマスまでに、そり引きのとっくんをすることに！　イラスト150点＆豆知識コーナーつき。おもしろすぎる動物の物語、第4巻!!　小学初級から。

『ドギーマギー動物学校　3　世界の海のプール』　姫川明月作絵　角川書店　2013.7　157p　18cm　（角川つばさ文庫　Aひ3-3）　580円　①978-4-04-631330-0〈発売：KADOKAWA〉

内容　みんながぜったい楽しめるドギーマギー動物学校のプール！　カムたちは、イルカのルフィンと大ぼうけん。ハワイのビーチ、ジャングル、ナイアガラの滝。ペンギンのアイスバーでは、フルーツいっぱいスペシャルなフラッペ！　でも、ブーザーが遠い外国に行っちゃうことに…!?　イラスト150点＆豆知識コーナーつき。おもしろすぎる大人気の物語、第3巻!!　小学初級から。

『ドギーマギー動物学校 2 ランチは大さわぎ！』 姫川明月作絵 角川書店 2013.1 156p 18cm （角川つばさ文庫 Aひ3-2） 580円 ①978-4-04-631288-4 〈発売：角川グループパブリッシング〉

内容 ドギーマギー動物学校へ、ようこそ！ミニチュアダックスのカムとプードルのプルルは、またちこく！？体育は、プレーン組とジャングル組の試合。おまちかねのランチは、おいしい料理くべほうだい！ところが、ネコのココが変身して…！？動物学校は、今日も楽しく大さわぎ！イラスト170点＆豆知識コーナーつき。おもしろすぎる大人気の物語、第2巻。小学初級から。

『ドギーマギー動物学校 1 カムの入学式』 姫川明月作絵 角川書店 2012.9 159p 18cm （角川つばさ文庫 Aひ3-1） 580円 ①978-4-04-631259-4 〈発売：角川グループパブリッシング〉

内容 ここは、世界でたったひとつの動物たちの学校！ ミニチュアダックスのカムは、今日が入学式。ところが、ワイルドなジャングル組に、まちがって入ってしまい、大さわぎ！そして、ニワトリの教頭先生がいなくなっちゃった！？新しい友だちと教頭先生さがしの大ぼうけん！ かわいいイラストが、セリフの上にもいっぱいで、楽しくて、おもしろすぎる物語。

広嶋 玲子
ひろしま・れいこ

『銭天堂—ふしぎ駄菓子屋 3』 広嶋玲子作, jyajya絵 偕成社 2014.8 155p 19×13cm 900円 ①978-4-03-635630-0

内容 「おや、たたりめ堂の、よどみさんじゃござんせんか。おひさしぶりでござんすね」紅子が声をかけると、闇のむこうから、すぅっと人影がにじみでてきた。白い肌に濃紺のおかっぱ頭、黒い着物を着た少女だった。手には虫とり網を持ち、首からは虫かごをさげている。その虫かごの中は、黒い虫でいっぱいだった…。その駄菓子屋があなたの人生を変える。小学校中学年から。

『魔女犬ボンボン 〔5〕 おかしの国の大冒険』 広嶋玲子作, KeG絵 KADOKAWA 2014.4 206p 18cm （角川つばさ文庫 Aひ4-5） 640円 ①978-4-04-631790-2 〈4までの出版者：角川書店〉

内容 短い足がチャームポイント。コーギー犬のボンボンは、魔女っ子ナコのパートナー！ ナコの誕生日プレゼントを探すボンボン。見つけた鈴を鳴らすと、とつぜん現れた光のうずに飲みこまれちゃった！ 目をあけた先は、どこまでもつづく荒野…。ええっ、ここがおかしの国？ そこで出会った男の子・タムトルから、国中のおかしが消えてしまったと聞かされて…！？ なんとかしなくちゃー！ ボンボンの冒険、はじまるよ。小学中級から。

『銭天堂—ふしぎ駄菓子屋 2』 広嶋玲子作, jyajya絵 偕成社 2014.1 159p 19cm 900円 ①978-4-03-635620-1

内容 紅子のふしぎな駄菓子を買った人々は、その運命を大きく翻弄される。はたしてその結末は、天国か、地獄か？

『魔女犬ボンボン 〔4〕 ナコと幸せの約束』 広嶋玲子作, KeG絵 角川書店 2013.9 206p 18cm （角川つばさ文庫 Aひ4-4） 640円 ①978-4-04-631335-5 〈発売：KADOKAWA〉

内容 前代未聞の魔女＆犬コンビ、ナコとボンボン。ライバル魔女・シャナたちのたくらみを食い止めるため、今日も元気に呪い破りの修行中。先生が出した、最終試験のカエルの呪いも解いて、大成功！ と思ったら、突然シャナたちが現れて『月の城』へと連れさられちゃった！ そしてついに、シャナたちのおそろしい計画が明らかに…。絶対止めなきゃ。ナコとボンボン大ピンチの、ドキドキ☆クライマックス！ 小学中級から。

『銭天堂—ふしぎ駄菓子屋』 広嶋玲子作, jyajya絵 偕成社 2013.5 149p 19cm 900円 ①978-4-03-635610-2

内容 駄菓子屋があった。路地の壁にはりつくような形の店で、まるで商店街から身をかくしているようだ。だが、店先には、色とりどりの菓子がならんでいるのが見える。真由美は首をかしげた。あんなところに、駄菓子屋さんなんてあったっけ？ この道は、もう何百回と通っているけど、あんな店、見たことない…。その駄菓子屋は幸せと不幸のわかれ道。小学校中学年から。

『ゆうれい猫と魔女の呪い』 広嶋玲子作, バラマツヒトミ絵 岩崎書店 2013.5 127p 22cm （おはなしガーデン 35） 1300円 ①978-4-265-05485-5

内容 団子町内のアイドル猫ふくこさん。事故でゆうれいになった今もこの町を守っている。コーヒーをおいしくいれるマスターのいる喫茶店ブルームーンをのぞいたら、たいへんなことがおきてしまう。はたして

広嶋玲子

その原因は。

『魔女犬ボンボン 〔3〕 ナコと奇跡の流れ星』 広嶋玲子作，KeG絵　角川書店　2013.4　214p　18cm　（角川つばさ文庫 Aひ4-3）640円　①978-4-04-631301-0〈発売：角川グループホールディングス〉

内容　前代未聞の魔女＆犬コンビ、ナコとボンボン。毎日予想外のことばかりだけど、今日も元気に修行中！　でも、最近ナコには気になることが…。そう、ボンボンが大きくなってきちゃったの！　このままじゃ一緒に空を飛べないよ…。服に風船をつけたり、空飛ぶカボチャ馬車を作ったりと頑張るけど、どれも失敗。困った2人は、どんな願いも叶うという星のかけらを探しにいくことに…⁉　かわいすぎる魔女犬大冒険！

『魔女犬ボンボン 〔2〕 ナコと金色のお茶会』 広嶋玲子作，KeG絵　角川書店　2013.1　212p　18cm　（角川つばさ文庫 Aひ4-2）640円　①978-4-04-631285-3〈発売：角川グループパブリッシング〉

内容　「魔女といえば猫」のはずが、コーギーの子犬・ボンボンをパートナーに選んだナコ。はりきって毎日魔法の勉強をしてるんだけど、何をやっても失敗ばかり。突然現れたライバル魔女にも全然かなわなかったんだ。「あたし、魔女の才能ないのかな…」落ちこむナコの下に、1通のお手紙が！　それは、自分の中に眠る才能がわかるという、不思議なお茶会への招待状で⁉　小学中級から。

『魔女犬ボンボン―ナコと運命のこいぬ』 広嶋玲子作，KeG絵　角川書店　2012.10　222p　18cm　（角川つばさ文庫 Aひ4-1）640円　①978-4-04-631262-4〈発売：角川グループパブリッシング〉

内容　魔女といえば、空とぶほうきと猫！―のはずなのに、ナコがパートナーに選んだのは…、「はじめまして！　ボンボンだよ」なんとコーギーのこいぬ⁉　当然ママ魔女は大激怒＆大反対！　なんとか認めてもらおうと頑張るナコだけど、当のボンボンは庭をあらしたり、家具をかみこわすなかなかのやんちゃっぷり。このままじゃ追い出されちゃう⁉　いたずらいっぱい、かわいさいっぱい！　コロコロこいぬ生活、始まるよ。小学中級から。

『魂を追う者たち』 広嶋玲子著　講談社　2012.7　253p　20cm　1400円　①978-4-06-217807-5

内容　大平原に暮らす"牙の民"の少女ディンカは、ある三日月の夜、双子の妹セゼナのために祈りを捧げていた。魂の座をこじあけられ"虚人"となってしまったセゼナが、無事に儀式を終えられるように。しかし、その祈りもむなしく、セゼナは何者かに魂を奪われてしまう。ディンカはセゼナを抱え、生まれ育った村を飛びだす。そして、精霊にまつわる言いつたえを手がかりに、ギバとリークという二人の仲間とともに、妹の魂を追う旅に出るのだった―。

『仮面城からの脱出―ちぎれた世界のリトルレイダー』 広嶋玲子作，永田太絵　講談社　2011.10　189p　18cm　（講談社青い鳥文庫 285-1）580円　①978-4-06-285224-1

内容　「あんな妹なんていらない。」思わずつぶやいた一言のせいで、妹がさらわれる。苦しむ祐樹の前に現れたのは、杜松のわらび丸。特殊な力を持つ杜松一族は、「ちぎれた世界」からこの世界を守るために存在しているのだ。わらび丸たちと向かったのは、はがした人の顔でできた「仮面城」。限られた時間で妹を助けなければ、もう元の世界には戻れない。杜松の力を借りて、妹を救え。小学中級から。

『ゆうれい猫ふくこさん』 広嶋玲子作，バラマツヒトミ絵　岩崎書店　2011.10　117p　22cm　（おはなしガーデン 28）1200円　①978-4-265-05478-7

内容　団子町内のアイドル猫ふくこさん。ある日、横道から飛び出してきた車にはねられてしまう。気づいたときには、みんなに囲まれていて…まだまだ成仏できないふくこさんは、ゆうれいになった。そんなふくこさんの前に現れたのは…のら猫ふくこさんが団子町のために大活躍。

『火鍛冶の娘』 広嶋玲子著　角川書店　2011.3　251p　20cm　（カドカワ銀のさじシリーズ）1500円　①978-4-04-874186-6〈発売：角川グループパブリッシング〉

内容　火鍛冶の匠を父に持つ少女・沙耶。鉄を鍛え、武器や道具を作り出す父親に憧れ、自分も火鍛冶になることを目指す彼女だが、この世界には、女は鍛冶をしてはいけないという掟があった。男と偽り、鍛冶を続けていた彼女に、都からとんでもない依頼が。それは20歳になる麗しの王子に、剣を鍛えてほしいというもので。叶わぬ夢に身を焦がす男装少女の、鉄と炎の和風ファンタジー。

『はんぴらり！　7　まねき猫のおくりもの』 広嶋玲子作，九猫あざみ絵　童心社　2010.3　158p　18cm　1000円　①978-4-494-01418-7

内容　うららかな春の朝、鈴音丸はこわれたまねき猫をひろいました。修理をしてあげ

子どもの本　現代日本の創作　最新3000　281

広嶋玲子

ると、そこに宿っていたまねき猫の精があらわれて鈴音丸をまねき猫の国に招待してくれました。ところが楽しい宴の最中に恐ろしい疫病神の手下があらわれて…。はんぴらりの鈴音丸、最後の大冒険。

『はんぴらり！　6　妖怪たちの大運動会』　広嶋玲子作，九猫あざみ絵　童心社　2010.3　142p　18cm　1000円　Ⓘ978-4-494-01417-0
内容　ある秋の日のこと、武のもとに一通の招待状が届きました。それは妖怪大運動会の招待状で、鈴音丸と琴子ばあちゃんと一緒に巨大なこうもりに乗って野原に行くと…。不思議で奇妙な運動会のはじまりです。

『はんぴらり！　5　満月の夜はミステリー』　広嶋玲子作，九猫あざみ絵　童心社　2010.3　142p　18cm　1000円　Ⓘ978-4-494-01416-3
内容　十五夜の満月の日に鈴音丸、琴子ばあちゃん、武の三人がお月見をしていると月から大きなうさぎがやってきて…。満月の探しものは、スリル満点のミステリー、シリーズ第五弾。

『はんぴらり！　4　きけんなきけんな鬼退治』　広嶋玲子作，九猫あざみ絵　童心社　2010.3　142p　18cm　1000円　Ⓘ978-4-494-01415-6
内容　二月三日の節分の日、琴子ばあちゃんの家に、とても恐ろしいモノがやってきて…。鈴音丸、絶対絶命の大ピンチ。

『はんぴらり！　3　神さまはてんてこまい』　広嶋玲子作，九猫あざみ絵　童心社　2010.3　158p　18cm　1000円　Ⓘ978-4-494-01414-9
内容　年神さまをねぎらっておくりだし、新しい年神さまお迎えする大晦日の夜、たいせつなお役目をまかされることになった鈴音丸。ぶじにお役目をはたせるのでしょうか？

『はんぴらり！　2　秋の宴はおおさわぎ』　広嶋玲子作，九猫あざみ絵　童心社　2010.3　150p　18cm　1000円　Ⓘ978-4-494-01413-2
内容　ある秋の日、武、鈴音丸、琴子ばあちゃんは山の子たちの秋祭りに招待されます。秋の実りのごちそうに、三人は大満足でしたが、ごちそうのにおいをかぎつけておそろしいものが…。

『はんぴらり！　1　妖怪だらけの夏休み』　広嶋玲子作，九猫あざみ絵　童心社　2010.3　158p　18cm　1000円　Ⓘ978-4-494-01412-5

内容　むかしむかし鈴音丸という小さな神さまがおりました。笛から生まれた神さまは"はんぴらり"と呼ばれる半人前の神さまでなにをするにも失敗ばかり。とうとう笛の中に封印されてしまいましたが四百年たったある日、ついに目覚めて…。

『送り人の娘』　広嶋玲子著　角川書店　2010.2　298p　20cm　（カドカワ銀のさじシリーズ）　1600円　Ⓘ978-4-04-873996-2〈発売：角川グループパブリッシング〉
内容　額に目の刺青を持つ少女・伊予は、死んだ人の魂を黄泉に送る力を持つ「送り人」だ。平穏に暮らしていたある日、伊予は死んだ狼を蘇らせてしまう。その力が、美貌の覇王・猛日王の知るところとなり、伊予は猛日王に狙われることに。そんな彼女を救ったのは、命を助けた狼の闇真だった。絆だけを頼りに、少女と狼の冒険が始まる！　傑作和風ファンタジー。

『鬼ケ辻にあやかしあり　3　座敷の中の子』　広嶋玲子作，二星天絵　ポプラ社　2009.6　178p　18cm　（ポプラポケット文庫 067-3）　570円　Ⓘ978-4-591-10995-3
内容　屋敷でひとり、さみしく暮らしている少年、幽霧。ある日、びょうぶから出てきた猫のお姫さまと友だちになります。初めて他人と関わる楽しさを知った少年の行く末は…！　人気の和風ファンタジー第三弾！

『鬼ケ辻にあやかしあり　2　雨の日の迷子』　広嶋玲子作，二星天絵　ポプラ社　2009.2　182p　18cm　（ポプラポケット文庫 067-2）　570円　Ⓘ978-4-591-10823-9
内容　記憶をなくした女の子、おまゆが鬼ケ辻で出会ったのは一人間と妖怪をつなぐ「たのまれ屋」？　個性的なキャラクターにかこまれ、しだいに明らかになる少女の過去とは…!?　江戸と妖怪の町を舞台にした、色彩あざやかなファンタジー！　小学校上級～。

『はんぴらり！　7　まねき猫のおくりもの』　広嶋玲子作，九猫あざみ画　童心社　2009.2　158p　18cm　（フォア文庫 B385）　600円　Ⓘ978-4-494-02823-8
内容　「すずは、一人前の神さまになってみんなを助けたいのでございまする！」まねき猫たちの国が、邪悪な疫病神におそわれた！　猫たちを救いたいと願う、鈴音丸の決意とは？　そのとき、鈴音丸の身に大変なことがおこる一!!　「はんぴらり！」修行はいよいよクライマックス。

『鬼ケ辻にあやかしあり』　広嶋玲子作，

二星天絵　ポプラ社　2008.10　166p　18cm　（ポプラポケット文庫 67-1）570円　①978-4-591-10537-5

内容　本当にこまったときは、鬼ヶ辻へいってごらん。一白蜜姫が、きっと助けてくれる。罪をきせられた兄を救うため、猫又神社にやってきたおたみが見たものとは…！こわく、あやしく、美しい、とびきりの和風ファンタジー、スタート！　小学校上級から。

『はんぴらり！　6　妖怪たちの大運動会』　広嶋玲子作，九猫あざみ画　童心社　2008.9　142p　18cm　（フォア文庫）560円　①978-4-494-02821-4

内容　「武どのへ。突然ですが、あなたを妖怪大運動会にご招待したいと思います」ある日、武のところに届いた一通の招待状。妖怪たちの運動会って、いったいどんな運動会だろ？　ああ、ワクワクしすぎて眠れないよ。「はんぴらり！」だって運動会、シリーズ第六弾。

『はんぴらり！　5　満月の夜はミステリー』　広嶋玲子作，九猫あざみ画　童心社　2008.7　142p　18cm　（フォア文庫）560円　①978-4-494-02819-1

内容　「あて、月から落っこちてしまった大切なものを探しにまいりました」。今日は十五夜。お月見を楽しんでいた鈴音丸たちのところへ、きみょうな月の使いがおりてきて…？　満月の探しものは、スリル満点のミステリー!!　異界で「はんぴらり！」が大活躍！　シリーズ第五弾。

『はんぴらり！　4　きけんなきけんな鬼退治』　広嶋玲子作，九猫あざみ画　童心社　2008.1　142p　18cm　（フォア文庫）560円　①978-4-494-02817-7

内容　「ああ、おそろしいモノがやってくる…！」節分の日、豆まきに大はりきりの鈴音丸たちに、闇からあらわれた邪悪な鬼がおそいかかった！「すずがみんなを、守るのでございまする！」鈴音丸、絶対絶命の大ピンチ！　「はんぴらり！」が鬼退治!!　シリーズ第四弾。

『はんぴらり！　3　神さまはてんてこまい』　広嶋玲子作，九猫あざみ画　童心社　2007.11　160p　18cm　（フォア文庫）560円　①978-4-494-02814-6

内容　大晦日の夜に、たいせつなお役目をまかされることになった鈴音丸は、すっかり大あわて！　「はんぴらりのすずは、とてもできませぬ！」さあ、ぶじにお役目をはたして、みんなで楽しく新年をむかえることができるのでしょうか。

『盗角妖伝』　広嶋玲子作　岩崎書店　2007.10　223p　22cm　（新・わくわく読み物コレクション 6）1300円　①978-4-265-06076-4　〈絵：橋賢亀〉

内容　戦国時代はじめ、博打で日銭をかせぐ少年源太には大事な相棒がいた。乙音というさいころの付喪神。ある日あやしげな女と勝負をした源太は、乙音を取られてしまう。取り返すべく女を追いかける源太の前に、真っ赤な髪で、角を持つ小柄な少年が現れた。彼も大事な角を片方うばわれたのだ。二人の追跡の旅が始まった。

『はんぴらり！　2　秋の宴はおおさわぎ』　広嶋玲子作，九猫あざみ画　童心社　2007.9　150p　18cm　（フォア文庫）560円　①978-4-494-02812-2

内容　「おなび山の秋祭りへ、ようこそ！」武、鈴音丸、琴子ばあちゃんが招待されたのは、山の子たちの秋祭り。秋の実りのごちそうに、三人はもう大満足！　ところが、ごちそうのにおいをかぎつけて、おそろしいものがやってきた…！　「はんぴらり！」の修行はつづくよ！　シリーズ第二弾。小学校中・高学年向き。

『はんぴらり！　1　妖怪だらけの夏休み』　広嶋玲子作，九猫あざみ画　童心社　2007.7　160p　18cm　（フォア文庫）560円　①978-4-494-02811-5

内容　「武どの、はじめまして。鈴音丸ともうしまする。お会いできて、とてもうれしゅうございまする」…琴子ばあちゃんの家で出会ったちいさな男の子は、「はんぴらり」っていう半人前の神さまなんだって。今年の夏休みは、特別なことがおこりそうな予感！　「はんぴらり」の修行がはじまるよ！　シリーズ第一弾。小学校中・高学年向け。

『水妖の森』　広嶋玲子作　岩崎書店　2006.4　166p　22cm　1200円　①4-265-82003-4　〈絵：橋賢亀〉

内容　禁断の密林に踏み込んだ少年タキは、そこで一匹の水妖を救う。水妖は、生き物たちの守り神ともいうべき幻の生物。水妖のナナイを助けたために、タキは森と湖を支配する哀しい宿命の環のなかに取り込まれていく…。第四回ジュニア冒険小説大賞を受賞した魅惑の冒険ファンタジー。

深沢　美潮
ふかざわ・みしお

『IQ探偵ムー──おばあちゃんと宝の地図』
深沢美潮作，山田J太画　ポプラ社

深沢美潮

2014.7 210p 18cm （ポプラカラフル文庫 ふ02-34）760円 ①978-4-591-14069-7

内容 夏休み前の学校。いつものようにバカ田トリオがギャーギャー騒いでいる。そんな中、小林のようすが少しおかしい。小林のおばあちゃんが入院して少し落ち込んでいるのだ。元たちがお見舞いにいくと、おばあちゃんから「昔、よく母親が歌ってくれた歌をどうしても思い出したい」と聞かされる。その願いをかなえようと考えた夢羽は、元たちとともに、そのヒントを探しにおばあちゃんの家がある海辺の町へと向かった…。今度のムーは、ちょっと切ない夏の冒険編！　小学校上級〜

『IQ探偵ムー――マラソン大会の真実　上』
深沢美潮作　ポプラ社　2014.4　182p　19cm　（IQ探偵シリーズ 30）1100円　①978-4-591-13894-6,978-4-591-91469-4　〈画：山田J太　2013年刊の改稿〉

内容 銀杏ヶ丘小学校恒例の冬の一大イベント、マラソン大会。が、大会までの2週間、練習のためにいつもより30分早く学校に行かなくてはならない。元も文句たらたらで毎日練習をしていた。優勝候補はやはり6年生だが、5年生のなかで、元のクラスメートの佐々木も候補のひとりだった。そして、いよいよ大会が始まるが…。

『IQ探偵ムー――マラソン大会の真実　下』
深沢美潮作　ポプラ社　2014.4　181p　19cm　（IQ探偵シリーズ 31）1100円　①978-4-591-13895-3,978-4-591-91469-4　〈画：山田J太　2013年刊の改稿〉

内容 6年生と元たち5年生は、学校を出て街の中を走る3キロのコース。途中、大木がへばってしまったが、元に助けられ、どうにか完走を果たした。そして、優勝候補だった元のクラスメートの佐々木が優勝を飾り、マラソン大会は無事に終わる。大会をめぐって、思いがけない事件と問題が起こったのだった…！？

『IQ探偵ムー――自転車泥棒と探偵団』　深沢美潮作　ポプラ社　2014.4　183p　19cm　（IQ探偵シリーズ 32）1100円　①978-4-591-13896-0,978-4-591-91469-4　〈画：山田J太　2013年刊の改稿〉

内容 不登校中のクラスメート、吉田の買ったばかりの自転車が盗まれる事件が起こった。彼と仲の良いバカ田トリオの面々が、犯人を探すために探偵団を結成。なぜか元と大木も強引に探偵団の仲間にされ、5人で犯人探しに奔走する。最終的には、ムーの助けをかり、事件はイッキに解決すると思われたが…。

『IQ探偵ムー――ムーVS忍者！　江戸の町をあぶり出せ!?』　深沢美潮作　ポプラ社　2014.4　195p　19cm　（IQ探偵シリーズ 33）1100円　①978-4-591-13929-5,978-4-591-91469-4　〈画：山田J太　2014年3月刊の改稿〉

内容 お寺の習字教室に参加している元たち。習字はそこそこに、昔なつかしい「あぶり出し」をして遊んでいる―。一方、江戸時代。酒問屋の一人娘おるかが、辻占いから一枚の占いをもらったことを発端に、新たな事件が起きていた―。現代と江戸時代。2つの話が展開するムーシリーズ特別編！　江戸時代には天才タクトもミクも（？）登場するぞ!?

『IQ探偵ムー――ムーVS忍者！　江戸の町をあぶり出せ!?』　深沢美潮作，山田J太画　ポプラ社　2014.3　195p　18cm　（ポプラカラフル文庫 ふ02-33）760円　①978-4-591-13925-7

内容 お寺の習字教室に参加している元たち。習字はそこそこに、昔なつかしい「あぶり出し」をして遊んでいる―。一方、江戸時代。酒問屋の一人娘おるかが、辻占いから一枚の占いをもらったことを発端に、新たな事件が起きていた―。現代と江戸時代。2つの話が展開するムーシリーズ特別編！　江戸時代には天才タクトもミクも（？）登場するぞ!?　読み出したら止まらないジェットコースターノベル！　小学校上級〜

『IQ探偵ムー――自転車泥棒と探偵団』　深沢美潮作，山田J太画　ポプラ社　2013.10　183p　18cm　（ポプラカラフル文庫 ふ02-32）760円　①978-4-591-13613-3

内容 不登校中のクラスメート、吉田の買ったばかりの自転車が盗まれる事件が起こった。彼と仲の良いバカ田トリオの面々が、犯人を探すために探偵団を結成。なぜか元と大木も強引に探偵団の仲間にされ、5人で犯人探しに奔走する。最終的には、ムーの助けをかり、事件はイッキに解決すると思われたが…。　小学校上級向け。

『魔女っ子バレリーナ☆梨子　4　発表会とコロボックル』　深沢美潮作，羽戸らみ絵　角川書店　2013.5　191p　18cm　（角川つばさ文庫 Aふ2-4）640円　①978-4-04-631313-3　〈発売：角川グループホールディングス〉

内容 リコだよ！　いよいよ発表会が近づいてきたんだけど、ライバル（？）の江美が私の足につまずいて、ねんざしちゃった！　ど、どうしよう…!?　フランツとルッカラさ

まに相談したら、薬草からすばらしい薬を作るコロボックルのビントレーを紹介してもらったの。そして、薬を作ってもらうお返しに、ビントレーの悩みを解決するため、イギリスへいかなきゃ…って、え、私、英語しゃべれないんですけど!? 小学中級から。

『IQ探偵ムー――恋する探偵』 深沢美潮作 ポプラ社 2013.4 172p 19cm （IQ探偵シリーズ 27） 1100円 ①978-4-591-13348-4,978-4-591-91378-9〈画：山田J太 2012年刊の改稿〉

『IQ探偵ムー――夢羽、脱出ゲームに挑戦！』 深沢美潮作 ポプラ社 2013.4 170p 19cm （IQ探偵シリーズ 28） 1100円 ①978-4-591-13349-1,978-4-591-91378-9〈画：山田J太 2012年刊の改稿〉

『IQ探偵ムー――スケートリンクは知っていた』 深沢美潮作 ポプラ社 2013.4 174p 19cm （IQ探偵シリーズ 29） 1100円 ①978-4-591-13350-7,978-4-591-91378-9〈2012年刊の改稿〉

『IQ探偵ムー――マラソン大会の真実 下』 深沢美潮作，山田J太画 ポプラ社 2013.4 181p 18cm （ポプラカラフル文庫 ふ02-31） 760円 ①978-4-591-13416-0

内容 6年生と元たち5年生は、学校を出て街の中を走る3キロのコース。途中、大木がへばってしまったが、元に助けられ、どうにか完走を果たした。そして、優勝候補だった元のクラスメートの佐々木が優勝を飾り、マラソン大会は無事に終わる。ところが、思いがけない事件と問題が起こったのだった…!? 朝日小学生新聞で連載された作品を文庫化した長編の下巻。書き下ろしの短編も収録。小学校上級から。

『IQ探偵ムー――マラソン大会の真実 上』 深沢美潮作，山田J太画 ポプラ社 2013.4 182p 18cm （ポプラカラフル文庫 ふ02-30） 760円 ①978-4-591-13415-3

内容 銀杏が丘小学校恒例の冬の一大イベント、マラソン大会。が、大会までの2週間、練習のためにいつもより30分早く学校に行かなくてはならない。元も文句たらたらで毎日練習をしていた。優勝候補はやはり6年生だが、5年生のなかで、元のクラスメートの佐々木もまた候補のひとりだった。そして、いよいよ大会が始まる…。朝日小学生新聞で連載された作品を文庫化した長編の上巻が登場。小学校上級〜。

『ポケットドラゴンの冒険 〔3〕 学校で神隠し!?』 深沢美潮作，田伊りょうき絵 集英社 2013.4 205p 18cm （集英社みらい文庫 ふ-4-4） 600円 ①978-4-08-321150-8

内容 小学5年生の海斗は、偶然出会った手のひらサイズのポケットドラゴン・ピビにたのまれて、ドラゴン村の危機を救う。ドラゴンたちともすっかりなかよくなったある日。同じクラスの静香が、学校で行方不明に！ 目撃者によると「小さなトカゲのようなもの」を追って階段の壁に吸いこまれていったという。それって、ひょっとして…!? 海斗は友人の菜々、正一とともに、ドラゴン村へ…。小学中級から。

『IQ探偵ムー――スケートリンクは知っていた』 深沢美潮作，山田J太画 ポプラ社 2012.12 174p 18cm （ポプラカラフル文庫 ふ02-29） 760円 ①978-4-591-13176-3

内容 ある冬の日曜日。クラスメートの小林がスケート場の無料チケットを持っているということで、元や夢羽をはじめおなじみのメンバーでアイススケート場へ行くことに。ところが、さっそくロッカーで元が思いがけない事件にそうぐう!? 今回はもう一編『ウソつきは誰だ!?』も収録。夢羽がまたまた名推理で大活躍。2つの謎を解決するぞ！―。

『ポケットドラゴンの冒険 〔2〕 消えた長老』 深沢美潮作，田伊りょうき絵 集英社 2012.11 189p 18cm （集英社みらい文庫 ふ-4-3） 600円 ①978-4-08-321123-2

内容 「えっと、話したいことがあって…」海斗は思い切ってクラスメイトの菜々に声をかけた。だけど、ポケットサイズのドラゴンの村に行ってきたなんて、どうやったら説明できるんだろう…!? そこへタイミングよく、友だちの正一がやってきて、3人でドラゴン村へ出かけることに。ポケットドラゴンの仲間たちとドキドキ冒険、楽しもうっ。今度はお祭りだあっ。

『魔女っ子バレリーナ☆梨子 3 バレエを愛する心』 深沢美潮作，羽戸らみ絵 角川書店 2012.10 222p 18cm （角川つばさ文庫 Aふ2-3） 640円 ①978-4-04-631265-5〈発売：角川グループパブリッシング〉

内容 私、リコ。ある日いきなり魔法界の大事な宝石を探す役目にされちゃって、魔法使いフランツ（イケメン、シロクマのぬいぐるみに変身）を相棒にして、宝石探しに大いそがしの毎日。私も魔法で変身して、あちこちに忍び込んでるんだ。魔法が使えるっ

て、マジ楽しいよっ☆で、ついに宝石のありかを突き止めたんだけど、横取りしようとするライバル魔女が現れて…この宝石は、絶対わたさないんだから！　小学中級から。

『ポケットドラゴンの冒険―ドラゴンゲートを封鎖せよっ!!　下』　深沢美潮作，田伊りょうき絵　集英社　2012.8　189p　18cm　（集英社みらい文庫　ふ-4-2）　600円　①978-4-08-321108-9

内容　「海斗さん、次に来る時は、ドラゴンゲートの前で想像してみてください。ぼくたちの村のことを」ポケットドラゴンのビビに言われたとおり、海斗は心の中で叫んだ。「ドラゴンの村へ!!」ところが再びおとずれた村は、たいへんなことになっていたのだ!!　海斗とビビたちは怪物を退治できるのか!?　はらはらドキドキ冒険の旅へ、ノンストップで出発だあ！　小学中級から。

『IQ探偵ムー――夢羽、脱出ゲームに挑戦！』　深沢美潮作，山田J太画　ポプラ社　2012.7　170p　18cm　（ポプラカラフル文庫　ふ02-28）　760円　①978-4-591-13003-2

内容　とある日曜日。少々イライラしていた元の家に、突然、夢羽が訪ねてくる。流羽も一緒だったが、それでもうれしくて舞い上がる元。夢羽の用事とは、昔から夢羽をライバル視している森亜亭から挑戦状が届いたことらしい…。夢羽と流羽、そして元の3人が脱出ゲームに挑戦する、人気シリーズの最新刊。果たして結末は!?

『ポケットドラゴンの冒険―ドラゴンゲートを封鎖せよっ!!　上』　深沢美潮作，田伊りょうき絵　集英社　2012.7　168p　18cm　（集英社みらい文庫　ふ-4-1）　600円　①978-4-08-321099-0

内容　「こんにちは。ぼくドラゴンのビビといいます」海斗のひざこぞうに緑色のトカゲみたいな生き物がピタッと着地した。小首をかしげ見上げている。小学5年生の海斗のカバンから、もぞもぞはい出してきたのだ!!　名前はビビ。「あのー、すみませんが、ここどこですか」と言う彼を自転車で送っていくことになった…。海斗とポケットドラゴン、ビビのドキドキ冒険が始まるよっ！

『魔女っ子バレリーナ☆梨子　2　魔法石を探しだせ！』　深沢美潮作，羽戸らみ絵　角川書店　2012.7　198p　18cm　（角川つばさ文庫　Aふ2-2）　620円　①978-4-04-631247-1〈発売：角川グループパブリッシング〉

内容　私、リコ。あこがれのトウシューズを買ってもらった日に、いきなり魔法が使えるようになっちゃった！　しかも目の前に突然、シロクマのぬいぐるみが…な、なんと、魔法界のお姫さまの大事なティアラの宝石が人間界に落っこちて、それを追いかけて来たシロクマ（じつはフランツっていう魔法使いのアシスタントなんだけど）は、私に一緒に探してほしいんだって。でもこの広ーい人間界、どこをどう探せばいいのっ!?

『魔女っ子バレリーナ☆梨子　1　わたし、魔法使いになっちゃった！』　深沢美潮作，羽戸らみ絵　角川書店　2012.4　191p　18cm　（角川つばさ文庫　Aふ2-1）　620円　①978-4-04-631229-7〈発売：角川グループパブリッシング〉

内容　わたしリコ、バレエが大好きな11歳。ある日、庭でキラキラひかるティアラを見つけたんだ。どうしてこんなところに？　でもすっごくキレイだし、もらっちゃおっと。次の日、買ってもらったばかりの新品のトウシューズに、なんとジュースをこぼしちゃって。どうしよう!?　思わず「魔法でもとどおりにならないかな」とつぶやいたら、本当にキレイになって…え、えええー？わたし、魔法使いになっちゃったの!?

『IQ探偵タクト―タクトVSムー！　日本一の小学生探偵を探せ!?　上』　深沢美潮作　ポプラ社　2012.3　156p　19cm　（IQ探偵シリーズ　21）　1100円　①978-4-591-12840-4〈画：迎夏生　2010年刊の改稿〉

内容　『IQ探偵ムー　江戸の夜に猫が鳴く』に続いて、拓斗と夢羽の天才小学生探偵の対決が実現！　そして今度はなんと、テレビのスペシャル番組で全国から小学生探偵が大集合。日本一を決める大会が開催されることになったのだ!?　パートナーとともに出場する拓斗と夢羽。果たして日本一の栄冠を勝ち取るのは誰だ！

『IQ探偵タクト―タクトVSムー！　日本一の小学生探偵を探せ!?　下』　深沢美潮作　ポプラ社　2012.3　189p　19cm　（IQ探偵シリーズ　22）　1100円　①978-4-591-12841-1〈画：迎夏生　2011年刊の改稿〉

内容　いよいよ全国から小学生探偵が集合したスペシャル番組の本番がスタート。優勝賞品のハワイを目指して、熱い戦いが始まった。クセのある個性的な全国の天才小学生探偵たち。その中、東京代表のタクトとムー。早押しクイズにチーム戦と対決が続く。さあ、最後に優勝の栄冠を手にするのは誰だ!?

『IQ探偵タクト―未来と拓斗の神隠し』　深沢美潮作　ポプラ社　2012.3　175p

19cm （IQ探偵シリーズ 26） 1100円　①978-4-591-12845-9 〈画：迎夏生　2011年刊の改稿〉

内容 兄・竜一といっしょにスーパーに買い物にいった未来。別々に買い物をして、慌てて待ち合わせ場所にいくと、そこから兄が消えていた!?　まるで神隠しのような出来事に戸惑う未来（「未来と拓斗の神隠し」）。ほか、占い師と拓斗が対決する「占い師の謎をあばけ！」の全2編を収録。

『IQ探偵ムー――夢羽、マジシャンになる。上』 深沢美潮作　ポプラ社　2012.3　141p　19cm　（IQ探偵シリーズ 23）　1100円　①978-4-591-12842-8 〈画：山田J太　2011年刊の改稿〉

内容 元のクラスでは、前日やっていたテレビ番組の影響でマジックが大流行。大木も小林も、そしてバカ田トリオも自慢の手品を披露していた!?　元も負けじと密かにマジックを練習することに。そんな中、河田が中学生にトランプを取られる事件が起こり、元も巻き込まれることに…。

『IQ探偵ムー――夢羽、マジシャンになる。下』 深沢美潮作　ポプラ社　2012.3　153p　19cm　（IQ探偵シリーズ 24）　1100円　①978-4-591-12843-5 〈画：山田J太　2011年刊の改稿〉

内容 瑠香の発案により、商店街のイベント『キラキラ祭り』の「マジックショー」に参加することになった元たち。さっそく、夢羽の家に集まって出し物を相談。みんな練習を重ねて、緊張の当日を迎える。同じ日、イベント会場で中学生トランプ事件も急展開。果たして、ショーと事件の結末は!?

『IQ探偵ムー――夢羽、海の家へ行く。』 深沢美潮作　ポプラ社　2012.3　150p　19cm　（IQ探偵シリーズ 25） 1100円　①978-4-591-12844-2 〈画：山田J太　2011年刊の改稿〉

内容 待ちに待った夏休み。ヒマを持てあましていた元は、大木を誘って小林の家へ遊びにいくことに。そこで、大木から「おじさんがやっている海の家へ行かないか」と提案が…。瑠香、夢羽も参加することになり、おなじみのメンバー5人で「海の家」へ。キレイな海、鮮やかなヒマワリ畑に大満足の元たち。ところが、またまた大事件が!?

『IQ探偵ムー――恋する探偵』 深沢美潮作，山田J太画　ポプラ社　2012.2　172p　18cm　（ポプラカラフル文庫 ふ02-27）　760円　①978-4-591-12690-5

内容 元の家の近所に住む翔兄ちゃんが、濡れ衣とも思える事件に巻き込まれた!?　話をきいた元は、自分では解決できないと、早速、夢羽に相談する。そして、事件を追ううちに、なぜかクラスメイトの瑠香や冴子たちをも巻き込んで、思いがけない結末を迎えることに…。3組のカップルの恋の行方が明らかになる人気シリーズ最新作。

『IQ探偵タクト―未来と拓斗の神隠し』 深沢美潮作　ポプラ社　2011.9　175p　18cm　（ポプラカラフル文庫）　790円　①978-4-591-12577-9 〈画：迎夏生〉

内容 兄・竜一といっしょにスーパーに買い物にいった未来。別々に買い物をして、慌てて待ち合わせ場所にいくと、そこから兄が消えていた!?　まるで神隠しのような出来事に戸惑う未来（「未来と拓斗の神隠し」）。ほか、占い師と拓斗が対決する「占い師の謎をあばけ！」の全2編を収録された最新刊。またまた拓斗の天才ぶりに注目だ。

『IQ探偵ムー――夢羽、海の家へ行く。』 深沢美潮作　ポプラ社　2011.7　150p　18cm　（ポプラカラフル文庫 ふ02-25）　760円　①978-4-591-12515-1 〈画：山田J太〉

内容 待ちに待った夏休み。ヒマを持てあましていた元は、大木を誘って小林の家へ遊びにいくことに。そこで、大木から「おじさんがやっている海の家へ行かないか」と提案が…。瑠香、夢羽も参加することになり、おなじみのメンバー5人で「海の家」へ。キレイな海、鮮やかなヒマワリ畑に大満足の元たち。ところが、またまた大事件が!?　夏の思い出がたっぷりの大人気シリーズ最新刊。読み出したら止まらないジェットコースターノベル。

『IQ探偵ムー――夢羽、マジシャンになる。下』 深沢美潮作　ポプラ社　2011.4　153p　18cm　（ポプラカラフル文庫 ふ02-24）　760円　①978-4-591-12413-0 〈画：山田J太〉

内容 瑠香の発案により、商店街のイベント『キラキラ祭り』の「マジックショー」に参加することになった元たち。さっそく、夢羽の家に集まって出し物を相談。みんな練習を重ねて、緊張の当日を迎える。同じ日、イベント会場で中学生トランプ事件も急展開。果たして、ショーと事件の結末は!?　朝日小学生新聞で連載された大人気シリーズ最新作。

『IQ探偵タクト―タクトVSムー！　日本一の小学生探偵を探せ!?　下』 深沢美潮作　ポプラ社　2011.3　189p　18cm　（ポプラカラフル文庫 ふ02-23）　790円　①978-4-591-12391-1 〈画：迎夏生〉

深沢美潮

|内容| いよいよ全国から小学生探偵が集合したスペシャル番組の本番がスタート。優勝賞品のハワイを目指して、熱い戦いが始まった。クセのある個性的な全国の天才小学生探偵たち。そして、東京代表のタクトとムー。早押しクイズにチーム戦と対決が続く。さあ、最後に優勝の栄冠を手にするのは誰だ!? ドキワクの下巻がいよいよ登場。

『IQ探偵ムー――夢羽、マジシャンになる。上』 深沢美潮作 ポプラ社 2011.3 141p 18cm （ポプラカラフル文庫 ふ02-22） 760円 ①978-4-591-12390-4 〈画：山田J太〉

|内容| 元のクラスでは、前日やっていたテレビ番組の影響でマジックが大流行。大木も小林も、そしてバカ田トリオも自慢の手品を披露していた!? 元も負けじと密かにマジックを練習することに。そんななか、河田が中学生にトランプを取られる事件が起き、元も巻き込まれることに…。ムーの華麗な手品も見逃せない最新作上巻。

『IQ探偵ムー――ムーVSタクト！ 江戸の夜に猫が鳴く 上』 深沢美潮作 ポプラ社 2011.3 156p 19cm （IQ探偵シリーズ 19） 1100円 ①978-4-591-12356-0 〈画：山田J太 2010年刊の改稿 年表あり〉

|内容| 今から300年以上の前、江戸では謎の少女盗賊『猫小僧』が出没していた―。そして現代。元たちが社会科見学で訪れた歴史博物館から古文書が盗まれる不思議な事件が起こる。その事件をきっかけに夢羽と拓人が、初めてタッグを組むことに!? いよいよ"IQ探偵"シリーズ初の天才探偵対決が実現！ 江戸時代の『猫小僧』事件も絡んで、予測不可能な展開に。

『IQ探偵ムー――ムーVSタクト！ 江戸の夜に猫が鳴く 下』 深沢美潮作 ポプラ社 2011.3 189p 19cm （IQ探偵シリーズ 20） 1100円 ①978-4-591-12357-7 〈画：山田J太 2010年刊の改稿 年表あり〉

|内容| 歴史博物館に展示されていたコレクションの持主である真行寺謙二郎の屋敷にやって来た夢羽＆拓人たち。そして、ついに古文書盗難事件解決のヒントを発見する！ 一方、江戸時代。謎の少女盗賊ムウが『書簡』を巡って、医者の渋沢拓庵（拓人そっくり!?）たちとある計画を進めていた…。いよいよ、現代と江戸の二つの事件がクライマックスを。

『IQ探偵タクト―タクトVSムー！ 日本一の小学生探偵を探せ!? 上』 深沢美潮作 ポプラ社 2010.12 156p 18cm （ポプラカラフル文庫 ふ02-21） 790円 ①978-4-591-12208-2 〈画：迎夏生〉

|内容| 『IQ探偵ムー』に続いて、再び拓人と夢羽による天才小学生探偵の対決が実現！ そして今度はなんと、テレビのスペシャル番組で、全国から小学生探偵が大集合。日本一を決める大会が開催されることになったのだ!? パートナーとともに出場する拓人と夢羽。果たして、日本一の栄冠を勝ち取るのは誰だ！ 人気シリーズ第5弾上巻が登場。

『IQ探偵ムー――ムーVSタクト！ 江戸の夜に猫が鳴く 下』 深沢美潮作 ポプラ社 2010.8 189p 18cm （ポプラカラフル文庫 ふ02-20） 760円 ①978-4-591-11990-7 〈画：山田J太〉

|内容| 歴史博物館に展示されていたコレクションの持主である真行寺謙二郎の屋敷にやって来た夢羽＆拓人たち。そして、ついに古文書=書簡盗難事件解決のヒントを発見する！ 一方、江戸時代。謎の少女盗賊ムウが『書簡』を巡って、医者の渋沢拓庵（拓人そっくり!?）たちとある計画を進めていた…。いよいよ、現代と江戸の二つの事件がクライマックスを。『ムーVSタクト！』最新作下巻がついに登場。

『IQ探偵ムー――ムーVSタクト！ 江戸の夜に猫が鳴く 上』 深沢美潮作 ポプラ社 2010.7 156p 18cm （ポプラカラフル文庫 ふ02-19） 760円 ①978-4-591-11965-5 〈画：山田J太〉

|内容| 今から300年以上も前、江戸では謎の少女盗賊『猫小僧』が出没していた―。そして現代。元たちが社会科見学で訪れた歴史博物館から古文書が盗まれる不思議な事件が起こる。その事件をきっかけに夢羽と拓人が、初めてタッグを組むことに!? いよいよ「IQ探偵」シリーズ初の天才探偵対決が実現！ 江戸時代の『猫小僧』事件も絡んで、予測不可能な展開に。

『IQ探偵タクト―季節はずれの幽霊騒動』 深沢美潮作 ポプラ社 2010.3 197p 19cm （IQ探偵シリーズ 18） 1100円 ①978-4-591-11571-8 〈画：迎夏生 2010年刊の改稿〉

|内容| 冬だというのに、未来のクラスではなぜか「オバケ話」で盛り上がっていた。怖い話が苦手な未来だったが、新聞部のネタのため渋々聞くことに。そんなとき、未来はふと目が合った女子が青い顔をしているのに気づく。さっそく放課後、タクトに相談するが…（「季節はずれの幽霊騒動」）。朝日小学生新聞で連載された最新作を収録した、もうひとつのIQ探偵シリーズ第4弾！ ほか

1編「オリオンの約束」収録。

『IQ探偵ムー――浦島太郎殺人事件 上』
深沢美潮作　ポプラ社　2010.3　172p　19cm　（IQ探偵シリーズ 14）　1100円　①978-4-591-11567-1　〈画：山田J太　2009年刊の改稿〉
内容　銀杏が丘第一小学校では、秋に1、2年生は歌とダンス、3、4年生は歌と演奏、5、6年生はミュージカルを行うことになっている。5年1組では、瑠香が提案したミュージカル「浦島太郎殺人事件」に決まった。脚本・配役をはじめ、衣装や舞台美術などを、ワイワイガヤガヤと公演に向けて動きだした…。なにやら、またまた事件のにおいが!?　大人気シリーズの長編書き下ろし上巻。

『IQ探偵ムー――バカ田トリオのゆううつ』
深沢美潮作　ポプラ社　2010.3　207p　19cm　（IQ探偵シリーズ 17）　1100円　①978-4-591-11570-1　〈画：山田J太　2009年刊の改稿〉
内容　橋の上からテストを紙ヒコーキにして飛ばしているバカ田トリオ。いつもの悪ふざけだと思ったら、なんだかトリオのひとり、山田の様子がおかしい…。気になる元たちだったが、その後大事件に！　今度の主役は「バカ田トリオ」!?　詐欺事件もからんで、またまたムーが大活躍するよ。

『IQ探偵ムー――浦島太郎殺人事件 下』
深沢美潮作　ポプラ社　2010.3　172p　19cm　（IQ探偵シリーズ 15）　1100円　①978-4-591-11568-8　〈画：山田J太　2009年刊の改稿〉
内容　いよいよミュージカル「浦島太郎殺人事件」の本番がスタート。クラスが一体になって準備を進めた甲斐あって、すべてが順調に進んでいたが…。なんと本番中に大事件が勃発！　瑠香も小林もあたふたとするが、ここで頼もしい夢羽が登場。舞台の上で、またまた「謎」に挑戦する！　果たしてミュージカルと事件の結末は!?　夢羽の推理が冴える長編シリーズ下巻。

『IQ探偵ムー――春の暗号』　深沢美潮作　ポプラ社　2010.3　189p　19cm　（IQ探偵シリーズ 16）　1100円　①978-4-591-11569-5　〈画：山田J太　2009年刊の改稿〉
内容　まだ肌寒い早春。元一家は近くに住むおばあちゃんの家へ行くことに。途中、ばったり出合った夢羽と一緒に家へ行くと、おばあちゃんから思わぬ相談ごとが。おじいちゃんが「暗号」を残していたと言うのだ…（「春の暗号」）。おじいちゃんが残した謎に夢羽が挑む！　ほか1編「春のメッセー

ジ」収録。

『IQ探偵タクト――ダンジョン小学校』　深沢美潮作　ポプラ社　2010.1　190p　18cm　（ポプラカラフル文庫　ふ02-09）　790円　①978-4-591-11341-7　〈画：迎夏生　ジャイブ2007年刊の加筆・訂正〉
内容　私立小学校・楓陽館でまたまた不思議な事件が…。放課後、五年生の男子が誰もいない玄関ホールの大鏡に謎の老人の顔が映っているのを目撃!?　新聞のネタを探していたタクトは、『楓陽館の七不思議』第二弾として、未来とともにさっそく調査に乗りだす！　日刊「朝日小学生新聞」に連載された『IQ探偵』新シリーズの第2弾が登場！　今回も天才少年タクトが大活躍するぞ。

『IQ探偵タクト――密室小学校』　深沢美潮作　ポプラ社　2010.1　174p　18cm　（ポプラカラフル文庫　ふ02-07）　790円　①978-4-591-11336-3　〈画：迎夏生　ジャイブ2006年刊の加筆・訂正〉
内容　楓町に住む折原未来は、私立小学校・楓陽館に通う5年生。たった二名しかいない新聞部に所属している。もうひとりは、何度も不思議な事件を解決してきた天才少年、変人とも呼ばれている6年生の渋沢拓斗だ。ある時、拓斗のクラスメイトが密室に閉じこめられる事件が起こった…。『IQ探偵ムー』の姉妹編として日刊「朝日小学生新聞」に連載された新シリーズが遂に登場。

『IQ探偵タクト――桜の記憶』　深沢美潮作　ポプラ社　2010.1　214p　18cm　（ポプラカラフル文庫　ふ02-13）　790円　①978-4-591-11355-4　〈画：迎夏生　ジャイブ2008年刊の加筆・訂正〉
内容　空き地にポツンと1本だけ、不思議な桜の木があった。それは地元で「桜幽霊」とウワサされていた―。ある日、未来が愛犬ノルンを散歩中、その桜の木の近くで行方不明になってしまう!?　たまたま出会ったタクトが未来の捜索を開始するが…。夢羽同様、頭脳明晰のイケメン、タクトがフルパワーで大活躍！　予想もつかない結末が待っているシリーズ第3弾が登場です。

『IQ探偵タクト――季節はずれの幽霊騒動』
深沢美潮作　ポプラ社　2010.1　197p　18cm　（ポプラカラフル文庫　ふ02-18）　790円　①978-4-591-11485-8　〈画：迎夏生〉
内容　冬だというのに、未来のクラスではなぜか「オバケ話」で盛り上がっていた。怖い話が苦手な未来だったが、新聞部のネタのため渋々聞くことに。そんなとき、未来はふと目が合った女子が青い顔をしているの

深沢美潮

に気づく。さっそく放課後、タクトに相談するが…（「季節はずれの幽霊騒動」）。朝日小学生新聞で連載された最新作を収録した、もうひとつのIQ探偵シリーズ第4弾！ ほか1編「オリオンの約束」収録。

『IQ探偵ムー――アリバイを探せ！』 深沢美潮作 ポプラ社 2009.12 174p 18cm （ポプラカラフル文庫 ふ02-03） 790円 ①978-4-591-11327-1〈画：山田J太 ジャイブ2005年刊の改訂〉

『IQ探偵ムー――浦島太郎殺人事件 上』 深沢美潮作 ポプラ社 2009.12 172p 18cm （ポプラカラフル文庫 ふ02-14） 760円 ①978-4-591-11361-5〈画：山田J太 ジャイブ2008年刊の改訂〉

『IQ探偵ムー――浦島太郎殺人事件 下』 深沢美潮作 ポプラ社 2009.12 172p 18cm （ポプラカラフル文庫 ふ02-15） 760円 ①978-4-591-11362-2〈画：山田J太 ジャイブ2009年刊の改訂〉

『IQ探偵ムー――飛ばない!? 移動教室 上』 深沢美潮作 ポプラ社 2009.12 168p 18cm （ポプラカラフル文庫 ふ02-04） 790円 ①978-4-591-11330-1〈画：山田J太 ジャイブ2006年刊の改訂〉

『IQ探偵ムー――飛ばない!? 移動教室 下』 深沢美潮作 ポプラ社 2009.12 186p 18cm （ポプラカラフル文庫 ふ02-05） 790円 ①978-4-591-11332-5〈画：山田J太 ジャイブ2006年刊の改訂〉

『IQ探偵ムー――秘密基地大作戦 上』 深沢美潮作 ポプラ社 2009.12 152p 18cm （ポプラカラフル文庫 ふ02-10） 790円 ①978-4-591-11346-2〈画：山田J太 ジャイブ2007年刊の改訂〉

『IQ探偵ムー――秘密基地大作戦 下』 深沢美潮作 ポプラ社 2009.12 158p 18cm （ポプラカラフル文庫 ふ02-11） 790円 ①978-4-591-11347-9〈画：山田J太 ジャイブ2007年刊の改訂〉

『IQ探偵ムー――時を結ぶ夢羽』 深沢美潮作 ポプラ社 2009.12 172p 18cm （ポプラカラフル文庫 ふ02-12） 790円 ①978-4-591-11354-7〈画：山田J太 ジャイブ2008年刊の改訂〉

『IQ探偵ムー――あの子は行方不明』 深沢美潮作 ポプラ社 2009.12 180p 18cm （ポプラカラフル文庫 ふ02-08） 790円 ①978-4-591-11340-0〈画：山田J太 ジャイブ2007年刊の改訂〉

『IQ探偵ムー――真夏の夜の夢羽』 深沢美潮作 ポプラ社 2009.12 174p 18cm （ポプラカラフル文庫 ふ02-06） 790円 ①978-4-591-11335-6〈画：山田J太 ジャイブ2006年刊の改訂〉

『IQ探偵ムー――春の暗号』 深沢美潮作 ポプラ社 2009.12 189p 18cm （ポプラカラフル文庫 ふ02-16） 760円 ①978-4-591-11368-4〈画：山田J太 ジャイブ2009年刊の改訂〉

『IQ探偵ムー――そして、彼女はやってきた。』 深沢美潮作 ポプラ社 2009.12 190p 18cm （ポプラカラフル文庫 ふ02-01） 760円 ①978-4-591-11307-3〈画：山田J太 ジャイブ2004年刊の改訂〉

『IQ探偵ムー――帰ってくる人形』 深沢美潮作 ポプラ社 2009.12 186p 18cm （ポプラカラフル文庫 ふ02-02） 760円 ①978-4-591-11320-2〈画：山田J太 ジャイブ2005年刊の改訂〉

『IQ探偵ムー――バカ田トリオのゆううつ』 深沢美潮作 ポプラ社 2009.12 208p 18cm （ポプラカラフル文庫 ふ02-17） 760円 ①978-4-591-11440-7〈画：山田J太〉

内容 橋の上からテストを紙ヒコーキにして飛ばしているバカ田トリオ。いつもの悪ふざけだと思ったら、なんだかトリオのひとり、山田の様子がおかしい…。気になる元たちだったが、その後大事件に！ 今度の主役は「バカ田トリオ」!? 詐欺事件もからんで、またまたムーが大活躍するぞ。朝日小学生新聞で連載された最新作がボリュームアップして登場。

『IQ探偵ムー――春の暗号』 深沢美潮作, 山田J太画 ジャイブ 2009.7 189p 18cm （カラフル文庫） 760円 ①978-4-86176-679-4

内容 まだ肌寒い早春。元一家は近くに住むおばあちゃんの家へ行くことに。途中、ばったり出会った夢羽と一緒に家へ行くと、おばあちゃんから思わぬ相談が。亡きおじいちゃんが『暗号』を残していたと言うのだ…

深沢美潮

(「春の暗号」)。おじいちゃんが残した謎に夢羽が挑む！ お待たせしました「ムー」最新作！ ほか1編「春のメッセージ」収録。

『IQ探偵タクト──桜の記憶』 深沢美潮作 ジャイブ 2009.3 214p 19cm （IQ探偵シリーズ 12） 1100円 ①978-4-591-10869-7〈画：迎夏生 2008年刊の改稿 発売：ポプラ社〉

内容 空き地にポツンと1本だけ、不思議な桜の木があった。それは地元で「桜幽霊」とウワサされていた─。ある日、未来が愛犬ノルンを散歩中、その桜の木の近くで行方不明になってしまう!? たまたま出会ったタクトが未来の捜索を開始するが…。夢羽同様、頭脳明晰のイケメン、タクトがフルパワーで大活躍！ 予想もつかない結末が待っているシリーズ第3弾が登場です。

『IQ探偵ムー──時を結ぶ夢羽』 深沢美潮作 ジャイブ 2009.3 172p 19cm （IQ探偵シリーズ 13） 1100円 ①978-4-591-10870-3〈発売：ポプラ社 画：山田J太 2008年刊の改稿〉

内容 春間近の銀杏が丘第一小学校。逆上がりができない大木のために、元は毎日のように練習を手伝っていた。ある日、ひとりで練習していた大木は、車の急ブレーキの音を聞く。これが新たな事件の始まりだった…。夢羽のアドバイスと推理が冴える大人気シリーズ最新作が登場。ほかに短編『ラムセスの恋』も収録。

『フォーチュン・クエスト 8 隠された海図 下』 深沢美潮作 ポプラ社 2009.3 368p 18cm （フォーチュン・クエストシリーズ 8） 1300円 ①978-4-591-10806-2,978-4-591-91084-9〈絵：迎夏生〉

内容 白い帆船でおつかいの品を、港町コーベニアに届けるだけ。そんなバカンス気分のパステルたちを待っていたのは、謎の三人組やら、海賊船やら、大イカのクラーケン!! "いい話には裏がある"をかみしめていた仲間たち。でも、お届けものの巻紙が「宝の地図」らしいと知り…。これって、今までで一番すごいクエストになったりして?? 感動のシリーズ最終章、はじまる。

『フォーチュン・クエスト 7 隠された海図 上』 深沢美潮作 ポプラ社 2009.3 353p 18cm （フォーチュン・クエストシリーズ 7） 1300円 ①978-4-591-10805-5,978-4-591-91084-9〈絵：迎夏生〉

内容 シナリオ屋オーシから、クエストならぬおつかいを頼まれたパステルたち。海を渡った港町コーベニアまで、ある品物を届けるって話。お金儲けも大事だけど、「船に乗れる」ってだけでみんな大ハシャギ。でも、現実はそんなに甘くない。お届け物を手にした途端、何者かに襲われて…。これは"海を満喫"どころじゃない!? 海を舞台に、ハラハラドキドキの大冒険がはじまります。

『フォーチュン・クエスト 6 大魔術教団の謎 下』 深沢美潮作 ポプラ社 2009.3 339p 18cm （フォーチュン・クエストシリーズ 6） 1300円 ①978-4-591-10804-8,978-4-591-91084-9〈絵：迎夏生〉

内容 ノルの妹メルを捜す冒険の旅に出たパステルたち。魔術教団にいるらしい、との手がかりをつかんだ途端、ノルが怪力のモンスターに襲われちゃった─。でもここで負けちゃダメ、ノルのためにもメルを捜さないと！ 魔術教団への潜入は正体を見破られることなく見事に成功!! しかし、肝心のメルの身に危険が迫っていると知り…。仲間たちは、兄妹を再会させることができるのか。

『フォーチュン・クエスト 5 大魔術教団の謎 上』 深沢美潮作 ポプラ社 2009.3 344p 18cm （フォーチュン・クエストシリーズ 5） 1300円 ①978-4-591-10803-1,978-4-591-91084-9〈絵：迎夏生〉

内容 心やさしい巨人族のノルが冒険者になったきっかけは、行方知れずの双子の妹・メルを捜すため─。メルの失踪には、とある魔術教団が関係しているらしい。すくない手がかりをもとに、教団があるという村を目指す旅の途中、パステルたちを待っていたのはシリーズ史上最大の危機×絶体絶命の大ピンチ!! かれらはこの困難を乗りきることができるのか。

『フォーチュン・クエスト 4 ようこそ！ 呪われた城へ』 深沢美潮作 ポプラ社 2009.3 381p 18cm （フォーチュン・クエストシリーズ 4） 1300円 ①978-4-591-10802-4,978-4-591-91084-9〈絵：迎夏生〉

内容 パーティの冒険談が、町のちょっとした評判らしい。そんななか、行き倒れ寸前の冒険者を助けたことから財宝が隠された古城のクエストを手に入れたパステル。お宝ゲットも夢じゃない!? でもそこは、ゾンビやゴーストたちがいるって話。クレイとトラップはパステルの反対もおかまいなし！ パーティは新たな冒険への一歩を踏み出した─。

『フォーチュン・クエスト 3 忘れられ

深沢美潮

『フォーチュン・クエスト 2 忘れられた村の忘れられたスープ 下』 深沢美潮作 ポプラ社 2009.3 323p 18cm （フォーチュン・クエストシリーズ 3） 1300円 ①978-4-591-10801-7,978-4-591-91084-9 〈絵：迎夏生〉

内容 初めての冒険を終え、買い物気分でやってきた砂漠の街エベリン。そこで出会った魔女が、クレイをオウムに変えてしまった!! 占い師のお告げをもとに、パーティははるばるサラディーへ。魔女マラヴォアがいうには「忘れられた村の忘れられたスープ」を持って、クレイを元に戻してやる、だって!? 「忘れられた村」にはたどりつき、必要なレシピは教わったけど…。パステルたちは、魔法を解いてクレイを取り戻せるか。

『フォーチュン・クエスト 2 忘れられた村の忘れられたスープ 上』 深沢美潮作 ポプラ社 2009.3 301p 18cm （フォーチュン・クエストシリーズ 2） 1300円 ①978-4-591-10800-0,978-4-591-91084-9 〈絵：迎夏生〉

内容 冒険者カードの書き換えのために、砂漠の街にやってきたパステルたちパーティ。前回の冒険でちょっぴりリッチになったパステルたちは思う存分買い物を楽しむつもりでいたけれど、またまたとんでもないトラブルに巻き込まれてしまい、さあ大変！謎の美青年ジュン・ケイまで現れて、ますますストーリーはヒートアップ。

『フォーチュン・クエスト 1 世にも幸せな冒険者たち』 深沢美潮作 ポプラ社 2009.3 310p 18cm （フォーチュン・クエストシリーズ 1） 1300円 ①978-4-591-10799-7,978-4-591-91084-9 〈絵：迎夏生〉

内容 冒険者としてまだまだ駆け出しのパステルは、大好きな仲間と大冒険を夢見ながらも、ちっちゃなクエストを重ねる日々。そんなかれらが、ひょんなことから凶悪なホワイトドラゴンの棲むダンジョンに向かうことになってしまって…!! ロール・プレイング・ゲーム感覚のスーパーライトファンタジーの登場です。

『IQ探偵ムー――浦島太郎殺人事件 下』 深沢美潮作 ジャイブ 2009.1 172p 18cm （カラフル文庫 ふ02-15） 760円 ①978-4-86176-598-8 〈画：山田J太〉

内容 いよいよミュージカル「浦島太郎殺人事件」の本番がスタート。クラスが一体になって準備を進めた甲斐あって、すべてが順調に進んでいたが…。なんと本番中に大事件が勃発！ 瑠香も小林もあたふたとす

るが、ここで頼もしい夢羽が登場。舞台の上でまたまた「謎」に挑戦する！ 果たしてミュージカルと事件の結末は!? 夢羽の推理が冴える大人気シリーズ最新作の下巻が登場。

『IQ探偵ムー――浦島太郎殺人事件 上』 深沢美潮作 ジャイブ 2008.12 172p 18cm （カラフル文庫） 760円 ①978-4-86176-597-1 〈画：山田J太〉

内容 銀杏が丘第一小学校では、秋に1、2年生は歌とダンス、3、4年生は歌と演奏、5、6年生はミュージカルを行うことになっている。5年1組では、瑠香が提案したミュージカル「浦島太郎殺人事件」に決まった。脚本・配役をはじめ、衣装や舞台美術などもワイワイガヤガヤと公演に向けて動きだしたが…。なにやら、またまた事件のにおいが！？ 大人気シリーズの長編書き下ろし最新作上巻が登場。

『フォーチュン・クエスト 8 隠された海図 下』 深沢美潮作 ポプラ社 2008.11 368p 18cm （ポプラポケット文庫 62-8） 760円 ①978-4-591-10593-1 〈絵：迎夏生〉

内容 白い帆船でおつかいの品を、港町コーベニアに届けるだけ。そんなバカンス気分のパステルたちを待っていたのは、謎の三人組や、海賊船やら、大イカのクラーケン！"いい話には裏ある"をかみしめていた仲間たち、でも、お届けものの巻紙が「宝の地図」らしいと知り…。これって、今までで一番すごいクエストになったりして?? 感動のシリーズ最終章、はじまる!! 小学校上級～。

『菜子の冒険―猫は知っていたのかも。』 深沢美潮著 講談社 2008.10 290p 19cm （YA！ ENTERTAINMENT） 980円 ①978-4-06-269403-2 〈2000年刊の増訂〉

内容 飯倉菜子は女子高生。ある日、友だちの愛猫が逃げ出した先は、へんくつで近所でも有名なキヌばあさん。しかし菜子は、ある謎に気づき…。菜子はイケメン編集者・仁とその謎に挑むのだが。

『フォーチュン・クエスト 7 隠された海図 上』 深沢美潮作 ポプラ社 2008.8 353p 18cm （ポプラポケット文庫 62-7） 760円 ①978-4-591-10379-1 〈絵：迎夏生〉

内容 シナリオ屋オーシから、クエストならぬおつかいを頼まれたパステルたち。海を渡った港町コーベニアまで、ある品物を届けるって仕事。お金儲けも大事だけど、「船に乗れる」ってだけでみんな大ハシャギでも、現実はそんなに甘くない。お届け物を

手にした途端、何者かに襲われて…。これは"海を満喫"どころじゃない!? 海を舞台に、ハラハラドキドキの大冒険がはじまります! 小学校上級から。

『**IQ探偵タクト——桜の記憶**』 深沢美潮作 ジャイブ 2008.7 214p 18cm （カラフル文庫）790円 ①978-4-86176-531-5〈画：迎夏生〉
内容 空き地にポツンと1本だけ、不思議な桜の木があった。それは地元で「桜幽霊」とウワサされていた——。ある日、未来が愛犬ノルンを散歩中、その桜の木の下で行方不明になってしまう!? たまたま出会ったタクトが未来の捜索を開始するが…。夢羽同様、頭脳明晰のイケメン、タクトがフルパワーで大活躍! 予想もつかない結末が待っているシリーズ第3弾が登場です。

『**IQ探偵ムー——時を結ぶ夢羽**』 深沢美潮作 ジャイブ 2008.7 172p 18cm （カラフル文庫）790円 ①978-4-86176-530-8〈画：山田J太〉
内容 春間近の銀杏が丘第一小学校。逆上がりができない大木のために、元は毎日のように練習を手伝っていた。ある日、ひとりで練習していた大木は、車の急ブレーキの音を聞く。これが新たな事件の始まりだった…。夢羽のアドバイスと推理が冴える大人気シリーズ最新作が登場。ほかに短編『ラムセスの恋』も収録。

『**フォーチュン・クエスト 6 大魔術教団の謎 下**』 深沢美潮作 ポプラ社 2008.4 339p 18cm （ポプラポケット文庫 62-6）760円 ①978-4-591-10311-1〈絵：迎夏生〉
内容 ノルの妹メルを捜す冒険の旅に出たパステルたち。魔術教団にいるらしい、との手がかりをつかんだ途端、ノルが怪力のモンスターに襲われちゃった——。でもここで負けちゃダメ、ノルのためにもメルを捜さないと! 魔術教団への潜入は正体を見破られることなく見事に成功!! しかし、肝心のメルの身に危険が迫っていると知り…。仲間たちは、兄妹を再会させることができるのか!? 小学校上級から。

『**IQ探偵タクト——ダンジョン小学校**』 深沢美潮作, 迎夏生画 ジャイブ 2008.3 190p 19cm （カラフル文庫——IQ探偵シリーズ 8）1100円 ①978-4-591-10162-9〈2007年刊の改稿 発売：ポプラ社〉
内容 私立小学校・楓陽館でまたまた不思議な事件が…。放課後、五年生の男子が誰もいない玄関ホールの大鏡に謎の老人の顔が映っているのを目撃!? 新聞のネタを探していたタクトは、『楓陽館の七不思議』第二弾として、未来とともにさっそく調査に乗りだす! 日刊「朝日小学生新聞」に連載された『IQ探偵』新シリーズの第2弾が登場! 今回も天才少年タクトが大活躍するぞ。

『**IQ探偵ムー——秘密基地大作戦 上**』 深沢美潮作, 山田J太画 ジャイブ 2008.3 152p 19cm （カラフル文庫——IQ探偵シリーズ 10）1100円 ①978-4-591-10164-3〈2007年刊の改稿 発売：ポプラ社〉
内容 夏休みも半分過ぎてしまったある日。元は大好きなテレビ番組をきっかけに本格的な「秘密基地」を作ろうと決心する。秀才の小林と食いしん坊の大木を誘って、下調べを開始。「男のロマンだ」と元たちは瑠香と夢羽に内緒で行動するが…。お待たせしました。大人気シリーズの長編書き下ろし最新作上巻が登場。

『**IQ探偵ムー——秘密基地大作戦 下**』 深沢美潮作, 山田J太画 ジャイブ 2008.3 158p 19cm （カラフル文庫——IQ探偵シリーズ 11）1100円 ①978-4-591-10165-0〈2007年刊の改稿 発売：ポプラ社〉
内容 夢羽の家の庭に「秘密基地」＝ツリーハウスを完成させた元たち。ところが、元が深夜ひとりで訪れた翌日、ツリーハウスが荒らされる事件が起きた。犯人はいったい誰!? さっそく、夢羽たちは真相究明に乗り出すが…。「秘密基地」作りから始まった"ひと夏の大事件"の結末は! 長編書き下ろし最新作の下巻が登場。

『**IQ探偵ムー——あの子は行方不明**』 深沢美潮作, 山田J太画 ジャイブ 2008.3 180p 19cm （カラフル文庫——IQ探偵シリーズ 9）1100円 ①978-4-591-10163-6〈2007年刊の改稿 発売：ポプラ社〉
内容 保育園時代からの幼なじみで、クラスメートの木田恵理。最近、なんだか彼女のようすがおかしい。元と瑠香は、夢羽に相談。3人はそろって本人に会いにいくが…（「あの子は行方不明」）。ムーの飼っているスーパー猫ラムセスがいなくなった!?（「ラムセスは行方不明」）。人気シリーズの最新作。今回は、思いがけなく(?)元と瑠香の凸凹コンビが大活躍するよ。

『**フォーチュン・クエスト 5 大魔術教団の謎 上**』 深沢美潮作 ポプラ社 2008.2 344p 18cm （ポプラポケット文庫 62-5）760円 ①978-4-591-

深沢美潮

10176-6　〈絵：迎夏生〉
[内容]　心やさしい巨人族のノルが冒険者になったきっかけは、行方知れずの双子の妹・メルを捜すため―。メルの失踪には、とある魔術教団が関係しているらしい。すくない手がかりをもとに、教団があるという村を目指す旅の途中、パステルたちを待っていたのはシリーズ史上最大の危機×絶体絶命の大ピンチ!! かれらはこの困難を乗りきることができるのか？　小学校上級～。

『フォーチュン・クエスト　4　ようこそ！　呪われた城へ』　深沢美潮作　ポプラ社　2007.12　381p　18cm　（ポプラポケット文庫 62-4）　760円　①978-4-591-10030-1　〈絵：迎夏生〉
[内容]　パーティの冒険談が、町のちょっとした評判らしい。そんななか、行き倒れ寸前の冒険者を助けたことから、財宝が隠された古城のクエストを手に入れたパステル。お宝ゲットも夢じゃない!?　でもそこは、ゾンビやゴーストたちがいるって話。クレイとトラップはパステルの反対もおかまいなし！　パーティは新たな冒険への一歩を踏み出した。―。『IQ探偵ムー』シリーズの原点。ジェットコースター級の冒険ファンタジー。小学校上級～。

『IQ探偵ムー―秘密基地大作戦　下』　深沢美潮作，山田J太画　ジャイブ　2007.11　158p　18cm　（カラフル文庫）　790円　①978-4-86176-456-1
[内容]　夢羽の家の庭に『秘密基地』＝ツリーハウスを完成させた元たち。ところが、元が深夜ひとりで訪れた翌日、ツリーハウスが荒らされる事件が起きた。犯人はいったい誰!?　さっそく、夢羽たちは真相究明に乗り出すが…。『秘密基地』作りから始まった"ひと夏の大事件"の結末は！　長編書き下ろし最新作の下巻が登場。

『フォーチュン・クエスト　3　忘れられた村の忘れられたスープ　下』　深沢美潮作　ポプラ社　2007.11　323p　18cm　（ポプラポケット文庫 62-3）　760円　①978-4-591-09991-9　〈絵：迎夏生〉
[内容]　初めての冒険を終え、買い物気分でやってきた砂漠の街エベリン。そこで出会った魔女が、クレイをオウムに変えてしまった!!　占い師のお告げをもとに、パーティははるばるサラディーへ。魔女マラヴォアがいうには「忘れられた村の忘れられたスープ」を持ってきたら、クレイを元に戻してやる、だって!?　「忘れられた村」には辿りつき、必要なレシピは教わったけど…。魔法を解いてクレイを取り戻せるか!!　小学校上級～。

『IQ探偵ムー―秘密基地大作戦　上』　深沢美潮作，山田J太画　ジャイブ　2007.10　152p　18cm　（カラフル文庫）　790円　①978-4-86176-441-7
[内容]　夏休みも半分過ぎてしまったある日、元は大好きなテレビ番組をきっかけに本格的な『秘密基地』を作ろうと決心する。秀才の小林と食いしん坊の大木を誘って、下調べを開始。「男のロマンだ」と元たちは瑠香と夢羽に内緒で行動するが…。お待たせしました。大人気シリーズの長編書き下ろし最新作『上』巻が登場。

『フォーチュン・クエスト　2　忘れられた村の忘れられたスープ　上』　深沢美潮作，迎夏生絵　ポプラ社　2007.10　301p　18cm　（ポプラポケット文庫 062-2）　760円　①978-4-591-09946-9

『フォーチュン・クエスト　1　世にも幸せな冒険者たち』　深沢美潮作，迎夏生絵　ポプラ社　2007.10　310p　18cm　（ポプラポケット文庫 062-1）　760円　①978-4-591-09945-2

『IQ探偵タクト―ダンジョン小学校』　深沢美潮作，迎夏生画　ジャイブ　2007.7　190p　18cm　（カラフル文庫）　790円　①978-4-86176-411-0
[内容]　私立小学校・楓陽館でまたまた不思議な事件が…。放課後、五年生の男子が誰もいない玄関ホールの大鏡に謎の老人の顔が映っているのを目撃!?　新聞のネタを探していたタクトは、『楓陽館の七不思議』第二弾として、未来とともにさっそく調査に乗り出す！　日刊『朝日小学生新聞』に連載された『IQ探偵』新シリーズの第2弾が登場！　今回も天才少年タクトが大活躍するぞ。

『IQ探偵ムー―あの子は行方不明』　深沢美潮作，山田J太画　ジャイブ　2007.6　180p　18cm　（カラフル文庫）　790円　①978-4-86176-402-8
[内容]　保育園時代からの幼なじみで、クラスメートの木田恵理。最近、なんだか彼女のようすがおかしい。元と瑠香は、夢羽に相談。3人はそろって本人に会いにいくが…（「あの子は行方不明」）。ムーの飼っているスーパー猫ラムセスがいなくなった!?（「ラムセスは行方不明」）。人気シリーズの最新作。今回は、思いがけなく（？）元と瑠香の凸凹コンビが大活躍するよ。

『IQ探偵タクト―密室小学校』　深沢美潮作，迎夏生画　ジャイブ　2007.3　174p　19cm　（カラフル文庫―IQ探偵シリーズ 7）　1100円　①978-4-591-09693-2

深沢美潮

〈発売：ポプラ社　2006年刊の改稿〉

[内容]　楓町に住む折原未来は、私立小学校・楓陽館に通う5年生。たった二名しかいない新聞部に所属している。もうひとりは、何度も不思議な事件を解決してきた天才少年、変人とも呼ばれている6年生の渋沢拓斗だ。ある時、拓斗のクラスメイトが密室に閉じこめられる事件が起こった…。『IQ探偵ムー』の姉妹編として日刊「朝日小学生新聞」に連載された新シリーズが遂に登場。小学校中学年～中学生。

『IQ探偵ムー――そして、彼女はやってきた。』　深沢美潮作，山田J太画　ジャイブ　2007.3　190p　19cm　（カラフル文庫―IQ探偵シリーズ　1）　1100円　①978-4-591-09687-1〈発売：ポプラ社　2004年刊の改稿〉

[内容]　春の嵐が吹き荒れたある日。突風とともに、小学5年生の元と瑠香のクラスにひとりの少女が転校してきた。彼女の名は、夢羽。とびっきりの美少女だった。しかし、ぶっきらぼうだし、授業中はどうどうと居眠り。なのに、誰もがわからない謎を簡単に解いてしまったり。謎だらけの夢羽の出現で、元と瑠香の毎日も謎めいたものに変わる。いったい、夢羽とは何者…？　小学校中学年～中学生向き。

『IQ探偵ムー――帰ってくる人形』　深沢美潮作，山田J太画　ジャイブ　2007.3　186p　19cm　（カラフル文庫―IQ探偵シリーズ　2）　1100円　①978-4-591-09688-8〈発売：ポプラ社　2005年刊の改稿〉

[内容]　元と瑠香が通う銀杏が丘第一小学校に不思議な美少女・夢羽が転校してきた。転校初日から数々の事件を見事解決する夢羽に、新たな事件解決の依頼がきた。なんでもクラスメイトの水原久美の家で、捨てたはずの人形が帰ってくるというのだ。はたして、夢羽は、この怪奇現象"呪いの人形"の謎を解くことができるのか――。『ヒント？』の人気連載シリーズ、文庫化第2弾!!　小学校中学年～中学生向き。

『IQ探偵ムー――アリバイを探せ！』　深沢美潮作，山田J太画　ジャイブ　2007.3　174p　19cm　（カラフル文庫―IQ探偵シリーズ　3）　1100円　①978-4-591-09689-5〈発売：ポプラ社　2005年刊の改稿〉

[内容]　元と瑠香は銀杏が丘第一小学校の5年生。ある日、元気のいいおばあさんとだらしない格好の若者が言い争いをしているところに出くわした。この若者こそ、元の近所に住む翔兄ちゃん。おばあさんは彼がひったくり犯人だと主張しているのだ。どうしても翔兄ちゃんが犯人だとは思えない元は、夢羽に助けを求めて捜査を開始する。夢羽の名推理で、「ぬれぎぬ」を晴らすことができるか!?　小学校中学年～中学生向き。

『IQ探偵ムー――飛ばない!?　移動教室　上』　深沢美潮作，山田J太画　ジャイブ　2007.3　168p　19cm　（カラフル文庫―IQ探偵シリーズ　4）　1100円　①978-4-591-09690-1〈発売：ポプラ社　2006年刊の改稿〉

[内容]　元と瑠香をはじめ、銀杏が丘一小学校5年1組の面々は、初めての移動教室に向けて大盛り上がり。いつもはクールな夢羽も、彼女なりに楽しみにしている様子だ。しかし、元にはひとつ心配事があった。彼らの宿泊先である「朝霧荘」には、妖怪・座敷童が出るという――。日刊「朝日小学生新聞」連載中から話題沸騰のシリーズ最新作。待望の文庫化。小学校中学年～中学生。

『IQ探偵ムー――飛ばない!?　移動教室　下』　深沢美潮作，山田J太画　ジャイブ　2007.3　186p　19cm　（カラフル文庫―IQ探偵シリーズ　5）　1100円　①978-4-591-09691-8〈発売：ポプラ社　2006年刊の改稿〉

[内容]　初めての移動教室―初日のオリエンテーリングでは自分の班が一位になって上機嫌の元。しかし、お化けや幽霊が大の苦手の元にとっては、二日目のメインイベントである肝試し大会が最大の難関だった。やっぱり、座敷童が出たりして…!?　日刊「朝日小学生新聞」の超人気連載に新エピソードを大幅加筆した、超お得なシリーズ最新作。小学校中学年～中学生。

『IQ探偵ムー――真夏の夜の夢羽』　深沢美潮作，山田J太画　ジャイブ　2007.3　174p　19cm　（カラフル文庫―IQ探偵シリーズ　6）　1100円　①978-4-591-09692-5〈発売：ポプラ社　2006年刊の改稿〉

[内容]　夢羽の家にほど近い愛子が淵に、謎の生物「アッシー」が出没。その正体は、逃げ出したペットのワニなのか!?　第一発見者である末次に真相究明を依頼された夢羽は、元と瑠香、小林、大木らを引き連れて、いざ愛子が淵へ。彼らがそこで見たものとは？（「真夏の夜の夢羽」）日刊「朝日小学生新聞」連載と「WEBヒント？」掲載分を加筆した、超人気シリーズ最新作。小学校中学年～中学生。

『IQ探偵タクト―密室小学校』　深沢美潮作　ジャイブ　2006.10　174p　18cm

（カラフル文庫）790円 ①978-4-86176-346-5 〈画：迎夏生〉

|内容| 楓町に住む折原未来は、私立小学校・楓陽館に通う5年生。たった二名しかいない新聞部に所属している。もうひとりは、何度も部内不思議な事件を解決してきた天才少年、変人とも呼ばれている6年生の渋沢拓斗だ。ある時、拓斗のクラスメイトが密室に閉じこめられた事件が起こった…。『IQ探偵ムー』の姉妹編として日刊「朝日小学生新聞」に連載された新シリーズが遂に登場。

『IQ探偵ムー――真夏の夜の夢羽』 深沢美潮作，山田J太画　ジャイブ　2006.8　174p 18cm （カラフル文庫）790円 ①4-86176-326-5

|内容| 夢羽の家にほど近い愛子が淵に、謎の生物「アッシー」が出没。その正体は、逃げ出したペットのワニなのか!? 第一発見者である末次に真相究明を依頼された夢羽は、元と瑠香、小林、大木らを引き連れて、いざ愛子が淵へ。彼らがそこで見たものとは？（「真夏の夜の夢羽」）日刊「朝日小学生新聞」連載と「WEBヒント？」掲載作品に加筆した、超人気シリーズ最新作。

『IQ探偵ムー――飛ばない!? 移動教室 下』 深沢美潮作，山田J太画　ジャイブ　2006.2 186p 18cm （カラフル文庫）790円 ①4-86176-279-0

|内容| 初めての移動教室――初日のオリエンテーリングでは自分の班が一位になって上機嫌の元。しかし、お化けや幽霊が大の苦手の元にとっては、二日目のメインイベントである肝試し大会が最大の難関だった。やっぱり、座敷童が出たりして…!? 日刊「朝日小学生新聞」の超人気連載に新エピソードを大幅加筆した、超お得なシリーズ最新作。

『IQ探偵ムー――飛ばない!? 移動教室 上』 深沢美潮作，山田J太画　ジャイブ　2006.1 168p 18cm （カラフル文庫）790円 ①4-86176-273-1

|内容| 元と瑠香をはじめ、銀杏が丘第一小学校五年一組の面々は、初めての移動教室に向けて大盛り上がり。いつもはクールな夢羽も、彼女なりに楽しみにしている様子だ。しかし、彼にはひとつ心配事があった。彼らの宿泊先である「朝霧荘」には、妖怪・座敷童が出るという――。日刊「朝日小学生新聞」連載中から話題沸騰のシリーズ最新作、待望の文庫化。

『IQ探偵ムー――アリバイを探せ！』 深沢美潮作　ジャイブ　2005.11 174p 18cm （カラフル文庫）790円 ①4-86176-184-0

|内容| 元と瑠香は銀杏が丘第一小学校の五年生。ある日、元気のいいおばあさんとだらしない格好の若者が言い争いをしているところに出くわした。その若者こそ、元の近所に住む翔兄ちゃん。おばあさんは彼がひったくり犯だと主張しているのだ。どうしても翔兄ちゃんが犯人だとは思えない元は、夢羽に助けを求めて捜査を開始する。夢羽の名推理で、「ぬれぎぬ」を晴らすことができるか。

『IQ探偵ムー――帰ってくる人形』 深沢美潮作，山田J太画　ジャイブ　2005.3 186p 18cm （カラフル文庫）760円 ①4-86176-103-4

|内容| 元と瑠香が通う銀杏が丘第一小学校に不思議な美少女・夢羽が転校してきた。転校初日から数々の事件を見事解決する夢羽に、新たな事件解決の依頼がきた。なんでもクラスメイトの水原久美の家で、捨てたはずの人形が帰ってくるというのだ。はたして、夢羽は、この怪奇現象"呪いの人形"の謎を解くことができるのか…。『ヒント？』人気連載シリーズ、文庫化第2弾。

『IQ探偵ムー――そして、彼女はやってきた。』 深沢美潮作，山田J太画　ジャイブ　2004.11 190p 18cm （カラフル文庫）760円 ①4-86176-026-7

|内容| 春の嵐が吹き荒れたある日。突風とともに、小学5年生の元と瑠香のクラスにひとりの少女が転校してきた。彼女の名は、夢羽。とびっきりの美少女だった。しかし、ぶっきらぼうだし、授業中はどうどうと居眠り。なのに、誰もがわからない謎を簡単に解いてしまったり。謎だらけの夢羽の出現で、元と瑠香の毎日も謎めいたものに変わる。いったい、夢羽とは何者…。

深月　ともみ
ふかつき・ともみ

『桜小なんでも修理クラブ！〔3〕カヤの木伝説の謎』 深月ともみ作，千秋ユウ絵　講談社　2012.12 227p 18cm （講談社青い鳥文庫 295-3）650円 ①978-4-06-285321-7

|内容| 冬休みを目前にひかえた「なんでも修理クラブ」に、新たな依頼がまいこみました。「幼なじみの翔太くんの夢を修理してほしい。」という志保ちゃんの依頼にこたえるため、結子たちは学校を飛び出して、「カヤの木伝説」の調査を開始。しかし、校外での活動が問題になって、2学期いっぱいでクラブの解散を命じられてしまい…!? 小学中級から。

『桜小なんでも修理クラブ！〔2〕花

『びんに残されたメッセージ』 深月とも
み作, 千秋ユウ絵 講談社 2012.6
217p 18cm （講談社青い鳥文庫 295-
2） 600円 ①978-4-06-285289-0
内容 桜小では、このところ「新聞野球」が
流行中。朝の教室で男子たちが野球に興じ
ていると、クラスの担任、ぴよちゃんお気に
入りの花びんにボールがあたって割れて
しまいました。修理を頼まれた結子たちは、
花びんの中に隠されていた謎のメモを発見。
そこには、かつて存在した「パズルクラブ」
が残した「宝の場所」に関する問題が記され
ていたのです。小学中級から。

『桜小なんでも修理クラブ！ 1 目に見
えない時計』 深月ともみ作, 千秋ユウ
絵 講談社 2012.4 199p 18cm
（講談社青い鳥文庫 295-1） 600円
①978-4-06-285277-7
内容 桜の山学園小学校5年2組の皆川結子
は、クラスメイトのあきちゃん、まーくんと
新クラブを結成しました。その名も「なん
でも修理クラブ」！ 壊れたものだけじゃな
くて、目に見えない大切なものも直す手伝
いがしたい。そんな思いで活動をはじめ
たなんでも修理クラブに、はじめての依頼
が。謎解きも楽しめて、心温まる学園ドラ
マが幕をあけます！

『百年の蝶』 深月ともみ作, 友風子絵
岩崎書店 2010.3 173p 22cm 1300
円 ①978-4-265-82029-0
内容 山の中で親のいない子どもたちと兄貴
分のセンジュは幸せに暮らしていた。しか
しある朝、ナユタが目覚めると、そこにはだ
れもいなくなっていた。一人だけとり残さ
れたナユタに待ちかまえている過酷な運命
とは―。壮大なスケールで描かれる冒険
ファンタジー！ 第8回ジュニア冒険小説大
賞受賞作。

福　明子
ふく・あきこ
《1957～》

『母ちゃんのもと』 福明子作, ふりやか
よこ絵 そうえん社 2013.2 175p
20cm （ホップステップキッズ！ 21）
950円 ①978-4-88264-530-6
内容 オレンジ色をした不思議な粒「母ちゃ
んのもと」。キスをしてコップに入れたら、
ほんとに天国の母ちゃんがぼくの前にあら
われた…小学4・5・6年生向き。

『ポテトサラダ』 福明子作, 江頭路子絵
学研教育出版 2012.7 119p 22cm
（ジュニア文学館） 1300円 ①978-4-
05-203542-5〈発売：学研マーケティング〉
内容 ケイくんは商店街のお肉屋さんのポテ
トサラダが大好物。でも近くにスーパーの
出店ができてお肉屋さんは大ピンチに。そ
のうえ、もっとたいへんなことが…。

『ちっこばぁばの泣いた夜』 福明子作,
ふりやかよこ絵 新日本出版社 2012.1
101p 21cm 1400円 ①978-4-406-
05542-0
内容 ちっこばぁばにはじめてあったのは夏
のはじめ。ばぁばはどんぐりみたいな目で
ぼくをじっと見たんだ。ピンクのパジャマ
があったっけ―。

『天風（てんかぜ）の吹くとき』 福明子作,
小泉るみ子絵 国土社 2010.7 127p
22cm 1300円 ①978-4-337-33603-2
内容 「鳥ヶ峰の勇者は空をとぶ」という言
い伝えのある空中砦の街に、林子が、たった
ひとりでやってきた。小さな胸に、たいへ
んなひみつをかかえて。そんな林子に一太
は、なんとしても、「風の祭」を見せたいと
ねがうのだが…。

『ジンとばあちゃんとだんごの木』 福明
子作, ふりやかよこ絵 あるまじろ書房
2009.2 68p 22cm 1500円 ①978-4-
904387-01-6
内容 いまだったらきっと、母さんのこと、
おぶってあげられるのに―母さんの命が残
り少ないと知ったあの時、ぼくはまだ九さい
だった。でも、自分で決めたんだ。母
さんを、ぼくだけでさとばあちゃんのうちま
で連れていこうって…。九歳のぼくが見つ
めた「生きぬく命」と「よりそう命」の物語。

『花咲かじっちゃん』 福明子作, ふりや
かよこ絵 舞阪町（静岡県）ひくまの出
版 1996.11 63p 24cm 1000円
①4-89317-217-4
内容 じっちゃんが大好きだった二百年も生
きぬいてきた桜の古木が切り倒される。そ
のとき、山の子、じっちゃんの超能力が…。
第1回・熊野の里児童文学賞大賞受賞。

福田　隆浩
ふくだ・たかひろ
《1963～》

『ブルーとオレンジ』　福田隆浩著　講談社　2014.7　223p　20cm　（講談社文学の扉）1300円　①978-4-06-283230-4
内容　小五の"ブルー"はクラス内の上下関係を敏感に感じ取りながら日々のいじめに耐えていた。そんなある日、皆で観戦していたサッカーの試合中に監督が言った、「自分の武器はなにか、考えろ」という言葉が頭に残る。そして、自分の武器を発見した"ブルー"は見事カーストの下克上に成功するのだが…。一方、同じクラスの"オレンジ"は世渡り上手でカーストの中間層として無難に毎日を過ごしていた。だが、ある女の子へのいじめをどうしても見過ごせず、やはり同じサッカーの監督の言葉を聞いていた"オレンジ"は自分にできることはなにか、真剣に考えるように…。現役教師が描く子ども目線の教室内カースト。「いじめを生む空気」に立ち向かい、戦う勇気を与えてくれる衝撃作。

『ふたり』　福田隆浩著　講談社　2013.9　217p　20cm　1300円　①978-4-06-218529-5
内容　クラスでこっそりといじめにあっている転校生の佳純とそのいじめを見つけてしまった准一は、二人とも同じミステリー作家、月森和のファンだということを知って仲良くなる。その月森和が別名義で他にも本を書いていることと、実はそのヒントが既刊本の中にあるらしいという情報を得た二人は、図書館へ通って謎解きに夢中になるのだった―。

『わたしがボディガード!?　事件ファイル〔3〕　蜃気楼があざ笑う』　福田隆浩作, えいひ絵　講談社　2013.4　249p　18cm　（講談社青い鳥文庫 298-3）650円　①978-4-06-285345-3
内容　しっかり者の千夏とマイペースの元春、幼なじみ二人のビミョーにズレた関係は、小学5年生に進級しても相変わらず。何度も危険な目にあってきたというのに、懲りない元春と聞くと、事件とすぐに首をつっこもうとするから、目が離せない。今回も転校してきた人気子役の美少女レイナが何者かにねらわれていることを知って、好奇心100%。千夏はまたもや引きずりこまれるのだったが…。

『わたしがボディガード!?　事件ファイル〔2〕　ピエロは赤い髪がお好き』　福田隆浩作, えいひ絵　講談社　2013.2　236p　18cm　（講談社青い鳥文庫 298-2）650円　①978-4-06-285334-7
内容　女性ばかりを狙った通り魔の正体は、不気味なピエロだった。殺気のこもったつりあがった目に大きく裂けた口と赤い鼻…。いかにも邪悪なその姿を目の前にして、いよいよ千夏の正義感に火がつくことに。小学4年生とはいえ、彼女は八起流柔術の立派なあとつぎ。中学生の柔道部員にだって負けない技をもっている。幼なじみ元春の好奇心も100%全開。またもや千夏の足手まとい!?　小学中級から。

『わたしがボディガード!?　事件ファイル―幽霊はミントの香り』　福田隆浩作, えいひ絵　講談社　2013.1　202p　18cm　（講談社青い鳥文庫 298-1）620円　①978-4-06-285330-9
内容　何で私がボディガードなの!?　小学4年生の千夏に持ち込まれたのは、同い年の幼なじみ元春を危険から守る役目だった。最近、元春の身辺で不審な出来事が立て続けに起こっているらしい。確かに千夏は八起流柔術の跡継ぎで何かと頼られがちだけど…。やることなすこといちいち気にさわる元春の世話なんて冗談じゃないというのが正直な気持ち。しかし、千夏も事件に巻き込まれ始める！　小学中級から。

『グッバイマイフレンド』　福田隆浩著　講談社　2012.6　206p　20cm　1300円　①978-4-06-217736-8
内容　今は空席だけど、あの場所にタクヤくんは確かにいた。突然いなくなってしまったクラスメートをめぐる子どもたちと担任の先生のオムニバス・ストーリー。注目の現役教師作家による最新作。

『公平、いっぱつ逆転！』　福田隆浩作, 小松良佳絵　偕成社　2012.3　174p　22cm　1000円　①978-4-03-610170-2
内容　白石公平は11才、小学校五年生だ。自分でもなさけないほど気がよわくて、めだつのがきらい。ところが、なんのまちがいか、引越した家にはラブレターはとどくし、転校先の小学校では、うわさされるほどけんかがうまいことになっていた!?　注目度のたかい公平は、学校のいじめグループのボスのターゲットに…小学校中学年から。

『ひみつ』　福田隆浩著　講談社　2011.11　190p　20cm　1300円　①978-4-06-217331-5
内容　おかしい。これって、絶対におかしい。わたしの胸はさらに激しく鳴りだしていた。じゃあ、東川さんはなんのためにここに来たのだろう。ここで、彼女はほんとうに

足を滑らせたのだろうか。子どもは素直で、純粋で。そんなきれいごとは通用しない。現役教師が描く、リアルないじめの世界。

『夏の記者』 福田隆浩著 講談社 2010.10 206p 20cm 1300円 ①978-4-06-216564-8
[内容]「事件かも…。」新聞社の記念企画で、地域の小学生の中から、夏の期間だけの臨時の特派員記者が十名募集された。その記者は「夏の記者」と呼ばれた。

『天才女医、アンが行(い)く』 福田隆浩著 講談社 2009.12 266p 19cm （YA! ENTERTAINMENT）950円 ①978-4-06-269425-4
[内容] 私の名前は水野ひとみ。美土里野町の小さな診療所で働く准看護師だ。正看護師を目指し、学校と職場を行き来する忙しい毎日を送っている。授業中、目のはしに急に赤いモノが飛び込んできた。何と隣の席に診療所の院長、真っ赤なカーリーヘアのアン先生が頬杖をついてあくびをしていた…。

『アン先生、急患です！』 福田隆浩著 講談社 2009.5 253p 19cm （YA! ENTERTAINMENT）950円 ①978-4-06-269417-9
[内容] なかなか帰ってこないアン先生を捜しに行った新人看護師のひとみは、川で釣りをしていたアン先生を見つける。アン先生は、「ログハウスにいつもいる雀がいないのが気になる」と不思議な発言をする。

『赤毛の女医アン』 福田隆浩著 講談社 2008.11 247p 19cm （YA! ENTERTAINMENT）950円 ①978-4-06-269404-9
[内容] 准看護師のひとみは、美土里野町の小さな診療所に再就職するべく列車に乗っていた。近くの席に座っていた赤毛のカーリーヘアが目を引く派手な女性が何だか気になる。実はその女性は…。

『熱風』 福田隆浩著 講談社 2008.2 239p 20cm 1400円 ①978-4-06-214503-9
[内容] 聴覚障害を持つ孝司と病気で頭髪を失った中山は、中学二年生。あるテニスの大会で、この二人がダブルスを組むことになった。猛練習をするが、頑固で負けず嫌いの二人は反発するばかりだ。そして、試合数日前になって中山が雲隠れをしてしまい、とうとう試合当日になっても中山がコートに現れることを、孝司はひたすら信じて待つが…。ダブルスを組む孝司と中山。立ちはだかる敵よりも二人の熱い闘いから、眼が離せない！ 第48回講談社児童文学新人賞佳作受賞作。

『この素晴らしき世界に生まれて』 福田隆浩作, 牧野鈴子絵 小峰書店 2003.12 143p 21cm （文学の森）1400円 ①4-338-17418-8
[内容] 少女は、なにを聴き、なにを見つめ、なにを言葉にして、自分の居場所を見つけたのだろう。薔薇の香り、秘密の物語。第2回日本児童文学者協会・長編児童文学新人賞受賞。

藤　ダリオ
ふじ・だりお

『あやかし探偵団事件ファイル no.3 狐憑きの謎』 藤ダリオ作, Ninoイラスト くもん出版 2009.3 171p 19cm 900円 ①978-4-7743-1610-9 〈文献あり〉
[内容] 初花神社にあるお稲荷さん、菜の花稲荷。拓人の母、真央は、火事とまちがえて狐火に水をかけたせいで、お稲荷さんのお狐様にとり憑かれてしまった。お祓いをして無事落とすことができたが、お狐様は、今度は、一生にのりうつってしまう。お狐様は、人間たちになにかを伝えたがっているらしく、お祓いをしても、また別のだれかに憑いてしまうようだ。お狐様に憑かれたまま、しだいに衰弱していく一生。お狐様はいったいなにを訴えようとしているのか。

『あやかし探偵団事件ファイル no.2 逃げた奪衣婆』 藤ダリオ作, Ninoイラスト くもん出版 2009.3 173p 19cm 900円 ①978-4-7743-1609-3
[内容] 小幸寺にある奪衣婆像が、何者かに盗まれた。奪衣婆とは、死者の衣服をはぎとる、三途の川の番人だ。その盗難事件と前後して、健太たちの町にある「うつせみの森」周辺では、幽霊の目撃談が急にふえる。そして、奪衣婆がいなくなったため、死者がよみがえってきているのだ、といううわさが流れだす。子どもたちはこわくて、夜、外出できなくなってしまう。奪衣婆像を盗んだ犯人はだれか？　あいついで目撃される、幽霊の正体とは。

『あやかし探偵団事件ファイル no.1 庚申塔の怪』 藤ダリオ作, Ninoイラスト くもん出版 2009.3 173p 19cm 900円 ①978-4-7743-1608-6 〈文献あり〉
[内容] 人間の体のなかには、三尸という、神様の使いの虫がいるという。三尸は庚申祭の夜、人間の体をぬけだして、神様に、その

人間の悪事を告げ口にいく。神様は三尸の報告を聞いて、人間に罰をくだすのだ。あるかくしごとのために、罰をおそれた健太は、庚申塔の前で、自分の三尸と思われる光の玉をつかまえる。だがそれは、別の「だれか」の三尸だった。その「だれか」は、きょう、爆破と殺人を企てているらしい。「だれか」をつきとめ、凶行を阻止しなければ。

藤　真知子
ふじ・まちこ
《1950～》

『チビまじょチャミーとおばけのパーティー』　藤真知子作，琴月綾絵　岩崎書店　2014.6　79p　22cm　（おはなしトントン 46）1000円　①978-4-265-06724-4

内容　レミのゆめはまじょになること。そらとぶまほうのほうきにのって、がっこうにいけたら、とってもステキ！　レミがものおきでまじょごっこにほうきをだそうとしたら、あれれ？　みたことのないティーポットがあります。いったいどうしたのでしょうか？

『まじょ子と黒ネコのケーキやさん』　藤真知子作，ゆーちみえこ絵　ポプラ社　2014.3　98p　22cm　（学年別こどもおはなし劇場 112　2年生）900円　①978-4-591-13910-2

『まじょ子とネコの王子さま』　藤真知子作，ゆーちみえこ絵　ポプラ社　2013.10　100p　22cm　（学年別こどもおはなし劇場 111　2年生）900円　①978-4-591-13600-3

内容　ネコの王子さまがけっこんしたいのは、な、なんとネズミのひめぎみ。さあ、たいへん！　ネコもネズミも大はんたい！　でも、まじょ子におまかせよ。ふたりのこいをかなえてあげる！　まじょ子シリーズ54巻!!

『エプロンひめのキラキラ☆プリンセスケーキ』　藤真知子作，みずなともみ絵　WAVE出版　2013.6　78p　22cm　（ともだちがいるよ！　5）1100円　①978-4-87290-934-0

内容　バラひめのケーキはあまくておいしそうなはなのかおり。フルーツひめのケーキには、かわいいくだものがいっぱい。レインボーひめケーキは、なないろゼリーがぷるぷるきれい。エプロンひめは、もっとすてきなプリンセスケーキをつくれるの？

『さようなら、まほうの国!!』　藤真知子作，ゆーちみえこ絵　ポプラ社　2013.6　118p　22cm　（こども童話館 124―わたしのママは魔女）900円　①978-4-591-13477-1

内容　まほうの国のおばあちゃま、だれでもつかえるまほうの道具、まほうの空とぶほうきや、じゅうたん、魔女のいとこや、おともだち。わたしには、大好きなまほうがいっぱい！　だのに、ママ！　ほんとに魔女じゃなくなっちゃうの？　50巻ついに完結!!ママの最後のまほうは、えがおのまほう？　なみだのまほう？　感動の最終話!!　小学3年生から。

『チビまじょチャミーとラ・ラ・ラ・ダンス』　藤真知子作，琴月綾絵　岩崎書店　2013.6　79p　22cm　（おはなしトントン 40）1000円　①978-4-265-06718-3

内容　リリはおひめさまにあこがれてます。シンデレラみたいにぶとうかいでおうじさまとおどったり、しらゆきひめみたいにもりのどうぶつたちといっしょにおどったりできたら、とってもたのしそう！　いつものようにへやでおどっていると…。

『まじょ子は恋のキューピット』　藤真知子作，ゆーちみえこ絵　ポプラ社　2013.3　108p　22cm　（学年別こどもおはなし劇場 110　2年生）900円　①978-4-591-13370-5

内容　まじょ子もこいするおとしごろ。すてきなかっとうロマンスにハートひめのボーイフレンドえらび。キューピットのこいする弓矢。きゃあ！　ドキドキがとまらない！　小学校2年生向き。

『大魔女のすてきな呪文』　藤真知子作，ゆーちみえこ絵　ポプラ社　2012.12　116p　22cm　（こども童話館 123―わたしのママは魔女）900円　①978-4-591-13167-1

『まじょ子とあこがれのステキまじょ』　藤真知子作，ゆーちみえこ絵　ポプラ社　2012.9　102p　22cm　（学年別こどもおはなし劇場 109　2年生）900円　①978-4-591-13063-6

内容　まじょ子といっしょにおでかけしましょ。ふしぎの森のまほうショー。花のまじょにスイーツまじょ、へんしんまじょに星のまじょ。ステキまじょのまほうがいっぱい。まじょ子もめざせ、ステキまじょ。まじょ子シリーズ52巻。2年生。

『チビまじょチャミーとバラのおしろ』

藤真知子作，琴月綾絵　岩崎書店　2012.6　79p　22cm　（おはなしトントン 35）　1000円　①978-4-265-06300-0

[内容] カリンとララはかだんのかかり。でも、ララはさきにかえってしまいました。カリンはおとなしいけど、おはながだいすき。ひとりでかだんにみずやりしてると、あれ!?　かだんにかわいいティーポットがころん…。

『ドラキュラなんてなりたくない!!』　藤真知子作，ゆーちみえこ絵　ポプラ社　2012.6　126p　22cm　（こども童話館 122―わたしのママは魔女）　900円　①978-4-591-12958-6

[内容] すてきなすてきな美少年、大ケガしてまでわたしのことをまもってくれたの。きゃあっ！　すてき！　でも、どうしよう！　まさか、ほんとはドラキュラだなんて…。小学校3年生から。

『まじょ子とサーカスの国の王子さま』　藤真知子作，ゆーちみえこ絵　ポプラ社　2012.3　112p　22cm　（学年別こどもおはなし劇場 108―2年生）　900円　①978-4-591-12712-4

[内容] サーカスの国の王子さま、まほうをかけられゆくえふめい、ピエロみたいな王さまや、空中ブランコ美女にスノードラゴンまってね！　まじょ子がきっとみつけるわ。

『ドキドキ・まほうレッスン!!―わたしのママは魔女』　藤真知子作，ゆーちみえこ絵　ポプラ社　2011.9　126p　22cm　（こども童話館 121）　900円　①978-4-591-12572-4

[内容] わたしのママが魔女だってことがバレちゃったら、どうしよう！　ロマンチックなバレエをみても魔女の日曜スクールでまほうの授業をうけててもわたしの心はドキドキでいっぱい。

『チビまじょチャミーとおかしバースデー』　藤真知子作，琴月綾絵　岩崎書店　2011.7　79p　22cm　（おはなしトントン 25）　1000円　①978-4-265-06290-4

[内容] ミクはおるすばん。ひとりでつまんないな。おかしがないかしら？　とだなをのぞくと、あれ？　みたことのないかわいいティーポット！　とろうとして三かいこすったら、にじいろのけむりがもくもくとでてきました。

『まじょ子とデコ☆デコレーションの国』　藤真知子作，ゆーちみえこ絵　ポプラ社　2011.4　116p　22cm　（学年別こどもおはなし劇場 107―2年生）　900円　①978-4-591-12439-0

[内容] デコ☆デコレーションの国のアゲアゲ女王のデコパーティーのしょうたいじょうはピンクのリボン。すてきな王子さまといっしょならまじょ子はきけんをのりこえて、めざせ！　女王のパーティーへ！　小学校2年生向け。

『まほうの国のひみつのおともだち!!―わたしのママは魔女』　藤真知子作，ゆーちみえこ絵　ポプラ社　2011.3　122p　22cm　（こども童話館 120）　900円　①978-4-591-12384-3

[内容] ママにないしょのおともだち、まほうの国のひみつがいっぱい！　今はカエルのすがただけど、ほんとはとっても男の子。かくれハンサムのカエルはかせ、まほうけいさつのリリアン刑事、どうかバレませんように―。小学校3年生から。

『ラブ魔女ララとおかしの国のプリンセス』　藤真知子作，十々夜絵　PHP研究所　2011.2　135p　19cm　1000円　①978-4-569-78114-3

[内容] ふしぎな人形"オーク魔女"の魔法によって、本のなかの「おかしの国」へ送りこまれたララ。おかしの国ではラブ魔女ララとしてふたごの王女に仕え、毎日たくさんのケーキやおかしにかこまれ、幸せな日々をすごしていました。ところが、森の中で出会った一人の少女によって、おそろしい事件が起こり…。

『まじょ子とランプの中のプリンセス』　藤真知子作，ゆーちみえこ絵　ポプラ社　2011.1　116p　22cm　（学年別こどもおはなし劇場 106―2年生）　900円　①978-4-591-12226-6

[内容] かわいそうなプリンセス。おきさきまじょはいじわるで、ランプの中にとじこめられ、王子さまのパーティーにいけないの。でもね、まじょ子がきたんだもん。めざせ！　しあわせプリンセス。シリーズ49巻。小学2年生むけ。

『真夜中のまほう★ショッピング!?―わたしのママは魔女』　藤真知子作，ゆーちみえこ絵　ポプラ社　2010.9　128p　22cm　（こども童話館 119）　900円　①978-4-591-12046-0

[内容] まほう売り場のショッピング。まほうのえんぴつ、空とぶほうき、大金もちのまほうつかいの男の子、ときめくひみつがいっぱいよ。ぜったいもう一度行かなくちゃ。

小学校3年生から。

『まじょ子とふしぎなまほうやさん』　藤真知子作，ゆーちみえこ絵　ポプラ社　2010.7　112p　22cm　（学年別こどもおはなし劇場 105—2年生）　900円
①978-4-591-11952-5
内容　まほうやさんにいらっしゃい！ しらゆきひめのまほうのかがみ、シンデレラにピノキオのまほうグッズがいっぱいよ。すてきはみんなまほうでおきる。まじょ子といっしょにいらっしゃい。

『まほうの国の空とぶ妖精—わたしのママは魔女』　藤真知子作，ゆーちみえこ絵　ポプラ社　2010.2　136p　22cm　（こども童話館 118）　900円　①978-4-591-11522-0
内容　まほうの国からやってきた、すてきな男の子と彼に恋するかわいい妖精…と思っていたら大まちがい。いじわるとロマンチックとスリルがいっぱい。3年生から。

『まじょ子とカワイイの大すき王子さま』　藤真知子作，ゆーちみえこ絵　ポプラ社　2009.12　108p　22cm　（学年別こどもおはなし劇場 104—2年生）　900円
①978-4-591-11272-4
内容　かわいいものが大すきで、ちょっとたよりない王子さま。でも、かわいくてかっこいいならおまかせよ。どんなきけんなぼうけんもまじょ子がいっしょにまもってあげるわ。

『かわいい魔女のゆうれい!!—わたしのママは魔女』　藤真知子作，ゆーちみえこ絵　ポプラ社　2009.8　120p　22cm　（こども童話館 117）　900円　①978-4-591-11084-3
内容　世界一かわいい魔女の女の子、こわい魔女天使をおこらせてゆうれいになっちゃった…！ そののろいをとけるのは十歳の女の子。えーっ！ もしかして、わたし、カオリが…？

『まじょ子とキラ・キラのおしろ』　藤真知子作，ゆーちみえこ絵　ポプラ社　2009.6　123p　22cm　（学年別こどもおはなし劇場 103—2年生）　900円　①978-4-591-10981-6
内容　おしろもばしゃもキラキラなのにわらわないのがキラリンひめ。だったら元気なキラキラまじょ子とアキが、くらやみひめもピカキラ大王もけちらしてきっとニコニコさせちゃうわ。小学2年生向き。

『いたずらまじょ子のプリンセスになりたいな—まじょ子2 in 1』　藤真知子作，ゆーちみえこ絵　ポプラ社　2009.5　146p　18cm　（ポプラポケット文庫 034-6）　570円　①978-4-591-10955-7
内容　ママもパパも、大すきだけど、でもね、まじょ子もおもうのよ。ほんとのママはべつにいて、すてきな王さま、女王さま、そしたら、まじょ子もプリンセス…!? 『いたずらまじょ子のプリンセスになりたいな』『いたずらまじょ子とカレーの王子さま』の二編を収録。

『チビまじょチャミーとにじのプリンセス』　藤真知子作，琴月綾絵　岩崎書店　2009.4　79p　22cm　（おはなしトントン 15）　1000円　①978-4-265-06280-5
内容　リオはすごくラッキーなおんなのこ。だって、チャミーのはいっているまほうのティーポットをみつけたんですもの。すると、チャミーがみっつのおねがいをかなえてくれるの。リオはどんなおねがいをするのかな。

『魔女になれるおまじない!!—わたしのママは魔女』　藤真知子作，ゆーちみえこ絵　ポプラ社　2009.2　132p　22cm　（こども童話館 116）　900円　①978-4-591-10830-7
内容　わあ！ たいへん！ なんでもかなえるおまじないで、まさか、わたしがほんとの魔女に？ まほうがびゅんびゅんかけほうだい！ でも、これじゃあバレちゃいそう！ ママ！ どうしよう！ 3年生から。

『まじょ子とピンクのおばけひめ』　藤真知子作，ゆーちみえこ絵　ポプラ社　2008.11　106p　22cm　（学年別こどもおはなし劇場・2年生）　900円　①978-4-591-10472-9
内容　ピンクのかわいいおばけひめ。でもね、さわるときゃあ、たいへん！ なんでもピンクの花がらに！ おばけまじょのかけたまほうをとくために、まじょ子といっしょに大ぼうけんにさあしゅっぱつよ！ 2年生から。

『魔王がママにプロポーズ!?—わたしのママは魔女』　藤真知子作，ゆーちみえこ絵　ポプラ社　2008.8　130p　22cm　（こども童話館 115）　900円　①978-4-591-10444-6
内容　もしかしてこわい魔王がわたしのママにプロポーズ？ きゃあっ！ たいへん！ わたし、カオリがなんとしてでもとめなくっちゃ！ 魔王のお城にいかなくちゃ！

『まじょ子といちごの王子さま』　藤真知子作，ゆーちみえこ絵　ポプラ社　2008.4　114p　22cm　（学年別こどもおはなし劇場・2年生）　900円　①978-4-591-10308-1

『おおもりこもりてんこもり』　藤真知子作，とよたかずひこ絵　ポプラ社　2008.2　70p　21cm　（ポプラちいさなおはなし　18）　900円　①978-4-591-10172-8
内容　そばやのやへいさんのおそばはとってもひょうばん?? きょうもちゅうもんがきました。「おおもり、一ちょう！」「へーい！」もりそばをもって、みせのそとにでたやへいさんがみたものは…。

『まほうの国のプリンス＆プリンセス―わたしのママは魔女』　藤真知子作，ゆーちみえこ絵　ポプラ社　2008.1　118p　22cm　（こども童話館　114）　900円　①978-4-591-10051-6
内容　かっこよくってハンサムで、すてきでやさしい王子さま。でも、すごいひみつにいじわるプリンセス。わーん、たいへん！たすけて。

『チビまじょチャミー』　藤真知子作，琴月綾絵　岩崎書店　2007.10　79p　22cm　（おはなしトントン　6）　1000円　①978-4-265-06271-3
内容　わたし、チビまじょのチャミー。なまえのとおりにちっちゃいけれど、かわいくってチャーミングなまじょよ。おしおきにポットにとじこめられたチャミーはにんげんのくにになげだされました。

『まじょ子とようせいの国』　藤真知子作，ゆーちみえこ絵　ポプラ社　2007.10　110p　22cm　（学年別こどもおはなし劇場・2年生）　900円　①978-4-591-09940-7
内容　にじや花のようせいの赤ちゃんだらけのすてきな国から、ペガサスの国のナイナイ島へ、ラブラブかなえる大ぼうけん。まじょ子といっしょにさあしゅっぱつよ！　小学校2年生から。

『いたずらまじょ子のヒーローはだあれ？』　藤真知子作　ポプラ社　2007.8　158p　18cm　（ポプラポケット文庫　034-5―まじょ子2 in 1）　570円　①978-4-591-09876-9　〈絵：ゆーちみえこ〉
内容　ちょっとこわいときヒーローがきてすくってくれたらすてきでしょ？　まじょ子がまってるヒーローはかっこよくってつよくってあたまがよくってハンサムで…ねえ、みてみて。『いたずらまじょ子のヒーローはだあれ？』『いたずらまじょ子のなんでも一番？』の二作を一冊に。小学校初・中級〜。

『シンデレラ魔女と白雪魔女―わたしのママは魔女』　藤真知子作，ゆーちみえこ絵　ポプラ社　2007.8　131p　22cm　（こども童話館　113）　900円　①978-4-591-09873-8
内容　チョウの木ぐつにフラワースカート、七人の小人のおまもり人形、ながれ星がたの空とぶほうき、シンデレラくつ屋のガラスのくつ、今日のカオリはまほうがいっぱい、ドキドキがいっぱい！　小学校3年生から。

『まじょ子のおしゃれプリンセス』　藤真知子作，ゆーちみえこ絵　ポプラ社　2007.3　118p　22cm　（学年別こどもおはなし劇場・2年生）　900円　①978-4-591-09729-8
内容　きょうのまじょ子は、おしゃれプリンセス。なんでもすてきができちゃいそう。どハデまじょのギンギラじょうで、まほうにかかった王子さまだって、きっとたすけてあげられそう。小学校2年生向き。

『いたずらまじょ子のめざせ！　スター』　藤真知子作　ポプラ社　2007.2　147p　18cm　（ポプラポケット文庫　034-4―まじょ子2 in 1）　570円　①978-4-591-09695-6　〈絵：ゆーちみえこ〉
内容　テレビにはかわいいスターがいっぱいだけど、まじょ子だってまけないわ。かわいいようふく、イヤリング、リボンをつけてうたったらきっとスターになれるってもってるけど…ちがうかな？　『いたずらまじょ子とかがみの国』『いたずらまじょ子のめざせ！　スター』二編を収録。小学校初・中級向け。

『百発百中恋うらない!!―わたしのママは魔女』　藤真知子作，ゆーちみえこ絵　ポプラ社　2006.11　138p　22cm　（こども童話館　112）　900円　①4-591-09484-7
内容　百発百中恋うらないラッキーアイテムもってたらわお！　わたしに声をかけてきたすてきなすてきな男の子きゃーん、ドキドキ、ドキドキドッキン！　これからわたし、どうなるの？　小学校3年生から。

『まじょ子とチョコレートの国』　藤真知子作，ゆーちみえこ絵　ポプラ社　2006.10　110p　22cm　（学年別こども

藤真知子

おはなし劇場・2年生）900円　①4-591-09455-3

内容　チョコレートひめのひみつのねがい。かいじゅうがじゃまをしても、ともだちだったらまけないわ！　キャンディーひめとちからをあわせまじょ子がきっとかなえてあげる。　小学校2年生向。

『いたずらまじょ子のおかしの国大ぼうけん』　藤真知子作　ポプラ社　2006.9　149p　18cm　（ポプラポケット文庫034-3―まじょ子2 in 1）　570円　①4-591-09424-3〈絵：ゆーちみえこ〉

内容　なん千回のはみがきしたって、なん百回はいしゃさんにいったっていいから、すきなおかしをおなかいっぱいたべたい子。まじょ子といっしょにおでかけしましょう。おかしの国のぼうけんへ…！　『いたずらまじょ子のおかしの国大ぼうけん』『まじょ子のすてきな王子さま』二編を収録。小学校初・中級～。

『王子さまとドラゴンたいじ!!―わたしのママは魔女』　藤真知子作，ゆーちみえこ絵　ポプラ社　2006.7　131p　22cm　（こども童話館 111）　900円　①4-591-09331-X

内容　わたし、カオリのはじめての塾、その名もあやしいドラゴン塾。先生はへんなリュウ博士。クラスメートはいじわる王子。そのうえ、授業はドラゴンたいじ！　このままじゃどうなるの！　ママ！　まほうをつかってたすけてぇ！　3年生から。

『いたずらまじょ子のボーイフレンド』　藤真知子作　ポプラ社　2006.5　140p　18cm　（ポプラポケット文庫 034-2―まじょ子2 in 1）　570円　①4-591-09256-9〈絵：ゆーちみえこ〉

内容　しんぞうがいちばんドキドキすることは？　いたずら？　しっぱい？　まほう？　…それとも、すきな男の子？　だったらまじょ子にまかせてね　どれもちょっととくいなの。『いたずらまじょ子のボーイフレンド』『まじょ子のこわがらせこうかんにっき』二編を収録。小学校初・中級から。

『千年のラブストーリー』　藤真知子作，岩本真規画　岩崎書店　2006.5　142p　18cm　（フォア文庫―魔女探偵団）　560円　①4-265-06372-1

内容　ふしぎなものに出会いやすいアヤカ。今回は祭りの日にとてもすてきな若武者と出会う。かれは平安時代の終わりから時を越えてやってきたウシワカだった。ウシワカの願いを実現させるために魔女探偵団は立ちあがる。書き下ろし魔女探偵団シリーズの第四弾！　小学校中・高学年向。

『まじょ子と空とぶパンダ』　藤真知子作，ゆーちみえこ絵　ポプラ社　2006.3　125p　22cm　（学年別こどもおはなし劇場・2年生）900円　①4-591-09159-7

内容　空とぶパンダは大人気。おばけのどうぶつえんがねらってる。パンダのコートをつくろうと、ゼイタク女王もねらってる。ダメよ、ダメダメ、まじょ子がまもって、すてきなパーティーしてあげる。小学校2年生むけ。

『まじょ子どんな子ふしぎな子』　藤真知子作　ポプラ社　2006.2　150p　18cm　（ポプラポケット文庫 034-1―まじょ子2 in 1）　570円　①4-591-09119-8〈絵：ゆーちみえこ〉

内容　この本にはね、いっぱいまほうがはいっているのよ。まほうをしんじてない子だってしんじたくなっちゃうわよ。しんじなかったら読んでるうちにおはなしの字がみんなおこりだしてきみにとびかかっちゃうわよ。小学校初・中級～。

『まほうつかいのいる学校!?―わたしのママは魔女』　藤真知子作，ゆーちみえこ絵　ポプラ社　2005.12　126p　21cm　（こども童話館）　900円　①4-591-08988-6

内容　かっこよすぎる先生に、おとしものは、まほうのえんぴつ。つぎつぎおきる、ゆうれいさわぎ。もしかして、わたしたちの学校にまほうつかいがいるのかも！　3年生から。

『まじょ子の赤ずきん3人むすめ』　藤真知子作，ゆーちみえこ絵　ポプラ社　2005.9　108p　22cm　（学年別こどもおはなし劇場・2年生）900円　①4-591-08814-6

内容　森はきけんがいっぱいで、こわいようかいねらってる。おかしのおしろがさそってる。オオカミだって、したなめずり。でも、まじょ子はまけないわ。赤ずきん三にんむすめでがんばっちゃう！　2年生向き。

『まほうのおしろでベビーシッター!!―わたしのママは魔女』　藤真知子作，ゆーちみえこ絵　ポプラ社　2005.7　134p　22cm　（こども童話館 109）　900円　①4-591-08721-2

内容　赤ちゃんもまほうをつかうの!?　はじめてのベビーシッターはハプニングがいっぱい！　きゃーん、たすけて！　小学3年生から。

『夢みるドラキュラ』 藤真知子作，岩本真視画　岩崎書店　2005.6　149p　18cm　（フォア文庫―魔女探偵団）　560円　①4-265-06362-4

内容 「この町にドラキュラがいる」というビミのことばにアヤカとジンはびっくり。ふしぎなものと出会いやすいアヤカは、ふとしたことから美しい少年と少女に出会う。いったいふたりの正体はなにものなのか？　魔女探偵団シリーズの第三弾！　小学校中・高学年向き。

『まじょ子とシンデレラのゆうれい』 藤真知子作，ゆーちみえこ絵　ポプラ社　2005.3　110p　22cm　（学年別こどもおはなし劇場・2年生）　900円　①4-591-08589-9

内容 ゆうれいにされたシンデレラでも、だいじょうぶ！　おしゃれ女王のわるだくみゆうれいかいぞくけちらして、カボチャの空とぶ馬車にのってまじょ子がきっとたすけてあげる。

藤江　じゅん
ふじえ・じゅん

『オバケたんてい』 藤江じゅん作，吉田尚令絵　あかね書房　2013.3　73p　22cm　1000円　①978-4-251-00551-9

内容 みんながぐっすりねむっているよる。男の子がへやで、ためいきをついています。そこへあらわれたのは、ふたりのオバケ。ところが男の子はちっともおどろきません。いったい、どうしたのでしょう？　ふしぎにおもったオバケたちは、はなしをきくことにしました。

『時計塔のある町』 藤江じゅん著　角川書店　2010.5　284p　20cm　（カドカワ銀のさじシリーズ）　1500円　①978-4-04-874051-7 〈発売：角川グループパブリッシング〉

内容 夏休みのある日、妹・麻由美と上野の博物館に出かけた小5の孝は、帰りの地下鉄で突然洪水に襲われ、気を失ってしまう。目覚めるとそこは、日本によく似た、不思議な別世界のようで、しかも麻由美が、恐ろしい謎の巫女・迂渦夜姫にさらわれてしまった！　さらに孝も、特別な力をもつ"金の馬の童子"として、ジュンス卄印の竪琴の力を借り、町で出会った同い年の少年・マオと2人きりで、妹を助けに行こうとするのだが―。

『タイムチケット』 藤江じゅん作，上出慎也画　福音館書店　2009.4　153p　21cm　（〔福音館創作童話シリーズ〕）　1200円　①978-4-8340-2442-5

内容 マサオは、めずらしいキップのコレクションをしている。昭和四四年四月四日という4ならびが、究極のターゲットだ。そこで、たまたま拾った「タイムチケット」という紙切れに遊び半分でその日付を書きこんでみたら、なんと、一瞬のうちに過去に到着！　いろんな人との出会い、予測もしなかった体験、そして、タイムリミットはぐんぐん迫る。ああ、もう、キップを手に入れる時間がない…！

『冬の竜』 藤江じゅん作　福音館書店　2006.10　420p　22cm　1600円　①4-8340-2244-7 〈画：Gen〉

内容 神田川の竜は言った。もし、おまえに守りたい人間がいるなら、災いがかからぬように、なんとか雷の玉をさがし出し、六十四年後の大みそかが新しい年に変わるときまでに、その玉を奉納するがよい。…その日にまにあわなければ、私にもなすすべはない。―ぼくらの街に、竜が!?　歳月の中に失われた幻の玉をめぐって少年たちの冒険が、いま始まる。小学校上級以上。

藤木　稟
ふじき・りん
《1961～》

『幽霊館の怪事件―こちら妖怪新聞社！』 藤木稟作，清野静流絵　講談社　2012.2　251p　18cm　（講談社青い鳥文庫　263-9）　620円　①978-4-06-285275-3

内容 小6の安堂ミラは妖怪新聞記者。放課後は、妖怪退治の修行に、はげんでいる。ミラのママが逮捕されちゃった！　事件を調べるミラの耳に入ってきたのは、事件現場の洋館に「オバケが出る。」というウワサ。真犯人は幽霊？　妖怪？　恐ろし山で戦い、五つの地獄をたどりついた、事件の意外な真相とは？　小学中級から。

『変幻自在の魔物―こちら妖怪新聞社！』 藤木稟作，清野静流絵　講談社　2011.4　171p　18cm　（講談社青い鳥文庫　263-8）　580円　①978-4-06-285207-4

内容 妖怪新聞記者の安堂ミラは小学生。放課後は、悪さをする妖怪を追う日々。建建中のスターツリーを破壊し、人々を恐怖におとしいれる化け物。突然わきだす大蛇や虫。行方不明になる子どもたち…。事件をおこしているのは、妖怪か？　人間か？　都会でうごめく魔物たちが真のすがたをあら

藤木稟

わすとき、ミラと仲間たちの戦いがはじまる！　小学中級から。

『激突！　伝説の退魔師―こちら妖怪新聞社！』　藤木稟作，清野静流絵　講談社　2010.7　205p　18cm　（講談社青い鳥文庫 263-7）　580円　①978-4-06-285160-2

内容　妖怪新聞記者の安堂ミラは、小学6年生。謎の事件のかげにひそむ妖怪を追い、封印するのが仕事だ。家族旅行ででかけた山の中で、ミラは「ダムの水を飲みほす妖怪を退治してほしい」とたのまれる。目的の妖怪『水呑』をたおせず、やっとのことで逃げ出したミラは、不思議な村に迷いこんでしまう。そこは水がかれた悲劇の村だった。助けをよべないこの場所で、どうする、ミラ？　小学中級から。

『『愛』との戦い―こちら妖怪新聞社！』　藤木稟作，清野静流絵　講談社　2010.2　221p　18cm　（講談社青い鳥文庫 263-6）　580円　①978-4-06-285137-4

内容　小学6年生の安堂ミラは、妖怪新聞記者。放課後は、妖怪を退治し記事にする日々を送っている。授業中に感じる怪しい視線、つぎつぎにおそう鳥…。ミラのまわりで謎のできごとが続く。一方、親友の小夜子は夜の山で、大量に鳥をつかまえているグループを目撃。妖怪が関係しているようになる。調査をはじめたミラは意外な事実に気づく。いったい敵はどこに？　小学中級から。

『妖魔鏡と悪夢の教室―こちら妖怪新聞社！』　藤木稟作，清野静流絵　講談社　2009.10　221p　18cm　（講談社青い鳥文庫 263-5）　580円　①978-4-06-285119-0

内容　ミラは妖怪新聞の記者。妖怪をつかまえて記事にするため、放課後は記者の仕事と修行にはげむ日々。ミラの教室に異変が！　日本各地で人々を恐怖におとしいれている妖怪があらわれたのだ。暗闇のなか、目にみえないゾンビに追いかけられてみんなはパニックに…。ミラは、春雷、小夜子たちと力を合わせて強大な妖怪に立ち向かう！

『こちら妖怪新聞社！　4　恐ろし山の秘密』　藤木稟作，清野静流絵　講談社　2008.11　217p　18cm　（講談社青い鳥文庫 263-4）　580円　①978-4-06-285059-9

内容　妖怪記者ミラのまわりでふえる、妖怪の出現。ミラの親友で半妖の小夜子も、夜になると妖怪化するという。どうやら、妖怪界に異変がおきているようだった。ミラと小夜子は、鬼塚編集長とともに、妖怪界へと原因をさぐりにいくが、なんとそこでは、妖怪界と人間界の境界がやぶれかけていた！　スリリングな妖怪ミステリー第4弾！

『こちら妖怪新聞社！　3　白い狼と謎の火車』　藤木稟作，清野静流絵　講談社　2008.4　221p　18cm　（講談社青い鳥文庫 263-3）　580円　①978-4-06-285020-9

内容　ミラのクラスに転校生がやってきた。スポーツ万能の美少女だが、なんと、ミラの妖怪探知機は、激しく反応をしめした！　人間なのか、妖怪なのか？　ミラはさぐりをいれるうちに、妖怪記者としての使命に疑問を感じるようになる…。そんなとき、炎につつまれた謎の火車が出現し、人々をおそいはじめる!!　妖怪退治ミステリー、第3弾!!

『こちら妖怪新聞社！　2　妖怪記者ミラvs.謎の聖王母教』　藤木稟作　講談社　2007.8　217p　18cm　（講談社青い鳥文庫 263-2）　580円　①978-4-06-148781-9　〈絵：清野静流〉

内容　ふだんは学級委員長、けれども放課後は妖怪記者！　二つの顔を持つ少女、安堂ミラは、またまたふしぎな事件にまきこまれた！　学校での肝だめしの最中、クラスメイトの汀さんが失踪したのだ。どうやら、その背後には聖王母という怪しい存在がいるらしくて…。ミラは相棒の雷竜の子、春雷と共に、聖王母の教会に忍びこむが…!?　ふしぎたっぷりの妖怪ミステリー第2弾。小学中級から。

『真夜中の商店街』　藤木稟作　講談社　2007.8　220p　22cm　（講談社・文学の扉）　1400円　①978-4-06-283210-6　〈絵：徳永健〉

内容　おもしろくてやめられないゲーム。テストの答えを書いてくれるペン。かわいいポケットモンキー。とってもきれいな月のペンダント。友也・秀夫・楓・メイの4人が、不思議な商店街で手に入れたもの。そのかわり、4人はなにかをなくしてしまった…。小学校上級から。

『こちら妖怪新聞社！―妖怪記者ミラ，誕生』　藤木稟作　講談社　2007.2　218p　18cm　（講談社青い鳥文庫 263-1）　580円　①978-4-06-148758-1　〈絵：清野静流〉

内容　安堂ミラは、自分ではまったく気がついていないけれど、ちょっぴり霊感の強い女の子。ミラのパパがある日きゅうにいなくなって、ミラは捜索をすることに。どうやら、事件の背後には妖怪がいるみたいで、ミラは霊感を見こまれて、「妖かし新聞」の記者として事件をさぐることになってしまう…!?　妖怪からパパをたすけることができ

るのか？　ドキドキの妖怪ミステリー誕生!!　小学中級から。

藤咲　あゆな
ふじさき・あゆな

『魔天使マテリアル　17　罪深き姫君』
藤咲あゆな作　図書館版　ポプラ社　2014.4　223p　18cm　（魔天使マテリアルシリーズ　17）　1100円　①978-4-591-13898-4,978-4-591-91470-0　〈画：藤丘ようこ〉
[内容]　鳴神がユリを連れて向かったのは、東北の遠野だった。ここでふたりはおだやかな一日を過ごす―が、そこではさらに残酷な運命が待っていた！　ふたりを追ったサーヤたちが見た意外な真実とは!?　外伝では、本郷優の正体を探るため、圭吾と耕平が動き出す。優を忘れようとする綾香。そんな彼女に新たな衝撃が襲いかかる!?　本編も外伝も怒濤の急展開！　大人気シリーズ第17弾!!

『魔天使マテリアル　16　孤独の騎士』
藤咲あゆな作　図書館版　ポプラ社　2014.4　201p　18cm　（魔天使マテリアルシリーズ　16）　1100円　①978-4-591-13897-7,978-4-591-91470-0　〈画：藤丘ようこ〉
[内容]　志穂と伊吹の婚約話や、ユリを狙う悪魔の問題などで、揺れるマテリアルたち。そんな中、鳴神はユリを守るために、ひとりである決断をする。その一方で、レイヤは幼い頃の忌まわしい記憶に苦しめられていて―!?　他、豹変した優をめぐる綾香と圭吾の複雑な思いを描いた外伝や、神槌や雪成の小学生時代のスペシャル読みきりも収録！　ますます目が離せない大人気シリーズ第16弾!!

『天国の犬ものがたり　〔2〕　わすれないで』　藤咲あゆな著，堀田敦子原作，環方このみイラスト　小学館　2014.3　187p　18cm　（小学館ジュニア文庫）　650円　①978-4-09-230756-8
[内容]　大好きな飼い主の守を追って家を出たまま迷子になったクウは、別の家族に拾われて…（『わすれないで』）。曜太と恵は親友。ある日、ふたりの家の犬、ブレッドとショコラがどちらも家出して…（『フレンドシップ』）。東京から田舎へ越してきたびかりと孤立気味な卓哉の前に、目の見えない野良犬が現れて…（『SUN』）。愛犬ミカンと遊ぶのが大好きなおばあちゃん。でも、数年後、おばあちゃんは「別人」に…（『たなごころ』）。犬と人とのキズナを描く4つの感動ストーリー。

『ポケットの中の絆創膏』　藤咲あゆな作，naoto絵　ポプラ社　2014.2　218p　18cm　（ポプラポケット文庫　068-11―初音ミクポケット）　680円　①978-4-591-13762-8
[内容]　引っ込み思案なのに、創立祭の実行委員になってしまった美来。クラスがまとまらなくて困っているとき声をかけてくれたのは、隣のクラスの男の子…。初音ミクの人気曲「絆創膏」をモチーフにした、甘酸っぱい恋の物語。小学校上級〜。

『魔天使マテリアル　17　罪深き姫君』
藤咲あゆな作　ポプラ社　2014.1　223p　18cm　（ポプラカラフル文庫　ふ03-22）　790円　①978-4-591-13724-6　〈画：藤丘ようこ〉
[内容]　鳴神がユリを連れて向かったのは、東北の遠野だった。ここでふたりはおだやかな一日を過ごす―が、そこではさらに残酷な運命が待っていた！　ふたりを追ったサーヤたちが見た意外な真実とは!?　外伝では、本郷優の正体を探るため、圭吾と耕平が動き出す。優を忘れようとする綾香。そんな彼女に新たな衝撃が襲いかかる!?　本編も外伝も怒濤の急展開！　大人気シリーズ第17弾!!　小学校上級〜。

『魔天使マテリアル　16　孤独の騎士』
藤咲あゆな作　ポプラ社　2013.8　201p　18cm　（ポプラカラフル文庫　ふ03-21）　790円　①978-4-591-13547-1　〈画：藤丘ようこ〉
[内容]　志穂と伊吹の婚約話や、ユリを狙う悪魔の問題などで、揺れるマテリアルたち。そんな中、鳴神はユリを守るために、ひとりである決断をする。その一方で、レイヤは幼い頃の忌まわしい記憶に苦しめられていて―!?　他、豹変した優をめぐる、綾香と圭吾の複雑な思いを描いた外伝や、神槌や雪成の小学生時代のスペシャル読みきりも収録！　ますます目が離せない大人気シリーズ第16弾!!　小学校上級〜。

『魔天使マテリアル　15　哀しみの檻』
藤咲あゆな作　図書館版　ポプラ社　2013.4　263p　18cm　（魔天使マテリアルシリーズ　15）　1100円　①978-4-591-13347-7,978-4-591-91360-4　〈画：藤丘ようこ〉

『魔天使マテリアル　14　翠の輪舞曲』
藤咲あゆな作　図書館版　ポプラ社　2013.4　275p　18cm　（魔天使マテリ

藤咲あゆな

アルシリーズ 14) 1100円 ①978-4-591-13346-0,978-4-591-91360-4 〈画：藤丘ようこ〉

『魔天使マテリアル 13 憂いの迷宮』
藤咲あゆな作　図書館版　ポプラ社　2013.4　271p　18cm　（魔天使マテリアルシリーズ 13）1100円　①978-4-591-13345-3,978-4-591-91360-4 〈画：藤丘ようこ〉

『魔天使マテリアル 12 運命の螺旋』
藤咲あゆな作　図書館版　ポプラ社　2013.4　229p　18cm　（魔天使マテリアルシリーズ 12）1100円　①978-4-591-13344-6,978-4-591-91360-4 〈画：藤丘ようこ〉

『魔天使マテリアル 11 真白き閃光』
藤咲あゆな作　図書館版　ポプラ社　2013.4　239p　18cm　（魔天使マテリアルシリーズ 11）1100円　①978-4-591-13343-9,978-4-591-91360-4 〈画：藤丘ようこ〉

『魔天使マテリアル 15 哀しみの檻』
藤咲あゆな作　ポプラ社　2013.3　263p　18cm　（ポプラカラフル文庫 ふ03-20）790円　①978-4-591-13379-8 〈画：藤丘ようこ〉
[内容] レイヤが倒れたという知らせに「Windmill」にかけつける圭吾たち。レイヤを悩ます兄ユウヤの「悪夢」について、みんなで対策を練ることになるが…。その一方で志穂や鳴神に次々と難題が降りかかり、ついにはユリの身に再び危険が及んでしまい─!?　外伝では綾香と優の関係が急展開!?　巻末の「マテマテ通信」も今回は増ページでたっぷりお届け。大人気シリーズ第15弾。小学校上級～。

『魔天使マテリアル 14 翠の輪舞曲』
藤咲あゆな作　ポプラ社　2012.8　275p　18cm　（ポプラカラフル文庫 ふ03-19）790円　①978-4-591-13049-0 〈画：藤丘ようこ〉
[内容] 今度の「マテマテ」は運動会に修学旅行、生徒会選挙、と日常を彩るイベント満載の短編集。レイヤが運動会で大活躍!?　翔と翼が京都の町で縁結びの神様に!?　生徒会長に立候補した尚紀の運命は？　サーヤや志穂の初恋の行方は？　そして、ついに圭吾も年貢の納め時!?―など波乱に満ちた展開がいっぱいの一冊。謎の少女ユリの秘密も気になる、大人気シリーズ第14弾。小学校上級～。

『黒薔薇姫と忍びの誓い』　藤咲あゆな作，椿しょう絵　ポプラ社　2012.3　226p　18cm　（〈図書館版〉黒薔薇姫シリーズ 4）1100円　①978-4-591-12764-3

『黒薔薇姫と正義の使者』　藤咲あゆな作，椿しょう絵　ポプラ社　2012.3　218p　18cm　（〈図書館版〉黒薔薇姫シリーズ 2）1100円　①978-4-591-12762-9

『黒薔薇姫となやめる乙女』　藤咲あゆな作，椿しょう絵　ポプラ社　2012.3　171p　18cm　（〈図書館版〉黒薔薇姫シリーズ 7）1100円　①978-4-591-12767-4

『黒薔薇姫と鋼の騎士』　藤咲あゆな作，椿しょう絵　ポプラ社　2012.3　233p　18cm　（〈図書館版〉黒薔薇姫シリーズ 5）1100円　①978-4-591-12765-0

『黒薔薇姫と勇者（ヒーロー）の証』　藤咲あゆな作，椿しょう絵　ポプラ社　2012.3　197p　18cm　（〈図書館版〉黒薔薇姫シリーズ 8）1100円　①978-4-591-12768-1

『黒薔薇姫と幽霊少女』　藤咲あゆな作，椿しょう絵　ポプラ社　2012.3　216p　18cm　（〈図書館版〉黒薔薇姫シリーズ 3）1100円　①978-4-591-12763-6

『黒薔薇姫と7人の従者たち』　藤咲あゆな作，椿しょう絵　ポプラ社　2012.3　216p　18cm　（〈図書館版〉黒薔薇姫シリーズ 1）1100円　①978-4-591-12761-2

『黒薔薇姫と7人の仲間たち』　藤咲あゆな作，椿しょう絵　ポプラ社　2012.3　262p　18cm　（〈図書館版〉黒薔薇姫シリーズ 9）1100円　①978-4-591-12769-8

『黒薔薇姫の秘密のお茶会（ティータイム）』　藤咲あゆな作，椿しょう絵　ポプラ社　2012.3　205p　18cm　（〈図書館版〉黒薔薇姫シリーズ 6）1100円　①978-4-591-12766-7

『魔天使マテリアル 13 憂いの迷宮』
藤咲あゆな作　ポプラ社　2012.3　271p　18cm　（ポプラカラフル文庫 ふ

03-18）790円　①978-4-591-12878-7
〈画：藤丘ようこ〉

内容　新しく仲間になった鳴神の特訓のため、伊吹家の所有する軽井沢の別荘で合宿をすることになったサーヤたち。元雷のマテリアル・神槌の指導のもと、特訓が始まるが、なかなかうまくいかず、鳴神は苦戦。ようやく独自の技を生み出し、戦列に加わった直後、また新たな問題が起きて—!?　綾香と圭吾の恋のすれ違いを描いた外伝も収録。ガラス細工のように繊細な想いが胸に響く、大人気シリーズ第13弾。

『やさしい悪魔　3　この限りある世界の果てで』　藤咲あゆな作，椿しょう絵　集英社　2011.12　187p　18cm　（集英社みらい文庫 ふ-1-3）580円　①978-4-08-321063-1

内容　雨のせいなのか、最近、彼方が屋根の上に来ない…。さみしく思う遥はある日、マリーゴールドの花の前で不思議な少年・望と出会う。「この花が枯れる頃には、僕はこの世界から消えてるかなって」難病を抱える彼の存在は遥の日常を少しずつ変えていく。望のことを知るにつれ、生きてほしいと願う遥。しかし、その一方でニアが望の魂を手に入れようと近づいていて—。この世界の果てで、遥と望が出会うのは天使か、悪魔か…!?　連作短編集、シリーズ第3弾。小学上級・中学から。

『黒薔薇姫と7人の仲間たち』　藤咲あゆな作，椿しょう絵　ポプラ社　2011.9　262p　18cm　（ポプラポケット文庫 68-9）700円　①978-4-591-12576-2

内容　異世界での王位継承争いのため、7人の従者を探す黒薔薇姫。杏、銀次郎、弥生、サスケ、プーク、健太…7人目は倉石君なの？　やっぱり異世界に戻って行くの？　杏の恋はどうなるの？　ボリュームたっぷりでお届けする感動の完結巻。小学校上級〜。

『魔天使マテリアル　12　運命の螺旋』　藤咲あゆな作　ポプラ社　2011.9　229p　18cm　（ポプラカラフル文庫 ふ03-17）790円　①978-4-591-12578-6
〈画：藤丘ようこ〉

内容　神舞中学の屋上での決闘—。鳴神の暴走とアンベルの登場により、絶体絶命の危機に陥るサーヤたち。戦いのあと、鳴神にマテリアルのことを話すが、彼はなかなか心を開いてくれず…。そんな中、再び悪魔が卑劣な手段でサーヤたちを襲う!?　外伝の他、バレンタイン・デー当日の志穂と徹平を描いた、スペシャル読みきりを収録。見逃せない展開が満載！　大人気シリーズ第12弾。

『やさしい悪魔　2　世界は青く美しい』　藤咲あゆな作，椿しょう絵　集英社　2011.7　188p　18cm　（集英社みらい文庫 ふ-1-2）580円　①978-4-08-321031-0

内容　夢だった新しい家での幸せな生活。しかし今や家族は家のローンのため、崩壊寸前に…。とうとう家を飛び出した小6の祐太の前に、彼方とニア―ふたりの悪魔が現れる。「君には、世界を壊す力はないみたいだね」「オレと契約してみる？　おまえの思うとおりにしてやるよ」突き放すような彼方と、甘い誘惑をちらつかせるニア、祐太が選ぶのは…!?　連作短編集、シリーズ第2弾！

『黒薔薇姫と勇者（ヒーロー）の証』　藤咲あゆな作，椿しょう絵　ポプラ社　2011.5　197p　18cm　（ポプラポケット文庫 068-8）620円　①978-4-591-12442-0

内容　黒薔薇姫の従者探しは、あと2人。読書家で頭がよい倉石君を、緋那は狙ってる？　それとも、正義のヒーロー「ミラクル戦士グレイトマン」を演じる俳優、海堂さん？　リュートとの関係は気まずいまま、テレビ局見学の途中で、健太をかばってセットの下敷きになった杏の安否は…!?　小学校上級〜。

『魔天使マテリアル　11　真白き閃光』　藤咲あゆな作　ポプラ社　2011.5　239p　18cm　（ポプラカラフル文庫 ふ03-16）790円　①978-4-591-12444-4
〈画：藤丘ようこ〉

内容　大停電の原因を探るべく、幾度か落雷現場を調べに行くサーヤたち。そこでサーヤは現場を見に来ていた中学生の少年がなぜか気になって…。日々は流れ、サーヤたちも六年生に。中学生になった徹平は生徒会補佐という大役に抜擢されるが、その活動中、サーヤが気にかけていた少年の正体に気づいてしまい—!?　志穂＆徹平、綾香の恋の行方も気になる、大人気シリーズ第11弾。

『魔天使マテリアル　10　黒闇の残響』　藤咲あゆな作　ポプラ社　2011.3　245p　18cm　（図書館版魔天使マテリアルシリーズ 10）1100円　①978-4-591-12361-4〈画：藤丘ようこ　2011年刊の改稿〉

内容　新年初日。毎年恒例のパトロールに出かけたサーヤたちは悪魔と遭遇。それをレイヤが見事、仕留める。雪成の力が消えた今、レイヤの戦線復帰は心強いものだった。が、その一方でレイヤは兄ユウヤの記憶に苦しめ続けられていて…!?　綾香のバレンタインを描いたドキドキの外伝も収録。大人気「マテマテ」シリーズ第10弾。

藤咲あゆな

『魔天使マテリアル　9　銀の夜想曲（ノクターン）』　藤咲あゆな作　ポプラ社　2011.3　186p　18cm　（図書館版魔天使マテリアルシリーズ 9）　1100円　①978-4-591-12360-7〈画：藤丘ようこ　2010年刊の改稿〉

内容　今度の「マテマテ」は読み応えたっぷり、恋いっぱいの短編集。翔と翼の親友の恋を応援するため、なぜか翼とデートすることになったサーヤ。もちろんレイヤは大反対。そんなレイヤに振り回されて翔は大変なことに―!?　第1話「初恋大作戦」他、志穂と徹平の初めてのデートを描いた「どきどき・初デート？」など、全5話を収録。

『魔天使マテリアル　8　揺れる明日（あした）』　藤咲あゆな作　ポプラ社　2011.3　235p　18cm　（図書館版魔天使マテリアルシリーズ 8）　1100円　①978-4-591-12359-1〈画：藤丘ようこ　2010年刊の改稿〉

内容　ディエリとの壮絶な戦いに勝ったものの、その爪痕は深く、サーヤを待ち受けていたのは過酷な現実だった。学校で繰り返されるいじめ。尚紀は大怪我で入院し、雪成は意識が戻らず眠ったまま…。追い詰められたサーヤの前に、ついに闇に潜んでいた魔の手が伸びる―!?　光と闇が交錯する、大人気「マテマテ」シリーズ第8弾。

『やさしい悪魔　1　世界の破滅を君の手に』　藤咲あゆな作，椿しょう絵　集英社　2011.3　185p　18cm　（集英社みらい文庫　ふ-1-1）　580円　①978-4-08-321007-5

内容　小学5年生の遥は、アクセサリー作りが大好きな、心優しい子。そんな彼女が抱える、重い重い悩み…それは、中学受験に失敗したお兄ちゃんが部屋に引きこもり、家族がバラバラになってしまったこと。ある夜、遥が自宅の屋根の上で出会ったのは…青紫の瞳を持つ美少年（？）彼方だった!!「君の手で、世界を壊してみる？」天使…それとも、悪魔!?　彼方をめぐる、連作短編集。小学上級・中学から。

『黒薔薇姫となやめる乙女』　藤咲あゆな作，椿しょう絵　ポプラ社　2011.1　171p　18cm　（ポプラポケット文庫 068-7）　620円　①978-4-591-12230-3

内容　黒薔薇姫こと緋那の7人の従者探し、5人集まって、残るは2人。そんな時、「ミラクル戦士グレイトマン」が緋那の館に撮影にくることに。今度こそグレイトマンを従者に!?　一方、緋那のライバル、リュートに対する気持ちになやむ杏はため息の日々。小学上級～。

『魔天使マテリアル　10　黒闇の残響』　藤咲あゆな作　ポプラ社　2011.1　245p　18cm　（ポプラカラフル文庫　ふ03-15）　790円　①978-4-591-12232-7〈画：藤丘ようこ〉

内容　新年初日。毎年恒例のパトロールに出かけたサーヤたちは悪魔と遭遇。それをレイヤが見事、仕留める。雪成の力が消えた今、レイヤの戦線復帰は心強いものだった。が、その一方でレイヤは兄ユウヤの記憶に苦しめ続けられていて…!?　綾香のバレンタインを描いたドキドキの外伝も収録。大人気「マテマテ」シリーズ第10弾。

『黒薔薇姫の秘密のお茶会（ティータイム）』　藤咲あゆな作，椿しょう絵　ポプラ社　2010.9　205p　18cm　（ポプラポケット文庫 068-6）　570円　①978-4-591-12052-1

内容　ティーサロン「黒薔薇の館」へようこそ。当サロンの主人・黒薔薇姫がみなさまを「秘密のお茶会」にご招待いたします。姫の7人の従者探しは順調に進行中。本日は感謝の気持ちを込めまして、彩り豊かな7つのメニューをご用意させていただきました。もちろん、ゆっくりしていくわよね？　小学校上級～。

『魔天使マテリアル　9　銀の夜想曲（ノクターン）』　藤咲あゆな作　ポプラ社　2010.9　186p　18cm　（ポプラカラフル文庫　ふ03-14）　790円　①978-4-591-12053-8〈画：藤丘ようこ〉

内容　今度の「マテマテ」は読み応えたっぷり、恋いっぱいの短編集。翔と翼の親友の恋を応援するため、なぜか翼とデートすることになったサーヤ。もちろんレイヤは大反対。そんなレイヤに振り回されて翔は大変なことに―!?　第1話「初恋大作戦！」他、志穂と徹平の初めてのデートを描いた「ドキドキ初デート？」など、全5話を収録。

『黒薔薇姫と鋼の騎士』　藤咲あゆな作，椿しょう絵　ポプラ社　2010.5　233p　18cm　（ポプラポケット文庫 068-5）　570円　①978-4-591-11802-3

内容　二学期、杏たちのクラスでは文化祭で演劇で「白雪姫」をやることに。主演の緋那が練習をしていると、妙な脅迫状が。「本番で王子とキスしろ」って、どういうこと？　全身銀色の騎士の正体は？　杏の心もグラグラ揺れ動くシリーズ第5弾！　小学校上級～。

『タイム★ダッシュ　3』　藤咲あゆな作，天海うさぎ絵　岩崎書店　2010.4

202p 19cm （〔YA！ フロンティア〕） 900円 ①978-4-265-07225-5
内容 23世紀から来たトレジャーハンターのセイジュは、またもやルルカの仕事に巻き込まれ、雪弥と共に古代エジプトへ！ まさか、クレオパトラやツタンカーメンとご対面？ 時空を越えた切ない恋に効く、シリーズ第3弾。

『魔天使マテリアル 8 揺れる明日（あした）』 藤咲あゆな作 ポプラ社 2010.4 235p 18cm （ポプラカラフル文庫 ふ03-13） 790円 ①978-4-591-11739-2 〈画：藤丘ようこ〉
内容 ディエリとの壮絶な戦いに勝ったものの、その爪痕は深く、サーヤを待ち受けていたのは過酷な現実だった。学校で繰り返されるいじめ。尚紀は大怪我で入院し、雪成は意識が戻らず眠ったまま…。追い詰められたサーヤの前に、ついに闇に潜んでいた魔の手が伸びる─!? 光と闇が交錯する、大人気「マテマテ」シリーズ第8弾。

『魔天使マテリアル 7 片翼の天使』 藤咲あゆな作 ポプラ社 2010.3 237p 19cm （図書館版魔天使マテリアルシリーズ 7） 1100円 ①978-4-591-11585-5 〈画：藤丘ようこ 2010年刊の改稿〉
内容 悪魔イレーヌとの戦いは、千早の身体とレイヤのペンダントを奪われ、サーヤたちマテリアルの敗北に終わった。しかし、この戦いで志穂との絆を取り戻したサーヤは、思い切って雪成たちに秘密を明かす─自分とレイヤが魔王の血を引く子どもであることを。それを知った仲間たちは？ レイヤの行方は？ 暗躍する悪魔の正体は？ そして、サーヤの運命は…!? 大人気シリーズ「マテマテ」第7弾。

『魔天使マテリアル 6 月下の戦慄』 藤咲あゆな作 ポプラ社 2010.3 214p 19cm （図書館版魔天使マテリアルシリーズ 6） 1100円 ①978-4-591-11584-8 〈画：藤丘ようこ 2010年刊の改稿〉
内容 図書館での戦いが終わりホッとしたのもつかの間、今度は志穂の様子がどこかよそよそしくなってしまう。まさか自分たちの正体がバレてしまった!? 不安を募らせるサーヤ。そんなとき、レイヤとケンカしてしまい…。不協和音が続くマテリアルたち。その隙をついて凶悪な悪魔が─!! 新たな運命の輪が今、動き出す!! 急展開の大人気シリーズ第6弾！ サーヤの母・綾香が活躍の外伝第2弾も収録。

『魔天使マテリアル 5 風のキセキ』 藤咲あゆな作 ポプラ社 2010.3 203p 19cm （図書館版魔天使マテリアルシリーズ 5） 1100円 ①978-4-591-11583-1 〈画：藤丘ようこ 2010年刊の改稿〉
内容 季節は夏真っ盛り。ここ最近、悪魔の出現がなく平和な日々を過ごしていたが、なぜかサーヤの周りでは不協和音が続いていた。図書館で知り合った中学生の舞子に徹平がデレデレで、志穂がギスギス。伊吹の店に入った元マテリアルのアルバイト、千早との間はギクシャク…。今回は小学生組が大活躍＆志穂の怒りも大爆発!? さらに波乱含みの「マテマテ」シリーズ第5弾。

『魔天使マテリアル 4 青の間奏曲（インタールード）』 藤咲あゆな作 ポプラ社 2010.3 187p 19cm （図書館版魔天使マテリアルシリーズ 4） 1100円 ①978-4-591-11582-4 〈画：藤丘ようこ 2010年刊の改稿〉
内容 今度の「マテマテ」は、ちょっとほのぼのしたシリーズ初の短編集！ 小学生マテリアルのリーダー、稲城徹平とレイヤの今明かされる友情秘話（？）を描く、第1話「オレたちの時代」他、翔と翼が謎の美少女に振り回されたり、雪成＆尚紀の迷コンビが結成されたり、料理が苦手な志穂が悪戦苦闘！「マテマテ」ならではの、彩り豊かな4つのスペシャルメニューをどうぞ召し上がれ。

『魔天使マテリアル 3 忘れえぬ絆』 藤咲あゆな作 ポプラ社 2010.3 206p 19cm （図書館版魔天使マテリアルシリーズ 3） 1100円 ①978-4-591-11581-7 〈画：藤丘ようこ 2010年刊の改稿〉
内容 サーヤは学校の行事で高校生のマテリアル、凍堂雪成と出会う。ところが、彼はなぜかサーヤに冷たい態度をとる。なのに、雪成が上級悪魔に襲われたのをきっかけに同行することに─!? 彼とはイケメンの仲は悪くて、もう最悪。小学生＋高校生マテリアルが新たな敵に挑む、大人気「マテマテ」シリーズ第3弾。またまたイケメンの新キャラが登場。怪奇探偵団の仲間たちも大活躍。

『魔天使マテリアル 2 華麗なる罠』 藤咲あゆな作 ポプラ社 2010.3 221p 19cm （図書館版魔天使マテリアルシリーズ 2） 1100円 ①978-4-591-11580-0 〈画：藤丘ようこ 2010年刊の改稿〉
内容 サーヤは圭吾先生の後輩・伊吹涼に引き取られ、陰ながら守ってくれるレイヤと一緒に新しい生活をスタートさせる。そんな中、事件が！ 怪奇探偵団の仲間とともに出動したサーヤだったが、悪魔を倒すどころか、危ういところを中学生のマテリアル、灰神翔と翼に助けてもらうことに…。今回は新キャラの双子のアイドルが

藤咲あゆな

大活躍!? 新シリーズ『マテマテ』第2弾。

『魔天使マテリアル 〔1〕 目覚めの刻』
藤咲あゆな作 ポプラ社 2010.3 206p 19cm (図書館版魔天使マテリアルシリーズ 1) 1100円 ①978-4-591-11579-4 〈画：藤丘ようこ 2010年刊の改稿〉

内容 孤児院で育った小学5年生の美少女・紗綾（サーヤ）。小さい頃、名前を書いた紙と横笛とともに置き去りにされたのだ。そんな彼女の前に兄と名乗る青年が現れる。喜ぶサーヤだったが、それから身の回りで危険なことがしばしば起こるように…。「魔天使マテリアル」＝略してマテマテが今動き出す。

『魔天使マテリアル 7 片翼の天使』藤咲あゆな作 ポプラ社 2010.1 237p 18cm (ポプラカラフル文庫 ふ03-12) 790円 ①978-4-591-11486-5 〈画：藤丘ようこ〉

内容 悪魔イレーヌとの戦いは、千早の身体とレイヤのペンダントを奪われ、サーヤたちマテリアルの敗北に終わった。しかし、この戦いで志穂との絆を取り戻したサーヤは、思い切って雪成たちに秘密を明かす―自分とレイヤが魔王の血を引く子どもであることを。それを知った仲間たちは？ レイヤの行方は？ 暗躍する悪魔の正体は？ そして、サーヤの運命は…!? 大人気シリーズ「マテマテ」第7弾。

『魔天使マテリアル 6 月下の戦慄』藤咲あゆな作 ポプラ社 2010.1 214p 18cm (ポプラカラフル文庫 ふ03-11) 790円 ①978-4-591-11371-4 〈画：藤丘ようこ ジャイブ2009年刊の加筆・訂正〉

内容 図書館での戦いが終わりホッとしたのもつかの間、今度は志穂の様子がどこかよそよそしくなってしまう。まさか自分たちの正体がバレてしまった!? 不安を募らせるサーヤ。そんなとき、レイヤとケンカしてしまい…。不協和音が続くマテリアルたち。その隙をついて凶悪な悪魔が―!? 新たな運命の輪が今、動き出す!! 急展開の大人気シリーズ第6弾！ サーヤの母・綾香が活躍の外伝第2弾も収録。

『魔天使マテリアル 5 風のキセキ』藤咲あゆな作 ポプラ社 2010.1 203p 18cm (ポプラカラフル文庫 ふ03-10) 790円 ①978-4-591-11365-3 〈画：藤丘ようこ ジャイブ2009年刊の加筆・訂正〉

内容 季節は夏真っ盛り。ここ最近、悪魔の出現がなく平和な日々を過ごしていたが、なぜかサーヤの周りでは不協和音が続いていた。図書館で知り合った中学生の舞子に徹平がデレデレで、志穂がギスギス。伊吹の店に入った元マテリアルのアルバイト、千早との間はギクシャク…。今回は小学生組が大活躍＆志穂の怒りも大爆発!? さらに波乱含みの「マテマテ」シリーズ第5弾、早くも登場。

『魔天使マテリアル 4 青の間奏曲（インタールード）』藤咲あゆな作 ポプラ社 2010.1 187p 18cm (ポプラカラフル文庫 ふ03-09) 790円 ①978-4-591-11363-9 〈画：藤丘ようこ ジャイブ2009年刊の加筆・訂正〉

内容 今度の「マテマテ」は、ちょっとほのぼのしたシリーズ初の短編集！ 小学生マテリアルのリーダー、稲城徹平とレイヤの今明かされる友情秘話（？）を描く、第1話「オレたちの時代」他、翔と翼が謎の美少女に振り回されたり、雪成＆尚紀の迷コンビが結成されたり、料理が苦手な志穂が悪戦苦闘したり。「マテマテ」ならではの、彩り豊かな4つのスペシャルメニューをどうぞ召し上がれ。

『魔天使マテリアル 3 忘れえぬ絆』藤咲あゆな作 ポプラ社 2010.1 206p 18cm (ポプラカラフル文庫 ふ03-07) 790円 ①978-4-591-11356-1 〈画：藤丘ようこ ジャイブ2008年刊の加筆・訂正〉

内容 サーヤは学校の行事で高校生のマテリアル、凍堂雪成と出会う。ところが、彼はなぜかサーヤに冷たい態度をとる。なのに、雪成が上級悪魔に襲われたのをきっかけに同居することに―!? 彼とレイヤは仲が悪くても、もう最悪。小学生＋高校生マテリアルが新たな敵に挑む、大人気「マテマテ」シリーズ第3弾。またまたイケメンの新キャラが登場。怪奇探偵団の仲間たちも大活躍。

『魔天使マテリアル 2 華麗なる罠』藤咲あゆな作 ポプラ社 2010.1 221p 18cm (ポプラカラフル文庫 ふ03-06) 790円 ①978-4-591-11349-3 〈画：藤丘ようこ ジャイブ2008年刊の加筆・訂正〉

内容 サーヤは圭吾先生の後輩・伊吹涼に取り入られ、陰ながら守ってくれるレイヤと一緒に新しい生活をスタートさせる。そんな中、新たな事件が！ 怪奇探偵団の仲間ととも出動したサーヤだったが、悪魔を倒すどころか、危ういところを中学生のマテリアル、灰神翔と翼に助けてもらうことに…。今回は新キャラの双子のアイドルが大活躍!? 新シリーズ『マテマテ』第2弾。華麗に登場。

『魔天使マテリアル 〔1〕 目覚めの刻』
藤咲あゆな作 ポプラ社 2010.1 206p 18cm (ポプラカラフル文庫 ふ03-04) 790円 ①978-4-591-11343-1

〈画：藤丘ようこ　ジャイブ2007年刊の加筆・訂正〉

[内容]　孤児院で育った小学5年生の美少女・紗綾（サーヤ）。小さい頃、名前を書いた紙と横笛とともに置き去りにされたのだ。そんな彼女の前に兄と名乗る青年が現れる。喜ぶサーヤだったが、それから身の回りで危険なことがしばしば起こるように…。『ムーンライト・ワンダーランド』の著者による新シリーズがついにスタート。「魔天使マテリアル」＝略してマテマテが今動き出す。

『黒薔薇姫と忍びの誓い』　藤咲あゆな作, 椿しょう絵　ポプラ社　2009.12　226p　18cm　（ポプラポケット文庫 068-4）　570円　①978-4-591-11283-0

[内容]　黒薔薇姫と杏たちが、避暑でおとずれたのは、山中のテーマパーク「忍者の里ニンニン」。まさか緋那、忍者を従者にしたいって言い出すんじゃ…。杏の予感はズバリ的中。ホンモノの忍者なんて、この時代にいるわけないじゃん！　と思ったけど…？「黒い血を受け継ぐ姫—」謎の女がのこしたひと言も気になる、いよいよ目がはなせないシリーズ第4巻。小学校上級〜。

『魔天使マテリアル　6　月下の戦慄』　藤咲あゆな作, 藤丘ようこ画　ジャイブ　2009.9　214p　18cm　（カラフル文庫 ふ03-11）　790円　①978-4-86176-703-6

[内容]　図書館での戦いが終わりホッとしたのもつかの間、今度は志穂の様子がどこかそよそしくなってしまう。まさか自分たちの正体がバレてしまった!?　不安を募らせるサーヤ。そんなとき、レイヤとケンカしてしまい…。不協和音が続くマテリアルたち。その隙をついて凶悪な悪魔が—!?　新たな運命の輪が今、動き出す!!　急展開の大人気シリーズ第6弾！　サーヤの母・綾香が活躍の外伝第2弾も収録。

『黒薔薇姫と幽霊少女』　藤咲あゆな作, 椿しょう絵　ポプラ社　2009.8　216p　18cm　（ポプラポケット文庫 068-3）　570円　①978-4-591-11088-1

[内容]　あんまり微笑まないで。好きになっちゃうから!!　嫌いなハズのリュートだけど…。杏の気持ちは複雑になったりならなかったり、怪奇現象も起こったりするドキドキの第3巻。小学校上級から。

『七香・あろまちっく！　3　夏だ！　祭りだ！　占い師は大忙し!?』　藤咲あゆな作, 椿しょう絵　講談社　2009.8　231p　18cm　（講談社青い鳥文庫 274-3）　620円　①978-4-06-285102-2

[内容]　商店街の福引で旅行券が当たり、姉穂香と松島・仙台の旅に出かけた七香。ご当地のおいしいものを、たらふく食べられると大喜びしたけれど、またまた、不思議な事件にまきこまれてしまいます。観光客の目の前で、食べものがいきなり消えたり、名所旧跡に妖精文字が浮かびあがったり…。旅行先でも、占い師七香は事件の解決に大忙し！

『タイム★ダッシュ　2』　藤咲あゆな作, 天海うさぎ絵　岩崎書店　2009.4　182p　19cm　（〔YA！　フロンティア〕）　900円　①978-4-265-07221-7　〈年表あり〉

[内容]　時空を越えたお宝探し、次なる舞台は18世紀のフランス！　トレジャーハンター・セイジュに平凡な中学生活は送れるのか!?　物語の名手・藤咲あゆなが描く「本当の宝物」を、あなたへ。

『七香・あろまちっく！　2　幽霊出現!?　花見だワッショイ！』　藤咲あゆな作, 椿しょう絵　講談社　2009.4　219p　18cm　（講談社青い鳥文庫 274-2）　580円　①978-4-06-285086-5

[内容]　桃瀬七香は、ひょんなことから出会った妖精マルグリットのパワーで評判の占い師に。週末、いつものように占い屋を開業していると、こわ〜いうわさが舞いこんできた。はたして、七香の奏香術で解決できるのかしら？　七香の前には、ライバルともいえる小学生占い師・紫陽が現れた。神出鬼没の幽霊をめぐって、七香と紫陽の占い対決。

『魔天使マテリアル　5　風のキセキ』　藤咲あゆな作, 藤丘ようこ画　ジャイブ　2009.4　203p　18cm　（カラフル文庫 ふ03-10）　790円　①978-4-86176-627-5

[内容]　季節は夏真っ盛り。ここ最近、悪魔の出現がなく平和な日々を過ごしていたが、なぜかサーヤの周りでは不協和音が続いていた。図書館で知り合った中学生の舞子に徹平がデレデレで、志穂がギスギス。伊吹の店に入った元マテリアルのアルバイト、千早との間はギクシャク。今回は小学生組が大活躍＆志穂の怒りも大爆発!?　さらに波乱含みの「マテマテ」シリーズ第5弾。

『黒薔薇姫と正義の使者』　藤咲あゆな作, 椿しょう絵　ポプラ社　2009.3　218p　18cm　（ポプラポケット文庫 068-2）　570円　①978-4-591-10863-5

[内容]　超タカビーなお嬢様とキザなイケメン王子に杏、ヘトヘトです。でも…？　7人の従者集め2人目登場。お待ちかね、大人気シリーズ第2巻。小学校上級〜。

『魔天使マテリアル　4　青の間奏曲（インタールード）』　藤咲あゆな作, 藤丘

ようこ画　ジャイブ　2009.1　187p　18cm　（カラフル文庫　ふ03-09）　790円　①978-4-86176-613-8

|内容| 今度の"マテマテ"は、ちょっとほのぼのしたシリーズ初の短編集！　小学生マテリアルのリーダー、稲城徹平とレイヤの今明かされる友情秘話（？）を描く、第1話「オレたちの時代」他、翔と翼が謎の美少女に振り回されたり、雪成&尚紀の迷コンビが結成されたり、料理が苦手な志穂が悪戦苦闘！　"マテマテ"ならではの、彩り豊かな4つのスペシャルメニューをどうぞ召し上がれ。

『七香・あろまちっく！　1　花占いで事件解決!?』　藤咲あゆな作，椿しょう絵　講談社　2008.12　215p　18cm　（講談社青い鳥文庫　274-1）　580円　①978-4-06-285065-0

|内容| 桃瀬七香は金曜日の放課後、占い師養成専門学校（通称FTS）に通う小学6年生の女の子。歴史に名を残す占い師になりたくて、新しい占いの開発に没頭するが、なかなか思うように進展しない。そんなある日、フラワーショップ・プリムの店先で出会ってしまったのが、デイジーの妖精・マルグリット。妖精からのお願いで、七香は思いがけず自分の秘められた能力を発揮することに。小学中級から。

『黒薔薇姫と7人の従者たち』　藤咲あゆな作，椿しょう絵　ポプラ社　2008.11　216p　18cm　（ポプラポケット文庫　68-1）　570円　①978-4-591-10591-7

|内容| 「あなた、私の従者になりなさい！」って、はああ？　餃子を出前に行った杏の前にあらわれたのは、最近転校してきたクラスメイト。超美少女、そして超タカビーなお嬢様。いきなり従者1号に任命された杏、いったいどうなるの？　ときめきとアクションいっぱいの新シリーズ〜。　小学校上級〜。

『オオカミ少年と白薔薇の巫女』　藤咲あゆな作　ジャイブ　2008.9　230p　18cm　（カラフル文庫—ムーンライト・ワンダーランド）　790円　①978-4-86176-556-2〔画：椿しょう〕

|内容| 国境を越えたラン、アージュ、オード、アルヒェの4人は、アーキスタの都・アデルタを目指していた。道中は相変わらず事件がいっぱい！　アージュとオードが舞踏会で優雅にダンス♪　やっと都に着いたと思ったら、凶悪な魔物と戦うことに!?　そして、ランは新たな手段でオオカミに変身!?　ドキドキ☆ワクワクの旅がまだまだ続く、大人気冒険ファンタジー第4弾。

『魔天使マテリアル　3　忘れえぬ絆』　藤咲あゆな作，藤丘ようこ画　ジャイブ　2008.8　206p　18cm　（カラフル文庫）　790円　①978-4-86176-532-2

|内容| サーヤは学校の行事で高校生のマテリアル、凍堂雪成と出会う。ところが、彼はなぜかサーヤに冷たい態度をとる。なのに、雪成が上級悪魔に襲われたのをきっかけに同居することに—!?　彼とレイヤは仲が悪くて、もう最悪。小学生＋高校生マテリアルが新たな敵に挑む、大人気「マテマテ」シリーズ第3弾。またまたイケメンの新キャラが登場。怪奇探偵団の仲間たちも大活躍。

『海の上の陰謀』　藤咲あゆな作，矢野ユキエ画　岩崎書店　2008.1　190p　18cm　（フォア文庫—ナイトメア戦記）　560円　①978-4-265-06388-8

|内容| 今度のナイトメア・ウイルスはおかしい…夢の戦士アカネは、豪華客船で船旅にでている風間のいとこ・美咲の夢のなかで、必死に手がかりを探していた。何度もくりかえされる美咲の悪夢の背後には、おそろしい真実がかくされていたのだ—。アカネ、風間、カナタの三人は、無事に事件を解決できるだろうか？　大人気・夢の戦士シリーズ、待望の第五弾。

『オオカミ少年と国境の騎士団』　藤咲あゆな作，椿しょう画　ジャイブ　2008.1　221p　18cm　（カラフル文庫—ムーンライト・ワンダーランド）　790円　①978-4-86176-475-2

|内容| オオカミ少年のラン、吸血コウモリ少女のアージュ、魔法の鍵のオード。そして新たに加わった考古学者アルヒェの4人は、『白い蘭の朝露』を目指して旅を続けていた。が、ランたちはアルヒェの故郷、アーキスタを前にして国境で足止めを食うことに。そして、ついに暦は紫蘭月になり、オードが人間の姿に戻ったが…。お待たせしました。大人気のドキドキ・ワクワク冒険ファンタジー第3弾の登場です。

『魔天使マテリアル　2　華麗なる罠』　藤咲あゆな作，藤丘ようこ画　ジャイブ　2008.1　221p　18cm　（カラフル文庫）　790円　①978-4-86176-474-5

|内容| サーヤは圭吾先生の後輩・伊吹涼に引き取られ、陰ながら守ってくれるレイヤと一緒に新しい生活をスタートさせる。そんな中、新たな事件が。怪奇探偵団の仲間とともに出動したサーヤだったが、悪魔を倒すどころか、危ういところを中学生のマテリアル、灰神翔と翼に助けてもらうことに…。今回は新キャラの双子のアイドルが大活躍!?　新シリーズ『マテマテ』第2弾。

『タイム★ダッシュ　1』　藤咲あゆな作，天海うさぎ絵　岩崎書店　2007.10

藤咲あゆな

197p 19cm 900円 ①978-4-265-07207-1

[内容] 時空跳躍能力を持つ少年・セイジュは、なんと「トレジャーハンター」、宝探し屋さんである。二十三世紀の未来から現代日本に飛び、埋蔵金探しに大奮闘。やっと見つけた本物の宝物とは。

『魔天使マテリアル―目覚めの刻』 藤咲あゆな作, 藤丘ようこ画 ジャイブ 2007.8 206p 18cm （カラフル文庫） 790円 ①978-4-86176-418-9

[内容] 孤児院で育った小学5年生の美少女・紗綾（サーヤ）。小さい頃、名前を書いた紙と横笛とともに置き去りにされたのだ。そんな彼女の前に兄と名乗る青年が現れる。喜ぶサーヤだったが、それから身の回りで危険なことがしばしば起こるように…。『ムーンライト・ワンダーランド』の著者による新シリーズがついにスタート。「魔天使マテリアル」＝略してマテマテが今動き出す。

『戦士たちの夏』 藤咲あゆな作, 矢野ユキエ画 岩崎書店 2007.6 190p 18cm （フォア文庫―ナイトメア戦記） 560円 ①978-4-265-06383-3

[内容] 夏休み、アカネはパパと親友のユーミと高原の牧場に出かけ、乗馬にチャレンジする。夏空の下、一生懸命乗馬訓練にはげむアカネ。だが、ここにもナイトメア・ウイルスが現れて…アカネの初めてのひとりきりでの冒険、風間のキャンプ先での摩訶不思議な冒険、カナタとマリナの出会いなど、三話オムニバス収録。大人気・夢の戦士シリーズ、待望の第四弾。

『星空に願いを』 藤咲あゆな作, 矢野ユキエ画 岩崎書店 2006.11 190p 18cm （フォア文庫―ナイトメア戦記） 560円 ①4-265-06378-0

[内容] ナイトメア・ウイルス―寝ているあいだに人の命をうばう謎の病原菌―と戦う夢の戦士アカネは、中学生の少女夏美と出会う。遠いアメリカに留学中の恋人・郁也と、七夕の夜に夢のなかで会いたいと、願いを短冊にしたためる夏美。しかしその夢はナイトメア・ウイルスにねらわれていた。アカネは風間たちとウイルスとの戦いにいどむ。人気上昇中！シリーズ第三弾。

『オオカミ少年と伝説の秘宝』 藤咲あゆな作 ジャイブ 2006.5 222p 18cm （カラフル文庫―ムーンライト・ワンダーランド） 790円 ①4-86176-298-7 〈画：椿しょう〉

[内容] 月の色が毎月変わる不思議な世界。魔物に襲われ、オオカミに変身する体になっ てしまった少年ランと、吸血コウモリのアージュと魔法の鍵のオード。3人の目的は呪いを解くという『白い蘭の朝露』を探すこと。今回はひょんなことから海賊の仲間に…。旅は楽しいけれど、危険もいっぱい!?ワクワク冒険ファンタジー第2弾。

『かがやく明日』 藤咲あゆな作, 矢野ユキエ画 岩崎書店 2006.5 189p 18cm （フォア文庫―ナイトメア戦記） 560円 ①4-265-06373-X

[内容] 姉の死をきっかけに、夢の戦士としてナイトメア・ウイルスと戦うことになったアカネは、ある日、目の見えない少女、愛理と出会う。愛理はアカネが書いている物語に興味をもち、ふたりは親しくなっていった。その愛理がナイトメア・ウイルスにねらわれている！アカネはカナタ、風間とともに、ウイルスとの戦いにたちあがるのだった。人気上昇中！シリーズ第二弾！小学校中・高学年向。

『夢の戦士誕生』 藤咲あゆな作 岩崎書店 2005.11 190p 18cm （フォア文庫―ナイトメア戦記） 560円 ①4-265-06366-7 〈画：矢野ユキエ〉

[内容] ナイトメア（悪夢）症候群―寝ているあいだに、ナイトメア・ウイルスに侵されて死にいたるというおそろしい病気―が静かに広がりはじめていた。小学四年生の桜亜花音（アカネ）が一番好きだった姉のマリナも、この病気によって、とつぜん命をうばわれた。姉のかたきを討つ！アカネは夢の戦士として、ナイトメア・ウイルスとの戦いにたちあがる。書き下ろしファンタジーシリーズ第一弾。

『ムーンライト・ワンダーランド―オオカミ少年と不思議な仲間たち』 藤咲あゆな作 ジャイブ 2005.5 207p 18cm （カラフル文庫） 760円 ①4-86176-152-2 〈画：椿しょう〉

[内容] 魔の月の下、魔物に襲われた者は、呪われた血を持つ者となる―。呪いによって、黄蘭月の夜はオオカミに変身してしまう体になった少年ラン。村にいられなくなってしまった彼は、ひょんなことから出会った少女アージュ、喋る鍵のオードたちとともに旅に出る…。書き下ろしファンタジー。

『マシュマロ通信―クラウドがやってきた！』 山本ルンルン, ウィーヴ原作, 藤咲あゆな作, スタジオコメット,Katsuki画 ジャイブ 2005.1 205p 18cm （カラフル文庫） 760円 ①4-86176-067-4

藤崎　慎吾
ふじさき・しんご
《1962～》

『衛星軌道2万マイル』　藤崎慎吾作，田川秀樹絵　岩崎書店　2013.10　261p　19cm　（21世紀空想科学小説）　1500円　①978-4-265-07506-5
[内容] 石丸真哉は見習い宇宙漁師。オンボロの宇宙船"彗星丸"に乗り、宇宙空間に泳ぐデブリマグロやデブリカジキを獲る（手伝いをする）のが仕事。月面生まれの宇宙育ちだ。ある日"彗星丸"は、宇宙を漂っていた脱出用ポッドからの救難信号を受け取る。ポッドに乗っていたのは、ローズとジャックという地球人のきょうだいだった。裕福な家で育った二人のわがままに、石丸はふり回されるが…。"宇宙漁師見習いの航宙記"

藤田　雅矢
ふじた・まさや
《1961～》

『クサヨミ』　藤田雅矢作，中川悠京絵　岩崎書店　2013.8　221p　19cm　（21世紀空想科学小説）　1500円　①978-4-265-07503-4
[内容] 中学に入学したばかりの片喰剣志郎は、理科の梅鉢先生に勧誘されて入った「雑草クラブ」で自分がクサヨミのひとりであることを知らされる。「クサヨミ…」「そう、クサヨミだ。草を読む人、つまり植物から何かを感じ取れる人のことをそう呼ぶ」学校のタラヨウの木に触れると見える、赤い炎と女の人。それはタラヨウが過去に見てきた記憶だという。剣志郎はタラヨウに呼ばれているのか!?

藤浪　智之
ふじなみ・ともゆき
《1967～》

『バニラのお菓子配達便！　2　スイーツ女王（クイーン）と秘密のドレス』　藤浪智之作，佐々木亮絵　富士見書房　2011.8　269p　18cm　（角川つばさ文庫　Aふ1-2）　720円　①978-4-04-631179-5〈発売：角川グループパブリッシング〉
[内容] きみは、天馬ばにら。小学五年生。『パティスリー・エイル』の「お菓子配達」担当だ。えっ、ライバルが登場？　そして「スイーツクイーン・コンテスト」に出場することに!?　さあ、お菓子の妖精デコといっしょに、「スイーツ＆ドレス」を集めて、優勝を目指そう！　自分で考えたドレスとスイーツで、挑戦することもできるよ。読者のきみが選ぶと、ストーリーが変わる「きみが主人公」の物語、第二弾。小学中級から。

『バニラのお菓子配達便！―スイーツデリバリー』　藤浪智之作，佐々木亮絵　富士見書房　2010.11　270p　18cm　（角川つばさ文庫　Aふ1-1）　720円　①978-4-04-631132-0〈発売：角川グループパブリッシング〉
[内容] きみは、天馬ばにら。小学五年生。『パティスリー・エイル』の「お菓子配達サービス」担当だ。今日も町のお客さまに、ケーキやマカロン、お届けするよ！　…と思ったら。え？　人気アイドルデュオが解散のピンチ!?　幽霊やしきからはなぞの注文メール？　…さあ、お菓子の妖精デコといっしょに、解決してあまいしあわせ、届けよう！　読者のきみが選ぶと、ストーリーが変わる「きみが主人公」の物語。小学中級から。

藤野　恵美
ふじの・めぐみ
《1978～》

『一夜姫事件』　藤野恵美作，HACCAN絵　講談社　2014.3　199p　18cm　（講談社青い鳥文庫　245-9―お嬢様探偵ありすと少年執事ゆきとの事件簿）　620円　①978-4-06-285407-8
[内容] 雪男を追って姿を消した、こばとさんのおじさんをさがすため、ありす嬢様とぼく、ゆきとは長野県へ。現地で行われる「一日だけのプリンセス」コンテストに参加することに。王子様役の大人気モデルが、お嬢様にむかって、意味深なセリフを。ふたりは、どんな関係なのでしょう？　雪男目撃の真相は？　そして、ぼくは、重大な決断をすることに…。小学中級から。

『古城ホテルの花嫁事件』　藤野恵美作，HACCAN絵　講談社　2013.6　193p　18cm　（講談社青い鳥文庫　245-8―お嬢様探偵ありすと少年執事ゆきとの事件簿）　620円　①978-4-06-285362-0

藤野恵美

|内容| 行商人「帽子屋」氏が、ありすお嬢様のお屋敷に、「城」を売りにやってきました。結婚式を目前にして消えた姫君の伝説が残っているうえに、そこで結婚式を挙げた花嫁は不幸になるという、のろわれた城を…。消えた花嫁伝説の真相を明らかにするため、ありすお嬢様と執事見習いのぼく、ゆきとは、ドイツへ向かったのです―。小学中級から。

『ぼくの嘘』 藤野恵美著 講談社 2012.10 270p 20cm 1400円 ①978-4-06-217986-7

|内容| オタク男子の笹川勇太は密かに親友の彼女に恋している。ある日、彼女が置き忘れていったカーディガンを見つけて届けてあげようと手にとるが、つい、そのカーディガンを抱きしめてしまったところを、誰かに写メに撮られてしまう。ケータイを手にそこに立っていたのは、クラスのリーダー格の世慣れた美少女、結城あおいだった。

『秘密の動物園事件』 藤野恵美作, HACCAN絵 講談社 2012.8 205p 18cm （講談社青い鳥文庫 245-7―お嬢様探偵ありすと少年執事ゆきとの事件簿） 600円 ①978-4-06-285304-0

|内容| 同級生のこばとさんの依頼により、ありすお嬢様は、学園にあらわれた謎の生物の捜査にのりだします。騒動の陰には、意外な人物が…。一方、執事見習いのぼく、ゆきとは、なんと「決闘」をするために学園へ。さがしものをしていたぼくが、ふと気づくと、そこは…。謎の生物は、ぼくを、おそろしい計画にまきこんでしまったのです―。

『豪華客船の爆弾魔事件―お嬢様探偵ありすと少年執事ゆきとの事件簿』 藤野恵美作, HACCAN絵 講談社 2012.3 229p 18cm （講談社青い鳥文庫 245-6） 620円 ①978-4-06-285283-8

|内容| 探偵・ありすお嬢様がいどむ、名画の爆破事件。執事見習いであるぼく、ゆきとは、ありすお嬢様とともに、ねらわれた名画が展示されている豪華客船に乗りこむことになりました。そこには客室専属の完璧な執事がいて、ぼくの出番はなく…。犯行予告にかくされた犯人の真のねらいとは？ お嬢様が、ばつぐんの推理で解決いたします。小学中級から。

『時計塔の亡霊事件―お嬢様探偵ありすと少年執事ゆきとの事件簿』 藤野恵美作, HACCAN絵 講談社 2011.6 221p 18cm （講談社青い鳥文庫 245-5） 600円 ①978-4-06-285196-1

|内容| 探偵・ありすお嬢様が今回いどむのは、フィロソフィア学園七ふしぎのひとつ「時計塔の亡霊」事件！ 執事見習いであるぼく、ゆきとまで、学園の転入試験を受けることになったり、「名探偵の助手」を名乗るこばとからにからまれたり、事件以外でも大変でしたが、あいかわらずありすお嬢様の推理はさえわたっています！ それにしてもお嬢様、学校へ行ってらしたんですね…。

『お嬢様探偵ありすと少年執事ゆきとの事件簿』 藤野恵美作, HACCAN絵 講談社 2010.5 221p 18cm （講談社青い鳥文庫 245-4） 580円 ①978-4-06-285151-0

|内容| ぼくは、夜野ゆきと。11歳。同い年の二ノ宮家当主・ありす様に仕える執事見習いです。ぼくがお屋敷に来てから、お嬢様はお部屋にこもって、ずっと書類をごらんになっているのですが、それはどうやらお嬢様の「お仕事」に関わるようで…。5年前の宝石盗難事件と、ご友人に届いた脅迫状、婚約パーティーでおこった事件。二ノ宮家ありすお嬢様が、まとめて解決いたします！

『まめ太と風の神送り―妖怪サーカス団』 藤野恵美作 学研教育出版 2010.4 261p 19cm （エンタティーン倶楽部） 800円 ①978-4-05-203230-1 〈発売：学研マーケティング 画：まさら〉

|内容| 新しい公演先にやってきた、妖怪たちのぶんぶくサーカス団。ところが練習の合間に、ジュウロク丸は、行方不明に。さらにはチケットがまったく売れないことで団長もいかり爆発、茶釜から蒸気も！ どうやら、裏でだれかがあやつっているためらしい。そのなぞに、サーカス団が立ちあがる！ 鬼の子まめ太も、がんばる。

『怪盗ファントム＆ダークネスEX-GP 5 2（エジプト編）』 藤野恵美作 ポプラ社 2010.3 235p 19cm （怪盗ファントム＆ダークネスシリーズ 6） 1100円 ①978-4-591-11578-7 〈画：えいわ ジャイブ2009年刊の改稿〉

|内容| 歴代の優勝者のみが参加できるEX-GP5。第一回戦、グレイブ・ディガーをやぶったファントムたちの決勝戦の相手は、邪視のシルバーと、ラプラスフェレスを裏切ったスマイルのコンビだ！ 舞台をエジプトに変えて、EX-GP5のクライマックスは、新たなコンビ対決となった…。人気シリーズのEX-GP5エジプト編。

『怪盗ファントム＆ダークネスEX-GP 5 1（スペイン編）』 藤野恵美作 ポプラ社 2010.3 157p 19cm （怪盗ファントム＆ダークネスシリーズ 5） 1100円 ①978-4-591-11577-0 〈画：えいわ

藤野恵美

ジャイブ2008年刊の改稿〉

[内容] EX‐GP4で優勝賞品が何者かに盗まれるという、前代未聞の事態が起こった。ところが、その犯人からファントムのもとに連絡が入り、EX‐GP5の開催を告げられる。なんと出場資格はEX‐GPの歴代の優勝者のみ。果たして怪盗コンビの運命は!?さらに熾烈な闘いが幕を開けたEX‐GP5のスペイン編。

『怪盗ファントム&ダークネスEX-GP 5 2（エジプト編）』　藤野恵美作，えいわ画　ジャイブ　2009.3　235p　18cm　（カラフル文庫　ふ01-06）　790円　①978-4-86176-520-9

[内容] 歴代の優勝者のみが参加できるEX‐GP5。第一回戦、グレイブ・ディガーをやぶったファントムたちの決勝戦の相手は、邪視のシルバーと、ラプラスフェスタを裏切ったスマイルのコンビだ！　舞台をエジプトに変えて、EX‐GP5のクライマックスは、新たなコンビ対決となった…。人気シリーズ最新作、EX‐GP5のエジプト編が登場。

『世界で一番のねこ』　藤野恵美文，相野谷由起絵　アリス館　2008.9　90p　20cm　1200円　①978-4-7520-0417-2

[内容] エトワールは気品にあふれたねこでした。コンテストでは一等賞に選ばれていました。ところがある日、ひふの病気になってしまったのです。美しくなくなったエトワールが、新しくみつけた自分にぴったりの仕事。ねずみとりコンテストでは一等賞をとれるでしょうか？　ねこの成長物語。

『怪盗ファントム&ダークネスEX-GP 5 1（スペイン編）』　藤野恵美作，えいわ画　ジャイブ　2008.3　157p　18cm　（カラフル文庫）　790円　①978-4-86176-481-3

[内容] EX‐GP4で優勝賞品が何者かに盗まれるという、前代未聞の事態が起こった。ところが、その犯人からファントムのもとに連絡が入り、EX‐GP5の開催を告げられる。なんと出場資格はEX‐GPの歴代の優勝者のみ。果たして怪盗コンビの運命は!?さらに熾烈な闘いが幕を開けたEX‐GP5の（1）スペイン編が遂に登場。

『怪盗ファントム&ダークネスEX-GP 4』　藤野恵美作，えいわ画　ジャイブ　2008.3　238p　19cm　（怪盗ファントム&ダークネスシリーズ　4）　1100円　①978-4-591-10146-9〈2007年刊の改稿　発売：ポプラ社〉

[内容] アメリカ・シカゴで開幕したEX‐GPの第4弾！　今回のグランプリ優勝商品は伝説の宝のありかを指し示すという「黄金の羅針盤」だ。前回のEX‐GP3では、決勝戦で惜しくも敗退したファントム&ダークネスのコンビ。再び優勝を目指して、さまざまな難敵と闘うことに…。果たして「黄金の羅針盤」は誰の手に。

『怪盗ファントム&ダークネスEX-GP 3』　藤野恵美作，えいわ画　ジャイブ　2008.3　221p　19cm　（怪盗ファントム&ダークネスシリーズ　3）　1100円　①978-4-591-10145-2〈2006年刊の改稿　発売：ポプラ社〉

[内容] EX‐GPに挑む怪盗ファントム&ダークネスの第3弾。今度の優勝商品はダークネスが昔から狙っていた「暗号百科大全」だ。優勝を目指して戦う舞台は、ラスベガス、ベトナム、ギリシャ、スイス。怪盗コンビの前に立ちふさがる強敵たち。果たして見事優勝を勝ち取れるのか!?

『怪盗ファントム&ダークネスEX-GP 2』　藤野恵美作，えいわ画　ジャイブ　2008.3　205p　19cm　（怪盗ファントム&ダークネスシリーズ　2）　1100円　①978-4-591-10144-5〈2005年刊の改稿　発売：ポプラ社〉

[内容] 闇の世界の大イベント、EX‐GPに挑む怪盗ファントム&ダークネスの第2弾。優勝商品「魔術師グロリアスの水晶玉」を目指し、ハリウッド、ハイデルベルグ、北京、プラハを舞台に華麗かつ大胆に「宝」を手に入れる。果たしてふたりは勝者になれるのか!?

『怪盗ファントム&ダークネスEX-GP 1』　藤野恵美作，えいわ画　ジャイブ　2008.3　198p　19cm　（怪盗ファントム&ダークネスシリーズ　1）　1100円　①978-4-591-10143-8〈2004年刊の改稿　発売：ポプラ社〉

[内容] 世界に四枚しかないコイン「フォーグレイス・クラウン金貨」を持つ物だけが参加を許される「エクスプローラー・グランプリ」。華麗かつ大胆な方法でコインを盗み出し、EX‐GPに挑む怪盗ファントム&ダークネス。相手は超一流のメンバーたちばかり。優勝者には、莫大な賞金と伝説の海賊ウィリーの宝の地図が贈られる。果たしてふたりの運命は!?

『七時間目のUFO研究』　藤野恵美作，Haccan絵　講談社　2008.3　204p　18cm　（講談社青い鳥文庫―SLシリーズ）　1000円　①978-4-06-286407-7

[内容] あなたはUFOを信じますか？　六年生のあきらと天馬は、二人でロケットを飛ば

藤野恵美

『妖怪サーカス団キツネの姫と竜神さま』
藤野恵美作　学習研究社　2007.11
221p　19cm　（エンタティーン倶楽部）
800円　①978-4-05-202925-7　〈画：まさら〉
内容　リバーサイドハッピーランドという遊園地で公演することになったぶんぷくサーカス団。団員となったまめ太は、一輪車乗りを練習するがうまくいかない。その練習を見かけた男の子のタカヤと、まめ太は友だちになる。公演前の遊園地のオープニングイベントでふたりはいっしょに遊ぶが、タカヤは行方不明に。何ものかが仕組んだわなに、まめ太たちはまきこまれて…！

『ねこまた妖怪伝　2』　藤野恵美作，筒井海砂絵　岩崎書店　2007.8　156p
22cm　1200円　①978-4-265-82008-5
内容　ミィは妖力をなくした猫又の妖怪。ある日、公園にさんぽにいくと、キバと名のる大きな犬を見かけた。その話を聞いた長老猫は、オオカミかもしれないぞ、と言う。そんなとき、雪女の雪乃のところへ妖怪ハンターの屋敷から妖怪が逃げたと連絡が入った。ミィとキバの冒険がはじまる。大人気、ジュニア冒険小説大賞受賞作の続編。

『怪盗ファントム＆ダークネスEX-GP 4』　藤野恵美作，えぃわ画　ジャイブ
2007.5　238p　18cm　（カラフル文庫）
790円　①978-4-86176-382-3
内容　アメリカ・シカゴで開幕したEX-GPの第4弾！　今回のグランプリ優勝商品は伝説の宝のありかを指し示すという『黄金の羅針盤』だ。前回のEX-GP3では、決勝戦で惜しくも敗退したファントム＆ダークネスのコンビ。再び優勝を目指して、さまざまな難敵と闘うことに…。果たして『黄金の羅針盤』は誰の手に。

『七時間目のUFO研究』　藤野恵美作　講談社　2007.3　204p　18cm　（講談社青い鳥文庫 245-3）　580円　①978-4-06-148761-1　〈絵：Haccan〉
内容　あなたはUFOを信じますか？　六年生のあきらと天馬は、二人でロケットを飛ばしている。…といっても、ペットボトルで作ったものだけど。実験中、天馬が偶然UFOを目撃したからさあ大変！　新聞記者やテレビ、怪しげなカウンセラーまでやってきた！　ひとりの記者と知り合っていろいろ話すうちに、あきらの中で宇宙への思いが熱くなる。小学中級から。

『妖怪サーカス団がやってくる！』　藤野恵美作　学習研究社　2006.4　221p
19cm　（エンタティーン倶楽部）　800円
①4-05-202555-5　〈画：まさら〉
内容　鬼の里を守るため、自分から「ぶんぷくサーカス団」に売られて入った鬼の子、まめ太。なんとその「ぶんぷくサーカス団」は、団員みんなが妖怪たちのサーカス団だった…。子どもたちを楽しませる妖怪たちの見事な演技に、まめ太も感動する。しかし彼らにはもうひとつ、裏の仕事があった…。

『七時間目の占い入門』　藤野恵美作　講談社　2006.3　220p　18cm　（講談社青い鳥文庫 245-2）　580円　①4-06-148720-5　〈絵：Haccan〉
内容　悩んだり困ったりしたとき、占いに頼りたくなること、あるよね。神戸の小学校に転校した、六年生の佐々木さくらも、そんな女の子の一人。趣味は占いって自己紹介して、すぐにクラスにとけこむことができたけど、その占いのせいで、クラスの女の子どうしが険悪な雰囲気になってしまった！　困ったさくらは占いで解決しようと考え、占いの館へ！　小学中級から。

『怪盗ファントム＆ダークネスEX-GP 3』　藤野恵美作，えぃわ画　ジャイブ
2006.2　221p　18cm　（カラフル文庫）
790円　①4-86176-278-2
内容　EX-GPに挑む怪盗ファントム＆ダークネスの第3弾。今度の優勝賞品はダークネスが昔から狙っていた「暗号百科大全」だ。優勝を目指して戦う舞台は、ラスベガス、ベトナム、ギリシャ、スイス。怪盗コンビの前に立ちふさがる強敵たち。果たして見事優勝を勝ち取れるのか!?　「ヒント？」連載に書き下ろしを加えた最新作が遂に登場。

『ゲームの魔法』　藤野恵美作，羽住都絵
アリス館　2005.11　163p　21cm
1400円　①4-7520-0315-5
内容　アトピー検査のため入院したきなこは、長期入院の紗雪を見つける。面会謝絶の紗雪と友だちになるために、アドベンチャー・スター・オンラインゲームの扉をあけた。入院中の冒険物語。

『怪盗ファントム＆ダークネスEX-GP 2』　藤野恵美作　ジャイブ　2005.5
205p　18cm　（カラフル文庫）　760円
①4-86176-137-9　〈画：えぃわ〉
内容　闇の世界の大イベント、EX-GPに挑む怪盗ファントム＆ダークネスの第2弾。優勝賞品『魔術師グロリアスの水晶玉』を目指

子どもの本　現代日本の創作　最新3000　319

し，ハリウッド，ハイデルベルク，北京，プラハを舞台に華麗かつ大胆に「宝」を手に入れる。はたしてふたりは勝者になれるのか!?「ヒント？」連載の人気作品がカラフル文庫で登場。

『七時間目の怪談授業』 藤野恵美作，琉暮しお絵 講談社 2005.3 261p 18cm （講談社青い鳥文庫）620円 ①4-06-148681-0
内容 月曜日。羽田野はるかの携帯電話に呪いのメールが届いた。9日以内に3通送らないと，霊に呪われるという話。不安でたまらないはるかはケータイを先生に没収されてしまった！ メールを送れない，とあせるはるかに，幽霊がいると思わせたらケータイを返すと先生がいった。毎日放課後，みんなで怖い話をするが，日にちはどんどん過ぎていく！ 小学上級から。

『怪盗ファントム&ダークネスEX-GP1』 藤野恵美作，えぃわ画 ジャイブ 2004.9 196p 18cm （カラフル文庫）780円 ①4-902314-97-5
内容 世界に四枚しかないコイン『フォーグレイス・クラウン金貨』を持つ者だけが参加を許される『エクスプローラー・グランプリ』。華麗かつ大胆な方法でコインを盗み出し，EX-GPに挑む怪盗ファントム&ダークネス。相手は超一流のメンバーたちばかり。優勝者には，莫大な賞金と伝説の海賊ウィリーの宝の地図が贈られる。果たしてふたりの運命は!? 書き下ろし作品。

『ねこまた妖怪伝』 藤野恵美作，筒井海砂絵 岩崎書店 2004.4 158p 22cm 1200円 ①4-265-80139-0
内容 さみしがりやの妖怪・猫又のミィは，ふしぎな能力を持つ人間の女の子まなかと，公園で出会った。やさしくされたミィは，まなかと，なかよくなりたいと願う。だが，謎の男があらわれて，まなかをつれさってしまった！ あったかくて，ちょっと切ない，ハートフル冒険ファンタジー。第2回ジュニア冒険小説大賞受賞作品。

古市　卓也
ふるいち・たくや

『鍵の秘密』 古市卓也作，YUJI画 福音館書店 2010.11 690p 22cm 〔福音館創作童話シリーズ〕2800円 ①978-4-8340-2603-0
内容 一本の鍵に導かれて別の世界に関わりを持った昇。閉ざされた城を解放し失踪した父を取り戻すための戦いに挑むことに…。

『黒猫が海賊船に乗るまでの話』 古市卓也作 理論社 2006.2 395p 19cm 1600円 ①4-652-07773-4
内容 ある夜，おじいさんの前に見知らぬ少年が現れて「お話をはじめて」とせがむ。一それがすべての始まりだった。やがて舞台が作られ，人形が動きだす。…迷走する芝居の行き着く先は？ はるか洋上の海賊船で，黒猫が船長に語った長い長い物語。重なりあう虚構と現実—出色の新人作家登場。

星野　富弘
ほしの・とみひろ
《1946～》

『ありがとう私のいのち—星野富弘詩画集』 星野富弘著 学研パブリッシング 2011.11 80p 24cm 1000円 ①978-4-05-203497-8 〈年譜あり　発売：学研マーケティング〉

『ありがとう私のいのち—星野富弘『風の旅』からのメッセージ　第4巻　小さな旅立ち』 星野富弘著 学研パブリッシング 2011.2 55p 26cm 2500円 ①978-4-05-500829-7,978-4-05-811187-1 〈発売：学研マーケティング〉

『ありがとう私のいのち—星野富弘『風の旅』からのメッセージ　第3巻　友への手紙』 星野富弘著 学研パブリッシング 2011.2 55p 26cm 2500円 ①978-4-05-500828-0,978-4-05-811187-1 〈発売：学研マーケティング〉

『ありがとう私のいのち—星野富弘『風の旅』からのメッセージ　第2巻　絵を描きたい』 星野富弘著 学研パブリッシング 2011.2 55p 26cm 2500円 ①978-4-05-500827-3,978-4-05-811187-1 〈発売：学研マーケティング〉

『ありがとう私のいのち—星野富弘『風の旅』からのメッセージ　第1巻　字を書きたい』 星野富弘著 学研パブリッシング 2011.2 55p 26cm 2500円 ①978-4-05-500826-6,978-4-05-811187-1 〈年譜あり　発売：学研マーケティング〉

穂高　順也
ほたか・じゅんや
《1969～》

『ゆめどろぼうカメかめん』　穂高順也作,深見春夫絵　岩崎書店　2012.11　77p　22cm　（おはなしトントン　38—劇団どうぶつ座　第3回公演）　1200円　①978-4-265-06716-9
|内容| なわとびで二じゅうとびのできる子も、てつぼうでさかあがりのできない子も、本日は劇団「どうぶつ座」第三回公演へようこそ。みなさまは、いつも、ねむっているあいだにゆめをみているかしら？　今回は、そのゆめを勝手にすいとってしまったり、かえてしまったり、つくったり…そんなたのしいことのできる「ゆめどろぼうカメかめん」のお話です。それでは、はじまり、はじまりー。

『王さまどなた？—劇団どうぶつ座第二回公演』　穂高順也作,深見春夫絵　岩崎書店　2009.5　76p　22cm　（おはなしトントン　16）　1000円　①978-4-265-06281-2
|内容| ここは、のんびりとしたけものの国。ある日とつぜん、王さまをきめることになりました。やぎとひつじは、われこそはと名のりです。いったい、だれが王さまになるのでしょう。あっとおどろく王さまのおはなし。

『パンダのパンや—劇団どうぶつ座旗揚げ公演』　穂高順也作,深見春夫絵　岩崎書店　2007.11　66p　22cm　（おはなしトントン　7）　1000円　①978-4-265-06272-0
|内容| 「パンダのパンや」には、ほかの店にはないたのしいパンが、いっぱいです。「うきわパンと、パンツパン」なんて、いかがでしょう。「かいじゅうパン」もありますよ。ふしぎなパンがたくさんでてくるおはなし。小学校低学年から。

堀　直子
ほり・なおこ
《1953～》

『ちいさなやたいのカステラやさん』　堀直子作,神山ますみ絵　小峰書店　2013.5　62p　22cm　（おはなしだいすき）　1100円　①978-4-338-19226-2
|内容| おかのふもとにあらわれたちいさなやたいのカステラやさん。こんなところでカステラをうるなんて！　くちをとがらせたナナにはでしたがあじみをしてみてびっくり！ぜんぜんおいしくないんです…

『犬とまほうの人さし指！』　堀直子作,サクマメイ絵　あかね書房　2012.9　156p　21cm　（スプラッシュ・ストーリーズ　12）　1100円　①978-4-251-04412-9
|内容| ある日、クラスメイトのユイちゃんが、魔法のように犬を飛ばせるのを見たわかな。それがドッグスポーツの「アジリティー」で、ユイちゃんが世界をめざしていることを知ったわかなは、飼い犬のダイチといっしょに大応援！　ところがユイちゃんがスランプに…!?　夢に向かってがんばるユイとわかなの、友情物語。

『カステラやさんのバースデーケーキ』　堀直子作,神山ますみ絵　小峰書店　2012.9　62p　22cm　（おはなしだいすき）　1100円　①978-4-338-19224-8
|内容| おかのうえのカステラやさん、パパのやくおいしいカステラが、じまんのおみせです。ところがきょうは、ナナがひとりでおるすばん。さて、どんなおきゃくさんがきてくれるのかな？　しかくいカステラが、まんまるケーキにだいへんしん!?　おいしいおはなし、めしあがれ。カステラやさんの本。

『鈴とリンのひみつレシピ！』　堀直子作,木村いこ絵　あかね書房　2008.9　140p　21cm　（スプラッシュ・ストーリーズ　6）　1100円　①978-4-251-04406-8
|内容| 鈴は、なんのとりえもない小学生。ところが、のら犬だったリンのために料理を作ると、みんなから大好評！　料理コンテストに出場することになった鈴は、リンといっしょにひみつの料理を考えて…。

『ベストフレンド—あたしと犬と！』　堀直子作　あかね書房　2006.12　154p　21cm　（あかね・ブックライブラリー　14）　1200円　①4-251-04194-1〈絵：ミヤハラヨウコ〉
|内容| 生まれたときから兄妹のようにいっしょに育った、犬の"ライオン"が死んだ。千織はそれ以来、悲しみから抜けだすことができない。そんなある日、"ライオン"にそっくりな犬"コーチャ"に出会った千織は…。

『こうえんどおりのようふくやさん』　堀

直子作，神山ますみ絵　小峰書店　2005.8　62p　22cm　（おはなしだいすき）　1000円　①4-338-19207-0

『のいちごケーキのたんじょうび』　ほりなおこ作，よしだなみ絵　ポプラ社　2005.3　70p　22cm　（おはなしポンボン 22）　900円　①4-591-08588-0

内容　きょうははるかのたんじょうび！　おかあさんがケーキをつくってくれます。「どんなケーキがいい？」ときかれて、「のいちごたっぷりのケーキ!!」はるかはげんきにこたえましたが…。

堀口　勇太
ほりぐち・ゆうた

『魔法屋ポプル のこされた手紙と闇の迷宮』　堀口勇太作，玖珂つかさ絵　ポプラ社　2014.5　187p　18cm　（ポプラポケット文庫 066-16）　620円　①978-4-591-13991-2

内容　わたし、見習い魔女のポプル。魔法屋ティンクル☆スターの店主なのに、お店のことにも、オリジナルアイテムの開発にも身がはいらない毎日…。気になっているのは、わたしのパパのこと。わたしのパパって、だれなんだろう？　いったい、どんなひとなの？　ポプルの出生の秘密にせまる、人気シリーズ第16巻！　小学校上級〜。

『魔法屋ポプル さらわれた友』　堀口勇太作，玖珂つかさ絵　図書館版　ポプラ社　2014.4　204p　18cm　（魔法屋ポプルシリーズ 13）　1100円　①978-4-591-13891-5,978-4-591-91467-0

『魔法屋ポプル 大魔王からのプロポーズ』　堀口勇太作，玖珂つかさ絵　図書館版　ポプラ社　2014.4　205p　18cm　（魔法屋ポプルシリーズ 14）　1100円　①978-4-591-13892-2,978-4-591-91467-0

『魔法屋ポプル 呪われたプリンセス』　堀口勇太作，玖珂つかさ絵　図書館版　ポプラ社　2014.4　203p　18cm　（魔法屋ポプルシリーズ 15）　1100円　①978-4-591-13893-9,978-4-591-91467-0

『魔法屋ポプル 呪われたプリンセス』　堀口勇太作，玖珂つかさ絵　ポプラ社　2014.1　203p　18cm　（ポプラポケット文庫 066-15）　650円　①978-4-591-13722-2

内容　わたし、見習い魔女ポプルのお店、魔法屋ティンクル☆スターには、いろんなお客さまがやってくるの。きょうのお客さまは、かわいいウサ耳の女の子。ショーケースのはじからはじまで、ぜーんぶお買いあげ…って、ホントに〜!?　なんだか、いやな予感…。ハラハラ☆ドキドキの大人気マジカルファンタジー第15巻！　小学校上級〜。

『魔法屋ポプル 大魔王からのプロポーズ』　堀口勇太作，玖珂つかさ絵　ポプラ社　2013.9　205p　18cm　（ポプラポケット文庫 066-14）　650円　①978-4-591-13578-5

内容　わたし、魔法屋ティンクル☆スターの店主、ポプル。きょうは、謎めいたすてきなお客さまが来店！　きれいなエメラルドの瞳に、すいこまれてしまいそう…。そとはどしゃぶりだし、どうぞゆっくりしていってくださいね。あれ、アルはなんでふきげんなのかなあ〜。ちょっぴりドキドキ、いつもハラハラ。大人気マジカルファンタジー第14巻！　小学校上級〜。

『魔法屋ポプル さらわれた友』　堀口勇太作，玖珂つかさ絵　ポプラ社　2013.5　204p　18cm　（ポプラポケット文庫 066-13）　650円　①978-4-591-13452-8

内容　わたし、魔法屋ティンクル☆スターの店主ポプル！　わたしの使い魔のリアナが、森にいったまま帰ってこないの…。アル！先生！　リアナをたすけにいかなくちゃ！　ハラハラの展開に目がはなせない待望の人気シリーズ第13巻！　小学校上級〜。

『魔法屋ポプル 悪魔のダイエット!?』　堀口勇太作，玖珂つかさ絵　図書館版　ポプラ社　2013.4　203p　18cm　（魔法屋ポプルシリーズ 9）　1100円　①978-4-591-13329-3,978-4-591-91359-8

『魔法屋ポプル あぶない使い魔と仮面の謎』　堀口勇太作，玖珂つかさ絵　図書館版　ポプラ社　2013.4　217p　18cm　（魔法屋ポプルシリーズ 6）　1100円　①978-4-591-13326-2,978-4-591-91359-8

『魔法屋ポプル お菓子の館とチョコレートの魔法』　堀口勇太作，玖珂つかさ絵　図書館版　ポプラ社　2013.4　221p　18cm　（魔法屋ポプルシリーズ 8）　1100円　①978-4-591-13328-6,978-4-591-91359-8

『魔法屋ポプル 砂漠にねむる黄金宮』 堀口勇太作, 玖珂つかさ絵 図書館版 ポプラ社 2013.4 220p 18cm （魔法屋ポプルシリーズ 3） 1100円 ①978-4-591-13323-1,978-4-591-91359-8

『魔法屋ポプル ステキな夢のあまいワナ』 堀口勇太作, 玖珂つかさ絵 図書館版 ポプラ社 2013.4 236p 18cm （魔法屋ポプルシリーズ 12） 1100円 ①978-4-591-13332-3,978-4-591-91359-8

『魔法屋ポプル ドキドキ魔界への旅』 堀口勇太作, 玖珂つかさ絵 図書館版 ポプラ社 2013.4 211p 18cm （魔法屋ポプルシリーズ 10） 1100円 ①978-4-591-13330-9,978-4-591-91359-8

『魔法屋ポプル 時の魔女のダンスパーティー』 堀口勇太作, 玖珂つかさ絵 図書館版 ポプラ社 2013.4 214p 18cm （魔法屋ポプルシリーズ 11） 1100円 ①978-4-591-13331-6,978-4-591-91359-8

『魔法屋ポプル ドラゴン島のウエディング大作戦』 堀口勇太作, 玖珂つかさ絵 図書館版 ポプラ社 2013.4 236p 18cm （魔法屋ポプルシリーズ 7） 1100円 ①978-4-591-13327-9,978-4-591-91359-8

『魔法屋ポプル 「トラブル、売ります」』 堀口勇太作, 玖珂つかさ絵 図書館版 ポプラ社 2013.4 220p 18cm （魔法屋ポプルシリーズ 1） 1100円 ①978-4-591-13321-7,978-4-591-91359-8

『魔法屋ポプル プリンセスには危険なキャンディ』 堀口勇太作, 玖珂つかさ絵 図書館版 ポプラ社 2013.4 230p 18cm （魔法屋ポプルシリーズ 2） 1100円 ①978-4-591-13322-4,978-4-591-91359-8

『魔法屋ポプル ママの魔法陣とヒミツの記憶』 堀口勇太作, 玖珂つかさ絵 図書館版 ポプラ社 2013.4 228p 18cm （魔法屋ポプルシリーズ 5） 1100円 ①978-4-591-13325-5,978-4-591-91359-8

『魔法屋ポプル 友情は魔法に勝つ!!』 堀口勇太作, 玖珂つかさ絵 図書館版 ポプラ社 2013.4 228p 18cm （魔法屋ポプルシリーズ 4） 1100円 ①978-4-591-13324-8,978-4-591-91359-8

『魔法屋ポプル ステキな夢のあまいワナ』 堀口勇太作, 玖珂つかさ絵 ポプラ社 2013.1 236p 18cm （ポプラポケット文庫 066-12） 650円 ①978-4-591-13202-9

内容 わたし、魔法屋ティンクル☆スターの店主ポプル。みんなは、きのう、どんな夢を見た？ お店の常連シホちゃんは、こわい夢を見ちゃったんだって〜（涙）。そうだ、いつもたのしい夢が見られる魔法アイテムって、どうかなぁ〜？ よぉし、新アイテムづくり、がんばるぞー！ ドッキドキの人気シリーズ第12巻！ 小学校上級向け。

『魔法屋ポプル 時の魔女のダンスパーティー』 堀口勇太作, 玖珂つかさ絵 ポプラ社 2012.9 214p 18cm （ポプラポケット文庫 066-11） 650円 ①978-4-591-13067-4

内容 わたし、見習い魔女ポプル。みんな、きいてー。な、なーんと、わたしにお城の舞踏会の招待状がとどいたの。なにを着ていこうかな。もしかして、先生やアルとおどっちゃうのかな☆いまからドキドキー!! きっとすてきな夜になるハズ…。おどろきの展開がまっている、人気シリーズ第11巻。小学校上級〜。

『魔法屋ポプル ドキドキ魔界への旅』 堀口勇太作, 玖珂つかさ絵 ポプラ社 2012.4 211p 18cm （ポプラポケット文庫 066-10） 650円 ①978-4-591-12934-0

内容 魔法ショップ・ティンクル☆スターは、わたし、見習い魔女ポプルのお店だよ。きょうも一日、大いそがし。そんなときに、ちょっとかわったお客さまがやってきて…。またまたトラブルが起きそうな予感…。ドキドキの展開がまち受けるマジカル☆ファンタジー記念すべき第10巻。小学校上級〜。

『魔法屋ポプル 悪魔のダイエット!?』 堀口勇太作, 玖珂つかさ絵 ポプラ社 2011.12 203p 18cm （ポプラポケット文庫 066-9） 620円 ①978-4-591-12689-9

内容 わたし、見習い魔女ポプル。使い魔のアルがしばらく、旅にでるの。だから、もうひとりの使い魔・リアナといっしょに、わた

堀口勇太

しのお店の魔法屋「ティンクル☆スター」をまもって、留守番はバッチリ☆のはずだったんだけど〜。あーん、どうしてこうなるの〜。ハラハラ☆ドキドキのジェットコースターファンタジー、おまちかねの第9巻。小学校上級〜。

『**魔法屋ポプル お菓子の館とチョコレートの魔法**』　堀口勇太作、玖珂つかさ絵　ポプラ社　2011.8　221p　18cm　（ポプラポケット文庫 066-8）650円　①978-4-591-12541-0

[内容]　わたし、見習い魔女ポプル。きょうは、魔法屋「ティンクル☆スター」の休業日。使い魔のアルとリアナといっしょに、クッキーづくり。そこへ師匠のラルガス先生あてにお手紙がとどいて、わたしたちお菓子の館に招待されたんだ！　お菓子、だーい好き。今回は、いいことづくめかも!?　人気急上昇中シリーズ待望の第8巻。小学校上級〜。

『**魔法屋ポプル ドラゴン島のウエディング大作戦!!**』　堀口勇太作、玖珂つかさ絵　ポプラ社　2011.3　236p　18cm　（ポプラポケット文庫 066-7）650円　①978-4-591-12389-8

[内容]　わたし、見習い魔女ポプルのお店『ティンクル☆スター』に、またまた謎のお客さま。小さくてかわいい女の子なのに、すっご〜いあばれんぼうなの。でも、その女の子、じつはドラゴンの国のプリンセスなんだって。うそでしょ！　わくわく☆ドキドキの大人気ジェットコースターファンタジー第7巻。小学校上級〜。

『**魔法屋ポプル あぶない使い魔と仮面の謎**』　堀口勇太作、玖珂つかさ絵　ポプラ社　2010.10　217p　18cm　（ポプラポケット文庫 066-6）570円　①978-4-591-12080-4

[内容]　わたし、見習い魔女ポプルのお店「ティンクル☆スター」は、きょうも大いそがし（わたしの失敗のせいもあるんだけど…）。アルが、仕事が多すぎるとぷんぷんしているものだから、もうひとり使い魔を契約することにしたら…。なんだか不気味なお客さまもやってきちゃうし、どうしよう〜!!　ハラハラの展開から目がはなせない☆待望のシリーズ第6巻！　小学校上級から。

『**魔法屋ポプル ママの魔法陣とヒミツの記憶**』　堀口勇太作、玖珂つかさ絵　ポプラ社　2010.5　228p　18cm　（ポプラポケット文庫 066-5）570円　①978-4-591-11803-0

[内容]　わたし、見習い魔女のポプル。わたし

のお店「ティンクル☆スター」に、たったひとりの肉親、レオンおじさんがやってきて。今度、エルフの国の将軍になるんだって。すご〜い☆おじさんの昇進の儀式の席に、なんと、わたしも招待されちゃった！　いざ「黒き森の国」へ出発!!　今回こそはトラブルなんておこさない！　つもりなんだけど…。ポプルの生まれ故郷で、その出生の秘密にせまる、ドキドキ☆の第5巻！　小学校上級。

『**魔法屋ポプル 友情は魔法に勝つ!!**』　堀口勇太作、玖珂つかさ絵　ポプラ社　2009.11　228p　18cm　（ポプラポケット文庫 066-4）570円　①978-4-591-11231-1

[内容]　わたし、見習い魔女ポプルのお店「ティンクル☆スター」に、とつぜんのお客さま。魔法学校時代の大親友リリリちゃんがあいにきてくれたのなつかし〜!!　リリリちゃんは、どうやら相談ごとがあるみたい。わたし、リリリちゃんのためなら、がんばっちゃうもんね。でも、その内容って!?　ミラクル＆トラブルなジェットコースターファンタジー、待望の第4巻。小学校上級から。

『**魔法屋ポプル 砂漠にねむる黄金宮**』　堀口勇太作、玖珂つかさ絵　ポプラ社　2009.6　220p　18cm　（ポプラポケット文庫 066-3）570円　①978-4-591-10996-0

[内容]　わたし、魔法屋「ティンクル☆スター」の店主・見習い魔女ポプル。いま、お金に超こまっているの〜。借金をかえさないと、ティンクル☆スターを取られちゃうかも!?　どうしよう…。幻の黄金を手にいれるため、ポプルの一発逆転大冒険!!　ハラハラドキドキがいっぱいの、シリーズ第3巻。

『**魔法屋ポプル プリンセスには危険なキャンディ**』　堀口勇太作、玖珂つかさ絵　ポプラ社　2009.1　230p　18cm　（ポプラポケット文庫 066-2）570円　①978-4-591-10751-5

[内容]　わたし、新米魔女ポプル。魔法屋「ティンクル☆スター」へようこそ！　今度、新アイテムのキャンディを開発したの！　大成功！　のはずだったんだけど…。このキャンディで、ラルガス先生がピンチになっちゃうなんて〜!!　ドキドキ☆ハラハラファンタジー、待望の2巻め。小学校上級。

『**魔法屋ポプル 「トラブル、売ります」**』　堀口勇太作、玖珂つかさ絵　ポプラ社　2008.9　220p　18cm　（ポプラポケット文庫 66-1）570円　①978-4-591-10465-1

[内容]　魔法ショップ「ティンクル☆スター」

開店！　わたし、新米魔女ポプルのお店なの。オリジナルの魔法グッズもあれば、恋のなやみ相談もうけますよぉ！　だけど、かんじんのお客さまが、こないの〜。第二回Dreamスマッシュ！　大賞受賞作。

堀米　薫
ほりごめ・かおる

『林業少年』　堀米薫作，スカイエマ絵　新日本出版社　2013.2　189p　20cm　1500円　①978-4-406-05666-3
内容　山持ちとして代々続く大沢家の長男・喜樹は、祖父・庄蔵の期待を一身に受けていた。家族から「干物」と陰口をたたかれる庄蔵だが、木材取引の現場では「勝負師」に変身する。百年杉の伐採を見届ける喜樹は、その重量感に圧倒された喜樹は―。山彦と姫神の物語。

『チョコレートと青い空』　堀米薫作，小泉るみ子絵　そうえん社　2011.4　175p　20cm　（ホップステップキッズ！　18）　950円　①978-4-88264-447-7
内容　アフリカのガーナからやってきたエリックさんにであって、ぼくは、チョコレートのほんとうの味を知った…小学4・5・6年生向き。

『牛太郎、ぼくもやったるぜ！』　堀米薫作，岡本順絵　佼成出版社　2009.5　94p　22cm　（いのちいきいきシリーズ）　1300円　①978-4-333-02379-0
内容　ぼくの名前は、健太郎。そして、ぼくの弟分は、子牛の「牛太郎」！　といっても、メスなんだけど…。母牛と小さいときにわかれたり、仲間からいじめられたり、牛の世界もけっこうたいへんだ。でも、牛太郎はがんばっている。ぼくも、いじめっこなんかに負けていられないぜ。

本田　有明
ほんだ・ありあけ
《1952〜》

『願いがかなうふしぎな日記』　本田有明著　PHP研究所　2012.8　151p　20cm　1300円　①978-4-569-78253-9
内容　おばあちゃんからもらった日記に書いた願いごと。もう一度おばあちゃんに会いたい、両親が仲直りしてほしい、泳げるようになりたい…。そして、光平にはどうしても実現させたい願いがあった。

『ぼくたちのサマー』　本田有明著　PHP研究所　2011.6　165p　20cm　1300円　①978-4-569-78144-0
内容　親友・勇太がいじめられるきっかけを作ってしまった健吾。あやまる勇気が出ない健吾の心を、「サマー」との出会いが変えていく。犬をめぐる、命と友情の物語。

『卒業の歌―ぼくたちの挑戦』　本田有明著　PHP研究所　2010.1　160p　20cm　1300円　①978-4-569-78025-2
内容　校内合唱コンクールに、創作曲で挑むことになった6年3組。創作曲の作詞をまかされた翔太。そして、作曲をすることになった麻里絵は…。

『じっちゃ先生とふたつの花』　本田有明著　PHP研究所　2008.7　143p　20cm　1300円　①978-4-569-68798-8
内容　夏休み三日目、ぼくは、じっちゃ先生に出会った―。仲が悪い両親と暮らし、学校ではいじめられている健太。あの日、健太が投げた大魔球が、夏休みに「奇跡」を起こした。老人と少年の心の交流を描いた、さわやかな夏の物語。

誉田　竜一
ほんだ・りゅういち

『なにわ春風堂　3　炎をこえて生きてゆけ』　誉田竜一著　くもん出版　2008.12　174p　19cm　880円　①978-4-7743-1583-6
内容　奉行所の元与力、大塩平八郎。寺子屋「春風堂」の明庵先生の、先生だ。生活に苦しむ人たちを救おうと手をつくしたが、お上に歯向かって、とうとう立ちあがった。大砲のたまが飛びかうなか大塩のもとにかけつける明庵先生。そのあとを追う幸太郎たち。炎が立ちのぼる大坂の町。はたして、その結末は…。

『なにわ春風堂　2　首だけのお化けが笑う』　誉田竜一著　くもん出版　2008.12　175p　19cm　880円　①978-4-7743-1582-9
内容　寺子屋「春風堂」の明庵先生はたくさんの知識と切れる頭の持ち主。寺子屋で学ぶ子どもたちを時には助け、時にはきびしくしかり、時にはともになみだを流す。幸太郎たち仲よし四人組も心強い味方と、心からしたっている。ところが、どうやら前はさむらいだったらしいのだ…。

『なにわ春風堂 1 なぞの金まき男』 誉田竜一著　くもん出版　2008.12　172p　19cm　880円　①978-4-7743-1581-2

[内容] およそ200年前。江戸時代の大坂にあった、寺子屋の「春風堂」。子どもたちは文字の読み書きや計算、生活に必要な知識などを学んでいた。そこに通う幸太郎、お恵、俊輔、そしてお由美の仲よし四人組が大阪の町で、なぞやふしぎに満ちたできごとに、次つぎと巻きこまれていく。さてさてどのように切りぬけていくのか…。

牧野　修
まきの・おさむ
《1958～》

『都市伝説探偵セリ 2 噂のサッちゃん』牧野修作, 米田仁士画　理論社　2009.2　148p　18cm　（フォア文庫 C212）　600円　①978-4-652-07494-7

[内容] 天端セリ、新倉岩魚、甘粕美優の三人は、"都市伝説探偵団"を結成しました。そして今回、三人組が挑戦するのは、噂の少女たち。夢の世界に住むサッちゃんや、鏡の世界に住む鏡子さんが登場します。いずれも、怖～いお話です。ハチャメチャ三人組が大活躍の、ユーモア・ホラー第二弾。

『都市伝説探偵セリ 1 リコーダー・パニック』　牧野修作, 米田仁士画　理論社　2008.10　165p　18cm　（フォア文庫）　600円　①978-4-652-07491-6

[内容] 元気と勇気は誰にも負けない女の子、天端セリ。恐がりなのになぜかオカルト好きな、新倉岩魚。奇跡の美少女、甘粕美優。そんな三人が、ついに"都市伝説探偵団"を結成!! 町中でささやかれる、あんな噂や、こんな噂の、真実を解き明かします。ハチャメチャ三人組が大活躍の、ユーモア・ホラー第一弾。

『水銀奇譚』　牧野修作　理論社　2007.8　363p　20cm　（ミステリーYA！）　1300円　①978-4-652-08611-7

[内容] シンクロナイズド・スイミングに打ち込む香織には、現実の高校生活より、水の中のほうがリアリティがある。肉体をコントロールし、完璧な演技をすることがすべての世界。すべては雨と、連続して発見された溺死体から始まった。死んだのは、香織の小学校時代の教師や友人ばかり。当時の記憶が、鈍い痛みとともによみがえってくる。「選ばれし者」だけが入部できる秘密のクラブ、錬金術やオカルトにくわしい美少年の謎の失踪…。やがて、香織の身にも奇妙な出来事が次々と襲いかかる。鋭利な言葉と奇抜な発想で異世界を構築する牧野修がはなつ青春ホラー・ミステリー。

牧野　節子
まきの・せつこ
《1949～》

『お笑い一番星』　牧野節子作, 桜井砂冬美絵　くもん出版　2011.3　143p　21cm　1300円　①978-4-7743-1932-2

[内容] お笑い学校に入学したトシオとトビ太。ネタの練習に歌にダンス…たいへんだけど、夢はビッグなお笑い芸人！　まずは、学校の"お笑いバトル"で優勝だー。

『キラメキ☆ライブハウス 2』　牧野節子作, 沢音千尋絵　岩崎書店　2010.11　220p　19cm　（〔YA！ フロンティア〕）　900円　①978-4-265-07228-6

[内容] 行方不明の母を探しに、夏休みにくるみは大林と共に神戸に行こうとしていた。しかし、三銃士の復活ライブがスペインで行われることになり、くるみも一緒に参加するためにスペインへと旅立つ。

『空色バレリーナ』　牧野節子作, よこやまようへい絵　角川学芸出版　2010.11　116p　22cm　（カドカワ学芸児童名作）　1600円　①978-4-04-653409-5　〈発売：角川グループパブリッシング〉

[内容] ライトに照らされた、初めての、舞台。…背中に小さな羽根をつけた天使の役のはるかは、遠い未来に向かって、心を羽ばたかせた。

『夢見るアイドル 3』　牧野節子作, 亜沙美絵　角川学芸出版　2010.3　246p　18cm　（角川つばさ文庫 Aま1-3）　680円　①978-4-04-631090-3　〈発売：角川グループパブリッシング〉

[内容] 軽井沢に引っ越したルリは、中学生の男の子タケシと知り合う。転校先の小学校になじめないルリだったが、春休みと夏休み、東京へ行き、新生三色アイスの活動も続けていた。そんなルリはタケシから「一等賞はロンドン旅行」というコンクールのことを知らされる。いっしょに挑戦しようと誘うタケシ。だがサンゴからの電話でも、同じ誘いを受ける。タケシを選ぶか、三色アイスか、迷ったルリが出した答えは…。小学中級から。

『夢見るアイドル 2』　牧野節子作, 亜沙

美絵　角川学芸出版　2009.10　246p　18cm　（角川つばさ文庫　Aま1-2）　640円　①978-4-04-631058-3〈発売：角川グループパブリッシング〉

内容　4年生の2学期。プロデビューを控えた白英は態度が大きくなり、ルリとサンゴにも冷たくなる。怒ったルリは、外国人の男の子ジョージを三色アイスの新メンバーに引き入れる。クリスマスコンサートへの出演も決まり、張り切る新生三色アイス。だがルリは、年明けには引っ越しをするのだとママに告げられる。一方白英は、怪我や祖母の病気といったトラブルを抱えつつもプロデビューを果たすが…。

『夢見るアイドル　1』　牧野節子作，亜沙美絵　角川学芸出版　2009.6　244p　18cm　（角川つばさ文庫　Aま1-1）　640円　①978-4-04-631030-9〈発売：角川グループパブリッシング〉

内容　青山ルリは、歌が大好きでアイドルを夢見る小4の女の子。クラスメイトの優等生赤井サンゴ、態度がやたらでかい転校生の大滝白英と3人でアカペラグループ「三色アイス」を結成する。いろんな困難にもぶち当たるが、めげないで周囲の助けを受けながら、あこがれのコンテスト決勝に進む。奇跡よ起これ！　コンテスト優勝めざして夢いっぱいの物語がはじまる！　小学中級から。

『キラメキ☆ライブハウス　1』　牧野節子作，沢音千尋絵　岩崎書店　2009.3　217p　19cm　（〔YA！フロンティア〕）　900円　①978-4-265-07218-7

内容　父親が脱サラして始めるライブハウスは、くるみが大好きだったレイゆかりのお店だった。幽霊になって現れたレイと共にくるみはオープニングを成功させるべく奮闘する。おしゃれであたたかなライブハウス恋物語。

『めろんちゃんのドリームカレー』　牧野節子作，岩本真槻絵　岩崎書店　2006.9　87p　20cm　（童話のパレット　13）　1000円　①4-265-06713-1

内容　横浜のおばあちゃまの家に遊びにきためろんと圭貴は、おばあちゃまと横浜のみなとみらいへやってきた。そこで知り合った智春さんのために、めろんはドリームカレーをつくることになる。はたして、その味は。

『めろんちゃんのメルヘンケーキ』　牧野節子作，岩本真槻絵　岩崎書店　2005.3　87p　20cm　（童話のパレット　11）　1000円　①4-265-06711-5

内容　夏休みは家族でどこかに行きたいと思っていたのにパパもママもお仕事で留守。がっかりしてたら、圭貴が別荘にさそってくれた。圭貴のママと三人で過ごす夏休み。ある日、別荘から見えた海辺の家から、ふしぎなメッセージが…。

万城目　学
まきめ・まなぶ
《1976〜》

『かのこちゃんとマドレーヌ夫人』　万城目学作，たまこ絵　角川書店　2013.3　254p　18cm　（角川つばさ文庫　Bま1-1）　660円　①978-4-04-631300-3〈筑摩書房 2010年刊の再刊　発売：角川グループパブリッシング〉

内容　私はマドレーヌ。犬語が話せるめずらしい猫で、柴犬の玄三郎さんとは夫婦なの。この家の娘かのこちゃんは、いつもおかしなことに熱中している、ふうがわりな女の子。でも私はけっこう気に入ってるの…かわり者同士だからかしら？　ああ目、私が目をさますと何かヘン。なんと人間の姿になっていたのよ！　どうしよう…あっそう、今のうちにしたいことがあるわ！　クスッと笑ってウルッと泣くハッピー物語。小学上級から。

『かのこちゃんとマドレーヌ夫人』　万城目学著　筑摩書房　2010.1　234p　18cm　（ちくまプリマー新書　128）　860円　①978-4-480-68826-2

内容　かのこちゃんは小学一年生の元気な女の子。マドレーヌ夫人は外国語を話す優雅な猫。その毎日は、思いがけない出来事の連続で、不思議や驚きに充ち満ちている。

升井　純子
ますい・じゅんこ
《1957〜》

『行ってきまぁす！』　升井純子著　講談社　2013.7　206p　20cm　（講談社文学の扉）　1300円　①978-4-06-283226-7

内容　小学4年生になったばかりの歩美には、ずっと楽しみにしていたことがある。バスや地下鉄に乗り"鮭の科学館""チョコレート工場"など市内の観光名所をまわって子どもだけでスタンプラリーをする、『ノルミル』に参加することだ。

『シャインロード』 升井純子著　講談社　2012.6　251p　20cm　1400円　①978-4-06-217731-3
　内容　会社さがし、履歴書作成、書類提出、筆記試験・適性検査・面接…。駒をとんとんすすめても、頭つかまれて「はじめに戻る」だ。さいころの振り直し。さいころ振ってるのは誰なんだろう。わたしかな。それとも会社かな。北海道のごく普通の女子高生、遠藤三冬の青春就活ストーリー。

『空打ちブルース』　升井純子著　講談社　2011.5　182p　20cm　1300円　①978-4-06-216947-9
　内容　「四流高校生」と自嘲する16歳の少年ケージュンは、自分にはしょせん明るい未来も夢もない、と自分の運命を淡々と受け入れているのだが…。おれの目的地はどこだろう。そこには誰がいるんだろう。第51回講談社児童文学新人賞受賞作品。

『しらかばboys』　升井純子著　札幌　日本児童文学者協会北海道支部　2010.8　188p　21cm　（北海道児童文学シリーズ　5）　1000円　①978-4-904991-04-6

『爪の中の魚』　升井純子作，こさかしげる画　文渓堂　1992.10　149p　22cm　（ぶんけい創作児童文学館）　1200円　①4-938618-56-7
　内容　父さんも、母さんも、なんだよ。ひとのことを、不良、不良って―。おれ、勉強はたしかにダメかもしれないけど、でも、ひとつだけ夢があるんだ。第1回ぶんけい創作児童文学賞佳作受賞作品。小学上級以上。

増田　明美
ますだ・あけみ
《1964～》

『カゼヲキル　3　疾走』　増田明美著　講談社　2008.7　253p　20cm　1300円　①978-4-06-214819-1
　内容　オリンピックへの道、そのすべてがここにある！　2時間20分というレースのために、積み重ねられた時間は、10年以上。経験者ならではの渾身のリアリティで描きだす、迫真マラソン小説。

『カゼヲキル　2　激走』　増田明美著　講談社　2008.4　228p　20cm　1300円　①978-4-06-214516-9
　内容　長距離走の世界へ一歩足を踏み入れた美岬が、けがによる挫折を経てたどりついたのは、「やっぱり走りたい！」という強い気持ち。ライバルの恭子への闘争心がますます燃えあがる「激走」編。

『カゼヲキル　1　助走』　増田明美著　講談社　2007.7　229p　20cm　1300円　①978-4-06-214131-4
　内容　山根美岬は、タータンのトラックさえ走ったことがない、田舎の中学二年生。しかし、自然に鍛えられた天性のバネを密かに見込んだ男がいた。はたして美岬は、世界と互角にたたかっていける逸材なのか!?　才能豊かな仲間たちとの出会い。初めて芽生えたライバル心。そしてほのかな初恋。いつかきっと追いつきたい！　追い抜きたい!!　アスリートとしての自覚と、勝利への執着心を得るまでを描く「助走」編。

まだらめ　三保
まだらめ・みほ

『おひめさまパンダになる？』　まだらめ三保さく，国井節え　ポプラ社　2007.5　86p　22cm　（学年別こどもおはなし劇場・1年生）　900円　①978-4-591-09781-6
　内容　どうぶつえんで、ひとりぼっちのパンダのトントン。おねえさんパンダのランランが、パンダのくににかえってしまったので、すっかりげんきをなくしてしまいました。そんなトントンのため、おひめさまは、とってもいいかんがえをおもいつきました。「あたしたち、みんなでパンダのくににいこう!!」小学校1年生向け。

『おひめさまパンやさんになる』　まだらめ三保さく，国井節え　ポプラ社　2006.8　63p　22cm　（学年別こどもおはなし劇場・1年生）　900円　①4-591-09373-5
　内容　おひめさまとねこのサムが、こうえんどおりをあるいていると、やきたてパンのいいにおいがしてきました。パンやさんのいりぐちには、「みならいさん、ぼしゅうちゅう」のはりがみが―。おひめさまは、にっこりしました。「あたし、みならいさんになります。」1年生から。

『おひめさまふたごになる』　まだらめ三保さく，国井節え　ポプラ社　2005.9　95p　22cm　（学年別こどもおはなし劇場・1年生）　900円　①4-591-08815-4
　内容　王さまと女王さまがけんかをしたため、おひめさまは、アゲハ城とメガホン城へいったりきたりとおおいそがし。「あたしが

『おひめさまえんそくにいく』 まだらめ三保さく，国井節え　ポプラ社　2005.2　88p　22cm　（学年別こどもおはなし劇場・1年生）　900円　①4-591-08517-1

[内容] えんそくにいくとちゅう，おひめさまとネコのサムはもりのものものをはっけんします。ふたりはさっそく「にせものたいじ」にのりだしますが…!?　小学1年生向。

松居　スーザン
まつい・すーざん
《1959～》

『にひきのいたずらこやぎ』　松居スーザン作，出久根育絵　佼成出版社　2013.9　62p　20cm　（おはなしみーつけた！シリーズ）　1200円　①978-4-333-02615-9

[内容] ハイジとペーターは，いつもいっしょ。今日もなかよく，いたずらをして…。小学校低学年向け。

『すてごろうのひろったもの』　松居スーザン作，佐藤国男絵　文溪堂　2009.3　46p　22cm　1200円　①978-4-89423-631-8

『じゅんぺいと不思議の石又』　松居スーザン作，佐藤国男絵　文溪堂　2007.10　46p　22cm　1200円　①978-4-89423-552-6

[内容] たららー，とろろー，たらりとん。ネズミのじゅんぺいは，いつものようにかめぞうじいさんのところにお話をききにでかけます。さあ，きょうは，どんなお話をきくことができるでしょうか…。

『旅ねずみ』　松居スーザン作　金の星社　2007.7　108p　21cm　1200円　①978-4-323-07093-3　〈絵：スズキコージ〉

[内容] 「ひろい世界をかけめぐる旅ねずみとして生きるんだ！」北極星を目じるしに，タルーンはどこまでも歩いていきます。カシワの葉の上で空をながめたり，海のとどろきをきいたり，コケモモを食べすぎてねているところを，フクロウにおそわれそうになったり。気ままなひとり旅は，どきどきわくわくすることばかり。でも，母ねずみと4匹のやんちゃな子ねずみたちとの出会いによって，タルーンは，ようやく本当の居場所を見つけたのです…すみなれた森をとびだした野ねずみタルーンの自由で気ままな冒険物語。

『森のこずえちゃん』　松居スーザン作，松成真理子絵　童心社　2007.6　164p　22cm　1200円　①978-4-494-01094-3

[内容] いつになったら春がくる？　つららがとけたら春がくる。ぽとぽとり，ぽとぽとり，ぽとりと，つららがうたえば春がくる。こずえちゃんがうたうと，春風のせせりがやってきました。森には，ふしぎなともだちがたくさんあつまっています。

『ジルケンの冒険』　松居スーザン作，松成真理子絵　佼成出版社　2007.3　109p　22cm　（どうわのとびらシリーズ）　1300円　①978-4-333-02271-7

[内容] 光と影と，森の音楽から生まれたジルケンの，自分探しの旅物語。小学校3年生から。

『かっぱの虫かご』　松居スーザン作，松成真理子絵　ポプラ社　2005.1　58p　21cm　（おはなしパーク　6）　950円　①4-591-08398-5

[内容] 沼のくらしにあきあきしたかっぱの子は，はじめてはらっぱにあそびにいきました。人間の村にはぜったいちかづかないと，おかあさんにやくそくしたのですが，虫とりにきた男の子たちを見てしまい…。小学校中学年から。

松尾　由美
まつお・ゆみ
《1960～》

『人くい鬼モーリス』　松尾由美作　理論社　2008.6　349p　20cm　（ミステリーYA！）　1400円　①978-4-652-08626-1

[内容] 高校2年の夏休み，わたしこと村尾信乃は，家庭教師のアルバイトのため，優雅な避暑地にやってきた。手ごわいと聞いていた生徒は，芽理沙という名の超美少女。小生意気だけど，どこか寂しさを漂わせた芽理沙に，わたしは興味をひかれる。だが，すてきな夏になるかも，という期待は，あっさり打ちくだかれた。芽理沙に引き合わされた「人くい鬼」を見た瞬間に。この世のものとも思えない異様な姿をした，この世に存在するなんて信じたくもない，生き物だった。彼女いわく，大人には見えないし，生きている人間に害はあたえないそうだが，はたして，その言葉をうのみにしていいものだろうか？　やがて，静かな別荘地を震撼させ

る、恐ろしい事件がたてつづけに起きる―。人くい鬼の存在を知らない大人たちの推理と、その存在を前提に繰り広げる少女たちの推理。少女たちと人くい鬼の不思議な絆を描く、さわやかでマジカルなミステリー。

『フリッツと満月の夜』　松尾由美著　ポプラ社　2008.4　195p　20cm　（Teens' entertainment 1）　1300円　①978-4-591-10147-6

内容　夏休みを港町で過ごすことになったカズヤ。月の光と不思議な猫に導かれ、彼が知ることになった「秘密」とは―。小説家の父とデザイナーの母、食堂「メルシー軒」のおかしな息子とその両親、お金持ちで偏屈な老婦人、そして、猫…。個性的なキャラクターが満載の、ひと夏のさわやかミステリー。

松崎　有理
まつざき・ゆうり
《1972～》

『洞窟で待っていた』　松崎有理作，横山えいじ絵　岩崎書店　2013.11　205p　19cm　（21世紀空想科学小説）　1500円　①978-4-265-07507-2

内容　洞窟探検が好きな男の子、アジマ。「どぼくぎし」になりたい女の子、コマキ。幼なじみで親友のふたりが、六年生になったとき、同じクラスに、これまた変わり者のイーダが転校してきた。「イーダは穴が好きなんじゃないかな」ふたりはイーダを誘い、いっしょに「さくまちちかほどう」へ行くことになったが、通路の入り口の壁にイーダが手をついた、そのとき。「なにかに手をつかまれた」

松原　秀行
まつばら・ひでゆき
《1949～》

『パスワード　東京パズルデート』　松原秀行作，梶山直美絵　講談社　2014.8　301p　18cm　（講談社青い鳥文庫　186-36―パソコン通信探偵団事件ノート　29（中学生編））　680円　①978-4-06-285439-9

内容　スカイツリーにのぼりたい！　パンケーキ食べたい！　動物園にも行きたい！　今回は「東京デート編」。もちろん、ただのデートじゃないよ！　次に行く場所もパズルを解いて考える「パズルデート」だ！　問題を解きながら移動するマコト＆みずき、ダイ＆まどか、飛鳥＆たまみの3組。行く先々には、謎の白衣の集団が現れて…。小学上級から。

『怪盗は8日にあらわれる。―アルセーヌ探偵クラブ』　松原秀行作，菅野マナミ絵　KADOKAWA　2014.3　223p　18cm　（角川つばさ文庫　Aま2-3）　640円　①978-4-04-631385-0

内容　アヤしい桜の入れ墨をしたおばあさんが、郵便局で300万円も引きだすのを見かけたカド松。事件のニオイを感じて、刑事の娘でおさななじみのプラムに話すと「ゼッタイ事件よ！」と大こうふん。プラムの姉がやっているアルセーヌ珈琲店を事務所がわりにして、探偵活動をスタート！　すると、裏サイトで見つけた情報から、各地で毎月8日に起きる盗難事件との関わりが見えてきて…!?　松原秀行の本格ミステリー開幕！　小学中級から。

『パスワードとホームズ4世 new　続』　松原秀行作，梶山直美絵　改訂版　講談社　2014.3　253p　18cm　（講談社青い鳥文庫　186-6―風浜電子探偵団事件ノート　6）　650円　①978-4-06-285414-6

内容　あの世界的名探偵の子孫、ホームズ4世と協力し、誘拐されたまどかを救出した電子探偵団だが、事件は未解決のまま。真犯人の正体は？　そして、そのねらいとは!?　過去からつながる事件の謎に団員たちは近づくことができるのか？　難しい暗号にも挑戦だ！　まどかとうり二つの美少女・千波など、豪華な登場人物も勢ぞろいの「new」第6弾！　小学上級から。

『パスワードとホームズ4世 new』　松原秀行作，梶山直美絵　改訂版　講談社　2014.2　251p　18cm　（講談社青い鳥文庫　186-5―風浜電子探偵団事件ノート　5）　650円　①978-4-06-285410-8

内容　ひらめきと推理力にかけては、電子探偵No1の実力を誇るマコト。そんなマコトの前に強力なライバルがあらわれた！　彼の正体とは？　そして、電子探偵団は、テレビ番組に出演。「推理力・パズル力」を発揮し大活躍するが、テレビ局の中で大事件が発生し…。世界的魔術師のしかけたマジックを団員たちは解けるのか!?　新装版「new」第5弾！　小学上級から。

『パスワード　渦巻き少女（ガール）』　松原秀行作，梶山直美絵　講談社　2013.9　293p　18cm　（講談社青い鳥文庫　186-35―パソコン通信探偵団事件ノート　28（中学生編））　680円　①978-4-06-

285381-1
[内容] 暗号メッセージでみずきをデートに誘ったマコト。見事解読し、風浜をまわるデートを楽しむ二人の前に、美術学生同士の集団「アート」バトルがぼっ発!? 2グループとも、「最強最終兵器」を準備して熱い戦いを繰り広げる！ いっぽう、近くの美術館で起きた絵画盗難事件も絡んできて…。本格的な謎解きストーリーに、楽しいパズルもいっぱい！ 小学上級から。

『パスワード 恐竜パニック 外伝』 松原秀行作, 梶山直美絵 新装版 講談社 2013.8 173p 18cm （講談社青い鳥文庫 186-34） 580円 ①978-4-06-285378-1
[内容] 風浜港の堤防沿いにある波かぶり横丁に「怪人あらわる!?」のニュースが！ 現地調査に乗り出したマコトたちの前に登場したのは、自らを「天才」と称する風変わりな科学者。「世紀の大発明を成し遂げたのだ！」と大興奮状態の科学者と、探偵団員が見たものとは!? 風浜の町に突如あらわれた恐竜たちに人々は大混乱！ 巻末には「恐竜探偵飛鳥の推理と解説」つき。小学上級から。

『パスワード 猫耳探偵まどか 外伝』 松原秀行作, 梶山直美絵 講談社 2013.7 289p 18cm （講談社青い鳥文庫 186-33） 680円 ①978-4-06-285370-5 〈「猫耳探偵まどか」(2009年刊) の改題、加筆訂正、書き下ろし短編「胃袋探偵ダイ」を追加〉
[内容] 「猫さんとお話ができる」小学6年生の神岡まどかは、行方不明猫の調査の腕をかわれて探偵事務所にスカウトされる。はりきるまどかの前に、さっそく「誘拐予告状」が！ まどかの「暴走推理」はどこまで真実に近づけるのか!? 書き下ろし短編『胃袋探偵ダイ』も同時収録。「謎はすべて、この胃袋が消化した！」のキメゼリフで事件を解決する！ 小学上級から。

『パスワード謎旅行 new』 松原秀行作, 梶山直美絵 改訂版 講談社 2013.3 295p 18cm （講談社青い鳥文庫 186-4—風浜電子探偵団事件ノート 4） 680円 ①978-4-06-285341-5
[内容] リニューアル版「new」の第4弾はシリーズ内でもとくに人気の高い、電子探偵団の5人の東北でのミステリー合宿編！ 旅先はザシキワラシやカッパの伝説で有名だったり、謎解き攻めにあう「5つの謎の館」があったりで楽しい旅行だったのに、マコトとみずきの仲はギクシャク。しかも「探偵のいるところ、事件あり」の掟どおり、事件も発生!? 小学上級から。

『パスワード 暗号バトル』 松原秀行作, 梶山直美絵 講談社 2012.12 285p 18cm （講談社青い鳥文庫 186-32—パソコン通信探偵事件ノート 27 (中学生編)） 680円 ①978-4-06-285324-8
[内容] 中学の「探偵部」の活動で「ミステリー小説」を書くことになり、もともとミステリー作家志望のマコトは大はりきり！ はたして名作は生まれたのか!? 探偵部員たちの力作に注目です！ そんな探偵部に「美人古書店店主」から、「暗号」だらけの事件の捜査依頼が…。今回マコトは「作家＆探偵」として大活躍!? 「電子捜査会議」でも「暗号」パズルが続出！ 小学上級から。

『パスワード 終末大予言』 松原秀行作, 梶山直美絵 講談社 2012.7 323p 18cm （講談社青い鳥文庫 186-31—パソコン通信探偵事件ノート 26 (中学生編)） 720円 ①978-4-06-285299-9
[内容] 探偵部なかまとミステリー本探しをするマコト、どんどん将棋の腕をあげるダイ、クラスメイトと学園祭の相談中のまどか、パソコン部でも明晰な頭脳で活躍する飛鳥一。多忙な中学生活を送る電子探偵団員たち。そんななか、陸上部をやめ新しいこと に挑戦しているみずきに近寄る怪しい影が…。一方、レイさんは謎の紳士と地下でミステリーツアー中!? 小学上級から。

『パスワードに気をつけて new』 松原秀行作, 梶山直美絵 改訂版 講談社 2012.6 295p 18cm （講談社青い鳥文庫 186-3—風浜電子探偵団事件ノート 3） 670円 ①978-4-06-285294-4
[内容] 「推理パズル＆謎解きストーリー」が一緒に楽しめる大人気の「パスワード」シリーズ。作者自らが全面見直し＆リニューアルした「new」第3弾。マコトたちの「電子捜査会議」に侵入してくる謎の人物「ドクター・クロノス」の狙いは、なんなのか？ そしてその正体とは!? そんななか、風浜ではコンピュータがらみのふしぎな事件も起きて…。小学上級から。

『鉄研ミステリー事件簿 2 (地下鉄ラビリンスの巻)』 松原秀行作, 加藤アカツキ絵 角川書店 2012.1 214p 18cm （角川つばさ文庫 Aま2-2） 620円 ①978-4-04-631212-9 〈文献あり 発売：角川グループパブリッシング〉
[内容] 謎中1年、レモンの姉ちゃんにイケメンから"謎のラブレター"がとどいた!? 「ボクはある場所であなたを待っています」それはどこ？ ヒントは、東京の地下を、北に南に東に西に、迷宮のように走る13本もの地

松原秀行

下鉄。夢はミステリー作家のレモン、鉄道探偵のテツ、ダジャレ皇帝のハバ松の、おもしろ探偵3人が事件を解決…!! 松原秀行の絶好調・鉄道ミステリー第2弾!! 小学中級から。

『パスワードのおくりもの new』 松原秀行作，梶山直美絵　講談社　2011.12　264p　18cm　（講談社青い鳥文庫―風浜電子探偵団事件ノート 2）　620円
①978-4-06-285264-7
[内容] 本格的な推理とパズルが楽しい物語がいっしょに楽しめる、「パスワード」シリーズ。全面的に見直しパワーアップしておとどけする「new」第2弾。前作のある事件がきっかけで、探偵団に仲間入りしたまどかの通学路にあるお気に入りの洋館。その屋根にあらわれた「天使の像」には不思議なひみつが…。名探偵たちの推理はいかに!? 小学上級から。

『パスワード まぼろしの水』 松原秀行作，梶山直美絵　講談社　2011.11　291p　18cm　（講談社青い鳥文庫―パソコン通信探偵団事件ノート 25（中学生編））　670円　①978-4-06-285238-8
[内容] 土曜日午後8時はそれぞれのパソコンの前で恒例の電子捜査会議！ ひさびさの「ネロ」の参加でもり上がるが、ダイだけ参加してこない。まさか今日からコスモタワーではじまった、人気店が集結する食の祭典、「風浜もぐもぐ市」で食べ過ぎてしまったのか!? 今回の事件はまさにそのコスモタワーが舞台に！ ダイの胃袋と事件の行方から目がはなせません！ 小学上級から。

『パスワードは、ひ・み・つ new』 松原秀行作，梶山直美絵　講談社　2011.6　257p　18cm　（講談社青い鳥文庫　186-1―風浜電子探偵団事件ノート 1）　620円　①978-4-06-285220-3
[内容] みんなに愛されて読み続けられている大人気の「パスワード」シリーズの1冊目を、松原先生が全面的に見直しパワーアップして、おとどけします！ 楽しい物語と推理パズルがいっしょに楽しめる「パスワード」。すべてはここからはじまります！ ジョギング中のみずきが見つけたふしぎな別荘にはいったいどんな秘密がかくされていたのか!? 「風浜電子探偵団」出動です！ 小学上級から。

『パスワード レイの帰還』 松原秀行作，梶山直美絵　講談社　2011.3　251p　18cm　（講談社青い鳥文庫　186-29―パソコン通信探偵団事件ノート 24（中学生編））　640円　①978-4-06-285201-2
[内容] レイさんがとうとう風浜に帰ってきた！ マコトたち電子探偵団の5人はおおよろこび。でも、待っていたのは探偵団だけではないんです！ そう、レイさんのいくところ、事件アリ。今回もまた、謎の事件が発生します！ 京都の静かな町でとつぜんおこった○○○○騒動、学生時代のレイさんを知る人物もあらわれて…。シリーズ24作目も大興奮！ 小学上級から。

『鉄研ミステリー事件簿　1（山手線パズルの巻）』 松原秀行作，加藤アカツキ絵　角川書店　2011.1　239p　18cm　（角川つばさ文庫　Aま2-1）　620円
①978-4-04-631142-9〈発売：角川グループパブリッシング〉
[内容] 東花園中学校鉄道研究会、略して謎中鉄研。夢は落語家のハバ松、推理小説好きのレモン、鉄道マニアのテツの3人は、"山手線立ち食いそばグランプリ"にGO！ 謎の怪盗ブラットの"ぶらっと山手線ダジャレ旅"に巻きこまれ、誘拐事件に出くわす！ 山手線一周するまでに暗号、パズル、事件を解決できるか？ 松原秀行の新・鉄道ミステリー第1弾!! 小学中級から。

『パスワード ドードー鳥の罠』 松原秀行作，梶山直美絵　講談社　2010.9　285p　18cm　（講談社青い鳥文庫　186-28―パソコン通信探偵団事件ノート 23（中学生編））　670円　①978-4-06-285169-5〈文献あり〉
[内容] 楽しい物語と推理パズルがいっしょに楽しめる「パソコン通信探偵団事件ノート」最新作。オーストラリアから帰ってきたまどかが、風浜でひらいた電子探偵団のオフ会に「ドードー鳥協会」を名乗る謎の2人組が現れる。彼らのねらいは？ いっぽう葉村にいたみずきも、謎の「ドードー鳥の数え歌」を聴いて…。2つの出来事はつながるのか!? 小学上級から。

『銀河寮ミステリー合宿』 松原秀行著　講談社　2010.8　317p　19cm　（YA！ENTERTAINMENT―レイの青春事件簿 番外編）　1100円　①978-4-06-269436-0〈監修：佳多山大地〉
[内容] レイたち7人は秋の連休を利用し天の川学園の海の家「銀河寮」で2泊3日の合宿をしていた。推理クイズで盛りあがっているところへ「金曜ミステリー劇場」のロケ隊が雨宿りのために現れて、レイたちとロケ隊の推理合戦に。平和なはずの合宿に大事件発生。

『猫耳探偵まどか―「パスワード」スペシャル外伝』 松原秀行作，梶山直美絵　講談社　2009.11　262p　20cm　1200

円　①978-4-06-215902-9　〈講談社創業100周年記念出版〉
[内容]新時代の名探偵登場。その名も、神岡まどか。猫語をあやつり、暴走推理が冴えわたる。彼女の行くところ、「事件」あり。

『パスワード 悪の華』　松原秀行作，梶山直美絵　講談社　2009.7　315p　18cm　（講談社青い鳥文庫 186-27―パソコン通信探偵団事件ノート 22（中学生編））　670円　①978-4-06-285085-8
[内容]中学生となっても、電子探偵団は健在。オーストラリアからまどかも参加して、難問珍問入り乱れ、電子捜査会議は相変わらずの面白さ。ある日のこと、マコトが同級生から聞いた都市伝説がきっかけで、みずきとともに、風浜湾にある廃工場を訪れる。「リリパット・チョコレート工場」という名のそこに幽霊が出るという噂があるんだけれど、はたしてそこで二人が見たものとは…。小学上級から。

『山頭火ウォーズ』　松原秀行著　講談社　2009.4　285p　19cm　（YA！ENTERTAINMENT―レイの青春事件簿 3）　950円　①978-4-06-269415-5　〈文献あり〉
[内容]願いごとがあるのなら、「まほろし書房」をたずねていけばいい。そうすればかならず、願いがかなうという…。天の川学園で毎年行われる「ミス天の川コンテスト」にどうしても優勝したいと願う一人の少女が、そんな謎めいた噂のある「まほろし書房」をおとずれる。

『オレンジ・シティに風ななつ』　松原秀行作，伊藤正道絵　講談社　2008.12　157p　18cm　（講談社青い鳥文庫 507-2）　505円　①978-4-06-285066-7　〈2002年刊の増訂〉
[内容]いつものように「きょうは、なんのゲームやろうかなあ。」とパソコンを立ちあげたジンははたと考えこんでしまいました。だって、手元にあるゲームはぜんぶクリアしてしまったんだもの。仕方なくゲーム雑誌からあたらしいゲームを探すうちにジンは、見聞きしたこともないタイトルを目にします。画面をスクロールしていくと、次第に未知の世界へ巻きこまれていくのでした…。小学中級から。

『タイタニック・パズル』　松原秀行作，三笠百合絵　ポプラ社　2008.10　203p　18cm　（ポプラポケット文庫 64-2―七つ森探偵団ミステリーツアー 2）　570円　①978-4-591-10536-8
[内容]「タイタニック号と共にしずんだ、ミステリーをさがせ！」名探偵ヴァンドゥーゼン教授（別名：思考機械）の指令をうけ、ユウタたちは航海前夜の港にとぶことに。そこで待ち受けていたのは、あの人と…アノ人も!? 個性的な世界の名探偵と、豪華パズルが満載の、頭脳派ミステリー、待望の第二弾！　小学校上級から。

『パスワード 恐竜パニック』　松原秀行作，梶山直美絵　講談社　2008.7　157p　18cm　（講談社青い鳥文庫 507-1―パスワード外伝 奇想天外SF編 2）　505円　①978-4-06-285035-3
[内容]電子探偵団おなじみのオフ会の席上で、飛鳥が興味深い報告を持ってきた。風浜港の堤防沿いにある古い食堂街・波かぶり横丁に、倉庫をねぐらにした謎の怪人がいるというのである。早速、調査に乗り出す探偵団員たちの前に登場したのは、自らを天才だと称する風変わりな科学者に。世紀の大発明を成し遂げたとかで、大興奮状態なのだが、それが風浜を大混乱に巻き込むことに…！

『パスワード ダイヤモンド作戦！―悪魔の石 2』　松原秀行作，梶山直美絵　講談社　2008.3　347p　18cm　（講談社青い鳥文庫 186-26―パソコン通信探偵団事件ノート 21（中学生編））　720円　①978-4-06-285016-2
[内容]行方不明だったレイさんが結婚！　パリに旅行中だというまどかから届いたメールが、電子探偵団員たちに衝撃をもたらした。相手は「最後の独身貴族」として、パリ社交界で女性に大人気のジルベール・ロカンタン。マコトたちに一言もなく、なぜ、一体、そんなことに!?　そして、見つからないままの「悪魔の石」を巡って幽霊同盟、怪盗ダルジュロスも暗躍。今回も事件続出！目が離せない！　小学上級から。

『ビートルズ・サマー』　松原秀行著　講談社　2008.2　279p　19cm　（YA！ENTERTAINMENT―レイの青春事件簿 2）　950円　①978-4-06-269391-2
[内容]現代アート研究会の部長、今泉が恋をした！　相手は「森崎町の歌姫」こと小川葉。彼女の影響で、現ア研の研究テーマは、ビートルズ一色に。一方、葉はかつての仲間で、メジャーデビュー間近のサチから、曲の盗作疑惑をかけられていて…。

『名探偵博物館のひみつ』　松原秀行作，三笠百合絵　ポプラ社　2007.12　222p　18cm　（ポプラポケット文庫 64-1―七つ森探偵団ミステリーツアー 1）　570円　①978-4-591-10028-8

『パスワード 悪魔の石』 松原秀行作, 梶山直美絵 講談社 2007.7 347p 18cm （講談社青い鳥文庫 186-25―パソコン通信探偵団事件ノート 20（中学生編）） 720円 ①978-4-06-148774-1

内容 パソコン通信探偵団のメンバーも中学生に。環境も変わり、みなそれぞれが新しい生活を送っているせいか、最近は連絡を取り合っていない。探偵団の再起動を心待ちにしていた飛鳥はほかのメンバーとともに「ベーカー街」を訪ねてみることにしたのだが、店はいつの間にか閉店していたのだった。いったいなぜ!? 不審に思うマコトたちの前に、またもや新たな事件が立ちはだかることに！ 小学上級から。

『パスワード 怪盗ダルジュロス伝―ネロinパリ編』 松原秀行作, 梶山直美絵 講談社 2006.9 283p 18cm （講談社青い鳥文庫 186-24―パソコン通信探偵団事件ノート 19） 670円 ①4-06-148741-8

内容 「パスワード」ヨーロッパ編ひさびさ登場！ ネロ＝レイさんは、紅茶博士・田中一茶くんとともに、冬のパリへやってきた。アルヌール家の邸宅に滞在し、つかれた心をいやす予定だったのだが、名探偵は事件に出会うもの。館には代々伝わる秘宝をねらった怪盗からの予告状が届いたばかりだった。ダルジュロスとは？ 秘宝とは？ 謎とパズルとロマンいっぱい、名探偵レイさん、大活躍！ 小学上級から。

『ミッシング・ガールズ』 松原秀行著 講談社 2006.5 301p 19cm （YA！ENTERTAINMENT―レイの青春事件簿 1） 950円 ①4-06-269366-6

内容 野沢レイは天の川学園の高校1年生。「現代アート研究会」に所属し、毎日が"アートな気分"（？）。ところが、卒業生が残した謎のメッセージが見つかり、気分はミステリーモード。おまけに学園にはあやしい影がしのびより…。

『パスワード 忍びの里―卒業旅行編』 松原秀行作, 梶山直美絵 講談社 2006.3 343p 18cm （講談社青い鳥文庫 186-23―パソコン通信探偵団事件ノート 18） 720円 ①4-06-148717-5

内容 みんなが待ってた「卒業旅行」編!! 卒業式、そして小学生最後の春休みをすごしていたマコトたち電子探偵団は、ある町に全員で旅行にでかけることになったのだ。「ブルース列車」が走り、「天竺大将棋」があるその町は、メンバーのひとりとふか～い関係がある場所なんだ。それぞれの思いを胸に旅する5人。はじめて明かされる秘密もいっぱい。なにがおこるか、たのしみに読もう！ 小学上級から。

『パスワード 風浜クエスト』 松原秀行作, 梶山直美絵 講談社 2005.8 325p 18cm （講談社青い鳥文庫 186-22―パソコン通信探偵団事件ノート 17） 670円 ①4-06-148697-7

内容 ある日、マコトたち電子探偵団員にメールが届いた。それは謎の国際的謀略組織、ビネガー6からの挑戦状だった。5人はパズルを解きながら、風浜のいろいろな場所であやしい6人と次々に対決する。町を舞台にしたリアルRPG＝風浜クエストのはじまりだ！ レイの少女時代の冒険＆謎解きストーリーもじっくり読めて、たのしさいっぱい！ 小学上級から。

『パスワード 菩薩崎決戦』 松原秀行作, 梶山直美絵 講談社 2005.3 341p 18cm （講談社青い鳥文庫―パソコン通信探偵団事件ノート 16） 670円 ①4-06-148679-9

内容 野原たまみの主演ドラマのストーリー作りをたのまれたマコトたち5人。めいめいが自分の得意分野をいかしてストーリーを作るが、採用されるのはだれ？ そんなとき、たまみちゃんに血だるま女王から脅迫状がとどいた。飛鳥が犯人さがしにのりだす。いっぽう、街では、うとうと団によって郵便ポストが黒塗りされるという怪事件が発生。ふたつの事件をむすぶ糸は、はたしてあるのか、ないのか…？ 小学上級から。

松本　祐子

まつもと・ゆうこ

《1963～》

『ツン子ちゃん、おとぎの国へ行く』 松本祐子作, 佐竹美保絵 小峰書店 2013.11 158p 22cm （おはなしメリーゴーラウンド） 1400円 ①978-4-338-22210-5

内容 ツン子ちゃんは、とってもたいせつなものをさがしにいきます。それが、なにかは、まだ、わかりません？ ツン子ちゃんのみつけたもの、それは、きみだって、しっかりもっているもの。でも、だいじにしてお

かないと、なくしちゃうよ！

『カメレオンを飼いたい！』 松本祐子作 小峰書店 2011.7 244p 20cm （Green Books） 1500円 ①978-4-338-25004-7 〈画：佐竹美保〉
内容 とにかく、まわりの注目を浴びたくなくて、ぼくはできるだけ自己主張せず、どんどん内向して、無愛想になった…。でも、だれかとこうしてつながっている。一人じゃないんだ。

『8分音符のプレリュード』 松本祐子作 小峰書店 2008.9 227p 20cm （Y.A.books） 1500円 ①978-4-338-14426-1
内容 その少女の奏でのピアノはきっと孤高の極みで、その透明感のある澄んだ音楽を世界に響かせていたにちがいない。天才ピアニスト透子とふつうに暮らしていたふつうの女の子果南の物語。

『フェアリースノーの夢』 松本祐子作，佐竹美保絵 小峰書店 2006.12 228p 21cm （文学の散歩道—未散と魔法の花 3） 1600円 ①4-338-22407-X

『ブルーローズの謎』 松本祐子作，佐竹美保絵 小峰書店 2004.10 205p 21cm （文学の森—未散と魔法の花 2） 1500円 ①4-338-17420-X
内容 夢と知りつつ、夢のなかにいたい。青いバラの語る物語に耳をすまそう。秘密の花園。

『リューンノールの庭』 松本祐子作，佐竹美保絵 小峰書店 2002.12 214p 21cm （文学の森） 1500円 ①4-338-17411-0
内容 中学1年の未散（みちる）は、あこがれの児童文学作家から招待状をもらいます。しかしその作家は一度も会ったことがない叔母、沙那子だった。夏休みに訪ねた叔母の家で起こる不思議を描く、日本児童文学者協会長編児童文学新人賞第1回入選作品。

まはら　三桃
まはら・みと

『伝説のエンドーくん』 まはら三桃著 小学館 2014.4 270p 19cm 1400円 ①978-4-09-290579-5 〈文献あり〉
内容 創立99周年を迎えた市立緑山中学校の職員室を舞台に、14歳という繊細で多感な年齢の子どもたちと日々真剣に向きあう中学2年担任教師たちの姿を描く。また、伝説のヒーローとして代々語りつがれる「エンドーくん」が、なぜ伝説になったのか？　その秘密が、創立100周年記念式典で明かされる。"教師が主人公"のまったく新しい学園物語、ここに誕生!!

『ひなまつりのお手紙—3月のおはなし』 まはら三桃作，朝比奈かおる絵 講談社 2014.1 72p 22cm （おはなし12か月） 1000円 ①978-4-06-218713-8
内容 おばあちゃんのひみつ、見つけちゃった！　季節にぴったりの童話。上質なイラストもたっぷり。低学年から、ひとりで読めます。巻末の「まめちしき」で、行事の背景についての知識が高まります。

『わからん薬学事始 3』 まはら三桃著 講談社 2013.6 204p 20cm 1200円 ①978-4-06-218361-1 〈文献あり〉
内容 草多の出生の秘密がついに明らかに！　忍者の末裔の先輩とともに訪れた甲賀流忍者屋敷で草多は「気休め丸」の声を聞く手がかりを見つける。薬学エンターテインメント小説完結編。

『わからん薬学事始 2』 まはら三桃著 講談社 2013.4 200p 20cm 1200円 ①978-4-06-218270-6 〈文献あり〉
内容 薬の製造を唯一の産業とする島「木寿理島」で、約400年間、女子直系一族だった木葉家に突然生まれた男子・草多は、15歳の春、その製法が女性のみに受け継がれてきた「気休め丸」を万人に効く薬へと改良するために、島の運命を背負って東京へと旅立った。入学した和漢学園では、伝承薬をつくる特別クラスでの特訓をうけることになる。そんなある日、胆石症の牛の胆嚢からえられる漢方薬のゴオウを求めて、牧場に行った草多だったが…。

『わからん薬学事始 1』 まはら三桃著 講談社 2013.2 196p 20cm 1200円 ①978-4-06-269464-3 〈文献あり〉
内容 理系学園生活って、たのしい！　草多、15歳、久寿理島の運命を背負って、東京の私立和漢学園へと旅立つ。坪田譲治文学賞作家が描く「"薬学"青春エンターテインメント」。

『おかあさんの手』 まはら三桃作，長谷川義史絵 講談社 2012.8 76p 22cm （どうわがいっぱい 88） 1100円 ①978-4-06-198188-1
内容 ピンポーン、まほうのちからで、もちもちのおだんご、できあがり。母と娘が手と心をかさねるお月見の夜。一年生から。

『鷹のように帆をあげて』 まはら三桃著 講談社 2012.1 237p 20cm 1400円 ①978-4-06-217447-3 〈文献あり〉
内容 女子中学生、鷹匠になる！ 九州の空を舞台に、生きる気流をつかむ青春小説。

『おとうさんの手』 まはら三桃作, 長谷川義史絵 講談社 2011.5 74p 22cm （どうわがいっぱい 80） 1100円 ①978-4-06-198180-5
内容 かおりのおとうさんは、目が見えません。でも、おとうさんは、においや音から、なんでもわかってしまいます。目の見えないおとうさんが見せてくれる、あざやかな景色と、家族のたしかなつながり。小学一年生から。

『鉄のしぶきがはねる』 まはら三桃著 講談社 2011.2 237p 20cm 1400円 ①978-4-06-216761-1 〈文献あり〉
内容 工業高校機械科1年唯一の女子、冷たく熱い鉄の塊に挑む！ めざせ「ものづくり」の真髄！ 「高校生ものづくりコンテスト」旋盤青春物語。

『たまごを持つように』 まはら三桃著 講談社 2009.3 251p 20cm 1400円 ①978-4-06-215321-8 〈文献あり〉
内容 自信が持てず臆病で不器用な初心者、早弥。ターゲットパニックに陥った天才肌、実良。黒人の父をもち武士道を愛する少年、春。たまごを持つように、弓を握り、心を通わせていく、中学弓道部の男女三人。こわれやすい心が、ぶつかりあう。

『最強の天使』 まはら三桃著 講談社 2007.6 221p 20cm 1400円 ①978-4-06-214070-6
内容 はじまりは、衝撃的な二通の手紙。同性の後輩からは「とても好きです」。絶縁状態の人物からは「会わせていただけないか」。中学生・周一郎の最強の遺伝子が、今、目を覚ます。

『カラフルな闇』 まはら三桃著 講談社 2006.4 175p 20cm 1300円 ①4-06-213328-8
内容 気まぐれな母親は、赤。私の過去を知るのは、紫。不幸をもたらす「闇魔女」にゆれる、女子中学生・志帆の複雑な色模様をうつしとる。第46回講談社児童文学新人賞佳作受賞作。

麻耶　雄嵩
まや・ゆたか
《1969〜》

『神様ゲーム』 麻耶雄嵩著 講談社 2005.7 279p 19cm （Mystery land） 2000円 ①4-06-270576-1
内容 小学四年生の芳雄の住む神降市で、連続して残酷で意味ありげな猫殺害事件が発生。芳雄は同級生と結成した探偵団で犯人捜しをはじめることにした。そんな時、転校してきたばかりのクラスメイト鈴木君に、「ぼくは神様なんだ。猫殺しの犯人も知っているよ。」と明かされる。大嘘つき？ それとも何かのゲーム？ 数日後、芳雄たちは探偵団の本部として使っていた古い屋敷で死体を発見する。猫殺し犯がついに殺人を？ 芳雄は「神様」に真実を教えてほしいと頼むのだが…。

魔夜　妖一
まや・よういち

『ゆうれい学園心霊クラブ』 魔夜妖一作 学習研究社 2009.7 206p 19cm （エンタティーン倶楽部） 800円 ①978-4-05-203169-4 〈画：十々夜〉
内容 私立の小学校、麗優学園は、奇怪なことが次々起こるので、「幽霊学園」と呼ばれている。なぞを解こうと集まった「心霊クラブ」の7人の部員たちが、コワ〜イ出来事、フシギな事件に巻きこまれていく。一気に読める13本の読み切りストーリー。

『恐怖仮面のウワサ』 魔夜妖一作 学習研究社 2008.8 215p 19cm （エンタティーン倶楽部―魔夜妖一先生の学校百物語） 800円 ①978-4-05-203027-7 〈画：永盛綾子〉
内容 学校の図書室で見つけた古びた革表紙の本は黒魔術の秘伝が書かれた本だった。予言、秘薬、肉体蘇生。黒魔術を使って次々と望みをかなえた少女はいよいよ悪魔を呼び出すことに…（『黒魔術乃書』）。ほか、読み出したらとまらない、13本の恐怖ストーリー。

『理科室の黒猫』 魔夜妖一作 学習研究社 2007.6 207p 19cm （エンタティーン倶楽部―魔夜妖一先生の学校百物語） 800円 ①978-4-05-202823-6

〈画：永盛綾子〉

内容 「夕方の5時、理科室に不気味な黒猫が現れる！」魔夜先生が勤める小学校にそんなウワサが広まった。ウワサの真相を確かめようと、Y美とT恵が、こっそり放課後の教室に残っていると…（『理科室の黒猫』）。ほか、魔夜妖一先生のまわりに次々と起こった怖い、不思議な16の物語。

『魔夜妖一先生の学校百物語』 魔夜妖一作　学習研究社　2006.7　207p　19cm　（エンタティーン倶楽部）　800円　①4-05-202561-X　〈画：永盛綾子〉

内容 学校のパソコンで調べ物をしていて偶然見つけた「悪魔のホームページ」には、『願いがかなう呪文』が書かれていた。興味をひかれたR美が真夜中の12時に呪文をとなえると…（『悪魔のホームページ』）。ほか、小学校の先生、魔夜妖一先生が体験したミステリアスな18の物語。

円山　夢久
まるやま・むく
《1966～》

『ファルコンヒルの剣の王子』 円山夢久作，ひだかあみ絵　国土社　2012.12　159p　20cm　（見習いプリンセスポーリーン）　1300円　①978-4-337-10403-7

内容 あたし、ポーリーン。お姫さまよりも騎士になりたい女の子。ファルコンヒルのお城で行儀見習いをしながら、あこがれの剣を習えることになって、はりきっていたら、従者をめざす異国帰りの風がわりな少年シオンに出会ったの。一角獣の卵をめぐる騒動の裏には、グリフェンの影が!?　貴婦人修行の毎日は、ドキドキの冒険がいっぱい。

『ヴァインヒルの宝石姫』 円山夢久作，ひだかあみ絵　国土社　2012.9　157p　20cm　（見習いプリンセスポーリーン）　1300円　①978-4-337-10402-0

内容 あたし、ポーリーン。お姫さまよりも騎士になりたい女の子。ヴァインヒルであこがれの騎士姫レディ＝オラベルと、妹のナディーンに出会って、意外なすがたにびっくり。そのうえ、はなやかな結婚式の舞踏会にあらわれたのは、魔物のグリフェンと、魔法で着かざった宝石姫ナディーン？　貴婦人修行の毎日は、ドキドキの冒険がいっぱい。

『ローゼンヒルのばら姫』 円山夢久作，ひだかあみ絵　国土社　2012.6　159p　20cm　（見習いプリンセスポーリーン）　1300円　①978-4-337-10401-3

内容 あたし、ポーリーン。おしとやかできれいなお姫さまより、国中をかけめぐる騎士になりたい女の子。行儀見習いのためにやってきたお城で、「ばらの中のお姫さま」とよばれるリアナ姫の秘密を知って…。貴婦人修行の毎日は、ドキドキの冒険がいっぱい。

三浦　有為子
みうら・ういこ

『シークレットガールズ　〔2〕　アイドル危機一髪!!』 三浦有為子著　小学館　2012.4　199p　18cm　（小学館ジュニア文庫）　700円　①978-4-09-230726-1　〈イラスト：柏ぽち〉

内容 日本中を魅了するスーパーアイドルグループ「シークレットガールズ」。普段はプライベートが一切謎に包まれているが、その正体は全員ごく普通の中学生、柴崎リオ、荒木まや、森川未紀、山本麻子、高野愛だった。そんな彼女らの秘密を握る謎の男から、ある日小林社長あてに一本の電話が…。もし秘密をばらされたら、シークレットガールズは解散しなくてはならない。迫り来る危機の前で、彼女たちが下した決断とは…。

『シークレットガールズ―アイドル誕生!!』 三浦有為子著　小学館　2012.1　199p　18cm　（小学館ジュニア文庫）　700円　①978-4-09-230621-9

内容 彗星のごとく現れた五人組スーパーアイドル「シークレットガールズ」。プライベートが謎に包まれた彼女たちは一躍、日本中で注目の的となる。しかし、実はメンバー全員が普通の中学生だった！　秘密のアイドルと学校生活、二つの顔を使い分けながら、恋や夢に向かいあう柴崎リオ、荒木まや、森川未紀、山本麻子、高野愛の五人は、日本のみならず世界をも魅了していく…。

みうら　かれん
《1993～》

『なんちゃってヒーロー』 みうらかれん作，佐藤友生絵　講談社　2013.10　189p　20cm　1200円　①978-4-06-218572-1

内容 小6にもなってヒーローを夢見る、蒲生創。冷めたクラスメイトたちをその気にさせて、特撮映像を作ることはできるのか…!?

『夜明けの落語』　みうらかれん作，大島妙子絵　講談社　2012.5　229p　21cm　（講談社文学の扉）1300円　①978-4-06-283223-6

内容　人前で話すのがなによりもこわい、4年生の暁音。もちろん、落語なんて、できるわけがない!? 19歳の現役大学生みうらかれん、注目のデビュー作！　第52回講談社児童文学新人賞入賞作。小学中級から。

みお　ちづる
《1968～》

『ダンゴムシだんごろう』　みおちづる作，山村浩二絵　鈴木出版　2014.5　77p　22cm　（おはなしのくに）1200円　①978-4-7902-3290-2

内容　おいらダンゴムシのだんごろう。おっかさんのため、おとうとたちのため、たびに出るだんごろうをまちうけるのは…？　5才～小学生向き。

『ドラゴニア王国物語』　みおちづる著　角川書店　2011.3　295p　20cm　（カドカワ銀のさじシリーズ）1600円　①978-4-04-874190-3　〈発売：角川グループパブリッシング〉

内容　頼まれた荷を届ける「走り屋」の少女リンディは、ある日、王城の竜術師から荷を託される。それは、ドラゴニア王国の命運を左右するという王竜の卵だった！　走り出したリンディを次々と襲う困難、そして後を追う竜騎兵一。竜術師見習いのアッシュ、謎の男ゼオンに助けられながら、リンディは荷を届けるため、王国の未来のため、命をかけて走りつづける。

『剣にかがやく星』　みおちづる作，永盛綾子画　童心社　2008.1　157p　18cm　（少女海賊ユーリ）1000円　①978-4-494-01359-3

『さまよえる宝島』　みおちづる作，永盛綾子画　童心社　2008.1　157p　18cm　（少女海賊ユーリ）1000円　①978-4-494-01357-9

『未来へのつばさ』　みおちづる作，永盛綾子画　童心社　2008.1　158p　18cm　（少女海賊ユーリ）1000円　①978-4-494-01361-6

『指輪のちかい』　みおちづる作，永盛綾子画　童心社　2008.1　157p　18cm　（少女海賊ユーリ）1000円　①978-4-494-01358-6

『流星の歌』　みおちづる作，永盛綾子画　童心社　2008.1　157p　18cm　（少女海賊ユーリ）1000円　①978-4-494-01360-9

『少女海賊ユーリ　未来へのつばさ』　みおちづる作，永盛綾子画　童心社　2007.3　158p　18cm　（フォア文庫）560円　①978-4-494-02806-1

内容　つれさられたユーリのため、リーデニア海中のなかまたちがあつまった！　そのとき、世界を支配しようとするボルドは…。時空をこえた旅のさいごにユーリがみたものは。

『海竜のなみだ』　みおちづる作　童心社　2007.2　157p　18cm　（少女海賊ユーリ）1000円　①978-4-494-01354-8　〈画：永盛綾子〉

内容　ユーリたちは、海竜がすむという海で、ザーナンのひみつを知る。

『黒いゆうれい船』　みおちづる作　童心社　2007.2　157p　18cm　（少女海賊ユーリ）1000円　①978-4-494-01356-2　〈画：永盛綾子〉

内容　古い航海日誌。そこには、ユーリが未来からきたときのことが…。

『天使のいのり』　みおちづる作　童心社　2007.2　155p　18cm　（少女海賊ユーリ）1000円　①978-4-494-01355-5　〈画：永盛綾子〉

内容　カラザンの予言にみちびかれて、ユーリたちはハート諸島へ。

『時のとまった島』　みおちづる作　童心社　2007.2　158p　18cm　（少女海賊ユーリ）1000円　①978-4-494-01353-1　〈画：永盛綾子〉

内容　にせのユーラスティア号を追い、ユーリたちは万年あらしの海へ。

『なぞの時光石』　みおちづる作　童心社　2007.2　157p　18cm　（少女海賊ユーリ）1000円　①978-4-494-01352-4　〈画：永盛綾子〉

内容　少女ノエルが強くねがったとき、伝説の海賊船があらわれた。

『少女海賊ユーリ 流星の歌』 みおちづる作，永盛綾子画 童心社 2006.6 157p 18cm （フォア文庫） 560円 ①4-494-02799-5

内容 赤と緑の時光石を手にいれたボルドは、ユーリをおびきよせるためにノエルをねらう。そこにあらわれた白いマントの男の正体は？ ユーリは青の時光石を守れるのか。

『少女海賊ユーリ 剣にかがやく星』 みおちづる作，永盛綾子画 童心社 2005.11 157p 18cm （フォア文庫） 560円 ①4-494-02795-2

内容 黒マントの男、ボルドが、ついに城から王をおいだし、動きだした。一方、ユーリたちの前にはあやしい男が。はたして、ユーリはボルドより先に赤の時光石を作れるのか。

『少女海賊ユーリ 指輪のちかい』 みおちづる作，永盛綾子画 童心社 2005.6 157p 18cm （フォア文庫） 560円 ①4-494-02792-8

内容 つれさられた子どもたちをおって、ユーリたちは氷の島へ。そのとちゅう、ザリア石の指輪にうつったのは、ノエルの弟、ヨハンだった！「少女海賊ユーリ」シリーズ第七弾！ 小学校中・高学年向き。

『龍のめざめ―霊感一家！』 みおちづる作，本橋靖昭絵 岩崎書店 2005.1 143p 22cm （おはなしガーデン 5） 1200円 ①4-265-05455-2

内容 ぼくは柏崎北斗、小学四年生。ぼくのおばあちゃんは二カ月くらい前に亡くなった。そのおばあちゃんが、とつぜん、ぼくの家にあらわれたんだ。おばあちゃんは、こちらの世界でなにか大変なことがおこりそうなので、あの世からもどってきたのだという。また、柏崎家は代々、霊感の強い一家で、ぼくの霊力がめざめようとしているんだって。どうすればいいんだろう。

三日月 シズル
みかずき・しずる

『キャプテン・クッキング―正義の味方と大バトル！』 三日月シズル作，二星天絵 集英社 2012.2 190p 18cm （集英社みらい文庫 み-1-3） 600円 ①978-4-08-321071-6

内容 「故郷のクロワッサンベイでワシと料理対決だ！」オヤジから突然、決戦を告げられた海賊コックのクッキングは急いで自分の町に帰ろうとしていた。だけど、そんな中、「幽霊島」と呼ばれる巨大で真っ黒な正体不明の影が現れた！ 大切な仲間であるリビングとダイニングが消されてしまい、大大大ピンチ！ さらには、故郷ではオドロキのへんてこ集団が待ち受けていたりもして…!? 小学中級から。

『キャプテン・クッキング―海賊狩りにご用心！』 三日月シズル作，二星天絵 集英社 2011.9 186p 18cm （集英社みらい文庫 み-1-2） 580円 ①978-4-08-321043-3

内容 行方不明になったオヤジを探しに海へ出た、料理修業中のひとり息子・クッキング。味のわかる食いしん坊・リビング、洋上レストランのひとり娘・ダイニングとともに、北の果ての国・エンドランドをめざす！…はずだったが、元海軍に目をつけられたり、海に出ないおかしな海賊と出会ったりと、大ピンチ、大ハプニングがてんこもり！ そのうえ、トンデモナイ人物まで現れて…!?

『キャプテン・クッキング―最高のレーズンを探せ！』 三日月シズル作，二星天絵 集英社 2011.4 206p 18cm （集英社みらい文庫 み-1-1） 580円 ①978-4-08-321014-3

内容 超人気レストラン『パイレーツ・ビュッフェ』の料理長で、元海賊船の船長、キャプテン・コックがとつぜん姿を消した！「最高のレーズンを探せ」というなぞのメッセージだけを残して。料理修業中のひとり息子、クッキングは、味のわかる食いしん坊、リビングとともに、オヤジ探しの旅に出る。料理の腕と食欲と仲間をたよりに、みんなで、いざ大海原へ出発だ～！ 小学中級から。

みずの まい

『お願い！ フェアリー 13 キミとオーディション』 みずのまい作，カタノトモコ絵 ポプラ社 2014.8 223p 19cm 880円 ①978-4-591-14090-1

内容 ダメ小学生のわたしに、アイドルの神山ひかるくんからプロモーションビデオへの出演依頼が!! さらには、舞台のオーディションまで!? 水野いるか、ついに芸能界デビュー!?

『お願い！ フェアリー 12 ゴーゴー！ お仕事体験』 みずのまい作，カタノトモコ絵 ポプラ社 2014.2 211p 19cm 880円 ①978-4-591-13757-4

みずのまい

[内容] みんな、おとなになったら何をしたい？ 柳田も、西尾さんも、ジジイも、み〜んな将来の夢があるみたい。わたしは…まだなんにも考えてない!! ねえ、フェアリー、わたし、ちゃんとおとなになれるのかなあ（泣）

『お願い！ フェアリー 11 修学旅行でふたりきり!?』 みずのまい作，カタノトモコ絵 ポプラ社 2013.9 208p 19cm 880円 ①978-4-591-13573-0

[内容] ねえねえ、みんなはもう修学旅行いった？ わたしはこれから出発なの！ 行き先は京都★柳田といい思い出つくれるかな？ フェアリー、みまもっててね〜。いるかちゃんたちの修学旅行でなにかがおきる。

『お願い！ フェアリー 10 コクハク大パニック！』 みずのまい作，カタノトモコ絵 ポプラ社 2013.3 208p 19cm 880円 ①978-4-591-13374-3

[内容] きいてきいて〜！ すっごい事件がおこったんだよ。わたしの学校でカップルが誕生したの！ どっちから告白したのかな？ なんていって告白したのかな？ 気になる〜！ ねえ、フェアリー、わたしもいつか柳田に告白できるのかな〜。

『お願い！ フェアリー 9 ファッションショーでモデルデビュー!?』 みずのまい作，カタノトモコ絵 ポプラ社 2012.11 252p 19cm 880円 ①978-4-591-13129-9

[内容] みんなはファッションショーって見たことある？ モデルの女の子たちがサイコーのおしゃれをして、ランウェイを歩いていくの。かわいくて、かっこいいんだよ。そんなファッションショーに、わたしがでることに!? フェアリー、どうしよう。ダメ小学生・いるかちゃんとフェアリーの物語。

『お願い！ フェアリー 8 海辺の恋の大作戦！』 みずのまい作，カタノトモコ絵 ポプラ社 2012.7 239p 19cm 880円 ①978-4-591-12992-0

[内容] 夏休みがやってきた！ かがやく太陽、波の音。わたしがいまどこにいるか、わかる？ なんと、西尾さんの別荘にきてるの！ ところが、そこでたいへんな事件がおこって…。フェアリー、どうしよう〜。

『お願い！ フェアリー 7 恋の真剣勝負！』 みずのまい作，カタノトモコ絵 ポプラ社 2012.3 239p 19cm 880円 ①978-4-591-12867-1

[内容] みんなは、好きな男の子と思いがつうじたことってある？ 柳田はあいかわらず鈍感で、思いがつうじるなんて、ありえない。そう思ってたんだけど…。あるできごとをきっかけに、柳田とわたしは、またこーしだけ距離が縮まった!? フェアリー、もしかして、これって…どうしよう。ダメ小学生いるかちゃんとフェアリーの物語第7弾。

『お願い！ フェアリー 6 恋のライバルのヒミツ★』 みずのまい作，カタノトモコ絵 ポプラ社 2011.11 239p 19cm 880円 ①978-4-591-12642-4

[内容] みんなには、恋のライバルっている？ わたしの恋のライバルは、勉強もスポーツもできて、おまけに超美人な西尾エリカさん。大好きな柳田は西尾さんと気があうみたいで、ふたりでデートするらしいの。大大大大ショックだよー。ところが、西尾さんには悩みがあるみたいで…。一恋と友情がいっぱいのドキドキストーリー。女の子パワー全開。ダメ小学生いるかちゃんとフェアリーの物語。

『お願い！ フェアリー 5 転校生は王子さま!?』 みずのまい作，カタノトモコ絵 ポプラ社 2011.7 237p 19cm 880円 ①978-4-591-12505-2

[内容] みんなは王子さまに会ったこと、ある？ クラスの男子みたいに、鈍感で無神経…じゃなくて、すっごくやさしいんだよ！ 桜の木の下で出会ったきらりは、ホンモノの王子さまみたいに、女の子たちにやさしくて…クラスに恋の嵐がふきあれる！ 柳田ともな〜んか気まずいし、どうしたらいいの？ー。

『お願い！ フェアリー 4 1日だけの永遠のトモダチ』 みずのまい作，カタノトモコ絵 ポプラ社 2011.3 255p 19cm 880円 ①978-4-591-12383-6

[内容] 友だちのために必死になったことってある？ おとなの身勝手で傷ついてしまった友だちを助けるために、柳田とわたしは、TVのクイズ大会にでることになったんだ。でもそこで出会った国民的アイドルの男の子が、なぜかわたしに、いじわるばかりしてくるの！ クイズ大会はピンチの連続だし…フェアリー、どうしよう。

『お願い！ フェアリー 3 告白は、いのちがけ!!』 みずのまい作，カタノトモコ絵 ポプラ社 2010.10 239p 19cm 880円 ①978-4-591-12077-4

[内容] 告白ーそれは、女の子にとって最大の試練！ そのさきにまっているのは、天国？ 地獄？ そして、あしたはバレンタインデーなの。恋する女の子にとって、決戦の日だよね。わたしも、大好きな柳田に、手づくりチョコクッキーをあげることにしたの。怖いよ、ドキドキするよ…フェアリー、わたし

を応援してね。

『お願い！ フェアリー 2 はじめてのデートっ!?』 みずのまい作，カタノトモコ絵　ポプラ社　2010.6　215p　19cm　880円　①978-4-591-11846-7

内容 わたし、今度の日曜日に柳田とデートするんだ！ 柳田のほうから、さそってくれたの！ もううれしくって幸せすぎて、ふわふわ空にとんでいっちゃいそう。─そして、日曜日。わたしの人生で、いちばんすばらしい日！ ところが、まちあわせ場所に柳田がこないんだ。ねえフェアリー、どうしちゃったのかな…。

『お願い！ フェアリー 1 ダメ小学生、恋をする。』 みずのまい作，カタノトモコ絵　ポプラ社　2010.3　248p　19cm　880円　①978-4-591-11693-7

内容 わたし、水野いるか。学年一のダメ小学生─だけど、わたしにも好きなひとがいるんだ。かっこよくて、クールな柳田貴男。でも鈍感で、わたしの気持ちになんか、ちっとも気づいてくれないの…ねえフェアリー、どうしたらいい？

三田　誠広
みた・まさひろ
《1948～》

『青い目の王子』 三田誠広作，佐竹美保絵　講談社　2010.3　216p　20cm　1400円　①978-4-06-215968-5

内容 むかしむかし…、ヒマラヤ山脈の麓、ガンジス川流域の王国にふしぎな力をもつ王子が誕生した。生まれながらに、鳥や象たちとも心をかよわせることができる「青い目」の王子の運命とは。─小学中級から。

『海の王子』 三田誠広作，佐竹美保絵　講談社　2009.2　221p　18cm　（講談社青い鳥文庫　275-1）　580円　①978-4-06-285075-9

内容 神が人であり、人が神であった時代…。野山をかけ、弓矢できつねを狩り、人々と平和な暮らしをたいせつにする山幸。対する兄の海幸は、権力をふりかざし、隣国とのいくさにあけくれる。ふたりは、イネが黄金色にかがやく平和なヒムカの国の王の座をめぐって対立。兄の策略によって国を追われた弟は、海の国の王の娘・豊玉姫と結ばれ、海の王子となる。天と地と海が舞台の壮大な物語。小学中級から。

光丘　真理
みつおか・まり
《1957～》

『いとをかし！ 百人一首 〔4〕 届け！ 千年のミラクル☆ラブ』 光丘真理作，甘塩コメコ絵　集英社　2013.11　189p　18cm　（集英社みらい文庫　み-3-4）　620円　①978-4-08-321181-2

内容 よばれて、飛び出て、平安時代～っ！ タイムスリップして、ガイドの少年・定家くんと百人一首の世界を冒険しているスズ＆ナリ先輩。ところが、定家くんのもう一つの姿"定家じいちゃん"の様子が、どうもヘン。原因は恋の病で、「このままだとワシは消えてしまう」なんて言うから超～ピンチ！ じいちゃんを助ける方法はあるの!? ロマンがいっぱいの、ミラクル☆ラブストーリー！　小学中級から。

『いとをかし！ 百人一首 〔3〕 天才・蝉丸がやってきた！』 光丘真理作，甘塩コメコ絵　集英社　2012.12　172p　18cm　（集英社みらい文庫　み-3-3）　600円　①978-4-08-321130-0

内容 百人一首クラブ部員のスズは、部長のナリ先輩といっしょに、またまたタイムスリップして平安時代を満喫だけど、現代に戻る帰り道でトラブル発生！　ガイドの少年（？）藤原定家くんが突然いなくなったり、道がゆがんでいたりと、おかしなことばかり起きてしまう。なんとか帰りついたものの、今度は平安の歌人・蝉丸が現代に現れて…!?　小学中級から。

『いとをかし！ 百人一首 〔2〕 紫式部がトツゲキ取材!?』 光丘真理作，甘塩コメコ絵　集英社　2012.5　173p　18cm　（集英社みらい文庫　み-3-2）　600円　①978-4-08-321091-4

内容 小学校の百人一首クラブ所属のスズとナリ先輩には、秘密がある。それは、不思議な少年（？）藤原定家くんと、平安時代へタイムスリップしたこと。なのに、その秘密をナリ先輩のお父さん─光ちゃんに知られちゃった。「わたし、紫式部の大ファンなの！　会いたいわ!!」百人一首命（だけど、なぜかオネエ系）の光ちゃんが大暴走。『源氏物語』の作家・紫式部とご対面して大騒動に!?　小学中級から。

『いとをかし！ 百人一首─平安時代ヘタイムスリップ』 光丘真理作，甘塩コメコ絵　集英社　2011.12　187p　18cm

（集英社みらい文庫　み-3-1）　580円　①978-4-08-321061-7

|内容| 百人一首クラブに所属するスズとナリ先輩。ある日、なぞの屋敷にある和歌が書かれたふすまを開けると、時間も場所も大移動！　たどりついた先は、"794うぐいす平安京!?　1200年前の平安時代へタイムスリップしたってこと!?　二人はそこで知り合ったふしぎな少年（？）藤原定家くんに案内され、百人一首の歌人のもとへ。小野小町や陽成院たちと会うことになっちゃった。小学中級から。

『あいたい』　光丘真理作，武田綾子絵　文研出版　2009.8　167p　22cm　（文研じゅべにーる）　1300円　①978-4-580-82065-4

|内容| 美砂は、老舗うなぎ屋に下宿して中学校へ通っている。美砂が慕う若女将の明子は二十七歳の若さで突然亡くなってしまう。明子はドレッサーに口紅で『あいたい』と謎の伝言を残していた。大きな悲しみで美砂は声がでなくなってしまうが、伝言の謎を解くために、生前の明子にかかわった人たちに話を聞いてまわる。はたして『あいたい』はどんな意味をもつのか？　感動の結末が待っている。

『時よ、よみがえれ！』　光丘真理作，あいかわ奏画　岩崎書店　2008.5　182p　18cm　（フォア文庫―トリオでテレパシー）　560円　①978-4-265-06392-5

|内容| 秋の京都をおとずれていたサヤ、スズ、テッペイは、町なかで、担任のナオミ先生を見かけて、あとを追う。ところがナオミ先生を見失ったものの、こんどは三人が飼っている白ネコ、グーそっくりのネコに出会う。そのネコに案内されてたどりついたところは、なんと九〇年前の世界だった。美しい古都を舞台に、闇カイザーはなにをたくらんでいるのか？　コトダマ、ナオミ先生のひみつも今明らかになる。トリオがさいごの戦いにいどむシリーズ完結編。

『夢よ、輝け！』　光丘真理作　岩崎書店　2007.3　190p　18cm　（フォア文庫―トリオでテレパシー）　560円　①978-4-265-06380-2〈画：あいかわ奏〉

|内容| サヤ・スズ・テッペイのみつごが住んでいる南風町の駅前に、巨大なショッピングセンターがオープンした。そのために、南風商店街へ買いものにきていたお客さんがどっとショッピングセンターに流れていって、商店街はひっそりとしてしまった。商店街に活気をとりもどしに、三人はある作戦を考えた。好評の新シリーズ第二弾。

『学園を守れ！』　光丘真理作　岩崎書店　2006.3　182p　18cm　（フォア文庫―トリオでテレパシー）　560円　①4-265-06370-5〈画：あいかわ奏〉

|内容| サヤ・スズ・テッペイはみつごの姉弟で、子犬台学園の四年生。三人はある時、きぬバアからコトダマというふしぎな玉をわたされた。これを武器にして、三人で力をあわせれば、闇の力に打ちかてるという。そのころ、学園のとなりに、黒い三角屋根の建物がたてられて、悪の気配がただよってくる！　新キャラクター登場！　書き下ろしシリーズ第一弾。

『アタイ探偵局四文字のひみつ』　光丘真理作　岩崎書店　2005.9　151p　22cm　（わくわく読み物コレクション 6）　1200円　①4-265-06056-0〈絵：栗原一実〉

|内容| アタイは神田亜太井、お江戸小学校の五年生。友だちのケンタといっしょに、らくがき犯をつかまえたごほうびに、おばあちゃんが局長をつとめている「アタイ探偵局」の手伝いをすることになった。まず最初の仕事は、四か所でほぼ同時におこった放火事件の調査。犯行現場にはそれぞれ、「ひ」「ら」「へ」「ん」の文字が一字ずつ残されていた。なんのメッセージなのだろうか？　アタイはさっそく捜査にのりだした。

『シャイン・キッズ』　光丘真理作，武田綾子絵　岩崎書店　2001.7　197p　20cm　（文学の泉 9）　1400円　①4-265-04149-3

|内容| 雨上がりの朝、わたしはひろちゃんに出会った。彼は、親友のまゆかのお兄さん。彼の目はとてもきれいだけど、まったく見えない。だから、町は点字ブロックをつたって歩くし、花火は音で見る。ひろちゃんといっしょにいると、今まで自分が生きてきた世界が、まったくちがって見えてくる。ひろちゃんは美しい曲を作る。その曲に乗せて、わたしは心の中を詩にうたった。すると彼は、わたしをボーカルにバンドを組んで、ミュージックコンテストに出ようなんて言いだした！　そして、バンド「シャイン・キッズ」のアツい夏がはじまる…。

光原　百合

みつはら・ゆり

《1964～》

『橋を渡るとき』　光原百合著　岩崎書店　2007.2　168p　21cm　（現代ミステリー短編集 8）　1400円　①978-4-265-06778-7〈絵：亀井洋子〉

|内容| 劇団に所属する兄貴は、ハタ迷惑な情熱野郎だ。その兄貴が引きおこす、悲しく

もせつない愛の告発を描いた「兄貴の純情」や、温かく穏やかなレンジャーの深森護が織りあげる"心優しい真実"を若杉翠の手だすけで解きあかす「時計を忘れて森へいこう」や、表題作の「橋を渡るとき」などを収録。

『空にかざったおくりもの』 光原百合文,牧野鈴子絵 女子パウロ会 1998.5 115p 22cm 1400円 ①4-7896-0492-6

緑川　聖司
みどりかわ・せいじ

『呪う本―つながっていく怪談 番外編』 緑川聖司作, 竹岡美穂絵 ポプラ社 2014.8 243p 18cm （ポプラポケット文庫 077-12）680円 ①978-4-591-14092-5

内容 まるで真夏のような暑さのなか、部活の帰りにたまたま立ち寄った古本屋で偶然見つけた『呪う本』。家に戻って、早速読み始めたわたしは、その内容に奇妙な感覚をおぼえる。まるで自分の学校を舞台にした話のようなのだ。そして、さらに読み続けると…。新たな恐怖を呼ぶ『本の怪談』シリーズ番外編第二弾！ 小学校上級～

『闇の本―忘れていた怪談 番外編』 緑川聖司作, 竹岡美穂絵 図書館版 ポプラ社 2014.4 263p 18cm （本の怪談シリーズ 11）1100円 ①978-4-591-13890-8,978-4-591-91468-7

『闇の本―忘れていた怪談 番外編』 緑川聖司作, 竹岡美穂絵 ポプラ社 2013.12 263p 18cm （ポプラポケット文庫 077-11）680円 ①978-4-591-13698-0

内容 ぼくは昔の記憶をたどるため、今は空き家となっている古い洋館に行く。そして、隠し部屋を発見して入ってみると、中は本で埋め尽くされていた。床に落ちていた1冊の本を読み始めたぼく。と、突然そこに山岸と名のる青年が現れ、呪われた本の話をはじめた…。小学校上級～

『青い本―呼んでいる怪談』 緑川聖司作, 竹岡美穂絵 図書館版 ポプラ社 2013.4 205p 18cm （本の怪談シリーズ 5）1100円 ①978-4-591-13337-8,978-4-591-91361-1

『赤い本―終わらない怪談』 緑川聖司作, 竹岡美穂絵 図書館版 ポプラ社 2013.4 214p 18cm （本の怪談シリーズ 2）1100円 ①978-4-591-13334-7,978-4-591-91361-1

『黄色い本―学校の怪談』 緑川聖司作, 竹岡美穂絵 図書館版 ポプラ社 2013.4 224p 18cm （本の怪談シリーズ 9）1100円 ①978-4-591-13341-5,978-4-591-91361-1

『金の本―時をこえた怪談』 緑川聖司作, 竹岡美穂絵 図書館版 ポプラ社 2013.4 222p 18cm （本の怪談シリーズ 7）1100円 ①978-4-591-13339-2,978-4-591-91361-1

『銀の本―海をこえた怪談』 緑川聖司作, 竹岡美穂絵 図書館版 ポプラ社 2013.4 218p 18cm （本の怪談シリーズ 8）1100円 ①978-4-591-13340-8,978-4-591-91361-1

『黒い本―ついてくる怪談』 緑川聖司作, 竹岡美穂絵 図書館版 ポプラ社 2013.4 205p 18cm （本の怪談シリーズ 1）1100円 ①978-4-591-13333-0,978-4-591-91361-1

『怖い本―色のない怪談』 緑川聖司作, 竹岡美穂絵 図書館版 ポプラ社 2013.4 207p 18cm （本の怪談シリーズ 10）1100円 ①978-4-591-13342-2,978-4-591-91361-1

『白い本―待っている怪談』 緑川聖司作, 竹岡美穂絵 図書館版 ポプラ社 2013.4 217p 18cm （本の怪談シリーズ 3）1100円 ①978-4-591-13335-4,978-4-591-91361-1

『緑の本―追ってくる怪談』 緑川聖司作, 竹岡美穂絵 図書館版 ポプラ社 2013.4 205p 18cm （本の怪談シリーズ 4）1100円 ①978-4-591-13336-1,978-4-591-91361-1

『紫の本―封じられた怪談』 緑川聖司作, 竹岡美穂絵 図書館版 ポプラ社 2013.4 204p 18cm （本の怪談シリーズ 6）1100円 ①978-4-591-13338-5,978-4-591-91361-1

緑川聖司

『怖い本―色のない怪談』　緑川聖司作，竹岡美穂絵　ポプラ社　2013.3　207p　18cm　（ポプラポケット文庫 077-10）　620円　①978-4-591-13378-1
[内容]　クラスメイトの仁科涼子の提案で、ぼくは同じ市内に住む、山岸良介という作家にインタビューをすることになった。彼の家に通ううちに、毎日なにかがおかしくなっていく。きょうぼくは、この家から無事に帰ることができるのだろうか…。小学校上級から～。

『黄色い本―学校の怪談』　緑川聖司作，竹岡美穂絵　ポプラ社　2012.12　224p　18cm　（ポプラポケット文庫 077-9）　650円　①978-4-591-13175-6
[内容]　「学校の怪談コンテスト」に応募する怪談をさがすため、学校の怖い話を検証することになったわたし。怪談って、怖いだけじゃないのかも…？　摩訶不思議体験をおとどけします。小学校上級から～。

『金の本―時をこえた怪談』　緑川聖司作，竹岡美穂絵　ポプラ社　2012.7　222p　18cm　（ポプラポケット文庫 077-7）　650円　①978-4-591-13001-8
[内容]　このお寺には「金の本」という宝物があるそうです。あらしの中、山寺にたどりついたわたし。雨をのがれてやってきた人たちといっしょに、なぜか怪談話をすることになって…。小学校上級から。

『銀の本―海をこえた怪談』　緑川聖司作，竹岡美穂絵　ポプラ社　2012.7　218p　18cm　（ポプラポケット文庫 077-8）　650円　①978-4-591-13002-5
[内容]　「銀の本」にかかわったものは、ふしぎな運命をたどるという…。突然の招待状に、フランスにやってきたぼく。『銀の本』を見つけたものに、城をゆずろう！」というひいおじいさんのことばに、なれない土地で、本さがしにのりだしたけれど、だれかにねらわれている気がする…。小学校上級から。

『紫の本―封じられた怪談』　緑川聖司作，竹岡美穂絵　ポプラ社　2012.2　204p　18cm　（ポプラポケット文庫 077-6）　620円　①978-4-591-12733-9
[内容]　臨終まぎわ、紫のチョウが現れて、母は死んだ。無人のはずの村崎屋敷に人影が、学校のおどり場の鏡からは、ムラサキババアが現れるという噂も広がり…。「紫の本」を最後まで読んだとき、きみを待っているのは―。小学校上級から～。

『青い本―呼んでいる怪談』　緑川聖司作，竹岡美穂絵　ポプラ社　2011.7　205p　18cm　（ポプラポケット文庫 077-5）　620円　①978-4-591-12513-7
[内容]　塾の夏合宿で、百物語をすることになった蒼。一人ずつ怪談を話していくうちに、蒼のまわりでもふしぎなできごとが続きます。別の場所にいる、双子の姉、碧にも、危険が迫っていて…。小学校上級～。

『緑の本―追ってくる怪談』　緑川聖司作，竹岡美穂絵　ポプラ社　2011.7　205p　18cm　（ポプラポケット文庫 077-4）　620円　①978-4-591-12514-4
[内容]　バスケ部の合宿で、百物語をすることになった碧。一人ずつ怪談を話していくうちに、碧のまわりにもふしぎなできごとが続きます。別の場所にいる、双子の弟、蒼にも、危険が迫っていて…。小学校上級～。

『白い本―待っている怪談』　緑川聖司作，竹岡美穂絵　ポプラ社　2011.1　217p　18cm　（ポプラポケット文庫 077-3）　650円　①978-4-591-12231-0
[内容]　雪山ペンション行きの電車の中で、ぼくは不思議な女の子と「白い本」に出会います。一度別れたはずなのに、その後も再び女の子と本に遭遇して…。怖くて切ない「白」の怪談集をお楽しみください。小学校上級から。

『ちょっとした奇跡―晴れた日は図書館へいこう 2』　緑川聖司作，宮嶋康子絵　小峰書店　2010.12　319p　21cm　（文学の散歩道）　1500円　①978-4-338-22411-6
[内容]　図書館にはたくさんの謎がつまっている。楽しい場所でもあり、不思議な場所でもある。そんな図書館を舞台にくりひろげられる、ミステリーの数々。

『赤い本―終わらない怪談』　緑川聖司作，竹岡美穂絵　ポプラ社　2010.7　214p　18cm　（ポプラポケット文庫 077-2）　570円　①978-4-591-11964-8
[内容]　新居の屋根裏で、『赤い本』という怪談を見つけたわたし。本を読み進むうちに、自分のまわりでも同じような恐怖が起こり始める。やみつき必須の怪談短編集。小学校上級～。

『黒い本―ついてくる怪談』　緑川聖司作，竹岡美穂絵　ポプラ社　2010.7　205p　18cm　（ポプラポケット文庫 077-1）　570円　①978-4-591-11963-1
[内容]　図書室で『黒い本』という怪談を見つけたぼく。本を読み進むうちに、ぼくのまわりでも本と同じような恐怖が起こり始

る…。13編×2の極上の怖い話集。小学校上級～。

『プールにすむ河童の謎―緑川事件簿』緑川聖司作，森友典子絵　小峰書店　2005.6　175p　20cm　（ミステリー・books）　1200円　①4-338-16208-2

『晴れた日は図書館へいこう』　緑川聖司作，宮嶋康子絵　小峰書店　2003.10　206p　21cm　（文学の森）　1500円　①4-338-17415-3

内容　本と図書館が大好きな女の子が図書館で出会う様々な人々との交流や、図書館でおきるちょっとした事件をミステリアスタッチに描いた連作短編。第一回長編児童文学賞佳作受賞作品。

三野　誠子
みの・せいこ

『学校の鏡は秘密のとびら？』　三野誠子作，たかおかゆみこ絵　岩崎書店　2014.6　103p　22cm　（おはなしガーデン　43）　1200円　①978-4-265-05493-0

内容　リセは転校して、古墳のある学校へ。すぐにふたりの女の子と仲良くなります。三人で学校の不思議話を調べているうちに、びっくりするようなモノを見つけてしまい―。思わず胸キュンのハートフル・ファンタジー！

『ぼくのともだち、どじなぶた』　三野誠子作，たごもりのりこ絵　岩崎書店　2012.2　126p　22cm　（おはなしガーデン　31）　1200円　①978-4-265-05481-7

内容　おかあさんがわってしまった土なべ。つかい道をかんがえていた、ぼくの前にあらわれたのは―くいしんぼうのこぶただった。だじゃれもことわざもいっぱい。ことば遊びがたのしい、心がほっこりあたたまるおはなし。

『エレベーターは秘密のとびら』　三野誠子作，たかおかゆみこ絵　岩崎書店　2010.8　79p　22cm　（いわさき創作童話　51）　1300円　①978-4-265-03531-1

内容　ある日、エレベーターに乗ったリセはふしぎな体験をする。どうやらリセの住むマンションの「変なうわさ」は本当らしい。ナゾときに乗りだしたリセたちが見たものは…。女の子たち三人の、ドキドキ・ワクワクがつまったハートフル・ファンタジー！第27回福島正実記念SF童話賞大賞作品。小学校中学年向。

みほ　ようこ
《1943～》

『竜の姿をみた少女』　みほようこ文，長野ひろかず絵　鳥影社　2009.12　106p　22cm　（風の神様からのおくりもの　5）　1400円　①978-4-86265-198-3

内容　たてしな山のふもとの村に伝わっている「竜になった三郎」の話。その話を信じた少女は、しらかば湖のほとりで、ふしぎなおじいさんに会いました。二つ目の話は、「女神さまとの約束」。少女は、病気のおとうさんを助けるために、白い馬にのって、八ヶ岳へ黄金色の花を探しに行きます。そして、女神さまとある約束をします。その約束とは―。

『ライオンめざめる』　みほようこ文　鳥影社　2006.10　84p　22cm　（風の神様からのおくりもの　4）　1400円　①4-86265-027-9〈絵：長野ひろかず〉

内容　おとうさんからもらった誕生日のプレゼント、ライオンのロケット。そのロケットには、何千年も前の謎が秘められていた。霧ケ峰高原を訪れたときに、風の神様から聞いた三つのお話。

『ふしぎな鈴』　みほようこ文，長野ひろかず絵　鳥影社　2005.9　85p　22×19cm　（風の神様からのおくりもの　3）　1400円　①4-88629-922-9

内容　リーン・リーン・リーン…五百年の時をへて、心やさしい小桜姫と現代の少女をむすぶ、美しい鈴の音が聞こえる。風の神様が、そっと教えてくれたお話。

『竜神になった三郎』　みほようこ文，長野ひろかず絵　鳥影社　2004.4　83p　22cm　（風の神様からのおくりもの　2）　1400円　①4-88629-828-1

内容　湖につき落とされた三郎が、地の神に助けられ、心のやさしさゆえに、竜神になる話。守屋山の明神様にまつわる、福寿草と少女の話。

『風の神様からのおくりもの―諏訪の童話』　みほようこ文，長野ひろかず絵　鳥影社　2001.8　92p　20cm　1300円　①4-88629-589-4

宮下　恵茉
みやした・えま

『竜神王子（ドラゴン・プリンス）！　2』
宮下恵茉作，kaya8絵　講談社　2014.7　215p　18cm　（講談社青い鳥文庫）620円　①978-4-06-285432-0〈付属資料：しおり定規1〉

|内容| わたしは中1の宝田珠梨。ある日とつぜん、4人のイケメン王子があらわれた！　王子たちは、『玉呼びの巫女』であるわたしが『玉』を出すのを待っているの。はたして、最初に『玉』を手に入れるのは、だれ？　一方、おさななじみとの再会で、頭がいっぱいになっていたわたしは、ねらわれていることに気づかず、わなに、はまって…!!　小学上級から。

『なないろレインボウ』　宮下恵茉著　ポプラ社　2014.4　206p　20cm　（teens' best selections 34）1300円　①978-4-591-13955-4

|内容| 虹を見るのが好きな、七海といろは。不安だらけでスタートした中学生活だけど、ふたり一緒にいると、輝きが増してくる。―でも、親友だからこそ、大好きだからこそ、心がすれちがってしまうこともあって……。女の子同士の友情を繊細に描く、青春ストーリー。

『部活トラブル発生中!?―つかさの中学生日記 3』　宮下恵茉作，カタノトモコ絵　ポプラ社　2014.3　183p　18cm　（ポプラポケット文庫 201-3―ガールズ）620円　①978-4-591-13922-6

|内容| あたし、松尾つかさ、中学1年生！　明るい雰囲気にひかれて入ったソフト部で、毎日練習がんばってるよ！　でも、少しずつ練習がハードになってきたこのごろ、なんだかみんなの気持ちが少しずつズレてきて、トラブルが続いて…。う～、どうしよう!?　友だちのコト、恋のコト、部活のコト…ドキドキがいっぱいの中学生活を描くシリーズ第3弾！　小学校上級～

『竜神王子（ドラゴン・プリンス）！　1』
宮下恵茉作，kaya8絵　講談社　2014.2　217p　18cm　（講談社青い鳥文庫 303-1）620円　①978-4-06-285409-2

|内容| わたしは中1の宝田珠梨。占いハウスの家のコだからって、からかわれるのがイヤで私立に入り、きちんとした家の、フツーのコに見えるよう、がんばっているの。ところがある日、カッコいい男の人があらわれて…。竜神とか、巫女とか、なんなのよお～！　やっと手に入れた平和な日々は、どうなるの？　ファンタジックなラブコメディー、スタート！　小学上級から。

『トモダチのつくりかた―つかさの中学生日記 2』　宮下恵茉作，カタノトモコ絵　ポプラ社　2013.9　198p　18cm　（ポプラポケット文庫 201-2―ガールズ）620円　①978-4-591-13580-8

|内容| あたし、松尾つかさ、中学1年生！　中学校では友だちをたくさんつくるのが目標だったんだけど…なぜかクラスのグループには入れなくて、おまけにヘンなうわさまで流されちゃって。も～、どうしたらいいの!?　友だちのコト、ちょっと恋のコト…ドキドキいっぱいの中学校生活を描くシリーズ第2弾！　小学校上級～。

『魔女じゃないもん！　4　消えたミュウミュウを探せ！』　宮下恵茉作，和錆絵　集英社　2013.5　188p　18cm　（集英社みらい文庫　み-4-4）600円　①978-4-08-321154-6

|内容| リセの使い魔、猫のミュウミュウが突然、いなくなっちゃった！　どうしよう、と思っていたら黒い封筒が届いた。"使い魔はいただいた。返してほしければ、サマーフェスティバルに来い"。ええ～っ!?　いったい、誰のしわざ？　バンビと一緒にのりこむと、怪しい黒ずくめの男が現れた。正体はなんなの???　とにかく、大事なミュウミュウを取り返さなきゃ。一撃必殺の魔術で対決だっ！　小学中級から。

『チャームアップ・ビーズ！　3　ピンクハートで思いよ、届け！』　宮下恵茉作，初空おとわ画　童心社　2013.3　181p　20cm　1500円　①978-4-494-01423-1〈2012年刊の再刊〉

『チャームアップ・ビーズ！　2　スターイエロー大作戦！』　宮下恵茉作，初空おとわ画　童心社　2013.3　169p　20cm　1500円　①978-4-494-01422-4〈2011年刊の再刊〉

『チャームアップ・ビーズ！　1　クローバーグリーンで友情復活！』　宮下恵茉作，初空おとわ画　童心社　2013.3　181p　20cm　1500円　①978-4-494-01421-7〈2010年刊の再刊〉

『ポニーテールでいこう！―つかさの中学生日記』　宮下恵茉作，カタノトモコ絵　ポプラ社　2013.3　196p　18cm　（ポプラポケット文庫 201-1―ガールズ）

宮下恵茉

620円　①978-4-591-13381-1
[内容]　元気で素直がとりえのつかさ、中学1年生。小学校までは友だち関係でなやんだことなんかなかったのに、中学に入ってからは、なぜかいろいろうまくいかない…。親友の杏奈は私立に行っちゃったし、有名な気の強い女子にはにらまれちゃうし。わいわいできる友だちを作りたいだけなのに〜。波乱に満ちた、つかさの中学校生活がスタート。小学校上級〜。

『ガチャガチャ☆GOTCHA！—カプセルの中の神さま』　宮下恵茉作，宮尾和孝絵　朝日学生新聞社　2013.1　220p　22cm　1000円　①978-4-904826-85-0

『魔女じゃないもん！　3　リセ＆バンビ、危機一髪!!』　宮下恵茉作，和錆絵　集英社　2013.1　187p　18cm　（集英社みらい文庫　み-4-3）　600円　①978-4-08-321135-5
[内容]　もうすぐ宿泊学習「海辺の家」があるというのに、バンビと亜美はケンカばっかり。ミュウミュウは魔女修行しろってうるさいし。そんな時、ランちゃんっていう超かわいい女の子と出会った。すっごく気が合うし、本当の友だちって感じ！　毎日会っていたら、ある日言われたの。「リセちゃん、いやなことぜーんぶなくしてあげようか」。ええっ、それってどういうこと!?　小学中級から。

『チャームアップ・ビーズ！　3　ピンクハートで思いよ、届け！』　宮下恵茉作，初空おとわ画　童心社　2012.10　181p　18cm　（フォア文庫 B439）　762円　①978-4-494-02841-2
[内容]　もうすぐバレンタイン。今年はあたしもあの人に渡してみようかな？　でも翔子さんが父ちゃんにチョコを渡そうとしていることを知って…。すみれの成長物語、感動の完結編。小学校中・高学年向き。

『魔女じゃないもん！　2　悪魔の手先にご用心!?』　宮下恵茉作，和錆絵　集英社　2012.8　185p　18cm　（集英社みらい文庫　み-4-2）　600円　①978-4-08-321110-2
[内容]　使い魔・ミュウミュウの言うことには、魔女の力に覚醒した私は、『悪魔』や『狩人』たちに狙われているらしい。ぞおーっ、背筋が寒くなる。『助けてあげるよ、きゅるん』。なーんて、バンビは言うけどさあー・涙。ある日、教室で『…助けて』って声が聞こえた。意味深な手紙も届いちゃうし、これから、いったいどうなるの？　もうやだっ、誰でもいいから助けてっ！　だって、私、魔女じゃないもーんっ！

『魔女じゃないもん！　1　転校生は魔法少女!?』　宮下恵茉作，和錆絵　集英社　2012.3　188p　18cm　（集英社みらい文庫　み-4-1）　600円　①978-4-08-321079-2
[内容]　ビョオオ。吹き荒れる嵐の中、『カツーン、カツーン』なぞの音が教室に近づいてきた。ガラッと開いたドアから入ってきたのは…転校生!?　『魔法少女バンビでーす！　よろしくねっ、きゅるん』。な、なに、この子〜っ！　しかも私の隣の席!?　「リセちゃん、なかよくしてね！　きゅるん」。ドンガラガッシャーン！　激しくなる嵐。なんだか、とんでもないことが起こりそうな予感〜っ！　小学中級から。

『チャームアップ・ビーズ！　2　スターイエロー大作戦！』　宮下恵茉作，初空おとわ画　童心社　2011.11　169p　18cm　（フォア文庫 B422）　660円　①978-4-494-02837-5
[内容]　なんと紗綾たち"イケてるグループ"と、どっちが豪華なクリパができるか競争することに！　思いっきりゴージャスなパーティやりたいけど、お金がないよ！　どうしよう!?—。

『真夜中のカカシデイズ』　宮下恵茉作，ヒロミチイト絵　学研教育出版　2011.6　177p　20cm　（ティーンズ文学館）　1200円　①978-4-05-203349-0〈発売：学研マーケティング〉
[内容]　学校に通わなくなって、家に引きこもる聡太。今日も、いつもどおりの夜中のコンビニ通い。すると、畑の中から、突然、声が聞こえてきた…。小学校中学年から。

『あの日、ブルームーンに。』　宮下恵茉著　ポプラ社　2011.5　305p　20cm　（Teens' best selections 29）　1400円　①978-4-591-12441-3
[内容]　「ブルームーン」とよばれる願いをかなえてくれる、青い月。ひとつだけ、願いごとをするなら、なにを祈る？　一緒に祈りたいひとは、いる？　わたしはね…。好きなひとの願いが、かないますように。15歳の青春ストーリー。

『チャームアップ・ビーズ！　1　クローバーグリーンで友情復活！』　宮下恵茉作，初空おとわ画　童心社　2010.10　181p　18cm　（フォア文庫 B415）　660円　①978-4-494-02835-1
[内容]　あたし、佐藤すみれ。あけぼの小学校の四年生。誕生日にもらったお古のケータ

イに、クローバーのビーズチャームをつけたら…ええっ、ケータイが大変身!? おまけにモッチと名乗る子から、不思議なメールがとどいて…。

『ロストガールズ』 宮下恵茉作，たかおかゆみこ絵　岩崎書店　2009.7　191p　22cm　(物語の王国 6)　1300円　①978-4-265-05766-5
|内容| 小学校卒業が間近にせまった珠緒は、母親とともにデパートに卒業式の洋服を買いに行く。今まではずっと母親の言いなりになっていた珠緒だったが、今日こそは自分の好きな洋服を買ってもらおうと決意していた。

『ガール！ ガール！ ガールズ！—It's a girl's world.』 宮下恵茉著　ポプラ社　2009.6　221p　20cm　(Teens' best selections 20)　1300円　①978-4-591-10988-5
|内容| 木内日菜、中二、女子。毎日、平和。学校でもテニス部でも、けっこううまくやってる。「心友」だって、ちゃんといる。なのに突然、学校一のルックスを持つあいつの一言で、私の世界は崩壊した…。女子の世界でゆれうごく、等身大の14歳―青春ガールズストーリー。

『うわさの雨少年（レインボーイ）』 宮下恵茉作，丸山薫絵　ポプラ社　2008.3　139p　21cm　(ポプラ物語館 13)　1000円　①978-4-591-10272-5
|内容| 野球の試合、遠足、運動会…。ぼくがたのしみにしてると、ぜったいに雨がふる。ズバリ、降水確率一〇〇％！　なんで？　なんでなんだよぉー。

『ジジきみと歩いた』 宮下恵茉作　学習研究社　2007.6　151p　22cm　(学研の新・創作シリーズ)　1200円　①978-4-05-202835-9　〈絵：山口みねやす〉
|内容| ぼくがとりそこなったボールは、なぜか見つからないことが多い。―どこへ消えたんだ？　草むらをかきまわしていてギョッとした。ぼくのそばに、じじむさい顔の犬が、ぬうっと立っていたのだ。―へったくそ。しっかりとれよ！　と、そいつはいっているようだった。それが、ぼくたちとジジとの出会いだった。小学校中学年から。小川未明文学賞第15回大賞受賞作品。

宮下　すずか
みやした・すずか

『カアカアあひるとガアガアからす』 宮下すずか作，たなかあさこ絵　くもん出版　2014.3　63p　21cm　(ことばはともだち)　1000円　①978-4-7743-2241-4
|内容| ある日、からすとあひるはなきごえをとりかえっこしました。「カアカア」なくあひると「ガアガア」なくからすは、みんなをおどろかせて、たのしくてたまりません。でも、ともだちをたすけようとしたとき、たいへんなことが…？　小学校低学年から。

『漢字だいぼうけん』 宮下すずか作，にしむらあつこ絵　偕成社　2014.2　69p　21cm　1000円　①978-4-03-439400-7
|内容| すうくんは、学校でたくさんの漢字をならいました。おなじ字でも、いろいろなよみかたができたり、かたちにもいみがあったり、はっけんがいっぱいです。小学校中学年から

『とまれ、とまれ、とまれ！』 宮下すずか作，がみ絵　くもん出版　2013.12　63p　21cm　(ことばはともだち)　1000円　①978-4-7743-2214-8
|内容| 「とまれ」というせんせいのこえで、マサくんたちはあるくのをやめて、とまりました。そして、いつまでもきえない「とまれ」のこえにいろいろなものがとまりはじめたのです。ことばと文字をめぐる、ふしぎで楽しい物語シリーズ！　小学校低学年から。

『にげだした王さま』 宮下すずか作，石川日向絵　くもん出版　2013.12　63p　21cm　(ことばはともだち)　1000円　①978-4-7743-2213-1
|内容| 本の中の文字たちは、よるになると本からぬけだしては、あさになるともどっていきます。あるよる、いばりんぼうの王の文字にがまんができなくなったほかの文字たちは…ことばと文字をめぐる、ふしぎで楽しい物語シリーズ！　小学校低学年から。

『あいうえおのせきがえ』 宮下すずか作，いとうのぶや絵　くもん出版　2013.1　92p　22cm　(ことばって、たのしいな！)　1200円　①978-4-7743-2138-7
|内容| 「あいうえお」のひょうのもじたちはみんながねているまよなかや、家にだれもいないときに、ひょうからとびだしてはあそんでいます。きょうはせきがえ。いったいどんならびかたになるのかな？　小学

『すうじだいぼうけん』　宮下すずかさく，みやざきひろかずえ　偕成社　2010.10　76p　22cm　1200円　①978-4-03-313580-9

内容　らっちゃんのさんすうドリルからすうじたちがとびだしました。すうじはよまれかたがいろいろです。おなじ1でも、いち、いっ（こ）、ひと（つ）にひい。みんなでたのしいすうじのうたのはじまりです。もじのだいぼうけんシリーズ。文字のおもしろさたっぷりぎっしりつまっています。6歳から。

『カタカナダイボウケン』　宮下すずかさく，みやざきひろかずえ　偕成社　2009.11　76p　22cm　1200円　①978-4-03-313570-0

内容　らっちゃんは、カタカナをならいました。でも、ンとソ、ツとシなど、ときどき、どっちがどっちかわからなくなってしまうのです。ハラハラしているのは、カタカナたち。なんとかただしくかいてほしいとおもって…。「くっつきのもじ」「にたものどうし」「ホンノムシ」カタカナたちがだいかつやくする全三話を収録。6歳から。

『ひらがなだいぼうけん』　宮下すずかさく，みやざきひろかずえ　偕成社　2008.11　78p　22cm　1200円　①978-4-03-313560-1

内容　あるよるのこと。らっちゃんがひらきっぱなしにした本から、なにやらひそひそこしょこしょ、きこえてきました。本のなかのもじたちがおしゃべりしていたのです…。

宮部　みゆき
みやべ・みゆき
《1960～》

『蒲生邸事件　後編』　宮部みゆき作，黒星紅白絵　講談社　2013.8　323p　18cm　（講談社青い鳥文庫　250-7）　760円　①978-4-06-285373-6〈文春文庫2000年刊の改稿　文献あり〉

内容　孝史が身をよせる蒲生邸の主人が何者かに殺された。住み込みで働く少女、ふきに好意をもった孝史は、もうすぐ来る戦争をさけ、いっしょに現代の東京へ帰ろうと誘う。タイムトラベラーは、まがいものの神なのか？　蒲生大将はなぜ殺されたのか？　そして、未来を知ったふきの決断は？　今日を生きる勇気がわいてくる壮大な歴史ミステリー。小学上級から。

『蒲生邸事件　前編』　宮部みゆき作，黒星紅白絵　講談社　2013.7　457p　18cm　（講談社青い鳥文庫　250-6）　800円　①978-4-06-285371-2〈文春文庫2000年刊の改稿〉

内容　浪人生の孝史は、泊まったホテルが火災にあい、タイムトラベラーを自称する男に助けられた。二人がタイムトリップした先は、昭和十一年二月二十五日、つまり、あの有名な「二・二六事件」の前夜の東京―。孝史を助けた男はほんとうにタイムトラベラーなのか？　歴史は変えることができるのか？　壮大なスケールでえがく歴史SFミステリー！　小学上級から。

『刑事の子』　宮部みゆき著　光文社　2011.9　297p　19cm　（BOOK WITH YOU）　952円　①978-4-334-92779-0〈『東京下町殺人暮色』（1994年刊）の改題〉

内容　中学一年生の八木沢順は、刑事である父・道雄が離婚したため東京の下町に引っ越すことに。開発が進むその町で、優しい家政婦のハナとの三人の生活に慣れたころ、奇妙な噂が流れ込む。近くの家で人殺しがあった、と…。そんな噂とともに、バラバラ殺人事件が実際におきてしまう。町が騒然とする中、順のもとに事件の真犯人を知らせる手紙が届く。刑事の子・順は、友人の慎吾とともに捜査に乗り出す。

『ブレイブ・ストーリー　4　運命の塔』　宮部みゆき作，鶴田謙二絵　角川書店　2010.6　388p　18cm　（角川つばさ文庫　Bみ1-4）　780円　①978-4-04-631079-8〈発売：角川グループパブリッシング〉

内容　"幻界"に、何もかもが無になってしまう混沌の時期が近づいていた。幻界を救うためには、ヒト柱を闇の冥王に捧げなければならないという。混乱する幻界の人々…。そして、ミツルは最後の宝玉を手に入れるため、現実世界から持ち込まれた動力船の設計図を北の統一帝国に渡そうとしていた。それを知ったワタルは、ミツルの後を追う。愛と冒険のファンタジー、感動の完結巻。小学上級から。

『ブレイブ・ストーリー　3　再会』　宮部みゆき作，鶴田謙二絵　角川書店　2010.4　388p　18cm　（角川つばさ文庫　Bみ1-3）　780円　①978-4-04-631078-1〈発売：角川グループパブリッシング〉

内容　運命を変えるため、異世界"幻界"を旅するワタルは、水人族のキ・キーマ、ネ族の少女ミーナと知り合い、一緒に運命の塔

宮部みゆき

を目指す。3人は幻界の町ガサラを守るハイランダーの仕事をしながら旅を続けていた。さまざまな経験をかさねるうちに成長していくワタルは、自分の願いをかなえるための旅に疑問を持ち始める——。宮部みゆきの本格冒険ファンタジー第3弾。小学上級から。

『ブレイブ・ストーリー 2 幻界（ヴィジョン）』 宮部みゆき作，鶴田謙二絵 角川書店 2009.9 333p 18cm （角川つばさ文庫 Bみ1-2） 780円 ①978-4-04-631054-5 〈発売：角川グループパブリッシング〉

内容 ワタルはゲームが好きな小学5年生。運命を変えるため異世界"幻界"へと旅立つ。老人ラウ導師の試練を受け、見習い勇者として5つの宝玉を集めながら、願いを叶える女神の住む"運命の塔"を目指す。途中、気の優しい水人族キ・キーマと出会い、いっしょに旅を始めるが、幻界の町ガサラで殺人犯にされてしまう——。宮部みゆきの愛と勇気の冒険ファンタジー第2弾。小学上級から。

『ブレイブ・ストーリー 1 幽霊ビル』 宮部みゆき作，鶴田謙二絵 角川書店 2009.6 411p 18cm （角川つばさ文庫 Bみ1-1） 780円 ①978-4-04-631029-3 〈発売：角川グループパブリッシング〉

『マサの留守番——蓮見探偵事務所事件簿』 宮部みゆき作，千野えなが絵 講談社 2008.4 317p 18cm （講談社青い鳥文庫 250-5） 670円 ①978-4-06-285018-6

内容 「おれは元警察犬のマサ。蓮見探偵事務所の用心犬だ。言葉がしゃべれなかったり、一人で自由に出かけなかったりと不自由はあるが、それはそれ。得意の推理と鼻を生かして、大好きな加代ちゃんといっしょに難事件を解決するぞ。」渋いジャーマン・シェパード、マサが語るミステリー。こんなミステリー、読んだことない！——『心とろかすような』（創元推理文庫）より4編を収録。小学上級から。

『ステップファザー・ステップ——屋根から落ちてきたお父さん』 宮部みゆき作，千野えなが絵 講談社 2008.3 345p 18cm （講談社青い鳥文庫——SLシリーズ） 1000円 ①978-4-06-286404-6

内容 哲と直は中学生の双子の兄弟。両親はそれぞれに駆け落ちして家出中。なかよくふたりで暮らす家に、ある日、プロの泥棒が落っこちてきた！ いやいやながらも、双子の父親がわりをさせられる泥棒。そんな3人を巻きこんで、不思議な事件やできごとが

つぎつぎにおこります。ドキドキ、ワクワク、笑って泣いて、最後はほろり。ユーモアミステリーのロングセラーにして大傑作！ 小学上級から。

『かまいたち』 宮部みゆき作 講談社 2007.3 301p 18cm （講談社青い鳥文庫 250-4） 680円 ①978-4-06-148759-8 〈絵：小鷹ナヲ〉

内容 夜な夜な江戸市中に出没する辻斬り「かまいたち」。町医者の娘おようは、夜おそく父を迎えに出て、かまいたちに出会ってしまう。長屋の向かいに越してきた目つきの鋭い男新吉は、目撃者のおようを追ってきたかまいたちなのか？ あっと驚くどんでんがえしの表題作「かまいたち」ほか、全4編収録。人気の「霊験お初」をはじめ、魅力あふれる少年少女が活躍する、時代小説の世界へようこそ。小学上級から。

『宮部みゆき』 宮部みゆき著 文芸春秋 2007.3 276p 19cm （はじめての文学） 1238円 ①978-4-16-359850-5

内容 小説はこんなにおもしろい！ 文学の入り口に立つ若い読者へ向けた自選アンソロジー。

『この子だれの子』 宮部みゆき作 講談社 2006.10 221p 18cm （講談社青い鳥文庫 250-3） 620円 ①4-06-148739-6 〈絵：千野えなが〉

内容 激しい雷雨の夜、留守番をするぼくの前にあらわれた女性は赤ん坊を抱いていた。葉月ちゃんというその赤ちゃんはぼくの妹だという。このぼくに兄妹がいる可能性はあるのだろうか…？ 表題作「この子だれの子」ほか、全4編を収録。あっと驚くどんでんがえしに、ちょっぴりしんみり優しいラスト。宮部ワールド炸裂の短編集。小学上級から。

『今夜は眠れない』 宮部みゆき作 講談社 2006.3 331p 18cm （講談社青い鳥文庫 250-2） 760円 ①4-06-148718-3 〈絵：小鷹ナヲ〉

内容 雅男は、サッカーが好きなごくふつうの中学生。ある日とつぜん、"放浪の相場師"とよばれた人物から、母さんに5億円もの遺産がのこされた。ふってわいたなぞの大金で、両親のあいだはぎくしゃくし、平凡だったはずの3人家族がバラバラに…。「5億円のなぞはぼくがとく！」クールな親友・島崎も一枚かんで、中学生コンビが大活躍。おどろきの結末はだれにも話さないで！ 小学上級から。

『ステップファザー・ステップ——屋根から落ちてきたお父さん』 宮部みゆき作 講談社 2005.10 345p 18cm （講談

社青い鳥文庫 250-1） 760円 ①4-06-148702-7 〈絵：千野えなが〉
内容 哲と直は中学生の双子の兄弟。両親はそれぞれに駆け落ちして家出中。なかよくふたりで暮らす家に、ある日、プロの泥棒が落っこちてきた！ いやいやながらも、双子の父親がわりをさせられる泥棒。そんな3人を巻きこんで、不思議な事件やできごとがつぎつぎにおこる！ ドキドキ、ワクワク、笑って泣いて、最後はほろり。ユーモアミステリーのロングセラーにして大傑作！ 小学上級から。

『ブレイブ・ストーリー──愛蔵版』 宮部みゆき著 角川書店 2003.4 1003p 22cm 5700円 ①4-04-873445-8
内容 壮大な物語世界のイメージが広がるファン必携の限定愛蔵版。謡口早苗の幻想的な挿画100点余りを掲載。

『ブレイブ・ストーリー 下』 宮部みゆき著 角川書店 2003.3 659p 20cm 1800円 ①4-04-873444-X
内容 さまざまな怪物、呪い、厳しい自然、旅人に課せられた苛酷な運命が待ち受ける"幻界"。勇者の剣の鍔に収めるべき五つの宝玉を獲得しながら、ミーナ、キ・キーマらとともに「運命の塔」をめざすワタル。先を行くライバル・ミツルの行方は？ ワタルの肩にかかる"幻界"の未来は？ そして、現実世界で亘の願いは叶えられるのか─。息を呑み、胸躍る数々の場面、恐ろしくも愛らしい登場人物たち─。物語の醍醐味がすべて詰まった圧巻の2,300枚。

『ブレイブ・ストーリー 上』 宮部みゆき著 角川書店 2003.3 630p 20cm 1800円 ①4-04-873443-1
内容 僕は運命を変えてみせる─。東京下町の大きな団地に住み、新設校に通う小学5年生の亘は、幽霊が出ると噂される建設途中のビルの扉から、剣と魔法と物語の神が君臨する広大な異世界─"幻界"へと旅立った！ 時代の暗雲を吹き飛ばし、真の勇気を呼び覚ます渾身の大長編。

深山　さくら
みやま・さくら
《1959〜》

『おたまじゃくしのたまちゃん』 深山さくら作，山本祐司絵 佼成出版社 2014.2 62p 20cm （おはなしみーつけた！ シリーズ） 1200円 ①978-4-333-02639-5
内容 足が生えてこない！ ぼくってみんなとちがうのかな？ だいじょうぶ。あなたは、あなたのペースで、大人になればいいのだから。小学校低学年向け。

『子ザルのみわちゃんとうり坊』 深山さくら文，おくはらゆめ絵 佼成出版社 2011.8 95p 22cm （いのちいきいきシリーズ） 1300円 ①978-4-333-02492-6
内容 ある日、京都府にある福知山市動物園に親をなくしたイノシシとサルの赤ちゃんがやってきました。ひとりぼっちがさみしくて、毎晩なきさけぶ子ザルのみわちゃんでしたが、園長の思いつきでイノシシのうり坊といっしょにねかせてみると…。イノシシとサルの間に、友情は生まれるのでしょうか─。

『ぼくらのムササビ大作戦』 深山さくら作，松成真理子絵 国土社 2011.7 95p 22cm 1300円 ①978-4-337-33609-4
内容 「鳥じゃないのに五十メートルもとぶんだよ」友樹は目をキラキラさせている。通学路にある大イチョウから、ムササビがとぶのを見たという。ムササビの巣があるらしい。なのに、そんなだいじな大イチョウを切る計画が…。ムササビはどうなる？ 友樹たちは「ムササビたすけ隊」をよびかけて立ち上がった。

『おまけのオバケはおっチョコちょい』 深山さくら作，大和田美鈴絵 旺文社 2003.4 143p 22cm （旺文社創作児童文学） 1238円 ①4-01-069565-X
内容 コウタがだがし屋でもらった「おっチョコちょい」のおまけの箱から出てきたのは、なんとオバケ！ 何でもしてくれるというけれど、やることなすことドジばかり。でも、いっしょうけんめいだからにくめない。コウタもすっかりオバケのペースにはまって…。

宮本　輝
みやもと・てる
《1947〜》

『宮本輝』 宮本輝著 文芸春秋 2007.2 249p 19cm （はじめての文学） 1238円 ①978-4-16-359840-6
内容 文学の入り口に立つ若い読者へ向けた自選アンソロジー。少年の輝きと青春の哀歓を描く。

三輪　裕子
みわ・ひろこ
《1951〜》

『岳ちゃんはロボットじゃない』　三輪裕子作，福田岩緒絵　佼成出版社　2013.11　94p　22cm　（こころのつばさシリーズ）　1300円　①978-4-333-02627-2
内容　おさななじみの岳ちゃんが、二年ぶりに帰ってきた。「ぼくのこと、おぼえてる？」草平は岳ちゃんのことも、岳ちゃんが引っこしていったあの日のことも、わすれたことなんかない。あの日、どうして岳ちゃんは、さよならもいわずに、いってしまったんだろう…。小学校3年生から。

『ぼくらは、ふしぎの山探検隊』　三輪裕子作，水上みのり絵　あかね書房　2011.10　188p　21cm　（スプラッシュ・ストーリーズ 11）　1200円　①978-4-251-04411-2
内容　冬休みの出荘に、いとこたちが集まった。雪合戦やイグルー作り、まきストーブでの料理と、雪国の生活を目いっぱい楽しむつもりだ。一番大きなイベントは、ふしぎの山に冬だけあらわれるという「ニョロニュロ」見物！　ぼくらは、探検隊気分で盛り上がっていた。

『あの夏、ぼくらは秘密基地で』　三輪裕子作，水上みのり絵　あかね書房　2010.10　188p　21cm　（スプラッシュ・ストーリーズ 8）　1200円　①978-4-251-04408-2
内容　山登りが大好きな小学生のケンは、お父さんと妹のジュンとともに、夏休みに山荘へ行くことになった。山荘は、亡くなったおじいちゃんのたった一つの遺産。行ってみるまで、どんなところかだれにもわからない。期待と不安を胸に、山荘へ着いたケンたち。そこでは、思いがけない出会いが待っていた。

『優しい音』　三輪裕子作，せきねゆき絵　小峰書店　2009.12　204p　21cm　（文学の散歩道）　1500円　①978-4-338-22409-3
内容　千波の携帯に、突然『潮風』と名乗る人からのメールが送られてきたのは、去年の五月十日の木曜日のことだった。メールの言葉に励まされて、千波は卒業式を迎える。

『バアちゃんと、とびっきりの三日間』　三輪裕子作，山本祐司絵　あかね書房　2008.6　157p　21cm　（スプラッシュ・ストーリーズ 5）　1100円　①978-4-251-04405-1
内容　主人公の祥太は小学五年生。大好きな夏休みを、のびのびと楽しんでいたら、とつぜん、家でバアちゃんをあずかることに！　バアちゃんのそばには、いつもだれかがついていなきゃならない。その大役を祥太が引きうけるのだけれど…。のんびり屋の祥太が、みんなのために全力でがんばる、暑くて長い三日間の物語。

『きっとどこかの空の下で』　三輪裕子作　小峰書店　2006.5　143p　20cm　（Y.A.books）　1400円　①4-338-14415-7　〈絵：川村みづえ〉
内容　フリーライターの千ение は、取材で訪れたイギリスで小学生の時に家の離れに住んでいたおじさんを見かけた。友人の真理と一緒にそのおじさんを探す旅に出たのだが…。

『チイスケを救え！』　三輪裕子作　国土社　2006.4　171p　21cm　1300円　①4-337-33055-0　〈絵：ゆーちみえこ〉
内容　千広、一郎、直男、恵の四人で拾った子猫。四人の名前からチイスケと名づけ、千広の家で飼ってもらうことになりました。でも、ある日、チイスケは骨折し、入院してしまいます。四人はその費用を、自分たちで何とか集めようとするのですが…。小学校中〜高学年向。

むらい　かよ
《1953〜》

『おばけのうらみはらします』　むらいかよ著　ポプラ社　2014.6　90p　22cm　（ポプラ社の新・小さな童話 287─おばけマンション 36）　900円　①978-4-591-14010-9

『おばけのひみつしっちゃった!?』　むらいかよ著　ポプラ社　2014.2　1冊　22cm　（ポプラ社の新・小さな童話 286─おばけマンション 35）　900円　①978-4-591-13752-9
内容　いいたい！　いいたい！　いっちゃいた〜い!!　ひみつって、しっちゃってもしられちゃってもドキドキだよね。じぶんのひみつ、だれかさんのひみつ、だまっていられるかな？

『ほうかごはおばけだらけ！』　むらいか

よ著　ポプラ社　2013.10　93p　22cm（ポプラ社の新・小さな童話 282―おばけマンション 34）900円　①978-4-591-13601-0

『極上おばけクッキング！』　むらいかよ著　ポプラ社　2013.6　91p　22cm（ポプラ社の新・小さな童話 278―おばけマンション 33）900円　①978-4-591-13474-0
内容　やさいがにがてなひと、このゆびと～まれめちゃうま！　メニューでおばけといっしょに、やさいとなかよしげんきなよ

『おいしゃさんはおばけだって!?』　むらいかよ著　ポプラ社　2013.2　91p　22cm（ポプラ社の新・小さな童話 277―おばけマンション 32）900円　①978-4-591-13223-4
内容　病気もケガもおばけにおまかせ。大人気シリーズ第32弾。

『みんなみんなおばけになっちゃうぞ～』　むらいかよ著　ポプラ社　2012.10　88p　22cm（ポプラ社の新・小さな童話 273―おばけマンション 31）900円　①978-4-591-13100-8
内容　おばけパーティーにおいでよ！　このほんをひらくと、いつでもおばけのなかまになれるよ。さあ、ワクワク・ドキドキのパーティーへいらっしゃーい。

『おばけはみんなのみかたです♪』　むらいかよ著　ポプラ社　2012.6　88p　22cm（ポプラ社の新・小さな童話 270―おばけマンション 30）900円　①978-4-591-12960-9

『よいこになれる!?　おばけキャンディー』　むらいかよ著　ポプラ社　2012.2　93p　22cm（ポプラ社の新・小さな童話 268―おばけマンションシリーズ 29）900円　①978-4-591-12732-2
内容　おばけキャンディーってどんな味かな。ひとくちなめたら、おねがいごと叶っちゃうかも。

『おばけのはつこい』　むらいかよ著　ポプラ社　2011.10　80p　22cm（ポプラ社の新・小さな童話 263―おばけマンションシリーズ 28）900円　①978-4-591-12604-2
内容　だいすきなあのこと、きょうもなかよくしたいなあ…なのに！　ライバルのおばけがくるなんて！　んもう…じゃましないでよ。

『おばけのしゅくだい』　むらいかよ著　ポプラ社　2011.6　75p　22cm（ポプラ社の新・小さな童話 259―おばけマンションシリーズ 27）900円　①978-4-591-12470-3
内容　夏休みの宿題がおわらないデイビーを探しに双子の悪魔がやってきて…。

『おばけがカゼをひいちゃった』　むらいかよ著　ポプラ社　2011.2　85p　22cm（ポプラ社の新・小さな童話 257―おばけマンションシリーズ 26）900円　①978-4-591-12255-6
内容　おばけの国ポポヨンで、おばけカゼが大流行。おばけをたすけて。

『ラブ・おばけベイビー』　むらいかよ著　ポプラ社　2010.10　93p　22cm（ポプラ社の新・小さな童話 254―おばけマンションシリーズ 25）900円　①978-4-591-12073-6
内容　まもなく！　おばけのあかちゃんがうまれまーす。おばけのベイビーって…!?　かわいいのかな？　こわいのかな。

『おばけおわらいグランプリ☆』　むらいかよ著　ポプラ社　2010.6　95p　22cm（ポプラ社の新・小さな童話 250―おばけマンションシリーズ 24）900円　①978-4-591-11841-2
内容　おわらいだったら、おばけにおまかせ。笑わないおひめさまを笑わせろ。

『モテモテおばけチョコレート』　むらいかよ著　ポプラ社　2010.2　93p　22cm（ポプラ社の新・小さな童話 248―おばけマンションシリーズ 23）900円　①978-4-591-11520-6
内容　すきなことなかよくなりたいひと！　おばけがおうえんします！　おばけチョコ、めしあがれ。

『おばけとなかなおりするにはね…』　むらいかよ著　ポプラ社　2009.10　84p　22cm（ポプラ社の新・小さな童話 245―おばけマンションシリーズ 22）900円　①978-4-591-11175-8
内容　べーっだ！　もう、あんなこ、ぜっこうだもんね！　…だけど、こころがちくちく

むらいかよ

するよ。そんなときは、おばけにそうだん。

『おばけがゆうかいされちゃった！』 むらいかよ著 ポプラ社 2009.6 93p 22cm （ポプラ社の新・小さな童話 243―おばけマンションシリーズ 21） 900円 ①978-4-591-10982-3
[内容] おばけがおばけにさらわれるというだいじけんがはっせいしました！ はんにんさがし、みんなもてつだって―。

『ひみつのおばけえほん』 むらいかよ著 ポプラ社 2009.2 93p 22cm （ポプラ社の新・小さな童話 241―おばけマンションシリーズ 20） 900円 ①978-4-591-10829-1
[内容] ふしぎでたのしいおとぎのくにへごしょうたい～！ とくだいゲーム「おばけのくにへごしょうたい！」がついてるよ。

『いじわる・おばけにんぎょう』 むらいかよ著 ポプラ社 2008.10 94p 22cm （ポプラ社の新・小さな童話 238―おばけマンションシリーズ 19） 900円 ①978-4-591-10526-9
[内容] おーほほほほ！ わがままで、ちょーいじわるなにんぎょうがあらわれた。

『おばけvs.ドクロかめん』 むらいかよ著 ポプラ社 2008.6 93p 22cm （ポプラ社の新・小さな童話 236―おばけマンションシリーズ 18） 900円 ①978-4-591-10369-2
[内容] あやしいドクロがあらわれた！ ふっ、ふっ、ふっ。わたくしといっしょにいらっしゃい…。しょうたいをつきとめろ。

『おばけプリンセス・まじょプリンセス』 むらいかよ著 ポプラ社 2008.2 90p 22cm （ポプラ社の新・小さな童話 234―おばけマンションシリーズ 17） 900円 ①978-4-591-10173-5
[内容] おばけVS.まじょ。つよいのどっち？ かわいいのどっち？ どっちがほんもののプリンセス―。

『おばけのきゅうしょく』 むらいかよ著 ポプラ社 2007.10 91p 22cm （ポプラ社の新・小さな童話 231―おばけマンションシリーズ 16） 900円 ①978-4-591-09939-1
[内容] みんなのにがてなきゅうしょくって、どんなのかな？ やっぱりおいしいのがいいよねえ！ きょうのメニュー、なあにかな。

『ともだちはおばけです』 むらいかよ著 ポプラ社 2007.6 93p 22cm （ポプラ社の新・小さな童話 229―おばけマンションシリーズ 15） 900円 ①978-4-591-09814-1
[内容] おばけはぜったいにいじめをゆるせない！ どんないのちも、おんなじだいじなひとつのいのち。いじめバイバイのゆびきりを！ おばけからのおねがいです。

『がっこうおばけの7ふしぎ』 むらいかよ著 ポプラ社 2007.2 94p 22cm （ポプラ社の新・小さな童話 227―おばけマンションシリーズ 14） 900円 ①978-4-591-09667-3
[内容] みなさんは、よるのがっこうにいったことがありますか？ もしかしたら、そこには、ひるまにはみられない、なにかがいるかもしれません…。

『おかしのいえのおばけパーティー』 むらいかよ著 ポプラ社 2006.10 92p 22cm （ポプラ社の新・小さな童話 225―おばけマンションシリーズ 13） 900円 ①4-591-09454-5
[内容] いつものおやつのりょうにごふまんなひと！ むしばでおかしきんしになっちゃったひと！ …おばけがつくったおかしのいえなら、そんなあなたもだいかんげい！ すきなおかしをすきなだけ、どうぞ。

『おばけとけっこんできるかな？』 むらいかよ著 ポプラ社 2006.6 89p 22cm （ポプラ社の新・小さな童話 223―おばけマンションシリーズ 12） 900円 ①4-591-09284-4
[内容] しょうらい、だいすきなひとと、ラブラブになって、けっこんしたいなあ！ あいてはいったいどんなひとかなあ？ わくわく！ ドキドキ。

『おばけもこわがるおばけのくに』 むらいかよ著 ポプラ社 2006.2 89p 22cm （ポプラ社の新・小さな童話 220―おばけマンションシリーズ 11） 900円 ①4-591-09111-2

『プレゼントはおばけのくに！』 むらいかよ著 ポプラ社 2005.10 93p 22cm （ポプラ社の新・小さな童話 217―おばけマンションシリーズ 10） 900円 ①4-591-08901-0

内容 せっかくのおやすみのひに、どこにもつれていってもらえないなんて…。でもだいじょうぶ！ そんなあなたを…。おばけのくにへごしょうたい。

『しかえしはおばけラーメン！』 むらいかよ著 ポプラ社 2005.6 93p 22cm （ポプラ社の新・小さな童話 214―おばけマンションシリーズ 9） 900円 ①4-591-08687-9

『おばけといっしょにおるすばん』 むらいかよ著 ポプラ社 2005.2 82p 22cm （ポプラ社の新・小さな童話 212―おばけマンションシリーズ 8） 900円 ①4-591-08518-X

内容 おばけとのおるすばん、こわいの？ おもしろいの？ さあ、どっち。

『かわいいおばけになりたいの』 むらいかよ著 ポプラ社 2004.10 90p 22cm （ポプラ社の新・小さな童話 208―おばけマンションシリーズ 7） 900円 ①4-591-08290-3

内容 みんなは、じぶんのかお、すきかな？ もっとかわいくなりたいとか、もっとかっこよくなりたいとか、おもったこと、ないかな？ おばけだって、おばけだって、やっぱり…ね。

『きょうのおやつはおばけケーキ』 むらいかよ著 ポプラ社 2004.7 94p 22cm （ポプラ社の新・小さな童話 205―おばけマンションシリーズ 6） 900円 ①4-591-08161-3

内容 きょうのおやつはなーにかな？ クッキー、アイス、チョコレート？ きょうのおやつはおばけケーキ。イライラちゃんも、プンプンくんも、ひとくちたべれば、おいしいおかお。

『おばけはすきすき・きょうだいげんか』 むらいかよ著 ポプラ社 2004.3 93p 22cm （ポプラ社の新・小さな童話―おばけマンションシリーズ 5） 900円 ①4-591-08059-5

内容 おばけはすきすき、なにがすき？ そりゃ、けんかだべ！ みなみさまがた、きをつけて、きをつけて―。

『ハッピー・おばけうらない！』 むらいかよ著 ポプラ社 2003.10 93p 22cm （ポプラ社の新・小さな童話 199―おばけマンションシリーズ） 900円 ①4-591-07873-6

内容 すいしょううらないに、トランプうらない、せいざうらないにけつえきがたうらない…。どのうらないをしんじる？ ハッピーになりたいなら、やっぱりおばけうらないできまりでしょ。

『おばけさまおねがい！―おばけマンション』 むらいかよ著 ポプラ社 2003.6 95p 22cm （ポプラ社の新・小さな童話） 900円 ①4-591-07719-5

内容 ぼく、とーってもこまっているんだ。だいきらいな、あの日がやってくるんだもの。だれかたすけて！ かみさま、ほとけさま…、おばけさま、おねがい。

『おばけとなかよくなる方法』 むらいかよ著 ポプラ社 2003.3 95p 22cm （ポプラ社の新・小さな童話 193―おばけマンションシリーズ） 900円 ①4-591-07658-X

内容 あかちゃんおばけのプチ・ポチは、おばけのくにいちばんのだだっこ。なかよくしたいのに、なかなかついてくれないんだ。どうしたらなかよくなれるのかなあ…。

『おばけマンション』 むらいかよ著 ポプラ社 2002.10 73p 22cm （ポプラ社の新・小さな童話 188） 900円 ①4-591-07394-7

内容 せかいでいちばんかわいいおばけ、モモちゃんが、おばけのくにのだいおうさまからしれいをうけて、ルイくんのマンションにやってきました。

村上　しいこ
むらかみ・しいこ
《1969～》

『職員室の日曜日』 村上しいこ作，田中六大絵 講談社 2014.6 94p 22cm （わくわくライブラリー） 1200円 ①978-4-06-195752-7

内容 職員室でうそつき大会をやっていたなかまたちは、かいとう・フラワーモンキーからのちょうせんじょうを発見！ みんなでなぞをといていくと…？ 小学初級から。

『ダッシュ！』 村上しいこ著 講談社 2014.5 253p 20cm 1400円 ①978-4-06-218921-7 〈文献あり〉

内容 実力は平凡、リーダータイプじゃない

村上しいこ

三雲真歩が、南沢中学校陸上競技部の次期キャプテンに指名される。「どうして、わたしが？」という問いに答えは出ないまま3年に。キャプテンらしくふるまえない、タイムは出ない、おまけにみんなと軽口をたたくこともできなくなってしまった。レギュラーだった4×100メートルリレーの第1走者も、新入生にとってかわられそうに。不器用でも、本気で欲しいものには全力ダッシュをかけられる自分でいたい―ぱっとしない真歩は、生まれ変わることができるのか？ 熱い思いを秘めた、新しい陸上青春小説が今、生まれる！

『ノンキーとホンキーのカレーやさん』 村上しいこ作，こばようこ絵 佼成出版社 2014.3 64p 20cm （おはなしみーつけた！ シリーズ）1200円
①978-4-333-02645-6
[内容] ねえノンキー、なにがだいじか、わかってるの？ のんびりやのノンキーと、しっかりもののホンキー。最後に気づいた「だいじなこと」とは―？ 小学校低学年向け。

『やあ、やあ、やあ！ おじいちゃんがやってきた』 村上しいこ作，山本孝絵 神戸 BL出版 2013.9 91p 22cm （おはなしいちばん星）1200円 ①978-4-7764-0601-3
[内容] あさ、先生が、転校生をつれてきた。「やあやあやあ。みなさんこんにちは」なんと、うちのおじいちゃんだ。しかもとなりのせきに、やってきた！ 笑いばくはつ。ユニーク度120％。とびきりたのしいおはなし。小学校低学年から。

『図工室の日曜日』 村上しいこ作，田中六大絵 講談社 2013.8 95p 22cm （わくわくライブラリー）1200円
①978-4-06-195745-9
[内容] 日曜日の図工室では、ねんどでできたきょうりゅうがずっとまどの外を見ています。そこに、いどう動物園から小さなライオンがにげてきました。「ひとりぼっち病」だったきょうりゅうが、いどう動物園で見たものは…。小学初級から。

『とびばこのひるやすみ』 村上しいこさく，長谷川義史え PHP研究所 2013.8 78p 22cm （とっておきのどうわ）1100円 ①978-4-569-78345-1
[内容] とびばこのれんしゅうしてたら、とびばこに手と足がはえてきた！ しかも、とびばこは、学校を「とびだしたい」だって！ とびばこが、学校をとびだしてむかったところは…？ 小学1～3年生向。

『ハロウィンの犬―10月のおはなし』 村上しいこ作，宮尾和孝絵 講談社 2013.8 72p 22cm （おはなし12か月）1000円 ①978-4-06-218460-1
[内容] 現代を代表する一流童話作家の書きおろし。物語の楽しさを味わいながら、日本の豊かな季節感にふれることができます。上質なイラストもたっぷり。低学年から、ひとりで読めます。巻末の「まめちしき」で、行事の背景についての知識が高まります。

『ともだちはきつね』 村上しいこ作，田中六大絵 WAVE出版 2013.7 78p 22cm （ともだちがいるよ！ 6）1100円 ①978-4-87290-935-7
[内容] わにのきよしくんにさそわれて、きつねのれなちゃんと、三人ででかけたフラワーパークで、だいじけんが！

『とっておきの標語』 村上しいこ作，市居みか絵 PHP研究所 2013.3 79p 22cm （とっておきのどうわ）1100円 ①978-4-569-78306-2
[内容] ゆりとみことを、なかなおりさせる標語を考えることになった。家にかえって、かあちゃんにそうだんしてみたら、なんと、とうちゃんとかあちゃんもけんかしてるみたい。小学1～3年生向。

『体育館の日曜日』 村上しいこ作，田中六大絵 講談社 2013.2 91p 22cm （わくわくライブラリー）1200円 ①978-4-06-195739-8
[内容] 体育館でドッジボールをしていたぞうきんは、バドミントンのはねから「やる気がない」といわれてしまいます。ぞうきんは、勝ち負けをきそうのがにがて。みんなで、ぞうきんが楽しめるように考えます。小学初級から。

『ともだちはわに』 村上しいこ作，田中六大絵 WAVE出版 2012.12 78p 22cm （ともだちがいるよ！ 1）1100円 ①978-4-87290-930-2
[内容] きよしくんとあるいていると、みんながふりかえる。「わにみたい」だって。でも、「みたい」じゃなくて、きよしくんは、ほんものわになんだ。

『がっこうにんじゃえびてんくん―えびてんききいっぱつ！』 村上しいこ作，真珠まりこ絵 岩崎書店 2012.8 75p 22cm （おはなしトントン 37）1000円 ①978-4-265-06715-2
[内容] カズキのクラスには、ほんもののにんじゃ、えびてんくんがいる。みならいにし

村上しいこ

てもらったカズキは、えびてんくんといっしょに、がっこうにこない、なつみちゃんのいえへ。

『保健室の日曜日』 村上しいこ作，田中六大絵　講談社　2012.8　89p　22cm　（わくわくライブラリー）　1200円
①978-4-06-195735-0
内容 保健室のだっこ赤ちゃんが、おちこんでいます。二年生のクラスの子に「にせもの」といわれてしまったのです。生きてるしるしは、しんぞうの音？　どこにいけば見つかるのでしょう？

『そうじきのつゆやすみ』 村上しいこさく，長谷川義史え　PHP研究所　2012.6　78p　22cm　（とっておきのどうわ）1100円　①978-4-569-78229-4
内容 わが家のそうじきはつり名人!?　そうじきなのに、そうじをやすんで、つりにいきたいといいだした。人気コンビがおくる「わがままおやすみ」シリーズ第5弾。小学1～3年生向。

『とっておきのはいく』 村上しいこ作，市居みか絵　PHP研究所　2012.2　79p　22cm　（とっておきのどうわ）1100円
①978-4-569-78209-6
内容 あしたから、せっかくゴールデンウィークで四連休やのに、しゅくだいださ れてしまった。はいく、三つも考えなあかん。「ねこはにゃー　いぬはわんわん　うしはモー」これでどや。じしんたっぷりうたのに、ひょうばんわるくてボツ。五・七・五でことばのリズムをたのしもう。小学1～3年生向。

『給食室の日曜日』 村上しいこ作，田中六大絵　講談社　2012.1　92p　22cm　（わくわくライブラリー）　1200円
①978-4-06-195733-6
内容 給食室で働いてきた、せきさんがことしいっぱいでいんたいします。そこでみんなは、おれいにオムライスを作ることにしました。でも、これまでいっしょだったほうちょういっぱいで、新しいフードプロセッサーと交代といううわさが…。小学初級から。

『すすめ！　ドクきのこ団』 村上しいこ作，中川洋典絵　文研出版　2011.11　126p　22cm　（文研ブックランド）　1200円　①978-4-580-82132-3
内容 幼稚園からずっといっしょのぼくたち四人組。今年のグループ名は、ぼくが名づけた「ドクきのこ団」。ところが、今年はなにかがおかしい。メンバーの守は「今年は

グループに入らない」なんていいだしたし、ほかのみんなの意見もばらばら。なんとかしたい！　と思ったぼくは、にいちゃんに相談してみたが…。小学中級から。

『図書室の日曜日』 村上しいこ作，田中六大絵　講談社　2011.7　92p　22cm　（わくわくライブラリー）　1200円
①978-4-06-195728-2
内容 図書室で遊ぼうとしていた国語じてんと英語じてんのところにのっぺらぼうがやってきました。だれかに顔をらくがきされたと、ないています。らくがきしたはんにんは、だれ？　小学初級から。

『ばいきんあたろー――はみがきしない子、みーつけた！』 村上しいこ作，大島妙子絵　PHP研究所　2011.5　78p　22cm　（とっておきのどうわ）1100円
①978-4-569-78140-2
内容 おいらたちのしごとは、はみがきしない子どもの口にしのびこみチクチクすること。「おとっつぁん、あの子なんかどうだい？」おいらたち、おかしをむしゃむしゃ食べている女の子に目をつけた。「よし、小さくなるぜ」。女の子の口のなかにはいろうとしたばいきんあたろー。ところが…。

『理科室の日曜日』 村上しいこ作，田中六大絵　講談社　2011.1　89p　22cm　（わくわくライブラリー）　1200円
①978-4-06-195727-5
内容 プラネタリウムの天体ぼうえんきょうから、理科室のけんびきょうに、手紙がとどきました。天体ぼうえんきょうは、すばらしい仕事をしているそうです。理科室のみんなは会いにいくことにしますが…。小学初級から。

『ボクちゃんらいおん』 村上しいこ文，西村敏雄絵　アリス館　2010.11　47p　21cm　1200円　①978-4-7520-0525-4
内容 らいおんかぞくのたのしい1にち。

『音楽室の日曜日』 村上しいこ作，田中六大絵　講談社　2010.9　92p　22cm　（わくわくライブラリー）　1200円
①978-4-06-195722-0
内容 子どもたちのがっしょうをきいていて、自分たちも歌ってみたくなった、がっきたち。でも、いったいなにを歌う？　だれが、ばんそうのピアノをひく？　だいじょうぶ、みんなでいいことを考えましたよ。小学初級から。

『すいはんきのあきやすみ』 村上しいこさく，長谷川義史え　PHP研究所

村上しいこ

2010.8　78p　22cm　（とっておきのどうわ）　1100円　①978-4-569-78076-4
[内容]「はよいかな。うんどうかい、はじまってしまうで。ビー」すいはんきが、あきやすみをとってうんどうかいにいきたいだって!?　小学1～6年生向。

『幸福3丁目商店街　ハートのエースがでてこない』　村上しいこ作，センガジン絵　理論社　2010.3　156p　21cm　（おはなしルネッサンス）　1300円　①978-4-652-01318-2
[内容]近所に住むおじいさんとなかよくなった一丸たちは、おじいさん家からにげたネコ・エースをたこやき探偵団としてさがすことに。ポスターを作り、商店街で聞き込みをし、TVでよびかけ、ようやくエースの情報をつかんだのだが…。

『とっておきの詩』　村上しいこ作，市居みか絵　PHP研究所　2009.11　79p　22cm　（とっておきのどうわ）　1100円　①978-4-569-78007-8
[内容]学校からだされた「詩」の宿題。「詩」をつくるってむずかしいけど、とってもすてきなことがおきました。小学校1～3年生向。

『ならくんとかまくらくん』　村上しいこ作，青山友美絵　文研出版　2009.7　78p　22cm　（わくわくえどうわ）　1200円　①978-4-580-82069-2
[内容]ならくんのところへ、いとこのかまくらくんがあそびにやってきました。ならくんは、なかよしのかんのんちゃんといっしょに、かまくらくんをこうえんにあんないします。こうえんで、しかがたくさんいるのを見たかまくらくんは、とんでもないことをいいだして…。小学1年生以上。

『かえるひみつきょうてい』　村上しいこ作，森義孝絵　学習研究社　2009.6　1冊（ページ付なし）　23cm　（新しい日本の幼年童話）　1200円　①978-4-05-203110-6
[内容]ある日ぼくのところにあらわれたとうみんからさめたばかりのぼけぼけがえる。でも、ねがいごとをかなえる力をもっているらしい。そこでぼくらは、ふたりだけのひみつのきょうていをむすぶことにしたんだ。

『姫おやじは名奉行！』　村上しいこ作，サトウユカ絵　ポプラ社　2009.5　166p　19cm　（ノベルズ・エクスプレス 4）　1200円　①978-4-591-10952-6
[内容]「わたくしが、今ウワサになっている、例の霊でござる。フフッ」ゲッ、開口一番、くだらないダジャレ！　いきなり目の前にあらわれたこのへんなお奉行様が、わたしの背後霊なの？　なーんか、先が思いやられるなぁ…。おやじくさい小学生、姫と、ダジャレ好きな背後霊がくりひろげる、爆笑ハートウォーミング・ストーリー。

『ランドセルのはるやすみ』　村上しいこさく，長谷川義史え　PHP研究所　2009.3　76p　22cm　（とっておきのどうわ）　1100円　①978-4-569-68942-5
[内容]「ねえ、けんいちくん。えんそく、わたしもつれていって」。ランドセルが、はるやすみをとってえんそくにいきたいだって!?　小学1～3年生向き。

『幸福3丁目商店街　たこやき探偵団あらわる』　村上しいこ作，センガジン絵　理論社　2009.2　155p　21cm　（おはなしルネッサンス）　1300円　①978-4-652-01313-7
[内容]早朝の商店街で、ひったくり事件発生！　バッグはすぐに見つかるが、犯人はにげてしまった。まんま屋食堂の次男・一丸は、おさななじみと"たこやき探偵団"を結成し、きき込みをはじめるが…。小学校中学年から。

『ぼくんち戦争』　村上しいこ作，たごもりのりこ絵　ポプラ社　2008.3　222p　22cm　（ポプラの森 20）　1300円　①978-4-591-10274-9
[内容]なんだか最近、ぼくの家族はぎくしゃくしてる。なにかと、すぐにけんかをはじめるんだ。たとえるなら、お母ちゃんは、かいじゅう、お姉ちゃんは、おっぱいマンモス、おじいちゃんは、宇宙人になり、戦争をはじめる。いったい、勝つのはだれなんだろう？　まきこまれないように、にげたいけど…。

『ストーブのふゆやすみ』　村上しいこさく，長谷川義史え　PHP研究所　2007.12　79p　22cm　（とっておきのどうわ）　1100円　①978-4-569-68751-3
[内容]ストーブもふゆやすみがほしい!?　まちにまったスキーりょこう…のはずが、わがやのストーブまでいっしょにいくことに!?　笑える楽しい幼年童話。

『かめきちのなくな！　王子様』　村上しいこ作，長谷川義史絵　岩崎書店　2007.11　126p　22cm　（おはなしガーデン 17）　1200円　①978-4-265-05467-1
[内容]「かめきちくんに、おねがいがあるの。ふたりだけのひみつやで。なにしろ、かめきちくんは、いちばんたよりになる王子様や

『ミルフィーユ・ブランのほな、占いまひょ』　村上しいこ作　佼成出版社　2006.11　95p　22cm　（どうわのとびらシリーズ）　1300円　①4-333-02246-0　〈絵：山西ゲンイチ〉

[内容]　人生、前向きに考えなあかん。うち、宇宙ねこ。ケーキが好物やねん。あんたのなやみは何かいな？　小学校3年生から。

『ももいろ荘の福子さん　ぽんたネコババの巻』　村上しいこ作　ポプラ社　2006.8　144p　21cm　（おはなしフレンズ！18）　950円　①4-591-09374-3　〈絵：細川貂々〉

[内容]　ぽんたから、ひろったサイフをあずかった福子。ところが、なかみのお金がきえていました。「もしかして、ぽんたがネコババ？」福子にうたがわれていると知って、ぽんたが福子と犬げんか。ぽんたをしんじる？　しんじない？　みんなをまきこんで、『ももいろ荘』は、またまた大さわぎ。

『れいぞうこのなつやすみ』　村上しいこさく，長谷川義史え　PHP研究所　2006.6　79p　22cm　（とっておきのどうわ）　950円　①4-569-68603-6

[内容]　まいにちまいにちせっせとはたらいているのに、れいぞうこにはどうしてなつやすみがないんやろうか？　小学1～3年生向。

『ももいろ荘の福子さん　おとうさん大キライの巻』　村上しいこ作　ポプラ社　2006.4　142p　21cm　（おはなしフレンズ！　16）　950円　①4-591-09213-5　〈絵：細川貂々〉

[内容]　福子のおとうさんが、アフリカから帰ってきました。だけど、ちっともかまってくれません。「わたしのこと、じゃまなんやろか？」なやむ福子に、ぽんたがアイデアを。ところが、そのアイデアのせいで、おとうさんをおこらせてしまい、大ピンチ。

『ももいろ荘の福子さん』　村上しいこ作　ポプラ社　2005.9　119p　21cm　（おはなしフレンズ！　11）　950円　①4-591-08816-2　〈絵：細川貂々〉

[内容]　ももいろ荘はへんてこアパート。すんでいるのは、小学生なのにひとりぐらしの福子さん。同級生のぽんたくんとおかあさん。女子プロレスラーのウミウシ浜子に、ラーメン屋のおっちゃん。たんにんのぶっちゃん先生。ハテサテ。どんなさわぎがおきるかな。

『一・二でハジメ！―つるかめ道場物語』　村上しいこ作，大井知美画　金の星社　2005.6　165p　20cm　1200円　①4-323-07070-5

[内容]　井上たたみは、柔道が大好きな元気な女の子。同級生のまきは、たたみと練習中にけがをして、柔道をやめてしまった。たたみは、もう一度、まきといっしょに柔道をしたいのに…。柔道が大好きな子どもたちの「友情と恋」を生き生きと楽しく描いた『つるかめ道場物語』おもしろくて、ホロリとくる物語。3・4年生から。

『かめきちのたてこもり大作戦』　村上しいこ作，長谷川義史絵　岩崎書店　2005.5　142p　22cm　（おはなしガーデン　8）　1200円　①4-265-05458-7

[内容]　「かあちゃん、おれのさみしいきもちなんか、ちっともわかってくれへん」しんごが、あんまりかなしそうにいうから、「だいじょうぶや。まかしとき」ぼくは、つい、いってしまった。

『かめきちのおまかせ自由研究』　村上しいこ作，長谷川義史絵　岩崎書店　2003.6　108p　22cm　（おはなしガーデン　1）　1200円　①4-265-05451-X

[内容]　三年生のかめきちは、いろんな「なんでやろ？」にであう。見て、感じて、考えて、自分だけの答えをみつけるぞ！　とにかくゆかいなかめきちの夏休み。

村上　春樹
むらかみ・はるき
《1949～》

『村上春樹』　村上春樹著　文芸春秋　2006.12　268p　19cm　（はじめての文学）　1238円　①4-16-359810-3

[内容]　小説はこんなにおもしろい！　文学の入り口に立つ若い読者へ向けた自選アンソロジー。

村上　龍
むらかみ・りゅう
《1952～》

『村上龍』　村上龍著　文芸春秋　2006.12　258p　19cm　（はじめての文学）　1238円　①4-16-359820-0

|内容| 竜から生きる勇気をもらう。小説はこんなにおもしろい。文学の入り口に立つ若い読者へ向けた自選アンソロジー。

村中　李衣
むらなか・りえ
《1958〜》

『かあさんのしっぽっぽ』　村中李衣作, 藤原ヒロコ絵　神戸　BL出版　2014.3　92p　22cm　（おはなしいちばん星）　1200円　①978-4-7764-0602-0

|内容| こわーいおこり顔のかあさん。ふうっと、かあさんの顔がキツネに見えました。もしかしたら、かあさんは、このキツネに食べられてしまったのかも…いそがしいかあさんと結衣とのすれちがいとふれあいをあたたかくユーモラスにえがきます。低学年向け。

『チャーシューの月』　村中李衣作, 佐藤真紀子絵　小峰書店　2012.12　222p　20cm　（Green Books）1500円　①978-4-338-25010-8

|内容| 六歳の明希が「あけぼのの園」にやってきたのは、うすい雪が舞う二月のはじめだった…。"児童養護施設"で暮らす子どもたちの姿を、たしかな目と透きとおった感覚で紡いだ渾身の書き下ろし。

『行け！　シュバットマン』　村中李衣作, 堀川真画　福音館書店　2010.3　163p　21cm　（〔福音館創作童話シリーズ〕）　1200円　①978-4-8340-2551-4

|内容| かあさんは、正義のヒーローを演じるスーツアクター。それを栄養たっぷりの料理で支えるのが、小さなレストランをやってるとうさん。ふたりの熱い思いに押されぎみのぼくにも、クラスの美女エリカをめぐる"オトコの闘い"の火花が！　でもライバルの"げん"ってやつ、ちょっとナナメに反抗的で、むずかしい本も読んでて、すっごくカッコいいんだ。張り合うつもりが、いつのまにか引き寄せられて…。

『はんぶんぺぺちゃん』　村中李衣作, さめやゆき絵　佼成出版社　2008.9　96p　22cm　（どうわのとびらシリーズ）1300円　①978-4-333-02340-0

|内容| あんこを丸めた、やさしい色のお菓子には、ケーキとは、ちがうお話がかくされています。満月の夜には、ほかの夜には起こりっこない、お話が起こります。ぺぺちゃんは、そのことを知っています。ひとりでそっと、見ていたからです。大好きなの

に…親子なのに…すれちがう父と娘の、不器用な愛情物語。

『わおう先生、勝負！』　村中李衣作, 藤田ひおこ絵　あかね書房　2000.9　98p　21cm　（あかね・新読み物シリーズ　6）　1100円　①4-251-04136-4

|内容| 「先生、勝負！」しゅんぺいが立ち上がると、ズボンをぬぎすて、パンツーちょうで、すわっているわおう先生に突進していきました。わおう先生と三年三組の子どもたちとの熱いふれあいをえがく。

『やまさきしょうてんひとくちもなか』　村中李衣作, 川端誠絵　大日本図書　1998.7　127p　21cm　（子どもの本）　1333円　①4-477-00935-6

『かわむらまさこのあつい日々』　村中李衣作, 内沢旬子絵　岩崎書店　1998.6　153p　20cm　（文学の泉　1）1400円　①4-265-04141-8

『走れ』　村中李衣作, 宮本忠夫絵　岩崎書店　1997.4　85p　22cm　（日本の名作童話　30）1500円　①4-265-03780-1

『カナディアンサマー・Kyoko』　村中李衣作, 内沢旬子絵　理論社　1994.1　147p　22cm　（童話パラダイス　13）1200円　①4-652-00483-4

|内容| 日本・カナダ・韓国をめぐる一人の少女の物語。

『たまごやきとウインナーと』　村中李衣作, 長谷川集平絵　偕成社　1992.11　153p　19cm　（偕成社コレクション）1200円　①4-03-744010-5

『わたしのさ・よ・な・ら』　村中李衣作, 飯野和好絵　教育画劇　1991.12　72p　21cm　（スピカの創作文学　5）980円　①4-87692-028-1

|内容| りょうこは、たまたま車イスにのっているふつうの女の子です。けれど、たまたまであろうとなかろうと、車イスといっしょで、〈まるごとのりょうこ〉なのだということ。それもまた、ひとりの、生きるかたちなのだということを、みなさんと、そしてりょうこといっしょにたしかめたくて、書きはじめました。小学中級以上。

『ト・シ・マ・サ』　村中李衣さく, 陸奥A子え　偕成社　1990.8　143p　22cm　（創作こどもクラブ　28）820円　①4-03-530280-5

内容 のりこは優等生。いつも試験はトップのまけずぎらい。ところが弟のトシマサは同じ姉弟とは思えないマイペースののんきな者。そんなトシマサに家庭教師がくることになり、のりこの怒りは爆発する…。"性格のちがう姉弟のほのぼの日記"です。小学校3・4年生から。

『おねいちゃん』 村中李衣作, 中村悦子絵　理論社　1989.10　173p　22cm　（理論社の物語シリーズ）1200円　①4-652-01516-X

内容 海辺の小児病棟。姉はひたむきな瞳の中に妹のやさしさを抱きしめる。いのちとむかいあったたしかな日々。

『ぱあすけ』 村中李衣作, 宮本忠夫絵　あかね書房　1989.10　64p　22cm　（あかねおはなし図書館 11）980円　①4-251-03711-1

内容 ぼくは、ぱあすけ。じゃんけん、ぐう、ちょき、ぱあのぱあすけだ。人ぎょうのぱあすけと、浜風のびょういんの子どもたちとのふれあいをあたたかく描く。小学校初級生以上向。

『せんせいあ・り・が・と』 村中李衣作, 遠藤てるよ絵　あかね書房　1987.4　62p　25cm　（あかね創作どうわ）880円　①4-251-03283-7

内容 「さあ、中村さん、5じゅうまるだっこや。」かちんとこおった、ひなこのからだが、たかくあげられました。やわらかくて、あったかくて、いいにおい。あたまの中が、ほわんとしてしまいそう。1年1組にてん校してきた中村ひなこちゃんが、すこしずつ、先生や友だちに心をひらいていきます。

『小さいベッド』 村中李衣著, かみやしん絵　偕成社　1984.7　190p　22cm　（偕成社の創作）880円　①4-03-635210-5

『かむさはむにだ』 村中李衣著, 高田三郎絵　偕成社　1983.7　202p　22cm　（偕成社の創作）950円

村山　早紀
むらやま・さき
《1963～》

『くるみの冒険　2　万華鏡の夢』 村山早紀作, 巣町ひろみ画　童心社　2010.2　171p　18cm　（フォア文庫 C223）600

円　①978-4-494-02831-3

内容 五年三組の担任の各務先生は美人なうえに格闘技もたしなむ、この街ではちょっとした有名人だ。十七年前、先生も彗星に願い事をした。その願いが思わぬ形でかなうことに。

『三日月の魔法をあなたに―ルマの不思議なお店』 村山早紀作, サクマメイ絵　ポプラ社　2010.1　111p　21cm　（新・童話の海 6）1000円　①978-4-591-11475-9

内容 あたし、飛鳥はこのあいだでたく十歳になった。そしたら急に、おばけやら妖怪やら、今まで見えなかったヘンなものが見えるようになってしまったの。うわーん、やだよう。こわいよう。なんとかして―。こまっていたらお姉ちゃんが、「ルマの不思議なお店」のことを教えてくれたんだけど…。小学校中学年向き。

『くるみの冒険　1　魔法の城と黒い竜』 村山早紀作, 巣町ひろみ画　童心社　2009.5　190p　18cm　（フォア文庫 C215）600円　①978-4-494-02827-6

内容 わたし、天野くるみ。もうすぐ十一歳のある朝、カフェオレとホットケーキの朝食のあと、パパがいった。「ママは魔女だったんだよ」ま、魔女ぉ？　冗談でしょ…わたしは魔女の子だったのー。

『黄金旋律―旅立ちの荒野』 村山早紀著　角川書店　2008.12　315p　20cm　（カドカワ銀のさじシリーズ）1600円　①978-4-04-873906-1〈発売：角川グループパブリッシング〉

内容 医者を夢見る少年・臨は、数百年後の廃墟と化した病院で目が覚めた。ファンタジーの世界に迷い込んでしまったかのような未来に戸惑いながらも、優しい看護師ロボットたちと共に生活をはじめる。しかし人との触れあいを求め病院を飛び出した臨は、地図にない街に手紙を届ける野性的な少年・ソウタと、どこか懐かしさを感じさせる黒い翼のはえた猫のアルファと出会い…!?　希望の旋律が暗闇に光を照らす子供たちの新世紀ストーリー。

『ふしぎ探偵レミ―なぞの少年とコスモスの恋』 村山早紀作, 森友典子絵　ポプラ社　2008.10　178p　18cm　（ポプラポケット文庫 55-7）570円　①978-4-591-10535-1

内容 意外なことを話しだした、ふしぎな少年。彼は未来からきたの？　暴走する危険なロボットにのる男の子。ケイくんを探す、犬をつれた女刑事。金曜の宝石パーティで

村山早紀

起こる大惨事の予言…。事件を解決しなければ、みんなでコスモス畑のピクニックに行けない。がんばれレミ！　長編ストーリー後編。小学校上級から。

『ふしぎ探偵レミ―なぞの少年と宝石泥棒』　村山早紀作，森友典子絵　ポプラ社　2008.6　211p　18cm　（ポプラポケット文庫 055-6）　570円　①978-4-591-10378-4
[内容]　おつかいの途中、レミがであったのは、赤いマントをなびかせた不思議な少年。一方、街では宝石泥棒など、三つの怪事件が起こっているといううわさが…。レミの直感が、またも事件を解決する？　ふしぎ探偵ストーリー第二弾。

『風の恋うた』　村山早紀作，佐竹美保画　童心社　2008.1　158p　18cm　（新シェーラひめのぼうけん）　1000円　①978-4-494-01347-0
[内容]　ついに旅の魔法つかいサウードとであった、おひめさまたち。王国へ帰るとちゅう、異世界の魔物におそわれ高地の村へ不時着。そこでであった鳥の民のかなしい運命に…。

『死をうたう少年』　村山早紀作，佐竹美保画　童心社　2008.1　158p　18cm　（新シェーラひめのぼうけん）　1000円　①978-4-494-01350-0
[内容]　その少年は、いつもひとりでそこにいた。荒野にたつ、黒い屋敷の中で―。旅をおえたサファイヤの記憶によみがえる〈永遠に死なない少年〉の秘密とは？　そして決断の時が…。

『伝説への旅』　村山早紀作，佐竹美保画　童心社　2008.1　158p　18cm　（新シェーラひめのぼうけん）　1000円　①978-4-494-01349-4
[内容]　黄金の魔神にあうためにシェーラザード王国へ向かうナルダ。父王の過去をしり、ふるさとの島をとびだすミシェール。ふたりが港でであうとき、運命の歯車が大きくまわりはじめる…。

『天と地の物語』　村山早紀作，佐竹美保画　童心社　2008.1　174p　18cm　（新シェーラひめのぼうけん）　1000円　①978-4-494-01351-7
[内容]　サファイヤに手渡された世界を救う魔法の書物。子どもたちは、天のきざはし―天と地をつなぐ世界樹へと最後の旅に出る。世界を滅びから救うため、奇跡をおこすために。「新シェーラひめのぼうけん」シリーズ最終巻。

『天のオルゴール』　村山早紀作，佐竹美保画　童心社　2008.1　158p　18cm　（新シェーラひめのぼうけん）　1000円　①978-4-494-01348-7
[内容]　高地の村をはなれてシェーラザード王国へ帰る飛行船をみあげるチニ。記憶をとりもどしたチニは、ある人のことを思いだしていた。ある街でであった「光」と名づけられた人のことを…。

『ふしぎ探偵レミ―月光の少女ゆうかい事件』　村山早紀作，森友典子絵　ポプラ社　2008.1　222p　18cm　（ポプラポケット文庫 055-5）　570円　①978-4-591-10055-4
[内容]　風間超常現象研究所の娘で、するどい直感力をもちあわせているけれど、オカルトにはややうんざりしているレミ。両親の不在中、街で起きている連続誘拐事件の相談をもちこまれて…。元気な女の子レミの、ふしぎ探偵ストーリー。小学校上級～。

『天と地の物語―新シェーラひめのぼうけん』　村山早紀作，佐竹美保画　童心社　2007.9　174p　18cm　（フォア文庫）　560円　①978-4-494-02810-8
[内容]　サファイヤに手渡された世界を救う魔法の書物。子どもたちは、天のきざはし―天と地をつなぐ世界樹へと最後の旅に出る。世界を滅びから救うため、奇跡をおこすために。「新シェーラひめのぼうけん」シリーズ最終巻。小学校中・高学年向き。

『死をうたう少年―新シェーラひめのぼうけん』　村山早紀作，佐竹美保画　童心社　2007.3　158p　18cm　（フォア文庫）　560円　①978-4-494-02805-4
[内容]　その少年は、いつもひとりでそこにいた。荒野にたつ、黒い屋敷の中で―。旅をおえたサファイヤの記憶によみがえる〈永遠に死なない少年〉の秘密とは？　そして決断の時が…！　「新シェーラひめのぼうけん」シリーズ第九作。

『旅だちの歌』　村山早紀作　童心社　2007.2　154p　18cm　（新シェーラひめのぼうけん）　1000円　①978-4-494-01343-2　〈画：佐竹美保〉
[内容]　さばくの東の王国でふたりの王女が魔神ライラとであったその少し前のこと。遠い海辺の王国でも運命の輪が回ろうとしていました。長い歴史を持つこの大国をおさめるのはわかき王シャハル、またの名を海鷲のハイルと天才的な錬金術師である王妃ミリアム。シャハルは人魚の血をひく王で、水をあやつる力を持つ。魔法の剣をつかうことができ、ミリアムはさとくかしこく、ふ

村山早紀

しぎな錬金の技をつかうことができました。ふたりの間には王子がふたり。両親の思いと力をうけついだ王子たち。ゆたかな王国はゆたかなままでずっと富みさかえてゆくように思われていたのですが、運命の輪は回ります。人びとを次の舞台へといざなうように。よういされたであいをもたらすために、旅だつべきものを旅だたせるために。

『**ふたりの王女**』 村山早紀作 童心社 2007.2 155p 18cm （新シェーラひめのぼうけん） 1000円 ①978-4-494-01342-5 〈画：佐竹美保〉

[内容] むかしむかし、遠いさばくの世界の東のはてにシェーラザード王国という名前の美しい国がありました。その国をおさめるのは、正しい心とやさしいたましいを持ったうらわかい女王シェーラザード。そしてその夫で深い知恵を持ち理想を追いもとめる魔法つかい聖竜王とよばれるわかものファリード。オアシスの王国はふたりに守られ宝石のような青空と水と緑につつまれていつまでも幸せであるように思われていました。けれど…運命の輪はいつもとつぜんに回るものでそしてそれが幸福と不幸とどちらの側に回るのかは空の下にすむ人間たちにはわからないものなのです。ほら車の回る音がします、遠い世界の空のどこかで…。

『**ペガサスの騎士**』 村山早紀作 童心社 2007.2 158p 18cm （新シェーラひめのぼうけん） 1000円 ①978-4-494-01344-9 〈画：佐竹美保〉

[内容] 遠い昔、さばくの世界で黒い髪の王女と黄金のひとみの魔神のぼうけんがおわり、世界が平和になったかと思われた。そののち、長いときをへて、王女のふたごの娘たちのぼうけんがあらたにはじまりました。空にひらいた異世界の門。今はとざされているそのとびらのむこうには、おそろしい魔物たちが地上にふってこようとつめをといで待っています。一年の期限の間にその門を完全にとざすか、門のむこうにいる魔物たちを消しさる方法をみいださねければ世界はほろびてしまいます。ふたごの王女たちは世界を守りぬくことができるのでしょうか？ 魔神に守られ、あたらしい友と出会いつつ、ふたりのぼうけんはつづきます。

『**炎の少女**』 村山早紀作 童心社 2007.2 154p 18cm （新シェーラひめのぼうけん） 1000円 ①978-4-494-01345-6 〈画：佐竹美保〉

[内容] 遠い昔、さばくの世界で黒い髪の王女と黄金のひとみの魔神のぼうけんがおわり、世界が平和になったかと思われた。そののち、長いときをへて、王女のふたごの娘たちのぼうけんがあらたにはじまりました。空にひらいた異世界の門。今はとざされているそのとびらのむこうには、おそろしい魔物たちが地上にふってこようとつめをといで待っています。一年の期限の間にその門を完全にとざすか、門のむこうにいる魔物たちを消しさる方法をみいださねければ世界はほろびてしまいます。ふたごの王女たちは世界を守りぬくことができるのでしょうか？ 魔神に守られ、あたらしい友と出会いつつ、ふたりのぼうけんはつづきます。

『**妖精の庭**』 村山早紀作 童心社 2007.2 158p 18cm （新シェーラひめのぼうけん） 1000円 ①978-4-494-01346-3 〈画：佐竹美保〉

[内容] 遠い昔、さばくの世界で黒い髪の王女と黄金のひとみの魔神のぼうけんがおわり、世界が平和になったかと思われた。そののち、長いときをへて、王女のふたごの娘たちのぼうけんがあらたにはじまりました。空にひらいた異世界の門。今はとざされているそのとびらのむこうには、おそろしい魔物たちが地上にふってこようとつめをといで待っています。一年の期限の間にその門を完全にとざすか、門のむこうにいる魔物たちを消しさる方法をみいださねければ世界はほろびてしまいます。ふたごの王女たちは世界を守りぬくことができるのでしょうか？ 魔神に守られ、あたらしい友と出会いつつ、ふたりのぼうけんはつづきます。

『**砂漠の歌姫**』 村山早紀作 偕成社 2006.12 292p 19cm （偕成社ポッシュ 軽装版） 900円 ①4-03-750010-8 〈絵：森友典子〉

[内容] 砂漠の街エスタ、エストバーン帝国の首都だった街。かつてのエスタは、からくりの機械や医薬品を作る高度な技術を持ち、商業都市として栄えていたという。しかしいまは、辺境の一都市にすぎない…。砂漠の街エスタの秘密がときあかされる。

『**天空のミラクル―月は迷宮の鏡**』 村山早紀作, そらめ絵 ポプラ社 2006.11 295p 19cm （Dreamスマッシュ！ 16） 840円 ①4-591-09462-6

[内容] 「つぎの満月の晩に、13丁目の洋館に、吸血鬼がよみがえる」。そんなうわさが街に広がって、おかしな空気を感じるさやかた。夏祭りの夜、洋館を訪れたさやか、風子、織姫の前にあらわれたのは、大好きな阿古屋先生だった。先生は吸血鬼!? 混乱のなか、驚きの真相が明らかに…。楽しくて切ない現代ファンタジー、待望の第2巻。

『**コンビニたそがれ堂―街かどの魔法の時間**』 村山早紀作 ポプラ社 2006.9 183p 21cm （ポプラの木かげ 21） 980円 ①4-591-09214-3 〈絵：名倉靖博〉

[内容] コンビニたそがれ堂は、コンビニですが、売っているものは、ふつうのお店と

村山早紀

ちょっとちがいます。それに、いこうと思ってもいけるとはかぎりません。気がつくと、いつのまにかひらいているのです。もしあなたが、夕暮れどきに、鳥居のそばに、知らないコンビニのあかりをみつけたら、ぜひ、のぞいてみてください。

『伝説への旅—新シェーラひめのぼうけん』 村山早紀作, 佐竹美保画　童心社　2006.9　158p　18cm　（フォア文庫）　560円　①4-494-02802-9

|内容| 黄金の魔神にあうためにシェーラザード王国へ向かうナルダ。父王の過去をしり、ふるさとの島をとびだすミシェール。ふたりが港でであうとき、運命の歯車が大きくまわりはじめる…。「新シェーラひめのぼうけん」シリーズ第八作。

『魔女のルルーと風の少女』　村山早紀作　ポプラ社　2006.8　199p　18cm　（ポプラポケット文庫　055-4—風の丘のルルー　4）570円　①4-591-09379-4　〈絵：ふりやかよこ〉

|内容| 魔女の子ルルーは、魔法書をかた手に一本のほうきをつくりあげました。あおいリボンのついたかわいいほうきです。「じゃ、いくわよ」くまのぬいぐるみのペルタとともに、はじめての空の旅がはじまりました。もっともっと、どんどんとおくへ—みしらぬ街には、どんな出会いがまっているのでしょうか。小学校中級。

『魔女のルルーと時の魔法』　村山早紀作　ポプラ社　2006.4　183p　18cm　（ポプラポケット文庫　055-3—風の丘のルルー　3）570円　①4-591-09178-3　〈絵：ふりやかよこ〉

|内容| 「人間なんて大きらいよ！」友だちにうらぎられ、風の丘をとびだしたルルーは、百五十年まえの、魔女狩りの時代にまよいこみます。おおかみ少女のレニカにたすけられ、森のおくのすみかで、おとうとくらすルルー。一もう、人間の心がわからなくてなやむことも、きずつくこともないのです。しあわせなはずなのに…それなのに…なぜか、風の丘の家がなつかしくてなりません。小学校中級から。

『天のオルゴール—新シェーラひめのぼうけん』　村山早紀作, 佐竹美保画　童心社　2006.3　158p　18cm　（フォア文庫）560円　①4-494-02797-9

|内容| 高地の村をはなれてシェーラザード王国へ帰る飛行船をみあげるチニ。記憶をとりもどしたチニとある人のことを思いだしていた。ある街でであった「光」と名づけられた人のことを…。「新シェーラひめのぼうけん」シリーズ第七作。

『魔女のルルーとオーロラの城』　村山早紀作　ポプラ社　2006.1　198p　18cm　（ポプラポケット文庫　055-2—風の丘のルルー　2）570円　①4-591-09037-X

|内容| 「お城のおひめさまが病気なんです。どうかたすけてあげてください」ある日風の丘にとどけられた、みしらぬ手紙。魔女の子ルルーは、うわさに名だかいオーロラの城をめざし、とおく旅にでかけます。ところがそこには、あれはてた街と、おそろしい運命がまちうけていたのです—。

『魔女の友だちになりませんか？』　村山早紀作　ポプラ社　2005.10　182p　18cm　（ポプラポケット文庫　055-1—風の丘のルルー　1）570円　①4-591-08885-5　〈絵：ふりやかよこ〉

|内容| 家族をうしない、ひとりぼっちになってしまった魔女の女の子。「この世界で、わたしのほかに、もう魔女はいないのかしら？」魔法で命をふきこまれたぬいぐるみのペルタとともに、ルルーはほんとうの友だちをもとめて、旅立ちます。やさしくて、さみしがりやのルルーに、どんなできごとがまっているのでしょうか。

『風の恋うた—新シェーラひめのぼうけん』　村山早紀作, 佐竹美保画　童心社　2005.9　158p　18cm　（フォア文庫）560円　①4-494-02793-6

|内容| ついに旅の魔法つかいサウンドとであった、おひめさまたち。王国へ帰るとちゅう、異世界の魔物におそわれ高地の村へ不時着。そこでであった鳥の民のかなしい運命…。

『天空のミラクル—タロットカードは死の歌をうたう』　村山早紀作, そらめ絵　ポプラ社　2005.4　198p　19cm　（Dreamスマッシュ！　1）840円　①4-591-08605-4

|内容| "あやかしのもの"が見えるために心を閉ざしてきたさやか。越してきた洋館で、江戸時代のお姫さまの霊にであいます。その時代に封印した竜が街をおそうときくな、タロットが示したのは「死神」。みんなの無事を願うさやかの思いは、何を変える…？　時をこえて風早の街でくりひろげられる現代ファンタジー。

『永遠の子守歌—アカネヒメ物語』　村山早紀作, 森友典子絵　岩崎書店　2005.3　87p　20cm　（童話のパレット　12）1000円　①4-265-06712-3

|内容| この街にきて、もうすぐ四年の春。ク

ラスメートと別れてしまうそのさびしさと未来への不安をもちつつ、はるひは、アカネヒメに今の自分の気持ちをはなす。そして、これからもふたりを共に歩みつづけるはずだったのだが…。アカネヒメ物語シリーズ、完結編。

『**妖精の庭─新シェーラひめのぼうけん**』
村山早紀作，佐竹美保画　童心社
2005.3　158p　18cm　（フォア文庫
B300）　560円　①4-494-02790-1

内容　赤い岩の町で天才魔法つかいサウードをさがす、ふたごの王女たち。同じころ、おとぎの島の王子ミシェールは、ひとり旅の空。ふと見かけた人の正体は…!?　「新シェーラひめのぼうけん」シリーズ第五作。小学校中学年から。

茂市　久美子
もいち・くみこ
《1951〜》

『**ドラゴンはスーパーマン**』　茂市久美子作，とよたかずひこ絵　国土社　2014.8
62p　22cm　1300円　①978-4-337-03019-0

内容　たいへん！　ドラゴンが、じゅもんをかけられて、カエルに大へんしん！　空をとべなくなってしまいました。いったいだれが、どうして？　ドラゴンは、もとにもどるのでしょうか。なかよしのきいくんと、くいしんぼうのドラゴンが大かつやく！なぞのじけんにちょうせんです。

『**おひさまやのめざましどけい**』　茂市久美子作，よしざわけいこ絵　講談社
2013.11　76p　22cm　（どうわがいっぱい 96）　1100円　①978-4-06-198196-6

内容　こうさぎたちのたのしいうたごえで…どんなにねぼうなひともちゃあんとおきられます！　小学1年生から。

『**つるばら村の魔法のパン**』　茂市久美子作，中村悦子絵　講談社　2012.11
155p　22cm　（わくわくライブラリー）
1400円　①978-4-06-195737-4

内容　はじめは宅配のみだったパン屋さん「三日月屋」も、駅前の赤いトタン屋根のお店になってからは、くふうをした、季節感あふれるおいしいパンを、いろいろ生みだしてきました。「三日月屋」ももうすぐ十周年。くるみさんは、十周年のお祝いに、どんなパンをつくるのでしょう。さあ、今日もふしぎなお客さんがやってきます。小学中級から。

『**おひさまやのテーブルクロス**』　茂市久美子作，よしざわけいこ絵　講談社
2012.10　76p　22cm　（どうわがいっぱい 89）　1100円　①978-4-06-198189-8

内容　かたづけるのがにがてなひとは、いませんか？　そんなひとのために、「おひさまや」では、まほうのテーブルクロスをうっています。どんなまほうがかかっているのでしょう？　小学1年生から。

『**おひさまやのたんぽぽスプレー**』　茂市久美子作，よしざわけいこ絵　講談社
2012.7　74p　22cm　（どうわがいっぱい 87）　1100円　①978-4-06-198187-4

内容　うさぎのおみせ「おひさまや」には、人をげんきにする、ふしぎなものがおいてあります。ある日、「おひさまや」に、かけっこでいつもびりになってしまう、2年生のさとしがやってきました。さとしは、うさぎから、「かけっこで1ばんになるくつ」をすすめられますが…。小学校1年生から。

『**おひさまやのおへんじシール**』　茂市久美子作，よしざわけいこ絵　講談社
2012.4　74p　22cm　（どうわがいっぱい 85）　1100円　①978-4-06-198185-0

内容　うさぎのおみせ「おひさまや」には、にじいろにかがやくバケツや、空いろの小さないすなど、ふしぎなものがおいてあります。「うちにあるのは、もっているとうれしくなる、すてきなものばかりなんですよ。」ひとりぐらしのおばあさんに、うさぎがすすめてくれたのは、よべばへんじをしてくれるという「おへんじシール」でした。小学一年生から。

『**つるばら村のレストラン**』　茂市久美子作，柿田ゆかり絵　講談社　2010.12
141p　22cm　（わくわくライブラリー）
1400円　①978-4-06-195725-1

内容　月見が原のシラカバ林のなかに、古い山小屋がありました。山小屋のまわりには、カタクリの花が、うすべに色のじゅうたんをひろげています。コックの卓朗さんは、そこでレストランをはじめることにしました。ふしぎなお客さんとの出会いがうみだす、季節ごとのおいしいお料理ファンタジー。小学中級から。

『**ドラゴンはキャプテン**』　茂市久美子作，とよたかずひこ絵　国土社　2010.11
62p　22cm　1200円　①978-4-337-03017-6

内容　たいへん！　ドラゴンがさらわれて、「かえしてほしければ、雨をふらすじゅもんをよこせ」とつげる、あやしいでんわが…。いったいだれが？　ドラゴンはどこに？　な

茂市久美子

かよしのきいくんと、ドラゴンが大かつやく！ なぞのじけんにちょうせんです。

『**つるばら村の大工さん**』 茂市久美子作，柿田ゆかり絵 講談社 2009.9 127p 22cm （わくわくライブラリー） 1400円 ①978-4-06-195718-3

内容 つるばら村の勇一さんは、祖父の勇吉さんにあこがれて大工になりました。勇吉さんがとおい昔にたてた、月見が原の小屋をたずねてから、勇一さんのもとに、ふしぎな仕事がまいこむようになります。季節のかがやきにみちた、十二のやさしいファンタジー。小学中級から。

『**招福堂のまねきねこ―またたびトラベル物語**』 茂市久美子作，黒井健絵 学研研究社 2009.6 195p 22cm （学研の新・創作シリーズ） 1200円 ①978-4-05-202760-4

内容 細い路地のつきあたりにあるまたたび荘。その一階にある不思議な旅行会社の物語。『またたびトラベル』に続き、心に残る旅のお話が、始まります―。「またたびトラベル」がおくる、7つの旅のものがたり。小学校中学年から。

『**ドラゴンはヒーロー**』 茂市久美子作，とよたかずひこ絵 国土社 2008.12 62p 22cm 1200円 ①978-4-337-03016-9

内容 たいへん！ ドラゴンのだいじなマッチばこにないものかがけしこんで、ヨットにのったり、イチゴのドロップをつまみぐいしたり。しかも、ドラゴンをまねた「雨ふらしカンパニー」があらわれて…。いったいだれが？ はんにんは？ ドラゴンあやうし！ 小学校低学年向き。

『**おいなり山のひみつ**』 茂市久美子作，菊池恭子絵 講談社 2008.10 127p 22cm （わくわくライブラリー） 1400円 ①978-4-06-195711-4

内容 小学三年生のひろしがうけとったプレゼントは、「お山ですごす一週間」。ひとりで列車に乗ってたどりついた無人駅には、小さな男の子のすがたがありました。ふしぎなプレゼントがまきおこすひみつの冒険物語。小学中級から。

『**つるばら村の洋服屋さん**』 茂市久美子作，柿田ゆかり絵 講談社 2008.7 127p 22cm （わくわくライブラリー） 1400円 ①978-4-06-195710-7

内容 つるばら村の「ひまわり洋品店」には、洋服、バッグ、アクセサリー、糸やボタンなど、すてきな品々がならんでいます。

ある日、ひとりの若者がやってきて、木の葉のブローチをおいていきました。ふしぎにみちた、十二か月のファンタジー。小学中級から。

『**ネコのジュピター**』 茂市久美子作，よしざわけいこ絵 学習研究社 2007.11 1冊（ページ付なし） 24cm （新しい日本の幼年童話） 1200円 ①978-4-05-202762-8

内容 ネコのジュピターは、オリオンキャットフード工場の、ししょくがかり。とても大切なやくめをもっています。ところがある日、工場がしまることになって…。読んであげるなら幼稚園〜、自分で読むなら小学校一・二年生向き。

『**アップルパイたべてげんきになぁれ**』 茂市久美子作，狩野富貴子絵 国土社 2007.9 79p 22cm 1200円 ①978-4-337-33063-4

内容 ゆうたろうが「にんにん」とおまじないをとなえると、あつあつのリンゴは、たちまちひんやりとつめたく…。けがをしたともだちを気づかうゆうたろうの、やさしい気もちがつたわるお話です。

『**つるばら村の理容師さん**』 茂市久美子作，柿田ゆかり絵 講談社 2007.3 157p 22cm （わくわくライブラリー） 1400円 ①978-4-06-195708-4

内容 もうすぐ六十歳になる山野このはさんは、つるばら村で、小さな理容店をひらいています。花が大好きなこのはさんのお店のまえには、いつも季節の花がたくさん咲いています。今日も「つるばら理容店」に、ふしぎなお客さんがやってきました。心をふわりとかるくさせる、七編のやさしいファンタジー。小学中級から。

『**クロリスの庭**』 茂市久美子作 ポプラ社 2006.6 152p 21cm （ポプラの木かげ 22） 980円 ①4-591-09286-0 〈絵：下田智美〉

内容 西野風一さんは、ある日つとめていた花屋をやめさせられることになりました。とほうにくれる風一さんのもとに、どこからかチラシがとんできました。小さな花屋です。将来、店をまかせられる若い人をさがしています。そして、風一さんは、小さな花屋「クロリスの庭」で、はたらくことになったのです。この花屋さんには、毎日どこからか花がとどきます。そして、その花は、その日必要になるのです。小さな花屋さんとふしぎなお客さんの8つの物語。

『**ドラゴンは王子さま**』 茂市久美子作，とよたかずひこ絵 国土社 2006.1

63p 22cm 1200円 ①4-337-03015-8

[内容] きいくんのだいじなマッチばこがぬすまれた！「かえしてほしければ、ドラゴンの目だまをよこせ」と、あやしい手紙と、なぞの足あとが…。くいしんぼうのドラゴンと、あわてんぼうのタニョリータひめの、おかしなちえくらべのはじまりです。

『つるばら村のはちみつ屋さん』 茂市久美子作，柿田ゆかり絵 講談社 2005.3 159p 22cm （わくわくライブラリー） 1400円 ①4-06-195704-X

[内容] ナナシさんは、つるばら村で、みつばちを飼っています。笛吹き山のふもとが花でおおわれる春、働きばちたちは、花から花へみつをあつめてとびまわります。トチノキ、タンポポ、ソバ…、花によってさまざまに変化をとげる、十二編のはちみつファンタジー。小学中級から。

『またたびトラベル』 茂市久美子作，黒井健絵 学習研究社 2005.1 156p 22cm （学研の新・創作シリーズ） 1200円 ①4-05-202097-9

[内容] 迷路のように続く、細い路地のつきあたりに、ひどくおんぼろな木造の二階建てアパートが建っています。建物の横についた鉄の階段は、ほろびにさびて、ところどころあなががあいています。このアパートの名前は、またたび荘。一階に、小さな旅行会社があります。またたびトラベルです。小学校中学年から。

毛利　まさみち
もうり・まさみち
《1946～》

『青い空がつながった』 毛利まさみち作，うめだゆみ絵 新日本出版社 2014.1 126p 21cm 1400円 ①978-4-406-05739-4

[内容] 宮城県石巻で「東日本大震災」にあった麻美は、家族で広島市に引っ越します。それからやがて一年一。

『青の森伝説』 毛利まさみち著，水上悦子画 新日本出版社 2008.9 302p 22cm 1900円 ①978-4-406-05165-1

[内容] 日本人の血をひく少年ニコは、魔物が棲むという青の森へ。謎の湖城には天狗の門、日本庭園が一。ヨーロッパを舞台に繰り広げられる冒険ファンタジー。

毛利　衛
もうり・まもる
《1948～》

『モマの火星探検記』 毛利衛著 講談社 2009.10 187p 22cm 1400円 ①978-4-06-378701-6

[内容] 2033年、人類は火星に到達した。6人のメンバーが火星への途中で、さらには火星で見た数々の不思議な現象とは？ 宇宙に2回行った著者ならではの、新しい生命観・地球観・宇宙観がいっぱいのサイエンス・ファンタジー。

最上　一平
もがみ・いっぺい
《1957～》

『ユッキーとともに』 最上一平作，陣崎草子絵 佼成出版社 2014.5 94p 22cm （こころのつばさシリーズ） 1300円 ①978-4-333-02656-2

[内容] ユッキーは、岳士が生まれる前から家にいた犬でした。もっと散歩につれていってやればよかった。だいすきだった食パンを、もっとあげればよかった…。「ユッキー、おまえのこと、だいすきだったよ」死んでしまったユッキーに対する、せめてものつみほろぼしをするため、岳志が心に決めたこととは一。小学3年生から。

『すすめ！ 近藤くん』 最上一平作，かつらこ絵 WAVE出版 2013.10 78p 22cm （ともだちがいるよ！ 7） 1100円 ①978-4-87290-936-4

[内容] となりのせきの北山あいちゃんのひみつをしって、近藤くんがつれてきたのは、なんと…！ 「スリー、ツゥー、ワン、ゼロ！ ドドドドドーン！」近藤くんの大はつめいで、きょうもクラスは、大さわぎ！

『ともだちのはじまり』 最上一平作，みやこしあきこ絵 ポプラ社 2012.12 79p 21cm （ポプラちいさなおはなし 52） 900円 ①978-4-591-13164-0

[内容] おなじきょうしつにいて、せきがとなりでも、すぐにはなかよくなれない…ってこと、あるよね。でも、きっとだいじょうぶ。ともだちのはじまりは、ゆっくりゆーっくりでも、いいんだよ…。こころがあったかくなるおはなし。

『夏のサイン』 最上一平作，よこやまようへい絵　角川学芸出版　2011.6　131p　22cm　（カドカワ学芸児童名作）　1600円　①978-4-04-653411-8〈文献あり　発売：角川グループパブリッシング〉
内容　おとなになってもわすれない。たったひとりの友だちとキャンプしたあの夏休み。

『ちょんまげくらのすけ』　最上一平作，かつらこ絵　国土社　2010.9　70p　22cm　1200円　①978-4-337-33606-3
内容　さむらいにあこがれるくらのすけは、だいじなやくめをまかされて、村じゅうの家を、まわることになった。むずかしい「口上」のあいさつをなんとかれんしゅうし、ちょんまげもりりしく、いざ出発。

『ゆっくり大きくなればいい』　最上一平作，武田美穂絵　ポプラ社　2009.9　98p　21cm　（新・童話の海　3）　1000円　①978-4-591-11134-5
内容　山も、木も、風も、川も、そして近所のじいちゃんや、ばあちゃんも、みんな、ぼくらを見守っている。いっぱい泣いて、いっぱいわらって、ゆっくり大きくなればいい―。ゆたかな自然の中で、周囲のおとなたちに見守られながら、成長していく少年の姿を描きだした作品。小学校中学年向き。

『山からの伝言』　最上一平作，渡辺有一絵　新日本出版社　2009.3　173p　20cm　1400円　①978-4-406-05208-5
内容　夢に挑んだ若者たちを、四季折々に姿を変える美しい自然の中に描く。

『ラッキーセブン』　最上一平作　ポプラ社　2005.11　125p　21cm　（おはなしフレンズ！　14）　950円　①4-591-08949-5〈絵：岡田千晶〉
内容　ひらひら白く、まいおちる雪は、ひろいひろい、空の味。春、夏、秋、冬、そして春。ゆっくりとめぐる、山里の季節の中で、さとしは、どんな出会いをして、どんなことを、思うのでしょうか―。小学校中学年から。

『七海と大地のちいさなはたけ―冬のあいぼう』　最上一平作，菊池恭子絵　ポプラ社　2004.12　78p　22cm　（おはなしボンボン　18）　900円　①4-591-08372-1
内容　わあ、まっしろ！　かぞくのはたけに、冬がきた。こごえるくらいさむいけど、みんなでうえたやさいたちも、ゆきにも、しもにも、まけてない！　そのげんきのひみつはね…。

茂木　健一郎
もぎ・けんいちろう
《1962～》

『トゥープゥートゥーのすむエリー星』
茂木健一郎著，井上智陽絵　毎日新聞社　2008.5　202p　20cm　1300円　①978-4-620-10724-0
内容　モギケン23歳の処女作にして原点。SF冒険ストーリー。

もとした　いづみ
《1960～》

『うらない★うららちゃん　1　うらなって、安倍くん！』　もとしたいづみ作，ぶーた絵　ポプラ社　2014.4　121p　21cm　（ポプラ物語館　55）　1000円　①978-4-591-13911-0
内容　うららは、小学四年生の女の子。ある日、でたらめなじゅもんをとなえていたら、着物をきた見知らぬ男の子があらわれた!?　うららちゃんと、見習いうらない師・安倍くんの物語、はじまり、はじまり★

『なぞかけときじろう』　もとしたいづみ作，国松エリカ絵　岩崎書店　2013.10　94p　22cm　（おはなしガーデン　38）　1200円　①978-4-265-05488-6
内容　時は江戸時代。長屋のならぶ街角では「なぞかけ大会」というなぞなぞの対決が大流行り。とけない"なぞなぞ"はないと大評判の少年なぞかけときじろうは、町の人気者です。そんなのんびりした江戸の町に事件が！　ときじろうは、なぞなぞをといて、事件を解決できるでしょうか。

『おばけのバケロン―おばけとともだちになりたい！』　もとしたいづみ作，つじむらあゆこ絵　ポプラ社　2011.12　76p　21cm　（ポプラちいさなおはなし　48）　900円　①978-4-591-12677-6
内容　たまちゃんのまちのおまつり"こどもフェスティバル"は、たのしいゲームやショーがいっぱい！　むちゅうであそぶバケロンたちをじっとみているおんなのこがいました…。

『おばけのバケロン―バレエだいすき！』
もとしたいづみ作，つじむらあゆこ絵

ポプラ社　2011.6　79p　21cm　（ポプラちいさなおはなし　45）　900円　①978-4-591-12465-9
内容　バケロンは、たまちゃんといっしょにバレエきょうしつへいきました。からだやわらかくて、ジャンプりょくばつぐんのバケロンに、せんせいはびっくり！　そして…？　バレエのはっぴょうかいで、おばけのバケロンがだいかつやく。

『となえもんくん　ことばの力のまき』　もとしたいづみ作，大沢幸子絵　講談社　2011.4　76p　22cm　（どうわがいっぱい　79）　1100円　①978-4-06-198179-9　〈文献あり〉
内容　となえもんくんは、『ちんぷいまじない道場』ににゅうもんし、しゅぎょうにはげむまいにちです。ある日、道場にどろぼうが入り、まじないをかいたまきものが、ぬすまれたというのです。くやしい気もちでいった、となえもんくんのことばがこんなことになるとは―。

『おばけのバケロン―おばけがっこうへいこう！』　もとしたいづみ作，つじむらあゆこ絵　ポプラ社　2010.12　78p　21cm　（ポプラちいさなおはなし　40）　900円　①978-4-591-12198-6
内容　たまちゃんは、バケロンにおばけのがっこうへつれていってもらいました。にんげんのがっこうとちがうことがいっぱいで、たまちゃんは、わくわく。ところが、こまったことがおきてしまい…!?　おばけとにんげんのわくわくストーリー。小学校低学年向き。

『おばけのバケロン―ゆうえんちのまいごおばけ!?』　もとしたいづみ作，つじむらあゆこ絵　ポプラ社　2010.6　78p　21cm　（ポプラちいさなおはなし　38）　900円　①978-4-591-11840-5
内容　おもちゃのテーマパークにあそびにいった、バケロンとたまちゃんは、たのしいアトラクションにわくわく。ところが、おばけやしきにはいると…。ゆうえんちでまいごになると、おばけになっちゃう!?　おばけのバケロンと、にんげんのたまちゃんがゆうえんちでだいかつやく。

『こぶたしょくどう』　もとしたいづみさく，さいとうしのぶえ　佼成出版社　2010.4　63p　21cm　（おはなしドロップシリーズ）　1100円　①978-4-333-02428-5
内容　もし、じぶんでおみせをひらくとしたら、みなさんは、どんなおみせにしたいですか？　この本に出てくる、こぶたのきょうだいは、おいしいりょうりのみせをひらきました。ほら、いいにおいがしてきましたよ。さあ、「こぶたしょくどう」のとびらを、あけてみてください！　小学1年生から。

『おばけのバケロン―おばけクッキーをつくろう！』　もとしたいづみ作，つじむらあゆこ絵　ポプラ社　2009.12　78p　21cm　（ポプラちいさなおはなし　33）　900円　①978-4-591-11271-7
内容　こんやは、バケロンのいえにおとまり。ふたりでクッキーをつくろうと、たまちゃんは、わくわく。ところがいたずらずきなおばけのバッケくんがやってきて…？　せかいいちかわいくておいしいクッキーのできあがり。なかよしコンビ、おばけのバケロンとにんげんのたまちゃんがだいかつやく。

『おばけのバケロン―ざぶとんねこがおこった！』　もとしたいづみ作，つじむらあゆこ絵　ポプラ社　2009.6　78p　21cm　（ポプラちいさなおはなし　29）　900円　①978-4-591-10980-9
内容　いとこのれいちゃんと、ゆうくんと、バケロンのいえにいったたまちゃん。バケロンのしょうたいがおばけだとばれないか、はらはらしていたら…、ゆうくんがたいへんなめに。ざぶとんねこをおこらせちゃダメ。おばけのバケロンと、にんげんのたまちゃんがだいかつやく。

『おばけのバケロン―えからおばけがとびだした！』　もとしたいづみ作，つじむらあゆこ絵　ポプラ社　2008.12　78p　21cm　（ポプラちいさなおはなし　25）　900円　①978-4-591-10690-7
内容　たまちゃんは、おばけのおんなのこのバケロンと、ともだちになりました！　あるひ、バケロンのいえにあそびにいくと、えのなかから、バケロンのおとこのこがとびだしてきて…。

『となえもんくん　くわばらくわばらのまき』　もとしたいづみ作，大沢幸子絵　講談社　2008.11　76p　22cm　（どうわがいっぱい　75）　1100円　①978-4-06-198175-1
内容　となえもんくんが、『ちんぷいまじない道場』ににゅうもんして、3か月がたとうとしています。ある日、日でりでこまる村の人たちが、雨ごいをたのみにやってきました。はたしてこの「まんじゃらこ村」に、雨をふらせることができるのでしょうか？

『おばけのバケロン』　もとしたいづみ作，つじむらあゆこ絵　ポプラ社　2008.6

79p　21cm　（ポプラちいさなおはなし 22）　900円　①978-4-591-10368-5
内容　たまちゃんのいえのおとなりは、おばけやしきとよばれるふるいいえ。そこへ、バケロンというかわいいおんなのこがひっこしてきました。たまちゃんがあそびにいくと…。

『となえもんくん　ちちんぶいぶいのまき』　もとしたいづみ作，大沢幸子絵　講談社　2008.5　76p　22cm　（どうわがいっぱい 72）　1100円　①978-4-06-198172-0
内容　となえもんくんは、まじないしのひとりむすこ。まじないのしゅぎょうをするため、これからまじない道場ににゅうもんするのです。ばあやのイネコさんとしゅぎょうのたびにでますが、きちんとたどりつけるかな…。小学1年生から。

『あかちゃんペンギン』　もとしたいづみ作，いちかわなつこ絵　ポプラ社　2005.12　78p　21cm　（おはなしボンボン 31）　900円　①4-591-08987-8
内容　ふくちゃんは、げんきいっぱいのペンギンのおんなのこ。あるひ、ふくちゃんは、ほいくえんのおさんぽのれつをこっそりぬけだして、ひとりでおまつりにいきますが…。

『あかちゃんカンガルー』　もとしたいづみ作，いちかわなつこ絵　ポプラ社　2005.4　78p　22cm　（おはなしボンボン 23）　900円　①4-591-08619-4
内容　「こんにちは、ぼく、あかちゃんカンガルーのトビーです！　どうぞよろちく！」あしたはトビーが、ママのふくろからでて、みんなにごあいさつをするひです。ところが、あわてんぼうのママは、トビーをおいて、ひとりででかけてしまい…小学一年生から。

『どうぶつゆうびん』　もとしたいづみ文，あべ弘士絵　講談社　2004.11　95p　22cm　1300円　①4-06-212558-7
内容　ヒトと、そのほかの動物のあいだで、こんな手紙がやりとりされているのを知っていますか。質問あり、ひげましあり、お願いあり。ヒトから動物に送ったかずかずの手紙と、ユーモアたっぷりな動物からの返事を紹介します。

『あかちゃんライオン』　もとしたいづみ作，いちかわなつこ絵　ポプラ社　2004.8　76p　22cm　（おはなしボンボン 13）　900円　①4-591-08222-9
内容　ライオンいっかのすえっこカランちゃんは、いつもみんなからあかちゃんとよばれるのが、いやでたまりません。あるひカランちゃんは、リュックをしょって、ひとりででかけました。

森　絵都
もり・えと
《1968～》

『クラスメイツ　後期』　森絵都著　偕成社　2014.5　233p　20cm　1300円　①978-4-03-814420-2
内容　24人のクラスメイトたち色とりどりに反射する24のストーリー。なにげなく過ぎ去ってしまういとおしい時間。中学生以上。

『クラスメイツ　前期』　森絵都著　偕成社　2014.5　213p　20cm　1300円　①978-4-03-814410-3
内容　24人のクラスメイトたちそれぞれを主人公にした24のストーリー。子どもじゃないけど大人でもない特別な季節。中学生以上。

『アーモンド入りチョコレートのワルツ』　森絵都作，優絵　KADOKAWA　2013.12　221p　18cm　（角川つばさ文庫 Bも1-1）　640円　①978-4-04-631358-4
〈角川文庫　2005年刊の改訂〉
内容　中1の奈緒がピアノを教わっている絹子先生の元に、フランスからサティのおじさんがやってきた。「アーモンド入りチョコレートのように生きていきなさい」大好きな人と、ときめきの時間がすぎていく表題作。少年たちのひと夏をふうじこめた「子どもは眠る」。不眠症の少年とうそつき少女のラブストーリー「彼女のアリア」。胸の奥のやさしい心をきゅんとさせる三つの物語。第20回路傍の石文学賞受賞。小学上級から。

『雨がしくしく、ふった日—6月のおはなし』　森絵都作，たかおゆうこ絵　講談社　2013.4　73p　22cm　（おはなし12か月）　1000円　①978-4-06-195742-8
内容　しくしくしくしく、しくしくしくしく。ああ、気になってたまらない！　くまのマーくんは、なき声のぬしをさがしに行きました。

『カラフル』　森絵都著　講談社　2011.11　275p　19cm　1500円　①978-4-06-217362-9　〈理論社1998年刊の加筆修正〉
内容　一度死んだぼくは、天使業界の抽選に当たり他人の体にホームステイすることに。そして気がつくと、ぼくは小林真だった…。

デビュー20周年、新しくて、温かい、もう一度読み返したい森絵都作品。

『ショート・トリップ—ふしぎな旅をめぐる28の物語』　森絵都作，長崎訓子絵　集英社　2011.8　171p　18cm　（集英社みらい文庫　も－2-1）580円　①978-4-08-321039-6〈2007年刊の抜粋・加筆・修正〉

内容　前へ七歩進んで、後ろに五歩さがる。くるりとターンして、カニ歩きで右に三歩。片足ケンケンで左に三歩。最後に「シュワッチ！」とさけんでジャンプ。そんな刑罰の旅を続ける、ならず者18号の話、20歳の男たちの『超難関スタンプラリーの旅』、年に一度の竜巻で別世界に飛ばされることに憧れるタラシラスの町の人々の話など…。想像するほど楽しくなる、奇妙でゆかいな28の旅の世界へご案内！　小学中級から。

『カラフル』　森絵都作　理論社　2010.3　225p　18cm　（フォア文庫　C229）700円　①978-4-652-07502-9

内容　一度死んだ「ぼく」は人生に再挑戦するチャンスを得る。だが下界での修行のため体を間借りする中学生真の生活は、家でも学校でも悩みと苦労の連続で!?　著者代表作が登場！　小学校高学年・中学校向き。

『Dive!!　4　コンクリート・ドラゴン』　森絵都作，霜月かよ子絵　講談社　2010.3　237p　18cm　（講談社青い鳥文庫　255-5）620円　①978-4-06-285140-4

内容　オリンピックの代表権を賭けた選考会が始まった。知季、飛沫、要一の3人は、無事予選を通過し、決勝に挑む。正真正銘のラストチャンス。あとはもう、これまで積み重ねてきたものをすべて出しきるだけ。しかし、勝負の厳しさと重圧が3人を待ちうけていた…。スポーツという枠を越え、人間の限りない可能性と絵を描いた傑作、感動の完結編。小学上級から。

『Dive!!　3　SSスペシャル'99』　森絵都作，霜月かよ子絵　講談社　2010.1　203p　18cm　（講談社青い鳥文庫　255-4）580円　①978-4-06-285133-6

内容　選考会を待たずして、突如発表された五輪代表内定。夢だったオリンピック出場がかなったというのに、要一の心は弾まなかった。降ってわいたような朗報に、うれしい反面、信じられない気持ちもあった。そして、選考過程にどうしても納得できないわだかまりもある。自分の気持ちに決着をつけるため、要一はある人物に会見を申し込むのだったが…。

『Dive!!　2　スワンダイブ』　森絵都作，霜月かよ子絵　講談社　2009.10　189p　18cm　（講談社青い鳥文庫　255-3）580円　①978-4-06-285117-6

内容　オリンピックへの第一歩ともいえるアジア合同強化合宿。その参加権を賭けて、知季、要一、飛沫の3人は選考会へのぞんだ。そして、その結果は、彼らにとってはっきりした明暗をもたらす—。遥か遠くにあると思っていた、4年に1度の大舞台。夢を現実のものにしようと、彼らの可能性の限界にまで挑戦する少年たちの青春を描く名作、第2巻。

『Dive!!　1　前宙返り三回半抱え型』　森絵都作，霜月かよ子絵　講談社　2009.7　221p　18cm　（講談社青い鳥文庫　255-2）580円　①978-4-06-285105-3

内容　高さ10メートル。そそり立つ飛び込み台から空中へと体を投げだして、水中までわずか1.4秒。ほんの一瞬に全身の筋肉を使って複雑な演技を披露するのが、飛び込み競技。危険と隣り合わせの、とてつもない緊張を要する、このきびしいスポーツの魅力を、体で味わってしまった3人の少年がいた。全くタイプのちがう彼らが、自分の可能性に賭けて、オリンピックをめざす青春小説の傑作！　小学上級から。

『ラン』　森絵都作　理論社　2008.6　463p　19cm　1700円　①978-4-652-07933-1

内容　越えたくて、会いたくて、私は走りはじめた。直木賞受賞第1作。

『宇宙のみなしご』　森絵都作　理論社　2006.6　230p　18cm　（フォア文庫）600円　①4-652-07474-3〈画：杉田比呂美〉

内容　不登校のわたし、誰にでも優しい弟、仲良いグループから外された少女、パソコンオタクの少年。奇妙な組み合わせの4人が真夜中の屋根のぼりをとおして交流していく…。

『リズム』　森絵都作　講談社　2006.6　273p　18cm　（講談社青い鳥文庫　255-1）670円　①4-06-148728-0〈絵：金子恵〉

内容　ロック青年のいとこの真ちゃんを慕う少女さゆきが自分らしさを探し始める中学3年間の物語。大人になると忘れてしまう中学時代の気持ちや、宝物のように大切な一瞬を丁寧にすくいあげ、「私たちの気持ちを言葉に表現してくれる」と中高生の絶大な支持を得ている森絵都のデビュー作『リズム』と続編『ゴールド・フィッシュ』の2作

品を1冊に収録! 小学上級から。

森 三月
もり・さんがつ

『神さま、事件です!〔2〕音楽の先生はハチャメチャ神さま!?』 森三月作, おきる絵 集英社 2014.5 190p 18cm (集英社みらい文庫 も-4-2) 620円 ①978-4-08-321213-0
[内容] 大国に誘われて出かけたのは神さまのお祭。そこで出会った、日本人らしくない濃いキャラの神さまに「みんなに悪者と勘違いされているのでイメージアップに協力してほしい」と頼まれるこもも。そんなある日、偶然にもその神さまが、音楽の先生として学校にやってきた! 同じころ、学校にたくさんの"ケガレ"が集まり始め、怪事件が続発して…。いったい、どうなっちゃうの!? 小学中級から。

『神さま、事件です!―登場! カミサマ・オールスターズ』 森三月作, おきる絵 集英社 2013.11 190p 18cm (集英社みらい文庫 も-4-1) 620円 ①978-4-08-321182-9

森 博嗣
もり・ひろし
《1957～》

『悩める刑事』 森博嗣著 岩崎書店 2007.3 187p 21cm (現代ミステリー短編集 9) 1400円 ①978-4-265-06779-4 〈絵:小泉英里砂〉
[内容] 大学のミステリィ研究会が"ミステリィツアー"を企画。その参加者が、しくまれた謎にいどむが、意外な人がそれを解き明かす「誰もいなくなった」や、"ぶるぶる人形を追跡する会"に参加した練無の名推理を描く「ぶるぶる人形にうってつけの夜」ほか、「悩める刑事」の表題作をはじめ、全4編を収録。

『探偵伯爵と僕』 森博嗣著 講談社 2004.4 352p 19cm (Mystery land) 2000円 ①4-06-270570-2
[内容] 夏休み直前、新太は公園で出会った、夏というにも黒いスーツ姿の探偵伯爵と友達になった。奇矯な言動をとるアールと名のる探偵に新太は興味津々。そんな新太

の親友ハリィが夏祭りの夜に、その数日後には、さらに新太の親友ガマが行方不明に。彼らは新太とともに秘密基地を作った仲間だった。二つの事件に共通するのは残されたトランプ。そしてついに新太に忍びよる犯人の影。

『猫の建築家』 森博嗣作, 佐久間真人画 光文社 2002.10 1冊 18×20cm 2000円 ①4-334-92370-4
[内容] 建築家に生まれ、「美」の意味を問い続ける猫―人気ミステリー作家・森博嗣が新進画家と共同で生み出した、静謐な物語。

森居 美百合
もりい・みゆり

『かもめ商店街を救え!―プチ記者順の事件メモ』 森居美百合作, 虎次郎絵 講談社 2009.2 253p 18cm (講談社青い鳥文庫 266-4) 620円 ①978-4-06-285072-8
[内容] 学校でおこった謎の事件をきっかけに、近所の商店街再生を手伝うことになった順たち5年1組。亡くなったお父さんの働いていた新聞社の支局で、プチ記者としても修業している順は、みんなでアイデアを出す以外に、記者としてもなにかできないか考えはじめる。商店街と、そこに暮らす人たちみんなが元気になる方法を、順はみつけられるのか。小学中級から。

『目が見えなくなった雅彦くん―プチ記者順の事件メモ』 森居美百合作, 虎次郎絵 講談社 2008.6 253p 18cm (講談社青い鳥文庫 266-3) 620円 ①978-4-06-285032-2
[内容] パパがやっていた新聞記者ってどんな仕事? 5年生の順はプチ記者として、新聞者の支局でお手伝いをすることに。取材中に知り合ったのが、交通事故の被害者で、心も目も悪くしてしまったお兄さん。その雅彦くんを助けるため、順はがんばる。ただ記事を書くだけではなく相手の気持ちに寄り添うことで、世の中を変えることができるんだ。

『子どもの記者は明日もワクワク―プチ記者順の事件メモ』 森居美百合作 講談社 2007.9 253p 18cm (講談社青い鳥文庫 266-2) 620円 ①978-4-06-148778-9 〈絵:虎次郎〉
[内容] 学校に来ない澄佳ちゃん。家で虐待されていることを知った順は、なんとか助け

ようと記者のように調べはじめる。無事解決できた順は、記者だからこそできることがある、と思う。新聞社の支局にいった順は、活気ある雰囲気に触れ、ぞくぞくする。自らの力でスクープを手にした順は認められ、支局での手伝いを許される。プチ記者順が誕生した。小学中級から。

『記者の子どもは今日もハラハラ—プチ記者順の事件メモ』 森居美百合作 講談社 2007.8 253p 18cm （講談社青い鳥文庫 266-1） 620円 ①978-4-06-148777-2 〈絵：虎次郎〉

内容 順は小学5年生。女子で初めてのプロ野球選手になるのが夢。パパは新聞記者で忙しく、どんなに約束しても、事件が起きるとすっぽかされてしまう。ガッカリする順に、パパの同僚は記者の面白さを話してくれるけど、やっぱりピンとこない。季節は夏。高校野球の予選を見に行き、取材の手伝いをした順は、記者への関心を持つようになる。小学中級から。

森川 さつき
もりかわ・さつき

『風の魔法つかいリオン 2 雨は妖怪のなみだ!?』 森川さつき作，さがのあおい画 童心社 2009.1 138p 18cm （フォア文庫 A162） 600円 ①978-4-494-02822-1

内容 おばあちゃんのくらす夜ノ森からかえってきたら、リオンの町では雨ばかり。それに、カミナリもなりだして、なんだか怪しい気配が…。もしかして、妖怪のしわざ!?使い魔のノワといっしょに小さな生命を守る、リオンのシリーズ第2弾。

『風の魔法つかいリオン 1 使い魔はしゃべるねこ!?』 森川さつき作，さがのあおい画 童心社 2008.7 138p 18cm （フォア文庫） 560円 ①978-4-494-02818-4

内容 3年生のリオンは「メンドイ」が口ぐせの女の子。夏休みにおばあちゃんの家にいくと、しゃべるねこがいたり、羽のペンダントをわたされたり…。えっ、わたしが魔法つかい!?

森川 成美
もりかわ・しげみ
《1957～》

『アサギをよぶ声』 森川成美作，スカイエマ絵 偕成社 2013.6 220p 20cm 1400円 ①978-4-03-635810-6

内容 アサギの村では、十二歳になると、女の子は女屋に、男の子は男屋にはいる。女屋では、結婚のための準備に余念が無い。一方、男たちは、村を守る戦士に選ばれるための修行に励む。アサギは女でありながら、戦士になる夢をあきらめきれない。彼女は掟を破って、ハヤという戦士から教えを受けようとするのだが…。小学校高学年から。

『くものちゅいえこ』 森川成美作，佐竹美保絵 PHP研究所 2013.2 79p 22cm （とっておきのどうわ） 1100円 ①978-4-569-78296-6

内容 ちゅいえこは、小さなくもの女の子。古道具屋にすんでいます。ある日、置き時計のなかに、茶色いふくろを見つけます。お店のおじいさんに知らせるため、糸をかけますが…。ハラハラドキドキ、心あたたまるお話。小学1～3年生向。

森下 一仁
もりした・かつひと
《1951～》

『「希望」という名の船にのって』 森下一仁著 武蔵野 ゴブリン書房 2010.7 239p 20cm 1500円 ①978-4-902257-20-5 〈画：きたむらさとし〉

内容 二〇XX年、地球に正体不明の病原体が広まり、人類は絶滅の危機におちいっていた。病原体から逃れるべく、いつ終わりを迎えるかわからない旅に出発した人々がいた—。ヒロシは、地球のことを知らない「船生まれ」の子ども。ある日、立入禁止の部屋の窓から見たものは、ヒロシがそれまで考えもしなかった、驚くべき光景だった…。

森下　真理
もりした・まり
《1930～》

『**TOKYOステーション★キッド**』　森下真理作，篠崎三朗絵　改訂新版　小峰書店　2012.10　143p　21cm　（文学の散歩道）　1400円　①978-4-338-22412-3
[内容]　ぼくは、だんぜん東京駅が好き！　復原前の東京駅を舞台とした、少年と人々との不思議な出会い、あたたかいふれあい。

『**ようかいたちのすむところ**』　もりしたまりさく，やまぐちみねやすえ　草炎社　2007.1　62p　20cm　（そうえんしゃハッピィぶんこ 10）　1100円　①978-4-88264-202-2
[内容]　友だちがひっこしてしまい、さびしいゆうた。（あれっ、音がする…。）ある夜、ふと目をさます。と、友だちの家があった、あき地から、ようかいたちが、ぞろぞろぞろ…。ようかいは、家の下で、人のいきづかいを、いのちみなもとにしていたのだ。すみかをさがして、ゆうたが、はしる、はしる。

『**TOKYOステーション・キッド**』　森下真理作　小峰書店　2005.10　143p　21cm　（文学の森）　1400円　①4-338-17423-4〈絵：篠崎三朗〉

『**三人組、ふしぎの旅へ！**』　森下真理作，渡辺あきお絵　草炎社　2001.7　126p　22cm　（草炎社新ともだち文庫 17）　1165円　①4-88264-067-8
[内容]　ミチコとトシオとエミの三人組は、音楽室の探検へ向かう。ミチコ→みちこ→道子の謎を追って。机にほり込まれた文字をなぞるのがふしぎ世界へのスイッチ。一つのキイワードは"いじめ"だった。そして、川の流れ…。町の歴史を語るおばあさんとの出合いを通して三人組のふしぎ旅は一人の少女の輝きを照らす。

『**月夜野に**』　森下真理作，広野多珂子絵　国土社　2000.7　125p　22cm　1200円　①4-337-33102-6

『**三つの時計の物語**』　森下真理作，広野多珂子絵　らくだ出版　1996.10　103p　21cm　（てる日くもる日文庫）　1200円　①4-89777-310-5
[内容]　時間は、一瞬のためらいもなく通り過ぎ、しかも無限。しかし、生き物にとっては有限、かつ最も残酷なものだ。「今」の中に過去が現実にあらわれるとき、同じ空間に二つのできごとが並んで進行してゆく。逆に、「今」の中に未来が現実のものとなってあらわれる作品もある。「三つの時計の物語」は、三話平行的に、「まぼろしのキャッチ」、「飛べない飛行機」などは、過去と今を、そして「マイ サンシャイン」で未来と現実を空洞のように風が走り去る美しい作品である。小学校中・高学年向。

『**テイク・オフ！　おじいちゃん―離陸だ**』　森下真理作，高橋透絵　岩崎書店　1989.12　149p　22cm　（童話の城 18）　980円　①4-265-01818-1
[内容]　大のおじいちゃんは、元パイロットだ。いま、北海道にすんでいる。そのおじいちゃんが、こんど、大たちといっしょに生活することになった。それで、夏休みを利用して、大たちは、おじいちゃんをむかえにいくことになったのだ。おじいちゃんに会ったら、UFOの話をきこうと、大はその日を心待ちにしていた。小学校低～中学年向き。

『**花ものがたり**』　森下真理作，狩野富貴子絵　くもん出版　1989.8　150p　22cm　（くもんのユーモア文学館 28）　1010円　①4-87576-481-2
[内容]　その花を見ると、すきな人をおもいだす…。5つの小さなものがたり。小学中級以上むき。

『**ナガサキの男の子**』　森下真理作，篠崎三朗絵　太平出版社　1985.6　116p　22cm　（戦争があった日のはなし 12）　960円

『**ぼくも恐竜**』　森下真理作，坂本健三郎画　小学館　1983.12　114p　22cm　（小学館の創作児童文学―中学年版）　780円　①4-09-289510-0

やえがし　なおこ
《1965～》

『**くまのごろりんと川のひみつ**』　やえがしなおこ作，ミヤハラヨウコ絵　岩崎書店　2013.7　71p　22cm　（おはなしトントン 41）　1100円　①978-4-265-06719-0
[内容]　くまのごろりんはぼうけんのたびにでることにしました。「川の水が、どこからながれてくるか、みにいくんだ」川をたどって、ごろりんのぼうけんがはじまります。

小学校1・2年生むけ。

『ならの木のみた夢』 やえがしなおこ文, 平沢朋子絵　アリス館　2013.7　1冊　20cm　1400円　①978-4-7520-0631-2
[内容]「おみやげを買ってきてあげるよ」こどもが—それはまだ小さな男の子だったのですが、ぱっと目をかがやかせて言いました。ならの木と少年の、長い約束の物語。

『くまのごろりん あまやどり』 やえがしなおこ作, ミヤハラヨウコ絵　岩崎書店　2012.2　71p　22cm　(おはなしトントン 29)　1000円　①978-4-265-06294-2
[内容] ごろりんは、げんきいっぱいの子ぐま。山の水車ごやにすんでいます。水車の"ごっとん"とは大のなかよし！ところがある日、ふたりは大ゲンカをしてしまいました。ごろりんが、すっかりはらをたてて森をあるいていると、大雨がふってきました。水車のごっとんは、だいじょうぶでしょうか。ごろりんは、しんぱいになってきました—友達を思いやる、やさしい心を育てるお話。小学校1・2年生に。

『くまのごろりん まほうにちゅうい』 やえがしなおこ作, ミヤハラヨウコ絵　岩崎書店　2011.5　71p　22cm　(おはなしトントン 24)　1000円　①978-4-265-06289-8
[内容] ごろりんは、まだ子どものくま。まいにち、げんきいっぱいです。山のなかの水車ごやにすんでいますが、ひとりぼっちではありません。水車の"ごっとん"が友だちです。ある日、ごろりんは、やっかいなまほうにかけられてしまいました。森にすむ小さな生きものたちにたすけられ、なんとかまほうをとくほうほうをさがしますが—。

『なぞなぞうさぎのふしぎなとびら』 やえがしなおこ作, ほりかわりまこ絵　岩崎書店　2009.12　111p　22cm　(物語の王国 13)　1200円　①978-4-265-05773-3
[内容] 少女と茶色いチョッキを着たうさぎの、ゆかいでふしぎなお話。

『ザグドガ森のおばけたち』 やえがしなおこ作, 大野舞絵　アリス館　2009.7　111p　21cm　1300円　①978-4-7520-0448-6
[内容] 森に、3人のおばけがすんでいます。冒険好きな黒おばけ。読書好きな白おばけ。絵が好きな青おばけ。ふうわり、暮らす楽しさを描いた物語。

『ペチカはぼうぼう猫はまんまる』 やえがしなおこ作, 篠崎三朗絵　ポプラ社　2008.1　132p　20cm　1200円　①978-4-591-09982-7
[内容] たいくつな雪の日、ひとりのお茶の時間、ねむれない夜にはお話をひとつ。ほら、ペチカはぼうぼう猫はまんまる。おなべの豆は、ぱちんとはじけた。ふしぎな物語がはじまります。

『どっから太郎と風の笛』 やえがしなおこ作　ポプラ社　2007.4　118p　21cm　(ポプラの木かげ 28)　980円　①978-4-591-09750-2〈絵：吉田尚令〉
[内容] 山からコウイチをよぶのはだれ？どっからこすっからこ風ふき山の大岩のどっから太郎とよんでみな。みずみずしい描写で自然を描き、デビュー作の短編集『雪の林』で椋鳩十児童文学賞、新美南吉児童文学賞を受賞した待望の新人、初の中編作品。

『雪の林』 やえがしなおこ著, 菅野由貴子絵　ポプラ社　2004.12　110p　22cm　1200円　①4-591-08356-X
[内容] みずみずしい風のにおい、野のにおい、やえがしなおこの短編集です。

椰月　美智子
やずき・みちこ
《1970～》

『しずかな日々』 椰月美智子作, またよし絵　講談社　2014.6　274p　18cm　(講談社青い鳥文庫 304-2)　680円　①978-4-06-285430-6〈2006年刊の再刊〉
[内容] おじいさんの家で過ごした日々。ぼくは時おり、あの頃のことを丁寧に思い出す。ぼくはいつだって戻ることができる。あの、はじまりの夏に—。毎日の生活が、それまでとはまったく違う意味を持つようになった小学5年の"えだいち"。少年の夏休みを描いた感動作。第45回野間児童文芸賞、第23回坪田譲治文学賞受賞作品。小学上級から。

『十二歳』 椰月美智子作, またよし絵　講談社　2014.4　227p　18cm　(講談社青い鳥文庫 304-1)　650円　①978-4-06-285419-1〈2002年刊の改訂　文献あり〉
[内容] 鈴木さえは小学6年生。友だちもいっぱいいるし、楽しい毎日を過ごしていたのに、ある日突然、何かがずれはじめた。頭と身体がちぐはぐで、なんだか自分が自分でないみたいな気がする。一大人になったら、自分は特別な「何か」になることができるのだ

ろうか？―「思春期」の入り口に立ったさえの日々は少しずつ変化していく。第42回講談社児童文学新人賞受賞作。小学上級から。

『未来の手紙』 梛月美智子著 光文社 2014.4 241p 19cm （BOOK WITH YOU） 1000円 ①978-4-334-92942-8

内容 五年生になってぼくはいじめられるようになった。ぼくは未来のことだけを考えることにした。今のぼくから未来のぼくへ手紙を出す。未来のぼくはいつだってたのしそうだ。友達もたくさんいて、夢もかなう。二十通の手紙は、毎年ぼくの元へ届けられ、そして、ぼくは三十三歳になった。ある日、もう来るはずのない「未来の手紙」が届く。それは、悪夢の手紙だった―。（「未来の手紙」他5編収録）小学生高学年から。

『市立第二中学校2年C組―10月19日月曜日』 梛月美智子著 講談社 2010.8 250p 20cm 1400円 ①978-4-06-216438-2

内容 8時09分、瑞希は決まらない髪型に悩み、10時24分、貴大は里中さんを好きになる。野間児童文芸賞・坪田譲治文学賞受賞作家が描く、中2思春期、やっかいだけど輝いている、それぞれの事情。

『十二歳』 梛月美智子著 講談社 2002.4 237p 20cm 1400円 ①4-06-211224-8

内容 十二歳。大人の途中の子ども。悲しく切なくやりきれないような痛みだって知っている。十二歳をとおりすぎるすべての人たちへおくる、第四十二回講談社児童文学新人賞受賞作品。

安田　依央
やすだ・いお

『恐怖！ 笑いが消えた街』 安田依央作, きろばいと絵 集英社 2014.4 190p 18cm （集英社みらい文庫 や－2-2―人形つかい小梅の事件簿 2） 620円 ①978-4-08-321207-9

内容 「人形つかいの力」と「大阪のお笑いパワー」を武器に、謎の転校生・又三郎の陰謀から東京の友だちを救った小梅。12月、親戚の行事に呼ばれ大阪に帰ってきた小梅は、周囲の様子がおかしいことに気づく。クラスの雰囲気はギスギスしているし、テレビのお笑い番組も全然おもしろくないのだ…学校から、街から、笑いが消えている!?小梅は、大阪中の人形たちと力を合わせ、悪と戦うことに…！ 小学中級から。

『恐怖のお笑い転校生』 安田依央作, きろばいと絵 集英社 2013.10 190p 18cm （集英社みらい文庫 や－2-1―人形つかい小梅の事件簿 1） 600円 ①978-4-08-321177-5

内容 大阪生まれの曽根崎小梅は、小学5年生の春、東京に引っ越した。お笑いが大好きで元気な性格なのに、ひょんなことから「おしとやかな人」と誤解され、お上品キャラを演じながら一学期を過ごすことに。夏休み明け、ひとりの転校生・又三郎が小梅のクラスに。又三郎は美少年で、そのうえ、「お笑いの天才」だった。彼が巻きおこした笑いの渦は、学校中に広がり、やがて、「恐怖」に変わってゆく…。小学中級から。

安田　夏菜
やすだ・かな

『あしたも、さんかく―毎日が落語日和』 安田夏菜著, 宮尾和孝絵 講談社 2014.5 214p 22cm （講談社文学の扉） 1300円 ①978-4-06-283228-1

内容 小学5年生の3学期、やたらと仕切りたがる圭介は、幼なじみの春香に「おせっかい」とツッコまれ、クラスで「空気の読めない奴」と浮いてしまった。そんなとき、失踪したじいちゃんが現れた。50歳でいきなり仕事をやめて落語家に弟子入りし、酒でしくじり破門されておいて、圭介の貯金を勝手に使って独演会を開き、家族の前から姿を消したじいちゃんだ。でも、じいちゃんは、アマチュア落語コンクールの賞金でそのお金を返すと言い出した。半信半疑の圭介だが、じいちゃんの話芸に、どんどん引き込まれていって…。第54回講談社児童文学新人賞佳作受賞作品。

『あの日とおなじ空』 安田夏菜作, 藤本四郎絵 文研出版 2014.5 127p 22cm （文研ブックランド） 1200円 ①978-4-580-82223-8 〈文献あり〉

内容 ひさしぶりに会った沖縄のひいばあちゃんは、顔をくしゃくしゃにして笑って、ダイキをむかえてくれました。でも、ダイキに戦争のことを聞かれた日、その笑顔は急に消えてしまったのです。戦争のころ、ひいばあちゃんに、なにが起きたのでしょうか。その答えを教えてくれたのは、声の出ないキジムナーでした…。小学中級から。

『とべ！ わたしのチョウ』 安田夏菜作 文研出版 2007.10 125p 22cm （文研ブックランド） 1200円 ①978-4-580-82020-3 〈絵：藤本四郎〉

|内容| チョウは、生まれたての羽を、ゆっくり閉じたり開いたりしている。まるで、新しい世界で深呼吸しているみたい。石原さんとふたりで、しばらく見とれた。とうとう、チョウになれたね、みかん。みかん？ううん。この子は、みかんじゃないかもしれない。おばあちゃんがとってきた、別の幼虫かもしれない。でも、こんなにりっぱなチョウになった。世界にひとつしかない、たいせつな命だね。内気なゆりの友だちはアゲハチョウの幼虫みかん。みかんを育てながら、ともに成長し、たいせつなものに気づいていく物語。小学中級から。

八束　澄子
やつか・すみこ
《1950〜》

『わたしの、好きな人』　八束澄子作，くまおり純絵　講談社　2012.12　204p　18cm　（講談社青い鳥文庫 287-2）620円　①978-4-06-285327-9
|内容| 小学6年生のさやかの家は、父である「おやっさん」が、右腕の杉田と二人でやっている町工場。不景気のせいで、生活は決して楽ではないけれど、さやかの毎日は輝いている。それは好きな人がいるから。12年前に工場にやってきて、今や家族も同然の杉田をひそかに想っているのである。ただひとつ、さやかが気にしているのは自分が杉田より二回りも年下だということだった…。第44回野間児童文芸賞受賞。小学上級から。

『オレたちの明日に向かって—Life is Beautiful』　八束澄子著　ポプラ社　2012.10　237p　20cm　（teens' best selections 32）1400円　①978-4-591-13105-3
|内容| 花岡勇気、中学2年。オレは何に向かって進めばいいんだろう一!?　偏屈な老人、当たり屋の少年、不審な自動車事故…保険代理店でのジョブトレーニングは、怖くて、しんどくて、最高にあったかい。悩める少年たちのための青春ストーリー。

『空へのぼる』　八束澄子著　講談社　2012.7　197p　20cm　1300円　①978-4-06-283224-3
|内容| ただ産んでもらったんじゃない。だれもが、自分の力をつかって生まれてきたんだ。姉・桐子の妊娠を通して、小5の乙葉が感じた"真実"が胸をうつ、ふたりの姉妹の物語。

『パパは誘拐犯』　八束澄子作，バラマツヒトミ絵　講談社　2011.4　204p　18cm　（講談社青い鳥文庫 287-1）600円　①978-4-06-285208-1
|内容| 小学4年生のまり亜のパパはタイ生まれ。日本人のママとは国際結婚だ。春休み中のある日、学童クラブに珍しくパパが迎えに来た。これから、関西国際空港から飛行機に乗って、タイのおばあちゃんの家に行こうと言う。突然の話にとまどいつつも、ゾウに乗せてもらえると聞いて、動物好きのまり亜の心が動かされた。実は、その旅行が、ママと弟には内緒にされているとは知らずに…！　小学中級から。

『てんせいくん』　八束澄子作，大島妙子絵　新日本出版社　2011.3　109p　21cm　1400円　①978-4-406-05466-9
|内容| あのときからだ。ユメちゃんは、ぼくの中でスペシャルになった。それなのに…。どうやらユメちゃんは、てんせいくんのことがすきらしい。てんせいくんちは、お寺。お寺にはお墓や地獄絵があるんだ。こわいけど…ワクワクするー！　「ぼく」の、友情と初恋の物語。

『おたまじゃくしの降る町で』　八束澄子著　講談社　2010.7　190p　20cm　1300円　①978-4-06-216298-2
|内容| おれは、ハルが好きだ。ハル、おまえはおれのこと、好きか？　ソフトボール部のハルとラグビー部のリュウセイ、ひと夏の恋を、みずみずしくもドキッとするタッチで描く、新感覚青春小説。

『月の青空』　八束澄子作，ささめやゆき絵　岩崎書店　2009.11　168p　22cm　（物語の王国 12）1300円　①978-4-265-05772-6
|内容| 月は、千花の母親が勤めている動物園で人気者の道産子だ。淡いベージュ色のおでこに、まるで夕月みたいな白い三日月が浮かんでいるので、そう名づけられた。

『明日につづくリズム』　八束澄子著　ポプラ社　2009.8　222p　20cm　（Teens' best selections 21）1300円　①978-4-591-11085-0
|内容| 一島をでたい。高校受験を前に、夢と現実のあいだでゆれ動く千波。大好きなポルノグラフィティの歌に自分をかさね、家族、友情、将来、ふるさと…自分を取りまくさまざまなことに思いをめぐらせながら、おとなへの一歩を踏み出していく―因島を舞台に、少女の成長を描きだした青春物語。

『わたしの、好きな人』　八束澄子著　講談社　2006.4　207p　20cm　1300円　①4-06-213279-6
|内容| 肩車からながめた夕焼け空。夜の駐車

場で見つめた月。わたしのそばには、いつもあなたがいてくれた―。これは、ホントの恋。

矢部　美智代
やべ・みちよ
《1946～》

『**もどれっ！ ルイ**』 矢部美智代作, 陣崎草子絵　国土社　2014.6　95p　22cm　1300円　①978-4-337-33622-3

[内容] ぼくの家にルイがきた。最初のうちルイは、不安そうにしていたけれど、あるときから、ぼくたちは最高の相棒になった。「ダッシュ！」ルイが走っていく「もどれっ」もどってくる。ダッシュごっこをやるたびに、めちゃくちゃルイがかわいくなる。ところが、ある雨の日に…。少年の心の再生をみずみずしく描く。

『**めそめそけいくん、のち、青空**』 矢部美智代作, 長田恵子絵　学研教育出版　2012.8　63p　23cm　（キッズ文学館）1300円　①978-4-05-203507-4　〈発売：学研マーケティング〉

[内容] けいくんは、おもっていることをじょうずにはなせず、すぐにないてしまう男の子。クラスの子から、「めそめそけいくん」とからかわれています。でも、たんじょうびにもらった犬のクマのせわをするうちに、少しずつきもちを外に出せるようになります。ある日、クマとさんぽしていると、クラスの男の子があらわれて…。読んであげるなら幼稚園～自分で読むなら小学校１～二年生。

『**けやきひろばのなかまたち**』 矢部美智代作, 岡本美子絵　国土社　2008.9　73p　22cm　1200円　①978-4-337-33070-2

[内容] デカブチたちのらねこなかまのところに、ある日、コタロウがやってきます。かいねこのコタロウをおいて、ひっこしてしまったじゅんくんに、どうしてもあいにいくというのですが…。

『**かげまるはなれていても、いっしょ**』 矢部美智代作, 狩野富貴子絵　毎日新聞社　2006.12　63p　22cm　1300円　①4-620-20019-0

[内容] かげまるは8年前、けんたといっしょに生まれました。それから、ふたりはずうっと一番のなかよしでした。でも、けんたも、もう3年生。いつまでも「かげまる、だーいすき」なんていってられません。けんたは、あしたから、ひとりで学校へ行くことにしたのですが…。

『**いけっ！ ぼくのハヤテ**』 矢部美智代作　国土社　2006.11　94p　22cm　1200円　①4-337-33058-5　〈絵：尾崎曜子〉

[内容] 犬が大すきなひろしは、子犬にハヤテと名前をつけて、ひみつでかいはじめる。ところが、ある雨の日、兄ちゃんの動物アレルギーがさいはつしてしまう。ハヤテをすてることなんてできないし、兄ちゃんがくるしむのもいやだ。なやんだひろしは…。小学校低～中学年向き。

山口　理
やまぐち・さとし
《1953～》

『**ロード―キャンピングカーは北へ**』 山口理作, 佐藤真紀子絵　文研出版　2014.7　175p　22cm　（文研じゅべにーる）1300円　①978-4-580-82225-2

[内容] たよりないことこの上ない、うちの父ちゃん。ある日、ついに大事件が起こる。父ちゃんが会社をクビになったんだ。でも、次におこったのはもっと大事件だった。なんと父ちゃんは、家族にだまってキャンピングカーを買ってきた。まだ再就職先も決まってないのに…。どうするんだよ、父ちゃん！　どうなるんだよ、うちの家族は!!

『**飛べ！ 風のブーメラン**』 山口理作, 小松良佳絵　あかね書房　2014.5　157p　21cm　（スプラッシュ・ストーリーズ 17）1100円　①978-4-251-04417-4

[内容] カンペ（市ノ瀬幹太）は、ポン太やケケといっしょに、スポーツの「ブーメラン」に燃えている。スポーツ万能、成績優秀なガメラ（亀田杏奈）の入院をきっかけに、3人は力を合わせて大会での優勝を目指す！　ライバルの登場や、とうちゃんの病気…。様々なことを乗り越えた先には…!?　仲間や家族の、熱いきずなの物語!!

『**心霊スポットへようこそ　〔12〕　Yのうめき声**』 山口理作, 伊東ぢゅん子絵　図書館版　いかだ社　2014.2　102p　19cm　1400円　①978-4-87051-415-7

『**心霊スポットへようこそ　〔12〕　Yのうめき声**』 山口理作, 伊東ぢゅん子絵　いかだ社　2014.2　102p　18cm　900円　①978-4-87051-413-3

[内容] 妖怪のY？　闇の世界のY？　それともズバリ、幽霊の「Y」…。うめき声が聞こ

える時、きみはもう心霊スポットにいる。読みたい！ 聞きたい！ こわい話。

『心霊スポットへようこそ 〔11〕 Aのたたり』 山口理作，伊東ぢゅん子絵　いかだ社　2014.2　101p　18cm　900円　①978-4-87051-412-6
内容「A」って、悪魔のA？ 悪霊のA？ たたりの押し寄せる心霊スポットの世界。

『心霊スポットへようこそ 〔11〕 Aのたたり』 山口理作，伊東ぢゅん子絵　図書館版　いかだ社　2014.2　101p　19cm　1400円　①978-4-87051-414-0

『心霊スポットへようこそ 〔10〕 Zの手まねき』 山口理作，伊東ぢゅん子絵　いかだ社　2013.7　122p　18cm　900円　①978-4-87051-410-2
内容　心霊スポットの入り口へようこそ。闇の世界へひきずりこまれたなら…もうもどれない。でも、最後まで読まずにはいられない11のお話。

『心霊スポットへようこそ 〔10〕 Zの手まねき』 山口理作，伊東ぢゅん子絵　図書館版　いかだ社　2013.7　122p　19cm　1400円　①978-4-87051-411-9

『心霊スポットへようこそ 〔9〕 Jの悪夢』 山口理作，伊東ぢゅん子絵　いかだ社　2013.2　109p　18cm　900円　①978-4-87051-394-5
内容　ぐっすり眠る真夜中にきみの夢の中にあらわれる心霊スポットの使者が。

『心霊スポットへようこそ 〔9〕 Jの悪夢』 山口理作，伊東ぢゅん子絵　図書館版　いかだ社　2013.2　109p　19cm　1400円　①978-4-87051-397-6
内容　ぐっすり眠る真夜中にきみの夢の中にあらわれる心霊スポットの使者が。

『心霊スポットへようこそ 〔8〕 Uのすすり泣き』 山口理作，伊東ぢゅん子絵　いかだ社　2013.2　109p　18cm　900円　①978-4-87051-393-8
内容　すすり泣きが聞こえたら、きみがいるそこはもう、心霊スポット。

『心霊スポットへようこそ 〔8〕 Uのすすり泣き』 山口理作，伊東ぢゅん子絵　図書館版　いかだ社　2013.2　109p　19cm　1400円　①978-4-87051-396-9

内容　すすり泣きが聞こえたら、きみがいるそこはもう、心霊スポット。

『心霊スポットへようこそ 〔7〕 Dの幽霊船』 山口理作，伊東ぢゅん子絵　いかだ社　2013.2　110p　18cm　900円　①978-4-87051-392-1
内容　きみを乗せるために幽霊船がやってきたよ。暗黒の心霊スポットから。

『心霊スポットへようこそ 〔7〕 Dの幽霊船』 山口理作，伊東ぢゅん子絵　図書館版　いかだ社　2013.2　110p　19cm　1400円　①978-4-87051-395-2
内容　きみを乗せるために幽霊船がやってきたよ暗黒の心霊スポットから。

『心霊スポットへようこそ 〔6〕 Qの黒い影』 山口理作，伊東ぢゅん子絵　いかだ社　2012.2　110p　18cm　900円　①978-4-87051-356-3

『心霊スポットへようこそ 〔6〕 Qの黒い影』 山口理作，伊東ぢゅん子絵　図書館版　いかだ社　2012.2　110p　19cm　1400円　①978-4-87051-359-4
内容　黒い影がしのびより、きみをみちびく…心霊スポットへと。

『心霊スポットへようこそ 〔5〕 Mの叫び』 山口理作，伊東ぢゅん子絵　いかだ社　2012.2　110p　18cm　900円　①978-4-87051-355-6

『心霊スポットへようこそ 〔5〕 Mの叫び』 山口理作，伊東ぢゅん子絵　図書館版　いかだ社　2012.2　110p　19cm　1400円　①978-4-87051-358-7
内容　叫んでも聞こえない、手をのばしてもとどかない…それが心霊スポット。

『心霊スポットへようこそ 〔4〕 Fの光る目』 山口理作，伊東ぢゅん子絵　いかだ社　2012.2　110p　18cm　900円　①978-4-87051-354-9

『心霊スポットへようこそ 〔4〕 Fの光る目』 山口理作，伊東ぢゅん子絵　図書館版　いかだ社　2012.2　110p　19cm　1400円　①978-4-87051-357-0
内容　いつの間にかきみも、そこの住人…そう、心霊スポットの。

『ドラキュラ・キューラ！ 最後のたたか

山口理

い』　山口理作，北田哲也絵　文渓堂　2011.8　94p　22cm　1300円　①978-4-89423-732-2

内容　ドラキュラ学校の校長先生から最後のテストを出されたキューラは、それがいったいどんなテストなのか、知らぬまま人間界で暮らしていた。そんなある日、キューラは変わったおばあさんと知り合う。謎だらけのおばあさんと仲良くなったキューラに、良くないことが起こりはじめる…。

『心霊スポットへようこそ　〔3〕　Sの悲鳴』　山口理作，伊東ぢゅん子絵　図書館版　いかだ社　2011.3　110p　19cm　1400円　①978-4-87051-320-4

内容　ようこそ「心霊スポット」へ。きみは気づいているかい？　きみのすぐそばにおそろしい心霊スポットがあることを。気づいていない人はご用心、ご用心。知らずにうっかり飛びこんでしまうかもしれないからねえ。ところで「Sの悲鳴」の「S」って何だろう。倉庫のS？　坂道のS？　もしかすると、少年、少女のSかもしれないね。クックック。さてきみは、その答えをこの本の中から見つけることができるかな？さて、それではいっしょに行こうか。悲鳴のひびく、心霊スポットへ…。

『心霊スポットへようこそ　〔3〕　Sの悲鳴』　山口理作，伊東ぢゅん子絵　いかだ社　2011.3　110p　18cm　900円　①978-4-87051-317-4

『心霊スポットへようこそ　〔2〕　Nの呪い』　山口理作，伊東ぢゅん子絵　図書館版　いかだ社　2011.3　109p　19cm　1400円　①978-4-87051-319-8

内容　ようこそ「心霊スポット」へ。きみは行ったことがあるかい？　きみの近くの心霊スポットへ。すぐそこにあるんだよ。ほら、きみのすぐとなりにも。特に雨の日にはご用心。一人ぼっちのるす番の時にもね。「Nの呪い」の「N」って、いったい何だろうね。寝床のN？　ノックの音のN？　もしかすると、イニシャルに「N」のつく人のことかもしれないね。それではいっしょに行こうか。呪いのうずまく心霊スポットへ…。

『心霊スポットへようこそ　〔2〕　Nの呪い』　山口理作，伊東ぢゅん子絵　いかだ社　2011.3　109p　18cm　900円　①978-4-87051-316-7

『心霊スポットへようこそ　〔1〕　Kの恐怖』　山口理作，伊東ぢゅん子絵　図書館版　いかだ社　2011.3　110p　19cm　1400円　①978-4-87051-318-1

内容　ようこそ「心霊スポット」へ。心霊スポット。それはどこか遠くにあるものじゃない。きみのまわりにたくさんあるんだ。きみの家にも、学校にも、そしてほら、きみのすぐ後ろにも。「Kの恐怖」の「K」っていったい何だろう。公園のK？　階段のK？　もしかすると、きみの「K」かもしれないね。クックック。この本の中に、そのヒントがかくれているかもしれないよ。さあ、それではいっしょに行こう。恐怖のおしよせる心霊スポットへ…。

『心霊スポットへようこそ　〔1〕　Kの恐怖』　山口理作，伊東ぢゅん子絵　いかだ社　2011.3　18cm　900円　①978-4-87051-315-0

『リターン！』　山口理作，岡本順絵　文研出版　2011.3　169,6p　22cm　（文研じゅべにーる）　1300円　①978-4-580-82125-5

内容　めんどくさがりで、引っこみ思案だったイッキは、たまたま出あったブーメランに夢中になり、どんどん積極的になっていく自分におどろく。やがて、クラスの"おちこぼれ"三班の仲間と、大会をめざして特訓にはげむことになるが…。―ブーメラン歴二十年の作者が、手作りブーメランのおもしろさや競技ブーメランの迫力など、かんたんで奥が深いブーメランの魅力をたっぷり語った物語。

『ドラキュラ・キューラ　人間なんか大きらい！』　山口理作，北田哲也絵　文渓堂　2011.2　86p　22cm　1300円　①978-4-89423-719-3

内容　すっかり日本での生活にもなれたドラキュラ・キューラ。ある日、温泉旅行がけんしょうで大当たり！　ところが、旅行先で思わぬことを聞いてしまう。そこからドラキュラ界からの刺客も巻き込んだ事件へとつながっていく…。

『ドラキュラ・キューラ　あらしにほえる!?』　山口理作，北田哲也絵　文渓堂　2009.2　78p　22cm　1300円　①978-4-89423-626-4

内容　あのドラキュラ一族の超エリート、ドラキュラ・キューラのもとに、またしてもドラキュラ学校の教頭先生から、手紙がとどいた！　今度のにんむは人間の心を調査すること。そんな時キューラが出会ったのは…。

『雨の夜の死神―恐怖の放課後』　山口理作，伊東ぢゅん子絵　いかだ社　2008.5　111p　18cm　850円　①978-4-87051-230-6

内容　きみたちは知っているかな？　悪霊た

ちがもっともたくさん動き回る日が雨の日だということを。空からふりそそぐ雨の一つぶ一つぶに、その悪霊たちが閉じこめられているんだよ。ほら、空を見てごらん。今日も雨がふりそうだ。イッヒッヒ。さあ、そろそろいっしょに行こうか。身の毛もよだつ、放課後の世界へ…。

『あの世からのクリスマスプレゼント―恐怖の放課後』　山口理作，伊東ぢゅん子絵　いかだ社　2008.3　110p　19cm　1300円　①978-4-87051-227-6

『雨の夜の死神―恐怖の放課後』　山口理作，伊東ぢゅん子絵　いかだ社　2008.3　111p　19cm　1300円　①978-4-87051-231-3

『桜の下で霊が泣く―恐怖の放課後』　山口理作，伊東ぢゅん子絵　いかだ社　2008.3　110p　19cm　1300円　①978-4-87051-229-0

『桜の下で霊が泣く―恐怖の放課後』　山口理作，伊東ぢゅん子絵　いかだ社　2008.3　110p　18cm　850円　①978-4-87051-228-3

内容　ようこそ、「恐怖の放課後」へ。「春に怪談なんてヘンだ」そう思っているきみ。フフフ…それは大まちがいだよ。光あふれる春、花の咲き始める春。そんな春にも、おぞましい悪霊たちは休むことなく動き回っているんだ。ほら、きみのすぐうしろにも…。さぁ、今日もいっしょに行こう。せすじもこおる、放課後の世界へ…。

『死者のさまようトンネル―恐怖の放課後』　山口理作，伊東ぢゅん子絵　いかだ社　2008.3　110p　19cm　1300円　①978-4-87051-226-9

『あの世からのクリスマスプレゼント―恐怖の放課後』　山口理作，伊東ぢゅん子絵　いかだ社　2007.11　110p　18cm　850円　①978-4-87051-217-7

『ドラキュラ・キューラはネコぎらい？』　山口理作　文渓堂　2007.7　78p　22cm　1300円　①978-4-89423-542-7〈絵：北田哲也〉

内容　あのドラキュラ一族の超エリート、キューラが日本に住みついて、初めての秋がやってきた。すっかり、日本での生活になれて、平和な毎日をおくっているキューラ。そのキューラの天敵、子ネコがあらわれ、さらに突然、ドラキュラ学校の教頭先生がやってきた。

『死者のさまようトンネル―恐怖の放課後』　山口理作　いかだ社　2006.7　110p　18cm　850円　①4-87051-194-0〈絵：伊東ぢゅん子〉

山口　節子
やまぐち・せつこ
《1936〜》

『おどって！ウズメ―ゆかいな神さま』　山口節子作，里見有絵　新日本出版社　2011.2　77p　22cm　1300円　①978-4-406-05435-5

内容　ウズメの神はうたいます。うみべに立ち、りょう手をひろげてうたいます。うたうこと、おどることがなによりもすきだった神さまのお話。

『たたらをふむ女神カナヤゴ―ゆかいな神さま』　山口節子作，里見有絵　新日本出版社　2010.12　69p　22cm　1300円　①978-4-406-05412-6

内容　ちっぽけな田んぼでイネをかるおさないきょうだいのまえに、きれいな白さぎがとんできました。カツラの木のまわりをまうようにとぶと白さぎは―。

『空とぶ太陽の神ヒルコ―ゆかいな神さま』　山口節子作，菅野由貴子絵　新日本出版社　2010.9　69p　22cm　1300円　①978-4-406-05388-4

内容　ヒルコは、毎日あたらしい朝をつれてやってきます。「おーい。朝だよー。あたらしい光だよー」ヒルコが大空をかけ上がると、海人の村の一日がはじまります―。

『てんぷらばあちゃん』　山口節子作　岩崎書店　2006.11　119p　22cm　（おはなしガーデン　14）1200円　①4-265-05464-1〈絵：こぐれけんじろう〉

内容　小学四年生のさとしのひいばあちゃんは、てんぷらを揚げるのが大好き。ママがお出かけの日は、大はりきりで、山もりのてんぷらを揚げてしまう。そのひいばあちゃんが、ある日、てんぷらをもったまま、家を出ていってしまった。

『そらちゃんとへびひめさま』　山口節子さく，篠崎三朗え　新日本出版社　2001.4　76p　22cm　（新日本ひまわり文庫　2-1）1200円　①4-406-02812-9

内容　りんごの白い花が、いちめんにさいて

います。そらちゃんは、あまいにおいをむねいっぱいにすいこみました。耳をすますと、川の音がきこえます。そらちゃんの顔が、ぱっとかがやきました―。

『そらちゃんとカラスボッチ』 山口節子さく，篠崎三朗え 新日本出版社 2000.1 76p 22cm （新日本ひまわり文庫 10） 1200円 ①4-406-02717-3

内容 そらちゃんは、ありのぎょうれつをまたいで、のっし、のっしと、きょじんみたいに歩きます。そのとき、小さなありたちにはこぼれていくこがね虫のみどり色のはねが、ゆうひにぴかっとひかりました。

『菜の花さいたら』 山口節子作，中村悦子絵 新日本出版社 1999.3 125p 21cm （新日本おはなしの本だな2 10） 1400円 ①4-406-02637-1

内容 ある日とつぜん、かっぺいの家に五郎という犬をつれた黒プチメガネの男があらわれた。かあちゃんはしばらくその犬をあずかるつもりらしい。うちにはコッカスパニエルのランがいるというのに。小学校中・高学年向。

『としばあちゃんのオムレツ作戦』 山口節子作，長野ヒデ子絵 岩崎書店 1997.3 109p 22cm （童話だいすき 9） 1200円 ①4-265-06109-5

『大きなリュックのサンタクロース』 山口節子作，福田いわお絵 文渓堂 1992.10 68p 22cm （ぶんけい・ようねんどうわ 1） 880円 ①4-938618-62-1

内容 あと二日でクリスマス。まいこががっこうからかえってくると、おかあさんがおしいれから、クリスマスツリーをだしていました。でも、おかあさんのようすがへんです。すこしないていたみたい。りゆうをきいて、まいこはびっくりしました。おとうさんがいえをでていったというのです。

『としばあちゃんのケン玉作戦』 山口節子作，長野ヒデ子絵 岩崎書店 1991.3 157p 22cm （童話の城 21） 980円 ①4-265-01821-1

内容 3年2組のトチオのクラスでは、いまケン玉がはやっている。こんど学級ケン玉大会をすることになり、みんな猛練習中なのだ。でもトチオは、いくら練習してもうまくならない。いつもクラスメイトからかわれている。ケン玉大会の日がちがつくにつれて、トチオは気が重くなってきた。そんなある日、としばあちゃんがトチオにケン玉をおしえてくれることになった。

『ぼくきえちゃったよ』 やまぐちせつこさく，つぼやれいこえ 草土文化 1991.3 62p 21cm 950円 ①4-7945-0409-8

山崎　洋子
やまざき・ようこ
《1947～》

『港町ヨコハマ異人館の秘密』 山崎洋子著 あすなろ書房 2010.6 287p 20cm 1500円 ①978-4-7515-2214-1

内容 昼間は、名門ミッションスクールに通うおしとやかな女学生。夜は、俥夫として、港町ヨコハマを駆けめぐる少女おりんが、「悪魔からの手紙」におびえる級友を救うため、俥引きで鍛えた脚力と、持ち前の好奇心を武器に、謎に挑む。

山崎　玲子
やまざき・れいこ
《1958～》

『きっとオオカミ、ぜったいオオカミ』 山崎玲子作，かわかみ味智子絵 国土社 2013.9 110p 22cm 1300円 ①978-4-337-33619-3

内容 真砂人は山でオオカミらしい頭の骨を見つける。じいちゃんに、オオカミは山の守り神で、神社にもまつってあるときいた真砂人は、たしかめようと、家族にないしょでひとり、上野の科学博物館をめざす。だが、とちゅうでおもいがけないできごとが！ はたして真砂人は…？

『風のシャトル』 山崎玲子作，和田春奈絵 国土社 2005.12 159p 21cm 1300円 ①4-337-33054-2

内容 バドミントン部のカンナと亜矢は、ダブルスを組むことになった。大会に出るためには、ライバル組に勝たなければならない。朝練にも来ない亜矢と、どうしても大会に出たいカンナ。ふたりの間には、しだいに風が吹きはじめる…。思春期の少女たちの、微妙に揺れる心の動きを描いた児童文学―。

『もうひとつのピアノ』 山崎玲子作，狩野富貴子絵 国土社 2002.10 135p 22cm 1300円 ①4-337-33039-9

内容 (きこえる、きこえる。ほら、きこえ

る）美和は、またあの不思議な声が聞こえたように思った。電車が突然止まった。そして、うしろにさがりはじめた。「スイッチバックね」うしろへひっぱられるような不思議な感覚が、全身をおそった。

山末　やすえ
やますえ・やすえ
《1943～》

『**ぼくとおじちゃんとハルの森**』　山末やすえ作，大野八生画　くもん出版　2012.3　123p　20cm　1200円　①978-4-7743-2061-8

[内容]　輝矢はいつも友だちや家族にささえられていると思っていた。でも、山小屋で輝矢は、おじちゃんや家族をささえているじぶんを知った。森の木ぎ、動物や植物、そして家族の心を知るようになった。小学校中級から。

『**あえてよかったね**』　山末やすえ作，徳永健画　くもん出版　2009.4　110p　21cm　1200円　①978-4-7743-1612-3

[内容]　ワカバとアスカは、ケヤキ坂の家で、一まいの絵をみつけた。水色のワンピースを着てパラソルをさしたおかあさんの絵。それは、ハジメおじいちゃんが一年生のときに描いた若いおかあさんだったときのひばちゃん。ひばちゃんは、ワカバとアスカのひいおばあちゃんで、八十八歳。ひばちゃんは、長いあいだ生きてきたいちばんのごほうびは「ワカバやアスカにあえたことだよ」といった。

『**おまもりドラゴン**』　山末やすえ作，山口みねやす絵　草炎社　2006.6　87p　22cm　（草炎社フレッシュぶんこ　1）　1100円　①4-88264-260-3

[内容]　庭でふしぎな石をみつけたサナちゃん。毎ばん大切になでていたら、なんと、おかしなものが生まれてきました。それは、サナちゃんのおまもり。ふしぎなドラゴン。いつも、サナちゃんのピンチをすくってくれるのです。ある日、ヨウコちゃんと歩いていたら…。

『**ひみつのまほうねこ**』　やますえやすえさく，みやざきこうへいえ　草炎社　2005.8　63p　20cm　（そうえんしゃハッピィぶんこ　2）　1100円　①4-88264-194-1

[内容]　アリちゃんのともだちはねこです。これは、パパにも、ママにも、ないしょ。ある日。ひとりでおるすばんしてたら、さっそくまほうつかいねこがあらわれました。ともだちをつれてね…。さあ、たのしくて、ちょっとこわーい、ひみつのおるすばんのはじまりぃ。ともだちって、すごーくすてき。

山田　うさこ
やまだ・うさこ

『**おまかせ☆天使組！　4　いたずら鏡と恋のキセキ**』　山田うさこ作，宮川由地絵　ポプラ社　2010.6　201p　18cm　（ポプラポケット文庫　069-4）　570円　①978-4-591-11850-4

[内容]　みんな元気？　小麦だよ！　夏休みも近づいた聖サクラ学園に、なんと男の子がやってきた！　これがしっかりといやなやつで、ムカつくのなんのって。プンスカしていたら、ヒカルくんの身にたいへんなことが…。神さまお願い、ヒカルくんをたすけて！

『**おまかせ☆天使組！　3　誘惑のエンジェル・カルーセル**』　山田うさこ作，宮川由地絵　ポプラ社　2009.12　201p　18cm　（ポプラポケット文庫　069-3）　570円　①978-4-591-11284-7

[内容]　ハロー、小麦だよ！　聖サクラ学園にもすっかりなじんだ五月、海辺の街の移動教室にやってきました！　でも、療養施設で出会ったカワイクない女の子ほたるの言動が、おもしろくないあたしたち。ちょっと～、タロちゃん先生をかえしてよ～！　かわいいお菓子のマンガレシピ付き。小学校上級～。

『**おまかせ☆天使組！　2　見習い天使vsらくだい天使**』　山田うさこ作，宮川由地絵　ポプラ社　2009.7　215p　18cm　（ポプラポケット文庫　069-2）　570円　①978-4-591-11051-5

[内容]　やっほー、小麦だよ！　聖サクラ学園の五年生、友だちのタマゴ、チョコと、楽しい寮生活を送っているよ。そんなある日、空から降ってきたのは、銀色の缶づめ。開けたら翌日たいへんなことになって…。しかもタマゴ、あたしを知らないって、どうして!?　その子、だれ??　小学校上級～。

『**おまかせ☆天使組！─禁じられたクリスマス**』　山田うさこ作，宮川由地絵　ポプラ社　2008.12　231p　18cm　（ポプラポケット文庫　69-1）　570円　①978-4-591-10697-6

[内容]　あたし、小麦！　ミッションスクールに転校してきたばかりの元気印の女の子。初めての寮生活、かわいい制服、なれないミ

サなどにドキドキの毎日。でも、この学園、クリスマスパーティーが禁止って本当？ねえ、タマゴ、チョコ、やろうよ、クリスマス！　小学校上級から。

『放課後スイーツ』　山田うさこ著　オフィスワイワイ蜜書房　2006.7　261p　19cm　1200円　①4-903600-01-7

山田　詠美
やまだ・えいみ
《1959～》

『山田詠美』　山田詠美著　文芸春秋　2007.9　267p　19cm　（はじめての文学）　1238円　①978-4-16-359910-6
内容　こわくて愛しい、少年少女たち。小説はこんなにおもしろい！　文学の入り口に立つ若い読者へ向けた自選アンソロジー。

山田　知子
やまだ・ともこ

『かえってきたまほうのじどうはんばいき』　やまだともこ作, いとうみき絵　金の星社　2013.9　94p　22cm　1100円　①978-4-323-07276-0
内容　はるかがみつけたふしぎなじどうはんばいき。ボタンとうけとり口があるだけで、しょうひんの見本も、お金をいれるところもない。おそるおそるボタンをおしてみると…なんでもほしいものがでてくるじどうはんばいき。ぎょうれつができて大いそがし！『まほうのじどうはんばいき』第2弾。小学校1・2年向け。

『空とぶペンギン』　やまだともこ作, いとうみき絵　金の星社　2011.11　88p　22cm　1100円　①978-4-323-07190-9
内容　空のむこうから、ペンギンがとんできた。おどろくまなに、ペンギンはいった。「ペンギンはもともと空をとべるんだよ」じゃあ、なんで今までとんでるところを見たことがないのかって？　それはね…。せかいにはふしぎなことがいっぱい。ドキドキわくわくするお話。

『まほうのじどうはんばいき』　やまだともこ作, いとうみき絵　金の星社　2008.11　94p　22cm　1100円　①978-4-323-07145-9

内容　学校のかえりみち、ぼくがみつけたかわったじどうはんばいき。ボタンとうけとり口があるだけで、しょうひんの見本もお金をいれるところもない。いったい、なんのはんばいきなんだろう。小学1・2年生から。秋篠宮悠仁さまのご誕生をお祝いした童話コンテスト、創作童話コンテスト優秀賞受賞作。

山田　正紀
やまだ・まさき
《1950～》

『オフェーリアの物語』　山田正紀作　理論社　2008.5　377p　20cm　（ミステリーYA！）　1500円　①978-4-652-08617-9
内容　これは、影歩異界の物語。太古の昔からくりかえされてきた、出会いと別のはてしなき物語。ひとりぼっちの少女・リアの唯一の友達は、ビスク・ドールのオフェーリア。リアはオフェーリアの中にもぐりこみ、魂を持つ人形を見抜く力を持っている。幼いリアには知るよしもないけれど、それは人形使いだけが授かる能力。美しい旅芸人・影華に拾われ、旅を続けるリアを待ち受けていたのは、人形たちが引き起こす奇怪な事件の数々—。端麗な言葉がつむぐ幻想的でマジカルな物語。

『雨の恐竜』　山田正紀作　理論社　2007.3　401p　20cm　（ミステリーYA！）　1400円　①978-4-652-08602-5
内容　恐竜の化石発掘現場がある田舎町。14歳のヒトミ、サヤカ、アユミは、幼なじみでありながら、最近疎遠になっていた。ある日、奇想天外な殺人事件が起きる。恐竜が犯人という噂までが囁かれはじめた。だが、少女たちには忘れられない風景がある。それは、夕焼けをバックにゆったりと歩いていく恐竜の姿が…。恐竜が犯人のはずはない！　SF界・ミステリー界を常にリードしつづける鬼才が放つ情感あふれるファンタジック・ミステリー。

山田　マチ
やまだ・まち

『山田県立山田小学校　3　はだかでドッキリ!?　山田まつり』　山田マチ作, 杉山実絵　あかね書房　2014.1　114p　22cm　1000円　①978-4-251-08883-3
内容　純真な心ではだかの王さまの服は見え

るか？（「はだかの王さまと王子さま」）。総長エミコとハルカの一輪車対決！（「ホワイトソックス対レッドソックス」）。毎日カナタは、けずり、あらい、すりこみ、ぬる!?（「ムテキの棒」）。いつも失敗ばかりのヒロシ。それでも元気な秘密とは？（「スナック山田」）。昼休みの屋上にトラのパンツのおじさんが！（「カミナリさまがおちてきた」）。すこし"ヘン"、なぜか"まったり"の5つのお話。日本で48番目の県にある小学校のゆかいななかまたちに出会えるシリーズ!!

『山田県立山田小学校 2 山田伝記で大騒動!?』 山田マチ作，杉山実絵　あかね書房　2013.6　114p　22cm　1000円　①978-4-251-08882-6

[内容] 日本48番目の県でのほほん学校生活満喫中。日本のどこかにある県の小学校で起きるすこし"ヘン"、なぜか"まったり"の5つのお話。

『山田県立山田小学校 1 ポンチでピンチ!? 山田島』 山田マチ作，杉山実絵　あかね書房　2013.6　115p　22cm　1000円　①978-4-251-08881-9

[内容] 日本48番目の県からゆるゆる小学生降臨。日本のどこかにある県の小学校で起きるすこし"ヘン"、なぜか"まったり"の5つのお話。

山田　悠介
やまだ・ゆうすけ
《1981～》

『リアル鬼ごっこ』 山田悠介著　小学館　2014.7　285p　18cm　（小学館ジュニア文庫）　700円　①978-4-09-230762-9 〈イラスト：wogura　文芸社2001年刊の再刊〉

[内容] 小さなころ母と妹の愛と、悲劇の生き別れをした佐藤翼。だがそんな境遇にもめげずに、翼は短距離走者として期待されていた。あの日がくるまでは―。この国にいる絶対的な王様"佐藤"。王様はある日「自分と同じ名字は許せない！」と全国に500万人いる"佐藤"さんを殺す「リアル鬼ごっこ」を思いついた。それは、7日間鬼から逃げきらなければ殺される、という残虐なゲームだったのだ！　全国放送のテレビで「リアル鬼ごっこ」開始の合図が流れるなか、翼は最後まで生き残ることができるのか!?

『パズル―48時間戦争』 山田悠介作，徒花スクモ絵　角川書店　2012.2　303p　18cm　（角川つばさ文庫 Bや2-1）　680円　①978-4-04-631219-8〈発売：角川グループパブリッシング〉

[内容] 超有名進学校が、正体不明の武装集団に占拠された。人質とされた担任教師を救うためには、3年A組の生徒だけで、広い学校の校舎にある2,000ものパズルのピースを探しだし、完成させるしかない。タイムリミットは、48時間。全てのパズルを探しだせるのか？　犯人の目的は？　パズルの絵の謎は？　いま始まる究極のゲーム―君ならどうする？　小学上級から。

山本　悦子
やまもと・えつこ
《1961～》

『ななとさきちゃんふたりはペア』 山本悦子作，田中六大絵　岩崎書店　2014.5　79p　22cm　（おはなしトントン 44）　1000円　①978-4-265-06722-0

[内容] ななは、ぴかぴかの一年生。ペアのおねえさんにあえるのをたのしみにしていました。だって、ずっと、おねえさんがほしかったから！　でも、あれ、あれれれ。ちょっと、おもっていた人とは、ちがった、かも…。こころがぽっかりあたたかくなるお話。小学校低学年向。

『テディベア探偵 1 アンティークドレスはだれのもの？』 山本悦子作，フライ絵　ポプラ社　2014.4　270p　18cm　（ポプラポケット文庫 093-1）　680円　①978-4-591-13923-3

[内容] わたし、相田リン！　見かけが幼稚だから「エンジ」ってからかわれることもある、小学五年生。でもね、わたし、探偵の助手なんだよ。「テディベア探偵」のね!! リンとマックスが贈る、笑えて泣ける探偵物語。小学校上級～。

『くつかくしたの、だあれ？』 山本悦子作，大島妙子絵　童心社　2013.10　93p　22cm　1100円　①978-4-494-02035-5

[内容] おとなしくてひっこみじあんのユキと、元気いっぱいのかなちゃん。ほいくえんのころからずっとなかよしでした。でも、小学校に入学してからすこしずつ、かなちゃんがはなれていってしまったようで、ユキはさびしい気もちでいっぱいでした。(かなちゃんとなかよしにもどれますように)ユキはまいにちクスノキにおねがいしました。

『ポケネコ・にゃんころりん 10 さよならをするために』 山本悦子作，沢音千

山本悦子

尋絵　童心社　2013.3　168p　18cm　1200円　①978-4-494-01397-5〈2012年刊の再刊〉

『ポケネコ・にゃんころりん　9　思い出の夏にタイムトラベル!?』　山本悦子作, 沢音千尋絵　童心社　2013.3　174p　18cm　1200円　①978-4-494-01396-8〈2012年刊の再刊〉

『ポケネコ・にゃんころりん　8　影だけのねこの秘密』　山本悦子作, 沢音千尋絵　童心社　2013.3　172p　18cm　1200円　①978-4-494-01395-1〈2012年刊の再刊〉

『ポケネコ・にゃんころりん　7　運命のベストパートナー』　山本悦子作, 沢音千尋絵　童心社　2013.3　174p　18cm　1200円　①978-4-494-01394-4〈2011年刊の再刊〉

『ポケネコ・にゃんころりん　6　メル友、ワニ友募集中！』　山本悦子作, 沢音千尋絵　童心社　2013.3　174p　18cm　1200円　①978-4-494-01393-7〈2010年刊の再刊〉

『ポケネコ・にゃんころりん　10　さよならをするために』　山本悦子作, 沢音千尋画　童心社　2012.9　168p　18cm　（フォア文庫 B442）　762円　①978-4-494-02842-9

内容　クマ先生と愛犬イチ、転校生・金森美里とお父さん…別れが悲しいのは、それが大切な出会いだったから。心の中にずっとずっと残る。終わりじゃないんだよ。小学校中・高学年。

『ポケネコ・にゃんころりん　9　思い出の夏にタイムトラベル!?』　山本悦子作, 沢音千尋画　童心社　2012.5　174p　18cm　（フォア文庫 B437）　762円　①978-4-494-02840-5

内容　「あれ？　あれれれ？　ない…」道がない。かえで道りの本屋の横に、いつもならノルンに続く細い道があるのに。おれたちは顔を見あわせた。「また行けなくなっちゃったのかな」―。

『ポケネコ・にゃんころりん　8　影だけのねこの秘密』　山本悦子作, 沢音千尋画　童心社　2012.1　172p　18cm　（フォア文庫 B432）　700円　①978-4-494-02839-9

内容　「昨日もこの辺で鳴いたわよね」「そう、そう。友だちのねこを招いたみたいだったな」昨日、ねこの影が見えたあたりを見ると、いた！　植えこみの向こうに、ねこの影が見えた。ぼくは、ねこを驚かせないように、静かに歩みよった。「あれ？」そこには、たしかにねこの影があるのだけど、ないんだ。かんじんの影の主のすがたが。

『ポケネコ・にゃんころりん　7　運命のベストパートナー』　山本悦子作, 沢音千尋画　童心社　2011.6　174p　18cm　（フォア文庫）　660円　①978-4-494-02838-2

内容　一人暮らしのおばあさんに招待状を出し、勝手に居着いてしまった、めいわくなカラス。ある日、おばあさんの息子となのる男から、お金をふりこんでほしいと電話がかかり…。

『ポケネコ・にゃんころりん　5　心は雪のように』　山本悦子作, 沢音千尋絵　童心社　2011.3　170p　18cm　1200円　①978-4-494-01392-0

内容　ユウたちの同級生・ジェシカにも「ノルン」から招待状が届く。他人の気持ちがわかる不思議な羽を持つ真っ白なインコで、ジェシカは「ネーヴェ」と名付けた。

『ポケネコ・にゃんころりん　4　さよなら？　にゃんころりん』　山本悦子作, 沢音千尋絵　童心社　2011.3　169p　18cm　1200円　①978-4-494-01391-3

内容　ユウは病院で入院中の翔と出会う。翔は重い心臓病で心臓移植を受けるためにアメリカへ行くことが決まるが…。にゃんころりんの「とんでもない力」がついに目覚める。

『ポケネコ・にゃんころりん　3　初恋は海のかおり？』　山本悦子作, 沢音千尋絵　童心社　2011.3　171p　18cm　1200円　①978-4-494-01390-6

内容　カズはある日、空中に大きな魚を見つけるが、ユウやあかね、ほかの人にも見えないらしい。魚はジンベエザメで一人の女の子のまわりを泳いでいる。その子は学校に来ないことが多い子で…。シリーズ第3弾。

『ポケネコ・にゃんころりん　2　ジュリエットさま、抱きしめて』　山本悦子作, 沢音千尋絵　童心社　2011.3　172p　18cm　1200円　①978-4-494-01389-0

内容　あかねにもペットショップ・ノルンから招待状が届いた。あかねを呼んだのはワニのジュリエット。特技はぎゅっと抱きし

めること。気持ちがほんわかあたたかくなって幸せな気分になるのだ。幸せな日々が続いたある日、学校で事件が起こる…。にゃんころりんの友だちがやってきた、シリーズ第二弾。

『ポケネコ・にゃんころりん　1　ポケットの中のふしぎネコ』　山本悦子作，沢音千尋絵　童心社　2011.3　173p　18cm　1200円　①978-4-494-01388-3
内容　手のひらにのる小さなかわいいねこ・にゃんころりんは飼い主の「愛情」だけで生きる不思議ないきもので、飼い主にいろいろなものを招く、生きた招きねこ。ふしぎなポケネコ・にゃんころりん！　新シリーズ第一弾。

『がっこうかっぱのイケノオイ』　山本悦子作，市居みか絵　童心社　2010.12　93p　22cm　1200円　①978-4-494-01952-6
内容　帰りに学校の池でぼくと、アンドレくん、みかちゃんはカッパをつかまえて…。

『ポケネコ・にゃんころりん　6　メル友、ワニ友募集中！』　山本悦子作，沢音千尋画　童心社　2010.11　174p　18cm　（フォア文庫　B417）　660円　①978-4-494-02836-8
内容　ノルンの新しい仲間がふえた。あかりちゃんと、ねこのマタ。マタのしっぽは二またに分かれてるから、魔力があるって、緑子さんは言う。「ほんと？」「さあ、どうかしら」緑子さんは、にやっと笑った。カズと、飼育小屋の凶暴なクジャクとの戦い（？）の日々を描いた特別編も収録。

『ポケネコ・にゃんころりん　5　心は雪のように』　山本悦子作，沢音千尋画　童心社　2010.4　170p　18cm　（フォア文庫　B406）　600円　①978-4-494-02833-7
内容　ユウたちのクラスメート・ジェシカにも「ノルン」から招待状がとどいた。パートナーは、思いを吸いとる不思議な羽を持つ真っ白な小鳥。ジェシカは「ネーヴェ」と名付けた。ネーヴェの羽を耳にあてると、まわりの人の思いが聞こえてくる…。

『ポケネコ・にゃんころりん　4　さよなら？　にゃんころりん』　山本悦子作，沢音千尋画　童心社　2009.9　174p　18cm　（フォア文庫　B395）　600円　①978-4-494-02826-9
内容　難病を抱えた男の子と出会うユウたち。命のバトンを渡らせるために、にゃんころりんの「とんでもない力」がついに目覚める―そして旅立つにゃんころりんとの別れが…!?　手のひらサイズのふしぎねこ、にゃんころりんがまきおこす人気シリーズ。

『ポケネコ・にゃんころりん　3　初恋は海のかおり？』　山本悦子作，沢音千尋画　童心社　2009.2　171p　18cm　（フォア文庫　B386）　600円　①978-4-494-02824-5
内容　空を見あげたおれは、おどろいた。魚がいる。空中に大きな魚が…。ユウとあかねには見えてないらしい。道を行く人も平気な顔で歩いていく。その魚は、一人の女の子のまわりをゆったりと泳いでいる。金色の髪の女の子。魚はまるでその子を守るように泳いでいた。

『ポケネコ・にゃんころりん　2　ジュリエットさま、抱きしめて』　山本悦子作，沢音千尋画　童心社　2008.9　172p　18cm　（フォア文庫）　560円　①978-4-494-02820-7
内容　学校にいたときは、だれもかれもが敵に見えた。みんながあたしのことをきらってるみたいな気がしてた。でも、そんなわけじゃない。ちゃんと仲間がいるんだ。あたしは、ジュリエットを抱きしめた。え…？　いつもと感触がちがう。熱い。体の奥まで、その熱がじんわり伝わってくる。胸の中に、ぽっと火がおこるのがわかった。力が満ちてくる。いじめになんか、負けない。にゃんころりんの友だちがやってきた。新シリーズ第二弾。

『ポケネコ・にゃんころりん　1　ポケットの中のふしぎネコ』　山本悦子作，沢音千尋画　童心社　2007.11　173p　18cm　（フォア文庫）　560円　①978-4-494-02813-9
内容　「ねこだよ」―緑子さんは、にっと笑った。たしかに形はねこだ。でも、こんな小さなねこ、見たことない。真っ白で、手のひらにすっぽりおさまってしまうくらい小さい。「ここの子たちは、自分でパートナーを選ぶのよ。そして招待するんだ。その子が、君をよんだんだよ」ふしぎなポケネコ・にゃんころりん！　新シリーズ第一弾。

『いっしょに遊ぼ、バーモスブリンカル！』　山本悦子作，宮本忠夫絵　あかね書房　2003.9　118p　21cm　（あかね・新読み物シリーズ　17）　1100円　①4-251-04147-X
内容　「晴也。」おばあちゃんは、晴也の頭をそっとなでてきました。「見えるものや、言ったことばだけが本当のことじゃない。人間は、見えない心の奥底に、いろんな思いやきず

をかくしてるものだよ。」見えない心の奥底…。（ジュリアナちゃんもなのかな。晴也は、ジュリアナの小さな背中を思い出していました。

『Ｗａ・ｏ・ｎ―夏の日のトランペット』 山本悦子作，ふりやかよこ絵　舞阪町（静岡県）ひくまの出版　1996.7　181p　22cm　（ひくまの出版創作童話・つむじかぜシリーズ　15）　1300円　Ⓘ4-89317-209-3

[内容] ぼくの名前は、和音（かずね）。みんなは、ＷＡ・Ｏ・Ｎとよぶ。そのぼくの、12歳の夏の日に出あったさまざまな事件。自信をうしないかけていたぼくを、はげましてくれたなかまたち。トランペットのメロディ！―多感な少年の日々を生き生きと描く傑作。小学校中級以上向き。

『ぼくとカジババのめだまやき戦争』 山本悦子作，ひらのてつお絵，日本児童文学者協会編　ポプラ社　1996.2　134p　22cm　（童話の海　17）　880円　Ⓘ4-591-04197-2

[内容] ぼくんちには、ようかいがすんでいる。名まえを"カジババ"という。カジババは、ぼくを無能にしてしまう、こわーいこわーいようかいなんだ。その時から、ぼくとカジババのたたかいがはじまった、めだまやき戦争だ。打倒、カジババ。10歳の独立戦争。カジババvsぼく。ゲームやりたい放題、おやつは食べ放題。そんなくらしを、ぼくは戦争でかちとるぞ。小学中級向。

山本　純士
やまもと・じゅんじ

『プレイボール　2　ぼくらの野球チームを守れ！』 山本純士作，宮尾和孝絵　KADOKAWA　2014.1　239p　18cm　（角川つばさ文庫　Aや1-2）　660円　Ⓘ978-4-04-631364-5〈〔1〕までの出版者：角川書店〉

[内容] タケシ、ケイ、ぼく（純）の3人組は、学校の野球チーム「ジャガーズ」に入部を断られた。理由は、ケイが義足だから。なので、自分たちで新しいチーム「フレンズ」を作った。運動が苦手なごんちゃん、学校に来ない岩間くん、女子の七海、特別支援学校に通う幸太。フレンズは市民大会で、なんと1回戦勝利！　そして次の相手は、あのジャガーズだ。だけど、その大事な試合を前に、チームに大事件＆大危機がおこって…!?　小学中級から。

『プレイボール―ぼくらの野球チームをつくれ！』 山本純士作，宮尾和孝絵　角川書店　2012.1　237p　18cm　（角川つばさ文庫　Aや1-1）　660円　Ⓘ978-4-04-631206-8〈発売：角川グループパブリッシング〉

[内容] タケシ、ケイ、ぼく（純）の3人組は、5年生になったら、地元の野球チームに入ろうって約束していた。けれど、監督は、ある理由から、ぼくらを入れてくれなかったんだ…だったら、ぼくらの野球チームをつくっちゃえ！　運動が苦手なごんちゃん、学校に来ない岩間くん、女子の七海に転校生フトシ、それから特別支援学級に通っている幸太も加わって…。さあ、楽しい野球の時間のはじまりだ！　小学中級から。

山本　省三
やまもと・しょうぞう
《1952～》

『ゾンビのパラダイス!?』 やまもとしょうぞう作・絵　フレーベル館　2014.5　79p　22cm　（ゆうれいたんていドロヒュー　7）　900円　Ⓘ978-4-577-04215-1

[内容] エマーヌひめが作ったとくせいドーナツがだれかにうばわれたからたいへん！　ドーナツのせいで、へんしんしてゾンビになっちゃうんだ。ひざは？　あしは？　なににへんしんするかわかるけつ！　さあ、いっしょになぞときにゴーゴー、ゴー！　小学校低学年～。

『たまげばこのかいぶつ』 やまもとしょうぞう作・絵　フレーベル館　2014.3　79p　22cm　（ゆうれいたんていドロヒュー　6）　900円　Ⓘ978-4-577-04096-6

[内容] ぼくは、ゆうれいたんていのドロヒューさ。じごくのようなかいたちがまきおこすじけんのそうさにやってきたんだ。みことちゃんがもらったたまげばこ。じつはこのはこのなかには、まるやさんかく、しかくの形で作られたかいぶつたちが…！　どの形が多いんだろう？　さあ、いっしょになぞときにゴーゴー、ゴー！　ことばや数をヒントに、じけんをかいけつ！　なぞなぞが人気のシリーズ。小学校低学年～。

『かいてんずしのきょうふ』 やまもとしょうぞう作・絵　フレーベル館　2013.10　79p　22cm　（ゆうれいたんていドロヒュー　5）　900円　Ⓘ978-4-577-04095-9

|内容| やあ、みんな！　ぼくは、ゆうれいたんていのドロヒューさ。じごくのようかいたちがまきおこすじけんのそうさにやってきたんだ。かいてんずしのちかいつで、しりとりをさいごまでつづけないとおそろしいことがおこってしまうんだ！　ぐるぐるしりとりはつないかな？　さあ、いっしょになぞときにゴーゴー、ゴー！

『じごくのクイズショー』　やまもとしょうぞう作・絵　フレーベル館　2013.6　78p　22cm　（ゆうれいたんていドロヒュー 4）　900円　①978-4-577-04094-2

|内容| やあ、みんな！　ぼくは、ゆうれいたんていのドロヒューさ。じごくのようかいたちがまきおこすじけんのそうさにやってきたんだ。クイズ番組のさつえい中におきゃくさんが石にされちゃうじけんがおこったんだ！　にげてしまったはんにんをおいかけていくと、右から3ばんめ？　5ばんめ？　左から…？　あやしい人がいっぱいでなんばんめかわからない！　さあ、いっしょになぞときにゴーゴー、ゴー！

『のろいのスイーツやかた』　やまもとしょうぞう作・絵　フレーベル館　2013.1　79p　22cm　（ゆうれいたんていドロヒュー 3）　900円　①978-4-577-04022-5

|内容| やあ、みんな！　ぼくは、ゆうれいたんていのドロヒューさ。じごくのようかいたちがまきおこすじけんのそうさにやってきたんだ。じごくのプリンセス、エマーヌひめがさらわれたんだ！　はんにんは、はんたいにするのがだいすきな…。さあ、いっしょになぞときにゴーゴー、ゴー。

『きょうふのわらいきのこ』　やまもとしょうぞう作・絵　フレーベル館　2012.9　77p　22cm　（ゆうれいたんていドロヒュー 2）　900円　①978-4-577-04021-8

|内容| やあ、みんな！　ぼくは、ゆうれいたんていのドロヒューさ。じごくのようかいたちがまきおこすじけんのそうさにやってきたんだ。100年前、えんま大王にわら人形にされたようかいののろいがとけて、10人の子どもたちを…おっと！　これいじょうはいえないよ。さあ、いっしょになぞときにゴーゴー、ゴー。

『きえたアイドルのなぞ』　やまもとしょうぞう作・絵　フレーベル館　2012.7　79p　22cm　（ゆうれいたんていドロヒュー 1）　900円　①978-4-577-04020-1

|内容| やあ、みんな！　ぼくは、ゆうれいたんていのドロヒューさ。じごくのようかいたちがまきおこすじけんのそうさにやってきたんだ。人気アイドルグループのたかしがきえてしまったことからじけんがはじまるんだけど、はんにんはね、たが大すきな…おっと！　これいじょうはいえないよ。さあ、いっしょになぞときにゴーゴー、ゴー！小学校低学年から楽しく読める。

『おしゃれプリンセスミューナ　ともだちはおひめさま!?』　山本省三作，おおたうに絵　ポプラ社　2011.3　78p　21cm　（ポプラちいさなおはなし 43）　900円　①978-4-591-12381-2

|内容| はぁい、ミューナです。こんど、えいがデビューすることになったよ。アイドルのきらりちゃんといっしょに。がっこういきながらおしごとするのって、たのしいんだけど、ときどき、ふうーってためいきついちゃうこともあるんだ。きらりちゃんも、おんなじみたい。きらりちゃんになら、わたしのひみつ、はなしてみようかな…。

『おしゃれプリンセスミューナ　なかよしスイーツ』　山本省三作，おおたうに絵　ポプラ社　2010.1　78p　21cm　（ポプラちいさなおはなし 34）　900円　①978-4-591-11473-5

|内容| はぁい、ミューナです。いつもおうえんありがとう。じつはね、わたし、こまっちゃってるの。モデルでデザイナーのおしゃれプリンセス・ミューナが、ふだんはしょうがくせいのみなだってこと、ぜったいないしょなのに…。こんど、ともだちのまえで、ミューナとしてとうじょうすることになっちゃったの。しょうたいがばれないように、いのってて。小学校低学年向き。

『おしゃれプリンセスミューナ―リボン・マジック』　山本省三作，おおたうに絵　ポプラ社　2008.5　78p　21cm　（ポプラちいさなおはなし 21）　900円　①978-4-591-10328-9

|内容| ミューナは、おんなのこにだいにんきの、カリスマモデル＆デザイナー。ふだんは、しょうたいをかくしてるけど、がっこうでやったミュージカルで、ついほんきがでちゃって…。小学校低学年向。

『おしゃれプリンセスミューナ』　山本省三作，おおたうに絵　ポプラ社　2007.9　78p　21cm　（ポプラちいさなおはなし 10）　900円　①978-4-591-09899-8

|内容| ミューナはしょうがくせいだけど、おんなのこたちにだいにんきのモデルでデザイナー。みなのともだちのれいとゆかも、ミューナにむちゅうです。だけど、みなはちょっとふくざつ。だって、ミューナとみなって、じつはね…。小学校低学年向。

『うちゅうにんじゃとんじゃ丸　てじなみやぶーるの術でまーるのまき』　山本省三作，長谷川義史絵　ポプラ社　2006.11　74p　22cm　(おはなしポンポン34)　900円　④4-591-09504-5
[内容] やあやあ、せっしゃ、うちゅうにんじゃのとんじゃ丸。みんな、せっしゃをまちわびていたでまーるな。にんきものはつらいでまーる。こんかいは、「てじなみやぶーるの術」をごひろうするでまーるよ。

『うちゅうにんじゃとんじゃ丸　びっくりりょうりの術でまーるのまき』　山本省三作，長谷川義史絵　ポプラ社　2005.9　74p　22cm　(おはなしポンポン30)　900円　④4-591-08813-8
[内容] せっしゃ、うちゅうにんじゃのとんじゃ丸。もちろん、おぼえていてくれてるはずでまーるよな。こんかいは、「びっくりりょうりの術」で、ごうかくをゲットでまーる。おうえん、よろしくでまーる。

『うちゅうにんじゃとんじゃ丸　おりがみの術でまーるのまき』　山本省三作，長谷川義史絵　ポプラ社　2004.11　72p　22cm　(おはなしポンポン17)　900円　④4-591-08328-4
[内容] やあやあ、おぬしたち、はじめまして。せっしゃ、うちゅうにんじゃのとんじゃ丸。ぶたではございぬよ。まずは、とっておきのおりがみの術で、せっしゃのすごさをみせるでまーる。これからよろしくでまーる。

『わにのニータはねむりたかった』　山本省三作・絵　教育画劇　1991.9　76p　22cm　(スピカ・どうわのおくりもの14)　780円　④4-87692-022-2

山本　なおこ
やまもと・なおこ
《1948～》

『キリンにのって』　やまもとなおこ作，かまくらまい絵　大阪　竹林館　2014.4　50p　20cm　1200円　④978-4-86000-277-0

『ねーからはーからごんぼのはしまで—山本なおこおばあちゃん語詩集』　山本なおこ著，田中清版画　らくだ出版　2012.8　87p　21cm　(るふらん児童文学詩選集　8)　1500円　④978-4-89777-510-4

『二十四時間恋人でいて』　山本なおこ著　川崎　てらいんく　2006.3　93p　22cm　(愛の詩集　4)　1400円　④4-925108-89-1　〈絵：佐々木麻こほか〉

『キリンにのって』　山本なおこ著　川崎　てらいんく　2005.1　201p　19×19cm　(教室の中の子どもたち　1)　1600円　④4-925108-17-4

山本　弘
やまもと・ひろし
《1956～》

『夏葉と宇宙へ三週間』　山本弘作，すまき俊悟絵　岩崎書店　2013.12　221p　19cm　(21世紀空想科学小説)　1500円　④978-4-265-07508-9
[内容] 「ぼくら、宇宙人につかまっちゃったぞ」「そうみたいね」「なんでおちついてるんだよ!?」「さわいだってどうにもならないじゃん。それに…」彼女は不安にあおざめた顔で、でも笑みを浮かべて言った。「おもしろい」「おもしろい？」「そう。わくわくする」変なやつだ—それが初めて夏葉と話したぼくの第一印象だった。

『C&Y地球最強姉妹キャンディ　夏休みは戦争へ行(い)こう！』　山本弘著　角川書店　2010.2　388p　20cm　(カドカワ銀のさじシリーズ)　1900円　④978-4-04-874030-2　〈発売：角川グループパブリッシング〉
[内容] 竜崎知絵と虎ノ門夕姫。ともに十一歳で、誕生日はひと月ちがい。子どもなのに天才科学者の知絵。冒険家のお父さんのおかげで、大人顔負けの格闘術やサバイバル術を身につけている夕姫。ふたりは科学の力で地球の平和と正義を守る"キャンディ"だった！　夏休みのある日のこと、子どもらしく遊園地を楽しんでいた、ふたりの目の前で、お忍びで来ていた外国の王子が誘拐された。悪人をこらしめ、王子を救い出そうとする"キャンディ"だったが、そこには複雑な事情が…いつしかふたりは、ふたつの国の戦争に巻き込まれてゆく。

『C&Y地球最強姉妹キャンディ　大怪盗をやっつけろ！』　山本弘著　角川書店　2008.12　390p　20cm　(カドカワ銀の

さじシリーズ）　1700円　①978-4-04-873916-0〈発売：角川グループパブリッシング〉

内容　竜崎知絵と虎ノ門夕姫が出会ったのは、六月の晴れた日だった。その日、新しいパパに会いたくなくて、公園で遊んでいた知絵を、怪盗アラジンの部下が誘拐した。車で逃走する犯人たち―追いかけてくるやつなどいないと思っていたのに、窓の外を見ると、ローラースケートに乗る女の子の姿があった!!「逃げるってことは…よーし、悪人と決定！」信じられないほど元気で、このちょっと変わった話し方をする夕姫こそが新しいパパの娘、知絵の新しい妹だった。山本弘が自らの娘に読み聞かせるために書き下ろす、痛快冒険ストーリー。

山本　文緒
やまもと・ふみお
《1962～》

『カウントダウン』　山本文緒著　光文社　2010.10　228p　19cm　（BOOK WITH YOU）　952円　①978-4-334-92735-6〈『シェイクダンスを踊れ』（集英社1991年刊）の加筆・修正〉

内容　小春は漫才師になるのが夢の高校生。何をやってもカンペキにこなす梅太郎とコンビを組んで、お笑いコンテストに挑戦したけれど高飛車な美少女審査員にけなされ、散々な結果に。それでも憧れの紅実ちゃんとは次第にいいムードになって。しかも芸能プロからもスカウトの電話がかかってくる！　小春の夢は現実になりそうだったけれど…。

『チェリーブラッサム』　山本文緒作，ミギー絵　角川書店　2009.3　253p　18cm　（角川つばさ文庫 Bや1-1）　640円　①978-4-04-631005-7〈発売：角川グループパブリッシング　2000年刊の修正〉

内容　中学2年生になったばかりの実乃は、お父さんと姉の花乃との3人ぐらし。さいきん、なぜだか素直になれなくて、ためいきばかり。そんなある日、とつぜんお父さんが「会社をやめて、家族で『便利屋』をやるぞ」と言いだした。そこに、幼なじみのハズムから飼い犬のラブリーをさがしてほしいと依頼が舞いこむ。にわかに中学生探偵となった実乃は…。山本文緒の傑作ミステリー。小学上級から。

『新まい先生は学園のアイドル』　山本文緒作，小椋真空絵　ポプラ社　1991.8　206p　18cm　（ポプラ社文庫―Tokimeki bunko 38）　500円　①4-591-03198-5

内容　あたし伊東美意子。6年生。あたしの好きな人はネ、うちのクラスの先生なんだ。やさしくって、おもしろくって、（うふっ）ちょっとだけたよりないけど、すっごく、すっごくカッコいいの。でも…あたしネ、クラスにもうひとり、好きな子ができちゃったんだ…。

唯川　恵
ゆいかわ・けい
《1955～》

『片想い白書』　唯川恵著　光文社　2014.4　194p　19cm　（BOOK WITH YOU）　1000円　①978-4-334-92943-5〈「ステキな五つの片想い」（集英社文庫1991年刊）の改題、加筆・修正〉

内容　真実は友達のユカリを紹介してほしいと幼なじみの健から頼み事を受ける。仕方なく真実はユカリの文化祭に健をつれていくと、二人は良い雰囲気に。ところが、ユカリにその気はなく、何故か真実がユカリの代わりに断りの手紙を健に出すことになってしまい…。（身代わりの恋人）あなただけに届ける、五つのビターな恋の物語。小学生高学年から。

『ためらいがちのシーズン』　唯川恵著　光文社　2013.4　239p　19cm　（BOOK WITH YOU）　952円　①978-4-334-92881-0〈集英社文庫 1988年刊の加筆・修正〉

内容　陽菜は五年ぶりに戻ってきた懐かしい町の中学校で、友人たちと再会する。初恋の陸人とも、ときめきの出会いが！　だが、親友だったりなはすっかり変わってしまっていて…。それでも陽菜の思いが伝わり、以前の友情は復活するが。でも一人の男の子を巡って二人の関係は微妙なものになっていき…。

『夢美と愛美の謎がいっぱい？　怪人Xを追え！』　唯川恵作，杉崎ゆきる絵　角川書店　2010.7　158p　18cm　（角川つばさ文庫 Bゆ1-2）　560円　①978-4-04-631077-4〈発売：角川グループパブリッシング　ポプラ社1991年刊の改筆〉

内容　わたしは、一ノ瀬夢美。11歳の誕生日の夜、双子の愛美が天国からやってきた学校で、ミニバスケのクラス対抗試合をすることになって、自主トレ開始！　そんなと

き、謎の怪人Xから、試合をやめろって、脅迫状がとどいた…!? わたしが犯人じゃないかって疑われて、大ピンチ！ 大人気・作家＆漫画家、ドリームチームによる大好評シリーズ第2巻！ 小学中級から。

『夢美と愛美の消えたバースデー・プレゼント？』 唯川恵作，杉崎ゆきる絵 角川書店 2009.11 157p 18cm （角川つばさ文庫 Bゆ1-1） 560円 ①978-4-04-631041-5〈発売：角川グループパブリッシング〉

|内容| わたしは、一ノ瀬夢美。11歳の誕生日の夜、小さいときに死んじゃった双子の愛美が、とつぜんあらわれた！ スポーツも勉強もできる、一番人気の松岡くんからプレゼントされたハンカチが消えてしまって!? 幼なじみで、いつもはケンカばかりの翔太がたすけてくれたものの、意外な展開！ 直木賞作家＆人気漫画家による、ドキドキのおすすめ物語！ 小学中級から。

『夢美と愛美の謎がいっぱい？ 怪人Xを追え！』 唯川恵作，樹原くり画 ポプラ社 1991.4 173p 22cm （とんでる学園シリーズ 41） 980円 ①4-591-03788-6

|内容| 小さいときに死んじゃった双子の愛美との生活も、もうだいぶなれてきたこのごろ。わたし、広岡夢美の学校で、ミニバスケの試合がおこなわれることになったの。だから、自主トレなんかはじめちゃって。あ、でももちろん、それは、みんなにはないしょでね。そんなとき、謎の怪人Xから、脅迫状が。試合をやめろっていうのよ。そんなの、あり？

『夢美と愛美の消えたバースデー・プレゼント？』 唯川恵作，樹原くり画 ポプラ社 1990.10 165p 22cm （とんでる学園シリーズ 35） 910円 ①4-591-03672-3

|内容| ええっ！ ウソッ！ あなた信じられる？ 実は、ちっちゃい時に死んじゃった、双子の愛美が、わたしの11歳の誕生日の夜、とつぜんあらわれたの。もう、びっくり。それだけでもたいへんなのに。

柳　美里
ゆう・みり
《1968～》

『月へのぼったケンタロウくん』 柳美里著 ポプラ社 2009.2 175p 16cm （ポプラ文庫 ゆ1-1） 580円 ①978-4-591-10837-6

|内容| 最愛の人、東由多加氏との約束。一二人で生まれてくる子どもに絵本を残そう。6年後におじいさんと会う話、タイトルは『月へのぼったケンタロウくん』。約束を果たすことなく、東氏は逝ってしまった。作家・柳美里が喪失と希望の狭間で揺れながら、結実させた約束の書。

『月へのぼったケンタロウくん』 柳美里著 ポプラ社 2007.4 159p 22cm 1200円 ①978-4-591-09764-9

|内容| ひとりぼっちのおかあさんとひとりぼっちのおじいさん、そしてケンタロウくん。月で待ってるよ、と言い遺してこの世を去ったおじいさんに、ケンタロウくんは会いにいく―喪失から希望へ。ベストセラー『命』から7年―今は亡き最愛の人との約束の物語。

夕貴　そら
ゆうき・そら

『陰陽師はクリスチャン!?　〔2〕　白薔薇会と呪いの鏡』 夕貴そら作，暁かおり絵 ポプラ社 2014.8 213p 18cm （ポプラポケット文庫 092-2） 650円 ①978-4-591-14095-6

|内容| 陰陽師の修行中だということを、ひみつにして学校に通う琴音。ある日、学園のアイドルの拓真クンに怪しげな部活、白薔薇会に入らないかと誘われて…!? あやかしの対決は!? イトコの翔クンとの関係は!? 琴音の学園生活、どうなる!? 小学校上級～

『陰陽師はクリスチャン!?―あやかし退治いたします！』 夕貴そら作，暁かおり絵 ポプラ社 2014.5 222p 18cm （ポプラポケット文庫 092-1） 650円 ①978-4-591-13993-6

|内容| ミッション系の中学に入学することになった琴音は、実は代々続く陰陽師の家系。おばあちゃんに言われて、いやいや陰陽師の修行をすることになり…!? 恋も、陰陽道も修行中!? ドキハラの新シリーズがスタート!! 小学校上級～。

結城　乃香
ゆうき・のか

『ママとあたしの通信簿』 結城乃香作，

暁月まろん絵　朝日学生新聞社　2012.8　210p　22cm　1000円　Ⓘ978-4-904826-67-6

[内容]　とびきり美しいママがいて、口は悪いけど家族思いの兄がいて、ひとり分、いつも空いてる席がある。これがあたしの家の風景。人と同じでなくっていいんだ。

『ゴエさん―大泥棒の長い約束』　結城乃香作　朝日学生新聞社　2011.2　207p　22cm　1000円　Ⓘ978-4-904826-14-0　〈絵：星野イクミ〉

[内容]　家業を継いだお父さんは、経営不振ですっかりやる気なし。お母さんは毎日イライラしてる。そんな暗雲たちこめる僕んちに、汚いじいさんが転がり込んできた！　ずっと昔の約束を守るため、大切なものをさがしてるんだって―。第一回朝日学生新聞社児童文学賞を受賞した、家族のきずなの物語。

結城　光流
ゆうき・みつる

『少年陰陽師（おんみょうじ）鏡の檻をつき破れ』　結城光流作，あさぎ桜絵　角川書店　2010.8　285p　18cm　（角川つばさ文庫　Bゆ2-3）　680円　Ⓘ978-4-04-631112-2　〈発売：角川グループパブリッシング　『鏡の檻をつき破れ』（平成14年刊）の加筆〉

[内容]　どんな化け物もやっつける力をもっている陰陽師。じい様は、そのなかでもすごい力をもつ安倍晴明なんだ。その孫の俺・昌浩も才能をみこまれて、宮廷に出仕するようになったけど、まだまだ修行中。そんななか、都で神かくしがおきているという話をきいちゃった。そのうえ、彰子が虎の姿と大鷲の翼をもつ大妖怪の窮奇に呪詛（のろい）をかけられていることがわかって!?　みならい陰陽師物語、第3弾。小学上級から。

『少年陰陽師（おんみょうじ）闇の呪縛を打ち砕け』　結城光流作，あさぎ桜絵　角川書店　2010.3　302p　18cm　（角川つばさ文庫　Bゆ2-2）　680円　Ⓘ978-4-04-631075-0　〈発売：角川グループパブリッシング　『闇の呪縛を打ち砕け』（平成14年刊）の加筆〉

[内容]　陰陽師ってしってる？　どんな化け物もやっつけるすごい力を持っている人のことなんだ。じい様の安倍晴明は、そのなかでも特別すごくて、都でも大人気の陰陽師。その孫の俺・昌浩はまだまだみならいの身。頼りになる相棒の物の怪のもっくんと都をみまわっていたら、ある神社で真夜中にくぎを打つ音がしているって噂を聞いちゃった。その正体は妖怪!?　大人気のみならい陰陽師シリーズ、第2弾!!　小学上級から。

『少年陰陽師（おんみょうじ）異邦の影を探しだせ』　結城光流作，あさぎ桜絵　角川書店　2009.10　254p　18cm　（角川つばさ文庫　Bゆ2-1）　620円　Ⓘ978-4-04-631049-1　〈発売：角川グループパブリッシング　『異邦の影を探しだせ』（平成14年刊）の加筆〉

[内容]　「ぬかるなよ、晴明の孫」「孫、言うなっ！」時は平安。13歳の昌浩はどんな化け物も退治する超有名な大陰陽師・安倍晴明の末の孫。素質はすばらしいはずなのに、まだまだ半人前。よき相棒の物の怪（もっくん）にからかわれながら、修行にはげむ毎日。そんなとき内裏が炎上するという騒ぎが起きた。昌浩ともっくんは事件をさぐりはじめるけれど、半人前の見習い陰陽師が都を救う!?　大人気の新説・陰陽師物語！

幸原　みのり
ゆきはら・みのり

『母さんは虹をつくってる』　幸原みのり作，佐竹政紀絵　朝日学生新聞社　2013.2　243p　19cm　（〔あさがく創作児童文学シリーズ〕　〔9〕）　800円　Ⓘ978-4-904826-75-1

[内容]　多くの人の命がうばわれたあの日―。東日本大震災で母親を失い、心に傷を負った裕也は、同じ境遇の友だち宇津井や心療内科医との出会いを通じ、自分の心を見つめ直していく。

『ギッちゃんの飛んでくる空』　幸原みのり作，倉石琢也絵　佼成出版社　2011.11　95p　22cm　（いのちいきいきシリーズ）　1300円　Ⓘ978-4-333-02508-4

[内容]　休みの日にだけ、学校に魚を食べにくるシラサギのギッちゃんは、万里と秀介だけのヒミツ。万里と秀介はギッちゃんに出会ってから、毎週、ギッちゃんがくるのを楽しみにしていました。でもある事件をきっかけに、ギッちゃんが学校にこなくなってしまい…。

『苑の夏』　幸原みのり著　文芸社ビジュアルアート　2009.7　98p　19cm　700円　Ⓘ978-4-7818-0192-6

[内容]　ミカン畑で出会った不思議な少年。

リュウが苑の手をつかむと、そこは…。リュウ？　あなたは、だれ？　夏休みを祖母のいる田舎でひとり過ごす"苑"。活発で元気な女の子は、リュウと出会い、祖父母たちの"ふるさと"を駆けめぐる。時空をかけるミステリー。

横沢　彰
よこさわ・あきら
《1961～》

『あしたへジャンプ！　卓球部』　横沢彰作，小松良佳絵　新日本出版社　2014.3　173p　20cm　1500円　①978-4-406-05742-4
内容　ずっと1回戦負けだった亀中男子卓球部が市大会ベスト8に進出。4回戦に勝てば、念願の地区大会出場権ゲットだ！　「中身で勝負だっ」一試合を楽しめ、拓！　スマッシュ！　男子卓球部物語。

『ハートにプライド！　卓球部』　横沢彰作，小松良佳絵　新日本出版社　2013.12　173p　20cm　1500円　①978-4-406-05741-7
内容　仲間と本気になる―それが、亀中男子卓球部のプライド！

『ホップ、ステップ！　卓球部』　横沢彰作，小松良佳絵　新日本出版社　2013.9　173p　20cm　1500円　①978-4-406-05714-1
内容　「卓球部」シリーズ、シーズン2スタート。男子卓球部崩壊の危機!?　どうする拓？　先輩の意地をみせるとき！

『あこがれ卓球部！』　横沢彰作，小松良佳絵　新日本出版社　2012.3　188p　20cm　1500円　①978-4-406-05543-7
内容　絶対、負けないっ！―今の自分にプライドを、あしたの自分にあこがれを。

『もえろっ！　卓球部』　横沢彰作，小松良佳絵　新日本出版社　2011.12　173p　20cm　1500円　①978-4-406-05538-3

『スウィング！』　横沢彰作，五十嵐大介絵　童心社　2011.11　255p　20cm　1400円　①978-4-494-01957-1
内容　"本気でやりたいなら、自分を信じろ"耕うん機のエンジン音から聞こえるとうさんの声。直は、残された田んぼを耕す決意をするが、チームメンバーたちは直の決断に揺れる。「野球、やめるわけじゃねえんだよな。」中学最後の公式戦まであと二か月。「野球も田んぼも、本気でやる。」直が、仲間と全力で駆けぬける。

『がんばっ！　卓球部』　横沢彰作，小松良佳絵　新日本出版社　2011.8　173p　20cm　1500円　①978-4-406-05496-6
内容　全力をつくすこと。自分のために、仲間のために―。勝負は最後までわからない。

『どんまい！　卓球部』　横沢彰作，小松良佳絵　新日本出版社　2011.5　173p　20cm　1500円　①978-4-406-05484-3
内容　夢を自分でつかみとるんだ。弱くたって、思いを強くもてば本物になる―。がんばれ！　亀が丘中学校男子卓球部。

『ふぁいと！　卓球部』　横沢彰作，小松良佳絵　新日本出版社　2011.4　188p　20cm　1500円　①978-4-406-05473-7
内容　弱くたって、思いを強くもてば本物になる―がんばれ！　亀が丘中学校男子卓球部。

『ハミダシ組！』　横沢彰作，長野ともこ絵　新日本出版社　2009.1　187p　20cm　1400円　①978-4-406-05206-1
内容　「人生つまんない歴、何年？」校内をふらつくチタとリョウは、空き教室に居座るように―。

『いつか、きっと！』　横沢彰作，小泉るみ子絵　新日本出版社　1999.3　189p　22cm　（風の文学館　6）　1500円　①4-406-02648-7
内容　不登校をつづけた一年数か月。たよりない、ただの、十五歳。でも、いま、そんな自分から出発してみようと思っている―。小学校高学年・中学生向。

『地べたをけって飛びはねて』　横沢彰著，高橋透絵　新日本出版社　1984.2　254p　22cm　（新日本少年少女の文学）　1200円

『まなざし』　横沢彰著，高田三郎絵　新日本出版社　1982.12　171p　22cm　（新日本少年少女の文学）　1200円

横田　順弥
よこた・じゅんや
《1945～》

『**大笑い！　東海道は日本晴れ!!　巻の1　さらば、花のお江戸**』　横田順弥作, ひこねのりお絵　くもん出版　2009.12　201p　20cm　〔くもんの児童文学〕）1200円　ⓘ978-4-7743-1654-3　〈文献あり〉

内容「世の中、おもしろくないことばっかりだ。どうでえ、ひとつ、お伊勢参りの旅にでも行かねえか？　一生懸命お参りすれば、なにかいいことがあるんじゃねえかな」「あぁ、そいつはおもしろそうだ。それなら、ついでに、上方（関西地方）見物も、してこうじゃねえか」弥次さんこと弥次郎兵衛と、喜多さんこと喜多八の、あやしくゆかいな冒険旅行は、こうしてはじまった。巻の一は、品川宿から府中宿まで。小学校中学年から。

『**歯をみがいてはいけません！**』　横田順弥作, 池田八恵子絵　講談社　2008.2　253p　18cm　（青い鳥文庫fシリーズ 251-3）620円　ⓘ978-4-06-285009-4

内容 ダジャレで戦う（？）進太郎たちがまたまたもどってきた！　こんどの敵は、マッドデンティストだ!! 進太郎の町に、あやしい「流しの歯科医」が登場。強引に歯をみがかれたり、ぬかれたりで、町はちょっとした騒ぎに。木尻徹・透・亨という三兄弟は、いったい何者なのか？　あの天才万能学者とそのお母さんも登場し、ますます事態はおかしなことに。あなたの歯はだいじょうぶ？　小学中級から。

『**早く寝てはいけません！**』　横田順弥作　講談社　2007.5　253p　18cm　（青い鳥文庫fシリーズ 251-2）620円　ⓘ978-4-06-148767-3　〈絵：池田八恵子〉

内容 進太郎は、悩んでいた。親のいうとおり勉強をやると、やりたいことをやる時間がないのだ。「ずっと起きていられたらなぁ…」そんなとき、銀河連盟のパンタンから冒険の依頼が。不眠人間をつくる「ネムラン団」が、小学校の下に基地をつくっている⁉　あこがれの清水さんと、基地潜入をこころみる進太郎。「ネムラン団」と（ダジャレで？）戦う進太郎たちの大活躍、寝ないで読むべし！　小学中級から。

『**勉強してはいけません！**』　横田順彌作　講談社　2005.11　249p　18cm　（青い鳥文庫fシリーズ 251-1）620円　ⓘ4-06-148705-1　〈絵：池田八恵子　「宿題のない国緑町三丁目」（ペップ出版1989年刊）の増補〉

内容 勉強ぎらいの小学5年生、進太郎は、ある日、突然、別の世界へトリップしてしまった。そこでは、なんと法律で勉強が禁じられていた!! 勉強を教えたため、捕まってしまったお母さんを救おうと、進太郎の大冒険がはじまります。世界を支配するスーパー・コンピュータが勉強を禁止した理由とは？　秘密勉強団のゆくえは？　はたして、進太郎はもとの世界へ戻れるのか?!　小学中級から。

『**極楽探偵シャカモトくん**』　横田順弥作, 宮本えつよし絵　国土社　1997.4　149p　22cm　1200円　ⓘ4-337-11901-9

内容 天界・魔界をひとっ飛び！　名探偵をまちうける難事件とは??　「きみは、坂本浩一郎くんだね？　お釈迦さまの命令で、きみをむかえにきたのだ」「お釈迦さまって、天国の？」「ブップブー！　お釈迦さまは極楽にすんでおられる。さあ、行こう」神仏妖怪SFだじゃれミステリー。

『**正しい魔法のランプのつかいかた**』　横田順弥作, 勝川克志絵　くもん出版　1993.5　125p　22cm　（くもんのおもしろ文学クラブ 17）930円　ⓘ4-87576-788-9

内容 人間の代表にえらばれてしまった、大介くん。3日後までに、魔法のランプをみつけだし、3つのねがいをうまくつかわなければ、人間は絶滅させられてしまう。魔法のランプがかくしてあるのは「地ごくの大かまのお湯が煮たっているところ」。そして、そこにはもうひとつ、アホウのランプもあるという。このランプを手にすると、ばかをみることになってしまうのだ―。小学中級から。

『**まきこのまわりみち**』　横田順弥作, 浜田桂子絵　講談社　1989.12　92p　20cm　（わくわくライブラリー）900円　ⓘ4-06-195631-0

内容 まきこがテストをうけました。国語のテスト？　いいえ、ちがいます。算数のテスト？　それも、ちがいます。もっとずっとだいじなテストのようです。小学校2・3年から。

『**宿題のない国緑町3丁目**』　横田順弥作, 勝川克志絵　ペップ出版　1989.10　227p　20cm　（ペップ21世紀ライブラリー 1）1200円　ⓘ4-89351-111-4

内容 勉強よりもっともっとだいじなものがある―っ！　すると、つかまるぞ！　小学校3・4年生から。

『**ポエムくんのとうめい人間をさがせ!!**』

横田順弥作，つぼのひでお絵　金の星社　1987.6　189p　22cm　（みんなの文学）　880円　①4-323-01085-0

内容　しあわせの町ミラクルタウンは、きょうも、いい天気。青い空に、白い雲がぽっかりとうかび、いつものように、きもちのよい風がそよぎます。でも、なにが起こりそうなのです。ポエムくんと、ガールフレンドのファニイさん、船乗りオーシャンくんのなかよし3人組の目の前に、とつぜん、海熊猫のトントン（白黒もようがパンダと反対で、海に住んでいます）があらわれて、おかしな事件が…。悪漢天才科学者バッド博士をあいてに、ポエムくんたちが大活躍！

『ポエムくんのびっくり宝島』　横田順弥作，つぼのひでお絵　金の星社　1985.9　193p　22cm　（みんなの文学）　880円　①4-323-00539-3

横山　充男
よこやま・みつお
《1953〜》

『ラスト・スパート！』　横山充男作，コマツシンヤ絵　あかね書房　2013.11　197p　21cm　（スプラッシュ・ストーリーズ 16）　1300円　①978-4-251-04416-7

内容　四万十川が豊かに流れる高知の町で、小学校最後の春をむかえた翔と親友の正信。町は、お祭り好きの大人たちのおかげで活気があるが、翔たちは、ただ元気に毎日をすごしているだけだった。そんなある日、河川敷でくらす男と出会う…。

『夏っ飛び！』　横山充男作，よこやまようへい絵　文研出版　2013.5　183p　22cm　（文研じゅべにーる）　1300円　①978-4-580-82179-8

『おたすけ妖怪ねこまんさ』　横山充男作，よこやまようへい絵　文研出版　2010.5　119p　22cm　（文研ブックランド）　1200円　①978-4-580-82084-5

内容　「ねこじゃら神社」といって、木でほられた、まねきねこが、神さまとしてまつられていました。ほんとうにこまったとき、さんまのひらきか、あじのひらきをおそなえしたら、ねがいを聞いてくれるらしいのです。ただし、ねがいを聞いてくれるのは、満月の夜だけ。おまけに、ねこまんさをおこらしたら、ねこにされてしまうといいます。だから、子どもたちは、妖怪だとうわさしていました。たくやのねがいを、ねこまんさは、聞いてくれるでしょうか。小学中級から。

『鬼にて候　3』　横山充男作，橋賢亀絵　岩崎書店　2009.3　221p　19cm　（〔YA！フロンティア〕）　900円　①978-4-265-07219-4

内容　保の住む西乃荘市では最近、謎めいたミサンガ売りが出没するようになった。同じころ、市長公舎周辺で怪奇現象が起こるなど、不可解な事件もあいついでいた。真相究明のため、保一家がふたたび立ち上がる。

『幻狼神異記　3　満月の決戦』　横山充男著　ポプラ社　2008.7　342p　20cm　（Teens' best selections 15）　1500円　①978-4-591-10418-7　〈絵：スカイエマ〉

内容　ついに対決の時─闇の勢力との最終決戦！　バイオレンス＆ファンタジー、激動の完結編。

『星空へようこそ』　横山充男作，えびなみつる絵　文研出版　2008.5　167p　22cm　（文研じゅべにーる）　1300円　①978-4-580-82035-7

内容　幸太と淳は星空が大好き。よく見える天体望遠鏡が欲しくてたまらないが、お金がない。突然、幸太のいとこ愛梨がやってきた。なまいきであつかいにくいが、愛梨も星空の魅力に引きこまれていく。少年ふたりが星空とともにすごした、ひと夏の物語。きっと星空が見たくなります。小学5年生以上。

『幻狼神異記　2　狼が目覚める時』　横山充男著　ポプラ社　2008.4　247p　20cm　（Teens' best selections 14）　1300円　①978-4-591-10310-4　〈絵：スカイエマ〉

内容　じぶんの運命から逃げてはならない─。自分の中に眠る力の謎を解き明かすべく、健（たける）は鈴鹿山脈に向かった。そこに出現したのは狼霊!?　いよいよ健が己のパワーを解き放つ時がきたのか─。

『幻狼神異記　1　魔物の棲む少年』　横山充男著　ポプラ社　2008.1　279p　20cm　（Teens' best selections 12）　1300円　①978-4-591-10053-0　〈絵：スカイエマ〉

内容　じぶんの中には、得体の知れない魔物のようなものがいる…健に危機が訪れたとき発動する力。それは凄まじい暴力となってあらわれてくる。やがて、健にひそむ大きな謎をめぐり、闇の勢力が動きだした─バイオレンス＆ファンタジー巨編、スタート。

『鬼にて候　2』　横山充男作，橋賢亀絵　岩崎書店　2007.12　230p　19cm　900円　①978-4-265-07210-1
内容　五百数十年の時空を越えて復活した怨霊を退治して、童門保は無事、鬼道師デビューを果たすことができた。その保にふたたび活躍の場がおとずれた。姉の鈴の友人が怪しい占の被害にあっているというのだ。

『チェスト！―がんばれ、薩摩隼人』　登坂恵里香原作，横山充男著，岡本順絵　ポプラ社　2007.12　151p　21cm　1100円　①978-4-591-10022-6
内容　小学六年生になった隼人は、大きななやみをかかえている。海の男の息子である自分が、まったく泳げないのだ。桜島のみえるこの地に育った小学生が、泳げないということはぜったい口にだせないことなのだ…。鹿児島県の錦江湾を横断する遠泳大会に挑戦する少年少女たちの心の成長と友情の物語。日本映画エンジェル大賞入選作品。

『鬼にて候　1』　横山充男作，橋賢亀絵　岩崎書店　2007.6　205p　19cm　900円　①978-4-265-07203-3
内容　人に危害をおよぼす悪霊、邪霊をとりのぞき、退治する者を「鬼道師」とよぶ。童問保はこの一族に生まれ、まもなく鬼道師デビューすることになっていた。その矢先、保の身辺で次つぎと異変がおこる。

『美輪神さまの秘密』　横山充男作　文研出版　2006.6　191p　22cm　（文研じゅべにーる）　1300円　①4-580-81569-6〈絵：大庭賢哉〉
内容　明梨がうっとりした顔でうなずいた。「美輪神さまって、美しい自然の精霊みたいなものだって気がする。」種友は、そのとき、昔話の言葉を思いだしていた。"人は神とともにあり、神は人とともにある。"神さまは、人間と約束をした。だから、神さまは人間のためにいっしょうけんめいやってくれているんだ。それなのに、なんて自分はおくびょうで、にげてばかりいたのだろう。種友は、しこおさんの傷や、大蛇のさびしそうな目を思いだした。小学5年生以上。

吉田　純子
よしだ・じゅんこ
《1965～》

『カエル王国のプリンセス　〔2〕　デートの三原則!?』　吉田純子作，加々見絵里絵　ポプラ社　2014.6　187p　18cm　（ポプラポケット文庫　208-2―ガールズ）　650円　①978-4-591-14021-5
内容　あたし、陽芽。小学4年生。じつはカエル王国のお姫様なの！　クラスメイトで恋のライバルの美紗紀と、今月中にデートできなかったら友樹くんのことをあきらめるって約束をしちゃったんだ。友樹くんとデートするために、家来のカエル人間レオナルドと勝いつつぁん、王国のマシーンの力をかりて、となりのクラスのリリ子の恋をプロデュースすることに…。カエル人間が大活躍!?　のラブコメ、第2弾。小学校中級から。

『学校にはナイショ♂逆転美少女・花緒　5　ピンチはチャンス!?』　吉田純子作　図書館版　ポプラ社　2014.4　208p　18cm　（学校にはナイショ♂シリーズ　5）　1100円　①978-4-591-13878-6,978-4-591-91438-0〈画：中村ユキチ　初版：ポプラカラフル文庫2013年刊〉

『学校にはナイショ♂逆転美少女・花緒　4　プリンセスをプロデュース!?』　吉田純子作　図書館版　ポプラ社　2014.4　213p　18cm　（学校にはナイショ♂シリーズ　4）　1100円　①978-4-591-13877-9,978-4-591-91438-0〈画：中村ユキチ　初版：ポプラカラフル文庫　2012年刊〉

『学校にはナイショ♂逆転美少女・花緒　3　花三郎に胸キュン!?』　吉田純子作　図書館版　ポプラ社　2014.4　207p　18cm　（学校にはナイショ♂シリーズ　3）　1100円　①978-4-591-13876-2,978-4-591-91438-0〈画：pun2,中村ユキチ　初版：ポプラカラフル文庫　2012年刊〉

『学校にはナイショ♂逆転美少女・花緒　2　パーティーの主役!?』　吉田純子作　図書館版　ポプラ社　2014.4　215p　18cm　（学校にはナイショ♂シリーズ　2）　1100円　①978-4-591-13875-5,978-4-591-91438-0〈画：pun2　初版：ポプラカラフル文庫　2012年刊〉

『学校にはナイショ♂逆転美少女・花緒　1　ミラクル転校生!?』　吉田純子作　図書館版　ポプラ社　2014.4　223p　18cm　（学校にはナイショ♂シリーズ　1）　1100円　①978-4-591-13874-8,978-4-591-91438-0〈画：pun2　初版：ポプラカラフル文庫　2011年刊〉

吉田純子

『おばけどうぶつえん』　吉田純子作，つじむらあゆこ絵　あかね書房　2014.3　1冊　22cm　（おばけのポーちゃん 1）1000円　①978-4-251-04531-7

『おばけどうぶつえん―おばけのポーちゃん 1』　吉田純子作，つじむらあゆこ絵　あかね書房　2014.3　67p　21cm　1000円　①978-4-251-04531-7

内容　ポーちゃんは、こわがりなおばけ。おばけしょうがっこうでは、いつもせんせいにおこられてしまいます。「おばけどうぶつえん」にいけば、こわーいおばけになれるかな…？

『カエル王国のプリンセス―あたし、お姫様になる!?』　吉田純子作，加々見絵里絵　ポプラ社　2014.3　195p　18cm　（ポプラポケット文庫 208-1―ガールズ）650円　①978-4-591-13924-0

内容　あたし、陽芽。クラスメイトの友樹くんにあこがれる、ふつうの小学4年生！　なのに、なんとある日とつぜん、カエル人間があらわれてカエル王国のお姫様に選ばれちゃったの!!　家来になったカエル人間、レオナルドと勝いっつぁんがマシーンをつかって、友樹くんと両想いになれるように手伝ってくれるっていうんだけど…。カエル人間が大活躍!?　のラブコメ、スタート!!　小学校中級～。

『学校にはナイショ♂逆転美少女・花緒〔5〕　ピンチはチャンス!?』　吉田純子作　中村ユキチ画　ポプラ社　2013.5　208p　18cm　（ポプラカラフル文庫 よ01-05）790円　①978-4-591-13454-2

内容　二年生になり、クラス替えとなった花緒たち。が、お馴染みのメンバーはみんな一緒のままで、また楽しい日々（？）が始まった。ある日、大事な書類を忘れた花緒のために、凛は直接、家に届けにいくことに―。ところが、そこでついに花緒の正体を知ってしまう…。いよいよ、学校にはナイショ♂だったヒミツが明らかになるシリーズ第5弾。

『学校にはナイショ♂逆転美少女・花緒〔4〕　プリンセスをプロデュース!?』　吉田純子作　中村ユキチ画　ポプラ社　2012.11　213p　18cm　（ポプラカラフル文庫 よ01-04）790円　①978-4-591-13141-1

内容　一大イベント『華桜祭』が近づいてきて、3年生からひとり選ばれる「桜プリンセス」で話題は持ちきり…。そんな中、花緒たちはたまたま出会った内気な3年生、月子を桜プリンセスにするため、プロデュースする

ことに。なんと彼女は大本命、星子の双子の妹だった。はたしてプリンセスを射止めるのは!?　逆転美少女・花緒のラブコメ・シリーズ第4弾が登場した。児童文学・上級から。

『学校にはナイショ♂逆転美少女・花緒〔3〕　花三郎に胸キュン!?』　吉田純子作，pun2，中村ユキチ画　ポプラ社　2012.4　207p　18cm　（ポプラカラフル文庫 よ01-03）790円　①978-4-591-12903-6

内容　祖母、藤子から茶室へ呼び出された花緒こと花三郎。そこで、本来の歌舞伎役者の女形、板東花三郎として、ある舞台のオーディションを受けるように告げられる…。その舞台のスポンサーは、花緒を目のかたきにしている摩莉亜の父親の会社。オーディション当日、舞台を観にきていた摩莉亜は、花三郎のみずみずしい演技に大感動。胸キュンになってしまう―。ラブコメ学園シリーズ第3弾。小学校上級向け。

『セロリマン♪さんじょうでやんす』　吉田純子作，土屋富士夫絵　岩崎書店　2012.3　71p　22cm　（おはなしトントン 31）1000円　①978-4-265-06296-6

内容　「あっしは、あやしいもんじゃありやせん。セロリ王国からやってきやしたセロリマンともうしやす」。小学一年生のユウくんのうちにとつぜんセロリマンがやってきた。せいぎのみかただから、今もとべるし、ビームもうてるんだけど…なんかちがーう！　へっぽこヒーローとユウくんのてんやわんやのまいにちがはじまった！　小学校1・2年生に。

『学校にはナイショ♂逆転美少女・花緒〔2〕　パーティーの主役!?』　吉田純子作，pun2画　ポプラ社　2012.1　215p　18cm　（ポプラカラフル文庫 よ01-02）790円　①978-4-591-12718-6

内容　毎年恒例になっているセレブな名門私立男子高校のダンスパーティー。そのパーティーに招待されるために、なんともサプライズな作戦を決行するクラスのお局、摩莉亜と取り巻きの二人。ところが、思いがけない結末が待っていた―。秘密を持つ花緒と、凛、七海の仲良し三人組とのバトルが見逃せない学園ラブコメシリーズの第二弾が登場です。

『学校にはナイショ♂逆転美少女・花緒―ミラクル転校生!?』　吉田純子作，pun2画　ポプラ社　2011.10　223p　18cm　（ポプラカラフル文庫 よ01-01）790円　①978-4-591-12613-4

内容　『清く正しく美しく、しとやかである

こと。』が信条の超セレブなお嬢様学校「華桜女学園」に、アイドルもびっくりの美少女・花緒が転校してくる…。が、その容貌とは裏腹に変な話し方＆ガニマタ歩きと、かなり不思議キャラだった。そう、花緒には実は誰にも言えない大きな秘密があるのだ!?なにかが起こりそうな学園ラブコメ小説のシリーズ第一弾が登場。

『**一年一組ミウの絵日記**』 吉田純子作，市居みか絵　PHP研究所　2011.5　79p　22cm　（とっておきのどうわ）　1100円
①978-4-569-78143-3
内容 パパからもらった四つの友情のおまもり。もっているとずーっと友だちでいられるんだって。だから、一つはあたしがもらって、あと三つを友だちにあげることにしたの。ミウと個性豊かな友だちがくり広げる、クスッと笑える友情物語。小学1〜3年生向。

『**大ドロボウ五十五えもんの一日けいさつ署長**』 吉田純子作，細川貂々絵　ポプラ社　2009.6　126p　21cm　（ポプラ物語館 25）　1000円　①978-4-591-10984-7
内容 いちどもドロボウに成功したことがない大ドロボウ三きょうだい—石川五十五えもん、五十六えもん、五十七えもんが、なんと、けいさつ官にへんしん…!?　三人は、おそろしい怪盗ドラキュラの挑戦をしりぞけ、世界にひとつしかない「メロンパンが百倍おいしくなる、ゆめのメロンパンボックス」を手にいれることができるでしょうか。

『**大ドロボウ五十五えもんのドロボウ学校**』 吉田純子作，細川貂々絵　ポプラ社　2009.2　127p　21cm　（ポプラ物語館 22）　1000円　①978-4-591-10820-8
内容 いちどもドロボウに成功したことがない大ドロボウ三きょうだい—石川五十五えもん、五十六えもん、五十七えもん。そんな3人が、ドロボウ学校に入学しました…が、そこでも、やっぱりドジばかり。でも、こんどのテストでいちばんになれば、ドロボウ必勝グッズがもらえるのです…。

『**大ドロボウ石川五十五えもん**』 吉田純子作，細川貂々絵　ポプラ社　2008.9　111p　21cm　（ポプラ物語館 17）　1000円　①978-4-591-10475-0
内容 大ドロボウ石川五えもんの血をひく三きょうだい、五十五えもん、五十六えもん、五十七えもん。まだいちどもドロボウに成功したことがない…そんな三人が、ドロボウをつかまえる名人のおやしきにしのびこむことになったから、さあ、たいへん。

吉田　道子
よしだ・みちこ
《1947〜》

『**サンドイッチの日**』 吉田道子作，鈴木びんこ絵　文研出版　2013.11　119p　22cm　（文研ブックランド）　1200円
①978-4-580-82206-1
内容 それはちょっとふしぎな日だった。もみこが金色の髪だった日。まだ四年生になっていなくて、だけど、もう三年生ではなくて、ただの九歳だった春休みの、あの日。それは、サンドイッチにはさまった、うすいハムのような一日だった。うすいけれど、金色にかがやいた一日だった。小学中級から。

『**おにもつはいけん**』 吉田道子文，梶山俊夫絵　福音館書店　2011.3　40p　24cm　（ランドセルブックス）　1200円
①978-4-8340-2623-8
内容 こむぎとお兄ちゃんは、金魚の赤ちゃんが入った瓶を袋に入れて電車に乗りました。そこへ、不思議な車掌が「おにもつはいけん！」とやってきます。

『**ヤマトシジミの食卓**』 吉田道子作，大野八生画　くもん出版　2010.6　121p　20cm　1200円　①978-4-7743-1748-9
内容 ひとりぼっちのかんこにふしぎな風助さんとかおという友だちができた…。小学校中級から。

『**12歳に乾杯！**』 吉田道子作　国土社　2006.12　115p　22cm　1300円　①4-337-33061-5〈絵：佐竹美保〉
内容 朝子の父は、染色、母はカウンセラー。それぞれ夢がある。子だちも夢を持って生きている。でも両親は自分たちそれぞれの夢をかなえるために別れるという。朝子の心は…。

『**こむぎとにいちゃん**』 吉田道子作　文研出版　2006.6　119p　22cm　（文研ブックランド）　1200円　①4-580-81548-3〈絵：本庄ひさ子〉
内容 こむぎは、おにいちゃんが大好き。ふたりで、夜店のあてもんやであてたウズラを育てている。風の強い日、こむぎがウズラの番をしていると、庭のハンノキに、すきとおった小さな女の子がいた。家族で、このあたりのハンノキを守っている木守りだという。木守りは、にいさんが家をとびだしたきり、帰ってこないので、こまっていた。そして、こむぎに、思いがけないことを

たのむ。兄と妹の気持ちを、詩情ゆたかにえがいた作品。小学中級から。

『きりんゆらゆら』 吉田道子作 くもん出版 2006.2 108p 18cm 1100円 ①4-7743-1089-1〈付属資料：1枚 画：大高郁子〉

内容 荒太は、クワガタくんというふしぎな少年と出会った。以前は活発な子だったというクワガタくんは、今はほとんどしゃべらない。荒太は、その原因が半年前の交通事故にあることをしり、当時の新聞をよもうと図書館にむかう…。

吉富　多美
よしとみ・たみ

『きっときみに届くと信じて』 吉富多美作 金の星社 2013.11 229p 20cm 1300円 ①978-4-323-06335-5

内容 「うざいアイツが完全に消えるまで頑張ります」FMブルーウエーブ南条佐奈の番組に、"リカちゃん"から「いじめ予告」のメールが届く。リカちゃんからの心のSOSだと佐奈は気付くが、何もできないまま、今度は"マリン"から手紙が届き、こう書かれていた。「今夜、死のうと思います」。児童文学作家でもある佐奈が書店で偶然見かけた少女・倉沢海と友人・田淵晴香、そして佐奈。番組を通してつながっていく三人。(わたしを見て！　わたしに話して！)心で叫びつづける少女たちに、今日も佐奈はラジオから語りかける。きっときみに届くと信じて―。

『トモダチックリの守り人―希望をかなえる実』 吉富多美作 金の星社 2011.12 237p 20cm 1200円 ①978-4-323-06333-1〈装画・挿画：長田恵子〉

内容 なんとなくすぎていく北原タケルの毎日。ところが夏休み、はじめて行った母のふるさとで不思議な少女・野音と不思議な森に出会った時からなんとなくすぎなくなる。他人や自然とのつながりなんてメンドでカンケーないと思っていたタケルには森の守り人としての力があった。一方クラスメートの杉田くんには命の危機がせまっていた。

『ハードル　3』 吉富多美作，四分一節子画 金の星社 2009.9 253p 20cm 1400円 ①978-4-323-06328-7

内容 中学3年生になった麗音は、心に恐怖をかかえながら新学期を迎えていた。いじめによる転落事件で入院し、休息地からもどってきた麗音を待っていたのは、共に前へ歩んでくれる友人たちだった。麗音は、自分をたくさんの人たちが応援してくれていた

ことを知り、道を切り開いていく勇気をもらう。麗音の決意、そして新たな出会いを描く、ベストセラーシリーズ、待望の続編。

『チェンジング』 吉富多美著 金の星社 2008.8 285p 20cm 1400円 ①978-4-323-07124-4

内容 イギリスの歴史物語『チェンジングワールド』。その主人公・勇者ルーカスに自分を重ねながら、森河大夢はクラスのいじめにたえていた。しかし偶然出会った料理教室の先生・香奈子に料理を教わるうちに、大夢はさまざまな「味」があることを学んでいく。いじめる側の亨、新たないじめのターゲット勇人、ひとり立ちむかおうとする優菜、ひとして笑顔を見せなくなった父、それぞれの味。くりかえし、くりかえしアクをとり、手間をかけ、ひとつのスープができあがっていくように、やがてすべての「味」が変化して、自分という名の料理を作りあげていく。チェンジングワールド―真の勇者の道を歩まん。

『アナザーヴィーナス』 青木和雄監修，吉富多美著 金の星社 2007.3 301p 20cm 1300円 ①978-4-323-07082-7

内容 「殺したくないの、もう、誰も」スクールカウンセラー香月笙子にとって、自殺をはかった生徒・湯田有沙がつぶやいた言葉は余命を生きるよすがに思えた。残りの人生をかけて有沙を救おうとする笙子。それは少女時代、教師のセクハラ被害者だった笙子自身が、自分を取り戻す旅の始まりでもあった。

『リトル・ウイング』 吉富多美作，こばやしゆきこ絵 金の星社 2002.10 173p 20cm 1200円 ①4-323-06317-2

吉野　紅伽
よしの・べにか

『まさかわたしがプリンセス!?　3　紫式部とものよけ退治！』 吉野紅伽著，くまの柚子絵 KADOKAWA 2014.3 157p 19cm 850円 ①978-4-04-066346-3

内容 マリー・アントワネット、クレオパトラの次は、平安時代のお姫さま彰子と入れ替わったルナ。彰子の周囲では、夜中に使用人が髪を切られる事件がつづいていた。ルナは紫式部と安倍晴明を味方につけ、事件にいどむ！ドキドキのマジカル・ラブストーリー第3巻！

『まさかわたしがプリンセス!?　2　クレオパトラは、絶体絶命！』 吉野紅伽著，

『くまの柚子絵　KADOKAWA　2013.10　172p　19cm　850円　①978-4-04-066010-3〈1までの出版者：メディアファクトリー〉

内容　マリー・アントワネットにつづいて、クレオパトラと入れ替わってしまったルナ。命をねらう弟王より先に、スフィンクスの謎を解いて宝を見つけないと、女王の座を追われてしまう！　でも、ピラミッドの中には、おそろしいしかけが待っていて―。ドキドキのマジカル・ラブストーリー！

『まさかわたしがプリンセス!?　1　目がさめたら、マリー・アントワネット！』吉野紅伽著，くまの柚子絵　メディアファクトリー　2013.3　189p　19cm　850円　①978-4-8401-5123-8〈年譜あり〉

内容　「わたしが、プリンセスになって世界を救う!?」ロケット・ペンダントの魔法で、ふつうの女の子ルナはベルサイユ宮殿のマリー・アントワネット姫と入れ替わってしまう！　小さなユニコーンのエルを相棒に、いじわるなデュ・バリー夫人とドレス対決をすることになったルナの前に、なぞの美少年が現れて―。ドキドキのマジカル・ラブストーリー。巻末に「マリー・アントワネットの時代がわかる年表＆コラム」つき。

吉野　万理子
よしの・まりこ
《1970～》

『虫ロボのぼうけん―カブトムシに土下座!?』吉野万理子作，安部繭子絵　理論社　2014.6　175p　22cm　1300円　①978-4-652-20060-5〈文献あり〉

内容　小学四年生の森野志馬は、ゲームが大好き。正直、虫なんかちっとも興味がない。ところが、最近いっしょに住むようになったおじいちゃん、かつて有名な昆虫学者だったそうで、自分の部屋でこっそり、世界もおどろくような大発明をしていた！　「さあ、カブトムシに会いに行くぞ！」いやいやいや、え、どうやって？　ムリだと思うんですけど―！　巻き込まれて、大パニックの志馬。さあ、その運命やいかに!?

『チームつばさ―新装版』吉野万理子作，宮尾和孝絵　学研教育出版　2013.10　227p　19cm　900円　①978-4-05-203858-7〈発売：学研マーケティング〉

内容　『チームみらい』から、一年。それぞれが、自分の「みらい」に向かって、チャレンジを続けている。進学校へ入学した純、思いがけない誘いを受けるルリ、そしてさらに上の世界へとチャレンジする大地と広海―。「チーム」シリーズ登場人物の「つばさをつけて飛び立つ物語」を、新装版書き下ろしでお届けします。新装版、完結編。

『チームみらい』吉野万理子作，宮尾和孝絵　新装版　学研教育出版　2013.10　237p　19cm　900円　①978-4-05-203857-0〈著作目録あり　発売：学研マーケティング〉

内容　とうとう始動した、卓球クラブチーム山吹。6年生になった陽子は、一大決心をしてクラブチームに専念することにする。結果を出そうとする陽子に、待ったをかける大滝コーチ。やる気を失い、練習をさぼっていた陽子に、広海がクラブチームの「異変」を告げる…！　「チーム」シリーズ第5弾の、待望の新装版！　巻末に、なんと吉野先生、宮尾先生へのインタビューを収録！

『100％ガールズ　3rd season』吉野万理子著　講談社　2013.10　255p　19cm（YA！　ENTERTAINMENT）950円　①978-4-06-269478-0

内容　めでたく部活動に昇格したサッカー部に、元なでしこリーグの選手がコーチとしてやってくることに。強くなって、悲願の公式戦1勝目をあげられるのか!?　真純の宝塚受験はどうなる？　女子校ライフ3年目も波瀾万丈！

『チームあかり』吉野万理子作，宮尾和孝絵　新装版　学研教育出版　2013.7　226p　19cm　900円　①978-4-05-203824-2〈発売：学研マーケティング〉

内容　東小卓球部女子部のキャプテンに選ばれたミチルは、ぜんそくだが大好きな卓球を続けている。試合の日に休んでしまい、5年生の陽子とのダブルスに出られなかったことから、体をきたえようとがんばるが…。迷えるミチルに大地や純、広海が協力して市大会に向かう物語。「チーム」シリーズ第4弾の、待望の新装版！　巻末に、登場人物のプロフのおまけ、ついてます。

『チームひとり』吉野万理子作，宮尾和孝絵　新装版　学研教育出版　2013.7　226p　19cm　900円　①978-4-05-203823-5〈発売：学研マーケティング〉

内容　東小に転校してきた広海と大洋。ふたごのふたりは、それまで卓球でチームを組んでいたが、東小では広海がひとりで卓球部に入ることになる。そこには、大洋とは違うタイプの純や、思わぬ提案をする大滝コーチとの出会いがあった―。「チーム」シ

吉野万理子

『チームあした』　吉野万理子作，宮尾和孝絵　新装版　学研教育出版　2013.5　209p　19cm　900円　①978-4-05-203785-6〈初版：学研 2008年刊　発売：学研マーケティング〉

内容　「チームふたり」から、半年たった東小卓球部。純は、新しいコーチをむかえて、張り切っていた。だが、ある日突然、そのコーチが姿を見せなくなってしまう。そのうえ、西小の手ごわそうなライバルも現れて…。大人気卓球小説シリーズ第二弾の、待望の新装版！　書き下ろしのスピンオフ短編も収録しています。

『チームふたり』　吉野万理子作，宮尾和孝絵　新装版　学研教育出版　2013.5　190p　19cm　900円　①978-4-05-203784-9〈初版：学研 2007年刊　発売：学研マーケティング〉

内容　東小卓球部のキャプテン大地は、小学校最後の試合で最強のダブルスを組みたかったのに、5年生の純と組むことになりがっかり。納得のいかない大地だったが、それどころではない「事件」が、学校でも家でも起こってしまう。それらを乗り越えて、大地が見つけた「チームふたり」のカタチとは？　大人気卓球小説シリーズ第一弾の、待望の新装版！　書き下ろしのスピンオフ短編も収録。

『100％ガールズ　2nd season』　吉野万理子著　講談社　2013.3　252p　19cm〈YA！　ENTERTAINMENT〉950円　①978-4-06-269467-4

内容　2年生に進級すれば、新しい風景が見えてくる。平凡ながらも楽しく充実した学校生活…かと思いきや、なんでこんなに前途多難!?　新入生は入部してくれる？　サッカー準クラブは部活に無事、昇格できる？　真純たちの女子校ライフ、2nd seasonが幕を開ける。

『劇団6年2組』　吉野万理子作，宮尾和孝絵　学研教育出版　2012.11　226p　20cm〈ティーンズ文学館〉1300円　①978-4-05-203559-3〈発売：学研マーケティング〉

内容　卒業式の少し前、お別れ会で劇をやることになった6年2組。なんとか探していた台本でスタートしたけれど、役の気持ちが、いまひとつわからない。実際の友だちの気持ちだって、なかなかわかりづらいもの。そんな6年2組の、自分たちだけの劇が、今、幕を開ける。

『100％ガールズ　1st season』　吉野万理子著　講談社　2012.7　262p　19cm〈YA！　ENTERTAINMENT〉950円　①978-4-06-269456-8

内容　将来、宝塚をめざしている司真純は、家からはなれた横浜の女子校に通うことに。"お嬢様のいないお嬢様学校"でサッカー部に入り、そこで初めて同級生をライバルと意識する。体育祭、合唱コンクール、夏合宿、そして文化祭。ひとつ乗り越えるごとに、新しい世界が真純を待ち受ける。

『チームみらい』　吉野万理子作，宮尾和孝絵　学研教育出版　2011.7　273p　22cm〈学研の新・創作シリーズ〉1300円　①978-4-05-203429-9〈発売：学研マーケティング〉

内容　とうとう始動した、卓球クラブチーム山吹。6年生になった陽子は、一大決心をして、クラブチームに専念することにする。結果を出そうとする陽子に待ったをかける大滝コーチ。やる気を失い、練習をさぼっていた陽子に、広海がクラブチームの「異変」を告げる…。「チームシリーズ」5作目となる完結編。それぞれが、それぞれの「みらい」に向かって、大きく動き出す。

『チームあかり』　吉野万理子作，宮尾和孝絵　学研教育出版　2010.10　260p　22cm〈学研の新・創作シリーズ〉1300円　①978-4-05-203294-3〈発売：学研マーケティング〉

内容　東小卓球部女子部のキャプテンに選ばれたミチルは、ぜんそくだが大好きな卓球を続けている。試合の日に休んでしまい、5年生の陽子とのダブルスに出られなかったことから、体をきたえようとがんばるが…。夏の海で純と一緒に見た灯台は、そのあかりで、たくさんの船を導いている。ミチルは、あることを決心した。「チーム」シリーズ4作目。迷えるミチルに、大地や純、広海も協力しながら市大会に向かっていく物語─。小学校中学年から。

『チームひとり』　吉野万理子作，宮尾和孝絵　学研教育出版　2009.12　266p　22cm〈学研の新・創作シリーズ〉1300円　①978-4-05-203201-1〈発売：学研マーケティング〉

内容　東小に転校してきた広海と大洋。ふたごのふたりは、卓球でチームを組んでいたが、サッカー部を選んだ大洋と別れ、広海はひとりで卓球部に入る。そこには、兄と違うタイプの純や、思わぬ提案をする大滝コーチとの出会いがあった─。『チームふたり』『チームあした』の続編。広海が主人公となり、大地や純ともかかわりあいながら、

成長していく物語―。小学校中学年から。

『チームあした』 吉野万理子作，宮尾和孝絵　学習研究社　2008.12　220p　22cm　（学研の新・創作シリーズ）　1200円　①978-4-05-203085-7

内容　東小卓球部のキャプテンになった純は、新しいコーチをむかえて、はりきっていた。だが、ある日そのコーチがとつぜん姿を見せなくなる。そのうえ、西小の手強そうなライバルも現れて…。純と大地の物語、『チームふたり』の待望の続編。小学校中学年から。

『チームふたり』 吉野万理子作　学習研究社　2007.10　187p　22cm　（学研の新・創作シリーズ）　1200円　①978-4-05-202895-3〈絵：宮尾和孝〉

内容　東小卓球部のキャプテン大地は、小学校最後の試合で最強のダブルスを組みたかったのに、5年生の純と組むことになり、がっかり。納得のいかない大地だったが、それどころではない「事件」が、学校でも家でも起こってしまう。それらを乗り越えて、大地が見つけた「チームふたり」のカタチとは？　小学校中学年から。

芳村　れいな
よしむら・れいな

『声優探偵ゆりんの事件簿―舞台に潜む闇』 芳村れいな作，美麻りん絵　学研パブリッシング　2013.6　205p　19cm　（アニメディアブックス）　800円　①978-4-05-203791-7〈発売：学研マーケティング〉

内容　ついに映画が完成！　ドキドキの舞台挨拶を終え、記念すべき声優デビューを果たした女子高生・咲田ゆりん。舞い上がった気持ちを引き締めなきゃと、これからの進路を考えはじめた矢先、映画の共演者・桜子の出演舞台で、彼女と、圧倒的な輝きを放つひとりの少女の演技に衝撃を受ける。ところが、舞台上でその少女を突然のアクシデントが襲った！　事故？　それとも事件？　その疑惑を解決するために女子高生で、声優で、名探偵―。"声優探偵"ゆりんスタンバイOKですっ！

『声優探偵ゆりんの事件簿―アフレコスタジオの幽霊』 芳村れいな作，美麻りん絵　学研パブリッシング　2013.3　214p　19cm　（アニメディアブックス）　880円　①978-4-05-203751-1〈発売：学研マーケティング〉

内容　雑誌に載っていた"ヒロインの妹役"声優オーディション。それが平凡な女子高生・咲田ゆりんの運命を変えた!!　イケメン声優、アイドル声優と並んでアニメ映画に出演することになり、無我夢中で声優の世界に入っていくゆりんだが、スタジオで見せたのは名演技…ならぬ、殺人事件を解決する名推理!?　女子高生で、声優で、名探偵―。"声優探偵"ゆりん誕生ストーリー。

吉本　ばなな
よしもと・ばなな
《1964～》

『よしもとばなな』 よしもとばなな著　文芸春秋　2007.1　256p　19cm　（はじめての文学）　1238円　①978-4-16-359830-7

依田　逸夫
よだ・いつお
《1940～》

『トンデモ探偵団　作戦3　じどう会選挙大作戦！』 依田逸夫作，秋★枝絵　角川書店　2011.2　191p　18cm　（角川つばさ文庫　Aよ2-3）　620円　①978-4-04-631144-3〈『じどう会選挙大作戦』（ひくまの出版1993年刊）の改稿　発売：角川グループパブリッシング〉

内容　トンデモナイ事件にまきこまれる、タツヤ、ヒメ、教授、コツブ、大介のトンデモ探偵団。タツヤが、じどう会会長選挙に立候補、ライバルは学校一の優等生の田代。ところが、タツヤの妨害ポスターがはられ、大ピンチ！　さらに、ひき逃げ事件がおきて、探偵団は犯人捜査に乗りだすが…!?　タツヤは会長に当選できるか？　トンデモナイシリーズ第3弾！　小学中級から。

『トンデモ探偵団　作戦2　不良中学生をやっつけろ！』 依田逸夫作，秋★枝絵　角川書店　2010.11　191p　18cm　（角川つばさ文庫　Aよ2-2）　620円　①978-4-04-631131-3〈発売：角川グループパブリッシング〉

内容　タツヤ、ヒメ、教授、コツブ、大介の5人が集まると、トンデモナイことになるト

寮美千子

ンデモ探偵団。学校の帰り道、中学生の不良グループにおそわれた！ コーラをかけられ、大介は坊主頭にさせられ、タツヤは連れさられ、と信じられない災難が！ 特別団員もくわわり、悪の中学生への仕返しマル秘大作戦がはじまった！ 超おもしろい★トンデモ探偵団第2弾！ 小学中級から。

『トンデモ探偵団 作戦1 学校の迷路とかくされた金貨』 依田逸夫作, 秋★枝絵 角川書店 2010.8 222p 18cm （角川つばさ文庫 Aよ2-1） 620円
①978-4-04-631118-4 〈発売：角川グループパブリッシング〉
内容 タツヤ、コップ、大介の3人だけの探偵クラブは、廃部の危機?! そこに、転校生のヒメ、不登校の天才少年・教授がくわわって、トンデモ探偵団が結成された！ 5人は暗号だらけの古い地図を発見。小学校は昔、お寺があった場所で、城とつながる地下道や、かくされた甲州金という金貨があった!? トンデモナイ事件にまきこまれる探偵団。学校のナゾをとけ！ 小学中級から。

『春さんのスケッチブック』 依田逸夫作, 藤本四郎絵 汐文社 2008.11 127p 22cm 1400円 ①978-4-8113-8496-2
内容 父さんとケンカして家出をしたぼく。長野県に住む春おばさんをたずねたぼくは、おばさんの六〇年以上も前の、ひみつを聞くことになったんだ…。

『スミレさんの白い馬』 依田逸夫作, 末崎茂樹絵 舞阪町（静岡県） ひくまの出版 2005.3 81p 21cm 1300円 ①4-89317-333-2
内容 いまから六十年も前、東京に大空襲がありました。遠いあの日、戦火の中で、ミホちゃんが、スミレ先生とかわした約束とは…。

寮　美千子
りょう・みちこ
《1955～》

『ラジオスターレストラン―千億の星の記憶』 寮美千子著, 小林敏也画 長崎出版 2012.8 354p 20cm 1600円
①978-4-86095-523-6 〈パロル舎 1991年刊の改訂新版〉
内容 ペルセウス座流星群の夜、高原にある「十一月の町」は星祭りでにぎわっていた。仲間はずれにされた少年・ユーリとイオは町の掟を破り、天文台のあるギガント山へ。

すると、二人の目の前に隕石が落下！ 滅びたはずの生き物「牙虎」が現れ謎の宇宙レストランへといざなわれる。「ぼくたちは、みんな星の子ども」電波天文学が解明した宇宙の物質循環が胸躍る冒険物語に！ かけがえのない地球への思いがあふれるSFファンタジーの名作。

『ならまち大冒険―まんとくんと小さな陰陽師』 寮美千子作, クロガネジンザ絵 毎日新聞社 2010.4 150p 22cm 1300円 ①978-4-620-20027-9
内容 「たろうどの。ぜひ、お目にかかりたくそうろう」―奇妙な葉っぱのハガキに誘われて奈良に向かった太郎を待っていたのは、ちょっとヘンなやつばかり。動く狛犬や石の猿に、しゃべりだす飼い猫のキジ。そして平城遷都1300年祭のマスコット「まんとくん」。奈良の古い町並みを舞台に、おもしろキャラたちが大暴れ。

『夢見る水の王国 下』 寮美千子著 角川書店 2009.5 430p 20cm （カドカワ銀のさじシリーズ） 1800円
①978-4-04-873951-1 〈発売：角川グループパブリッシング〉
内容 砂漠の舟人の少年とともに、「黄泉帰りの森」にやってきたミコは、そこの別名が「『世界の果て』の森」であることを知る。同じくマコは、黒豹とともに、「世界の果て」を目指していた。砂漠をさまようち、井戸をつなぐ地下水路へと入り込む。すると、水路から人の腕が現れ、マコは水の中へと引きずり込まれてしまう。それは、水読みを続けていた月の神殿の大長老だった―。圧倒的な筆力で描かれる美しく幻想的な世界。泉鏡花文学賞作家がおくる、ファンタジーの決定版。

『夢見る水の王国　上』 寮美千子著 角川書店 2009.5 430p 20cm （カドカワ銀のさじシリーズ） 1800円
①978-4-04-873950-4 〈発売：角川グループパブリッシング〉
内容 少女マミコは、渚に漂着した木馬と壊れた角を見つける。気がつくと彼女は、時の止まった海岸にいた。マミコの真っ黒な影が立ち上がって分身となり、悪魔の子マコを名乗る。角を抱き「世界の果てに名前と角を捨てに行く」と言い、水平線の彼方へかき消されてしまうマコ。だが、角をとられた木馬が、白毛の馬となって現れる。少女と白馬は、マコを追って時の止まった海へと駆けだして―。美しく幻想的な世界を旅する二人の少女。泉鏡花文学賞作家が描く、壮大なファンタジーの幕開け。

令丈　ヒロ子
れいじょう・ひろこ
《1964～》

『ブラック◆ダイヤモンド　4』　令丈ヒロ子作，谷朋画　岩崎書店　2014.7　217p　18cm　（フォア文庫 C258）650円　①978-4-265-06475-5

内容「B・D」、ブラック・ダイヤモンド…。御堂家のかくされた財宝を独り占めしたいがために、魔女ばあちゃんはうそをついている…。そう美影と仄華おばさんにいわれ、灯花理の気持ちは重く沈む。B・Dなんて、もう、ないほうがいい！ でも知りたい。B・Dの正体は？ 謎が謎をよぶ、魅惑のガールズ・サスペンス第4弾！

『なりたい二人』　令丈ヒロ子作　PHP研究所　2014.6　222p　20cm　1300円　①978-4-569-78401-4

内容コンプレックス×2。弱点を知っているから、いちばん応援したくなる。中学に入ってからお互いを避けていた幼なじみの女子と男子の、不器用でかわいい成長物語。

『若おかみは小学生！ スペシャル短編集1』　令丈ヒロ子作，亜沙美絵　講談社　2014.1　272p　18cm　（講談社青い鳥文庫 171-29）680円　①978-4-06-285401-6

内容温泉旅館で若おかみ修業をしているおっこが主人公の大人気シリーズ、待望の番外編！ 読者のみなさんからのリクエストをもとに、新聞連載で大好評だった「若おかみは中学生！」のほか、同級生・鳥居くんの告白や、おっこと仲良しのユーレイ、ウリ坊と美陽ちゃんの生まれ変わりをテーマにした豪華3本立て。笑いと涙で一気読みまちがいなしのおもしろさ！ 小学中級から。

『おっことチョコの魔界ツアー』　令丈ヒロ子作，石崎洋司作，亜沙美，藤田香絵　新装版　講談社　2013.9　168p　18cm　（講談社青い鳥文庫 171-28）580円　①978-4-06-285379-8

内容冬休みに春の屋で出会ったものの、「忘却魔法」でおたがいのことを忘れてしまったおっことチョコ。忘却魔法を解いて二人を友情で結びつければ、魔界での宴会にご招待、という耳寄りな情報に目がくらんだギュービッドと鈴鬼に、ウリ坊や美陽も加わって、ある計画を実行。はたして二人はおたがいを思いだせるの!? 人間、黒魔女、ユーレイが入りみだれての魔界ツアー、はじまりはじまり！ 小学中級から。

『若おかみは小学生！　pt.20』　令丈ヒロ子作，亜沙美絵　講談社　2013.7　319p　18cm　（講談社青い鳥文庫 171-27―花の湯温泉ストーリー）700円　①978-4-06-285363-7

内容「思い出接客」は、人の命をもらう、危険な魔技だった！ 鈴鬼が厳しく処分される一方、おっこは、許可をもらい、「思い出接客」を最後までつづけることに。おっこは、佳鈴の力を借りて、接客を思いっきり楽しむ。最後にやってきた、意外なお客様は？　おっこの"霊界通信力"は、どうなるの？　大人気シリーズ、感動の完結編！ 小学中級から。

『ミラクルうまいさんと夏―8月のおはなし』　令丈ヒロ子作，原ゆたか絵　講談社　2013.6　63p　22cm　（おはなし12か月）1000円　①978-4-06-218360-4

『ロケット＆電車工場でドキドキ!!』　令丈ヒロ子作，MON絵　集英社　2013.6　185p　18cm　（集英社みらい文庫 れ-1-4―笑って自由研究）620円　①978-4-08-321157-7

内容関西を走る"阪急電車"の工場にきた、ぴろコンたち。「わ、電車が宙づりに!?」。車輪をはずして、ゆっくり上を移動していく車体にびっくり。そこでされていたこととは!? さらに"ロケット"にも興味をもったぴろコンたちは、JAXAの筑波宇宙センターにのりこむことに。「ロケットってどうやって飛ぶの？」「人工衛星ってなに!?」。知れば知るほど、ドキドキがとまらない!! 小学初級・中級から。

『若おかみは小学生！　pt.19』　令丈ヒロ子作，亜沙美絵　講談社　2013.3　212p　18cm　（講談社青い鳥文庫 171-26―花の湯温泉ストーリー）640円　①978-4-06-285339-2

内容"霊界通信力"をとり戻すため、おっこは魔界で「思い出接客」をはじめる。魔物の同窓会のメンバーをはじめ、つぎつぎと、なつかしいお客様がやってくる。過去の失敗をふりかえり、今度こそ完璧な接客をしよう！ と、はりきるおっこだけど…。300万人が笑って泣いた、大人気シリーズ。物語は、いよいよクライマックスへ。小学中級から。

『りんちゃんともちもち星人』　令丈ヒロ子作，まつむらまきお絵　講談社　2012.11　135p　18cm　（ことり文庫）950円　①978-4-06-217999-7

内容小学校3年生のりんちゃんのところに、

令丈ヒロ子

もちもち星人がやってきた。もちもち星をすくうために、「おいしい」ってなにかをけんきゅうするっていうんだけど…。小学3年生から。

『若おかみは小学生！ pt.18』 令丈ヒロ子作, 亜沙美絵 講談社 2012.8 201p 18cm （講談社青い鳥文庫 171-25―花の湯温泉ストーリー） 600円
①978-4-06-285303-3
内容 よりこたちと女子会で大盛り上がり！ウリケンとは、水着で遊べる温泉施設でデートすることになって、毎日が充実しているおっこ。バレンタインデーのチョコの準備もバッチリ!? でも、ひとつだけ気になることがあった。ときどき、ウリ坊や美陽の姿が、きゅうにうすくなったり、声が聞こえなくなったりするのだ。心配になったおっこは…。

『おかね工場でびっくり!!』 令丈ヒロ子作, MON絵 集英社 2012.7 174p 18cm （集英社みらい文庫 れ-1-3―笑って自由研究） 600円 ①978-4-08-321102-7〈年譜あり〉
内容 「ええーっ、おかねを作ってる工場がほんまにあるんか！」。さっそく見学に出かけた、ぴろコン、MONMON、みのPの3人。貨幣を作っている"造幣局"では、大判小判、千両箱などふるーいおかねを見て大さわぎ。お札を作っている"国立印刷局"では、でっかい紙に一万円札がいっぱい印刷されているのを見て、口をあんぐり。シリーズ第三弾、今回もびっくりネタまんさいだよ～。

『わたしはみんなに好かれてる』 令丈ヒロ子作, カタノトモコ絵 ポプラ社 2012.7 124p 21cm （新・童話の海 10） 1000円 ①978-4-591-12991-3
内容 人気者になるため、かわいい女の子になるために、毎日努力を重ねている4年生の紀沙。ある日ピンクのうさぎから、「本物の人気者になりたくなあい？」と声をかけられて…。

『ブラック◆ダイヤモンド 3』 令丈ヒロ子作, 谷朋画 岩崎書店 2012.3 195p 18cm （フォア文庫 C245） 650円 ①978-4-265-06435-9
内容 くるこんとの散歩中、灯花理がママとの思い出の家へ立ちよると、そこには陽坂くん一家が住んでいた！ とまどいながらも、明るいママや、クールな兄の峻、陽坂くんとも話がはずみ、ひさしぶりに楽しいひとときを過ごす灯花理。ところがその帰り道、峻の瞳に宝石のような不思議な輝きを見た灯花理は胸騒ぎをおぼえた。──これは、いったい？ 令丈ヒロ子が贈る、ガールズ・サスペンス第3弾。

『若おかみは小学生！ pt.17』 令丈ヒロ子作, 亜沙美絵 講談社 2012.1 233p 18cm （講談社青い鳥文庫 171-24―花の湯温泉ストーリー） 620円
①978-4-06-285273-9
内容 おっこが、魔界の温泉旅館のおかみにスカウトされた！ ゴム魔時間をつかえば、魔界で長時間すごしても人間界では数分しかたっていないようにできるときいて、1週間だけお試しすることに。夢のように楽しい魔界の旅館づくりは、ぐったりするほどの忙しさ。なにも知らないウリケンをおいて、行ったり来たりするおっこ。だいじょうぶなの？ 小学中級から。

『おもちゃ工場のなぞ!!―笑って自由研究』 令丈ヒロ子作, MON絵 集英社 2011.11 136p 18cm （集英社みらい文庫 れ-1-2） 580円 ①978-4-08-321052-5
内容 「本物そっくり！ すごっ！」。おもしろ消しゴム工場でこうふん。「人生ゲームってこんなにいっぱい種類あるのん？」。おもちゃ会社で大はしゃぎ。好奇心おうせいな、ぴろコン、MONMON、みのPの3人。今回はおもちゃ工場のなぞにせまる！ そして…「みのP、なに者なんや!?」。なぞのお嬢様の正体も、ついに明らかになる!? 大爆笑！ 自由研究シリーズ、第二弾。小学初級・中級から。

『××（バツ）天使』 令丈ヒロ子作, 宮原響画 岩崎書店 2011.9 195p 18cm （フォア文庫 C239） 650円 ①978-4-265-06426-7
内容 落ちこぼれ天使のパイは、授業をさぼっているところを見つかり、人間界へ実習に行くことに―。その地上で、予備校に通う小学生・レンたちと出会ったパイは、みんなと仲良くなり、人間のいろいろな気持ちを知っていきます。ところが、こんどは天使の力が弱まってしまい…。さわやかで、ちょっとせつない、パイの下界実習の3日間。小学校高学年・中学生向き。

『ブラック◆ダイヤモンド 2』 令丈ヒロ子作, 谷朋画 岩崎書店 2011.9 183p 18cm （フォア文庫） 650円 ①978-4-265-06429-8
内容 学校の人気者・陽坂くんが、灯花理に一目ぼれ!? 突然の恋バナにとまどう灯花理は、かくしごとはしない！ と、美影と約束をした。その後、恋の実るおまじないのカードをもらったり、宝石に夢中になったり、新しい友達もできたりと、すべてがうまく進んでいるように思えたのだが…☆魅惑のガールズ・サスペンス第2弾。

『ブラック◆ダイヤモンド　1』　令丈ヒロ子作，谷朋画　岩崎書店　2011.9　197p　18cm　（フォア文庫　C241）　650円　①978-4-265-06428-1

内容　ママを亡くした灯花理が、おばあちゃんの家で暮らしはじめて一ヵ月。ある日、偶然見つけたママの日記をいとこの美影と読んでいると、「B・D」という言葉が目に飛び込んできた。—ん？　「B・D」ってなに？　気になる二人は、その正体をさがしはじめるが…新シリーズ「ブラック・ダイヤモンド」スタート。小学校高学年・中学生向き。

『モナコの謎カレ』　令丈ヒロ子作，藤丘ようこ画　岩崎書店　2011.9　169p　18cm　（フォア文庫　C240）　600円　①978-4-265-06427-4

内容　ミス6年B組のモナコは、転校生・ツキノハジメから、いきなり一目惚れ宣言をされてしまう！　原始人のようなハジメの言動に困惑していたクラスメイトも、いつのまにか彼のペースに巻き込まれ、モナコは怒りがおさまらない。しかも、ハジメをカッコいい〜！　という子まで現れて…一爽やかな学園コメディ。小学校高学年・中学生向き。

『パンプキン！─模擬原爆の夏』　令丈ヒロ子作，宮尾和孝絵　講談社　2011.7　95p　22cm　1200円　①978-4-06-217077-2　〈文献あり〉

内容　1945年、終戦の年。原爆投下の練習のため、模擬原爆・通称パンプキン爆弾が日本各地に49発も落とされていた事実を知っていますか？　本当にあったことを、小説で読む・知る。

『若おかみは小学生！　pt.16』　令丈ヒロ子作，亜沙美絵　講談社　2011.7　229p　18cm　（講談社青い鳥文庫　171-23─花の湯温泉ストーリー）　620円　①978-4-06-285230-2

内容　このままだと、真月が消えてしまう!?　だいじな友だちを助けるために、おっこ、いよいよ魔界へ。でも、魔菓子を食べたら性格がかわっちゃったり、露天風呂に入っていたら、思いがけない、だけど、いちばん会いたかった人に再会したり、魔界の旅は、やっぱりトラブル続き。おっこは無事に戻れる？　そして、真月はどうなってしまうの!?　小学中級から。

『おかし工場のひみつ!!─笑って自由研究』　令丈ヒロ子作，MON絵　集英社　2011.3　157p　18cm　（集英社みらい文庫　れ-1-1）　580円　①978-4-08-321004-4

内容　「ポッキーの山にうもれたい」「ドーナツめっちゃ食べたい！」。そんなかるいノリから、おかし工場にせんにゅうする、大阪人のびろコン、MONMON、そしてナゾのおじょう様・みのPの三人。ベルトコンベヤを流れる、なが〜いポッキー生地にこうふん！　ドーナツを秒単位でウラがえすワザにはびっくり!?　楽しくって役にたつ"自由研究メモ帳"や"取材レポート"つきで、一冊で二度おいしいよー。小学初級・中級から。

『若おかみは小学生！　pt.15』　令丈ヒロ子作，亜沙美絵　講談社　2011.1　203p　18cm　（講談社青い鳥文庫　171-22─花の湯温泉ストーリー）　620円　①978-4-06-285191-6

内容　鈴鬼を魔界へ連れ戻されないための、寺子屋同窓会がいよいよスタート。お客様が全員魔物でも、人間の姿でいて春の屋旅館から出なければだいじょうぶ。そう思っていたおっこだが、真月と会った魔物たちが秋好旅館へ遊びに行ったあげく、もりあがりすぎて、真月が大変なことに！　たいせつな友だちをあぶない目にあわせてしまったおっこ。シリーズ最大のピンチを乗りこえられる!?　小学中級から。

『恋のギュービッド大作戦！─「黒魔女さんが通る!!」×「若おかみは小学生！」』　石崎洋司，令丈ヒロ子作，藤田香，亜沙美絵　講談社　2010.12　311p　20cm　1200円　①978-4-06-216616-4

内容　「たいへん！　あたしたち、消えかけてる！」おじいちゃん、おばあちゃんの赤い糸を『運命の相手』とむすぶために、チョコとおっこがタイムスリップ。

『ブラック◆ダイヤモンド　1』　令丈ヒロ子作，谷朋画　理論社　2010.10　197p　18cm　（フォア文庫　C232）　650円　①978-4-652-07506-7

内容　ママを亡くした灯花理が、おばあちゃんの家で暮らしはじめて一ヵ月。偶然見つけたママの日記をいとこの美影と読んでいると、「B・D」という言葉が目に飛び込んできた。—ん？　「B・D」ってなに？　気になる二人は、その正体をさがしはじめるが…ガールズ・サスペンス。

『モナコの謎カレ』　令丈ヒロ子作，藤丘ようこ画　理論社　2010.9　169p　18cm　（フォア文庫　C231）　600円　①978-4-652-07504-3　〈『ハジメはゲンシ人』（1997年刊）の改題、加筆訂正〉

内容　ミス6年B組のモナコは、転校生・ツキノハジメから、いきなり一目惚れ宣言をされてしまう！　原始人のようなハジメの言動に困惑していたクラスメイトも、いつのまにか彼のペースに巻き込まれ、モナコは怒りがおさまらない。しかも、ハジメを

令丈ヒロ子

カッコいいー！　という子まで現れて…──爽やかな学園コメディ。

『××（バツ）天使』　令丈ヒロ子作，宮原響画　理論社　2010.8　195p　18cm　（フォア文庫 C230）　650円　①978-4-652-07503-6〈1994年刊の加筆訂正〉

[内容]　落ちこぼれ天使のパイは、授業をさぼっているところを見つかり、人間界へ実習に行くことに。その地上で、予備校に通う小学生・レンたちと出会ったパイは、みんなと仲良くなり、人間のいろいろな気持ちを知っていきます。ところが、こんどは天使の力が弱まってしまい…。さわやかで、ちょっとせつない、パイの下界実習の3日間。

『若おかみは小学生！ pt.14』　令丈ヒロ子作，亜沙美絵　講談社　2010.6　219p　18cm　（講談社青い鳥文庫 171-21―花の湯温泉ストーリー）　620円　①978-4-06-285152-7

[内容]　鈴鬼の鈴が、ぱっかり割れた、その後…。「魔物が喜ぶことをすれば、魔界に連れ戻されずにすむ」とときいたおっこは、子魔鬼寺子屋の同窓会を春の屋旅館ですることに。ところが、新しく幹事になった死似可美との打ち合わせ中から、トラブル続出で、どうなる同窓会？　おまけに、ずっと修業をつづけてきた、おっこの「おかみになりたい」という将来の夢にも迷いが…。小学中級から。

『S力人情商店街 4』　令丈ヒロ子作，岡本正樹絵　岩崎書店　2010.1　199p　19cm　（〔YA！フロンティア〕）　900円　①978-4-265-07224-8

[内容]　塩力様に仲間四人の将来の役割を決めるようにと言われ、悩む茶子。みんなの気持ちも知ってしまい、なおさら悩ましい。そんなとき、茶子が何者かにさらわれる。いよいよクライマックスの最終巻。

『若おかみは小学生！ スペシャル おっこのTaiwanおかみ修業！』　令丈ヒロ子作，亜沙美絵　講談社　2009.11　253p　18cm　（講談社青い鳥文庫 171-20）　620円　①978-4-06-285103-7

[内容]　はずれクジ体質のおっこが、台湾旅行を引き当てた！　真月とセレブ修業をするはずが、やっぱり台湾でも温泉旅館のもめごと解決にのりだすことに。"鬼"が見える陰陽眼の持ち主で、おっこと仲良くなった佳鈴の、マンガ家になるという夢。佳鈴の夢に反対する姉の、祖母のあとをついで旅館のおかみになるという夢。おっこは、二人の夢を守ることができるのか？　ウリ坊、美陽、鈴鬼も大活躍の「若おかみ」シリーズ特別編。小学中級から。

『わたしはなんでも知っている』　令丈ヒロ子作，カタノトモコ絵　ポプラ社　2009.7　109p　21cm　（新・童話の海 1）　1000円　①978-4-591-11040-9

[内容]　小学4年生にして、「世の中のことはなんでも知っている」と思っているクス子。ある日奇妙なおじいさんから「知らないことがどんどんわかる薬」をもらい、はじめて知ったこととは…!?　強気、もの知り、1ぴきオオカミ。スーパー小学生クス子の運命をかえた日。小学校中学年向き。

『ダイエットパンチ！ 3 涙のリバウンド！　そして卒寮！』　令丈ヒロ子作，岸田メル絵　ポプラ社　2009.5　175p　18cm　（ポプラポケット文庫 071-3）　570円　①978-4-591-10957-1〈2008年刊の新装改訂〉

[内容]　寮生活にも慣れてきたころ、コヨリたちにしのびよるのは―恐怖のリバウンド！　それぞれのダイエットの結末は？　本当のダイエットとは…!?　心とからだの健康を考える、おもしろシリーズ完結です。

『ダイエットパンチ！ 2 あまくてビターな寮ライフ』　令丈ヒロ子作，岸田メル絵　ポプラ社　2009.4　222p　18cm　（ポプラポケット文庫 071-2）　570円　①978-4-591-10903-8〈2007年刊の新装改訂〉

[内容]　ダイエット寮での生活がいよいよ本格スタート。本気でダイエットに立ち向かう決心をしたコヨリたちは、少しずつ体重もおちてきます。そんなところに、コヨリたち三人となかよくなりたいという女の子があらわれ…波乱万丈の第二巻。小学校上級～。

『若おかみは小学生！ pt.13』　令丈ヒロ子作，亜沙美絵　講談社　2009.4　219p　18cm　（講談社青い鳥文庫 171-19―花の湯温泉ストーリー）　620円　①978-4-06-285091-9

[内容]　大みそかの春の屋旅館。お客様からもらった卵を、友だちに配りにいったおっこだが、その卵を食べた人たちの様子がおかしい。むちゃもする鳥居くん、無口なより子、地味好みのあかね、仕事をほうりだす真月…おっこの周りは大混乱。まちがえて配ったのは、魔界の鶏、「魔骨鶏」の卵。食べるとその人の「黒性格」が出るというが、みんな、このままで無事に年が越せるのか？

『ダイエットパンチ！ 1 あこがれの美作女学院デビュー！』　令丈ヒロ子作，岸田メル絵　ポプラ社　2009.3　174p

18cm （ポプラポケット文庫 071-1） 570円 ①978-4-591-10847-5〈2006年刊の新装改訂〉

内容 あこがれの"おじょうさま学校"の入学式。コヨリをむかえたのは、超美人生徒会長の「この学院にふさわしい女性になるために、瘦せてください」のひとことだった。そのままダイエット寮に連行され…、ドキドキの新生活スタート！ 小学校上級から。

『メニメニハート』 令丈ヒロ子作 講談社 2009.3 285p 20cm 1200円 ①978-4-06-215333-1〈絵：結布〉

内容 美人でウソだらけのサギノ。マジメすぎてこわいマジ子。「呪いの大鏡」の前でぶつかった二人からハートが飛びでて、ぼくの目の前で入れ替わった！ まるで正反対なこの二人。ハートが入れ替わったら、どうなる!? 『若おかみは小学生！』で人気の令丈ヒロ子がおくる、ハートいっぱいストーリー。

『S力人情商店街 3』 令丈ヒロ子作，岡本正樹絵 岩崎書店 2009.2 172p 19cm （〔YA！フロンティア〕） 900円 ①978-4-265-07216-3

内容 塩til商店街を守るため、スーパー「ショーエー」の開店記念パーティーで茶子たちはあっと驚く作戦を実行することにした。先代のおリキ様がいったい誰なのかも明らかになる。

『S力人情商店街 2』 令丈ヒロ子作，岡本正樹絵 岩崎書店 2008.10 202p 19cm 900円 ①978-4-265-07212-5

内容 塩til商店街が危機のときに発揮される超能力を持つ茶子たち。こんどは商店街にスーパーが出店することになった。茶子たちの店はどうなる？ 千原先輩の謎の行動も気になる。

『ダイエットパンチ！ 3（涙のリバウンド！ そして卒寮！）』 令丈ヒロ子作，岸田メル絵 ポプラ社 2008.8 175p 19cm （Dreamスマッシュ！ 25）840円 ①978-4-591-10446-0

内容 ダイエット寮の生活にも慣れてきたコヨリたちにしのびよるのは…、恐怖のリバウンド！ それぞれのダイエットの結末は!? 心とからだの健康を考える、おもしろシリーズ完結です。

『若おかみは小学生！ pt.12』 令丈ヒロ子作，亜沙美絵 講談社 2008.7 237p 18cm （講談社青い鳥文庫 171-18―花の湯温泉ストーリー） 620円

①978-4-06-285034-6

内容 クリスマスイブに初めて東京のウリケンの家に行くことになったおっこ。よりこや美陽の助言で思いっきりかわいく変身したおっこは、ウリケンの家の近くの人気デートスポットでいつもとちがう時間をいっしょに過ごして、なんとなく、いいムード…。に、なりかけたとき、ウリケンのいとこのひなのがおっこの前に立ちはだかり、「健吾はあんたにわたさない！」おっこ、どうする!?

『おっことチョコの魔界ツアー』 令丈ヒロ子，石崎洋司作，亜沙美，藤田香絵 講談社 2008.3 153p 18cm （講談社青い鳥文庫 505-1） 505円 ①978-4-06-285013-1

内容 冬休みに春の屋で出会ったものの、「忘却魔法」でおたがいのことを忘れてしまったおっことチョコ。忘却魔法を解いて二人を友情で結びつければ、魔界での宴会にご招待、という耳寄りな情報に目がくらんだギュービッドと鈴鬼に、ウリ坊や美陽も加わって、ある計画を実行。はたして二人はおたがいを思いだせるの!? 人間、黒魔女、ユーレイが入りみだれての魔界ツアー、はじまりはじまり。「若おかみは小学生！」×「黒魔女さんが通る!!」夢のコラボ。小学中級から。

『若おかみは小学生！』』 令丈ヒロ子作，亜沙美絵 講談社 2008.3 215p 18cm （講談社青い鳥文庫―SLシリーズ 花の湯温泉ストーリー 1） 1000円 ①978-4-06-286400-8

内容 6年生のおっこは交通事故で両親をなくし、祖母の経営する旅館"春の屋"に引きとられる。そこに住みつくユーレイ少年・ウリ坊や、転校先の同級生でライバル旅館のあととり娘の真月らと知り合ったおっこは、ひょんなことから春の屋の"若おかみ"修業を始めることに。きびしい修業の日々、失敗の連続…。負けるな、おっこ！ コメディ新シリーズ第1話。小学中級から。

『若おかみは小学生！ pt.11』 令丈ヒロ子作，亜沙美絵 講談社 2008.1 213p 18cm （講談社青い鳥文庫 171-17―花の湯温泉ストーリー） 620円 ①978-4-06-285006-3

内容 ウリケンとラブラブな会話ができないおっこに、鈴鬼がさしだした1冊の本『恋の名言集』。書いたのはなんと鈴鬼！ その意外な才能に感心するおっこと春陽。鈴鬼の同級生だった美少女鬼二人があらわれる。そのうち一人は、鈴鬼が今も胸に秘める初恋の相手。おっこたちは、鈴鬼が告白できるよう作戦を立てる。一方、美少女鬼には秘密の目的があった…。

令丈ヒロ子

『強くてゴメンね』　令丈ヒロ子作，サトウユカ絵　あかね書房　2007.12　156p　21cm　（スプラッシュ・ストーリーズ 2）　1100円　①978-4-251-04402-0

内容　シバヤスこと柴野是康は、美少女のクラスメート・陣大寺あさ子が、とんでもない怪力の持ち主だと知ってしまう！　「ないしょにしてて」…とたのまれ、シバヤスのへいぼんな日常は一変。小学5年生男子の、甘さやしょっぱさを描いたラブの物語。

『料理少年Kタロー　4　ポップコーン作戦』　令丈ヒロ子作　ジャイブ　2007.9　231p　19cm　（令丈ヒロ子の料理少年Kタローシリーズ 4）　1100円　①978-4-591-09923-0,978-4-591-99934-9〈発売：ポプラ社　画：いしかわじゅん　2004年刊の改稿〉

内容　中学生になると急に悩みが多くなるようだ。Kタローも例外ではない。春に新しい家族がふえて、離乳食作りに熱がはいる「料理少年」にも悩みはある。ガールフレンドのナオコとの初キッス、遊園地で売るお菓子のアイデアを考える仕事で弟のタマキチと競わなくてはならないこと…。料理少年Kタロー・シリーズ、感動の最終巻！　小学校中学年～中学校。

『料理少年Kタロー　3　Kタロー対社長少年』　令丈ヒロ子作　ジャイブ　2007.9　225p　19cm　（令丈ヒロ子の料理少年Kタローシリーズ 3）　1100円　①978-4-591-09922-3,978-4-591-99934-9〈発売：ポプラ社　画：いしかわじゅん　2004年刊の改稿〉

内容　大人顔負けの腕を持つ「料理少年」Kタロー。今回は、ジュニア料理コンクールに出場することになった。ところが、主催者である社長少年の挑発に乗って、カノジョのナオコとの、とんでもない勝負を受けて立つことに。さらに、予選でふたごの美少女が現れて…。ごぞんじ、料理少年Kタロー・シリーズの第3弾！　小学校中学年～中学生。

『料理少年Kタロー　2　オムレツ勝負』　令丈ヒロ子作　ジャイブ　2007.9　213p　19cm　（令丈ヒロ子の料理少年Kタローシリーズ 2）　1100円　①978-4-591-09921-6,978-4-591-99934-9〈発売：ポプラ社　画：いしかわじゅん　2004年刊の改稿〉

内容　Kタローは大人もビックリするほどの「料理少年」である。ところが、フランスに料理留学していたキクサカキクコにオムレツ対決で負けてしまった！　落ち込むKタローを励まそうと気を遣うカマクラナオコだが、そんなとき、新たな美少女・田所ちなみが急接近！　恋心が揺れ動くKタロー―恋の行方はいかに？　小学校中学年～中学生。

『料理少年Kタロー　1』　令丈ヒロ子作　ジャイブ　2007.9　196p　19cm　（令丈ヒロ子の料理少年Kタローシリーズ 1）　1100円　①978-4-591-09920-9,978-4-591-99934-9〈発売：ポプラ社　画：いしかわじゅん　2004年刊の改稿〉

内容　小学五年生のKタローは"料理少年"である。母るりこの手抜き料理に疑問を持ち、自分からちらしずしを作ったことが始まりである。学校でお料理クラブとの対決に圧勝したところへ、新たな挑戦者が現れた！　それはなんとKタローがひそかに恋している美少女転校生のカマクラナオコだった。Kタローの恋の行方と料理対決の結末は!?　小学校中学年～中学生。

『レンアイ＠委員　涙のレンアイ＠委員会』　令丈ヒロ子作，小笠原朋子画　理論社　2007.9　189p　18cm　（フォア文庫）　560円　①978-4-652-07482-4

『レンアイ＠委員　涙のレンアイ＠委員会』　令丈ヒロ子作，小笠原朋子画　理論社　2007.9　189p　18cm　1000円　①978-4-652-07340-7

内容　レンアイ＠委員を辞める決意をしたワコは、自分の正体を告白するメールをみんなに送り、ケータイの電源を切った。その後はママの結婚準備で大忙し、心配の種だった新居も見つかる。新しい家のことで盛り上がる大木家だが、ワコはある大問題に気がついて…。―「レンアイ＠委員」シリーズ、いよいよ完結。

『若おかみは小学生！　pt.10』　令丈ヒロ子作，亜沙美絵　講談社　2007.7　221p　18cm　（講談社青い鳥文庫 171-16―花の湯温泉ストーリー）　620円　①978-4-06-148773-4

内容　紫野原財閥会長から孫のあかねのお嫁さん候補に指名され、とまどうおっこは、翌日、会長とあかねの誕生パーティに招かれ、出席することに。そこに真月があらわれる。一方、あかねに対抗心を燃やすウリケンは、こっそりパーティ会場にもぐりこむ。さらに美湯や鈴鬼の思わくもからみ、事態は思わぬ方向へ!?　いつもとちがうおっこのファッションにも注目。小学中級から。

『Sカ人情商店街　1』　令丈ヒロ子作　岩崎書店　2007.6　210p　19cm　900円　①978-4-265-07201-9〈絵：岡本正樹〉

令丈ヒロ子

『ダイエットパンチ！　2（あまくてビターな寮ライフ）』　令丈ヒロ子作　ポプラ社　2007.6　223p　19cm　（Dreamスマッシュ！　21）　840円　①978-4-591-09804-2　〈絵：岸田メル〉
内容　ダイエット寮での生活がいよいよ本格スタート！　本気でダイエットに立ちむかう決心をしたコヨリたちは、少しずつ体重もおちてきます。そんなところに、コヨリたちDEBU組となかよくなりたいという女の子があらわれ…。波乱万丈の第2巻。

『レンアイ＠委員　最後の相談メール』　令丈ヒロ子作，小笠原朋子画　理論社　2007.5　165p　18cm　1000円　①978-4-652-07338-4
内容　レンアイ＠委員の正体がバレて、けんぞうを激怒させてしまったワコ。そんなとき、ママが再婚を決心し、姉達も大喜びする。うれしい気持ちと不安な気持ちが入り交じるワコのことを、とうとう倒れてしまい…けんぞうのこと、みさきちゃんへの返信など、問題山積みのこの状況を、無事に解決できるのか。

『レンアイ＠委員　最後の相談メール』　令丈ヒロ子作，小笠原朋子画　理論社　2007.5　165p　18cm　（フォア文庫）　560円　①978-4-652-07479-4

『はみがきクイーン』　令丈ヒロ子作，姫川明絵　講談社　2007.3　105p　20cm　（わくわくライブラリー）　1200円　①978-4-06-195707-7
内容　はみがきしようとしたらあらわれた、はみがきクイーンとはブラシねこ。ねがいをかなえてくれるというけれど…。クイーン様は、気が短くて、負けずぎらい、ねがいごとをするのもたいへんです。

『若おかみは小学生！　pt.9』　令丈ヒロ子作，亜沙美絵　講談社　2007.1　215p　18cm　（講談社青い鳥文庫　171-15—花の湯温泉ストーリー）　620円　①978-4-06-148756-7
内容　「デリバリー温泉旅館」の依頼で出かけた、おっことウリケンたち。ケンカばかりの二人が仲直りするチャンス！　と美陽たちは期待する。着いたのはあれはてた古い洋館。依頼人の老人の行動はなんか変。やがて一冊の古い日記から老人のおどろく

べき秘密を知ったおっこたちは…？　初めはくすくすゲラゲラ、途中ではらはらドキドキ、ラストは感動。

『ダイエットパンチ！　1（あこがれの美作女学院デビュー！）』　令丈ヒロ子作　ポプラ社　2006.12　174p　19cm　（Dreamスマッシュ！　17）　840円　①4-591-09526-6　〈絵：岸田メル〉
内容　あこがれの"美作女学院"の入学式。コヨリをむかえたのは、超美人生徒会長の「この学院にふさわしい美しい女性になるために、…やせてください」だった。そのままダイエット寮に連行されて…。コヨリの新生活はいったいどうなっちゃうの!?　おもしろくってキレイになる！　令丈ヒロ子の新シリーズスタート。

『レンアイ＠委員　はじめてのパパ』　令丈ヒロ子作，小笠原朋子画　理論社　2006.9　165p　18cm　（フォア文庫）　560円　①4-652-07476-X
内容　ママとけんぞうパパが再婚…!?　けんぞう情報をきっかけに、ワコは本当のパパについて考えはじめた—。パパの忘れ物が入った箱を見ても、童謡集や写真があるだけ。なにも思い出せないワコは、わずかな情報をたよりに、セイジとふたりで直接パパに会いに行くのだが…。

『レンアイ＠委員　はじめてのパパ』　令丈ヒロ子作，小笠原朋子画　理論社　2006.9　165p　18cm　1000円　①4-652-07336-4
内容　ママとけんぞうパパが再婚…!?　けんぞう情報をきっかけに、ワコは本当のパパについて考えはじめた—。パパの箱を見ても、童謡集や写真があるだけ。なにも思い出せないワコは、わずかな情報をたよりに、セイジとふたりで直接パパに会いに行くのだが…。

『ホンマに運命？　2（恋は宇宙的な活力であるの巻）』　令丈ヒロ子著　講談社　2006.8　229p　19cm　（YA！ENTERTAINMENT）　950円　①4-06-269369-0
内容　学園一の人気者、会田先輩とつきあい始めた華にまわりの風当たりは強い。しかし後輩の土佐さんは華を慕い、運勢を占ってほしいという。実は土佐さんには密かな悩みがあったのだ…。

『若おかみは小学生！　pt.8』　令丈ヒロ子作，亜沙美絵　講談社　2006.7　249p　18cm　（講談社青い鳥文庫　171-14—花の湯温泉ストーリー）　620円　①4-06-148735-3

令丈ヒロ子

『内容』「若おかみ研修」に参加するため、おっこが着いた旅館は、すっかりさびれ、従業員もやる気がなく、お客もぜんぜん入っていなかった。それは、どケチな大おかみの方針のせいだったが、それには深いわけがあった。大おかみの孫のふたごの姉妹から事情を聞いたおっこは、旅館に活気をとりもどそうと大奮闘。ウリ坊・美陽・鈴鬼も協力するが、思いがけない災難が…!!

『ふりかけの神さま』 令丈ヒロ子さく, わたなべあやえ絵 佼成出版社 2006.5 63p 21cm （おはなしドロップシリーズ） 1100円 ①4-333-02210-X

『内容』ケーキよりもアイスクリームよりもふりかけごはんが、だいすき！ すききらいがおおい女の子をすくったのは、へんてこりんな神さま。小学1年生から。

『レンアイ@委員 ママの恋人』 令丈ヒロ子作, 小笠原朋子画 理論社 2006.3 173p 18cm （フォア文庫） 560円 ①4-652-07473-5

『内容』けんぞうパパのデートの相手は、ママ!? 気になるワコはデートを尾行し、みつかってしまう。その後、両家族のお食事会でけんぞうと再会するのだが。気になるママの恋の行方。小学校高学年・中学校向き。

『レンアイ@委員 ママの恋人』 令丈ヒロ子作, 小笠原朋子画 理論社 2006.3 173p 18cm 1000円 ①4-652-07334-8

『内容』けんぞうパパのデートの相手は、ママ!? 週末のお食事会で、ワコはかつてのメール相談者・けんぞうと再会した。大木家と海棠家はいい雰囲気に。さらに再婚話も出てきて、おおいにもりあがるのだが…。一ママとワコ、気になる二人の恋の行方。

『若おかみは小学生！ pt.7』 令丈ヒロ子作, 亜沙美絵 講談社 2006.1 233p 18cm （講談社青い鳥文庫 171-13—花の湯温泉ストーリー） 620円 ①4-06-148711-6

『内容』2学期。学校ではよりこたちが、おっこのカレシの話でもちきり。そのウリケンと携帯電話でのやりとりを始めたおっこだが、あいかわらずケンカばかり。同じクラスの人気者、鳥居くんとは楽しく話ができるのだが。その鳥居くんから、「おじさんを春の屋に泊めてほしい」と頼まれ、はりきるおっこ。ところが、そのおじさんはとんでもないお客だった…。

『レンアイ@委員 SPな誕生日』 令丈ヒロ子作, 小笠原朋子画 理論社 2005.9 189p 18cm （フォア文庫 C171） 560円 ①4-652-07469-7

『レンアイ@委員 SPな誕生日』 令丈ヒロ子作, 小笠原朋子画 理論社 2005.9 189p 18cm 1000円 ①4-652-07332-1

『内容』—夏休みの終わり。ナツメのイトコ・すばるがやって来た。しかしワコは、初対面のすばるとケンカをしかしまう。第一印象は最悪だ。ところがいざ仲直りをすると、二人の距離は急速にちぢまり、ワコは片思いの相手・セイジに「すばるとお似合い」と言われ大ショック…恋の嵐の巻。

『若おかみは小学生！ pt.6』 令丈ヒロ子作, 亜沙美絵 講談社 2005.8 233p 18cm （講談社青い鳥文庫 171-12—花の湯温泉ストーリー） 620円 ①4-06-148694-2

『内容』ウリ坊そっくりの男の子、ウリケンは、なんとウリ坊の弟の孫だった。春の屋を手伝いはじめたウリケンの仕事ぶりは目ざましく、逆に失敗つづきのおっこはおもしろくない。接客でいいところを見せようと、鈴鬼にたのんで呼びよせたお客は、スランプ中の人気占い師、グローリーさん。彼女はおっこに、「あなたを好きな男の子が近くにいる。」と!? 小学中級から。

『おれとカノジョの微妙days』 令丈ヒロ子作, おおたうに絵 ポプラ社 2005.7 292p 19cm （Dreamスマッシュ！ 6） 840円 ①4-591-08730-1

『内容』なぎさ11歳（♂）、オンナの子になる?? 美少年なぎさは、とある理由で夏休みの1週間をオンナばかりの一家とすごすことになります。オトコ嫌いの家族をまえにして、初対面でオンナの子にまちがえられたまま、オンナのふりをつづけますが…。巻末にはキュートなファッションコラムつき。新感覚爆笑ラブコメディ。

『ホンマに運命？ 1（幸運は大胆に味方するの巻）』 令丈ヒロ子著 講談社 2005.6 225p 19cm （YA! ENTERTAINMENT） 950円 ①4-06-269355-0

『内容』「よかったわね。あなた、将来、とてもりっぱですてきな人と結婚しますよ。玉の輿にのるかもしれない」と、6歳のとき占い師に宣言された華…。中学で出会った憧れのセンパイは、運命のお相手なのか。

『レンアイ＠委員 キレイの条件』 令丈ヒロ子作，小笠原朋子画 理論社 2005.3 187p 18cm （フォア文庫 C167） 560円 ①4-652-07466-2

内容 風水桃パワー効果!?　なんと、ワコが読者モデルにスカウトされた！　そんな時「キレイになるにはどうしたらいいの？」と相談メールが送られてくる。レンアイ＠委員は美少女モデル、と信じている相談者を失望させたくないワコは、モデル修業を開始することに—。小学校高学年・中学校向き。

『レンアイ＠委員 キレイの条件』 令丈ヒロ子作，小笠原朋子画 理論社 2005.3 187p 18cm 1000円 ①4-652-07329-1

内容 風水桃パワー効果!?　なんと、ワコが読者モデルにスカウトされた！　そんな時「キレイになるにはどうしたらいいの？」と相談メールが送られてくる。レンアイ＠委員は美少女モデル、と信じている相談者を失望させたくないワコは、モデル修業を開始することに—。

『若おかみは小学生！ pt.5』 令丈ヒロ子作，亜沙美絵 講談社 2005.3 222p 18cm （講談社青い鳥文庫—花の湯温泉ストーリー） 580円 ①4-06-148678-0

内容 「この旅館には邪悪なものがいる。」謎の霊感師の言葉に、おっこはドキッ。「それってまさか、ウリ坊たちのことじゃ…!?」その邪悪なものをはらわないと、おっこの身に災いがふりかかるというのだ。「ウリ坊たちがいなくなるなんて、そんなの、いや！」悩むおっこは秋野源蔵に相談する。そのころ花の湯では悪質な「温泉あらし」が出没。はたしてその正体は！？　そしてウリ坊たちの運命は!?　小学中級から。

『いちごムースでいつもの元気』 令丈ヒロ子作，オームラトモコ絵 あかね書房 2005.1 68p 20cm （おなやみかいけつクッキング 4） 1000円 ①4-251-03734-0

内容 サリナは、おせっかいといわれておなやみ中。ピチと作ったいちごムースが口の中でとろけると…！　レシピのついた、楽しいシリーズ。

六条　仁真
ろくじょう・ひとま

『夏の迷宮—山人奇談録』 六条仁真著 国土社 2011.3 132p 19cm 1200円 ①978-4-337-18754-2

内容 夏は、あの世とこの世が、ほんのすこし近くなる。山奥の暗闇、底知れぬ水際、心を焦がす炎、竜の舞う嵐…。現実がゆらぎ、常世とまじりあう不思議な場所で、めぐる生命を統べる偉大な山の主たちと出会い、少女の世界は輝きと深さを増してひろがっていく。山人の孫娘が綴る、ひときわあざやかな季節の物語。

『山人（やまんど）奇談録』 六条仁真著 国土社 2009.7 127p 19cm 1200円 ①978-4-337-18751-1

内容 山では、不思議で妖しい「なにか」とすれちがう瞬間がある。竹の底に眠る姫、祭りの雨をよぶ竜、時の果ての森の大樹…。深い山々をわたり歩いてきた「じいちゃん」にみちびかれ、「あたし」が出会ったのは、山の闇にすまう神さまたちだった。山人（やまんど）の孫娘が語る、四季の彩り豊かな奇談集。

渡辺　仙州
わたなべ・せんしゅう
《1975〜》

『闘竜伝 5 終わりは始まり』 渡辺仙州作，戸部淑絵 ポプラ社 2009.3 214p 18cm （Dragon battlers闘竜伝シリーズ 5） 1100円 ①978-4-591-10811-6,978-4-591-91085-6

『闘竜伝 4 ゲキ闘！ 地区予選』 渡辺仙州作，戸部淑絵 ポプラ社 2009.3 238p 18cm （Dragon battlers闘竜伝シリーズ 4） 1100円 ①978-4-591-10810-9,978-4-591-91085-6

『闘竜伝 3 レギュラー決定戦スタート!!』 渡辺仙州作，岸和田ロビン絵 ポプラ社 2009.3 238p 18cm （Dragon battlers闘竜伝シリーズ 3） 1100円 ①978-4-591-10809-3,978-4-591-91085-6

『闘竜伝 2 ライバル登場!?』 渡辺仙州作，岸和田ロビン絵 ポプラ社 2009.3 246p 18cm （Dragon battlers闘竜伝シリーズ 2） 1100円 ①978-4-591-10808-6,978-4-591-91085-6

『闘竜伝 夢への1歩』 渡辺仙州作，岸和田ロビン絵 ポプラ社 2009.3 230p 18cm （Dragon battlers闘竜伝シリー

ズ 1) 1100円 ①978-4-591-10807-9, 978-4-591-91085-6

『闘竜伝―dragon battlers 5（終わりは始まり）』 渡辺仙州作，戸部淑絵 ポプラ社 2008.8 214p 18cm （ポプラポケット文庫 59-5）570円 ①978-4-591-10449-1
内容 闘竜を敵視する母に、かくれて部活をやっていたことが発覚してしまう―。天才闘竜士ソラの熱い想いと本能がついに目覚める！ 学園部活小説、感動のラスト！ 小学校上級から。

『闘竜伝―dragon battlers 4（ゲキ闘！地区予選）』 渡辺仙州作，戸部淑絵 ポプラ社 2008.3 238p 18cm （ポプラポケット文庫 059-4）570円 ①978-4-591-10174-2
内容 地区予選開幕！ レギュラーに選ばれたソラとナガラ、竜安学園闘竜部の結果はいかに!? そして試合中、思いもかけない事故がおこってしまい―。学園スポーツ小説、待望＆急展開の第四弾です！ 小学校上級～。

『闘竜伝―dragon battlers 3（レギュラー決定戦スタート!!）』 渡辺仙州作 ポプラ社 2007.5 238p 18cm （ポプラポケット文庫 059-3）570円 ①978-4-591-09779-3 〈絵：岸和田ロビン〉
内容 闘竜部は地区大会にむけて、特別練習を開始。レギュラー決定戦をひかえ、謎の少年ナガラの素性も明らかになり…。

『闘竜伝―dragon battlers 2（ライバル登場!?）』 渡辺仙州作 ポプラ社 2007.1 246p 18cm （ポプラポケット文庫 059-2）570円 ①978-4-591-09576-8 〈絵：岸和田ロビン〉

『闘竜伝―夢への1歩 dragon battlers』 渡辺仙州作 ポプラ社 2006.10 230p 18cm （ポプラポケット文庫 059-1）570円 ①4-591-09293-3 〈絵：岸和田ロビン〉
内容 「―もう、にげない。闘竜から、ぼくは立ちむかう勇気をもらったんだ」闘竜の名門「竜安学園」に入学した風桐ソラ―いま、運命の騎士へのトビラがひらかれる!! かつてない大型バトルエンタテインメント、スタート！ 小学校上級～。

『北京わんぱく物語』 渡辺仙州著，長野ヒデ子絵 舞阪町（静岡県）ひくまの出版 1996.6 179p 21cm 1500円 ①4-89317-118-6
内容 日本人の父と、台湾出身の中国人の母の間に生まれた「ぼく」が、北京ですごした小学生時代。さまざまな国の仲間たちとの素晴らしい冒険の日々―。北京。その国際都市のなかで、いきいきととびまわるわんぱくたち。―これは、小さな火花のようにはじける少年群像の痛快な物語である。

わたなべ　ひろみ
《1962～》

『ネコのすけっと』 わたなべひろみ著 PHP研究所 2009.3 77p 22cm （とっておきのどうわ）1100円 ①978-4-569-68937-1
内容 ハナコは、ママがいないあいだに、にわにあるバラのアーチをたおしてしまいました。そこにあらわれたのは…。小学1～3年生向。

『こうえんのシロ ほしまつり』 わたなべひろみさく・え ポプラ社 2006.5 58p 20cm （ママとパパとわたしの本 37）800円 ①4-591-09248-8
内容 あしたは、たなばた。ほしまつりです。こいぬのシロは、ワンワンパトロール隊のなかまとささかざりをつくっています。きれいなかざりにうきうきしていると、ちょうろうがふしぎなはなしをしてくれました。おおむかし、シロはおそらのほしだったんだって。ほんとうかな。

『こうえんのシロ まめまき』 わたなべひろみさく・え ポプラ社 2005.1 60p 20cm （ママとパパとわたしの本 31）800円 ①4-591-08397-7
内容 ガオー！ つよいおににおこがれているシロは、おにのおめんをかぶって、みんなをおどかそうとしています。そこへ、ほんもののおにがやってきました。

『こうえんのシロ あめふり』 わたなべひろみさく・え ポプラ社 2002.6 61p 20cm （ママとパパとわたしの本 17）800円 ①4-591-07278-9
内容 こいぬのシロはなかまといっしょにワンワンパトロール隊として、こうえんをまもっています。でも、まいにちあめばかりでシロはたいくつ。そんなとき、ふしぎなできごとがおこりました。

『こうえんのシロ ゆきのひ』 わたなべひ

ろみさく・え　ポプラ社　2002.1　63p　20cm　（ママとパパとわたしの本 15）　800円　①4-591-07073-5

内容　こいぬのシロは、なかまといっしょにこうえんにすんでいます。ワンワンパトロール隊として、こうえんをまもっているのです。あるゆきのひ、シロたちがゆきがっせんにむちゅうになっていると…。

和智　正喜
わち・まさき
《1964～》

『月影町ふしぎ博物館―謎のマジカルキャンプ』　和智正喜作, さかもとまき絵　講談社　2011.1　251p　18cm　（講談社青い鳥文庫 269-3）　620円　①978-4-06-285190-9

内容　キャンプ場に謎ののっぺらぼうがあらわれた!?　つぎつぎいなくなる仲間たち…これも"ふしぎもの"のしわざなのか？　ひとが6人に分かれたり、町じゅうに悪夢が広まったり、月影町ってやっぱり不思議がいっぱい！　ふしぎ博物館のノアと真一が、月影町にすむ"ふしぎもの"たちの3つの事件を解決するよ！　小学中級から。

『月影町ふしぎ博物館―ぼくとノアと謎のトランク』　和智正喜作, さかもとまき絵　講談社　2010.7　253p　18cm　（講談社青い鳥文庫 269-2）　620円　①978-4-06-285159-6

内容　自分の影がなくなる？　ヘンな鳥がしゃべる？　月影町に引っ越してきた真一は、ある日、橋の上で奇妙な声を聞いた。つぎつぎおかしなことが起こるなか、偶然、大きなトランクを持つ不思議な女の子に出会う。それが真一の、不思議で新しい毎日のはじまりだった！―月影町で起こる不思議な事件を3話収録。小学中級から。

書名索引

【あ】

ああ保戸島国民学校（小林しげる）……… 145
あいうえおのうた（中川ひろたか）……… 224
あいうえおのせきがえ（宮下すずか）…… 348
IQ探偵タクト（深沢美潮）
　　　　　　　286〜289, 291, 293〜295
IQ探偵ムー（深沢美潮）……… 283〜296
あいしてくれて、ありがとう（越水利江
　子）………………………………………… 137
アイスクリーム・タワー（野中柊）…… 253
アイスプラネット（椎名誠）……………… 172
あいたい（光丘真理）……………………… 342
あ・い・つ（中川なをみ）………………… 223
『愛』との戦い（藤木稟）………………… 306
アイドルと秘密のデート!?（斉藤栄美）
　………………………………………………… 152
アイドルよりもあの子がいいな（杉本り
　え）………………………………………… 183
アイドルはラクじゃない（西川つかさ）
　………………………………………………… 246
愛の家（大谷美和子）……………………… 73
あえてよかったね（山末やすえ）……… 383
青い風（市川宣子）………………………… 58
あおいじかん（長崎夏海）………………… 225
青い空がつながった（毛利まさみち）… 367
青いチューリップ（新藤悦子）…………… 179
青いチューリップ、永遠に（新藤悦子）
　………………………………………………… 179
青い一角（つの）のギャロップ（西沢杏
　子）………………………………………… 247
青い一角（つの）の少女（西沢杏子）… 247
青い一角（つの）の少年（西沢杏子）… 247
青い一角（つの）の竜王（西沢杏子）… 247
青い瞳の人食いウルフ（高山栄子）…… 198
青い本（緑川聖司）………………… 343, 344
青い目の王子（三田誠広）………………… 341
青き竜の秘宝（池田美代子）………… 42, 43
青空の七人（竹内もと代）………………… 202
青空のポケット（泉啓子）………………… 56
青空バーベキュー（野中柊）……………… 253
青の森伝説（毛利まさみち）……………… 367
赤い花の精霊（池田美代子）………… 42, 43
赤い本（緑川聖司）………………… 343, 344
赤毛の女医アン（福田隆浩）……………… 299
あかちゃんカンガルー（もとしたいづ
　み）………………………………………… 370

あかちゃんペンギン（もとしたいづみ）
　………………………………………………… 370
あかちゃんライオン（もとしたいづみ）
　………………………………………………… 370
あかね色の風（あさのあつこ）…………… 17
アギーの祈り（浜野京子）………………… 261
アクアの祈り（倉橋燿子）………………… 125
アクエルタルハ（風野潮）………………… 90
悪魔の人形館（田中利々）………………… 206
悪魔のメルヘン（石崎洋司）……………… 49
悪魔はやさしい笑顔でやってくる（西川
　つかさ）…………………………………… 246
悪夢のドールショップ（石崎洋司）…… 50
悪霊セーファー亜里沙（早見裕司）…… 264
悪は永遠（とわ）に消ゆ（楠木誠一郎）… 110
あけちゃダメ！（小川英子）……………… 77
アゲハが消えた日（斉藤洋）……………… 158
あこがれ卓球部！（横沢彰）……………… 394
アサギをよぶ声（森川成美）……………… 373
朝霧の立つ川（高橋秀雄）………………… 191
浅田次郎（浅田次郎）……………………… 11
朝のこどもの玩具箱（あさのあつこ）… 15
あしたへジャンプ！　卓球部（横沢彰）
　………………………………………………… 394
明日がはじまる場所（杉本りえ）……… 181
あした天気に十二歳（薫くみこ）……… 130
明日につづくリズム（八束澄子）……… 377
明日になったら（あさのあつこ）……… 11
あしたも、さんかく（安田夏菜）……… 376
明日もずっとラブ友（相坂ゆうひ）…… 4, 5
あしたはえんそく（戸田和代）………… 214
あしたははれ曜日！（麻生かづこ）…… 22
明日のページ（日向理恵子）…………… 278
明日は海からやってくる（杉本りえ）… 181
明日は、なみだ禁止希望発進!!（杉本り
　え）………………………………………… 182
アタイ探偵局四文字のひみつ（光丘真
　理）………………………………………… 342
あたしだけに似合うもの（田部智子）… 207
頭のうちどころが悪かった熊の話（安東
　みきえ）…………………………………… 29
あたらしい図鑑（長薗安浩）…………… 227
あーちゃん（ねじめ正一）……………… 252
あっぱれじいちゃん（竹内もと代）…… 202
あっぱれ！　ブブヒコ（中川ひろたか）
　………………………………………………… 224
アップルパイたべてげんきになあれ（茂
　市久美子）………………………………… 366
アップルパイ姫の恋人（愛川さくら）… 2

書名索引

アート少女（花形みつる） … 259
アナザーヴィーナス（吉富多美） … 400
アナザー修学旅行（有沢佳映） … 28
あなたに贈る×（キス）（近藤史恵） … 151
アネモネ探偵団（近藤史恵） … 151
あの子を探して（田村理江） … 208
あのこもともだちやまだまや（杉本深由起） … 180
あの夏、ぼくらは秘密基地で（三輪裕子） … 352
あの日とおなじ空（安田夏菜） … 376
あの日、ブルームーンに。（宮下恵茉） … 347
あの世からのクリスマスプレゼント（山口理） … 381
あひるの手紙（朽木祥） … 119
アブエラの大きな手（中川なをみ） … 223
アブさんとゴンザレス（斉藤洋） … 162
安倍晴明は名探偵!!（楠木誠一郎） … 111
天草の霧（斉藤洋） … 159
甘党仙人（浜野京子） … 262
あまやどり（市川宣子） … 58
雨夜の数え唄（日向理恵子） … 278
あめあがりの名探偵（杉山亮） … 185
雨がしくしく、ふった日は（森絵都） … 370
雨の恐竜（山田正紀） … 384
雨の夜の死神（山口理） … 380, 381
雨ふる本屋（日向理恵子） … 279
雨ふる本屋の雨ふらし（日向理恵子） … 278
アメンボ号の冒険（椎名誠） … 172
アーモンド入りチョコレートのワルツ（森絵都） … 370
あやかし探偵団事件ファイル（藤ダリオ） … 299
あやかしの鏡（香谷美季） … 83, 84
あやかしファンタジア（斉藤洋） … 158
アヤカシ薬局閉店セール（伊藤充子） … 61
妖しいパティシエ（石崎洋司） … 50
怪しいブラスバンド（石崎洋司） … 49
あやつり人形の教室（石崎洋司） … 54
アヤとひみつのプレゼント（赤羽じゅんこ） … 7
あらいくんとキリンのきりしまくん（高山栄子） … 198
洗い屋お姫捕物帳（越水利江子） … 138
嵐の中の動物園（川端裕人） … 97
あらしのよるのばんごはん（長崎夏海） … 224
ありがとう～ただ、君がスキ～（中村航） … 228

ありがとう私のいのち（星野富弘） … 320
アリクイありえない（斉藤洋） … 160
アリスの不思議な青い砂（後藤みわこ） … 143
有松の庄九郎（中川なをみ） … 223
ありんこ方式（市川宣子） … 58
アルカディアの魔女（篠田真由美） … 173
歩きだす夏（今井恭子） … 63
RDGレッドデータガール（荻原規子） … 78, 79
あるひあひるがあるいていると（二宮由紀子） … 251
アルフレートの時計台（斉藤洋） … 159
暗黒のテニスプレーヤー（石崎洋司） … 48
アン先生、急患です！（福田隆浩） … 299
あんだら先生とジャンジャラ探偵団（田中啓文） … 204
アンティークFUGA（あんびるやすこ） … 31～34
アンドロメダの犬（今井恭子） … 63
A（アンペア）（篠原勝之） … 173
アンモナイトの森で（市川洋介） … 59

【い】

いい子じゃないもん（田部智子） … 206
いいこじゃないよ（小林深雪） … 148
いいものひろったくまざわくん（きたやまようこ） … 103
いえででんしゃ（あさのあつこ） … 17
いえででんしゃはがんばります。（あさのあつこ） … 16
いえででんしゃはこしょうちゅう？（あさのあつこ） … 16
家元探偵マスノくん（笹生陽子） … 167
異界から落ち来る者あり（香月日輪） … 134
医学のたまご（海堂尊） … 82
イグアナくんのおじゃまな毎日（佐藤多佳子） … 168
イグナートのぼうけん（乙一） … 81
イケカジなぼくら（川崎美羽） … 95
いけっ！ぼくのハヤテ（矢部美智代） … 378
イーゲル号航海記（斉藤洋） … 159～161
イサナと不知火のきみ（たつみや章） … 203
イサナ竜宮の闘いへ（たつみや章） … 203
石を抱くエイリアン（浜野京子） … 260
いじけちゃうもん（服部千春） … 257

いじわる・おばけにんぎょう（むらいかよ）……354
イースターエッグ将軍と赤い影（愛川さくら）……2
イスとイヌの見分け方（きたやまようこ）……103
いたずら人形チョロップ（高楼方子）……190
いたずら人形チョロップと名犬シロ（高楼方子）……190
いたずらまじょ子のおかしの国大ぼうけん（藤真知子）……304
いたずらまじょ子のヒーローはだあれ？（藤真知子）……303
いたずらまじょ子のプリンセスになりたいな（藤真知子）……302
いたずらまじょ子のボーイフレンド（藤真知子）……304
いたずらまじょ子のめざせ！ スター（藤真知子）……303
1円くんと五円（ゴエ）じい（久住昌之）……119
一億百万光年先に住むウサギ（那須田淳）……233
イチゴがいっぱい（竹内もと代）……201
一子とたぬきと指輪事件（あさのあつこ）……17
いちごムースでいつもの元気（令丈ヒロ子）……413
一・二でハジメ！（村上しいこ）……359
いちにのさんかんび（楠茂宣）……108
一年一組ミウの絵日記（吉田純子）……399
いちねんせいがあるきます！（北川チハル）……101
いちねんせいがうたいます！（北川チハル）……101
いちねんせいになったあなたへ（江国香織）……70
いちねんせいのいたーだきます！（北川チハル）……101
いちねんせいのよーい、どん！（北川チハル）……101
一年四組の窓から（あさのあつこ）……12
いちばん星のドレス（あんびるやすこ）……35
いちばん星、みっけ！（長崎夏海）……225
いつかかえるになる日（栗本薫）……130
いつか、きっと（横沢彰）……394
いつか蝶になる日まで（小森香折）……150
一休さんは名探偵!!（楠木誠一郎）……113

一瞬の風になれ（佐藤多佳子）……168
いっしょに遊ぼ、バーモスプリンカル！（山本悦子）……387
いっしょにいようよ（小林深雪）……147
いっしょにくらそ。（飯田雪子）……36
いっしょに読もういっしょに話そう（楠茂宣）……108
いつだってスタートライン（杉本深由起）……181
行ってきまぁす！（升井純子）……327
いつのまにデザイナー!?（梨屋アリエ）……230, 231
いつまでもずっとずーっととともだち（高山栄子）……198
いとをかし！ 百人一首（光丘真理）……341
糸子の体重計（いとうみく）……61
いぬうえくんがやってきた（きたやまようこ）……103
いぬうえくんがわすれたこと（きたやまようこ）……102
いぬうえくんのおきゃくさま（きたやまようこ）……103
犬とまほうの人さし指！（堀直子）……321
犬のことば辞典（きたやまようこ）……103
いるるは走る（大塚篤子）……74
インタビューはムリですよう！（梨屋アリエ）……230, 231
インナーネットの香保里（梶尾真治）……87

【う】

ヴァインヒルの宝石姫（円山夢久）……337
ヴァンパイア大使アンジュ（川崎美羽）……95, 96
ヴァンパイアの恋人（越水利江子）……137
ヴィヴァーチェ（あさのあつこ）……15, 16
うさぎのラジオ（島村木綿子）……174
羽州ものがたり（菅野雪虫）……179
うしろの正面（小森香折）……150
牛若丸は名探偵！（楠木誠一郎）……117
ウソがいっぱい（丘修三）……75
ウソじゃないもん（服部千春）……258
うそつき大ちゃん（阿部夏丸）……23
歌に形はないけれど（浜野京子）……260
うちゅういちのタコさんた（北川チハル）……101

うちゅうにんじゃとんじゃ丸(山本省三) …………… 390
宇宙のはてから宝物(井上林子) …………… 63
宇宙のみなしご(森絵都) …………… 371
うつけ者は名探偵!(楠木誠一郎) …………… 118
うばわれたティアラ(田中利々) …………… 206
うふふ森のあららちゃん(麻生かづこ) …………… 22
うまれたよ、ペットントン(服部千春) …………… 255
海にかがやく(斉藤洋) …………… 157
海の上の陰謀(藤咲あゆな) …………… 314
海の王子(三田誠広) …………… 341
うみのおばけずかん(斉藤洋) …………… 156
海の宮殿(三条星亜) …………… 171
海辺の家の秘密(大塚篤子) …………… 74
海辺のラビリンス(池田美代子) …………… 41
うらない★うららちゃん(もとしたいづみ) …………… 368
ウラナリ(板橋雅弘) …………… 57
ウラナリ、北へ(板橋雅弘) …………… 57
ウラナリ、さよなら(板橋雅弘) …………… 57
ウラナリと春休みのしっぽ(板橋雅弘) …………… 57
ウラナリは泣かない(板橋雅弘) …………… 57
裏庭にはニワ会長がいる!!(こぐれ京) …………… 135
うわさのがっこう(きたやまようこ) …………… 102, 103
うわさのとんでも魔女商会(あんびるやすこ) …………… 31
うわさの4時ねえさん(大塚篤子) …………… 74
うわさの雨少年(レインボーイ)(宮下恵茉) …………… 348
運命のウエディングドレス(あんびるやすこ) …………… 30
運命のテーマパーク(石崎洋司) …………… 50

【え】

永遠の子守歌(村山早紀) …………… 364
衛星軌道2万マイル(藤崎慎吾) …………… 316
ABCDEFG殺人事件(鯨統一郎) …………… 106
エクボ王子の帰り道(後藤みわこ) …………… 143
SOS！ 七化山のオバケたち(富安陽子) …………… 216
S力人情商店街(令丈ヒロ子) …………… 408〜410
H(エッチ)よければすべてよし(後藤みわこ) …………… 142
H(エッチ)は寝て待て(後藤みわこ) …………… 142
H(エッチ)は人のためならず(後藤みわこ) …………… 143
絵の中からSOS!(赤羽じゅんこ) …………… 7
エプロンひめのキラキラ☆プリンセスケーキ(藤真知子) …………… 300
エリアの魔剣(風野潮) …………… 88〜90
エレベーターは秘密のとびら(三野誠子) …………… 345
園芸少年(魚住直子) …………… 68
えんの松原(伊藤遊) …………… 61
炎路を行く者(上橋菜穂子) …………… 64

【お】

おいしゃさんはおばけだって!?(むらいかよ) …………… 353
おいなり山のひみつ(茂市久美子) …………… 366
王国は星空の下(篠田真由美) …………… 173
黄金旋律(村山早紀) …………… 361
黄金に輝く月(池田美代子) …………… 42, 43
黄金の国エルドラド(池田美代子) …………… 39
王さまどなた?(穂高順也) …………… 321
王子さまとドラゴンたいじ!!(藤真知子) …………… 304
王子さま、竜の山へいく(田中庸介) …………… 209
逢魔が時のものがたり(巣山ひろみ) …………… 186
大江戸散歩(香月日輪) …………… 132
大江戸神竜伝バサラ!(楠木誠一郎) …………… 113
オオカミ少年と国境の騎士団(藤咲あゆな) …………… 314
オオカミ少年と白薔薇の巫女(藤咲あゆな) …………… 314
オオカミ少年と伝説の秘宝(藤咲あゆな) …………… 315
大きくなったらなにになる(服部千春) …………… 257
大きなリュックのサンタクロース(山口節子) …………… 382
大空のきず(次良丸忍) …………… 178
大ドロボウ石川五十五えもん(吉田純子) …………… 399
大ドロボウ五十五えもんの一日けいさつ署長(吉田純子) …………… 399

大ドロボウ五十五えもんのドロボウ学校(吉田純子) 399
大泥棒は名探偵!(楠木誠一郎) 117
大魔女のすてきな呪文(藤真知子) 300
おおもりこもりてんこもり(藤真知子) 303
大盛りワックス虫ボトル(魚住直子) 68
大笑い! 東海道は日本晴れ!!(横田順弥) 395
おかあさんの手(まはら三桃) 335
おかし工場のひみつ!!(令丈ヒロ子) 407
おかしのいえのおばけパーティー(むらいかよ) 354
お菓子の本の旅(小手鞠るい) 141
おかね工場でびっくり!!(令丈ヒロ子) 406
小川洋子(小川洋子) 78
おきゃくさまはオバケ!(あんびるやすこ) 35
おきゃくさまはルルとララ(あんびるやすこ) 29
送り人の娘(広嶋玲子) 282
おげんきですか? ぼくのうち(きたやまようこ) 103
おコン絵巻 お澄ヶ淵の大蛇(斉藤飛鳥) 151
おコン草子(斉藤飛鳥) 151
お皿のボタン(高楼方子) 191
おさるのかわ(いとうひろし) 60
おさわがせ美少女転校生(杉本りえ) 183
おじいちゃんが、わすれても…(大塚篤子) 74
おじいちゃんのゴーストフレンド(安東みきえ) 29
おしゃべりさん(さいとうしのぶ) 155
おしゃべりな五線譜(香谷美季) 83
おしゃれ怪盗クリスタル(伊藤クミコ) 59
おしゃれプリンセスミューナ(山本省三) 389
お嬢様探偵ありすと少年執事ゆきとの事件簿(藤野恵美) 317
おそなえはチョコレート(小森香折) 150
おそろし箱(香谷美季) 83
オタカラウォーズ(はやみねかおる) 269
お宝探偵団とあぶない魔王(楠木誠一郎) 117
お宝探偵団とわがままミカド(楠木誠一郎) 118

おたすけ妖怪ねこまんさ(横山充男) 396
織田信長は名探偵!!(楠木誠一郎) 109
おたまじゃくしのたまちゃん(深山さくら) 351
おたまじゃくしの降る町で(八束澄子) 377
落ちてきた時間(たからしげる) 200
お月さまのたまご(小森香折) 150
おっことチョコの魔界ツアー(石崎洋司) 47, 52
おっことチョコの魔界ツアー(令丈ヒロ子) 405, 409
おっちょこチョイ姫(西本七星) 249, 250
お局さまは名探偵!(楠木誠一郎) 118
お手紙ありがとう(小手鞠るい) 141
お手本ロボット51号(中松まるは) 228
おでんおんせんにいく(中川ひろたか) 224
おてんきてんしのおくりもの(戸田和代) 213
おとうさんの手(まはら三桃) 336
お父さんのVサイン(相馬公平) 189
おとぎ話の忘れ物(小川洋子) 78
おどって! ウズメ(山口節子) 381
大人への階段(小林深雪) 146
おとのさま、でんしゃにのる(中川ひろたか) 223
おとのさまのじてんしゃ(中川ひろたか) 223
おともださにナリマ小(高楼方子) 191
おなかがギュルン(長崎夏海) 224
鬼ヶ辻にあやかしあり(広嶋玲子) 282
鬼にて候(横山充男) 396, 397
鬼の橋(伊藤遊) 61
鬼まつりの夜(富安陽子) 214
おにもつはいけん(吉田道子) 399
おねいちゃん(村中李衣) 361
おねえちゃんってふしぎだな(北川チハル) 101
おねえちゃんって、もうたいへん!(いとみく) 61
おねがい・恋神さま(次良丸忍) 176
おねがい恋神さま(次良丸忍) 176
お願い! フェアリー(みずのまい) ...... 339〜341
おばけおわらいグランプリ☆(むらいかよ) 353
おばけがカゼをひいちゃった(むらいかよ) 353

おばけがっこうぞぞぞぐみ(戸田和代) ……… 213
おばけがゆうかいされちゃった!(むらいかよ) ……… 354
おばけさまおねがい!(むらいかよ) …… 355
おばけvs.ドクロかめん(むらいかよ) …… 354
オバケだって、カゼをひく!(富安陽子) ……… 217
オバケたんてい(藤江じゅん) ……… 305
おばけといっしょにおるすばん(むらいかよ) ……… 355
おばけどうぶつえん(吉田純子) ……… 398
おばけとけっこんできるかな?(むらいかよ) ……… 354
おばけとなかなおりするにはね…(むらいかよ) ……… 353
おばけとなかよくなる方法(むらいかよ) ……… 355
おばけ長屋(斉藤洋) ……… 162
オバケに夢を食べられる!?(富安陽子) ……… 216
おばけのうらみはらします(むらいかよ) ……… 352
おばけのおーちゃん(市川宣子) …… 58
おばけのきゅうしょく(むらいかよ) …… 354
オバケのことならまかせなさい!(なかがわちひろ) ……… 222
おばけのしゅくだい(むらいかよ) …… 353
おばけのナンダッケ(巣山ひろみ) …… 186
おばけのバケロン(もとしたいづみ) ……… 368, 369
おばけのはつこい(むらいかよ) …… 353
おばけのひみつしっちゃった!?(むらいかよ) ……… 352
おばけプリンセス・まじょプリンセス(むらいかよ) ……… 354
おばけマンション(むらいかよ) …… 355
おばけもこわがるおばけのくに(むらいかよ) ……… 354
おばけはすきすき・きょうだいげんか(むらいかよ) ……… 355
おばけはみんなのみかたです♪(むらいかよ) ……… 353
おばっちのブイサイン(後藤みわこ) …… 142
おはなしだいどころ(さいとうしのぶ) ……… 155
おはようの花(仁科幸子) ……… 248
おひさまのワイン(小森香折) ……… 150

おひさまやのおへんじシール(茂市久美子) ……… 365
おひさまやのたんぽぽスプレー(茂市久美子) ……… 365
おひさまやのテーブルクロス(茂市久美子) ……… 365
おひさまやのめざましどけい(茂市久美子) ……… 365
お引越し(ひこ田中) ……… 277
おひめさまえんそくにいく(まだらめ三保) ……… 329
おひめさまパンダになる?(まだらめ三保) ……… 328
おひめさまパンやさんになる(まだらめ三保) ……… 328
おひめさまふたごになる(まだらめ三保) ……… 328
オフェーリアの物語(山田正紀) ……… 384
開店(オープン)! メタモル書店(関田涙) ……… 187
オーボラーラ男爵の大冒険(原京子) … 269
「おまえだ!」とカピバラはいった(斉藤洋) ……… 160
おまかせ☆天使組!(山田うさこ) …… 383
おまけのオバケはおっチョコちょい(深山さくら) ……… 351
おまじないつかい(なかがわちひろ) … 222
おまじないのてがみ(赤羽じゅんこ) …… 7
おまじないは魔法の香水(あんびるやすこ) ……… 30
おまもりドラゴン(山末やすえ) …… 383
オムレツ屋へようこそ!(西村友里) … 249
お面屋たまよし(石川宏千花) ……… 45
思い出はブラックボックスに(斉藤洋) ……… 161
おもちゃ工場のなぞ!!(令丈ヒロ子) … 406
お洋服リフォーム支店(あんびるやすこ) ……… 36
オリエント急行とパンドラの匣(はやみねかおる) ……… 269
オリガ学園仕組まれた愛校歌(佐藤佳代) ……… 167
自鳴琴(オルゴール)(池田美代子) …… 40
オレたちの明日に向かって(八束澄子) ……… 377
おれたちのD&S(須藤靖貴) ……… 186
おれとカノジョの微妙days(令丈ヒロ子) ……… 412
おれのミュ～ズ!(にしがきようこ) … 245

おれふぁんと（那須田淳） …………… 233
オレンジ・シティに風ななつ（松原秀行） …………… 333
おれんちのいぬチョビコ（那須田淳） …… 233
お笑い一番星（牧野節子） …………… 326
おわらいコンビムサシとコジロー（上条さなえ） …………… 93
音楽室の日曜日（村上しいこ） …… 357
オン・ザ・ライン（朽木祥） …………… 120
陰陽師はクリスチャン!?（夕貴そら） …… 392
陰陽師は名探偵！（楠木誠一郎） …… 118
陰陽屋あやうし（天野頌子） …………… 27
陰陽屋あらしの予感（天野頌子） …… 27
陰陽屋アルバイト募集（天野頌子） …… 27
陰陽屋へようこそ（天野頌子） …………… 27
陰陽屋の恋のろい（天野頌子） …………… 27
陰陽屋は混線中（天野頌子） …………… 27
オンライン！（雨蛙ミドリ） …… 23, 24

【か】

カアカアあひるとガアガアからす（宮下すずか） …………… 348
かあさんのしっぽっぽ（村中李衣） …… 360
母さんは虹をつくってる（幸原みのり） …………… 393
かあちゃん取扱説明書（いとうみく） …… 61
母ちゃんのもと（福明子） …………… 297
かいけつゾロリ イシシ・ノシシ大ピンチ!!（原ゆたか） …………… 272
かいけつゾロリ カレーvs.ちょうのうりょく（原ゆたか） …………… 272
かいけつゾロリ きょうふのちょうとっきゅう（原ゆたか） …………… 272
かいけつゾロリ きょうふのようかいえんそく（原ゆたか） …………… 271
かいけつゾロリたべられる!!（原ゆたか） …………… 273
かいけつゾロリ たべるぜ！ 大ぐいせんしゅけん（原ゆたか） …………… 272
かいけつゾロリ なぞのスパイとチョコレート（原ゆたか） …………… 271
かいけつゾロリ なぞのスパイと100本のバラ（原ゆたか） …………… 271
かいけつゾロリの大どろぼう（原ゆたか） …………… 273
かいけつゾロリのきょうふのカーニバル（原ゆたか） …………… 273
かいけつゾロリの大きょうりゅう・きょうふのゆうえんち（原ゆたか） …… 272
かいけつゾロリのだ・だ・だ・だいぼうけん！（原ゆたか） …………… 271
かいけつゾロリのドラゴンたいじ・きょうふのやかた（原ゆたか） …… 273
かいけつゾロリのなぞのおたから大さくせん（原ゆたか） …………… 272
かいけつゾロリのはちゃめちゃテレビ局（原ゆたか） …………… 271
かいけつゾロリのまほうつかいのでし・大かいぞく（原ゆたか） …… 273
かいけつゾロリのまほうのランプ〜ッ（原ゆたか） …………… 271
かいけつゾロリのママだーいすき・大かいじゅう（原ゆたか） …… 272
かいけつゾロリのメカメカ大さくせん（原ゆたか） …………… 271
かいけつゾロリのゆうれいせん・チョコレートじょう（原ゆたか） …… 272
かいけつゾロリ はなよめとゾロリじょう（原ゆたか） …………… 271
かいけつゾロリ まもるぜ！ きょうりゅうのたまご（原ゆたか） …… 272
かいけつゾロリ やせるぜ！ ダイエット大さくせん（原ゆたか） …… 272
怪獣イビキングをやっつけろ！（岡田依世子） …………… 75
かいじゅうのさがしもの（富安陽子） …… 215
かいてんずしのきょうふ（山本省三） …… 388
外伝パラレル！（楠木誠一郎） …………… 111
怪盗ヴォックスの挑戦状（関田涙） …… 189
怪盗クイーン、かぐや姫は夢を見る（はやみねかおる） …………… 266
怪盗クイーン、仮面舞踏会にて（はやみねかおる） …………… 268
怪盗クイーンと悪魔の錬金術師（はやみねかおる） …………… 265
怪盗クイーンと魔界の陰陽師（はやみねかおる） …………… 265
怪盗クイーンに月の砂漠を（はやみねかおる） …………… 268
怪盗グリフィン、絶体絶命（法月綸太郎） …………… 254
怪盗ゴースト、つかまえます！（秋木真） …………… 8
怪盗パピヨン（関田涙） …………… 187

怪盗ファントム＆ダークネスEX-GP
　（藤野恵美）……………… 317～320
怪盗レッド（秋木真）……………… 8, 9
怪盗は8日にあらわれる。（松原秀行）… 330
海竜のなみだ（みおちづる）……… 338
カウントダウン（山本文緒）……… 391
かえだま（小森香折）……………… 150
かえってきたまほうのじどうはんばい
　き（山田知子）…………………… 384
かえってきた雪女（斉藤洋）……… 162
かえってくるゆうれい画（斉藤洋）… 160
帰天城の謎（はやみねかおる）…… 267
カエル王国のプリンセス（吉田純子）
　……………………………… 397, 398
カエルの歌姫（如月かずさ）……… 100
かえるひみつきょうてい（村上しいこ）
　……………………………………… 358
科学探偵部ビーカーズ！（夏緑）… 235
かがみのもり（大崎梢）…………… 72
かがやく明日（藤咲あゆな）……… 315
鍵の秘密（古市卓也）……………… 320
学園を守れ！（光丘真理）………… 342
かげまるはなれていても、いっしょ（矢
　部美智代）………………………… 378
かさねちゃんにきいてみな（有沢佳映）
　……………………………………… 28
カステラやさんのバースデーケーキ（堀
　直子）……………………………… 321
風をおいかけて、海へ！（高森千穂）… 193
カゼヲキル（増田明美）…………… 328
風をつかまえて（那須田淳）……… 233
かぜがはこんだおとしもの（かさいま
　り）………………………………… 86
風にみた夢（大塚篤子）…………… 74
風の天使（倉橋燿子）……………… 129
風の神様からのおくりもの（みほよう
　こ）………………………………… 345
風の靴（朽木祥）…………………… 120
風の国の小さな女王（倉橋燿子）… 126
風の恋うた（村山早紀）……… 362, 364
風のシャトル（山崎玲子）………… 382
風の魔法つかいリオン（森川さつき）… 373
風の館の物語（あさのあつこ）… 11, 12, 15～18
風のラヴソング（越水利江子）…… 139
片想い白書（唯川恵）……………… 391
カタカナダイボウケン（宮下すずか）… 349
ガチャガチャ☆GOTCHA！（宮下恵
　茉）………………………………… 347
カチューシャ（野中ともそ）……… 252

がっこうおばけの7ふしぎ（むらいか
　よ）………………………………… 354
がっこうかっぱのイケノオイ（山本悦
　子）………………………………… 387
学校クエスト（中松まるは）……… 227
学校であった怖い話（飯島多紀哉）… 36
学校にはナイショ♂逆転美少女・花緒
　（吉田純子）………………… 397, 398
がっこうにんじゃえびてんくん（村上し
　いこ）……………………………… 356
がっこうのおばけずかん（斉藤洋）… 156
がっこうのおばけずかん あかずのきょ
　うしつ（斉藤洋）………………… 156
がっこうのおばけずかん ワンデイてん
　こうせい（斉藤洋）……………… 156
学校のオバケたいじ大作戦（富安陽子）
　……………………………………… 217
学校の鏡は秘密のとびら？（三野誠子）
　……………………………………… 345
カッパのぬけがら（なかがわちひろ）… 222
かっぱの虫かご（松居スーザン）… 329
家庭教師りん子さんが行く！（加藤純
　子）………………………………… 92
カナディアンサマー・Kyoko（村中李
　衣）………………………………… 360
カナデ、奏でます！（ごとうしのぶ）… 141, 142
かなと花ちゃん（富安陽子）……… 215
かのこちゃんとマドレーヌ夫人（万城目
　学）………………………………… 327
カーの復讐（二階堂黎人）………… 244
かばた医院のひみつ（中島和子）… 226
カバローの大きな口（戸田和代）… 213
カフェ・デ・キリコ（佐藤まどか）… 169
カプリの恋占い（後藤みわこ）… 142, 143
カボちゃんのうんどうかい（高山栄子）
　……………………………………… 198
カボちゃんのはっぴょうかい（高山栄
　子）………………………………… 197
カボちゃんのひっこし!?（高山栄子）… 195
カボちゃんのふでばこ（高山栄子）… 197
かまいたち（宮部みゆき）………… 350
神々と目覚めの物語（ユーカラ）（あさ
　のあつこ）………………………… 11
神々の午睡（うたたね）（あさのあつ
　こ）…………………………… 12, 15
神々の午睡（うたたね）金の歌、銀の月
　（あさのあつこ）………………… 11
紙コップのオリオン（市川朔久子）… 58
カミサマ（篠原勝之）……………… 173

神様ゲーム(麻耶雄嵩) ………… 336
神様しか知らない秘密(小林深雪) ‥ 145, 147
神さま、事件です！(森三月) ………… 372
神さまの住む町(楠章子) ………… 107
神の守り人(上橋菜穂子) ………… 66, 67
かむさはむにだ(村中李衣) ………… 361
がむしゃら落語(赤羽じゅんこ) ………… 6
かめきちのおまかせ自由研究(村上しいこ) ………… 359
かめきちのたてこもり大作戦(村上しいこ) ………… 359
かめきちのなくな！王子様(村上しいこ) ………… 358
かめくんのこと(北野勇作) ………… 102
カメレオンを飼いたい！(松本祐子) ………… 335
仮面城からの脱出(広嶋玲子) ………… 281
蒲生邸事件(宮部みゆき) ………… 349
鴨とぶ空の、プレスリー(野中ともそ) ………… 252
かもめ商店街を救え！(森居美百合) ………… 372
火曜日はトラブル(あんびるやすこ) ………… 34
空打ちブルース(升井純子) ………… 328
からすとかばのかいすいよく(二宮由紀子) ………… 250, 251
ガラスの指輪(池田美代子) ………… 41
カラフル(森絵都) ………… 370, 371
カラフルな闇(まはら三桃) ………… 336
ガリばあとなぞの石(たからしげる) ………… 198
かりんちゃんと十五人のおひなさま(なかがわちひろ) ………… 222
ガール！ガール！ガールズ！(宮下恵茉) ………… 348
ガールズ・ブルー(あさのあつこ) ………… 15
華麗なる探偵アリス＆ペンギン(南房秀久) ………… 241
カレンダー(ひこ田中) ………… 277
かわいいおばけになりたいの(むらいかよ) ………… 355
かわいい魔女のゆうれい!!(藤真知子) ………… 302
かわいくなりたい(小林深雪) ………… 148
川上弘美(川上弘美) ………… 95
カワセミの森で(芦原すなお) ………… 20
かはたれ(朽木祥) ………… 120
川中wow部の釣りバトル(阿部夏丸) ………… 23
川中wow部の夏休み(阿部夏丸) ………… 23
かわむらまさこのあつい日々(村中李衣) ………… 360
願かけネコの日(那須田淳) ………… 233

漢字だいぼうけん(宮下すずか) ………… 348
漢字のかんじ(杉本深由起) ………… 181
かんたんせんせいとバク(斉藤洋) ………… 159
かんたんせんせいとペンギン(斉藤洋) ………… 162
かんたんせんせいとライオン(斉藤洋) ………… 161
がんばっ！卓球部(横沢彰) ………… 394

【き】

きいちゃんのおへそ？(麻生かづこ) ……… 22
黄色い本(緑川聖司) ………… 343, 344
きえたアイドルのなぞ(山本省三) ………… 389
消えたシュークリーム王子(愛川さくら) ………… 1
消えた探偵犬の秘密(楠木誠一郎) ………… 111, 114, 115
消えた人形の謎(上田千尋) ………… 64
きえた魔法のダイヤ(あんびるやすこ) ………… 35
記憶をなくした少女(楠木誠一郎) ………… 112, 115, 117
奇怪変身おめん屋(越水利江子) ………… 140
菊次郎とさき(ビートたけし) ………… 278
危険な異界ドキドキ初デート(高山栄子) ………… 194
キサトア(小路幸也) ………… 175
刻まれた記憶(池田美代子) ………… 40
キジ猫キジとののかの約束(竹内もと代) ………… 201
記者の子どもは今日もハラハラ(森居美百合) ………… 373
キズだらけの逃亡者(モンスター)(高山栄子) ………… 196
奇跡の犬コスモスにありがとう(中山聖子) ………… 229
ギッちゃんの飛んでくる空(幸原みの) ………… 393
きっとオオカミ、ぜったいオオカミ(山崎玲子) ………… 382
きっときみに届くと信じて(吉富多美) ………… 400
きっとどこかの空の下で(三輪裕子) ………… 352
キッドナップ・ツアー(角田光代) ………… 84
きつねのでんわボックス(戸田和代) ………… 214
キップをなくして(池沢夏樹) ………… 37
気になる恋のライバル(斉藤栄美) ………… 152

気になる♡わるボーイ（杉本りえ） ……… 183
きのうの夜、おとうさんがおそく帰っ
　　た、そのわけは…（市川宣子） ………… 58
「希望」という名の船にのって（森下一
　　仁） …………………………………… 373
きみを守るためにぼくは夢をみる（白倉
　　由美） ………………………… 175, 176
きみがいてよかった（小林深雪） ……… 146
きみスキ（梨屋アリエ） ………………… 229
きみときみの自転車（沢村凛） ………… 171
きみにしか聞こえない（乙一） ………… 81
きみの町で（重松清） …………………… 172
君の夜を抱きしめる（花形みつる） …… 258
きもだめし・攻略作戦（野泉マヤ） …… 252
逆転!! ジドターズ（大塚篤子） ………… 75
キャプテン・クッキング（三日月シズ
　　ル） …………………………………… 339
キャベツ（石井睦美） …………………… 45
キャメロットの鷹（ひかわ玲子） ……… 276
ギャング・エイジ（阿部夏丸） ………… 22
吸血鬼あらわる！（楠木誠一郎）
　　………………………………… 112, 115, 117
旧校舎の黄金書（日向理恵子） ………… 278
給食室の日曜日（村上しいこ） ………… 357
牛太郎、ぼくもやったるぜ！（堀米薫）
　　………………………………………… 325
きょうから飛べるよ（小手鞠るい） …… 141
教室（斉藤栄美） ………………………… 154
教室の祭り（草野たき） ………………… 105
きょうのおやつはおばけケーキ（むらい
　　かよ） ………………………………… 355
恐怖仮面のウワサ（魔夜妖一） ………… 336
恐怖のお笑い転校生（安田依央） ……… 376
恐怖のドッグトレーナー（石崎洋司） … 48
恐怖の魔界霊国ツアー（高山栄子） …… 195
きょうふのわらいきのこ（山本省三） … 389
恐怖！　笑いが消えた街（安田依央） … 376
恐竜がいた夏（市川洋介） ……………… 59
恐竜がくれた夏休み（はやみねかおる）
　　………………………………… 265, 267
きょうりゅうじゃないんだ（斉藤洋） … 156
きらいじゃないよ（小林深雪） ………… 146
きらちゃんひらひら（北川チハル） …… 101
ギラの伝説（たかしげつう） …………… 200
きらめいて！　ハッピー・ジャズ（竹内
　　もと代） ……………………………… 201
きらめき12星座（奥沢しおり） …… 79, 80
きらめきの十二歳（薫くみこ） ………… 130

きらめきハートのドレス（あんびるやす
　　こ） ……………………………………… 31
キラメキ☆ライブハウス（牧野節子）
　　………………………………… 326, 327
切り株ものがたり（今井恭子） ………… 63
霧の流れる川（岡田依世子） …………… 76
桐野夏生（桐野夏生） …………………… 104
霧の幽霊船（斉藤洋） …………………… 163
キリンちゃん（花形みつる） …………… 258
キリンにのって（山本なおこ） ………… 390
きりんゆらゆら（吉田道子） …………… 400
きんいろのさかな・たち（大谷美和子）
　　………………………………………… 73
銀色の日々（次良丸忍） ………………… 178
金色の目の占い師（高山栄子） ………… 197
銀河へキックオフ!!（川端裕人） ……… 97
銀河寮ミステリー合宿（松原秀行） …… 332
キンギョのてんこうせい（阿部夏丸） … 23
きんぎょひめ（戸田和代） ……………… 213
きんじょのきんぎょ（内田麟太郎） …… 70
金の月のマヤ（田森庸介） ……………… 208
銀の船と青い海（萩尾望都） …………… 254
金の本（緑川聖司） ……………… 343, 344
銀の本（緑川聖司） ……………… 343, 344

【く】

空中トライアングル（草野たき） ……… 104
クグノタカラバコ（いとうひろし） …… 60
クグノビックリバコ（いとうひろし） … 60
クグロフ皇妃と錬金術師（愛川さくら）
　　………………………………………… 2
草之丞の話（江国香織） ………………… 71
クサヨミ（藤田雅矢） …………………… 316
くつかくしたの、だあれ？（山本悦子）
　　………………………………………… 385
クッキー・オーケストラ（野中柊） …… 253
グッバイ！　グランパ（服部千春） …… 258
グッバイバルチモア（那須田淳） ……… 234
グッバイマイフレンド（福田隆浩） …… 298
くまざわくんがもらったちず（きたやま
　　ようこ） ……………………………… 102
くまざわくんのたからもの（きたやまよ
　　うこ） ………………………………… 103
クマのあたりまえ（魚住直子） ………… 68
くまのごろりん　あまやどり（やえがし
　　なおこ） ……………………………… 375

くまのごろりんと川のひみつ（やえがしなおこ） …………………… 374
くまのごろりん まほうにちゅうい（やえがしなおこ） …………… 375
くまのつきのわくん（片山令子） ……… 91
くまのベアールとちいさなタタン（原京子） ……………………… 270
雲の切れ間に宇宙船（川端裕人） …… 97
くものちゅいえこ（森川成美） …… 373
雲のはしご（梨屋アリエ） …………… 231
雲の迷路（三条星亜） ………………… 171
クモばんばとぎんのくつした（仁科幸子） ………………………… 248
くらげや雑貨店（長谷川光太） ……… 255
クラスメイツ（森絵都） ……………… 370
クラスルーム（折原一） ……………… 82
くらやみ王国のモクモク大王（田森庸介） ………………………… 209
くりぃむパン（浜野京子） …………… 260
クリオネのしっぽ（長崎夏海） ……… 224
クリスタルエッジ（風野潮） ………… 90
クリスタルエッジ 決戦・全日本へ！（風野潮） …………………… 89
クリスタルエッジ 目指せ4回転！（風野潮） …………………… 89
クリスマスあったかスープ（野中柊） … 253
クリスマスクッキングふしぎなクッキーガール（梨屋アリエ） …… 229
クリーニングやさんのふしぎなカレンダー（伊藤充子） …………… 61
グリーン・レクイエム（新井素子） … 28
クールな三上も楽じゃない（田部智子） ……………………………… 207
くるみの冒険（村山早紀） …………… 361
紅に輝く河（浜野京子） ……………… 261
黒い本（緑川聖司） …………… 343, 344
黒い森の迷路（池田美代子） ………… 42
黒いゆうれい船（みおちづる） ……… 338
くろくまレストランのひみつ（小手鞠るい） ……………………… 141
黒田官兵衛は名探偵!!（楠木誠一郎） … 108
黒猫が海賊船に乗るまでの話（古市卓也） ………………………… 320
黒ねこガジロウの優雅（ユーガ）な日々（丘修三） ……………… 75
くろねこ大まおうのおばけだぞ！（田森庸介） …………………… 209
黒ねこ亭でお茶を（長井理佳） ……… 220
黒ねこ亭とすてきな秘密（長井理佳） … 220

クローバーフレンズ（相原博之） …… 6
黒薔薇姫と7人の従者たち（藤咲あゆな） ………………… 308, 314
黒薔薇姫と7人の仲間たち（藤咲あゆな） ………………… 308, 309
黒薔薇姫と忍びの誓い（藤咲あゆな） ………………………… 308, 313
黒薔薇姫と正義の使者（藤咲あゆな） ………………………… 308, 313
黒薔薇姫となやめる乙女（藤咲あゆな） ………………………… 308, 310
黒薔薇姫と鋼の騎士（藤咲あゆな） … 308, 310
黒薔薇姫と勇者（ヒーロー）の証（藤咲あゆな） ………… 308, 309
黒薔薇姫と幽霊少女（藤咲あゆな） … 308, 313
黒薔薇姫の秘密のお茶会（ティータイム）（藤咲あゆな） ……… 308, 310
黒魔女さんが通る!!（石崎洋司） ……………… 47〜49, 51〜54
黒魔女さんのクリスマス（石崎洋司） … 51
黒魔女の騎士ギューバッド（石崎洋司） ……………………………… 47
クロリスの庭（茂市久美子） ………… 366
くんくまくんとおやすみなさい（今村葦子） ……………………… 64

【け】

刑事の子（宮部みゆき） ……………… 349
ケイゾウさんは四月がきらいです。（市川宣子） …………………… 58
K町の奇妙なおとなたち（斉藤洋） … 157
劇場版アニメ忍たま乱太郎（尼子騒兵衛） ………………………… 25
劇団6年2組（吉屋万理子） ………… 402
激突！ 伝説の退魔師（藤木稟） …… 306
けしけしキングがやってきた（西沢杏子） ………………………… 248
月界の天使（エンジェル）パワー（高山栄子） ……………………… 195
月下花伝（越水利江子） ……………… 139
月光・マジック（愛川さくら） ……… 1
けっこん大はんたい！（長井るり子） … 221
月蝕島の魔物（田中芳樹） …… 205, 206
月蝕姫のキス（芦辺拓） ……………… 21
決戦 妖怪島（斉藤洋） …………… 160
ゲームの魔法（藤野恵美） …………… 319

けむり

けむり馬に乗って（小川英子）	77
獣の奏者（上橋菜穂子）	65〜67
けやきひろばのなかまたち（矢部美智代）	378
ケンカ友だちは恋の予感!?（斉藤栄美）	152
けんか屋わたるがゆく！（高橋秀雄）	192
元気じるしの夏物語（竹内もと代）	201
ケンケンとムンムン（南部和也）	241
ゲンタ！（風野潮）	88
剣にかがやく星（みおちづる）	338
幻霧城への道（関田涙）	188
幻狼神異記（横山充男）	396
元禄の雪（斉藤洋）	157

【こ】

恋かもしれない（服部千春）	257
恋して・オリーブ へこましたい！（東多江子）	276
恋するウルフ宿命の対決（高山栄子）	197
恋する新選組（越水利江子）	138
恋する和パティシエール（工藤純子）	120, 121
恋せよ、女子！（斉藤栄美）	151
恋って、うつるんですっ！（斉藤栄美）	153
恋におちたバンパイア（高山栄子）	197
恋のギュービッド大作戦！（石崎洋司）	49
恋のギュービッド大作戦！（令丈ヒロ子）	407
恋のサンダー・ストーム（次良丸忍）	176, 177
ご隠居さまは名探偵！（楠木誠一郎）	118
こうえんどおりのようふくやさん（堀直子）	321
こうえんのシロ あめふり（わたなべひろみ）	414
こうえんのシロ ほしまつり（わたなべひろみ）	414
こうえんのシロ まめまき（わたなべひろみ）	414
こうえんのシロ ゆきのひ（わたなべひろみ）	414
豪華客船の爆弾魔事件（藤野恵美）	317
こうばしい日々（江国香織）	71
幸福3丁目商店街 たこやき探偵団あらわる（村上しいこ）	358
幸福3丁目商店街 ハートのエースがでてこない（村上しいこ）	358
幸福な仲間たち（大塚篤子）	74
公平、いっぱつ逆転！（福田隆浩）	298
荒野のマーくん（花形みつる）	259
声をきかせて（樫崎茜）	87
声が聞こえたで始まる七つのミステリー（小森香折）	150
ゴエさん（結城乃香）	393
氷と霧の国トゥーレ（池田美代子）	40
氷の上のプリンセス（風野潮）	88
ごきげんな裏階段（佐藤多佳子）	168
ごきげんぶくろ（赤羽じゅんこ）	7
こぎつねいちねんせい（斉藤洋）	157
こぎつねボック（今村葦子）	64
虚空の旅人（上橋菜穂子）	67
極上おばけクッキング！（むらいかよ）	353
こぐまのクーク物語（かさいまり）	85, 86
極楽探偵シャカモトくん（横田順弥）	395
Go！ go！ チアーズ（工藤純子）	122
ココの森と夢のおはなし（ときありえ）	212
ココの森と夜のおはなし（ときありえ）	212
ゴーゴーもるもくん（斉藤洋）	160
こころ（七瀬晶）	237
心の森（小手鞠るい）	141
ココロ屋（梨屋アリエ）	230
ここは京まち、不思議まち（服部千春）	256, 257
子ザルのみわちゃんとうり坊（深山さくら）	351
古城ホテルの花嫁事件（藤野恵美）	316
ゴースト館の謎（あさのあつこ）	19
ゴースト・ファイル（工藤純子）	121, 122
こちらいそがし動物病院（垣内磯子）	84
こちら、天文部キューピッド係！（かたのともこ）	91
こちら妖怪新聞社！（藤木稟）	306
コットンの夏休み（あんびるやすこ）	35
子どもの記者は明日もワクワク（森居美百合）	372
こねこムーの童話集（江崎雪子）	71
5年2組横山雷太、児童会長に立候補します！（いとうみく）	60
五年霊組こわいもの係（床丸迷人）	212
この子だれの子（宮部みゆき）	350

この素晴らしき世界に生まれて(福田隆浩) …… 299
この庭に(梨木香歩) …… 229
こぶたしょくどう(もとしたいづみ) …… 369
狛犬の佐助(伊藤遊) …… 61
こまじょちゃんとあなぼっこ(越水利江子) …… 139
こまじょちゃんとそらとぶねこ(越水利江子) …… 139
こまじょちゃんとふしぎのやかた(越水利江子) …… 139
小道の神さま(竹内もと代) …… 201
こむぎとにいちゃん(吉田道子) …… 399
ごめん(ひこ田中) …… 277
ごめんね! ダンスおばあちゃん(小原麻由美) …… 149
木もれ日のメロディー(斉藤栄美) …… 153
こよみのくにの魔法つかい!(たざわりいこ) …… 202
コリドラス・テイルズ(斉藤洋) …… 157
ゴリラでたまご(内田麟太郎) …… 68
ゴリラのウーゴひとりでおつかい(礒みゆき) …… 56
ゴールライン(秋木真) …… 10
ゴロジ(戸田和代) …… 213
コロッケくんのぼうけん(二宮由紀子) …… 250
怖い本(緑川聖司) …… 343, 344
コンビニたそがれ堂(村山早紀) …… 363
今夜は眠れない(宮部みゆき) …… 350

【さ】

最強の天使(まはら三桃) …… 336
サイクリング・ドーナツ(野中柊) …… 253
最後の七月(長薗安浩) …… 226
最後の戦い(ひかわ玲子) …… 276
最後のドレス・チェンジ(次良丸忍) …… 176, 177
サイテーなあいつ(花形みつる) …… 258
西遊後記(斉藤洋) …… 156
さかさまの自転車(西沢杏子) …… 248
さかさやまのさくらでんせつ(二宮由紀子) …… 251
さかだちしたってやまだまや(杉本深由起) …… 180
坂本竜馬は名探偵!!(楠木誠一郎) …… 117
さきがけの炎(香谷美季) …… 83

ザグドガ森のおばけたち(やえがしなおこ) …… 375
桜石探検隊(風野潮) …… 89
桜小なんでも修理クラブ!(深月ともみ) …… 296, 297
桜の下で霊が泣く(山口理) …… 381
さくら、ひかる。(小森香折) …… 150
桜マシュマロと守護神(しゅごしん)(愛川さくら) …… 2
さすらい猫ノアの伝説(重松清) …… 172
サッカーボーイズ(はらだみずき) …… 274
サッカーボーイズ13歳(はらだみずき) …… 274
サッカーボーイズ14歳(はらだみずき) …… 273, 274
サッカーボーイズ15歳(はらだみずき) …… 273
佐藤さん(片川優子) …… 91
サトミちゃんちの1男子(こぐれ京) …… 135, 136
サトミちゃんちの8男子(こぐれ京) …… 136
さとるくんの怪物(たからしげる) …… 199
サナギの見る夢(如月かずさ) …… 100
真田幸村は名探偵!!(楠木誠一郎) …… 109
砂漠のアトランティス(池田美代子) …… 39
砂漠の歌姫(村山早紀) …… 363
砂漠の国からフォフォー(中川なをみ) …… 223
サボテン島のペンギン会議(川端裕人) …… 98
サマー・オブ・パールズ(斉藤洋) …… 160
さまよえる宝島(みおちづる) …… 338
The MANZAI(あさのあつこ) …… 13～19
さやかさんからきた手紙(大塚篤子) …… 74
さようなら、まほうの国!!(藤真知子) …… 300
さよなら宇宙人(高科正信) …… 189
さよなら十二歳のとき(薫くみこ) …… 130
さよなら地底人(高科正信) …… 190
さよならのまほう(中島和子) …… 226
皿と紙ひこうき(石井睦美) …… 44
さらば、シッコザウルス(服部千春) …… 257
さらば自由と放埓の日々(佐藤まどか) …… 169
さらわれた花嫁(あさのあつこ) …… 19
酸素は鏡に映らない(上遠野浩平) …… 92
サンタクロース一年生(原京子) …… 270
サンドイッチの日(吉田道子) …… 399
山頭火ウォーズ(松原秀行) …… 333
三人組、ふしぎの旅へ!(森下真理) …… 374
三人だけの山村留学(中山聖子) …… 229

3人のパパとぼくたちの夏（井上林子） 62
3にん4きゃく、イヌ1ぴき（たからしげる） 199
3びきのお医者さん（杉山亮） 183
さんぽうた（ねじめ正一） 252
さんぽひものはつこい（二宮由紀子） 251

【し】

しあわせアパート（仁科幸子） 248
しあわせなら名探偵（杉山亮） 184
しあわせのウエディング・ケーキ（早川真知子） 263
しあわせラーメン、めしあがれ！（上条さなえ） 92
しあわせは子猫のかたち（乙一） 81
C&Y地球最強姉妹キャンディ 大怪盗をやっつけろ！（山本弘） 390
C&Y地球最強姉妹キャンディ 夏休みは戦争へ行（い）こう！（山本弘） 390
じいちゃんのいる囲炉裏ばた（高橋秀雄） 192
じいちゃんの森（小原麻由美） 149
しえりの秘密のシール帳（浜野京子） 260
死をうたう少年（村山早紀） 362
しかえしはおばけラーメン！（むらいかよ） 355
ジキルとハイドあらわる！（楠木誠一郎） 112, 114, 115
時空忍者おとめ組！（越水利江子） 137, 138
時空ハンターYUKI（あさのあつこ） 19, 20
シークレットガールズ（三浦有為子） 337
重松清（重松清） 172
事件かいけつ！ マジすか？ コンビ（西川つかさ） 246
事件だよ！ 全員集合（杉山亮） 184
四国へgo！ サンライズエクスプレス（高森千穂） 193
地獄少女（石崎洋司） 52
地獄堂霊界通信（香月日輪） 132
地獄堂霊界通信2（香月日輪） 135
じごくのクイズショー（山本省三） 389
ジジきみと歩いた（宮下恵茉） 348
死者のさまようトンネル（山口理） 381
しずかな日々（椰月美智子） 375
下町不思議町物語（香月日輪） 134
七月七日はまほうの夜（石井睦美） 44

七時間目の占い入門（藤野恵美） 319
七時間目の怪談授業（藤野恵美） 320
七時間目のUFO研究（藤野恵美） 318, 319
じっちゃ先生とふたつの花（本田有明） 325
ジッパーくんとチャックの魔法（早川真知子） 263
十方暮の町（沢村鉄） 170
しっぽとおっぽ（内田麟太郎） 69
しつもんおしゃべりさん（さいとうしのぶ） 155
死神うどんカフェ1号店（石川宏千花） 45
シノダ！ 鏡の中の秘密の池（富安陽子） 217
シノダ！ 消えた白ギツネを追え（富安陽子） 215
シノダ！ キツネたちの宮へ（富安陽子） 215
シノダ！ 時のかなたの人魚の島（富安陽子） 216
シノダ！ 魔物の森のふしぎな夜（富安陽子） 216
地べたをけって飛びはねて（横沢彰） 394
シャイン・キッズ（光丘真理） 342
シャインロード（升井純子） 328
しゃくしゃくけむしくん（ねじめ正一） 252
ジャックの豆の木（後藤みわこ） 144
シャーベット女公爵の恋（愛川さくら） 3
しゃべる犬（たからしげる） 201
シャボン玉同盟（梨屋アリエ） 231
じゃりじゃり（ねじめ正一） 251
シャルマールの青い石（ひかわ玲子） 276
ジャレットとバラの谷の魔女（あんびるやすこ） 32
ジャングルドームを脱出せよ！（関田涙） 188
ジャングル村はちぎれたてがみで大さわぎ！（赤羽じゅんこ） 7
ジャンヌ・ダルク伝説（楠木誠一郎） 109
ジャンピンライブ!!!（開隆人） 82
十一月の扉（高楼方子） 190
獣医ドリトル（夏緑） 235
十三かかしの呪い（南部和也） 240
13歳のシーズン（あさのあつこ） 13
銃とチョコレート（乙一） 81
12月の夏休み（川端裕人） 97
十二歳（椰月美智子） 375, 376

12歳―出逢いの季節（あさのあつこ）……17
12歳に乾杯！（吉田道子）………………399
十二歳の合い言葉（薫くみこ）…………131
十二歳はいちどだけ（薫くみこ）………130
宿題のない国緑町3丁目（横田順弥）…395
宿命の七つ星（池田美代子）………………39
シュークリーム王子の秘密（愛川さくら）………………………………………3
シュークリーム星のオヒメサマ（高山栄子）……………………………………196
十角館の殺人（綾辻行人）…………………28
シュレミールと小さな潜水艦（斉藤洋）
　………………………………………………158
じゅんぺいと不思議の石又（松居スーザン）……………………………………329
少女海賊ユーリ　剣にかがやく星（みおちづる）…………………………………339
少女海賊ユーリ　未来へのつばさ（みおちづる）…………………………………338
少女海賊ユーリ　指輪のちかい（みおちづる）………………………………………339
少女海賊ユーリ　流星の歌（みおちづる）………………………………………339
ジョウスト！（友野詳）…………………218
小説キッチンのお姫さま（小林深雪）…148
小説落第忍者乱太郎（尼子騒兵衛）………25
聖徳太子は名探偵!!（楠木誠一郎）……115
少年（ビートたけし）……………………278
少年陰陽師（おんみょうじ）（結城光流）……………………………………………393
少年の日々（丘修三）………………………75
少年名探偵虹北恭助の冒険（はやみねかおる）……………………………………267
少年名探偵Who（はやみねかおる）…268
招福堂のまねきねこ（茂市久美子）……366
しょうぶしょうぶ！（野村一秋）………254
ジョー・ウルフの秘密（高山栄子）……194
小惑星2162DSの謎（林譲治）…………263
女王さまがおまちかね（菅野雪虫）……179
女王さまのむらさきの魔法（あんびるやすこ）………………………………………31
女王さまは名探偵！（楠木誠一郎）……117
女王のティアラ（石崎洋司）………………47
職員室の日曜日（村上しいこ）…………355
ショート・トリップ（森絵都）…………371
ジョナさん（片川優子）……………………90
しらかばboys（升井純子）………………328
しらぎくさんのどんぐりパン（なかがわちひろ）…………………………………222

市立第二中学校2年C組（椰月美智子）…376
しりとり佐助（梶尾真治）…………………87
ジルケンの冒険（松居スーザン）………329
白い月黄色い月（石井睦美）………………45
白い月の丘で（浜野京子）………………261
白い本（緑川聖司）………………343, 344
シロガラス（佐藤多佳子）………………168
シロクまつりへようこそ！（後藤みわこ）……………………………………………143
真実の種、うその種（芝田勝茂）………174
信じていいの？（小林深雪）……………147
神出鬼没！　月夜にドッキリ（岡田貴久子）……………………………………………76
新選組は名探偵!!（楠木誠一郎）………114
人造人間あらわる！（楠木誠一郎）…112, 116
シンデレラウミウシの彼女（如月かずさ）……………………………………………100
シンデレラ魔女と白雪魔女（藤真知子）
　………………………………………………303
ジンとばあちゃんとだんごの木（福明子）……………………………………………297
真犯人はそこにいる（楠木誠一郎）…112, 116
神秘のアクセサリー（石崎洋司）…………47
新ほたる館物語（あさのあつこ）……16, 18
新まい先生は学園のアイドル（山本文緒）……………………………………………391
深夜のゆうれい電車（斉藤洋）…………163
親友が恋のライバル!?（斉藤栄美）……153
心霊スポットへようこそ（山口理）…378～380

【す】

水銀奇譚（牧野修）………………………326
水車館の殺人（綾辻行人）…………………28
すいしょうゼリー（片山令子）……………92
すいはんきのあきやすみ（村上しいこ）
　………………………………………………357
水妖の森（広嶋玲子）……………………283
スウィング！（横沢彰）…………………394
スウェーデンの王様（那須田淳）………234
すうじだいぼうけん（宮下すずか）……349
透きとおった糸をのばして（草野たき）
　………………………………………………105
スクールガール・エクスプレス38（芦辺拓）……………………………………………21
スクール・バッグいっぱいの運命（板橋雅弘）……………………………………57

スコアブック(伊集院静) …… 55
すごいぞブンナちゃん(いとうひろし)
　…… 60
図工室の日曜日(村上しいこ) …… 356
寿司屋の小太郎(佐川芳枝) …… 164
すずかけ荘の謎の住人(西村友里) …… 249
すずかけ荘のピアニスト(西村友里) …… 249
すずちゃん(さえぐさひろこ) …… 163
鈴とリンのひみつレシピ!(堀直子) …… 321
雀、大浪花に行(い)く(香月日輪) …… 133
すすめ! 近藤くん(最上一平) …… 367
進め! 女優道(長江優子) …… 222
すすめ! ドクきのこ団(村上しいこ)
　…… 357
すすめ! ロボットボーイ(中松まるは) …… 227
スタジオから5秒前!(たざわりいこ) …… 202
スターチャレンジャー 銀河の冒険者(香西美保) …… 87
スターチャレンジャー ライバルは異星の王子(プリンス)(香西美保) …… 86
スターフェスティバルのゼリー(早川真知子) …… 263
ずっといっしょにいようよ(小林深雪)
　…… 146
ずっと、そこにいるよ。(早見裕司) …… 264
ずっと空を見ていた(泉啓子) …… 55
ずっと友だち(東多江子) …… 275
すてきなあいつは恋泥棒(那須田淳) …… 234
すてきな夜は探偵少女(那須田淳) …… 234
すてきなルーちゃん(高楼方子) …… 190
すてごろうのひろったもの(松居スーザン) …… 329
ステップファザー・ステップ(宮部みゆき) …… 350
ステラの秘密の宝箱(後藤みわこ) …… 144
ストーブのふゆやすみ(村上しいこ) …… 358
素直になれたら・へこましたい!(東多江子) …… 275
スーパーキッズ(佐藤まどか) …… 169
スーパーミラクルかくれんぼ!!(近江屋一朗) …… 71, 72
スミレさんの白い馬(依田逸夫) …… 404
すみれちゃん(石井睦美) …… 45
すみれちゃんのあついなつ(石井睦美)
　…… 44
すみれちゃんのすてきなプレゼント(石井睦美) …… 44
すみれちゃんは一年生(石井睦美) …… 45

スリースターズ(梨屋アリエ) …… 232
スレイヤーズ(南房秀久) …… 243
ズレる?(西沢杏子) …… 248
ずんたたくん(戸田和代) …… 213

【せ】

青春(西川つかさ) …… 246
清少納言は名探偵!!(楠木誠一郎) …… 108, 114
聖杯の王(ひかわ玲子) …… 276
星夜に甦る剣(池田美代子) …… 40
声優探偵ゆりんの事件簿(芳村れいな)
　…… 403
精霊の守り人(上橋菜穂子) …… 67
せかいいちの名探偵(杉山亮) …… 184
世界がぼくを笑っても(笹生陽子) …… 167
せかいでいちばん大きなおいも(二宮由紀子) …… 250
世界で一番のねこ(藤野恵美) …… 318
せかいでいちばんママがすき(相原博之) …… 6
せかいでひとつだけのケーキ(相原博之) …… 6
世界の果ての魔女学校(石崎洋司) …… 48
セキタン!(須藤靖貴) …… 185
絶品・らーめん魔神亭(たからしげる)
　…… 199, 200
銭天堂(廣嶋玲子) …… 280
セールス魔女はおことわり(あんびるやすこ) …… 33
セロリマン♪さんじょうでやんす(吉田純子) …… 398
戦国の雲(斉藤洋) …… 162
戦士たちの夏(藤咲あゆな) …… 315
全自動せんたく機せんたくん(次良丸忍) …… 177
せんせいあ・り・が・と(村中李衣) …… 361
前奏曲は、荒れもよう(今井恭子) …… 63
聖(セント)クロス女学院物語(ストーリア)(南部くまこ) …… 241
千年の時をこえて(沢村凜) …… 171
千年の時を忘れて(沢村凜) …… 171
千年の時の彼方に(沢村凜) …… 170
千年のラブストーリー(藤真知子) …… 304
ぜんぶ夏のこと(薫くみこ) …… 130
全力おしゃれ少女☆ツムギ(はのまきみ) …… 259, 260

【そ】

そうじきのつゆやすみ（村上しいこ） ‥‥ 357
想魔のいる街（たからしげる） ‥‥‥‥ 199
創竜伝（田中芳樹） ‥‥‥‥‥‥ 205, 206
蒼路の旅人（上橋菜穂子） ‥‥‥‥ 66, 68
そーくん（ねじめ正一） ‥‥‥‥‥‥ 252
卒業（はやみねかおる） ‥‥‥‥‥‥ 267
卒業うどん（服部千春） ‥‥‥‥‥‥ 257
卒業の歌（本田有明） ‥‥‥‥‥‥‥ 325
卒業旅行（角田光代） ‥‥‥‥‥‥‥ 84
そっくり人間（たからしげる） ‥‥‥ 200
その角を曲がれば（浜野京子） ‥‥‥ 262
そのトリック、あばきます。（石崎洋司） ‥‥‥‥‥‥‥‥‥‥‥‥‥‥‥‥ 51
苑の夏（幸原みのり） ‥‥‥‥‥‥‥ 393
空色の地図（梨屋アリエ） ‥‥‥‥‥ 232
空色バレリーナ（牧野節子） ‥‥‥‥ 326
そらいろマフラー（北川チハル） ‥‥ 102
空へのぼる（八束澄子） ‥‥‥‥‥‥ 377
空を泳ぐ夢をみた（梨屋アリエ） ‥‥ 229
空を飛んだポチ（杉山亮） ‥‥‥‥‥ 184
宇宙からの訪問者（あさのあつこ） ‥‥ 16
そらちゃんとカラスボッチ（山口節子） ‥‥‥‥‥‥‥‥‥‥‥‥‥‥‥‥ 382
そらちゃんとへびひめさま（山口節子） ‥‥‥‥‥‥‥‥‥‥‥‥‥‥‥‥ 381
空と月の幻惑（池田美代子） ‥‥‥‥ 39
そらとぶこくばん（ねじめ正一） ‥‥ 252
空とぶ太陽の神ヒルコ（山口節子） ‥ 381
空とぶペンギン（山田知子） ‥‥‥‥ 384
空にかざったおくりもの（光原百合） ‥ 343
空のくにのおまじない（北川チハル） ‥ 101
それいけ！ ネイチャー刑事（ポリス）（佐々木洋） ‥‥‥‥‥‥‥‥‥‥ 167
それいけ！ ブブヒコ（中川ひろたか） ‥‥‥‥‥‥‥‥‥‥‥‥‥‥‥‥ 224
ぞろぞろ（斉藤洋） ‥‥‥‥‥‥‥‥ 162
算盤王（長谷川光太） ‥‥‥‥‥‥‥ 255
ゾンビのパラダイス!?（山本省三） ‥ 388

【た】

体育館の日曜日（村上しいこ） ‥‥‥ 356
ダイエットパンチ！（令丈ヒロ子） ‥‥‥‥‥‥‥‥‥‥‥‥‥ 408, 409, 411
たいくつなトラ（島村木綿子） ‥‥‥ 174
対決！ なぞのカーディガン島（岡田貴久子） ‥‥‥‥‥‥‥‥‥‥‥‥ 76
大好きをつたえたい（小林深雪） ‥‥ 146
だいすき！ カボチャのおくりもの（岡田貴久子） ‥‥‥‥‥‥‥‥‥‥ 76
大好きがやってくる（小林深雪） ‥‥ 146
大好きな人がいる（小林深雪） ‥‥‥ 145
タイタニック沈没（楠木誠一郎） ‥‥ 110
タイタニック・パズル（松原秀行） ‥ 333
タイドプール（長江優子） ‥‥‥‥‥ 222
代表監督は11歳!!（秋口ぎぐる） ‥‥‥ 10
Dive!!（森絵都） ‥‥‥‥‥‥‥‥‥‥ 371
退魔師見習い、はじめました！（秋木真） ‥‥‥‥‥‥‥‥‥‥‥‥‥‥ 8
タイムカプセル（折原一） ‥‥‥‥‥ 82
タイム★ダッシュ（藤咲あゆな） ‥‥‥‥‥‥‥‥‥‥‥‥‥ 310, 313, 314
タイムチケット（藤江じゅん） ‥‥‥ 305
タイムトラベル戦国伝（仲路さとる） ‥ 225
タイムまじんをやっつけろ！（田森庸介） ‥‥‥‥‥‥‥‥‥‥‥‥‥‥ 209
タイムマシンクラブ（香西美保） ‥‥ 86
太陽・がいっぱい（愛川さくら） ‥‥‥ 1
太陽と月のしずく（池田美代子） ‥‥ 40
平清盛は名探偵!!（楠木誠一郎） ‥‥‥ 109
鷹のように帆をあげて（まはら三桃） ‥ 336
だから、好きっ！（杉本りえ） ‥‥‥ 183
たけしくん、ハイ！（ビートたけし） ‥ 278
岳ちゃんはロボットじゃない（三輪裕子） ‥‥‥‥‥‥‥‥‥‥‥‥‥‥ 352
だじゃれたっぷり宇宙大作戦（内田麟太郎） ‥‥‥‥‥‥‥‥‥‥‥‥‥ 70
たそかれ（朽木祥） ‥‥‥‥‥‥‥‥ 120
ただいま、女優修業中！（上条さなえ） ‥‥‥‥‥‥‥‥‥‥‥‥‥‥‥‥ 93
ただいま魔法旅行中。（あんびるやすこ） ‥‥‥‥‥‥‥‥‥‥‥‥‥‥ 36
ただいま、和菓子屋さん修業中!!（加藤純子） ‥‥‥‥‥‥‥‥‥‥‥‥ 92
正しい魔法のランプのつかいかた（横田順弥） ‥‥‥‥‥‥‥‥‥‥‥‥ 395
たたみの部屋の写真展（朝比奈蓉子） ‥‥ 20
たたらをふむ女神カナヤゴ（山口節子） ‥‥‥‥‥‥‥‥‥‥‥‥‥‥‥‥ 381
たっくんのあさがお（西村友里） ‥‥ 249

タッジーマッジーと三人の魔女(あんびるやすこ) ……… 33
ダッシュ!(村上しいこ) ……… 355
伊達政宗は名探偵!!(楠木誠一郎) …… 108
七夕の月(佐々木ひとみ) ……… 166
タヌキ御殿の大そうどう(富安陽子) …… 217
たぬきのたろべえのたこやきや(二宮由紀子) ……… 251
旅だちの歌(村山早紀) ……… 362
旅ねずみ(松居スーザン) ……… 329
たまげばこのかいぶつ(山本省三) ……… 388
たまごを持つように(まはら三桃) ……… 336
玉子の卵焼き(上条さなえ) ……… 93
たまごやきとウインナーと(村中李衣) ……… 360
魂を追う者たち(広嶋玲子) ……… 281
たまたま・たまちゃん(服部千春) ……… 255
ためらいがちのシーズン(唯川恵) …… 391
ダヤン、クラヤミの国へ(池田あきこ) ……… 37
ダヤン、タシルに帰る(池田あきこ) … 37
ダヤンと王の塔(池田あきこ) ……… 37
ダヤンと恐竜のたまご(池田あきこ) … 37
ダヤンとジタン(池田あきこ) ……… 38
ダヤンとタシルの王子(池田あきこ) … 38
ダヤンと時の魔法(池田あきこ) …… 38
ダヤンとハロウィーンの戦い(池田あきこ) ……… 37
ダヤンとわちふぃーるど物語(池田あきこ) ……… 38
ダヤンの小さなおはなし(池田あきこ) ……… 38
ダヤン、わちふぃーるどへ(池田あきこ) ……… 38
だれでもできるステキな魔法(あんびるやすこ) ……… 33
タロットガール未来の事件簿(石崎洋司) ……… 54
ダンゴムシだんごろう(みおちづる) … 338
男子のホンネ(斉藤栄美) ……… 152
男子★弁当部(イノウエミホコ) ……… 62
たんじょうびのやくそく(仁科幸子) … 249
ダンス・ダンス!(田部智子) ……… 207
探偵伯爵と僕(森博嗣) ……… 372
タンポポ空地のツキノワ(あさのあつこ) ……… 17

【ち】

小さいベッド(村中李衣) ……… 361
小さな命とあっちとこっち(楠章子) …… 107
小さな王さまとかっこわるい竜(なかがわちひろ) ……… 222
ちいさなおはなし(新井素子) ……… 28
小さな天才魔女(高山栄子) ……… 198
ちいさなともだち(仁科幸子) ……… 248
ちいさなやたいのカステラやさん(堀直子) ……… 321
小さなりゅう(長井るり子) ……… 221
小さなりゅう空をとぶ(長井るり子) … 221
小さなりゅうと海のともだち(長井るり子) ……… 221
小さなりゅうとふしぎな木(長井るり子) ……… 220
チイスケを救え!(三輪裕子) ……… 352
チェスト!(横山充男) ……… 397
チェリーブラッサム(山本文緒) …… 391
チェンジング(吉富多美) ……… 400
地をはう風のように(高橋秀雄) …… 191
ちかちゃんのはじめてだらけ(薫くみこ) ……… 130
地球のまん中わたしの島(杉本りえ) … 181
チコのまあにいちゃん(北川チハル) … 102
ちっこばぁばの泣いた夜(福明子) …… 297
チビまじょチャミー(藤真知子) …… 303
チビまじょチャミーとおかしバースデー(藤真知子) ……… 301
チビまじょチャミーとおばけのパーティー(藤真知子) ……… 300
チビまじょチャミーとにじのプリンセス(藤真知子) ……… 302
チビまじょチャミーとバラのおしろ(藤真知子) ……… 300
チビまじょチャミーとラ・ラ・ラ・ダンス(藤真知子) ……… 300
ちびまる子ちゃん(さくらももこ) ‥ 164, 165
ちびまる子ちゃんの学級文庫(さくらももこ) ……… 165, 166
チームあかり(吉野万理子) ……… 401, 402
チームあした(吉野万理子) ……… 402, 403
チームつばさ(吉野万理子) ……… 401
チームひとり(吉野万理子) ……… 401, 402
チームふたり(吉野万理子) ……… 402, 403

チームみらい（吉野万理子）	401, 402
チャーシューの月（村中李衣）	360
チャームアップ・ビーズ！（宮下恵茉）	346, 347
ちゃわん虫とぽんこつラーメン（早川真知子）	263
チューリップルかほちゃん（あさのあつこ）	11
超絶不運少女（石川宏千花）	46
蝶々、とんだ（河原潤子）	98
超能力少女？　まほうの玉事件（杉本りえ）	183
超能力少女？　予言者デビュー（杉本りえ）	182
チョコミント（中山聖子）	229
チョコレート公爵城の謎（愛川さくら）	2
チョコレートと青い空（堀米薫）	325
ちょっとした奇跡（緑川聖司）	344
ちょっとだけ弟だった幸太のこと（東多江子）	275
チョロくんはどきどき一年生！（礒みゆき）	56
ちょんまげくらのすけ（最上一平）	368
チロと秘密の男の子（河原潤子）	98

【つ】

2 in 1 名門フライドチキン小学校（田中成和）	204
2 in 1 名門フライドチキン小学校　注射がいちばん（田中成和）	204
月へのぼったケンタロウくん（柳美里）	392
月影町ふしぎ博物館（和智正喜）	415
月が眠る家（倉橋燿子）	129
月の青空（八束澄子）	377
月の少年（沢木耕太郎）	169
月夜のあぶないセレモニー（次良丸忍）	176, 177
月夜のチャトラパトラ（新藤悦子）	179
月夜野に（森下真理）	374
月夜のバス（高橋秀雄）	192
月夜のヒミツ（三条星亜）	172
ツー・ステップス！（梨屋アリエ）	232
つたえたいきもちは木にのぼっておさがしください（阿部夏丸）	22
ツチノコ温泉へようこそ（中山聖子）	229
土笛（竹内もと代）	201
椿先生、出番です！（花形みつる）	259
翼のはえたコーヒープリン（西村友里）	249
つめたいよるに（江国香織）	71
爪の中の魚（升井純子）	328
強くてゴメンね（令丈ヒロ子）	410
つるばら村の大工さん（茂市久美子）	366
つるばら村のはちみつ屋さん（茂市久美子）	367
つるばら村の魔法のパン（茂市久美子）	365
つるばら村の洋服屋さん（茂市久美子）	366
つるばら村の理容師さん（茂市久美子）	366
つるばら村のレストラン（茂市久美子）	365
ツン子ちゃん、おとぎの国へ行く（松本祐子）	334

【て】

TN探偵社　怪盗そのまま仮面（斉藤洋）	160
TN探偵社　消えた切手といえない犯人（斉藤洋）	159
TN探偵社　なぞのなぞなぞ怪人（斉藤洋）	161
テイク・オフ！　おじいちゃん（森下真理）	374
でこぼコトマトの伝言（杉本りえ）	182
手作り小路のなかまたち（新藤悦子）	178
鉄研ミステリー事件簿（松原秀行）	331, 332
てっこう丸はだれでしょう？（佐藤まどか）	169
鉄のしぶきがはねる（まはら三桃）	336
テディベア探偵（山本悦子）	385
手のひらにザクロ（田部智子）	207
テリアさんとぼく（風野潮）	90
でりばりぃAge（梨屋アリエ）	230, 232
てりふり山の染めものや（越智典子）	81
天風（てんかぜ）の吹くとき（福明子）	297
天下無敵のお嬢さま！（浜野京子）	260〜263
天泣の道なり（池田美代子）	38
天空町のクロネ（石川宏千花）	46
天空のミラクル（村山早紀）	363, 364

天空の竜宮城（香月日輪） ………… 133	トゥープゥートゥーのすむエリー星（茂木健一郎） ………… 368
てんぐのそばや（伊藤充子） ………… 61	豆富小僧（京極夏彦） ………… 104
転校生も恋のライバル!?（斉藤栄美）… 153	動物園の暗号（有栖川有栖） ………… 29
転校生は悪魔くん（長井るり子） …… 221	どうぶつゆうびん（もとしたいづみ）… 370
転校生は魔法使い（小林深雪） ……… 145	透明な旅路と（あさのあつこ） ……… 19
天国の犬ものがたり（藤咲あゆな）… 307	透明人間あらわる！（楠木誠一郎）
天才女医、アンが行（い）く（福田隆浩） ………… 299	………… 112, 116, 117
天才探偵Sen（大崎梢） ………… 72, 73	透明魔界人あらわれる!?（高山栄子）… 196
天山の巫女ソニン（菅野雪虫）… 179, 180	闘竜伝（渡辺仙州） ………… 413, 414
天使が味方についている（小林深雪）… 147	遠く不思議な夏（斉藤洋） ………… 158
天使に胸キュン（愛川さくら） ……… 1	遠まわりして、遊びに行こう（花形みつる） ………… 258
天使のいのり（みおちづる） ………… 338	都会のアリス（石井睦美） ………… 44
天使のかいかた（なかがわちひろ）… 222	トカゲのはしご（西沢杏子） ………… 248
天使の翼（倉橋燿子） ………… 129	解かれた封印（池田美代子） ………… 42
電車で行こう！（豊田巧） ……… 219, 220	時をこえた約束（杉本りえ） ………… 182
天使よ、走れ・へこましたい！（東多江子） ………… 275	時をこえてスクランブル（竹内もと代） ………… 202
てんせいくん（八束澄子） ………… 377	時空（とき）からの使者（楠木誠一郎） ………… 111, 113
伝説への旅（村山早紀） ……… 362, 364	ドキドキ新学期（はやみねかおる）… 266
伝説のエンゼル・ストーン（次良丸忍） ………… 176, 177	ドキドキ・まほうレッスン!!（藤真知子） ………… 301
伝説のエンドーくん（まほら三桃）… 335	時のとまった島（みおちづる） ……… 338
伝説の"魔界発明"（高山栄子） ……… 198	ドギーマギー動物学校（姫川明）… 279, 280
電送怪人（芦辺拓） ………… 21	トキメキ・図書館（服部千春）… 255, 256
天と地の物語（村山早紀） ………… 362	トーキョー・クロスロード（浜野京子） ………… 262
天と地の守り人（上橋菜穂子） …… 66, 67	トーキョー・ジャンヌダルク（石崎洋司） ………… 53
天のオルゴール（村山早紀）…… 362, 364	時よ、よみがえれ！（光丘真理）… 342
天のシーソー（安東みきえ） ………… 29	徳川家康は名探偵!!（楠木誠一郎）… 110
てんぷらばあちゃん（山口節子） …… 381	徳田さんちはおばけの一家（ねじめ正一） ………… 251
天までひびけ！ ドンドコ太鼓（麻生かづこ） ………… 22	毒ヘビ少女の魔術（高山栄子） ……… 197
てんやわんや名探偵（杉山亮） ……… 184	髑髏城の花嫁（田中芳樹） ………… 205
	とくんとくん（片山令子） ………… 91
【と】	時計塔のある町（藤江じゅん） ……… 305
	時計塔の亡霊事件（藤野恵美） ……… 317
トイレのかめさま（戸田和代） ……… 213	どこかいきのバス（井上よう子） …… 62
盗角妖伝（広嶋玲子） ………… 283	とことんトマトン（高山栄子） ……… 194
動機なき殺人者たち（楠木誠一郎）	どこにでもある青い空（杉本りえ）… 181
………… 112, 116, 117	年上のアイツ（斉藤栄美） ………… 154
TOKYOステーション★キッド（森下真理） ………… 374	都市伝説探偵セリ（牧野修） ………… 326
TOKYOステーション・キッド（森下真理） ………… 374	としばあちゃんのオムレツ作戦（山口節子） ………… 382
洞窟で待っていた（松崎有理） ……… 330	としばあちゃんのケン玉作戦（山口節子） ………… 382
父ちゃん（高橋秀雄） ………… 192	
Two trains（魚住直子） ………… 68	

書名	ページ
ト・シ・マ・サ（村中李衣）	360
ドジ魔女ヒアリ（倉橋燿子）	125
図書室の日曜日（村上しいこ）	357
図書室のふしぎな出会い（小原麻由美）	149
図書室のルパン（河原潤子）	98
ドス・アギラス号の冒険（椎名誠）	172
どっから太郎と風の笛（やえがしなおこ）	375
どっきり！ スクール（たからしげる）	199
とっておきの詩（村上しいこ）	358
とっておきのはいく（村上しいこ）	357
とっておきの標語（村上しいこ）	356
とっておきの名探偵（杉山亮）	183
ドッペル（芦原すなお）	21
とどろケ淵のメッケ（富安陽子）	216
となえもんくん（もとしたいづみ）	369, 370
となりあわせの奇跡（杉本りえ）	182
となりのウチナーンチュ（早見裕司）	264
となりの鉄子（田森庸介）	208
とびきりのおくりもの（仁科幸子）	248
とびだせ！ そら組"ごくひ"ちょうさたい（田部智子）	207
とびだせ！ そら組レスキューたい（田部智子）	207
とびばこのひるやすみ（村上しいこ）	356
とびらをあければ魔法の時間（朽木祥）	120
とびらの向こうに（かんのゆうこ）	99
扉のむこうの課外授業（倉橋燿子）	128
飛べ！ 風のブーメラン（山口理）	378
飛べ！ ぼくらの海賊船（鷹見一幸）	192, 193
飛べ！ マジカルのぼり丸（斉藤洋）	157
とべ！ わたしのチョウ（安田夏菜）	376
トボトボの絵ことば日記（きたやまようこ）	103, 104
トマトのきぶん（杉本深由起）	181
とまりにおいでよ（原京子）	270
とまれ、とまれ、とまれ！（宮下すずか）	348
どまんなか（須藤靖貴）	185
トモダチックリの守り人（吉富多美）	400
トモダチのつくりかた（宮下恵茉）	346
ともだちのはじまり（最上一平）	367
ともだちのまほう（北川チハル）	100
ともだちはおばけです（むらいかよ）	354
ともだちはきつね（村上しいこ）	356
ともだちは、サティー！（大塚篤子）	74
ともだちはなきむしなこいぬ（上条さなえ）	92
ともだちはわに（村上しいこ）	356
トモ、ぼくは元気です（香坂直）	132
豊臣秀吉は名探偵!!（楠木誠一郎）	114
トライフル・トライアングル（岡田依世子）	76
ドラキュラ・キューラ あらしにほえる!?（山口理）	380
ドラキュラ・キューラ！ 最後のたたかい（山口理）	379
ドラキュラ・キューラ 人間なんか大きらい！（山口理）	380
ドラキュラ・キューラはネコぎらい？（山口理）	381
ドラキュラなんてなりたくない!!（藤真知子）	301
ドラゴニア王国物語（みおちづる）	338
ドラゴン株式会社（新城カズマ）	178
ドラゴンの正しいしつけ方（あんびるやすこ）	35
ドラゴンのなみだ（佐々木ひとみ）	166
竜神王子（ドラゴン・プリンス）！（宮下恵茉）	346
ドラゴンは王子さま（茂市久美子）	366
ドラゴンはキャプテン（茂市久美子）	365
ドラゴンはスーパーマン（茂市久美子）	365
ドラゴンはヒーロー（茂市久美子）	366
とらちゃんつむじ風（沢田俊子）	170
トランプおじさんと家出してきたコブタ（高楼方子）	190
トランプおじさんとペロンジのなぞ（高楼方子）	190
トリシア、指名手配中!?（南房秀久）	243
トリシア先生、急患です！（南房秀久）	243
トリシア先生、最後の診察!?（南房秀久）	242
トリシア先生、大逆転!?（南房秀久）	243
トリシア先生とキケンな迷宮！（南房秀久）	243
トリシア先生と奇跡のトビラ！（南房秀久）	242
トリシア先生と闇の貴公子！（南房秀久）	243
トリシア、先生になる!?（南房秀久）	244
トリシア、ただいま修業中！（南房秀久）	244

とりし　　　　　　　　　書名索引

トリシア、まだまだ修業中！（南房秀久）……………………………… 244
トリシアは魔法のお医者さん!!（南房秀久）…………………… 241, 242
とりつかれたバレリーナ（斉藤洋）…… 157
竜巻少女（トルネードガール）（風野潮）………………………………… 89
トレイン探偵北斗（高森千穂）…… 193
トレジャー・キャッスル（菊地秀行）… 99
トレジャーハンター山串団五郎（杉山亮）…………………………………… 184
ドレスがいっぱい（林真理子）…… 264
ドレミファ荘のジジルさん（高楼方子）……………………………………… 190
どろんころんど（北野勇作）……… 102
とんがり森の魔女（沢田俊子）…… 170
どんぐりカプセル（市川宜子）…… 58
トンデモ探偵団（依田逸夫）… 403, 404
ドントマーインド・へこましたい！（東多江子）……………………………… 275
どんどんもるもくん（斉藤洋）…… 158
どんまい！ 卓球部（横沢彰）…… 394

【な】

なあーむーうらめしや（戸田和代）… 213
ないしょでアイドル（南房秀久）… 242
泣いちゃいそうだよ（小林深雪）… 148, 149
泣いてないってば！（小林深雪）… 145
ナイト・キッドのホラー・レッスン（菊地秀行）……………………………… 99
ないないねこのなくしもの（戸田和代）……………………………………… 214
菜緒のふしぎ物語（竹内もと代）… 202
ながいおるすばん（垣内磯子）…… 84
ナガサキの男の子（森下真理）…… 374
なかなおりしようよ！（原京子）… 270
流れ行く者（上橋菜穂子）……… 65, 66
なぎさのなみのりチャンピオン（二宮由紀子）……………………………… 250
なきむしなっちゃん（相馬公平）… 189
菜子の冒険（深沢美潮）…………… 292
なぞかけときじろう（もとしたいづみ）……………………………………… 368
なぞなぞうさぎのふしぎなとびら（やえがしなおこ）………………………… 375
謎のオーディション（石崎洋司）… 50

なぞの黒い杖（池田美代子）…… 42, 43
謎のジオラマ王国（芦辺拓）……… 21
なぞの時光石（みおちづる）……… 338
なぞのゆうれい島（田森庸介）…… 209
夏っ飛び！（横山充男）…………… 396
夏電車がとおる（大塚篤子）……… 74
夏の階段（梨屋アリエ）………… 229, 231
夏の記者（福田隆浩）……………… 299
夏のサイン（最上一平）…………… 368
夏のジオラマ（小路幸也）………… 175
なつのしっぽ（椎名誠）…………… 172
夏のとびら（泉啓子）……………… 56
夏の迷宮（六条仁真）……………… 413
夏葉と宇宙へ三週間（山本弘）…… 390
夏休みに、翡翠をさがした（岡田依世子）……………………………………… 75
夏休みの宝物（三条星亜）………… 171
七色王国と魔法の泡（香谷美季）… 83
なないろレインボウ（宮下恵茉）… 346
七草小屋のふしぎな写真集（島村木綿子）……………………………………… 174
七草小屋のふしぎなわすれもの（島村木綿子）……………………………… 175
七つの季節に（斉藤洋）…………… 162
七つの願いごと（小林深雪）……… 145
ななとさきちゃんふたりはペア（山本悦子）……………………………………… 385
ナナのたんぽぽカーニバル（あんびるやすこ）………………………………… 32
七海と大地のちいさなはたけ（最上一平）……………………………………… 368
七夜物語（川上弘美）…………… 94, 95
何かが来た（東野司）……………… 212
なにわ春風堂（誉田竜一）……… 325, 326
七香・あろまちっく！（藤咲あゆな）… 313, 314
菜の子先生の校外パトロール（富安陽子）……………………………………… 216
菜の子先生は大いそがし！（富安陽子）……………………………………… 218
菜の子先生はどこへ行く？（富安陽子）……………………………………… 217
菜の花さいたら（山口節子）……… 382
なまえをかえましょ！ まほうのはさみ（内田麟太郎）………………………… 69
名前なんて、キライ！（服部千春）… 258
悩める刑事（森博嗣）……………… 372
ならくんとかまくらくん（村上しいこ）……………………………………… 358
ならの木のみた夢（やえがしなおこ）… 375

ならまち大冒険（寮美千子）‥‥‥‥‥ 404
なりたい二人（令丈ヒロ子）‥‥‥‥‥ 405
なんちゃってヒーロー（みうらかれん）
　‥‥‥‥‥‥‥‥‥‥‥‥‥‥‥‥ 337
なんであたしが編集長!?（梨屋アリエ）
　‥‥‥‥‥‥‥‥‥‥‥‥‥ 230, 232
なんてだじゃれなお正月（石崎洋司）‥‥‥ 47
NO.6（あさのあつこ）‥‥‥‥ 13, 15〜17, 19
NO.6 beyond（あさのあつこ）‥‥‥‥‥ 12

【に】

にげだした王さま（宮下すずか）‥‥‥‥ 348
ニコルの塔（小森香折）‥‥‥‥‥‥‥ 150
にじ・じいさん（楠茂宣）‥‥‥‥‥‥ 108
虹の国バビロン（池田美代子）‥‥‥‥‥ 41
西のくま東のくま（石井睦美）‥‥‥‥‥ 44
虹果て村の秘密（有栖川有栖）‥‥‥‥‥ 29
二十四時間恋人でいて（山本なおこ）‥‥ 390
二代目魔女のハーブティー（あんびるや
　すこ）‥‥‥‥‥‥‥‥‥‥‥‥‥‥ 34
日曜日のテルニイ（竹内もと代）‥‥‥‥ 202
二丁目の犬小屋盗難事件（新庄節美）‥‥ 178
にっこりおいしい大作戦（あんびるやす
　こ）‥‥‥‥‥‥‥‥‥‥‥‥‥‥‥ 31
2年3組ワハハぐみ（薫くみこ）‥‥‥‥ 130
にひきのいたずらこやぎ（松居スーザ
　ン）‥‥‥‥‥‥‥‥‥‥‥‥‥‥ 329
にゃんにゃん探偵団（杉山亮）‥‥‥‥ 185
にゃんにゃん探偵団おひるね（杉山亮）
　‥‥‥‥‥‥‥‥‥‥‥‥‥‥‥‥ 185
ニライカナイの空で（上野哲也）‥‥‥‥ 64
人形は月夜にほほえむ（斉藤洋）‥‥‥ 161
人魚のすむ町（池田美代子）‥‥‥‥‥‥ 43
忍剣 花百姫伝（越水利江子）‥‥ 137〜140
忍者kids（斉藤栄美）‥‥‥‥‥ 154, 155
にんじゃざむらい ガムチョコバナナ
　（原京子）‥‥‥‥‥‥‥‥‥‥‥ 269
にんじゃざむらい ガムチョコバナナ
　（原ゆたか）‥‥‥‥‥‥‥‥‥‥ 271
にんじんぎらいのうさこさん（垣内磯
　子）‥‥‥‥‥‥‥‥‥‥‥‥‥‥ 84
にんタマ三人ぐみのこれぞにんじゃの
　大運動会だ!?（尼子騒兵衛）‥‥‥‥ 25
にんタマ、ドクたまドクロ城にしのび
　こめ!!（尼子騒兵衛）‥‥‥‥‥‥‥ 26
にんタマのドキドキハラハラばけ寺た
　んけん！（尼子騒兵衛）‥‥‥‥‥‥ 27
忍たま乱太郎（尼子騒兵衛）‥‥‥ 24〜27

【ぬ】

盗まれたあした（たからしげる）‥‥‥ 200
ヌンのるすばん30日（大塚篤子）‥‥‥ 74

【ね】

ネイルはおまかせ！（加藤純子）‥‥‥‥ 92
ねえ、おはなしきかせて（原京子）‥‥‥ 269
願いがかなうふしぎな日記（本田有明）
　‥‥‥‥‥‥‥‥‥‥‥‥‥‥‥‥ 325
ねーからはーからごんぼのはしまで（山
　本なおこ）‥‥‥‥‥‥‥‥‥‥‥ 390
ネコをひろったリーナとひろわなかっ
　たわたし（ときありえ）‥‥‥‥‥ 212
ねこじゃら商店へいらっしゃい（富安陽
　子）‥‥‥‥‥‥‥‥‥‥‥‥‥‥ 214
ねこじゃら商店 世界一のプレゼント
　（富安陽子）‥‥‥‥‥‥‥‥‥‥ 214
ネコにも描けるマンガ教室（夏緑）‥ 234, 235
猫の建築家（森博嗣）‥‥‥‥‥‥‥ 372
ネコのジュピター（茂市久美子）‥‥‥ 366
ネコのすけっと（わたなべひろみ）‥‥ 414
ねこのたからさがし（さえぐさひろこ）
　‥‥‥‥‥‥‥‥‥‥‥‥‥‥‥‥ 163
ネコのタクシー（南部和也）‥‥‥‥‥ 241
ネコのタクシー アフリカへ行く（南部
　和也）‥‥‥‥‥‥‥‥‥‥‥‥‥ 241
ねこの手かします（内田麟太郎）‥‥ 69, 70
ネコのドクター 小麦島の冒険（南部和
　也）‥‥‥‥‥‥‥‥‥‥‥‥‥‥ 241
猫の名前（草野たき）‥‥‥‥‥‥‥ 105
ねこの根子さん（あさのあつこ）‥‥‥‥ 15
ネコのホームズ（南部和也）‥‥‥‥‥ 241
ねこまたのおばばと物の怪たち（香月日
　輪）‥‥‥‥‥‥‥‥‥‥‥‥‥‥ 132
ねこまた妖怪伝（藤野恵美）‥‥‥ 319, 320
ねこ丸となぞの地底王国（田森庸介）‥ 209
猫耳探偵まどか（松原秀行）‥‥‥‥‥ 332
ねずみのチュルリひめとマシュマロ王
　子（原京子）‥‥‥‥‥‥‥‥‥‥ 270

ねずみのチュルリひめ　ぷるぷるプリン（原京子） …… 270
ねずみのチュルリひめ　ほわほわホットケーキ（原京子） …… 270
ねずみのチュルリひめ　まほうのシュークリーム（原京子） …… 270
熱風（福田隆浩） …… 299
ネネとヨヨのもしもの魔法（白倉由美） …… 175
ネバーギブアップ！（楠茂宣） …… 107
ねむの花がさいたよ（にしがきようこ） …… 245
ねむれる城のバンパイア（高山栄子） …… 195
ねらわれた星（スター）（東多江子） …… 275

【の】

のいちごケーキのたんじょうび（堀直子） …… 322
のっぺらぼうのおじさん（相馬公平） …… 189
のねずみポップはお天気はかせ（仁科幸子） …… 248
ののさんとかみさま（越智典子） …… 81
のらカメさんのまけてたまるか（野村一秋） …… 254
のらいのスイーツやかた（山本省三） …… 389
呪いのファッション（石崎洋司） …… 50
呪いのまぼろし美容院（斉藤洋） …… 159
呪う本（緑川聖司） …… 343
呪われたステージ（田中利々） …… 206
呪われたピアニスト（石崎洋司） …… 50
ノンキーとホンキーのカレーやさん（村上しいこ） …… 356
のんきな父さん（丘修三） …… 75

【は】

ばあすけ（村中李衣） …… 361
バアちゃんと、とびっきりの三日間（三輪裕子） …… 352
ばいきんあたろー（村上しいこ） …… 357
バイバイおやゆびゆきだるま（かさいまり） …… 86
歯をみがいてはいけません！（横田順弥） …… 395

ハキちゃんの「はっぴょうします」（薫くみこ） …… 130
白銀に光る剣（池田美代子） …… 43
白銀のプリンセス（高山栄子） …… 196
はこいりひめのきえたはこ（斉藤洋） …… 161
ハコくん（北川チハル） …… 101
ハサミの魔術師とホシノツカイ（岡田貴久子） …… 76
橋を渡るとき（光原百合） …… 342
はじまりは花言葉（小林深雪） …… 146
ハジメテノオト（田部智子） …… 206
はじめての告白（斉藤栄美） …… 153
はじめてのともだち（巣山ひろみ） …… 186
はじめての日々（小林深雪） …… 147
はじめてのゆうき（相馬公平） …… 189
走れ（村中李衣） …… 360
走れUmi（篠原勝之） …… 174
走れ、カネイノチ！（杉山亮） …… 184
走れ、セナ！（香坂直） …… 132
バスとロケット（魚住直子） …… 68
パズル（山田悠介） …… 385
パスワード　悪の華（松原秀行） …… 333
パスワード　悪魔の石（松原秀行） …… 334
パスワード　暗号バトル（松原秀行） …… 331
パスワード　渦巻き少女（ガール）（松原秀行） …… 330
パスワード　怪盗ダルジュロス伝（松原秀行） …… 334
パスワード　風浜クエスト（松原秀行） …… 334
パスワード　恐竜パニック（松原秀行） …… 333
パスワード　恐竜パニック　外伝（松原秀行） …… 331
パスワード　忍びの里（松原秀行） …… 334
パスワード　終末大予言（松原秀行） …… 331
パスワード　ダイヤモンド作戦！（松原秀行） …… 333
パスワード　東京パズルデート（松原秀行） …… 330
パスワード　ドードー鳥の罠（松原秀行） …… 332
パスワードとホームズ4世 new（松原秀行） …… 330
パスワード謎旅行 new（松原秀行） …… 331
パスワードに気をつけて new（松原秀行） …… 331
パスワード　猫耳探偵まどか　外伝（松原秀行） …… 331
パスワードのおくりもの new（松原秀行） …… 332

パスワード 菩薩崎決戦(松原秀行)	334
パスワード まぼろしの水(松原秀行)	332
パスワード レイの帰還(松原秀行)	332
パスワードは、ひ・み・つ new(松原秀行)	332
ハセイルカのハルカが泳いだ日(麻生かづこ)	22
パセリ伝説(倉橋燿子)	127〜129
はたらきもののナマケモノ(斉藤洋)	161
八月の光(朽木祥)	119
85パーセントの黒猫(あんびるやすこ)	32
8分音符のプレリュード(松本祐子)	335
ハチミツドロップス(草野たき)	105
初カレは期間限定!?(斉藤栄美)	154
初恋にさよなら(愛川さくら)	1
初恋ネコ(中村航)	228
初恋日和(佐藤佳代)	167
初デートはちょいビター!?(斉藤栄美)	154
バッテリー(あさのあつこ)	12〜14
××(バツ)天使(令丈ヒロ子)	406, 408
はっぱらっぱのお月さま(長崎夏海)	224
ハッピィ・フレンズ(佐川芳枝)	164
ハッピー・おばけうらない!(むらいかよ)	355
ハッピーノート(草野たき)	104, 105
はっぴー♪ペンギン島!!(名取なずな)	236
パティシエ☆すばる(つくもようこ)	210
果て遠き旅路(池田美代子)	41
バード絶体絶命(中松まるは)	227
ハートにプライド! 卓球部(横沢彰)	394
ハードル(吉富多美)	400
花言葉でさよなら(小林深雪)	145
花咲かじっちゃん(福明子)	297
花ざかりの家の魔女(河原潤子)	98
はなちゃんのはなまるばたけ(北川チハル)	101
バナ天パーティー(杉山亮)	184
花の道は嵐の道(天野頌子)	27
花びら姫とねこ魔女(朽木祥)	119
花ふぶきさくら姫(斉藤洋)	162
花ものがたり(森下真理)	374
はなよめさん(楠章子)	107
バニラのお菓子配達便!(藤浪智之)	316
パパとミッポと海の1号室(田部智子)	207
パパとミッポと夢の5号室(田部智子)	207
パパとミッポの星の3号室(田部智子)	208
パパはステキな男のおばさん(石井睦美)	44
パパは誘拐犯(八束澄子)	377
パピロちゃんとにゅうどうぐも(片山令子)	91
パピロちゃんとはるのおみせ(片山令子)	91
パピロちゃんとゆきおおかみ(片山令子)	91
ハーフ(草野たき)	105
ハーブガーデン(草野たき)	105
ハーブ魔女のふしぎなレシピ(あんびるやすこ)	34
パペット探偵団をよろしく!(如月かずさ)	100
パペット探偵団におまかせ!(如月かずさ)	100
パペット探偵団のミラクルライブ!(如月かずさ)	100
はみがきクイーン(令丈ヒロ子)	411
ハミダシ組!(横沢彰)	394
早く寝てはいけません!(横田順弥)	395
林真理子(林真理子)	264
はやぶさ/HAYABUSA(鷹見一幸)	192
バラの吸血美少女(高山栄子)	198
バラの城のゆうれい(斉藤洋)	156
ハラヒレフラガール!(伊藤クミコ)	59
パラレル! parallel(楠木誠一郎)	114
パラレルワールド(小森香折)	150
はりねずみとヤマアラシ(おのりえん)	82
はりねずみのだいぼうけん(おのりえん)	82
はりねずみのルーチカ(かんのゆうこ)	98, 99
はるかちゃんとかなたくんのしりとりさんぽ(石津ちひろ)	54
遥かなるニキラアイナ(池田美代子)	38
春さんのスケッチブック(依田逸夫)	404
春の海、スナメリの浜(中山聖子)	229
はるはこべのはなざかり(二宮由紀子)	250
晴れた朝それとも雨の夜(泉啓子)	56
晴れた日は図書館へいこう(緑川聖司)	345
ハロウィン★ナイト!(相川真)	3
ハロウィンの犬(村上しいこ)	356
ハローによろしく(那須田淳)	233

ハワイ幽霊城の謎(はやみねかおる) …… 268
ハングリーゴーストとぼくらの夏(長江優子) …… 221
反撃(草野たき) …… 105
番犬屋マル(きたやまようこ) …… 103
パンダのパンや(穂高順也) …… 321
パンダのポンポン(野中柊) …… 253
ハンナの記憶(長江優子) …… 222
パンになる夢(越智典子) …… 81
パンパカパーンふっくらパン(野中柊) …… 253
ハンバーガーはキケンなにおい!?(岡田貴久子) …… 76
はんぴらり!(広嶋玲子) …… 281〜283
パンプキン!(令丈ヒロ子) …… 407
パンプキン姫をたすけだせ!(西沢杏子) …… 247
はんぶんぺぺちゃん(村中李衣) …… 360

【ひ】

ピアスの星(赤羽じゅんこ) …… 7
ピアチェーレ(にしがきようこ) …… 245
ピアニッシシモ(梨屋アリエ) …… 231, 232
ピアニャン(小川英子) …… 78
火をふく魔物(池田美代子) …… 43, 44
光と影の戦い(池田美代子) …… 43
ヒカリとヒカル(夏緑) …… 235
光のうつしえ(朽木祥) …… 119
ひかりのメリーゴーラウンド(田口ランディ) …… 201
彼岸花はきつねのかんざし(朽木祥) …… 120
引き出しの中の家(朽木祥) …… 120
ひきだしの魔神(河原潤子) …… 98
ピコのそうじとうばん(阿部夏丸) …… 22
ひそひそ森の妖怪(富安陽子) …… 214
びっくり館の殺人(綾辻行人) …… 28
びっくり! スクール(たからしげる) …… 200
ひつじ郵便局長のひみつ(小手鞠るい) …… 141
ヒップ・ホップに へこましたい!(東多江子) …… 276
ビート・キッズ(風野潮) …… 89
人くい鬼モーリス(松尾由美) …… 329
ひと粒の奇跡(池田美代子) …… 40
一夜姫事件(藤野恵美) …… 316

ひとりざむらいとおばけアパート(斉藤洋) …… 160
ひとりざむらいとこうちょうせんせい(斉藤洋) …… 161
ひとりじゃないよ(小林深雪) …… 148
ひとりたりない(今村葦子) …… 64
ビートルズ・サマー(松原秀行) …… 333
ひな菊とペパーミント(野中柊) …… 253
ひなまつりのお手紙(まはら三桃) …… 335
ビビビンゴ! へこまし隊(東多江子) …… 276
ピピンとトムトム(高楼方子) …… 190
ひまわりのかっちゃん(西川つかさ) …… 245, 246
ひみつ(福田隆浩) …… 298
秘密のアイドル(石崎洋司) …… 50
ひみつのおばけえほん(むらいかよ) …… 354
秘密のオルゴール(池田美代子) …… 41
秘密の菜園(後藤みわこ) …… 143
秘密のスイーツ(林真理子) …… 264
ひみつの占星術クラブ(夏奈ゆら) …… 236
秘密の動物園事件(藤野恵美) …… 317
ひみつの図書館!(神代明) …… 93
秘密の花占い(小林深雪) …… 145
ひみつの花便り(田村理江) …… 208
ひみつのまほうねこ(山末やすえ) …… 383
秘密のマリオネット(次良丸忍) …… 176, 177
ひみつのゆびきりげんまん(高橋秀雄) …… 191
姫おやじは名奉行!(村上しいこ) …… 358
百獣の行進(日向理恵子) …… 278
百年の蝶(深月ともみ) …… 297
100%ガールズ(吉野万理子) …… 401, 402
白夜のプレリュード(池田美代子) …… 39
100回目のお引っ越し(後藤みわこ) …… 142
100km!(ヒャッキロ)(片川優子) …… 90
百発百中恋うらない!!(藤真知子) …… 303
びゅーん! こがらし一ごう(長崎夏海) …… 225
病気の魔女と薬の魔女(岡田晴恵) …… 77
平賀源内は名探偵!!(楠木誠一郎) …… 116
ひらがなだいぼうけん(宮下すずか) …… 349
ビリーに幸あれ・へこましたい!(東多江子) …… 275
ひるもよるも名探偵(杉山亮) …… 185
ピンクのチビチョーク(新藤悦子) …… 179
ピンポン空へ(工藤純子) …… 122
ピンポンはねる(工藤純子) …… 122

ピンポンひかる（工藤純子） ………… 122

【ふ】

無愛想なアイドル（杉本りえ） ………… 181
ふぁいと！　卓球部（横沢彰） ………… 394
ファラオの呪い危機一髪！（岡田貴久子） …………………………………… 77
ファルコンヒルの剣の王子（円山夢久） …………………………………… 337
ファンム・アレース（香月日輪）… 133, 134
封印の娘（香月日輪） ……………… 134
封じられた街（沢村鉄） …………… 170
風神秘抄（荻原規子） ……………… 79
ふうたんのうんどうかい（戸田和代） … 213
フェアリースノーの夢（松本祐子） … 335
フェアリーたちの魔法の夜（あんびるやすこ） …………………………… 31
フォーチュン・クエスト（深沢美潮） …………………………………… 291〜294
部活トラブル発生中!?（宮下恵茉） …… 346
不吉なアニメーション（石崎洋司） … 50
福音の少年（あさのあつこ） ………… 19
福沢諭吉は名探偵!!（楠木誠一郎） … 113
復讐プランナー（あさのあつこ） …… 16
ブサ犬クーキーは幸運のお守り？（今井恭子） ………………………… 63
フシギ症候群（板橋雅弘） …………… 57
ふしぎ探偵レミ（村山早紀） …… 361, 362
フシギ伝染（板橋雅弘） ……………… 57
ふしぎなイヌとぼくのひみつ（草野たき） ………………………………… 104
ふしぎなコンコンコン（礒みゆき） … 56
ふしぎな鈴（みほようこ） …………… 345
ふしぎな図書館（三条星亜） ………… 171
ふしぎなともだち（原京子） ………… 269
ふしぎなのらネコ（草野たき） ……… 104
ふしぎなもるもくん（斉藤洋） ……… 160
ふしぎなやまびこしゃしんかん（中島和子） ……………………………… 225
不思議の風ふく島（竹内もと代） …… 202
ふしぎの森のヤーヤー　思い出のたんじょう日（内田麟太郎） …………… 70
ふしぎの森のヤーヤー　なみだのひみつ（内田麟太郎） ……………… 69
ふしぎの森のヤーヤー　ブリキ男よしあわせに（内田麟太郎） ……………… 69

フシギ病院（板橋雅弘） ……………… 57
ふたご桜のひみつ（たからしげる） … 199
ふたつの月の物語（富安陽子） ……… 215
ふたつのゆびきりげんまん（相馬公平） …………………………………… 189
ぶたのぶたじろうさん（内田麟太郎） … 68〜70
ふたり（福田隆浩） …………………… 298
ふたりだけの運動会（相原博之） …… 6
ふたりでおかいもの（いとうひろし） … 60
ふたりでおるすばん（いとうひろし） … 60
ふたりでひとり旅（高森千穂） ……… 193
ふたりの王女（村山早紀） …………… 363
ふたりの魔女（日向理恵子） ………… 278
復活!! 虹北学園文芸部（はやみねかおる） ………………………………… 267
秘密図書委員（ブックスパイ）・ヨム！（杉山亮） ……………………… 185
ブッシュ・ド・ノエルの聖少女（愛川さくら） …………………………… 2
ぶっとび！　スクール（たからしげる） …………………………………… 199
ふねにのっていきたいね（長崎夏海） … 224
フュージョン（浜野京子） …………… 262
冬の竜（藤江じゅん） ………………… 305
ブライドは夜のキーワード（斉藤洋） … 162
ブラック◆ダイヤモンド（令丈ヒロ子） …………………………………… 405〜407
プラネタリウム（梨屋アリエ） ……… 232
プラネタリウムのあとで（梨屋アリエ） …………………………………… 232
フラムに眠る石（倉橋燿子） ………… 126
フラムの青き炎（倉橋燿子） ………… 126
フラメモアイなオオバラ（池田美代子） …………………………………… 41
ブランク（倉阪鬼一郎） ……………… 125
ふりかけの神さま（令丈ヒロ子） …… 412
プリズム☆ハーツ!!（神代明） …… 93, 94
フリッツと満月の夜（松尾由美） …… 330
ブルー（久美沙織） …………………… 125
ふるい怪談（京極夏彦） ……………… 104
古道具ほんなら堂（楠章子） ………… 107
ブルーとオレンジ（福田隆浩） ……… 298
ブルーと満月のむこう（たからしげる） …………………………………… 199
プールにすむ河童の謎（緑川聖司） … 345
フルメタル・ビューティー！（花形みつる） ………………………………… 259
ブルーローズの謎（松本祐子） ……… 335

ブレイブ・ストーリー(宮部みゆき) …… 349〜351
プレイボール(山本純士) …… 388
プレゼントはおばけのくに!(むらいかよ) …… 354
フローラと七つの秘宝(南房秀久) …… 244
ふわふわ(中山聖子) …… 228
ふわふわコットンキャンディー(薫くみこ) …… 131
ブンタとタロキチ(丘修三) …… 75
ブンダバー(くぼしまりお) …… 122〜124
ブンダバーと会ったなら(くぼしまりお) …… 123
ブンダバーとタンちゃん(くぼしまりお) …… 123
ブンダバーとにゃんにゃんにゃん(くぼしまりお) …… 123
ブンダバーとネズミのワゴナー(くぼしまりお) …… 123
ブンダバーとモモ(くぼしまりお) …… 123
ブンダバーとわんわんわん(くぼしまりお) …… 123
ブンダバーのいってきま〜す!(くぼしまりお) …… 123
ブンダバーのただいま〜!(くぼしまりお) …… 123
ブンダバーのネコの手かします(くぼしまりお) …… 123

【へ】

へいきのヘイタ(原京子) …… 270
へいきのヘイタ(原ゆたか) …… 272
平家物語 平清盛(那須田淳) …… 233
ヘヴンリープレイス(浜野京子) …… 261
ペガサスの騎士(村山早紀) …… 363
碧空の果てに(浜野京子) …… 262
北京わんぱく物語(渡辺仙州) …… 414
ベストフレンド(堀直子) …… 321
へそまがりパパに花たばを(朝比奈蓉子) …… 20
ペーターという名のオオカミ(那須田淳) …… 233
ペチカはほうほう猫はまんまる(やえがしなおこ) …… 375
ベッシーによろしく(花形みつる) …… 259
ペパーミントの小さな魔法(あんびるやすこ) …… 34

勉強ができなくても恥ずかしくない(橋本治) …… 254
勉強してはいけません!(横田順弥) …… 395
ペンギンがっしょうだん(斉藤洋) …… 157
ペンギンかんそくたい(斉藤洋) …… 161
ペンギンとざんたい(斉藤洋) …… 156
変幻自在の魔物(藤木稟) …… 305
ヘンダワネのタネの物語(新藤悦子) …… 178
へんてこもりのまるぼつほ(高楼方子) …… 190
ペンネームは夏目リュウ!(浜野京子) …… 262
べんり屋、寺岡の夏。(中山聖子) …… 228

【ほ】

ボーイズ・イン・ブラック(後藤みわこ) …… 143, 144
放課後スイーツ(山田うさこ) …… 384
放課後のなぞの男の子(杉本りえ) …… 182
放課後のBボーイ(愛川さくら) …… 1
ほうかごはおばけだらけ!(むらいかよ) …… 352
包帯クラブ(天童荒太) …… 211
亡霊クラブ怪の教室(麻生かづこ) …… 21, 22
亡霊島の地下迷宮(関田涙) …… 188
ポエムくんのとうめい人間をさがせ!!(横田順弥) …… 395
ポエムくんのびっくり宝島(横田順弥) …… 396
鬼灯先生がふたりいる!?(富安陽子) …… 216
ほおずきちょうちん(竹内もと代) …… 201
火鍛冶の娘(広嶋玲子) …… 281
ぼくがぼくになるまで(沢村凛) …… 171
ぼくが守ってあげるから(杉本りえ) …… 183
ぼくきえちゃったよ(山口節子) …… 382
ボクシング・デイ(樫崎茜) …… 88
ぼくろけっこうすごいかも(いとうひろし) …… 59
ぼくたちのサマー(本田有明) …… 325
僕たちの旅の話をしよう(小路幸也) …… 175
ぼくたちのトレジャーを探せ!(楠木誠一郎) …… 110
ぼくたちの骨(樫崎茜) …… 87
ぼくたちはなく(内田麟太郎) …… 69
ぼく、探偵じゃありません(後藤みわこ) …… 144

ボクちゃんらいおん(村上しいこ)	357	ぼくらの妖怪封じ(香西美保)	87
ぼくってヒーロー?(立石彰)	204	ぼくら! 花中探偵クラブ(田島みるく)	203
ぼくとあいつのラストラン(佐々木ひとみ)	166	ぼくらは、ふしぎの山探検隊(三輪裕子)	352
僕とおじいちゃんと魔法の塔(香月日輪)	132	ぼくはアイドル?(風野潮)	90
ぼくとおじちゃんとハルの森(山末やすえ)	383	ぼくはオバケ医者の助手!(富安陽子)	215
ぼくとカジババのめだまやき戦争(山本悦子)	388	ぼくはきみのおにいさん(角田光代)	84
ボクと子ネコと飛行船(南部和也)	240	ぼくんち戦争(村上しいこ)	358
ぼくと先輩のマジカル・ライフ(はやみねかおる)	265	ぼくんち豆腐屋(上条さなえ)	93
僕と先輩のマジカル・ライフ(はやみねかおる)	269	ポケットドラゴンの冒険(深沢美潮)	285, 286
ぼくとひかりと園庭で(石田衣良)	55	ポケットの中の絆創膏(藤咲あゆな)	307
ぼくとポチのたんてい手帳(きたやまようこ)	103	ポケネコ・にゃんころりん(山本悦子)	385~387
ぼくと未来屋の夏(はやみねかおる)	266	保健室の日曜日(村上しいこ)	357
ぼくにはしっぽがあったらしい(なかがわちひろ)	222	星くずのブラックドレス(あんびるやすこ)	33
ぼくのあぶないアルバイト(斉藤洋)	162	星☆時間をさがして(愛川さくら)	1
ぼくの家はゴミ屋敷!?(高橋秀雄)	192	星空へようこそ(横山充男)	396
ぼくの嘘(藤野恵美)	317	星空に願いを(藤咲あゆな)	315
ぼくの友だち(高橋秀雄)	192	星空ロック(那須田淳)	232
ぼくのともだち、どじなぶた(三野誠子)	345	星の砦(芝田勝茂)	174
ぼくのネコにはウサギのしっぽ(朽木祥)	120	星磨きウサギ(那須田淳)	233
ぼくのヒメマス記念日(高橋秀雄)	192	ほたる館物語(あさのあつこ)	18
ぼくのプリンときみのチョコ(後藤みわこ)	144	炎(ほ)たる沼(池田美代子)	40
ぼくのプールサイド(今井恭子)	63	ぼっちたちの夏(高科正信)	189
ぼくのポチブルてき生活(きたやまようこ)	103	坊っちゃんは名探偵!(楠木誠一郎)	118
ぼくのマルコは大リーガー(小林しげる)	144	ホットケーキいいん?(二宮由紀子)	251
ぼくの三日坊主日記(戸田和代)	214	ホップ、ステップ! 卓球部(横沢彰)	394
ぼくのんびりがすき(かさいまり)	86	ほっぺちゃん(名取なずな)	236, 237
ぼくも恐竜(森下真理)	374	鉄道員(ぽっぽや)(浅田次郎)	10
ぼくらが大人になる日まで(岡田依世子)	76	ポテトサラダ(福明子)	297
ぼくらのサイテーの夏(笹生陽子)	167	ほとんど全員集合! 「黒魔女さんが通る!!」キャラブック(石崎洋司)	49
ぼくらのサマーキャンプ(芝田勝茂)	174	ポニーテールでいこう!(宮下恵茉)	346
ぼくらの心霊スポット(あさのあつこ)	12, 13, 15, 19	炎の少女(村山早紀)	363
ぼくらの先生!(はやみねかおる)	268	炎の竜と最後の秘密(関田涙)	188
ぼくらのムササビ大作戦(深山さくら)	351	ポポロクロイス物語(田森庸介)	209
		ポルピィ物語(那須田淳)	234
		ホンキになりたい(小林深雪)	148
		ほんとうのじぶん(石津ちひろ)	54
		ホントにでちゃった! にんタマのきょうふのきもだめし(尼子騒兵衛)	26
		ほんとにわたしが好きなのは…?(杉本りえ)	182
		ほんとは好きだよ(小林深雪)	148

ボンボン皇帝と聖剣騎士団(愛川さくら) …………………………………… 2
ホンマに運命?(令丈ヒロ子) …… 411, 412
盆まねき(富安陽子) ………………… 215

【ま】

まあのネコマジナイ(長井るり子) …… 221
まいごのことり(ねじめ正一) ……… 252
まいごの、まいごの、ゴンゼレス(服部千春) ……………………………… 256
舞は10さいです。(あさのあつこ) …… 17
マエストロ! Monna探偵事務所(新庄節美) ……………………………… 178
魔王がママにプロポーズ!?(藤真知子) ……………………………………… 302
魔界王子レオン(友野詳) ……………… 218
魔界ドールハウス(斉藤洋) ………… 158
魔海人魚の恋魔術(高山栄子) ……… 196
魔界プリンスの誘惑(高山栄子) …… 197
魔界屋炎上! 最後の魔界能力(高山栄子) ……………………………… 197
魔界屋崩壊! 最後の戦い(高山栄子) ……………………………………… 194
魔界屋リリー(高山栄子) …… 194〜196
マカロン姫とペルシャ猫(愛川さくら) ……………………………………… 3
まきこのまわりみち(横田順弥) …… 395
まくわうりとまほうつかい(二宮由紀子) ……………………………………… 250
負けるもんか(東多江子) …………… 275
まさかわたしがプリンセス!?(吉野紅伽) ………………………… 400, 401
マサの留守番(宮部みゆき) ………… 350
マジカル少女レイナ 悪夢のドールショップ(石崎洋司) ………………… 53
マジカル少女レイナ 妖しいパティシエ(石崎洋司) ……………………… 51
マジカル少女レイナ 運命のテーマパーク(石崎洋司) ……………………… 50
マジカル少女レイナ 謎のオーディション(石崎洋司) ………………… 54
マジカル少女レイナ 呪いのファッション(石崎洋司) ………………… 54
マジカル少女レイナ 秘密のアイドル(石崎洋司) ……………………… 52
マジカル少女レイナ 不吉なアニメーション(石崎洋司) ………………… 52
マジカル少女レイナ 魔女のクッキング(石崎洋司) ……………………… 53
マジカル少女レイナ 魔のフラワーパーク(石崎洋司) ……………………… 53
マジカル少女レイナ 幻のスケートリンク(石崎洋司) ……………………… 52
マジカルストーンを探せ!(関田涙) …… 189
まじかる☆ホロスコープ(田中由香利) ………………………………… 204, 205
マジックアウト(佐藤まどか) ……… 169
マシュマロ通信(藤咲あゆな) ……… 315
魔女犬ボンボン(広嶋玲子) …… 280, 281
魔女があなたを占います(長井るり子) ……………………………………… 221
魔女カフェのしあわせメニュー(あんびるやすこ) ……………………… 30
まじょ子とあこがれのステキまじょ(藤真知子) ……………………………… 300
まじょ子といちごの王子さま(藤真知子) ……………………………………… 303
まじょ子とカワイイの大すき王子さま(藤真知子) ……………………… 302
まじょ子とキラ・キラのおしろ(藤真知子) ……………………………………… 302
まじょ子と黒ネコのケーキやさん(藤真知子) ……………………………… 300
まじょ子とサーカスの国の王子さま(藤真知子) ……………………………… 301
まじょ子とシンデレラのゆうれい(藤真知子) ……………………………… 305
まじょ子と空とぶパンダ(藤真知子) …… 304
まじょ子とチョコレートの国(藤真知子) ……………………………………… 303
まじょ子とデコ☆デコレーションの国(藤真知子) ……………………… 301
まじょ子とネコの王子さま(藤真知子) ……………………………………… 300
まじょ子とピンクのおばけひめ(藤真知子) ……………………………… 302
まじょ子とふしぎなまほうやさん(藤真知子) ……………………………… 302
まじょ子とようせいの国(藤真知子) …… 303
まじょ子とランプの中のプリンセス(藤真知子) ……………………………… 301
まじょ子どんな子ふしぎな子(藤真知子) ……………………………………… 304
まじょ子の赤ずきん3人むすめ(藤真知子) ……………………………… 304

まほう

まじょ子のおしゃれプリンセス（藤真知子）……………………………………… 303
まじょ子は恋のキューピット（藤真知子）……………………………………… 300
魔女じゃないもん！（宮下恵茉）…… 346, 347
魔女スピカからの手紙（あんびるやすこ）……………………………………… 33
魔女っ子バレリーナ☆梨子（深沢美潮）…………………………… 284〜286
魔女と星空サイクリング（杉本りえ）…… 182
魔女になれるおまじない!!（藤真知子）…… 302
まじょねこピピ ごしゅじんさまはどこ!?（中島和子）………………… 226
まじょねこピピ ぼくのだいじなともだち（中島和子）…………………… 226
まじょねこピピ ほんとうのごしゅじんさま!?（中島和子）……………… 225
まじょねこピピ まじょねこ見習いしゅぎょう中！（中島和子）………… 226
まじょねこピピ ゆめのまじょねこ学校（中島和子）………………………… 226
魔女のクッキング（石崎洋司）………… 50
魔女の死んだ家（篠田真由美）………… 173
魔女の診療所（倉橋燿子）…… 125〜127
魔女のステキな冬じたく（あんびるやすこ）……………………………………… 30
魔女の友だちになりませんか？（村山早紀）……………………………………… 364
魔女の本屋さん（石崎洋司）…………… 47
魔女のルルーとオーロラの城（村山早紀）……………………………………… 364
魔女のルルーと風の少女（村山早紀）…… 364
魔女のルルーと時の魔法（村山早紀）…… 364
まじもりのこまじょちゃん（越水利江子）……………………………………… 139
魔女館へようこそ（つくもようこ）…… 211
魔女館と怪しい科学博士（つくもようこ）……………………………………… 210
魔女館と月の占い師（つくもようこ）…… 211
魔女館と謎の学院（つくもようこ）…… 210
魔女館と秘密のチャンネル（つくもようこ）……………………………………… 211
魔女館と魔法サミット（つくもようこ）……………………………………… 210
魔女リンゴあめ屋（越水利江子）……… 140
まぜごはん（内田麟太郎）……………… 68
またあえるよね（服部千春）…………… 257
まだかなまだかな（原京子）…………… 270
またたびトラベル（茂市久美子）……… 367
またまたトリック、あばきます。（石崎洋司）……………………………………… 51
まちのおばけずかん（斉藤洋）………… 156
都会（まち）のトム＆ソーヤ（はやみねかおる）………………………… 265〜269
"まちんば"ってしってる？（西沢杏子）……………………………………… 248
魔天使マテリアル（藤咲あゆな）…… 307〜315
まどわしの教室（香谷美季）…………… 84
まなざし（横沢彰）……………………… 394
魔のフラワーパーク（石崎洋司）……… 51
まひるの怪奇モノがたり（池田美代子）………………………………………… 41, 42
魂（マブイ）（佐藤佳代）……………… 167
魔法昆虫使いドミター・レオ（串間美千恵）……………………………………… 106
魔法職人たんぽぽ（佐藤まどか）……… 168
魔法使いのいた場所（杉本りえ）……… 182
まほうつかいのいる学校!?（藤真知子）……………………………………… 304
まほうねこ・ダモン（田森庸介）…… 208, 209
まほうのおしろでベビーシッター!!（藤真知子）………………………………… 304
まほうの国の空とぶ妖精（藤真知子）…… 302
まほうの国のひみつのおともだち!!（藤真知子）………………………………… 301
まほうの国のプリンス＆プリンセス（藤真知子）………………………………… 303
まほうのじどうはんばいき（山田知子）……………………………………… 384
魔法のスイミング（石崎洋司）………… 48
魔法の庭へ（日向理恵子）……………… 279
魔法の庭のピアノレッスン（あんびるやすこ）……………………………………… 33
魔法のハサミがやってきた！（岡田貴久子）……………………………………… 76
魔法屋ポプル 悪魔のダイエット!?（堀口勇太）…………………………… 322, 323
魔法屋ポプル あぶない使い魔と仮面の謎（堀口勇太）………………… 322, 324
魔法屋ポプル お菓子の館とチョコレートの魔法（堀口勇太）……… 322, 324
魔法屋ポプル 砂漠にねむる黄金宮（堀口勇太）…………………………… 323, 324
魔法屋ポプル さらわれた友（堀口勇太）……………………………………… 322
魔法屋ポプル ステキな夢のあまいワナ（堀口勇太）…………………………… 323

まほう　　　　　　　書名索引

魔法屋ポプル　大魔王からのプロポーズ（堀口勇太） …………… 322
魔法屋ポプル　ドキドキ魔界への旅（堀口勇太） …………… 323
魔法屋ポプル　時の魔女のダンスパーティー（堀口勇太） …………… 323
魔法屋ポプル　ドラゴン島のウエディング大作戦（堀口勇太） …………… 323
魔法屋ポプル　ドラゴン島のウエディング大作戦!!（堀口勇太） …………… 324
魔法屋ポプル　「トラブル、売ります」（堀口勇太） …………… 323, 324
魔法屋ポプル　のこされた手紙と闇の迷宮（堀口勇太） …………… 322
魔法屋ポプル　呪われたプリンセス（堀口勇太） …………… 322
魔法屋ポプル　プリンセスには危険なキャンディ（堀口勇太） …………… 323, 324
魔法屋ポプル　ママの魔法陣とヒミツの記憶（堀口勇太） …………… 323, 324
魔法屋ポプル　友情は魔法に勝つ!!（堀口勇太） …………… 323, 324
まぼろしの薬売り（楠章子） …………… 107
幻のスケートリンク（石崎洋司） …………… 51
幻の谷シャングリラ（池田美代子） …………… 41
まぼろしの秘密帝国Mu（楠木誠一郎） …………… 115, 116
ママとあたしの通信簿（結城乃香） …………… 392
まめ太と風の神送り（藤野恵美） …………… 317
守り石の予言（倉橋燿子） …………… 127
魔夜妖一先生の学校百物語（魔夜妖一） …………… 337
マユとまほうのてがみ（赤羽じゅんこ） …………… 7
真夜中のカカシデイズ（宮下恵茉） …………… 347
真夜中の学校で（川端裕人） …………… 98
真夜中の商店街（藤木稟） …………… 306
真夜中のひっこし（竹内もと代） …………… 201
真夜中のまほう★ショッピング!?（藤真知子） …………… 301
まよわずいらっしゃい（斉藤洋） …………… 159
マルとなぞなぞぞう（きたやまようこ） …………… 102
まるまれアルマジロ！（安東みきえ） …………… 29
魔狼、月に吠える（香月日輪） …………… 133
満員御霊！　ゆうれい塾（野泉マヤ） …………… 252
満月のさじかげん（樫崎茜） …………… 88

【み】

三日月の輝く夜は（西川つかさ） …………… 247
三日月の魔法をあなたに（村山早紀） …………… 361
身代わり伯爵の冒険（清家未森） …… 186, 187
ミキとひかるどんぐり（赤羽じゅんこ） …………… 7
三毛猫一座のミュージカル（あんびるやすこ） …………… 34
三毛猫のしっぽに黄色いパジャマ（那須田淳） …………… 234
みさき食堂へようこそ（香坂直） …………… 131
ミス・カナのゴーストログ（斉藤洋） …… 157, 158
みずたま手帖（かたのともこ） …………… 91
みずたまぴょんがやってきた（斉藤洋） …………… 162
ミステリアスカレンダー（たからしげる） …………… 200
ミステリアス・セブンス（如月かずさ） …………… 100
水の都のフローラ（南房秀久） …………… 244
満ち潮の夜、彼女は（早見裕司） …………… 264
路に落ちてた月（ビートたけし） …………… 278
ミッシング・ガールズ（松原秀行） …………… 334
三つの時計の物語（森下真理） …………… 374
みつばち（丘修三） …………… 75
ミツバチ、ともだち（今井恭子） …………… 63
みつよのいた教室（たからしげる） …………… 199
密話（石川宏千花） …………… 45
みてても、いい？（礒みゆき） …………… 56
緑の本（緑川聖司） …………… 343, 344
緑の模様画（高楼方子） …………… 191
水底に沈む涙（池田美代子） …………… 40
みなぞこの人形（香谷美季） …………… 83
港町ヨコハマ異人館の秘密（山崎洋子） …………… 382
みなみちゃん・こみなみちゃん（石井睦美） …………… 45
南の島のティオ（池沢夏樹） …………… 37
源義経は名探偵!!（楠木誠一郎） …………… 108
みならいクノール（たざわりいこ） …………… 202
見習い魔術師トトの冒険（立石彰） …… 203, 204
みならい妖精モモ　魔王のクッキー（早川真知子） …………… 263
宮沢賢治は名探偵!!（楠木誠一郎） …………… 111
宮部みゆき（宮部みゆき） …………… 350
ミヤマ物語（あさのあつこ） …… 12, 13, 16

450

宮本輝（宮本輝） ……………… 351
宮本武蔵は名探偵!!（楠木誠一郎） 110
未来へのつばさ（みおちづる） …… 338
未来の手紙（椰月美智子） ……… 376
ミラクルうまいさんと夏（令丈ヒロ子）
 ………………………………… 405
ミラクル★キッチン（工藤純子） … 121, 122
ミラクル・くるりん へこましたい！（東多江子） ……………………… 276
ミルフィーユ・ブランのほな、占いまひょ（村上しいこ） ……………… 359
ミロとチャチャのふわっふわっ（野中柊） ……………………………… 253
美輪神さまの秘密（横山充男） …… 397
みんなみんなおばけになっちゃうぞ〜（むらいかよ） ……………… 353

【む】

ムカシのちょっといい未来（田部智子）
 ………………………………… 207
ムジナ探偵局 榎稲荷の幽霊（富安陽子） ………………………… 217
ムジナ探偵局 学校の七不思議（富安陽子） ………………………… 215
ムジナ探偵局 完璧な双子（富安陽子） 216
ムジナ探偵局 なぞの挑戦状（富安陽子） ………………………… 217
ムジナ探偵局 本日休業（富安陽子） 217
ムジナ探偵局 満月池の秘密（富安陽子） ………………………… 217
ムジナ探偵局 名探偵登場！（富安陽子） ………………………… 217
ムジナ探偵局 闇に消えた男（富安陽子） ………………………… 217
虫のいどころ人のいどころ（おのりえん） ……………………………… 82
虫のお知らせ（おのりえん） ……… 81
むしむしたんけんたい（西沢杏子） … 247
虫めずる姫の冒険（芝田勝茂） …… 174
虫ロボのぼうけん（吉野万理子） … 401
むちゃのねこ丸ゲームブック（田森庸介） ……………………………… 209
夢中になりたい（小林深雪） ……… 147
むねとんとん（さえぐさひろこ） …… 163
村上春樹（村上春樹） ……………… 359
村上龍（村上龍） …………………… 359
紫の本（緑川聖司） ………… 343, 344

ムーンライト・ワンダーランド（藤咲あゆな） ………………………… 315

【め】

迷宮のマーメイド（池田美代子） … 41
明治ドラキュラ伝（菊地秀行） …… 99
名探偵!? ニャンロック・ホームズ（仲野ワタリ） ………………………… 227
名探偵博物館のひみつ（松原秀行） 333
名探偵VS.（バーサス）怪人幻影師（はやみねかおる） ………………… 267
名探偵VS.学校の七不思議（はやみねかおる） ……………………… 266
名探偵宵宮月乃5つの事件（関田涙） 188
名探偵宵宮月乃5つの謎（関田涙） 188
名探偵宵宮月乃トモダチゲーム（関田涙） ……………………………… 187
メイドの花ちゃん（名取なずな） … 237
冥府の国ラグナロータ（池田美代子） 39
目が見えなくなった雅彦くん（森居美百合） ……………………………… 372
メキト・ベス漂流記（西魚リツコ） 245
めざせ日本一！（二宮由紀子） …… 250
めざめた魔界霊力（高山栄子） …… 197
救世主の誕生（石崎洋司） ………… 54
メジルシ（草野たき） ……………… 105
めそめそけいくん、のち、青空（矢部美智代） ……………………………… 378
メダカのえんそく（阿部夏丸） …… 23
メニメニハート（令丈ヒロ子） …… 409
メランコリー・サガ（ひこ田中） … 277
メリーな夜のあぶない電話（斉藤洋） 163
めろんちゃんのドリームカレー（牧野節子） ……………………………… 327
めろんちゃんのメルヘンケーキ（牧野節子） ……………………………… 327
メン！（開隆人） …………………… 82

【も】

もいちどあおうね（長井るり子） … 221
もういっかいおしゃべりさん（さいとうしのぶ） ……………………… 155
もうひとつのピアノ（山崎玲子） … 382
もえろっ！ 卓球部（横沢彰） …… 394

もくよ　　　　書名索引

木曜日は曲がりくねった先にある（長江優子） …… 221
もぐらのおまわりさん（斉藤洋） …… 158
もぐらのせんせい（斉藤洋） …… 157
もぐらのたくはいびん（斉藤洋） …… 158
モーグルビート！（工藤純子） …… 121
もしかして初恋!?（斉藤栄美） …… 155
もしかしてぼくは（内田麟太郎） …… 68
もちおもり（篠原勝之） …… 174
モーツァルト毒殺!?（楠木誠一郎） …… 109
木工少女（浜野京子） …… 261
もっとかわいくなりたい（小林深雪） …… 147
もっと泣いちゃいそうだよ（小林深雪） …… 149
モテモテおばけチョコレート（むらいかよ） …… 353
モデル☆おしゃれオーディション（相坂ゆうひ） …… 4
モデルになっちゃいますぅ!?（梨屋アリエ） …… 230, 231
もどれっ！　ルイ（矢部美智代） …… 378
モナコの謎カレ（令丈ヒロ子） …… 407
モナミは宇宙を終わらせる？（はやみねかおる） …… 266
モナミは世界を終わらせる？（はやみねかおる） …… 266
もののけ温泉滝の湯へいらっしゃい（佐々木ひとみ） …… 166
もののけ伝説魔界の迷宮（西川つかさ） …… 246
モマの火星探検記（毛利衛） …… 367
もも＆ピーマンのきょうからヒミツの名探偵！（礒みゆき） …… 56
もも＆ピーマンのなぞの算数ゆうかい事件！（礒みゆき） …… 56
ももいろ荘の福子さん（村上しいこ） …… 359
桃子（江国香織） …… 71
もりにてがみをかいたらね（きたやまようこ） …… 103
森の大あくま（二宮由紀子） …… 251
森のこずえちゃん（松居スーザン） …… 329
もりのゆうびんポスト（原京子） …… 269
モンスター一家のモン太くん（土屋富士夫） …… 211
モンスタニア（河端ジュン一） …… 96
モン太くんとミイラくん（土屋富士夫） …… 211
モンハン日記　ぽかぽかアイルー村（相坂ゆうひ） …… 4, 5

モンブラン女王と天使島（愛川さくら） …… 3

【や】

やあ、やあ、やあ！　おじいちゃんがやってきた（村上しいこ） …… 356
野球の国のアリス（北村薫） …… 102
やくそくするね。（杉本深由起） …… 181
やくそくだよ、ミュウ（小手鞠るい） …… 141
やさいぎらいのやおやさん（二宮由紀子） …… 250
やさしい悪魔（藤咲あゆな） …… 309, 310
優しい音（三輪裕子） …… 352
ヤサシイかあさんカワイイむすこ（中松まるは） …… 227
矢田部くんの三日坊主日記（戸田和代） …… 214
やっぱりあたしが編集長!?（梨屋アリエ） …… 230, 231
やっぱりきらいじゃないよ（小林深雪） …… 146
やぶ坂からの出発（たびだち）（高橋秀雄） …… 191
やぶ坂に吹く風（高橋秀雄） …… 192
山からの伝言（最上一平） …… 368
やまさきしょうてんひとくちもなか（村中李衣） …… 360
山田詠美（山田詠美） …… 384
山田県立山田小学校（山田マチ） …… 384, 385
山田守くんはたぬきです（市川宣子） …… 58
やまだまやだあっ！（杉本深由起） …… 181
ヤマトシジミの食卓（吉田道子） …… 399
山猫軒の怪事件（白阪実世子） …… 176
やまねこようちえん（那須仁淳） …… 233
やまのおばけずかん（斉藤洋） …… 156
山ばあばと影オオカミ（小川英子） …… 77
やまびこ谷でともだちみつけた（戸田和代） …… 214
山人（やまんど）奇談録（六条仁真） …… 413
やまんばあかちゃん（富安陽子） …… 216
やまんばあさんとなかまたち（富安陽子） …… 216
やまんばあさんの大運動会（富安陽子） …… 218
やまんばあさんのむかしむかし（富安陽子） …… 217
闇王の街（たからしげる） …… 200

闇からの挑戦状（楠木誠一郎）……… 111, 113
闇の騎士譚（菊地秀行）………………… 99
闇の聖杯、光の剣（篠田真由美）…… 173
闇の本（緑川聖司）…………………… 343
闇の守り人（上橋菜穂子）……………… 68
闇の喇叭（有栖川有栖）………………… 28

【ゆ】

ゆいはぼくのおねえちゃん（朝比奈蓉子）……………………………………… 20
ゆうえんちはおやすみ（戸田和代）… 213
ゆうきメガネ（赤羽じゅんこ）………… 7
夕暮れのマグノリア（安東みきえ）… 29
ゆうたとおつきみ（楠章子）………… 107
勇太と死神（立石彰）………………… 204
由宇の154日間（たからしげる）…… 199
ゆうびんやさんとドロップりゅう（高楼方子）…………………………… 191
夕焼けカプセル（泉啓子）……………… 56
ゆうやけごはんいただきます（長崎夏海）…………………………………… 224
夕焼けの国へようこそ（垣内磯子）… 84
ゆうれい回転ずし 消えた少年のなぞ（佐川芳枝）……………………… 163
ゆうれい回転ずし 本日オープン！（佐川芳枝）……………………………… 164
ゆうれい学園心霊クラブ（魔夜妖一）… 336
ユウレイ探偵事件簿（上田千尋）…… 64
ゆうれい猫と魔女の呪い（広嶋玲子）… 280
ゆうれい猫ふくこさん（広嶋玲子）… 281
ゆうれいばあちゃんのねがい（井上よう子）…………………………………… 62
ゆうれいパティシエ事件（斉藤洋）… 159
幽霊館の怪事件（藤木稟）…………… 305
雪だるまの雪子ちゃん（江国香織）… 71
ユキとヨンホ（中川なをみ）………… 223
雪の林（やえがしなおこ）…………… 375
雪ぼんぼりのかくれ道（巣山ひろみ）… 186
行け！ シュバットマン（村中李衣）… 360
ゆずゆずきいろ（楠章子）…………… 107
油断大敵！ キケンなぼうし（岡田貴久子）…………………………………… 76
ユッキーとともに（最上一平）……… 367
ゆっくり大きくなればいい（最上一平）……………………………………… 368
指輪のちかい（みおちづる）………… 338

UFOはまだこない（石川宏千花）…… 46
夢色の殺意（赤羽じゅんこ）…………… 8
ゆめどろぼうカメかめん（穂高順也）… 321
夢泥棒と黄金伝説（関田涙）………… 188
夢の戦士誕生（藤咲あゆな）………… 315
夢の守り人（上橋菜穂子）……………… 67
夢美と愛美の消えたバースデー・プレゼント？（唯川恵）………………… 392
夢美と愛美の謎がいっぱい？ 怪人Xを追え！（唯川恵）…………………… 391
夢美と愛美の消えたバースデー・プレゼント？（唯川恵）………………… 392
夢美と愛美の謎がいっぱい？ 怪人Xを追え！（唯川恵）…………………… 392
夢見るアイドル（牧野節子）…… 326, 327
ゆめみるダンゴムシ（阿部夏丸）…… 23
夢みるドラキュラ（藤真知子）……… 305
夢みるポプリと三人の魔女（あんびるやすこ）………………………………… 32
夢見る水の王国（寮美千子）………… 404
夢よ、輝け！（光丘真理）…………… 342
ゆりあが出会ったこだまたち（竹内もと代）…………………………………… 201
ユリエルとグレン（石川宏千花）…… 46
ユリとものがたりの木（片山令子）… 92

【よ】

夜明けの落語（みうらかれん）……… 338
よい子仮面なんかいらない（久美沙織）……………………………………… 125
よいこになれる!? おばけキャンディー（むらいかよ）…………………… 353
よーいどんで名探偵（杉山亮）……… 185
妖怪アパートの幽雅な食卓（香月日輪）……………………………………… 133
妖怪アパートの幽雅な日常（香月日輪）………………………………… 132〜134
妖怪アパートの幽雅な人々（香月日輪）……………………………………… 133
妖怪一家九十九さん（富安陽子）…… 215
妖怪一家の夏まつり（富安陽子）…… 215
妖界への帰還（池田美代子）………… 42
妖怪サーカス団がやってくる！（藤野恵美）…………………………………… 319
妖怪サーカス団キツネの姫と竜神さま（藤野恵美）………………………… 319
妖怪スタジアム（梶尾真治）………… 87

ようか

妖怪退治、しません！（秋木真）............. 8
ようかいたちのすむところ（森下真理）
　.. 374
ようかいとりものちょう（大崎悌造）..... 73
妖怪の弟はじめました（石川宏千花）..... 45
妖奇城の秘密（芦辺拓）........................ 21
ようこそ、古城ホテルへ（紅玉いづき）
　.. 131
ようこそぼくのおともだち（野中柊）... 253
妖狐ピリカ・ムー（那須田淳）.............. 232
妖精の家具、おつくりします。（あんび
　るやすこ）...................................... 32
妖精の庭（村山早紀）............... 363, 365
妖精のバレリーナ（石崎洋司）.............. 49
妖精のぼうし、おゆずりします。（あん
　びるやすこ）.................................. 31
妖魔鏡と悪夢の教室（藤木稟）............. 306
妖魔のファッションショー（次良丸忍）
　.. 176, 177
よしもとばなな（吉本ばなな）............. 403
夜空のダイヤモンド（あんびるやすこ）
　.. 30
夜空の訪問者（斉藤洋）........................ 159
予知夢がくる！（東多江子）................. 274
四年一組ミラクル教室（服部千春）..... 258
四年霊組こわいもの係（床丸迷人）..... 212
夜の学校（田村理江）............................ 208
ヨルの神さま（樫崎茜）........................ 88
よるの美容院（市川朔久子）................. 58
夜の欧羅巴（井上雅彦）........................ 62
夜はライオン（長薗安浩）..................... 226

【ら】

ライオンめざめる（みほようこ）......... 345
ライジング父サン（楠茂宣）................. 108
ラインの虜囚（田中芳樹）..................... 206
らくごで笑学校（斉藤洋）..................... 156
らくだいにんじゃらんたろう（尼子騒兵
　衛）... 25
らくだい魔女と鏡の国の怪人（成田サト
　コ）...................................... 238, 239
らくだい魔女とさいごの砦（成田サト
　コ）...................................... 239, 240
らくだい魔女とはつこいの君（成田サト
　コ）.. 238

らくだい魔女と王子（プリンス）の誓い
　（成田サトコ）....................... 239, 240
らくだい魔女と放課後の森（成田サトコ）
　.. 239
らくだい魔女と魔界サーカス（成田サト
　コ）...................................... 238, 239
らくだい魔女と水の国の女王（プリンセ
　ス）（成田サトコ）................. 239, 240
らくだい魔女と冥界のゆびわ（成田サト
　コ）.. 239
らくだい魔女と迷宮の宝石（成田サト
　コ）...................................... 239, 240
らくだい魔女と闇の宮殿（成田サトコ）
　.. 238
らくだい魔女と闇の魔女（成田サトコ）
　.. 239, 240
らくだい魔女とゆうれい島（成田サト
　コ）...................................... 239, 240
らくだい魔女と妖精の約束（成田サト
　コ）.. 238
らくだい魔女とランドールの騎士（成田
　サトコ）..................................... 238
らくだい魔女の出会いの物語（成田サト
　コ）.. 238
らくだい魔女のデート大作戦（成田サト
　コ）.. 238
らくだい魔女のドキドキおかしパーテ
　ィ（成田サトコ）................... 239, 240
らくだい魔女はプリンセス（成田サト
　コ）...................................... 239, 240
ラジオ・キス（白倉由美）..................... 176
ラジオスターレストラン（寮美千子）... 404
ラスト・スパート！（横山充男）......... 396
ラッキィ・フレンズ（佐川芳枝）......... 163
ラッキーセブン（最上一平）................. 368
らったらったらくだのらっぱ（二宮由紀
　子）.. 250
ラテラの樹（倉橋燿子）........................ 126
ラビットヒーロー（如月かずさ）......... 100
ラビントットと空の魚（越智典子）... 80, 81
ラブ＆ランキング！（花形みつる）..... 259
ラブ・ウール100％（井上林子）............. 62
ラブ・おばけベイビー（むらいかよ）... 353
ラブ・ステップ（斉藤栄美）................. 153
ラブ・偏差値（斉藤栄美）............ 152, 153
ラブ・偏差値SP（スペシャル）元カレ？
　今カレ？（斉藤栄美）..................... 151

ラブ魔女ララとおかしの国のプリンセス（藤真知子） ……………… 301
ラブ・レター（あさのあつこ） …………… 17
ラブレター物語（丘修三） …………… 75
ラベンダー（相原博之） ……………… 6
ラン（森絵都） ………………………… 371
ランドセルのはるやすみ（村上しいこ）
　　……………………………………… 358

【り】

リアル鬼ごっこ（山田悠介） …………… 385
理科室の黒猫（魔夜妖一） ……………… 336
理科室の日曜日（村上しいこ） ………… 357
リズム（森絵都） ………………………… 371
リターン！（山口理） …………………… 380
りっぱな犬になる方法（きたやまようこ） ……………………………………… 103
りっぱな巫女になる方法。午前三時五分） …………………………………… 140
リトル・ウイング（吉富多美） ………… 400
「リベンジする」とあいつは言った（朝比奈蓉子） ……………………………… 20
リボン（草野たき） ……………………… 105
竜神七子の冒険（越水利江子） ………… 139
竜神になった三郎（みほようこ） ……… 345
流星の歌（みおちづる） ………………… 338
流星の蜃気楼（池田美代子） …………… 39
竜の木の約束（浜野京子） ……………… 261
竜の国のミオウ（日比生典成） ………… 279
竜の座卓（朝比奈蓉子） ………………… 20
竜の巣（富安陽子） ……………………… 218
竜の姿をみた少女（みほようこ） ……… 345
竜のすむ森（竹内もと代） ……………… 202
竜の腹（中川なをみ） …………………… 223
龍のめざめ（みおちづる） ……………… 339
リューンノールの庭（松本祐子） ……… 335
リョウ＆ナオ（川端裕人） ……………… 97
料理少年Kタロー（令丈ヒロ子） ……… 410
リリース（草野たき） …………………… 105
林業少年（堀米薫） ……………………… 325
りんごあげるね（さえぐさひろこ） …… 163
りんちゃんともちもち星人（令丈ヒロ子） ……………………………………… 405
リンデ（ときありえ） …………………… 212
りん姫あやかし草紙（沢田徳子） ……… 170

【る】

ルーディーボール（斉藤洋） …………… 161
ルドルフとスノーホワイト（斉藤洋） … 157
ルビアンの秘密（鯨統一郎） …………… 107
ルビーの魔法マスター（あんびるやすこ） ……………………………………… 34
瑠璃色の残像（池田美代子） …………… 39
ルルとララのアイスクリーム（あんびるやすこ） ………………………………… 34
ルルとララのいちごのデザート（あんびるやすこ） ……………………………… 34
ルルとララのおしゃれクッキー（あんびるやすこ） ……………………………… 35
ルルとララのカスタード・プリン（あんびるやすこ） …………………………… 33
ルルとララのカップケーキ（あんびるやすこ） ……………………………………… 35
ルルとララのきらきらゼリー（あんびるやすこ） ………………………………… 35
ルルとララのクリスマス（あんびるやすこ） ……………………………………… 30
ルルとララのコットンのマカロン（あんびるやすこ） …………………………… 30
ルルとララのしあわせマシュマロ（あんびるやすこ） …………………………… 35
ルルとララのシャーベット（あんびるやすこ） …………………………………… 32
ルルとララのしらたまデザート（あんびるやすこ） ……………………………… 30
ルルとララのスイートポテト（あんびるやすこ） ………………………………… 33
ルルとララのチョコレート（あんびるやすこ） …………………………………… 34
ルルとララの天使のケーキ（あんびるやすこ） …………………………………… 33
ルルとララのにこにこクリーム（あんびるやすこ） ……………………………… 30
ルルとララのふんわりムース（あんびるやすこ） ………………………………… 31
ルルとララのホットケーキ（あんびるやすこ） …………………………………… 31
ルルとララのわくわくクレープ（あんびるやすこ） ……………………………… 32
ルルル♪動物病院（後藤みわこ） ……… 142

【れ】

霊界教室恋物語（ラブストーリー）（高山栄子） ……… 193, 194
霊界交渉人ショウタ（斉藤洋） ……… 159, 160
レイジーちゃんのおたんじょうび（二宮由紀子） ……… 251
霊少女清花（越水利江子） ……… 137〜139
れいぞうこのなつやすみ（村上しいこ） ……… 359
レガッタ！（浜野京子） ……… 260
レッツがおつかい（ひこ田中） ……… 277
レッツゴー！ 川中wow部（阿部夏丸） ……… 23
れっつ！ シュート!!（次良丸忍） ……… 176
れっつ！ スイミング（次良丸忍） ……… 177
レッツとネコさん（ひこ田中） ……… 277
レッツのふみだい（ひこ田中） ……… 277
れっつ！ ランニング（次良丸忍） ……… 177
レッドシャイン（浜野京子） ……… 262
レナとつる薔薇の館（小森香折） ……… 149
レポーターなんてムリですぅ！（梨屋アリエ） ……… 230, 231
レールの向こうへ（高森千穂） ……… 193
レンアイ＠委員 キレイの条件（令丈ヒロ子） ……… 413
レンアイ＠委員 最後の相談メール（令丈ヒロ子） ……… 411
レンアイ＠委員 SPな誕生日（令丈ヒロ子） ……… 412
レンアイ＠委員 涙のレンアイ＠委員会（令丈ヒロ子） ……… 410
レンアイ＠委員 はじめてのパパ（令丈ヒロ子） ……… 411
レンアイ＠委員 ママの恋人（令丈ヒロ子） ……… 412
レンアイ・トライアングル（斉藤栄美） ……… 153
レンアイの法則（斉藤栄美） ……… 154
恋愛ポリス殺人事件!?（西川つかさ） ……… 246
レントゲン（風野潮） ……… 88

【ろ】

6人のお姫さま（二宮由紀子） ……… 250

ロケット＆電車工場でドキドキ!!（令丈ヒロ子） ……… 405
ロストガールズ（宮下恵茉） ……… 348
ローズと魔法の薬（岡田晴恵） ……… 77
ローズと魔法の地図（岡田晴恵） ……… 77
ローズの希望の魔法（岡田晴恵） ……… 77
ローズマリーとヴィーナスの魔法（あんびるやすこ） ……… 30
ローゼンヒルのばら姫（円山夢久） ……… 337
ロップのふしぎな髪かざり（新藤悦子） ……… 179
ロード（山口理） ……… 378
ロボット魔法部はじめます（中松まるは） ……… 227
〈浪漫探偵社〉事件ファイル（楠木誠一郎） ……… 109
ロンとククノチの木（小原麻由美） ……… 149

【わ】

わおう先生、勝負！（村中李衣） ……… 360
Wa・o・n（山本悦子） ……… 388
若おかみは小学生！（令丈ヒロ子） ‥ 405〜413
若おかみは小学生！ スペシャル おっこのTaiwanおかみ修業！（令丈ヒロ子） ……… 408
若おかみは小学生！ スペシャル短編集（令丈ヒロ子） ……… 405
わがまま姫と魔法のバラ（あんびるやすこ） ……… 31
わからん薬学事始（まはら三桃） ……… 335
ワカンネークエスト（中松まるは） ……… 227
わすれもののおつかい（巣山ひろみ） ……… 186
綿菓子（江國香織） ……… 71
わたし、アイドルに夢中（杉本りえ） ……… 183
わたしがボディガード!? 事件ファイル（福田隆浩） ……… 298
わたし小学生まじょ（中島和子） ……… 225
わたしたちの帽子（高楼方子） ……… 191
わたしちゃん（石井睦美） ……… 44
わたしに魔法が使えたら（小林深雪） ……… 148
わたしのさ・よ・な・ら（村中李衣） ……… 360
わたしのすきなおとうさん（北川チハル） ……… 101
わたしの、好きな人（八束澄子） ……… 377
わたしのなまえはやまだまや（杉本深由起） ……… 180

わたしのひよこ(礒みゆき) 56
わたしのママはママハハママ(長井るり
　子) 221
わたしはなんでも知っている(令丈ヒロ
　子) 408
わたしはみんなに好かれてる(令丈ヒロ
　子) 406
わにのニータはねむりたかった(山本省
　三) 390
わらいボール(赤羽じゅんこ) 7
わるすんぼ(芦原すなお) 20
ワンス・アホな・タイム(安東みきえ)
　... 29

子どもの本 現代日本の創作 最新3000

2015年1月25日　第1刷発行

発　行　者／大高利夫
編集・発行／日外アソシエーツ株式会社
　　　　　　〒143-8550 東京都大田区大森北 1-23-8 第3下川ビル
　　　　　　電話 (03)3763-5241(代表)　FAX(03)3764-0845
　　　　　　URL http://www.nichigai.co.jp/
発　売　元／株式会社紀伊國屋書店
　　　　　　〒163-8636 東京都新宿区新宿 3-17-7
　　　　　　電話 (03)3354-0131(代表)
　　　　　　ホールセール部(営業)　電話 (03)6910-0519

　　　　　　電算漢字処理／日外アソシエーツ株式会社
　　　　　　印刷・製本／光写真印刷株式会社

不許複製・禁無断転載　　　　《中性紙三菱クリームエレガ使用》
〈落丁・乱丁本はお取り替えいたします〉
ISBN978-4-8169-2514-6　　　　**Printed in Japan, 2015**

本書はディジタルデータでご利用いただくことができます。詳細はお問い合わせください。

子どもの本シリーズ

児童書を分野ごとにガイドするシリーズ。子どもたちにも理解できる表現を使った見出しのもとに関連の図書を一覧。基本的な書誌事項と内容紹介がわかる。図書館での選書にはもちろん、総合的な学習・調べ学習にも役立つ。

子どもの本 日本の古典をまなぶ2000冊
A5・330頁　定価（本体7,600円+税）　2014.7刊
子どもたちが「日本の古典」にしたしむために書かれた本2,426冊を収録。

子どもの本 楽しい課外活動2000冊
A5・330頁　定価（本体7,600円+税）　2013.10刊
特別活動・地域の活動・レクリエーションについて書かれた本2,418冊を収録。

子どもの本 美術・音楽にふれる2000冊
A5・320頁　定価（本体7,600円+税）　2012.7刊
「美術館に行ってみよう」「オーケストラについて知ろう」など、美術・音楽について書かれた本2,419冊を収録。

子どもの本 国語・英語をまなぶ2000冊
A5・320頁　定価（本体7,600円+税）　2011.8刊
国語・英語教育の場で「文字」「ことば」「文章」を学ぶために書かれた本2,679冊を収録。

子どもの本 社会がわかる2000冊
A5・350頁　定価（本体6,600円+税）　2009.8刊
世界・日本の地理、政治・経済・現代社会について書かれた本2,462冊を収録。

子どもの本 伝記を調べる2000冊
A5・320頁　定価（本体6,600円+税）　2009.8刊
「豊臣秀吉」「ファーブル」「イチロー」などの伝記2,237冊を収録。

データベースカンパニー
日外アソシエーツ　〒143-8550　東京都大田区大森北1-23-8
TEL.(03)3763-5241　FAX.(03)3764-0845　http://www.nichigai.co.jp/